千门云裳传

上

方白羽 著

图书在版编目（CIP）数据

千门·云襄传 / 方白羽著. — 重庆：重庆出版社，2022.11

ISBN 978-7-229-17119-3

Ⅰ.①千… Ⅱ.①方… Ⅲ.①侠义小说－中国－当代 Ⅳ.①I247.5

中国版本图书馆CIP数据核字（2022）第167445号

千门·云襄传
QIAN MEN · YUNXIANG ZHUAN

方白羽　著

出　　品：华章同人
出版监制：徐宪江　秦　琥
责任编辑：王昌凤
特约策划：一墨倾城（羊小姐）
营销编辑：史青苗　刘晓艳
责任印制：杨　宁　白　珂
装帧设计：晨星书装

重庆出版集团
重庆出版社　出版

（重庆市南岸区南滨路162号1幢）
北京盛通印刷股份有限公司　印刷
重庆出版集团图书发行有限公司　发行
邮购电话：010-85869375
全国新华书店经销
开本：880mm×1230mm　1/32　印张：38.5　字数：961千
2023年2月第1版　2023年12月第4次印刷
定价：108.00元
如有印装质量问题，请致电 023-61520678
版权所有，侵权必究

人,既无虎狼之爪牙,

亦无狮象之力量,

却能擒狼缚虎,驯狮猎象,

无他,唯智慧耳。

——《千门秘典》序

总目录

序　　　　　　　　　　001

第一卷　千门之门　　　001

第二卷　千门之花　　　233

第三卷　千门之雄　　　423

第四卷　千门之威　　　609

第五卷　千门之心　　　791

第六卷　千门之圣　　　1013

后记　　　　　　　　　1214

序

千千世界，智谋江湖

在《今古传奇·武侠版》过完20岁生日后，最让本编振奋的消息就是《千门》系列要再版了。作为《千门》系列的首发平台，很高兴能在影视平台上遇到眼神拉丝的云襄，在有声平台上听到娇俏悦耳的亚男，在电子书中见到不肯服输的骆文佳……在大千世界的每一个次元都能遇见它，遇见武侠。

回想十五六年前第一次遇到《千门》，还是在编辑部讨论会中。当时为了方白羽老师的《千门》系列，一众编辑有过反复争议。一说，这不是武侠，这背离金、古两位大师之路太远；另一说，这才是让人耳目一新的武侠，这将是"大陆新武侠"中浓墨重彩的一笔。

"大陆新武侠"这一词，一开始是相对于之前盛行一时的港台武侠而言，是指我们刊物中收录的小说呈现了与港台武侠小说不同的创作景观。从传统的侠情小说，到都市侠义小说、女子武侠小说、玄幻武侠小说等新题材的武侠小说创作，江湖上出现了一片灿烂星云。

就像大千世界面面不同，《千门》系列不同于其他武侠小说，少了功法肉搏、千里飞剑，多的是商战诡谋、现实童话。但文字中飘出的气，正是我们一直所说的"大陆新武侠"，丰富、多元、个性、有想象力、脱离套路……侠义中泛出一股子成熟自信、有容乃大的气魄。作为智谋江湖里程碑似的尝试和开拓，是何其美好和值得尊敬啊！就像当年的主编木剑客所说,好的稿子,闻闻味道就知道。

方老师当时也是在金、古两座高峰前仰望很久,最后选择了自己独辟的新路,让江湖更写实一点,让故事更精巧一些,让普通的我们更融入一点。所以最后的结果,就是我们编辑部全体都被云襄的侠气所感染,被亚男的果敢所征服,这哪里不是武侠?不是只有武功高绝的才是英雄,运用头脑智谋一样能在这凌乱江湖中独当一面。本来,这个江湖就应该日月星天、奇山丽水,每一处景致,每一片草木都不可复制,独一无二。

《今古传奇·武侠版》2007年11月月末刊登的《千门之门》,当时还稍显稚嫩的云襄公子正在成长,没有傲人的家世,没有敌国的财富,正用知识和智慧来一步步改变他的命运,成为一个商战上的侠客,就像当时期刊中写到的:

"他在痛苦中辗转,在磨砺中成长,他以善为力,以智为招,在江湖中翻云覆雨,搅动风雷。他身在江湖,智在百姓。他叫做千门公子。他是一个符号,也是一个象征。"

《千门》系列在《今古传奇·武侠版》的刊登情况是这样的:

2006年7月下半月,《千门公子》;2007年11月末,《千门之门》;2008年3月下、4月上,《千门之花》;2008年6月末,《千门之雄》;2008年9月下、10月上,《千门之威》;2008年10月末,《千门之心》;2009年1月末,《千门之圣》。

在纸媒盛极一时的时代，《今古传奇·武侠版》每一期的刊物曾经无比稀有，令整班的少年们着迷；到如今，每天数以万计的期刊印刷出来，却都被堆放在了时代的角落。收集着当年刊物的读者，也许不再追看杂志，但的确还在追看武侠，追着方老师的脚步，心中坚信"人，既无虎狼之爪牙，亦无狮象之力量，却能擒狼缚虎，驯狮猎象，无他，唯智慧耳"。

时至今日，重新审视这本饶有兴味的书又别有一番感慨。通常我们所看的武侠小说，往往主角都是根骨清奇，在遇到了难以对付的敌人时，靠金手指和其他高手帮助来升级。可《千门》系列，是靠学习、靠点拨，智慧是随着经历和挫折的增加而提高的，又戏剧化又现实，让我们不得不承认，良好的学习能力，无论在江湖中还是现实中都是必不可少的。

创作是作者的心路历程，但在连载时，它又不全是作者一个人的意志。当年的《千门》系列剧情发展的结局可不是现在这样。关于云襄的生与死，这是一个两难的问题。舒亚男和云襄的纠葛是 HE 还是 BE，方老师摇摆了很久。最后，还是在读者们的强烈祈愿下，有了现在的权衡，所以，我们还是有幸能看到他们的未来，能期待方老师正在下笔的新篇章，关于云襄后人们的故事。

本书将带你展开一趟穿越江湖的生命之旅，千千世界，波诡云谲。也许马上《武侠版》就会消失，但武侠小说不会消失；也许武侠小说的载体会改变，但侠义之心不会变，这是我们民族的传承，刻在了血肉里。请善待武侠，善待这本书。

　　这里借用一下当年方老师给读者们的寄语：生活就像一本书，不是上帝，永远猜不到下一页写的是什么。相信你们现在翻开这本书时也会有此感触，无法释卷。

《今古传奇·武侠版》杂志主编

苏琳

2022 年 8 月 15 日于武汉

目录

第一卷 千门之门

楔子　　　　　003
一、蛇祸　　　009
二、陷阱　　　028
三、蒙冤　　　046
四、暗狱　　　062
五、新生　　　080
六、逃狱　　　101
七、刀客　　　119
八、魔门　　　139
九、同行　　　159
十、布局　　　177
十一、绝情　　196
十二、夺经　　211

第二卷 千门之花

一、变故　　　235
二、神捕　　　250
三、服罪　　　268

四、自残 286
五、复仇 302
六、莫爷 321
七、对手 338
八、反干 355
九、少林 375
十、夺宝 390
十一、干雄 406

第三卷 千门之雄

一、比剑 425
二、赌酒 442
三、考验 459
四、结义 476
五、交锋 493
六、失手 512
七、重逢 530
八、中伏 547
九、地契 563
十、分手 580

第一卷 千门之门

楔子

天高地阔，万里无云，赤红的太阳纹丝不动高悬中天，把天地映照得明晃晃一片火红。空气被日光烧灼得炽热难当，似乎只差一点火星就能点燃。

一望无际的戈壁大漠中，有一小队奇怪的人马挣扎着行进在无路可循的黄沙里。人数不足二十，牲口不及十头，除了领头的四五人骑着骡马骆驼，其余十多人竟被用镣铐像骡马一般拴成一串，在几个骑手的吆喝鞭笞中，勉强挣扎着向前蠕行。

在如此酷烈的太阳下，戈壁荒漠里本就不多的活物也都躲到各自的藏身之处，以避开一天中最毒的阳光。放眼望去，前方黄尘漫漫的天地中，除了东一团、西一簇的骆驼刺，就只剩下一座孤零零的驿站。此时驿站旗杆上那方破旗懒洋洋地随风摆拂，勉强透出一丝难得的生气。看到那面旗，几个骑手不禁一声欢呼，鞭笞众囚徒加快了脚步。

驿丞老蔫也看到了这一小队人马，远远便迎出了驿站。老蔫并不是个热情好客的主儿，整天都蔫巴巴的，像霜打的茄子，不过谁要在这远离人烟的荒僻驿站孤零零地待上十年，见到强盗都会觉得亲切。

"老鸢,快快准备清水草料!这鬼天气,简直要把人给烤熟了!"领头的骑手远远就在大叫。他脸上有一道血红的刀疤,随着表情变化在不住耸动,远远看去,就像脸颊上又开了一张嘴。

"清水草料早已经准备好,刀爷!"老鸢边答应着,边拿出准备好的东西。他认得来人是甘凉道有名的捕头,绰号"刀疤",真名反而没多少人知道。这里虽然已是青海地界,但刀疤经常负责把内地送到甘凉道的囚犯,再押送到更远的青海服苦役,常常要经过这座孤零零的驿站,一来二去,与老鸢自然就相熟起来。

几个差役翻身下马,争先恐后地奔向老鸢准备好的清水馒头,几个披枷戴锁的囚犯则跌跌撞撞躲到阴凉处,东倒西歪地瘫在地上直喘粗气,就像几条离了水的鱼。

老鸢提起一桶清水向他们走去。他虽然知道发配到如此荒凉偏远之地来服苦役的囚犯,大都是些穷凶极恶之辈,不值得同情,但一个人在这驿站苦守多年,一年到头难得看到几个人,就算是囚犯,在他眼里也十分亲切。

老鸢舀了一瓢水,几个囚犯立刻争先恐后伸长脖子张嘴来接。囚犯都戴着枷,双手不得自由,吃喝拉撒都得要人帮忙。老鸢正要喂,却听身后一个差役突然喊道:"等等!"

老鸢回过头,就见一个吃饱喝足的差役,抹着嘴一脸坏笑地走过来。他夺过老鸢手中的水瓢扔回桶中,然后两腿一叉,扯开裤子对着水桶就哗哗哗撒了一泡尿,这才提起裤子对老鸢示意:"去,喂他们喝!"

老鸢为难地望向一旁的刀疤,见他并不制止,反而露出了饶有兴致的微笑,只得舀上一瓢尿水递到一个囚犯面前。那囚犯稍一犹豫,闭上眼咕咚咕咚喝得干干净净。

众差役哄堂大笑,有人还大声调侃:"热茶一定比凉水还要解渴吧？"

在众人的哄笑声中，老鸢一个个喂过去。众囚犯有的麻木，有的哭丧着脸，有的则两眼怒火，不过在极度饥渴之下，还是毫不犹豫地喝了下去。

老鸢喂到最后一个囚犯时，却见他别开了头，一脸倨傲。老鸢叹了口气："喝吧！从这里过去数百里都是戈壁荒漠，不喝水怎么成？"

"我是人，怎么能不要尊严？"那囚犯涩声道。他的声音虽因干渴已嘶哑难听，却依然透出一股不容轻侮的傲气。

尊严？老鸢一怔，他还是第一次听到这个词，更是第一次遇到这样的囚犯，不由细细打量对方。那囚犯身形瘦弱，看眼神似乎十分年轻，虽然须发散乱，满脸肮脏不堪，依然掩不住骨子里的书卷气。老鸢还想再劝，就听身后的刀疤大声问："怎么回事？他怎么不喝？"

老鸢为难地回头，还没来得及解释，刀疤已大步过来，一把抢过老鸢手中的水瓢，吐了口浓痰在里面，往那囚犯嘴边一递："嫌料不够，老子再给你加点！"

那囚犯别开头，虽然披枷戴锁，他眼中却有一种凛然之色，与其他囚犯那种卑微胆怯完全不同。这眼光刺激了刀疤，刀疤不由一把抓住他的发髻，迫使他扬脸向着自己，然后把手中的水瓢强塞到他嘴里，斥骂道："不识抬举的东西，还要老子亲自伺候你？"

那囚犯使劲一挣，水瓢被撞落在地。刀疤勃然大怒，一脚将他踢倒，指着一旁的囚犯喝问："你为什么不喝？你跟他们有什么不同？"

那囚犯挣扎着坐起来，嘴里兀自道："我是人，不是牲口！"

"人？"刀疤一把将他拎起来，"你他娘的也敢自称是人？你们这些垃圾，有哪个敢自称是人？"

刀疤说着扔下他，举起马鞭从几个囚犯头上一个个抽将过去，边抽边骂："你！一个拐卖小孩的人贩子；你！一个强奸女人的采花贼；

还有你！一个杀人越货的江洋大盗！你们这些垃圾，有哪个配称为人？老子恨不得将你们一个个就地处决，免得连累老子在这种天气，还要侍候你们去青海游玩！"

刀疤说着转回方才那囚犯面前，举鞭抽道："尤其是你！不仅强奸杀人，还坑蒙拐骗。老子真搞不懂，以你的罪名，就算判个凌迟也不过分，你居然还能活命！真不知使了什么龌龊的手段，花了多少昧心银子。听说你以前还是个秀才，就凭这，也该罪加一等！"

"我没有！"那囚犯突然声嘶力竭地大叫起来，"我没有强奸杀人，也没有坑蒙拐骗。我是冤枉的！"

"啐！每个囚犯对老子都是这么说的。"刀疤说着重新舀了瓢尿水递到他嘴边，"老子再问你一次，喝不喝？"

那囚犯针锋相对地迎着刀疤凶狠的目光："我是人，不是牲口！"

刀疤勃然大怒，将尿水泼到他脸上，扔下水瓢怒道："好，老子看你能撑到什么时候！只要你能撑到明天，老子就承认你是人！"说着一挥手："来人，把他给老子绑到拴马桩上，看他能犟到什么时候！"

几个衙役把那囚犯从阴凉处拖出来，七手八脚地绑到驿站外的拴马桩上。头顶日光正烈，地面沙砾发烫，在上烤下煎之下，正常人根本坚持不了多久。那囚犯舔着干裂的嘴唇，紧闭上双眼，在如火烈日烘烤下，虽然神情早已疲惫不堪，脸上却依然有一种不屈的孤傲。

"谁也不许给他送水，老子就看看他到底能撑多久！"刀疤说着对老蔫一招手，"准备干粮草料，咱们明天一早再走。"

天渐渐黑下来，戈壁滩的白天热如火烧，到了夜晚却又十分寒冷。老蔫喂完骡马后，正好经过拴着那囚犯的地方，不由提灯照了照，只见那囚犯全身瘫软地挂在木桩上，不知死活。老蔫慌忙过去一探鼻息，隐约还有一点细若游丝的呼吸。

老鸢暗自叹息，又想起了这囚犯日间那忧悒倔强的眼神，虽经历万般磨难，依旧孤傲不屈。这是其他囚犯眼里没有的神光。不知怎的，老鸢始终忘不掉这种眼神。如今他在烈日下苦熬半日，早已严重缺水，若再不喝水，一定撑不过今夜。

老鸢侧耳细听驿站内的动静，只听到一片鼾声。日间的长途跋涉，早已令众人疲惫不堪，天刚入黑就尽数睡去。老鸢悄然舀来一瓢清水，托起那囚犯的下颌，小心翼翼地将清水灌入他口中。片刻后，只见他睫毛微颤，终于缓缓醒了过来。

"谢天谢地，我还怕你醒不过来！"老鸢嘴里嘟囔着，还想继续喂水，谁知那囚犯却本能地转头避开。老鸢忙道："别紧张，这是清水。"

那囚犯将信将疑地浅尝了一口，这才将一瓢水急切地喝完。清水下肚，他的精神稍稍恢复了一些，干涸的眼里泛起点点泪花，对老鸢哽咽道："老伯，多谢相救！我骆文佳若有出头之日，定要报答老伯一水之恩！"

老鸢摆摆手："什么报答不报答，等你活着离开青海再说吧。据我所知，凡发配到这儿来服苦役的囚犯，还没有能活着离开的。"

那囚犯一怔："这是为何？"

老鸢叹道："宁肯地上死，不要井下生。在矿井服苦役，吃的是阳间饭，干的是阴间活，一年下来不知要活埋多少汉子。凡是被发配到那儿的囚犯，要么在井下被埋，要么被繁重的劳役折磨至死，几乎无一例外。"

"我要活下去！我一定要活下去！"那囚犯眼中闪出骇人的光芒，"我是冤枉的！我一定要活下去！我一定要让那些陷害我的人付出应有的代价！"

老鸢同情地望着这个与众不同的囚犯，却不敢出手放开他。只见他拼命挣扎,似乎想挣脱身上的束缚,不过他的努力没有撼动拴马桩,反而越来越无力,最终晕了过去。

骆文佳!老蔫在心中默念着他的名字,暗自叹息:看来确实是个读书人,只可惜,在恶劣的环境下,读书人活下来的机会少之又少。

"我要活下去,我一定要活下去!"昏迷中,骆文佳还在喃喃念叨着。他那肮脏不堪的脸上,闪着异样的神采,时而狰狞,时而温柔,时而愤怒,他的意识似乎又回到了那不堪回首的过去……

一、蛇祸

"人之初，性本善；性相近，习相远；苟不教，性乃迁；教之道，贵以专……"伴随着孩子们朗朗的读书声，骆文佳又开始了他一天的生活。

这里是扬州郊外一处小村庄，村前小桥流水，村后群山环抱，风景十分秀美，远近闻名。村里大部分人姓骆，因此也叫骆家庄。骆文佳的祖上是告老还乡的京官，只可惜到骆文佳父亲这一代，因为好赌不仅耗尽了家财，还被人催债逼得上吊自尽，骆家从此败落。幸好骆文佳有一位知书达理、勤劳善良的母亲，一刻也没放松对儿子的管教，不仅独自将他抚养长大，还送他到邻村私塾伴读，终于将他培养成村里唯一的秀才。在母亲的严厉管教下，骆文佳从小就立志要通过科举出人头地，像先祖那样学而优则仕，以振兴家门。为了分担母亲的重担，骆文佳在苦读诗书准备考试之余，还借村中的祠堂开设私塾，除了要帮助村里那些读不起书的孩子，也能挣点小钱贴补家用。

窗外传来的马蹄声吸引了孩子们的目光，读书声不由弱了下来。骆文佳循声望去，只见两个衣衫锦绣的富家公子，在几名随从的簇拥下，正控马缓缓从窗外经过。两人谈兴正浓，其中一个白衣白马的儒雅公子还不住用马鞭指点着周围，意态颇为潇洒。

骆文佳认出那白衣公子名叫南宫放，扬州城有名的南宫世家三公子。当年父亲将家产都输给了南宫世家，因此骆家庄大部分田产现在都属于南宫世家，只有寥寥几块祖宗坟地还在村中族长手里。最近听说南宫世家要收骆家庄的地，准备在这儿建造休闲山庄和赛马场，这消息令村民们人心惶惶，大家都希望族长骆宗寒能阻止这件事。

"别看了，继续读书！"骆文佳拍拍桌子警告孩子们。他对这些公子哥儿一点也不感兴趣，只想苦读诗书，早日考取功名。

直到日影西斜，骆文佳才收起文房四宝让孩子们放学，他们打打闹闹逃出祠堂，屋中一下子静了下来。将桌凳整理好后，骆文佳也收起书卷准备回家，一出门，就见一个青衫少女挎着篮子等在门外。见到骆文佳她有些羞涩，却还是款款迎了上来。

"欣怡！"骆文佳眼中闪过异样的神采，连忙拱手为礼。

"文佳哥！"少女来到骆文佳面前，低着头将手中的篮子递过来，"这是我家今年新摘的果子，给你和伯母尝尝鲜。"

骆文佳连忙将篮子接过来，本想说几句感谢的话，却又不知如何开口，讷讷地愣在当场。那姑娘偷眼看了看一脸窘迫的骆文佳，不由嫣然一笑，对他摆摆手："你早些回去吧，莫让伯母担心。"

"嗯！"骆文佳连忙答应。

少女低着头又等了一会儿，才低声说："我走了！"

"嗯！"骆文佳答应着，目送她徐徐走远。不想她走出数十步后，又回头挥了挥手，一脸娇羞。骆文佳心神一荡，不由看痴了。直到那少女再看不见踪影，他才收回目光，拿起篮中一个红艳艳的苹果，放到鼻端轻轻嗅着，却舍不得咬上一口。

怡儿！骆文佳在心中叫着那少女的小名，只感到一阵甜蜜。那少女是村中殷实大户赵富贵的女儿。赵富贵是外来户,当年为了寻个靠山,曾与骆文佳的父亲指腹为婚,早早便把女儿许给了骆家。后来骆家败落,赵富贵便有了悔婚之意。只是两个孩子从小青梅竹马一起长大,早已难舍难分,赵富贵为此差点与骆家翻脸。不过后来他见骆文佳勤奋好学,与其父完全不是一类人,小小年纪便考取了秀才,前途不可限量,这才对两人的往来睁一只眼闭一只眼,暂且默认了这门亲事。

本来按礼教,有婚约的男女在成婚前不能见面,只是荒野小村,所有礼教都删繁就简,所以骆文佳与赵欣怡才有机会常常见面。但随着年岁的增长,加上十七年前那一纸婚约,二人反而不能再像小时候那样随和自然,两小无猜。

这边骆文佳嗅着手中的苹果慢慢往家走,那边赵欣怡拐过路口却没有走远,隐在树后偷看。见骆文佳呆呆地抱着篮子往回走,她不禁抿嘴一笑,轻轻骂了一声"傻瓜",这才一甩发辫转身欲走。

刚回头,一声猝然而发的马嘶声把赵欣怡吓了一跳,只见一匹洁白如缎的骏马在自己面前人立而起,差点将马上骑手掀下来。那骑手一脸恼怒,正要开口责骂,待看清赵欣怡的模样,不由愣在当场。

赵欣怡半晌才回过神来,正要道歉,却发现马上的骑手正直勾勾地望着自己。虽然村中也有不少小伙子喜欢偷看自己,但像这种肆无忌惮的目光赵欣怡还是第一次遇到,心中不禁有些害怕。顾不得道歉,她低头就走,匆忙间似乎没看清那人的模样,依稀觉得是个白衣胜雪的年轻公子,长得似乎也不难看,就是目光有些吓人。这种人在赵欣怡心中属于另一个世界,跟自己全然无关,所以当她回到家时,已然将方才的邂逅完全忘记了。

"美!真美!"马上骑手直到赵欣怡走远,犹在喃喃自语,"想不到这偏僻小村,竟有空谷幽兰!"

"三公子好眼力！"他身旁一个锦衣公子连忙点头附和，"扬州虽是佳人云集的繁华都市，却也很少看到这等不染一丝俗粉的人间绝色。"

被称作"三公子"的白衣男子没有搭理对方，却望着赵欣怡消失的方向轻轻吟道：

> 山村有佳人，年方二八整。眉如远山月，肤如凝雪脂。
> 腮边染桃红，凤目暗含春。唇启如花绽，举步似莲生。
> 骏马惊艳停，踯躅不敢前。惊鸿一瞥间，疑是天上仙！

"三公子好文采！"锦衣公子鼓掌赞道，"出口成章，三步成诗。想来传说中那些风流才子，也不过如此吧？"

"唐公子说笑了！"白衣公子连忙摆手，"不过一时兴起罢了。在下一首陋诗，哪能形容那姑娘之美于万一！只可惜，咱们连她的名字都还不知。"

唐公子忙嘻嘻笑道："公子何不追上去问问，凭南宫世家三公子的风流倜傥和博学多才，这还不是手到擒来？"

"咱们还有正事要办呢！"南宫公子有些遗憾地摇摇头，"如今这方圆数十里，就只剩下骆家庄，再不抓紧拿下，岂不显得我南宫放无能？"

唐公子不以为然地撇撇嘴："咱们这次出了高价，再加上公子你亲自出马，恩威并用，我不信骆宗寒那老家伙会不识时务。"

南宫放摇了摇头："骆宗寒是个硬骨头，恐怕不会就范。"

"硬骨头？"唐公子冷笑一声，"难道能硬过公子的无影搜魂手和我唐笑的独门暗器？"

南宫放脸上闪过一丝嘲笑，嘴里却道："咱们南宫一族，在扬州毕竟是有身份有地位的大户人家，岂能公然恃强凌弱，授人以柄？就算万不得已要动粗,也决不能亲自出手。"

唐笑颇有些不屑地撇撇嘴:"哪有这么麻烦?此事若是在我川中,谁要敢让咱们唐门不痛快,三天之内即遭横死。"

南宫放鼻孔里一声轻蔑冷笑,没有再说话,却突然勒马在一座青瓦红墙的四合小院前停了下来,扬鞭一指:"到了!"

骆文佳到家时,天已擦黑,母亲在厨房里忙碌,家中飘荡着饭菜的香味。他忙把手中的篮子递给母亲:"娘,欣怡送来的,让您老尝尝鲜。"

母亲没有接,叹口气道:"我吃不下。"

"这是为何?"骆文佳见母亲神色有异,慌忙问道。

"咱们家境贫寒,却还是书香世家,你难道就甘心一直接受别人馈赠?虽然你与怡儿有婚约,但若不能考取功名,你怎么能够娶她?就算她不介意,她父亲恐怕也不会答应。"

"母亲教训得是。"骆文佳忙道,"我一定用功读书,争取早日中举。"

"没出息!"母亲边端上饭菜,边半真半假地斥责道,"你祖上世代书香,进士解元不计其数,你若连个举人也考不上,如何有脸见人?"

"是是是!"骆文佳忙赔笑道,"儿子一定用功读书,争取中个状元,也给母亲大人挣个诰命夫人!"

"贫嘴!"母亲嘴里斥责,脸上却满是怜爱,手脚利落地摆好饭菜,这才招呼儿子,"吃饭吧,如今更深夜长,你夜里也不要读得太晚。"

母子二人吃完饭,骆文佳待母亲收拾完毕歇下后,才来到后院僻静的书房继续苦读。骆家虽然家道中落,田产尽卖,但毕竟祖上做过京官,老宅虽破败,占地却不小,不仅有厢房、后院,书房中各类藏书更是应有尽有。若非如此,骆文佳恐怕也没有机会读书了。

伴着昏黄的油灯，骆文佳刚读完一篇《论语》，突然听到后院传来"咕咚"一声闷响，像是有人从院墙上跳了下来。他忙拿起油灯出去查看，心中有些奇怪，如此破败的宅子，难道还有盗贼光顾不成？

后院墙根的荒草在微微晃动，骆文佳提灯一照，不由吓了一跳，只见草丛中，一个黑衣老者浑身是血，双目紧闭，躺在那里微微喘息，似乎已经昏迷。骆文佳在最初一刻的惊惧过后，不由小声呼唤："老伯！老伯！"老者迷迷糊糊地答应了一声，却没有睁眼。

骆文佳天性善良，见那老者身负重伤，忙将其搀扶起来，一步步扶入书房，放到自己平时休息的躺椅上躺好。他打量着老者的模样，年岁似乎并不算大，两鬓却已斑白，面容沧桑落拓，脸上瘦削无肉，即便紧闭双眼，仍然有一种难以言说的锋芒。见老者面白如纸，气息细微，骆文佳急忙道："老伯，你伤到哪里了？我这就去给你请大夫！"

他转身刚要走，却被老者一把抓住了手腕。老者的手如鹰爪般有力，虽在重伤之下，骆文佳也挣之不脱。那老者吃力地指指自己的前胸："我……这里有药！"

骆文佳忙解开老者的衣襟，见他怀中果然有两个药瓶，即刻拿出药瓶问："怎么用？"

"丹丸内服，药粉外敷！"老者吃力地说了句话，便累得直喘粗气。

骆文佳依言将药丸给老者服下，再撕开老者胸前带血的衣衫，谁知血肉相连，痛得老者一声大叫，顿时昏了过去。骆文佳手足无措，赶紧将药粉敷在老者前胸伤口处，然后撕下一片衣衫裹住伤口。忙完这一切，他才发现老者怀中还有个小包裹，贴肉藏着，已经被血水浸湿，怕它与伤口黏合在一起，便轻轻抽将出来。包裹入手不重，长长方方像是一本书，骆文佳天性对书痴迷，见老者昏迷不醒，便忍不住解开了包着的锦帕细看。内里果然是一本厚约半寸的羊皮册子，看模样年代久远，封面上还用一种十分罕见的古篆写着四个大字"千门秘典"。

骆文佳从小博览群书，对诸子百家、野史传闻均有所涉猎，却从来没听过这样一本书。他心中有些奇怪，不由信手翻开第一页，这只是篇序，仅有短短一段话，也是用那种古篆写的。骆文佳轻声读道："人，既无虎狼之爪牙，亦无狮象之力量，却能擒狼缚虎，驯狮猎象，无他，唯智慧耳。"

"这是什么东西？"骆文佳不由疑惑，正想翻开第二页，却发觉书页粘连，无法翻开。他正准备细看究竟，却突然感到后领一紧，脖子已被一只鹰爪般的手扣住，跟着眼前寒光一闪，一柄匕首已抵在自己眼帘上，身后传来一声冷喝："你敢私阅本门秘典，当挖去双目。"

"啊！"骆文佳一惊，慌忙丢开书，这才发现躺椅上的老者已来到自己身后，正用匕首抵着自己的眼帘。他忙分辩道："老伯饶命，我……我不知道……"

"你看到了什么？"老者喝问。

"我就看到第一页那句话，其他什么也没看到！"骆文佳忙道。

"既然看到了，就该挖目！"老者说着手腕一紧，正要动手，却听窗外突然传来一声枯枝折断的脆响。这声音落在骆文佳耳中几乎微不可察，但在老者耳中却如惊雷。老者一怔，突然扳过骆文佳的身子，跟着倒转匕首，将刀柄强塞入骆文佳手中，然后抓住骆文佳的手腕向自己前胸一送，匕首应声插入了自己胸前的伤口。

这几下兔起鹘落，变故突生，待骆文佳回过神来，才发现自己手握匕首，正刺中老者前胸，跟着就见老者徐徐向后倒去。骆文佳手握带血的匕首，吓得愣在当场，结结巴巴地道："我……我不是……故意的！"

窗棂突然无声裂开，两名黑衣人手执长剑闪身而入，待看清屋中情形，慌忙横剑戒备，一齐盯着骆文佳。其中一人喝问道："是你杀了他？"

"不是我！"骆文佳赶紧扔掉手中匕首，指着倒地的老者，"是他……"

两个黑衣人看看地上毫无声息的染血老者，再看看手足无措的骆文佳，不由交换了一个眼神。其中一人冷冷喝道："既然你杀了他，那东西一定落在了你手里。交出来！不然……"

"什么东西？"骆文佳一脸茫然。

"哼！果然不愧是千门中人，装得还真像！既然如此，咱们只好冒犯！"一个黑衣人一声冷喝，长剑一抖，挽起朵朵剑花，突然向骆文佳逼来。

骆文佳慌忙后退闪避，却被身后的凳子绊倒，结结实实摔在地上，虽然摔得七荤八素，却刚好躲过了迎面逼来的剑花。那黑衣人见状疑惑地收剑而立，暗想自己这一剑本是虚招，何以一招便得手？

"在这里！"另一个黑衣人突然发现了落在地上的那册羊皮书，顿时两眼放光扑将上去，正要伸手去捡，却感觉身旁寒光一闪，同伴的剑竟向自己刺来。那黑衣人猝不及防，顿时被刺中了腰胁，不由捂着伤处踉跄后退，戟指同伴怒喝："你……"

那出手偷袭的黑衣人森然一笑："《千门秘典》，人人得而藏之，你怪不得我。"说着再补上一剑，顿时将同伴杀害。然后他转向骆文佳，见对方刚挣扎着爬起来，便一边暗自戒备，一边伸手去捡地上的羊皮书。就在这时，方才一直倒地不起的老者突然一跃而起，一掌斩向黑衣人咽喉。黑衣人大半注意力都在骆文佳身上，根本没想到老者会死而复生，顿时被切中咽喉，不由一声痛叫，瞪着眼慢慢软倒在地。

老者这一下突袭牵动伤口，鲜血又涌将出来，转眼便湿透了前胸衣衫，不由瘫在地上直喘粗气。喘息半晌后，他才对一旁呆若木鸡的骆文佳勾勾手指："你过来！"

"我不！"骆文佳吓得往后直退。

"你放心,我不会伤害你。"老者柔声道,"方才是你……"

"不是我!"骆文佳赶忙分辩,"我不知道匕首怎么就到了我手里,还刺中了你。"

"不关你的事。"老者吃力地道,"要不是老夫急中生智,岂能骗过这两个家伙?"

"你的伤,不要紧吧?"骆文佳看他胸口一片血红,还是关心地问了一句。

"在伤口上再戳一刀,也只是多流点血罢了,没什么大不了。"老者说着捡起羊皮书塞入怀中,然后对骆文佳道,"方才是你救了我,我不会为难你。如果以后有机会再见,我定会报答你的救命之恩。你先将这两人拖去埋了吧。"

骆文佳慌忙摇手:"不行不行,出了人命案,当然要先报官!"

"报官?"老者一声冷笑,"老夫拍拍屁股就走,官差来后,你怎么解释今晚之事?"

"照实说!"

"谁会相信?"

骆文佳哑然,今晚之事实在太过离奇,若非自己亲眼所见,也绝不会相信。但要他将两个黑衣人就此掩埋,当什么事也没发生,他也做不出来。沉吟片刻,骆文佳昂然道:"君子行事,但求无愧于心。我会将今晚之事据实向官府汇报,别人信不信,其实也无关紧要。"

"迂腐!愚昧!"老者忍不住破口大骂,"你可知今晚之事如果传了出去,会给你惹来多大麻烦,又会给老夫惹来多大麻烦?"

骆文佳犹豫了一下,还是摇头:"毕竟是两条人命,我不能昧着良心将他们就这样掩埋。"

"百无一用是书生!百无一用是书生啊!"老者连连叹息,挣扎着从袖中掏出一个小瓷瓶,喃喃道,"看来只得用老夫这珍贵无比的神药了。"说着,老者将瓷瓶中的药粉倒入两具尸体的伤口,随着细微的声响,两具尸体竟一点点化去,最后只剩下两套空空的黑衣。骆文佳从未见过这等奇事,已然惊得目瞪口呆,直怀疑自己是否身在梦中。

那老者将两套黑衣连同两柄长剑一并包好,背在背上挣扎出门时,又回头嘿嘿冷笑道:"现在一点痕迹都没有了,我看你还如何报官?"

骆文佳见老者跌跌撞撞地出门,突然想起自己连对方姓名都还不知道,忙追问道:"不知老伯如何称呼?"

"怎么,你还想将老夫的名字也告诉官府不成?"老者回眸斜视,眼中杀气隐现。

骆文佳叹了口气:"老丈误会了。今晚之事若无物证,我说出去谁会相信?今日与老伯巧遇也算有缘,他日还能相见也说不定,所以忍不住问问。"

老者嘿嘿冷笑道:"你身在山村,心在官场,老夫却终年在江湖独行,今后恐怕不会有机会再见。不过见你这般诚恳,老夫也不妨告诉你,老夫姓云,别人都尊老夫一声'云爷'。"

云爷?骆文佳在心中默念了一遍,还想再问,却见老者已踉跄出门而去。他看看天色,夜幕才刚刚降临。天上星月依旧,四周除了秋虫的鸣叫,就只有习习微风带来些许凉意。无论黑衣人还是白发老者,俱不见了踪影。

"当当当!"祠堂那边突然传来急促的锣声,在夜里显得十分突兀。这锣声是族中召集众人的紧急信号,只有发生重大事件时才用。骆文佳长这么大,也只是在一次村庄遭到盗匪抢劫时,才听过这种锣声。

"娘,族中肯定有大事发生,我得去看看!"骆文佳匆匆来到母亲的窗外禀报,就听母亲在屋里叮嘱道:"你去看看可以,但要切记,一切有族中长辈做主,你万不可强自出头。"

"孩儿记住了!"骆文佳答应了一声,便匆匆往祠堂方向赶去。他虽然年未弱冠,在族人眼中还不算成年,但他是族中唯一的秀才,所以获准参加族中事务,这让他一直自豪不已。

骆文佳匆匆来到祠堂,这里早已聚集了很多族人。大家对今晚族长的召集感到十分意外,纷纷相互打听,各种揣测都有,却没有一个确切的答案。

直到族人来得差不多后,族长骆宗寒才在两个儿子的陪同下大步进来。在昏黄的灯笼、火把映照下,骆宗寒脸色铁青,颌下短髯也在微微颤动,眼中更闪烁着一种决绝的寒芒。

"叔公,半夜三更将我们召集起来,究竟有何事?"有人在大声询问。

骆宗寒抬手示意大家安静,待众人渐渐静下来后,才环顾族人道:"今日扬州南宫世家三公子亲自登门,出三倍价钱要咱们搬迁,让出骆家庄所有的土地,你们说怎么办?"

"那怎么行?"有人立刻高声反对,"咱们骆家在这儿生存了数十代,连祖坟都在这里,怎么能搬?"

"是啊!"众人纷纷附和,"从来只有活人能搬,没听说祖坟也能搬!"

"不搬,绝对不搬!"众人态度异常坚决。

骆宗寒待大家稍微安静后,才朗声道:"今日南宫放已对咱们下了最后通牒,说如果不搬,从今夜开始,我骆家庄每天就要死一人。我本当他是虚言恫吓,谁知今晚天刚黑,村中果然就有人死去,所以我才立刻召集族人议事。"说着骆宗寒向身后一招手:"抬上来!"

两个年轻人抬着一副担架来到祠堂中,担架上覆盖着白布,白布下现出了瘦小的轮廓。人们在惊惧中看着一个族中子弟缓缓揭开白布,露出了一具老婆婆的尸体。待看清尸体后，众人心中虽有些惋惜，却也暗暗松了口气。死者是由外地流浪到骆家庄的孤老太太，自称夫家姓梅，所以人们就叫她梅婆婆。她其实跟骆家庄没多大关系，几年前流浪到此，只因为这里民风淳朴，人们心地善良，常常接济她一顿两顿，所以她就在村中一间废弃的茅屋住了下来。没想到她今夜却因骆家庄而惨死。

"我让大夫检查了梅婆婆的尸体，"骆宗寒对众人平静地道，"既没有发现任何伤痕，也没有发现中毒的迹象，死得实在蹊跷，就算报官恐怕也只当是年老体衰，寿终正寝。不过我却不相信有这么巧的事，看来南宫放是先杀个不相干的人警告咱们，如果咱们再坚持，也许下一个就轮到咱们骆家的人了。"

祠堂中一下子安静下来。突然，一个年轻人举臂叫道："如果真是他南宫放干的，咱们也决不能退缩，不能让别人欺负到头上来！"

这呼声得到了众多年轻子弟的附和。骆宗寒眼中露出一丝满意的微笑，突然一声高喝："拿我的刀来！"

两个儿子立刻抬上一柄九环大刀，骆宗寒双手一擎，信手舞了个刀花，震得刀背上九个铁环哗哗作响，声势骇人。骆宗寒把大刀往地上一杵，昂然道："从今日起，骆家所有成年男子俱要自备武器，组成护村队，轮流在村中巡逻警戒，保护大家的安全。如果南宫放胆敢在村中杀人，咱们就跟他拼了！"

众人齐声叫好。其时民风尚武，骆家庄中也有不少年轻人学过些粗浅武功，尤其族长骆宗寒，年轻时还干过几年镖师。有他出头，众人顿时觉得信心百倍，热血沸腾。

"好！每家每户抽一名男丁，随身携带兵刃，听到锣声就立刻赶到祠堂集合，应付一切突发事件。平日则轮流在村中巡逻警戒。"骆宗寒说着，又向远处的骆文佳招招手，"文佳，你负责给大家登记一下。你家人丁单薄,你又是个秀才,舞刀弄棒的事就不要干了,只负责写写记记的杂事吧。"

"叔公!"骆文佳期期艾艾地道,"这事……我看还是报官吧!咱们若私自组织武装,可是违反大明律令的大事。"

骆宗寒一怔,怒道:"你可真是个秀才!你知道像南宫世家这样的武林豪强,哪家不是人人练武,个个门人弟子无数,大明律令怎么不管管他们?这世上弱肉强食,谁若没有刀剑防身,就只有受人欺负,任人宰割。报官?现在哪个当官的不是认钱不认理?我看你是读书读糊涂了,连起码的世情都不知道。行了,这事也不用你了,你还是安心读书准备赶考吧,但愿你有一天能混个一官半职,咱们骆家也不用受人欺负了。"

骆文佳还想争辩,却见骆宗寒已在指挥大家登记姓名,安排警戒巡逻的人手,众人再顾不上理会他这个没什么用的秀才了。无奈,骆文佳只得离开祠堂独自回家。

祠堂离家有些远,他借着灯笼昏黄的微光,高一脚低一脚往前走。刚转过祠堂门前的大榕树,灯笼突然无风自灭,骆文佳两眼一黑,跟着就感到身子突然飞起,最后落到一根树杈上。他稍稍适应了眼前的黑暗,忙向下一看,离地足有数丈高,不由大骇,慌忙抱住树干,张嘴要叫。突然,他感到后心一麻,嘴里再发不出半点声音。

"娘的,没想到骆宗寒软硬不吃,早知道我第一个就毙了他!"身旁响起一声沙哑的抱怨,骆文佳循声望去,一个长发披肩的黑衣汉子,像蛇一样贴在树干上,用腿缠着一根斜探出的树枝,正从榕树上方俯瞰祠堂内的情形。那汉子身形瘦削,面色黝黑,若非两点目光熠熠闪烁,在黑暗中几乎看不到他的脸。

"三公子专门叮嘱过,先不要动骆宗寒。他是族长,只要逼他低头,骆家庄整个就可到手。三公子不想一家一户去对付,那太麻烦。"

身后响起一个甜腻腻的声音，令人耳根发痒，浑身酥软。骆文佳回头望去，才发现一个白衣女子正慵懒地斜靠在树杈上，修长的双腿软软地缠着树干，就像一条在树上小憩的白蛇。而自己的后领，正被她翘着兰花指拎在手中。

黑衣汉子身子一卷，悄然翻上树杈，冷冷扫了骆文佳一眼，对白衣女子不满地抱怨道："你弄他上来作甚？"

白衣女子一声轻笑："我想问问他，骆宗寒究竟有什么安排。"

"这还用问？"黑衣汉子不满地冷哼道，"这等乡野村夫，什么样的安排能对咱们黑白双蛇构成威胁？"

"小心无大错！"白衣女子说着扳过骆文佳的头，笑吟吟地望着他道，"原来还是个俊俏书生，看你这打扮还是个秀才吧？给姐姐说说，骆宗寒究竟在搞什么鬼？"说着在他胸口一拍。骆文佳顿觉胸中的气闷减轻了许多，嗓子也不再嘶哑无声了。

借着蒙蒙月光，骆文佳勉强看清了白衣女子的脸。她年纪似乎不大，眼中却有一种久经风尘的味道，生得柳眉杏目，口鼻小巧玲珑，浅浅一笑，腮边便生出两个酒窝。若非面色白皙得有些吓人，倒也算得上貌美如花。虽然不知对方姓名，但从方才二人的对话中，骆文佳也猜到她定是黑白双蛇中的白蛇。此刻见她正似笑非笑地打量着自己，骆文佳立刻梗着脖子道："我不会告诉你！你休想逼我！"

"哟，原来又是个宁死不屈的男子汉，"那女子一声娇笑，轻佻地托起骆文佳的下颔笑问道，"多大了？"

"你管不着！"骆文佳在最初一刻的惊惧过后，心中渐渐平静下来，不住寻思着脱身之计，却始终不得其法，只得硬挺拖延。

"别白费工夫了！"黑衣汉子像蛇一样蹿到骆文佳身边，向他一扬手，"干脆直接宰了便是，反正明天咱们也要杀人。"

"等等！"白衣女子挡住了黑衣汉子的手，"三公子交代过，一日最多杀一人。杀人不是目的，主要还是要将骆家庄的人赶走。"

黑衣汉子又是一声冷哼："哼，我看是你这条淫蛇又动了邪念吧？小心把正事搞砸了，看你如何向三公子交代！"

"住嘴！"白衣女子一声娇斥，一掌袭向黑衣汉子，黑衣汉子慌忙出手招架，两人一黑一白，出手迅捷如电，恍惚间宛如两条灵蛇在树上缠斗。数招之后，黑衣汉子突然翻身逃开，缠在三丈外的树杈上，双目炯炯地瞪着白衣女子暗自戒备，似乎对她十分忌惮。

趁着二人分心的一瞬间，骆文佳突然朝祠堂方向放声大叫："救命！快救命！"

祠堂内的众人听到响动，蜂拥而出，转眼间就将大榕树包围。虽然大榕树孤零零地立在祠堂前，却足有四人合抱粗，张开的树冠像一柄巨伞，将树上的人完全遮蔽，加上是夜里，众人一时间也看不到黑白双蛇的藏身之处。

"娘的，我恨不得立刻宰了这小子！"黑蛇一声咒骂，双眼喷火似的盯着骆文佳，吓得他赶紧闭上嘴，不敢再叫。

"行了，咱们走吧，别跟他们正面冲突。"白蛇又捏了骆文佳的脸一把，轻笑一声，"骆公子站稳了，小心别摔下去，改天姐姐再来看你。"

说着她一扬手，手中多了一条数丈长的软鞭，轻轻一挥缠在远端一根树杈上，身子轻轻一荡，犹如灵蛇一般，悠然荡出数丈。然后她在空中收鞭曲身，借着惯性不断飞掠，轻盈地落在了祠堂的屋顶。

黑蛇也像她一样荡向祠堂，只是他的身形明显不如白蛇轻盈，还没荡到祠堂就开始下落。他猛然在空中向前挥出一鞭，正好与白蛇甩来的长鞭相缠，借着白蛇的帮助，他也稳稳落在了祠堂的屋顶之上。

骆文佳吃惊地看着这一幕，简直不敢相信人能够如此灵活。片刻后他才回过神来，指着他们的落脚之处大叫："他们在那里，他们在祠堂屋顶上！"

树下众人听到骆文佳的指点，忙向祠堂上方望去，却哪里还有二人的踪影？

众人七手八脚把骆文佳从树上救下来，听他说完方才发生的一切，都有些将信将疑，在他们的世界中，还从来没听说过像黑白双蛇这样的奇人。只有骆宗寒面色凝重，忧心忡忡地对众人道："江湖之大，能人辈出。如果真像文佳所说，那对男女是南宫放请来对付咱们的异人，恐怕骆家庄真的有难了。"

"叔公，还是报官吧。"骆文佳忙道。

"报官？你方才说的话没凭没据，谁会相信？除非咱们抓到那对男女，不然根本告不了南宫放。"骆宗寒说着转向众人，叮嘱道，"从今夜起，咱们一定要加强警戒，尤其要留意树林、房顶等隐秘处。每十人一组，万不可单独行动。"

众人齐声答应，纷纷告辞回家。骆文佳见自己的提议得不到重视，只得在众人陪同护送下，黯然而回。

一夜无话，天刚蒙蒙亮时，骆文佳又听到祠堂方向传来锣声。他匆匆赶到祠堂，就见数十名族人早已聚集在一起，人人脸色凝重，族长骆宗寒更是面色惨然，一夜间像苍老了许多。祠堂中央停放着一具尸体，骆文佳认得，那是村里一个孔武有力的壮汉，谁知一大早就不明不白地死在了家里。

"我一大早起来喂猪，然后做好早饭叫当家的起床，这才发现他已经……昨夜还是好好的，谁知就……"一个村妇跪在尸体旁，她的脸上除了悲痛，更是一脸惊恐。也难怪，身边人莫名其妙死去，自己却毫不知情，任谁都会感到害怕。

众人面面相觑，哑然无语，最后都把目光转向骆宗寒。骆宗寒手抚颔下髯须,环视众人道:"我已找仵作验看过尸体,既没有伤痕也没有中毒的迹象,就算报官恐怕也只能被当成猝然死亡。看来,此事已不是咱们所能解决的,所以一大早我就让儿子去请扬州武馆的馆主,大名鼎鼎的'铁掌震江南'丁剑锋。丁馆主素有侠名,当年孤身击毙'太行十三狼'时,曾身负极重的内伤,是我背着他翻过三道山梁找到名医,他才得到及时救治,说起来他还欠着我一个人情。若能得他相助,定能对付黑白双蛇。"

众人稍稍舒了口气,纷纷对骆宗寒竖起拇指:"想不到族长当年也曾有过这等壮举,足以让咱们后人敬仰万分!"

话音刚落,就听门外马蹄声响,跟着是祠堂外守卫的子弟的惊叫声:"是骆大哥!骆大哥回来了!"

那弟子口中的"骆大哥",正是骆宗寒的大儿子。听他叫得惶急,骆宗寒忙迎了出去,就见一匹瘦马驮着儿子正缓步来到祠堂前。马鞍之上,儿子似睡着一般,伏在那儿一动不动。

"阿龙!"骆宗寒叫着儿子的小名,慌忙上前查看究竟。在众人的帮助下,骆宗寒将儿子放到地上,发现他还有细微的呼吸,只是双目紧闭,完全不省人事。

"怎么回事?怎么会这样?"骆宗寒不由叫道。

一个子弟慌忙答道:"骆大哥骑马离开不到一炷香工夫,就人事不省地回来,简直就像撞邪一样!"

骆宗寒眼里闪出骇人的怒火,猛地提起九环刀冲出祠堂,望虚空高叫:"黑白双蛇!有本事光明正大地出来取我骆宗寒的项上人头,躲在暗处暗算无辜,算什么英雄?"

几只寒鸦被骆宗寒的叫声惊起,从榕树上呱呱叫着飞出老远。四周除了惊鸟的叫声,再听不到半点声息。骆宗寒叫骂片刻,始终无人应答,最后只得颓然回到祠堂,令人将昏迷不醒的儿子抬回去医治。

这一日骆家庄就在惊恐和无助中度过，第二天黄昏时又传来噩耗，骆宗寒昏迷不醒的儿子终于不治而亡。看来黑白双蛇是算准了时机，既不违反一日杀一人的承诺，又不容任何人离开骆家庄。

昏黄的烛火照出骆宗寒一脸的疲惫，一夜之间他像老去了十岁。环顾着满脸期冀望着自己的族人，他终于缓缓道："看来只有我亲自去扬州城一趟了，趁着现在天色已晚，我连夜出村，明天一早便可赶到城里。只要有丁馆主出手相助，骆家庄可保平安。"

说着他提起九环刀，最后看了一眼族人，正要昂然出门，却见骆文佳越众而出，拦住了他的去路。看骆文佳一脸黯然，他不由故作轻松地笑道："文佳，你不用担心。叔公当年也曾在江湖上走动，手中这柄九环刀也饮过不少宵小之徒的血。若遇那黑白双蛇阻拦，就算叔公打不过，脱身还是没多大问题的。"

骆文佳小声道："叔公，虽然您老英勇不减当年，但如果让我从另一条路偷偷赶去城里，是不是更有把握一些？"

骆宗寒目视虚空，半晌无语。虽然他方才说得轻松，但也知道若遇黑白双蛇阻拦，自己这点粗浅功夫根本无力自保，如果让骆文佳从另一条路偷偷走，倒也不失为一个好办法。他从怀中掏出一块玉佩，郑重地递给骆文佳道："这是丁馆主当年留给叔公的信物，他曾对叔公说过，若遇危难，只要派人持这信物去见他，就算赴汤蹈火他也万死不辞。叔公并非施恩望报之人，也从来没想过要用这块玉佩。但如今骆家庄有难，说不得只好去求他了。你见到丁馆主后，只要出示这块玉佩，他自然知道该怎么办。"

"叔公放心，我不会让您老失望的！"骆文佳说着，将玉佩仔细收入怀中藏好。

骆宗寒满意地点点头，拍拍骆文佳的肩道："你知书达理，能言善辩，也只有你送信才让人放心。叔公走大路替你引开黑白双蛇，你连夜走水路赶到扬州城。咱们骆家庄数十口子的命运,就在咱们爷儿俩身上了!"

"嗯!"骆文佳使劲点点头,虽然手无缚鸡之力,但他心中依旧有一股热血在澎湃。

夜幕降临的时候,骆宗寒燃起火把,从大路纵马赶往扬州城;与此同时,骆文佳则告别母亲,悄悄乘小船顺河而下,与骆宗寒走的是相反方向。他要安全离开骆家庄后,再绕道去往扬州城。

二、陷阱

扬州素来为通商大阜，其繁华在江南也屈指可数。财富总是需要武力保护的，在这巨商富贾出没之地，自然少不了来自各门各派的武林高手，因此扬州城中，属于不同流派的武馆多不胜数，其数量绝不亚于扬州城的米店。在众多竞争激烈的武馆中，有一家武馆生意兴隆，为各方称道，那就是名震扬州数十年的"扬州武馆"。它的名望大半来自馆主丁剑锋的一双铁掌，以及他侠行天下的种种事迹。

这一日，馆主丁剑锋像往常一样，正督促众弟子在馆中练武，就见一名弟子手捧一块玉佩匆匆而来，禀报道："馆主，有一个年轻人自称受其族长骆宗寒所托，前来向馆主求助，这是他的信物。"

"骆宗寒？"丁剑锋一怔，接过玉佩看后顿时满面惊喜，对那弟子示意道，"快快请他进来！"

骆文佳在一名弟子的引领下来到这名震江南的第一武馆，只见馆中刀光剑影，吼声不绝于耳。两个弟子正在练对打，拳来脚往好不惊险；一个弟子正独自练刀，呼呼刀啸刺人心魄；一名年长的弟子在师兄弟们的鼓动下，突然吐气开声，一掌将一块青石板劈为碎片……骆文佳几乎应接不暇，这是一个他从未接触过的世界，这是一个令人神往的世界。

一名身高体健的褐衣老者在几名弟子的簇拥下迎了出来，练武的众弟子忙收势对那老者拱手为礼。老者摆手示意大家继续，然后转向骆文佳道："年轻人，是你送来的这块玉佩？请问你是骆宗寒什么人？"

"他是我叔公！"骆文佳忙道。

"原来是恩公侄孙！"老者面露喜色，朗声道，"老夫正是丁剑锋，贤侄快快里面请！"

骆文佳即刻拜倒在地："丁馆主，求您老救救骆家庄吧！"

"贤侄这是干什么？"丁剑锋慌忙将骆文佳扶起来，"有什么事进去慢慢说。你叔公于我有救命之恩，天大的事老夫都不会袖手。"

众人来到武馆内进的偏厅，丁剑锋听完骆文佳前来求助的前因后果，脸色不由凝重起来，半晌才道："你叔公现在怎样了？"

骆文佳黯然垂下头："我从水路离开时，曾听到村口大路方向传来打斗声，叔公一路叫骂，显然是要为我引开黑白双蛇，恐怕……"

丁剑锋重重叹了口气，轻拍骆文佳肩头道："贤侄放心，如果你叔公不幸死在黑白双蛇手里，老夫定替你宰了那两个畜生。不过……"

见丁剑锋欲言又止，骆文佳忙问："不过什么？丁馆主但讲无妨。"

丁剑锋犹豫道："如果南宫世家出的价钱合适，我看……你还是劝你叔公将骆家的田产卖给南宫放吧。"

"什么？"骆文佳勃然变色，"骆家庄乃骆氏祖先留下的产业，咱们世世代代就生活在那里，它不仅是咱们赖以生存的基业，也是骆家祖坟所在，岂能变卖？如果叔公愿意卖，岂会让我来求馆主相救？馆主说这话，莫非是因为南宫世家势大权重，连您这'铁掌震江南'也不敢惹？"

丁剑锋一窒，摇头苦笑道："势大权重？常人哪理解这几个字的真正含义？"说着他随手四下一指："贤侄，你看老夫这武馆可还风光吧？"

骆文佳点点头："我来这儿之前，绝没有想到扬州武馆竟如此恢宏庞大，果然不愧为江南第一武馆。"

"但它不过是南宫世家一处不太重要的产业，"丁剑锋摇头轻叹道，"这里的一草一木，甚至包括馆中的武师，都属于南宫世家。老夫名为馆主，却不过是南宫世家养的一个闲人，只要人家愿意，随时可以让我卷铺盖滚。在这扬州城中，几乎有一半的产业属于南宫一族，说其富可敌国一点也不夸张。不仅如此，南宫世家还上交权宦，下结三教九流，江南一带的帮会无论大小，莫不与其有千丝万缕的联系，就连地方官府也要看他们的脸色行事，说是一方土皇帝也不过分。在这扬州城方圆百里之内，你可以与官府作对，却绝不能与南宫世家作对，这是在这儿生存的常识。"

骆文佳怔了好半响方道："明白了！原来堂堂'铁掌震江南'的丁馆主，也不过是南宫世家养的一条……在下不敢再求馆主帮忙，告辞！"

"贤侄要去哪里？"

"不劳丁馆主费心，就算南宫世家在扬州一手遮天，我想这天底下，总还有他的手遮不到的地方！"

见骆文佳傲然而去，丁剑锋犹豫片刻，突然咬牙追上骆文佳，沉声道："贤侄等等，老夫决不能让恩公失望！"说着不由分说挽起骆文佳的胳膊，在众弟子惊讶的目光中，大步出门而去。

马车辚辚而行，穿过大半个扬州城，最后在一座古朴的府第前停了下来。骆文佳随着丁剑锋下得马车，放眼望去，但见那府第墙体斑驳，大门暗淡，门两旁的石狮也长满了青苔。虽然看起来有些古旧，却反而有一种岁月沉淀下的沧桑和威严。

"这是哪里？"骆文佳疑惑地问。话刚出口，他便看到了隐在门楣屋檐下那几个古朴遒劲的大字——南宫府第。

"老夫带你去见南宫世家的宗主南宫瑞，凭这张老脸，南宫瑞多少要卖老夫一点面子。"丁剑锋说着便上前叩门。骆文佳本不想去求南宫世家的人，但见丁剑锋的样子，也不好令对方扫兴。

门带着厚重的吱嘎声轧轧而开，一个老家人探出头来，一见门外是丁剑锋，不由一愣："是丁馆主！"

"福伯，老夫有急事求见南宫宗主，麻烦您老通报一声。"丁剑锋忙拱手道。

"可有请柬或拜帖？"老家人问。

"来得匆忙，未曾准备拜帖。"丁剑锋说着将一锭银子塞入老者手中。骆文佳惊讶地发现，那锭银子有十两上下，足够一个贫寒之家半年的开销。谁知那老家人并不在意，随手掂了掂，一脸为难："丁馆主，你知道咱们家的规矩，若没有请柬或拜帖，就算是扬州知府登门，宗主也一概不见。"

"所以要麻烦福伯替我通传。"丁剑锋连连拱手，一脸恳切，全然没有先前的气概。

老家人叹了口气，收起银子道："也就是丁馆主才有这么大的面子，老奴方敢替你通传。若是旁人，就算塞给老奴一座金山，老奴也不敢坏了规矩。"说着丢下丁剑锋与骆文佳，径直往里去了。

丁剑锋舒了口气，立在门外安心等候。骆文佳见状不由道："这南宫瑞好大的架子，真当自己是皇帝不成？"

"贤侄别乱说话！"丁剑锋忙道，"凭南宫世家在江南的地位，就算是皇家也不过如此。待会儿见了南宫宗主，你万不可言语不敬，坏了咱们的大事。"

骆文佳正要争辩，却见方才那老家人已快步出来，对二人示意道：

"丁馆主，宗主有请。"

二人随着老家人进得大门，过天井进二门，然后穿过曲折长廊，在一处偏厅外停下来。只见一位面容和蔼的紫衣老者从厅中迎了出来，拱手笑道："丁馆主，什么风把你这稀客也吹来了？"

丁剑锋忙迎上两步，还礼道："丁某冒昧登门，希望没有打搅宗主的清修。"

"哪里哪里！"南宫瑞笑着做了个请的手势。进门后三人分宾主坐下，立刻有丫鬟奉上香茗。南宫瑞待丫鬟退下后，问道："不知丁馆主突然登门，所为何事？"

丁剑锋忙道："听说府上正在大量收购郊外田产，其中也包括我这贤侄所在的骆家庄，不知可有此事？"

南宫瑞一怔："不错，这事儿老三在办，怎么了？"

丁剑锋忙道："那骆家庄的族长骆宗寒，当年曾救过在下一命。不知宗主能否看在在下薄面上，放他一马？"

南宫瑞一脸惊讶："丁馆主此话怎讲？莫非老三故意压价，明买实抢不成？"

"不是价钱的问题，"丁剑锋忙道，"骆家祖祖辈辈生活在那里，我那恩公实在不想变卖祖产。想南宫世家良田万顷，也不缺那一片贫瘠山地，所以还望宗主收回成命。"

"这可就有些难办了。"南宫瑞为难地搓着手，"咱们与唐门合伙要在郊外修建一赛马场。你也知道，这扬州郊外大多是水田，加之河道密布，实在难以寻到如此大一片旱地。如今骆家庄周围方圆十里，咱们与唐门已先后投入数十万两银子，总不能就此半途而废吧？"

丁剑锋一怔，没想到此事牵涉如此巨大，一时不知如何解决才好。只听南宫瑞又道："再说此事是与唐门合作，就算老夫看在馆主面上，不顾族中议定的计划收回成命，唐门也决不会答应。"

丁剑锋为难地看看骆文佳，想继续向南宫瑞求情，张张嘴却又不知如何说。

南宫瑞看着他笑道："不过既然丁馆主开了口，我也不能不给你面子。我让老三把价钱再提高两成，你也帮老三劝劝你那朋友，让他明白，骆家庄咱们志在必得，除此之外，一切都好商量。"

南宫瑞语气平和，面容和蔼，但丁剑锋还是听出了对方心中的决断，只得把目光转向骆文佳，希望他明白事理，抛开保住骆家庄的固执，尽量争取卖个好价钱。却见骆文佳缓缓站起，对丁剑锋恭恭敬敬一礼："多谢丁馆主帮忙，我会永远记住您的大恩大德。"

丁剑锋松了口气，正要安慰他两句，却见他已转向南宫瑞，昂然道："南宫宗主，骆家庄不是不能卖，只是有一个条件。"

"什么条件你但讲无妨。"南宫瑞忙问。

"只要你愿把南宫世家的祖坟换给咱们，咱们立刻就搬走！"骆文佳冷冷道。

南宫瑞的微笑僵在脸上，不过他却没有发火，只平静地端起茶杯，淡淡道："送客！"

丁剑锋见状面色大变，慌忙拱手赔礼："年轻人说话没有轻重，宗主大人有大量，千万不要放在心上。"

南宫瑞微微一笑："我不会与小孩子计较，丁馆主不必多礼。"

"南宫宗主，我现在就替叔公回答你，骆家庄哪怕剩下最后一人，也决不会卖！"骆文佳说完转身便走，"我不信这天底下会没有王法，我不信南宫世家真能一手遮天！"

"贤侄等等！"丁剑锋见骆文佳负气而去，忙对南宫瑞拱拱手，匆匆追出大门，在街头追上骆文佳问道，"贤侄这是要去哪里？"

骆文佳转头道："丁馆主，你已尽力，虽然结果不甚圆满，但也算是报答了我叔公的恩情，我依然对你感激不尽。从今往后你与骆家两不相欠，咱们的事你不必再过问了。"

丁剑锋僵在当场，一脸羞愧地望着骆文佳傲然而去。走出没多远，就见骆文佳在前方一处炸油条的小摊前停步，买了一根油条大嚼起来，似乎并没有因为方才的遭遇影响到胃口。直到这时，丁剑锋才感觉肚子咕咕作响，方才为拜见南宫瑞，竟错过了吃饭的时间。

丁剑锋负手缓缓来到那小摊前，正在油锅前忙碌的小贩忙停下手中的活儿，赔着笑招呼道："丁馆主，您老也来两根？"

丁剑锋不置可否地"唔"了一声，盯着翻滚的油锅默然无语。就在小贩转身去拿油条的当儿，丁剑锋一咬牙，突然将自己的双手伸入滚烫的油锅之中。

"啊——"随着丁剑锋一声惨叫，空气中立刻弥漫起一股奇特的味道。几个在小摊前吃喝的顾客，望着眼前这一幕半晌没反应过来。

"丁馆主！你……你这是干什么？"骆文佳忙飞奔过来，惊骇莫名地望着面色煞白、痛得身体打战的丁剑锋。丁剑锋举起惨不忍睹的双手，对骆文佳惨然一笑："贤侄，麻烦你转告你叔公，我丁剑锋这双铁掌已废，没法再帮他了。"话音刚落，他浑身一软，晕倒在地。

骆文佳呆呆地望着众人手忙脚乱地扶起丁剑锋，匆匆将其抬去医馆，直到众人去得远了，依然有些难以置信。难道南宫世家真的如此可怕，能令有"铁掌震江南"之称的丁剑锋，宁愿自废双掌，也不愿与之为敌？他突然感到后背发冷，手足冰凉，一股寒意从心底直透全身。

我不信！骆文佳强压下心中的恐惧，暗暗发狠道：我不信这世上就没有天理公道，我不信他南宫世家能为所欲为！

愤然扔掉手中的油条，骆文佳大步往前而行，前方不远就是扬州知府衙门，肃穆庄严的府门外，一面巨大的鸣冤鼓巍然耸立，给绝望至极的人一丝渺茫的希望。

"咚咚咚……"沉闷的鼓点激活了死气沉沉的府衙,门外恹恹欲睡的几个衙役顿时精神一振,齐声喝问:"什么人击鼓?"

"我有冤情!"骆文佳递上草草写就的状纸,高呼道,"我要见知府大人!请知府大人为草民申冤!"

"你等等!"一个衙役丢下一句话,匆匆进门,片刻后就听府衙中传来威严肃穆的高呼:"升——堂——"

骆文佳在几个衙役虎视眈眈的注视下,昂然进入大堂,就见一名袍带锦绣、白面无须的官员早已端坐案桌后,看打扮便知是扬州知府费士清。骆文佳听过他的大名,但人还是第一次见,忙上前拱手拜道:"学生骆文佳,拜见知府大人!"

"堂下何人?见了本官为何不跪?"费士清一拍惊堂木,两旁衙役立刻齐喊"威武",声势倒也骇人。

骆文佳不亢不卑地拱手道:"大人,学生有功名在身,依大明律令,学生不用跪见任何官吏。"

"嗬,原来还是个精通大明律令的堂堂秀才!"费士清一声冷笑,"将状纸呈上来!"

骆文佳将状纸递给一旁的师爷,师爷忙转交给知府。费士清接过状纸一看,脸上顿时变色,草草看了一遍,便一把扔下来:"简直一派胡言,与本官打了出去!"

"大人,不知学生的状纸有哪里是胡言?"骆文佳高声质问。

费士清冷哼道:"你说南宫世家三公子南宫放,因要强买你骆家庄祖地,便派出黑白双蛇两个杀手屡屡杀害庄中百姓,此事可有凭证?"

"是学生亲眼所见,亲耳所闻。"骆文佳立刻把那晚被黑白双蛇抓走后的经历说了一遍。

费士清反问道:"这一点除你之外,可有人证?"

骆文佳一窒，无奈道："没有。"

费士清冷笑一声："就算本官信你句句属实，你又怎么肯定骆家庄不幸亡故的几个人，就是死在黑白双蛇之手？既然大夫也查不出死因，或许他们是死于瘟疫也说不定，怎么就能把他们的死推到南宫世家身上？你这不是一派胡言是什么？"

骆文佳一时语塞，半响后突然垂泪拜道："大人，骆家庄还在死人，就算这状纸所诉案情不够严谨，大人也该先派捕快去骆家庄了解情况，兼保庄中百姓的安全啊！"

"该如何办案，本官还不用你来教。"费士清冷笑道，"你先回去等个十天半月，如果骆家庄还在死人，本官会派人去查个明白！"

"十天半月？"骆文佳不由高声道，"那骆家庄可能就要再死上十几个人！大人怎能忍心……"话未说完，费士清已拂袖而退，众衙役也齐声高喊："退——堂——"

骆文佳还想争辩，却被众衙役架起来，狠狠扔出府衙大门。他挣扎着从地上爬起来，却见衙门紧闭，几个衙役守在门外，不让任何人靠近鸣冤鼓。无奈之下，他只能指着衙门大叫道："我不信这世上没有天理！你扬州知府不管，我就告到金陵提刑按察司。若提刑按察司也不管，我就上京城告御状！"

正当他转身欲走时，却差点与一个人撞个满怀。骆文佳抬头一看，正是白衣胜雪、风流倜傥的南宫放。

"南宫放！"骆文佳眼中似要喷出火来，瞪着对方喝道，"你不要得意，就算这扬州没人敢动你，我不信这天下也没人敢管你！"

南宫放不以为然地浅浅一笑："骆秀才说笑了，想我南宫放一向遵纪守法，何惧旁人诬告？倒是骆秀才要小心了，千万别犯了事被投进监狱，那可是斯文扫地，给古圣先贤丢脸啊！"

骆文佳冷哼一声，没有理会南宫放的警告，收起状纸转身便走。

南宫放冷冷望着他走远,脸上的微笑渐渐变成了冷笑。就在这时,身着便服的费士清匆匆由大门出来,远远便拱手赔罪道:"不知三公子驾临,下官未曾远迎,还望恕罪。"

"费大人客气了,"南宫放还礼道,"在下不过是途经此地,顺便来拜访一下费大人。"

"难得三公子有这等闲暇,快里面请!"费士清忙抬手示意,将南宫放让入府衙。

二人来到府衙偏厅坐定,待丫鬟奉上香茗后,费士清捧起茶杯笑道:"三公子突然驾临,定是有事相告吧?"

南宫放叹了口气,搁下茶杯道:"看来什么事都瞒不过费大人。不瞒你说,在下正是有事要费大人帮忙。"

"三公子有何事,但讲无妨!"费士清忙道。

南宫放淡淡道:"方才回到家中,听家父说起有人很可能要诬告在下,所以不及细问,便急急赶来拜见费大人。"

"三公子不必担心!"费士清摆摆手,"今日来告三公子的那个穷秀才,下官已将其打发回去了。"

"这恐怕不够。"南宫放道,"他若真拿着状纸上京城告御状,虽然没凭没据,但落在不明真相的愚民耳中,却也有损我南宫世家的声誉啊!"

费士清一怔,忙道:"三公子所言极是,下官定会想办法阻止。"

南宫放一笑:"大人该派人盯着他,小心他作奸犯科。"

费士清一愣:"莫非三公子发现他作奸犯科?"

南宫放阴阴一笑:"现在还没有,不过相信他很快就会了。"

费士清心领神会地点点头:"三公子放心,下官这就派人盯着他。一旦发现他行为不轨,立刻将其捉拿归案!"

"那可就仰仗费大人尽心尽力,维护地方秩序了!"南宫放拱手一拜。两人相视一笑，都从对方眼中，看到了自己希望的承诺。

盘桓在熙熙攘攘的扬州街头，骆文佳突然发觉，扬州城的繁华富庶跟自己没任何关系。自己身上仅剩下几两碎银的盘缠，这点钱莫说雇车去金陵，就是走路去，恐怕都不够路上的住宿和吃喝。

望着街头吆喝叫卖的小贩，骆文佳第一次发觉自己是如此无能，除了满腹经纶，竟不会半点挣钱的营生。有些羡慕地望着小贩们讨价还价，骆文佳漫无目的地走出两条街，街边一家专卖文房四宝的小店吸引了他的目光，他立刻拐了进去。片刻后他从店里出来，手中多了一张条幅，上书："代客写家书、对联、中堂，兼售水墨山水、人物画像。"

踌躇满志地把条幅高高挑起，骆文佳心中渐渐有了点底气，凭着自己苦练多年的字和绘画功底，边挣钱边上省城应该不成问题。挑着条幅走了五条街后，他的信心开始动摇。虽然街头人来人往十分热闹，但根本没人多看他那字迹优美的条幅一眼，更没人找他写对联、中堂或画画了。

天色渐渐暗下来，骆文佳的心情也渐渐沮丧。垂头丧气地走过最后一条大街，他绝望地收起条幅，正欲把它撕成碎片，就听身后传来一声吴侬软语的询问："先生会画画伐？"

"会！当然会！"骆文佳连忙应声，回过身就见眼前站着个一身翠绿的小姑娘，只有十四五岁年纪，一笑露出两个浅浅的酒窝，模样十分可爱。骆文佳连忙展开条幅，急切地道："写字、绘画都是我的拿手好戏，我六岁练字，七岁学画，到现在已是十年有余，从未间断！不知姑娘你想画什么？水墨山水还是工笔人物，又或者是花鸟鱼虫？"

小姑娘抿嘴一笑，连连摆手道："不是我要画，是我家小姐。今日她让我给她找个画师画一幅肖像，谁知我出门就遇到了你，所以便问问。"

"肖像？没问题，没问题！"骆文佳忙道，"你家小姐在哪里？我现在就可以去给她画！"

"你行不行啊？"小姑娘将信将疑地打量着骆文佳。只听他手忙脚乱地表白道："肖像我虽然画得不多，但画理画工是一样的，你要不信，我先给你画一个看看？"

"行了行了！"小姑娘不耐烦地摆摆手，"要你画也可以，不过我家小姐有个条件。"

"什么条件？"骆文佳忙问。

"你必须蒙上双眼，路上不许偷看，由我带你去。"小姑娘比画道，"你还不能将今日之事说出去，你要发誓。"

骆文佳一怔，这种条件还是第一次听说，不过转念一想，也许是大户人家的小姐，家教森严，不希望陌生男子猜到自己的家世和背景，所以才用这等复杂的办法。想到这他不由连连点头道："没问题，我发誓，决不将今日之事说出去！"

"那好，你转过身去。"小姑娘说着拿出了一条汗巾。

"干什么？"骆文佳问。

"给你蒙上眼睛啊，笨蛋！"小姑娘笑骂道。

骆文佳乖乖地转过身，任由小姑娘蒙上双眼，然后由她牵着手拐过一道弯，最后登上了一辆香软舒适的马车。在车夫的吆喝声中，马车辚辚而行，缓缓走在越来越僻静的街道上。摇摇晃晃不知过了多久，马车终于停下来，就听对面的小姑娘一声欢呼："到了！"

骆文佳在小姑娘的引领下蒙着眼下车，然后跟着她走过几道大门，在一间温暖馨香的房间里停了下来。此刻那小姑娘才道："你可以把汗巾取下来了。"

骆文佳满怀好奇地摘下汗巾，待眼睛稍稍适应后，不由举目四顾，只见自己置身于一间绣房中,虽还未入冬,房中已烧着熊熊的炉火,温暖如春。在离骆文佳数步远的软椅上,斜躺着一名娇慵懒散的睡美人,倚红披绿,面似桃花,凤目勾人魂魄,模样惊人地美艳。尤其那半敞的胸前,一道深深的乳沟嵌在白花花一片软玉温香中,刺得人睁不开眼。骆文佳一见之下,不由红着脸低下头,不敢再四处乱看。

"小翠,这就是你找来的画师?"美人边打量着骆文佳,边懒懒地问。

方才领骆文佳进来的小姑娘忙道:"小姐你别看他年轻,人家可是七岁就开始学画,十多年没有间断过呢。"

"是吗?"那美人不置可否地应了一声,稍稍调整了下姿势,淡淡道,"那就让他试试吧。"

"还愣着干什么?快画啊!"小翠见骆文佳不知所措地立在那里,不由催促起来。骆文佳慌忙拿出刚买的笔墨纸砚,在早已准备好的书案上铺好,然后研墨调笔,准备作画。

"公子怎么称呼?"趁着骆文佳尚未开始作画的当儿,软椅上的美人突然问道。

"我?骆文佳!不知小姐芳名几何?"骆文佳随口问道。话刚出口他就有些后悔,看对方这情形,肯定是不便相告,自己这一问,实在是有些冒昧了。

"妾身小名依红。"美人浅浅一笑,"公子笔墨准备好了伐?怎么还不开始画?"

骆文佳脸上一红,忙铺开宣纸,不得不抬头打量美人的模样,然后提笔开始作画。房中一时静了下来,只听见狼毫在宣纸上沙沙作响,木炭在红炉中偶尔发出一点爆裂声。空气中弥漫着一种暧昧的暖香,骆文佳听到自己的心在怦怦跳,若非画画,他都不敢与依红那勾魂摄魄的目光相接。

不知过了多久，骆文佳终于长舒一口气，搁笔长身而起。在一旁静候的小翠忙过来看，顿时发出一声惊呼："哇，画得太好了！你果然没有吹牛！"

依红也对骆文佳的画赞不绝口，不过在骆文佳心目中，这却不是他的最佳画作。依红那风情万种的目光，令他实在不敢细看，更无法诉诸笔端，所以这幅画在他心目中，不过是形似而已。

"小翠，快快重谢骆公子！"依红招呼一声，小翠立刻从里屋取来一个锦囊，递到骆文佳手中。锦囊入手沉重，骆文佳正欲打开细看，却被依红按住手腕道："骆公子，这锦囊你要离开这儿后才能打开。"

骆文佳讷讷地点头，依红的手温润嫩滑，令他有一种手足无措的感觉。他想抽回手，但手脚好像完全不属于自己的一般，僵在那里。一阵香风袭来，依红突然俯身，在他耳边悄悄说了句："傻瓜，我还真有些舍不得让你走！"

骆文佳张皇后退，正欲开口，却见依红浅浅一笑，转头对小翠吩咐："送骆公子回去吧。"

不一会儿，骆文佳又被蒙上双眼，由小翠送回到原来的街口。此时天色已晚，四周静悄悄不见人影，骆文佳揉揉自己的眼睛，回想方才发生的一切，直怀疑是一场梦。幸好手中的锦囊还在，鼓鼓囊囊，有些沉重，骆文佳连忙打开，借着月光一看，黄澄澄一片闪亮，竟是一小袋金叶子。

"这……这太贵重了！"骆文佳第一次看到如此多的金叶子，惊讶之余隐隐觉着有些不妥，想找对方，一时又不知去哪里找人。

"我暂时收着吧，明天一早再去找找，希望记得方才走过的路，好将它还给那位依红姑娘。"骆文佳在心中说服自己。虽然他对自己的画有十二分的自信，却也知道它值不了那么多钱。

找了间收费低廉的客栈，骆文佳用自己那不多的碎银子要了个房间，刚躺下不久，迷迷糊糊中就听客栈里突然起了一阵骚乱，有人粗着嗓子在高叫："起来起来！统统起来！查夜了！"

骆文佳起身开门出来，见外面过道上已站了几个房客，忙问："怎么回事？"

一个房客调侃道："听说城中发生了大案子，知府衙门正令捕快们搜查这一带的客栈。看这架势，没准是知府大人的老婆让采花贼给采了。"

周围几个房客哄然大笑，顿时把几个捕快引了过来。一个面相凶恶的捕头将手中马鞭一扬，喝道："所有人靠墙站好，接受检查，不然就以盗贼论！"

众人在鞭子的威胁下，只得乖乖地靠墙站好。几个捕快分工合作，两个人依次搜众人的身，剩下几个则闯进客房中，翻箱倒柜地搜查起来。片刻后，一个捕快突然捧着个锦囊出来，兴奋地高声问："这是谁的？"

骆文佳此刻心中已预感到不妙，但还是老老实实地答道："我的。"

"好小子，总算逮到你了！跟我们走！"一个捕头立即将铁链套到骆文佳脖子上，拖起他就走。骆文佳拼命挣扎分辩，却哪里是几个如狼似虎的捕快的对手，转眼间就被拖了出去。直到他们去得远了，几个房客才反应过来，不由纷纷打听："怎么回事？方才那个书生究竟犯了什么事？"

"升——堂——"

威武浑厚的喊堂声，听在骆文佳耳中，与先前的感觉又全然不同。很快知府费士清在衙役和师爷的簇拥下缓步而出，从容落座后突然一拍惊堂木，厉喝道："案犯骆文佳，你可知罪？"

骆文佳虽然镣铐加身，依旧昂头坦然面对费士清反问道："不知学生何罪之有？"

费士清拿起案桌上的锦囊，冷冷道："这个锦囊和里面这些金叶子可是你的？"

骆文佳迟疑了一下，答道："那是一位姑娘请学生作画，所赠的画资。"

"胡扯！你当本官不懂书画？"费士清一拍惊堂木，冷笑道，"你以为自己是唐伯虎还是吴道子，随便一幅画就能卖这么些金叶子？"

"学生也知道自己的画值不了这么多钱，"骆文佳分辩道，"所以正打算明天一早就给那姑娘送回去。"

"那姑娘叫什么名字，家住哪里？"费士清厉声喝问。

骆文佳一怔，突然想起当初对小翠发下的誓言，犹豫片刻，老实答道："我不能说，我曾答应过那位姑娘，不对旁人说起她的名字。另外，我也确实不知她住在哪里。"

"嘿嘿，越编越离谱了！"费士清连声冷笑，"你既不能说出她的名字，又不知她住在哪里，怎么给她作画？一幅画又怎值得了这么些金叶子？我看你是不见棺材不落泪，来人，大刑侍候！"

两旁衙役齐声答应，扑将上来，抓住骆文佳的胳膊就要将他掀翻在地，却听骆文佳一声高喝："住手！你们谁敢滥用大刑？"

骆文佳的气势震慑了几个衙役，不由停下手来，齐齐把目光转向知府大人。费士清冷笑道："铁证如山，你却拒不招认，为何不能用刑？"

"铁证在哪里？"骆文佳质问道。

"这一锦囊金叶，你无法说明来历，就是铁证！"

"即便如此，你也不能对我动刑！"骆文佳为了恪守诺言，无法说出那位赠金小姐的名字，现在只能暂时蒙冤，同时寄希望于托人找到她，由她或小翠出面为自己作证。不过，幸好还有最后一道护身符，他昂然道:"我有功名在身,依大明律令,你不能将刑具加于我身!"

费士清一声冷笑:"想不到你还记得大明律令,很好,本官就依律暂时将你收监。明日一早本官就致函学政司,先夺去你的功名,再让你低头认罪!退堂!"

众衙役齐声答应,不由分说便将骆文佳架了出去。

待众人退下后,屏风后慢慢踱出两个年轻人,一个是举止文雅的南宫放,另一个则是满脸阴鸷的唐笑。费士清忙对两人拱手道:"请三公子和唐公子放心,待夺去那小子的功名后,本官立刻就能将其问罪。"

南宫放满含深意地笑道:"大人一定要秉公执法,万不能让不法之徒逍遥法外啊!"

"一定一定,三公子尽可放心!"费士清连连答应,与师爷一起恭送南宫放与唐笑出门。

几个人在府衙外拱手道别后,唐笑忍不住小声抱怨道:"我不明白,对付一个没根没底的穷秀才,公子为何要这般麻烦,直接令他失踪不就完了?偌大的扬州城突然少一个穷书生,恐怕也没人在意。"

南宫放淡淡笑道:"要他消失自然容易,不过他却是骆家庄的希望和骄傲,你说他若惹上官司,骆宗寒会不会全力救他?"

"那是自然。"唐笑道。

"救人要不要花钱?"南宫放又问。

唐笑恍然大悟,连连点头道:"明白了!比起活人来,死去的祖宗就没那么重要了。骆宗寒若想救这秀才,就只有变卖祖产。三公子这招可真有点像绑匪,还是借官府堂堂正正之手。三公子这招高明得很啊!佩服佩服!"

南宫放悠悠笑道:"骆宗寒拒不合作,难道咱们真能将骆家庄的人斩尽杀绝不成?骆家庄死一两个人无所谓,若人死多了,江湖上那些好事之徒自然会联想到南宫世家，这让咱们今后还怎么在江湖上立足？南宫世家毕竟是百年望族，礼仪传家，不是明火执仗的强盗啊！如今有这肥羊送上门来，咱们若不加以利用，岂不是对不起他的一片热忱？"

二人相视大笑，引得远处的野狗也齐声应和。笑声稍停，二人翻身上马，并辔缓缓而行。走出没多远，唐笑突然小声问："三公子，你可听闻江湖传言，《千门秘典》已重现江湖，据说得之可谋天下。"

南宫放一声冷笑："啐！这等荒诞不经的传言，万不可信。"

"也是，"唐笑言不由衷地附和道，"《千门秘典》向来只是江湖传说，从来没人真正见过。也许这世上根本就没有如此神奇的东西吧。"

二人边走边聊，渐渐消失在夜幕之中。天上，一片乌云遮住了本就黯淡朦胧的晦月，天色越发混沌幽暗起来。

三、蒙冤

窗外的天光早已大亮，在狱中苦熬了一夜的骆文佳一直盼着知府提审，好早日还自己清白，谁知多次询问狱卒，对方都不耐烦地告诉他，要安心等候。骆文佳心急如焚地等到正午，牢门终于打开，进来的不是提审的衙役，却是满面憔悴的母亲和眉头深锁的赵欣怡。

"娘，怡儿，你们怎么来了？"骆文佳十分惊讶。

母亲强忍泪水道："听说你在城里惹上了官司，所以怡儿一大早就偷偷跑出来，陪娘前来看你。你……你究竟犯了何事，为何被官府拘押？"

骆文佳见二人俱惊惶不定，便故作轻松地笑着安慰道："你们别担心，只是一时误会罢了，相信真相很快就会水落石出。娘，你又不是不了解孩儿的品性，难道你也不相信我？"

"傻孩子！"母亲摇头叹息道，"你哪里知道世间的黑暗，世道的险恶？就算你清清白白，一旦进了大牢，不死也要脱层皮。"

骆文佳不以为然地笑道："哪有那么恐怖？官府的大牢又不是地狱。再说我只是被临时拘押，只要查清楚就没事了。对了，你们帮我去找一位小名叫依红的姑娘,她还有一个丫鬟叫小翠。只要找她们出面作证,就能还我清白。"

"她们住在哪里?"母亲忙问。

"我只记得是在城南一带,具体住哪儿却不太清楚。"骆文佳道。

"你怎么会认识她们?"赵欣怡眼中闪过一丝狐疑。

骆文佳忙把巧遇小翠,给依红作画,并得到一锦囊金叶子的经过说了出来。母亲一听之下,不由顿足长叹道:"傻孩子,你是被人家设计陷害了,怎么还想别人出来为你作证?"

"怎么会?"骆文佳面色微变,却犹在争辩,"那两个姑娘看起来都不像坏人,再说我跟她们素不相识,她们怎么会害我?"

母亲连连叹气道:"你涉世未深,哪知人心险恶?就算那两个姑娘与你无冤无仇,难道不会受你的仇家所雇?不然行踪为何如此诡秘,又豪阔到用金叶子来付你的画资?"

骆文佳面色终于变了,回想昨天那离奇经历的各种细节,越来越觉得像一个精心安排的陷阱。不过他依然不确信那两个姑娘就是骗子,不住安慰母亲道:"不会,她们怎么看也不像是骗子。"

"如果骗子从模样上就看得出来,那她还能骗谁?"母亲连连摇头,"你一向与人为善,从不与人相争,没有什么仇家会下如此大的功夫来害你。只是你想保住族人的基业,要状告南宫三公子,恐怕是得罪了不能得罪的主儿。孩子,你难道忘了'贫不与富斗,富不与官争'的古训?何况南宫世家连官府都要让三分,咱们骆家庄哪能跟南宫世家争一日长短?你暂且在牢中委屈几日,待我去打点官府,再求求南宫三公子,定要将你平安保出来。"

"你别去求人!"骆文佳急道,"我清清白白,何惧别人诬陷?我不信青天白日,朗朗乾坤,竟能颠倒黑白,天理无存!"

母亲叹了口气,无奈道:"你以后迟早会明白,现在你什么也不要想，更不要再提告状之事。我和怡儿过两天再来看你。"说着转向赵欣怡："咱们走吧。"

赵欣怡把手中的食篮递进来，依依不舍地望着骆文佳，垂泪道："文佳哥，你不要担心，我和骆夫人一定会将你保出来的。"

"我担什么心？"骆文佳强笑道，"我什么坏事都没做过，我不信官府能定我的罪。"

望着母亲与赵欣怡出门而去，骆文佳脸上的自信渐渐消散。虽然从未经历过世道的险恶，却也从史书典籍中了解到不少，不过他还是不相信这厄运会降临到自己头上。品尝着赵欣怡送来的糕点，骆文佳坦然等待着即将到来的命运。

南宫三公子是扬州城的名人，要找他并不困难。当骆夫人在赵欣怡的陪同下，辗转找到一品楼时，远远便见两位年轻公子正对坐小酌。只一眼，骆夫人便认出侧面那位温文尔雅、眉目清秀的白衣公子，一定就是以风流倜傥闻名扬州的南宫世家三公子南宫放。

唐笑也看到了相扶而来的骆夫人与赵欣怡，忙用胳膊捅捅身侧的南宫放，悄声示意道："空谷幽兰！"

南宫放顺着唐笑的目光望去，立刻认出了那位款款而来的女子，正是几天前在骆家庄被自己誉为"空谷幽兰"的无名少女。他双眼不由一亮，不过身子却没有动，反而信手拈起桌上酒杯，似乎对她的出现并不在意。

"敢问这位公子可是南宫三公子？"少女搀扶着的妇人缓声问道。

"正是，不知夫人是……"其实南宫放早就知道眼前这容貌端庄的妇人，便是骆文佳的母亲，正是他着人给骆夫人传信，告知她骆文佳身陷牢狱的。

"三公子！"骆夫人突然拜倒，"我儿骆文佳年少无知，冒犯了公子，望公子大人大量，放过我儿吧！"

"你这是干什么！"南宫放忙抬手扶起骆夫人，"你是骆秀才的母亲？"

"正是妾身！"骆夫人忙道，"我儿冒犯公子，实是罪该万死！望公子看在妾身年老无依的分上，高抬贵手放他一马。妾身将尽力去求叔公，将骆家庄让与公子。"

"夫人此言差矣！"南宫放忙正色道，"我虽与令郎有点小小的冲突，却也不至于盼他早死，更不会因为骆家庄的事就将令郎视为敌人，再说我也没那么大的能力左右官府。夫人这么说，好像是说我在为难令郎一般，这岂不是天大的冤枉？"

骆夫人忙道："妾身口不择言，还望公子恕罪。但求公子帮忙营救我儿，妾身定让族人让出骆家庄。"

南宫放摆摆手，叹道："我听说他刚到扬州便惹上了官司，具体情形却不甚了了。既然夫人相求，我便帮你到知府衙门问问。不过此事与骆家庄是两码事，夫人万不可放到一起说。无论骆宗寒是否将骆家庄卖给南宫家，我都会尽我所能帮助令郎。"

"多谢南宫公子！"听到南宫放的保证，赵欣怡满心感激，不由盈盈一拜。此刻她已认出眼前这位白衣公子，就是不久前差点骑马撞到自己的那个冒失鬼。

"姑娘不必多礼！"南宫放连忙还礼，然后装出刚认出对方的模样，惊讶道，"原来是你！上次差点纵马撞倒姑娘，未来得及赔罪姑娘便翩然远去，在下一直耿耿于怀。今日重逢总算了却了在下一桩心愿！"说完长身一拜，诚恳至极。

"公子不用客气！"赵欣怡想要躲开，却又不忍失礼，顿时有些手足无措。此刻她心中对南宫放的印象已完全改观，觉得他全然不像是陷害文佳哥哥、横行扬州的恶霸。

"没想到这么巧，你还是骆秀才的妹妹，就算看在姑娘的面上，我也要全力帮你救出哥哥。"南宫放诚恳地道。他见赵欣怡是姑娘打扮，又与骆夫人这般亲密，便将她当成了骆文佳的妹妹。

"我……不是……"赵欣怡顿时羞红了脸，却又不好意思解释，只得躲到骆夫人身后。南宫放一见之下便猜到究竟，心中顿时五味杂陈，面上却不动声色，欣然道："原来姑娘是骆秀才未来的娘子，失敬失敬！姑娘放心，我一定将你的心上人保出来，你与骆夫人安心回去等候消息吧。"

目送着二人千恩万谢地出门而去，南宫放脸上的微笑渐渐变成了冷笑。一旁的唐笑悄然道："公子这招果然管用，相信骆宗寒迟早要拿骆家庄来赎那个倒霉秀才。咱们再让费知府给那个倒霉秀才施加点压力，随便给他安个罪名吓吓他的家人。"

"我改主意了！"南宫放望着赵欣怡远去的背影，冷冷道，"我要撕票！"

"这是为何？"唐笑一脸意外，"咱们不要骆家庄了？"

"我既要骆家庄，也要撕票。"南宫放话音刚落，手中的酒杯便应声而碎。

唐笑顺着南宫放的目光望去，顿时了然，不由暧昧地笑道："三公子好大的胃口，不知小弟几时可以喝到三公子的喜酒？"

"你不会等很久。"南宫放说着掏出锦帕，仔细擦净指间的酒水，对着自己修长洁白的手冷冷道，"骆文佳，你没那个命，却想享这么大的福，那会折寿的！"

"将人犯带上堂来！"随着费知府一声高喝，几名衙役立刻将骆文佳架进大堂。费士清一拍惊堂木："跪下！"

"我乃堂堂秀才，见官不跪！"

骆文佳话音刚落,就听费士清一声冷笑,将一纸公函扔下堂来:"学政司已有回函,由于案情重大,为便于本官审案,暂时夺去秀才骆文佳功名!"

话音刚落,左右两名衙役手起棍落,重重击在骆文佳膝弯之上。骆文佳一声痛叫,身不由己跪倒在地。费士清抓起一根令签扔下堂来:"先与本官重责四十大板,去去他身上的傲气。"

众衙役齐声答应,熟练地将骆文佳按倒在地。左右两名掌刑的衙役立刻手起棍落,重重击在骆文佳臀部、大腿上,几下后便皮开肉绽,血肉横飞。骆文佳连声惨叫,很快便昏了过去。不知过了多久,他又被凉水泼醒,耳边隐约回响着缥缥缈缈的喝问:"你招也不招?"

"我……我什么也没做过,你……你要我招什么?"骆文佳喃喃道。话音刚落,就听堂上又是一声厉喝:"还要嘴硬,夹棍侍候!"

手被架了起来,骆文佳的意识已有些恍惚,但夹棍压在手指上,那种钻心的疼痛还是像针一样刺入脑海。骆文佳咬牙出血,仰天大叫:"你打死我,我也不招。"

"很好!本官还怕你太快招认,少尝许多刑具呢。"费士清说着,又是一根令签扔将下来,"鞭刑侍候。"

骆文佳在痛苦与昏迷中来回徘徊,已不知自己遭受了多少刑罚,更不知这地狱般的经历要熬到什么时候。他唯有紧咬牙关,一言不发,始终坚信自己的一身正气,可以战胜一切邪恶和黑暗。

当他从一次最漫长的昏迷中醒转后,才发现自己已躺在昏暗的牢中,身下垫着杂乱的稻草,污血已把稻草和皮肉粘在了一起。耳边响起一声声熟悉而悲切的呼唤:"文佳哥,文佳哥,你一定要醒过来!……"

骆文佳吃力地睁开眼,就见牢门外,母亲与怡儿已哭成泪人一般。他努力想对她们笑笑,却感到力不从心。拼尽全身力气,他终于从唇齿间挤出一句安慰亲人,也安慰自己的话:"别担心,那狗官……还不敢打死我……不然他的乌纱帽也别想保住了。只要我不招……他就……就诬陷不了我!"

"文佳哥,你醒了!"赵欣怡惊喜地大叫,与骆夫人相拥而泣。可惜三人尚未来得及说上两句话,狱卒便在一旁不耐烦地催促起来:"时辰到,探监的家属快快离开。"

骆夫人与赵欣怡迟迟不愿离去,两个狱卒不由分说,强行将她们架出了牢房。骆文佳目送着她们的背影,委屈的泪水不由夺眶而出。

当骆夫人与赵欣怡再次出现在自己面前时,南宫放一点也没有感到意外。一切都在按照自己的计划推进,他心中油然生出一种随意玩弄他人命运的成就感。不过他并没有让心中的得意表现在脸上,反而满面悲戚地抢着道:"骆夫人,赵姑娘,实在惭愧,由于骆秀才案情牵涉重大,短时间内我也无可奈何。不过你们尽可放心,我一定会想尽一切办法,尽快将他保出来。"

"三公子!"骆夫人"扑通"一声跪倒在地,双手将地契举到南宫放面前,哭泣道,"求你尽快将我儿救出大牢,骆家庄的地契都在这里,我们不敢再要分文,但求我儿平安!"

"夫人这是干什么?"南宫放拂然不悦,"你将我南宫放当成了什么人?"

"求三公子收下地契,不然老身唯有死在公子面前!"骆夫人决绝地道。

赵欣怡也跪倒在地,哭拜道:"公子爷,你救救我文佳哥吧!"

"起来起来!你们快快起来!"南宫放连连顿足,见骆夫人态度坚决,他只得勉强接过地契,"既然骆夫人如此坚持,我暂时替你们将地契收起来。待你们冷静下来后,我再交还给你们。唉!现在令郎身陷牢狱,我哪有心情做生意?可惜骆秀才现在信不过我,不然我倒是可以去见见他，让他照我的话去做，定能早早洗去冤屈。"

赵欣怡听完他的话，突然眼中一亮，忙解开衣领从脖子上取下一枚雨花石做成的项坠，小心翼翼地捧到南宫放面前："请公子带上这枚雨花石去见文佳哥，这是他送我的礼物。他只要见到这雨花石，定会相信公子。"

"太好了！"南宫放大喜，接过雨花石道，"你们安心回去，等候我的好消息！"

送二人出门后，南宫放不由打量起掌中这枚雨花石，晶莹剔透、洁白如玉的石体上有一道天然的红色花纹，极像草书的"心"字，石头中心穿孔，一根红绳将其串成一个天然的坠子。虽然这石头一钱不值，却也十分罕见。南宫放又将它凑到鼻端深嗅了一下，隐隐嗅到一丝淡淡的幽香。他仔细收起雨花石，这才高声叫道："来人！"

一名随从应声而入，只听南宫放吩咐道："带我的口信给费知府，叫他莫让任何人再去探望骆文佳。"

牢狱中永远暗无天日，骆文佳只能靠着送饭的次数来计算日子。已经十多天过去，自上次受刑后他再没有被提审，母亲与怡儿也再没来看望过自己，好像自己已经被彻底遗忘。除了两个轮流送饭的狱卒，再没有见过任何人，就是这两个难得一见的活人，也对骆文佳的任何质问喝骂充耳不闻，好像当他是即将被屠宰的羔羊。这情形令骆文佳几乎发狂。此刻他宁愿受刑，也不愿被人遗忘。

身上的伤已结痂，骆文佳已能挣扎着坐起来。这一日，他正数着石壁上计算时间的刻痕打发日子，就听牢门响动，狱卒提着灯笼开门进来。骆文佳精神一振，现在还不是送饭的时候，而且他听出，除了狱卒之外，还有一个从未听过的脚步声，心中不由升起了新的希望。

一个佝偻着腰身的矮小老者出现在骆文佳面前，狱卒在其示意下悄然退了出去。老者立在牢门外打量着骆文佳，骆文佳也满怀警惕地打量着对方。他认出来了，这不起眼的矮小老者，是费知府身边那个不知名的师爷。

"骆秀才，你受苦了。"那师爷在牢门外盘膝坐下，隔着栅栏对骆文佳柔声道，"你若早日招认，何须受这般折磨？"

"我清清白白，有什么可以招认的？"骆文佳冷笑道，"我计算着日子，从我被拘押那天算起，到现在已经是第十二天。依照大明律令，十五天之内不能定罪，就必须释放我。哪怕你们怎么折磨，我也要拼着这条命与那狗官斗到底，我要上省城告他与南宫放勾结，滥用酷刑，构陷无辜！"

师爷叹着气连连摇头，道："骆公子，你这脾气迟早要坏了自己的性命。如今你人在屋檐下，还想不低头？就算你拼着忍受皮肉之苦，强熬过这十五天，但若案情重大，知府大人依旧可以报请提刑按察司，申请将人犯延期释放。"

骆文佳一怔，心知师爷所言不虚，不过他却不愿示弱，咬牙道："那又如何？最多让我再在牢中苦熬半个月，再大的案子也只能延期一次。那狗官总不能将我永远关下去，更不敢令我死在公堂之上，不然他那乌纱帽，恐怕就有些危险了。"

师爷轻叹道："骆公子，你何苦用自己的性命去跟费大人斗气？我看你还是招了吧。其实你的案情并不严重，只是盗窃财物而已，虽然数额不小，但幸亏全部找回，你又是初犯，就算招认也不算重罪。运气好花点钱便没事，运气不好最多也就服几个月的苦役。你我都是读书人，我实在不忍心看你因倔强而吃苦，所以才指点你一条明路。"

骆文佳一声冷笑，满脸不屑："你会如此好心？"

师爷从怀中掏出一枚晶莹剔透的雨花石项坠，悄声道："你信不过老朽，难道还信不过它？"

骆文佳面色大变，一把将雨花石抢在手中，翻来覆去看了又看，抬头急切地问道："这是我送给怡儿的礼物，怎么会在你手里？她和我娘怎么一直没来看我？"

师爷一脸惋惜地叹口气道："你母亲因为你的事，早已病倒在床。赵姑娘既要四处求人，又要照顾你母亲，哪有闲暇来探望你？她也是求到老朽的名下，老朽同情你也是读书人，所以才答应帮她，这便是她让老朽交给你的信物。"

"我母亲病情如何？"骆文佳忙问。

师爷长长叹了口气："骆夫人四处求告无门，忧急攻心，早已病倒在床，多次昏迷不醒。如果再见不到你出来，只怕……"说到这里不禁连连摇头，一脸痛惜。

"娘！"骆文佳仰天大哭，"孩儿不孝，害你受苦！"半晌，他抹去泪水，道："多谢先生相告，还没请教先生大名？"

"老朽殷济。"师爷道。

"原来是殷师爷！"骆文佳连忙拱手，"如果我立刻招认，是不是很快就能出去？"

"你也精通大明律法，盗窃财物若全部追回，又主动招认，最终会如何判定，想必你也清楚，所以赵姑娘才会托老朽来指点你这条明路。"殷师爷说着从怀中掏出一张状纸，看看四下无人，这才递给骆文佳，"老朽已拟好诉状，并将刑惩减到最轻，我也只能做这么多了。你先看看，如果觉得还可接受，便在大堂之上签名画押。不然老朽只好回复赵姑娘和骆夫人，自己已无能为力，帮不到她们了。"

"娘和怡儿也要我招认？"骆文佳草草看完诉状，不由涩声问道。

殷师爷忙隔着栅栏拍拍他的手，安慰道："你不用难过，骆夫人和赵姑娘都知道你是清白的，老朽也相信你的清白，所以才会尽力帮你。"

骆文佳垂头默然半响，突然一咬牙，抬头吼道："我招！告诉费大人，我愿意招供！"

在两旁衙役威武的吼声中，知府大堂一派肃穆庄严，费士清俯视着跪在堂中的骆文佳，厉声喝道："案犯骆文佳，你可愿招？"

骆文佳委屈地垂下头，声如蚊蚋："我愿招。"

"大声点，我听不到！"

"我愿招！"骆文佳咬紧牙关，泪水夺眶而出。

费士清见状不由哈哈大笑，叫嚣道："落到本官手里，就算告你弑杀亲父、强奸生母你也得招！哼，就算你愿招，依然逃不过这一顿结案鞭。来人，先给本官重责二十鞭，再让他在诉状上签名画押！"

几个衙役立刻将骆文佳按倒在地，手起鞭落一顿暴抽，骆文佳痛得死去活来。待二十结案鞭抽完，他已头晕目眩，双眼蒙眬。

这时殷师爷来到骆文佳身前，俯下身柔声道："签吧，签名画押后就没事了。"

骆文佳手有些颤抖地接过殷师爷递来的狼毫，本想细看一下状纸，双眼已为泪水和汗水模糊。在殷师爷的催促和指点下，他一咬牙，在诉状签名处写上了自己的名字。

殷师爷马上捧着状纸来到案桌前，将状纸递了上去。费知府草草看了一眼，将状纸交还殷师爷，得意地吩咐道："照状宣读！"

殷师爷声色平静地高声读道："案犯骆文佳，于甲申年九月二十七日晚，受娼女依红所雇，为其作画。因见该女美艳绝伦，所积钱财甚丰，案犯顿起非分之心，坑蒙拐骗不成，继而强行抢夺，并将该女先奸后杀，掳掠而逃。案犯手段残忍，所劫财物数额巨大，所犯罪行实在天理难容……"

"你骗我！"骆文佳终于明白自己再次落入了别人的陷阱，目眦尽裂，拼命挣扎着想扑向殷师爷，却被几名衙役死死摁在地上，不得挣脱。只听殷师爷继续念道："……因案犯穷凶极恶，犯罪情节特别恶劣，特报请刑部，处以斩立决！"

"冤枉啊！"骆文佳听到"斩立决"三个字，不由大叫一声，昏了过去。

当骆文佳招供、将报请刑部判"斩立决"的消息传来后，骆夫人悲痛欲绝，一病不起，赵富贵也因此严禁女儿再与骆家往来。但赵欣怡哪放得下心上人，其时骆家庄已尽属南宫，赵富贵也将田产尽数卖给了南宫放，正准备举家迁往扬州城。赵欣怡趁家中搬迁混乱之际偷偷跑出来，连夜赶往扬州城。在探监无门的情况下，她抱着最后一丝希望，独自去求南宫放。

"赵姑娘！"南宫放一脸愧疚，心中却乐开了花，不住搓着手连连自责，"在下实在无能，没想到骆秀才这么快就主动招供，强奸、杀人、坑蒙拐骗，什么罪都认了。官府也在凶案现场找到了最强有力的物证，就是骆秀才为受害者画的那幅肖像。这案子已被知府衙门办成了铁案，要想翻案，实在是难如登天啊！"

"南宫公子！"赵欣怡垂泪跪倒，哭拜道，"求您再想想办法，只要能救出文佳哥，我愿做牛做马报答公子大恩！"

"赵姑娘这是干什么？快快起来！"南宫放立刻扶起赵欣怡，一脸为难地连连摇头，"唉，难！难啊！"

见名动扬州的南宫公子也无能为力，赵欣怡顿时泪如泉涌，悲伤欲绝，不由轻声呼唤："文佳哥，怎么办？怎么才能救你……"

南宫放爱怜地掏出锦帕，轻轻为赵欣怡抹去泪水，柔声安慰道："赵姑娘别这样，你现在这样子，让在下心里也好难过。"

悲痛令赵欣怡的感觉变得迟钝，被南宫放轻轻拥入怀中而不自知。当南宫放托起她的下颌，正要吻上她的芳唇时，她才霍然惊觉，赶紧像小鹿一般逃开,本能地抱紧前胸,神情紧张地盯着南宫放。

"对不起!"南宫放满脸羞愧地道,"我……我真不该如此,却是身不由己……你可知道,自从不久前在骆家庄与姑娘巧遇,姑娘的音容笑貌便时常出现在梦中,令在下无力自拔。我多次想托人冒昧向尊府提亲,却又怕姑娘不愿意,所以只能把这份相思埋藏心底。方才见姑娘悲痛欲绝,我心有不忍,一时糊涂冒犯姑娘,实在罪该万死!愿领受姑娘责罚!"说完不由跪倒在地。

南宫放的自责令赵欣怡心下稍安,望着面前这个名震扬州的南宫世家三公子,她神情复杂地慌忙告辞而去。可走出一段路后,她又折了回来,犹豫半晌,最后终于在心中作了一个决定。她不敢让南宫放看到自己眼中扑簌簌掉下的泪水,强压心中的痛楚,尽量平静地施了一礼,道:"南宫公子,文佳哥从小与欣怡青梅竹马,情同兄妹。只要公子能救文佳哥一命,公子所求,欣怡无不从命。除此之外,欣怡就算遁入空门,终身不嫁,也不敢领受公子美意。"

南宫放略一犹豫,点了点头:"好!我将竭尽所能,救你文佳哥一命。"

片刻之间他已在心中拿定主意,就算眼前要放过骆文佳,也要将其流徙千里,发配到一个永远也别想回来的地方,一个离地狱最近的所在。

"时候不早了,准备出发!"几个负责押解的差役故意催促,借机敲诈。送行的家属连忙再凑出几两银子,分别塞到几个差役手中,他们才又坐回路边的酒肆,继续喝酒闲聊。

这里是扬州城的西门,十几名被判发配边疆的重刑犯俱集中到这里,与家属做最后的道别。众人依依不舍,哭声叫声混杂在一起,场面十分混乱。披枷戴锁的骆文佳满脸污秽,须发杂乱,脸上一片呆滞,唯有一双眼睛还有些许灵动,不住在人群中焦急地搜寻着。

"别看了，不会再有人来。"前来送行的族叔黯然道。他是骆宗寒的次子，虽然辈分上是骆文佳的族叔，却大不了几岁，平素与骆文佳最为要好。

"我娘呢？她怎么没来？还有怡儿呢？"骆文佳急切地问道。

族叔垂下头，低声道："你娘因你的事一病不起，三日前已含恨去世。我父亲受此打击，如今也是命在旦夕，恐怕……至于赵姑娘，你还是不要问了。"

"娘！"骆文佳低低呼唤了一声，眼里却再流不出半点泪水。木然半晌，他突然又问："告诉我，怡儿为什么没有来？"

族叔迟疑了一下，恨恨道："她已经嫁给南宫放做妾，不会再来了！"

骆文佳浑身一颤，心中的怀疑终于变成了可怕的现实。他愤然抬起头，想质问苍天，难道她真被南宫放的家世和外表引诱，与其合伙拿信物来骗自己？

就在这时，他看到了远处那个熟悉的身影，既魂牵梦绕，又爱恨难分。艰难地从项上取下那枚说服他招供的雨花石，骆文佳突然冲出人群，跌跌撞撞奔向远处那个女子，他想质问对方：为什么连最信任的亲人，也要狠心骗他？

"犯人逃跑了！"有人叫起来。几个差役立刻丢下酒碗追了过来，手起棒落，顿时将逃跑的犯人打倒在地。骆文佳挣扎着向前爬去，手里高举那枚带有"心"字的雨花石，嘶声高叫："为什么？为什么骗我？"

一条哨棒重重击在骆文佳手腕上，将那枚雨花石击得飞了出去，几个差役不由分说，一顿乱棒打得骆文佳满地乱滚。

突然，远处传来一声呵斥："别打了！你们这样会打死他的！"

几个差役停下手，循声望去，就见一拨镖队正沿大路而来，镖旗上写着个大大的"舒"字。镖旗下，一个十四五岁的红衣少女英姿飒爽，跨着枣红小马嗒嗒而来。少女年纪虽小，却有一种天生的豪迈之气,满面风尘也掩不住她那种只存在于江湖的本色和天然之美。方才那声呵斥,显然只能出自她这种不知礼教为何物,也不知天高地厚的江湖少女之口。

"谁他娘的多嘴?"一个差役喝骂道。话音刚落,就见少女"唰"的一鞭抽将过来,呵斥道:"嘴里放干净点!"

那差役本能地一偏头,头脸是躲过了,但那一鞭依旧结结实实抽在肩上,他不由一声痛叫,提起哨棒就要还手。那少女见状,立刻抬腿翻身下马,倒提马鞭做好了应战的准备。

"亚男住手!"一个满面沧桑的中年汉子从镖队中越众而出,对那少女高声喝道,跟着又转向几个差役拱手赔笑道,"几位差官大哥,千万别跟小女一般见识。"

"我当是谁呢?"领头的差役也笑着还礼道,"原来是舒镖头。你这闺女可得好好管教,几年不见,突然就长大了,没想到也越发蛮横任性了。"

"可不是!"那中年汉子叹了口气,"都怪她娘去得早,我又忙于走镖,哪有时间管教她?只好任她跟街头那些男孩子混在一起,结果就养成了这天不怕地不怕的臭脾气,三天两头尽给我闯祸。这不,我只好将她带出来走镖了。"说着他转向那少女:"还不把鞭子收起来,给几位叔叔赔礼?"

"爹啊,是他们嘴里先不干不净的嘛!"少女噘起嘴,满脸不乐意。虽然方才她出手就打,桀骜任性不亚于男孩,但在父亲面前,却又恢复了小女儿家撒娇耍泼的本性。

"算了算了,好歹我看着她长大,还不知道她的脾气?"那差役笑着摆摆手,回头令挨打的属下收起哨棒,然后对中年汉子拱手一礼,"舒镖头走好,咱们也该上路了,就此别过,改日再到府上讨杯酒喝。"

"好说好说,舒某欢迎之至!"舒镖头连忙拱手还礼。

"上路！"那差役一声长吆，招呼众手下，不顾家属的挽留哭号，终于押解众囚犯上路。

骆文佳对周围发生的一切浑然无觉，顾不得抹去口鼻上的血沫，只伏在地上到处寻找失落的雨花石。可就在他终于看到那石头，正要爬过去捡时，却被两个差人强行架起来拖着就走。骆文佳拼命挣扎，嘴里含混不清地叫着："我的心！我的心！……"

红衣少女同情地远远目送骆文佳被拖走，正要转身上马，突然发现脚下有个晶莹剔透的东西。她好奇地捡起来，是一块漂亮的雨花石。她将石头托在掌中仔细看了看，立刻就看出那个天然生成的"心"字，顿时爱不释手，顺手将其戴在了脖子上。

这时，耳边传来父亲的声音："亚男，快走了！"少女甜甜地答应一声："来了！"然后翻身上马，一扬鞭，枣红马四蹄生风，很快就追上了远去的镖队。

"我的心！我的心！"骆文佳双眼紧闭，嘴里嘟囔着，似乎正陷入梦魇不能自拔。一瓢凉水重重泼在他脸上，终于令他从噩梦中惊醒。睁眼茫然四顾，入眼是漫漫黄沙，无边无际，还有黄沙中孤寂苍凉的小小驿站……好半晌他才想起，自己已从扬州辗转千里来到甘肃，如今正在被押解去往青海的路上。

"好小子，这样都熬了过来！"刀疤抬起骆文佳的脸仔细打量片刻，突然对他竖起拇指，"了不起！你他娘的就是个混蛋，也是个了不起的混蛋。我刀疤见过的大盗悍匪多了，还没见过你这么硬气的混蛋。好！从今天起老子当你是个人，不再难为你，平平安安将你送到目的地。"说完他转向身后众人，放声高喝："收拾行装，上路！"

一小队披枷戴锁的队伍，在几名官差的皮鞭和哨棒驱赶下，顶着戈壁滩酷烈的太阳，继续踏上茫然不知所终的艰难旅程。

四、暗狱

"下跪何人？"幽暗的大堂上响起一声懒洋洋的询问。

"骆文佳。"

"大声点！"

"学生骆文佳！"

"哦，原来还是个读书人。"堂上的司狱官终于把目光转向阶下的囚犯，"本官不管你过去是什么身份，到了这里就只有一个身份——人犯！还是那种终生服苦役、永远也别想离开这儿的死囚犯。其实依你们的罪孽早就该死了，能留条性命以苦役来赎罪，这是律法的宽大，也是朝廷的慈悲。所以，你们应满怀感激之心，用辛勤劳作来报答这浩浩皇恩。本官严骆望，忝为此地司狱，便是朝廷和皇上的代表。你们在本官和众差役面前，只有绝对的服从，不能有半点怨言。如若不然，本官将对你们生死予夺，严惩不贷！"

"人犯明白！"骆文佳木然垂下头。经历过太多的磨难后，他渐渐懂得了"人在屋檐下，不能不低头"的道理。

"嗯，看来你也是个明理之人。"司狱官满意地点点头，淡淡道，

"既然如此,可有孝敬献上?"

骆文佳一愣,虽然已知官场黑暗,却也没想到这司狱官竟公然索要贿赂。他不禁摇头苦笑:"人犯流徙千里,就算身有余财,也早被沿途的差役搜刮干净,哪还有孝敬献与大人?"

"没关系!"司狱官理解地点点头,"你可以修书一封,本官会托人送到你家人手中,他们若想你在这儿过得好一点,自然不会吝啬身外之物。"

骆文佳垂下头,黯然道:"人犯生父早死,母亲也在不久前亡故,人犯已没有亲人。"

司狱官脸上闪过一丝失望,但依旧耐心问道:"你再想想,看有没有愿意帮助你的亲朋好友?"

骆文佳木然摇摇头:"没有。"

司狱官闻言沉下脸来,冷冷道:"本官要好心提醒你,在这儿服苦役主要有三种活计:一种是专门做饭升火、计账洗衣的杂役,一种是负责筛选和搬运的苦力,还有一种是下井采矿的苦役。这三种活计中,以杂役最为轻松,以井下采矿最为繁重危险。这可是吃的阳间饭,干的阴间活。本官见你是读书人,有心给你个握笔计账的轻松活儿干干,你可不要不知好歹。"

骆文佳漠然道:"人犯确实无法孝敬大人,望大人明鉴。"

"既然如此,将他送去矿场。"司狱官终于失去了耐心,抬头高叫,"下一个!"

当骆文佳被押送到采矿苦役们所住的工棚时,天色已是黄昏,几个苦役犯刚好从井下收工回来,正提着油灯从黑漆漆的洞穴中爬将出来。骆文佳第一眼看到他们不由又惊又怕。他们个个衣不遮体,浑身上下尽是尘土,面上除了眼睛和牙齿,几乎看不到任何本来的颜色。

更可怕的是，他们个个瘦骨嶙峋，眼神呆滞，繁重的劳役早已使他们失去了正常人的模样，简直就像是一群从地狱中爬出的活僵尸。

"疤痢头，新来的，交给你了！"押解骆文佳的狱卒一声吆喝，工棚中立刻有个满脸横肉、鼻斜口歪的壮汉点头哈腰地迎了出来。他的头上东一块西一团尽是疤痢，难怪被狱卒叫"疤痢头"。看打扮他也是服苦役的囚犯，不过却比其他囚犯壮实光鲜得多。他一脸媚笑地对狱卒连连点头道："差官大哥放心，我定把他教得乖乖的。"

狱卒解开骆文佳的镣铐，将他推到那汉子面前，喝道："以后他就是你的工头，咱们不在的时候，你一切听他的。"说完丢下二人，在疤痢头不住的问候声中，扬长而去。

骆文佳细细打量着周围的环境，光秃秃的山坡上，散布着十几个大小不一的工棚，工棚夯土为墙，竹木为顶，十分简陋。离工棚不远处还围着一圈简陋的篱笆，这种围墙对安心要逃的人起不了多大作用，不过一想到方圆数百里乃是渺无人烟的戈壁荒漠，骆文佳心中清楚，离开这儿无疑就是自杀。

"犯了什么事？"疤痢头打量着骆文佳，饶有兴致地问。

骆文佳迟疑了一下，他不想被一个囚犯同情，便淡淡道："杀人、强奸，兼坑蒙拐骗。"

疤痢头眼里露出一丝惊异，嘿嘿笑道："没想到你这混蛋看起来斯斯文文，犯下的事却不含糊。不过老子先警告你，不管你在外面有多威风，到了这里就得给老子服服帖帖。懂不懂规矩？"

"什么规矩？"

"待会儿你就知道了。"疤痢头阴阴一笑，对骆文佳一招手，"先跟老子进来。"

骆文佳随着疤痢头进入工棚，工棚内有数十个床位，显得十分拥挤，此时下井的苦役们已收工回来，工棚中乱哄哄的，十分嘈杂。见疤痢头带骆文佳进来，众人立刻围了上来，不怀好意地打量着骆文佳，眼里闪烁着猫戏老鼠似的兴奋。

"老大，这小子细皮嫩肉，莫非是个兔儿爷？"一个苦役笑着询问刀疤，引得众人哄堂大笑。

另一个苦役接口道："那以后就叫他兔儿得了。老大，这次要如何玩？"

疤痢头呵呵笑道："照老规矩，先送见面礼，再过三关十八洞。"

"好！一人一份见面礼。"一个囚犯说着，突然一拳击向骆文佳下颌，骆文佳猝不及防，顿时被打倒在地。众囚犯一拥而上，拳打脚踢，骆文佳本能地抱住脑袋，伏在地上卷曲成团，无声地承受着众囚犯的殴打，足有盏茶工夫众人才心满意足地收手。骆文佳尚未来得及喘息，又被两个囚犯拎起来，拖到墙根站定，一个囚犯提起墙角的便桶来到骆文佳面前，将便桶往骆文佳头顶一放，嘿嘿笑道："方才只是见面礼，现在才是第一关，加冕仪式。小心别掉下来，不然就让你将这一桶屎尿全部吃干净。"

骆文佳咬牙顶着沉重的便桶，闭上双眼一言不发，默默地承受着肉体和精神的双重痛苦。肉体的痛苦还可忍受，精神上的屈辱却令他几欲发狂。不过他知道，自己若想活下去，就得忍受这一切。这些折磨与南宫放、费士清、殷济等人对自己所做的一切比起来，便不算什么了。仇恨已经充满他的身心，成为支持他忍下去的唯一动力。他心中默念着"天将降大任于斯人，必先劳其筋骨，饿其体肤"，在忍受折磨的同时，也不断挑战着肉体和精神上的极限。

突然工棚外传来"当当当"的敲锣声。"开饭了！"众囚犯喊叫一声，纷纷从各自的铺位上拿出破碗缺盆，争先恐后地在门口排起长队。不一会儿，就见一个狱卒打开房门，指挥着几个杂役将一桶稀粥和一篮黑乎乎的窝头搁到地上，开始给众苦役分发食物。

"他是怎么回事？"那狱卒看到了顶着便桶站在墙根的骆文佳，不由喝问道。

疤痢头忙赔笑道："新来的，大约脑子有毛病，一进门就顶着尿桶不愿放下来，弄得大伙儿撒尿都不方便。"

"快放下来，开饭了！"那狱卒似乎并不知情，对骆文佳高喝道。

疤痢头也连忙帮腔："听见没有，蒋大哥叫你放下你就放下，还不快过来谢谢蒋大哥的恩典！"

骆文佳放下便桶，跌跌撞撞地来到那狱卒面前，只听对方又问："你身上的伤是怎么回事？是不是遭人毒打的？"

"没有，"骆文佳垂下头，"是我自己不小心摔伤的。"

那狱卒将信将疑地打量了骆文佳几眼，叮嘱道："若有谁欺负你，尽可告诉我，不用害怕。"

"没人欺负人犯，不劳差官大哥费心。"骆文佳冷冷道。有过殷师爷的教训，他对任何好心人尤其是来自官家的好心人，都不敢再轻易相信了。

那狱卒见骆文佳一脸冷漠，吩咐道："现在快去吃饭，明天一早就要下井干活！"

"是！"骆文佳答应着，排到众苦役的后面，最后从负责分饭的杂役那里，领到了一个黑乎乎的窝头和半碗清澈见底的稀粥。早已饥渴至极的他也顾不得理会稀粥和窝头的味道，蹲在地上便狼吞虎咽地吃起来。刚吃得没几口，他的碗就被一个囚犯一巴掌打飞，跟着就听有人骂道："没规没矩的蠢货，有吃的不先孝敬老大，活得不耐烦了？"

骆文佳茫然抬起头，这才发现方才那狱卒和几个杂役早已经离开，大门也锁了起来，工棚中顿时一片幽暗。几个朦朦胧胧的身影向他围过来，脸上露出张狂的表情。

"方才你运气好，第一关算是过了。"疤痢头在骆文佳身边蹲下来,狞笑着托起他的下颌,"现在是第二关,辟谷成仙。"说着一招手,两名囚犯一左一右抓住骆文佳的脚腕,顿时将其倒提起来。疤瘌头抬脚猛踢骆文佳的肚子,边踢边骂:"我叫你吃!我叫你吃!你他娘的要不知道孝敬,老子叫你吃多少,吐多少!"

这几脚重重踢在骆文佳上腹部,令他腹中一阵翻涌,不由得将刚吃下的东西尽数呕了出来。直到腹中再无可吐,疤瘌头才示意两个囚犯将骆文佳放下来,然后踩着他的脸冷笑道:"从今天开始,只要你敢吃任何东西,老子就让你全部吐出来。你能撑过三天才算过关。"

"吵什么,还不睡觉?"工棚外传来一个巡夜狱卒的吆喝。疤瘌头忙答道:"官爷,咱们这就睡觉!"说着抬手向众人示意,众人立刻放低了声音。

待大家安静后,疤瘌头脸上露出诡异的笑容,压着嗓子拖长声音道:"接下来是第三关!火热裸舞!"

众人发出压抑的欢呼,七手八脚来剥骆文佳的衣衫。有人还趁机在他身上又摸又捏,嘴里猥琐地叫着:"大伙儿今晚一定要好好乐乐!"

骆文佳终于忍无可忍,拼命挣扎,却哪是众人对手,转眼间就被撕开了衣衫,顿时衣不遮体。骆文佳一声嚎叫,猛地一口咬住摸到自己脸上的一只脏手,死命一咬,再不松口。那被咬的汉子顿时发出一声惨叫,对骆文佳拳打脚踢,却始终无法令对方松口。众人被同伴的叫声吓了一跳,立刻将骆文佳摁倒在地,有的捏嘴有的捂鼻,好半响才将同伙的手从骆文佳口中弄出来,只见那手已是血肉模糊,伤可见骨。众人大怒,齐齐向骆文佳扑去,就在这时,突听门外巡夜的狱卒一声喝骂:"叫什么叫?是不是皮痒痒了?"

众人连忙停下动作,屏住呼吸安静下来。听着那狱卒的脚步声远去后,方才被咬的囚犯才对疤瘌头呻吟道:"老大,这小子他就是条疯狗!快帮我宰了他!"

"闭嘴！"疤痢头一声喝骂，然后转向骆文佳恨恨地道，"好小子，这第三关暂且记下，老子迟早要你给大伙儿当马骑。现在你过了十八洞，老子今晚就暂且放过你！"说着双腿叉开，往自己胯下一指："钻过去！"

几个囚犯也纷纷排到疤痢头身后，叉开双腿齐声催促："快钻！"

骆文佳见此情形，总算明白十八洞是什么意思了。这工棚中刚好有十八个囚犯，叉开腿排在一起，胯下正像是十八个洞。但此刻他已被激起心中压抑许久的倔傲，不由昂头怒视疤痢头："休想！"

疤痢头眼光变得恶毒起来，冷冷问道："老子再问一遍，钻不钻？"

见骆文佳坚定地摇头，疤痢头不再理会他，转身对几个同伴招招手，悄声道："给老子往死里整！"

几个囚犯点点头，立刻捡起骆文佳被撕下的破衣衫，一个囚犯从墙角隐秘处拿出一块拳头大的圆石，用破衣衫紧紧包裹起来，然后将它握在手中，向骆文佳一步步逼过来。骆文佳一见对方的神情，立刻意识到自己的处境，再顾不得许多，张嘴就高叫"救命"，谁知刚叫得半声，就被一个囚犯突然用衣衫紧紧捂住了口鼻，再发不出半点声音。另外几个囚犯则死死压住了他的手脚，令他无法挣扎动弹。他只能眼睁睁看着那囚犯高举裹着衣衫的圆石，重重击在自己胸上。

一下、两下、三下……骆文佳只觉得自己整个五脏六腑都像被震碎，口鼻中立刻灌满了腥咸的液体。他绝望地放弃了挣扎，无奈而悲愤地怒视着虚空，怒视着这个暗无天日的魍魉世界。

"够了！"就在骆文佳感觉意识渐渐模糊的时候，工棚最里面的一个铺位上，突然传来一声懒懒的喝止，一个佝偻的人影从铺位上缓缓坐了起来。几个囚犯忙放开骆文佳，疤痢头赶紧跑过去，搀扶起那人小声问："云爷，今日感觉好些没有？"

"好多了！"那人在疤痢头的搀扶下缓缓下铺，慢慢来到骆文佳面前，俯身打量他片刻，微微颔首道，"原来是你，想不到咱们居然在这里重逢了。"

依稀有些熟悉的声音，令几近昏迷的骆文佳勉强睁开双眼。他辨别片刻，认出眼前这瘦削沧桑的老者，正是半年前在骆家庄负伤而去的神秘人物，那个足智多谋、武功高强、自称"云爷"的江湖人。骆文佳心情一阵激动，刚想起身相认，却感到两眼一黑，顿时昏了过去。

幽幽黑暗不知过了多久，骆文佳再次醒转时，发现自己正躺在简陋的铺位上。工棚内空荡荡不见半个人影，一缕阳光从门缝透进来，使人隐约感到一丝暖意。

"醒了？"头顶响起一声淡淡的问候。

听到这声音，骆文佳不顾浑身伤痛，挣扎着翻身跪倒，伏拜叩首道："云爷，求您老传我绝世武功，我要报仇！"

"啐！"云爷一声冷笑，"当初你救老夫一命，老夫现在也还你一命，让疤癞头以后都不再难为你，并让你养好伤再下井。咱们已两不相欠，你凭什么还提额外的要求？再说，老夫也没什么绝世武功可以传你。"

骆文佳一怔，忙恳切地道："云爷，我知道您老是纵横江湖的武林高手，我骆文佳这条贱命实乃云爷所救，不敢再提任何要求。只求云爷能收我为弟子，我愿终身事云爷如父，全心全意孝敬您老，不敢稍有违逆。"

云爷似乎并无所动，摇头道："你到了这里，一只脚已经踏进了鬼门关，能否活下去都成问题，还拿什么来孝敬老夫？"

骆文佳昂起头，坦然道："我骆文佳现在虽然身无分文，手无缚鸡之力，但至少还有一颗赤诚之心。"

"赤诚之心？"云爷脸上露出一丝嘲笑，"我看你是让圣贤书给迷惑了吧？赤诚之心，值几个钱？掏出来看看？"

骆文佳一窒，顿时无言以对。

云爷看他一眼，递过来一枚丹丸，冷冷道："你先争取活下去再说吧。老夫最瞧不起你这种大言不惭的书呆子，只会空谈，百无一用。若非老夫这疗伤圣药，你就算侥幸活下来，只怕也要落个终身残疾。留着你那赤诚之心烂在肚里吧，给老夫也没用。"

骆文佳满脸羞愧地接过丹丸，默默吞下去，然后拜道："云爷，您老虽然视骆文佳贱如草芥，但在下依旧视云爷如师如父。待在下伤好，定全心全意侍奉云爷。"

云爷冷哼一声没有说话，在角落盘膝坐下来，双手搁在膝上，掌心向天，然后缓缓闭上了双眼。他那枯瘦的脸上苍白如纸，精神也有些萎靡，显然还没从上次的重伤中恢复过来。

骆文佳心中有些奇怪，不明白云爷怎么会像自己一样，也落到这般田地，本想问问，却见对方已盘膝入定，只得将疑问放在心底。他疲惫地躺下来，心中却不住盘算着，怎样才能说服云爷传自己武功。他已暗下决心，一定要学成绝世武功。只有这样，才有可能从这里逃出去，也才有可能向南宫放等人讨回公道！

云爷每日一颗的疗伤丹丸果有奇效，不过半月工夫，骆文佳的内伤便好了个七七八八，虽然胸口偶尔会隐隐作痛，却已能行动自如。这期间狱卒没有给骆文佳分派劳役，以疤瘌头为首的十几个苦役犯，也没有再为难骆文佳。不仅如此，众苦役还将饭菜先给云爷和骆文佳吃饱，然后自己才敢吃喝。显然云爷才是这儿的主宰，疤瘌头也得看他的脸色行事。

骆文佳自从能勉强下地后，便像对待长辈一般殷勤侍奉云爷。云爷对他的侍奉坦然接受，却对他拜师的恳求置之不理。十天半月下来，骆文佳终于失去了耐心，在一次长跪不起、求拜无果之后，他积压的怨愤终于爆发,第一次对云爷出言不逊。

"我看自己大概是找错了人,"骆文佳望着一脸漠然的云爷,冷笑道,"你身陷囹圄,自身尚且难保,哪有本事教我?就算你将一身的本事传给我,你自己尚且受困于此,我又哪有可能逃出去?就算学得你那一身三脚猫的功夫,也不过是在疤痫头面前作威作福,终身做个牢头而已。这等功夫,不学也罢。"

盘膝入定的云爷第一次睁开了双眼,淡淡道:"我听你中气十足,伤势似乎已痊愈了?"

骆文佳冷冷道:"多谢云爷的丹药,我总算没落下残疾。"

"既然如此,你我从此两不相欠。"云爷重新闭上双眼,依旧淡淡道,"明天你也该去矿场了,老夫不能照顾你一辈子。"

骆文佳拱手一拜:"多谢云爷这一个多月的照顾,在下今后一定加倍报答。"

"大言不惭!"云爷闭着眼,脸上露出一丝嘲笑,"到了这里,你以为自己还有多少'今后'?"

第一次随着众苦役下井,骆文佳终于明白"吃阳间饭,干阴间活"是什么意思了。黑黢黢的矿洞狭窄潮湿,深不见底。众苦役在三两盏气死风灯的映照下,像狗一样佝偻着身子,从低矮的矿洞鱼贯而入,钻入数十丈深的山腹,然后从山腹中将泥土与矿石开掘下来,用背篓一点点拖出矿洞,再由负责搬运的苦役肩挑背扛,将泥土与矿石送到山下进行筛选。洞口有专门负责记录的差役,每个苦役犯都有必须完成的采矿量,若完不成就不能吃饭。骆文佳此刻才知道,每天那难以下咽的食物,必须用汗水甚至性命去挣,难怪有几个瘦弱的苦役犯已经无声无息地消失了,想必他们已被繁重的劳役和饥饿彻底淘汰。

矿洞深处暗无天日,通风不畅,空气异常浑浊,片刻工夫就令人胸闷难忍。几盏气死风灯那昏黄的微光，使劳作的苦役们面目模糊，人鬼难分。像眼前这样的采矿点还有好几处，疤痢头就是这一处的工头，负责分派工具和人手。

第一次拿起铁锹和背篓，骆文佳学着旁人的样子开始干起来。一锹下去，隐约有微茫在土石中闪烁，他好奇地抓起一把泥土，借着昏黄的火光仔细一看，不由大吃一惊，忙把手中的泥土伸到身旁一个苦役面前，结结巴巴地问："这……这是什么？"

"金砂而已，"那苦役不以为意地扫了一眼，"豌豆大的都时常见到，没什么稀奇。"

"这……这是一处金矿？"骆文佳十分惊讶。

"当然是金矿，你以为是什么？"对方一副见怪不怪的模样，"在这里金子不值钱，窝头才能填饱肚子。"

骆文佳不由愣在当场，回想路上见到的情形，渐渐明白过来。难怪矿场外有大军镇守，戒备森严，对外却称这是一处铜矿，那是为防止盗匪觊觎；难怪在这干活的全是苦役犯，凡是被送到这里的囚犯再没有活着离开的，显然是为了保密。骆文佳心中渐渐发冷，突然意识到，要想从这里活着逃出去，恐怕比想象的要困难得多。

"快干活，愣着干什么？"疤痢头向骆文佳扬起了鞭子，不过鞭子最终并没有落到他身上，而是打在了跟他说话的苦役身上。大概疤痢头还没弄明白他跟云爷的关系，所以还不敢对他随意打骂，只得杀鸡吓猴。

骆文佳赶紧抡开铁锹，将岩石和泥土劈将下来，装入自己的背篓。第一次干这等重活，他明显比旁人慢许多，别人已拖着背篓来回两三趟，他才刚装满第一篓。在朦胧幽暗的矿洞中，隐约可见苦役们拖着沉重的背篓，狗一样向矿洞外匍匐前进。骆文佳学着他们的样子，也加入他们的行列。

干得没多久，苦役们渐渐疲惫，不由自主地哼起了劳作的号子，只听一人领头，众人齐声应和。嘶哑、悲怆的号子，顿时在矿洞中不住回荡：

吃的是阳间饭啊！嗨呀！

干的是阴间活啊！嗨呀！

做了什么孽啊？嗨呀！

要受这个罪啊！嗨呀！

走进鬼门关啊！嗨呀！

早死早投生啊！嗨呀！

下辈子不做人啊……

"别吵！别吵！"疤痢头的鞭子不住落在众犯身上，边抽边骂道，"你们都他娘的疯了，想震塌洞子将大伙儿全埋在地底下？"

众犯对疤痢头的警告浑不在意，继续着他们的号子。疤痢头打住这个，那边又响起，不由东奔西跑，手忙脚乱。

不知劳作了多久，突听矿洞外传来一阵铜锣声。"开饭了！"众苦役发一声喊，纷纷丢下工具，争先恐后地爬出矿洞，在洞外排队领饭。几名负责记录的差役，根据每人完成的采矿量分发窝头、咸菜。众囚犯大多领到一两个窝头，也有少数领到了四五个。骆文佳因差得太多，一个也没有领到。

失望地在矿洞边坐下来，骆文佳舔着干裂的嘴唇，忌妒地望着苦役们散坐在四周，津津有味地享受着汗水换来的美食。突然，身旁有人拍了拍骆文佳的肩头："喏，借给你，记得还我！"

骆文佳回头一看，是同工棚的一个苦役犯，他递过来一个窝头，黑乎乎毫不起眼，但此刻在骆文佳眼中，却比任何山珍海味都要珍贵。骆文佳感觉眼眶有些湿润，默默接过窝头，低低说了声："多谢！"

"没事！"那满脸尘土的汉子摆摆手，"一看你就是没干过重活的新手。""干这活儿要靠长力，最忌过快过猛，要是两三趟就累得快趴下了，你永远也别想挣到窝头。还有，"他突然压低声音，"多装碎石少装土，那样会轻一点。"

骆文佳感激地点点头，他记得这汉子当初也曾殴打过自己，不过此刻却发觉，其实他也有善良的一面。默默咀嚼着冷硬的窝头，骆文佳四处看去，只见众人三三两两席地而坐，边享受着难得的闲暇，边开着粗鄙的玩笑，脸上闪烁着淳朴的笑容，就像任何平常人一样。骆文佳渐渐意识到，他们像自己一样，并不都是天生的罪犯，他们也都有善良的一面。

"干活了！"随着一名差役的吆喝，众人重新钻进矿洞。骆文佳照着那汉子教授的办法，终于在黄昏时分，挣到了自己的第一个窝头。

转眼一个月过去，骆文佳渐渐适应了繁重的劳役，虽然还是常常吃不饱，不过比起刚开始的时候，至少已能勉强养活自己了。

所有苦役犯都要靠劳动挣窝头，只有云爷是个例外，他整天就躺在工棚内养伤，却比任何人吃得都好。一个月下来，他的伤似乎已大有好转，偶尔也见他到工棚外转转，在山坡上晒晒太阳。苦役们对他十分恭敬，狱卒对他的态度却十分微妙，既不干涉他的行动，也从不搭理他。他在狱卒眼中，似乎根本就不存在。骆文佳对拜他为师已不抱任何希望，只是留心观察着四周的环境，寻思逃出去的办法。

矿洞偶尔会塌顶，将劳作的囚犯埋在地下，运气好还能刨开泥石钻出来，运气不好就只有长埋地底。许多苦役不明不白就失去了踪影，没有人过问，也没有人关心。骆文佳第一次见到这情形时十分恐惧，但遭遇过两三次后，也就坦然了，不再对同伴的失踪感到震惊。不过，这也坚定了他逃出去的决心。

两个月后，骆文佳开始了他谋划已久的计划，每次分到窝头的时候，他都有意识地藏起一个半个。现在他已经学会了不少偷奸耍滑的伎俩，比如，用绳子把背篓拦腰收紧，尽量使它变得小一些，每次都在背篓下垫几块轻而薄的石头，使它的底部尽量少装些东西……靠着这些自己琢磨出来的办法，他每次已能挣到两三个窝头，偷偷藏起一个半个，对他已经不是多大问题。然后借着到僻静处大解的机会，他将窝头用破布包起来藏到乱石堆中，十多天下来，已积攒了二十多个窝头。

在一个星月俱无的夜晚，骆文佳终于开始实施他的逃亡计划。工棚的大门十分简陋破旧，虽然夜里上了锁，但骆文佳几天前就趁着苦役们熟睡的时候，将门轴用石块割到将断未断的状态。现在只需轻轻拗断门轴，就能将门卸下来。工棚外的空地上有一口水井，墙根有狱卒们丢弃的酒壶，如果再加上二十多个窝头，以及在劳作时藏下的几粒金沙，骆文佳想不出还有什么不逃的理由。

入夜不久，劳作一天的苦役们很快就发出了此起彼伏的鼾声。骆文佳蹑手蹑脚爬起来，悄悄爬到门边。听着巡夜的狱卒脚步声远去后，他拗断门轴，将门轻轻卸了下来，夜晚的微风灌进工棚，令人精神一振。骆文佳侧身出得大门，将门依旧靠在门框上。如果不动它，没人会发现它已经被打开。

捡起散落在墙根的两个酒壶，骆文佳急奔到水井边，汲上一桶水灌满酒壶。他知道时间对他来说十分宝贵，天亮前同牢的苦役就会发现他失踪了，很快狱卒们就会纵马追来。

带上藏匿的干粮，骆文佳避开巡夜的狱卒，飞快地奔向远处的篱笆墙，用早已准备好的锋利石头，在篱笆墙上割出一个小洞。他心情激动地钻出牢笼，向隐约可见的地平线尽头跑去。

戈壁大漠的太阳总是升起得很早，当第一缕阳光刺破天幕的时候，骆文佳不知道自己跑出了多少里，身后已看不到矿区的建筑，前方更是茫茫一片黄褐色的戈壁，除了零星的低矮灌木，见不到任何生命的迹象。

太阳渐渐移到头顶，炽热的感觉越来越强烈。仅半天时间，一壶水就已告罄，而前方直到地平线尽头，依旧是一望无际的荒漠。骆文佳渐渐有些沮丧，仅凭一壶水，根本支撑不了多久。更要命的是，他已听到后方随风传来的隐隐狗吠，那是循迹而来的猎狗，正带着狱卒追踪而来。

黄昏时分，精疲力竭的骆文佳最终还是被猎狗追上，被狱卒们拖在马后带了回去。他们将他这个逃犯扔进一间孤零零的牢房，然后锁上牢门扬长而去。牢房矗立在山坡上，门外布满蜘蛛网，似乎许久没有使用了。从碗口大的窗口可以看到山下杂乱的工棚，甚至可以听到苦役们开饭的锣声。牢房深处是个天然的岩洞，陷入山腹，不知深有几许。

骆文佳到此境地，心里反而平静下来。既然逃不逃都是死，他不后悔用性命去赌一把，他只是有些懊恼自己的计划太过草率，没有考虑清楚荒漠的辽阔和追踪的猎狗，以致从一开始就注定失败。

顺着岩洞往里摸索，骆文佳并不奢望能发现出口或别的什么好东西。走出没几步，脚下被什么东西绊了一下，他低头一看，顿时浑身一颤，差点软倒在地。原来是一具完整的骷髅，狰狞的面目令人心生恐惧。他大着胆子往里细看，山洞深处隐隐约约还有无数具扭曲的骷髅，即便在朦胧幽暗的山洞中，依旧白得有些刺眼。

"开门！开门！快放我出去！"骆文佳跌跌撞撞地跑到门边，拼命撞击牢门。可惜牢门是精铁铸就，即便他用尽全力，依旧纹丝不动。

没人理会骆文佳的呼唤，门外的狱卒们对他的呼唤充耳不闻，苦役们最多抬眼看看这个方向，然后继续他们的活计。骆文佳颓然坐倒在地，他终于猜到，这牢房是关押逃犯的死牢，一旦被关进来，最终结果就是变成岩洞深处那些骷髅中的一具。司狱官没有立即处决自己这个逃犯，除了要自己受到比死亡还要痛苦的折磨，同时也是要借自己绝望的呼号，震慑其余的苦役犯，让他们不敢再起逃跑之心。难怪工棚周围的看守并不严密，却没有苦役冒险逃跑，想必已经有不少逃犯被关进这里，在恐惧和绝望中慢慢死去，留下了无数具白骨。

正如骆文佳猜想的那样，一连三天，没人理会自己的呼叫，更没人送水送饭。在这三天中，骆文佳找遍了岩洞的每一个角落，终于肯定没有人能从这里逃出去。在饥饿和干渴的双重折磨下，他的意识渐渐模糊，等待死亡慢慢降临的滋味实在令人难以忍受，令他恨不得碰壁自尽。但一想到自己所受的冤屈，他心中又有不甘，再痛苦的折磨他都强迫自己忍受下去。

直到第三天的深夜，牢门外终于传来细微的脚步声，像猫一样轻柔。跟着就听门锁响动，一个瘦削的人影悄然开门进来。已经处于半昏迷状态的骆文佳听到牢门开关的咔咔声，挣扎着想站起来，这一用力让他两眼一黑，差点晕过去。

那人来到骆文佳身边，轻轻托起他的头，将手中的水壶凑到他嘴边。甘甜的清水流入嘴里的同时，骆文佳也看清了来人的模样。虽然那人依旧表情淡漠，眼光冰冷，但此刻在骆文佳眼中，却比任何人都要亲切。就算体内已严重失水，他依旧有一种要流泪的冲动，喉咙里也发出了一种干涩的呜咽。

那人默默喂骆文佳喝完水后，留下水壶和几个窝头转身要走，刚恢复了一点体力的骆文佳忙翻身跪倒，失声哭拜："师父……"

那人叹了口气，淡淡道："不是老夫不愿教你武功，只是你根本不是习武的体质，又错过了发育阶段的习武启蒙，现在就算你再怎么刻苦修炼，武功也绝难入流，更别想与那些以武传家的世家子弟一较长短。老夫念在你过去的恩情分上,最后再救你一次。你在这里暂时委屈几日,我会想法让司狱官饶你这一回。"

骆文佳对老者的许诺并没有半点惊喜,脸上反而现出一种莫名的绝望。眼望虚空木然半响,他突然仰天哭道:"我不能习武复仇,就算苟活下来也不过是一具行尸走肉,与其如此,还不如早一点解脱!"说完低头奋力撞向一旁的石壁。只可惜他浑身软弱无力,这一撞只是撞破了头皮,鲜血顿时涌了出来。他不顾顺脸流下的血珠,继续奋力再撞,边撞边大骂自己:"骆文佳啊骆文佳!你枉为男儿,竟连求死之力也没有,你活在世上还有何用?"

老者并没有阻止骆文佳的举动,平静地望着他,直到他颓然无力坐倒,才冷冷道:"你连一个人真正的力量都还没意识到,有什么资格做老夫的弟子?先想想你的仇家真正的强大之处吧!没明白这点,还奢谈什么报仇?"说着转身便走,边走边淡淡道:"老夫过两天再来,如果你能想明白这点,或许还有救。"

老者的话如一道闪电,倏然划破混沌的天幕,骆文佳只觉得眼前一亮,似乎看到了天幕下那世界的真实。只可惜闪电的光芒太过短暂,让人无法完全看清。他呆呆地望着老者开门离去,渐渐陷入了沉思。

老者留下的窝头和清水足够几日之需,骆文佳暂时不再受饥渴折磨,便在这死牢中,开始苦苦思索自己为何被南宫放肆意玩弄于股掌,整个骆家庄甚至包括大名鼎鼎的"铁掌震江南"丁剑锋,在南宫世家面前为何如此羸弱渺小,简直不堪一击。

第三天夜里,老者再次来到死牢中。骆文佳不等他动问便抢着道:"云爷,我想明白了!南宫世家之所以能在扬州为所欲为,是因为它的势力和财富。凭着这两种东西,它可以上交官府,下雇杀手,甚至根本无须自己出面,就能将我这样的无根小民置于死地。"

"它的势力从何而来?"

"南宫世家在扬州盘踞百年,祖上便积下了莫大的家业,到现在它的实力更见庞大,扬州城一半的产业都跟它有关。"骆文佳道,"如今就算是地方官府,也要让他七分。"

云爷微微摇头:"你还是只知其然,不知其所以然。这世上没有生来就有的基业,也没有凭空产生的势力。它们如潮水般起起伏伏,就像是星月运转、四季更迭的世界。世界的变化是由大自然决定的,而势力的聚散更多由人来决定。你不要眼光狭窄,只看到眼前的南宫世家,想想几千年来朝代的更迭,王朝的兴衰,是什么在主宰着其中的变化?"

骆文佳垂下头,陷入沉思。半晌后他终于抬起头:"是人!是少数风云人物巧借各种时势,创造了一个又一个惊人的奇迹。无论是秦皇汉武,还是唐宗宋祖,莫不如是。"

"他们中有谁是因武功高强而得天下的?"

"没有。"骆文佳立刻摇头道。

"想必你也熟读各种经史,"云爷淡淡问道,"不知你从前人的丰功伟业中,得到了什么样的启发?"

骆文佳心中一动,突然就想起了当初在《千门秘典》上看到的那句话。半晌,他不由缓缓点头,肃然道:"人,既无虎狼之爪牙,亦无狮象之力量,却能擒狼缚虎,驯狮猎象,无他,唯智慧耳。不错,人是因智慧而强大,不是因为家势或武功。"

云爷终于微微颔首道:"你能明白这一点,总算没有被书本彻底毁掉。如果你能想清楚智慧的真正作用,老夫说不定可以考虑收你为弟子。三天之后老夫再来,但愿你不会让老夫失望。"说完放下手中的水壶和几个窝头,依旧锁上牢门,飘然而去。

五、新生

死牢里暗无天日，但骆文佳觉得心中从未有过这般亮堂。这三天之中，他除了吃饭睡觉，一直在思考云爷提出的问题，当第三天晚上云爷再来的时候，他已经在心中理出了头绪。看到他眼中透出的自信，云爷冷硬的脸上，也露出了一丝难得的笑意。

"智慧的作用是利用一切条件，找出解决问题的最优办法。"骆文佳迎着云爷的目光侃侃而谈，"人与豺狼猛兽比起来，身体有着天然的劣势。但就算是最笨的猎户，也不会愚蠢地奢望仅仅靠苦练武功去与猛兽正面搏斗，他更多地会借助弓箭、兽夹、陷阱等工具，并利用猛兽各种天生的习性和弱点，将其巧妙捕杀。聪明的猎手往往不需冒任何危险，就能将猎物兵不血刃地拿下。"

"如果你的猎物是和你一样聪明的人呢？"云爷饶有兴致地问。

"那就需要审时度势，巧妙借助各种形势与之周旋，"骆文佳道，"个人的力量始终是渺小的，昔日西楚霸王力能举鼎，勇冠三军，却也败在韩信的计谋之下，无奈自刎乌江。智慧虽然不能令人增大半分力气，却能让人知道力量应该用到什么地方。"

"如果你的对手实在太过强大，审时度势之下，你没有任何办法对付，又该怎么做？"云爷又问。

"那就需要隐忍，"骆文佳感觉过去读的经史典籍，渐渐在心中活了起来，不由侃侃道，"耐心等待对手露出颓势，同时积蓄力量，直到对手现出致命的弱点，然后像蛇一样倏然出击，力求一击致命！昔日勾践曾为吴王牵马尝粪，汉高祖不惜冒险赴鸿门之宴，唐太宗更是向突厥俯首称臣，这些都是审时度势之后的隐忍。这些都无损于英雄的光辉，反而使他们更显智慧和强大。"

云爷终于满意地点头道："看来你也并非无可救药，能从经史典籍中悟出这些道理，书总算没白读。不过，你可知为何有的人多才多智，却始终是渺小的弱者？在官场上如鱼得水的往往是碌碌无为的庸才，很多学识渊博的智者反而不受重用，甚至受同僚排挤，上司忌恨，郁郁终身，乃至英年早逝？"

骆文佳一怔，想了想道："也许，聪明和智慧是两种不同的境界吧？聪明的人未必有智慧，但智慧只能来自聪明的头脑。"

云爷微微摇了摇头："那是因为有些事知易行难。有才之士虽然明知官场需要溜须拍马，阿谀奉承，却不愿为，不屑为，所以才郁郁不得志。仅知智慧的力量还远远不够，你还得善于运用这种力量，并抛开一切束缚身体力行。只有做到身心如一，才能真正发挥智慧的力量。"

骆文佳有些迷惑，拱手道："弟子还不太明白，望云爷指点。"

"人若不幸掉进粪坑，一时无法爬出，该如何做才好？"云爷突然问，见骆文佳摇头，他冷冷道，"得向蛆虫学习，以粪便为食，拼命挣扎抢占一处粪便丰腴的地盘。这种蛆虫都有的智慧就算老夫告诉了你，你又能否做到？"

骆文佳想了想，颓然摇头："我做不到。"

云爷一声冷笑:"这就是知易行难。人若不能改变周围的世界,就只有更好地适应这个世界,让自己逐渐强大起来。只有当你足够强大时,才有可能最终改变这个世界。在君子中间,你要比君子还君子;在小人堆里,你得比小人更小人!无论是在君子中间做小人,还是在小人堆里当君子,都会死得很惨。古圣先贤罔顾世情和环境,一味要人做温顺贤良的君子,不知害死了多少不知变通的孝子贤孙。"

骆文佳一怔,第一次听到这等怪论,心中不由感到一种从未有过的震撼。他对云爷的话并不完全赞同,想要反驳,却又不知如何驳起。只听云爷突然又问:"你熟读圣贤之书,除了经史典故,不知还从中看到了什么?"

骆文佳想了想,答道:"忠孝仁爱,礼义廉耻。"

"狗屁!"云爷一声嗤笑,"读书不用脑,还不如不读!看不到文字后面的真实,你永远是一个不会思考、灵智未开的蠢货,有什么资格做老夫的弟子?"

骆文佳突然福至心灵,跪倒在地,躬身拜道:"师父教训得是,弟子谨记在心!"

云爷没有避让,也没有搀扶,只冷冷道:"想做老夫的弟子,你先得学会叛逆隐忍,鲜廉寡耻。不然我堂堂千门门主云啸风这张老脸,岂不让你丢尽?"

虽然对方言辞严厉,但听在骆文佳耳中不啻天降纶音。他慌忙连磕三个响头,激动地道:"师父在上,请受弟子一拜!弟子定谨遵师命,决不给您老人家丢脸。"

"你别急着拜师,你是否有资格成为老夫的弟子,还不一定呢!"云啸风冷哼一声,突然叉开双腿往下一指,"钻过去!"

"什么?"骆文佳一愣,以为自己听错了。

"钻过去!"云啸风厉声道,"老夫现在就教你本门的基本功——

鲜廉寡耻！"

骆文佳不由犹豫起来，心中如巨浪翻滚。最终复仇的渴望超过了对胯下之辱的羞耻，他终于一咬牙，低头从云啸风叉开的腿间慢慢钻了过去。当他终于爬起来时，已是满面通红。云啸风却无视他的表情，问道："当初疤痢头要你过十八洞，你拼死不从，现在为何钻得这般爽快？"

骆文佳昂然抬起头："韩信当年也曾受胯下之辱……"

"呸！"他话音未落，云啸风突然一口浓痰射到他脸上，"你少往自己脸上贴金！淮阴侯当年是可以不受辱而甘愿受辱，你有什么资格跟他相提并论？你现在无论是想复仇还是想活下去，都得来求老夫，就算老夫让你吃屎你也得吃，还敢大言不惭自比淮阴侯？"

骆文佳羞愧地垂下头，心知云啸风所言不假。当年韩信完全可以拔剑杀了拦路挑衅的泼皮，却甘愿低头受辱，这反而显出他的胸襟和隐忍。而自己无论是想活下去还是想复仇，云啸风都已是最后的希望，只要自己还想留着性命去复仇，就根本没可能反抗对方的任何侮辱。想到这儿，他不由拱手拜道："多谢师父教训，弟子知错了。"

云啸风面色稍霁，颔首道："淮阴侯不以胯下之辱为辱，这才是鲜廉寡耻的大境界。你想达到这等境界，还有很长的路要走。你若不能达到这等境界，智计谋略于你来说，也不过是纸上谈兵而已。"说着转身边走边道："今天就到这里吧，先想清楚古人留下的史籍中，究竟记载了些什么。三天后老夫再来，看看你是否真正明白其中的奥义。"

三天之后，当云啸风再次来到牢中时，不等云啸风吩咐，骆文佳已跪倒在地。云啸风大马金刀地叉开双腿，骆文佳无须示意，便低头从其胯下钻了过去。待他重新站起后，云啸风眯起眼打量着他，淡淡问道："老夫如此侮辱你，你心中可有怨恨？"

"不敢！"骆文佳躬身拜道，"师父这是要助弟子丢开羞耻之心，只有忍人之不能忍，做人之不能做，才能将一个人的智慧发挥到极致。"

"你现在从经史典籍中看到了什么？"

"钩心斗角，智计权谋。叛逆暴虐，鲜廉寡耻。"

"孺子可教！"云啸风终于满意地点点头，在一方岩石上坐了下来，"你既然有心拜老夫为师，就该对本门有所了解，你可知道本门的来历和根底？"

骆文佳摇头："上次听师父自称千门门主，莫非本门就叫千门？"

"不错！"云啸风微微颔首，"但你可知'千'字的含义？"

"千者，骗也。南方人也将骗子称为老千，不知弟子理解得对也不对？"骆文佳躬身问道。

"坑蒙拐骗实乃千门末流，老夫羞与为伍。"云啸风傲然道，"本门的最高境界，乃是大象无形，大音希声，谋江山社稷于无痕无迹之中。古往今来无数兵法大家，开国之君，莫不深谙此道。就连世人称颂的各种兵法谋略，也不过是千门旁支。你不要因为那些手段低劣的街头骗子，就瞧不起本门，你可知本门始祖是谁？"

见骆文佳茫然摇头，云啸风脸上露出一丝骄傲，遥遥望空一拜："是禹神！也就是上古传说中治水的大禹。"

"大禹！"骆文佳十分惊讶，"他可是三皇五帝之一，妇孺皆知的上古圣人啊！"

云啸风淡淡一笑："不错！世人只知大禹治水之功绩，却不知其智谋。是他以智谋削去各部落势力，并开了中华第一个朝代——夏，从此，江山社稷便成为一家一姓之私物，人人共谋之鹿鼎。中华历次朝代更迭，无不活跃着我千门前辈的影子，他们或为君，或为将，各凭智计谋略，演绎了几千年的传奇历史。只要人的灵智未失，这种传奇就将继续演绎下去。"

有关三皇五帝的传说骆文佳早已熟知，不过他始终认为，那些神话般的远古记载根本不可信。听云啸风将大禹尊为千门始祖，他就有些不以为然。心有所想，脸上便有所表现。云啸风见状不由冷冷问："你不相信老夫所说？"

"弟子不敢，只是有关大禹的历史，年代实在太过久远，后人已无从考证。"骆文佳忙道。

"哼！史料中记载不详的历史，就可以当成杜撰？"云啸风一声冷哼，"韩信在穷乡僻壤游手好闲半辈子，一出山便能统领千军万马百战百胜，你以为他是天生的将才？诸葛孔明这个偏僻山村的一介穷书生，一入江湖就能辅佐刘备三分天下，你以为他是天神降世？同样是读书人，为何有的人苦读一辈子，除了会做几首狂天狂地的破诗，就只背下几本四书五经，有的人却能以文弱之躯兴朝灭代，凭一己之力改写历史？"

"师父是说，他们都是千门中人？"骆文佳十分惊讶。

云啸风没有直接回答，却反问道："熟读兵书，是否就能成为一代名将？闭门造车，是否就能诞生兵法大师？"

"这……恐怕不能。"骆文佳突然意识到，像韩信、诸葛孔明这些震古烁今的兵法大家，他们的出现实在有些蹊跷。带兵打仗是一种实践性要求很高的学问，很难想象一个从未带过兵就一步登天的统帅，能立刻率领千军万马反败为胜，成为创造和改写历史的风云人物。但历史上这样的人物却偏偏还不少。

"你熟读史书，却从未认真想过这些问题？"云啸风脸上露出一丝嘲笑，"所以你的史书算是白读了。"

"弟子愚昧，还请师父指教！"骆文佳汗如雨下，突然发觉自己过去读书确实是没有用脑，不懂思考，不求甚解。

云啸风傲然一笑："历史上不少出身神秘，像流星般崛起的风云人物,皆是千门隐士精心训练和培养的一代千雄。比如苏秦、张仪、孙膑、庞涓等俱出自鬼谷子门下;张良则师从黄石公;而三国时的卧龙、凤雏俱是千门弟子,冢虎司马懿更是出身千门世家。千门秘技虽不闻达于天下,却世代相传,影响和左右着天下大势。若遇太平盛世,千门高手只能隐忍不出;一旦天下大乱,各路高手就要悄然登场,各展其能,书写朝代更替那波澜壮阔的历史。"

骆文佳心神巨震,心中只感到一种从未有过的冲动在激荡,原以为千门不过是以骗术行走江湖的左道偏门,没想到竟有如此耀目的历史。一想到经史典籍中记载的各种风云人物,他心中就充满了希望,既然众多出身卑微的江湖草莽,最终能凭智计谋略立下种种丰功伟业,自己不算愚鲁,凭此向南宫世家复仇应该是可以办到的吧?想到这里,他心中豁然开朗,不由露出兴奋之色,差点喜得手舞足蹈。

"你先别高兴得太早,"云啸风冷眼望着他,淡淡道,"三岁孩童都懂得使用自己的拳头,却并不是武功高手。人人都会阴谋诡计,但真正的千雄却是万中无一。无论武功还是智谋,都需要经过专门的训练,才有可能登堂入室,超越寻常大众。至于能否成为远超当世、傲视寰宇的一代千雄,就只有看天赋与机运了。"说着他从怀中拿出一物,在地上缓缓摊开。

骆文佳借着窗中透入的月光仔细看去,是一张手绘的围棋棋盘,不由好奇地问道:"莫非师父要和我手谈一局,以测弟子的心智?"

云啸风摇头道:"以你现在的修为,哪有资格与老夫对弈?围棋虽为小道,却是一门算计的学问,千门中常作为训练灵活头脑的道具。老夫现在让你四子,看看你有多大的潜力。"

骆文佳依言摆上四子,心中却有些不甘。骆家祖上乃是诗书传家,棋道也是六艺之一,所以他从懂事起就会下围棋。虽然并没有将棋道视作正经功课,但凭着天资聪颖,他的棋力在骆家庄周围几个村庄中,依然是公认的第一。一上来便被让四子，这对他来说是一种侮辱。若非对方是云啸风，他根本不会接受。虽然表面上不说什么，他却在心中暗下决定，一定要杀得对方大败亏输，免得被小瞧了。

二人落子如飞，片刻间便布下了十余子。云啸风边落子边道："行棋如行千，师父能教的主要是定式，但盘中的变化无穷无尽，棋道的高低重在各人的领悟。千术亦如此，虽有常见定式，各种经史典籍中也记载了不少经典谋略，但其中的变化却几无穷尽。唯有随机应变，胸无成法，方能巧妙运用，融会贯通。"

骆文佳全神贯注地盯着棋盘，无法分心领会云啸风所说。牢房中幽暗无比，令他不得不十分仔细才能看清盘面，这多少影响了他的棋力发挥。盘面渐渐进入中盘，骆文佳越走越是心惊，自己的四子优势逐渐消失殆尽，而对方棋势却一点不露锋芒，不知不觉间便占尽先机。

顿饭工夫后，骆文佳无奈投子认负，正想复盘计算得失，云啸风已三两下把棋盘撕得粉碎："学棋只是一种训练手段，胜负并不重要，你万莫沉溺其中，主次不分。依你现在的棋力，虽然还不足以与老夫抗衡，不过老夫已看到了你的潜力。今后你可与老夫盲棋对弈，不必再借助这棋盘棋子了。"

"多谢师父指点！"骆文佳忙拱手拜谢。

"你不要叫得这么亲热，"云啸风留下食物清水后起身便走，头也不回地道，"你能否成为老夫的入室弟子，至少还得经过一次考验。"

骆文佳正想询问是何考验，却见云啸风已出门而去。从窗口目送他走远后，骆文佳回到死牢角落的骷髅堆中躺了下来。回想方才云啸风说的话，他感到心中有一种从未有过的力量在蠢蠢欲动，对未来充满了希望和信心。

两天后云啸风再次来到牢中，这次带来的竟是些赌具。骆文佳一见到这些东西就想起了父亲的遭遇，心中本能地生出反感。

云啸风察言观色，立刻看出了骆文佳对赌博的抗拒，不由训斥道："赌博是一门在方寸间算计的学问，在常人眼里，它赌的是技术和运气，但在咱们千门中人眼里，斗的却是智谋。这是千门中最基本的学问，你必须要练到精深娴熟。如果方寸间你都无法战胜与你赌具相同的对手，如何能在纵横万里的人生赛场上，战胜家世比你好、起点比你高、财力比你雄、经验比你足的强大对手？"

"师父教训得是！"骆文佳缓缓拿起一张陌生的牌九，却在心中暗暗发誓：我决不再重蹈父亲的覆辙，决不在这方寸之间输给任何人！

"咱们开始吧。"云啸风手法熟练地将牌九码好，"老夫要教你的不是公平博弈，而是如何在公平博弈中创造不公平，也就是出千。"

就这样，云啸风隔三岔五就来牢房，在传授千术、棋道和赌技的同时，也以各种独特的方法对骆文佳进行训练。凭着天生的聪颖，骆文佳在各方面进步俱是神速，令云啸风也十分惊讶。三个月后的一天夜里，他终于对骆文佳道："你现在虽学有所成，却还是纸上谈兵。能否在实践中巧妙运用，还得看你的天赋和机变。老夫已买通司狱官，明日就将你放出来，回到原来的工棚继续服苦役。"

"多谢师父！"骆文佳虽然一直盼望着能离开这死牢，但真到这一天，想到即将失去单独聆听师父教诲的机会，他心中反而有一些怅然。在这几个月的交往中，所学智计谋略还在其次，更重要的是云啸风教会了他观察和思考，从不同的角度去解决问题，这是他过去最为缺失的能力。

"你现在已明白自己当初是如何中计受骗的吧？"云啸风突然问。

"是。"骆文佳点头，回想南宫放构陷自己所使的阴谋诡计，低劣幼稚得如儿戏，骆文佳很奇怪自己当初为何轻易就上当受骗。不过他也很感激那次经历，没有那次受陷获罪，自己永远也不可能与云啸风重逢，也就永远是一个不会思考的书呆子。

云啸风没再多问骆文佳蒙冤的经历，吩咐道："你回到工棚要做的第一件事，就是从疤痢头手中夺过牢头的位置。"

"这是为何？"

"老夫训练你这么久，如果你连这点事都做不到，那你的智谋永远只是纸上谈兵，不配再做老夫的弟子。"云啸风转身离去的同时警告道，"你要记住，你的一切行动老夫不会干涉，也不会帮忙。若遇到麻烦你必须自己解决，别想要老夫插手。"

"弟子领命！"骆文佳恭送云啸风出门后，突然意识到自己即将成为一名千门中人。他对自己这种新身份还有些茫然。为了更好地适应生存环境，让自己变得强大起来，将来的行事肯定要与圣贤的教诲完全背道而驰，他不知道是该高兴还是该感到悲哀。

当骆文佳被狱卒从死牢中放出，沐浴在外面的阳光下时，只感到两眼刺痛，头晕目眩。几个月暗无天日的生活，已使他须发杂乱，面色煞白，身体也比过去更为羸弱。不过他半开半阖的眼眸中，却有一种此前未有的冷静和从容，那是一种强者的自信，这使他再无当初那个文弱秀才的半点影子，在气质上与之前判若两人。

缓缓随着狱卒回到工棚，刚收工回来的苦役们立刻一片惊讶。似乎从死牢中被放出的逃犯，骆文佳是第一人。众人心怀疑惑地围上来，想问却又不敢问，于是争相向骆文佳道贺。

骆文佳一一向众人道谢，一个个叫着难友们的名字，众人不由脸上放光，腰也不自觉地挺直起来。苦役们通常只相互叫一些恶俗的诨号，比如疤痢头、罗圈腿、娘娘腔、斗鸡眼什么的，在牢中第一次被人尊为叔伯或兄弟，顿时让他们对骆文佳油然生出一种好感，也不好意思再叫他的诨号，齐齐改口称他为"骆兄弟"。

"吵什么吵，快收拾碗筷准备开饭！"疤痢头感觉自己受到了冷落，不由对众人呵斥起来，众人无奈纷纷散去。骆文佳忙来到疤痢头面前，恭恭敬敬对他一拜："疤爷，小人年少无知，过去对您老多有冒犯，这次又胆大妄为企图越狱，连累疤爷受狱官责罚，实在罪该万死，望疤爷大人不计小人过，多多包涵！"

"想不到你进一回死牢，倒是学聪明了。"疤痢头满意地拍拍骆文佳的肩，第一次被尊为"爷"，这让他也有些飘飘然，"你不用担心，只要你不再捣乱，疤爷不会为难你。"想到对方能从死牢中被放出，疤痢头就猜到这小子背后有靠山，所以他也不敢轻易得罪。

这天当开饭的锣声响起时，众苦役立刻涌到门口排起长队，从差役手中领到今日的早餐，然后各自拿出一个窝头送到疤爷面前。骆文佳也将自己的窝头献上去，疤痢头忙摆手道："你刚从牢中出来，需要尽快养好身子，这孝敬暂且记下，以后再说吧。"

"不敢，"骆文佳笑道，"既然这规矩是疤爷定下的，小人怎么能坏了规矩？除非疤爷以后都不再要大家的孝敬，否则小人也不敢跟弟兄们有别。"

"你……"疤痢头一怔，一把抢过骆文佳递来的窝头，狠狠咬了一口，嘴里蹦出几个字，"不识抬举！"

骆文佳转身回到众苦役中间，将手中剩下的一个窝头掰成两半，将一半递给一个被夺去了所有窝头的新来苦役。那苦役一怔，抬头望向骆文佳，只见对方面带真诚的微笑，轻声道："别客气，四海之内皆兄弟。"那苦役眼眶一红，忙低头接过半个窝头，三两口便和着泪水吞入了肚中。

疤痢头将众人献上的窝头，先给卧病在床的云啸风送去几个，然后将剩下的窝头分给了两个心腹。三人在享用足够多食物的同时，却见苦役们开始互相推让各自手中那剩下的一点食物，突然感到有些被孤立，手上的窝头似乎也不香了。

骆文佳在众难友中间谈笑风生，开始讲一些野史趣闻，让这些很少读书的苦役们渐渐聚到他身边，听得津津有味，不时露出会心的微笑。疤痢头不甘心自己被冷落，拿起鞭子开始驱赶众人："不干活了？他娘的，还有闲工夫听说书啊？"

众苦役依依不舍地散开，在疤痢头鞭子的驱使下，开始排队准备去矿场。

昏暗的矿洞中，苦役们重复着单调枯燥的劳动，空气沉闷得如凝固一般。饥肠辘辘的骆文佳只感到手脚酸软，身体发虚，几次差点摔倒。眼看自己的运土量是完不成了，他隐隐有些后悔将自己的食物分给别人。就在这时，黑暗中只听身边有人轻声道："骆兄弟，咱俩搭伙干，你负责装，我负责背，挣下的窝头咱们二一添作五。"

骆文佳借着昏暗的灯光，认出那人正是上次借给自己窝头的难友，不由感激地点点头："多谢王大哥帮忙，我可占了大便宜。"

"兄弟之间，不说这话。"那汉子抢过骆文佳的背篓，拍拍他的肩头悄声道，"回去再继续给我讲梁山好汉的故事，我爱听！"

"好！"骆文佳目送对方离去后，不由信心百倍地抄起了铁锨。装筐比背运轻松多了，两人分工合作，效率顿时提高了许多。

在繁重的劳役重压下，苦役们不由吼起了劳动号子，呼号在矿洞中不住回荡，令人心情越发绝望。骆文佳听得片刻，突然放开嗓子，依着原来的节奏，用另一种充满不屈和倨傲的号子，代替了原来悲凉和绝望的号子：

吃的是阳间饭啊！嘿呀！
挖的是闪闪金啊！嘿呀！
大家都是人啊！嘿呀！

为啥命不同啊！嘿呀！
老天不开眼啊！嘿呀！
想要逼爷死啊！嘿呀！
爷们不认命啊！嘿呀！
偏要活下去啊！嘿呀！
……

不屈的号子激发了苦役心底压抑已久的求生欲望，不由跟着骆文佳齐声呼号起来，声势又与先前的悲凉无奈全然不同。疤痢头听出新的号子中有一种危险的味道，不由提起鞭子四下喝骂："别吵别吵！不准嚎！"

无奈呼号的苦役实在太多，打了这个，漏了那个，号子声始终不绝于耳。骆文佳见疤痢头大发淫威，视同伴如牲畜，不禁在新的号子后又加了两句："今天欠的债啊！嘿呀！明天要你还啊！嘿呀！"

众苦役立刻跟着骆文佳齐声吼道："今天欠的债啊！嘿呀！明天要你还啊！嘿呀！"

面对苦役们的齐声怒吼，疤痢头心底第一次生出一种莫名的恐惧，尴尬地收起鞭子，悻悻地喝道："好！老子任你们嚎，震塌了矿井，大家一起活埋！"

矿井外终于响起了开饭的锣声，众人丢下工具鱼贯爬出矿井，在阳光下交换着会心的眼神，第一次从彼此的眼中，看到了一种新的力量。

差役们根据每个苦役的工作量，将窝头分发下来。由于搭伙干活高效，骆文佳与那位名叫王志的同伴，一共分到了八个窝头。捧着窝头，骆文佳对他小声道："王大哥，小弟有个不情之请，不知大哥肯不肯答应？"

王志忙道:"骆兄弟不用客气,有什么事尽管开口!"

骆文佳低声道:"我想效法梁山好汉,与大哥结为异姓兄弟,不知大哥肯不肯让小弟高攀?"

王志大喜过望:"只要骆兄弟不嫌弃我是个目不识丁的粗人,我王志求之不得!"说着就要跪倒结拜。

骆文佳忙拦住:"此事你我兄弟心照不宣,繁文缛节就暂时省了,免得让旁人生疑。"

王志点点头。二人悄悄序了年齿,王志年长七八岁,骆文佳便悄悄叫了他一声"大哥",顿时令他喜不自禁,心中油然生出保护、照顾这位兄弟的责任感。

"大哥,小弟还有个不情之请。"

"兄弟有话尽管说,不用客气。"

"这八个窝头,我想分些给那些老弱病幼的难友,"骆文佳小声道,"小弟胃口小,留两个就够了,大哥胃口大,就吃四个。多出的两个就分给挨饿的同伴,如何?"

"那怎么行?"王志忙道,"兄弟刚从死牢出来,无论如何得补好身子。大哥这身板少吃两个没关系,你却一个不能少。"

二人推让多时,最后各吃了三个,多出的两个则分给了几个挨饿的同伴。几个老弱病幼的苦役从骆文佳手中接过半个窝头时,不由感动得泪流满面。骆文佳执起他们的手,低声道:"四海之内皆兄弟,从今往后,只要有我骆文佳一口,就少不了你们半顿!"

几个苦役感动得连连点头,若非顾忌疤痢头和差役们多疑的眼光,他们恨不得马上就给骆文佳磕头道谢。

晚上睡觉之前,苦役们通常是开些下流粗俗的玩笑,变着花样讲讲女人和男人那点事。不过自从听过骆文佳讲经史典故、野史怪谈后,众人渐渐对千篇一律地聊女人不再感兴趣，他们更喜欢听骆文佳讲各种精彩绝伦的传奇故事。

"昨天说到豹子头林冲，被太尉高俅陷害，充军来到野猪林，若非结拜兄弟花和尚鲁智深暗中保护，早已命丧官差之手……"说到这骆文佳突然停下了，好半响一言不发。众人正听得津津有味，不由纷纷追问："后来呢？后来怎么了？"

疤痢头与两个心腹也爱听骆文佳说故事，所以很少干涉，此刻见他停下，疤痢头也不禁催促起来："别他娘的卖关子，快往下讲！"

骆文佳长长叹了口气。"豹子头林冲何等英雄，若没有肝胆相照的好兄弟，也要落在小人手中被折磨而死。咱们这些无根小民，若再不相互扶持，以兄弟相待，恐怕谁都活不了多久。"说到这他突然从铺位上翻身而起，朗声道，"从今往后，谁若当我骆文佳是兄弟，我必肝胆相照，与之同生共死。愿做我兄弟的就请过来，与我骆文佳击掌盟誓。"

他的话让众苦役一时静默下来，众人虽有应和之心，但在疤痢头的积威之下，又不敢贸然出头。骆文佳见状便目示一旁的王志，对方立刻心领神会，翻身而起："我愿做你兄弟！"说着昂然来到骆文佳面前，与他的手握在一起。

"我也愿意！""算我一个！"一旦有人带头，几个得过骆文佳恩惠的苦役纷纷过来，与骆文佳和王志举手相握。片刻间骆文佳身边就聚集了七八人，众人把手叠在一起，在骆文佳的带领下，齐声道："从今往后，咱们定要相互扶持，生死与共！"

"好啊，你们莫非想造反不成？"疤痢头提着鞭子冲将过来，举鞭抽去，想驱散众人的结盟。但众人紧握在一起的手相互传递着信心和力量，使他们默默忍受着鞭笞，却没有一个离开，反而齐齐向疤痢头怒目而视。

"住手！"有七八个生死与共的同伴，骆文佳感到从未有过的强大，话音中充满了一种从未有过的威严，"我们不想造反，我们只是要活下去！"

众人的目光令疤瘌头有些害怕，他终于停下鞭子冷笑道："想活下去？行！只要乖乖干活就能活下去。"

骆文佳不再理会疤瘌头，转向手紧握在一起的众人道："不管咱们过去做过什么伤天害理的勾当，也不管相互之间有过多大的恩怨，从今往后，咱们就是生死与共的好兄弟。"

"嗯！"众人使劲点着头，从彼此的目光中，看到了一种从未有过的力量。

"神经病！"疤瘌头被众人坚定自信的目光吓住，悻悻地收起鞭子回到自己的铺位，"你们还真当自己是梁山好汉？一堆人渣聚在一起，就以为成了人精？哼，不自量力！"

这一夜在不平静中平静地度过。天亮后，当苦役们从差役手中领到窝头时，疤瘌头像往常那样拿出自己那个超大的海碗，往工棚中央一放，静待众人的孝敬。片刻后众人孝敬完毕，疤瘌头一看，立刻发觉少了许多。

"怎么回事？"疤瘌头怒气冲冲地喝问，"谁他娘的还没上贡？"

"是我。"骆文佳缓缓站出来。他身后立刻跟着站出七八个人："还有我！"

"你们想坏了规矩？"疤瘌头色厉内荏地呵斥道。

"规矩是人定的，"骆文佳淡淡道，"你能定规矩，我们也能。从今往后，我们不再向任何人上贡，这就是我们的规矩。"

疤瘌头打量着聚集在骆文佳身后的七八条汉子，狠狠点头："好！你等着，老子迟早要你后悔！"

几个冷眼旁观的苦役，见疤瘌头在骆文佳面前退缩，纷纷过来问：

"骆兄弟,不知咱们可不可以做你的兄弟?"

"当然可以!"骆文佳微笑着握住众人的手,"同是天涯沦落人,相逢便是好兄弟!去把你们的窝头拿回来,我的兄弟不需要向任何人上贡!"

在骆文佳的鼓励下,几个苦役大着胆子拿回了自己的窝头。疤痢头恨恨地瞪着众人,却并没有阻止。骆文佳对众人大声道:"从今往后,咱们的食物只分给需要照顾的老弱病幼,不再交给鞭笞我们的混蛋!"众人齐声叫好,脸上洋溢着从未有过的喜气。

疤痢头在众人的欢呼声中,用阴森森的目光盯着骆文佳,像蛇一样一声不响地缩回角落。

经过这次窝头之争,除了疤痢头那两个心腹,所有人都成了骆文佳的兄弟。他们相互扶持,互相谦让,像亲兄弟一样团结互助。疤痢头不敢再随意鞭笞他们,甚至不敢再大声呵斥辱骂。他们第一次在这牢房中,找回了一点做人的尊严。这令他们对骆文佳更为敬佩。

几天后的一个早上,苦役们刚吃完早饭准备上工,就见两个狱卒提着锁链来到门外,对着工棚里的苦役们喊道:"骆文佳,出来!"

看到狱卒手中的镣铐,众苦役不由露出担忧的神色,齐齐聚到骆文佳身边。骆文佳从容地与众人道别,坦然来到门外,两个狱卒将锁链往他身上一套,拖起他就走。众苦役忙扒着门缝向外张望,却听身后的疤痢头阴森森地笑道:"看到了吧,这就是跟疤爷作对的下场。他要是还能完好无损地活着回来,就算他命大。"

再次被带到阴沉沉的大堂时,骆文佳心中有些忐忑。他虽然猜到自己被带到这里,定是与疤痢头告密有关,但他漏算了一点,他不知道像疤痢头这样一个牢头,在司狱官心目中,究竟占据了多大位置。

"原来是你!"司狱官严骆望依稀认出了骆文佳,毕竟苦役犯中读书人还是比较少见的。他懒懒地摆摆手:"拖下去,先重责二十鞭。"

几个狱卒不由分说,将骆文佳摁倒在地,扒去衣衫就是一顿抽。二十鞭堪堪打完,骆文佳就痛得差点晕了过去,但他咬牙一声未吭,直到被重新拖到严骆望面前。不等对方喝问,他就抢先拜道:"多谢严大人恩典。"

"哼!想不到你一个文弱书生,却还是个刺儿头。到了鬼门关,居然还敢跟阎罗爷耍心眼。"严骆望冷冷打量着一身血污的骆文佳,满脸不善。

"大人是听疤痢头说的吧?"骆文佳心知现在是决定自己命运的关键时刻,虽然身上剧痛,但脑子不敢有丝毫松懈,说每一句话都经过深思熟虑,要在这最为不利的情况下,为自己赢回主动。他强忍痛楚抬头迎上严骆望审视的目光:"疤痢头身为丙字号牢房的牢头,现在居然要借大人之手来对付手下一个牢犯,大人认为他这牢头可还称职?"

"大胆!"严骆望一声厉喝,"是不是二十鞭还没打够,居然还敢诋毁自己的牢头?"

"大人!"骆文佳惨白的脸上,居然露出一丝从容的微笑,"其实在您老心目中,无论牢犯还是牢头,都不过如蝼蚁一般。之所以要设牢头,不过是要借助他们来督促牢犯辛勤劳作,多采金矿罢了。但是,当一个牢头不仅不能为大人多出矿石,还严重影响到苦役们的工作时,他还有存在的必要吗?"

见严骆望并没有呵斥,骆文佳知道自己说到了对方的心坎上,不由信心倍增,继续道:"大人可知疤痢头为何要诬告小人?那是因为小人带头不再将分发的食物孝敬他。在这之前,他和他的几个心腹强逼大家将食物献给他们,他们多吃多占却不干活,干活的苦役反而没饭吃,这严重影响了苦役们的采矿量,使咱们无法为大人和朝廷多创造财富。"

严骆望脸上露出一丝嘲笑:"你身为苦役,心里居然还念着朝廷?"

"小人不敢欺骗大人,其实小人也有自己的私心。"骆文佳忙道,"小人只是想吃饱肚子,多活几天罢了。大人其实也并不在乎谁做牢头,只要能多采矿石就好。既然如此,若大人废掉一个多吃多占又不干活的牢头,我保证丙字号牢房的采矿量,至少可以提高三成。"

"哼,大言不惭,本官凭什么信你?"

"小人一条贱命,原也不配做什么保证,不过大人至少可以试试,若丙字号牢房不能提高三成以上产量,小人愿领受任何责罚。"

严骆望不置可否地哼了一声,道:"牢头是从苦役中自然产生的,并非本官任命。如果真能提高三成产量,废一两个人也无所谓。"说到这他面色一寒,眼光如刀地盯着骆文佳:"不过如果你的许诺未能兑现,本官便要你拿命来抵。"

"多谢大人恩典!"骆文佳心中大喜。得到严骆望的默许,他知道自己终于赢回了主动。

当骆文佳被两个狱卒扔回工棚时,刚下工的王志与几个苦役忙围了上来。众人见他身上虽然血肉模糊,脸上却洋溢着自信的微笑,这种自信感染了大家,心中不由升起了希望。

"鞭子的滋味不错吧?"疤痢头和两个心腹也围了上来,笑眯眯地打量着骆文佳,"敢跟老子作对,你还嫩了点儿。"

王志等几个苦役对疤痢头怒目而视,骆文佳却莫测高深地对疤痢头一笑:"疤爷,你可知严大人得知你强索大家的食物,是什么反应吗?"

疤痢头一怔,看到骆文佳脸上露出那种隐含秘密的表情,心中不禁有些发虚,恨恨地丢下一句:"你别得意,老子迟早要收拾了你。"

在众人搀扶下回到自己的铺位,因背伤骆文佳只能趴在床上。待旁人散去后，他突然抓住王志的手："大哥，信不信得过兄弟？"

"废话！这还用问？"王志一脸不满。

骆文佳搂过王志的头，在他耳边悄悄说了几句话。王志顿时一脸诧异："有这等事？"

骆文佳从容一笑，低声道："信得过兄弟，就悄悄联络几个弟兄，今晚入夜听我暗号。若信不过，就当兄弟什么也没说。"

王志望着骆文佳自信的目光停了片刻，终于一咬牙："好，大哥听你的！"

入夜，工棚中渐渐响起鼾声。突然一声清晰的咳嗽声传来，几个黑影应声从铺位上悄悄溜下来，有的围向疤瘌头所在的铺位，有的则从隐秘处拿出了暗藏的石头。

"动手！"有人一声轻喊，几个人立刻扑到疤瘌头身上，将其死死压在床上，用一床破被兜头罩牢。一个汉子高举裹着破布的石头，重重击向疤瘌头胸口，黑暗中立刻传来沉闷的打击声和裹在被子中隐约的惨叫。

工棚中的其他苦役被惊醒，很快就明白是怎么回事了，他们插不上手，却将疤瘌头和动手的几个同伴围起来，不容疤瘌头两个心腹上前相救。

沉闷的打击声终于停了，除了疤瘌头隐约的呻吟，工棚中一片寂静。黑暗中响起王志的询问："兄弟，留不留？"

骆文佳依旧趴在自己铺位上，黑暗中传来他冷漠的回答："不留。"

很快响起几下重重的打击声以及骨骼断裂的脆响，之后一切便都归于宁静。被刺激出血气的囚犯们还不满足，不约而同围向疤瘌头那两个吓得发抖的心腹。两人一看众人这架势，慌忙扑到骆文佳面前，跪在地上连连磕头："骆大哥饶命，骆爷饶命……"刚叫得两句，众人的拳脚已如雨点般落到两人身上。

"够了！"骆文佳待众人殴打片刻，才出言喝止，"你二人过去为虎作伥，对咱们百般凌辱，本该一同受死，不过念在你们也是同牢难友，过去的恩怨一笔勾销，从今往回，我骆文佳依旧当你们是兄弟。"

"多……多谢骆爷，不，不……多谢骆兄弟。"两人顾不得抹去满脸血污，挣扎着爬到骆文佳面前，连连磕头。

骆文佳在王志的搀扶下从床上爬起来，向众人伸出手："从今往后咱们都是生死兄弟，大家有福共享，有难同当，生死与共，永不背叛！若违此誓，天诛地灭，生生世世，永为役囚！"

众人伸出手与骆文佳握在一起，齐齐道："有福共享，有难同当，生死与共，永不背叛！若违此誓，天诛地灭，生生世世，永为役囚！"

六、逃狱

第二天一早，疤痢头的意外死亡很快就被狱卒发现，查看尸体发现除了胸前有大块瘀血，并没有什么明显的外伤。狱卒们也是个中老手，一看便知道是怎么回事，立刻要追查凶手，结果整个牢房的苦役们都承认是自己所为。现在正是急需劳动力的时候，狱卒们不好惩罚众人，只得胡乱鞭笞了几个苦役，然后将疤痢头的尸体拖出去草草埋掉了事。

同牢的苦役们去矿场干活后，工棚中就只剩下云啸风和获准养伤三日的骆文佳。直到此时，骆文佳才草草将除掉疤痢头的经过向云啸风做了简单汇报，最后隐有些得意地小声问："师父，弟子这次做得如何？"

云啸风冷哼一声："这次算你命大，居然反败为胜。不过老夫倒要看看，你如何兑现对严骆望的承诺。你千万别把严骆望当善茬儿，囚犯们背后可都叫他阎罗王。你要是胆敢失言，肯定比疤痢头死得还难看。"

"多谢师父提醒，弟子心里有数。"骆文佳似乎并不担心。少了疤痢头这个多吃多占又不干活的工头，大家都可以稍微吃饱一点，如果再对劳作进行分工合作，他完全有信心比疤痢头做得更好。

第二天上工时，伤势未愈的骆文佳便挣扎着来到矿场，将苦役分成两组，年老瘦弱的负责采掘装筐，年轻力壮者负责背负，并在劳作中留出一定的歇息时间。这样分工协作，效率果然提高了许多。中午开饭时，众人比往常分得了更多的食物，对骆文佳更是心悦诚服。虽然依旧要像牛马般劳作，不过少了疤痢头的鞭子威胁，苦役们心情舒畅了许多。由于食物共享，任何偷懒者都担心被同伴谴责，这比疤痢头的鞭子还有效得多。

几日下来，丙字号牢房的采矿量果然提高了许多，狱卒们默认了骆文佳这个新的牢头。不过骆文佳对自己这点成就并没有放在心上，他已经在考虑，如何才能带领这些兄弟，逃出这地狱般的地方。

转眼就是大半年过去，骆文佳靠着他在提高劳动效率方面的"贡献"，不仅坐稳牢头之位，还为手下的弟兄们争取到过去没有的待遇，同时也获得了狱卒们的信任，对他的看管不再那么严格了。这使他在劳作之余，可以有时间向云啸风学习各种千门绝技。在云啸风的悉心栽培下，他渐渐脱胎换骨，不再是当初那个天真淳朴的文弱书生了。

日复一日的劳作在继续。这一天，骆文佳像往常一样，带队进入工地。矿洞顺着矿脉向斜下方延伸，已经深入山腹深处，离洞口有近百丈。洞顶用于固顶的木杠因年久失修，不少地方已有些松动，骆文佳为此曾向狱卒和司狱官反映过多次，但每次都被斥为杞人忧天。由于缺乏这方面的经验，骆文佳并没有意识到问题的严重，却不知危险正悄悄来临。

一种隐隐约约的异响，顺着矿洞传入劳作的苦役耳中，众人停下手中的活计侧耳细听，只觉声音越来越大，沉闷如雷。不知谁喊了一声："塌方了！"众人立刻丢下工具，争先恐后地向矿洞外爬去。

"兄弟快走!"混乱中有人抓住不知所措的骆文佳,不由分说拖起就走。骆文佳懵懵懂懂地跟着他向洞外爬去,沿途就见洞顶不断有沙石落下,矿洞中尘土弥漫,令人看不清究竟,只听到支撑洞顶的木杠在不住嘎嘎作响,不时有木杠在响声中折断。

当骆文佳糊里糊涂被人拖出矿洞后,才发觉是被义兄王志所救。二人随着几个同伴刚冲出洞口,就听矿洞中响起此起彼伏的坍塌声,以及来不及逃生的苦役们隐约的呼号惨叫。

"快救人!"骆文佳不由分说就想冲进尘土弥漫的矿洞,却被王志拼命拦住。

"你疯了?"王志死死抱着骆文佳,"现在谁也救不了他们,只有等坍塌完全结束后,咱们才能再想办法。"

司狱官严骆望也带着工匠狱卒来到灾难现场,待坍塌声渐渐平息后,一个狱卒大着胆子带两名工匠进入洞口查看究竟,片刻后三人退出来,俱对严骆望遗憾地摇了摇头。严骆望立刻向几个身旁的狱卒一挥手:"封洞。"

"什么?"心急如焚的骆文佳见狱卒们指挥苦役向坍塌的矿洞中填土,忙不顾阻拦扑到严骆望面前,"我的兄弟们还在下面,大人快下令挖开坍塌处,将他们救出来啊!"

"是你懂还是本官懂?如果能轻易挖开坍塌处,本官难道愿意放弃这处矿脉?"严骆望不满地瞪了骆文佳一眼,转头招呼手下,"还愣着干什么?填土!"

"你混蛋!"严骆望的冷酷激怒了骆文佳,他愤怒地扑向司狱官,却被两个狱卒打倒在地。他挣扎着还想扑过去,却被王志拉到远处:"兄弟,矿场经常出这种事,谁也无可奈何。"

"可他们是我的兄弟!我们能看着他们就这样被活埋?"骆文佳两眼充血怒视着王志,说完他抄起一柄铁锹,"快跟我去救人!"

从坍塌的矿洞中逃出的苦役寥寥无几，众人惊魂稍定，在骆文佳的感召下，也抄起工具跟在他身后向矿洞跑去。突然，一人从天而降拦住去路，不等骆文佳看清，一巴掌重重打在他脸上。

骆文佳被这一巴掌打蒙了，捂住脸一声惊呼："师父！"

云啸风狠狠地逼视着骆文佳，低声呵斥道："你是要做英雄还是干雄？"

骆文佳一怔，突然想起了云啸风的教导：干雄与英雄虽只有一字之差，行事的手段却有本质的不同。英雄随时要为别人献出生命，而干雄什么都可以输，就是自己的性命不能输！正所谓宁肯我负天下人，莫让天下人负我！想到这儿，他不禁浑身一软，慢慢跪倒在地，无助地望着狱卒们鞭笞众苦役向矿洞中填土，急怒攻心加上疲惫不堪，突然晕了过去。

当他幽幽醒转，发觉已躺在自己的铺位上，窗外漆黑一片，原来已是深夜。熟悉的工棚中没有了此起彼伏的鼾声，寂静得有些瘆人。举目四望，除了身边的义兄王志，隐约可见工棚中空空荡荡，再看不到众多熟悉的身影。

好半晌，骆文佳才想起今日发生的一切，不由挣扎着翻身下铺，却突然发现，就连云啸风的铺位也是空空如也。清冷的月光从裂开的门缝投射进来，在空荡荡的工棚中留下一片惨淡之色。他失魂落魄地来到门边，门应手而开，不知何时，门锁已被拧断。

门外冷冷清清看不到任何人影，巡夜的狱卒不知是否躲到背风处偷懒去了，四周除了大漠朔风的呼啸，听不到半点声音。骆文佳心中挂念着被埋入地底的难友，想也没想便朝半山腰的矿场爬去。

跌跌撞撞来到出事的矿洞前，只见洞口已被完全填死，再看不到原来的模样，骆文佳心中一痛，忙扑到洞口前。虽知凭一己之力根本无法救出众人，他还是忍不住抄起一柄被丢弃的铁锹，拼命挖掘起来。

没挖几下铁锹便折断了，他便空手扒挖填死的矿洞，似乎只有这样，才能暂时忘掉心中的悲愤和无奈……

不知挖了多久，骆文佳终于精疲力竭地瘫倒在地。双手早已血肉模糊，指甲几乎全部折断，他却完全感觉不到痛，也许悲到极处就是麻木。

风中传来隐约的人声，终于引起了骆文佳的注意。他侧耳细听，声音似乎有些远，只是因为自己在下风处，风才将那隐约有些熟悉的声音送过来。骆文佳静静听了片刻，顺着声音传来的方向慢慢地爬了过去。

翻过一处高坡，借着月光，骆文佳终于看清了说话的两人。其中一人身材瘦削高挑，虽身着囚服，依旧掩不去浑身散发的飘逸潇洒之气，正是从工棚中失踪的云啸风。他对面那人，却是个身披浅蓝色披风的袅娜女子，面罩白纱，仅留双目在外，虽月夜朦胧，依旧掩不住隐约透出的一种多情风韵。二人相隔不足一尺，几乎触手可及，却又偏偏固守着这最后的距离。

"师兄，"只听那女子幽幽一声叹息，"想不到你竟能抛开锦衣玉食的生活，躲到这远离中原的苦役场，让小妹找得好苦。"

"是为兄的不是，"云啸风也是声色黯然，"我记得师妹一向都是养尊处优的金枝玉叶，从来受不得半点苦楚，没想到如今却到这荒凉偏僻的不毛之地来找为兄，实在令我云啸风感动万分。今日能再见师妹一面，为兄今生再无所求。"

那女子苦涩一笑："师兄，你我之间，何时说话也变得这般客气起来？几年不见，难道你我便已如此陌生？"

"师妹……"

"我记得，师兄以前一直是叫我阿柔的。"

"阿柔！"云啸风声音哑涩，神情激荡，似乎已不能自持。

"啸风，"那女子眼波流转，缓缓向云啸风伸出一只纤纤玉手，"再抱抱阿柔。"

云啸风浑身一颤，不禁伸手握住了那女子的手，二人距离越来越近，最后紧紧相拥在一起，再不分彼此。一朵浮云飘过天空，遮住了皓皓明月，在蒙蒙月光中，二人渐渐变成静静相拥的一道剪影。

骆文佳望着两人的身影，突然觉得今晚的月色实在很美，有些羡慕地转开头。他不好意思再偷看，缩到背风的山石后，盘算着自己是否应该悄悄离开，免得令师父尴尬。

又等了片刻，骆文佳偷偷看了最后一眼准备离开，但是，他心头忽然升起一种异样，他们这样静静相拥的时间是不是太久了？仔细倾听，两人的呼吸声似乎沉重而急促，就像苦役们在劳作时那种不由自主的喘息。虽然没什么经验，骆文佳依旧听出，这种粗重的喘息，跟男女之情全然无关。

"啊！"突然二人惊叫一声，身体倏然分开。那女子身子摇摇欲倒，一点猩红突然从唇边透出，濡染了蒙面的白纱，殷红刺目。云啸风却面色煞白，须发皆在微微颤动。二人静立半晌，云啸风喘息稍平，这才淡淡道："阿柔，想不到你竟练成了'销魂蚀骨'。"

"可惜，还是奈何不了你的'千古风流'。"那女子惋惜一笑，捋捋略显散乱的鬓发，"师兄，你莫怪阿柔，虽然阿柔知道你对我一片真情，无奈阿柔的心已被另一个人占满。他要我生我就生，他要我死我就死，他要我来取师兄的性命，阿柔毫不犹豫就答应下来。虽然知道这对师兄实在不公平，但阿柔已是身不由己，只盼来生再报师兄的一片痴情。可惜，师兄不会懂得阿柔心中的这种感情。"

"我懂！"云啸风痛苦地垂下头，叹息道，"我云啸风枉为千门门主，终究还是不如那家伙，他才是真正的一代千雄。"

"师兄既然懂得阿柔心中这份感情，方才何不在阿柔怀中舒服地永远睡过去？"那女子嫣然一笑，"看来师兄对阿柔的感情，还是没到舍生忘死的地步，这让阿柔感觉很失败噢！"

云啸风惨然一笑，缓缓向那女子伸出手："阿柔，再让我体验一回你的'销魂蚀骨'，我此生便死而无憾了！"

"师兄又在骗我！"那女子突然跳开几步，咯咯一笑，"想不到师兄对阿柔竟也用上了千术，阿柔不会再上当了。"说完她身形一晃，转眼已到十丈开外，娇俏调皮的声音随风远远传来："阿柔会让师兄死得舒舒服服，不过要等到下次了。"

待那女子的身影完全消失在茫茫夜幕之中，云啸风身子一晃，慢慢软倒在地。骆文佳见状再忍不住，忙从藏身处出来，匆匆上前来扶，只见云啸风面色煞白，口中鲜血喷涌而出，瞬间湿透了衣衫。

"师父！"骆文佳吓得手忙脚乱，赶快扶他靠着山石坐好，"您怎么了？"

"我……不行了。"云啸风黯然望向天空，喃喃道，"我云啸风枉为千门门主，却始终过不了情字这一关，明知阿柔对我心如铁石，却依旧要飞蛾扑火，终伤在她的'销魂蚀骨'之下。若非她对老夫心怀敬畏，老夫一世英名就要当场葬送。"

"师父别泄气，"骆文佳连忙解开他的衣衫，掏出他怀中的药瓶，"这不是有疗伤圣药吗，快告诉我需要吃哪种……"

"你别白费力气了，"云啸风惨然一笑，"这世上没有万能的神药，师父的伤自己最清楚不过。"

"师父……"

"你不用难过，老夫自从在那小子手中一败再败，被逼到这偏远蛮荒之地苟延残喘，早就觉得了无生趣，如今能死在阿柔手下，也是种解脱。只可惜，为师不能再精心培养你了。"

"师父，他是谁？"骆文佳眼中闪出骇人的寒芒。

"你不要想着替老夫报仇，你根本不是他的对手。"云啸风眼中闪过一丝既忌恨又佩服的微光，"他虽是老夫的师弟，但心计韬略远在我这门主之上。都怪老夫往日沉迷于武技末节，虽练成一身好武功，却分散了对本门真正秘技的专注，不像他对武技不屑一顾，却醉心于智计谋略，苦研人性弱点。想阿柔何等聪明高傲，却也对他死心塌地，不忍稍有违逆，由此可见他对人性揣摩把玩得有多么透彻。虽然老夫最终死在他手里，对他却不得不佩服，他才是真正的一代千雄啊！"

"他到底是谁？为何要苦苦追杀师父，直到这蛮荒之地也不放过？"骆文佳咬牙切齿地追问。

"他原名靳无双，不过这名字除了我和师妹，恐怕没几个人知道。"云啸风说着指指自己怀中，"他是为了这个，一日没有得到，就一日不会甘心。"

"是什么？"骆文佳在云啸风的示意下，从他怀中掏出一个长长方方的小包裹，解开外包的锦帕，"千门秘典"四个熟悉的大字立刻映入眼帘。

"《千门秘典》，相传为千门始祖所著，得之可谋天下！"云啸风眼中闪出烁烁微光，"它由千门门主世代相传，不少千门前辈凭之在历史上呼风唤雨，只可惜传到老夫这一代，它的秘密已被时光湮灭，只剩下这本不会说话的羊皮册子。老夫苦研一生，依旧堪不透它的奥秘，只能遗憾终身了。"

骆文佳将信将疑地随手翻开一页，上面写的正是那句曾给他留下过极深印象的序言。他还想再翻，就听云啸风声色冷厉地喝道："《千门秘典》，妄观者挖目割舌！"

骆文佳吓了一跳，赶紧合上羊皮册子，正要告饶，却见云啸风淡淡一笑："不过如果是千门门主，自然可以随便翻看。"说着他从拇指上拔下一枚古旧的白玉扳指，举到骆文佳面前："千门弟子骆文佳，跪下！"

骆文佳疑惑地依言跪倒，只见云啸风死灰色的脸上，现出一种从未有过的肃穆庄严："我，云啸风，千门第一百三十一代门主，现将代表千门门主身份的《千门秘典》和玉扳指，传与弟子骆文佳。从今以后，你就是千门第一百三十二代门主。"

骆文佳十分意外："我……我……弟子愚鲁，恐怕难当此重任。"

"什么愚鲁？你少给老夫虚情假意地推托！"云啸风不悦地瞪着骆文佳，"你虽还算不上千门高手，但老夫知道你有成为千雄的潜质。本门并非以忠义传承，门主之位向来能者居之。你收下这枚扳指，并非凭空得到一大权势，相反，却会成为众矢之的。你若不能凭自己的手段震慑、收服同门，这门主恐怕也做不长。若是如此，你不如现在就将这秘典连同扳指一并献与靳无双，让为师死不瞑目！"

骆文佳虽然不愿做这门主，却也不愿它落到害死师父的奸贼手里。略一犹豫，他终于接过扳指，对云啸风一拜："弟子领命，定不让师父含恨终身。"

云啸风满意地点点头，突然推开骆文佳："你得赶紧离开这里！阿柔能找到这里，这附近就绝不止她一人，天亮前她一定会去而复返，你千万莫要让她发现你我之间的关系。你要立刻逃出这里，在没有成为真正的千门高手、没有积蓄足够的力量之前，千万不要让他们知道你的存在。老夫希望你成为千雄，而不是英雄，作为千雄，什么都可以放弃、可以输，就是自己的性命不能放弃、不能输，切记切记！"

"弟子遵命。"骆文佳脸上闪过一丝为难，"可是，我要如何才能逃出这里？"

云啸风的声音透着一丝自得："本地的司狱官严骆望，曾得我指点如何安全地将朝廷的财富据为己有，他有把柄在老夫手上。你带这扳指去见他，只要他不知我的下落，就不敢为难你，定会让你平安离开。"

"弟子记住了。"骆文佳忙道。

云啸风又道："你不会武功，这是你的不足，也是你的长处。天下武功多如牛毛，许多高深武功就算穷其一生，也难以达到最高境界。与其在武功上白白浪费精力，不如精研本门秘技。一个人精力终究有限，但智慧可以无限，只要运用得法，将天下高手尽收麾下也并非不可能。不过，要想做到知己知彼，你可以不会武功，却不能不懂武功。江南慕容世家的琅琊阁，少林的藏经楼，魔门的魍魉福地，俱搜罗有天下各门各派的不传之秘，你只要得到其中一处，对天下武功就能了解个十之八九。"

"要如何才能收服武林高手？弟子愚鲁，还要师父指点。"

"是人就有弱点，桀骜不驯的武林中人也不例外。"云啸风喘了口气，"这弱点或曰忠，或曰孝，或曰仁，或曰义，或曰利，或曰势，不一而足，你只要区别对待，善加利用，定可收到奇效。正如狮虎猛兽也有弱点，但只有比其更聪明的人，才善于利用和抓住这些弱点。"

骆文佳心中还有很多想问，不过看到云啸风面色越发灰败，连忙拱手道："多谢师父指点，弟子受教。"

云啸风舒了口气，大事一了，他的眼神渐渐涣散起来，人也疲惫地往后便倒。骆文佳慌忙将他扶住。云啸风散乱的眼眸中闪过一丝慈祥，眼神复杂地望着骆文佳，喃喃叹息："可惜我儿云襄早死，他若活到现在，也跟你一般大了……"

骆文佳见他眼中的生气渐渐消失，心中剧痛，想起他对自己的种种恩惠和谆谆教导，不由跪倒在地，哽咽道："师父，您老若不嫌弃，就将弟子当成您的儿子，我愿以他之名行走世间，从此改名云襄。"

"真的？"云啸风垂死的眼眸中，陡然闪出惊喜的光芒。

"爹爹在上，请受孩儿云襄一拜！"骆文佳翻身跪倒，恭恭敬敬地磕了三个头。此刻，在骆文佳心目中，凭云啸风对自己的救命之恩和点化之德，完全可称为再生父母。这声"爹爹"叫得发自肺腑，倒不完全是为了了却他一桩心愿，让他不留遗憾而去。

"襄儿！"云啸风激动地抓住骆文佳的手，眼里闪出点点泪花。

"爹爹！"骆文佳握住云啸风渐渐冷却的手，强压下心底的悲伤，勉强露出了一丝微笑。

"襄儿……"云啸风紧握的手慢慢松开，目光也暗下来，脸上浮现一丝满足的笑容，终于含笑而去。

将云啸风渐渐冷却的身体紧紧抱入怀中，骆文佳脸上泪如泉涌。此刻，在他心目中，云啸风比起自己那个狂嫖滥赌的亲生父亲，远远要值得尊敬得多。自离开扬州后，他再没有感受过这种关爱，再没有遇到过像云啸风这样的恩人。云啸风的死，使他真正体会到失去父亲的痛苦。

不知过了多久，骆文佳终于放开云啸风，想起他刚才的交代，立刻背起他的遗体，匆匆来到山坡上那个刚被填死的矿洞前。那里方才已被骆文佳挖出了一个大坑，正好作为云啸风的葬身之处。矿洞一旦被填，即宣告报废，不会再有人来这里惊扰他，而填埋在矿洞中的新土，也不会引起旁人的注意。

终于让师父入土为安后，东方已开始现出鱼肚白。骆文佳对着矿洞拜了三拜，在心里对自己说，从现在起，那个循规蹈矩、刻苦攻读圣贤书，一心想考取功名的文弱书生骆文佳便算是死了。从这一刻起，他就叫云襄，视忠孝仁爱、礼义廉耻、大明律法为无物的千门云襄！

最后看了云啸风的坟茔一眼，骆文佳决然回头，往山下的工棚大步走去。

悄悄来到工棚中，骆文佳还想最后看一眼自己生活过的地方。刚进门，就见王志一脸惊慌地迎出来，拉住他悄声问："兄弟你去了哪里，吓死我了，还以为你昨晚又要逃狱。你不知道这方圆百里之内都是戈壁大漠，没有骡马牲口，谁也别想活着逃出去。"

"大哥，你跟我来。"骆文佳见他对自己的关心溢于言表，心中大为感动，不由分说拉起他就走。来到门外，他对一个似乎刚刚睡醒的狱卒道："差官大哥，麻烦你通报司狱官一声，就说丙字号牢房的牢头骆文佳求见。"

牢头常有事需要向司狱官禀报，所以那狱卒也只拦下王志，然后就带骆文佳去见司狱官。在阴沉沉的大堂前，当骆文佳拿出云啸风留下的玉扳指时，严骆望一惊，挥手屏退闲杂人后才声色不动地问："有何指教？云爷为何失踪？"

"云爷遇到点麻烦，暂时离开这里避避。他让我持这扳指来见大人，请大人行个方便，让我和几位兄弟平安离开。"骆文佳一边观察着严骆望的表情，一边慢慢道来。

"哼，云爷是不是过分了点？"严骆望脸上阴晴不定地打量着骆文佳，冷冷道，"本官可以让你走，不过除了你之外，其他任何人都别想离开。"

骆文佳将手中的扳指举过头顶："我和三个昨日在坍塌中幸存的兄弟，如果不能一起离开，我自己决不先走。三日之内如果我不能平安离开这里，云爷就会知道。"

严骆望沉吟半响，终于问道："你那三个兄弟叫什么名字？"

待骆文佳说了三人的名字后，严骆望立刻召唤一狱卒入内，对其耳语片刻，那狱卒立刻点头而去。顿饭工夫，那狱卒带着一个麻布口袋来到堂中，对严骆望点点头，然后将口袋扔到堂上。

"你可以将你的三个兄弟带走了，"严骆望指指口袋，阴森一笑，

"本官向来通情达理,决不让你失信于兄弟。"

麻布口袋上有鲜血渗出,骆文佳抖着手揭开一看,顿时双目圆睁,咬碎钢牙。口袋中,竟是三颗血肉模糊的人头!

"你有云爷信物,要走本官不会拦你。来人!"严骆望高叫一声,一名狱卒应声而入,他声音平静地吩咐道,"给本官准备一匹骆驼和足够半个月之用的粮食清水,再备一套干净衣衫来。"

"你……"骆文佳怒视严骆望,恨不得扑上去生吃其肉,但心中尚有一丝残存的理智在不住告诫他:冷静,一定要冷静!千万莫上对方的当!

深吸几口气,骆文佳的情绪渐渐平静下来。他突然明白,严骆望其实不想让自己走,却又不敢无视云爷的信物,所以便杀掉自己的兄弟来拖住自己。只要他因兄弟的惨死而生事端,就是遂了严骆望的心愿,就算云爷怪罪下来,严骆望也有理由搪塞。想到这里,骆文佳不禁垂泪,对着麻袋磕了三个头,暗下决心:三位兄弟的血债我不会忘记,总有一天要为你们讨回公道!

磕完头,骆文佳抹去眼泪站起身来,对严骆望遥遥一拜:"多谢大人成全,小人总算可以无牵无挂地走了。"

严骆望有些意外地打量着骆文佳,对方的眼中似乎生出一种泰山崩于前而色不稍变的从容,这是一种令人恐惧的镇定,让他心底隐隐生寒。若非顾忌云爷,他决不容许对方从自己的掌控下逃脱。犹豫片刻,他还是对一旁的狱卒摆摆手:"让他走!"

骆文佳离开后,严骆望一直在堂中来回踱步,似乎在犹豫权衡着什么。最后他终于一咬牙,眼里露出骇人的寒光,高叫:"来人!"

一个狱卒应声而入,严骆望令账房备下一袋金子,交给那狱卒道:"你带上这五十两黄金,立刻去三百里外的落旗镇找一名刀客,绰号叫'金十两',你让他将那逃犯……"严骆望说着用手在脖子上一划:

"记住，要到落旗镇百里之外再动手，绝不能走漏半点风声。另外，要让那逃犯的死看起来像是一次意外。"

"属下明白。"那狱卒立刻拱手而去。严骆望的脸色这才稍稍缓和，嘴边浮起一丝若有若无的冷笑，喃喃自语道："想从本官手中逃脱，恐怕没那么容易。"

骆文佳牵起骆驼离开矿区，忍不住回头看了最后一眼。凝望着磨炼过自己，也让自己获得新生的地方，他在心中对自己说：从这一刻开始，世上不再有善良仁义的骆文佳，只有恩怨分明、善恶必报的千门云襄。凡关心过、救助过我的人，会得到应有的报答，凡伤害过、侮辱过我的人，都将付出十倍的代价！

转头望向遥远的东方，骆文佳眼中渐渐噙满泪水：扬州，我总有一天要耀武扬威地回去！南宫世家，终有一天你要在我手中灰飞烟灭！

落旗镇是青海到甘陕的交通枢纽，地方不大，却商贾云集，人来人往，十分热闹。来往的商贾行脚商多了后，自然就催生了一种新的职业——刀客。他们临时受雇于人，既做镖师，也做保镖，偶尔还受雇做点杀人越货的违法勾当。在这边远蛮荒的小镇上，只要肯出钱，总能买到你想要的东西，包括仇人的性命。

镇上最大的一家酒馆闻香停，是刀客和商贾聚集处，人们在这里讨价还价，商讨双方合作的可能。不过好的刀客通常都是明码实价，童叟无欺，没有讨价还价的余地。毕竟好的刀客，在哪儿都是稀缺货。

闻香停从早上开门，一直到晚上打烊，永远都是乱哄哄不乏顾客，虽然它是本地最大的酒馆，其实也仅有八九张桌子而已。这里每天都有一二十个刀客等生意，加上偶尔前来雇人的商贾，就显得有些拥挤，再加上刀客们闲极无聊时常在酒馆中聚赌，弄得乌烟瘴气，全然没有酒馆门匾上那三个字的半分雅意。

酒馆的一个角落里，十几个刀客在赌桌旁搏杀正酣，不时爆出吆五喝六的高叫。居中一个面目粗豪、眉心有道刀疤的年轻刀客不住擦着头上的汗珠，一边呷着手中酒壶里的酒，一边紧张地盯着碗中的骰子。看他面前的银子，已是所剩无几了。

就在此时，一个行色匆匆的旅人由外而入，挤进人群对那不住擦汗的年轻刀客小声道："敢问壮士，是不是大名鼎鼎的金十两？"

"何事？"那刀客转头望向挤过来的旅人，一脸不悦。

"我家主人想托壮士办一件事。"来人忙道。

"没见老子正在赌钱？"那刀客不满地瞪了对方一眼，见对方心虚地退开，才转向赌桌高叫，"豹子！豹子！他娘的，又是瘪三，真邪门！可老子偏不信邪，再来！"

来人不敢再打搅他的赌兴，悄悄退到一旁，点了些酒菜独自享用起来。不过顿饭工夫，就见方才那年轻刀客输得精光，抄起酒壶垂头丧气地离开了赌桌，连连叹息。一旁枯坐的旅人忙长身而起，上前拱手道："敢问壮士可是金十两？"

"正是。"那刀客警惕地打量着来人，"你是何人？"

来人赔笑着将一个小锦囊捧到金十两面前："在下是奉我家主人之命，来给金壮士送点赌本的。"

"你知道老子的身价？"那刀客冷冷问。

"谁不知道落旗镇金十两的身价？"来人讨好地笑了笑，"低于十两黄金的报酬，金壮士是从来不接的。"

在这条道上来往的商贾，都知道这脸有刀疤的年轻人，就是落旗镇上最好的刀客，但他要价实在太高，一次至少要十两黄金，从不二价，因此得了个绰号叫"金十两"，远近闻名。只是他既嗜赌又好酒，挣钱虽多，却大多扔在了赌桌和酒桌上，所以永远像个流浪汉一般潦倒、落拓。不过他虽然屡屡输钱,脸上却始终洋溢着一种年轻人特有的自信,这让他看起来跟那些流浪汉完全不同。

见来人一脸恭敬,金十两不由面露得色:"既然如此,你家主人找我做什么?"

"有一单生意,我家主人希望找镇上最好的刀客来做。"来人小声道。

"是什么?"

"杀人!"

金十两笑了:"杀人最少五十两,看人论价。"

"目标是一个名不见经传的文弱书生,"来人说着缓缓展开手中画像,"他既不会武功,也没有任何背景,杀他不会有任何麻烦。唯一的要求是,你得在落旗镇百里之外再动手,且要将他的死伪装成意外,有没有问题?"

金十两终于第一次仔细打量来人:"花五十两黄金来杀这样一个人,你家主人是不是太奢侈了点?"

"为了确保万无一失,多花点钱是应该的。"来人将画像卷起,与二十五两黄金的定金一并捧到金十两面前,讨好地笑道,"在这落旗镇众多刀客中,只有金壮士从未失过手,所以我家主人点名要找你。就不知金壮士肯不肯接?"

金十两一口喝完壶中残酒,将画像和黄金俱收入怀中,这才打着酒嗝,醉眼蒙眬地问:"这人在哪里?"

"他过几天就会经过这里,"来人也拱手告辞,"我就在对面的一品客栈,耐心等候金壮士的好消息。"

金十两打着酒嗝跌跌撞撞地离开了酒馆,似乎对来人的话并没有放在心上。不过当他离开酒馆后,立刻就像变了个人,双眼在黑暗中炯炯有神,哪里还有半分酒意?

落旗镇虽然南来北往的商贾很多，但当一个神情淡漠的年轻人牵着骆驼来到这里时，还是引起了旁人的注意。他看起来既不像走南闯北的生意人，也不像身怀绝技的江湖好汉，若非一身破旧的粗布衣衫，倒有些像个读书人。蹲在街头貌似无聊打盹的金十两，一眼就认出了对方，正是画像上那个价值五十两黄金的目标。

不过金十两怎么看对方也值不了五十两黄金，无论穿着打扮还是言行举止，对方都是一个普通得不能再普通的穷光蛋，浑身上下的行头加起来连五两银子都不值。金十两想不通，为何有人要出五十两黄金来杀他。

跟着他走过两条街后，金十两总算发觉这其貌不扬的年轻人，果然有点与众不同。他无论做什么事都有条不紊，从容不迫，好像没有什么事能令他惊慌失措一般。金十两注意到他在卖面和馒头的小摊前咽着口水，眼里露出饥饿的馋光，却没有做任何停留，虽然是个连饭都吃不起的穷光蛋，却依旧不失那种骨子里透出的骄傲和自信。最后他拐进了一间当铺，出来的时候身上的外套不见了，想必是换了俩钱儿应急。

金十两远远地跟着他，见对方没有直奔街边小食摊，却在一个街头赌档前停下来，在人群里看了足有顿饭工夫，最后终于下了一注，居然幸运地赢了。金十两好奇地走近些观察，发觉他十分谨慎，赌档平均开上十几把，他才下上小小一注。不过金十两惊讶地发现，这小子运气好得惊人，前后下了七八注竟然都赢了，简直不可思议。

金十两第一次注意起赌档。这是街头常见的赌单双，档主将一小把瓜子扔到盘中，立刻用碗扣住，然后让赌客们押单双，待众人买定离手后，档主揭开碗细数瓜子的单双，买中即赢，由档主等价赔钱，反之为输。四周赌客有输有赢，唯有这声色不露的小子，居然把把俱赢。

金十两认真观察，发觉档主的手脚并不迅捷，凭自己敏锐的目光，几乎每次都能看清瓜子的数量，不过令他不解的是，开出的单双却不一定跟自己看到的相符。几次下来，他不禁对自己产生了怀疑。这反而激起了他的脾气，不由掏钱也买了几次，却把把皆输；再看那小子，又不动声色地赢了几回。

金十两百思不得其解，还想细看，对方已离开赌档向小食摊走去，吃饱喝足后，又拐进了镇上唯一一家赌坊。在人声嘈杂的赌坊中，他依旧是谨慎出手，每押必中。片刻工夫他就不动声色地赢了五六两银子，这才悄然离开，然后去当铺赎回了旧袍子，又买了不少食物清水。直到天色将晚，他才在镇上一家低廉的客栈歇了下来。金十两为确保万无一失，也住进他隔壁，第二天一早就见他牵起骆驼出了小镇，继续往东而去。

金十两骑上健马悄悄跟了上去。他想不通雇主为何要求在百里外再动手，似乎极怕走漏了风声。不过金十两对此并不关心，只想早一点完成使命，好顺利拿到自己另一半的报酬。

耐心地跟着目标走出落旗镇，金十两横看竖看，都觉得这小子不值五十两黄金。不过他依旧尊重雇主的要求，直到离开落旗镇百里，来到荒无人烟的大草原后，他才终于追上对方，悄然出手。

七、刀客

打量着应声倒下的年轻人，金十两在心中盘算着，怎么才能让对方死得像一次意外。那肯定不能见血，最擅长的刀是不能用了。用刀杀人本是金十两所长，但要将其弄成意外身亡，这却是他从未开展过的新业务。盘算半晌，他决定将他渴死饿死，这虽然要耗费些时间，不过在这荒凉的大草原上，偶尔渴死饿死个旅人，却是再正常不过的意外了。

盘膝在年轻人身边坐下来，金十两冷眼打量对方，只见他仰天倒在地上，对发生在他身上的变故似乎并不在意，只是饶有兴致地打量着自己。金十两记得自己并没有点他的哑穴，但他一言不发，既不求饶也不呼救。金十两有些好奇，忍不住问："你知道我要干什么？"

"大概是要杀掉我吧，"他的嘴角竟然露出了一丝若有若无的微笑，"我只是有些奇怪，你为何还不动手？"

"我要让你死得像一次意外，"金十两脸上露出戏谑的微笑，"一个人若是不吃不喝，大概两三天时间也差不多就死了吧？"

年轻人同意似的眨眨眼："如果没水喝，一个人最多可以支持三天。"

"你不害怕？不想求饶？"金十两很奇怪对方的镇定。

"害怕可以活得久点？求饶有用吗？"年轻人笑了，好像听到天底下最有趣的笑话一般。

"当然没用。"金十两也忍不住笑起来。他突然发觉这小子还真有趣，跟他聊天可以打发这三天的无聊时光。"你叫什么名字？"这是他第一次问起目标的名字。

"云襄，你呢？"年轻人虽然穴道受制，仰天躺在地上，姿势颇有些不雅，不过神情却像在跟老友聊天一般随和自然。

"别人现在都叫我金十两。"金十两叹了口气，"你别怨我，我这是拿钱干活，有人出五十两黄金买你的性命，到了阎王那里你该告他。"

"五十两黄金？"云襄有些惊讶，"想不到我还这么值钱。早知如此，我不如将自己的性命卖给他好了。"

"我也觉得奇怪，横看竖看你都值不了那么多。"金十两打量了对方两眼，"你小子是不是勾引了人家老婆，要不就是奸污了别人的妹子，别人才不惜花大价钱来取你的性命？"

云襄脸上露出一丝苦笑："我要享过这等艳福，死也死得开心了。"

"我看你也不像个采花浪子。"金十两理解地点点头。他对雇主杀人的理由并不关心，如果对每一个死在自己手上的目标都要揣测死亡原因，那做个刀客岂不要累死？

辛苦半日，他感觉有些饿了，从马鞍上拿出肉干烈酒吃喝起来。见云襄饥渴地舔着嘴唇，他不由安慰道："你忍忍，刚开始可能有些难受，慢慢就习惯了。"

"我说大哥，"云襄终于大声抗议起来，"你吃香喝辣的时候，能不能稍微走远些？你不知道饿着肚子看别人吃喝，是天底下最痛苦的一件事吗？"

"这可不行！我得一直盯着你，免得你耍什么花样。"金十两无可奈何地摇摇头，突然他像想起了什么，不好意思地问道，"对了，从你来到落旗镇我就一直跟着你，发现你无论在街头的小赌摊还是镇上的赌坊，都是每押必中，从不失手，有什么诀窍吗？"

云襄眼中露出一丝狡黠："当然有诀窍，不过你别问我，问了也是白搭。反正我死到临头，为什么要把这门绝技告诉你？"

"这算什么绝技？"金十两轻蔑地撇撇嘴，不过回想对方每押必中的神奇，还是忍不住问道，"这中间究竟有什么诀窍？只要你告诉我，不妨让你多活一阵子。一块肉干加一壶好酒换你这诀窍，怎么样？"

云襄笑了："人的性格虽然千差万别，但大致可分为九种。其中一种性格的人，脾气偏执倔强，一旦认定一个目标，就不达目的誓不罢休。这种性格的人通常都能成为各个领域的顶尖人物，不过他们也常常会被这种偏执的性格所害，做一些在常人看来不可理喻的愚蠢举动。据我观察，金兄就是这样的人。"

"你什么意思？"金十两有些莫名其妙。

"你一旦对我这诀窍心生好奇，就一定不会带着没有解开的秘密离开。只要我不说出这秘密，你就会不断提高价码，想尽一切办法来揭开它。"云襄脸上笑意盈盈，"不过遗憾的是，我也是这种性格，一旦下定决心，无论你开到多高价码，我都不会告诉你。我就是要让你下半辈子都受到这个秘密的折磨。"

"哼！我不信你倔得过我金十两。"金十两怒气冲冲地扔下美酒肉干，他的执着和倔拗在落旗镇是有名的，也因此，他才成为落旗镇刀法最好、脾气最坏的刀客。他才不信自己不能让这个瘦弱的年轻人屈服。其实他对对方每押必中的秘密只是有些好奇，并不是要学会这诀窍去赌钱。他虽然嗜赌如命，却一向赌得光明正大，从没想过靠耍手段赢钱。不过，现在对方的话激起了他的脾气，他将清水、美酒、肉干和饼子在云襄面前一字排开，发狠道："我拿这些来换你每押必中的秘密，你现在就算不答应，饿你三天，我不信你还不答应！"

三天时间很快过去，云襄的嘴唇早已干裂，脸上更是笼罩着一层灰败之色，再这样下去他肯定会干渴而死。金十两终于失去了耐心，抓住他的脖子喝道："清水食物、美酒佳肴就在你面前，反正你难逃一死，何不将那秘密说出来，换得这些食物多活几天？"

云襄勉强挤出一丝微笑："我就是要将这秘密带走，偏不告诉你，你又能奈我何？"

"好，你有种！像你这样硬气的汉子，老子还从没遇到过。可惜你遇到的是我金十两，老子若不能从你嘴里掏出这秘密，金十两三个字，以后倒过来写！"金十两说着抓过水壶，强行捏开云襄的嘴，将水灌了进去。等到对方稍稍恢复了些生气，他恨恨地道："老子让你多活一会儿，是要让你尝尝天底下最痛苦的酷刑！"说着他一手按在云襄背心，内力透体而入，竟用上了"万蚁钻心"之法。金十两以前从未这样折磨过一个普通人，都怪对方倔强万分，终于激起了他的脾气。

云襄浑身颤抖，牙关咬紧格格作响，只感到对方的内力如万千蚂蚁钻入体内，令人五脏六腑、膏肓骨髓都痒起来，片刻后那麻痒的感觉又变成针刺一般的剧痛，浑身上下竟无一处不痒，无一处不痛。这种痛楚远远超过了过去受过的任何酷刑，他不由一声惨叫，晕了过去。

冰凉的清水泼到脸上，云襄悠悠醒转，神智虽因饥饿和痛苦变得有些模糊，但他依旧坚守着最后一丝灵智，不住在心中告诫自己：坚持，一定要坚持！要想活下去，一定要坚持到底！

金十两气喘吁吁地望着完全没有一丝反抗能力的云襄，心中突然生出一种挫败感。他想不通这小子究竟是由什么材料制成的，自己虽然可以在肉体上轻易将其消灭，但在精神上却永远无法将其打垮。

无可奈何地在云襄身边坐下，方才耗费了不少内力，金十两也感到有些疲惫。喘息半晌，他才望着刚清醒过来的云襄冷笑道："你苦守这点秘密，也是想卖个好价钱吧？你说，只要不是让我饶了你的性命，任何条件都好商量。"

云襄淡淡一笑，疲惫地闭上了双眼，似乎不愿再说什么。金十两急忙道："难道你就没有什么未了的心愿？没有需要照顾的亲人？我虽然不能饶你性命，却可以帮你完成心愿，照顾亲人，甚至可以帮你杀了你的仇家。"

"我不会告诉你这诀窍，不过你可以跟着我，只要遇到类似的赌摊，我都会押上两把。"云襄用调侃的眼神望着金十两，"你得靠自己的眼睛去发现这诀窍，这就是我的条件。"

金十两犹豫起来，虽然明知对方是在用缓兵之计，不过偏执的性格使他不愿被这秘密折磨；况且对方手无缚鸡之力，自己要取其性命简直易如反掌，而雇主也没有规定这单生意的期限，他心中已有些松动了。

见金十两犹豫不决，云襄嘴边泛起一丝嘲笑："莫非你对自己的头脑没有信心？"

金十两勃然大怒，一把将他从地上拎起来，拍开他的穴道喝道："好，老子答应你！就不信老子多看几回，还看不穿你这点小聪明。你要祈求上苍，让我永远不能发现这秘密，不然你会死得很惨！惨到后悔生到这个世上来！"

说着金十两将云襄按到骆驼背上，然后翻身上马，尾随着云襄的骆驼缓缓而行。他已经决定了，一旦看穿这小子的秘密，定要将其折磨到痛苦万分才死，以泄心头之愤。

一驼一骑缓缓向东而行，金十两知道，前方数百里外就是甘州，那里是往来西域的通商枢纽，像那种小赌档多不胜数。他有信心很快就发现这小子的秘密。

矗立在黄河岸边的甘州城,一向熙熙攘攘,热闹非凡。金十两跟着云襄来到这里时,天色已近黄昏。二人在街边的小食摊美美吃了两大碗拉面后,就在近处寻了一处客栈歇息下来。他们只要了一个房间,为了防止云襄逃脱,金十两每晚都要闭住他的穴道,使他整晚都只能乖乖地躺在床上。对此云襄已习以为常。

第二天一早,金十两拉起云襄就出了客栈,他已经有些急不可耐了。谁知云襄没有在街边的小赌档前停步,却拐进了一家喧嚣嘈杂的赌坊。金十两暗叹,这小子真是个天生的赌鬼,死到临头都不忘赌上几把。

不过跟着他进了赌坊后,金十两发现他与别的赌鬼全然不同,他不是急急地直扑赌桌,却像闲逛一般四处闲看,最后在一张赌桌前停下来。这一桌的档手是个赌坊中少见的红衣少女,年纪只有十八九岁,生得齿白唇红,五官轮廓分明,堪称俊俏,举止更是豪迈张扬,与温婉娴雅的江南女子全然不同,颇有西北女子的豪气。她的豪迈和俊俏吸引了不少赌客,使这一桌成为整个赌坊最热闹的地方。"来来来,下注要快,买定离手!"她手法熟练地摇动骰盅,不时与相熟的赌客开两句令人想入非非的玩笑,但这并不妨碍她杀多赔少,片刻工夫就有近百两银子归到她面前。不过,虽然她在赌场上顺风顺水,但眉宇间,始终有一抹挥之不去的忧色。

云襄在圈外静看了足有顿饭工夫,才挤入人群押了一两银子。这一桌是押大小,规则倒也简单明了。当云襄赢得第一把时,金十两在心中暗赞这小子的运气;当云襄一口气连赢五把后,金十两不由张大了嘴。他决不相信一个人可以有如此好的运气,但要说这小子在作假出千,却又根本不可能!赌具由赌坊提供,档手也是赌坊的人,这小子连赌具都没有碰一下,如何出千?况且自己一直紧盯着,云襄若有什么小动作,如何能逃过自己的眼睛?

云襄赢了十几两银子后,也不贪心,立刻起身就走。出得赌坊大门,金十两忍不住追上两步,悄声道:"你小子一定在出千!"

"我如何出千?"云襄停下,回头笑问,"金兄一直在盯着我,一定看得明明白白。"

金十两气恼地冷哼一声:"我知道你在出千,下次我一定要抓住你!"他突然发觉,这小子身上的秘密越来越多了。

"我给你个机会。"云襄悠然一笑,在街边一处小赌摊前停下脚步,在聚赌的人群外驻足观看了片刻,然后挤入人群不动声色地押下了两个铜板。

金十两仔细观察着眼前这低级的赌档。聚赌的大多是些衣衫褴褛的苦哈哈,赌注也就是三五个铜板而已。开赌的档主显然是个游手好闲的混混,不住吆喝着吸引行人驻足,同时手法熟练地抓起十几枚黑白棋子扔入盘中,立刻用小瓷碗盖住,然后让人掏钱押单双。待众人买定离手后,他再揭开瓷碗数棋子单双。当下这一把开出是单数,自然就杀双赔单,那混混立刻将两枚铜板赔给了押中的云襄。

金十两在心中暗叫邪乎,这小子虽然仅押了两把,却一押即中。赢了几个铜板后,他转身离开了聚赌的闲汉,回头对金十两笑道:"金兄看明白了吗?"

"老子迟早会明白!"金十两恼羞成怒地瞪了他一眼,不过心中却越来越没信心了。

"这位公子请留步!"身后突然传来一个女子的声音。两人回头看去,立刻认出是方才赌坊中摇盅的红衣少女。她像男子一般对云襄拱手一拜:"小女子柯梦兰,敢问公子大名?"

云襄笑道:"萍水相逢,姑娘便拦路询问陌生男子的姓名,是不是太冒昧了点儿?"

红衣少女对云襄的指责毫不在意,只是笑道:"江湖儿女,率性而为,哪来那么多规矩?梦兰是见识了公子方才虎口夺食的本领,所以忍不住追出来拜见。"

金十两幸灾乐祸地望向云襄,似乎在说:你小子终于让人给逮住了吧?

云襄拱拱手:"小生云襄,途经贵地,囊中羞涩,只好到宝号借几两盘缠,望姑娘恕罪。"

"云公子客气了!"红衣少女大度地摆摆手,"咱们开门做生意,自然不怕别人上门赢钱。只是我见公子把把追杀,明目张胆,犯了跟虎吃肉的大忌。莫非公子是有意露上一手,以引起梦兰注意?"

云襄淡淡一笑:"姑娘多心了。在下不过是初次借光,行事莽撞,令姑娘笑话。"

红衣少女脸上露出一丝不悦:"公子行事从容冷静,在人声鼎沸的赌坊也如深潭古井般平静,说是初次借光,谁会相信?小女子本有意与公子结交,不过公子若是拒人千里,梦兰也只好就此拜别。"

云襄没想到对方快人快语,倒令他有些尴尬,忙拱手道:"是在下心怀戒备,令姑娘误解,万望恕罪。"

"既然如此,公子可否移步一叙?"红衣少女摆出一个"请"的手势。

"姑娘诚心相邀,云襄敢不从命?"云襄说着,尾随红衣少女便走。

金十两疑惑地看看缓步而去的二人,忙追上两步,拉住云襄悄声问:"方才你们在打什么暗语?什么是借光?什么是跟虎吃肉、虎口夺食?"

云襄诡秘一笑:"金兄得靠自己的眼睛和头脑去揭秘,咱们不是有过约定?如果金兄对自己的头脑失去了信心,不如现在就将我的命拿去，免得再伤脑筋。"

对方越是如此说，金十两越是不愿认输，不由发狠道："你少狂，老子发誓，不揭开你这些秘密，老子决不伤你性命！不过一旦老子弄明白其中关节，哼哼……"

二人在红衣少女带领下，来到街边一辆华丽的马车旁。金十两见云襄毫不犹豫就登上了马车，他也就既来之则安之，跟着云襄登车而去。看他对云襄亦步亦趋、寸步不离，旁人不知底细，还当他是云襄的随从保镖一般。

片刻后，马车在一处巍峨的府第前停了下来，只见府门外除了镇宅的石狮，还有两名剽悍的壮汉分列门旁，看来这里的主人在当地应该颇有势力。两个把门的汉子神情倨傲，一见红衣少女，却像恶狗见到主人一般，脸上堆满恭谨和微笑。

云襄与金十两在红衣少女带领下进了府门，最后来到一间书房外，红衣少女抢前两步，远远就在高叫："爹爹，我回来了！"

一个中年汉子立刻迎了出来，看起来年过四旬，虽然穿着华丽，身材略显肥胖，眉宇间却有一种普通富家翁没有的威严气势。他疑惑地打量着跟在女儿身后的云襄和金十两："梦兰，他们是……"

"这位云公子，乃是女儿今日在赌坊中遇到的千道高手，"柯梦兰说着指向金十两，"这位壮士是云公子的随从，叫……"她突然有些尴尬，发觉自己竟忘了问金十两的名字。

"绰号金十两，名字却差不多忘了。"金十两大大咧咧地对主人拱了拱手。

"金十两！"那汉子脸上露出一丝惊讶，"可是落旗镇上有名的刀客金十两？"

"正是。"金十两脸上隐隐露出一丝得色，没想到自己的名号在西北道上还有些响亮。

"这是家父。"柯梦兰忙向云、金二人介绍自己的父亲。

"在下柯行东,见过云公子与金壮士。"柯行东忙向二人拱手为礼。虽然是与二人招呼,但他的目光更多是落到云襄身上,且明显与方才有些不同,大约是觉得能雇金十两为随从的主儿,肯定不是寻常之辈。打量云襄片刻,他才向二人示意:"云公子,金壮士,里面请!"

书房内三人分宾主坐下后,柯梦兰侍立在柯行东身后,柯行东则不住打量着云襄:"不知云公子是何方人士?家住哪里?"

云襄没想到这对父女一个见面就问自己名字,另一个见面就问自己出身来历,不由暗感好笑:"祖籍原是江南,现在四海为家,居无定所。"

"哦!"柯行东神情恍惚地点点头,"不知云公子突然登门,所为何事?"

云襄一听差点拂袖而去。明明是对方将自己大老远请来,却反而问自己为何登门,这令他有些哭笑不得。柯梦兰连忙俯身提醒父亲:"云公子是女儿今日在赌坊中遇到的高手,爹爹不是在为明日之事发愁吗,何不请教一下云公子?"

柯行东如梦初醒,忙拱手问:"云公子精通千术?"

"精通说不上,略知一二罢了。"云襄道。

"来人,拿牌九!"柯行东一声高喊,一个家人立刻应声捧上一副乌沉沉的牌九。柯行东神情虽然有些恍惚,但一摸到牌九,立刻就像变了个人。他以令人眼花缭乱的手法码好牌九,然后抬手向云襄示意:"公子请。"

云襄没有动手,却笑道:"柯老板以藏头去尾的手法码下牌九,岂不是做好陷阱让我来跳?"

柯行东眼中闪过一丝惊异,推倒牌九重新老老实实地码好,却听云襄又笑道:"这一次柯老板虽然没做手脚,却记住了几张好牌的位置,而且骰子也有问题,谁要跟你对赌,多半也是输多赢少。"

"公子好犀利的眼光!"柯行东慌忙离座而起,对云襄躬身而拜,脸上的表情已由惊讶变成了敬佩。

金十两方才也睁大眼睛看着柯行东码牌,却怎么也没看出对方做了什么手脚。见云襄一言点穿对方的奥秘,他不由张大了嘴,不过依旧有些不甘地嘟囔了一句:"不过是个老千,有什么值得柯老板如此尊敬?"

"你知道什么?"柯梦兰不满地瞪了他一眼,"我爹爹的赌技在甘州府数一数二,云公子能一眼看穿我爹爹的手法,就这份眼力,放眼天下恐怕也不多见。"

"再高明也只是个老千,有什么稀奇?"金十两天性好胜,口头上决不愿输给任何人。

"你……"柯梦兰还要再辩,却被柯行东抬手打断。他似乎无心理会金十两的贬斥,对云襄拜道:"公子突然出现,定是有备而来,敢请公子示下?"

云襄笑道:"方才我经过宝号,发现门外有转让的告示,进去一看,却发现生意兴隆,人气旺盛,实在不像是需要转手的烂地,所以便大胆猜想宝号应该是遇到了麻烦。正好我也缺钱,就狂妄地在令爱手上连杀五把表明身份,如果令爱有心,自然会来找我。"

金十两再次惊讶地张大嘴,没想到云襄竟在自己眼皮底下与人做了这么多交流,自己却浑然不知,原来柯梦兰追出赌坊并不是一时意外,而是应云襄之召。他不由目瞪口呆地望着面前这个其貌不扬的文弱小子,突然发觉他身上的秘密真是源源不断。

"云公子真是天降奇人!"柯行东大喜过望,激动地连连拜道,"不瞒公子说,在下正是遇到了天大的麻烦,若得公子相助,定能化险为夷。来人,快摆酒!我要与云公子边喝边谈!"

一桌丰盛的酒宴很快就摆了上来，在主人的殷勤相邀下，云襄与金十两也没有多客气，欣然入席。酒过三巡，云襄开门见山地问道："不知柯老板遇到了什么麻烦？如果我云襄帮得上忙，定不遗余力；如果帮不上，也不敢让柯老板在云襄身上多浪费时间。"

金十两见云襄虽然落拓潦倒，神情却十分自信，心中不由暗自嘀咕：这小子对武功一窍不通，身上也无余财，看模样也不像家世显赫的富贵公子，若柯老板的赌坊真遇到什么麻烦，他能帮什么忙？

正在担心他被主人给轰出去，却听柯行东长叹一口气："实不相瞒，我柯行东干这一行已有二十多年，大风大浪经历过不少，在甘州也算享有薄名，最近却栽到家了。半个月前，赌坊中来了个年轻人，举止轻浮，出手豪阔。这小子借赌博之机调戏小女，被小女连戏带骂赢得干干净净，他恼羞成怒，扬言要赢下整个赌坊。三天后这小子带了几个帮手一同前来，一天时间就赢了赌坊近万两银子。说来惭愧，柯某也算是在赌场上打滚多年的老手了，什么场面没见过，却偏偏看不出对方使了什么手段。这小子连赢三天后，赌坊已经输得快没了本钱，柯某只好卖掉赌坊认栽。谁知那小子还要赶尽杀绝，扬言谁要敢接手这赌坊，他决不放过。有柯某的前车之鉴，谁敢接手？明日他还要上门。柯某明知他在出千，却抓不住把柄，只能坐以待毙。"

"他这样赶尽杀绝，究竟是为什么？"云襄问。

"他是要逼我将小女嫁给他！"柯行东愤然道，"这小子扬言，除非柯某献出梦兰，不然他就要一直赢到柯某倾家荡产。"

"啐！"一旁的金十两不屑地撇撇嘴，指指云襄道，"这小子都能在你们赌坊连赢数把，我看你们的赌技稀松得很，被人赢光也很正常。"

"你懂什么？"柯梦兰狠狠地瞪了金十两一眼，"云公子只是借光赢点小钱，不是在出千。只要他不贪心，赌坊就算知道他在虎口夺食也无可奈何，咱们对这种手段心知肚明，能将损失控制在可以接受的范围内。而那小子是在出千，咱们却完全看不出来，只能坐以待毙。"

"你们是要我揭穿他的手段？"云襄道。

"不错！"柯行东忙道，"明日我与他对赌时，公子若能揭穿他，柯某愿以赌坊一个月的收入酬谢。"

"成交！"云襄伸手与柯行东击掌后，立刻起身告辞，"明日大战在即，在下得早些歇息。"

"我让下人收拾客房，今日公子便在寒舍歇息。"柯行东说着也不等云襄反对，便令下人收拾客房，带云襄过去。

二人刚出门，柯梦兰突然追了出来，红着脸对云襄盈盈一拜："一切拜托云公子！"

随着下人来到客房后，金十两禁不住对云襄抱怨起来："你也不问问柯老板对方是如何行事的，你甚至连对方赌什么都不知道，若是看不穿别人的手段，岂不害了柯老板，也让老子跟着你遭人白眼！"

云襄淡然一笑："柯老板既然不能看出对方的手段，咱们问也没用，明日只能临场发挥，见机行事，赌什么都一样。他把希望完全押在我这个陌生人身上，显然已是走投无路，死马当成活马医，我能揭穿对方的手段固然好，如若不能，就只好把命赔给他了。"

"喂，你的命是我的！"金十两忙提醒道。

"放心吧，我会一直给你留着。"云襄哈哈一笑，在床上躺下，向金十两示意，"还不来点我穴道？"

"看你明天要干活，今晚就放过你，不过你别耍什么花样啊！"

"都习惯了点上穴道睡觉，你这不是要我失眠吗？"

"少得了便宜卖乖！"金十两说着吹灭油灯，和衣在另一张床上躺下来。望望对面的云襄，他突然发觉，这小子身上有许多常人没有的能力。金十两虽然也好赌，却从来没遇到过真正的赌技高手，不禁对明天的豪赌充满了期待，甚至隐隐希望这小子能继续他的神奇。

三十二张黑黢黢的牌九被柯行东眼花缭乱地码好，然后推到对面那个面白如玉、神情倨傲的锦衣公子面前。对方只是随意扫了一眼，便示意柯行东继续。

云襄混在观战的赌徒中间，仔细打量着不知名的对手。他年纪甚轻，顶多不超过二十岁，手中折扇轻摇，俊美的脸上流露出轻佻和狂放之色，一双眼睛更多是落在柯行东身后的柯梦兰身上，似乎对面前的豪赌毫不在意。他身旁还有一个中年文士和一名白发老者，二人正全神贯注地盯着牌九，似乎他们才是赌桌上的正主。锦衣公子身后肃立着四名彪悍的随从，排场还真是不小。

"开始吧，柯老板。"锦衣公子面带调侃，一边用眼光挑逗着柯行东身后的柯梦兰，一边向对方示意。

柯行东望向人群中的云襄，见对方微微颔首，这才开始打骰子发牌。他们赌的是大牌九，每人四张牌，自由配成两组后，由庄家与三个闲家比牌。两组俱大加倍赢，一大一平赢单倍，一大一小算和局。由于事先不知对方的牌，所以配牌就比较讲究策略，拿到好牌不一定赢，拿到小牌也不一定就输。可不知怎的，锦衣公子与两个同伴对柯行东的牌似乎能完全洞察，每每针锋相对地巧妙搭配，将柯行东杀得狼狈不堪。

片刻工夫，柯行东就在锦衣公子的谈笑风生中输掉了数千两银子，头上已是满头大汗，而对方依旧没有收手的意思。再看云襄，一直在凝神观战，没有任何表示。好不容易挨到吃饭时间，柯行东才像逃命一般离开赌桌，躲进内堂后立刻让人召来云襄。对方一进门他就连连催问道："云公子可看出什么端倪？再赌下去，柯某真要倾家荡产了。"

云襄没有直接回答，却反问道："是否对方每次都像今日这样，刚开始只是互有输赢,直到十几把后,才渐渐稳占上风?"

"不错,几乎每次都是这样。"柯行东忙道。

云襄叹了口气:"从对方的表现来看,肯定对柯老板手中的牌心知肚明,甚至连你如何配牌都能看穿,难怪柯老板总是输多赢少。"

柯行东点点头,跟着又摇头道:"我也有这种怀疑,不过牌是我亲自挑选的,一日一换,要说他们在拿牌的时候在牌上做下了暗记,也不可能瞒过我这老手啊!"

云襄若有所思地道:"据我所知,有一种用磷粉做成的特殊涂料,以少量涂在牌背面,旁人根本看不出任何异状。只有经过苦练的神目,才可以看到磷粉那极淡的幽光。"

"你是说他们借拿牌之机,用磷粉涂在牌背面做了记号?"柯行东忙问。

云襄点点头:"我注意到那个中年文士总是一瞬不瞬盯着牌面,对外界的任何干扰均充耳不闻,每次待柯老板配好牌,他便用独特的手势告知身旁的锦衣公子,让他针对柯老板的牌做针锋相对的搭配。虽然这办法不能保证把把俱赢,却是大占赢面,时间一长,自然包赢不输。"

"这不太可能吧?"一直紧跟着云襄的金十两突然插话问道,"我这目力也不算差,怎么就看不出什么记号?"

云襄哑然一笑:"这等神目,没有二三十年的功力根本练不出来,不然怎么能骗过众多赌坛高手?练这种神目通常并不是为赌,而是为了练暗器。若我猜得不错,那中年文士一定是个罕见的暗器高手。不过从对方的手法来看,却并不算道行高深的老千,只是利用其特殊的本领作假罢了。"

金十两满是怀疑地打量着云襄:"你怎么知道这么多?莫非你也能看出牌上的暗记?"

云襄一笑:"我没吃过狗肉,也看过狗跑。只要肯动脑,这世上许多事不必亲身经历,也能猜出个大概。"

柯行东大喜过望,忙对云襄躬身一拜:"云公子既然能看出对方的手段,定有应对之策。"

"这还不简单?"不等云襄回答,一旁的金十两扬扬自得地拍着胸脯,"找我金十两,一准儿帮你搞定。"

几个人俱有些意外,柯行东忙问:"不知金壮士有何高招?"

"太简单了,"金十两脸露笑容,"换一种赌法或者换一副牌不就行了?"

柯行东摇头苦笑道:"咱们赌坊是开门做生意的,客人有权选择赌坊中的任何赌具。至于换牌,赌坊没有特别的理由是不能随便换牌的,以免换走了赌客的好运。这规矩任何赌坊都不敢坏,不然就是砸了自己的招牌。"

"给我一千两银子的赌注,待会儿我也下场参赌。"云襄突然道。

"公子想到了破解之法?"柯行东忙问。

云襄泰然自若地点点头:"虽然不能说万无一失,但总好过坐以待毙。"

云襄的神情令柯行东信心倍增,立刻让账房送了一千两银票进来。虽然他知道云襄作为闲家下场,只能与自己这个庄家发生输赢关系,根本不可能杀到另外几个闲家,但他依旧对云襄充满了信任和期待。

正午刚过,豪赌继续开始。锦衣公子正要让柯行东发牌,却见人群中挤进来一个醉醺醺的文弱书生,他一手执着酒壶,对场中紧张的气氛似乎浑然不觉,边喝酒边跌跌撞撞坐到赌桌边。锦衣公子嫌恶地瞪了他一眼,回头高叫:"哪儿来的醉鬼,还不给我扔出去?"

几个随从正要动手,却见这醉鬼掏出一叠银票扔到赌桌上,醉眼乜视着锦衣公子，呷着酒笑道："谁说喝醉了就不能赌？现在庄家正霉，这可是千载难逢的机会，我可不能错过。"

几个随从忙拎起醉鬼要扔出去，却听柯行东一声呵斥："慢着！咱们赌坊开门做生意，任何赌客都是咱们的贵宾，没有道理为了这位公子就将客人赶走。如果公子坚持不让旁人参加，柯某也只好就此停手，不再奉陪。"

锦衣公子犹豫了一下，对几个随从摆摆手："退下！"

几个随从应声退开，那醉鬼对柯行东眨眨眼坐下来，边喝酒边拍着桌子高叫："快发牌，本公子要大杀四方！"

柯行东微笑着点点头，立刻手法熟练地码好牌九。刚打好骰子要分牌，那醉鬼突然一声咳嗽，一口酒毫无征兆地喷了出来，尽数落到牌上，他慌忙扔下酒壶，掏出素巾擦拭牌九，同时连连对众人道歉赔罪。

锦衣公子怒气冲冲地瞪着那醉鬼。若在往日，他一定让对方好看，不过现在为了赢下整个赌坊，继而赢得美人归，他压了压怒火，往旁让开了些。

一直盯着牌面的中年文士突然睁大了双眼，那些本就隐约难辨的荧光记号，随着这醉鬼的擦拭越加模糊，那些磷粉竟被酒水抹去了！不过幸好被这醉鬼的酒水打湿的牌只是少数几张，而自己方才已经记住了柯行东将要拿到的牌，现在虽然模糊不清，却也无伤大局，所以他对这意外也没有放在心上。

醉鬼很快擦净几张被酒水打湿的牌，这才不好意思地收手。柯行东目视锦衣公子，提醒道："这一局出了这种意外，任何人都可以提出换牌，这一局作废。"

锦衣公子目视身旁的中年文士，见对方微不可察地摇了摇头，便道："不用，发牌。"

醉鬼也连连道："不用换不用换，一换牌就把庄家的霉气换走了，那怎么行?"

柯行东点点头,手法熟练地将牌分好推到众人面前,然后拿起自己的牌看了看,很快配成两组,背面朝上覆在桌上。中年文士盯着柯行东的牌,虽然有两张牌的暗记已经消失,不过幸好还记得,所以他立刻根据对方的两组牌分好自己的牌,然后用手势告诉了身旁的锦衣公子和白发老者。二人立刻心领神会地配好牌,最后在荷官的开牌声中,胸有成竹地翻开了自己的牌。柯行东待众人亮出牌后,才翻开自己的两组牌。荷官立刻高唱:"庄家两大,通杀!"

中年文士面色陡变,不由失声惊呼:"这牌不对!"

柯行东笑问道:"这牌有何不对?"

那醉鬼也醉醺醺地乜视着中年文士:"莫非这位先生知道柯老板手中的牌?"

中年文士哑然无语,虽然他记得方才柯行东拿到的不是这两张牌,却苦于无法说出来。略一回想,他立刻猜到是那醉鬼方才趁擦拭酒水之机,用极快的手法换掉了柯行东要拿的牌。他不由恨恨地瞪了对方一眼,无可奈何地坐下来,对一脸疑惑的锦衣公子做了个"只是意外"的手势。

"这牌有何不对?"锦衣公子目视中年文士,一脸不满地问。

"不好意思,方才是我一时看错,"中年文士狠狠瞪了醉鬼一眼,"我不会再看错了。"

"有先生这句话,我就放心了。"醉鬼笑笑,将牌一推,"快快码牌,别让庄家的霉气散了。"

柯行东手法熟练地码牌打骰子,中年文士全神贯注地盯着牌面和骰子,根据骰子点数一数,见柯行东将要拿到的是几张暗记清晰的牌,不由暗舒了口气。

柯行东正要根据骰子点数分牌,那醉鬼突然道:"等等!"

"干什么？"柯行东忙问。

"为了防止庄家在分牌的时候做手脚，我要自己拿牌。"醉鬼郑重其事地道。

锦衣公子不满地瞪了醉鬼一眼："就你多事！"

"公子财大气粗，在下可不敢跟你比。"醉鬼笑道。

"这位公子请便。"柯行东对醉鬼示意。对于赌客这种要求，庄家通常都会答应，这也是赌坊惯例。锦衣公子虽不满对方多事，但都是闲家，他也不能有任何异议。柯行东将牌切好，然后示意众人动手，那醉鬼也不客气，立刻伸手抓起自己的牌，刚看了两张，就大呼小叫连称"好牌"。

中年文士再次瞪大了双眼，只见那醉鬼拿牌之后，柯行东的牌突然就变了，其中两张变成了没有记号的暗牌。他不由站起来指着醉鬼惊呼："你……你……"

"我怎么了？"那醉鬼笑望着一脸惊讶的中年文士，眨眨眼道，"兄台不必担心，你的要求咱们好商量。"

"我的要求？我什么要求？"中年文士对醉鬼的话有些摸不着头脑。虽然明知对方趁方才拿牌之机，以极快的手法换掉了庄家的牌，但苦于没有当场抓住，中年文士只得无可奈何地坐下来。但是，一旁的锦衣公子怀疑的目光已经紧随而来，他心中一凛，想要解释，当着这么些人又不知从何说起，不由急得满头冒汗。

说话间柯行东已将自己的牌配好推到桌子中央，向众人示意。锦衣公子敲着自己手中的牌九，目视中年文士淡淡道："先生这次可要看清楚自己的牌。"

中年文士知道他是在等待自己的暗示，可庄家有两张牌是没有记号的暗牌，怎么知道对方如何搭配，不由急得抓耳挠头。却听一旁的醉鬼不阴不阳地笑道："先生这次一定知道该怎么做，不用在下提醒了吧？"

在锦衣公子的不住催促下，中年文士只得估摸着庄家的牌比了个手势。谁知一开牌，庄家的牌与估计大相径庭，大杀四方。中年文士目瞪口呆，那醉鬼却鼓掌笑道："先生果然不负众望，咱们老板定不会亏待了你。"

见锦衣公子望向自己的目光已有些不同，中年文士急得满脸通红："我……我……"

"今日到此为止，咱们改天再来！"锦衣公子将牌一推，恨恨地瞪了醉鬼一眼，拂袖而去。中年文士忙收起桌上的银票，与白发老者一起追了出去。

围观的众人有些惋惜地纷纷感叹，遗憾没有看到双方最后的对决。柯行东感激地冲扮成醉鬼的云襄微微点了点头，他身后的柯梦兰也对云襄露出敬佩的表情。一直在人群中观战的金十两兴奋地挤进来，拉住云襄悄声问："你小子是怎么做到的，竟然在众目睽睽之下做手脚？快教教我！"

云襄淡淡一笑，悄声道："金兄，咱们有约定。我的秘密若让你得知，岂不立刻就要死？你如果是我，会不会这么笨？"

金十两一怔，若非云襄提醒，他差不多都忘记这茬了。略一迟疑，他拉起云襄就走，边走边道："我不管了！大不了老子不再做刀客，将收下的定金退还雇主。你无论如何，一定得教教我！"

"喂，等等我！"见金十两拖着云襄出了大门，柯梦兰来不及跟父亲解释，也匆匆追了出去。

八、魔门

"老子从今往后不再是金十两！"金十两狠狠将酒杯往地上一摔，发誓一般大声道，"老子大名金彪，黄金的金，彪悍的彪。"

云襄与柯梦兰相视一笑，不由"扑哧"一下笑出声来。这是甘州府一处僻静的酒楼，云襄被金十两强拉到这儿来庆功，柯梦兰正好也追了上来，三人便在这酒楼中叫了一桌酒菜，为方才的胜利开怀畅饮。

"你别以为我金彪什么都看不懂，"这个过去的刀客突然冲云襄得意一笑，"我其实已经知道你是如何在街头赢那些小赌档了。"

"哦，说来听听。"云襄一副很感兴趣的样子。

金彪炫耀似的道："无论压大小还是赌单双，虽然你没碰过瓜子或棋子，不能作假，但赌档的庄家却在作假。按照常理，他们总是杀多赔少，比如押单的赌注大于押双，他们就开双，杀单赔双。所以你就始终站在赌注少的一方，每次少少押上一点，这就叫跟虎吃肉，或者叫虎口夺食吧？"

云襄有些惊讶地点点头："你能自己悟到这一点，也算初窥千术门径。"

"只是初窥门径？"金彪有些不满地哼了一声，跟着又摇头叹道，

"你说得不错,我始终想不通那庄家如何作假,才能在众目睽睽之下想开双就开双,想开单就开单。"

云襄笑道:"十赌九骗,这是放之四海而皆准的至理,你能明白这等骗术的根本,何必在意细枝末节,那只是些魔术手法罢了。"

"不行,你一定得告诉我,不然我永远睡不好觉!"金彪不依不饶,"我宁愿失信于人,把'金十两'这金字招牌砸在你小子手里,你总不能让我后悔吧?"

云襄苦笑着摇摇头:"这等魔术手法千变万化,人力根本无法穷尽。具体到你见过的那些,我至少也知道三五种,最常见的一种就是利用吸铁石。比如将一枚瓜子的仁换成铁粒,再将一块吸铁石藏于袖中,可以借揭碗的时候将那枚瓜子吸到碗底。这样一只手藏有吸铁石,另一只手没有,用不同的手揭碗,就能控制瓜子的单双,随心所欲。"

"我明白了!"金彪恍然大悟。"那些棋子也是同理,其中一枚含有铁芯,所以档主想开单就得单,想开双就开双。哼,老子赌了十几年,竟没看出半点破绽,不知道被这些家伙骗了多少银子。不过,"他突然转向柯梦兰,"赌坊中的骰子又是如何作假的呢?"

云襄哈哈一笑:"这可是赌坊的秘密,我要说出来,可就砸了别人的饭碗。"

柯梦兰也不好意思地笑了:"其实赌坊通常不会作假,只有在运气不好输急了的时候,才不得不使出这等取巧的手段。这次我是因为赌坊即将被逼得关门,才不惜竭泽而渔,大杀四方,谁知就被公子利眼看穿,跟着沾光,虎口夺食,连杀五把。"

"娘的,没想到如此气派的老字号赌坊也作假,恐怕天下没有什么赌局是不作假的了。"金彪愤愤不平地骂道,"可惜老子现在才明白,赌了十几年,不知道被人骗去了多少血汗钱。"

"行了,金兄不必再懊恼。你现在明白十赌九骗的道理,也不枉过去输的那些钱。"云襄笑着拍拍金彪的肩,"只可惜许多赌徒到死都不明白,总把自己的命运寄托在捉摸不定的运气上。一旦遇到个高明的老千,别人以有心算无心,还不输得倾家荡产?"

柯梦兰眼中闪出一丝异样的神采,对云襄举起酒杯款款道:"梦兰从小在赌坊中长大,见过太多嗜赌如命的赌徒,像公子这种看破赌局风云、视输赢如等闲的高明之士,还是第一次遇到。梦兰定要好好敬公子一杯!"

云襄依言举起酒杯,二人目光相接,只见柯梦兰妙目中隐约闪出粼粼波光,就像秋日夕阳下闪烁的湖水,一丝涟漪在和风下微微荡漾。云襄心中一动,忙低头避开对方的目光,心中暗叫奇怪,这柯小姐看自己的目光,为何与怡儿这般相似?想到赵欣怡,云襄心中一痛,脸色不由黯淡下来,举杯怔怔入神,竟忘了杯中美酒。

"云公子!云公子!"直到柯梦兰连唤两声,云襄才回过神来,只见柯梦兰一脸担忧地望着他:"公子,是梦兰说错了什么话,惹公子不高兴了?"

"没……没有!"云襄勉强笑了笑,一口喝干杯中酒,一扫脸上阴霾对柯梦兰笑道,"我是担心那小子不会轻易认输,不定今后又会来找姑娘麻烦。"说到这他的脸色凝重起来,"说真的,那公子哥儿年纪不大,却对中年文士颐指气使,呼来喝去。想那中年文士能练成如此神目,江湖上已是极其罕见,却依旧对那公子哥儿唯命是从,由此可见其背景之深厚。如果柯姑娘没有什么特别的理由,还是要劝劝你父亲,尽量避之为上。"

柯梦兰重重地哼了一声:"那小子轻佻浮滑,十足是个纨绔子弟,仗着家世横行霸道。梦兰虽是一介女流,却也知道威武不屈的道理。"

云襄用一种复杂的眼神打量着柯梦兰,突然发觉她的性格竟跟过去的自己有几分相似。他不由暗暗叹了口气,心知这种性格在波谲云诡的江湖上，实在容易栽跟斗。

"来来来，说这些干什么，"一旁的金彪已有几分酒意，醉醺醺地为二人斟上酒，"今朝有酒今朝醉，哪管他日浪滔天。今日这酒是我金彪为云兄弟庆贺胜利，也是我拜云兄弟为师学习赌术的拜师宴。云兄弟，私下没人的时候我马马虎虎叫你一声师父，有人的时候我还叫你兄弟。磕头敬茶这些俗套就免了，我想兄弟也不在乎那些繁文缛节吧？"

话音刚落，云襄刚入喉的一口酒差点就喷了出来，不由边咳嗽边连连摆手。金彪忙拍着他的后心笑道："兄弟不用着急，一下子多了我金彪这么个天赋异禀、聪明伶俐的弟子，也不必开心成这样吧？"

"你……你……咳咳！"云襄都被气笑了，遇到金彪这种厚颜无耻兼自信心超强的异人，他只有继续咳嗽。

"你不反对就是同意了。"金彪兴奋地将一杯茶捧到云襄面前，"来！喝口茶润润喉。难得遇到像我这等天资聪颖的弟子，高兴一下也很正常。"

云襄将茶一口喝干，勉强压住了咳嗽，从胸中挤出两个字："不行！"

"什么不行？"金彪一拍桌子，一脸愤懑，"你连老子的拜师茶都喝了，现在才说不行，是不是想讨打？"

"什么拜师茶？"

"就是刚才老子端给你那杯！"

云襄这才明白，方才给自己润喉的那杯茶，竟然被这家伙说成是拜师茶。没想到自己学得满肚子谋略，能一眼看穿各种阴谋诡计，却着了这家伙的道。他不由拂袖而起，倒了一杯茶搁到金彪面前："茶我可以还你，这酒我可不敢再喝。拜师之说今后都不要再提，不然连朋友也没得做。告辞！"

云襄说完转身要走，金彪猛然一拍桌子站起来："站住！你连命都是老子的，居然跟我拿架子！是不是活得不耐烦了？"

云襄回头冷笑道："云襄手无缚鸡之力，你要杀我易如反掌，但你要逼云襄做不愿做之事，那是万难。"

"你以为老子不敢？"金彪说着"噌"的一声抽出了马刀。一旁的柯梦兰慌忙闪身拦在云襄面前。刚开始她还饶有兴致地看着二人争执，以为不过是兄弟之间斗气玩笑，谁知金彪竟真要拔刀相向，这令她十分意外，实在不明白二人究竟是什么关系。

"走开，老子刀下不伤女流。"金彪对柯梦兰挥挥手。

"大家都是好兄弟，有什么事要用刀子来解决？"柯梦兰忙问。

"谁跟他是兄弟？"金彪说着伸手就去拉柯梦兰，想将其拉开，谁知却被对方扣住手腕往旁一带，猝不及防间脚下一个跟跄差点摔倒。他站稳身形回头打量柯梦兰，不禁怪叫一声："好啊，你这小娘皮居然敢跟老子动手，讨打！"说着扑将上去，二人顿时在酒楼中乒乒乓乓地打了起来。

二人这一动手，顿时吓得众酒客大呼小叫纷纷逃离。柯梦兰借着酒楼中桌椅的掩护，如穿花蝴蝶般躲避着金彪，虽然落了下风，却还足以自保。金彪追了两圈，因有桌椅阻拦，一时跟不上对方的身形步法，立刻回头扑向一旁的云襄，顺势将刀架到了云襄脖子上。

"住手！"柯梦兰大惊失色，顾不得自身安危，飞身扑向金彪。却听金彪呵呵一笑："小娘皮上当了！"话音刚落，他这一拳势如惊雷，倏然停在柯梦兰面门，离她的鼻尖不足一寸，将她吓得愣在当场。

"跟我动手，小丫头还嫩了点。"金彪得意扬扬地收起拳头和马刀，挽住云襄赔笑道，"云兄弟，方才是老哥我喝多了，说话多有得罪，兄弟大人大量，莫跟老哥这粗人计较。"

云襄重重地哼了一声，虽然早已看穿金彪的性格，知道他不会伤害自己，但方才他击向柯梦兰那一拳，还是令云襄有些后怕。见酒楼中的酒客、小二都躲得不知去向,只有掌柜在一旁簌簌发抖赔罪,云襄忙道:"咱们快点走吧,小心惹上麻烦。"

三人出得酒楼,已是暮色四合,街上行人稀少。金彪追上云襄道:"兄弟,老哥赌了十几年,输了十几年,好不容易遇到你这么个高手,你无论如何得教教我,好歹让我金彪也可以在赌桌上风光一回。"

柯梦兰回想方才金彪的身手,心知这粗人若要耍横,自己还真奈何不了他,这小子若一直跟在云襄身边,始终是个隐患,不定什么时候就翻脸,不过现在也没办法让他离开。柯梦兰眼珠一转,立刻出言挤对:"像你这种不分长幼尊卑、整天对师父喊打喊杀的强横弟子,谁敢妄收?"

金彪脸上一红,不好意思地嘿嘿一笑:"我这是习惯了,如果云兄弟收下我这弟子,我保证将来对兄弟敬若神明。若有半点不敬,我金彪被天打雷劈,不得好死!"

"看你说得这般诚恳,云大哥不妨考虑一下。"柯梦兰对云襄眨眨眼。她心中以为,只要收下金彪这弟子,云襄就多了一个朋友和帮手,所以也忍不住帮金彪说情。

云襄叹了口气,心知以金彪的性格,一旦认定一个目标,决不会轻言放弃,与其被他死缠烂打地纠缠,不如现在就绝了他这个念头。想到这,云襄四下一看,顿时有了主意。

"金兄,"云襄悠然一笑,"不如咱们打个赌,你若赢了,我就将千术倾囊相授;如果你输了,这拜师之事你以后都不要再提。"

"不行不行!"金彪连连摇头,"你小子诡计多端,我岂能赌得过你?"

"你连怎么赌都不知道,怎么就知道一定会输?"云襄笑道。

"嗯,那你说来听听。"金彪一脸戒备,"不过我可不一定答应,如果我没把握,你就得换一种赌法。"

云襄微微一笑,往街边一指:"不知金兄有没有把握过去连赢三把?"

金彪顺着云襄所指方向望去,就见街边昏暗的油灯下,十几个闲汉正围桌聚赌,呼喝吵闹声不绝于耳,仔细一看,却是用围棋子在押单双。金彪大喜,嘿嘿笑道:"刚从云兄弟这里学了一招虎口夺食,如果还输,我金彪岂不笨得无可救药?"说着丢下二人,匆匆过去挤入人群,看清桌上的赌注后,立刻掏钱下注。

片刻工夫,金彪又哭丧着脸回来,连连抱怨:"怪事怪事!我照着兄弟所说,专押赌注少的一方,谁知还是输。难道是我金彪天生倒霉,逢赌必输?"

"如此说来,金兄是认输了。"云襄一笑,"从今往后,拜师之说不得再提。"

见金彪无可奈何地垂下头,云襄哈哈一笑,大步往前。柯梦兰一看,忙拉过金彪小声嘀咕了两句,金彪脸上渐渐露出喜色,忙追上云襄道:"我还没输,你现在就看我过去连赢三把!"

云襄有些意外地回过头,正好看见柯梦兰与金彪交换了一下眼神。云襄直觉不妥,但一时间想不出哪里不妥,于是点头道:"好,我就在这里静观金兄连杀三把。"

"你等着!"金彪与柯梦兰相视一笑,转身便挤入人群。柯梦兰掏出一锭银子往桌上一拍:"押单!"

金彪从怀中掏出 枚铜板,豪爽地往桌上 拍:"押双!"

档主面露惊讶,手脚麻利地揭开盅盖,倒出棋子一数,立刻高叫:"开双,杀单赔双!"

柯梦兰看也不看,又将一锭银子拍在桌上:"继续押单。"

金彪洋洋得意地将两枚铜板往前一推:"再押双。"

片刻工夫,柯梦兰便输了三十两银子,金彪却连赢三把。他志得意满地掂着赢得的几枚铜板,来到目瞪口呆的云襄面前:"愿赌服输,你可不要不认账,让我金彪鄙视。"

云襄苦笑着对柯梦兰连连摇头:"你怎么能如此帮他?"

柯梦兰露出调皮的笑容:"从来没见你输过,所以我想看看你输后的表情。"

"他一定没想到会输!"金彪不由哈哈大笑,与柯梦兰击掌相庆,"咱们这回总算让他明白天外有天,人外有人的道理,看他以后还敢在咱们面前摆出赌神的臭架子。"

云襄气恼地转身便走,不再搭理二人。金彪见状忙追上来,觍着脸赔笑道:"师父别生气,输给自己的徒弟和心上人,没什么好丢人的。"

"什么心上人,你他娘的胡说什么?"云襄瞪了金彪一眼。与金彪相处久了,耳濡目染之下,他说话也不禁带上了粗口。

"我都看出来了。"金彪忙拉着云襄避开柯梦兰几步,低声道,"方才这丫头为了你竟完全不顾自身安危。你不懂武功不知道,方才那一拳我要没收住,定会要了这丫头的性命。这等女子我还是第一次遇到,兄弟千万别错过。"

"你们在说什么呢,鬼鬼祟祟的?"柯梦兰不满地冲二人喊道。

"没什么,我在问云兄弟,方才我照着他说的方法想虎口夺食,为什么还是输了?"金彪说着转向云襄,"说真的,为什么你能虎口夺食,我去却依然是输?你别抵赖,我知道你十分清楚是什么原因。"

云襄被逼不过,只得道:"那些街头赌档,除了档主和助手,还有不少伪装成赌客的媒子,北方也称为托儿。他们故意下注赢钱以吸引真正的赌客参加,所以他们的赌注不能计算在内。若分不清媒子和真正的赌客,岂能虎口夺食?"

"原来如此!"金彪恍然大悟,"难怪我觉得开出的单双毫无规律,与赌注全然无关,原来是这个道理。后来柯小姐以十两银子的巨资下注，远远超过赌档上的所有赌注，才总算帮我赢了三把。"

云襄叹道："赌博之道虽然逃不过一个'利'字，但手段千变万化，层出不穷，岂能三言两语就点穿说尽？谁也不敢妄称能看破一切骗局。"说话间见金彪转身就走，云襄忙问："你干什么？"

"我要回去真正赢它三把，不然怎咽得下这口气？"金彪说着大步来到方才那赌档前，立在人群外仔细辨别下注参赌的哪些是媒子，哪些才是真正的赌徒。柯梦兰见状不由回头招呼："天不早了，咱们快些回去吧。"

"不忙，老子今晚不赢它几把，咽不下这口气。"金彪说着正要下注，突听柯梦兰惊呼道："不好，云大哥不见了！"

"那小子输了想不认账！"金彪忙丢下赌注过来问道，"他往哪边跑了？"

"方才我听到身后有风声掠过，回头一看，云大哥便不见了踪影。"柯梦兰脸色煞白，神色焦急。

金彪若有所思地看看空旷的长街，喃喃道："遭了，这小子恐怕是遇到了高人。不然以他的身手，不可能逃过你的眼睛。"

"怎么办？"柯梦兰急得眼中泪水打转。

"咱们刚到甘州，除了日间那个锦衣公子，没与任何人结怨。这事多半与他有关。"

"我让爹爹派人去找。"柯梦兰忙道，"咱们在甘州还有些朋友，要安心查一帮外乡人的下落，应该不成问题。"

"那还不快去！"金彪急道，"我金彪好不容易遇到个高手，眼看就可以在赌桌上扬眉吐气，要是转眼就把他弄丢了，岂不要懊悔终身？"

二人匆匆而去，俱没有看到街角隐蔽处，云襄正被日间那个与锦衣公子同路的白发老者扣住咽喉，发不出半点声音。

一瓢凉水泼到脸上，云襄从昏迷中悠悠醒转，一睁眼，就见日间那个举止骄横的锦衣公子正笑眯眯地俯视着自己。云襄晃晃晕沉沉的头，这才回想起自己是在街头被一白发老者挟持，被打晕后失去了知觉。他举目四顾，这是一间古朴幽暗的大厅，厅中除了待客的桌椅，竟还有一方典雅古朴的赌桌。

"小子，你不是很能赌吗？"锦衣公子冷笑着拍拍云襄的脸，"本公子现在就和你对赌，我要看看，你是否还能像先前那样出千使诈，再赢本公子一回。"

说着他坐到庄家的位置，两个汉子立刻将云襄拎起来，强行按到他对面。他将几枚骰子收入盅中，阴阴一笑："咱们就来赌大小，我摇骰子你来押，押中一把本公子就赔你一千两银票。若是押错，嘿嘿，想必你也没银子赔，本公子就敲碎你一根手指来赔！"

话音刚落，身后就有人一把将云襄两只手按到赌桌上。日间那个中年文士已手提一柄铁锤站到桌边，用铁锤在云襄手指上比画着，冷笑道："好小子，赌术不错啊！不仅当众出千，还挑拨我与少主的关系。我倒要看看，你现在能否保住自己这十根手指！"

锦衣公子信手将骰盅举到空中，缓缓摇动片刻，接着将骰盅往桌上一拍："开始！"

云襄冷冷一笑："你可以敲碎我十根手指，但别想在赌桌上赢我。不公平的赌局在下决不参与。"

"不公平？"锦衣公子轻蔑地一笑，"像你这等老千，一根手指算你一千两也是高看了你。就你这条贱命也值不了一千两，你在本公子面前就是一只微不足道的蚂蚁，我抬脚就能将你碾死。不赔本公子玩是吧？那好，咱们换一种赌法，就以你这十根手指为赌。你押中一把，保住一根手指；输一把，敲碎一根手指。这样够公平了吧？"

江湖上传说有一种"听声辨点"的神奇赌技，不过那仅仅是传说而已。云襄虽然跟随云啸风多日，但主要学的是智计谋略而不是赌术，所以对于这种撞运气的赌骰子，他连半点把握都没有。心知今日这锦衣公子不会轻易放过自己，他心中权衡再三，只得冒险赌一把运气。

"我跟你赌。"云襄平静地望着对方，决然道，"不过只限一把，输赢十根手指。"

"高手就是高手，果然有气魄。"锦衣公子哈哈一笑，"本公子也喜欢孤注一掷。好！请押注。"

"我押小！"云襄立刻道。

锦衣公子揭开骰盅："一、二、四、五，十二点小。哈，你小子运气真好。咱们再来！"

"我说过仅限一把，莫非你要失言？"云襄气愤地质问。

"没错！你那十根手指是保住了，不过你还有手、脚、胳膊、大腿、眼睛、鼻子等好些地方没赌，本公子有的是时间，咱们慢慢来。"锦衣公子惬意地调侃道。

"你要我！"云襄气得拍案而起，却被两名汉子死死按在座位上。只听锦衣公子轻佻地笑道："我就要你，怎么样？下一把咱们来赌你的手，怎么，不愿再陪本公子玩？不赌就输，直接敲碎他一只手。"

中年文士拿起铁锤在云襄手腕上比画着："小子，别怪唐某心狠，要怪就怪你自己有眼无珠，居然跟咱们少主作对。不过你放心，少主会留你一命，让你这辈子都为今日的赌局懊悔。"

云襄见铁锤高高扬起，只得无奈地闭上眼睛。他突然发觉，自己虽然学得满腹智计，但身边缺乏强大势力的保护，没有做到知己知彼就贸然介入江湖纷争，这就像蹒跚学步的孩童闯入成人世界，随时都有可能被人踢倒踩死。现在自己不得不为一时的冒失，付出惨重的代价。

铁锤正要落下，门外突然响起一声呵斥："住手！"声音不大，却有一种撼人心魄的威严。中年文士浑身一震,铁锤僵在半空,锦衣公子也面色大变。

房门开了,走进来一个黑衣老者,身形高大,气宇轩昂,脸上虽然刻满岁月的痕迹,却依然掩不去眼中那股睥睨天下的雄霸之气。他冷眼往场中一扫,众人立刻垂手而立,大气也不敢乱出。锦衣公子慌忙上前两步,赔笑道:"爹爹怎么突然来了,也没通知孩儿一声?"

黑衣老者没有理会儿子,却转向一旁的白发老者:"项长老,犬子顽劣,你不加劝阻也就罢了,怎么还与他一同胡闹?"

白发老者慌忙跪倒在地:"属下知罪,愿受门主责罚。"

"自领三十杖,去昆仑禁地幽禁半年。"黑衣老者话音刚落,白发老者连忙磕头叩拜:"多谢门主宽大。"

"不关项长老的事,都是孩儿的责任。"锦衣公子忙道。

黑衣老者一巴掌掴在他脸上,直将他打得跌出老远,犹不解气,愤愤骂道:"没长进的东西,居然调动门中高手为你追女人。你若不是我儿子,我恨不得一掌毙了你。滚!都给我滚出去!"

众人慌忙退出,厅中就只剩下黑衣老者和云襄二人。

黑衣老者眯起眼打量着云襄,眼中不带任何情绪。云襄表面虽然平静,但在对方洞悉人心的目光逼视下,心中竟不由生出一丝惴惴不安的感觉。

"云公子请坐。"老者说着,自己先在主位上坐了下来,片刻间他的神情便波澜不兴,似乎什么事也没发生过。

云襄依言在他对面坐下,心中惊诧万分。自己刚到甘州,名字只有柯梦兰父女和金彪知道,锦衣公子等人并不知晓。这老者一口便叫出自己的姓氏,看来已经让人查过自己的底细,云襄想不通自己有什么地方值得对方如此关注。他突然笑道:"看来先生已知云襄底细,但在下却不知先生大名,不知先生可否见告?"

"老夫本名寇焱，不过这名字现在恐怕已没有多少人知道了。"老者微微叹息，语气中隐隐有一丝遗憾和不甘，"本来老夫从不向人赔罪，不过这一次破例，老夫要代犬子元杰向云公子道一声得罪。"

"不知寇先生为何要为在下破例？"

"因为云公子是个人才。"寇焱直视着云襄，"你与犬子的争斗老夫已知来龙去脉，你的眼光和手段让老夫很感兴趣，不过这并不是主要原因。"说着他从袖中掏出一本羊皮册子和一枚玉扳指。云襄一见之下大惊失色，忙摸自己怀中，那本贴身藏着的《千门秘典》和千门门主信物，早已不见了踪影。

"云公子见谅，"寇焱将羊皮册子和扳指放到桌上，"犬子趁你昏迷之际令手下搜过你的身，可惜他们有眼不识金镶玉，竟不知这羊皮册子和这枚扳指的来历。《千门秘典》，得之可谋天下！这话在中原武林秘密流传，但在这偏远之地却几乎无人知晓。犬子有眼无珠，差点让一代千门传人不明不白死在这里，实在罪该万死。"

云襄没想到对方一眼便看出自己的来历，寇焱的话虽是赞扬，听在耳中倒有些像是讽刺。云襄脸上一红，愧然道："晚辈初入江湖，不知天高地厚冒犯贵公子，实乃咎由自取。若今日枉死于此，也无颜去见先师，更不敢自称是千门嫡传弟子。"

"尺有所短，寸有所长，公子不必自贬。"寇焱摆摆手，"争强斗狠虽不是千门中人所长，但运筹帷幄、决胜千里的本事，天下有谁比得过真正的千门高手？朱元璋可以没有徐达、常遇春，却不能没有刘伯温；刘邦可以没有樊哙、英布，却不能没有张子房。"

云襄听寇焱直呼洪武皇帝大名，毫无半点恭敬之意，心中一动，不由问道："听前辈语气，似乎颇含深意？"

寇焱哈哈一笑，饶有兴味地盯着云襄："历史上翻云覆雨的英雄人物，从来不乏千门高手。公子既为千门传人，当明白寇某语中深意。"

云襄心中如巨浪滔天，面上却声色不动："就不知前辈有何资格觊觎九鼎？"

寇焱傲然一笑："本门原名拜火，不过寇某更喜欢外人对咱们的称谓——魔门！寇某忝为魔门之主，统领数十万教众，麾下不乏关、张、赵、马、黄一类的忠勇之将，唯缺一诸葛耳。"

云襄虽苦练过平心定气之功，此刻也不禁悚然动容。即使从未涉足江湖，他也听师父说过魔门势力之大，远在少林、武当、南宫世家之上，只是不知为何，魔门十多年前便从江湖销声匿迹。云襄绝没有想到，自己竟在这偏远的边塞小城遇到了魔门之主！听对方言外之意，显然是存了招揽之心。如今寇焱已表明身份，肯定是容不得自己拒绝，应对稍有不当，就会有杀身之祸。云襄深吸一口气，神色更为平静，淡淡一笑道："门主如此信得过区区云襄？"

"寇某不是信你，而是信它。"寇焱说着，将桌上的《千门秘典》和扳指推到云襄面前，"你年纪轻轻就有千门门主信物，寇某就算心存疑虑也不敢轻视。这秘典我方才已看过，它对寇某毫无用处。'《千门秘典》，得之可谋天下'这话，恐怕是指拥有《千门秘典》的千门传人。公子既有千门门主信物，当不至于令寇某失望。"

云襄垂头沉吟起来。他心知若是投靠寇焱，固然可以借魔门的势力为自己复仇，但命运恐怕从此就与这天下第一的邪恶势力纠缠在一起，再难摆脱。不过现在已容不得自己拒绝，他长身而起，对寇焱恭恭敬敬一拜："晚辈云襄，愿从此追随门主，一展胸中抱负。"

寇焱淡淡一笑，似乎对云襄的拜伏毫不在意。示意云襄坐下后，他幽幽道："我知你未必出自真心，但寇某有信心让你对本门死心塌地。千门高手俱是不甘寂寞之辈，对翻云覆雨的渴望超过了江山社稷本身。当今世上，也只有咱们魔门能为你提供足够的筹码，让你一展平生所学，与天下英雄一较高下。不过，你虽然有千门门主信物，依然要先证明自己。"

"如何证明？"

寇焱笑道："诸葛孔明未出山之前，便以一篇《隆中对》三分天下，对天下大势了然于胸。你似乎对天下形势并无多少了解，但至少要替本门办成一件事，寇某方可以大事相托。"

"什么事？"

寇焱没有直接回答，却聊起了江湖形势："中原武林虽同根同源，却又各凭实力割据一方，影响和主宰着当地官府及黑白两道势力，比如金陵有苏氏，扬州有南宫，姑苏有慕容，巴蜀有唐门。尤其是蜀中唐门，借巴蜀的闭塞经营数百年，使巴蜀几乎成为唐家的天下，铁板一块，水泼不进。本门僻处昆仑，欲图中原必先扰乱巴蜀，正所谓天下未乱而蜀先乱，公子以为然否？"

"你要我替你对付唐门？"

寇焱笑着摇摇头："唐门在巴蜀经营数百年，已如大树般根深蒂固，若非万不得已，不能与之正面为敌。不过唐门毕竟是武林世家，其他方面并不擅长，所以必须笼络各种人才为其效命。比如蜀中巨富叶家，世代商贾，颇善经营之道，与中原豪门往来密切，唐门便与之结为儿女亲家，使之成为经济上的一大依靠。"说到这儿，寇焱意味深长地望向云襄："直接对付唐门颇有难度，不过若能搞垮叶家，甚至取而代之，唐门与魔门或许能成为盟友也说不定。"

云襄心知今日之事，已容不得自己不答应，所以毫不迟疑地点头道："我会竭尽所能，完成门主心愿。"

"我欣赏你这种自信，"寇焱微微一笑，"老夫将在人力、物力上为你提供足够的支持。不过十八年前老夫与人赌斗失利，发誓只要对头有生之年，魔门中人决不再踏足中原半步，所以本门高手不能为你所用，唯一可以支持你的，就只有金银钱财。"

云襄面露惊讶："不知门主对头是谁，竟可使魔门中人十八年不能踏足中原？"

寇焱眼中闪过一丝复杂的情愫，遥望虚空，片刻后黯然道："是天心居的素妙仙，当年她虽侥幸赢我，却也大伤元气，从此沉疴榻上，形同废人。不过老夫今生负她甚多，不能再对她失信，所以只要她一日健在，魔门中人便一日不能踏足中原。"

寇焱说到十八年前的失利，神情并无半分懊恼，言语中反而对击败过自己的对手充满了尊敬。云襄不禁悠然神往，不知这天心居素妙仙是何等人物，竟能让魔门门主寇焱这等枭雄也心悦诚服。

寇焱这时似乎反应过来，摆摆手，转开话题道："不过魔门中人虽不能帮你，幸好眼前还有更合适的人选。"说完冲门外高喊，一名黑衣汉子应声而入，寇焱吩咐道："去将元杰和唐先生叫来。"

不一会儿，先前那个锦衣公子和中年文士联袂而入。寇焱向云襄介绍道："这是犬子元杰和唐门高手唐功奇，你们已经见过面了。元杰虽是我儿，却没有参加过入门仪式，不算魔门中人；唐先生乃唐门宗主唐功德亲弟，十年前不仅被其兄用卑劣手段抢去宗主继承权，还差点命丧其兄之手，无奈逃离巴蜀投靠本门，也不算魔门中人；而你与魔门只是合作关系，更不是魔门中人。由你们三人去巴蜀，老夫也不算失约。唐先生对巴蜀了如指掌，有他助你，定可使你省却许多麻烦。元杰年少无知，江湖经验甚浅，这次随你前去，是要向公子学习，增加一些江湖阅历。"

云襄尚未有所表示，寇元杰已惊叫起来："什么，爹爹要我向他学习？他不过个赌场老千，我一根手指就能将他捏死，爹爹竟要我向他学习？"

"你是在怀疑为父的眼光？"寇焱一声冷哼，顿时让寇元杰闭上了嘴。唐功奇也是满脸不甘地打量着云襄，一脸不忿。不过见寇焱面色不愉,他也不敢开口反对。

"这事就这么定了,我会令人在短时间内准备好一笔银子,你们择日便可动身去巴蜀。"寇焱说着挥手令儿子和唐功奇退下,正要起身离去,却听云襄突然道:"等等,我有一个不情之请,望门主能答应。"

"请讲。"

"听说魔门魍魉福地,搜罗有天下武功十之七八,云襄求门主开恩,能容我有机会自由出入。"

"你未立寸功便提这等要求,是不是有些过分?"寇焱冷冷道。

云襄淡淡一笑:"我不想错过门主给我的这个机会,想更好地完成门主所托,所以需要多下些功夫。"

寇焱眼中闪过一丝意外:"你想学武?"

云襄摇头:"我是想知武。"

"知己知彼,百战不殆。好,我答应你!"寇焱赞赏地点点头,从怀中掏出一面玉牌扔给云襄,"这是老夫信物,凭此可自由出入魍魉福地。不过我要提醒你,所有武功秘籍你只能查阅,不能带出,否则以盗窃论,挖眼断手。"

"云襄谨记。"云襄说着,仔细将玉牌收入了怀中。

"你自己的东西也收起来吧,老夫希望你不会令我失望。"寇焱指指桌上的册子和扳指,又叮嘱道,"魔门虽然格于十八年前的赌约不能踏足中原,但咱们在中原还有不少朋友,可以为你提供必要的帮助。他们大多有钱有势,唯一发愁的是如何让钱变成更多的钱。好好干,只要你能证明自己的能力,我保证你会有足够的舞台施展自己的才能。"

"我不会令门主失望。"云襄露出自信的微笑。

"你回去准备一下,明日一早我会让人来接你。"寇焱正说着,就听门外有人禀报:"门主,庄外有人自称金彪、柯梦兰,要闯进来找云公子。"

"那是在下的朋友,望寇门主莫要为难他们。"云襄忙道。

"你的朋友还真有几分能耐,居然能找到这里。"寇焱不阴不阳地道,"老夫不会跟一般人计较,不过我要好心提醒你,千门中人实在不该有朋友。"

见寇焱负手离去,云襄赶忙收起册子和扳指起身离开,循着远处传来的高声呼喝,总算在庄门口堵住了正要强行闯进来的金彪和柯梦兰。

"兄弟你没事吧?他们为难你没有?"金彪见云襄平安出来,喜出望外,忙迎上去拉住他问长问短。云襄来不及与二人细说,只道:"咱们出去再说。"

三人远离那处偏僻的豪宅后,柯梦兰也关心地问道:"云大哥,他们究竟是些什么人,为何这般神秘,连本地的万马帮也查不到他们的底细?"

"你们千万不要再查,"云襄忙道,"小心惹祸上身,切记切记!"

"你这么一说,老子反而想惹惹他们。"金彪两眼一瞪,撸起衣袖就返身向方才那处豪宅奔去。云襄一把没抓住,只得追了上去,可惜脚力赶不上金彪,远远就见他一脚踢开豪宅大门,大声嚷嚷着径直闯了进去。云襄与柯梦兰忙跟进去,就见金彪一脸诧异地由内而出,嘴里连连高叫:"怪事怪事!转眼之间这里就空无一人,甚至连一点生气都没有,难道方才咱们见鬼了不成?"

云襄四处看去,偌大的宅子静悄悄的,在蒙蒙月色下显得越发寂静幽深,不由激灵灵打了个寒战。他心中暗叹魔门行事果然诡异莫测,一旦被人发现行踪,偌大的宅子立刻就放弃,绝无半点拖泥带水,仅凭这份迅捷果敢就足以令人心惊。自己将命运与其绑在一起,恐怕今生难逃它的纠缠了。

"云大哥,咱们快走吧,这里阴森森的让人害怕!"柯梦兰拉了拉云襄的衣袖，躲到他身后。她毕竟是女孩子，即便平日豪爽不亚须眉，此刻也不禁露出了天性。

"好，咱们走！"云襄牵起柯梦兰的手，回头招呼金彪离开。三人来到外面长街，金彪忍不住问道："兄弟，拿到柯老板的报酬后，你有什么打算？"

云襄遥望天边晦暗的残月，沉声道："我要先去昆仑，然后转道去巴蜀。"

"去巴蜀？"金彪不满地嘀咕道，"蜀道难，难于上青天，你去那里做什么？"见云襄一时没回应，他又笑道："反正老子浪迹天涯，居无定所，就陪你去天府之国玩玩。顺便跟你学学赌术，好歹总要在赌桌上风光一回。"

"我也去！"柯梦兰定定地望着云襄，眼里满是希冀。

云襄躲开她炽烈的目光，摇头道："此去巴蜀不定有什么凶险，我不想让你们去冒险。"

"哈！明知我最喜欢冒险，你这样说岂不是让我跟定了你？"金彪一把挽住云襄，不由分说拖起就走。三人并肩而行，一路说笑，渐渐消失在蒙蒙夜色中。

街角阴暗处，黑衣老者与锦衣公子并肩而立，遥望着三人远去的背影默然无语。直到三人完全消失在夜幕中，锦衣公子才突然问："爹，你真放心用他？"

黑衣老者淡淡一笑："所以为父才要你和唐功奇盯着他，就算计划失败，也不会有多大损失。"

锦衣公子点点头："不过孩儿还是不明白，爹爹为何要在一个初入江湖的毛头小子身上，花费如此大的心血？"

"你难道不知'千金买马骨'的典故？"黑衣老者收回目光望向儿子，"就算他不是为父需要的人才，但千门中却不乏高手。古往今来，哪一个开国之君能离开千门高手的襄助？"

锦衣公子恍然大悟："爹爹是要借他来向千门中人示好，以招揽真正的人才。"

黑衣老者满意地一笑："千门中人博学多智，最擅智计谋略。一个人学得满腹经天纬地的韬略，若无舞台施展，岂不是世间最痛苦之事？所以千门高手从来不甘寂寞，总是要兴风作浪。他们对施展才能的渴望超过了自己的生命，就像是痴迷棋道的绝顶高手，只会为没有对手而痛苦，输赢其实已不重要。不过为父关注的却只是输赢结果，是江山社稷，所以要借他们的智慧来为自己谋天下。帝王之术也就是用人之术，智力有穷尽，唯有善于用人，才能让天下人前赴后继，源源不断地供我驱使。"

锦衣公子若有所思地点点头，突然又问："爹爹，孩儿有一事始终不明白。就算您老信守诺言，在天心居素妙仙没有归天之前，魔门决不踏入中原半步，但为何不派人送她早一天归西？这样白白在边塞空耗十八年，错过了人生最宝贵的时光。"

"这种念头你想都不要想！"黑衣老者突然变得十分严厉，"你可以做错任何事，但这种念头却绝不能再有，不然就算你是我儿子，为父也决不饶你！"

第一次见到父亲这种神情，锦衣公子吓了一跳，忙道："爹爹放心，孩儿谨记！"

黑衣老者神情微缓，又道："听说巴蜀叶家有一部祖传的商经，叫《吕氏商经》，为战国时代秦相吕不韦所著。此经乃吕不韦一生经营之道的总结，被商家奉为圭臬，叶家巨大的财富便来源于此。如果财富是鱼，这部《吕氏商经》就是最好的捕鱼技巧。这次巴蜀之行，你可以一事无成，但一定要拿到它！"

锦衣公子使劲点点头："爹爹放心，孩儿决不让您失望！"

九、同行

成都地处川西平原中部，历来为巴蜀首府，是整个西南地区的政治、经济和文化中心，同时也是联系巴蜀与甘陕及中原的交通枢纽。它虽远离中原，却凭借巴蜀盆地那丰沛的物产而富庶天下，几乎可与江南金陵或中原洛阳等名城并列。

每一个城市都有一个富豪阶层，他们人数虽少，却主宰着整个城市的政治和经济命脉。他们或为商，或为宦，或为帮会大佬，又或为世家望族，身份各有不同，但都有一个共同点，俱为城市精英。普通人更多只是听说过他们的名字，很少看到他们本人。他们高高在上，交往的除了家人和生意上的伙伴，就只有同一阶层的名流。他们定期聚会，或钩心斗角或拉帮结派，既相互合作又相互提防算计，同时也互通信息并寻找机会，这就自然而然形成了一个神秘的社交圈，也就是俗称的上流社会。

成都的上流社会最常聚会的地点是位于郊外的桃花山庄。这里从外表看只是一处普通的休闲山庄，无论装潢还是家具摆设都跟富丽堂皇全然无关。只有完全克服财富短缺的超级富豪，才不再用金银来装点门面。也只有深谙富豪这种心理的精明商家，才会将休闲娱乐场所打点得如家一般温馨。

桃花山庄从本质上讲，是一处高级的赌场和妓院，不过这里绝对听不到吆五喝六的喧嚣，更看不到姑娘们迎来送往的庸俗。这里就算是一个端茶送水的丫鬟，也像大家闺秀般端庄稳重。这要归功于山庄那高高在上的门槛，除了需预先缴纳一笔普通人闻之咋舌的年费，若没有当地名人的引荐，就算再有钱也别想踏进山庄的大门，这使得有资格踏进山庄的豪客始终没有超过百人。一旦进了山庄大门，无论你原来多么粗鄙庸俗，在这里都必须学会恪守礼仪、举止优雅的贵族做派，不然就会被强行赶出大门，永远别想再踏进桃花山庄半步。再狂傲不羁的客人也不敢在山庄撒野闹事，因为它的后台是唐门。

夜幕徐徐降临的时候，桃花山庄像往日一样，又开始了它一日的营生。名马、豪车、暖轿陆续被迎进庄中，在廊下整齐地列成两排，大门内外看不到任何老鸨姑娘迎来送往，只有几名白衣如雪的少年在为客人牵马引车。他们个个面目儒雅英俊，举止恭谦有礼，笔挺的长袍使他们看起来有些柔弱，不过谁要因此就轻视他们，一定会后悔终身。

一骑白马在几名随从的簇拥下，在庄门外长嘶着停了下来。迎宾的少年忙迎上去，露出超过应付普通客人的微笑："叶二公子好久没来，不知最近在忙什么呢？"

马鞍上那个面白无须的年轻人，在几名随从搀扶下翻身下马，含混不清地嘟囔着："还不是瞎忙。"说话的同时，他将一锭银子塞入牵马的少年手中，悄声问："听说今日有现场拍卖？不知货色如何？"

少年暧昧一笑："起价三千两，公子是常客，自然知道山庄绝不虚标高价。"

那叶二公子满意地点点头："看来今日本公子没白来。"说着昂然而入，一路上就见遇到的少年纷纷避让行礼，热情招呼。他们认得这叶二公子，他乃是东家未来的姑爷，巴蜀巨富叶继轩的二公子，巴蜀地界有名的纨绔子弟叶晓。

穿过曲折长廊，叶二公子在两名少年的带领下，来到一处古朴雅致的大厅，大厅门楣上有"清园"二字。这里的家具摆设似乎并不起眼，却让人感到十分协调，只有真正的行家才清楚，这里任何一件家具或摆设，就抵得上普通人家所有财产的价值。这里虽然能喝到来自西域的名酒，尝到扶桑的海鲜，闻到产自琉球的香料，但这些对桃花山庄的宾客来说，实在没什么稀奇。能吸引像叶二公子这样的富家公子匆匆赶来的，远不是这些俗物。

"叶二公子早！"叶晓刚进入清园，早来的宾客就纷纷拱手招呼。即便是在本地上流阶层中，叶家也出类拔萃，令人不敢怠慢，何况他还是唐门宗主未来的女婿。

叶晓心不在焉应付众人的同时，目光在厅中不住搜寻，很快就看到了自己熟悉的朋友。他那俊美的脸上立刻绽出发自内心的微笑，指着对方迎过去，旁若无人地大声招呼："唐笑！"

"二公子好久没来了！"一个身形瘦弱矮小的锦衣公子忙笑着迎上来。二人略一拱手，叶晓便拉过他悄声问："你急急派人邀我前来，究竟今日这压轴的是什么货？值得我花多少银子？"

唐笑诡秘一笑："你尽管出价就是，花多少钱你都不会后悔。"

叶晓了然地点点头："有你这话我就放心了，我会全力以赴。"

二人边品尝着西域的葡萄酒，边聊着名驹美人。说话间就见一名桃花山庄的白衣少年登上大厅前方的高台，厅中顿时安静下来。那少年目光四下一扫，然后指着桌上一套瓷器大声道："大宋官窑一套御用瓷器，底价一千两，每次加价二百两。"

话音刚落厅中就有人举手，少年一边报着宾客投拍的价钱，一边环顾大厅寻找更高的出价者。那套瓷器很快就以高出底价两倍的价钱卖出，接着又拍出了两件古董，最后他指向台上一个大箱子："这是今日最后一件拍卖品，照惯例，我不再说明它是什么，只凭各位贵宾的兴致竞拍，它的底价是三千两，每次加价五百。"

众人都知道桃花山庄绝不会虚标高价，所以虽然不知道箱子中究竟是什么东西，还是有不少人争先恐后地举手，很快就将价钱抬高了不止一倍。叶晓见出价者渐少，终于举手直接喊出："一万两！"

众人一看是叶二公子出手，便都打了退堂鼓。叶晓正顾盼自雄地等待报价的少年一锤定音，就见角落里有人缓缓举起了手，报价的少年忙指向那角落报道："那边那位公子出价一万零五百两。"

叶晓想也没想就直接举手喊道："一万五千两！"

话音刚落，就听报价的少年又在高喊："那边那位公子出价一万五千五百两。"

叶晓有些意外，通常敢跟他斗富的富家公子，放眼整个巴蜀也屈指可数。他望望角落那个模样陌生的文弱书生，悄声问身旁的唐笑："那小子是谁，好像从来没见过？"

"好像是顾老板带来的新客，"唐笑扫了那书生一眼，招手叫过一名少年悄声问了几句，然后对叶晓解释道，"是来自江南的古老门阀，自称公子襄。"

"公子襄？"叶晓一怔，将"公子"的尊称放在名字前面，这是一种先秦才有的习惯，如今已很少有人这样做，除非是古老贵族的嫡传后裔。他不禁奇怪地又望了对方一眼，这才缓缓举起手。不知对方虚实，他已不敢随便加价。

"叶二公子出价一万六。"报价的少年话音刚落，那书生又举起了手，他忙继续报道，"那位公子出价一万六千五！"

叶晓不甘示弱再次举手，却见那书生似乎对频频举手有些不耐，干脆举起手不再放下。报价的少年口舌不停地不断报价，神秘的箱子很快就被那书生和叶晓推高到三万两的超高价。

叶晓心中第一次有些发虚，虽然三万两银子对他来说还不是大问题，但就怕花三万两银子买个只值几千两的东西，恐怕会沦为他人笑柄。况且他多少已从唐笑的暗示中猜到箱子内是什么，三万两肯定已经价超所值。他不禁犹豫起来，望向唐笑，只听对方悄声道："今日这件拍卖品，在二公子你的心目中，绝对超过三万两。"

唐笑的暗示给了叶晓信心，为了速战速决，他再次直接喊出："四万两！"

那神情淡漠的书生依旧举着手没有放下，报价的少年在众人的窃窃私语中，忙报出新的价格："那位公子出价四万零五百两！"

"五万！"叶晓再次高喊，声音已有些哑涩。虽为巴蜀巨富之子，但能由他自由支配的钱财毕竟有限，五万两已经接近他能承受的极限，再多就得经过父亲首肯。他不知道自己为何要花大价钱买一件没有见过的东西，也许是对手的孤高冷傲，刺痛了他从未遭受过挫折的心。

那书生依旧没有放下手，叶晓在众目睽睽之下，只得硬着头皮再次叫出："六万！"

那书生似乎对叶晓的加价从未放在心上，一直举手不放。叶晓见对方态度如此坚决，终于恨恨地哼了一声，无奈收手放弃。

"这箱子属于那位公子了！"报价的少年颤着嗓子高叫，"最后价钱是六万零五百两银子！真是难以置信！只要公子付清款项，这箱子里的东西立刻就归公子所有！"

那书生对身旁一名面色阴鸷的同伴耳语了两句，那年轻的同伴立刻从怀中掏出一叠银票，点出几张后，傲然递到负责拍卖的少年面前。

"是通宝钱庄的银票，数目正是六万零五百两！"少年抖着手点清了银票，即便每日与钱财打交道，也很少看到这么多银票，声音不由颤抖起来。他慌忙打开箱盖，对着角落高声询问："它现在属于公子了！敢问公子，不介意当场展示一下您拍下的物品吧？"

见那书生比了个"无所谓"的手势，少年拍拍手，四周立刻有丝竹管弦应声响起。随着音乐的节奏，一个半裸的金发少女从箱子中冉冉升起，缓缓扭动着柔若无骨的腰肢，就像一条随着音乐节拍跳舞的蛇。少女肌肤白如凝脂，上半身仅着一条窄窄的胸兜，面上蒙了薄纱，仅留一双深邃的眼眸在外，如大海一般湛蓝。

"原来是个波斯猫。"叶晓莞尔一笑。虽然生性好色，但他十分清楚，就算是极美的西域少女，也决计值不了六万两银子。他有些庆幸自己没有继续鲁莽，不然花几万两银子买个西域女奴回去，一定会被人笑掉大牙。

"她可不是普通的西域女子，"唐笑突然神秘一笑，悄声道，"而是高昌国的公主。"

"那又如何？"叶晓不屑地撇撇嘴。虽然公主的身份可以使她身价陡增数倍，却依然值不了六万两银子。

"听说高昌国前不久出现叛乱，国主遇刺，国中大乱，公主因此辗转流亡到巴蜀。"唐笑低声解释道，"前日公主找到桃花山庄，要求自卖自身。她是想找一个实力雄厚的靠山助她复国。看来那小子是知道些风声，因此才不惜花六万多两银子买下这位落难公主，同时也就买下了一个入主高昌国的机会。"

叶晓心中一动，面上却不以为意地一笑："就算一个西域小国的国君之位，对本公子也没多大吸引力，更何况我又不能做她的驸马，你又不是不知道。"

叶晓与唐门小姐有婚约，就算高昌国公主在前，他也不敢毁约另娶。唐笑不是唐门直系子弟，虽然与叶晓是吃喝嫖赌、百无禁忌的朋友，却也不敢鼓动唐门未来的姑爷买妾，所以他忙解释道："高昌是往来西域的必经之路，无论江南的丝绸还是福建的茶叶，都要经过那里远销西域各国，而西域的羊绒毡毯或金银珠宝，也要经过那里送到中原。高昌扼守西域与中原的往来咽喉，实乃坐地生财的风水宝地。公子错过这次机会，实在有些可惜。"

"既然那公主如此值钱，唐门何不自己留下？"叶晓不解地问。

唐笑叹了口气，一脸无奈："你知道咱们家掌权的那帮老头子，一向谨慎保守，甚至很少踏出巴蜀半步，一门心思只在巴蜀这巴掌大的地方。上次与扬州的南宫世家合作建跑马场，我也是费了九牛二虎之力才说服他们，那还是看在与南宫世家结盟的分上。若是要他们将钱投到万里之外的高昌小国，那还不如要他们将钱直接扔到水里听响。"

"说得也是！"叶晓深有同感地点点头，"咱们叶家的生意虽然远达三江，不过老头子年纪大了，再没有年轻时的魄力和胆识，咱们家已经有五年没有再开拓过新的商路。若是要他将钱投到从未去过的西域小国，那不是要了他的老命？"

"所以我有些羡慕那小子，举手投足间就扔下了六万多两银子。"唐笑望向不远处那貌似柔弱的青衣书生，"走！咱们过去结识一下，说不定将来有机会合作。"

二人来到那刚买下公主的年轻书生面前，唐笑对他身旁那位肥头大耳的老者拱手笑道："顾老板，听说你今日带了贵客上门，怎么也不给咱们引见引见？"

"唐公子恕罪，"顾老板忙赔笑还礼，然后向互相打量的双方示意，"来来来，让老夫来为你们介绍。这两位是唐门的公子唐笑和巴蜀豪门叶家的二公子叶晓，这位是江南公子襄。"

"幸会！"唐笑拱拱手，不住地打量着对方，"公子襄？恕在下孤陋寡闻，以前好像从未听说过。"

"很正常，"那青衣书生淡淡一笑，"小生一向深居简出，到贵地游玩更是第一次。不过，虽是初次见面，小生对二位却仰慕已久。"

公子襄谈吐文雅，举止淡定从容，令人肃然起敬。不知怎的，唐笑总觉得对方有几分面善，就是想不起在哪儿见过。不过他很快又在心中予以否定，对方那种超然物外的从容淡泊，实乃平生仅见，哪怕只见过一面，自己也肯定不会忘记。他只是没有想到，经历过一些事情后，再敦厚纯良的人，也会和以前截然不同了。

"不知公子襄一向都做些什么生意？"唐笑貌似随意地问道。

"小生一向闲散惯了，哪有时间为钱财操心？"公子襄一笑，"我通常是将钱财交给最会赚钱的能人，自己从不为赚钱伤神。"

"高明！"叶晓夸张地竖起大拇指，"这才是真正的贵族做派，与公子襄一比，咱们全成了俗人！"

三人相视一笑，转眼便如多年的老友闲聊起来。叶晓和唐笑用语言多方试探，却始终问不出对方的底细。交换了一个眼神后，唐笑转而征询道："不知公子襄对什么娱乐感兴趣？桃花山庄什么都有，不如咱们边玩边聊。"

"好啊！"公子襄欣然点头，指向自己身旁一直一言不发的同伴，"我这表弟最喜欢飚马，只可惜现在天色已晚，不如改日如何？"

"那就干脆明天吧！"叶晓忙道。唐门的马厩里有来自全国各地的名马，向为叶晓羡慕，他想趁机挑起双方的竞争，好一睹唐门名马的风采。

"不知公子襄这位表弟怎么称呼？"唐笑打量着公子襄身旁那个面色冷傲阴鸷的少年。

"我表弟名叫元杰。元杰，快来拜见两位公子。"公子襄回头招呼表弟，却见那少年冷哼一声，勉强对唐笑和叶晓拱了拱手，看他的神情，似乎完全没有将二人放在眼里。

唐笑见状心有不快，暗忖在这巴蜀大地，还有谁敢轻视唐门嫡传弟子？见对方精气内敛，显然身负高明武功，唐笑便有心给他点教训。假意还礼，他趁机托住对方手腕，正要将其掀一个跟跄，却感觉对方手腕如泥鳅般轻轻一缩，轻易便逃过了一劫。唐笑心中微凛，面上却不动声色地笑道："元杰公子不必客气，既然公子喜欢飙马，明日在下就陪公子玩玩。不过今日两位公子既然到了咱们桃花山庄，不如先见识一下山庄独有的游戏如何？"

"什么游戏？"公子襄露出一丝好奇。

"两位公子去见见就知道了，就在隔壁的逸园。"唐笑笑着对二人示意。公子襄和元杰没有推辞，与顾老板一道，随唐笑与叶晓一同离开了大厅。

隔壁的逸园布置与清园全然不同，厚厚的波斯地毯从大门一直铺到大厅，厅中也铺着半寸厚的羊毛毡毯，再加四周燃着熊熊炉火，厅中温暖如春。大厅中央，两名几近赤裸的健美少女正扭胳膊抱腿摔在一处，十几个宾客散坐四周，正饶有兴致地注视着场中的摔角，对进来的唐笑几人俱没有注意。

场中的摔角已到关键时刻，只见一名少女已将对手压在身下，两人裸露的肌肤在火光映照下，散发着一种健康的古铜色，肌肉结实饱满，与寻常柔弱女子全然不同。看她们摔角的手法，显然是经过系统训练的。

"一、二、三！蓝方胜！"场中响起评判的高声吆喝和宾客们稀稀拉拉的掌声。两名摔角的少女这才相互松开，得胜的少女高举双手向观众示意，她上半身裹着一袭小得不能再小的胸兜，下半身则是一条短得不能再短的蓝裙，紧贴在凸凹有致的健美胴体上。虽然她们全身几近赤裸，却没有一丝淫亵的意味，反而有一种罕见的矫健之美。

"两位公子有没有兴趣玩上两把?"唐笑指着场中笑问道。

"怎么玩?"元杰第一次见到如此香艳的场景,不由两眼放光,第一次开口询问。

"这些女摔角手都经过特别训练,就像寻常人家养的斗鸡赛马一般。"一旁的叶晓笑着解释道,"本地不少名流家里都养有这样的女摔角手,既可为酒宴助兴,也可博彩玩乐。像咱们这种身份地位,对寻常的歌舞早已厌倦,没点新奇的游戏日子岂不无趣得很?所以自从桃花山庄推出这种美女摔角游戏,人人争相效仿,已成本地一绝。"

"这些女摔角手从何而来?"公子襄突然问。

叶晓呵呵一笑:"这世上总有些狠心的父母,为了三五两银子就愿意卖掉儿女,尤其灾荒年,城中插着草标贱卖的小孩比骡马牲口还多。你可以仔细挑选几个结实健壮的小女孩,耐心培养训练几年,也就拥有了自己的摔角手。如果公子没这耐心,也可以掏钱买,桃花山庄和咱们叶家训练的摔角手,在本地都小有名气,绝不会令公子失望。"

"这些女孩子怎会愿意当众赤裸摔角?"公子襄又问。

叶晓一怔,像听到了天底下最大的笑话,立刻爆出一阵压抑不住的狂笑:"这当然需要你的调教,皮鞭、饥饿、钢刺……你如何调教你的马,也就可以如何调教你的人,最多一两个月就能将她们教得服服帖帖。不仅如此,你还要对偷懒和败阵的摔角手施以严厉惩罚,比如将她们卖到最下等的妓院。只有让她们心怀恐惧,才能令她们平时认真训练,在角斗场上拼死一搏。"

这时场中又有两名少女下场,评判在高声汇报着她们的艺名、身高、体重以及过往的战绩。叶晓掏出银票买了红方胜后,笑望公子襄道:"公子不下注玩玩?"

"不了,"公子襄厌恶地摇摇头,"身子有些不舒服,恕在下失礼,要先行告退。"

唐笑与叶晓有些遗憾地同公子襄拱手道别，目送他与元杰一同离去。只见元杰频频回头张望，似乎对场中的摔角很感兴趣。

"咱们为什么要急着走？"登上马车后，元杰不禁抱怨起来，"还有，云襄，你为何随便就扔出六万两银子？咱们虽然家底厚，却也不能由着你这么扔钱！"

公子襄自然就是云襄。离开桃花山庄后，他眼中隐约闪出一丝怒火。如果说之前对设局暗算叶家还有些愧疚犹豫的话，此刻在见识了这些豪门的骄奢淫逸之后，他已经心如铁石。"你们如果用我，就得相信我，不然咱们无法合作。"他斜靠在马车中，闭上眼淡淡道，"我急着走是因为还有地方要去，除了这些高高在上的豪门公子，咱们还需要结识另外一些人。"

"哪些人？"

"有用的人。"

在云襄指点下，马车最后在城中一处热闹的街区停了下来，二人下得马车，立刻有黑衣汉子牵马引路。寇元杰随着云襄进了街边一道宏伟的大门，才发觉这是一处集酒楼和赌坊于一身的高大建筑，门楣上隐约可见篆刻有"聚仙楼"三个大字的牌匾。这里的气氛与桃花山庄全然不同，人头攒动，人声鼎沸，显然是一处适合普通人聚会玩乐的场所。进入大厅，寇元杰立刻就看到柯梦兰在一方赌桌旁搏杀正酣，不远处的角落里，金彪也在吆五喝六与人对赌。原来二人被云襄安排来了这里。

云襄与二人交换了一个眼神后，立刻上楼要了个僻静的雅间。片刻后柯梦兰推门而入，进门后先抄起桌上的茶水灌了一大口，才抹着嘴道："累死我了，想不到赢钱也这么累人。"

云襄望着强行跟随自己来到巴蜀的红衣少女，脸上露出一丝微笑。

少女脸上一红:"看着我干什么,莫非我脸上有花?"

云襄一笑:"我在想,像你这么漂亮的女孩子,只要往赌桌旁一站,赌徒的注意力就被引开了一大半,不输钱才怪。"

"又在取笑我!"柯梦兰红着脸啐了一口,"我打听清楚了,叶家主要经营钱庄,四通钱庄的规模在成都数一数二。除此之外叶家还有不少当铺、商号和铺子,不过都不算是主业。"

说话间金彪推门而入,哭丧着脸对云襄连连抱怨:"他娘的,我金彪是不是天生就是输神,眨眼工夫就将你那一千两银子输了个精光。"

云襄摆摆手:"本来也没想要你赢钱。我找的人呢?"

"就在后面。"金彪说着向门外招招手,一个面相猥琐的瘦小老者立刻垂手而入,一双绿豆大的小眼警惕地四下打量着,神情就像只出洞偷食的老鼠,只要一有动静就会倏然而逃。

"就他?行不行啊?"云襄将信将疑地问。

"我金彪虽然逢赌必输,但从没看错过人。"金彪自信地拍拍胸脯,"我敢担保,他绝对是本地最好的风媒!"

云襄打量着面前的猥琐老者:"怎么称呼?"

"回公子话,小人绰号风眼,您叫我阿眼就可以了。"风眼赔笑道。

云襄点点头,将一叠银票连同一张事先写好的纸条递给对方:"在下做事一向直来直去,只要你这一次做好了,以后我会与你长期合作。"

风眼接过银票扫了一眼,脸上顿时笑如花开:"没问题,没问题,小人定不让公子失望!"

待风眼点头哈腰离去后,寇元杰终于忍不住问道:"这家伙究竟是干什么的,你怎么一出手就给了他几百两银子?"

"江湖上有一种人,专门替人打探消息,查探各种情报,这种人俗称风媒。"云襄解释道,"咱们虽然到巴蜀已经半月有余,却还是聋子和瞎子,再加上人地生疏,若没有三教九流各种能人异士相助,怎么可能与本地豪门相斗？"

寇元杰虽知云襄所言不假，嘴上却不甘示弱："那也不用一下子给这么多钱啊！再说这种人怎么靠得住？"

云襄正要解释，就听门外传来轻轻的敲门声，跟着是自己的车夫在门外小声询问："方才桃花山庄派人来问，要将公子方才买下的碧姬公主送到哪里？"

"先送到顾老板的芙蓉别院吧。"云襄将车夫打发走后，对众人叹道，"咱们刚离开桃花山庄，别人就轻易找到了这里，可见咱们的行踪全在别人掌握之中。毕竟这是别人的地盘啊。"说着他长身而起："走吧，咱们去见见那个高昌来的公主。"

云襄一行暂住在顾老板的一处别院。顾老板名万豪，主要经营钱庄和典当行，实力虽比不上叶家，在巴蜀却也是数得着的富豪。他以前曾得过寇焱的大恩惠，加上魔门有巨额钱财存在他的万豪钱庄，所以对持有寇焱信物的云襄不敢怠慢，不仅引荐他们进入桃花山庄，还将自己最好的一处别院让给了云襄一行居住。

当云襄一行回到芙蓉别院时，那高昌国公主带着两个随身女侍及四个西域武士已在大厅等候多时。两名女侍也还罢了，那四个武士个个精悍彪猛，显然武功不弱。虽然公主落难，可几个武士和女侍对她依然恭敬有加，紧紧跟随左右。云襄没想到买公主还会多这么几个添头，正要挥手让几个武士退下，高昌国公主已抢先拜道："碧姬见过主人。"

云襄冷眼打量着对方，她身上已严严实实裹上了长袍，不过依然掩不去曼妙的身姿，尤其蒙着薄纱的面容在灯火中若隐若现，更给人一种神秘之美。她也认出高价买下自己的云襄，立刻学着汉族女子的礼仪不亢不卑地福了一福。她的汉语说得比较糟糕，不过幸好语速较慢，还能勉强听懂。

云襄嗯了一声，上下打量片刻，突然命令道："把面纱摘下来。"

碧姬一怔，忙道："女人的容貌不能让陌生男子看到，这是我族的习俗，望主人谅解。"

"我是你的主人，你现在整个儿都是我的，难道看一眼都不可以？"云襄质问。

"主人自然可以看，不过……"碧姬说着目光转向一旁的寇元杰和金彪，欲言又止。

"既然你已卖身为奴，就不需要再保持任何习俗，我要你立刻摘掉面纱！"云襄的态度突然变得十分蛮横，眼神也严厉起来。

碧姬的碧蓝眼眸中渐渐涌出屈辱的泪水，四个武士虽然听不懂汉语，但看到二人对答，已知公主受辱，立刻手扶刀柄围了过来。碧姬小声对四人吩咐了几句，四人虽然满脸愤懑，还是垂手退了出去。碧姬待他们离开后，咬牙摘下了蒙面的薄纱。众人只觉眼前一亮，第一次发觉异族女子那轮廓分明的五官和白皙如玉的脸颊，竟有一种惊人的美艳。

"你真是高昌的公主？怎么会沦落到卖身为奴的境地？"寇元杰两眼发直，不住打量着对方。虽然他以前也见过不少金发碧眼的异族美女，但像碧姬这般美丽的少女，却还是第一次见到。

"我是高昌国三公主，"碧姬黯然垂下头，"一个月前国中叛乱，逆贼在瓦剌人支持下弑杀了父王，我在几名忠心耿耿的侍卫保护下一路逃亡到这里。虽然我并不缺钱，但像我这样一个弱女子，想要为父王复仇却比登天还难，所以我才不得已用这个办法，希望找到一个有实力的郎君做靠山，为父王复仇，并助我复国，我愿用高昌国一半的财富酬谢。"

碧姬公主楚楚动人，令人心生爱怜，寇元杰忙道："公主放心，本公子一定会帮你。"

碧姬公主正要道谢，却被云襄挥手打断："我不管你过去是什么身份，现在你只是一个女奴，我对复仇复国不感兴趣，只要你做好一个女奴的本分。你准备一下，今晚就到我房中侍寝。"说完他提高声音招呼丫鬟："来人，将公主送到我的房间。"

此言一出，众人愕然，柯梦兰反应尤为激烈，瞪着云襄问："你……你说什么？你……竟要她侍寝？"

"有什么不对吗？"云襄理所当然地道，"我既然是她的主人，要她侍寝很正常啊。"

"你……混蛋！"柯梦兰两眼一红，一跺脚转身便冲出了房门。金彪用陌生的眼光狠狠瞪了云襄一眼，即刻追了出去。

碧姬被丫鬟带走后，房中除了打扮成师爷的唐功奇，只剩下寇元杰和云襄二人。寇元杰打量着云襄，连连冷笑："原以为你是个君子，谁知本公子竟看走了眼。不过你似乎忘了，咱们给你钱可不是让你奢侈享乐的。"

"我知道自己该干什么，"云襄淡淡一笑，"那六万多两银子买的是叶二公子的注意，咱们没有白花。至于这高昌国公主，不过是个添头而已。如果你感兴趣，我可以让给你。不过你明天还要与唐公子飙马，我看你还是早些休息才好。"

"笑话！"寇元杰哈哈一笑，"本公子虽然好色，却还没到花钱买笑的下作程度，更不会乘别人国破家亡之危。你这行为实在令本公子不齿。"

"你难道不知千门中人俱是鲜廉寡耻之辈？"云襄眼里露出调侃之色，"不知这次行动以谁为主？如果我不能自由行事，可不敢保证能达成门主的心愿。"

"你……"寇元杰语塞，眼看云襄扬长而去，正要愤然追出，却被一旁的唐功奇拦住。望着云襄远去的背影，唐功奇若有所思地道："少主，我相信公子襄这样做一定有他的道理，绝不像常人想象的那么简单。"

"有什么道理？"寇元杰愤然道，"不过是个荒淫好色的下流胚子。"

云襄推门进了自己房间，就见碧姬公主已独自坐在房中，正绞着手指坐卧不安。他仔细关好房门，和衣躺到自己床上，才对一旁独坐的碧姬道："把灯灭了，上床来。"

碧姬公主犹豫片刻，还是过去吹灭了烛火，却扭捏着不肯上床，只低声道："公子，碧姬虽是女奴，却也是高昌国公主，终身大事实在不愿如此草率。只要公子能助碧姬报仇复国，碧姬愿意以高昌为陪嫁，终身侍奉公子。"

"行了，别再演戏了。"黑暗中只听云襄淡淡道，"你这些谎话也就骗骗别人。"

碧姬浑身一颤，问道："公子这话……是什么意思？"

黑暗中响起云襄一声嗤笑："大家都是同行，何必一定要挑明？高昌落难公主，呵呵，这点子还真不错。只可惜我这鼻子太灵，一个照面就闻到了同道中人的味道。"

"我……我不知道公子在说什么。"碧姬突然结巴起来。

"是吗？"云襄突然翻身下床，一脸坏笑向碧姬逼过来，"本公子对你的复国计划不感兴趣，只对你的身子感兴趣。你把本公子侍候好了，咱们再来慢慢讨论你的复国大计。"

碧姬骇然后退，张嘴欲呼，却又停住。云襄见状冷笑着调侃道："怎么不叫喊，让你那几个同伙冲进来救你？"

碧姬咬着嘴唇犹豫片刻，终于恨恨道："算你狠！既然被你看穿，碧姬也不好意思再在巴蜀混，今晚就离开。你花的六万两银子除了给桃花山庄一成的抽头，余下的我一个子儿不少都退给你。只是我想不通，你是如何看穿的？"这次她的汉语十分流利，哪还有半点异族的味道？

"你们的胃口看来还真不小，六万两银子还不满足，还想骗更多的钱。"云襄微笑着打量对方，"其实我只是有些怀疑，按说高昌国公主若想找靠山替她复国，应该去达官贵人云集的北京，而不是到这尽是土财主的成都，所以我就忍不住试试。谁知你这么差劲，我都还没有剥你的衣裙你就憋不住认输了。"

"你……"碧姬气得满脸通红，不禁从齿缝间蹦出两个字，"混蛋！"

"彼此彼此！"云襄毫不在乎地笑道，"跟我说说你们的复国大计，没准咱们可以合作。"

碧姬一声冷笑："既然大家都是同行，凭什么我要相信你？我又凭什么要听你的？"

"因为我不仅比你们高明，还比你们有实力、有气魄。"云襄傲然一笑，"一出手就扔出六万两银子的老千你见过没有？就凭这，你们也该争着跟我合作，只有我才能满足你们的胃口。"

碧姬咬着嘴唇迟疑片刻，突然狡黠一笑："公子出手如此豪阔，想必谋取的目标更是惊人，却还有心跟咱们这等小骗子打交道，恐怕你更需要咱们的帮助吧？"

"不错，所以才要与你们合作。"云襄直言不讳，"你们既然要求财，本公子不会令你们失望。"

"我凭什么相信你？"

"凭我六万两银子的预付款。"云襄悠然道，"你们信不过我，总该信得过真金白银。这只是定金，事成之后我保证你们还能收到远远超过这个数的酬劳。"

碧姬犹豫片刻，终于缓缓伸出手："成交！"

二人击掌定盟后，云襄和衣躺回床上："今天我累了，明晚你再跟我说你们的复国大计。今晚你暂睡地上，我不习惯跟人同榻。"

碧姬冷眼打量着云襄，突然轻笑一声，款款来到床前，自语道："我看这床也够宽够大，睡两个人应该没问题吧？"说着便在床上躺下，将云襄挤到一边。

"喂喂喂，我可不是柳下惠！"云襄大急，想要将她推开，刚一动就碰到一团软绵绵的东西，吓得赶紧缩回手。却听碧姬轻笑道："公子既然要奴婢侍寝，奴婢当然不能违逆，就让奴婢先侍候公子宽衣。"说着伸手就摸了过来。

云襄吓得一跳而起，从床上落荒而逃，见碧姬没有起身追来，他才稍稍安心。看她霸占着床榻没有相让的意思，云襄无奈在一张躺椅上坐下来，恨恨道："怕了你了，以后再不敢让你侍寝。"

黑暗中传来碧姬一声得意的轻笑："更深夜长，公子若觉得寒冷，随时可以上床来，让奴婢为你暖身。"

云襄重重哼了一声，不再搭理对方。他知道自己只是魔门门主手下一个跑腿的小伙计，所有财力物力俱来自魔门，虽然看着风光，其实不过是一只狐假虎威的小狐狸，还不被对方完全信任，要派寇元杰和唐功奇来监督。自己若想摆脱魔门自立门户，就不得不多方网罗、培养自己的势力。能遇到碧姬这个同行真是意外之喜，不过今后恐怕会受尽这个狂放大胆的异族女子的欺凌，一个不慎还会被对方反咬一口。跟骗子打交道，连睡觉都得睁着一只眼。想到这儿云襄不由叹了口气，闭上眼强迫自己不去想这些麻烦事，可鼻端总是嗅到一丝若有若无的幽香，弄得他心烦意乱，久久难以入眠。

这一夜两人各怀鬼胎，相互提防警惕，结果都没有睡好。两人都在心中感慨：做骗子真累，与骗子合作更累，让骗子睡到自己身边，更是累上加累！

十、布局

第二天一早,当精神萎靡的云襄与碧姬走出房门后,众人望向云襄的目光俱有些不同。寇元杰是蔑视,金彪是鄙视,唐功奇则神情暧昧地笑着,还拍拍云襄的肩头小声叮嘱道:"年轻人,悠着点,别伤了身子。"

只有柯梦兰对云襄视而不见,似乎根本就不认识眼前这个人。云襄原本还担心她会愤然离去,也不知金彪用了什么法子,竟将她劝了回来。云襄在众人异样的目光中神态自若,对众人的鄙视浑不在意,更没做任何解释。

"公子,唐公子与叶二公子已经派人来请了几回,就等您与元杰公子去桃花山庄赛马。"一个仆佣在廊下禀报。

云襄似乎才想起昨日的约定,忙转向寇元杰:"你去陪他们玩玩,输赢无所谓,主要是与他们结交。"

"那你呢?"寇元杰一脸不满。

"我今日精神有些不振,就不去了。"说完云襄也不顾众人的目光,径自回房歇息。待众人都出门后,云襄才从房中出来。他已换了一身打扮，一袭破旧的粗布衣衫加上唇边两撇假须，使他再无半点文弱书生的模样。有过服苦役的经历，他打扮成贩夫走卒一点也不困难。

避开府中下人的耳目，云襄独自由后门来到外面的长街。漫无目的地在城中闲逛半日，他终于在一个街角发现了自己要找的目标。几个十四五岁的少年正在街角围坐聚赌，看他们一身的破烂和肮脏，就知是每个城市都少不了的流浪儿。他们既是乞丐，又是小偷，偶尔也帮人干点轻松活儿挣上一顿两顿，挣扎着生存在城市最底层的缝隙中。

云襄冷眼旁观片刻，就发现其中一个少年在用拙劣的手法出千，没一会儿工夫就将其他人的铜板大半赢到自己面前。他不禁哑然失笑，就连这半大的孩子也已经在自我学习了。云襄像一个游手好闲的无聊闲汉一样走过去，笑问道："我可不可以玩两把？"

几个少年警惕地打量云襄几眼，见他身形瘦弱，面目慈善，不像是横行霸道的地痞流氓，尤其还是外地口音。他们交换了一个眼神，那个出千的少年点点头："可以，不过我们赌得大，一把最少要五个铜板。"

云襄莞尔一笑，从袖中掏出一块碎银搁在地上："铜板我没有，银子倒有一些，最小这块也有五钱，咱们就五钱银子一把，如何？"

几个少年为难地你看看我，我看看你。五钱银子至少能抵五十个铜板，他们谁也没有这么多钱。那出千的少年似乎是这些孩子的头儿，向同伴使了个眼色，然后让大家将钱凑在一起，不多不少，刚好五十个铜板。那少年将钱一推："好，我跟你对赌！"

这是用两枚骰子赌大小，规则十分简单明了。云襄抓起骰子往海碗中随手一扔，就听骰子"叮咚"一声响过，最后是四五共九点，赢面不小。那少年有些紧张地抓起骰子，握在掌心连连吹了几口气，正要掷下。有人突然拍了拍云襄的肩头，云襄回头一看，就见一个少年递过来一个铜板："大哥，这钱是你掉的吧？"

云襄笑着摇摇头，回头示意掷骰子的少年继续。只见对方信心百倍地将骰子投入海碗，在众少年的欢呼声中，竟掷出了十二点大满贯！云襄心知就在自己回头那一瞬，对方已将骰子换成了灌铅的特殊骰子，随便怎么掷都是满贯。不过他也不点破，又掏出一块碎银："咱们再来！"

几个少年兴奋地交换着眼神，好不容易遇到个钱多人傻的肥羊，自然不能轻易放过，几个人相互配合，有人负责引开云襄注意，有人负责偷换骰子，不一会儿就赢了七八两银子。最后云襄两手一摊："我输完了，能不能先借我一两银子，明天我一定还你。"

"赌桌之上，概不赊欠！"几个孩子纷纷摇头。领头那个少年犹豫了一下，然后将一两银子递过来："我借你一两，最后给你一次机会翻本。"反正是包赢不输，他也不妨大方一回。

结果云襄再次输光，双方相约第二天再来。临别时云襄问了那少年姓名，知道他小名叫贺豹子，想必是因为他本姓贺，又经常掷出十二点的豹子，所以才得了这个名字。

云襄回到芙蓉别院，见金彪与柯梦兰早已回来，忙上前招呼。柯梦兰哼了一声，冷着脸转身就走，金彪则恨恨地瞪了他一眼，将一张请柬塞到他怀中："又有花酒喝了！"

云襄看看请柬，却是唐笑约请自己去牡丹坊喝酒。云襄问明地址，也不顾金彪与柯梦兰异样的目光，便换了身衣服出门而去。在门外招手叫了一辆马车，云襄登上车，对车夫匆匆说了声："去提督街牡丹坊。"

马车顺长街奔驰。这种马车是为了方便那些养不起车的普通人家，只要付上一两钱银子，就能在街头随便拦上一辆，将你载到城中任何地方。

"公子，你打听的事有消息了。"前面的车夫突然头也不回地轻声道。云襄一怔,正要询问,却见车夫回头一笑,正是昨日才见过的风眼。

"原来是你!"云襄恍然一笑,"你怎么成了车夫?"

"我本来就是车夫,"风眼熟练地甩了一个响鞭,"替人打探消息只是副业。这城里的车夫十之八九都是我的兄弟,这街头发生的任何事都逃不过我们的眼睛。"

云襄恍然大悟,这城里每日在街头载客的马车没有一千也有八百,这就像是几百双不为人注意的眼睛,有他们相助,难怪风眼能成为一个成功的风媒。云襄突然有些佩服金彪的眼光,竟给自己找到如此有用的人。他忙问:"你一直在等我?"

"是啊!"风眼答道,"公子不让我直接去找你,所以我只好一直等在门口。公子是个出手大方的好主顾,我自然要尽心尽力为公子跑腿。不过公子要知道的消息实在有些繁杂,所以目前我只查到最紧要的那一条。"

"你找到我要找的人了?"云襄问。

"当然,"风眼得意地点点头,"黑白双蛇,这绝对是目前城里最好的刺客。公子要不要我帮你联系他们?"

黑白双蛇?云襄一怔,没想到竟然这么巧,自己竟在离家千里之外的地方遇到了当年的对头。他沉吟片刻,淡淡道:"不忙,需要的时候我会找你。"说着将一张银票递了过去。风眼接过一看,脸上的皱纹顿时舒展开来。仔细收起银票,他兴奋地甩了个响鞭:"跟公子打交道真是愉快,风眼愿为公子赴汤蹈火!"

马车最后在牡丹坊门口停了下来,云襄下车后仔细看了看门外的装潢,发觉这里虽不如桃花山庄高雅,却也是一处普通人不敢踏足的奢华所在。门外金碧辉煌,门里隐隐飘出丝竹管弦的袅袅余音,大门两旁迎客的两名红衣少女身材高挑,举止端庄,脸上始终带着不卑不亢的微笑,绝没有半点献媚讨好之意。

"公子可有预定?"一个迎宾少女迎上来,明是招呼,实是阻拦。一个人如果连私家马车都没有,肯定就没能力在这里消费。善良的迎宾少女其实是不想让眼前这个温文尔雅的穷书生,被牡丹坊昂贵的消费价格吓坏了。

"我没有预定,不过却有朋友在等我。"云襄说着将一锭五两重的银子塞到少女手中,看到她一脸惊喜和意外,自己也十分开心。看来钱真是好东西,可以给很多人带来惊喜和快乐。不过云襄也清醒地知道,现在花的每一个铜板都不属于自己,都是有代价的,如果不能加倍赚回来,恐怕自己以后都不会再有机会花钱了。

"啊,云公子!"刚踏入牡丹坊,就见叶晓从楼上下来,远远便在招呼,"怎么才来,咱们就等你了。"比起"公子襄",他更喜欢称呼对方后来告诉他的本姓"云公子"。

云襄随着叶晓进入楼上一间华丽的包房,房中除了唐笑与寇元杰,还有几个衣衫锦绣的年轻人,满满当当围了一桌。四周除了侍立着几名端菜斟酒的少女,还有几名歌舞伎在一旁吹拉弹唱,好不热闹。

"来来来,我来给大家介绍!"见云襄进来,唐笑忙起身相迎,向众人介绍道,"这就是昨日在桃花山庄,以六万零五百两银子买下碧姬公主的公子襄。"

众人纷纷见礼,眼中均露出尊敬之色。这世界就是这样,有钱人处处都会受到尊重。云襄一一与众人拜见,从唐笑口中,才知在座的几名年轻人,俱是城中家世显赫的富家公子。正所谓物以类聚,人以群分,昨日公子襄以六万多两银子击败叶二公子的壮举,立刻在上流社会传遍,所以今日这些富家公子,便想借机一睹公子襄风采。

乱得多时众人才陆续坐定,纷纷举杯向云襄敬酒。唐笑对身旁的云襄笑道:"你今日没来看元杰公子与咱们飙马,实在是遗憾。在下虽然侥幸赢了，却是赢得十分惊险。"

"哦，不知有何惊险？"云襄有些意外，心知这次仓促前来巴蜀，并没有准备什么好马，按说不该对家有名驹的唐笑构成什么威胁。

"元杰公子坐骑虽然普通，但争胜之心却令人叹服。"唐笑连连摇头，"他竟然以匕首代替马鞭，将普通劣马也驱使得堪比名驹，甚至不惜令坐骑惨死赛场。若非赛程够长，在下的名驹竟要输给他的劣马。"

云襄惊讶地望向寇元杰，只见他别有深意地扫了自己一眼，似乎漫不经心地道："若不能为我带来胜利，就算真是千里马,也死不足惜！"

云襄听出了他言语中的警告意味，不由一笑，对众人道："我这表弟素来急功近利，让大家见笑了。"

"既然公子襄买下了高昌国公主，相信很快就有大宛名马送来巴蜀，届时唐公子未必能赢了。"一个富家公子笑着奉承道。

云襄有些不解地转向他问道："此话怎讲？"

那富家公子赔笑道："公子高价买下落难的高昌国公主，自然早有入主高昌的计划，届时西域的名马、毡毯、宝石、美玉等等，当然会源源不断地送到巴蜀和江南。"

云襄皱着眉摇摇头："你误会了,我从来不为钱财奔波劳碌,太俗。"

一旁的叶晓一愣："那公子花高价买下高昌国公主，难道只为她的美貌？"

云襄失笑道："我根本不知所拍的是个女人，只是一时兴起，想与叶二公子你一较长短罢了。"

"你……你根本不知是什么东西，就花六万两银子买了下来？"唐笑惊问。见云襄不以为意地点了点头，众人不由啧啧称奇。虽然都是出身豪门的富家公子，但像公子襄这样钱多人傻的主儿，众人还是第一次遇到。

"可惜可惜！"叶晓连连摇头，"高价买下高昌国公主，竟不思入主高昌，实在有些可惜，暴殄天物啊！"

"叶二公子既然如此感兴趣，不如我将她送给你吧？"云襄笑道。

"好啊！"叶晓鼓掌高叫，跟着又连连摇头，"不行不行，如此重礼，在下怎么受得起？再说我就算要了公主，也没有那么大的财力人力助她报仇复国啊。"

"咱们何不共同出资，共同受益？"唐笑笑着提议道。

"此话怎讲？"众人纷纷问。

唐笑解释道："要想助高昌公主报仇复国，那肯定需要一笔巨大的开销，任何人恐怕都无法单独承受。咱们何不共同出资入股，积少成多，一旦将来复国成功，大家就按出资多少分利。不过此事得公子襄率先点头，高昌国公主现在可是他的人。"

众人把目光转向云襄，却见他两手一摊："我无所谓，只要别让我奔波劳碌，操心费神，坐等收钱的好事我当然没意见。"

"太好了！"唐笑鼓掌道，"公子襄曾出价六万两买下高昌国公主，就计为六股，每一万两银子为一股，大家酌情出资入股。复国的事不劳公子襄操心，就交给咱们办好了。"

众人都有过合伙做生意的经验，又都知根知底，便纷纷预定自己的出资额。大多数人出资一两万两，叶晓定了五万两。加到一起竟有近二十万两之巨。

"公子襄虽是最大的东家，不过既然无意为此事操心，具体事务就交给咱们吧。"唐笑提议道，"咱们明日就把银子存入叶家的四通钱庄，统一由叶二公子掌管。我会亲自去高昌了解当地情况，考察复国的可能。钱财上的事交给叶二公子，人员上的事就交给我好了。不知大家有没有意见？"

众人纷纷点头叫好。云襄心知唐笑的提议是要把自己这个最大的出资人架空，既然自己对奔波劳碌的俗事没兴趣，自然不能与唐、叶二人争权，再说众人也不会放心将钱财交给自己这样一个来路不明的外人掌管。不过云襄的目标不是这区区二十万两的小钱，所以对唐笑的提议自然也跟着鼓掌叫好。

"这事咱们还得跟高昌国公主达成协议才行。"唐笑见众人没有异议，又道，"咱们若得不到她的保证，所有的努力都会有莫大的风险。"唐笑说着转向云襄，"这事公子襄还得做出必要的牺牲，不能再将高昌国公主当成私有的女奴。"

"没问题！"云襄笑道，"只要她能给大家带来更大的好处，我自然会将她当成财神娘娘供起来。"

众人哄然叫好，很快就拟定了希望高昌国公主答应的条件，在兴奋和欢饮中，畅想着未来高昌国的命运。云襄知道，像叶晓、唐笑这些公子哥儿，从小在顺境中长大，早已养成了目空一切的禀性，但家族事务大多由长辈打理，暂时还轮不到他们说话，所以他们总想做出点大事来令长辈刮目相看。如今这突然出现的高昌国公主，自然就成了他们开拓事业的希望，一旦助她复国成功，光高昌国一年的商品过境税，就足够他们成倍捞回本钱。

唐笑看来早就有所准备，很快就草拟了一份协议，交给云襄道："公子先去探探公主的口风，看看这些协议她是否能全部答应。我想她一个深居简出的王室公主，只要能报仇复国，什么条件都会答应。"

云襄草草看了看协议草稿，发现唐笑胃口还真是不小。协议的主要内容就是由众人出资助公主复国，一旦复国成功，众人要共享高昌三十年的商品过境关税，并有权任免高昌国主要大臣和将领。照这协议，复国成功后，碧姬公主只能算是高昌国名义上的女王，高昌国真正的大权，将完全落到叶晓和唐笑等人手中。自己就算成为女王的驸马，也只是个有钱无权的闲人。

即使作为外人，云襄也不禁面露难色："这协议……"

唐笑举杯阻止了云襄的异议，呵呵笑道："公子不必为这等俗事操心，协议只是一个形式，大可不必放在心上。你放心，咱们不会亏待任何合作者，包括那位高昌国公主。"

"那好，我先拿去给碧姬公主看看。"云襄说着收起协议，心中暗自冷笑，还真将别人当成了傻瓜。

饮宴直到初更才散，云襄与寇元杰同车而回。寇元杰路上就忍不住追问云襄，究竟在闹什么玄虚，但云襄满身酒气，竟在马车中酣然入睡，令寇元杰恨恨不已。

回到芙蓉别院，云襄半醉半醒中又在高叫碧姬公主侍寝，气得前来照顾他的柯梦兰将一碗凉茶泼到他脸上，丢下他摔门而去。正好碧姬应声赶到，忙将旁人送出后仔细关上房门，对满嘴胡言乱语的云襄冷笑道："别装了，找我来有何事？"

"你先看看这个。"云襄一扫满面醉态，仔细擦净脸上的水渍，从怀中掏出唐笑拟的协议递给碧姬。碧姬接过来草草扫了几眼，不由一声冷笑："还真是够贪婪，活该要上当。我会答应他们所有的条件。"

"等等！"云襄凝视着暗藏喜色的碧姬，"他们在花钱之前，一定会先派人去高昌证实你的身份，并考察复国的可能。你有把握让他们相信？"

碧姬嫣然一笑："这个你无须担心。高昌国叛乱，国王和王子俱已惨死，只有一位公主逃离战乱。我说的每一句话都千真万确，唯一有假的只是我这公主的身份。不过我有公主信物和大明皇帝册封高昌的金印，谁又敢怀疑我的身份呢？"

"真的碧姬公主在哪里？"云襄皱眉问道。

"她和她的随身侍卫俱已死于战乱，不然我哪敢冒名顶替？"碧姬说着靠到云襄身边娇笑道，"你放心，没有妥善安排，咱们岂敢在蜀中唐门的地盘行骗？"

"既然如此，你可不能轻易答应这协议。"云襄教训道，"你既然假扮碧姬公主，就要完全融入自己的角色，揣摩真正的公主会不会轻易答应如此苛刻的条件。只有你自己都相信自己是碧姬公主，才有可能骗过别人。"

"我怕另生枝节会使叶二公子他们失去耐心。"碧姬迟疑道。

"你轻易答应才会令他们生疑。"云襄一笑，"他们都是出身豪门的富家公子，见惯了漫天要价、就地还钱的勾当，你要轻易就答应他们的苛刻条件，反而会令他们心生警觉。鱼儿上钩的时候，最考验钓手的耐心和技巧。"

"公子果然高明，碧姬受教！"碧姬满是钦佩地望向眼前这个同行，"现在我该怎么做？"

"跟他们谈价钱，"云襄指点道，"他们提出的所有条件至少都要打个对折，三十年的关税减为十年，并且他们只能占到一半。高昌国的人事任免，他们只能决定与商贸往来有关的官员。另外，还要让他们增加投入，凑不齐四十万两银子，你就不要答应。"

"四十万两？"碧姬满脸惊讶，"想不到公子的胃口，比我还要大。"

"这不是胃口的问题，而是真不真的问题。"云襄分析道，"四十万两银子，对普通生意来说是一笔巨款，但对颠覆一个国家，并扶持一个弱女子登上王位来说，就实在不算什么了。记住，你是王室公主，几十万两银子对你来说，不过是一笔少得可怜的小钱而已。若非现在落难，你根本不会将这点钱放在眼里。"

"我懂了，"碧姬点点头，"就算他们答应出四十万两，我也要装得十分委屈，只是勉强答应与他们合作。"

"不是装得委屈，而是要真的感到委屈。"云襄纠正道，"只有你自己都坚信自己是公主，才能让别人也相信。"

碧姬使劲点点头，却又犹豫道："四十万两银子不是小数目，万一他们拿不出那么多，这事岂不泡汤？"

"你放心，"云襄悠然道，"只要他们相信你是高昌国的合法继承人，并且复国有望，他们自然会想办法弄到钱。凭他们家族在本地的声望，从任何钱庄借几万两银子出来周转，都应该不成问题。万一他们真凑不齐四十万两银子，咱们再降价不迟。一旦他们投下第一笔钱，咱们就要让他们欲罢不能，源源不断将钱投入这个无底洞。"

碧姬越听越心惊："公子的意思……四十万两还不够，还要让他们继续投钱？"

"没错！"云襄冷冷道，"只要让他们看到翻本的希望，没人有决心让自己最先的投入全打了水漂。相信你的同伙已经做好准备，他们为复国花的每个铜板，最终都会落到你们的口袋中。"

碧姬怔怔地点点头："我们的复国计划，是要花钱买通高昌城负责守卫的叛军将领。不过，这个将领是由我们的人假扮的。"

"四十万买通一个守城叛将，太奢侈了。"云襄笑道，"应该让他们花钱去买高昌国的满朝文武，并资助忠于公主的将领招兵买马，这钱花起来才永远没有尽头。不过刚开始的时候，得让他们坚信四十万两银子就足够了。"

"可是，"碧姬脸上现出担忧之色，"咱们若不见好就收，一旦他们有所怀疑，咱们恐怕就别想离开巴蜀了。"

"你以为见好就收，就能平安离开？"云襄冷笑道，"唐笑是什么人？叶二公子又是什么人？只要他们为你的复国投下第一笔钱，肯定就会将你严密监视起来，牢牢控制在手中。你以为他们的钱那么好赚，你以为他们的投入不求回报？"

碧姬脸色顿时有些发白，喃喃道："如此说来，我得用命去赚这钱?"

云襄了然一笑:"你若照我的话去做,我保你不仅能赚这钱,还有命去花这钱。"

"我凭什么相信你?别跟我提你那六万两银子,它还不够买我一根手指头!"

云襄没有直接回答,貌似随意地笑问道:"禹神绝技传千古,门下八将亦流芳。不知你属于哪一门?烧几炷香?"

碧姬浑身一颤,瞪着云襄迟疑半晌,终于缓缓答道:"始祖帐前第八将,黑石台上第一香!不知公子又是哪一门?烧几炷香?"

云襄眼中闪过一丝惊讶,缓缓伸出左手,亮出那枚古朴典雅的玉扳指,肃然道:"禹神嫡传第一人,白石台上不烧香!"

碧姬听了云襄的切口,再看到云襄手上的扳指,顿时面色大变,失声惊呼:"千门玉扳指!你……你是千门门主?"

"这个并不重要。"云襄淡淡道,"你肯不肯信我一回?"

"信你如何,不信又怎样?"碧姬咬着嘴唇问。

"你若信我,咱们就合作捞这一票,我包你不仅平安无事,还能赚得盆满钵满,下辈子都不用再冒险。"云襄脸上洋溢着自信的容光,"你若信不过我,咱们就此收手,让那些钱永远停留在我们的梦想中。"

"依我的直觉,公子并不是为钱谋事吧?"碧姬突然笑问道,"就不知公子是要借腹怀胎,还是要假道伐虢?"

借腹怀胎与假道伐虢乃千门三十六计中的两计,借腹怀胎是利用别人的骗局实现自己的计划,假道伐虢则是黑吃黑的阴损招数。碧姬心知与千门同道打交道,不能不仔细提防,却见云襄诚恳地笑道:"我既不会借腹怀胎,也不会假道伐虢,而是要与你精诚合作。我愿向禹神立下毒誓。"

碧姬心知将自己的性命交到一个同道手中,无疑是最大的冒险,哪怕对方是千门门主。但要她就此放弃一夜暴富的机会，却又十分不甘心。想想就要到手的几十万两银子，若是就此放手，恐怕下半辈子都会在懊悔中度过。权衡再三，她终于缓缓跪倒在地，伏身拜道："千门摇将黛姬娜，叩见门主公子襄。姬娜愿誓死追随门主，唯门主马首是瞻！"说着，她也亮出了代表千门摇将身份的黑石戒指，既然决定相信对方，她干脆做得漂亮一点，彻底拜倒在公子襄面前。

千门门主之下原有八将，相传千门始祖当年谋取天下时，手下曾有八名心腹干将，立下过赫赫功劳，千门后人将他们尊为千门八将。古人多以单字为名，譬如尧、舜、禹等，八将也是如此，名为正、提、反、脱、风、火、除、摇，分别以赤、橙、黄、绿、青、蓝、紫、黑八种颜色的玉石戒指作为信物，门主则持白色扳指。后来千门分裂，八将分别传下八个千门旁支，他们的名字也成了嫡传门人的代称。先前二人切口中提到的黑石台与白石台，就是各自的门派渊源，碧姬自称烧第一炷香，就是说自己乃摇将嫡传。而云襄称白石台上不烧香，是因为当年千门未分裂时，门主乃祭奠禹神的主持，并不亲自上香。这些切口是千门中人相互辨认的暗号，只在门人中口口相传，非千门中人不得与闻。

云襄早猜到碧姬是千门中人，却没料到她竟然还是千门八将中的摇将。虽然知道千门中人唯利是图，视忠义为粪土，但他还是对黛姬娜的拜服感到高兴。他不需要这个高昌假公主永远的忠义，只要她这次相信自己，依自己之令行事就够了。

缓缓扶起黛姬娜，云襄脸上露出了成竹在胸的微笑。

碧姬公主没答应协议上的条件，唐笑毫不意外，但她提出的条件却令唐笑和叶晓等人大为愤慨，尤其要将投入增加到四十万两银子，这简直就是成心令他们为难！当众人在酒宴上听到公子襄替公主带来的条件时，纷纷破口大骂，大有散伙撤资的架势。

云襄待众人斥骂声稍平，才对叶晓和唐笑道："既然大家对那公主的条件无法接受，不如我这就回了她。"

"不忙！"唐笑眼珠骨碌一转，"这么大一笔生意，总要经过多次讨价还价才能最后成交，这再正常不过。我们希望能与公主当面谈谈，看看能否打消她这些可笑的念头。"

在唐笑的安排下，谈判在桃花山庄的清园进行。在丝竹管弦的悠扬乐声和杯觥交错中，唐笑率先向轻纱蒙面的碧姬公主发难。他向四周一指："不知碧姬公主是否还记得这里？"

"碧姬当然记得。"碧姬款款道，"这里曾是公子襄买下碧姬的拍卖场。"

"原来公主还没有忘记。"唐笑拿出原来拟的那一纸协议，调侃道，"公主既已卖身为奴，还有何资格与主人谈条件？"

碧姬不亢不卑地答道："碧姬上次拍卖的只是自己，不是整个高昌。这协议却是要碧姬卖国，虽然碧姬报仇复国心切，不惜出卖自身，却也不能答应出卖祖国。"

唐笑一窒，没想到一个西域小国的公主，言辞竟也如此犀利，一时无言以对。一旁的叶晓见状哈哈一笑："公主言重了，没人让你卖国。你若对咱们的条件不满意，大可提出些双方都能接受的条件，这样大家才有可能合作嘛。"

"碧姬已经提出了自己的条件。碧姬不是生意人，不会讨价还价，复国大事也不是生意，恕碧姬无法退让。"

没想到碧姬如此有主见，大出众人预料。唐笑与叶晓等人交头接耳商议半晌，最后只得提议将三十年关税降为二十年，对高昌国的人事任命接受碧姬公主的条件，不过希望碧姬也接受二十万两的投入。碧姬刚开始还不愿接受，但在云襄说合下，勉强答应了唐笑等人大部分条件，却坚持四十万两银子的投入一个子也不能少。

见谈判陷入僵局，云襄提议道："对复国大事来说，四十万两也只是小数目，大家是不是可以找钱庄周转，先凑齐这笔款子？不一定会花到这么多，但咱们总得让碧姬公主看到咱们的实力和诚意吧？"

几个富家公子又密议半晌，最后勉强答应。既然这钱由叶晓掌握，他们也不怕会被乱用。双方经过讨价还价，都做出一定让步后，才签下了一份秘密协议。协议中规定，唐笑和叶晓等人出资四十万两助碧姬公主复国，成功后碧姬以高昌二十年的关税作为回报，并授予众人在高昌自由开设钱庄和经商的权利，成为享有特权的异国商人。

现在协议虽然拟好，不过唐笑还要亲自带人去高昌考察，以确定复国的可能和所需的资金。在真正投资之前，他们会非常谨慎地评估风险与收益。对这一点云襄并不担心，他已从碧姬口中得知，她的同伴已在高昌做好了一切安排，完全有把握骗过人地生疏的唐笑。若再让魔门在高昌予以配合，定能让那场大戏演得天衣无缝。

叶晓见协议终于达成，总算松了口气，提议道："公子似乎对逸园的美女摔角不感兴趣，那咱们何不到幽园去玩上两把？"

见云襄露出不解的表情，唐笑忙解释道："桃花山庄共有四园，其中幽园是斗兽之所，无论喜欢斗鸡、斗蟋蟀、斗狗还是斗狮虎豺狼等猛兽，都可以在幽园找到所爱。不知你平日都喜欢玩什么？"

"我？"云襄笑着摊开双手，"除了花钱，我好像没有什么特别的爱好。"

众人哄然大笑。说话间云襄已随唐笑来到幽园。进门就是斗狗场，只见十几只恶犬被驯兽师拴在一排柱子下，正狂吠咆哮，杀气腾腾，令人胆战心惊。

"这些斗犬来自全国各地，有些甚至来自西域和海外。"唐笑道，"它们无不身经百战，训练有素，寻常野狼也不是它们的对手。公子若对斗狗感兴趣，我可以送你一条纯种幼犬玩玩。公子若没耐心豢养训练，也可在这些成年斗狗中买上一两条，由山庄负责训练喂养。钱真是个好东西，可以立刻满足你任何嗜好。"

云襄在一条雕塑般静卧不动的黑色獒犬前停了下来，这只獒犬肮脏的皮毛上尽是凌乱斑驳的疤痕，令人触目惊心。它在陌生人面前，不像别的斗犬那样目露凶光咆哮狂吠，只是静静地卧在那里。听到陌生人走近，它也仅把目光转过去，冷冷地打量着来人。

云襄突然发觉这獒犬的目光竟与人有几分相似，自傲、孤独，似不屑与同类为伍，从它的目光中看不到任何讨好或敌意，即便见到这么多人，也吝啬得没有任何表示。云襄不禁走近两步，想摸摸它的头，突听身后唐笑一声惊呼："小心！别靠近阿布！"

云襄莫名回头："怎么了？"

唐笑连忙将云襄拖开两步，失色道："阿布是条犬中杀手！你别看它安静祥和，可一旦发动攻击，往往一口致命，无论人还是犬，从无幸免，所以连驯兽师也不敢轻易靠近。咦，奇怪！你方才已走进它的攻击范围，它却没有动！"

"也许它看出我没有恶意吧。"云襄将信将疑地打量着静卧不动的獒犬，"它连驯兽师也咬？它的主人是谁？"

"不知道。"唐笑耸耸肩，"阿布原是一条流浪犬，只因它先后咬死了十几条家犬，咱们使用药将它放倒，然后弄到山庄斗狗场。没想到它竟百战百胜，成了斗犬中的不败杀手。前日有人从西域带来一只杀人王，指名要挑战阿布，那只西域杀人王也是从未败过，山庄已经有两只最好的藏獒死在它的口下。"

"西域杀人王？"云襄哑然失笑，"怎么听着像是黑道凶徒？"

唐笑点点头："这绰号一点不夸张。它简直是为杀而生的，虽然体形不大，却异常彪悍结实，头大颈短，下颚粗壮，能轻易咬碎牛骨。

尤其特别的是，它皮毛坚韧结实，不知疼痛，即便被咬得肚破肠流也决不退缩，而且它天性好斗，一旦咬中目标双颌就紧紧扣死，决不松口，直到将口中的肉撕下来为止。这种恶犬能轻易战胜两三条体形比它大一倍的恶狼。它在西域大名鼎鼎，不过到了这里，所有人都称它为西域杀人王。"

说话间众人已来到斗狗场，那是一只三丈见方的铁笼子，笼子周围已有不少人就座。唐笑与众人招呼后，将云襄等人安排在靠近笼子的位置。叶晓立刻带头下注，几个富家公子也不甘落后，纷纷掏钱买了阿布胜。云襄对这种事情不感兴趣，便没有投注。

没等多久，两只斗犬被带入笼中。铁链方解，体形矮小的西域杀人王就闪电般蹿了出去，直扑被赶入笼中的阿布，张嘴就咬向它的脖子。阿布大约从未见过如此迅速的对手，有些猝不及防，勉强让过了咽喉要害，却还是被咬中了肩胛。它拼命挣扎跳跃，将西域杀人王矮小的身体甩得平平飞了起来，却依旧无法令对方松口。只见场中一大一小两只斗狗紧紧纠缠在一起，直到西域杀人王连皮带骨生生撕下口中的肉，两只斗狗才终于分开。阿布喘息着缩到笼子边，肩胛上血肉模糊，露出森森白骨。

西域杀人王囫囵吞下口中的皮肉，立刻又闪电般扑向对手。阿布似乎已不敢恋战，转身想逃，却被西域杀人王一口咬住了腰部。待对手一口咬实后，阿布终于等到了反击的机会。它猛然转回头，返身咬中西域杀人王腹部，拼命甩头撕扯，由于对手死咬着它的腰部，它简直就是在撕扯自己的皮肉，在撕开对手肚子的同时，也生生将自己的后腰撕开，一时鲜血喷溅，血肉模糊。两只斗犬俱悍勇无匹，虽身负重伤，依旧紧紧纠缠在一起，在地上翻滚挣扎不止。

看客们发出了声嘶力竭的呼喝，震耳欲聋。在众人的尖叫声中，阿布终于将西域杀人王从自己腰上扯了下来，远远甩出去。两只斗犬咆哮着软倒在地，浑身俱为鲜血染红。

西域杀人王虽已肚破肠流，却还在拖着肠子蹒跚着向对手逼过去；阿布小声呜咽着，慢慢软倒在地，片刻后便寂然不动。评判见两只斗狗俱无力再战，忙中止了比赛，由于阿布已倒地不起，因此西域杀人王最终胜出。

众人发出一阵叹息，纷纷盛赞西域杀人王的斗志。叶晓与几个富家公子则在破口大骂阿布的意外失败，令他们输了不少银子。

驯兽师进入笼中，分别将两只斗狗抱了出来。在经过云襄身边时，他发现阿布的肚子还在微微蠕动，不由问道："它还活着？"

"只剩下一口气而已。"驯兽师满是遗憾地摇摇头。

"我要买下它。"云襄突然道。

"算了，"唐笑拍拍云襄的肩头，"它就算能救活也已经彻底废了。你要喜欢斗狗，我另外送你一只。"

"不，我就要它！"云襄凝视着阿布黯淡无光的眼睛，就像看到在死牢中垂死的自己。

"好吧，我把它送给你。"唐笑无所谓地对驯兽师摆摆手，"将它送到公子襄的马车上。"说完他又转向云襄，提醒道，"无论多好的斗狗，一旦败阵，就再也没有过去的勇猛了。"

"我要它，并不是因为它是一只优秀的斗狗。"云襄话音刚落，就听那边传来一阵如丧考妣的号啕大哭。那只西域杀人王伤势过重，已经一命呜呼，令它的主人痛哭不已。

马车缓缓奔行在幽暗的长街，车中，云襄默默为阿布裹上血肉模糊的伤口。他不知道自己为何要救一只狗，也许，他从阿布垂死的目光中，看到了自己过去的身影吧。

"公子，你想知道的事差不多都有结果了。"车夫突然回头一笑，递过来一封厚厚的书信。云襄认出那是自己的眼睛——凤眼，默默将信仔细收入怀中,脸上露出满意的微笑:"辛苦了!"

"公子,唐门宗主唐功德今日黄昏突然来到成都,不知这消息对你是否有用?"车夫笑问道。

"任何消息,对我都有用。"云襄说着递过去一张银票。他神情虽然未变,心中却暗自惊魂。唐门宗主唐功德,任谁听到这个名字都会心惊。

十一、绝情

回到芙蓉别院，云襄先让下人将阿布抬下去小心照顾，然后令人去请顾老板。不一会儿顾老板匆匆赶到，虽然是巴蜀有名的富商巨贾，不过对代表魔门的云襄，他还是不敢有丝毫怠慢。二人客套寒暄后，云襄立刻开门见山："听说唐功德到了成都，不知顾老板可否安排我见上一见？"

顾老板惊讶道："公子消息真是灵通，我也刚刚得知这个消息。"说着他为难地搓着手："不过唐宗主一向行事低调，不喜应酬，常人要见他实在不容易。"

"我不是要和他把酒论交，哪怕只远远看他一眼都行。"云襄忙道。千门中有阅人之术，云襄曾从云啸风那里得到过悉心指导，他想亲眼看看这个一方霸主，真正对他有所了解后，才有信心在他眼皮底下实行自己的计划。

"这样啊！"顾老板沉吟起来，"容我想想办法，一定不让公子失望。"

将顾老板送出门后，云襄回到自己房中，仔细关上房门，才从袖中拿出凤眼的信。将厚厚一叠信纸抽出，草草看了一遍，他从中抽出几张仔细铺在桌上，剩下的则随手塞入抽屉。为了不暴露自己的真正意图，他要凤眼调查的东西多而繁杂，就算凤眼也不知道他真正的兴趣所在。有关唐门和叶家的情报，在所有汇报中并不占多大比重。

对着寥寥几页信纸看了半晌，确信已牢记于心后，云襄将信纸凑到烛火上，望着它慢慢变成灰烬。然后他铺开纸墨，飞快地写了一封书信，并让下人叫来寇元杰，将信郑重地交给他："将这封信立刻飞传寇门主，他看到信后，自然知道该怎么做。"

寇元杰见信封得严严实实，也没有多问，默默点头退了出去。父亲看到信后，自然会回信告诉他内容，他也不怕云襄搞什么鬼。

云襄目送寇元杰离开后，对着门外高喊："来人，让碧姬公主前来伺候。"

片刻后碧姬来到房中，云襄神态自若地吩咐道："明天一早，唐笑就将带人动身去高昌。随他前去的可都是老江湖，让你的人做好准备，千万不能有任何闪失。"

碧姬点点头，碧蓝眼眸中闪出兴奋的光芒。期待已久的猎物终于开始接近陷阱了！

清晨，薄雾如烟，四野无人。对富家子弟来说，清晨本是拥被高卧的时候，不过为了这次难得的机会，众人起了个大早，特意为唐笑一行送行。

"大家请回吧！"唐笑团团一拱手，"咱们就在这儿分手。半个月后我就能赶到高昌，最快一个月内就有回函。大家见到我的印鉴和亲笔书信，再决定是否向高昌放款。"

众人点头称是，叶晓笑道："你放心，见不到你的亲笔书信，我们不会轻举妄动。"

目送着唐笑一行纵马而去,云襄与寇元杰不由交换了个眼神,微微颔首。昨晚那封信将赶在唐笑之前送到寇焱手中,就算碧姬的同伙有什么闪失,魔门也一定有办法将破绽补上,云襄对此深信不疑。

在回城的路上,云襄拒绝了叶晓的邀请,他看到顾老板的随从正匆匆赶来。

回到别院,已等候多时的顾老板见云襄回来,终于舒了口气:"你总算回来了,今晚叶继轩在雅客居宴请唐功德,你可以在那里见到唐宗主。"

云襄眉梢一跳:"太好了!有劳顾老板安排。"叶继轩就是巴蜀巨富的叶家之主,能同时见到巴蜀地界两大头面人物,云襄自然喜出望外。

"咳咳,不过这次要委屈公子。"顾老板不好意思地搓搓手,"叶继轩这次没有邀请旁人,所以我只能安排公子假扮斟酒送菜的小厮。雅客居的老板与我交厚,我已推荐你到他那儿做几天小厮,不知公子能否屈尊?"

云襄哈哈一笑:"这样更好,我也不想引起他们的注意!"

雅客居是成都一处知名的酒楼,虽然规模不大,不过接待的却都是巴蜀一带的头面人物。这里无论从环境到菜品还是上菜的伙计,真正做到了一丝不苟。所以,当唐功德看到一个伙计略显笨拙地端菜进来时,不由随口问了句:"新来的?"

"是!"那伙计低眉顺眼垂手作答,唐功德却隐约觉得对方有一种不一样的气质。不过听到对方呼吸滞重、脚步轻浮,毫无武功,他又暗笑自己有些多疑。挥手让那伙计退下后,他转向对面那未老先衰、喘息连连的老者:"叶老弟,你这身子……"

"唉,老了,不行了!"对面那老者遗憾地摆摆手,虽然年纪比唐功德要小得多,看起来他却要苍老得多,"三天两头都在生病,让亲家翁笑话了。"

唐门七小姐许给了叶家二公子，虽然尚未过门，但私下里叶继轩已与唐功德以亲家相称。即便是巴蜀巨富，不过只有攀上唐门，叶家才算是有了长久富贵的靠山。叶继轩端起茶杯略喝了一口，终于说出了今日的主要目的："唉，我老了，想早日看到七小姐过门，也好了我这桩心愿。"

唐功德笑而不答。叶家有两个儿子，长子叶翔是叶继轩前妻所生，虽生性愚鲁，却敦厚善良；次子叶晓为叶继轩续妻所出，虽聪明伶俐，八面玲珑，却是个有名的纨绔。叶继轩宠爱次子，有意将家业传给他，不过又怕他生性浮滑，不是守业的料；长子固然稳重，却又少了商人的精明，难保将来不会被人所欺。所以，叶继轩至今还在两个儿子间摇摆，不知哪个更适合继承自己的基业。唐功德希望自己未来的女婿能成为叶家之主，便用儿女婚事给叶继轩施加压力，希望对方早做决定。

"七姑娘年纪尚幼，老祖宗还舍不得放她出门。"唐功德叹了口气，"不过亲家翁不必担心，我会尽早说服老祖宗，了却你这桩心愿。"

老祖宗是唐功德生母，唐门硕果仅存的长辈。叶继轩见对方抬出这天牌，只得无奈地轻叹一声。此时门扉轻启，方才那个上菜的伙计又端茶进来。叶继轩面色一沉："怎么搞的，连门都不敲，如此不懂规矩？"

那伙计吓得面如土色，垂手不敢作答，额上冷汗涔涔而下。唐功德见状笑着摆摆手："算了，你退下吧。没有传唤，不得擅入。"

"是！"那伙计垂手退了出去。出门后，他脸上的惶恐一扫而空，代之以一种自信的微笑。从方才的只言片语和两次观察中，他已经证实了关于叶家的一些传闻。叶继轩劳碌一生，已经到了不得不放手的时候，但他依然没有选定继承人。这就像鸡蛋上出现的裂缝！更让人意外的是，唐功德与唐功奇除了年纪差着几岁，外貌竟十分相似，不愧是嫡亲的兄弟。

在离开雅客居的路上,一个完整的计划开始在云襄头脑中渐渐形成。以观人术看过唐功德和叶继轩后,他知道这计划有相当大的把握。

一个月后,唐笑的亲笔信如期而至。叶晓立刻取出众人存在钱庄中的银两,雇最好的镖师送往高昌。在焦急等待一个月之后,唐笑的第二封信又送到叶晓手中。匆匆看完信,他慌忙出门去找公子襄。

这两个月以来,公子襄全然不为高昌的事操心,整天只是吃喝玩乐,倚红偎绿。当叶晓找来时,公子襄正在桃花山庄与一干姑娘饮酒作乐。

"云公子!"叶晓顾不得理会有粉头在场,急忙将唐笑的信递过去,"你快拿个主意,不然咱们都得玩完!"

云襄接过信,醉眼迷离地扫了一眼,只见上面只有短短一句话:"情况有变,需追加二十万两,急!"

"那就再追加二十万两银子呗。"云襄随手将信还给叶晓,继续与身旁的姑娘嬉戏调笑。

"你说得倒轻巧!"叶晓挥手将几个姑娘全赶了出去,"咱们不知那边的情况,贸然追加银子,也未必能达到目的。"

"你是否信得过唐笑?"云襄笑问道。

"废话,唐笑与我是从小玩到大的朋友,当然没问题!"

"那不就结了?既然他说需追加二十万两,咱们就照做,不然前面的投入就打了水漂。"

"这不是钱的问题。"叶晓急得连连跺脚,"这事在计划之初咱们就知道风险不小,这点钱咱们也都还亏得起。我能坦然告诉大家计划失败,净亏四十万两银子,却未必能说服大家再追加投入。咱们都不是第一天做买卖,谁都知道亏钱的生意千万不能再投入。"

"那咱们前面的投入，岂不就白白打了水漂？"云襄很是不甘。

"要不，云公子将这二十万两独自扛下来？"叶晓满怀希冀地望着云襄，"唐笑咱们都信得过，他说再追加二十万两，肯定是有把握的。事成之后咱们按投入分享利益，云公子将成为最大的东家。"

还真将别人当成了傻瓜。云襄心中暗自好笑，脸上却满是遗憾地连连摇头："二十万两银子对我来说倒是不成问题，不过你叶家可是巴蜀巨富，你一个子儿不出，怎么让我相信这投入没有风险？"

叶晓迟疑了一下，吞吞吐吐地道："若是往日，这一二十万两银子我自己也拿得出来，不过最近我手头正紧，别说一二十万，就是一两万银子我也有些困难。"见云襄不为所动地望向虚空，叶晓一咬牙，只得实言相告："不瞒云公子说，这次冒险我瞒了家父，若再往里投钱，恐怕……实不相瞒，最近家父正全面考察我和家兄，以便从我和家兄中挑选一个继承家业。若发现我瞒着他挪用了如此大一笔银子，还净亏十万两，只怕我从此就别想再得到家父的信任了。"

"不至于吧！"云襄奇道，"叶家乃巴蜀巨富，几万两银子也不过是点小钱，令尊不至于为了这点小钱就改变决定吧？"

叶晓叹了口气："家兄愚鲁，按说我最有资格继承家族事业，何况我与唐门七小姐还有婚约。最近家父体弱多病，有意将生意全部交给我打理，若在这节骨眼上发现我账上短了十万两银子，非宰了我不可。家父一再告诫，像咱们这样的人家，再怎么奢侈浪费都没多大关系，就怕胡乱折腾。所以这事还要公子多多帮忙，先帮我遮掩过去。"

云襄叹道："二十万两不是小数目，我虽拿得出来，却也不能独自冒如此大的风险啊。"

叶晓想了想："要不这样，咱们先约见几个共同投资的朋友，看看他们能拿出多少，不够的就由咱俩平摊。不过我现在拿不出现银，所以只有给公子你打个欠条，一旦这项投入见了效益，我连本带利一并奉还！"

"若这项投入最终打了水漂呢？"云襄问。

"我依旧不会少公子一个子儿！"叶晓忙道，"只要公子助我渡过眼前这难关，一二十万两银子对我来说，还不是什么大问题。"

云襄想了想，终于点头道："好吧，就照叶公子所说。"

叶晓大喜过望，忙对云襄连连拱手："云公子这是帮了我大忙！能交到公子这么个朋友，真是我叶晓三生之幸也！"

二人商议停当，立刻召集几个共同出资的富家公子。果然如叶晓所料，几个人再不愿拿出更多的钱。叶晓只得与云襄各自分担十万两，并照约定给云襄写下了十万两的借据，由云襄择日将总数二十万两银子给唐笑送去。

当碧姬听说云襄花了二十万两，仅换到一张十万两的借据时，差点没将云襄吞下去："你疯了？咱们是要干别人的钱，不是自己掏腰包！"

"这个比钱更重要！"云襄笑着将借据仔细收了起来。

"这张白条管什么用？"碧姬气得满脸通红，"再说咱们到哪里去筹这二十万两银子？"

"谁说要筹银子？"云襄微微一笑，"咱们只需装几车石头，贴上封条让信得过的镖局送到高昌就行，所花不过几千两路费而已。"

碧姬望着成竹在胸的千门公子，渐渐有些明白了，不过还是追问道："就算封上镖银走暗镖可以暂时骗过镖局，可唐笑收到石头岂不立刻就穿帮？咱们岂不死无葬身之地？"

"放心，唐笑会配合咱们。"云襄对碧姬挥挥手，"替我研墨，我要给他写封信。"

"唐笑会配合咱们？"碧姬这次彻底糊涂了。

云襄没有理会碧姬的惊讶，又对她吩咐道："去请元杰公子过来，这趟镖我要他找人暗中护送,路上千万不能出任何岔子。"

半个多月后,当满载着石头的镖车抵达高昌时,立刻就有人持唐笑的信物前来接收。护送的镖师收到回执和佣金后,千恩万谢地打道回府,一路上都在为这趟镖的顺利暗自庆幸,谁也没想到这次护送的只是几大车石头。

在高昌都城死因牢房中,唐笑正为能否活下去忧心忡忡。几个月前,他带着随从刚踏入高昌,就被几个自称高昌国捕快的黑衣人追捕。原本以为凭借泱泱天朝武林世家的声望,就算高昌国君也要礼让三分,谁知几个捕快一点不给面子。刚开始唐笑并未将对方放在眼里,以为凭借自己一身武功,要在这西域小国脱身并不困难,谁知动手后才发现,几个捕快的武功居然远超自己想象,不仅将自己一行彻底击败,甚至尽数擒拿活捉,无一漏网。自己在这死牢中一关就是几个月。

唐笑正在胡思乱想,就见一个黑衣汉子来到牢门外,将笔墨纸砚递了进来,喝道:"我说你写,错一个字,老子割你一片肉下酒!"

唐笑知道对方绝非虚言恫吓,曾有随从试图救自己,已被他们烹杀,他们的野蛮恐怖彻底击垮了唐笑的反抗之心。虽然明知写这样的信就如为虎作伥,会将自己朋友的钱骗个精光,但与自己的性命比起来,钱已经不重要,何况那只是别人的钱。

唐笑战战兢兢地铺开信纸,这样的信他已写过一封,不再感到有什么内疚和不安。

半个月之后,当唐笑的亲笔信被送到叶晓手中时,他总算松了口气。信上说复国的事已经有眉目,只要碧姬公主亲自回到高昌,忠于她的兵将就将聚集到她麾下,一举除掉叛王。拿到这信,叶晓立刻在第一时间就去找公子襄。

顾不得天色已晚,叶晓匆匆来到芙蓉别院,将信递给云襄,不等对方看完就急急道:"这事总算有了点眉目,唐笑在信中说,现在只要护送碧姬公主回到高昌,就能一举夺回王位!"

云襄草草浏览了一遍,将信还给叶晓:"这没问题,我明日就派人将公主送回。"

叶晓松了口气,忙笑道:"护送公主的大事,本该由我亲自前往,不过最近家父正为立嗣的事左右为难,我实在无法离开。所以我希望这护送公主的重任,由公子你亲自出马。我会聘请最好的镖师,再加上几名唐门高手,定能保公主和公子你万无一失。"

云襄心知这是要将自己这个最大的债主支开,免得影响他争夺嗣子之位。他也不点破,只为难地摊开手:"我一向养尊处优,对西域更是一无所知。这等大事还是委托别人吧,在下实在难以胜任。"

见云襄态度坚决,叶晓只得让步,答应另找合适人选。二人商议停当,叶晓这才告辞。待他一走,一旁听得多时的碧姬立刻奇怪地问道:"唐笑那信是怎么回事?"

"那是我的主意。"

"你的主意?"碧姬顿时抱怨起来,"如今正是关键时刻,我岂能离开?"

"你若现在不走,恐怕永远都别想走了!"云襄冷冷道,"自从别人投下第一笔钱,就早已将你严密监视起来。你的一举一动都在别人眼中,只要有任何一点破绽,就别想平安离开成都。趁现在你还未露出马脚,赶紧离开这是非之地。只要远离巴蜀,那些监视你的人自然就奈何不了你,你也才有命去花那些银子。"

碧姬咬着嘴唇迟疑半晌,犹豫道:"我若离开,怎么相信你不搞鬼?"

云襄郑重地道:"既是合作的同行,咱们就该坦诚相待相互信任。我向禹神发誓,这次无论干到多少钱都有你一半。若短你一个子儿,就让我云襄不得好死！"

千门中人信奉祖师爷，这算是最高的誓言了。碧姬望着满脸诚恳的云襄，心中突然有点依依不舍，不禁莞尔道："你若短我一两银子，我今生就一定会缠上你，让你永远都别想逃脱我的纠缠！"说着不等云襄反应，她已红着脸逃了出去。

云襄没有留意到碧姬异样的表情，他的思绪已沉浸在自己的构想中。只有将碧姬等人送到安全所在，他才能放开手脚一步步实现自己的计划。

信步来到后院，云襄轻轻吹了声口哨，黑暗中传来"吧嗒吧嗒"的脚步声，一只巨大的獒犬慢慢来到他跟前。云襄伸手想拍拍它的头，它却本能地后退避开。云襄不由笑道："阿布，我可是你的救命恩人，摸摸你都不行？"

经过几个月的调养，那只濒临死亡的斗犬竟奇迹般活了下来，只在肩头留下了一道触目惊心的疤痕。此刻这头獒犬不像别的狗那样在主人面前摇尾撒欢，却像个骄傲的武士立在云襄面前，刻意与他保持着一定的距离。阿布似乎天生就与人不太亲近，即便在曾经亲手为它疗伤的云襄面前，它也本能地保持着距离。面对云襄的调侃，它只吝啬地动了一下尾巴，然后回头望向身后。云襄顺着它的目光望去，才发现后院的山石下，一个红衣少女俏然而立，方才阿布就是从那边过来的。

"柯姑娘！"云襄有些意外，自从上次让碧姬侍寝后，柯梦兰就再没搭理过他。云襄对此似乎并不在意，依旧用那种理所当然的口吻道："明天碧姬公主要离开成都去西域，你护送她上路吧。"

"我凭什么要听你的？"少女压抑已久的愤怒突然爆发，"你是我什么人？有什么资格吩咐我做这做那？就算你帮过家父，咱们也付了你银子，早已两清！"

云襄对柯梦兰的反应十分意外，但他依然冷着脸不想解释。这时寇元杰突然进来，在廊下对云襄道："添香楼的瑶红姑娘差人来请，马车就在门外候着。"

这几个月与叶晓等富家公子混在一起，云襄早已成了各大青楼的常客，并凭着他的博学多智和年少多金，很快成了青楼红姑娘眼中的佳公子，添香楼的瑶红就是其中之一，几天见不到云襄就会差人来请。不过此刻寇元杰已发觉场中气氛有异，不等云襄回答便抢着道："我这就回了她，说公子没空。"

"不，我这就去。"云襄不理会柯梦兰眼中的绝望和凄楚，行若无事地淡然道。

话音刚落，柯梦兰一抬手，狠狠一巴掌甩在他脸上，嘶声道："你去死吧！我永远都不想再看见你！"说完她捂着嘴转身就跑，差点与过来的金彪撞了个满怀。金彪早已将方才的情形看在眼里，不由狠狠地指了指云襄，却不知说什么才好，转身去追柯梦兰。

云襄摸摸火辣辣的脸颊，面无表情地示意寇元杰带路。二人登上门外等候的马车，马车立刻出发。幽香如梦的暖车中，寇元杰不住打量着神情木然的云襄，眼中都是幸灾乐祸。

马车终于停下来，云襄下车时已是满面春风，对迎上来的老鸨爽朗大笑："瑶红姑娘在哪里？快让她前来迎接本公子，今晚我要与她一醉方休！"

第二天一早，当云襄回到芙蓉别院时，就见唐功奇迎了出来，将一封信递给他，笑得意味深长："柯姑娘走了，金彪也走了。你现在越来越像我们需要的人了。"

云襄默默接过信，虽然早已料到这个结果，但他心中还是一阵难过，也有一丝轻松。身边不再有任何朋友，他终于可以像个真正的千门中人那样无所顾忌，冷静睿智，心如铁石。

"备马,我要为碧姬公主送行。"云襄很快就恢复了那种淡漠孤高的样子。

贺豹子百无聊赖地在与几个小乞丐赌钱,自从认识那个钱多人傻的主儿后,他早已对这种三五文钱的赌注不感兴趣。还是跟那个肥羊赌起来带劲,随便一把都是几钱银子,半天下来总能赢他个三五两白花花的银子,足够大伙儿好吃好喝几天。他突然有些想念那个肥羊了。

正在胡思乱想,就见一个衣衫破旧的瘦弱年轻人,袖着手施施然而来。贺豹子一眼认出,他就是经常给自己送钱的肥羊,不由高兴地挥手招呼:"这里!我们在这里!"

几个流浪儿像迎贵宾一样将他迎进街边的破庙,七嘴八舌地问:"你哥子好久没来,是不是输怕了?"

"怕?"那肥羊顿时急红了眼,"啪"的一声将一锭银子拍在桌上,"老子今天带了十两银子,有本事全部赢过去!"

几个流浪儿顿时两眼放光,兴奋地交换着眼神,最后将目光集中到贺豹子身上。贺豹子慢慢从怀中掏出几块碎银,拢在一起放到桌上,为难地道:"我这里只有五钱银子,咱们就以五钱银子一把,如何?"

钱少永远被人瞧不起,在赌桌上也是一样,肥羊脸上果然露出一丝轻蔑之色:"五钱银子就想赢我十两银子,你当我傻瓜?这点钱掉地上我都懒得捡。"说着他收起银子就要走。

贺豹子一看,连忙拦住:"你等等!"

他向几个流浪儿使了个眼色,几个人犹犹豫豫地从神龛后的老鼠洞中掏出一个小包。打开一看,里面有碎银、铜板、玉镯、银钗等小东西,有些东西明显来路不正。贺豹子将那包东西放到破桌上:"这是我们多日的积蓄,差不多也值十两银子,你看怎样?"

肥羊随意翻看了一下,见这些东西虽然值不了十两银子,却也差不了多远，勉强点点头："好吧，就算你十两银子，咱们一把定输赢！"

"就一把？"虽然有必胜的把握，贺豹子还是有些心虚，商量道，"一把是不是不过瘾，还是三局两胜比较好。"

"好，就依你，你先来。"肥羊大度地答应下来。

贺豹子向几个流浪儿使了个眼色，见他们都心领神会地点了点头，这才从怀中掏出那两枚灌铅的骰子，握在手中往掌心吹了口气，猛地往碗中一扔，口里大叫："豹子！"

两枚骰子叮叮当当一阵滚动，最后果然俱是六点朝上，包赢不输的豹子。贺豹子暗自舒了口气。虽然这种灌铅的骰子十次有九次能掷出豹子，但这次赌注太大，他还是怕有什么意外，所以坚持三局两胜，这样才有十足的把握。

不过掷出豹子还只是第一步，这种骰子若落到对方手中，他也有可能掷出豹子，更可能发现骰子中的秘密，所以还得先将这两枚特殊的骰子换回来。几个流浪儿早已配合默契，一人悄悄将一条小蛇扔到肥羊脚边，另外一人突然指着蛇大叫："有毒蛇！"

这个时候只要肥羊被小蛇引开视线，贺豹子就能将灌铅的骰子神不知鬼不觉地换回来，这一招早已屡试不爽。谁知这次肥羊竟对脚边的小蛇毫不理会，抢在贺豹子出手之前一把抄起骰子，跟着一脚踏住小蛇，轻笑道："一条小毛蛇，别坏了我的赌运。"说着将骰子往碗中一扔，只听一阵叮当乱响，最后也是个豹子。

"这一把平手，咱们再来。"贺豹子笑着抄起骰子，心中并不担心，虽然这次没有换回骰子，不过下次还有更狠的招数。他将骰子吹了吹，再次往碗中一掷，口中大叫："豹子！"

骰子一阵滚动，最后却是一个三一个二，仅五点，贺豹子傻了眼，自己特制的骰子，再怎么失手也不可能一个六点都没有！就这一愣神的工夫，肥羊已抄起骰子，笑着信手一掷，只听骰子一阵滚动，最后是一个四一个五，共九点。肥羊哈哈大笑："九点，我先赢一把！"

贺豹子满腹狐疑地抄起骰子，仔细一看才发现，这已不是自己熟悉的灌铅骰子。就在肥羊第一次出手时，已将两枚灌铅的骰子换了。看对方那成竹在胸的模样，这两枚显然也不是普通骰子，很可能就是传说中的水银骰子！贺豹子只听说过灌水银的骰子，要几点就能掷几点，不过在不知诀窍的人手里，它又跟普通骰子一样，所以不需要换来换去。

贺豹子知道自己的把戏已被对手看穿，而手中的骰子是不是水银骰子，他却不敢肯定。虽然心有疑惑，他还是得硬着头皮赌下去，迟疑半晌，心中又有了主意。他先给一个同伴使了眼色，这才一咬牙将骰子扔入海碗。

"一个五一个六，十一点，赢面不小啊！"肥羊说着正要去拿骰子，一个流浪儿突然一声惊叫，跳起来踢翻了海碗，边跳边叫："哎哟哎哟，我让蛇咬了。"

众人一看，他屁股上果然有条小蛇，趁众人七手八脚地帮他弄掉小蛇的混乱当口，贺豹子已抢先捡起两枚水银骰子，当他将骰子放回海碗时，已将其换成了先前准备的普通骰子。他不信肥羊用普通骰子也能掷出豹子。

肥羊似乎没有察觉贺豹子做的手脚，拈起两枚骰子吹了口气，信手往海碗中一掷，两枚骰子一阵乱跳，最后竟然是两个六点！

"你出千！"贺豹子气急败坏地跳将起来，愤然怒视对方。

肥羊却笑着问道："我出千？这两枚骰子是谁的？"

贺豹子抄起两枚骰子仔细一看，才发现它们是自己的灌铅骰子。对方第一次用水银骰子换了自己的灌铅骰子，这次又用灌铅骰子换了普通骰子。贺豹子突然意识到，自己所有把戏对方早已一清二楚，并针锋相对地使出更为巧妙的手段，他不是肥羊而是狐狸！

"我输了！"贺豹子颓然垂下头，"东西你拿走，不过还望大哥留个名号。"

肥羊露出狐狸般的微笑，将那包东西连同十两银子一并推到贺豹子面前："东西我不要，我只要你帮我做点小事。"

贺豹子恍然大悟，盯着狐狸问道："凭大哥的本事，咱们这点东西肯定不会瞧在眼里。你几次三番输钱给我，定是有事相求吧？"

"聪明！"狐狸眼里露出一丝赞赏，"你放心，我不会亏待你们。"

贺豹子狡黠一笑，从怀中掏出方才换下的两枚骰子："这是水银骰子吧？大哥先教我怎么使，我再考虑是否帮你做事。"

"你条件倒真多！"狐狸无奈地摇摇头，只得草草将用法教给了贺豹子，这才将自己所托之事悄悄告诉了他。贺豹子听完后连忙点头："你放心，这等散布流言的小事咱们最拿手！"

"好好干，我不会亏待你们。"狐狸笑眯眯地拍拍贺豹子的肩，转身出了庙门。贺豹子突然想起还不知道对方名字，忙追出大门问道："大哥怎么称呼？"

"我叫寇元杰！"狐狸又露出那种莫测高深的微笑，"千万别告诉别人。"

十二、夺经

三天后的黄昏,云襄正在后院逗弄阿布,就见叶晓匆匆进来。这段时间二人已成酒肉朋友,关系早已密切得无须通报。叶晓进门后不及寒暄,就抹着汗急急地道:"老弟,这次你一定要帮我!"

"怎么回事?"云襄忙问。

"高昌的事不知怎么走漏了风声,现在市面上到处在传,说我在高昌投下了上百万两银子,结果全打了水漂,弄得到处人心惶惶。"叶晓说着抢过桌上的冷茶,咕噜噜灌了一大口。

"啐!银子是咱们的,是赚是亏跟旁人有什么关系?"云襄一脸的不以为然。

"你有所不知,咱们叶家是开钱庄的。"叶晓放下茶杯,眼中隐隐闪过一丝对不学无术的云襄的轻蔑,耐心解释道,"成都一半以上的人家有银子存在咱们的四通钱庄,这谣言一经传出,就有不少富商在向家父打听究竟了。"

云襄失笑道:"你前后不过投入了二十万两银子,其中还只有十万两是现银。就算高昌的事有变,二十万两对堂堂巴蜀巨富来说也不过九牛一毛，有什么要紧？"

"话不是这么说，"叶晓忙道，"这不是钱的问题，而是信誉问题。谣言说我亏了上百万两，要是不能迅速澄清，就会动摇别人对我叶家的信心，以后谁还敢将钱放在咱们四通钱庄？这还罢了，现在家父已让家兄在查我的账，公子若不帮忙，我这次就死定了。"

"不过是挪用了十万两银子，有什么了不起？"云襄笑道，"就算让你老爹查到，最多打你一顿屁股，难道还能将你赶出家门不成？再说高昌的事就快成了，到时银子滚滚而来，你老爹夸你还来不及呢！"

"我哪能等到那一天？"叶晓无心理会云襄的调侃，搓着手喃喃道，"再说我挪用的不是十万两，而是差不多三十万两。"

"三十万两？"云襄有些意外，"怎么会有这么多？"

叶晓勉强笑笑："我一向开销很大，又没有额外的收入，所以只好东挪一点，西借一点，反正叶家的基业迟早是我的，我先用一点也不为过吧。这次原本是想借高昌的事开一条财路，谁知这节骨眼上……还望老弟先借我三十万两应急，免得让家兄查到，到家父那儿告上一状。"

云襄叹了口气："我刚给唐笑送去二十万两，手上哪还有现银？再说你还欠着我十万两，旧债不清，新债不借，咱们虽然亲如兄弟，但这规矩也不能不守吧？"

叶晓觍着脸央求道："公子手里没有现钱，但顾老板有啊。你与顾老板交情匪浅，他连这芙蓉别院都让给你了，你做个中人，让他借我三十万两肯定没问题。这次我若不能渡过难关，家父说不定会将基业全部交给家兄。家父身体一向不好，随时有可能丢下家业撒手人寰，如果在他过世前我不能继承家业，要还公子的债恐怕就有些困难了。"

没想到叶晓会露出无赖嘴脸，对家业的关心更是超过了老爹的生死，云襄心中暗骂，面上却不动声色。沉吟半晌，他神秘一笑："我带你去见一个真正的大老板，只要他点头，别说三十万两，就是三百万两也没问题。"

"是谁？"叶晓惊讶地瞪大双眼，他想不出这巴蜀地界还有谁能让云襄这般推崇。

云襄没有回答，却挽起他就走："你跟我来，正好他今日在成都，不然你我还不一定能见到呢。"

马车弯弯曲曲走过无数冷寂的长街，最后在一处偏僻的小巷停了下来。叶晓下车后四下打量，发觉自己虽然从小在成都长大，对这一带依旧十分陌生，看模样像是工匠杂役聚居的贫民区。他想不出这儿会有谁能借自己三十万两银子。

云襄拉着叶晓来到巷子深处一户紧闭的小门前，轻轻敲了敲门上铜环。门应声打开一道缝，一个老者隐在门后小声问："是谁？"

"是我，江南公子襄。"云襄脸上露出从未有过的恭敬，凑上前小声对老者嘀咕了几句。老者扫了云襄和叶晓一眼，冷冷丢下一句："你们等着。"说着砰一声关上了房门。

"这是哪个，这么大的谱？"叶晓大为不满，想整个巴蜀地界，谁敢如此怠慢堂堂叶家二公子，忍不住就想推门闯进去，被云襄好说歹说才给拦住。叶晓心有不忿，不过见一向眼高于顶的云襄也恭恭敬敬地等在门外，再加自己现在有求于人，虽然心有好奇和不满，也只得老老实实地耐心等候。

足足过了顿饭工夫，房门总算再次打开，方才那老者在门里对二人招了招手："进来吧。"

叶晓随着云襄进了房门，才发现门里别有洞天。一路上长廊曲折，门户重重，完全不亚于任何大户人家的别院，虽然布置得不算奢华，但绝非寻常人家可比。二人在老家人带领下，最后来到一处幽静的书房。只见房中燃着龙涎香，桌上点着儿臂粗的烛火，在缭绕的烟雾中，房内显得有些昏暗。一个白衣老者端坐在书案后,正冷眼打量着两人。

叶晓一看清老者模样,双腿一软差点跪倒在地。云襄已走上两步,对老者拱手一拜:"小侄给唐世伯请安。"

老者不置可否地嗯了一声,目光却落在叶晓身上,淡淡问道:"你突然来见老夫,为何将他也一同带来?"

叶晓慌忙跪倒,拜道:"小婿给泰山大人请安,祝泰山大人万寿金安!"虽然几年前只见过老者两次,叶晓还是认出,面前的就是自己未来的岳父,唐门宗主唐功德。

"叶公子先别乱叫。"老者连忙摆手,"小女尚未过门,这'泰山大人'老夫暂不敢当。"

"是是是!"叶晓连忙点头。他没想到会在这儿见到未来的老泰山,更没料到云襄带自己来拜见的大老板会是他,顿时有些语无伦次。

"叶公子起来说话。"老者示意叶晓起身后,将询问的目光转向了云襄。云襄忙赔笑道:"叶公子与小侄交厚,前日他急需一点银子周转,告借到我这里。我一时拿不出那么多银子,正好世伯在成都,我想你们是姻亲,这个忙世伯一定会帮,所以未经预约就带他前来拜见,还望世伯恕罪。"

老者眉头一皱,转望叶晓:"这是怎么回事?你要借多少银子?"

叶晓冷汗涔涔而下,嗫嚅着说不出话来。那三十万两的亏空,有一多半是花在了女人身上,现在他却来向未来的岳丈借钱填补嫖妓的亏空,这借钱一事无论如何说不出口。老者见他似有难言之隐,挥手让云襄退下后,才淡淡道:"有什么难处你但讲无妨,老夫不会不帮你。不过,老夫希望你不要有任何隐瞒,不然老夫会很生气。"

叶晓心知惹唐功德生气会有什么结果,只得老老实实将借钱的缘由详细说了一遍,不过还是隐去了一半银子花在女人身上的细节。还好对方没有盘问银子去向,只道:"三十万两银子不算什么大事,你父亲有些小题大做了。"

"可不是！"叶晓见唐功德竟然没有责怪自己挥霍无度，顿时松了口气，不禁诉苦道，"家父一向将银钱看得甚重，给我的月钱少得可怜。想我交际应酬、开拓生意、打探信息，哪一样不花钱？要像家兄那般成天待在账房数银子，节俭固然是节俭，却将赚钱的机会也省没了。家父却偏偏喜欢他的俭省，对我横竖看不顺眼。"

"如此说来，叶家的家业，你父亲更钟情你兄长了？"唐功德若有所思地问。

叶家世代商贾，能创下偌大家业，除了经营有方，还在于决不分家的祖训。无论有多少儿女，只从中选一人继承家业，其余子女只能按月领取例钱，保障一辈子衣食无忧。这使得叶家家业如滚雪球般一代代积累，终于成为巴蜀数一数二的巨富。因此，能否继承家业，对叶家子孙来说有天地之别。叶晓见唐功德问起这一点，忙道："只要这次别被家兄抓住把柄，我依然有机会继承家业。"

唐功德端起茶杯轻啜了一口，淡淡道："就算这次抓不住你的把柄，难保下次你还能蒙混过关。除了借钱填补亏空应付你老爹，难道你就没有更好的法子？"

"什么法子？"叶晓忙问。

"我给你讲个故事。"唐功德搁下茶杯，缓缓抬起头来，目光渐渐变得迷离幽远，"很多年以前，唐门出了两个出类拔萃的兄弟，将家传武功练得出神入化，尤其是弟弟，神目如电，出手似风。唐门长辈有意在二人中选择一个继承家业，经过多方考察，长辈们渐渐倾向于武功更高的弟弟。哥哥不甘心就此失去继承大业的机会，便高价买通了影杀堂的顶尖杀手。你猜他接下来会怎么做？"

"让杀手暗杀其弟，少了这个竞争对手，他自然就能继承大业。"叶晓忙道。

唐功德笑着摇摇头:"唐门家法,对族人的自相残杀惩罚最为严厉,任何残害族人的唐门弟子都将付出相同的代价。他若让杀手暗算其弟,一来没有绝对的把握,二来就算侥幸得手,族人也会怀疑到他。就算查不到实据,但只要有任何一点怀疑,他就永远别想继承家业。所以,他买通杀手刺杀自己。"

"刺杀自己!这是为何?"叶晓惊讶地张大了嘴。

唐功德意味不明地一笑:"因为他的武功足够高,事先有所防范,杀手未必能得手。而他却用弟弟的身份与杀手联系,以唐门的势力,追查雇主的身份不是什么难事。"

"我明白了!"叶晓恍然大悟,"他是要嫁祸弟弟,利用家法除掉这个竞争对手!"

唐功德微微颔首:"为了演得够真,他不敢让刺客有任何留手,也不敢让人保护自己。那是他一生中最大一次冒险,刺客的剑从他的肋下穿进去,离心脏不足一寸,他差点就死在刺客手里,不过这次冒险总算取得了奇效。唐门众长老认定弟弟是买凶杀人的幕后主使,按家法要将其处死。他们的母亲不忍见儿子惨死,私自将人放走,弟弟这才捡了条命,连夜逃离巴蜀,从此成为唐门叛逆。"

叶晓望着有些伤感的未来岳丈,他以前隐约听说过唐功德还有个弟弟,二十多年前不知什么原因反出了家门,不知所踪。突然,他激灵灵打了个寒战,他意识到故事中的哥哥就是面前这未来的岳丈,他在用这故事给自己以暗示!他将如此隐秘的往事都告诉了自己,如果不照他的暗示除掉兄长,恐怕他宁愿女儿守寡,也决不容自己活在世上。想到这点,叶晓顿时满面惨白,冷汗淋漓而下。

"这世上有一种东西最肮脏、最血腥,那就是权力。"唐功德高深莫测地盯着叶晓,"无论你怎么讨厌它,都免不了要沾上它,这世上谁也逃不过权力的罗网。你若不想受到权力的伤害,最安全的办法就是将它牢牢掌握在自己手里。我可不想让自己的女儿嫁给一个失去权力的可怜虫。一个优柔寡断的失败者,也不配做我的女婿。"

叶晓躲开唐功德犀利的目光,垂头看着自己的脚尖,半晌后他终于抬起头来,望着未来的岳丈涩声问:"我该怎么做?"

"这是你叶家的家事,你自己拿主意,老夫不会插手。"唐功德从怀中掏出一张纸条搁到桌上,声音平平地道,"我不会借钱给你填补亏空,也不会插手你的家事。不过我知道如何联系目前成都地界最好的两个刺客,这是他们联络人的地址,或许你用得上。"

叶晓手有些颤抖地上前拿起纸条一看,不由失声道:"黑白双蛇,身价十万两!我在所有钱庄的户头都被冻结,到哪里去筹这笔巨款?"

唐功德轻啜了口茶:"如果能成为叶家唯一的继承人,你一张白条都能值十万两。你只要让黑白双蛇相信你能继承叶家基业,他们也许会接受你的欠条。"

叶晓仔细将纸条收入怀中,面上阴晴不定。却见唐功德端起茶杯淡淡道:"这是你叶家的家事,我不会干涉。何去何从,只能由你自己选择。"

叶晓见唐功德举杯送客,忙拱手告退。刚退出书房,等在外面的云襄就迎上来问:"怎样?拿到钱了吗?"见叶晓失魂落魄地点了点头,云襄舒了口气,笑道:"有唐宗主这等老泰山,你有什么难关不能过去?走,咱们去喝一杯庆祝!"

随着云襄来到外面的小巷,登上马车后,叶晓忍不住问道:"你怎么会认识唐宗主?"

"哦,家父与唐宗主私交甚笃。这次来巴蜀,就代家父去拜见了唐宗主。叶公子乃唐门未来的姑爷,以后可要多多提携小弟。"云襄笑道。

"一定一定。"叶晓心不在焉地点点头,看看窗外天色已全黑,他脸色暗沉地道,"先送我回家吧,改日咱们再庆祝。"云襄没有多问，立刻令车夫改道叶府，将叶晓送到府门外，拱手道别。

叶晓目送云襄的马车走远，才默默转身回家。刚进二门，正好遇到大哥叶翔从门里出来，他脸上现出一丝冷笑："这么晚才回来，你现在还有心在外彻夜玩乐？我这两日查你的账时发现，你的账目十分混乱，目前为止已查到至少有二十万两银子不知去向。你好好想想怎么向父亲解释吧！哼！"

目送着兄长走远，叶晓原本怔忪不安的眼神渐渐变得冷厉起来，默默从怀中掏出那张纸条，他借着月光再次看了看上面的地址——文殊院。

文殊院建在市区，是成都享有盛名的寺庙，一年四季香火鼎盛。叶晓一大早来到这里时，庙门刚刚打开，还没有几个香客。他照着纸条上的指点来到大殿，花一百两银子点了炷高香，负责接待的知客僧立刻小声问："施主所求何事？"

"我想见永智师父。"叶晓惴惴不安地道。

知客僧有些意外："永智师父只是在本寺挂单的云游僧，一向无甚名望。施主无论要做法事还是问前程，本寺的妙香大师还有妙云大师，都是有名的高僧。"

"我只想见永智师父。"叶晓坚持道。

"好吧，你跟我来！"知客僧说着在前带路。叶晓跟着他来到后院禅房，知客僧指着一间破旧的禅房道："永智师父就在这里，这会儿他正在做早课，你直接去见他就是。小僧告退了。"

叶晓忙上前敲了敲门，只听门里传来一个嘶哑的声音："进来。"

叶晓推门而入，只见禅房中一个衣衫破旧的老僧盘膝而坐，正数着念珠瞑目诵经。叶晓打量对方片刻，犹犹豫豫地小声问："敢问大师就是永智？"

见老僧微微颔首，叶翔忙跪倒在地，低声拜道："在下想求大师做一场法事。"

"什么法事？"

"超度一个人去西方极乐世界。"

"老衲做法事的起价很高，至少十文，还要先预付一半。"老僧终于睁开了双眼。

看过唐功德纸条上的说明，叶晓知道对方说的十文就是指十万两银子。他默默将早已写好的借据放到老和尚面前："我没有现钱，只有这张亲手写下的欠条。"

"欠条？"老僧有些惊讶，"你难道不知老衲从不接受赊欠？"

"我知道。"叶晓忙道，"不过大师看了欠条后或许会改变主意。"

老僧将信将疑地拿起字据，待看清上面的印鉴和落款后，面色顿时有些不同："原来是叶二公子，难怪这么自信。不过就算是巴蜀巨富的公子，也不能让老衲坏了规矩。"

"你是怕我无力偿还吧？"叶晓说着，从怀中掏出写有兄长名字和行踪的纸条，轻轻放到永智大师面前，"请大师看看这目标后再作决定。"

永智拿起一看，面上的惊讶又多了几分："你要超度的是叶大公子？他一死，你就是叶家唯一的继承人，难怪敢拿欠条来找老衲。"

"只要你们别失手，我就是叶家唯一的继承人，不知道我这张欠条值不值十万两？"叶晓小声问。

"值！当然值！"永智说着将欠条仔细收了起来，"这场法事老衲接了，三天之内办妥，你回去等好消息吧。"

叶晓终于舒了口气，不过依旧小心叮嘱道："上面有目标的行踪和常去的地点，希望你们神不知鬼不觉地搞定他！另外，千万不能泄漏我的身份。"

"放心吧，咱们干这行，信誉比性命还重要。"永智重新闭上了双眼。叶晓见状，悄悄退了出去。待他一走，老和尚突然换了嘴脸，对门后讨好地问道:"公子,老衲演得如何?"

"很好!比我想象的要好!"门后悄然闪出面目阴鸷的寇元杰,他将一张银票递给永智,"立刻离开成都,走得越远越好!"

"谢公子!"永智两眼放光,正要去接银票,却见对方指了指他怀中。永智恍然大悟,忙将怀中的欠条和纸条掏出来交给寇元杰,赔着笑接过银票,立刻胡乱收拾起包裹,然后去向住持辞行。

寇元杰亲自将他送出城外,目送他离开后,才匆匆赶往郊外一处破庙。一个老眼昏花的庙祝迎了出来,寇元杰将方才从永智那里拿到的纸条和欠条一并交给那庙祝,然后又加上了一张五万两的银票,对老庙祝冷冷道:"请马上联系你的老板,立刻为我干这一票!"

老眼昏花的庙祝一见银票数目,顿时变得神清目明,慌忙将银票和纸条仔细收起来,笑道:"没问题!这个人必定活不过三天!"

"我要他活不过明天!"寇元杰淡淡道。

黄昏时分,叶翔像往常那样来到茶馆听川剧。虽然身为叶家大公子,他却只有这么点嗜好,富家公子那丰富多彩的生活似乎跟他从不沾边,这大概是因为他早逝的母亲出身贫寒的缘故,使他与其弟看起来完全是两种不同的人。

茶馆里今日有名角捧场,散场就晚了很多。当叶翔在两个叶府武师护卫下离开茶馆时,已是初更时分,街上显得十分清静空旷。马车穿过长街走出没多远,突然就停了下来。叶翔抬头一看,马车离叶府还有半条街,他不由奇怪地问:"怎么回事?怎么停在这里了?"

话音刚落,就见车夫身子一歪,从车辕掉下倒在地上。跟着,他就看到两个像蛇一样的人,一男一女,一黑一白,顺着墙根滑了下来。两个武师一见之下顿时魂飞魄散,结结巴巴地高呼:"公子快走!是……是刺客!"

话音刚落,一条长鞭倏然飞来,蛇一般缠住了叶翔的脖子,跟着他的身子凭空飞起,落在了那个黑衣男子面前。那男子一把扣住叶翔的脖子,接着叶翔就听到了自己脖子折断的声音。

"来人啊!快来人啊!大公子遇刺了!"两个武师大叫着往叶府大门奔去。黑白双蛇交换个眼神,立刻追了上去。他们的模样已落在两个武师眼中,自然不能留下活口。

在离叶府大门不及十丈的街口,黑白双蛇追上了两个武师,一人一鞭立刻将其击杀。两人正要飘然而退,街边隐秘处突然闪出两个人影,看打扮也是叶府武师,但武功却比方才那两个武师高了不知多少倍。黑白双蛇猝不及防,白蛇被年少的武师当胸拍了一掌,黑蛇则被年长的武师一枚铁蒺藜打在了腿上。

这时叶府大门洞开,十几个武师乱哄哄地冲了出来。先前出手那两个武师立刻趁着混乱闪身退开,在众武师围上黑白双蛇后,二人已悄然消失在街角。

叶府养了不少护院武师,虽然大多是二三流角色,但黑白双蛇架不住对方人多势众,再加方才已受重伤。一场混战下来,在击毙对方七八人后,二人双双力战而亡。众武师一面派人飞报家主,一面替大公子和几个殉职的同伴收尸。待叶继轩出来后,众人争相上前表功,竟没人提到最先出手的两个同僚。

第二天一早,当叶家大公子遇刺身亡的消息传到芙蓉别院时,云襄顿时气得说不出话来。他匆匆来到后院,顾不得寇元杰与唐功奇一夜劳顿,立刻拍门将二人叫起。

将风眼送来的便条摔到二人面前,他愤然质问:"这是怎么回事?"

寇元杰捡起便条看了看,不由笑道:"这消息没错,叶大公子昨晚遇刺身亡。"

"我不是说过不伤人命吗?"云襄怒道,"按计划你们应该在黑白双蛇得手前阻止他们，只要叶家两兄弟起了内讧，我就有办法让叶家从此一蹶不振。"

"我和唐先生认为，你的计划虽然可行，但还远远不够。"寇元杰得意地笑道，"所以我们临时做了调整，让叶大公子死在黑白双蛇手里。有我们在暗中指路，官府很快就会追查到叶二公子头上，黑白双蛇身上那张欠条，就是最强有力的证据。叶二公子一旦进了大牢，没准就会畏罪自杀，叶家若是从此绝后，我不相信叶继轩还能撑过去。"

唐功奇也冷笑道："叶二公子若不畏罪自杀，咱们就想法帮他一把。只要叶家两个儿子因争夺家产自相残杀，死于非命，叶家的信誉和名望从此就一落千丈，就算叶继轩不气死，也绝不可能再翻身了。"

云襄指着二人气得说不出话来，只得一甩手愤然而去。

叶家是巴蜀名门，又是唐门姻亲，叶大公子遇刺在官府眼里是大事，自然不敢怠慢，立刻派出了最好的捕头彻查。有捕快认出了黑白双蛇的身份，叶二公子的欠条也被从白蛇身上搜了出来，其买凶弑兄的阴谋立刻大白于天下。叶继轩得知长子是被次子买凶所杀，气得中风瘫痪，卧床不起。

叶晓虽被官府暂时收监，但考虑到他是唐门未来的姑爷，所以并没怎么吃苦头。不过就算是这样，他也早已吓得六神无主，精神恍惚。当云襄第二日去狱中探望他时，实不敢相信面前这精神憔悴的邋遢男子，就是养尊处优的叶二公子。

"救我！快救救我！"突然看到云襄，叶晓顿时来了精神，忙扑到栅栏前，像抓住救命稻草般对云襄喊道，"快帮我向唐宗主求救，我是照他的指点去做，才犯下如此重罪的，他不能不管我！"

云襄望着彷徨无依的叶晓，突然想起自己当年被人陷害入狱大概也是这种心情。他暗自叹了口气，悄声道："我会替你去求唐宗主，不过在庭审时你一定不能提到他，不然谁也救不了你。"

"我知道，我知道！我决不会提到与唐宗主有关的任何事！"叶晓慌忙道。他虽然是个不学无术的纨绔，却并不傻，知道供出唐功德不仅救不了自己，只会令自己死得更快。现在唐功德已是他活命的唯一希望。他对云襄急道："你快去见唐宗主，让他先将我从这里弄出去。事成之后，我一定会重重谢你！"

见云襄似乎不为所动，叶晓心想寻常财物未必能打动云襄，不由一咬牙，压着嗓子小声道："云公子，只要你能想法将我从这里弄出去，我愿用家传至宝酬谢！"

云襄摇了摇头："你放心，我会全力帮你，但不会要你任何酬谢。"

叶晓以为对方不相信自己的话，不由急道："那可是战国时代秦相吕不韦所著之《吕氏商经》，乃吕公一生成就的总结，也是我辈经商之圭臬。咱们叶家有今天的成就，就是得了此经之助。世人只知吕公以一部《吕氏春秋》名传千古，却不知《吕氏商经》才是吕公留给后人的至宝。"

云襄闻言心中一动，以前曾在野史传说中读到吕不韦写过这么一部商经，却没听说此书流传下来，如今听叶晓这么一说，心中顿时有些好奇。联想到魔门为对付叶家付出的心血和代价，他隐约猜到了寇元杰此行的真正目的。轻轻拍拍叶晓的手，他小声安慰道："你放心，我会立刻给唐宗主写信，同时上下打点，决不让你在狱中吃苦。"

"多谢多谢！小弟来生结草衔环，也要报答公子的大恩大德！"叶晓泪流满面，哭着跪倒在地。由于这次是买凶弑兄，就连父亲到现在也没派人来看望自己。因此，云襄此刻的安慰就显得尤其难能可贵。

"时间到，亲友速离！"在狱卒催促下，云襄只得离开。

出门后他径直驱车来到一条偏僻小街，那里是贺豹子最常出没的所在。没费多少工夫，云襄就在一处背风的角落找到了正在赌钱的贺豹子。

见财神爷上门,贺豹子立刻丢下同伴笑着迎上来:"大哥又给小弟送钱来了?"

云襄将两锭银子和一封信塞入少年手中:"立刻替我将这封信送到唐门。"

"唐……唐门?"贺豹子顿时有些为难。成都离唐门还有好几日路程,这还罢了,像唐门这样的豪门望族,贺豹子最为发怵。

云襄从怀中掏出一张银票,一撕两半,将其中一半塞给贺豹子:"这是一百两通宝钱庄的银票,你先拿半张,回来后我给你另外一半。"

"一百两?"贺豹子立刻点头答应,"好!我马上就走!"

目送着贺豹子离开后,云襄将剩下半张银票交给一个流浪儿,叮嘱道:"等你们老大回来,就将这半张银票交给他。"

叶家长子遇刺、次子被收监的消息很快就传遍了成都,加上叶继轩中风病倒和前日叶二公子亏了上百万两银子的流言,立刻在全城造成了恐慌。人们涌向叶家经营的四通钱庄,想尽快提出存在那里的银子,这股风潮有如瘟疫,短短几日就传遍了全城乃至整个巴蜀。四通钱庄现银顿时告急,借出去的债收不回来,而每天却要付出去几十万两现银。人们涌向每一个分号,为取出自己的存银而拥挤争斗。叶家声誉一落千丈,所有往来商户都在向叶家追债,却没人愿意借钱助它渡过难关。

当贺豹子将信送到唐门时,唐功德已收到桃花山庄的飞鸽传书,叶二公子是唐门未来的姑爷,他出事桃花山庄不能不报。唐功德收到信后正要动身去成都,见有人又送来有关叶晓的消息,自然就将贺豹子带着一同上路。

在马车中,唐功德草草看了看信,这才打量着对面的贺豹子问:"谁让你送这信的?"

"他……他叫寇元杰。"贺豹子不安地道。第一次面对威震巴蜀的大佬,他低着头不敢看对方一眼。

"是什么人?干什么的?为何要让你送这信?"唐功德一连问了几个问题,贺豹子都茫然摇头。他只得转头对身旁的弟子吩咐道:"到了成都我先去探望叶继轩和二公子,你立刻去查这个寇元杰的底细!"

"是!"那弟子答应着,立刻甩鞭加快了车速。这天黄昏时分马车抵达成都,没费多大周折,唐功德就在府衙昏暗的牢房中见到了未来的女婿。

叶晓一见来人,顿时跪倒在地,泪如泉涌:"泰山大人,您……您可要救小婿一命啊!"

唐功德挥手令人退下后,问:"这是怎么回事?你为何要买凶弑兄?"

"这……这不是您指点的吗?"叶晓惊讶地道,"我完全是照您的吩咐去做的,就连杀手都是您帮我找好的啊!如今出了意外,您……您可不能丢下小婿不管啊!"

"混账!我什么时候指点过你?"唐功德勃然大怒。

"您不是跟我讲过您的故事,要我向您老学吗?"

"我的故事?什么故事?"

"就是当年买通杀手暗算自己、嫁祸兄弟的计谋,我可完全是照您老的暗示去做的啊!"叶晓听他否认,慌乱之下也顾不得后果了,却没有注意到唐功德的脸色已经完全变了。

仔细询问过所有细节后,唐功德已明白了事情的原委,不禁切齿吐出一个名字——唐功奇!见叶晓一脸迷茫,他嘴角勉强浮起一丝微笑,隔着栅栏拍拍叶晓的肩安慰道:"你在这里委屈几日,我这就想法将你弄出去。"说完冷着脸转身就走。

门外等候的弟子见唐功德独自出来,忙跟上去小声问:"咱们不将叶公子一同带走?"

唐门在巴蜀势如帝王，唐功德若要从牢房中带走一个囚犯，根本无须事先征得官府同意，所以那弟子见宗主没有带走唐门未来的姑爷，感到有些意外。不想唐功德狠狠瞪了他一眼，冷冷道："他不再是唐门的姑爷了，他必须彻底从这个世界消失。这事你亲自去办，要让他永远失踪，不能让人找到有关他的任何痕迹。"

那弟子一怔，这是要叶二公子死无葬身之地！他不知道宗主为何会这样吩咐，不过他不敢多问，立刻点头道："遵命，弟子今晚就办！"

"还有，"唐功德突然停下脚步，"通知所有唐门弟子，秘查唐门叛逆唐功奇！一旦发现他的踪迹，立刻通知我。除此之外，还要去查新近出现在成都的两个富家公子，一个叫元杰，一个叫公子襄。必要的话，通知官府全城戒严，决不能让这几个人离开成都！"

"弟子这就去办！"那弟子立刻拱手告退，亲自去通知唐门在成都的各路人马。

唐功德登上外面的马车，对车夫摆了摆手："去叶府。"

马车辚辚，唐功德在车中闭目养神。虽然叶家与唐门关系密切，祖传的经营之道在经济上对唐门帮助极大，但现在叶家声名狼藉，唐门要尽快与其撇清关系。诚信是商家的第一生命，如今叶家发生这么多变故，它的经济生命已奄奄一息，就算唐门有能力帮它起死回生，代价太大，已没有多少操作价值，所以当初的联姻也没有继续的必要，它反而会成为套在唐门头上的枷锁。只要叶二公子还活在世上，唐门就不能撕毁婚约，所以他必须得死，何况他还知道了唐门的隐私，而且认定是唐功德教他弑凶弑兄的。这种不开眼的笨蛋，在唐功德心中早已死不足惜。不过为了做得不那么明显，叶二公子只能失踪，永远失踪。

马车缓缓停了下来，叶府到了。唐功德即刻下车，不等通报就径直闯了进去。叶府弥漫着一种树倒猢狲散的颓丧气氛，唐功德的到来，勉强让府中有了几分生气。

在内院见到卧病在床的叶继轩时,唐功德终于确定叶家再无法渡过这次难关。叶继轩口鼻歪斜,半身瘫痪,已经说不出一句完整的话来。见到前来探病的唐功德,他只能拉着对方的手泪流满面。

"亲家翁安心养病,我会将二公子保出来。"唐功德握着叶继轩的手柔声安慰道,"你还有什么要交代给二公子的,我一定替你办到。"

叶继轩目视一旁的老管家,他立刻将账本、地契等捧到唐功德面前。唐功德接过来随手放到一旁,盯着叶继轩柔声道:"亲家翁,你如今瘫痪在床,家中混乱不堪,这个时候最容易为下人所趁,因此,叶家那部《吕氏商经》应尽快交给二公子才是。"

叶家虽然遭此变故,钱庄受到挤兑,但各种不动产还在,仅在成都的商号、当铺、房产就有数十处,基业依然雄厚惊人。不过在唐功德眼里,这些东西都不及一部《吕氏商经》有价值。对唐门这种百年望族来说,钱已经不是第一追求,它更需要一种经营之道,能让唐门庞大的基业不断增值、膨胀,成为影响天下大势的强大力量。既然叶家败落,无法再为唐门所用,那唐门就不得不靠自己了。将《吕氏商经》拿到手,自然可以少走很多弯路。

叶继轩拼命张合着嘴,却说不出半个字。唐功德忙将纸和笔塞到他尚未瘫痪的左手中,叶继轩抖着手,歪歪斜斜地在纸上写下几个字:"我要亲手交给儿子。"

唐功德沉下脸来,低声问:"你信不过我?"

叶继轩抖着手又写下几个字:"事关重大,望谅。"

唐功德眼中闪过一丝恼怒,手中一点暗劲度过去,闭住了叶继轩左半身的穴道,跟着将纸条捏碎,这才大声道:"多谢亲家翁信任,我定会将《吕氏商经》亲手交给二公子。"说完他转向身后的老管家:"叶管家,快将经书拿出来吧。"

方才唐功德背对着老管家，老管家没有看到唐功德所做的手脚，毫不犹豫地从墙上的秘匣中拿出一册羊皮书，双手捧着就要递给唐功德。突然，他发现叶继轩双眼圆睁，面目狰狞，不由一惊，慌忙伏到主人身前："东家，你怎么了？是不是老奴做得不对？"

叶继轩浑身不能动弹，只能用眼神告诉他。二人主仆多年，老管家立刻就明白了主人的心思，忙收起经书对唐功德道："唐宗主，对不起，东家要亲自将经书交给公子。"

唐功德面色一沉："你这老狗，敢违抗主人的命令？拿来！"说着伸手就抓向老管家手中的经书，老管家慌忙后退，边退边大叫："来人！快来人！"

门外响起凌乱的脚步声，几个武师糊里糊涂地冲了进来。唐功德不想夜长梦多，回手一扬，几枚牛毛针分别闭住了几个武师的"环跳穴"。几个武师先后倒地，老管家也吓得手足酸软跌倒在地，嘴唇哆嗦着说不出话来。

唐功德正要俯身夺过经书，陡听几点锐风从窗外射来，角度算得极准，刚好封住了他所有躲闪线路。唐功德只得侧身避开，跟着伸指夹住迎面射来的那一点银光。银光入手，突然分成两段，一段被唐功德的手指牢牢夹住，但另一段速度不减，依旧迎面射来。唐功德大惊失色，眼看来不及躲闪，他一张嘴，将那点银光吞入了口中。

"子母针！唐功奇！"唐功德说着身形一晃，向银光射来的方向倏然追了出去。子母针乃唐门独门暗器，两针相套，针中藏针，既阴险歹毒又复杂难练，是唐功奇当年最为得意的成名绝技。自从唐功奇逃出唐门后，唐功德就专门苦练了破解子母针的口中盾，就是在口中含有一片吸铁石，专门防备细小的子针。本来口中盾是要吐出吸铁石粘住子针，但方才子针来得实在太快，唐功德来不及吐出吸铁石，只得在口中将针接住，冒险破了子针。

最危险的敌人陡然出现，唐功德再无心理会旁人，立刻追了出去。唐功德一走，一个倒在地上的武师突然一跳而起，冷笑着来到老管家面前。老管家打量着对方那年轻阴鸷的脸，失声惊呼："你……你是谁？想干什么？"

年轻的武师得意地一笑："小生寇元杰，想借你手中的《吕氏商经》一观。"

"你……你休想！"老管家说着翻身想跑，却见一道寒光从他项上掠过，鲜血如喷泉般急涌而出，跟着人就软倒在地。那年轻武师从他手中夺过羊皮书，草草翻了翻，立刻得意地吹了声口哨，收起经书对瘫在床上的叶继轩一拱手："多谢，告辞！"

眼看寇元杰拿着经书扬长而去，叶继轩双眼一翻，一口浓痰堵在咽喉，很快没了气息。

寇元杰推门而出，正要离开这是非之地，突感身后有杀气透体。他正要拔剑戒备，陡听身后传来一声厉喝："别动！"

杀气刹那间透体生寒，令寇元杰不敢妄动，他依稀听出这声音有些耳熟，不由失声惊呼："金彪？你想干什么？"

"将经书放在地上，然后向前直走，不要回头！"

"我凭什么听你的？"寇元杰一声冷笑。

"你也可以赌一把，试试能否躲过我这一刀。"

寇元杰手扶剑柄犹豫起来，正面交手，他决不惧怕这个刀客，不过现在这情形，他却没有半点把握。略一踌躇，他拖延道："你不是走了吗，为何又回来？你要这经书干什么？"

"我数到三，你再不照做我就出手。一！二！"杀气越发凌厉，对方绝非虚言恫吓。

"算你狠！"寇元杰愤愤地将经书放在地上，抬脚就往前走。他知道这次自己遭人算计彻底败了，毫不犹豫就大步出门，再没有回头。

月色如银,大地一片朦胧,郊外的官道旁,一辆马车静静停在树林中。一道黑影灵狐般摸进车厢,跟着响起金彪那爽朗的笑声:"得手了,一切俱在公子算计中!"

"好,上路!"车厢中响起云襄平静的声音,"出城的时候没遇到麻烦吧?"

"没有,唐门找的是唐功奇与寇元杰,没人注意我这无名小辈。"金彪说着拍了拍赶车的车夫,"再说有风眼老弟事先安排,出城非常顺利。"

赶车的风眼回过头来,嘿嘿一笑:"公子出手豪爽,风眼当然要竭尽所能。希望公子有机会再来成都,让风眼有机会再为公子效劳。"

云襄淡淡一笑:"现在成都恐怕要被唐功德翻个底儿朝天,短时间内我是不会回来了,你也出去避几天风头吧。"

风眼嘿嘿笑道:"公子多虑了,像咱们这样的下里巴人,才是成都真正的地头蛇,就算是唐门也拿咱们无可奈何。不过出了成都,老朽就帮不到公子了。整个巴蜀地界,唐门的势力都无所不在,你们千万要当心。"

云襄一笑:"我不担心自己,倒是担心唐功奇与寇元杰,不知他们如何才能脱身。不过魔门有唐笑在手,就算寇元杰落入唐门之手,也应该没有性命之忧,但唐功奇就难说了,只怕他大哥无论花多大代价,都要除掉他。"

金彪大笑道:"我虽然讨厌魔门,却也没想到公子竟敢摆它一道,让我与柯姑娘演一出双簧,连唐功德和寇元杰也算计在内。就不知公子为何要与魔门翻脸?"

"你愿意做魔门走狗,被寇焱利用吗?"云襄笑问。

"当然不愿意!"金彪大声道,"我金彪一向自由自在,哪受得了魔门的森严等级？若处处受人管束，活着还有什么意思？"

"我也不愿意。"云襄笑道，"从寇焱逼我与之合作开始，我就没想过要受他摆布。再说魔门的野心竟然是要觊觎九鼎，我更不能为虎作伥。战乱一起，生灵涂炭，正所谓乱世中人不如犬，虽然现在朝廷昏庸，官场黑暗，但好歹还是个太平世界。若是帮助魔门妄生事端，那可就是天下的罪人了。"说到这里云襄长长叹了口气："虽然我对叶家没多少好感，不过也没想过要害人性命。唐功奇与寇元杰擅改计划，刺杀叶家大公子，弄得叶家家破人亡，从那一刻起，我就决心要他们付出代价。不过叶家的败亡，我才是幕后主使，也许我也应该为此付出代价才是。"

"公子千万别这么想。"金彪忙道，"像叶家这样的豪门，每一个铜板都未必干净，不知道多少人曾被他们逼得家破人亡。这次上苍不过是借公子之手，向他们索债罢了。"

"我居然成了上苍的使者？你别刺激我了。"云襄哑然失笑，抬头望向天空，幽幽一叹，"都说抬头三尺有神明，可谁见过真正的神明？谁又能代表真正的天意？"

金彪无言以对，遥望苍天陷入了沉思。

天明时分，风眼驾车来到江边，江上停着一艘乌篷大船，一个黑衣女子正在船头不住张望。看到马车驶来，那女子立刻划着小舢板靠上江岸，小鸟般扑到车前，对刚下车的金彪和云襄连连埋怨："你们怎么才来，担心死我了！"

金彪笑着调侃道："不知道柯姑娘是担心我金彪呢，还是担心云公子？"

柯梦兰脸上一红，立刻道："当然是两个都担心。别废话，快上船，我为了联系到这条船，可花了不少银子。"

风眼遥见船头的船旗，不由对云襄微微颔首："原来公子早安排下退路，是老朽多虑了。有漕帮的船旗护驾，就算唐门也要礼让三分。"

三人登上大船，与风眼挥手道别。在艄公的号子声中，只见江岸后移，大船顺流而下，全速向下游驶去。

柯梦兰遥望渐渐远去的山水，突然叹了口气："这次咱们巴蜀之行，虽然得了不少银子，可都落入魔门和碧姬一伙的手中，除了那本破书，咱们差不多算是白忙活一场，还惹上了魔门和唐门两大强敌，真有些不值。"

"咱们也不是完全没有收获。"云襄笑着从怀中掏出一张银票，得意地向二人扬了扬。金彪抢过来一看，却是一张通宝钱庄八万两银子的巨额银票。通宝钱庄乃皇家钱庄，全国各地都有分号，凭它开出的银票，可以在任何分号兑换银子。金彪惊讶地瞪大双眼："哪来的？"

"你们忘了叶二公子写给我那张十万两银子的欠条？"云襄笑道，"我用它在通宝钱庄换了这张银票。"

"欠条也能换银票？"柯梦兰似乎不敢相信。

"那也要看是谁的欠条！"云襄微笑着解释道，"叶家虽然生了大变故，但基业还在，通宝钱庄是皇家钱庄，有优先债权，凭着叶二公子那张欠条，它可以从叶家一文不少拿到十万两银子。这一进一出它净赚两万两，何乐而不为呢？"

"噢，发财了！"柯梦兰与金彪欢呼雀跃，高兴得忘乎所以。金彪连连亲吻银票，边亲边道："八万两，足够咱们去北京城最大的富贵赌坊豪赌一个月！"

"瞧你那点出息！"柯梦兰一把夺过银票，对云襄笑道，"有八万两银子，咱们可以去瘦西湖泛舟，大草原赛马，黄鹤楼赏月，北京城豪赌。不知公子最想去哪里？"

云襄遥望虚空，冷冽的眸中闪过一丝锐芒，从齿缝间缓缓吐出两个字："扬州！"

第二卷 千門之花

一、变故

　　并腿！含胸！低头！不要四处乱看！舒亚男不断在心中提醒着自己。从迈入金陵苏家大门那一刻起，她就装出低眉顺眼的淑女模样，低着头，迈着小碎步，在一个丫鬟带领下，来到内院一间膳房，坐到一桌丰盛的酒宴前，让几个素不相识的女人肆意审视盘问，评头论足。

　　天啊！我成了酒宴上的一道菜，让这一切快点过去吧！舒亚男在心里痛苦地祈祷。右手边一个贵妇将一只清蒸螃蟹夹到她碗中，关切地指点道："现在蟹黄正肥，舒姑娘快尝尝。"

　　舒亚男连忙点头致谢。螃蟹是她的最爱，不过现在显然不是张牙舞爪剥吃螃蟹的时候。她恨恨地咽了口馋唾，幸好碗中还有一小块鳕鱼肉，她学着贵妇们的样子，用象牙筷小心翼翼地夹起来，尽量优雅地送入口中。尚未尝出味道，就听对面那位目光挑剔的贵妇在问："舒姑娘是扬州人？"

　　舒亚男赶紧将口中的鳕鱼肉囫囵吞下肚，放下筷子小声答道："是！"

　　"家里做什么营生呢？"

　　"家父开了间小镖局。"

那贵妇"哦"了一声，柳眉微微皱了皱。舒亚男知道爷爷和父亲两代人打下的基业，在金陵苏家眼里，连嘲笑的资格都够不上，但她并不觉得自己就低人一等。她第一次昂起头，直视着那贵妇的眼睛说："虽然平安镖局只是一间小镖局，但最近十年咱们从未丢过镖。我一直以我父亲为傲！"

"平安镖局？"那贵妇又皱了皱眉，显然从未听说过这个名字。舒亚男知道，在金陵苏家眼里，天下镖局都属于一个阶层，无论是平安镖局还是威远镖局，在她们眼里都没多大差别。舒亚男无心给她们解释其中的差别，她只希望酒宴快些结束。让不认识的女人像对待犯人一般审视、盘问，这对她来说还是第一次。依着她往日的脾气，不是拂袖而去，就是旁若无人地大快朵颐，像现在这样假扮淑女，简直比打趴十八个地痞流氓还累。

"不知舒姑娘是如何与鸣玉认识的呢？"对面那个贵妇又在发问。舒亚男脸上突然现出一抹红晕，第一次不是假装而是真正羞涩地垂下头，讷讷地说不出话来。几个贵妇窃窃轻笑，似乎很欣赏别人的难堪。

舒亚男怎么也忘不掉第一眼看到苏鸣玉的印象，那是一个素净、优雅、孤独的男人。就算置身金陵郊外那乱哄哄的街边酒肆，依然显得那样卓尔不群。这立刻就引起了她的警觉。提防每一个与众不同的人，这是父亲告诉她的走镖铁律。那是她第一次单独走镖，虽然所保金额不大，却也不想让父亲失望。

她匆匆用完饭就押着镖车提前上路，那白衣男子果然不紧不慢地跟了上来，毫不掩饰自己的行踪。她不记得是怎样与对方起的冲突，也许是她过度紧张，又或者是他故意找茬，总之他们戏剧性地认识了。后来她盘问这个闯进她生活的世家公子，他的回答让她得意了好久。他说："我从没看到过一个美貌少女，能够像你一样指挥一大帮桀骜不驯的江湖汉子。你的直率、豪爽，以及那不施脂粉的天然之美，一下子就抓住了我的心。那时我就在心里对自己说：这就是我等待一生的女孩！"

第一次听到这样的赞美，舒亚男不禁羞红了脸。在熟悉她的人眼里，她一直是个粗鲁蛮横的野丫头，从来没有人说过她美，尤其在媒婆眼里，她永远是个没人敢要的母老虎。扬州街头那些吃过她鞭子的混混，背地里还送了她一个十分不雅的绰号——"老虎的屁股"。现在这个江南第一世家的大公子，居然说她美，她的心不禁怦怦直跳，那是一种从未有过的奇异感觉。

也许在他这样的世家公子生活中，从来没有像我这样的江湖女子吧。她在心里对自己说，他是那样优雅，与我生活在截然不同的世界，我们根本就风马牛不相及，偶然的认识不过是上天的玩笑。舒亚男，你千万别胡思乱想！

就在她心神不宁、患得患失的时候，那个优雅的男子轻轻握住她的手，用他那亮若晨星的眼眸望着她说："我想带你去见我的叔叔和婶娘，如果他们不反对，我想让你做苏家的大少奶奶。"停了停，他又补充道："就算他们反对，我也会说服他们。"

一股巨大的暖流突然弥漫全身，舒亚男只感到头脑一片空白。最后一丝理智告诉她：不可能，根本不可能！金陵，不，是整个江南所有大家闺秀心目中的如意郎君，怎么会喜欢我这样一个江湖女子？他一定是在开玩笑，要不就是在捉弄我！

她本能地要拒绝，但心灵深处那种按捺不住的冲动出卖了她。她红着脸点了点头，心中却在对自己说：疯了！我一定是疯了！天啊，快救救我！

"舒姑娘怎么不吃东西？是不是不合你口味？"

一声问候将舒亚男的思绪拉回到眼前的宴席。她抬头望去，就见几个贵妇已放下碗筷，正用素巾优雅地擦着嘴。她悻悻地望了望满桌的美味佳肴，从丫鬟手中接过素巾在嘴上做了做样子，然后摸摸饥肠辘辘的肚子言不由衷地说："我已经吃好了。"

方才盘问她那个妇人点了点头："舒姑娘请随我来，敬轩也想见见你。"

敬轩？苏敬轩！舒亚男一惊。这个名字在江湖上闻名遐迩，那是金陵苏家宗主，也是苏鸣玉的亲叔叔！

舒亚男糊里糊涂地跟着那妇人出得后院，沿着曲折长廊来到一间雅致的客厅，在门外刚好遇到那个领她进来的优雅男子。她恨不得拉着他立刻逃离这里，不过他那温暖从容的目光给了她无穷的力量，她终于还是随着他勇敢地跨入了厅门。

厅中雅静素洁，一个年逾五旬的老者闲闲地坐在那里，不怒自威。苏鸣玉上前一步，向老者和舒亚男示意道："叔叔，这就是亚男。亚男，这是我叔叔。"

舒亚男忙抱拳为礼，想想不对，又改成半蹲福礼："亚男拜见叔叔。"

话刚出口，就惹得一旁伺候的丫鬟扑哧失笑，把舒亚男闹了个大红脸。还好丫鬟的笑声立刻被苏敬轩的目光制止，他恍若无事地抬手示意道："舒姑娘请坐。"

舒亚男惴惴落座后，苏敬轩开口道："想必舒姑娘也听鸣玉说过，他爹娘去世得早，我和他婶娘将他拉扯大，他的终身大事我们自然要操心。鸣玉第一次跟我提起你，我就差人去扬州了解过你的家世背景。恕我直言，你和鸣玉并不合适，你们无论生活习惯还是脾气禀性都截然不同，我真不希望你们为一时的好感就晕了头。这桩亲事，我希望你们慎重考虑。"

"叔叔！"苏鸣玉大急，刚要开口辩解，却被苏敬轩严厉的目光制止，他只得把目光转向舒亚男。只见她咬着嘴唇默然半晌，突然站起，一扫惴惴不安的淑女模样，抬头直视着威震江南的苏敬轩："苏宗主，我喜欢苏公子，这点不需要慎重考虑。至于我的家世背景，我并不觉得就低人一等。你如果因为这就鄙视我，我会加倍地鄙视你。至于我和苏公子的亲事，我只想问苏公子。"她转向目瞪口呆的苏鸣玉："你愿不愿意娶我？"

苏鸣玉想说愿意，却怕伤了叔叔婶娘的心，一时沉默。

舒亚男见状咬牙道："娶，还是不娶？给个痛快话！男子汉大丈夫，婆婆妈妈的干什么？"

苏鸣玉眼中闪过一丝坚定，转头毅然对苏敬轩道："叔叔，侄儿长这么大，从未求过您什么。现在侄儿恳求叔叔看在我过世的爹娘分上，成全小侄！"

苏敬轩与夫人对望一眼，眼中俱有难色。捋须沉吟片刻，苏敬轩终于一声长叹："既然你抬出你过世的爹娘，我和你婶娘也不好说什么。去祠堂向你爹娘禀告吧，但愿他们在天之灵，也会同意这门亲事。"

"多谢叔叔成全！"苏鸣玉大喜过望，正要拉着舒亚男告退，却听苏敬轩又道："我近日就差人去扬州向舒总镖头提亲，不过我希望大礼在一年后再举行。"

苏鸣玉知道叔叔是要用时间来考验自己的感情，无暇计较这等细节，连忙点头答应。舒亚男没想到苏敬轩会改口，本已绝望的心一下子堕入莫大的幸福旋涡，只觉得天旋地转，恨不得与苏鸣玉击掌相庆。

浑浑噩噩地随着苏鸣玉出了苏府大门，舒亚男才稍稍恢复了神智，忙对送自己出来的苏鸣玉道："你不用远送，我又不是三岁小孩。"说着她从颈项上取下一个吊坠，红着脸塞入苏鸣玉手中："这是我最珍爱的东西，你暂时替我保管，以后记得要还给我噢！"说完她转身就跑，轻盈得像受惊的小鹿。

苏鸣玉目送她消失在长街尽头，才低头摊开手掌，掌中是一颗红白相间的雨花石。他刚在暗笑她的小孩心性，就看清了雨花石上那个天然生成、巧夺天工的"心"字。他从未见过如此特别的定情信物，就像是上天专为有情人特制的。他紧紧将那枚雨花石捧在掌心，仰望苍天暗自许诺：苍天在上，我苏鸣玉会永远爱护、珍惜这颗独一无二的心！

离开苏府时已是黄昏，舒亚男浑身轻松，嘴角时不时泛起一丝甜甜的微笑。她突然想起父亲的一句玩笑："亚男，你要能找到个男人把自己嫁出去，为父就算下半辈子不喝酒都认了。"她真想立刻将这门亲事飞报父亲，让他不用再为女儿的终身大事发愁了。

平心而论，舒亚男绝对是个大美人。曲线玲珑的身材，修长健硕的双腿，微微凸起的胸脯，无不散发着青春的朝气。脸上不施脂粉，却依然粉白红润，野外的风霜并没有在她脸上留下任何痕迹，五官虽不娇俏迷人，却有一种寻常女子所没有的英武和俊美。这样的女子本不该为嫁人头痛，但特殊的生活背景、特立独行的性格，使寻常人家对她望而却步，这才造成了她今日的尴尬。

不过现在一切都过去了，我不仅把自己嫁了出去，夫君还那般优秀，老天终于开眼了！舒亚男得意地想着。突然，她听到有人在急切地呼叫自己，定睛一看，原来是父亲身边的老镖师徐伯。她这才意识到，自己交付了雇主的镖货，将伙计打发回去后，为了那个优雅迷人的苏公子，一个人在金陵已滞留了一个多月，难怪老爹要担心了。

徐伯边抹着满头大汗，边拿出一封信："总镖头让我把这封信给你送来！"

记忆中父亲从未写过任何书信，舒亚男连忙接过信，三两下匆匆撕开，上面只有没头没尾的三个字："对不起。"

她有些疑惑，一种不祥的预感渐渐侵入心底。这预感是如此强烈，以至于她来不及与心上人告别，立刻就吩咐徐伯："快备马！我要连夜赶回扬州！"

第二天正午，舒亚男站在平安镖局大门外，几乎不敢相信自己的眼睛。曾经是那样恢宏广大的镖局，此刻只剩下残垣断壁。黑乎乎的废墟中，还有轻烟升起，似乎在诉说着昨日的变故。

"小姐，你可回来了！"几个满面悲戚的汉子从角落出来，齐齐聚到舒亚男身边。她环视着这些镖局的老镖师，忙问道："张大叔，李大伯，这是怎么回事？我爹爹呢？"

张镖师道："前日总镖头遣散了所有镖师，并将所有人赶出镖局，自己却独自留了下来。咱们几个老兄弟不放心，一直守在镖局外。夜里镖局突然起火，咱们几个冲进去，却只抢救出总镖头……的遗体。"

"遗……体？"舒亚男两眼一黑，几乎不敢相信自己的耳朵，"我爹爹怎么会死？"

老成持重的李镖头黯然道："昨晚我和老张冲入火中时，刚好看到总镖头横刀自尽。小姐节哀。"

"自尽？我爹爹怎么会自尽？"舒亚男歇斯底里地大叫，"我爹爹在江湖上闯过了多少艰难险阻，什么事能逼得他自尽？"

李镖头轻声道："小姐跟我来，咱们已在郊外的荒庙中为总镖头搭起了灵堂。你祭拜过总镖头后，咱们会把一切告诉你。"

郊外的荒庙中，一灯如豆，神龛中的佛像早已破败得不成模样。一具薄薄的棺木停在小庙中央，棺木前的灵牌上是几个冰冷的大字："舒公讳振纲之灵位。"

"爹爹！"舒亚男扑到棺木前，棺木尚未上盖，棺中果然是相依为命的父亲。舒亚男泪如雨下，只觉得世界已完全坍塌。泪眼婆娑地哭了不知有多久，她渐渐平静下来，狠狠抹去满脸泪痕，转头望向几个镖师:"我爹爹为什么要自尽?"

几个镖师对望一眼,李镖头叹道:"这事说来话长。小姐你也知道,咱们平安镖局这片地,原本僻处扬州城边沿,一直都不值钱。不过最近几年,咱们这一片也渐渐繁华起来,地价打着滚往上翻。不少商贾闻讯而来,要买下整个平安镖局,其中出价最高的就是南宫世家三公子南宫放。总镖头是从先人手中继承下的基业,自然不愿变卖,令南宫放悻悻而回。"

"这事我也知道!"舒亚男道,"爹爹拒绝了所有买主后,这事不就已经过去了吗?"

李镖头摇头叹道:"小姐难道没发现咱们这些老兄弟中,尚少了一人?"

舒亚男仔细一看,顿时有些意外:"戚大叔呢?他怎么不在?"

张镖头一声冷哼:"戚天风这个王八蛋,就是他害了总镖头。"

"这是怎么回事?戚大叔怎么了?"舒亚男惊问。戚天风与舒亚男的父亲是出生入死的兄弟,当年在保一趟重镖的途中,曾用胸膛为舒振刚挡过一刀,因此舒振刚对他极为看重,他也理所当然地成为平安镖局的副总镖头。在舒亚男眼里,他就像自己的亲叔叔一般。

"这事也不能全怪戚天风。"李镖头叹道,"扬州郊外近年兴起的赌马,不知吸引了多少赌徒。那赛马场就是南宫世家与四川唐门的产业,就在当年骆家庄的位置。戚天风原也不好赌,只是喜欢好马,因为这被南宫放吸引进了赛马场,渐渐就陷入赌马的泥潭,背着总镖头输了不少钱,还欠下了马场的高利贷。被逼债的追急了,这小子鬼迷心窍,假说自己想做生意,要总镖头为他担保向钱庄借钱。总镖头一向豪爽,视他如亲兄弟一般,毫不犹豫就给了他限期半年的无限担保书。如此一来,半年内他无论借多少钱,总镖头都要负责替他还。这小子不断借高利贷翻本,谁知越赌越输,短短半个月就输了十几万两银子。这混蛋知道闯了大祸,躲起来不敢见人。直到南宫放拿着总镖头的担保书上门讨债,总镖头才知道自己欠下了一笔永远还不清的阎王债!眼看咱们平安镖局就要被南宫放扫地出门,总镖头无奈将大家遣散。咱们却没想到总镖头会如此决绝,不仅放火烧了镖局,还自杀身死。"

只有舒亚男知道父亲对平安镖局的感情,那是舒家两代人用鲜血和生命打下的基业,一旦在父亲手上丢失,他定是觉得愧对死去的爷爷,才愤然与镖局共存亡。舒亚男在心中暗暗发誓:一定要替父亲拿回镖局,让南宫放付出代价!只有这样,才能告慰父亲在天之灵。主意一定,她冷静下来,环视众人道:"几位大叔大伯,请帮我找到戚天风,拜托了!"

几个镖头虽然知道就算找到戚天风也于事无补,但还是齐齐点头答应。众人与总镖头亲若兄弟,所以舒亚男一开口,立刻就分头去扬州找人。

庙里渐渐安静下来。舒亚男独自跪在灵前,木然望着父亲的灵牌和棺木,感觉像在梦中一般不真实。回忆起父亲生前的点点滴滴,她的心已痛得完全麻木。

身后一点异响将她从悲痛中唤醒,回头就见庙外有个人影正躲躲闪闪地往庙里张望。她一眼就认出那个既熟悉又陌生的人影,立刻追出去,一把将他抓了进来。那是一个身材高大的魁梧汉子,此刻虽然神情萎靡、形销骨立,依然掩不去他那曾经的彪悍。进门后他连忙在灵前跪倒,左右开弓猛扇自己耳光,边扇边哭道:"总镖头,我戚天风对不起你!是我害你失去平安镖局,是我令你不幸身亡,你为何不将我也一并带走啊!"

舒亚男冷冷望着那汉子,心中说不出是痛恨还是悲伤。方才她恨不得杀了戚天风为父亲报仇，但现在看到他这潦倒模样，却又下不了手。见他将自己扇得满面血污，舒亚男心中反而有些不忍，忙问道："戚大叔，这究竟是怎么回事？"

"亚男你干吗不打我骂我，就算杀了我这混蛋，也是我罪有应得！"戚天风痛哭流涕，对着舒亚男连连磕头，"大叔对不起你，是我害了总镖头。"

舒亚男凄然一笑："现在就算杀了你，难道我爹爹就能回来？现在我只想知道，为何短短半个月，你就输了那么多银子？十多万两啊，堆在一起都能把人吓死。"

"是南宫放那个王八蛋设局害我！"戚天风双眼圆睁，几欲喷火，"他知道我喜欢好马，就刻意结交，带我去看赛马，然后引诱我下场赌马。开始我也只是随便玩玩，后来一个马场的管事偷偷告诉了我一个包赢不输的法子，我就陷了进去。"

"这世上还有包赢不输的法子？"舒亚男一声冷笑，"如此幼稚的谎言你也相信？"

戚天风脸上满是悔恨："开始我也不信，后来赢了些钱，我就相信了。"

"是什么法子？"

"就是加倍下注法。"戚天风解释道，"每次赛马是十二匹，我就在六匹单号马上下注一两银子。若押中，除开抽头还能赚五两多，若没有押中就加倍下注，只要一直押下去，迟早总会押中，连本带利全捞回来。我用这法子下注，刚开始也赢了好几百两。后来不知为何，一连十场全是双号马胜出，我几天时间就输了一千多两，还欠了马场两千多两的高利贷。我不甘心，坚信只要一直加倍押下去，迟早能翻本，所以我求总镖头给了我一张无上限的担保书，抵押给马场借钱下注。谁知这次偏偏就这么邪乎，连续十五场全是双号马胜。我欠了马场十多万两银子后，南宫放就拿着总镖头的担保书，带着官府衙役上镖局要账，不仅夺去了房契，还勒令平安镖局限期搬走。我没脸见总镖头，只好躲了起来，却没想到总镖头会……我不敢再露面，一直躲在灵堂外等侄女你回来。无论如何，我都要给你一个交代！"

戚天风说着猛然拔出匕首，挥刀切下了左手四个指头，然后将匕首扔给舒亚男："这四个指头，是惩罚我贪婪好赌。我这条贱命虽不足以为总镖头抵命，但我也只有这条贱命可赔了。要杀要剐，侄女你尽管动手！"

舒亚男看他痛得浑身直打哆嗦，对他的恨意早已消失殆尽。她撕下衣衫为戚天风包好受伤的手，若有所思地道："连续十五场都是双号马胜出，这其中必有蹊跷！"

"岂止蹊跷，南宫放是在操纵比赛，做好圈套让我往里跳！"戚天风愤然道，"我也是在输光了后，无意间听他向旁人炫耀，将我当成傻瓜来嘲笑！"

"他真在作假！"舒亚男眼里闪烁出异样的光芒，"咱们若能找到证据，不仅能将房契拿回来，还要告到他马场关门，以告慰爹爹在天之灵！"

戚天风苦笑着摇摇头："要找证据谈何容易，就算找到证据又如何？在扬州南宫世家一手遮天，咱们打不赢官司。当年这马场初建时，骆家庄不也告过南宫放，最后还不是庄毁人亡，那骆秀才也被送到青海去服苦役了？"

舒亚男也听说过骆秀才状告南宫放的事，不过她并不会因此就退缩，心中打定主意，只要能拿到证据，就直接告上金陵提刑按察司，若得鸣玉帮忙，事情会更有把握。想到这，她便问："南宫放一般住哪儿？"

戚天风想了想："南宫放在城南拐子巷有一处潇湘别院，他通常都住在那里……哎，你要干什么？"

见舒亚男冲出了庙门，戚天风慌忙追出来，舒亚男已翻身上马，打马便走。他想追上去，但失血之后浑身乏力，只能眼睁睁看着舒亚男纵马绝尘而去。

城南拐子巷并不难找，潇湘别院在巷子的最深处，是一处雅致清幽的大宅院。当舒亚男找到这里时已是掌灯时分，她想也没想就上前敲门。门"咿呀"一声裂了道缝，一个老家人在门后打量着舒亚男问："姑娘有何事？"

"我找南宫放，麻烦带我去见他！"不知南宫放此刻是否在别院，舒亚男还不敢造次。

"天色已晚，姑娘明日再来吧。"老家人说着就要关门。

舒亚男看里面灯火闪动，隐隐有男子说话的声音，很可能就是南宫放，于是强行闯了进去，不顾老家人的阻挠一路高喝："南宫放，给我出来！"

刚进内院，就见一个青衫男子立在廊下问道："这位姑娘是找在下？"

"你就是南宫放？"舒亚男打量着面前这年近三旬的青衫公子，心中十分意外。他是那样英俊、优雅，完全不像一个恶棍。他的气质让舒亚男不由自主就联想到苏鸣玉，他们是那样相似，虽然外表有所不同，但都是受上苍眷顾、最能吸引少女目光的男子。

"在下就是南宫放。"他的脸上露出了迷人的微笑，"好像在下从未见过姑娘，不知哪里得罪了姑娘？"

舒亚男虽然对南宫放的大名早有耳闻，但还是第一次见本人。他们本是两个不同世界的人，如果不是平安镖局的变故，也许一辈子都不会说上半句话。盯着他温柔的眼眸，舒亚男恨恨道："平安镖局的舒总镖头,不知南宫公子可还记得?我就是他的女儿。"

南宫放恍然大悟,眼里立刻蕴满真切的同情:"舒总镖头的事我听说了,没想到……唉,总之一切都是在下的错。舒姑娘请进,容在下向你慢慢解释。"

见南宫放满脸自责,舒亚男倒不好立刻发作,紧随他进了书房。南宫放仔细关上房门,对舒亚男愧然道:"我没想到舒总镖头会想不开,不仅放火烧了镖局,还一时糊涂寻了短见。早知如此,我就不收平安镖局的地契了。"

"我不想听你猫哭老鼠假慈悲,我只想知道你是如何设下圈套让戚天风上当,不到半个月就输掉十多万两银子的!"舒亚男质问道。

"舒姑娘这是什么话?"南宫放一脸的无辜,"既然是赌,自然有赢有输。如果每一个输了钱的赌徒都信口开河,冤枉马场作假,咱们还做不做生意了?"

"你少装蒜!"舒亚男斥道,"戚天风亲耳听到你向旁人炫耀你的圈套,还想抵赖?"

南宫放可怜巴巴地摊开双手:"姑娘是相信一个滥赌鬼,还是相信像在下这样家教严谨、忠厚善良的世家公子?"

舒亚男道:"我相信戚天风!我认识他十几年了,他是什么人我一清二楚。"

南宫放无可奈何地叹道:"既然如此,在下无话可说。你尽可到官府去告,只要你有确凿证据,在下不仅会归还平安镖局的地契,还会为舒总镖头的死负责。"

"你少得意!"舒亚男突然拔出雁翎刀,闪电般架到南宫放脖子上,"我要你写下设局欺骗戚天风的经过,若有半句虚言,我就杀了你!"

南宫放的声音突然轻佻起来,笑道:"舒姑娘是在逼在下动粗了?

就算我设局引戚天风入彀，巧取平安镖局又如何？没想到舒振刚还有这么一个漂亮泼辣的女儿。我本来还不知你老爹有你这么个宝贝，是你自己送上门来，我若不笑纳，实在对不起你那死鬼老爹。"

话音刚落，他身形一晃，鬼魅般脱出了雁翎刀的威胁，和身欺入舒亚男怀中，左手闪电般擒住她握刀的手，右手则扣住了她的咽喉。他将她背过身揽入怀中，在她耳边调笑道："你爹爹的镖局还不值十万两，你既然送上门来，正好拿来抵债。"

舒亚男原以为南宫放是个养尊处优的世家子，武功再高也比不上自己在江湖上磨砺出的经验，没想到南宫放的武功深不可测，一个照面就将自己拿住。舒亚男羞愤难当，一个后撩腿踢向南宫放下阴，却被对方双腿就势夹住，然后夺去雁翎刀扔到一旁，淫笑道："我喜欢你野性十足的样子，像烈马一样刺激。继续挣扎，不要停！"

舒亚男无法挣脱南宫放的掌握，不由急道："你敢欺负良家妇女，不怕大明律法吗？"

"良家妇女？"南宫放呵呵笑道，"你携带凶器闯入我私宅行凶，根本就是个女飞贼。对待你这样的女飞贼，本公子怎么玩都不过分。你就算告到官府，也不过自取其辱。"说着他一只手已摸上舒亚男的胸脯。舒亚男羞愤难当，拼尽全力将其推开。南宫放却满意地笑道："送上门的野味，本公子可要慢慢享用！不用急，咱们有的是时间。"

舒亚男心中升起从未有过的恐惧，本能地转身想逃，谁知刚打开门闩，南宫放就追了上来。他一手揽住少女的纤腰，一手在她那紧翘结实的屁股上肆意揉捏，还连连赞道："练过武的女人就是不一样，像母马一般结实有劲！"

舒亚男眼里涌出屈辱的泪水。她想起第一次被地痞突袭摸了屁股的情形，那时她还不到十四岁，当时就吓坏了，哭着跑去告诉父亲。父亲没有找那地痞算账，却对她说："亚男，这世上什么人都有，你得学会保护自己。谁要欺负了你，你就要让他付出十倍的代价。只有视尊严如生命的勇敢者，才配在江湖上生存。"

舒亚男记住了父亲的话，她将一柄削铁如泥的匕首藏在袖中，故意扭动着屁股在那地痞面前招摇。当对方忍不住再次摸向她的屁股时，她一刀砍断了那只脏手。从那之后，她就得了个"老虎的屁股"的绰号，她一直以这绰号为荣，就算从此没有媒人上门，也无怨无悔。

当再次遇到这种情形时，舒亚男不禁又想起了父亲的话。她在心里对自己说：舒亚男，你要做一个勇敢者！

她曲起身子蹲在地上，像是完全失去了抵抗能力，抱着双膝簌簌发抖，含泪的眼眸如绵羊般露出哀求的光芒。南宫放见状哈哈大笑，边解开自己的腰带边嬉笑道："你一定还没见过男人的东西吧？我保证让你喜欢上它！"

话音刚落，就见一道寒光掠过南宫放暴露出来的东西。南宫放浑身一颤，捂着胯部慢慢跪倒在地，鲜血从指缝间汹涌而出。

"我确实喜欢，喜欢用它喂狗！"舒亚男说着从地上一跃而起，手中多了柄寒光闪闪的匕首。自从它斩断过一只脏手后，就一直被她藏在靴筒中，锋利更胜从前。

南宫放没有听到舒亚男的诅咒，他直愣愣地盯着地上那团血肉模糊的东西，突然一声大叫，晕了过去……

二、神捕

从潇湘别院逃出来后,舒亚男不知该往哪里去。她想起南宫世家在扬州的势力,意识到逃离扬州是唯一的选择。不过现在城门已闭,要想出城只能等到天亮以后。

天亮前这段时间,将是最危险的时候。凭南宫世家的势力,躲在城里任何地方都不安全。虽然在城里也有不少三教九流的朋友,但舒亚男不能肯定,这些朋友敢不敢得罪南宫世家冒险收留她;另一方面,她也怕连累朋友,给他们引来杀身之祸。

鸣玉,快帮帮我!她在心中暗暗祈祷。想到苏鸣玉的优雅从容,她六神无主的心渐渐冷静下来,头脑变得从未有过的敏捷。突然,一道灵光如闪电般划过脑海,她知道该藏到哪里了,那个地方他们绝不会去搜!

返身折回潇湘别院,那里的情形正如她预料的那样,乱哄哄的,人声鼎沸。潇湘别院是南宫放一个人静养清修的地方,除了寥寥几个丫鬟仆佣就没有旁人。听到他受伤的消息,南宫世家立刻派人前来,将他抬回府中救治。隐在暗处的舒亚男见他们离开后,悄悄摸到别院后墙，小心翼翼地翻墙而入。她相信，经过方才的变故，这里的家人仆佣都要被带回南宫府，接受主人的盘问和责罚，潇湘别院内应该是空无一人。

别院内的寂静证实了舒亚男的揣测，她小心翼翼地搜查了一圈，最后来到方才那间书房。房中还有浓烈的血腥气，舒亚男不敢点灯，只能借着窗外的月光随意翻看着书桌上的东西。她有些奇怪，一个外表如鸣玉一般温文尔雅的世家公子，怎么会有如此丑恶的一面？也许从他平常读的书上可以看出些端倪。

书桌上有一本古旧的册子，刚翻开了几页。显然方才南宫放正在夜读，是自己贸然闯入打断了他。舒亚男想不通一个人怎么可以一边读着圣贤书，一边却做出如此兽行。她拿起书仔细一看，封面是几个古篆大字"千门三十六计"。

原来南宫放是在读这种专门教人骗术的书！舒亚男恍然大悟。前不久她听说江湖上出了个千门公子襄，就在唐门眼皮底下，将巴蜀巨富叶家骗得倾家荡产，家毁人亡。她一直就痛恨这种坑蒙拐骗之徒，没想到南宫放这样的世家子，居然也在钻研这些江湖骗术，难怪戚大叔会上当。

她很快又在书柜隐秘处找到了更多这种害人书，真是琳琅满目，品种齐全。望着堆成小山一般的害人书，舒亚男恨不得放把火将其全部烧掉。可惜火光可能会惊动旁人，她决定放弃这最痛快的办法。但绝不能将这些书留给南宫放，让他继续害人，不过要将这么多书带走，显然又不太可能。

舒亚男思忖一会儿，终于有了主意。她将那堆书抱到庭院中，用匕首撬起地上一块青石板，将石板下的泥土掏空，然后把那堆书填了进去，再重新压上石板，最后把掏出来的泥土仔细打扫干净，不留任何痕迹。想象着南宫放每天都守着他这些宝贝书，却一辈子也找不到，她的心中就有一种恶作剧似的快感,这比方才挥刀阉了南宫放还痛快。

做完这一切,她感到浑身疲惫,找了个隐秘的旮旯,带着复仇后的满足沉沉睡去。

就在舒亚男放心大胆地在潇湘别院沉沉入睡的时候,南宫世家的江湖追缉令也传到了扬州城每一个角落。所有帮会都行动起来,扬州城度过了一个不眠之夜。

黎明时分,各路人马的回报都令人失望。望着榻上奄奄一息的儿子,一向笃定从容的南宫瑞失去了往日的镇定。南宫放是三个儿子中最精明的一个,也是他最宠爱的一个,南宫瑞甚至有心将家业传给他。但现在,这个寄托了他最大希望的儿子,却成了一个废人。

"传令下去,就算把扬州城翻个底朝天,也要给我找到那个女人!谁找到了她,赏银万两!"南宫瑞将赏银又提高了一倍。

就在这时,一个弟子战战兢兢地前来禀报:"扬州知府费大人求见。"

"不见!"南宫瑞断然回绝,他不想惊动官府,他要用私刑为儿子复仇。

弟子正要退出,师爷连忙小声提醒道:"宗主,眼看就要天明,咱们若要封锁城门,没有官府的配合恐怕不妥。"

南宫瑞总算冷静了一些,略一沉吟,对那弟子一挥手:"让他进来。"

片刻后,扬州知府费士清三步并作两步匆匆来到厅中。他本是扬州的父母官,见了南宫瑞却比觐见皇上还恭敬,就差行三拜九叩的大礼了。见南宫瑞满脸煞气,他连忙用沉痛的声音道:"下官已听说了三公子的不幸,要不要我知府衙门的捕快参与搜查?"

"你立刻下令关闭城门,任何人不得进出。其他的事你不用过问！"南宫瑞断然道。

"关闭城门？"费士清吃惊不小，"这……扬州乃通商大阜，往来商贾无数，若突然关闭城门，恐怕……恐怕会造成极大的恐慌。"

"我不管！"南宫瑞怒道，"在没有找到那女人之前，一只苍蝇也别想飞出扬州城！"

费士清面有难色，关闭城门这么大的事，若没有特别的理由，没法向上面交代，弄不好头上的乌纱帽不保。但要得罪了南宫瑞，那就不单单是乌纱帽的问题了。正左右为难，一旁的师爷笑着拍拍他的肩头："大人可以找个理由啊，比如对外宣称，城外有流民暴动，为安全不得不关闭城门；或者干脆就说自己丢了官印，没有找到之前任何人不得出城。"

费士清沉吟片刻，无奈道："好吧，下官立刻去办。"

戒严令很快就传到扬州所有城门和水陆码头，其实就算没有戒严令，南宫世家的人也已经封锁了外出的所有通道。官府的戒严令不过是让这种封锁合法化而已。

扬州城所有帮会、码头和风媒都参与了这次大搜查，但从昨日深夜到第二天下午，依然没有找到那女人的下落。费士清急得如热锅上的蚂蚁，他不是急着要为南宫放报仇，而是担心戒严的时间太长，惊动朝廷，自己的脑袋恐怕都有些不稳。眼看这么多人没有找到半点线索，他只得对南宫瑞提议道："南宫宗主，还是动用官府的力量吧。正好刑部神捕柳公权在扬州公干，他是六扇门的绝顶高手，若能请到他出马，定能手到擒来。"

"闭上你的鸟嘴！"南宫瑞心情极坏，忍不住破口大骂，"老子不想经过官府，老子要亲自报仇！"

费士清只得乖乖地闭上嘴。直到黄昏时分，南宫瑞终于失去了耐性，只得对费士清道："去把你那个刑部神捕叫来试试，只要他能找到那女人，我重赏！"

费士清脸上有些踌躇："南宫宗主，要想让柳公权出手，恐怕得您老亲自去请。"

"什么？一个捕快，居然这么大的架子？"南宫瑞双眼一瞪就要发火。

费士清忙解释道："宗主有所不知，这柳公权曾被圣上封为'天下第一神捕'，一向自视甚高，非惊天动地的大案不查，就连刑部尚书都要给他几分面子。"

"我儿被伤成这样，难道还不是惊天动地的大案？"南宫瑞怒道。见费士清尴尬地笑笑没有说话，南宫瑞只得一跺脚："备马，老子亲自去请！他若抓不到人，看我不砸了他天下第一神捕的招牌！"

随着费士清来到紧邻知府衙门的官驿，南宫瑞不等通报就径直闯了进去。官驿的条件比较简陋，平日也很少有官员住这里，通常住的都是些送信的驿兵或没钱的公差，所以屋子里始终有一股臭烘烘的味道。一个须发花白的老头正盘膝坐在竹椅上抽着旱烟，对突然闯入的南宫瑞只淡淡扫了一眼。

南宫瑞见楼下只有个猥琐的糟老头，便对着楼上高喝："驿丞，快让柳公权下来见我！"

话音刚落，就见跟着进来的费士清抢上两步，对那抽旱烟的糟老头恭恭敬敬地抱拳道："柳爷，下官给您老请安了。"

"是费大人啊，坐！"那老头用烟杆指指一旁的竹椅，然后又继续抽他的旱烟。白蒙蒙的烟雾从他口鼻中吞进吐出，使他的面目看起来有些模糊。

南宫瑞没坐，费士清也不敢坐。他堆上笑脸对那老头抱拳道："下官冒昧带了位朋友来拜见柳爷，这位就是咱们扬州大名鼎鼎的南宫世家宗主南宫瑞。"

老头"唔"了一声，头也不抬继续抽旱烟。南宫瑞心中暗怒，不过现在是有求于人，他只好憋住没有发作。那老头抽完一锅旱烟后，心满意足地长长吁了口气，才收起烟杆对南宫瑞点点头："原来是南宫宗主啊，幸会幸会！"

南宫瑞活了五十多年，从未被人如此怠慢过，心中恼怒已极。他有心教训一下这个目中无人的老家伙，假意抱拳为礼，脚下却偷偷踢向竹椅的一条腿。他想让这老头出个洋相，却又不想伤了对方，耽误为自己办事。

竹椅的一条腿应声而断，那老头却没有从椅子上摔下来，只剩三条腿的竹椅依旧稳稳立在原地，连晃都没晃一下。南宫瑞心中暗惊，细细打量这糟老头子，只见他须发虽然已有些花白，脸上的皱纹也深如沟壑，那骨节粗大的手，就像贩夫走卒的手一样粗糙，灰扑扑的衣衫甚至有些破破烂烂，实在不像一个功成名就的神捕。

老头像不知道一条椅腿已断，叹息着揉搓自己的腿："我这老寒腿又在隐隐作痛，看来今晚是要下雨了。费大人公务繁忙，怎么有时间来看望我这个糟老头子？"

费士清忙赔笑道："今日下官遇到一件为难的案子，特来向柳爷求教。"

"什么案子？"老头漫不经心地问。

费士清忙道："昨晚有个女飞贼持凶器闯入南宫公子的私宅行窃，被南宫公子发现后，挥刀伤了公子。下官早已关闭城门，但咱们找遍了整个扬州城，却没有找到那女飞贼的下落。"

"这等小案，原是你扬州捕快分内之事，老夫没兴趣过问。"柳公权一脸漠然。

费士清还要开口相求，南宫瑞已忍不住冷笑道："费大人不用再求一个行将就木的过气名捕，想咱们这么多人都找不到那女飞贼，他一个人地生疏的外乡人，又如何找得到？你这不是要砸别人天下第一神捕的招牌吗？"

柳公权鼻孔里一声轻嗤："一万个笨蛋加在一起，也还是笨蛋，人多又有什么用？你还别激老夫，老夫今日就将那女人找出来。我这不是帮你，而是想见见这个让煌煌南宫世家灰头土脸的女人。"说着他从竹椅上一跃而起："走！带老夫去那女人最后消失的地方！"

竹椅在他起身后，才缓缓倾倒。

负手立在拐子巷外的十字路口，柳公权像狐狸般眯起双眼，想象自己就是那个女人，深更半夜会逃到哪里去。路上南宫瑞已经给他讲了事情的经过，虽然南宫瑞有所隐瞒，但柳公权也猜到了十之八九，这有助于他抓到逃犯。

在十字路口矗立良久，柳公权又慢慢回到拐子巷，指着潇湘别院问："这里搜过没有？"

南宫瑞一怔："虽然没有专门搜查过，但每日都有丫鬟仆佣巡视打扫。难道那女人还敢回到这里不成？"

柳公权若有所思地打量着别院大门，慢慢顺着墙根一路查看。他像猎犬般东闻闻西嗅嗅，最后在后墙一个角落停下来。南宫瑞顺着他的目光望去，就见长满青苔的后墙上，有两处不为人注意的擦痕，擦掉了指头大两块青苔，露出黑色的墙体。

南宫瑞心中一动，正要叫人仔细搜查潇湘别院，柳公权已如灵猴般爬上了围墙，轻盈地翻入院中。南宫瑞连忙跟着翻进去，就见后花园内，柳公权正眯着眼盯着墙根，那里泥土湿润，地上有两个浅浅的脚印，显然是有人从墙上跳下时所留。

"来人，包围潇湘别院，给我搜！"南宫瑞一声吆喝，随从应声而动，潇湘别院顿时乱成一团。柳公权没有动，只眯眼打量着几个正被赶出去的丫鬟仆佣。突然，他两眼一亮，闪身拦在一个低头正要出门的小厮面前，一声断喝："站住！"

那小厮一怔，突然一掌切向柳公权胸膛，却被他一把叼住手腕，跟着扯掉了帽子。一头乌黑的长发立刻披散下来，暴露了她女扮男装的本来面目。

"我看你还往哪儿躲！"南宫瑞抬手一掌扇向那女子的脸颊。眼看那女子无从躲避，一旁却探过来一只手，架住了南宫瑞的手。南宫瑞定睛一看，却是柳公权，忙抱拳道："多谢柳爷帮忙，在下定要重谢！来人，立刻送一万两银票过来！"

随从应声而去，片刻后捧着一叠银票来到潇湘别院，在南宫瑞示意下，双手捧到柳公权面前。柳公权没有看银票一眼，却望着南宫瑞问道："你我谁是捕快？"

"当然是您老！"南宫瑞忙奉承道，"柳爷果然不愧是天下第一神捕，在下先前多有轻慢，望柳爷恕罪！"

"既然你知道老夫是捕快，疑犯就该由老夫带走。南宫宗主该不会无视我大明律法吧？"

南宫瑞一怔，收起笑脸冷冷道："这里没有外人，我也不妨明说。这女人废了我儿，我要用自己的办法来讨回公道。柳爷你就当什么也没发生过，拿上银子走人，南宫世家会视你为永远的朋友。"

柳公权扫了面前那厚厚的银票一眼，喟然叹道："一万两银子啊，老夫干一辈子捕快也挣不到这个数。不过你既知老夫是圣上亲封的神捕，就不该拿银子收买。凭这，老夫就可以行贿罪逮捕你。"

南宫瑞面色一变，森然问道："柳爷这是不给南宫瑞面子了？"

柳公权坦然迎上南宫瑞锐如锋刃的目光："疑犯既然由老夫抓捕，就得按大明律法接受公正的审判。南宫宗主的面子，难道能大过大明律法的尊严？"

南宫瑞脖子上青筋暴突，浑身衣衫无风而鼓。柳公权见状忙放开舒亚男，紧盯对方全神戒备。十几个南宫弟子不等宗主吩咐，各按方位将柳公权与舒亚男围了起来。

舒亚男今日天明就想出城，却没想到南宫世家在扬州真能一手遮天，竟然封锁了城门，不让任何人外出。她只得又回到潇湘别院，找了身小厮的衣衫换上。原本以为南宫世家注意力都在女人身上，扮成小厮混在潇湘别院会很安全，却没料到被面前这老家伙给看穿。她知道落在南宫世家手上的后果，既然逃不了，落到官府手里总比落在南宫瑞手里好些，所以柳公权放开她后，她依然躲在柳公权身后没有逃。

在南宫瑞与柳公权虎视眈眈无声对峙间，费士清总算从前门绕了进来，气喘吁吁地拦在二人中间，左右拱手道："两位爷，千万别伤了和气！柳爷，南宫宗主是心痛爱子重伤，一时悲愤，望柳爷恕罪。南宫宗主，柳爷一向忠于职守，刚正不阿，望宗主理解。不如这样，将疑犯带到我知府衙门受审吧，下官定按照大明律令，给她一个公正的审判！"说着他连连冲南宫瑞眨眼。

南宫瑞并不想与公门中人正面冲突，被费士清这一拦，也冷静下来。他暗忖费士清是自己人，这女人进了大牢，还不是自己想怎么着就怎么着，虽然不能让她尝尽黑道上的酷刑，但官府的刑罚也够她受得。想到这他终于嘿嘿一笑："好，柳爷的忠心令在下佩服！就让你将人带走。我相信大明律法会为我儿伸张正义！"说完一挥手，几个南宫弟子立刻闪身让路。

眼睁睁看着柳公权带着那女人扬长而去，面色铁青的南宫瑞转向费士清："费大人，后面的事就交给你了，你要每天向我汇报审讯的进展。我要她尝尽世间一切痛苦才死！"

"宗主放一万个心！"费士清连忙点头，"下官知道该怎么做。"

阴森潮湿的扬州大牢内，柳公权将舒亚男交给了狱卒，特意叮嘱道："老夫经手的疑犯，不希望在牢中发生任何意外。若她受到任何不公正对待，老夫不会放过肇事者！"

狱卒们都听过这公门第一人的手段，连忙点头道："柳爷放心，咱们不会动她一根汗毛。"

柳公权办完交接正要离开，就听那女子挣扎道："柳爷，带我去金陵提刑按察司受审吧！我不是飞贼，也没有行窃，我伤南宫放是因为他要强奸我！"

"你在扬州犯的案，怎么能去金陵受审？"柳公权质问。

"你也看到了，扬州知府与南宫世家蛇鼠一窝，我落到费士清手里，结果可想而知。求柳爷救救小女子！"舒亚男满脸惶急。

柳公权漠然道："老夫只是个捕快，无权审案，更不能擅自将你带走。不过你放心，老夫会关注这案件的审讯，并尽最大努力让你受到公正对待。我能做的就只有这么多了，你是否还有亲人？老夫会差人给他们送信。"

"有！有！"舒亚男连连点头，"求柳爷给金陵苏家大公子苏鸣玉送信，就说我被投进扬州大牢，让他快来救我！"

"金陵苏家？"柳公权一怔，"你跟那苏公子有何关系？"

舒亚男脸上一红，羞涩地道："我是苏鸣玉未过门的妻子。"

柳公权更是惊讶，看不出这出身江湖的女子，竟然是苏家少奶奶。他原本只是欣赏这女人的机智，竟将南宫世家闹得束手无策，才对她另眼相看，希望凭自己的影响力，给她一点微薄的照顾，现在听说她是金陵苏家未来的少奶奶，不禁暗忖：这下有热闹瞧了！江南势力最大的两大世家，不知会不会为这名不见经传的女子开战？

"你放心，老夫连夜就差人将你的口信带给苏公子。"柳公权说完转身便走，他迫不及待想看看这场热闹如何上演。

柳公权离去后，狱卒立刻将舒亚男推入女牢。牢里关押着不少女犯，大多是妓女或小偷，见到舒亚男被推进来，都用异样的眼神打量着她。有个妓女还轻佻地托起她的下颔："模样不错啊，出去后跟着姐姐混，我包你日进斗金！"

舒亚男一把抓住那女人的手，捏得她痛哭流涕才放开。几个女犯没想到这新来的小姐还是个母老虎，不敢再来骚扰。舒亚男独自躲到一个角落，抱着双膝在地上坐了下来，望着窗口那碗口大的夜空，在心中默默呼唤：我竟然跟这些女人关在一起，老天，您快点结束这玩笑吧！

不知过了多久，疲惫至极的她就这样抱膝睡了过去。梦里她看到苏鸣玉优雅地骑着白马，踏着祥云，飘飘然如云中飞仙般在天上飞驰而过，而自己却身陷泥沼，越陷越深。她拼命挣扎，心中高喊着心上人的名字，嘴里却发不出半点声音。正蒙眬间，陡听耳边似有天神一声爆喝："舒亚男，有人来看你了！"

舒亚男猛然惊醒，抬头茫然望去。窗外天色已明，一个白衣男子身披霞光立在眼前。虽然隔着牢房的栅栏，他依然是那样明亮、清晰，素净优雅，令人窒息。

"鸣玉！"舒亚男一跃而起，隔着栅栏紧紧抓住他的手，像受尽委屈的孩子般号啕大哭。记忆中她从未这样痛快地哭过，她刚懂事时就得知，父亲因为遗憾她是个女孩，无法继承他的基业，所以失望地给她取名"亚男"。她不甘心做"亚男"，让父亲失望，所以从小她就以男孩子为榜样，像他们那样顽劣，也像他们那样流血不流泪，她一直拒绝像女孩子那样软弱。但现在，在苏鸣玉面前，她心安理得尽情地痛哭，她第一次觉得，做一个软弱的女人是一种莫大的幸福。好半响，她的泪水才从滂沱大雨转为涓涓细流，抽泣道："鸣玉，快带我出去，我一刻也不想再待在这里！"

苏鸣玉的眼中满是怜惜,默默为舒亚男抹去泪水,问道:"到底怎么回事?"

舒亚男将这两天的变故草草说了一遍,苏鸣玉静静地听着,神情冷静得让人意外。听完后,他轻轻拍拍她的手:"我会救你出去,决不容任何人伤害到你。"

他的话给了舒亚男无穷的信心,第一次觉得这大牢也不是那么难以忍受了。她懂事地点点头:"我会安心待在这里,直到你带我出去为止。"

依依不舍地目送着苏鸣玉离去后,舒亚男对未来充满了信心。她在心里安慰着自己:舒亚男,你会没事的。上苍会保佑好人,不会让无辜的人身陷囹圄,遭受不白之冤。

虽然她不住祈祷,但心中依然有一丝隐隐的不安。苏鸣玉的眼里有一种陌生的东西,那是她在心上人眼里从未见过的,这让他也有些陌生起来。

苏鸣玉离开牢房后,泪水终于夺眶而出。他方才强忍着没流一滴泪,就是怕控制不住自己的感情,动摇自己在父母灵前许下的诺言。南宫世家全城大搜查,金陵苏家立刻就得到了消息,稍一打探就知道了事情的原委。苏鸣玉立刻就要赶来扬州,却被叔父阻止,当时的情形又一次浮现在苏鸣玉眼前……

"你知道舒姑娘在扬州闯下了多大的祸?"叔父的话犹在耳边回响,"她废了南宫瑞最溺爱的儿子。现在南宫瑞就像条发疯的狗,你知道咱们若正面插手此事,那意味着什么?"

苏鸣玉茫然摇头,他只想立刻赶到扬州去救亚男,从没想过会有什么后果。只听叔父肃然道:"战争!只能是战争!咱们虽不怕南宫,但你要想清楚,为一个不相干的女人与南宫世家开战,牺牲你的同族兄弟，值也不值？"

"亚男不是不相干的女人！"苏鸣玉急道，"她是我未过门的妻子，苏家的大少奶奶！"

"你既未下聘，又未上门提亲，根本就没任何名分！"苏敬轩一声冷哼，"你认识她才多久？还不到一个月吧？凭一时的冲动就认定她是你厮守一生的女人？你知道她是什么样的人？对她的家世背景又知道多少？恐怕你连她的年纪都不知道吧？"

"她是一个好姑娘，我喜欢她，她也喜欢我。侄儿知道这点就够了。"苏鸣玉坚定地道。

"好姑娘？"苏敬轩一声冷笑，从书案上抽出一叠卷宗扔到苏鸣玉面前，"这是为叔着人调查的结果，你自己看！"

"你派人调查亚男？你怎么能这么做？"苏鸣玉愤然质问。

"要做苏家未来的大少奶奶，当然要经过这一关，每一个嫁进苏家的女人，都要经过这一关！没人可以例外！"苏敬轩坦然道，"嫁进苏家的女人，家世贫寒没关系，但一定要清白，尤其本人一定要清清白白。你知道为何舒姑娘年近二十还没有婆家，甚至没有媒人上门提亲？"

苏鸣玉以前从未想过这个问题，现在才突然意识到，像亚男这般出色的女子，二十岁还没婆家，确实有些特别。只听叔父冷笑道："她一个妙龄女子，整天抛头露面不说，还跟扬州那些街头混混称兄道弟混在一起，好人家哪会要这样的媳妇？你知道那些混混都叫她什么？老虎的屁股！都不知让多少人摸过。"

"你不能诬蔑亚男！"苏鸣玉立刻否认，"她绝不是那样的人！"

苏敬轩指指地上的卷宗："你不信为叔，难道还信不过义伯？这些是他调查的结果，你自己看。"

义伯全名苏敬义，乃苏敬轩的族兄，为人刚直，做事一丝不苟，由他出马查探的消息，出错的可能几乎为零。苏鸣玉捡起地上的卷宗，卷宗上果然是义伯熟悉的笔迹。他迫不及待地仔细翻看，越看越觉得这就是自己喜欢的亚男？

"忘掉她吧！"苏敬轩轻叹道，"你们本来就不合适，她这次闯下大祸，也许正是天意，让你可以冷静地看清她的本来面目。"

"亚男是被冤枉的！她绝不是什么女飞贼！"苏鸣玉急忙辩解，"这其中一定另有隐情！"

"我当然知道她不是女飞贼。"苏敬轩冷冷道，"不过这其中的隐情，恐怕比女飞贼还要不堪。她深更半夜出现在以风流闻名天下的南宫放私宅，还伤了南宫放最尴尬的部位。这其中无论有何隐情，她都将成为街头巷尾诽议的焦点。你若娶这样的女人进门，难道不怕咱们苏家成为整个江南，乃至全天下的笑柄？"

苏鸣玉犹豫起来，不过一想到亚男正身陷囹圄，他就心如刀割，不禁对苏敬轩垂泪道："无论如何咱们要先将亚男救出来！我坚信她是一个好姑娘，就算独闯扬州，我也要去救她！"

"就凭你，能从南宫世家的地盘救人？"苏敬轩冷笑道，"我没说过不救舒姑娘，就算是你一个普通朋友，也不能让南宫世家肆意欺负。不过救她可以，你得先答应我一个条件。"

"什么条件？只要侄儿能办到，赴汤蹈火，在所不辞！"

"别答应得这么快，这条件你能做到，不过，为叔就怕你反悔。"

"是什么？叔叔快讲！"

"为叔要你从此以后不再见舒姑娘，更不要起娶她的念头。"苏敬轩直视着侄儿的眼睛，"你答应这条件，为叔就倾一族之力，保证舒姑娘不受南宫世家的迫害，哪怕与南宫瑞开战也在所不惜！"

苏鸣玉不由愣在当场。

就在这时，门外有弟子小声禀报："宗主，门外有个捕快自称受六扇门柳爷差遣,为大公子送来舒姑娘的口信。"

"快让他进来!"苏鸣玉慌忙道。

片刻后一个捕快由弟子领了进来,将柳爷转告的口信说给了苏鸣玉。一听亚男已落入官府大牢,苏鸣玉心急如焚,他心知在扬州一手遮天的南宫家一定不会放过她,晚一分救她就多一分危险,可是,仅凭一己之力根本不可能从扬州顺利把人救出来……情势逼人,根本不容再多想,他只得冲苏敬轩跪倒,嘶声哭拜道:"我答应叔叔的条件,此后永远不再见亚男,也不再起娶她之心!叔叔快救救她吧!"

"空口无凭,去你爹娘灵前许下诺言,发誓若违背诺言,你爹娘就永世不得超生!"苏敬轩狠下心道。他知道只有用最毒的誓言,才能斩断人世间最为坚韧的情丝。

"我发誓!我发誓!"苏鸣玉嘶声高叫,"只要能救出亚男,我什么条件都答应!"

"好,为叔立刻动身去扬州!"苏敬轩望着泪流满面的侄儿,心中有些不忍,"鸣玉,你恨为叔逼你离开舒姑娘吗?"

苏鸣玉使劲摇摇头。他知道叔父是站在宗主的立场,为整个家族的长盛不衰,坚守祖先传下的原则。但为何这人世间最大的痛苦,却要自己一个人来承受?

"你也跟为叔一起去扬州吧。"苏敬轩轻叹道,"去见舒姑娘最后一面,你们的感情,总得做一个了断。"

我们的感情,总得做一个了断。苏鸣玉只感到心在滴血。

方才是与亚男最后一次见面,本该将她存在自己这里的那颗"心"还给她,将这刻骨铭心的感情彻底了断,但他从未见过亚男哭得如此伤心委屈,已将自己视为最大的依靠,这了断的话又如何说得出口?

望着掌心那颗几乎攥出水来的雨花石,苏鸣玉不禁想起自己曾经发誓要永远爱护、珍惜这颗独一无二的心。他怎么也没有想到,为了爱，竟只能放弃。

茫然望着扬州街头熙熙攘攘的人流，苏鸣玉只觉得心里空空落落，就像心上被剐去了一团血肉，只剩下一个破碎的空洞。

扬州城南宫府内，南宫瑞怀着告慰爱子的愉快心情，来到南宫放的病榻前，柔声问："放儿，凶手找到了，你想怎样报仇？告诉爹爹。"

南宫放空虚的眼眸中，陡然闪出一抹恶毒的寒光："我要她嫁给我做妾！"

南宫瑞立刻就明白了儿子的用心，不禁暗赞儿子的心机。爱怜地为儿子掖好被子，他点头道："好，爹爹答应你。虽然有些难度，但爹爹一定满足你这心愿！"

就在这时，门外有弟子禀报道："宗主，金陵苏家苏敬轩求见！"

南宫瑞十分惊讶。金陵苏家与扬州南宫世家，是江南并立的两大豪门，平日虽然有些往来，但交情并不深，像这样突然造访的事从未发生过。南宫瑞满腹狐疑，连忙吩咐："请他去贵宾厅，我随后就到。"

南宫瑞换了身正式的衣袍，匆匆来到专门接待贵客的豪厅，只见一个背影清瘦的白袍老者，正负手欣赏着墙上的字画。他忙抱拳笑道："什么风把苏兄这般贵客吹来了？"

老者回头还礼："苏某冒昧登门，望南宫兄恕罪。苏某风闻三公子被一女飞贼所伤，不知伤势严重否？"

"些许小伤，不算什么。"南宫瑞哈哈一笑，他不愿让苏敬轩看笑话，尤其儿子那伤，是个男人就不愿让人知道的，所以故意说得轻描淡写，"其实那女子不是什么女飞贼，而是放儿的红颜知己。小两口吵嘴，一时失手伤了放儿，也不算什么大事。"既然儿子决心娶那女人进门，就不能再说她是女飞贼了。南宫瑞已在琢磨如何改口，才能顺利完成儿子的心愿。

"原来是这样,那我就放心了。"苏敬轩如释重负地长舒了口气,"我还怕三公子伤势太重,让苏某不好开口。"

南宫瑞疑惑地望着苏敬轩:"苏兄有什么话不好开口?尽管道来!"

"那好,我就直话直说。"苏敬轩笑道,"说来也巧,那个不小心伤了三公子的姑娘,乃是我苏家一房远亲。既然三公子的伤势不重,而她又只是一时失手,南宫兄可否原谅她的过失,让在下将她带走?三公子的伤苏家会全权负责,无论多少医药费都不在乎。"

南宫瑞越发摸不着头脑,想不出那女子跟苏家会有什么关系,值得苏敬轩亲自登门要人。他不由打了个哈哈:"苏兄说笑了,那姑娘在官府手里,我也正琢磨着如何把她保出来呢。"

苏敬轩微微一笑:"扬州知府衙门与南宫世家的关系不用我多说,如何定罪全在南宫兄一句话。既然三公子伤势不重,还望南宫兄看在苏某这薄面上,放过舒姑娘。"

南宫瑞面色阴沉下来,他已看出苏敬轩带走舒亚男的决心,虽不知那女人与苏家有何渊源,但他无论如何不愿儿子的愿望落空。"苏兄今日登门,就是要带走那姑娘了?可惜这事在下不能答应,别的都好商量。"他冷冷道。

苏敬轩无奈道:"我已答应别人,定不容舒姑娘受到不公正对待。就算她伤了贵公子,要受大明律法制裁,我也要将她带到金陵提刑按察司受审。我已见过金陵提刑按察使张大人,相信很快就有官函到扬州提人。今日特意来拜见南宫兄,就是提前知会一声,请南宫兄谅解。"

提刑按察司掌管一省刑名,若要从扬州提审疑犯,扬州知府也无可奈何。南宫瑞眼中似欲喷出火来:"苏兄这么做,可知会有什么后果?"

苏敬轩坦然迎上南宫瑞的目光:"我已向别人许下诺言,什么后果苏某都愿意承担。"略顿了顿,他又补充道:"不过,若她真触犯了律法，我也不会刻意包庇。"

南宫瑞立刻就明白了对方的意图。看来苏敬轩也不愿为了那女人与南宫世家开战，他是想将冲突局限在官司上，只要能证明那女人确实犯罪，他不会干涉判决。南宫瑞暗忖那女人留下了无数把柄，这官司就算打到提刑按察司，自己也十拿九稳。虽然不能满足儿子的愿望，不过为这就与苏敬轩开战，似乎也有些不值。他哈哈一笑："我也希望舒姑娘受到公正对待，咱们都是正经人家，做什么事都要以朝廷律法为准。"

苏敬轩暗舒了口气，缓缓伸出右手："南宫兄可否与我击掌盟誓？"

"有何不可？"南宫瑞伸出手，二人迎空击掌，在心中达成了各让一步的君子协议。

送苏敬轩出门后，南宫瑞望着他的背影恨恨道："你想利用大明律，老子就陪你玩！来人，立刻去给我查那女人跟苏家究竟是什么关系！还有，去知府衙门请殷师爷过来！"

三、服罪

金陵提刑按察司大牢，和扬州大牢一样幽暗阴森。当舒亚男浑浑噩噩从一个美梦中醒来时，才想起这已经是从扬州来金陵的第三天。本以为到了金陵就会很快出狱，可三天过去，不仅没有任何音讯，甚至鸣玉都没来看过自己。不过她并不生鸣玉的气，知道他正在为自己的事奔忙，这就够了。

由于有苏家的打点，舒亚男在牢中并未吃多大苦头，囚室的条件也比在扬州时好太多。不仅住单独的囚室，饭菜也挺丰富，就连狱卒都客客气气，将她当成贵宾一般。舒亚男正在心神不宁地胡思乱想，突听牢门响动，一个狱卒和蔼地高声通报："舒姑娘，有人看你来了。"

"鸣玉！"舒亚男一跃而起，满怀希冀地向牢门外张望，就见一个腰身佝偻的老者在狱卒引领下，袖着手缓步进来。老者绿豆大的眼中透着精明，颌下稀疏的山羊胡已有些花白，浑身还透着一股子迂腐之气。他慢慢来到舒亚男囚室外，塞了块碎银将狱卒打发走，然后开口道："舒姑娘，老朽闻仁达，受苏宗主和苏公子所托，特来看望姑娘。"

"鸣玉呢，他怎么没来？"舒亚男急问。

老者警惕地四下看了看，小声道："苏公子乃金陵名士，万众瞩目，自然不能随意上大牢探监。苏家更是江南豪门，不方便亲自出面，所以托老朽全权处理你的案子。老朽是按察司秉笔师爷，负责执笔所有诉状。你的案子就是由老朽经手，对所有关节老朽一清二楚。"

"我什么时候能出去？"舒亚男忙问。

"这就要看你自己了。"闻师爷叹了口气。见舒亚男不明所以，他拿出一叠文稿，从牢门外递给舒亚男："这是南宫世家的诉状副本，你看看。"

舒亚男接过来，只见诉状上称案犯舒亚男将父亲的自杀，毫无道理地归咎于南宫放，于是携利刃，深夜闯入南宫放私宅行凶报复，将被害人刺伤，属故意杀人未遂。不仅如此，诉状末尾还称，其父舒振刚尚欠南宫世家三万余两银子，父债女还，应一并记在案犯头上。

草草看完状纸，舒亚男急忙道："他们在说谎！南宫放操纵赌马，设局引我戚大叔入彀，我爹这才欠下一笔糊涂债。他们不仅夺去了镖局，还逼死了我爹。我是想拿到南宫放设局骗人的证据，才闯入潇湘别院。我刺伤他，是因为他要强奸我！"

"如此说来，你确实有闯入南宫放私宅并持刀威逼他的事实了？"闻师爷一脸严肃。

"没错！但他欲行不轨在先，难道就无罪？"舒亚男质问。

"有没有证据？人证？物证？只要有一样，咱们就可以反过来告他。"闻师爷问。

舒亚男顿时张口结舌。当时只有她与南宫放两个人，哪来人证？物证就算有，恐怕南宫世家也早已销毁。而南宫放设局骗人的证据，那更是时过境迁，一时之间恐怕难以找到。

"你指控南宫放的罪名，一样证据都没有；南宫世家指控你的罪名,却证据确凿。"闻师爷摇头叹道,"南宫放手上有你父亲的担保书;你夜闯南宫放私宅行凶,不仅有人证,你还留下了一柄雁翎刀。这案子对你十分不利,要想脱罪恐怕很难。"

"这世上还有没有天理了?"舒亚男愤怒地道,"大明律法难道不帮好人,反帮坏人?"

闻师爷哑然失笑:"打官司不讲天理,只讲证据,没有证据,你就算再有理也没用。"

"苏家在金陵不是很有势力吗?"舒亚男已有些六神无主,抱着最后一丝希望问道,"若上下打点,应该可以为我脱罪吧?"

闻师爷面色一沉:"舒姑娘千万别以为银子可以解决一切,按察使张大人若听到这话,定让你罪加一等!苏家可是正经人家,岂会扰乱司法公正?何况现在告你的是南宫世家,论势力也不亚于苏家。而且下面还有扬州知府和刑部神捕柳公权盯着此案,谁敢贪赃枉法?"

"难道就没有办法了吗?"

闻师爷叹了口气:"要想完全脱罪恐怕不太可能,为今之计只能认下部分指控,博取按察使大人的同情。你可以说自己是激于父亲惨死,一时冲动才去找南宫放寻仇,伤他是意外,非故意杀人。可望法外开恩。"

"我本来也不是去杀人的,我为何要认?"舒亚男大声吼道。

闻师爷一声长叹:"打官司是讲证据不讲事实的。如今证据确凿,若你拒不认罪,只会罪加一等。若主动承认是过失伤人,按律可获减刑,有老朽在其中运作,兴许赔一点医药费就行了,甚至不用坐牢。"

舒亚男定定地愣了半晌,木然问:"这是苏公子的意思吗?"

"也是苏宗主的意思。"闻师爷肯定地点了点头,"为这个案子苏宗主已尽了全力,你也不想让他再为难吧?"

舒亚男凄然一笑:"既然是苏公子的意思,我还有何话说?告诉我该怎么做？"

闻师爷小声指点道："待会儿老朽离开后，你找狱卒要来笔墨纸砚，按照老朽方才所说写一篇认罪书，让狱卒替你交给按察使张大人，恳求大人法外开恩，宽大处理。老朽会在其中运作，绝不让你坐牢。"

舒亚男茫然地点点头。她在心中对自己说：既然鸣玉都要我认罪，就算再委屈也只有认了。只要不再坐牢，委屈一点又算什么？再在牢里待下去，我迟早得疯掉！

闻师爷见舒亚男点头答应，悄悄从袖中抽出一张稿子，递给她道："老朽为你拟了一个范本，你照着这样式抄一遍，然后让狱卒交给按察使大人。老朽回衙门等你消息。"

飘飘然出得牢门，闻师爷心情出奇地好。他摸摸袖中那些银票，心中暗自得意：足足一万两啊！神不知鬼不觉就悄悄挣到手，就算立刻告老还乡，下半辈子也可以衣食无忧了。也幸亏扬州知府衙门的同窗殷师爷，没他牵线搭桥，还遇不到南宫瑞这个大财神。

舒亚男的认罪书让苏敬轩措手不及，完全乱了阵脚。这几日苏敬轩正差人搜集证据，准备为她脱罪，这一下却陷入了彻底的被动。本来这样的案子对苏家来说不算大问题，但现在对手是南宫世家，又有刑部神捕柳公权盯着，它已演变为苏家与南宫家的司法博弈。

面对侄儿的质问，苏敬轩无可奈何地道："为叔没料到舒姑娘会突然认罪，还亲笔写下了认罪书。这案子如今有刑部神捕柳公权盯着，按察司也不敢将认罪书隐匿。还好舒姑娘只承认是一时冲动，是意外伤人，非蓄意谋杀，又是初犯，可望法外开恩，获得轻判。其实这案子要想完全脱罪谈何容易，舒姑娘避重就轻认下过失伤人，也算是无可奈何的选择。"

"你说过要救她的，不让她受到任何伤害！"苏鸣玉眼里满是焦急和失望。

"为叔只保证她不受到南宫世家的迫害,并没有保证她不受法律制裁。"苏敬轩叹道,"银子为叔会替她还上,我还会求按察司法外开恩予以轻判。现在咱们能做的就只有这么多了。"三万多两银子虽不是小数,不过若能斩断侄儿与那女子的感情,这钱也算花得值。

苏鸣玉愤然质问道:"亚男是为免受辱才伤了南宫放,怎么能因此获罪?南宫放意图不轨,又怎么能逍遥法外?"

"没有证据,咱们无法证明南宫放意图强奸。相反,舒姑娘夜闯私宅,手持利刃威逼南宫放,却是无可辩驳的事实,告到哪里都会认为舒姑娘有罪。鸣玉,咱们苏家是江南望族,一言一行俱受世人关注,难道你要为叔为了舒姑娘,就无视律法的尊严?仗势干涉按察司办案?"见苏鸣玉哑然无语,苏敬轩又道,"为叔问过讼师,像舒姑娘这种情况,就算主动认罪,两三年的劳役也是免不了的。不过为叔会求按察司将她送到条件最好的监狱,并托人对她特别关照,总之决不让她吃半点苦头,你尽可放心。"

苏鸣玉默然半响,抖着手从怀中掏出一颗红绳穿着的雨花石,黯然递到苏敬轩面前:"请叔叔替侄儿将它还给舒姑娘,就说侄儿从此无颜再见她了。"

苏敬轩接过雨花石,没有多问。望着苏鸣玉那空空洞洞的眼睛,他发觉侄儿就像一下子失去了所有精气神,如行尸走肉般毫无知觉。他心中虽有不忍,但想到这次能避免与南宫世家正面冲突,又能让侄儿放弃那个只会惹麻烦的江湖浪女,这结果也算是比较圆满。

由于有舒亚男的认罪书,官司很快就得以结案。在苏敬轩的影响下,按察司判了舒亚男服劳役两年,并免了刺字充边,嫁与边关将士的命运。判决下来后,南宫放将自己关在房中,整整一天不吃不喝,让南宫世家上下慌成了一团。

"放儿，快开门，你听我说！"南宫瑞在门外急得连连跺脚。

"我不听！"门里传来南宫放的嘶声尖叫，"就算不能让她给孩儿做妾，也该将她卖入官窑，永世为娼！怎么能让她仅服两年劳役？"

南宫瑞愤然道："这事有苏家插手，官司若长久打下去，对咱们家的声誉、对马场的生意都有极坏的影响，为父才不得已采用闻师爷的办法尽快结案。不过你放心，这事还不算完，她决不会就此轻易逃脱！"

门终于打开，南宫放不顾伤势挣扎着下了床，立在门后问："爹爹还有何打算？"

南宫瑞一声阴笑："爹爹已打探清楚，按察司即日就要将她押解去洛阳服劳役。爹爹已知会了黑道上的朋友，从此她将销声匿迹，最后会在西北某个边陲小镇最低等的妓院里，苦苦煎熬她的下半生！"

"那一定要带孩儿去照顾她的生意，孩儿要她后悔生到这个世上来！"南宫放眼里闪烁着怨毒的寒芒。

金陵城西门外，即将被押解去洛阳服役的舒亚男，心不在焉地应付着李镖头和张镖头。他们听说了舒亚男的案子后，特意从扬州赶来为她送行，一边宽慰舒亚男，一边诅咒着戚天风和南宫放。舒亚男对他们的安慰充耳不闻，她一直满怀希冀地不住张望。虽然这几天像做梦一般，浑浑噩噩地经历了认罪、获刑，但她依然对未来充满信心。既然认罪是鸣玉的决定，坐牢又算什么？她坚信鸣玉不会丢下她不管。

虽然闻师爷没有履行他"不用坐牢"的保证，但舒亚男还是理解他的苦衷，她只想要鸣玉来看看她，甚至不用解释、不用说对不起，她也会原谅。

一个依稀有些熟悉的人影纵马疾驰而来，在即将上路的女犯面前翻身下马。两个差官忙迎了上去，惶恐地向来人请安。堂堂苏家宗主苏敬轩，竟孤身前来送一个女犯人，这情形实在令人不敢相信。

默默来到舒亚男面前，苏敬轩迟疑了一下，还是忍不住问道："舒姑娘，我不明白，你为何要主动认罪？"

"不是你让闻师爷……"舒亚男说到这突然打住。让自己主动认罪，全是闻师爷的一面之词，自己却轻易就相信了，她突然意识到自己应该是被人骗了。但现在这一切都不重要了，她望向苏敬轩身后："鸣玉呢？他为何没来？"

"舒姑娘，鸣玉无颜再见你，所以托老夫将这个还给你。"苏敬轩说着将手中的东西递到舒亚男面前，本想说两句安慰的话，却又觉得，一切语言都是多余的。

舒亚男从苏敬轩手中接过那枚定情的雨花石，立刻就明白了所有的一切。泪水渐渐模糊了双眼，她强忍着没让它掉下来，含着眼泪微笑着对苏敬轩点点头。她装出若无其事的样子将雨花石重新戴在脖子上，对苏敬轩扬起含泪的笑脸："请替我转告鸣玉，谢谢他让我做了一个如此真实、如此美妙的梦。我这辈子都不会忘记！"

说完舒亚男转身就走，高高地昂着她的头。她不想让任何人看到她的泪水，她不住地在心中告诉自己：舒亚男，虽然现在你没了家，没了爹爹，没了镖局，没了爱人，没了梦想，没了自由，甚至没了希望，没有了几乎所有一切，但你依然还有最后的尊严！

苏敬轩目送着舒亚男昂然挺直的背影，第一次对这个坚强的女子有些欣赏起来。如果没有这场变故，也许，她会是苏家最好的媳妇吧？苏敬轩惋惜地摇摇头，将心中这种不切实际的念头赶走，然后转身将两张银票塞入负责押解的差官手中，小声叮嘱道："路上好好照顾舒姑娘，若有半点闪失，我拿你们是问！"

两个差官诚惶诚恐地连连点头，他们很清楚苏敬轩的警告意味着什么。

你是我等待一生的女孩。见鬼去吧！舒亚男，你是个十足的笨蛋，竟然轻信了这等谎言！这些世家子和南宫放都是一路货色，你不要再为他掉一滴眼泪！快停止！

虽然她在心中不断地命令着自己，但眼泪却依然像决堤般哗哗地流淌。她大步流星往前走，全然没听到身后两个差官的连声呼唤。二人气喘吁吁追出好几里地，再看不到送行的人，才见她终于停下脚步，静静地立在那里，双肩不住颤动，最后"哇"的一声号啕大哭，浑身一软扑倒在地。

她的哭声是那般悲痛，那般委屈，弄得两个差官眼睛也有些湿润起来。二人手足无措地守在她身旁，不知该如何劝解。足足哭了半个时辰，她终于抹去眼泪站起身来，对两人平静地道："两位大哥，小女子耽误了今日的行程，还望恕罪。咱们现在就上路吧。"

二人担心地打量着这个特别的女犯，她两眼红肿如桃，神情却十分平静，看不出她心中所想。二人想起苏敬轩的叮嘱，忙安慰道："没关系，只要姑娘高兴，早一点晚一点都不是什么问题。"

三人沿着官道往西而行，在即将看不到金陵城楼的时候，舒亚男忍不住凝目回望，在心里对自己说：舒亚男，这个世上没有谁能靠得住。从今往后你只能，也必须靠你自己了！你一定要为你自己，也为你爹爹顽强地活下去！只有活下去，你才能为自己和爹爹讨回公道！

最后望了一眼朝阳下那金碧辉煌的金陵城郭，舒亚男毅然回头，大步走向未知的命运。

官道边的酒肆，永远是贩夫走卒聚集之所，黄昏时分更是如此。为生计奔忙了一整天的江湖汉子，能在这个时候放下营生，要上两碗劣酒安心歇下来，无疑是一天中最大的享受。

赶了一整天路的舒亚男，庆幸能在天黑前遇到这样一处酒肆。不等她开口，两个差官已抢着找了张空桌，拍着桌子高叫小二上酒上菜，然后将舒亚男让到上座。有苏敬轩的叮嘱和银票,这一路他们对舒亚男倒是关怀备至,不敢有丝毫简慢。

舒亚男无暇理会酒肆中众多异样的目光,只是低头专心吃喝。她知道这样的酒肆很少看到像自己这样的年轻女子,当初随父亲走镖时,对这样的目光就已经习以为常。

一个身材肥大的酒鬼打着嗝坐到了舒亚男这一桌,举着酒杯醉醺醺地问道:"这位姑娘犯了什么事啊?给哥哥说说,说不定哥哥可以帮到你。"

舒亚男转开头没有理他。江湖上总有这种色色眯眯的男人,她见得多了。若在往日,她立马就让对方吃鞭子,但现在她却觉得,这些从不掩饰自己好色的江湖男人,至少比那些貌似君子的世家子要坦诚得多。

两个官差见有人竟敢当着自己的面调戏押解的女犯,其中一个立刻对那酒鬼拍桌瞪眼:"你他娘的活得不耐烦了?还不快滚!"

酒鬼没有滚,却对那官差咧嘴一笑:"大爷自和俺妹子说笑,你他娘的叽叽歪歪干什么?"

那官差没料到这酒鬼竟敢无视官家的威严,一拍桌子就要拔刀,谁知刀尚未出鞘,就被人按住了刀柄。回头一看,却是个面相凶恶的黑衣汉子,用掌抵着他的刀柄笑道:"这位官差大哥,别动不动就拔刀吓唬人。咱们兄弟若亮出家伙,恐怕吓都能吓死你们。"

话音刚落,就见酒肆中十几个酒客纷纷亮出了贴身藏着的兵刃。两个差官面色大变,一个色厉内荏地喝问道:"你……你们想干什么?"

酒鬼咧嘴笑道:"两位大哥辛苦了,我'过山虎'请两位官大哥喝酒。"

两个官差顿时面如土色。"过山虎"巴猛的名号他们有所耳闻,那是江湖上有名的黑道人物,正被官府通缉。二人忙结结巴巴地道:

"原……原来是巴爷,小人有眼无珠,请……请巴爷见谅。"

"好说!"酒鬼不以为意地笑道,"将锁链的钥匙交出来,这事跟你们就再没关系。到一旁喝酒去,巴爷请客。"

两个官差看看围在身旁那些汉子,无可奈何地交出钥匙。酒鬼笑嘻嘻地掂着钥匙打量着舒亚男:"舒姑娘,咱们是受人之托,要你跟咱们走一趟。你是自己跟咱们走呢,还是让咱们将你装麻袋里带走?"

舒亚男听对方一口叫出自己的名字,立刻就明白他们是专程在此等候自己的。心知落到这帮匪徒手中意味着什么,她猛然一脚从桌下悄然踢了过去。那酒鬼没想到这女子戴着镣铐还敢动手,猝不及防,肚子被踢个正着,连人带椅跌了出去。"过山虎"在黑道上名头甚响,何曾这等狼狈?他立刻翻身而起,哇哇大叫道:"快给我抓住她!"

几个匪徒立刻将舒亚男围了起来,舒亚男以一敌众,又戴着镣铐,哪是有备而来的众匪徒对手,三两个照面就被打倒在地,嘴中塞块破布捆了起来,跟着就被人用麻袋从头笼到脚,横在马鞍上如飞而去。

疾驰了差不多半个时辰,奔马总算停了下来。舒亚男被扔到地上,在麻袋中听到众匪徒升起篝火,开始喝酒吃肉。一个匪徒捏了捏麻袋中的舒亚男,与"过山虎"商量道:"老大,南宫老儿只是要咱们将这女人给他送去,可没说咱们一定要给他个完完整整的女人。"

"没错没错!"另一个匪徒也暧昧地笑道,"兄弟们辛苦了大半日,大哥是不是让大伙儿放松放松?"

"过山虎"犹豫了一下:"兄弟们要玩可以,但一定不能出意外。若是这女人有什么三长两短,南宫老儿肯定不会饶了咱们。"

众人连连点头称是,立刻就有人迫不及待地打开麻袋,将神情委顿的舒亚男放了出来,又有人将她项上的镣铐也取下。舒亚男一见众人那熠熠放光的眼神,就知自己落入了狼窝,她心底生出莫名寒意,本能地高声呼救,希望有人能听到自己的声音。

众匪徒对舒亚男的呼喊毫不在意,一个匪徒得意地笑道:"这里是荒郊野外,你就算喊破嗓子也没人救你。大爷倒是希望你使劲喊,不喊还不带劲呢。"

众匪徒哄笑不已,十多只色手向舒亚男伸了过来。舒亚男拼命挣扎,却哪里挣得脱众多穷凶极恶的饿狼?眼看不能幸免,不远处突然传来一声冷喝:"放开她!"

这喝声不大,却清清楚楚地传到众人耳中。众人循声望去,就见一个黑衣人立在数丈外的树林中,正负手背对着众人。方才众人注意力全在舒亚男身上,竟没发觉这黑衣人是何时出现的。

"什么人敢坏咱们的好事?你他娘的活得不耐烦了?"一个匪徒骂骂咧咧走上前,见对方背后空门大开,以为有机可乘,立刻一拳击出,谁知拳锋还没碰到对方衣衫,偌大的身子就平平飞了起来,刚好落到篝火之上,将篝火几乎砸灭。他不禁痛得一跳而起,拼命在地上打滚,众匪徒忙帮他扑灭背上的火,场中顿时一片混乱。

"过山虎"眯起眼打量着那黑衣人,只见他依旧背对众人,似乎方才从未动过。不过方才他已看清,是那黑衣人往后随手拂了一掌,竟将一个百十斤的大汉准确地扔到火堆中。"过山虎"自问要这样背着身子打倒那手下不难,难的是如此轻描淡写却又精准无误地将其扔入火堆。他心知今日遇到了硬茬,不由摸摸腰间成名的虎爪,缓缓道:"这位朋友好身手,不知如何称呼?可否转过身子让巴猛认识认识?"

那黑衣人没有转身,只冷冷道:"立刻在我身后消失,不然……"

"过山虎"没想到对方听到自己的名字依旧无动于衷,他也算在江湖横行多年的成名悍匪,何曾受过这般轻视?向几个手下一使眼色,几个匪徒立刻围过去,几般长短不一的兵刃,悄然向那黑衣人后心招呼。

黑衣人后心像长有眼睛,侧身让过一柄鬼头刀,跟着反手一探,竟背着身子夺过了一柄刺向自己后心的短匕。跟着刀光闪烁,几个偷袭的匪徒捂着手腕失声痛叫,几般兵刃先后落地。一个照面他们就被刺伤手腕,再拿不稳兵刃。

"过山虎"一声轻喝,腰中虎爪脱手而出,趁着黑衣人应付偷袭的一瞬,虎爪悄然掠过数丈距离,抓向对方脚踝。他手中这对铁链相连的精钢短柄虎爪,是江湖上闻名丧胆的奇门兵刃,每个指节俱伸缩自如,一旦抓住对手肢体或兵刃,就会自动扣紧,不知有多少人命丧他这对虎爪之下。

黑衣人横跨一步让开虎爪,跟着身子飘然倒退,竟背着身子向"过山虎"扑来。"过山虎"也算在江湖上打滚多年,却从未见过甚至听说过有哪种武功是背身对敌的,想要后退却已迟了,只见眼前刀光一闪,对方的匕首竟然反手刺向自己咽喉。"过山虎"也算悍勇,竟以两败俱伤的招数反击,虎爪直袭黑衣人后颈。就在他虎爪刚碰到对方衣衫时,黑衣人那冰凉刺骨的匕首已停在了他的咽喉上。

这一瞬间,"过山虎"体会到了死亡的恐惧。他手持虎爪一动不敢动,心有不甘地盯着黑衣人的后脑勺,嘶声质问:"你是谁?为何不回头?"

黑衣人手腕一翻,匕首贴着"过山虎"脸颊掠过,然后冷冷道:"你不配知道。"

温热的液体顺着脸颊流了下来,耳根火辣辣的痛,那里只剩下一片血肉模糊。"过山虎"没有理会失去的耳朵,只盯着黑衣人恨恨道:"你不杀巴某,巴某总有一天会报这断耳之仇!"说完转身就走,片刻间,一干匪徒就走得干干净净。

黑衣人将匕首信手扔在地上,正要举步离去,就听身后一声轻呼:"你等等!"

黑衣人依言停步,却依旧没有转头。只听身后传来舒亚男的声音:

"你为何不回头？"

黑衣人衣衫微微颤动，却默然无语。舒亚男厉声道："你以为不回头，我就不知你是谁？虽然你刻意掩饰自己的声音，又弃自己家传的独门兵刃不用，但又怎么能瞒过我的眼睛？你我既然已是路人，你为何又要救我？"

黑衣人默然半晌，最后涩声道："前路颇多艰险，我会一直送你到洛阳。"

"不稀罕！"舒亚男几乎是在怒吼，"你现在无论做什么，都无法减少我对你的恨！我不要再受你任何恩惠，我也决不再做梦！"

说完舒亚男转身就跑，像逃一般没入密林深处。黑衣人略一踌躇，无奈回头追了上去，却见舒亚男出了密林，径直奔向河边，跟着就如鱼一般跳入了河中。

黑衣人追到河边，不禁连连顿足。他曾跟亚男说过，因为小时候差点溺水而亡，所以他一见水就害怕，没想到自己这个弱点，现在却被她利用来躲避自己。他只得一声长叹，沿着河边往下游追去。

舒亚男从小就和男孩子混在一起，入水后堪比游鱼，不过她并没有游远，而是隐在河边的礁石后。听着黑衣人一路呼唤着自己的名字，沿河追了下去，她的泪水再次不争气地流了下来，但她拼命在心中告诫自己：舒亚男，你为他付出了全部的感情，他却背叛了自己的誓言。你现在不需要任何人怜悯，你一定要坚强起来，从今往后，你不能再将命运交付他人，你一定要靠你自己！

直到再听不到他的声音，舒亚男才从水中翻身上岸。略一犹豫，她毅然向着与他相反的方向，发足狂奔而去。

天刚蒙蒙亮时，舒亚男来到一处不知名的小镇。经过一夜的急行，她又困又饿。此时街边的早点铺生意正隆，米粉、面条、馒头、糯米粥……各种早点的香味不住灌入鼻中，这让她更感饥肠辘辘。摸摸腰间，才发现几个镖头所赠的银两不知何时已丢失干净，她只得望着那些诱人的早点咽口水。

"姑娘，你这是怎么了？"身后传来一声关切的问候。舒亚男回头一看，是一位年过五旬的妇人，正用异样的目光打量着自己。那妇人身披长袍，虽然生得眉乱唇薄，但眼中却有一种让人安心的慈祥。舒亚男被她这一打量，才意识到自己浑身衣衫破烂，湿漉漉的，十分难受，怪不得别人会觉得奇怪。她不敢暴露自己女犯的身份，略一迟疑，只得撒谎道："我原本是随爹爹去杭州探亲的，谁知路上却遇到了劫匪，只得跳入河中逃生，糊里糊涂来到这里，不仅与爹爹走散，还丢失了所有盘缠。"

"可怜的孩子！"那妇人一声叹息，取下自己的袍子为舒亚男披上，"这天气还穿着湿衣，小心冻出病来。饿了吧？"

舒亚男本想拒绝她的关心，肚子却在这时咕噜直叫，她只得红着脸点了点头。那妇人忙拉着她来到一间早点铺，边让小二上早点，边对舒亚男道："老身夫家姓马，排行第三，所以别人都叫我马三娘。听口音就知道姑娘是扬州人，老身夫家也是扬州的，所以听到姑娘的口音就觉得亲切。对了，不知姑娘如何称呼？"

舒亚男正要实言相告，陡然想起自己囚犯的身份，如今自己与两个押解的官差走散，不定已成了官府通缉的逃犯。她不敢以真实姓名相告，只得信口道："小女子名叫舒兰，三娘叫我阿兰就可以了。"

"阿兰？这么巧，刚好与我闺女同名！"马三娘欣喜地拍手叫道，打量舒亚男的眼神又亲近了几分，"深秋天气，你一身湿衣怎么成？待用完早点，三娘带你去绸缎庄买些新衣换上，要是受了风寒可就麻烦了。"

舒亚男不好意思地摇摇头："多谢三娘，可惜我现在身无分文。"

马三娘忙道："三娘有啊！老身看姑娘也是大户人家的闺女，不是缺钱的主儿。老身先给你垫着，等你有钱了再还我也不迟。"

虽然素昧平生，但马三娘天生有种亲和力，让人不由自主地生出亲近之感。舒亚男暗自庆幸遇到马三娘这样的热心人，感激地道："那就多谢三娘了！"

待用完早点，腹中充实，人也就精神起来。马三娘亲切地挽起舒亚男的手："闺女，遇到你是咱们的缘分，你若不嫌弃，就当我是你干娘吧。"

舒亚男见马三娘虽是市井村妇，但直率豪爽不亚须眉，让人心生好感。她不禁红着脸道："那阿兰可就高攀了。"

"什么高攀低攀，闺女再说这话，三娘可要生气了！"马三娘乐得喜上眉梢，拉起舒亚男兴冲冲往前走。此时天色已大亮，街边各种店铺陆续开张。马三娘将舒亚男领到一间名叫"锦绣源"的绸缎庄，进门后就对掌柜高声道："快将你们最好的绸缎拿出来，老身要给我闺女买几匹好料子做衣裙！"

掌柜连忙亲自过来招呼，带着马三娘一匹匹看过去，马三娘却只是摇头："你们这么大的绸缎庄，怎么尽是些大路货？想买匹好点的绸缎都没有。"

那掌柜忙道："咱们里间还有一匹七彩锦，那可是进贡给皇家的东西，夫人肯定会喜欢，不过就是价钱有些昂贵。"

"价钱不是问题，只要我闺女喜欢。"马三娘正要随掌柜进去，见舒亚男还浑身湿漉漉地站在那里，忙对她道，"闺女，你先挑两件成衣换上，待会儿一块儿算。"

绸缎庄也卖一些成衣，在店小二的殷勤招呼下，舒亚男挑了两件素净的衣袍，进试衣间将湿衣换下，对着铜镜照照，还比较合身。她仔细收拾妥当后开门出来，就见掌柜和小二在门外恭候，二人不住声地交口称赞,大肆恭维。舒亚男心情愉快,随口问:"多少钱?"

掌柜立刻拿起算盘噼里啪啦一打,然后递到舒亚男面前:"一共是三十五两七钱。"

"三十五两七?"舒亚男惊得目瞪口呆,她穿过的最好衣服也才五两银子一套,那可是爹爹从北京"御绣庄"带回来的真正贡锦!三十多两银子的衣衫,她连听都没听说过。身上这两套衣衫,怎么看也值不了一两银子。她不禁讷讷问:"怎么这么贵?"

"姑娘,咱们是老字号,可不敢卖你高价。"那掌柜一脸委屈,重新将算盘打得噼啪作响,"一匹七彩锦是三十两,一条狐皮围脖是五两,姑娘这两套衣衫卖价七钱。难得今日一开张就遇到姑娘这么大的买主,这两套衣衫算我送你。就七彩锦和狐皮围脖也要三十五两,不能再少了。"

舒亚男心中突然生出莫名的不安,不由四下张望:"马三娘呢?"

"你娘已经拿着七彩锦和狐皮围脖先走了。"掌柜忙道,"她要你买了衣服就去肖裁缝那儿,她还等着你量体裁衣呢。"

"我娘?她不是我娘!"舒亚男连忙分辩。

"她一口一个闺女,你也一直在答应,怎会不是你娘?"掌柜脸色沉了下来。

舒亚男突然意识到自己陷入了一个圈套,她想再说,却发觉怎么也说不明白。她想脱下衣衫还给掌柜,可方才换下来的湿衣已被小二当成垃圾不知扔到哪里去了,这衣衫还怎么脱下来?

掌柜察言观色,看出舒亚男有些不妥,忙对小二使了个眼色。小二心领神会堵在门口,像盯贼一样虎视眈眈盯牢了舒亚男。

舒亚男茫然四顾,最后只得低头道:"掌柜的,实不相瞒,我与那马三娘刚认识不到一个时辰。她拿走了什么东西我一无所知,是她称要给我买两套衣衫,我才随她前来的。我现在身无分文,这衣衫我也无法脱下来还给你，但求掌柜暂记在账上，我会尽快将这两套衣衫的钱还你。"

掌柜大急，一把抓住舒亚男："刚认识不到一个时辰，说给你买衣衫你就相信？你骗鬼啊！这两套衣衫我白送你都成，但你必须还我那匹七彩锦和狐皮围脖，不然我就抓你去见官！"

舒亚男心知已陷入别人的骗局，见官也是百口莫辩，还会暴露自己逃犯的身份。她心中一急，一把推开掌柜，转身让过小二，抬脚就往外跑。如今这情形，也只有一走了之，看看能不能找到那马三娘。

掌柜一看抓不住舒亚男，不由跌坐在地，放声大哭："完了完了！可怜我上有老母下有幼子，这下血本无归，可叫我还怎么活啊？"

舒亚男本已跑远，可那掌柜的呼号像针一样钻入她的耳朵，不断扎在她心上。她不禁慢慢停了下来，低头犹豫片刻，最后一跺脚，返身折回绸缎庄，对掌柜道："掌柜的，我方才所说句句是实。虽然你的损失非我所为，但我也脱不了干系，我愿为自己的过失负责。如今我身无分文，不过我可以在你店里做工抵债。"

那掌柜捶胸顿足地哭号道："你就算做上一百年，也抵不了三十五两银子啊！"

"那你说怎么办？"舒亚男无奈道。

掌柜越发悲伤，只是哭号。舒亚男虽十分不耐，但想到别人是因为自己才上当，说起来自己也是个不明真相的帮凶，怎么也得为此事负责。若是往日，三十多两银子虽不是小数，对舒亚男来说却也不在话下，但现在，真是一文钱逼死英雄汉。

一旁的小二见劝不住掌柜，不由道："前日不是有福王府到咱们这儿来买丫鬟吗？何不让这位姑娘去试试？"

"那哪成！"掌柜勃然大怒，"你别净出馊主意！"

舒亚男见二人说得蹊跷，忙问道："是什么主意，小二哥不妨说说看。"

小二见掌柜没有阻止，这才道："前日有福王府总管到咱们江浙一带来买丫鬟，出价三十两，签五年的卖身契。咱们这儿好些人家都将女儿送去，不是贪那点钱，就想为女儿谋个前程。不过王府的条件十分苛刻，不是谁都合格的。姑娘要是去试试，若侥幸让别人看上，立刻就能拿到三十两银子的卖身钱。"

舒亚男一听正要发火，那掌柜已一巴掌扇在小二的脸上："你这呆货，竟然要这位姑娘卖身为奴！虽然她害咱们丢了匹七彩锦，可也不能这么害人家啊！"

小二捂着脸委屈地道："这不也是没办法吗？再说，做王府的丫鬟，也不是什么丢脸的事，好些人家送钱送礼都想将女儿送去呢。"

"你别说了！"掌柜一声呵斥，跟着捶胸继续哭道，"都怪我有眼无珠，上当受骗。就让我一家老小上街乞讨吧，别害了这位姑娘。可怜我那刚出生的女儿啊！"

"好，我去！"舒亚男突然跺脚道，"我愿卖身为奴，以抵你们被骗的三十两银子。"

舒亚男在心中打定主意，只要拿到那三十两银子的卖身钱，自己可以找个时间脱身离开。王府丢个丫鬟，总好过这绸缎庄因丢三十两银子的货就亏本倒闭。

掌柜大喜过望："姑娘若有此心，就请随我立刻去杭州！"

四、自残

杭州也是江南名城，无论瘦西湖还是三潭印月，俱是天下闻名的美景胜地。舒亚男随着钱掌柜来到这里时，并不觉得陌生。以前曾随爹爹走镖来过多次，对杭州她也算半个熟客。

不过这次却不是来游玩的，一到杭州就被钱掌柜带到西湖边一座大宅院。进门前钱掌柜千叮咛万嘱咐，要舒亚男不要开口说话，以免暴露她的扬州口音，与假扮她父亲的钱掌柜口音不符。

随着钱掌柜进了大门，舒亚男仔细观察宅院那围墙的高矮，暗忖凭自己的身手，夜里翻过围墙脱身应该不难，这才放心地随着钱掌柜进了二门。只见偌大的宅院中，处处透着令人赏心悦目的富贵气象，让人心生好感。二人来到一间富丽堂皇的客厅，一个脂粉满面的胖女人接待了他们。钱掌柜与那女人寒暄后，便以杭州话小声交谈起来，那女人不住地打量着舒亚男，眼里满是挑剔和怀疑。

终于，那女人拍手叫来账房，账房立刻送来三十两银子和一纸卖身契。在钱掌柜指点下，舒亚男稀里糊涂地在卖身契上按下了手印。那女人仔细收起卖身契，脸上第一次露出了满意的笑容，并将三十两银子付给了钱掌柜。

钱掌柜满心欢喜地离去后,那女人像验看牲口一般,在舒亚男身上又摸又捏,弄得她十分不自在。不过想想钱掌柜,她还是忍了下来,只等着天黑就计划逃离这里。

"唔,模样身材都还不错,就是年纪大了点,皮肤也不够白,如果好好打扮打扮,倒也是个十足的大美人。你叫舒兰?那以后就叫阿兰吧,又好听又好记。"那女人操着拗口难懂的杭州官话,拍手叫来丫鬟,"带阿兰姑娘去沐浴更衣,今晚就有重要的客人登门呢!"

舒亚男自惹上官司以来,就没有好好洗过一回澡,尤其在牢中待了十多天后,浑身早已痒得难以忍受,听说要去洗澡,不由满心欢喜。随着丫鬟来到一间熏香的浴室,在两个小丫鬟伺候下褪尽衣裙,舒亚男心满意足地躺入撒满玫瑰花瓣、香气逼人的温水中,不由放松身心,在心中暗叹:若能作为主人在此常住,天上神仙也不过如此吧?

足足洗了一个时辰,总算洗去了连日来的尘垢和疲惫,她才依依不舍地离开了温暖的浴盆。换上丫鬟为她准备的衣裙,舒亚男几乎认不出镜子中的自己。刚洗过热水澡,脸上红扑扑像涂了胭脂,艳比那雨后的桃花,薄薄的轻衫透出身体的曲线,让她第一次意识到自己的身材是那样迷人。虽然穿这样的衣衫让她耳根发烧,可方才换下的衣衫已被丫鬟当成垃圾不知扔到哪里去了,她只得在心中说服自己:就穿这一次吧,天黑后我就走,总不能让主人以为我是个不听话的丫鬟。

洗完澡吃完饭已是掌灯时分,舒亚男被丫鬟带到一间宽敞的大厅,先前那个胖女人芳姨早已等在那里,除她之外,厅中尚有十几个妙龄女子也在那里闲谈,个个花容月貌,言谈举止优雅从容。像如此出色的女子,平日见一个都难,没想到一下子见到十几个,舒亚男本来对自己的模样十分自信,但置身于这群女子中间,突然生出一丝自惭形秽的感觉。

芳姨见舒亚男到来后，拍手示意大家安静："今晚有重要客人上门，大家打起精神来，可别砸了我们的招牌！"

舒亚男没想到第一天做丫鬟就要接待重要客人，忙悄声问身旁一个红衣少女："我要做些什么？我可什么都还不会。"

红衣少女用奇怪的目光扫了舒亚男一眼，暧昧地笑道："你新来的吧？难怪以前没见过。你什么也不用做，就等着客人挑选。如果你幸运地被客人挑中，就陪客人喝喝酒、吃吃饭，如果客人高兴留下来过夜，后面的事自然会一样样亲自教你做。"

舒亚男暗自奇怪，以前只知道丫鬟要负责为客人斟酒上菜，还没听说过要陪客人喝酒吃饭。看来王府就是王府，连待客的规矩都与众不同。

少时外间传来芳姨的呼唤，舒亚男忙随众女来到厅中。就听芳姨对众女训斥道："别七嘴八舌没点教养，大家打起精神，拿出你们最优雅最淑女的一面，今晚的客人可是丛爷！"

听到"丛爷"这名号，众女眼里俱闪出异样的神采，规规矩矩地跟在芳姨身后，沿着长廊向后院而行。舒亚男心中满是疑惑，看自己和众女的模样，实在不像伺候客人的丫鬟。不过她也没敢多问，只得先随众女来到一间富丽堂皇的大厅。

厅中正在举行酒宴，席间只有五人，每人占一桌，正中那张桌前，一个年逾四旬的彪悍男子正虎踞而坐，两旁四张桌前的四个男子在举杯向他敬酒。舒亚男刚进入厅中，就听一个面目粗豪的汉子正向居中那彪悍男子道："丛爷，你可听说过近来在江湖上声名鹊起的公子襄？"

彪悍男子浓眉一挑："你是说在唐门眼皮底下，将巴蜀巨富叶家弄得倾家荡产、家毁人亡的千门公子襄？"

"正是！"那汉子点头道，"听说公子襄能平安离开巴蜀，就是得了漕帮船旗的庇护。"

彪悍男子面色一沉，鼻孔里一声冷哼："沈兄该不是怀疑我漕帮，跟那公子襄有勾结吧？"

"沈某不敢！"那面目粗豪的汉子忙拱手道，"想漕帮船旗远达三江，丛爷只怕也未必清楚船旗的去向。在下这次奉柳爷之令前来杭州，只是向丛爷知会一声，那公子襄已秘密来到苏杭地界，丛爷在江南耳目甚众，还请帮忙留意一二。"

彪悍男子哈哈一笑："既然柳爷开口，在下敢不从命？不过那公子襄只是个江湖骗子，怎么值得柳爷下这么大的功夫追查？"

"公子襄可不是一般的江湖骗子。"面目粗豪的汉子肃然道，"有江湖传言，他就是身怀《千门秘典》的千门门主传人。《千门秘典》，得之可谋天下，丛爷对这传言想必也有所耳闻吧？"

彪悍男子不屑地一笑："这等荒诞不经的传言，在下从不会放在心上。"见芳姨领着众女进来，他连忙摆手岔开话题："今日咱们只谈风月，莫谈江湖，看看芳姨今日给咱们带来了什么新货。"

芳姨抢上两步，对那男子媚笑道："妾身给丛爷请安了，姑娘们一听说丛爷要来，一大早就在苦盼呢！"说完转身对众女拍拍手："大家按顺序排好队，过来让丛爷过目。"

众女自动列成一排，在芳姨示意下，仪态万方地走到席前。直到此时，舒亚男才终于明白自己的身份。以前她受几个狐朋狗党撺掇，曾女扮男装去扬州的青楼开过眼界，虽然排场档次没法和现在比，但过程都是一样的。唯一不同的是当时自己是挑人的顾客，现在却是被人挑选的货物。

那次难得的青楼经历，使舒亚男为自己的性别自卑了好久。她没有想到那些甘心让人挑选的女人，可以如此卑微，如此不要自尊、恬不知耻。她更没想到，今日自己竟糊里糊涂成了她们中的一员，站在素不相识的男人面前，像货物甚至像牲口一样，任由他们用目光肆意亵玩、挑选。

"可怜我上有老母下有幼子,这下血本无归,可叫我怎么活啊!"想起钱掌柜的可怜样,舒亚男就恨得牙痒痒:见他的鬼,他根本就跟那马三娘是一伙的,利用自己的天真善良,将人骗卖到妓院。一个整天与各种各样的人打交道的掌柜,怎么会没收到钱就让人将货物拿走?舒亚男,你真是天底下最大的笨蛋,被人卖了还帮人数钱!

就这一分神,她没有看到芳姨的示意,忘了跟上众女的步伐,被芳姨一声呵斥才恍然惊觉。暗忖现在不是翻脸的时候,她只得硬着头皮追上两步,随着那些女人来到几个客人面前。

舒亚男手足无措的羞涩和不施脂粉的清纯,立刻就吸引了几个客人的目光。正中的丛爷抬手向她一指:"这是新来的吧?"

"丛爷好眼光!"芳姨忙赔笑道,"今天刚送来,还没来得及教会礼仪,让丛爷见笑了。"

"就她了!"丛爷一招手,"过来陪我喝酒。"

舒亚男愣在当场,就听芳姨一声呵斥:"快去给丛爷敬酒啊,还愣着干什么?"

舒亚男犹豫了一下,还是硬着头皮走上前,捧起酒壶为丛爷斟满酒杯。就在那汉子伸手来端酒杯时,舒亚男无意间看到他手臂上有只带翅膀的猛虎文身,她想起来了,丛爷就是丛飞虎,漕帮大当家!漕帮是整个江南首屈一指的帮会,论势力不在金陵苏家和南宫世家之下。如果说金陵苏家和南宫世家是江南白道中的翘楚,那么,漕帮无疑就是江南黑道的无冕之王。

现在,这个江南黑道第一人正端着酒杯打量着自己,舒亚男突然感觉自己就像正被猛虎打量的绵羊。她心中有些慌乱,手一软酒壶失手落地,"啪"的一声摔得粉碎,将厅中众人都吓了一跳。

"你这没见过世面的蠢货,怎么能在丛爷面前失态?"芳姨吓得面色煞白,边骂着舒亚男,边挥手让两个姑娘去替下她。两个女子忙妖妖娆娆地走上前,正要开口,却见丛飞虎挥手笑道:"无妨,我喜欢她这生涩的模样。坐到这儿来。"

舒亚男见丛飞虎在向自己招手,只得硬着头皮坐到他身旁。丛飞虎侧头打量着她:"姑娘怎么称呼?"

"我叫阿兰。"舒亚男大胆迎上对方的目光,仔细打量,只见他生得浓眉大眼,鼻挺口阔,模样并不难看。虽然已年过四旬,眼光依旧清亮锐利,尤其额头上三条浅浅的抬头纹和眉心那道深深的立纹,看起来宛如一个"王"字,这为他平添了几分威严。舒亚男见他并不像想象中那般凶恶,心中稍安,忙对他举起酒杯:"在下对丛爷的威名早有耳闻,请容阿兰敬你一杯,我先干为敬。"

见舒亚男将满满一杯酒一口喝干,丛飞虎有几分惊讶。他举起酒杯呵呵一笑:"还从未见过这么豪爽的女子,丛某岂能落后?"说着也将酒一饮而尽。

舒亚男不等芳姨吩咐,立刻为丛飞虎斟满酒杯。她想到丛飞虎和漕帮的势力,如果能借助他的力量,也许向南宫世家讨回公道就不再毫无希望。

在芳姨的招呼下,另外四人也选了几个女子,席间一时燕语莺声,丝竹管弦长久相伴。在众人的恭维和敬酒中,舒亚男不知喝了多少杯,醺醺然已有几分酒意。而丛飞虎也喝得十分尽兴,不禁借着酒意搂过舒亚男笑道:"难得你与我如此投缘,今夜我就留宿你的香闺吧。"

在一旁伺候的芳姨闻言大喜过望,连忙对舒亚男道:"还不快谢丛爷,你第一次见客就遇到丛爷这样的贵人,岂不是天大的幸事?"

众女都露出羡慕的表情,几个客人更是连声道贺。舒亚男愣了片刻,猛然推开丛飞虎站了起来,她的举动太过突兀,竟让场中众人全都讶然停声。

像这样与男人同桌痛饮，对舒亚男来说并不算稀奇，喝到面红耳热，与相熟的朋友勾肩搭背偶也有之，这个时候她总是会忘了自己女孩子的身份，将同桌共饮的朋友都当成好兄弟。但现在突然听到丛飞虎的话，她才猛然醒悟自己在丛飞虎眼中，始终是个卖笑的，不由急道："丛爷住口！我……我不是那种女人！"

丛飞虎眼中有些意外，调侃道："女人就是女人，还有这种那种之分？在我丛飞虎眼里，女人就只有是否入眼之分，其他都没有区别。"

舒亚男急道："丛爷见谅，我……我不是妓女！"

青楼女子都忌讳"妓女"这称谓，更不用说亲口说出这个词。丛飞虎有些惊讶，不由望向一旁的芳姨，她立刻对舒亚男高叫道："今日你亲自与我'西湖瑶池'签下卖身契，你爹从我这里刚拿走整整三十两银子，转眼你就不认账了不成？"

"我是被人所骗！"舒亚男急得几乎说不出话来，只在心中不断诅咒着钱掌柜。

"你这么大个人也会被骗？那你更该为自己的轻信和愚蠢付出代价。"芳姨一声冷笑，"这世上没人同情愚蠢的人。还不快快向丛爷赔罪，别扫了他老人家的兴！"

舒亚男咬着牙默然半晌，对丛飞虎抱拳道："丛爷，我不是妓女，从不卖身，望丛爷见谅。"说完起身就走。既然被逼到这个份儿上，她没法再等到深夜，只想尽快离开这里。

"你拿了我的银子，想就这么走，可没那么容易！"芳姨迎了上来，对舒亚男一抖手中的粉帕，一股奇异的香味立刻钻入舒亚男鼻端，她只感到头目一阵晕眩，在烈酒和迷药的双重作用下，不由浑身一软，瘫倒在地。虽然倒地，她的意识却还十分清楚，感觉芳姨指挥丫鬟将自己抬了起来，送入一间香气扑鼻的粉红色房间，塞在床上盖好被子，然后丫鬟们锁上房门悄然离去。

躺在温暖的被窝中，舒亚男只感到浑身乏力，眼皮沉重。她拼命在心中告诫自己：不能睡，一定不能睡！

不知过了多久，门"吱呀"一声开了，满身酒气的丛飞虎被芳姨送了进来。他一看舒亚男的模样，立刻对芳姨道："解开她的迷药。"

芳姨面有难色，小声提醒："丛爷，这丫头野得很。"

"野？我还就怕她不野呢！"丛飞虎哈哈大笑，"快给她解开，少废话！"

芳姨无奈，从桌上倒了杯凉茶，喷在舒亚男脸上。被那冷水一激，舒亚男立时清醒，不由翻身而起。迷药方解，她的手脚依旧有些发软，心知要在丛飞虎面前逃脱，恐怕力有不逮。她只得警惕地盯着丛飞虎，不知对方在打什么主意。

丛飞虎挥手令芳姨退下，仔细关上房门，转身对舒亚男露出一丝莫测高深的微笑："不错！果然是个不同寻常的女人，我喜欢！难怪能将南宫世家闹得天翻地覆，苏家和南宫家更是差点为你开战。没见到你时我还不信，现在我完全信了。"

"你……你怎么知道？"舒亚男愣住了，完全没想到丛飞虎竟然认出了自己。她记得从未见过对方，就算见过，丛飞虎也不该记得自己这样的小人物。

"我收到了南宫世家发来的江湖追缉令，上面有你的画像。"丛飞虎说着大马金刀地在床上坐了下来，"我第一眼看到你时，还想将你送给南宫世家，不过与你痛饮一场后，我改主意了。"

"为什么？"

"虽然我身边有过不少女人，但从来没有一个女人像你这样特别，像你这样令我动心。"丛飞虎一声长叹，"我从来没有像今天这样喝得痛快，也从来没有遇到过像你这般豪爽直率的女子。"说到这他两眼直视舒亚男："做我的女人吧！不是随便玩玩，我要你跟我一辈子。"

舒亚男十分惊讶，没想到这名震江南的人物，竟然要自己做他的女人。虽然他模样不算讨厌，那天生的霸气令自己也有些欣赏，而他也是让所有女人都会动心的坚强依靠，但……这一切也太快了吧？舒亚男讷讷地不知如何回答。就听丛飞虎又道："做我的女人，你要名分我给你名分，要钱财我给你钱财，就算你要找南宫家的晦气，我也会全力帮你。只要我能给你的东西，就决不会有半点吝啬！"

舒亚男闻言心中一动，如果能得丛飞虎之助，为父亲讨回公道就不再是不切实际的梦想。她不禁犹豫起来，小声道："你……让我好好考虑考虑。"

"有什么好考虑的？"丛飞虎一把将舒亚男揽入怀中，"我看女人只需一眼，喜不喜欢就在片刻间确定，女人想必也是如此。你刚才没说拒绝做我的女人，心里一定已经喜欢了。既然如此，又何必再扭扭捏捏？"

丛飞虎的胳膊如雄狮般有力，舒亚男拼命挣扎也无法挣脱。他那强横的气息令舒亚男有种无能为力的软弱感，她不禁在心中对自己说：舒亚男，鸣玉已经不要你了，你拼命保守的东西还有什么意义？如果你的身体能成为向南宫世家复仇的利器，又有什么不能付出呢？

她几乎就要说服自己，但在丛飞虎的手探入衣裙，摸到她的肌肤时，她却突然浑身战栗，恶心得要吐。她不是恶心丛飞虎的侵犯，而是恶心自己此刻就像那些排着队任人挑选的女人一样，为了金钱、权势等与感情无关的东西，竟要将父母赐予的尊贵身体，交给不喜欢的男人肆意亵玩。天哪，难道我竟心甘情愿做一个妓女？

一股力量从心底油然而生，她猛然将丛飞虎推开，一下子从床上跳将起来，躲到一旁对丛飞虎吼道："我考虑好了，不行！我决不做你的女人！"

"为什么？"丛飞虎有些意外。

舒亚男说不出为什么,她只感到自己在丛飞虎面前,根本没有一丝一毫的尊严。女人在他眼里就像是物品,做他的女人就是成为他的私人物品。舒亚男一想到这点儿就感到恐惧,她想起父亲说过的一句话——一个人可以失去生命,但决不能失去尊严!

丛飞虎就算能给自己一切,但若要自己以尊严为代价,那就让他见鬼去吧!

见舒亚男一脸坚决地摇头躲避着自己,丛飞虎沉下脸来,双眼闪烁着令人恐惧的火焰,向舒亚男一步步逼近:"我丛飞虎想要的女人,还没人能拒绝,我也不习惯被人拒绝!"

舒亚男忙向门口逃去,刚要打开房门,却被丛飞虎拦腰抱起扔到床上。他盯着面前这个胆敢拒绝他的女人,恨恨道:"逃啊,只要你能逃出这个房门,我就放过你!我喜欢你这种野性十足的女人!"

舒亚男再次扑向房门,这次连门都没摸到就飞回到床上。她知道自己的武功与丛飞虎相差太远。护身的匕首因坐牢早被搜去,况且丛飞虎也不是南宫放,不可能靠侥幸伤到他。

见桌上有一个陶瓷花瓶,舒亚男抓起来在墙上使劲一磕,花瓶应声而碎,她挥舞着锋利的碎花瓶再次扑向房门,却依然被丛飞虎扔了回来。她绝望地退到墙角,感到自己就像落入虎口的羔羊。

"不要过来!"舒亚男绝望之下,突然将碎花瓶锋利的尖头对准了自己的咽喉,"你再逼我,我立刻就死!"

"动手啊!"丛飞虎不为所动,依旧步步逼近,"我见惯了太多寻死觅活的女人,她们最后还不都屈服在我面前,撵都撵不走?只要你有勇气自杀,我丛飞虎就为你披麻戴孝,将你当成我的妻子,葬入我丛家祖坟!"

舒亚男你不能死,爹爹的公道尚未讨回,你千万不能死!舒亚男在心中不断提醒着自己,她想起爹爹说过的一句话——只有视尊严如生命的勇敢者，才配在江湖上生存！舒亚男，你要做一个勇敢者！

慢慢将碎瓷瓶的尖头移到自己的右脸颊上，冰冷的触觉让舒亚男忍不住浑身战栗。在丛飞虎惊讶的目光注视下，她怆然一笑："你可以夺去我的一切，但你夺不去我的尊严！"

话音刚落，她的手猛地往下一划，一道血肉模糊的伤口立刻贯穿了她整个脸颊，几乎从太阳穴直到下颌，曾经是那样英武俊美的脸庞，一下子变得狰狞恐怖。她举起碎瓷瓶还要再划，突听丛飞虎一声惊呼："住手！"

望着面前这从未见过的刚烈女子，丛飞虎心里异常震撼，他愣了足足有盏茶工夫，才缓缓举起右手，哑着嗓子涩声道："我丛飞虎对天发誓，决不再碰你一个指头！若违此誓，叫我堕入十八层地狱，永世不得超生！"

听到丛飞虎的保证，舒亚男精神稍懈，顿感脸上火辣辣痛入心脾，滚烫的鲜血正顺着脸颊流淌下来。悲痛、绝望、恐惧……种种感情交织，她不禁浑身一软，突然跌倒在地，跟着眼前一黑，彻底失去了知觉。

"来人！快来人！"听到丛飞虎惶急的呼叫，芳姨连忙进来，见到舒亚男的模样，顿时吓得失声惊呼。只听丛飞虎气急败坏地吼道："去找最好的大夫！快！"

芳姨惊慌失措地离去后，丛飞虎突然抬手狠狠扇了自己一个耳光。望着昏迷不醒的少女，他第一次为自己的行为感到前所未有的懊恼和后悔。

幽幽黑暗不知过了多久，舒亚男从噩梦中突然惊醒。望着头顶陌生的鸾帐，她轻声问："我在哪里？"

"兰儿醒了？"耳边传来一个熟悉的声音，是芳姨。舒亚男转头望去，就见芳姨眼里满是怜悯，"想吃点什么？芳姨立刻让厨下去做！"

舒亚男闭上眼静了半响,昏迷前的情形清晰地出现在眼前。梦!一定是梦!她在心中安慰自己,但右脸颊那隐隐的疼痛,让她恐惧得浑身发抖。颤着手摸到自己脸上,厚厚的膏药和绷带击碎了她最后的幻想。她猛然翻身下床,四下寻找镜子。不过房中的镜子都被人收了起来,最后她在一个面盆前停下,盆里有大半盆清水,她的面容清晰地出现在水里。望着水中那个半边脸包着绷带的少女愣了片刻,她突然发疯一般扯下包扎的绷带、膏药,终于,她的面容完全暴露出来。

水中是一张既熟悉又陌生的脸,她抖着手撩开鬓发,就见一道恐怖丑陋的伤痕像蚯蚓一般爬在自己的脸上,让人不敢直视。望着水中那张陌生、破碎的脸,她突然发出一声恐怖的尖叫,一把将面盆推翻,失魂落魄地捧着自己的脸,慢慢坐倒在地。

芳姨在两个丫鬟的帮助下,总算将她又扶回床上睡下。关上房门悄悄离开后,芳姨不禁暗自摇头。干这行有二十多年了,见过上吊的、吞金的、跳楼的、跳井的,却从来没见过亲手毁自己容的傻女孩,这傻瓜不仅毁了自己,也让她花的三十两银子全打了水漂。若非有丛爷的特别关照,她才懒得管这傻瓜的死活。

身后两个丫鬟也在小声议论,一个问:"你说这阿兰姐是不是傻到家了?丛爷要她都不从,还划破自己的脸。她要想不开,当初为何要进咱们这个门?"

另一个丫鬟轻轻叹了口气:"谁知道她怎么想的。不过她这次也算是因祸得福,丛爷传下话来,要咱们将她当成他的夫人来照顾,还说等她伤势好转,就要差人上门提亲,还要三媒六证、八抬大轿,风风光光地将她娶进门。"

"丛爷是不是也疯了?"先前那丫鬟一声惊呼,"若是如此,她倒真是因祸得福了。就可惜,她那伤,恐怕是永远好不了了。"

芳姨听两个丫鬟越说越放肆,正要回头训斥,突听远处有丫鬟气喘吁吁地跑过来，结结巴巴地道："芳姨，不好了！阿兰姐……阿兰姐不见了！"

扬州街头不知从何时开始，多了一个浑身肮脏、披头散发的女乞丐。那女乞丐满脸污秽、目光呆滞，看不出多大年纪，脸上还有一道丑陋的伤疤，如蚯蚓般从太阳穴一直爬到下颌，令人不敢直视。除此之外，她的傻也让人印象深刻。有好心人扔给她一些铜板，多为一文的小钱，偶尔也有五文的大钱，但她每次只捡一文的小钱，对大钱视而不见。这异常的举动成了闲汉们茶余饭后的一大消遣。他们喜欢扔给她几枚铜板，戏弄这只捡小钱不捡大钱的傻乞丐。

这日正午，一个眉心有道刀疤的外乡汉子，拉着一个身材瘦弱的书生来到那乞丐面前，兴冲冲地对书生道："公子，我要跟你打个赌！"说着他从怀中掏出一把铜钱，拈起一枚对那书生笑道，"你猜我扔给这乞丐铜钱，她会不会捡？"

按说乞丐都会捡钱，不过看这乞丐那傻傻的模样，再看看那汉子的表情，显然另有蹊跷。那书生迟疑了一下，犹豫道："也许……不会吧？"

"会还是不会？就两种选择，买大买小？买定离手，干脆点！"那汉子一脸诡笑。

"不会！"书生终于下了决心。

那汉子将一枚一文的铜板扔给乞丐，立刻被她收入怀中。那汉子对书生得意地笑道："你输了！我再给你一个翻本的机会，会还是不会？再猜！"

那书生虽然知道其中必有圈套，但怎么也看不出来，只得胡乱猜道："会！"

那汉子立刻将一枚五文的铜板扔到乞丐面前，她却连看也不看一眼。那汉子得意地哈哈大笑："你又输了！我终于也连赢了你两把！你还别不服气，我再给你一次机会。咱们换换，你来扔，我来猜！"说着那汉子将一枚一文的铜板递给那书生："我猜她会捡！"

书生将信将疑地将铜板扔给乞丐，她果然捡了起来。那汉子越发得意，又将一枚五文的铜板递给书生："这次我猜她不会捡！"

书生仔细观察那乞丐，发现她从不抬头看人，只傻傻地低头盯着地面，实在不像帮同伴作假骗自己的托儿。他看看乞丐面前那枚五文的铜板，再看看自己手中的铜板，恍然大悟，忍不住给了那汉子一拳，笑骂道："好小子，居然会活学活用'借刀杀人'这招，看来你已登堂入室了。"

那汉子一声欢呼，兴奋得一连翻了两个跟斗，大笑道："我连赢了你三把！我竟然连赢了公子三把！哈哈，以后你再不敢小瞧我金彪了吧？"说着他将手中的铜板全扔给那乞丐："全赏你了，要不是有你这只捡小钱不捡大钱的傻乞丐，我金彪还赢不了这小子呢！"

乞丐趴在地上，将一文的铜板一枚枚全捡起来收入怀中，对那些五文的铜板却视而不见。那书生望着她欢天喜地远去的背影，若有所思地道："我看她一点不傻，她比咱们所有人都要聪明。"

拐子巷深处的潇湘别院是南宫放的私宅，不过自从在这里意外受伤后，他就再没来过这伤心之地，以免又想起那晚的不幸。于是潇湘别院就空了出来，偌大的宅院只有老门房福伯一个人看守。自从那晚福伯失职让那个女人进来，令三公子受伤后，福伯和这潇湘别院就像是被主人完全放逐，十天半月也不见主人上门。

虽然福伯一个人孤零零守着偌大的宅院，却依然像护主的老狗一样忠心，每日里不停地忙进忙出，修剪满园的花草，维护着整个宅院的整洁。只是宅院太大，一个人实在忙不过来。看着渐渐被荒草埋没的庭院，福伯不得不另想办法。

经常出现在门外的一个傻乞丐，让福伯有了主意。他发现这乞丐只认得一文的小钱，不认识大钱，更不认识银子，如果让她来帮忙打扫庭院，倒也不怕她偷东西。每天只需打发她一两顿剩饭，就能使唤一个免费的长工，何乐而不为呢？

福伯试着让她上门打扫了几次，见她手脚还算麻利，也不随便动主人的东西，就对她渐渐放下心来，后来干脆将整个宅子都交给她打理，自己躲到一旁晒太阳睡大觉。直到一次福伯从美梦中醒来，发现本该在打扫庭院的乞丐已不知什么时候离开，他生怕那乞丐偷了主人东西，细细查了半天。东西没丢，只是庭院中一块铺地的青石板被撬开，石板下现出一个大坑。福伯面对着空空的大坑，怎么也猜不出那傻乞丐此番举动是何意，只能在心中安慰自己：傻子就是傻子，不能以常理揣测。

从那之后傻子再没出现，福伯很快就将这事忘得干干净净，只有在独自打扫空空的庭院时，才偶尔怀念起那个不要工钱，却十分能干的傻乞丐。

扬州郊外的土地庙早已荒废许久，尤其自平安镖局总镖头舒振刚在此停灵七日后，更是少有人来。传说自从舒振刚被埋到庙后的荒岭，附近就常常闹鬼，荒庙中常有鬼火透出，甚至有流浪汉在那里遇到过披头散发、面目狰狞的恶鬼。从那以后，只要天一黑，就算最大胆的乞丐，也不敢再去那座荒庙借宿。

深夜，荒草萋萋的舒振刚墓前，浑身污秽、披头散发的舒亚男跪倒在地，望着父亲的墓碑，在心中对他说：爹，你一定想不到女儿会变成这副模样吧？为了避过南宫世家的追杀和官府的通缉，女儿不得不像野狗一样生存。你一定对女儿很失望吧？你放心，女儿决不让你含恨九泉。女儿名虽叫"亚男"，但决不做亚男！

默默回到庙中，舒亚男从神龛后的暗洞里掏出一本破旧的册子，她将册子捧在胸前，对着庙中那尊破烂不堪的泥像跪了下去，在心中默默祈祷：苍天啊，请原谅我吧！为了在这个黑暗的世道生存下去，我不得不这么做。我要用邪恶来武装自己，我要以十倍的邪恶来对付邪恶，我要以十倍的奸诈来对付奸诈！我要做个把握自己命运的强者！

祈祷完毕，舒亚男点亮罩着件破衣衫的油灯，借着摇曳的昏黄微光，神情庄严地翻开了手中那本千术入门书。

五、复仇

黄昏时分，锦绣源绸缎庄的钱掌柜，像往常一样百无聊赖地守着他冷清的生意。这个小镇以朴实的农户为主，穿得起绸缎的人本就不多，所以生意一直都很冷清。不过钱掌柜并不为此着急，反而怡然自得地哼着小曲，用鸡毛掸子打扫起柜台上的灰尘，准备结束这一日的惨淡营生。

其实锦绣源真正的生意不是绸缎，那仅仅是幌子，钱老板也不是真正的生意人，他与老婆钱三娘——有时叫马三娘——是一对专门拐卖女人和小孩的人贩子。前段时间他们花了点小钱顶下这间快倒闭的绸缎庄，原本是看上这年轻女人爱逛的地方，打算捞两票就走人，谁知开张一个多月，除了前一阵那个傻乎乎的扬州女人，竟然一直没有新货上门。不舍得放弃这点基业，所以他们继续留了下来，打算好好捞上几票再走。有上次赚的三十两银子，一年半载都不必为绸缎的生意发愁。

就在钱掌柜准备关门的时候，一个穿得大红大紫、脸上浓妆艳抹的女人一步三摇地来到了店中。钱掌柜连忙迎上去，边招呼客人，边打量着对方的模样和衣着。那是一个三旬模样的女人,虽然腮边垂下的鬓发遮住了她的右脸颊,但还是能看出她有几分姿色。从她的衣着判断,应该不是真正的大富大贵,不过她的眼神却趾高气扬,那是一种小人得志后的张狂,贵妇或穷人都装不出来。钱掌柜立刻在心中做出判断,应该是一个大户人家管事的下人,大概刚受主人重用,所以就不知道自己的斤两了。

这种女人在市场上并不值钱,钱掌柜以内行的目光在心中估价,立刻将其归为食之无味的鸡肋。那女人一脸不屑地翻看着柜台上的绸缎,嘴里连声嘟囔道:"怎么就这么点儿?这种样式的还有多少?"

绸缎生意不好,钱掌柜也没进多少货,便随口应付道:"这种湘锦大概还剩半匹,那些云绸大概还有两三匹的样子。"

"就这么点儿,那怎么够?"女人嘟囔道。

"你要多少?"钱掌柜漫不经心地问。

那女人指了指几种绸缎:"这种,这种,还有这边几种,每样起码要十匹。"

"每样十匹?"钱掌柜心里"咯噔"一跳,在心中噼里啪啦地计算开来。好几十匹绸缎,就算每匹毛利一两,那也是几十近百两的利润。他立刻换上一张笑脸:"不知夫人一下子要这么多绸缎做什么?"

这声"夫人"叫得那女人眉开眼笑,立刻手舞足蹈地嚷嚷道:"掌柜的还真有眼光,一看一个准儿。你有所不知,咱们家每年这个时候都要采买好些绸缎,一来送亲戚朋友,二来也为丫鬟小姐整治几身新衣。往年这采买的差事都是老管家在管,今年却偏偏要我来操心。"

"不知夫人府上是哪里?"钱掌柜试探道。

那女人不无得意地小声道:"是扬州南宫府,你该不会不知道吧?"

钱掌柜又听到自己心里"咯噔"一声,忙道:"江南豪门,谁人不知?原来是南宫家的夫人?失敬失敬!不知夫人怎么称呼?"

那女人连连摆手道:"不敢当不敢当,现在还不是。不过很快就是了。"说到这,她故作神秘地压低了声音:"主人说迟早要给我个名分,这不,今年这采买的差事不就让我操心了?我那死鬼老公姓林,原也是南宫家的管事,你叫我林夫人好了。"

钱掌柜心中暗自好笑,原来是个混到主人床上的小寡妇,连妾都算不上,能谋到个采买的差事,已经是天大的侥幸,却还妄想飞上高枝。钱掌柜心中在鄙视,脸上却越发恭敬:"不知林夫人为何要到小店来采购呢?"

林夫人神秘一笑:"主人原本是让我去杭州的,不过我想杭州物价昂贵,一匹布不知要赚多少钱。小地方物价便宜,除此之外,价格上也灵活些。"

原来是想从中得到好处!钱掌柜立刻心领神会。只要能赚到大钱,付些小费也无所谓。他连忙若有所悟地笑道:"夫人放心,小人知道该怎么做,定要让夫人满意。"

"可是你这里,好像没那么多货吧?"林夫人眼里有些怀疑。

"货不是问题,小人马上就可以去进。"钱掌柜连忙赔笑道,"我有很多可靠的进货渠道,你要的这几种绸缎都没问题,只要夫人预付一点银子,我立马将货送到您府上。收到尾款后,我会按惯例给夫人一成的好处。"

"就一成?"林夫人眼里满是不屑,"那我还不如就去杭州进货好了。"

见上门的财神爷要往外走,钱掌柜连忙拦住,悄声问:"那夫人的意思是……"

"起码这个数。"林夫人说着,缓缓伸出了一个巴掌。

疯了!这女人简直疯了!钱掌柜在心中暗骂,真是狮子大开口,居然要五成的回扣,难怪本分的生意人都不敢答应她了,难怪她会找到自己这没有名气的小铺子。钱掌柜不禁面露难色:"这个……是不是高了点?夫人要的好处太多,价钱就要涨起来,价钱太高,我怕夫人没法向主子交代。"

"看不起人不是?"林夫人柳眉一竖,把腰一叉,"价钱你尽管开,我不还价。尽着这三百两银子买,一两银子都不用替我省。"

说着林夫人极有气势地从怀中掏出一张银票。钱掌柜眼尖,认得是通宝钱庄开出的大额银票,数目正是三百两!他两眼一亮,嘴里连声答应着,伸手就要去接。林夫人却把银票收了回去:"慢着,你要拿钱跑了怎么办?"

"夫人放心,我这是多年老字号,怎么会干这种事?"钱掌柜急忙表白,"再说我的铺子还在这里,跑得了和尚也跑不了庙嘛。"

林夫人满是不屑地四下扫了一眼:"你这铺子打干算尽也值不了一百两。你我素不相识,我怎么放心将这么大张银票就这么交给你?"

钱掌柜无奈道:"要不夫人就先交三十两银子的定金吧,我将货送到府上后再收剩下的余款。虽然我相信夫人是诚心与我做买卖,但没有三十两的定金,这单生意我是不敢接的。"

林夫人一脸的为难:"可我现在除了这张银票,就只有几两散碎银子。不知镇上有没有钱庄,能换开这张银票?"

钱掌柜连忙摇头,最近的钱庄杭州才有,若让林夫人到杭州去换银票,他又怕到手的生意飞了。突然,林夫人一拍手:"有了!"说着她将银票一撕两半,将一半递给钱掌柜:"你先拿着这半张银票,等你将货送到我府上,我再给你剩下这半张。"

钱掌柜接过半张银票,心中有些犹豫,不过思忖半响,也只有这个解决办法最快。"那好吧,夫人给我留个地址和时间,届时我会亲自将货送到府上。"

"七日后的正午,你将我要的货送到扬州南宫府后门,咱们一手交钱，一手交货。"林夫人说着匆匆写下一个地址，叮嘱道，"除了保障货物准时送到，你还得守口如瓶。这一次干好了，以后再有需要，我还找你。"

"夫人放心，在下心中有数。"钱掌柜知道她在说那巨额的回扣，不禁露出理解的微笑。目送着林夫人离去后，他在心中暗骂：这娘们儿跑跑腿就要挣一百五十两，难怪大户人家的丫鬟仆妇都要争着跟主人上床了，可怜我辛苦进货送货，还不如她挣得多。

虽然钱掌柜心中有些不满，不过一想到这趟生意干下来，能抵拐卖两三个最值钱的女人，他又开心起来，满心焦急地等着老婆回来拿钱进货。

天色将黑时，钱三娘才与街头那些三姑六婆打完马吊回来。看样子她是赢了钱，脸上红扑扑的。钱掌柜连忙把她拉到里屋，将那半张银票洋洋得意地交到她手中，并将今日的事草草说了一遍，最后笑道："财运来了，挡都挡不住，坐在家中银子都要从天上掉下来。"

"会不会有啥蹊跷啊？"钱三娘将手中那半张银票翻来覆去看了又看，心中很是怀疑。

钱掌柜笑道："这半张银票总不会有假吧？虽然咱们银票见得少，不过方才我已专门拿给隔壁的周老板看过，他走南闯北见多识广，要是假银票还能骗得了他？"

"可我还是不太放心，哪有这么好的事？"钱三娘还是将信将疑，"她要骗咱们怎么办？"

"那是南宫世家，江南屈指可数的豪门，会骗咱们这点钱？"钱掌柜一脸的不屑，"再说我亲自押运货物，一手交钱一手交货，她怎么骗？那女人除了会卖弄风骚，笨得就像个羔羊，若非看她不值几个钱，我把她卖了她都会帮我数钱。骗我？也不看看咱们是干什么的。"

钱三娘依旧有些不放心："咱们是不是先去扬州，仔细了解一下那女人的底细？"

"七天时间就要交货，哪儿来得及？"钱掌柜急道，"你放心，交货时我会多个心眼，多找两个伙计帮忙，万一发现她不对劲，我就将货拉回来。"

钱三娘想了想："咱们哪来那么多钱进货？三百两啊，咱们这辈子就没见过那么多钱。"

"上次卖那羊羔不刚赚了三十两嘛，"钱掌柜忙道，"你再将你那套金首饰抵给当铺，怎么也能当个二三十两，加起来差不多也有五六十两了，我再让进货商赊点，勉强够了。"

"那首饰是我娘留给我的东西，不行！"钱三娘差点蹦起来。

"真是头发长，见识短。舍不得孩子怎么套得住狼？"钱掌柜一声斥骂，"再说咱们是当不是卖，赚了钱再赎回来不就完了。你可不要舍不得你那点首饰就瞻前顾后，一下子赚一百两银子的机会，不是天天都能遇上的。"

钱三娘依旧在犹豫："五六十两进的货，卖三百两银子，会不会有麻烦？"

钱掌柜一声嗤笑："你真没见过世面，大户人家买东西，几文钱的鸡蛋，吃到主子嘴里就值一两纹银，中间的差价全让负责采买的管事吃了。那些天生富贵的世家贵胄，谁会在意这些鸡毛蒜皮的小事？这次若能与那女人合作愉快，以后自然还有源源不断的好处，你不要畏首畏尾，坏了我大事！"

钱三娘也是贪财之人，听丈夫将前景说得这般美妙，终于将首饰拿了出来，准备明日一早去当铺典当后，然后去找供货商进货。

七天后，钱掌柜让钱三娘在店中留守，自己则与扮成小二的徒弟，以及两个新雇的伙计一起，押着满满一车绸缎，照那女人留下的地址送到了扬州南宫府后门。远远就见那女人在街口翘首企盼,他连忙让车夫加快了速度。

"你们可赶来了!"林夫人气喘吁吁地迎上来,"管库房的虞婆婆还等着验货呢。"

"还要验货?"钱掌柜有些心虚。只要稍稍了解行情的人,一眼就能看出这些货远值不了三百两。他怕节外生枝,正想开口要钱走人,却听林夫人悄然道:"不过是例行公事,不必担心。到时你什么话也不要说,什么问题也不要问,一切有我应付。"

面对威严肃穆的南宫府,他只得将要钱的话暂时吞下去,赶着马车将货送进南宫府。门房早得到通知,任由钱掌柜押着马车来到南宫府后院,一个老态龙钟的妇人早已等在那里。林夫人忙赔着笑迎上去:"让虞婆婆久等了,这批货总算按时送到,您老请过目。"

老妇人不置可否地"嗯"了一声,将车上的绸缎随意翻看了两眼,然后对钱掌柜一挥手,"送库房去吧。林家娘子,你跟老身来。"

林夫人对钱掌柜悄悄比了个"一切妥当"的手势后,忙跟着虞婆婆进了一道月门。钱掌柜正想跟上去,却被一旁监视的门房斥道:"库房在那边,瞎闯什么,找死啊?"

钱掌柜看看气势汹汹的门房,只得忍气吞声地指挥两个伙计将绸缎搬去库房。一车绸缎很快就搬完了,却还不见林夫人出来,只有一个小丫头蹦蹦跳跳地从后院跑来,将几钱散碎银子扔给钱掌柜:"你们辛苦了,这是虞婆婆赏你们喝茶的钱,你们可以走了。"

"走?"钱掌柜一愣,"我还没收到钱呢,怎么走?"

"你还要什么钱?"小丫头一脸奇怪。

"这批货的货款啊!"钱掌柜忙将那半张银票掏出来,"这银票还差半张,快让林夫人给我送来啊。"

小丫头一脸疑惑:"林夫人?哪个林夫人?"

"就是……就是方才随虞婆婆进去那个女人！"钱掌柜急道。

"你是说林家娘子啊？"小丫头恍然大悟，"她已经收了货款从边门走了。她让我转告你，上个月初三，你借了她一笔账，今儿总算连本带利还清了，从此两不相欠。"

"上个月初三？"钱掌柜又是一怔，在心里急速回忆，突然他想起那天自己正好将一个羊羔卖给杭州最有名的青楼"西湖瑶池"，赚了三十两银子。他心里咯噔一跳，陡然意识到不妙，急忙道："那是我的货，你们怎么能将钱付给旁人？那林家娘子呢？她不是你们家的吗，快让她出来对质？"

"林家娘子什么时候成咱们家的人了？"小丫头更是惊讶，"她是绸缎商林老板的娘子，而虞婆婆负责绸缎采买，所以跟她相熟，不过她们也刚认识不久。"

钱掌柜闻言心中一凉，立刻就意识到自己中了圈套。他不禁抓住小丫头吼道："快将姓林的交出来，不然我要告你们诈骗！"

吵闹声惊动了不少人，虞婆婆闻声最先从内院出来。钱掌柜连忙丢下丫鬟抓住她，将手中那半张银票递到她面前："快将另外半张银票交出来，你堂堂南宫世家，可不能赖我那三百两银子的货款！"

"三百两！"虞婆婆吓了一跳，"那些绸缎顶多就值六十两，账房已经将钱付给林家娘子了。先不说谁是正主儿，就凭那些便宜货要卖三百两，老身就能告你欺诈，送你进大牢。"

钱掌柜一惊，突然意识到自己彻底陷入了被动。如果告官，那些绸缎根本值不了三百两，自己居然敢卖如此高价，货物罚没不说，还要吃一顿板子。如果官府细查下去，说不定会查出自己贩卖人口的罪行，再说跟南宫世家打官司，想想都令人胆寒。他不禁跪倒在地，哀求道："求婆婆还我那车绸缎吧，那可是我全部家当啊，求您老慈悲！"

"住嘴！"虞婆婆一声断喝，"那批绸缎咱们已付过钱了，你还敢在此啰唆？想讹诈怎么着？来人，给老身赶了出去！"

几个如狼似虎的家丁不由分说，架起钱掌柜就扔了出去。钱掌柜心有不甘，还想冲进去要钱，却被一阵乱棍给打了出来。想到这批货就这么不明不白地丢了，他一下子瘫在地上，欲哭无泪，一旁的徒弟忙扶起他道："师父，咱们不还有半张银票吗？"

这话提醒了钱掌柜，他慌忙翻身而起："快，快赶去通宝钱庄！"

通宝钱庄是皇家钱庄，在各大城市都有分号，都坐落在繁华街道，十分好找。钱掌柜一进门，立刻直奔柜台，将手中半张银票递进去："伙计，麻烦帮忙兑换这张银票。"

柜台内的管事接过一看，不禁哑然失笑："你拿半张银票来兑换什么？"

"多少总能兑一点吧？"钱掌柜急道，"就算兑换不了三百两的一半，兑换一百两总可以吧？要不八十两也行。"

管事笑着将半张银票递了回来："你难道不知，所有钱庄只认印鉴？你这半张上面没有印鉴，如何能兑换？"

钱掌柜忙仔细一看，果然上面没有一丁点印鉴的影子，显然那女人在撕开的时候，特意避开了印鉴。他心有不甘地问那管事："如此说来，这张银票就这么报废了不成？"

管事耐心解释道："银票是客人在钱庄存钱的凭证，咱们不能因为它有所损坏，就侵吞客人的银子不是？虽然银票损坏的情况极其罕见，但咱们对此也有规定，按照钱庄内部约定，只要能保持银票上的印鉴和数目完整，咱们就会按票支付，哪怕像这样被撕去了一半，咱们也不会少付一个子儿。"

钱掌柜再次拿起银票一看，才发现上面既没有印鉴，也没有数目，那女人早就了解钱庄内部这个约定，撕给自己这一半，根本就是无用的废纸。他不禁浑身一软跌坐在地，好半晌才放声痛哭："我的全部家当啊……"

牛刀小试！当舒亚男在临时落脚的客栈中，照着《千门百变》一书上的法子，仔细洗去脸上的伪装时，心中不由一喜。"林夫人"已经完成了她的使命，从此将在这个世界彻底消失，她相信下一次自己就算站在钱掌柜面前，他也认不出来。

轻轻抚摸着到手的六十两银子，她心中有种莫名的成就感。第一次活学活用"千门三十六计"中的"借花献佛"，果然奇妙无比。她相信只要自己安心骗人，并不会比南宫放之流差。本来对付像钱掌柜这样的小恶棍，照着她以前的脾气，不是直接给他一顿暴打，就是将他抓去见官。不过自从看了南宫放那些书之后，她渐渐感觉，她要用相同的办法让那些人自食恶果。望着手中加倍讨回来的卖身钱，她心中复仇的快意无以言表。

回想整个过程，并没有特别精妙的设局，唯一多下了些功夫的是与虞婆婆结识，并通过她在南宫府混熟，靠着些小恩小惠，她在南宫世家出入自由，这让她有种火中取栗的冒险刺激。之所以选择南宫世家这面大旗，是为了小心接近和了解这个庞然大物。她清楚地知道，要对付南宫世家，自己现在无论是实力、经验还是头脑，都还远远不够，现在最好是躲得远远的，远离南宫世家眼线无处不在的江南，让他们暂时忘掉自己这个小人物。

不过在离开江南之前，还有一件事要做！那个欺骗自己认罪服刑的闻师爷，也得为他的欺骗付出代价！

舒亚男打量着镜子中的本来面目，里面那个女人，除了脸颊上多了一道伤疤，眼中更多了一种睿智和成熟。这几个月来的经历和遭遇，已经将那个单纯善良、鲁莽任性的天真少女，变成了一个冷静、理智、机灵善变且心如铁石的冷血猎手。无论是煌煌世家、狡诈讼棍还是街头骗子，在她眼里都是猎物，都是等待着自己去巧妙猎取的对象。

在脸上重新塑造自己的形象时，舒亚男又情不自禁地想起自己逃离"西湖瑶池"后的情形，在经历了毁容的绝望、腰无分文的窘迫，以及流浪街头的潦倒后，是仇恨让她重新振作起来。她伪装自己混入潇湘别院，拿出当初埋下的那些害人书刻苦钻研，然后走上街头，去寻觅那些街头小骗子，借他们捞点残羹，甚至亲自出手去干那些贪婪的人，在实践中不断学习和提高。这期间也曾被人拆穿暴揍，她总是默默承受并不还手，她知道既然这样做了，就得为自己的失误付出代价。在无数次失手、检讨、提高，再失手、再检讨、再提高的循环中，她渐渐得心应手，不仅将各种街头骗术使得出神入化，更练出了装神像神、扮鬼像鬼的演技，手中的银子也渐渐多了起来。当她自信能让骗子都看不出自己的真面目后，才走向她第一个复仇目标，那个骗卖过她的人贩子。这一次的成功给了她无穷信心，现在，该轮到第二个了！

退房离开客栈后，舒亚男完全变了副模样。垂下的鬓发遮住了她脸颊上的伤疤，使她看起来就像一个单纯无知的少女，姿色虽不出众，却充满了青春的朝气。登上客栈外预约的马车，她对车夫简单地说了一个地址："金陵！"

金陵为六朝古都，繁华极于江南。即便到了初更时分，秦淮河上依旧灯火通明，丝竹管弦不绝于耳，莺歌燕舞荡漾河上，演绎着世间最廉价的悲欢离合和爱恨情仇。

就在秦淮河最灯火辉煌的时候，金陵提刑按察司的闻师爷，打着酒嗝离开了花船。劝回了几个相送的同僚后，他独自醉醺醺地往回走。闻师爷原也是饱读诗书的才子，若非考场黑暗，也许现在早就中举入仕，成为朝廷一方大员。不过现在他早已绝了由科举入仕的念头，甘做刀笔吏，整天沉溺于官场繁文缛节，只为养家糊口。

想起明日的会审，他不得不匆匆往回赶，为明日的判决书做最后的润色。作为刀笔吏，他一向对自己的差事兢兢业业，文书无论写得多出色，交上去之前都得再三检查润色。在衙门混迹多年，他非常清楚，一句不当的用词，甚至只是一个错字，也许就会让上司受朝廷训斥，自己也会丢了差事。况且明日的会审，是有人状告南宫世家侵占农田扩建马场，已经闹出人命，受害者在扬州状告无门，这才将官司打到了金陵提刑按察司。这事牵涉到煌煌南宫世家，按察司上下都不敢掉以轻心，而他更是因为收了南宫瑞的钱，不得不打点起十二分精神，连秦淮河的风月也不敢久贪。

自从上次由同窗殷师爷牵线搭桥，与南宫瑞结识后，他就成了南宫瑞在按察司最信赖的伙伴，钱包也急速鼓了起来。不过他依旧穿着破旧的皂衣，住着最普通的民房，决不让同僚和上司因银子问题对自己有所猜忌。他只将收到的每一笔存入钱庄，并将数目仔细记录下来。看到那越来越庞大的数字，他好像已经看到了自己告老还乡后幸福奢侈的晚年。

闻师爷一路想着心事，没留意到街口拐角处蹿出的一道黑影，被那黑影一撞，不由摔倒在地。他正要发火，待看清那黑影是个年方双十的妙龄少女时，连忙将骂人的话咽回肚中，掸掸衣衫站起身来，关切地问道："姑娘你没事吧？"

那姑娘无暇理会闻师爷，惊慌地不住回头张望，隐约能听到远处有呼喝和脚步声，正向这边奔来。情急之下，她转身藏到街边一堆垃圾后，连连对闻师爷作揖哀求。闻师爷正在奇怪，就见几个面相凶恶的汉子奔了过来，领头的汉子对他吼道："老头，方才那个姑娘往哪边跑了？"

闻师爷犹豫了一下，往身后随手一指，几个汉子立刻向那边追了过去。待那帮汉子走远，那姑娘才从藏身处出来，对闻师爷盈盈一拜：

"多谢先生相救！"

"这是怎么回事？"闻师爷忙问。

那姑娘眼中泛起点点泪花："他们要将我卖到青楼，我不从，好不容易才跑出来。"

秦淮河上的姑娘大多是被人拐卖而来，这种事也不算稀奇。闻师爷叹了口气："姑娘是哪里人氏？深更半夜，可有落脚之地？"

那姑娘摇头道："我家在扬州，在金陵举目无亲。今晚我就在街头流浪一宿，明日一早我就逃回扬州。"

闻师爷仔细打量那姑娘的模样，虽然算不上绝色，却有一种烟花女子所没有的清纯，尤其那凸凹有致的身材，更涌动着青春的气息。他连忙道："我的住处离这里不远，姑娘若不嫌弃，就到我那里将就一宿吧。你现在恐怕也是身无分文，如何回扬州？不如明日我派人送你回去吧？"见那姑娘有些犹豫，闻师爷笑道："莫非我长得像坏人，让姑娘不放心？"

那姑娘脸上一红："先生是好人，那……那就太麻烦先生了。"

"快随我来吧，小心那些汉子又回来。"闻师爷说着当先带路，那姑娘连忙跟了上去。

长街尽头，方才追人那几个汉子又慢慢折了回来。一个汉子小声在问："老大，咱们这么跑一下子，就赚了整整五两银子，是不是太容易了？那姑娘这是要干啥？"

领头的汉子伸手扇了他一巴掌："有钱赚你就赚，问那么多干什么？"说完，他却又若有所思地道："我想，她要干的事，肯定不止五十两。"

闻师爷的住处是一处离衙门不远的普通民房，除了一个白天负责做饭、清扫的女佣，晚上就只剩下他一人。他的家人都留在了乡下，他始终认为，本分人不适合在城市里生存。

当那个姑娘来到闻师爷的住处，见到满屋子的书籍信件时，不由惊呼："这么多书信？先生你还会写字啊？"

闻师爷哑然失笑："我是衙门的师爷，就靠写字吃饭，这有什么奇怪的？"

那姑娘见书桌上有封文书尚未收起来，便满怀恭敬地捧起来仔细看了看，诚恳地赞道："先生这字写得真是……又黑又亮，一个是一个的。"

闻师爷忍不住"扑哧"一声将刚喝的茶水给喷了出来。那姑娘见状，一脸无辜地问："我是不是说错话了？"

闻师爷笑着连连摆手。他那一手漂亮的行书，一直是同僚们临摹学习的范文，无论上司还是刑部上官都交口称赞，听过的赞美之词多不胜数，不过像今日这样的赞誉，却还是第一次听到。他不禁笑问道："不知姑娘可会写字？"

那姑娘骄傲地点点头："我会写自己的名字！"

闻师爷连忙在书桌上铺开纸和笔。"不知姑娘可否一展墨宝？"见那姑娘一脸茫然，他连忙补充道，"就请姑娘写下自己的名字，让在下瞻仰瞻仰。"

"不用赞扬，我写得很难看。"那姑娘显然误会了"瞻仰"的意思，不过她也并不怯场，抓起笔比画了半晌，在宣纸上写下了两个歪歪斜斜的大字。闻师爷对着那两个字研究了好久，才勉强辨认出是"秀秀"二字。

那姑娘在一旁一脸羞赧地解释道："我以前都是用木棍在地上写，第一次用这种软笔，还真有些不习惯，怎么也写不好，让先生见笑了。"

"已经写得很不错了。"闻师爷笑道，"你其实很有天分，就缺个老师好好教你。"

那姑娘神情一黯:"我爹娘都说,女娃不用读书识字,会做家务女红就够了。"

"读书识字也是女孩子的基本修养啊。"闻师爷拈须笑道,"你叫秀秀?给我倒杯拜师茶,我就教你读书写字。"

"真的?"秀秀大喜过望,连忙倒了杯茶捧到闻师爷面前,屈膝跪了下去,"秀秀愿意拜先生为师,望先生收下我这个女弟子吧!"

闻师爷忙笑着将她扶起,接过茶浅浅抿了一口,然后坐到书桌前,抬手写下自己的名字。他指着那三个字对秀秀道:"闻仁达,这就是先生的名字。你先照着这三个字写。先生还有点公务尚未处理完,等你写好了我再看。"

"多谢闻先生!"秀秀拿起纸和笔,去另一张桌上比画着练起来。闻师爷在书桌前坐下,为明日的判决书做最后的润色。但不知为何,他的心思始终无法专注到文书上,目光总是有意无意地瞄向一旁的秀秀。

平心而论,闻师爷其实并不像他外表看起来那么老。四十多岁的男人正是精力充沛的时候,为了谋生不得不丢下妻儿客居金陵,虽然有青楼可以偶尔解乏,但那些风尘女子,又怎么能真正解除内心的孤独和寂寞?秀秀的突然出现,让他心里生出一丝涟漪,他不禁在想,这或许是上苍送给我的礼物吧?若能将秀秀留在身边,那许多人梦想中的"红袖添香夜读书",大概也不外如是吧?

按捺不住心猿意马,他匆匆将判决书收了起来,然后踱到秀秀身后,望着她的背影暗中盘算:如果在金陵娶一房小妾,帮自己打点日常生活,岂不美哉?

"闻先生,你看我写得怎样?"秀秀突然回过头,将闻师爷吓了一跳。他忙装着仔细端详秀秀的字,拈须道:"唔,刚开始就写成这样,已经很不错了。不过你握笔的姿势不对,应该这样。"说着伸手抓住秀秀握笔的小手，手把手地教她写下了自己的名字。

鼻端嗅到女孩子那幽幽的体香，手里握着她的小手，脸颊在她耳鬓间厮磨，闻师爷突然感到心跳加速，浑身燥热，先前喝下的美酒此刻突然涌上了头。他陡然失去了理智，一把搂住秀秀，喘息道："秀秀，我喜欢你！"

闻师爷的举动将秀秀吓了一跳，她猛然将他推开，惊恐万状地护着自己的胸口："闻先生，你……你怎么了？"

秀秀的力气超出了闻师爷的预料，这一推竟将他推倒在地，摔得浑身几欲散架，一下子清醒过来。见秀秀一脸茫然，似乎并不清楚自己的企图，他连忙装出可怜模样："我……我喝多了，方才不知发生了什么事，我怎么会摔倒在地？"

他的可怜模样骗过了天真的女孩，秀秀放下心来，上前扶起他道："我不知先生喝醉了，是我不好，将先生推倒在地，对不起。"

"没事没事！"闻师爷连忙道，"我一喝醉就犯糊涂，若有失礼，你一定要包涵。"

秀秀将他扶到床上："先生你先休息，秀秀帮你熬点醒酒汤。我爹爹也爱喝醉酒，每次都是我帮他熬醒酒汤，可管用了。"说完问明厨房的方向后，她便出去忙碌起来。

待她一走，闻师爷立刻翻身而起，从隐秘处拿出了一个小包。那是一个同僚送给他玩的蒙汗药，原本是用来对付不听话的青楼女子的，没想到现在派上了大用场。为防夜长梦多，尽快将生米煮成熟饭，无疑是留下秀秀的最好办法。他相信，像秀秀这样生性单纯的良家少女，一旦失身，一定会将终身托付给自己。

将蒙汗药藏在袖中，他重新躺回床上。不一会儿秀秀端着碗又酸又辣的醒酒汤进来，双手捧着递到他面前："快趁热喝吧，喝下去头就不会晕了。"

闻师爷闻了闻醒酒汤，皱眉道："什么味道，这么难闻？你去给我拿点盐加上吧。"

趁着秀秀出去拿盐的当儿，闻师爷将袖中的蒙汗药尽数倒入醒酒汤中，又搅了搅。待秀秀加了盐后，他假意抿了一口，故意道："更难喝了，不信你尝尝。"

秀秀尝了一小口："没有啊，很好喝啊！"

闻师爷连连摇头："你重新给我舀一碗，我还是喝没加盐的吧。这碗你喝，别浪费。"

不一会儿秀秀又端了一碗进来，庆幸道："幸好还有些，不然还得重新做。"

见秀秀将那碗加了料的汤水喝完，闻师爷才放心地喝下醒酒汤，然后躺回床上等着蒙汗药发作。谁知那少女依旧精神百倍地忙进忙出，他却感到眼皮异常沉重，尽管勉力克制，没多久还是陷入了梦乡。

当闻师爷从睡梦中霍然惊醒，才发现外面已是天色大亮。依稀记得昨晚的情形，他连忙高喊秀秀，却无人应答。猛然想起今日的会审，他晃晃悠悠沉沉的头，慌忙从床上一跃而下，匆匆拿起桌上封好的判决书，赶往按察司衙门。

会审本已经开始，因为闻师爷的迟到不得不推迟，这在以前是从未有过的情况，惹来按察司张大人不满的白眼。闻师爷连忙战战兢兢地将文书交上去，自忖凭着自己花了莫大心血琢磨润色的判决书，应该可以稍稍减轻张大人的不满。

张大人简单交代了案情后，拿起判决书正要宣读，却愣在那里半响没开口。闻师爷偷眼打量他的脸色，发觉上司满脸阴霾，眼神似乎如暴风雨来临一般晦暗，忙小声问："大人，这判决书可有什么不妥？"

"你自己看！"张大人说着将判决书扔了过来。闻师爷捡起来一看，顿时面如土色。这哪是什么判决书，这是自己收到各种好处的详细账目，这些账目不仅有时间、地点、数目，还有行贿者的名字。他慌忙道："小人……小人一时拿错，这就回去换。"

"不用了。"张大人不阴不阳地道，"交到本官这儿来，这账簿以后说不定会有用。"

在张大人逼视之下，闻师爷不得不将账目交上去。虽然衙门里并不禁止相关的人收受好处，但上司最忌讳下属背着自己捞大钱，而且捞得比他还多。闻师爷的账目竟然让张大人都有些忌妒。他知道这意味着什么，自己在衙门的差事恐怕是到头了。不仅如此，多年存下的钱财被上司发现后，恐怕再也别想就这样安然带走，没准张大人已经在盘算着，如何才能让自己把吃下的东西给吐出来！

只见张大人仔细将账目收入怀中，然后从封存文书的信封中又拿出一张状纸，对闻师爷冷冷道："判决书在这里，不过你看看自己写的是些什么？"

闻师爷胆战心惊地接过来一看，不禁浑身冰凉。那果然是判决书，不过判决结果却与计划中的大相径庭，它居然判南宫世家败诉，不仅要赔偿原告的田地，还要为他们强买强卖的行为坐牢。这判决书他是万万不敢宣读了，就算可以以拿错了文书将此事搪塞过去，但今日这会审已彻底毁掉，对南宫瑞的保证也已落空。他知道得罪南宫世家会有什么样的后果，那恐怕不只是丢掉差事那么简单了。

闻师爷突然意识到，昨夜中了蒙汗药的不是别人，而是自己。那个少女也不是什么上天赐给自己的礼物，而是放倒自己、篡改文书，并将自己最隐秘的账目公之于众的骗子。如此一来，自己不仅下半辈子的奢华生活成了泡影，而且还要陷入前所未有的麻烦之中……

听到闻师爷惹上官司、被按察司革去差事下狱的消息后，舒亚男换了副面容准备离开金陵。她知道闻师爷这一下狱，积攒多年的昧心钱恐怕就得全部吐出来，总算为他当初的欺诈付出了代价。回想前晚他居然想用江湖上最低级的蒙汗药来迷奸自己，舒亚男就暗自好笑。就算她没有读过专门讲解各种下三烂伎俩的千门秘籍，凭她随爹爹行走江湖的经验，那样的蒙汗药也别想骗过她的鼻子。而她按照千门秘方配制的迷药，却可以让老江湖都着道。

金陵乃至整个江南已经没有什么可以留恋，这两次行动都跟南宫世家有关，相信很快就会惊动他们。舒亚男知道，自己还没有足够的实力和经验与之抗衡，为策安全，应该尽快离开这是非之地，直到他们完全忘了自己的存在，才能再悄悄地回来。

收拾起简单的包裹，舒亚男下楼来到客栈柜台，正要退掉房间离去，一个在楼下喝茶的算命文士施施然凑了过来，满是惊讶地打量着她，小声道："姑娘，你印堂发黑，两眼无神，要小心近日有牢狱之灾啊！"

舒亚男以前最讨厌这种危言耸听、到处骗吃骗喝的江湖术士，不过自从学了千门秘术之后，她多少已了解这些江湖术士的艰辛，心中隐隐将自己认作他们的同行。虽然她瞧不起这些同行低级的伎俩，不过还是掏出一小块碎银扔给那术士："去找别人算命吧，我不信命。"

那算命术士接过碎银随手抛了抛，脸上泛起一丝莫测高深的微笑："姑娘将老夫当成了街头小骗子？真不在乎按察司的大牢或南宫世家的追杀？"

舒亚男心中暗惊，脸上却不动声色："我不明白你在说什么。"

那术士微微一笑，浑浊的三角眼中闪烁着狐狸般狡猾的幽光："姑娘不明白没关系，你只要知道，莫爷要见你。这个世上还没有几个人能让莫爷相请，也没有几个人能拒绝他老人家的邀请。"

舒亚男犹豫了一瞬，泰然道："那好，请先生带路。"

六、莫爷

城南是下里巴人聚集的地区，工匠仆役杂居于此，空气中充斥着贫民区固有的臭味。在一间乱哄哄的茶楼，当舒亚男随着那算命术士来到后院，看到为自己开门的猥琐汉子后，立刻就明白对方何以会盯上自己。当初自己雇了一帮街头闲汉，在闻师爷面前假扮捉拿自己的青楼打手，这汉子正是他们的头儿。

"莫爷已经等你很久了。"那汉子猥琐地笑道，将舒亚男和算命术士迎进去后，就带上门悄悄退了出去。

房内光线幽暗、空气混浊，一个衣衫古旧的枯瘦老者闲闲地坐在竹椅之上，正睁着白蒙蒙的眼对着进来的舒亚男，脸上浑无表情。

算命术士忙上前一步，小声道："莫爷，您要找的人已经来了。"

老者"唔"了一声，指指一旁的竹椅："姑娘请坐。"

舒亚男依言坐下，她已看出，这老者虽然双目俱盲，但那种泰然自若的从容，竟让人不敢轻视。

待她入座后，老者将头转至她的方向："冒昧相邀，还望姑娘恕罪。"

舒亚男原本还在暗恨那算命术士的要挟，老者淡淡一句赔罪，立刻让她恨消气散，忙道："无妨，能见到莫爷这样的人物，也算不虚此行。"

"你知道老朽是什么样的人物？"莫爷反问道。

舒亚男笑道："虽然以前从没听说过莫爷的大名，不过一看言谈举止，就能猜到莫爷必非常人。"

莫爷捋须一笑："小姑娘嘴真甜，不知出自哪一门下？烧几炷香？"

舒亚男一怔："我不知莫爷说的是什么意思。"

莫爷有些意外，正色问道："禹神绝技传千古，门下八将亦流芳。姑娘出自哪一门？"

舒亚男这回明白了，那是江湖门派的秘密切口，莫爷显然是误会了自己的身份。她忙道："莫爷恐怕是误会了，我不是你以为的帮会中人。"

莫爷的表情更是惊讶："你非千门中人，却知道巧妙接近闻师爷，不仅将他骗得人财两失，还将那无良师爷送入大牢，让他永世不得翻身？"

舒亚男知道对方一定调查过自己上次的行动，也就没有否认："不错，我与闻师爷有点小恩怨，小女子无权无势，唯有出此下策。"

莫爷捋须沉吟片刻，突然道："姑娘，你可否让老朽摸摸你？"

舒亚男有些意外，除了苏鸣玉，她还从来没有主动让别的男人碰过自己，不过看莫爷的年纪足以做自己的爷爷，而他又是瞎子，想摸摸自己也不算过分。她迟疑了一下，起身来到莫爷身前，轻声道："莫爷，我在这里。"

莫爷探出手，从她的手指、手臂顺着摸上去，最后摸上了她的脸庞。当摸到她脸颊上那个伤疤时，莫爷突然停下手，轻叹道："老朽知道你是谁了。"

舒亚男没想到脸上的伤疤会暴露身份，心中一慌，正欲转身而逃，就听莫爷笑道："舒姑娘无须惊慌，南宫瑞那点赏银，老朽还看不上。不过丛飞虎的银子嘛，倒是可以考虑考虑。"

"丛飞虎？"舒亚男又是一惊，她没有想到丛飞虎也在找自己，漕帮的势力遍及江南，他若要找自己，肯定比南宫世家更有办法。

"舒姑娘莫非还不知道？"莫爷笑道，"丛飞虎私下里托江湖朋友帮他打探你的下落，他对你没有恶意，只是想帮你，以补偿他的过失。"

"多谢他的好意，如果莫爷今日是为此事找我，我看就不用再麻烦了。"舒亚男说着直起身来，冷冷道，"能见到莫爷这样的人物是亚男一生之幸，但愿后会有期，告辞！"

"舒姑娘误会了！"莫爷捋须一笑，"无论南宫瑞还是丛飞虎，都还不够分量让老朽交出自己的弟子。老朽根本无心过问你与南宫瑞或丛飞虎的恩怨，老朽只想收下你这个女弟子。"

"什么？"舒亚男十分惊诧，用怀疑的目光将莫爷上下一打量，"你能教我什么？"

"老朽能教你如何更好地骗人，就像你做过的那些事一样。"莫爷捋须笑道，"早就听门下说扬州城出了个高明的女老千，竟然敢拉南宫世家这杆大旗出千，那时老朽就留心上了。你在金陵找人帮忙演戏接近闻师爷，恰好那人就是老朽门下，所以老朽才让门下相请。原本以为是同门，谁知你竟不识本门切口。老朽很是欣赏你的品性和天赋，所以存了收你为徒之心。老朽忝为千门上四将之一，你拜在老朽门下，也不算辱没了你。"

舒亚男没想到莫爷竟然是个骗子中的宗师，若在初学千术时遇见，她一定会对莫爷的提议欣喜若狂，但在研习过南宫放那些千门典籍后，她的眼界已经达到更高的层次。她歉然一笑："多谢莫爷美意，不过我认为，师父能教的千术，就不是最高明的千术。"

"哦？那你以为，什么样的千术才能称得上高明？"莫爷饶有兴致地问道。

"随心所欲，变幻无常。前无古人，后无来者。"舒亚男道，"千术之道在于新，在于不断变化、不断发展，在于不断实践、身体力行，在于一次又一次的失败中不断磨砺自己。这些，恐怕莫爷教不了。"

莫爷满面惊讶地愣了半晌，突然鼓掌叹道："你有此心胸，老朽确实教不了！看来老朽果然没有找错人。"

舒亚男一怔："莫爷找我，还有何事？"

莫爷没有立刻回答，却转向一旁那算命术士："小沈，将你的计划告诉舒姑娘吧，依我看，她就是最好的人选。"

"是！"算命术士忙道，"莫爷放心，小人定不让您老失望。"

舒亚男见莫爷与术士一问一答，浑然没有征求自己同意的意思，正要动问，却见算命术士已从隐秘处拿出了一方锦盒，小心翼翼地打开，双手捧着递到自己面前。盒中泛起一层绿蒙蒙的光华，让人心驰神迷。舒亚男本不想接，但看到盒中那块晶莹剔透的翡翠后，女孩子痴爱珠宝的天性，还是使她忍不住接过锦盒，问道："这是什么？"

"这是一块翡翠雕的凤凰玉佩，名叫翡翠凤凰。"算命术士悠然道，"不过你手中这块，只是赝品。"

"赝品？"舒亚男惊讶地仔细翻看。那是一整块翡翠雕成的一对凤凰，于云雾中相对飞翔。雕师巧妙地利用了翡翠的颜色，不仅使那对凤凰栩栩如生，就连云雾也充满了动感，实乃玉佩中的精品。舒亚男以前随父亲走镖时，也曾见过不少珠宝，对珠宝也算半个行家，可她看了半天，也没看出这玉佩假在哪里，不由怀疑地问道："这，真是赝品？"

算命术士微微一笑："翡翠当然不假，所以你分不出来。不过就算你见过真品后，也不一定能发现它们之间的差别，不是真正的珠宝行家，很难发现它与真品之间的差别。"

"还有比这块更好的真品？"舒亚男心中隐隐猜到了莫爷的计划。

"不错！"算命术士点头道，"这块玉佩虽然也是上等翡翠雕成，仅材料的价值就数以万计，但与那块真品比起来，却连它的零头都比不上。"

"你们是想用这块赝品，去换那块真品？"舒亚男渐渐有些明白了。

算命术士微微叹息道："虽然计划如此，但要实行起来谈何容易。我们一直在寻找一个既能随机应变，又善于应付大场面的女子，她将是这个计划的关键之关键！"

"所以你们就找到了我？"舒亚男恍然大悟，忙将手中的玉佩还给算命术士，"可惜你们找错了人，我不是小偷！"

"我们也没让你去偷啊，只是要你去换而已。"算命术士冷笑一声，"这个计划我已告诉了你，你认为自己还能置身事外吗？"

舒亚男神色微变，冷冷道："我不习惯受人威胁。"

算命术士微微一哂："我也不习惯威胁别人。你可以拒绝我的建议，不过你走出这间屋子后，就得好好想想，如何去应付官府的捕快和南宫世家的眼线，以及无数像我们这样的街头骗子。"

舒亚男气得满脸通红，正要发作，就听一旁的莫爷笑着插话道："小沈就喜欢吓唬人，舒姑娘别信他的。即使你拒绝了咱们的计划，咱们也不会去告密，这点你尽可放心。"

莫爷越是这样说，舒亚男越是不敢轻信。她不得不佩服莫爷的老奸巨猾，让手下出面威胁，而自己却充当和事佬，既将威胁向自己挑明，又一本正经说自己不会告密，让人没法跟他翻脸，令她心中憋屈，却没法发作。只听莫爷又道："这计划万事俱备，就欠东风。只有像舒姑娘这样善于演戏又善于随机应变的女子，才是计划成功的关键。

事成之后老朽决不会亏待你。一千两！咱们一手交钱，一手交货！"

舒亚男突然意识到方才莫爷要收自己为徒的真实意图，自己若拜在莫爷门下，帮师父办事自然是天经地义，他也就不必再花一两银子。这些骗子真是一个比一个精明，他们想以师徒之情贿赂不成，就威逼利诱双管齐下，若是不答应，他们定不会善罢甘休。想到这舒亚男无奈道："跟我说说你们的计划，如果切实可行，我可以考虑。"

算命术士大喜过望，忙道："这计划万无一失，决计没有任何危险！"

"废话少说，只讲关键！"舒亚男斥道。她才不会天真地相信这些江湖骗子的任何保证。

算命术士正要细说，莫爷笑道："小沈你该先介绍一下自己，以后舒姑娘就是咱们的合作伙伴，总不能连你是谁都不知道吧？"

算命术士点头道："在下沈文仲，绰号鬼算子，与莫爷是同门。"

舒亚男好奇地问："你们都出身千门吧，就不知是属于哪一门？"

鬼算子沈文仲见莫爷没有阻拦，便道："莫爷乃千门上四将之提将，在下是千门下四将之除将。"

舒亚男对千门了解不多，也就没有细问，只道："失敬失敬！给我说说你们的计划吧。"

鬼算子指了指手中的锦盒："这翡翠凤凰，乃福王千金明珠郡主的随身饰物，这两日郡主正在江南游玩，后日就到苏州。郡主平日出入皆有王府侍卫跟随，旁人难以接近，不过如果是女人，自然就容易一些。"

"我如何才能接近明珠郡主？"舒亚男问道。

鬼算子胸有成竹地道："郡主喜欢微服游玩，尤其喜欢女扮男装。你赶到苏州后，咱们的人会跟你碰头，到时你假扮被人追捕的落难女子，自然就可以接近她。之后就要靠你随机应变了，如何骗她摘下翡翠凤凰，又如何巧妙将其用赝品替换，我相信你一定有办法。对了，她身边的侍卫都是老江湖，你那些易容伪装最好别用，以免露出破绽。"

舒亚男想了想："如果失手，会怎样？"

鬼算子耸耸肩："不知道，也许郡主会放过你，也可能会送你去见官。你不会因此就胆怯吧？"

舒亚男若有所思地翻看着手中玉佩："你不怕我得手后，将价值连城的宝物据为己有？"

"不怕！"鬼算子冷冷道，"翡翠凤凰是御赐之物，没有珠宝商敢随便买下。它在你手里跟废物没什么两样。"

"难道你们能找到买主？"

"是有人出钱收购，咱们才会出手，不然谁会花这么大的心思准备？"

舒亚男还想再问，一旁的莫爷插话道："舒姑娘，咱们是疑人不用，用人不疑。你拿到翡翠凤凰后，立刻赶去荣宝斋，自然有人付你一千两报酬，一手交钱，一手交货。"

"两千两，少一个子儿都免谈。"舒亚男冷冷道。

"什么？你还真敢狮子大开口？"鬼算子脸色顿时十分难看。

莫爷却神情不变地笑道："舒姑娘真会做生意，成交！"

"莫爷果然不愧是做大事的人，跟你合作真是愉快！"舒亚男仔细收起那块赝品，不理会一脸恼怒的鬼算子，笑着抱拳告辞而去。

待她一走，鬼算子很是不满地道："莫爷，您怎能任由她坐地起价？"

莫爷拈着颔下数茎白须，神色自若地道："随她漫天要价，老朽是一个子儿都不想花。"停了停，他又喟叹道："再说，那块赝品也未必就能乱真。能否得手，全看她的运气了。"

上有天堂，下有苏杭。地处江南腹地的苏杭二州，素来以其江南水乡的绚丽风光，为无数文人墨客咏赞。这里或许没有戈壁大漠的雄奇，高山大海的辽阔，却以其婉约动人的风姿，成为无数文人雅客心目中的圣地。

这日午时刚过，天空中飘起了牛毛细雨，给静谧安详的苏州城，笼上了一层烟雨蒙蒙的味道。一艘不大不小的楼船，缓缓荡漾在如烟细雨中，沿着横贯全城的小河静静驶来。船头，一个面目秀美、青衫滴翠的年轻公子，正饶有兴致地欣赏着沿河两岸的风光。

突然，一艘小船从斜刺里冲了过来，重重撞在楼船的船头，立在船头的青衫公子猝不及防，身子一晃差点落水，他刚站稳身形，就见小船上有人"扑通"一声掉入河中，在水中不住扑腾。青衫公子见状拍手大笑："叫你冒失，竟然敢冲撞本公子的船，害本公子差点落水。"

在水中扑腾的是个衣衫破旧的少女，她挣扎着抓住楼船的船舷，在水中哀求："公子救我！"

青衫公子尚未开口，就听对面小船之上，几个面相凶恶的汉子开始气势汹汹地鼓噪："我看谁敢救她，是不是活得不耐烦了？"

几个恶汉的叫嚣，激起了青衫公子天生的傲气，他一瞪眼："本公子偏偏要救她一救，看你们能把我怎样？"说着他便向水中的女子伸出手，那女子一把抓住他的衣袖，猛然用力要翻身上船，谁知青衫公子下盘不稳，身子一歪竟向水中栽去。他不禁失声尖叫，眼看就要落水，就见楼船船舱内一条人影飞射而出，伸手抓住了他的后腰带，生生将他从水面提了起来。那汉子臂力惊人，仅一只手就把青衫公子连同水中的少女一并拉上了甲板。青衫公子惊魂稍定，却不谢那人救援之恩，反而斥骂道："蔺东海，你怎么能看我落水才出手？害本公子衣袍尽湿，出尽洋相！"

其实青衫公子衣衫也就袍袖沾水，幸亏那身形彪悍的汉子及时出手,他才免了落水之难。那汉子年近四旬,国字脸,卧蚕眉,脸上轮廓如刀削斧砍,生得铮铮铁骨,尤其一对细长的丹凤眼,隐有冷芒透出,显然非等闲之辈。但他在青衫公子面前却毕恭毕敬,对青衫公子的指责也不争辩,反而拱手赔罪道:"是小人失职,望公子恕罪。"

青衫公子余怒未消,又听对面小船上几个汉子在大声鼓噪:"快将那女子给大爷交出来,不然让你们好看!"

青衫公子瞪了那彪悍汉子一眼,向小船上众恶汉一指:"还不替我教训这些不开眼的小杂碎,难道要本公子亲自动手不成?"

"是!"那汉子答应一声,立刻一跃而起,身形如大鹏般轻盈地落到对面小船上。几个恶汉尚未明白是怎么回事,就被他或踢或劈或推,尽数打入水中。见众恶汉在水中狼狈扑腾,青衫公子连连拍手笑道:"看你们还敢在本公子面前张狂!"

几个恶汉见对手武功高强,不敢再纠缠,色厉内荏地丢下几句场面话,灰溜溜地游了开去。彪悍汉子跃回楼船,对舱中一声高喝:"来人,快带公子去更衣。"

两个丫鬟从舱中出来,欲上前搀扶青衫公子。此刻那落水的女子顾不得浑身湿透,忙对青衫公子盈盈一拜:"多谢公子相救!"

青衫公子皱眉将她上下一打量,然后一招手:"你,跟我进来!"

彪悍汉子连忙阻拦道:"公子,这女子来路不明,咱们最好立刻将她打发走。"

那女子连忙哀求道:"公子,我是被人拐卖的良家女子,刚从青楼逃出来,那些青楼打手还没走远,你可不能将我又推入火坑啊!"

青衫公子看了看那几个在河边徘徊不去的恶汉,点头道:"我若是现在让你走,别人还以为我怕了那些小地痞。好,你跟我进来吧。"彪悍汉子不好阻拦,只得眼睁睁看着他将那女人领入了舱中。

舱中的布置温馨优雅,日常用具一应俱全。青衫公子打量着浑身湿透的女子,饶有兴致地问道:"你是从青楼逃出来的?快跟本公子说说,青楼里都有些什么,为啥男人都喜欢上那儿去玩?"

那女子神情顿时有些窘迫,期期艾艾地低头道:"青楼是男人糟践女人的地方,公子小小年纪,这些事还是不要打听了。"

"我都十七了,哪里还小?"青衫公子大为不满,"要不待会儿你带我去青楼开开眼界,就当是我救你的报答。"

"不行不行!"那女子连连摇手,"那种地方,打死我也不会去了!"

青衫公子沉下脸来:"又不是让你回去,咱们花钱去玩,你怕什么?"

那女子一脸诧异:"哪有女人上青楼去玩的?"

"女人怎么就不能去青楼玩?"青衫公子很是不以为然,"本公子还偏就不信这个邪!"

两个丫鬟听到这话,吓得慌了神,一个道:"公子千万别胡闹,不然奴婢又要受老爷责罚了。"另一个丫鬟忙将一套新衣袍拿过来:"公子快换上干衣,小心着凉。"

青衫公子任两个丫鬟脱了外面的湿衣,正待换上干衣,就见对面那女子直愣愣盯着自己胸前,一脸的惊讶。青衫公子低头一看,原来是项下玉佩吸引了对方的目光,他摸了摸玉佩笑道:"想不到你还识货,知道这是难得一见的稀罕物。"

"公子误会了,"那女子连忙收回目光,"我只是觉得有些眼熟,好像以前在哪儿见过。"

"什么,你见过?在哪里见过?"青衫公子十分惊讶。

那女子歪头想了想:"嗯,好像是在一个客人那里。"

"你胡说什么呢!"青衫公子面色大变,"这翡翠凤凰乃御赐之宝,世间独一无二,你一个青楼女子,岂能见过?还是在一个混账男人那里见过？"

"我只是觉得眼熟，还不敢肯定。"那女子不好意思地低下头，却又坚持道，"不过我真觉得很眼熟呢。"

"你仔细看看，千万别看错了！"青衫公子连忙将玉佩摘下来，强塞到那女子手中，"你仔细想想，在哪里见过它？"

那女子仔细翻看了一会儿，自语道："这里光线太暗，我得在亮处再看看。"说着她转身来到窗前，举起玉佩对天照看了片刻，才将玉佩还给青衫公子："对不起，是我看错了，我见过的跟这块不太一样。"

青衫公子接过玉佩，却没有戴回项上，只用一种怪异的目光打量着那女子。那女子有些窘迫，忙笑问道："公子为何用这种目光看人？"

青衫公子没有回答，却对两个丫鬟摆摆手："你们退下。"

两个丫鬟有些奇怪，不过见主人表情严肃，就乖乖地退了出去。青衫公子仔细关上舱门，回头盯着那女子问道："你叫什么名字？"

"回公子话，小女子小名阿兰。"那女子忙道。

"假名吧？"青衫公子一声冷笑，"真名叫什么？"

那女子勉强一笑："公子这话是什么意思？"

"什么意思？"青衫公子将手中玉佩举到她面前，"你把我当白痴啊？我随身佩戴的东西，从你手中过了一回，回到我手中就变了模样，你说这是什么意思？"

"是吗？"那女子慌忙从青衫公子手中夺过玉佩，用衣袖擦了擦，一脸歉意地递还对方，"对不起，是小女子手脏，你看现在擦干净没？"

青衫公子看了看手中玉佩，脸上顿时有几分惊讶："你的手还真快，又给换了回来。不过，你认为我会就此放过你吗？告诉我你的真名，还有你假扮青楼女子接近本公子的阴谋，再将你那块假玉佩交出来！"

"我不知道公子在说什么。"那女子一脸的无辜。

"还想抵赖,看我不将你那块假玉佩搜出来!"青衫公子说着就要动手搜身,谁知那女子一个转身,慌忙将一块东西抛入了窗外的河中。青衫公子见状气急败坏地道:"你以为丢掉证据我就拿你没招儿了?就算把河水舀干,我也要将那块假玉佩找出来!"

那女子咬着嘴唇默然片刻,突然拱手拜道:"小女子舒亚男,大胆冒犯了明珠郡主,望郡主恕罪!"

"你知道我是谁?"青衫公子有些惊讶,跟着又释然,"也难怪,你若不知道我和这块翡翠凤凰,又岂会特意做块赝品来换?舒亚男?这就是你真名了?"

"是!"舒亚男感觉从未有过的失败,竟然让一个小姑娘给当场拆穿,虽然是因为那块赝品做得不够逼真,但也怪自己太相信莫爷那老骗子的话了。

"我该怎么收拾你呢?"明珠郡主打量着舒亚男,"如果只是将你送去见官,实在太便宜你了。对了,你不是假扮青楼女子,干脆就将你卖去青楼好了,不过你脸上有疤,恐怕卖不出好价钱……怎么,你不害怕?还不赶快跪下来求我?"

舒亚男哑然失笑:"郡主,其实你并没有打算送我去见官,也不会将我卖到青楼,又何必吓唬民女?"

"你怎么知道?"明珠郡主一开口,立刻就暴露了她的稚嫩。

舒亚男闻言越发放心,不由笑道:"你明知我偷换你的玉佩,却支开了丫鬟,显然不想让此事被第三者知晓。"

"算你聪明,果然不愧是精明的骗子!"明珠郡主恨恨地瞪了舒亚男一眼,"若非有事要你帮忙,看我不将你的手给剁下来。"

"不知郡主有何事要小女子帮忙?"舒亚男忙问。

明珠郡主犹豫了一下,指指门外:"我这次来江南游玩,身边却偏偏跟了个讨厌的尾巴，你帮我想法甩掉那尾巴，我就饶了你！"

"这是为何？"舒亚男有些意外，"他不是专程保护你的侍卫吗？你干吗要甩掉他？"

明珠郡主脸上隐约有些失落，犹豫半晌，方幽幽道："我就要嫁人了，新郎却从来没见过，只知道他是镇远将军的公子。我好不容易求得父王，在嫁入将军府之前，让我在江湖上游玩一番，也不枉我听过的那么多江湖传奇。可那蔺东海一路上影子般紧紧跟随左右，又有了丫鬟仆佣一路伺候，这跟我在王府有什么区别？所以我想丢开他们，独自在江湖上闯荡一番。你既然能骗过蔺东海接近本郡主，就一定有办法让我达成心愿。你一定要帮我！"

舒亚男吓了一跳，连忙摇头道："这可不成。郡主，你不知道江湖有多凶险，像你这样既没经验又不会武功的小姑娘，行走江湖就如同羊入狼群，我要帮你那就是害了你。"

"谁说我不会武功了？"明珠郡主连忙争辩道，"我从小习武，师父都换了七八个，至少精通三四门武功。寻常十个八个侍卫也不是我的对手，就连王府武功最高的蔺东海，要赢我都得费些工夫，你别小看人！"

舒亚男不由失笑，虽然没有跟这丫头正式动过手，却也清楚她有多少斤两。她能打败十个八个侍卫，用脚指头想想都知道是怎么回事，她还真当自己是武林高手了？舒亚男也不说破，只婉言劝道："江湖有什么好？风餐露宿不说，还到处是骗子和恶棍，你就算武功再高，也架不住各种阴谋诡计和下三烂的圈套。"

"你可以帮我啊！"明珠欣然道，"你都能在江湖上闯荡，我跟着你自然也不会吃亏。我也不麻烦你多久，你只要带我在江湖上闯荡一个月，我不仅不治你的罪，还会重重谢你。你不是想要这块翡翠凤凰吗？我就送给你也没什么大不了。这块玉佩虽然珍贵，却也比不上我一个月的自由！"

舒亚男闻言心中一动，但想到要照顾这骄横跋扈、刁蛮任性的郡主一个月，心中就十分为难。明珠郡主见状立刻板起了面孔："你不答应，那我只好公事公办，将你送去见官，问你一个盗窃之罪都是轻的。"

舒亚男心知就算没有物证，凭堂堂郡主一句话，要定自己的罪也是轻而易举，况且自己还是逃犯，哪敢去面对官府？迟疑片刻，只得无奈道："好吧，就一个月。"

"一言为定！"明珠郡主高兴地与舒亚男击掌盟誓，然后催促道，"快想想，咱们怎么才能骗过蔺东海。"

蔺东海自那来路不明的女人上船后，一直就惴惴不安。这次奉福王之命一路保护郡主，他不敢有丝毫大意。郡主是福王掌珠，如今又是镇远大将军未过门的儿媳，若有任何差池，他这个王府侍卫长无论如何也担待不起。自从郡主入舱更衣后，他就一直守在舱门外，片刻不敢稍离。

"蔺侍卫长，让艄公将船靠岸，送这女人离开。"舱内传来明珠郡主的吩咐。听她声音有些嘶哑，蔺东海顿时有些紧张，忙问道："公子，你的嗓子……"

"嗓子有些不舒服，"舱内传来郡主轻轻的咳嗽声，"可能是方才弄湿了衣衫，染上了风寒。"

蔺东海忙道："我这就派人上岸去请大夫，公子稍待。"

"不用了，"舱中传来郡主慵懒的声音，"先将这位姑娘送上岸吧，我休息片刻就好。"

说话间就见舱门开启，方才那落水的女子低头出来，蔺东海知道那女子因为脸上有疤痕，所以总是自卑地低着头，他也没有多看，只道："风寒虽是小病，却也不能耽误，在下这就派人上岸去请大夫。"

楼船缓缓靠岸，目送那落水的女子低头离去后，蔺东海转身进入舱中。船舱分为两进，后面的船舱是郡主休息之所，蔺东海不敢擅入，只在门外小声问候："郡主，现在感觉怎样？"

舱内传来郡主不置可否的回答。蔺东海听她声音哑涩，似乎病得不轻，忙拍手叫来一个侍卫："快去请大夫，一刻也不能耽误！"

那侍卫领令离去后，蔺东海犹在忧心忡忡地在舱中连连踱步，隐约就听到后面传来一声异响，似乎有重物落了水。他心中一惊，顾不得男女有别，推开后舱门闯了进去，就见鸾帐内空无一人，而舱后窗户大开。他连忙扑到窗前，隐约可见水面有一道异常的波纹，显然有人已从水中悄然远遁。

"快来人，郡主落水了！"蔺东海连声呼唤，几个侍卫应声跳入河中，找来找去却怎么也找不到郡主。蔺东海望着水中那道远逝的波纹，突然一跺脚："坏了！方才上岸那女人，才是郡主！"

福来客栈内，舒亚男依照与明珠郡主的约定，匆匆来到鬼算子之前帮她预定的丙字号房间，就见明珠郡主早已等在那里。二人击掌相庆，为巧妙逃离蔺东海的视线而欢呼。明珠郡主从项上摘下玉佩，递给舒亚男道："这个给你，快拿去换些银子做盘缠。"

舒亚男没有推辞，接过玉佩道："你在这儿稍候，我这就拿它去换银子。"

匆匆出了客栈，舒亚男正要赶去约定的荣宝斋，刚出客栈大门，就见两个表情严肃的年轻男子迎面而来。左面那个文弱男子将手中一块腰牌往舒亚男眼前一亮："姑娘，请跟我们去衙门走一趟。"

舒亚男定睛一看，腰牌上是个殷红刺目的"刑"字，心底陡然一凉。虽然从未见过，却也听说过这种刑部捕快的特制腰牌。没想到自己刚拿到翡翠凤凰，这么快就被刑部捕快盯上了。她慌忙转身要逃，却被右手那个眉心有疤的男子一把扣住了肩胛，她飞起一脚踢向对方下阴，却被他就势夹住了腿。只听他嘿嘿冷笑道："跟我动手，你还嫩了点。"

舒亚男手足被擒，动弹不得，不由急得满脸通红。那文弱男子忙对同伴道："快放手！这位姑娘是初犯，只要交出赃物，咱们就不要太为难她。"

眉心有疤的男子依言放开舒亚男，将手往她面前一摊："算你这丫头走运，遇到我这好心的同僚。快把那东西交出来！"

舒亚男心知无法从二人手中逃脱，只得交出了翡翠凤凰。那汉子接过来仔细看了看，递给身旁那文弱男子："没错，就是它！"

文弱男子接过玉佩收入怀中，然后打量着舒亚男，犹豫道："你既然主动交出赃物，我们会为你向刑部求情，让刑部法外开恩，免你罪责。不过，你得先回客栈，写下你的犯罪经过，以及幕后主使！"

舒亚男颓然回头，转身往客栈而去，刚走出几步，却不见两个捕快跟上来，她心中有些奇怪，总觉得有哪里不太对劲。突然，她暗叫不妙，明珠郡主与翡翠凤凰同时失踪，这两个捕快不问郡主下落，却只关心翡翠凤凰，显然有诈！她立刻转身追上二人，笑道："两位大哥，我现在就跟你们去衙门服罪吧。"

"什么？"两个捕快都有些意外，眉心有疤的汉子喝道，"你老老实实地待在客栈，待会儿我的手下会带你去衙门。"

舒亚男嫣然一笑："你们不怕我就此逃了？"

那汉子一声冷哼："你要敢逃，就罪加一等。"

"还在装傻！"舒亚男笑吟吟地打量着二人，"莫爷手下怎么会有你们这样的蠢货，扮个捕快都不像。把你那腰牌给我看看，伪造得还真像！"

二人交换了一个眼神，悄悄往后便退。舒亚男见状忙追上一步，将手一伸:"快将我的东西还来,不然我就不客气了。"

"老子偏偏不还,你能怎样?"眉心有疤的汉子一声冷笑,露出了泼皮嘴脸。

舒亚男心知无法用强,目光四下一扫,突然举手向远处招呼:"两位差官大哥,麻烦过来一下!"

不远处两个巡街的捕快听到招呼,忙过来问:"什么事?有什么需要帮忙的?"

"哦,也没什么大事。"舒亚男笑指两个满脸惊诧的假捕快,"这两位大哥捡到了我的东西,正要还给我。现今这世上,居然还有这等拾金不昧的好人,你们一定要将他们带回衙门,让知府大人好好奖赏奖赏。"

"是吗?"两个巡捕打量着二人,一脸的怀疑。

眉心有疤的汉子双拳一紧似要动手,却被同伴拉住。那文弱男子若无其事地将玉佩掏出来,笑着递给舒亚男道:"拾金不昧,原是我辈读书人的本分,没什么值得夸耀的。"

"公子原来还是读书人啊,难怪有如此高尚的品德!"舒亚男笑嘻嘻地接过玉佩,仔细收入怀中,然后从袖中掏出一块碎银扔给对方,"一点谢礼,不成敬意,公子万莫推辞。"

"多谢姑娘!"文弱男子接过碎银,脸上竟然露出了会心的微笑。

"希望以后还能遇到像公子这样的好心人。"舒亚男笑着冲二人摆摆手,在几个男人内涵不一的目光注视下,扭着纤腰扬长而去。

七、对手

舒亚男离去后，文弱男子在两个差官虎视眈眈之下，只得将手中的碎银转赏给了他们。待两个巡捕心满意足地扬长而去后，文弱男子望向舒亚男消失的方向，脸上表情异常奇怪。

"喂，咱们不过是一时大意，你也不用太放在心上。"眉心有疤的汉子见同伴似在咬牙苦忍着什么，不禁担心地用手肘捅了捅他。

"哈！"文弱男子终于忍不住纵声大笑，"你能相信吗，我云襄竟然让那个女人给反讹了一把，她方才说什么来着？'莫爷手下怎么会有你们这样的蠢货？扮个捕快都不像！'我云襄还是第一次被人如此贬斥，你难道不觉得好笑？"

眉心有疤的汉子疑惑地挠挠头，担忧地望着笑得前俯后仰的同伴："公子，你没事吧？你要受不了这次失败的打击，我这就去将那块玉佩给抢回来！"

文弱男子勉强收住笑，忙对同伴连连摆手："你别再去丢人现眼了，咱们是老千，不是强盗，做事要讲点技术含量。呵呵，莫爷还说那女子不是千门中人，是第一次行骗。第一次都这样老练，以后咱们这些人还怎么混？"

眉心有疤的汉子望望舒亚男消失的方向，垂头丧气地问："咱们现在该怎么办？"

"老老实实去向莫爷复命，就说咱们失手了。"文弱男子转身就走。

眉心有疤的汉子忙追上他，小声问道："公子，我不明白，咱们为何要隐瞒身份投靠那个瞎眼狐狸？"

文弱男子淡淡一笑："莫爷在江南根深蒂固，门人弟子遍及苏杭。强龙不压地头蛇，咱们靠上这棵大树，做起事来才能事半功倍，得心应手。走吧，莫爷恐怕已经等急了。"

不用说，这二人就是从巴蜀辗转来到江南的云襄和金彪。为了先在江南站住脚跟，他们假扮流浪四方的街头小老千，摆些出千的小把戏骗骗那些街头闲汉，很快就引来当地同行上门刁难。凭着精湛的千术和赌技，二人引起了鬼算子和莫爷的注意。为了试探云襄的底细深浅，鬼算子亲自出手相试，云襄故意输在鬼算子手里，借机隐瞒身份拜在了莫爷门下，成了莫爷和鬼算子手下跑腿的小老千。凭着聪明机智，他们很快就在一干街头骗子中脱颖而出，成为莫爷看好和倚重的后起之秀，所以这次莫爷才将巧夺翡翠凤凰的重任托付给了他们。

没想到这次十拿九稳的行动却失了手，不过云襄一点也不放在心上。最近他正为自己在莫爷面前表现得太过突出而担心，这次意外失手，无疑是上天在帮忙。他甚至在心中暗自感激那个聪明的女人，能一眼看穿自己故意留下的破绽还不算什么，能很快就想到应对之策，并立刻付诸行动，这才是随机应变的最高境界。

也许，她天生就是个千门高手吧？云襄想。他突然发觉，自己对那个女人竟生出了几分好奇。

荣宝斋在苏州是老字号的珠宝店，很好找。黄昏时分，舒亚男依约来到这里,发现店中除了两个伙计和掌柜,已没有一个顾客。她径直来到柜台前,对殷勤招呼的掌柜冷冷道:"让莫爷出来见我!"

"莫爷是谁?"掌柜一脸迷惑,"我们这儿没这么个人。"

"少装蒜!"舒亚男将手中用锦帕包着的翡翠凤凰一扬,"去告诉他,他要的东西我拿到了,他想要就亲自出来见我。"

掌柜犹豫了一下,低声对两个伙计交代了两句后,匆匆进了内堂。片刻后他低头出来,对舒亚男客气地道:"莫爷已等候多时,姑娘里边请!"

"我要他亲自出来,"舒亚男冷冷道,"我数三声,再见不到他本人,我立刻就走。"

"不用数,老朽在此。"内堂传来一个嘶哑苍老的声音,跟着就见莫爷手拄拐杖,在鬼算子搀扶下,颤巍巍地来到店堂中。他刚落座就关切地问道:"姑娘这趟,可还顺手?"

"顺手?"舒亚男一声冷笑,"我让人当面拆穿,差点就坐牢砍头,这也罢了。刚拿到东西,就有两个不开眼的小骗子,居然假扮捕快来讹我。若非我机灵,这一趟恐怕就只有空手而回了。"

莫爷脸上显出几分意外:"你没有上他们当吧?"

"多谢莫爷关心,你那两个徒子徒孙,这会儿恐怕正在路上哭鼻子呢。"舒亚男笑道。

莫爷闻言面色微变:"舒姑娘这话什么意思?"

"什么意思?"舒亚男一声冷笑,"我住的店是你们安排的,除了你们谁能找到?别跟我装糊涂,我也不想听你赔罪道歉。东西在这里,钱呢?"

莫爷微一点头,鬼算子立刻将一张银票放到舒亚男面前。她没有接,只望着莫爷冷笑道:"现在这货涨价了,要四千两。多出的两千两,就当为我赔罪压惊。"

"你他娘的活得不耐烦了,敢诓到咱们头上?"鬼算子一声喝骂,"信不信老子做了你!"

舒亚男泰然自若地笑道:"这里是闹市,我只要一声喊,这荣宝斋以后就不用再做生意了。"说着她扬起手中的翡翠凤凰:"如果我不小心失手,咱们谁的损失更大?"

鬼算子强压怒火,威胁道:"你敢诓咱们,难道不怕南宫世家的眼线和官府的大牢?"

舒亚男坦然一笑:"我若落到南宫世家或官府手里,第一句话就是将调包翡翠凤凰的经过讲出来。无论南宫世家还是地方官府,恐怕都不会放过向福王邀功的大好机会。在翡翠凤凰脱手之前,你们只怕得祈求上苍,要我舒亚男千万别落到南宫世家或官府手里。"

鬼算子气得两撇鼠须乱颤,却发作不得。就在这时,只听莫爷敲敲桌子:"四千两就四千两,付钱!"

掌柜立刻又送过来一张银票,莫爷摸索着连同先前那张银票一并推到舒亚男面前:"四千两通宝钱庄全国通兑的银票,舒姑娘请收下。"

舒亚男没有接银票,却悠然道:"四千两是方才的价,现在又涨价了。"

"又涨价了?"莫爷皱起了眉头。

"没错!"舒亚男嫣然一笑,"四千两,再加一巴掌。"

"再加一巴掌?"莫爷有些莫名其妙。

舒亚男乜视着一旁的鬼算子,冷笑道:"方才我受人威胁,胸中怒气难平。少了这一巴掌,就算给我四万两,这买卖我也没心思做。"

莫爷听完立刻点头道:"好!四千两加一巴掌,照付!"

舒亚男望着莫爷身后一脸铁青的鬼算子,调侃道:"莫爷,好像有人不愿付啊!"

莫爷的脸色顿时阴沉下来,一字一顿道:"我说了,照付!"

鬼算子双目几欲喷火，却还是铁青着脸老老实实走到舒亚男面前。舒亚男手一扬，重重一掌掴在鬼算子脸上，然后揉着自己的手腕对鬼算子冷笑道："下次再对本姑娘出言不逊，先摸摸自己那张老脸！"

搁下手中的翡翠凤凰，舒亚男将银票往怀中一揣，对莫爷一笑："以后再有这等赚钱的买卖，莫爷可要记得找我啊！"说完挥挥手，扬长而去。

"莫爷……"鬼算子摸着自己火辣辣的脸，欲言又止。莫爷没有理会他的委屈，只捋须轻叹道："这姑娘不简单，以后咱们可与她多多合作！"

说话间就见那两个新近拜到莫爷门下的后起之秀，云襄和金彪——现在叫云彪和金襄——回来复命。莫爷简短地问了问二人失手的经过，也没有多加责备，只对云襄吩咐道："阿彪，杭州鸿运赌坊的南宫老板，前日差人来说他的赌坊遇到了一点麻烦，好像是有人在他赌坊出千，他却抓不到任何把柄。南宫老板是扬州南宫世家的大公子，因为犯了家规才被撵到杭州，他在杭州可是响当当的人物。他求到老朽名下，老朽也不好拒绝，你就替老朽去杭州看看，帮他清清场子。"

"是，弟子这就去杭州！"云襄连忙答应。

莫爷从怀中掏出一块玉佩："这是老朽的信物，南宫老板一见便知。你这次是替老朽出面，可别砸了老朽的招牌！"

"弟子不会再让莫爷失望！"云襄连忙将玉佩收入怀中，与金彪拱手告退。

离开荣宝斋后，金彪不满地嘟囔道："公子，咱们整天为那瞎眼狐狸跑腿，被他呼来喝去地使唤，到底图个什么？"

云襄笑而不答，他暂时不敢将心中的秘密告诉金彪，哪怕金彪与自己情同兄弟。他知道南宫世家的实力，这次不像在巴蜀，还有魔门的势力可以借用，如今一切都得靠自己了。现在的自己就像一个赌本微薄的赌徒，却要挑战实力雄厚的赌场老板。别人输个十把八把都浑然无事，自己只要输一把，就可能连命都输掉。在没有彻底站稳脚跟之前，他不敢有任何轻举妄动。现在他还只是在熟悉环境，窥探南宫世家这棵大树的经脉，难怪金彪不理解了。他也没有解释，只道："离开苏州之前，你去看看柯姑娘吧，就说我们要离开一段时间，让她这几天都不用跟我们联系。"

"为啥又是我？"金彪不满地瞪了云襄一眼。柯梦兰随二人来到江南后，为了有个伏兵在暗处接应，她与二人暂时分开，只在约定的时间才联系。近来云襄与她见面的次数越来越少，自然让有心撮合他们的金彪大为不满。

金彪的心思云襄一清二楚，但他却无法说出自己的苦衷。要想成为千雄，就不能有任何弱点，而感情却是人最大的弱点，这是师父的谆谆教导，但精明如云啸风，最终也没能逃过感情的宿命。云襄不想重蹈师父的覆辙，尤其是在即将接触南宫世家核心人物的关键时刻，所以他要强迫自己拒绝一切感情，尤其是儿女之情。

我决不能有任何弱点，云襄在心中暗暗告诫自己。

怀揣着四千两银票的巨款，舒亚男兴致勃勃地赶回了福来客栈。现在一切都已办妥，就差最后一件事。她在柜上借了纸笔，匆匆写下一封匿名短信，收信人是蔺东海。她可不想带着那个什么也不会的郡主到处乱跑，更不想背上拐走郡主的罪名，再说江湖对明珠郡主这样的金枝玉叶来说，实在是处处凶险，稍有闪失，可就害了那女孩。

写完信，舒亚男正要找人给蔺东海送去，心中却又有些犹豫。她迟疑片刻，收起信走向丙字号房。房内还有她那简单的行李，趁着取行李的当儿，她想跟明珠郡主做最后的道别。

照约定的暗号轻轻敲了敲门，就听门里一声欢呼，明珠郡主惊喜地打开房门，将舒亚男一把拉进门，兴奋地连连道："我方才还一直在担心，怕你拿到翡翠凤凰后就丢下我不管。对不起，是我错怪了姐姐。"

舒亚男感觉脸上有些发烫，忙敷衍道："怎么会，你看我是那样的人吗？"

"所以后来我又担心姐姐遇到了什么麻烦，我却帮不上忙，真是急死我了！"明珠郡主说着将舒亚男拥入怀中，一脸关切。此刻她已换了一身男装，显得秀美俊朗，面若美玉。脸上那兴奋与喜悦交织的笑容，如孩童一般单纯。

面对这淳朴天真的笑颜，舒亚男突然为自己方才的打算感到愧疚，第一次被人亲昵地称作"姐姐"，她心中不禁涌起一种保护对方的冲动。她连忙避开明珠的热情，对明珠道："咱们得赶紧离开这里，你这一失踪，官府恐怕很快就会全城大搜查！"

"咱们现在去哪里？"明珠郡主眼中闪出孩童般兴奋的光芒。

"先出城再说！"舒亚男说着拉起她就往外走，离开福来客栈后立刻雇车出城。路上，她悄悄撕了怀中的信。望着欢天喜地的明珠郡主，舒亚男不禁在心中暗叹：她真是我命里的克星，我骗谁都没法骗她啊！

明珠郡主的失踪急坏了蔺东海，他一面派人去寻找郡主下落，一面差人让苏州知府带衙役捕快赶过来。听说郡主在自己的地头失踪，苏州知府吓得魂飞魄散，立刻就带人赶来。

与苏州知府同来的，还有个衣衫破旧、面容沧桑的老者，蔺东海一见之下大喜过望，忙上前拱手请安："没想到柳爷也在苏州，这下郡主肯定能找回了！"

柳公权上船四下看了看，仔细询问了郡主失踪的经过，听到有个女人曾被郡主救上船，之后郡主才突然失踪的，忙问："那女人什么模样？"

蔺东海想了想，在自己脸上比画道："那女人脸上有一道疤，很明显！"

柳公权一怔，若有所思地望向天边："原来是她，她为何要带走郡主？"

"柳爷知道那女人是谁？"蔺东海忙问。

柳公权微微颔首："老朽虽然知道她是谁，却不敢说了解她，更不知她为何要带走郡主。那女子天性聪明，这回，恐怕是一次漫长的追踪。"说着他转回头，对一旁的苏州知府道："大人立刻调动所有捕快，去查苏州城所有车马行的车把式，看今日是否有一男一女雇车离开苏州，一有结果，立刻飞报老夫。"

苏州知府领令而去后，蔺东海疑惑地问道："为何是一男一女？"

柳公权负手道："两个女人上路太过扎眼，若扮成两个男人，却又有诸多不便。"

"为什么两个男人会有不便？"蔺东海依旧疑惑。

柳公权一笑："女扮男装，最不方便就是水火之事。若扮成两个男人，住店时只能去男厕，诸多尴尬；扮成一男一女，可以换着去女厕。"

"柳爷高明！"蔺东海顿时明白，想了想又问，"为什么只查车马行，不查码头？她们要是坐船离开苏州怎么办？"

柳公权叹道："如果人手充足，水陆码头俱查当然最好，可惜苏州府捕快人手有限，只能有所取舍。那女人拐走郡主，一定会尽快离开苏州。车比船快，又比船好找，她当然要选择雇车。"

蔺东海不禁对柳公权竖起拇指，由衷赞道："柳爷这神捕之名，果然实至名归！"

柳公权对这样的恭维早习以为常,连客套话都懒得再说,只摆手道:"咱们去苏州府衙等消息吧,但愿捕快们尽心尽责,能尽快查到线索。"

黄昏时分,终于有捕快将一个车行老板带回了府衙。蔺东海急忙问:"今日可有一男一女雇车离开苏州?"

车行老板连连点头:"是有这么一对小夫妻,说是父亲病危,要急着赶回家见最后一面。是车夫老马送他们上的路,已经走了大半天了。"

柳公权忙问:"他们其中一个,脸上是不是有道明显的疤痕?"

车行老板肯定地点点头:"没错!那人虽然垂下鬓发遮住了脸,不过小人无意间看到她鬓发下确有疤痕。"

"她们去了哪里?"蔺东海急问。

"杭州,小人亲自接待的他们,所以记得……"老板的话尚未说完,蔺东海已一阵风似的冲了出去,对几个手下高声下令:"备马,去杭州!"

杭州西子湖畔的雅风楼,是江南屈指可数的名楼。它地处西子湖畔景色最美的地段,楼高三重,外表古朴端庄,内部极尽奢华,是达官贵人、豪绅巨贾最爱下榻的百年老店。

这天下午,吏部侍郎张大人的公子,携新婚妻子出现在雅风楼的大厅。张公子面容英武,头戴束发金冠,鬓边垂下的两络长发,使他俊美中多了几分飘逸。他的新婚妻子是个秀美娇憨的大家闺秀,举手投足间无不流露出天生的颐指气使,尤其项上那一串熠熠生辉的珍珠项链,更衬托出她那与生俱来的高贵气质。这是一对令男人女人都忍不住要多看两眼的璧人。

"贾掌柜,晚餐给我们留张桌子!"张公子来到柜台前,敲了敲桌子叮嘱道。

贾掌柜忙点头答应道："好的，现在鲈鱼正肥，张公子要不要厨下预备着？"

虽然张公子才入住一天，雅风楼的贾掌柜就已经记住了他，一来是因为他的身份，二来也是因为他的豪阔。现在雅风楼住客虽然不多，可个个都有身份有来历，贾掌柜不敢大意。

"好的，你再给我备上十八年的女儿红。"张公子操着一口好听的京腔，说完正要携妻子上楼回房，刚转身就与一人撞了个满怀。张公子身子一晃就站稳了，那人却一个趔趄摔倒在地，是个不修边幅的中年文士。

"对不起！"中年文士从地上爬起来，心不在焉地冲张公子一揖，低头匆匆而去。张公子用傲慢的目光扫了他一眼，轻哼一声："蠢货！"

携妻子回到包下的天字一号房间，张公子取下束发的金冠，脸上露出了放松的微笑。他的妻子扳过他的脸，仔细打量着笑道："还别说，你这一打扮起来，跟那吏部侍郎张大人的公子，还真有几分相像。"

"你一个金枝玉叶，怎么会认识那个张公子，老实坦白！"张公子一开口，立刻暴露了女儿家那清脆的嗓音。

"他曾经随他父亲来为我爹爹祝寿，我无意间看见过一次。"妻子笑嘻嘻地答道。

"见过一次你就记住了他的模样，是不是对他动了什么心思啊？快老实坦白！"张公子一把将妻子揽入怀中，房中顿时响起了两个女孩子的嬉戏打闹声。

不用说，这张公子和他的妻子，正是舒亚男和明珠郡主假扮。有明珠郡主这个对京城豪门知根知底的大家闺秀的指点，舒亚男扮起豪门公子来像模像样，对家世来历也能说上个七七八八。就连整天跟豪门望族打交道的贾掌柜，也没有看出丝毫破绽。

黄昏时分，舒亚男携明珠郡主来到楼下餐厅，二人刚落座，就见邻座有人向她们挥手,舒亚男认出是下午与自己相撞的中年文士,便对他点头示意。那中年文士立刻起身来到舒亚男面前,很是惭愧地赔笑道:"对不起,下午冲撞了公子,却连抱歉都忘了说。"

"没关系!"舒亚男大度地笑笑,她只要刻意掩饰,旁人就不易听出她的女声。

"公子真大度,我一定要请你喝一杯才能心安。"中年文士说着扫了一旁的明珠一眼,眼光在她项上那硕大的珍珠项链上停留了一瞬,不禁"咕咚"一声咽了口唾沫。

"呵呵,四海之内皆兄弟,我请你也一样。"舒亚男说着冲身后的侍者拍拍手,"给这位先生添一副杯盏碗筷。"

中年文士稍一客气便坐下来,对舒亚男拱手道:"在下姓张,字敬之,不知公子如何称呼?"

"巧了!在下也姓张,字放之,与先生竟只有一字之差!"舒亚男满面惊讶,继而洋洋得意地补充道,"家父名讳孝翁,新任吏部侍郎,不知先生可听说过?"

"原来是张大人的公子啊!难怪这般丰神俊秀!"张敬之满面惊喜,"说起张大人,与在下还真有过一面之缘,那还是我在省城参加会试的时候,蒙他不弃,曾叫过我一声贤侄。"

"如此说来,竟是世兄!"舒亚男连忙举杯为礼,"想不到世兄还是个博学的秀才,今日在此巧遇,还真是缘分,咱们定要一醉方休!"

"不敢当不敢当!"张敬之连忙喝干杯中美酒,然后抹着嘴低下头,欲言又止。

"我见世兄面有忧色,不知有何为难之事?"舒亚男察言观色,连忙问道。

张敬之左右看看,压低声音道:"我还真遇到了一件天大的喜事。这事我本不打算告诉任何人,但张公子不是外人,就告诉你也无妨。"

"哦,不知是何事?"舒亚男好奇地凑了过去。

张敬之低声道:"我祖上是有名的风水师,曾多次为前朝贵胄选冥地看风水,可惜这门手艺在我祖爷爷那一代就失传了。小时候听我爷爷说,祖爷爷被前朝靴子皇帝征召去看风水,回来后就暴病而亡。前日我整理先祖遗物,无意间发现了祖爷爷留下的遗书,才知道他是为前朝国师八思巴选冥地,事后被人点了死穴,所以回到家就暴病而亡了。"

"后来呢?"舒亚男越发好奇。

"祖爷爷留下了一张图。"张敬之紧张地四下看了看,嗓音不由自主地颤抖起来,"是蒙古国师八思巴的墓穴图!"

"那你可大发了!"舒亚男羡慕地小声惊呼,"八思巴的陵墓中,不知随葬了多少财宝啊!"

"财宝算什么?"张敬之轻蔑地撇撇嘴,"我看张公子也是练家子,想必也知道,那八思巴生前乃蒙古第一高手,武功堪称天下第一。他的陵墓中,定随葬有无数武功秘籍。若是能拿到他一生武学之大成,就算不能成为天下第一高手,至少也能傲视江湖。"

舒亚男眼中的羡慕已变成了渴望,急切地问道:"世兄拿到没有?"

张敬之遗憾地叹了口气:"我发现先祖留下的图后,曾偷偷去那里进行过发掘,但那陵墓占地极广,我用了几个月的时间,也才掘进一处外围的随葬陵室。那里只有一些佛经,没有武功秘籍,也没找到金银财宝。"说着他撩起衣衫,从贴身处拿出一本残破不堪的册子,递给舒亚男道:"这就是其中一本,你看看。"

舒亚男接过册子随手翻了翻,见是一些弯弯曲曲的藏文,一个字不认识,不由急道:"武功秘籍应该在陵墓最核心的地宫中啊,你怎么不去那里寻找?"

张敬之摇头叹道:"陵墓占地极广,要想从外围掘进去,根本就不可能。唯有从陵墓上方往下掘，才能直达地宫。不过那一片是别人的产业，岂能明目张胆地干？再说私掘陵墓，官府知道后可是杀头的罪名。唯一的办法只有买下那片荒地，假意在上面破土建房，方可掩饰发掘工程。"

"那就快买下来啊！"舒亚男也为他着急起来。

张敬之苦笑道："买下上百亩荒地，对张公子来说可能不算什么，但对愚兄来说可就难如登天。我问过那地主，他要价一万两，我七拼八凑也才凑了不到一千两，简直杯水车薪。可叹就因为没有这一万两银子，我竟与蒙古国师数十上百万的随葬品和天下无敌的武功秘籍无缘了！"

舒亚男脸上闪烁着兴奋的红晕，忍不住脱口而出："一万两银子，我有啊！你有没有想过与人合伙，共同出力，所得平分？"

"合伙？"张敬之一愣，跟着就连连摇头，"不不不，我不能害了公子！也许陵墓中什么也没有，又或许那地图根本就是假的。万一什么也找不到，岂不是害了兄弟。"

"没关系，我愿意冒险！"舒亚男忙道，"不就一万两银子吗？我过几天就将银子交给你，你将地图给我，咱们一起干！"

张敬之四下看看，然后小心翼翼地从贴身处掏出一张破旧的地图，指着图上一个标记道："这就是地宫的位置，我可以带你去实地看看，还可以带你去见见那个地主。"

"好！银子我半个月之内就可以准备好，你到时候就到这里来找我。"舒亚男说着拍拍张敬之的肩头，"没收到钱之前，你不用将地图给我，免得世兄误会。"

"哪里哪里！"张敬之嘴里客气着，却还是将地图仔细收了起来。

舒亚男笑着举起酒杯："来，为我们的合作，干杯！"

二人边喝边谈，早已酒足饭饱，张敬之看看天色不早，忙打着酒嚅起身告辞。

出得雅风楼,张敬之只感到浑身飘飘然似欲乘风而起,已经很久没有过这种成功的喜悦了。他不禁哼起了小曲儿,三步一摇地拐进了离雅风楼不远的鸿运大赌坊。这里的档次不亚于雅风楼,它是杭州城数一数二的豪华赌坊。

张敬之一边与赌坊的伙计打着招呼,一边登上二楼,径直闯进正对大门那间雅室,进门后就咋咋呼呼地高叫:"老大,我钓到了一条大鱼!"

"你他娘的给我闭嘴!"正中那个眼神阴狠、面无表情的粗豪男子一声呵斥,顿时将张敬之的喜讯给吓了回去。房中除了鸿运赌坊的大老板南宫豪和他的几个手下,还有两个面目生疏的年轻客人。此刻南宫豪正对两个客人说着什么,他脸上的肉一颤一颤地抖动着,熟悉南宫豪脾气的张敬之明白,那是他极端生气时才有的表情。

"那伙人已经在此玩了十多天,几乎是天天赢钱。"南宫豪气呼呼地道。他是个三十多岁的魁梧汉子,模样与其父有几分相似,与其弟南宫放则完全是两类人。身为南宫世家大公子,他结交的却是些三教九流的朋友,行事作风更像是黑道人物,曾因杀害官差而闯下大祸,幸得家中多方打点,才免受官府通缉,为此被其父赶到杭州,专司打点南宫世家在杭州开的鸿运赌坊。他知道老爹对他几乎失去了信心,才把他发配到这远离家族事务的杭州,所以不敢再有疏忽,兢兢业业起早贪黑,总算将鸿运赌坊打点得风生水起,成为杭州城数一数二的奢华所在。现在赌坊遇到麻烦,他最先想到的就是骗子的宗师莫爷,立刻派人去请,却没想到莫爷只差了两个弟子前来。他心中虽有不满,但出于对莫爷的信任和尊重,还是耐着性子对那两个弟子耐心解释道:"咱们开赌坊的,不怕客人赢钱,却怕客人用非常手段赢钱。可惜咱们盯了多日，却始终没看出任何端倪。再这样下去，赌坊的招牌就算是砸了。"

两个客人都很年轻，一个身形彪悍，面目粗豪，眉心有道月牙形的刀疤；另一个长相文弱，有几分书卷气，却没有寻常书生那种张狂或迂腐。听完南宫豪的叙述，那文弱书生点头道："我和金兄弟下去看看，但愿能尽快找出他们的破绽，不过还希望南宫老板信守承诺，别太难为他们。"

"好，只要云公子能揭穿他们的伎俩，看在你的面上，我不难为他们。"南宫豪大度地挥了挥手。待二人下楼后，他不满地质问身旁那个去请莫爷的手下："到底怎么回事，莫爷怎么会给咱们派来两个乳臭未干的黄口小儿？"

不用说，这两人就是被莫爷派到杭州，帮鸿运大赌坊捉千清场的云襄与金彪。

下得楼后，云襄把玩着手中几枚小筹码，慢慢来到被怀疑出千的赌桌前。这桌在玩押宝，桌上分为春、夏、秋、冬四门，任何人只要拿出一万两以上的赌资，就可以要求坐庄。庄家去隔壁一间看不到赌桌的房间，那里有四块巴掌大的檀木牌，上面分别刻着春、夏、秋、冬四字，每次庄家选出一块装在一个密闭的锦盒中，由赌坊的伙计拿到赌桌上，然后外面的闲家开始下注。春夏秋冬任选一门或几门，如果下注的门刚好与庄家锦盒中的牌匾相同，庄家就四倍赔付。庄家的赌本都留在桌上，最少不得少于一万两银子的筹码，赌坊有专门的伙计负责帮庄，每一次开牌，杀进赔出数百到数千两筹码不等。为了防止闲家的赌注太大庄家不够赔，所以要限制每一门的最高下注额，通常每门最高不能超过两千五百两，如此一来，若闲家全部押中，庄家最多可输一万两筹码，刚好与他留在桌上的最少筹码相等，不至于出现庄家没筹码赔的情况。

赌坊并不参与赌博，只为大家提供场地、服务和公平博弈的环境，并负责将银子换成筹码，同时在筹码交换中按比例抽头，这也是正规赌坊最主要的利润来源。

鸿运赌坊正是这样一个正规赌坊，它并不参与赌博，只为赌客们提供一个公平博弈的环境。为了维护这种公平，赌坊雇有一些假扮成赌客的眼线，专门防止有人搞鬼出千。这种眼线俗称"暗灯"。现在，云襄和金彪就扮演着这种角色。

鸿运赌坊本来也有不少这样的暗灯，但这次众暗灯一起失明，明知有人出千，却抓不到任何把柄。能上鸿运这等豪华赌坊来玩的赌客，都不是市井草根，赌坊不敢轻易得罪，更不敢仗势欺人，只要没抓到把柄，明知对方出千，也不敢轻举妄动。

云襄混在众赌客中，偶尔押上一小注，没几把就将南宫豪给的几个筹码输了个精光。他又去柜上换了些筹码继续下注，边玩边观察着桌上的情形。只见庄家有输有赢，小半天下来也没赢几个钱，赢钱的主要是三个闲家，他们押中的概率极高，面前的筹码很快就堆成了小山。一两天有此运气不奇怪，天天如此就让人怀疑。云襄从其他暗灯口中得知，他们几人已经连赢了十多天，几乎就没有输过。

装牌匾的锦盒完全密封，打开前根本不可能看穿，更不可能在众目睽睽之下调包，但他们是如何猜到盒子中是什么牌匾的呢？云襄百思不得其解。

看得多时，没发现任何破绽，云襄抬头看看四周，突然发现几个扮成赌客的暗灯，都在虎视眈眈地紧盯着那三人。他心中陡然一亮，赢钱的人惹人注意，暗灯、赌客都在紧盯着他们，搞鬼难度大，输钱的人搞鬼就不容易引人注意了！

顺着这种思路，云襄开始留意起桌边那些不起眼的赌客。又过了半个时辰，他的嘴角渐渐泛起一丝会心的微笑。金彪在一旁早已看得头晕脑涨,见云襄脸上露出那种熟悉的笑容,他放下心来,俯身在他耳边悄声问:"公子有所发现了?"

云襄微微颔首,收起筹码转身离开了赌桌,边走边对金彪轻松地笑道:"莫爷交代的事已经搞定,咱们可以好好在杭州玩几天。我有很久没让自己放松一下了,现在西湖鲈鱼正肥,咱们今晚就可以去尝尝鲜!"

八、反千

鸿运赌场二楼，从正对大门的雅厅窗口，可以俯瞰整个大厅的情形。云襄在窗口指着楼下那桌押宝的赌客，对身后的南宫豪道："这种押宝的赌博有个明显的漏洞，所以出千并不难。那些人也正是这样干的。"

"云公子看穿他们的把戏了？"南宫豪忙问。

云襄点点头，指着坐在"春"字前方一个不起眼的赌客："注意那个穿绿衣的中年人，尤其是他的下注，他就是整个局的关键所在。"

南宫豪仔细看了半晌，只见那赌客似乎也输了不少，他的下注也没有规律可循，而他除了下注也没有多余的动作，跟其他赌客实在没什么两样。南宫豪疑惑地挠挠头，将信将疑地问："他有什么问题？"

云襄笑道："如果你将他的下注和开出的牌联系起来看，就能看出些端倪。"

南宫豪又看了片刻，犹豫道："他下注的数目，好像跟开出的牌有关系！"

"没错！"云襄微微点头，"他每次下注都不相同，但都只下一到四个筹码。他下一个筹码时，下一把牌就开出'春'；下两个筹码，下一把就开出'夏'；下三个筹码，就开出'秋'；下四个筹码就开'冬'！那三个赢钱的同伙只需看他的筹码，就预先知道下一把会开什么牌，于是抢先占住那一门，并将赌注加到几乎封顶，别的赌客就只能在其他门下注。如此一来，赌注都被赶到必输那三门，庄家就杀赌客赔同伙。庄家看起来没赢钱，但赌桌上的钱，最终都流到了几个同伙那里。"

"不过庄家在另一间屋，看不到赌桌上的情形，他如何知道该出什么牌呢？"南宫豪疑惑地问道，话音刚落，他立刻醒悟，猛然一击掌，"他们收买了那个帮庄跑腿的伙计，由他将外面下注指挥开牌的筹码数目告诉庄家，庄家就依令行事，巧妙完成了内外沟通！"

云襄笑着点点头："虽然他们还有些迷惑人的小花招，比如偶尔故意输一些，或者赢几把后就歇几手，要不就故意乱下注，最后才改到必赢的那一门，但基本道理都是一样。"

"他娘的，竟敢在老子的地盘搞鬼！"南宫豪眼里闪烁着骇人的怒火，对手下一招手，"去把那几个家伙给我请上来。"

不一会儿，那几个出千的赌客连同跑腿的伙计，全部被赌场的打手强行带了上来。几人一看南宫豪的脸色，就明白被高手抓了千，不过想到自己没留下任何把柄，也不怕赌场乱来。一个老千还对南宫豪嚣张地叫道："赢了俩钱就要找麻烦，这是不是鸿运赌坊的规矩啊？"

南宫豪没有理会那人，只盯着那个赌场的伙计，森然道："你勾结外贼，吃里爬外，按规矩该如何处置？自己说！"

那伙计双腿一软跪倒在地，惊惶失措地哭拜道："老板饶命，小人再也不敢了！"

南宫豪一声冷哼："只要你作证指认这几个老千，我可以饶你一命！"

那伙计毫不犹豫地连连磕头："我愿作证！小人愿意作证！"

南宫豪转向那几个老千，冷笑道："你们是要我报官，还是按道上的规矩办？"

几人面面相觑，领头那人问道："报官如何？按道上的规矩又如何？"

南宫豪冷冷道："若报官，我保证你们在牢里被玩残；若按道上的规矩，你们将赢的钱全吐出来，然后一人留下一根手指走人。"

几人心知南宫豪绝不是虚言恫吓，凭他在杭州城的影响力，就算将他们弄死在牢里都不是难事，于是交换了一下眼神，齐齐点头道："我们愿按道上的规矩办，拿刀来！"

云襄想为几人求情，却被南宫豪抬手阻止，只听他冷冷道："云公子，看你的面子我已经对他们很仁慈了，若在往日，至少要废了他们那双招子！"

一个赌坊的打手将匕首递给了他们，几人毫不犹豫，手起刀落，每人依次切下了自己一根手指，虽痛得满面煞白，却咬牙没有吭上一声。或许他们在走上老千这条路时，就已经做好了今日的准备。

"很好！"南宫豪点点头，"留下赢的钱滚吧，别让我在杭州城再见到你们！"

几人相扶离去后，南宫豪将目光转向跪着的伙计："我最恨你这种吃里爬外的小人，虽然我答应饶你一命，但至少也要取你这双招子，才能消我心头之恨！"

话音刚落，南宫豪已闪电出手，一招二龙戏珠，生生将那伙计的两个眼珠挖了出来。在那伙计的惨叫声中，他若无其事地擦去手指上的鲜血，转头对一旁的云襄笑道："这次多亏云公子相助，我得好好谢谢你。"说着从几个老千留下的银票中挑出几张，强塞给云襄道："这五千两银子，我请云公子喝茶。莫爷那里，我另有重谢。"

云襄心有不忍地目送着那伙计被架了出去，意兴索然地摆摆手："南宫老板不用客气。"

南宫豪呵呵一笑，亲热地拍拍云襄的肩头："我南宫豪今日算是交了云公子这个朋友，以后在杭州，若遇到什么为难之事，可以来找为兄。"

云襄点点头，正想告辞，南宫豪突然看到一旁的张敬之，想起他方才的禀报，忙问："方才你说钓到了一条大鱼，到底是怎么回事？"

张敬之忙上前将今日下午与张公子结识，并准备一起挖掘八思巴陵墓的计划说了一遍，最后得意地笑道："张公子已答应花一万两银子买下陵墓所在的荒地，只需要再等几天，好让他筹集银子。"

南宫豪虽然出身世家，手下却不乏张敬之这样三教九流的人物，他对这些人并不强加约束，甚至有时还暗中支持。听完张敬之的话，他不禁有些惊讶："你这种最古老、最低级的藏宝骗局，居然也会有人相信？我看别人是不是想反干你一把啊？"

张敬之忙道："那张公子是个草包，就仗着老爹的权势花天酒地，哪里知道江湖上的各种道道，完全是个让人卖了都会帮着数钱的主儿。"

"听你这一说，我还真想见见那位张公子。"南宫豪笑道，"他长什么样？明天我就亲自去雅风楼会会他。"

"长得倒是一表人才，尤其他那小媳妇，还真是人间绝色。"张敬之说到这突然想起了什么，忙在自己脸上比画道，"张公子鬓发下面有一道疤，很好认。"

云襄正准备告辞，听到张敬之的描述，立即想到了一个人，这"张公子"莫不是……但是，以她的聪明机智，怎会被一个老掉牙的骗局所惑？

告别南宫豪离开鸿运赌坊后，金彪兴致勃勃地问："公子，明日咱们去哪儿玩？"

云襄转望雅风楼的方向，轻声道："雅风楼。"

"雅风楼？"金彪疑惑地望望远处那模糊的高楼，"咱们去那里干什么？"

"会一个老朋友！"云襄说完，迈步走进了黑暗中。

第二天一大早，舒亚男与明珠正享受着雅风楼精美的苏式早点，一个男子突然坐到了桌子对面。舒亚男抬头看见那人模样，不由一声轻呼："是你！"

"是我，"云襄浅浅一笑，"莫爷手下一个跑腿的蠢货，装个捕快都不像的蠢货。"

舒亚男不由自主就想起了与面前这个小骗子的那次邂逅，忍不住"扑哧"一笑，调侃道："这次准备扮什么？"

云襄悠然道："秀才。"

"秀才？"舒亚男有些不明白。

"没错，就像那张秀才一样。"云襄故作神秘地压低声音道，"我也有一张藏宝图，比那张秀才的便宜些，只要一千两银子。怎么样，有没有兴趣？"

舒亚男脸上露出警惕的表情，正色道："我不知道你在说什么。"

"不知道？你不是准备买下张秀才的藏宝图吗？"云襄调侃道，"这种藏宝图你要多少我就有多少，最便宜的只要几文钱一张。"见舒亚男面色不变，云襄有些惊讶："怎么，你还真相信有藏宝图？真想跟那张秀才合作？"

"对不起，你已经影响了我的胃口。"舒亚男端起面前的燕窝粥，冷冰冰地下了逐客令。

云襄惋惜地摇着头起身就走，边走边暗叹：原来是个蠢女人，我竟然看走了眼。

一旁的明珠目送着云襄远去的背影，悄悄拉拉舒亚男的衣袖问："这人是谁啊？"

"一个不入流的小骗子。"舒亚男专心享受起自己的燕窝粥，头也不抬地答道。

"骗子？"明珠眼中满是怀疑，遥望云襄远去的背影，痴痴地自语道，"他若是个骗子，也一定是个最高明的骗子。"

"行了，快吃吧！吃完咱们还要去游览西子湖呢！"舒亚男抓起一块糕点，强行塞入了明珠的口中。

舒亚男与明珠用完早点，双双离开了雅风楼。二人离去后不久，南宫豪便带着张敬之兴冲冲而来。雅风楼的贾掌柜早就与南宫豪相识，一见他登门，连忙上前殷勤招呼。

"那个张公子在吗？替我通报一声，就说鸿运赌坊的南宫老板求见。"南宫豪敲着柜台，盘算着如何请张公子去赌坊玩几把。却见贾掌柜两手一摊，歉然道："张公子一早就携夫人游览西湖去了，一时半会儿恐怕是回不来。"

南宫豪有些遗憾，随口问道："这张公子，可有什么特别之处。"

贾掌柜立刻道："张公子年少多金，为人豪爽，生活讲究，挥金如土……"

南宫豪抬手打断了贾掌柜的话："我不是问这些。你有没有发觉，张公子和他的夫人，有什么与旁人不同的地方？"

贾掌柜想了想，恍然点头道："对了，南宫老板这一说，我还真想起他们的确有点与众不同。你也知道，咱们雅风楼服务一流，客人的房间每天都有仆佣打扫，被褥用具都是每天一换。不过张公子夫妇自包下天字一号房后，却都是自己打扫房间，就是被褥等用具，也是他们自己送到门外，从不要仆佣动手。"

南宫豪疑惑地问:"这是为何?"

"有钱人多少有些怪僻,也没什么好奇怪的。"贾掌柜不以为意地笑道。

南宫豪皱眉沉吟,思索着慢慢道:"如此说来,自从张公子夫妇包下天字一号房后,你们就再没进过那房间?"

贾掌柜想了想,道:"好像……是这样。"

"你有房间钥匙吧?"南宫豪向贾掌柜伸出手,"我借用片刻。"

贾掌柜面露难色:"这……不太好吧?不能擅自进入客人的房间,这可是雅风楼的规矩。"

"我进去看一眼就离开,你难道还怕我偷客人的东西不成?"南宫豪顿时满脸不悦。要说鸿运赌坊的大老板、堂堂南宫世家的大公子会偷东西,那一定是天大的笑话。

贾掌柜犹豫片刻,还是从柜台下拿出钥匙,小声叮嘱道:"南宫老板要尽快出来,若是让张公子夫妇撞见,那可就说不清楚了。"

南宫豪没有理会贾掌柜的叮嘱,留下张敬之在楼下等候,自己迅速上了楼。天字一号房是雅风楼最豪华的套房,南宫豪以前也曾在此接待过贵客,所以很熟悉。来到房门外,南宫豪看看左右无人,立刻开门而入。

天字一号房的窗户,原本正对西湖,可以看到西子湖最美的风光。此刻几扇窗户却全部关得严严实实,房内显得有些幽暗。房间收拾得整洁有序,一尘不染,看起来没有什么特别之处,但南宫豪却本能地感觉到,这房中一定有什么不可告人的秘密。

小心翼翼地来到里面的卧房,房中弥漫着女孩子闺房特有的馨香,南宫豪目光四下一扫,立刻被一串晶莹的珍珠手链吸引。手链随意扔在床头,在暗红色丝绒被的衬托下,静静地散发着晶莹剔透的微光。

南宫豪拿起来看了看,认得是扶桑出产的东珠。这种珍珠硕大晶莹，产自深海，价格昂贵，像这样一串东珠手链，至少值一千两，就这样随随便便扔在床上，真让人吃惊。不过南宫豪并不是小偷，心中虽然奇怪，却还是将手链放回了原处。抬头见对面的衣柜没有关严，里面似乎有什么东西顶住了柜门，他好奇地上前打开一看，不禁惊讶万分。

衣柜内没有衣衫，只有一套一尺高矮的木制机械，像是压制什么东西的模具。模具中央是一个圆形的小坑，一颗硕大的东珠正静静地躺在坑内。衣柜内还散落着一些东珠，颗颗晶莹剔透，大小相同。南宫豪拿起一颗，入手圆润光滑，跟真正的东珠没有任何区别。除了东珠，柜子里还有些白色的粉末，用手指捻捻，有些像是珍珠粉。

"你在干什么？谁让你进来的？"身后一声愤怒的呵斥，将南宫豪吓了一跳，回头一看，就见一个头戴金冠的年轻公子正怒视着自己，另一个女子则吓得躲在他身后，满眼惊恐。

注意到年轻公子鬓发下的疤痕，南宫豪立刻就猜到他是谁，立刻笑道："原来是张公子，幸会幸会！"

"你是谁？是怎么进来的？"张公子双拳紧握，目光几欲杀人，但在南宫豪从容不迫的注视下，却不敢轻举妄动。南宫豪没有理会对方的质问，举起手中的珠子冷笑道："我想向张公子请教，这是什么东西？"

张公子立刻就泄了气，心虚地避开南宫豪咄咄逼人的目光，支支吾吾地道："只是……只是几颗珍珠……你若喜欢，尽可拿去。"

"这真是珍珠？"南宫豪冷笑一声，"吏部侍郎张大人的公子？装得还真像。要不要我去知府衙门，请刘大人过来拜见一下张公子？"

"别！"张公子顿时慌了手脚，"求兄台高抬贵手，我愿把这些珍珠都送给兄台。"

"这真是珍珠？"南宫豪一声厉喝，"老实坦白，若有半句虚言，我就送你俩去大牢过下半辈子！"

张公子胆怯地望着南宫豪，吞吞吐吐地道："这些……珍珠，是用贝壳粉做成的，不过跟真正的珍珠几乎没有两样，常人……一般人绝对分不清真假。"

南宫豪再次仔细看了看手中的珠子，不禁暗自佩服，至少他就分不清真假。打开窗户，对着天光照看着珠子，他冷冷问："怎么做的？"

张公子嗫嚅道："先将贝壳磨成粉末，然后掺入一种特制的药水，再用模具压成珠子，磨光、晾干后就成了。我这套模具一天能做十颗珠子，每颗能卖八十两银子，一天就是八百两，十五天就能弄到……"说到这张公子突然住了口，似乎意识到自己的失言。

"十五天能弄到一万多两，就可以去发掘蒙古国师八思巴的陵墓了？"南宫豪忍不住哈哈大笑，"你还真相信那个宝藏？还有蒙古国师八思巴的武功秘籍？"

"难道没有吗？"张公子一脸惊讶。

"没有什么陵墓，也没有任何宝藏或武功秘籍，收起你那天真的幻想吧。"南宫豪说着将手中珠子一扬，"这个我拿走，你待在这里别动，我随时会来找你。"

说完南宫豪大步下得楼来，将手中的珠子交给张敬之，吩咐道："将这颗'东珠'拿去金玉楼卖给他们，八十两，少一个子儿都免谈。"

张敬之有些疑惑，却也不敢多问，立刻拿上珠子如飞而去。

金玉楼是杭州有名的珠宝店，那里的掌柜、档手个个都是火眼金睛，赝品根本瞒不过他们。虽然这种假东珠几可乱真，但南宫豪不相信这种用贝壳粉做成的珠子，能瞒过真正的行家。他已经在考虑，当张敬之败兴而回后，该如何处置那两个伪造东珠的骗子。

没过多久，张敬之就气喘吁吁地回来，边擦汗边喘息道："金玉楼的掌柜刚开始只愿出七十两银子，我几乎磨破了嘴皮，才……"

"到底卖掉没有？"南宫豪不耐烦地挥手将他的话打断了。

"钱在这里！"张敬之连忙掏出一张皱巴巴的银票。南宫豪抢过一看，是八十两通宝钱庄的银票！他愣了半晌，突然转身冲上楼，快得令张敬之长大嘴，半响合不拢。他跟了南宫老板多年，还是第一次看到老板如此失态。

径直闯进天字一号房，那两个骗子还在，南宫豪急切地问道："那种药水的配方是什么？"

制造这种珠子的关键是贝壳粉中添加的药水，模具可以大量仿制，贝壳也是寻常之物，只要知道了那种药水的配方，就可以大量生产这种以假乱真的东珠。一套模具一天能造十颗，若仿制一百套这样的模具，一天就能生产一千颗！一颗能卖八十两，一千颗就是八万两！这还只是一天的收入……南宫豪不敢再算下去，他怕自己突突乱跳的心脏承受不了这巨大的刺激，会突然爆裂。

"我们……我们没有配方。"张公子嗫嚅道。

"那你们的药水是从哪里来的？"南宫豪忙问。

"我们无意间救下过一个江湖异人，药水是从他手中得来的。"张公子答道，"他发现这种做珍珠的药水后，自己却没精力天天做，便将药水送给我们玩。这次为了赶做这批珍珠，药水我差不多都用完了。"

"配方呢？难道你没跟他要过配方？"南宫豪气急败坏地追问道。

"要过，"张公子答道，"不过他说那配方是他的心血，不能随便送人。就算是我这救命恩人，没有十万两银子也免谈。"

十万两银子是一笔巨款，但跟可以赚到的银子比起来，就实在微不足道了。南宫豪想了想，急忙问道："这位异人在哪里？能不能带我去见他？"

张公子犹豫道："他就在杭州郊外隐居，不过他从不见外人，恐怕……"

南宫豪不想因小失大,忙挥手打断张公子的话:"他不见我也没关系,你替我去将那配方买下来,事成之后,我另有重谢。"见张公子有些不情愿,南宫豪面色一沉:"是不是要我去请刘知府过来拜见张公子?"

张公子无奈地点头道:"好吧,我去试试。"

"等在这里,我立刻将银票送过来!"说完南宫豪风一般出门而去。经过楼下大厅时,他招手将张敬之叫到跟前,往楼上一指:"盯着张公子和他的夫人,他们要出了这雅风楼一步,我唯你是问!"

交代完毕后,南宫豪立刻赶回鸿运赌坊,将柜上所有银票归拢,刚好够十万两。他揣了银票,带上几个精悍的手下又回到雅风楼,让几个手下在楼下守着,自己则来到天字一号房,将银票往张公子面前一递:"这一共是十万两银票,我跟你一起去,你媳妇留在这里。如果你要花招,别怪我心狠手辣。"

带着张公子下得楼来,南宫豪低声向几个手下吩咐道:"盯住天字一号房那个女人,她若离开雅风楼半步,我拿你们是问!"

"老板放心!"张敬之将胸脯拍得嘭嘭直响,"我认得那个女人,她决计逃不了!"

见几个手下守住了雅风楼所有出口,南宫豪放下心来,领着张公子来到门外,早有手下备好鞍马。他翻身上马,对张公子道:"带路,我跟你一起去!"

南宫豪带着两个手下跟随张公子出得杭州城,黄昏时分赶到郊外一座无名小山。众人下马登山,快到山顶时,张公子道:"那异人不见生人,若见我带你们前去,定会躲起来。"

南宫豪抬头看去,山顶有个孤零零的茅屋,矗立在悬崖之上。他看看四周地形,肯定张公子逃不出自己的视线,这才点头道:"那好,你速去速回，我们在这里等候。"

目送张公子上山后，南宫豪立刻令两个手下守住下山的路口。之后左等右等不见张公子出来，他渐渐感到有些不妙，顾不得张公子的警告，立刻带两个手下爬上山顶，在茅屋外呼唤道："张公子，请替在下引见一下那位前辈异人！"

一连喊了数声，却听不到一声回答，南宫豪再也顾不得了，上前推开茅屋那破旧的柴门。只见屋内一片狼藉，显然久无人迹，而张公子也不见了踪影。

"快搜！"南宫豪气急败坏地喝道。两个手下发现茅屋后面窗户洞开，翻窗一看，茅屋后有一条粗绳索，一头系在山石上，一头直垂下悬崖。南宫豪暗叫不妙，连忙令两个手下顺绳索滑下悬崖，片刻后就听手下在悬崖下高声呼喊："这里有张公子的衣衫！"

南宫豪一听，忙抓住绳索往悬崖下滑去。他离开后，茅屋地面突然一动，一身短打的舒亚男从地坑中翻了出来。她拔出匕首径直来到绳索旁，在刀刃架上绷紧的绳索时，却犹豫起来。直到看着南宫豪滑到悬崖底部，她才挥刀割断了绳索。拍拍怀中鼓鼓囊囊那一大叠银票，她在心中默默对自己说：十万两，这还只是平安镖局的利息！

南宫豪刚落到崖底，绳索突然从悬崖上掉了下来，抬头望去，隐约可见崖顶有个朦胧的人影。他突然意识到，自己又上当了！

"快回杭州！"他气急败坏地喝道。要想从悬崖下再上去追那骗子，根本就不可能，现在唯有赶回杭州，幸好那女人还在手里，他可以慢慢拷问，还有希望追回那十万两银子。

当南宫豪赶回杭州时天色已黑，他径直闯进雅风楼，就见几个手下还守在厅中，张敬之立刻上前表功："小人一直守在这里，那女人绝没有离开！"

南宫豪风一般冲上楼，一脚踢开天字一号的房门，房内还是原来的样子，衣柜中那个做珍珠的模具还在，但那女人已不知去向。跟进来的张敬之看着空荡荡的房间，一脸疑惑："我一直在楼下盯着，怎么会……"

南宫豪一巴掌扇在他脸上："你有没有盯着一个书生？一个老妇人？或者一个醉汉？"

"我盯他们干什么？"张敬之摸着火辣辣的脸问。

南宫豪气得浑身哆嗦，指着张敬之气急败坏地道："回头再跟你算账！现在快去请刘知府，就说老子让人给骗了！"

没过多久，杭州知府刘大人就带着一干捕快匆匆赶来，与他同来的还有一个衣衫破旧的老者和一个彪悍阴沉的中年汉子。看刘知府对二人唯唯诺诺的恭敬模样，南宫豪不禁收起了几分张狂。

"我让两个骗子给骗了！"南宫豪愤懑已过，只剩下一脸委屈，指着柜子中的模具道，"他们不仅骗了我十万两银子，还用贝壳粉假冒珍珠骗人，你们一定要抓住严惩！"

"这是上等的东珠。"那老者拿起一颗珠子看了看，说着又沾了点柜子中的粉末在舌尖上尝了尝，"这是上等的珍珠粉。"

"可是……"南宫豪欲言又止，跟着就恍然大悟。自己看到了什么？不过是几颗珍珠，一套模具，一些粉末，还有就是那个骗子精彩的表演！

老者仔细看了看那套模具，哑然失笑道："原来是用做糕点的模具改装的，南宫老板不会认为，这模具可以做出珍珠吧？"

南宫豪脸上一红，跟着就感到头脑一阵眩晕。十万两银子啊！这下该如何向老头子交代？

"你说那个张公子脸上有一道疤痕？"老者对南宫豪的被骗经过似乎一点也不感兴趣，却对那骗子的模样十分关心。

"没错！"南宫豪在自己脸上比画着，"就在这个位置！"

老者转头与那彪悍阴沉的汉子交换了一个眼神,点头道:"没错,是她们!"

不用说,这老者与那汉子正是柳公权与蔺东海,二人从苏州追踪到杭州,可还是晚了一步。这次不等柳公权下令,蔺东海急忙对杭州知府道:"立刻让人彻查所有车行、码头,看看有谁见过她们,一有线索立刻飞报。记住,万不能伤了那两个姑娘!"

柳公权补充道:"再查查杭州城附近的骡马市场,看看她们有没有买马,尤其是那种价钱昂贵的好马、名马。"见蔺东海一脸疑惑,柳公权笑道:"我听说明珠郡主喜欢好马,一下子赚了十万两银子,怎么也得奢侈享受一下。年轻人都这样。"

杭州知府恍然道:"杭州郊外有个万家马场,有来自全国各地的名马,远近闻名。下官立刻就带人去查!"

南宫豪昏昏沉沉地回到鸿运赌坊,就见莫爷派来的那两个年轻人正等着向自己辞行。他像抓住了救命稻草,忙上前一把拉过云襄,道:"云兄弟来得正好,快帮为兄一个忙,抓住那两个骗了我十万两银子的老千!"

"怎么回事?"云襄道。

南宫豪连忙将今日被骗的经过草草说了一遍,最后惶急道:"兄弟你一定要帮我,不然我这回实在没法向老头子交代!"

云襄听完南宫豪的叙述,不禁倒抽了一口凉气。这是多么精彩、多么大胆、多么疯狂的反千术啊,竟然把自己都骗过了。那个女人,真是世间难得一见的天才!

面对南宫豪的恳求,云襄抱歉地摊开手:"我只是个略懂些江湖伎俩的捉千者,识破那些骗局还勉强可以,但要追踪捉人就是彻底的外行了。再说今日莫爷差人送来急信,要我立刻赶回苏州,所以在下这才连夜来向南宫老板辞行。"

南宫豪呆了一下，无奈道："那你让莫爷帮我留意那两个骗子，莫爷徒子徒孙遍及江南，一定能找到那两个骗子的下落。一旦有他们的线索，我定要他们死无葬身之地！"

"我一定替你转告！"云襄敷衍道。

从鸿运赌坊出来，金彪不解地问道："公子，现在深更半夜的，咱们干吗要走这么急？"

云襄低声解释道："今日莫爷差人送来急信，要咱们明日一定要赶回去见他。我想，他一定有大事要咱们去办。"

金彪不满地小声嘟囔道："这个瞎眼狐狸，还真会使唤人。"

第二天一大早，云襄与金彪就风尘仆仆地赶回了苏州，顾不得旅途劳顿，立刻就去见莫爷。在一座不起眼的古宅内，莫爷早已在等着他们。二人连忙上前请安，只见一向从容不迫的莫爷，脸上竟有一丝难得一见的兴奋和焦急。

"你们总算回来了！"莫爷如释重负地长舒了口气，向二人抬手示意，"坐！"

拜在莫爷门下这么久，还是第一次见莫爷给手下人让座，二人不禁交换了个惊讶的眼神，在一旁的竹椅上恭恭敬敬地坐下。就听莫爷问道："杭州之行可还顺利？"

云襄草草将自己在鸿运赌坊捉千清场的经过说了一遍，莫爷很是满意地点头道："嗯，你让老朽越来越看好，说不定将来还可继承老朽的衣钵呢。"

云襄连忙道谢，接着问道："不知莫爷急着找我俩回来，有何要事？"

莫爷挥手斥退伺候的小童，低声道："下个月十六，是少林达摩祖师圆寂的日子，少林将举办达摩祖师的圣寂日祭奠和少林武学的观摩展出,前后共七天。其间展出的不仅有少林七十二绝技,还有达摩传下的《易筋经》和达摩舍利子。《易筋经》乃武学至宝,达摩舍利子更是佛门至宝,这两件东西堪称少林镇寺之宝。"说到这莫爷顿了顿,将白蒙蒙的眼眸转向云襄:"现在有人出高价收购这两样东西,老朽想听听你的看法。"

云襄有些惊讶,沉吟道:"像《易筋经》这等传说中的武功秘籍,就算真有传说中那般神奇,又有几个人能耐得住寂寞,像达摩那般勤修苦练几十年?达摩毕竟是几千年才出一个的武学奇才,少林虽有《易筋经》,千百年来却再没人可与达摩比肩,可见它的价值被人为地夸大了。至于舍利子,在佛门中人眼里或许是圣物,但在我这俗人眼里,却还不如普通的珍珠光彩夺目。"

莫爷深以为然地连连颔首,脸上竟露出遇到知己般的微笑:"其实就算练成绝世武功又如何?人最大的力量是智慧,其次是财富和权力,有这两样东西,武学高手要多少就有多少。就算像达摩那样的武学奇才,在老朽眼里也不过相当于十个或者二十个影杀堂的杀手,折算成银子也就值三五十万两。这世上的所有东西,在老朽心里都能折算成银子。至于达摩的舍利子,在老朽眼里更是一钱不值。"

"那莫爷为何会对这两件东西感兴趣呢?"云襄一边在心中对这老爷子什么都能折算成银子的说法摇头,一边疑惑地问。

莫爷一笑:"既然有人愿意出高价收购,它们自然就身价百倍。这世上有些东西,在不同人心目中价值千差万别,老朽不理会这些东西值多少钱,只关心别人愿意出多少钱!"

云襄随口问道:"多少?"

莫爷脸上露出狐狸般的微笑:"如果我是你,决不问别人出多少,只问自己能拿到多少。"

云襄忙起身拱手请罪:"弟子失言,望莫爷恕罪。"

"坐下坐下！"莫爷笑着摆摆手，"你在老朽面前，不必如此客气。老朽也不妨实话告诉你，有人出十万两收购这两件宝贝，你们若能替老朽拿到手，可以得到五万两！"

云襄心中十分惊讶，市面上最值钱的珠宝古董，价值上万都极其罕见，十万两绝对不是小数目，他想不出谁有如此大的手笔。略一沉吟，他犹犹豫豫地问道："如此大事，莫爷为何不让沈先生出马？"

云襄口中的沈先生，就是鬼算子沈文仲，他既为千门八将之一，本该比云襄这个千门后辈更有资格。莫爷微微一笑："小沈在江湖混迹多年，早有不少人识得他的模样。这次少林遍请武林同道前去观礼，就老朽所知，仅这江南一带，就有金陵苏家、扬州南宫、姑苏慕容氏和杭州漕帮收到请柬。为防万一，咱们必须要用新面孔。你是年轻一辈中老朽最为看好的人选，相信你不会让老朽失望。"

"既然莫爷如此看重，弟子定竭尽所能。"云襄沉吟道，"不过咱们没有请柬，说不定连少林寺的大门都进不去。"

"这个你倒是无须担心。"莫爷微微叹道，"少林早已不是你想象中的佛门圣地。自从圆通方丈接任掌门以来，少林就一改佛门清静之地的面貌，大肆扩充庙产，聚敛钱财。就拿这次来说，纪念达摩是虚，借达摩之名捞钱是实。除了少数几个收到请柬的世家大派，任何人只需捐上一笔功德钱就可进入寺中。不仅如此，圆通还将少林七十二绝技的秘籍抄本进行公开出售，只要肯花银子，就可以买到你想要的任何秘籍抄本。当然，《易筋经》除外。"

"少林，竟已堕落至此？"云襄十分惊讶。

莫爷轻蔑一笑："你去过之后会发现比你想象的更甚。你无须担心没有请柬就进不了庙门，老朽已经安排弟子在那里接应，你不必为这些细枝末节操心。"

云襄在心中算了算日子，忙道："时间紧迫，我明日就动身！"

"老朽等着你的好消息！"莫爷脸上，竟露出了压抑不住的殷切之色。

离开莫爷的住处后，金彪疑惑地问道："咱们真要去少林偷《易筋经》和达摩的舍利子？要知道，那可是少林啊！"

云襄微微一笑："在我眼里，没有什么事是不可能的。"

杭州郊外的万家马场，是江南屈指可数的大马场，也是杭州城方圆百里最大的骡马市场。舒亚男和明珠来到这里时，不禁为来自全国各地的名马挑花了眼。

"这匹好！这是来自大宛的名马，速度最快！那匹也不错，是来自漠北的矮脚马，模样虽不太好看，耐力却是天下第一。"明珠说起马来，顿时滔滔不绝，如数家珍。

舒亚男对马没有特别的研究，见那匹大宛马十分高大俊美，正要掏钱买下来，就听身后有人突然道："这等劣马，怎么配得上两位姑娘这样的人物？"

舒亚男闻言心中暗惊，她还是女扮男装，却没想到被人看穿，回头看去，一个面容和蔼的老者正似笑非笑地望着自己。老者年逾五旬，生得肥头大耳，满面油光，身披富贵锦袍，乍一看就如寻常富家翁。不过舒亚男从他那炯炯有神的眼中，已看出养尊处优的富家翁绝没有如此犀利的眼神。《千门相术》上记载，有这种眼神的，必非泛泛之辈。

舒亚男警惕地打量着对方，突然发觉他有些面熟，跟着就想起，自己在雅风楼曾经见过这老者。当时以为他不过是雅风楼的普通客人，所以没有特别留意，没想到对方竟然追踪自己到了这里。

"两位姑娘随我来，老夫已为二位备下了两匹好马，你们一定会喜欢。"老者说着转身就走。明珠闻言顿时欢呼雀跃，欣然前往。舒亚男心知对方若要捉拿自己，方才就可以在身后悄然出手，没必要闹这些玄虚,所以她也跟了上去,想看看对方在打什么主意。

二人随着那老者来到市场边一座普通的马棚,老者对伙计拍拍手:"将老夫的马牵出来。"伙计应声从马棚中牵出两匹骏马,只见一匹浑身枣红,毛色油光发亮,另一匹洁白如雪,浑身上下没有一根杂毛。两匹马比刚才那些大宛马更加雄俊,顾盼有神。

明珠一见之下连声欢呼:"真正的大宛良马!难得毛色如此纯净,多少钱?"

老者微微一笑:"只要两位姑娘喜欢,老夫拱手相赠。"

"不要钱?有这么好的事?"明珠再天真单纯,也看出事有蹊跷,不禁将目光转向舒亚男。舒亚男对老者淡淡道:"礼下于人,必有所求。只怕咱们受不起如此重礼。"

老者呵呵一笑:"姑娘冰雪聪明,老夫也就不绕弯子,有话直说!"

舒亚男忙抬手阻止:"咱们有钱买马,多谢老丈好意。你若另有所求,请免开尊口!"

"是啊,姑娘刚赚了十万两银子,想买什么不可以?寻常财帛也难得让你动心。"老者喟然轻叹,目光落到舒亚男脸上,"不过有些东西,花再多钱也买不来。"

舒亚男没想到自己反千南宫豪的经过,竟然被这老者看穿而不自知,见他没有以此要挟,心中稍有好感。听他说得奇怪,她不由问道:"比如?"

"比如容貌。"老者淡淡道,"相信每一个女孩子,为自己的容貌花多少钱都不会吝啬。"

舒亚男面色大变,不禁抬手捂住自己的脸,一咬牙转身要走,却听老者在身后惊问:"姑娘为何要走?"

舒亚男强忍泪意,哑声道:"你说得没错,有些东西,花多少钱也买不回来!"

老者忙道："虽然老夫不敢保证让姑娘恢复如初，但我知道，有一双巧夺天工的手，可以将姑娘脸上的瑕疵完全弥补。"

"真的？"明珠大喜过望，"真的有人能将姐姐脸上的疤痕去除？"

老者点点头，跟着又摇摇头："不是去除，是掩盖，用一种巧夺天工的文身，将疤痕彻底掩盖。这不仅无损于姑娘的容貌，还能为之增色不少。"

"真的？这人在哪里？"明珠兴奋得快要跳起来，见老者笑而不答，她恍然大悟，忙问道，"你要我们做什么？"

老者压低声音，肃然道："下个月十六，少林将公开展出达摩祖师的圣物。老夫要你们为我拿到少林寺那两件镇寺之宝，《易筋经》和达摩舍利子！"

明珠毫不犹豫就点头答应："没问题，你等我们的好消息！"

九、少林

柳公权与蔺东海赶到万家马场时，才知舒亚男与明珠郡主已离开多时。蔺东海连忙追问郡主的去向，听得卖马的小贩说二人好像是要去少林寺，不由十分惊讶："她们去少林寺干什么？"

柳公权若有所思地望向天边："听说少林在下个月十六达摩圣寂日，要举行纪念达摩祖师的盛会，届时将有来自全国各地的武林人物云集，但愿她们只是去看看热闹。"

蔺东海恍然大悟："这次她们一定会扮成两个男子，少林寺通常不允许女子进寺，扮成男子才可方便出入。"说完他转向身后的随从："备马，咱们也赶去少林寺！"

离达摩圣寂日还有几天，少室山上就已是人山人海。自少林寺纪念达摩祖师的盛会在江湖传开后，各大门派、帮会、世家，俱派人前来观礼，除此之外，无数江湖中人也闻讯赶来。他们听说少林在盛会期间，要将七十二绝技的部分抄本公开出售，筹集善款以修缮藏经阁、达摩堂等多处年久失修的建筑，以便更好地弘扬少林佛学和武学。江湖中人对佛学不感兴趣，不过少林武学可是天下驰名，能名正言顺地买到几本传说中的少林秘籍,无疑是学武之人梦寐以求的美事。

当假扮成翩翩公子的舒亚男和明珠赶到少林时,山门外已聚集了许多江湖人物,众人在山门外吵吵嚷嚷,与知客僧发生了冲突。原来少林寺因来客太多,无法全部接待,便立下规矩,若想进寺观礼游览,得先捐十两银子的功德。十两银子不是小数目,足够贫寒人家半年的开销。江湖中有钱人是少数,能拿出十两银子而面不改色的更是寥寥无几,众人自然纷纷抱怨。

舒亚男还有些心疼银子,明珠已拉过她道:"咱们快快进去,趁现在人少赶紧踩踩盘子!"

二人奉上二十两银子,在知客僧引领下进了寺门,也无心游览寺中古迹,直奔达摩堂。达摩堂并没有想象中的戒备森严,二人有些疑惑地进入堂中,就见里面除了一个老僧在打瞌睡,竟没有第二个僧人。堂中供奉着两人多高的达摩塑像,并没有看到哪儿有达摩舍利子或《易筋经》。舒亚男忙叫醒老僧问道:"大师,不知那达摩圣物在哪里?"

那僧人连忙起身答道:"达摩圣物要等到两天后才公开展出,到时二位施主再来瞻仰吧。"

二人大失所望,明珠拉起舒亚男就走,一路上连连抱怨:"上当了,上当了!花了二十两银子,居然连舍利子和《易筋经》的影子都没见到,少林真不是东西!反正钱都花了,咱们就四下再转转,这少林寺我还是第一次来呢。"

二人来到大雄宝殿,见殿外放着一排儿臂粗的巨香,长约三尺有余,之前从未见过如此巨大的香。明珠便问一旁的和尚:"这是什么?"

"这是佛门高香!"那和尚忙道。

明珠连连点头:"俗话说的烧高香,就是指这个吧?"

那和尚合十笑道:"公子颇有佛缘。这高香非大功德不烧,两位公子要不要燃上一炷?"

"好啊！"明珠小孩心性，立刻兴致勃勃地拿起一根，"点上点上，我也烧一回高香！"

那和尚连忙帮明珠点上高香，指点她在佛祖面前许愿，最后将高香插到殿外的炉鼎中。明珠上完香转身要走，却被那和尚合十拦住："公子，您还没付香火钱呢。"

明珠理解地点点头，掏出块碎银扔进功德箱，那和尚却依旧拦住去路，和蔼地笑道："公子，功德是功德，香火是香火。一炷高香的香火钱是十两银子，公子不会不知道吧？"

"什么？"明珠顿时目瞪口呆，"烧这一炷香要十两银子？"

那和尚依旧不愠不火地笑道："这香当然值不了十两银子，不过若是烧给佛祖，让佛祖保佑公子达成心愿，十两银子就一点不贵。"

"贵你娘个头！"明珠忍不住破口大骂，她出来久了，也学了一些浑话，"就这一炷香要十两银子，你还不如去抢！"

那和尚满脸无辜："这是方丈大师定下的规矩，公子不会让小僧为难吧？"

明珠还想争辩，舒亚男掏出一锭银子塞给那和尚，拉起明珠就走："咱们遇到最不要脸的骗子了，认栽吧！"

"你干吗怕这秃驴？我不信他敢如此明目张胆地抢劫！"明珠气呼呼地还想发作，一抬头就见对面有个青衫书生，正似笑非笑地望着这边。她脸上突然一红，忙收起骄横，故作轻松地道："你说得不错，不就十两银子吗？当做善事了。"

舒亚男早已看到了那个人，就因为不想被他看笑话才草草收兵。她拉起明珠离开大雄宝殿，本想躲开那人，他却施施然迎了上来，笑嘻嘻地对舒亚男拱拱手："怎么这么巧，在这里又遇到姑娘！对了，咱们好像是第三次见面了，却还不知姑娘芳名，不知可否见告？"

明珠一直就不好意思地低着头，不敢看对方一眼，听他问起，以为是在问自己，忙有些紧张地回答，声如蚊蚋："我……我叫明珠。咱们……咱们不才第二次见面吗？怎么是三次？"

可惜她声音太小，对方注意力又没在她身上，竟没有听到。舒亚男已坦然迎上对方那调侃的目光，嫣然一笑："原来是莫爷手下跑腿的小骗子啊，就不知叫什么名字？"

那书生迟疑了一下，吐出两个字："云襄。"

舒亚男点点头："幸会幸会！小女子舒亚男，以后还要请云公子多多关照，千万别再假扮捕快啊公差啊什么的来吓唬亚男了，我胆小。"

那书生哈哈一笑："姑娘若是胆小，就不该上这儿来。"

"是吗？你都敢来，我只好硬着头皮也来玩玩。"舒亚男说着凑到他耳边，笑吟吟地悄然道，"记住哦，别像上次那样，把好不容易骗到手的东西，又乖乖送还本姑娘。"说完哈哈一笑，拉起莫名其妙的明珠，头也不回地扬长而去。

"公子，她怎么也来了这里？"刚从茅厕出来的金彪看到了远去的舒亚男，忙凑过来小声问。

云襄脸上露出饶有兴致的微笑，望着舒亚男的背影道："当然是跟咱们有相同的目的。这回，咱们遇到对手了。"

出得少林寺，舒亚男胸中升起了一股莫名的兴奋和冲动。如果说她先前被明珠拉来少林还有些勉强的话，在经历了方才的高香事件后，她对少林的敬重已荡然无存。尤其遇到那个骗子，更激起了她心底好胜的欲望。她喜欢挑战，尤其是旗鼓相当的对手的挑战。

云襄！她默默念叨着这个陌生的名字，在心中对他说：我会再次让你空手而回！

"姐姐，咱们现在要去哪里？"明珠依依不舍地回望着少林，幽幽问道。只听舒亚男平静地道："咱们要立刻去找风媒，让他们帮忙打听关于这次盛会的一切消息。咱们的时间已经不多了。"

"哪方面的消息？"明珠疑惑地问。

"所有方面！"舒亚男声色平静，喜怒不形于色，"从少林和尚到邀请的客人，以及临时的帮工或送米送菜的小贩，一个都不要漏掉！"

明珠还想再问，突然发觉舒亚男的脚步渐渐慢了下来，神色也变得十分怪异。她顺着她的目光望去，就见迎面走来一个白衣如雪的世家公子，正顺着山道拾级而上。他目光定定地盯着舒亚男，一瞬不瞬。而舒亚男装着没看见似的躲着他的目光，却又忍不住偷眼觑看。

二人相向而行，步伐越来越慢，终于在相隔数步站定。舒亚男终于迎上了对方的目光。她知道，无论自己如何装扮，都骗不过对方的眼睛。

两人相互凝望，半晌无语。明珠好奇地看看这个，又望望那个，不知舒亚男为何突然如此异样。

终于，那白衣公子开口道："你……还好吧？"

"我很好，你呢？"舒亚男坦然地应道。

白衣公子迟疑了一下："我……已经定亲，大礼就在下个月。"

"恭喜。"舒亚男一笑。她突然发觉自己听到对方即将成亲的消息后，心中并没有任何波动，过去那么强烈的感情，爱到灵魂，恨到骨髓，在经历了无数磨难后，竟变得极淡极淡，淡得就像天边的云丝，也像是依稀的春梦，几乎了无痕迹。

白衣公子眼神复杂，似乎有许多话要说，最后却道："下个月十九，希望你能来。"

"尽量吧。"舒亚男模棱两可地道。

白衣公子点点头，有些依依不舍地继续拾级而上。舒亚男如释重负地轻舒了口气，似放下了千钧重担。

明珠好奇地望向他的背影："这人是谁啊？"

舒亚男道："一个很久以前的朋友。"

舒亚男刚离开少林，云襄与金彪也出了寺门。遥望舒亚男远去的背影，云襄对金彪悄声道："让人盯着那个女人，她的一举一动都要向我汇报。"

金彪点头道："我这就将公子的命令传下去。这次多亏有莫爷那一干徒子徒孙，省了咱们许多事。我先走了，公子一个人要多当心。"

目送金彪离开后，云襄缓步往山下走去，一边走一边探看周边的情况。少室山此刻热闹非凡，不仅聚集了无数江湖人物，沿途还有不少小贩在叫卖各种小吃、茶水。云襄正顺着山路向下，突然感觉有人在轻轻拉自己衣袖，回头一看，是个衣衫破旧却干净整洁的半大孩子，只有十二三岁，眼中却有一种与年纪不相称的成熟。见云襄回头，他忙将手中提的篮子递过来："公子，买点野果尝尝吧，很甜的！"

云襄看看篮中那些不知名的野果，本欲拒绝，但看到那孩子眼中饱含的祈求和希望，不由和煦一笑，掏出块碎银递给他，然后捡了两颗野果放入嘴里，边嚼边点头道："嗯，你说得不错，果然很甜！"

那孩子脸上溢出发自内心的微笑，有些不好意思地将银子递回来："公子，你给我铜板吧，我找不开银子。"

"不用找了，"云襄笑着拍拍孩子的肩，"这些野果我全要，早些回家吧。"

孩子高兴地将篮子递过来，满脸愧疚地连连道："可是这一篮野果也值不了这么些银子啊！要不明天公子还来这里，我再摘一篮更甜的果子给公子送来。"

"以后几天我都会来这里，你随时可以来找我。"云襄笑道。见那孩子满心欢喜地离去后，他的心情也异常舒畅。快乐原来如此简单，给别人以快乐，自己就能得到更大的快乐。

云襄一身轻松下得少室山，天色已是入夜，正要赶回客栈，却被一条人影拦住了去路。待看清来人后，他心中不禁暗暗叫苦。他本来觉得最近也没什么事情发生，就和金彪分开行事，没想到还是大意了，在这势单力薄的时刻，偏偏遇到了最不想见的人——魔门少主寇元杰！

"公子襄别来无恙啊？"寇元杰英俊的脸上满是阴鸷和仇恨，"世界真小，没想到咱们又见面了。"

"是元杰啊！"云襄勉强一笑，"还真是巧，不知你为何也来了这里？"

寇元杰嘿嘿冷笑道："上次蒙公子照顾，元杰差点就逃不出成都，所以对公子一直心怀挂念。恰逢少林纪念达摩这等武林盛会，我就前来撞撞运气。没想到老天真是开眼，还真让我在少室山上遇到公子，所以就一路跟来，现在特意跟公子打个招呼。"

云襄立刻就明白，魔门的势力格于寇焱十八年前的承诺，还没有大肆侵入中原，寇元杰只是孤身一人。不过就算是这样，自己也无法抵挡对方随手一击。值此非常时刻，他内心反而异常冷静，满不在乎地笑道："我当初答应门主，帮他搞垮巴蜀叶家，我做到了。至于那本《吕氏商经》，并不在协议之内。"

"你出卖我和唐先生，致使他落到其兄手里，这又怎么说？"寇元杰眼里几欲喷火，脖子上的青筋也如蚯蚓般凸起，身上衣衫更是无风而动。

"那是因为你们出卖我在先！"云襄毫不畏惧地盯着愤怒的魔门少主，"我说过不伤人命，你们却任由叶家大公子死在黑白双蛇手里。为此，你们就得付出代价！"

"你是不是疯了？"寇元杰不可理喻地喝道，"为一个不相干的人，你竟然出卖我和唐先生，竟敢与魔门翻脸？"

云襄朗声一笑:"一条无辜人命,在魔门眼里或许轻如鸿毛,但在我云襄眼里,却重逾泰山。谁若草菅人命,无论是谁,我都要与他翻脸,魔门又算什么?"

"说得好!"云襄话音刚落,就听远处传来一声击掌赞叹,跟着就听那人高声道,"还从未见过有人敢如此轻视魔门,好汉子,可否过来陪我喝上一杯?"

这里是城郊一处僻静的官道,路边有一个生意冷清的小酒摊,在荒凉的郊外显得十分孤单。酒摊前除了歪着脖子打瞌睡的老板,就只有一个伏桌而睡的酒鬼。此刻那酒鬼伸着懒腰抬起头来,隐约可见他是个二十多岁的年轻人,衣着富贵,神情却又十分落拓潦倒。

"有何不可?"云襄说着正要过去,却被寇元杰一把扣住肩胛:"想走?没那么容易!"

"放开那位公子。"酒鬼遥遥道,语气中有一种理所当然的味道。

"你是哪根葱,敢管本公子的闲事?"寇元杰森然道,"立刻在本公子面前消失,不然我让你后悔生到这个世界上来。"

云襄心知寇元杰心狠手辣,不想那酒鬼被自己连累,忙道:"我跟你走,别难为旁人。"

"算你识相!"寇元杰一声冷哼,正要带着云襄离开,却见那酒鬼提着酒壶,摇摇晃晃走了过来,边走边嘟囔道:"这位公子既已答应陪我喝酒,怎能就走?美酒好找,酒友难求。来来来,先陪我喝上几杯再说。"

寇元杰见这酒鬼无视自己的警告,心中恼怒,待对方走近,一掌便击向酒鬼的胸膛。那酒鬼堪堪举起酒壶,刚好封住了袭来的一掌,酒壶应声而碎,酒水洒了一地。那酒鬼满是遗憾地摇摇头:"你要喝酒,说话就是,干吗要抢?可惜了,好好一壶美酒。"

寇元杰心中顿生警觉:"这位兄台怎么称呼?不知是哪条道上的?"

那醉鬼洒然一笑："我又没找你喝酒，问那么多干什么？"

寇元杰缓缓拔出佩剑，寒声道："既然你不愿透底，本公子剑下，又何妨多个无名之鬼？"话音刚落，剑光便猝然亮起，恍若无孔不入的月光，铺天盖地罩向酒鬼头顶。几乎同时，酒鬼手中也亮起一点淡淡的光华，就像夏日萤火虫的微光般若隐若现，在月光中一闪而没。

二人身形交错而过，寇元杰低头望着胸前衣襟上的裂痕，面如死灰："你究竟是谁？"

酒鬼将手中那柄长不及一尺、样式十分奇特的短刀缓缓隐回袖中，淡淡道："我是谁不重要，你只需认得这柄刀就够了。"

"袖底无影风！你是金陵苏家弟子？"寇元杰恨恨地点了点头，"很好！金陵苏家，有资格做魔门的对手！"说完转身就走，再不停留。

寇元杰铩羽而去后，云襄忙对酒鬼拱手一拜："公子谈笑间击败魔门少主，真乃英雄也！不知公子大名，可否见告？"

那酒鬼哈哈一笑，挽起云襄的胳膊道："你身无半点武功，却敢在魔门少主面前无所畏惧，这才是真正的英雄本色。名字不过一代号，相逢何必要相识？难得你我今日投缘，兄台定要陪我一醉，明日一觉醒来，咱们各奔东西。"

云襄见这酒鬼年纪与自己相仿，听谈吐看打扮，应该是个出身富贵的世家子。难得他如此认同自己，行事豪爽，云襄慨然道："兄台这胸襟，实在令在下惭愧。好！咱们今日就一醉方休，不管明日烦恼！"

"好极好极！果然是酒中知己！"酒鬼高兴地拉起云襄来到酒摊前，满满倒上两碗酒，将酒碗向云襄一举，"我敬你！"说着，自己先喝干了。

云襄并不好酒，不过见对方已经喝干，只好端起酒碗一饮而尽。

那酒鬼赞叹一声："爽快！"说着又倒满两碗。

转眼间两人就连干了数碗，那酒鬼眼神越发蒙眬，眼中一缕忧悒始终挥之不去。定定望着天边残月，他突然问道："你说，人应该为谁而活？为自己，还是为别人？"

云襄一怔，这问题他从未想过，如今突然被人问起，竟不知如何回答。感觉到对方心中有种令人伤感的寂寥和萧索，他忍不住问："兄台，你似乎有伤心之事，何不说出来听听？也许跟人说说，可以减轻心底的痛苦。"

那酒鬼怆然一笑："我心已死，何来伤心之说？"笑声中，两行清泪竟悄然而下，他却浑然无觉，只呆呆望着天边喃喃问道："你有没有过心空的感觉，就像是心上被生生挖去了一块血肉，只剩下一个空空荡荡的洞？"

云襄心中微痛，脑海中不由浮现出怡儿的音容笑貌。虽然感觉已经是很久之前的事，但每次想起，他的心都会忍不住抽搐。听说她嫁给南宫放的那一瞬，他心中就是那种空空荡荡的感觉。默默喝干碗中烈酒，云襄喃喃道："只有真正爱过，才会有这种感觉。"

那酒鬼连连点头："心上有这样的空洞，就没法再装下旁人。可我却不得不娶妻生子，你说，这是不是一种讽刺？"

"不孝有三，无后为大，每个男人都要娶妻生子。"云襄说着醉醺醺地举起酒碗，"来！为每个男人的责任，干！"

一碗酒下肚，那醉鬼慢慢滑到了桌子底下。云襄不禁指着他笑道："哈哈，你醉了。"话音刚落，他也慢慢躺到了地上……

雀鸟清脆的鸣唱将云襄从睡梦中唤醒，晃晃晕沉沉的头，他睁开双眼，立刻被刺目的阳光彻底惊醒。倏然翻身而起，只见自己置身官道旁的荒野，清晨的霞光正静静投射下来，四周空无一人，昨夜的酒摊、老板、酒鬼，俱已不见了踪影，直让人怀疑那仅仅是一个逼真的梦。

云襄掸去身上的泥土，慢慢回到城内客栈。刚进门就见金彪惊喜地迎上来："公子你可回来了！昨夜害得我好找，差点就要报官！"

见金彪好像一夜未睡的样子,云襄心中愧疚,忙道:"昨夜我喝醉了,害你担心,对不起。"

"喝醉?"金彪满脸惊讶,"公子很少喝酒,怎会喝醉?"

"别问了,你现在立刻去睡觉,什么事都不要管。"云襄强行将金彪摁到床上,然后带上房门来到楼下,就见一个游方郎中踱了进来。云襄认得是莫爷的人,微微颔首,那郎中立刻来到他对面坐下,低声道:"公子,从昨天起我们就盯着那两个女人,她们正四下寻找风媒,帮她们打听与少林有关的一切消息。"

云襄点点头:"嗯,先收集情报,再订详细计划。果然有两下子,继续盯着她们。"

那游方郎中迟疑了一下,又道:"除了那些风媒,她们还去见了一个神秘的老者。"

云襄眉头一皱:"什么来历?"

游方郎中歉然道:"那老者鬼得很,咱们跟了几次都跟丢了,没查到他的底细。"

"一定要查到那老者是什么人!"云襄吩咐道。待游方郎中离去后,云襄不禁陷入了沉思。凭直觉,他知道那老者一定非常关键,但自己却完全猜不到对方的底细来历。这让他感觉有些沮丧。

九月九日这天,少室山上人山人海,天南海北的江湖人俱赶来少林观礼。祭典将从九月九日开始,一直到九月十六达摩圣寂日才结束。

女扮男装的舒亚男与明珠混在众多江湖豪杰中,进寺后直奔达摩堂。达摩堂中十八罗汉分列两旁,人人手执棍棒,虎视眈眈,正中的供桌上,并排放着两个一尺见方的水晶匣子。左边匣内是一只小玉碗,碗中有十几粒大小不一的白色石子,最大的有豌豆大,最小的只有米粒大小;右边匣中是一本半指厚的羊皮册子,册子翻开,上面是一些弯弯曲曲的梵文。不用僧人介绍，舒亚男也知道这就是她想要的那两件东西。

"这就是《易筋经》和舍利子啊！"明珠小声嘟囔道，隐约有些失望，"这《易筋经》全是蝌蚪文，完全看不懂；舍利子更是毫不起眼，还不如这水晶匣子好看。"

二人说着正想走近些，陡见斜刺里伸过来一条长棍，悍然拦住了去路。一个武僧平端着少林棍，面无表情地道："施主，请在红线外瞻仰圣物。"

舒亚男低头一看，才发现面前拉着一根细细的绳子，离供桌约有五尺远。她只得在五尺外站定，望着那两件少林镇寺之宝在心里盘算。

两旁的长桌上，还陈列着少林七十二绝技的抄本。明珠早已对两件圣物失去了兴趣，便去看那些抄本，转了一圈过来对舒亚男小声道："姐姐，咱们也买几本少林秘籍吧，没准可以学到点真功夫呢。"

舒亚男过去一问价钱，最便宜的也要五十两银子！她不禁咋舌，拉起明珠就走。虽然不缺这点钱，可也不能由着明珠的性子糟蹋。

被强拉出达摩堂，明珠本有些不乐意，一抬头却见一个面带微笑的书生迎面走来，不禁红着脸低下头，再迈不开步子。

舒亚男也看到了那人，就听对方小声调侃道："这么巧，咱们又见面了。踩过盘子后，不知舒姑娘心中可有妙策？"

舒亚男嫣然一笑："不劳云公子担心，本姑娘胸中自有成竹。"

"哦，那咱们何不互通有无？"云襄觍着脸笑嘻嘻地凑过来，"咱们若联手，或许把握更大些。"

这小骗子一定是束手无策了！舒亚男心中高兴，暗暗感激少林的严密守卫。若谁都可以轻易拿走那两件圣物，一来不一定轮得到她，二来也显不出她的手段。她对云襄快意地一笑："你若想做本姑娘的跟班，本姑娘不妨给你个机会。"

云襄嘻嘻笑道:"能追随两位姑娘左右是在下的福分,在下愿听从两位姑娘吩咐。"

"很好!"舒亚男笑眯眯地指指脚下,"你若肯跪下来求我,说不定我会考虑与你合作。"说完,也不看一脸气恼的云襄,拉起明珠大笑而去。

"公子,这丑女人对你如此无礼,你竟忍得下来?"一旁的金彪大为不忿。却见云襄脸上的气恼转眼烟消云散,遥望舒亚男远去的背影,自得地一笑:"我就是要让她小看,就是要让她得意,人在得意的时候,才能忘乎所以。"

看到云襄脸上那熟悉的笑容,金彪恍然大悟,连连点头:"强而示之弱,能而示之不能,公子果然比我金彪高明一点点。"

话音刚落,就见周围众人突然起了一阵骚动。不少人在惊喜地相互转告:"圆通方丈出来了!""与他一起的人是谁?""听说是金陵苏家大公子苏鸣玉!"

随着众人的喧哗,一个身披大红袈裟的老僧,陪同一个白衣如雪的年轻公子来到了达摩堂。那老僧面如满月,髯长及胸,模样颇具威仪,不用问便是少林方丈圆通大师;他身旁那白衣公子举止优雅,步伐从容,温润如玉,虽被人众星捧月般簇拥着,眼中却依然有一种挥之不去的寂寥和萧索。

云襄一眼就认出,白衣公子正是昨夜一刀击败寇元杰,与自己一起酩酊大醉的那个酒鬼。

"我有办法了!"离开少林的时候,明珠突然兴奋地一声高叫,把舒亚男吓了一跳。她连忙示意明珠别太嚣张,然后悄声问:"你有什么办法?"

明珠不好意思地吐了吐舌头,然后凑到舒亚男耳边道:"我想到巧取《易筋经》和舍利子的办法了！咱们可以高价找个神偷，趁夜里守卫松懈的时候，悄悄盗出来。"

舒亚男哑然失笑，忍不住在明珠脸蛋上捏了一把："我的大郡主，你以为这是传奇故事？你以为这世上真有鼓上蚤？我敢肯定，夜里的守卫会比白天更严，如果能盗出来，别人也不会来讨好咱们了。"

"不行吗？"明珠顿时垂头丧气，"那些和尚白天黑夜几十双眼睛守着，根本就没办法嘛！"

舒亚男一笑，指指自己的脑袋："只要肯动脑筋，这世上就没有什么事是难的。咱们先回客栈，看看风媒给咱们带来了什么消息。"

舒亚男和明珠说说笑笑往山下走去，却没留意在她们身后不远处，两个男人正不紧不慢地跟着她们。

"柳爷，你为何不让我立刻动手？"蔺东海遥望着二人的背影，有些不满。

柳公权捋须笑道："咱们既已追到这里，她们还能逃出咱们的手心？虽然咱们随时可以逮捕那个女骗子，不过以什么罪名让她坐牢？拐走郡主？显然郡主是自愿跟她在一起的，没有任何胁迫的迹象。"

"她不是还作过不少诈骗案吗？"蔺东海质问道。

"可惜那些案子作得十分高明，没留下任何证据。这次她显然是冲舍利子和《易筋经》而来，老朽想在她作案的时候，当场将其抓获！"柳公权其实并没有说出真正的原因。干了一辈子的捕快，他对各种罪犯尤其是高明的罪犯，已经产生了一种复杂的感情。每次亲手逮捕这样的罪犯，都能让他产生一种莫名的快感。他喜欢看着他们犯罪，然后再亲手将其逮捕。这种感觉有些像狩猎多年的猎犬，对猎物本身已经没有多大兴趣，只有在不断的追捕中，才能找到生活的乐趣。为了这种乐趣，他常常故意让猎物跑上一段，然后倏然出击，以绝对的优势，让猎物在自己的尖牙利爪前簌簌发抖。

蔺东海对抓捕那女骗子不感兴趣,他只关心郡主的安危。不过想到若强行将郡主带走,一来会让这刁蛮郡主忌恨,怕她在王爷面前告状;二来这机灵古怪的丫头要再耍什么花样,倒有些防不胜防。柳公权说得对,若能在暗中保护,也不失为两全其美的办法,只等那女骗子出手作案时,当场将其抓获,届时郡主没了照顾,就只能乖乖回到自己身边。想到这他拍拍手,一个假扮成小贩的侍卫立刻应声过来,蔺东海指指明珠的背影:"寸步不离地跟随保护郡主,别让她发现你们的存在。除了睡觉,别让她离开你们的视线!"

十、夺宝

在柳公权与蔺东海身后不远处，云襄与金彪也正往山下走去。二人刚出寺门不远，就见一个半大孩子惊喜地奔了过来："公子，我可等到你了！"

云襄认出是之前那个卖野果的孩子，不禁面露微笑："是你，等我作甚？"

那孩子急急地道："我说过要再摘一篮更甜的果子给公子尝尝，可惜昨天公子没来，今天我从上午一直等到现在，总算等到公子了。给，快尝尝！"说着将手中篮子递了过来。

云襄早已忘了此事，没想到竟让这孩子等了两天，心中有些愧疚，忙接过篮子道："对不起，我昨日有事没来，害你白等了一天。"说着掏出一锭二两重的银子递过去："这点银子，当是赔罪。"

那孩子两眼盯着银子，却没有伸手来接。云襄看出他眼里满是渴望，笑着将银子塞入他手中："拿着吧，不然我会不安的。"

孩子拿着银子，羞赧地轻声道："公子，再多果子也值不了这么多钱，我……我本不该收，可是……可是我现在非常需要钱，而我又不敢说借，因为这么多钱我也还不起……"

"没人要你还。"云襄笑着打断了他，注意到他眼中始终有一丝忧郁，忍不住问道，"你好像有什么为难之事？"

孩子眼眶一红，低下头道："静空师父病得很重，我却没钱帮他请大夫，现在好了，公子帮了我大忙。"

"静空师父是谁？"云襄好奇地问。

"静空师父原是少林寺的长老，后来不知为什么离开了少林，在后山盖了间茅屋。"那孩子解释道，"静空师父帮过很多人。那年河南大旱，若非静空师父开的那间济生堂，我们全家就饿死了。静空师父还教我武功，可现在他……"

云襄突然想起，静字辈是目前少林辈分最高的，比少林方丈圆通还高一辈。经过这几天接触，他对少林和尚本已无好感，现在却对这位离开了少林的长老生出了兴趣。看看天色还早，他对那孩子道："你叫什么名字？可不可以带我去看看静空师父？"

"我叫罗毅，小名阿毅。"孩子高兴地连连点头，"我这就带你去，离这里没多远。"

云襄正要举步，金彪道："公子，咱们还有很多事要办，为何要为一个素未谋面的和尚浪费时间？"

"你回客栈等我吧，我很快就回。"云襄不想勉强金彪。整天跟人钩心斗角，挖空心思提防算计，心弦一直绷得紧紧的。只有在孩子面前，他才可以完全放松心神。除此之外，他对教出阿毅这种弟子的静空，也充满了好奇。

"我怎么能放心让你一个人去？"金彪嘴里不满地嘟囔着，还是跟了上去。

远离官道的僻静山坳中，有一间孤零零的茅屋，虽隐在林木茂密的山坳中，却并不显荒凉，房前种有整齐的菜蔬，屋后还有几棵茂盛的大树，树上野果正红。想必阿毅卖的果子，就是来自这些树。

"到了，公子走快些！"阿毅兴冲冲地加快了步伐。云襄跟着他来到茅屋前，就见一个古稀老者迎了出来，满面悲戚地对他道："阿毅你可回来了，静空师父快不行了，他一直在喊着你的名字！"

"师父！"阿毅丢下云襄，一头便冲进了茅屋。那老者满脸忧色，也没心思招呼客人，跟着阿毅匆匆进去了。云襄抬头看看茅屋上那块牌匾，上面篆刻有"济生堂"三个大字。他心中有些奇怪，只听说少林有达摩堂、罗汉堂，却从未听说过有济生堂。

进入屋中，只见茅屋里并没有供奉任何菩萨罗汉，大厅正中只有一幅笔力遒劲的楷书中堂，上书："老有所养，幼有所教，贫有所依，难有所助，鳏寡孤独病残者皆有所靠，是为济生堂。"最后落款是空灵飘忽的两个小字——静空。

云襄默默体味着这句由孔圣人的话改写而成的中堂，心中敬意油然而生。文中那种悲天悯人的情怀、赈济天下的胸襟，与他心灵深处那种"为天地立心，为生民立命，为往圣继绝学，为万世开太平"的文人情结，发生了强烈的共鸣。仰望着有些古旧的中堂，他不禁在心中暗叹：这，或许才是佛陀慈悲为怀、普度众生的本意吧？

"师父！师父！静空师父！"里屋突然传来阿毅的哭喊，云襄忙走了进去，简陋的云房内，一个须眉皆白、形容枯槁的古稀老僧正于蒲团上盘膝而坐，几个残疾老者跪在他身前，人人垂泪，却没有哭泣出声。老僧气若游丝，已届弥留，却还强提着最后一口气，浑浊的双眼定定望向虚空，似乎不愿就此圆寂。

云襄默默来到老僧面前，低声问："大师，你可还有什么心愿未了？"

老僧喃喃低语，声如蚊蚋："这世上可以没有达摩堂、罗汉堂甚至少林寺，却不能没有济生堂啊！"

云襄心底突然涌起一股难抑的冲动，如受神召，默默在老僧面前跪下，凝望着他那浑浊的双眸轻声道："大师，云襄愿接过你手中的济生堂，让它永世流传下去！"

老僧散乱的目光渐渐凝聚到云襄的身上，二人默默对视，似乎从对方的眼中看到了彼此的灵魂。老僧枯瘦的脸上渐渐泛起宝相庄严的微笑，就像看到了命中注定的衣钵传人，他如释重负地轻轻一叹："老衲总算等到你了！"

虔诚地接过老僧手中那枚锈迹斑斑的钥匙，云襄郑重地道："大师放心，我定会让济生堂在我手中发扬光大！"

老僧看着他长吁了口气，慢慢闭上双目，头也缓缓垂下来。

"师父……"阿毅放声大哭，想要上前唤醒师父，却又不敢冒犯他的遗体。

云襄拍拍孩子的头，轻声安慰道："静空师父走得很安详，他已经去了他心中的极乐世界，你不要太悲伤。"

默默离开茅屋后，云襄对金彪道："明天送一百两银子过来。以后每年，都要拿出一笔银子供济生堂开用。"

金彪点点头，又道："公子，你越来越像个真和尚了。"

云襄似笑非笑地问："什么是真和尚，什么又是假和尚？"

"我也说不上来，"金彪为难地挠挠头，"总觉得少林那些秃驴，实在不像是真正的佛门弟子，只有静空大师和公子你，才有些像慈悲为怀的出家人。"

云襄缓缓摇头："其实慈悲之心对所有人来说都是相通的，无论佛家、道家还是儒家，都不乏悲悯天下的圣人。当然，也都不乏欺世盗名之辈。"

金彪似懂非懂地点点头，看看天色不早，忙催促道："咱们快回去吧，跟踪那两个女骗子的兄弟，应该有消息回报了。"

舒亚男与明珠回到客栈后，风媒们的消息也如雪片般送到房中。明珠一看有那么多纸条信件，不由呻吟一声："这么多，怎么看得过来？"

"咱们得连夜看完，只有彻底了解对手，才能找到对付的办法。"舒亚男说着拿起一叠纸条递给明珠，"你看这些，凡与少林有关的都挑出来。"

"咱们为啥不了解一下另外一个对手？"明珠突然问。见舒亚男一脸疑惑，她忙红着脸补充道："就是……就是莫爷手下那个小骗子。"

"啐，我还没将他当成对手。"舒亚男不以为然地撇撇嘴，将纸条塞给明珠，"快看吧，时间紧迫。"

两个时辰过去，窗外已传来二更的梆子，舒亚男只感到眼皮发沉，看看对面的明珠，早已经伏桌沉睡，手中的纸条撒了一地。

爱怜地为明珠盖上披风，舒亚男捡起掉落一地的纸条仔细翻看。突然，一条消息引起了她的注意，纸条上只有短短一句话："应圆通掌门所邀，两河巡抚赵富广，将在达摩圣寂日莅临少林，出席祭奠大典。"

舒亚男心中一动，灵感犹如闪电划过长空，不由击桌欢呼："我有办法了！"

明珠被惊醒，迷迷糊糊地睁开双眼："怎么回事？什么有办法？"

舒亚男神秘一笑，扬起手中纸条："天一亮就去找风媒，详细了解两河巡抚赵大人的行程、随从、行止等详细情况！"

"了解他干什么？"明珠一脸疑惑。

"你别问了，早些睡吧，明天还有许多事要办！"舒亚男说着将明珠赶到床上，看看窗外黑黢黢的夜空，她心中只盼着快快天亮。

达摩祖师的纪念大会已经开始三天了,云襄一面让人盯着舒亚男的动静,一面也在寻思夺宝的办法。少林武僧一天十二个时辰都在盯着那两件圣物,盗窃不太现实,硬抢也是找死,唯一可行的就只有先制造混乱,只要能引开达摩堂武僧的注意力,就能拿到东西。不过要想将圣物带出少林却是一件难事,只要发现圣物丢失,少林肯定会封锁山门,严查所有宾客。那时赃物若留在身上,必然十分危险。

云襄正在房中冥思苦想,就听门外传来急迫的敲门声,金彪应声开门,上次那个游方郎中匆匆进来。他是莫爷手下的得力干将之一,负责与云襄联络,不过像这次一样直接到客房中来找云襄,却还是第一次。此刻一向稳重的他,脸上竟有一种不加掩饰的惊慌,不等云襄动问便匆匆道:"云公子,咱们这次行动得取消。"

"这是为何?"云襄有些意外。

游方郎中惶然道:"我们在跟踪那两个女人时,发现还有人在盯着她们。"

"是什么人?"云襄皱眉问道。

"刑部总捕头柳公权!"说到这个名字的时候,游方郎中的声音也颤抖起来,"柳公权乃天下第一神捕,咱们已有不少兄弟栽在他手里。莫爷曾说过,无论什么时候遇到柳公权,咱们都要退避三舍。这次咱们因柳公权而放弃,莫爷也绝不会怪罪公子。还有,公子决计想不到,跟舒姑娘在一起的那少女是谁!"

云襄早就注意到明珠身份神秘,看言谈举止,应是出身大富大贵之家,不知为何却跟着舒亚男浪迹江湖。现在听游方郎中这一说,他忙问:"她是谁?"

"是福王的千金明珠郡主!"游方郎中低声道,"咱们也是偷听监视她们的王府侍卫说的。柳公权定是冲明珠郡主而来,有他在此,咱们就不能轻举妄动。"

云襄虽然从未见过柳公权,却也听说过天下第一神捕的大名。他心中突然有些担心起来,不是为自己,而是为那个女同行。既然明珠郡主与她在一起,而柳公权也已经盯上了她,恐怕她就难逃这鹰犬之手,她的一切努力也都将付诸东流。

望着虚空默然半响,云襄缓缓道:"我不想放弃,既然柳公权并没有盯上咱们,就不必如此谨慎。"

游方郎中急道:"公子没跟柳公权打过交道,不知道他的厉害。只要他在少林,就绝没有人能得手。我可不能让兄弟们跟着公子冒险。公子若要坚持,咱们只好先撤。"

云襄知道少了莫爷手下这些精明的老千帮忙,自己更没有多少机会得手。沉默片刻,他突然问道:"这几天你们跟踪那两个女人,除了柳公权,还有什么别的发现?"

游方郎中想了想,回忆道:"她们先让风媒去查了两河巡抚赵富广大人的行程,然后又去见了那个神秘的老者。那老者随后就去找过影杀堂的联络人。"

影杀堂是江湖赫赫有名的杀手组织,堂中杀手如云,云襄也有所耳闻。听游方郎中说起影杀堂,他心中一动,忙问:"她们打探赵巡抚的什么行程?"

"哦,赵大人应圆通方丈之邀,将于大会最后一天前来祭拜达摩。"游方郎中答道。

云襄闻言心中陡然一亮,急忙问:"除此之外,她们还有什么异常举动?"

游方郎中道:"她们去见过那个神秘老者后,在县城里买了一只信鸽,后来又去见过一个专门为少林挑粪的农夫。"

"信鸽?农夫?"云襄有点疑惑,冥思半响,他脸上渐渐泛起一丝赞叹的微笑,低声喃喃道,"高明,果然高明!竟和我的想法不谋而合！"

"公子，放弃吧，没有咱们的帮助，你将一事无成。"游方郎中劝道。

云襄笑着摇摇头："你们尽可放弃，但我决不轻言放弃。天下第一神捕又如何？在我眼里，没有谁不可战胜。"

游方郎中无可奈何地叹了口气，拱手一拜："那好，公子多保重，咱们就先撤了。"

待那游方郎中离去后，金彪不满地问道："既然莫爷的人已经放弃，公子为何还要坚持？神捕柳公权在此，咱们回避一下这老奸巨猾的家伙也未尝不可。"

云襄笑着摇摇头："现在多了个更危险的对手，反而让人觉得越发富有挑战性。再说那女子的想法与我不谋而合，我真不希望她功亏一篑，所以我要在暗中助她完成。"

"她已经有办法对付那些少林和尚了？"金彪有些惊讶，"什么办法？"

云襄笑而不答，只道："她会在这次盛会的最后一天才动手。在这之前，咱们要赶紧准备一些东西，还要找到引开柳公权的办法。"

"准备什么东西？"金彪忙问。

"咱们得有一只训练有素的猎鹰，"云襄笑道，"就像瓦剌人训练的那种猎鹰。"

瓦剌人训练的猎鹰天下驰名，不少中原大户人家都以拥有一只这种猎鹰为傲。金彪虽不明所以，还是立刻点头道："我这就去找，还有几天时间，应该没问题。"

"还有，咱们得另外再找几个帮手。"云襄若有所思地道。

"什么样的帮手？"金彪问。

云襄笑道："就是那种信誉良好，只拿钱干活，从不刨根问底的江湖小蟊贼。"

"好，我这就去办！"

金彪离去后，云襄眼中闪烁出一种莫名的兴奋，那是遇到挑战后的兴奋。能同时面对两个高明的对手，他心中不禁涌起一种好胜的冲动，甚至隐隐期待着决战那一刻的到来。

达摩圣寂日终于来临，这是少林纪念达摩盛会的最后一天，也是最为热闹的一天。在这一天中，不仅少林方丈圆通大师要亲自主持对达摩祖师的祭典，届时不少江湖上难得一见的贵客也将出席观礼，甚至还有两河巡抚赵富广应邀莅临少林，这将是这次盛会的高潮。

柳公权与蔺东海混在一干江湖豪杰之中，远远跟着舒亚男与明珠进了少林寺，在离她们不远的地方，几个普通江湖人打扮的王府侍卫，也在密切地监视着二人。众侍卫事先得到蔺东海的指示，所以个个都打起十二分精神，决不容郡主离开视线半步。

柳公权像猎犬一般悄悄尾随着猎物，一边在心中揣测对方可能的行动。按说要在众目睽睽之下盗走《易筋经》和舍利子，根本就不可能，何况在大会结束前，少林寺只能进不能出，就算拿到东西，又如何带出山门？柳公权百思不得其解，他真希望那女人早点动手，好早些揭开自己心中的谜团。凭着多年办案的直觉，他知道舒亚男今日一定会有所行动！

上午，众人参观了达摩留下的圣迹；下午，就在祭奠大典即将开始前，一名知客僧匆匆奔入，一路高叫："两河巡抚赵福广大人，亲临少林祭拜达摩祖师，所有人等即刻回避！"

两河巡抚执掌中原数省的行政大权，乃威震一方的封疆大吏，平日就算是豪门大户也难得见其一面，没想到今日却亲临少林。众豪杰多为江湖草莽，平日见个知县、知府都难，听得两河巡抚驾临，俱好奇地伸长脖子向来路张望。

两队衙役手执仪仗,敲着开路铜锣一路进来。队伍中央是一乘八抬暖轿,直到达摩堂前的广庭才停步落轿。有随从撩起轿帘,一个蟒袍玉带的官吏低头钻了出来。少林圆通方丈立刻率寺中几个长老,上前恭敬揖迎道:"少林圆通,率同门恭迎两河巡抚赵大人光临敝寺,亲自主持达摩祖师的圣寂大典!"

"圆通方丈不必客气。达摩大师乃佛门圣僧,能应邀主持他的祭典,是下官的荣幸。"赵福广交代了几句官面话,便催促道,"吉时快到了吧?下官公务繁忙,不能多作耽搁。"

"大人这边请!"圆通连忙示意。就在这时,只听人群中有人突然一声高喊:"有刺客!"

话音刚落,就见围观的江湖豪杰中,一道人影陡然冲出,闪电般直扑赵福广。几个衙役刚要阻拦,却被那人轻易突破包围,赵福广身后几个侍从立刻拔刀拦在他身前,齐声高喊:"快保护赵大人!"

那几个侍从武功本也不弱,但在刺客闪电般的攻击之下,竟只有招架之功,被逼得连连后退。圆通忙将赵福广护在身后,拉着他往后退,边退边放声高喊:"快来人,保护赵大人!"

话音刚落,人群中又射出两道人影,却是两个面目阴鸷的年轻汉子。圆通正要感激对方仗义出手,谁知二人却一把暗器猝然发出,铺天盖地直射赵福广。圆通要避开这些暗器自是不难,但要完全护住赵福广就千难万难,顿时吓得面如土色,两河巡抚赵福广若是死在这里,少林恐怕担不起这个干系,自己这掌门之位肯定也保不住了。

顾不得自身安危,圆通飞身挡在赵福广前,挥袖为他抵挡暗器。为别人挡暗器,比自己避闪抵挡艰难百倍,圆通只感到腿上一麻,竟被一根牛毛细针打中,跟着就见那两个刺客拔剑扑上来。圆通忙挥掌而出,二人却不与圆通硬接,飘然绕开,从侧面向圆通身后的赵福广和几个侍从攻去。

圆通想要追击，却感到大腿发麻，已然无法追上两个鬼魅般的刺客。眼看二人就要得手，一个彪悍的中年汉子突然越众而出，拔刀挡住了两个刺客。那汉子刀法刚猛飘逸兼而有之，以一敌二竟不落下风。圆通得这片刻喘息，忙放声高喊："来人！快调十八罗汉前来保护赵大人！"十八罗汉是少林武僧中的顶尖角色，一套罗汉阵能挡千军万马。还不知群雄中混有多少刺客，圆通不敢有丝毫大意。

听到方丈呼唤，负责达摩堂守卫的九个武僧立刻飞速而出，十八罗汉分两班守卫达摩堂，另外九个因昨夜值守，此刻还在后面的禅房休息。

那出手帮忙的中年汉子见众武僧拦住了刺客，立刻收刀退出了战团。赵福广看清那人模样，不由惊喜交加地高呼："蔺侍卫长快快救我！"

原来这汉子正是福王府的侍卫长蔺东海。他与柳公权一直在留意着明珠郡主和舒亚男，只等她们出手劫宝就当场将其擒获。谁知二人一直没有行动，直到刺客突然出现。蔺东海本不想管这等闲事，不过赵福广是福王门生，若看着他被刺而不出手相救，福王可能会怪罪，而刺客的武功又非手下几个侍卫可以应付，所以他只得拔刀为赵福广挡住了刺客。

现在有少林武僧出手，赵福广再无危险，蔺东海立刻收刀。刚退入人群，就见一个侍卫匆匆过来禀报："大人，郡主让几个不明身份的人抓走了！"

蔺东海一惊："怎么回事？"

那侍卫忙道："方才骚乱的时候，达摩堂几个和尚刚出来保护赵大人，那个女人就溜进了达摩堂，明珠郡主则留在门外把风。咱们刚要随柳爷进去抓人，谁知几个身份不明的江湖汉子，突然从后面出手将明珠郡主点倒，扛起她就去了后院。"

"那你们还愣着干什么，快追啊！"蔺东海说着刚要举步，就见柳公权匆匆过来道："那女人已进去了一会儿，蔺老弟快随老夫进去抓人！"

蔺东海一跺脚："郡主被劫，我哪儿还有心理会旁人。"说着冲几个手下一招手："快追！"

见蔺东海率几个侍卫向后院追去，柳公权也没有强留。这种将罪犯现场抓获的快意，他也不想与旁人分享。庭院中的骚乱即将平息，几个刺客已被十八罗汉困在阵中，正在作垂死挣扎。柳公权无心理会他们，拨开挤在身前的众多江湖汉子，正要向达摩堂扑去，就见有人挡在自己身前，破口大骂："你他娘的挤什么挤，没长眼睛啊？"

若在往日，柳公权定要让他好看，现在却无心理会，正要侧身从他身旁绕过，不想那汉子竟一把抓住了柳公权的衣襟："冲撞了大爷就这么走了？你他娘的当自己是谁啊？"

柳公权心中暗怒，一把扣住那汉子手腕就势一扭，出手毫不容情。他的分筋错骨手不知拧断过多少盗匪的手腕胳膊，谁知这次竟然失效。那汉子手腕一翻脱出了他的掌握，大声呼号："哎哟我的妈呀，冲撞了人不仅不道歉，还要动手伤人，还有没有天理王法？"

柳公权心中暗惊，这汉子武功高强，神情彪悍，眉心还有一道月牙形的刀疤，看来绝非寻常江湖莽汉。遥见那女骗子已悄然从达摩殿溜了出来，他顾不得有人阻拦，身形一晃想越过对方，却被对方拔刀拦住："不赔礼道歉就想走，你他娘的当老子好欺负？"

一旁有几个汉子也鼓噪起来："拦住这老头，没准儿他也是个刺客呢！"

一听又有刺客，制服了三个刺客的众武僧立刻围过来，边上几个汉子齐齐向柳公权一指："就是他，方才大家都在看热闹，就他神色慌张拼命往外挤，肯定跟刺客是一路的！"

几个武僧一听，立刻将柳公权围在了中央。柳公权气得满脸通红，愤然掏出刑部腰牌，往几个武僧面前一亮："老夫刑部总捕头柳公权，快去看看达摩堂中的东西还在不在！"

此刻圆通也赶过来，一听这话面色顿变，忙向一个武僧一挥手。那武僧如飞而去，片刻后神情慌张地回来，结结巴巴地对圆通禀报："掌门方丈，舍利子和《易筋经》，不见了！"

圆通面色大变："快封锁所有出口，任何人不得离开少林！"说完忙对柳公权拱手一揖："没想到天下第一神捕柳爷在此，还望柳爷出手相助，帮忙缉拿盗窃少林圣物的蠹贼。"

柳公权一声冷哼，满脸阴沉。方才被那汉子和少林武僧一阻，那女骗子已混入人群，不知去向，就连方才阻拦自己的那个汉子此刻也不见了踪影。他眯起双眼环顾四周，然后平静地吩咐道："立刻调集寺中所有人手，包围整个寺庙，不能让任何人离开少林一步！现在那两件东西还在寺中，丢不了！"

圆通连连点头："舍利子乃佛门圣物，修为高深的佛门弟子俱能感应到它的所在。只要贫僧与几个师兄弟四下一搜，定能将它找出来！"

话音刚落，就见一个和尚气喘吁吁地从后院跑来，对圆通禀报道："掌门方丈，后院有两帮人起了冲突，其中一方自称是福王府的侍卫。"

圆通再次色变，连忙挥手道："快去后院看看！"

众人来到后院，只见几个面目凶狠的汉子将刀架在一个少女的脖子上，蔺东海与几个侍卫将他们围在中央，却不敢轻举妄动；在他们外面，又有一群武僧将两帮人一起包围。柳公权一见那几人，不由嘿嘿一声冷笑："江东虎，你越来越长进了，竟敢挟持福王的千金！"

领头那汉子一见是柳公权，顿时面如土色，忙结结巴巴地解释道："咱们……咱们不知是福王的千金，柳爷……柳爷恕罪啊！"

柳公权一声冷哼："上次你抢劫镖行撞在老夫手里，老夫就已放过你一次，没想到你越来越大胆了，连福王的掌珠都敢动！"

江东虎几乎要哭了："咱们真不知道是郡主啊！要是知道，就算给一座金山，咱们也不敢动郡主一根汗毛。"

"那这是怎么回事？"柳公权喝问。

江东虎忙道："有人出三千两银子，要咱们挟持这位姑娘。看在银子面上，我就答应了，谁知……"

"那人是谁？"柳公权打断了他的话。江东虎茫然摇头，跟着又好像想起了什么，道："我无意间听他的同伴好像称他为香公子，真名却实在不知道。"

"香公子！"柳爷若有所思地点点头，略一沉吟，冷冷道，"立刻放了郡主，老夫可以替你向蔺侍卫长求情。"

江东虎连忙将目光转向蔺东海："只要蔺大人送咱们离开少林，待咱们彻底安全后，自然就会放了郡主。"

蔺东海紧盯着领头的劫匪："你们若现在放了郡主，我蔺东海可以当着少林掌门和众多江湖好汉对天发誓，决不再追究你们对郡主的冒犯。你们若敢挟持郡主离开少林，就算逃到天边，我蔺东海也必取你们项上人头！"话音刚落，他猛然挥刀劈向一旁的石碑，那石碑立刻应声而断，断口处平整如镜，就像是被切开的豆腐。他指着那断碑冷冷道："若有半句虚言，就让蔺某如这断碑一般。"

蔺东海随手露了这一刀，不仅周围一干江湖汉子瞠目结舌，就连圆通与柳公权也有些惊讶。江东虎更是满面惶恐，胆怯地看了看一脸冷厉的蔺东海，最后将目光转向柳公权。只见柳公权微微颔首道："只要蔺侍卫长愿意放过你们，老夫也不会为难。"

江东虎与几个同伴交换了一个眼神，道："那好，就请蔺大人发个毒誓！"

蔺东海立刻举手朗声道："只要明珠郡主平安,我蔺东海决不追究任何人。若违此誓,就让蔺某不得好死!"

江东虎和同伴忙放开明珠,对她诚惶诚恐地一拜："小人无心冒犯郡主,望郡主恕罪!"

明珠甫得自由,无心理会旁人,扑到一旁一个青衫公子怀中,二人相拥而泣。柳公权一看那人模样,不由一声高喊:"来人,快将这盗窃少林圣物的女贼给老夫拿下!"

几个侍卫正欲动手,却见明珠转身拦在那人面前,对柳公权质问道:"凭什么说我姐姐是女贼?"

柳公权忙道:"郡主,方才你与这女贼的一举一动皆在老夫眼中,她趁混乱溜进达摩堂盗窃圣物的经过,老夫全都看在眼里。"

"可有凭证?"明珠一声冷笑。见柳公权哑然,她昂然道:"方才我与姐姐一直在一起,你说她是窃贼,岂不是说本郡主就是同伙?"

柳公权头上冷汗涔涔而下,突然发觉自己漏算了明珠郡主这个变数。略一沉吟,他坚持道:"这女人是不是窃贼,只需搜身就能证明。老夫相信她还没来得及转移赃物。"

"不用了!"一旁的圆通方丈突然插话,"这位女施主虽然女扮男装混入少林,犯了少林清规,不过她身上并没有达摩舍利子。舍利子乃佛门圣物,只要它在贫僧周围三丈之内,贫僧就能感应到。"

明珠得意地冲柳公权扬起头:"你还有何话说?"

柳公权脸上一红,只得对圆通道:"搜查每一个人,每一处地方,老夫可以肯定,那两件圣物还在少林寺内!"

就在柳公权搜查少林寺的时候,一只从达摩堂飞出的信鸽已扑簌簌飞到山门外。它刚飞出少林寺范围,一只猎鹰从天而降,在半空中将它一爪抓获。然后猎鹰带着猎物,转眼消失在密林深处。

密林中,一个驯鹰人吹着口哨,向空中伸出胳膊,那猎鹰落到他的手臂上。驯鹰人取下猎鹰脚爪下的鸽子，转身交给身旁的云襄："公子，你看是不是这个？"

猎鹰嘴上套有嘴环，爪子上也包有绒布，所以信鸽只是轻伤。云襄接过信鸽，取下它脚上系着的小竹筒，拔去塞子往掌心一倒，十八粒大小不一的舍利子尽入掌心。他脸上露出满意的微笑，将一张准备好的纸条塞入竹筒，重新系在鸽子脚上，然后望空一抛。信鸽立刻晃晃悠悠地往山下飞去。

十一、千雄

天色已经暗了下来,少林寺依旧灯火通明。柳公权指挥少林僧众和王府侍卫,仔细搜查了每一个宾客和寺中所有能想到的地方,还是没找到《易筋经》和舍利子。望着那女贼若无其事地与明珠郡主说笑,柳公权双目血红,神情就如同看到十拿九稳的猎物从自己爪下巧妙逃脱的猎犬。

如果没有明珠阻挠,柳公权本可以将那女贼带回去慢慢拷问,但现在若拿不出真凭实据,明知她就是窃贼,也拿她毫无办法。再说蔺东海也不愿明珠郡主与窃案扯上关系,没有他的配合,柳公权更感到寸步难行。

被拘押了半日的宾客足有数千之众,刚开始众人对少林的搜查还能予以配合,眼看天色已晚,众人的不满情绪渐渐高涨,纷纷鼓噪起来。圆通见状只得对柳公权道:"柳爷,贫僧已搜过寺内所有地方,敢肯定舍利子已不在少林。若再扣留群雄,影响少林声誉事小,恐怕还会引起不必要的冲突。"

"你能任由少林圣物被窃而不追究?"柳公权气急败坏地质问。

圆通苦笑道："追查失物，也不能让少林与整个武林为敌啊！这些豪杰已搜过身，若圣物还在少林，就算放他们走也没关系；若圣物已出少林，再扣着他们也没有任何意义。"

柳公权在心中权衡半晌，颓然低下头道："好吧，让他们走。我柳公权出道数十年，还是第一次眼睁睁看着窃贼在自己面前安然逃脱！"

柳公权神情如一只失败的猎狗般颓丧，一个侍卫见状犹豫道："柳爷，有一件小事，小人不知当讲不当讲？"

"什么事？"柳公权神情一派萧索，似乎对任何事都失去了兴趣。

那侍卫舔舔嘴唇，嗫嚅道："上次我们跟踪保护郡主时，曾见那女人买过一只信鸽。"

"信鸽？"柳公权重复一遍，抬头望望夜空，突然感到眼前一亮，不禁一跳而起，抓住那侍卫厉声问道，"这么重要的消息，为什么现在才说？"

那侍卫结结巴巴地道："小人以为是不足挂齿的小事，所以就……"

"那信鸽在哪里买的？鸽子窝在哪里？"柳公权打断了对方的话。

那侍卫忙往山下一指："就在山下的县城！"

"快带我去！我要连夜找到那鸽子窝！"柳公权眼中又燃起了新的希望。

第二天一早，少林寺后门响起一阵敲门声，将负责看管后院的慧明和尚从睡梦中惊醒。他打着哈欠从房中出来，骂骂咧咧地打开了后门，昨夜折腾了大半夜，才睡下没多久，一大早就被吵醒了两次，自然没有好脾气。

"哟，是老刘啊，你不是病了吗？"慧明认得是后山的农夫老刘，少林寺所有茅厕的大粪都卖给了他，所以他定期要上门来挑粪。

"谁说我病了？"老刘一脸疑惑。

"你侄儿啊，"慧明随口道，"今日天没亮就来过，说是你病了，所以替你来挑粪，已经挑了一担了。"

"我没有侄儿，也没让人替我挑粪。"老刘越发奇怪。

慧明也感到奇怪，想了想，不禁哑然失笑："这都什么事啊，连大粪都有人偷！"

老刘无心理会慧明，挑着担子直奔达摩堂后面那间茅厕。天色还早，茅厕里没有人，老刘搁下粪桶，用粪勺探入池底，果然探到一个小小的包裹。他小心翼翼地舀起来倒入桶中，然后再将两个桶装满，立刻挑着担子兴冲冲就走。

这可是值一百两银子的大粪啊！老刘只感到浑身是劲，几乎小跑一般将大粪挑到山溪边，倒掉大粪拿出那包裹。那是个用油布包得密密实实的包裹。老刘将包裹在溪水中清洗干净，仔细揣入怀中，兴冲冲直奔山下的县城，连粪担子都不要了。

来到那间约定的客栈，老刘正要上楼去找那两个姑娘，就见一个凶神恶煞的汉子迎面拦住他，呵斥道："这里已被我家主人包了，闲杂人等不得乱闯。"

老刘正在为难，就见二楼那间房门"吱呀"一声开了，那个年纪小些的妹妹在楼上招手："快让他上来，他是本姑娘的客人。"

那汉子顿如见到主人的恶犬，忙躬身让开路，对那姑娘拱手道："小人遵命。"

老刘大着胆子上得二楼，立刻被那姑娘拉进房门，急急地问道："东西呢？"

"钱呢？"老刘伸出手，直到那姑娘将一张百两银票放在他手中，才拿出怀中的包裹，双手捧着递到那姑娘面前。包裹虽然洗过，却仍有一股强烈的味道，那姑娘捂着鼻子，用手绢包着手接过包裹，立刻示意老刘离开。

老刘哼着小曲高高兴兴地下楼,正打算找地方喝上一杯,却见一个老者如猎犬般从暗处闪了出来,将他一把拉到一旁,盯着他的眼睛问:"你方才给那两个姑娘送去的是什么东西?"

老者的目光如鹰隼般锐利,刺得老刘浑身不舒服。凭直觉他知道还是说实话为好,便道:"是从粪池里捞出来的一个包裹,那两个姑娘出一百两银子让我帮忙打捞,说是上次去少林寺进香时,不小心掉进粪池的东西。"

话音刚落,老者已如风一般离去,快得像猎犬出击。

二楼的房间里,明珠一手捂着鼻子,一手拿着包裹,兴冲冲地对里屋喊道:"姐姐,咱们的东西送来了!"

舒亚男从里屋出来,一见那包裹的模样,满面喜色顿时变成万般惊诧:"这不是那个包裹!"

话音刚落,房门突然被撞开,柳公权风一般闯了进来,一把夺过包裹,趾高气扬地举到舒亚男面前:"这是什么?"

舒亚男一脸煞白,咬着嘴唇一言不发。明珠色厉内荏地喝道:"柳公权你好大胆,竟敢擅闯本郡主闺房!来人,快来人啊!"

几个侍卫应声而入,看到房中情形,却不知如何是好。柳公权见蔺东海也跟着进来,立刻举起手中包裹,对他得意地笑道:"蔺侍卫长来得正好,请作个见证,看看老夫是如何捉贼捉赃的!"说着三两下拆开包裹。里面是一卷白纸和一封信,柳公权面色大变,仔细翻翻那些白纸,根本没有想象中的册子或秘籍。他匆匆撕开那封信,只有两句话:"多谢舒姑娘为我作嫁,公子襄顿首百拜!"

公子襄?香公子?柳公权顿时明白,两眼一黑差点晕倒。望着信上那三个飘逸如仙的落款,他眼中闪烁着猎犬闻到猎物时的兴奋微光,一字一顿地从齿缝间蹦出三个字:"公、子、襄!"

话音刚落，就听房中"咕咚"一声响，舒亚男毫无征兆地软倒在地。柳公权方才读的信，内容和信鸽送来的一模一样，舒亚男这已经是第二次被公子襄取笑，所受到的打击超过了她的心理极限。

"姐姐！"明珠慌忙上前扶起舒亚男，只见她双目紧闭，气若游丝，竟是晕了过去，不禁对众人吼道，"出去，都给我滚出去！"

少林寺两大镇寺之宝，《易筋经》和达摩舍利子，此刻就静静地躺在云襄的书桌上，他却对它们失去了兴趣，似乎得到它的过程更有意思一些。他对金彪摆摆手，道："收起来吧，它们在我眼里，就值五万两银子。"

金彪满是虔诚地翻了翻《易筋经》，又看了看舍利子，不由大失所望："全是梵文，一个字也看不懂。这些就是舍利子？混进沙石里，恐怕就再找不出来了。就这两样无用之物，居然有人愿出十万两银子来买，不知道他是傻瓜，还是我金彪是傻瓜。"

话音刚落，就听门外传来小二的声音："公子，有位姑娘求见。"

"姑娘？"二人都是一惊。他们已经换过客栈，莫爷的人也不可能找到这里。金彪连忙将东西包起来收入怀中，云襄过去打开房门，外面是个披着斗篷的少女。他又是一惊"是你？你怎么会找到这里？"

少女进屋，优雅地取下斗篷，对云襄扬起她那张娇美的面容："别以为就你能找到咱们。"见云襄眼底有一丝警惕，她又补充道："你放心，就我一个人。"

云襄向金彪使了个眼色，金彪立刻心领神会地出门望风。云襄仔细关上房门，笑道："明珠郡主怎么有暇来看望我这个不入流的小骗子？"

"你很得意是吧？"明珠很想用眼光表达自己的恨意，心里却怎么也恨不起来，"你赢了两个弱不禁风的小女子，果然值得骄傲一下。"

"你们可不是什么弱女子。"云襄哑然失笑。

"废话少说,那两件东西要多少钱?我掏钱买!"明珠简洁地道。

云襄笑着摇摇头:"郡主,这世上有许多东西,花多少钱也不一定能买到。"

"那你想要什么?我爹爹贵为福王,这世上没有什么东西他弄不到。只要你开个价,无论多离谱我都不会皱眉。你不知道这两件东西,对我姐姐来说有多重要!"明珠急道。

云襄很反感这种动辄搬出家势压人的豪门千金,收起笑容冷冷道:"它们对少林也很重要。郡主请回吧,这两件东西在我眼里,现在是无价。"

明珠咬着嘴唇恨恨地盯着云襄:"那你想要什么?金钱、权势还是……"突然她将手举到胸前,手指搭上了自己的衣襟。

云襄面色微变,连忙喝道:"你要干什么?"

"我……我自己是不是也能换你手上那两件东西?"明珠眼中闪烁着决绝之色。

云襄心中震惊,还有些惶恐,忙道:"郡主请自重,莫让云襄小看了你。"

这话像针一般扎在明珠心上,让她浑身一颤,不由自主地放下手。虽然她也不知道自己为什么一时间会冲动地说出刚才那番话,但被他小看的警告,让她芳心大乱。她的眼泪已经不由自主地流了下来,放声大哭:"我该怎么办?我该怎么办?……"

云襄看着她,轻叹一声,柔声问道:"这两件东西,对你真有那么重要?"

"你不知道,它对我姐姐来说有多重要,"明珠泪水涟涟,惶然无助,"它能让我姐姐再活一次!现在我姐姐卧病在床,一连几天不吃不喝,我却完全帮不了她,我真是没用!"

云襄望着凄然欲绝的明珠,迟疑道:"你能不能……带我去看看舒姑娘？"

明珠眼中一亮，连忙抹干眼泪："咱们现在就去！"

马车在客栈外停下，明珠对云襄悄声道："柳公权已经离开了这里，现在客栈中就只有几个侍卫。我先去将他们支开，你悄悄上去，左手第二间房。"

云襄在马车上望着明珠将几个侍卫支走后，才独自进入客栈，缓缓登楼而上。轻轻推开房门，房中光线昏暗，一个女子躺在床上，瞑目如死。云襄见她锦被半遮亵衣，本待退出，但心中的关切超过了礼教大防，不由缓缓来到床前，默默打量着熟睡中的对手。她脸颊上那道伤疤虽然狰狞丑陋，但另一边脸却是那般英气秀美。现在她的脸色白皙如纸，几天不见，竟消瘦如斯！她清醒的时候是那般刚毅坚强，但此刻的她是那样柔弱无助，云襄不知道哪一个才是真正的她。

他心中突然涌起一种抱抱她给她力量的冲动，不过他什么也没做，准备悄然退出。这时她项下一个项坠吸引了他的目光，他呆呆地望着那个熟悉的项坠，感到冥冥中似乎有一股神秘的力量在主宰着自己的命运。

那是一颗生有"心"字的雨花石！那是他曾经失落的雨花石！

心中突然的悸动将舒亚男从睡梦中惊醒，一睁眼就发现一个人影正在床前俯视自己，她一惊，慌忙拉高被子，失声惊问："什么人？"

云襄连忙退开两步："舒姑娘，是我，云襄。"

"你是怎么进来的？明珠呢？"舒亚男心中稍安。不知为何，一听到云襄的名字，她心中的害怕立刻消失无踪。

"是明珠带我来的，"云襄连忙解释，"听说你病了，所以来看看你。"

"来看我的笑话？"舒亚男一声冷笑，勉力想表现得坚强一些。

但她虚弱的身子一点不争气，稍一激动就喘息不止。

云襄轻轻叹了口气："这两件东西对你来说真有那么重要？或者说输赢真有那么重要？"

舒亚男无言以对。其实，她对夺不到那两件东西就无法恢复容貌倒没那么在意，而是生气被人彻底击败，却还不知败在哪里，尤其对方巧妙夺去自己本以为到手的东西，还留书嘲笑，更让她气愤难平，加上先前被柳公权当场抓获的紧张，所以才突然晕倒。望着面前这从未认真对待过的强大对手，她不知道应该感激还是该怨恨。是他夺走了自己费尽心机才弄到的东西，但也正是他暗中插手，才使自己免于被柳公权当场抓获。她死死盯着床前这文弱的书生："你别得意，我从哪里跌倒，还会从哪里爬起来。现在你马上给我出去，我不想看到你！"

云襄点点头："你好好养病，争取尽快好起来。我希望你是个顽强的对手。"说完他转身出门，再没有回头。

我要尽快好起来！我一定要好起来！舒亚男在心里鼓励自己，掀开被子挣扎着下床。突然，她看到床头有个包裹，打开一看，赫然是《易筋经》和十八颗舍利子。

空旷无人的长街上，金彪追着云襄不住地问："你就这样将那两件东西给了那女人？你就这样将五万两银子拱手送人？五万两啊！"见云襄点点头，金彪气得满脸通红："疯了，你他娘的简直是疯了。咱们费尽心机才得到的东西，你就这样随随便便给了别人，这究竟是为啥？你要不说清楚，老子跟你没完！"

"因为，舒姑娘比我们更需要那两样东西。"云襄停下脚步，一脸歉意地看向金彪，"阿彪，原谅我这一次，以后再有这种事，我一定先跟你商量。"

金彪直愣愣地瞪着云襄，眼里的怒火渐渐平息下来。他无奈地长叹一声，伸手挽起云襄道："他娘的，不原谅你还能怎么着？谁让你他娘的既是我兄弟，又是我师父呢？"停了停，他又有些担忧地问："莫爷那里，咱们怎么交代？"

云襄笑道："莫爷的人早早就离开了少林，没人知道咱们曾经得到过《易筋经》和舍利子，只要你我不说，谁知道？"

金彪恍然地点点头，跟着又心有不甘地嘟囔道："五万两啊，连声响都没听到，这就没了？我要是你爹，非打死你这败家子不可！"

少林丢了《易筋经》和达摩舍利子的消息，很快就在江湖上传得沸沸扬扬，人们奔走相告，纷纷加入搜寻两大珍宝的行动中。

江湖上虽然波澜迭起，少林却一如既往地平静，和尚们每天依旧开门迎客，各做各的功课。这天，一个外表富态的青衫老者在寺中上完香后，对领路的知客僧道："大师，请替老夫引见一下圆通方丈。"

知客僧不冷不热地回道："圆通方丈不是谁都能见的，施主见谅。"

老者从怀中掏出一方锦盒递过来："麻烦师父将这个盒子交给圆通方丈，他一定会见老夫。"

知客僧将信将疑地接过锦盒，看在老者捐了不少香火钱的面上，他不好拒绝，只得拿着锦盒出门。不过他不敢去找方丈，只将锦盒交给了达摩堂首座圆泰，并将那老者的请求转告了圆泰。心不在焉地听着知客僧的禀报，圆泰漫不经心地打开锦盒，只看了一眼就面色大变，连忙问："这人在哪里？"

知客僧忙道："就在大雄宝殿！"

"你一定要稳住他，我立刻去见方丈。"圆泰说着就急奔后面的云房。当圆通方丈看到锦盒中的东西时，急忙道："快请他进来。"

青衫老者很快就被领到方丈的禅房，不等他坐定，圆通立刻拿出锦盒中的东西,两颗舍利子和一张《易筋经》的封面,问道:"施主这是什么意思?"

青衫老者微微一笑:"剩下那十六颗舍利子和《易筋经》,此刻就在我家主人手上。一口价,一百万两。"

"什么?"圆通以为自己听错了。

青衫老者神色不变地补充道:"一百万两通宝钱庄的银票,一个月之内筹齐,少一文都免谈。"

"你是不是疯了,竟敢上少林来敲诈,信不信贫僧现在就废了你?"不等圆通开口,圆泰已握拳怒视那老者。

对方满不在乎地一笑:"老朽既敢孤身前来,就早已将生死置之度外,能有达摩舍利子和《易筋经》殉葬,也可死而无憾。"

圆泰正想动手,却被圆通挥手阻止。打量着泰然自若的老者,圆通一脸难色:"一百万两银子,完全超出了少林的承受能力,就算将整个少林变卖都不够。能不能……"

"那是你的事。"老者挥手打断了圆通,"这是敲诈,不是谈生意,没什么价钱可讲。老朽今日前来,就听你一句话,行还是不行?"

圆通犹豫片刻,艰难地点了点头:"行!"

老者呵呵一笑:"果然不愧少林掌门!"说着他起身来到房门口,从袖中掏出一只信鸽望空一扔,然后回头对圆通笑道:"这一个月老朽就住在寺中,等我家主人收到银子再走。你放心,我家主人收到信鸽,自会妥善保管贵寺圣物,决不再另找买家。"

知客僧将老者领去客房后,圆泰不由对圆通竖起拇指:"还是掌门师兄高明,先稳住他,再想法追查幕后主使和圣物的下落。"

圆通摇头苦笑道:"你看那老者的气度,行事的从容,显然早已将生死置之度外,如何追查?我敢肯定他身怀剧毒,只要咱们想从他身上追查线索,他定会果断自杀。就算他不死,咱们从他身上也不会得到任何线索。他的主人定是一介枭雄,否则之前怎么能神不知鬼不觉地盗走圣物?此时也必定早考虑好方方面面,岂会将圣物下落告诉他,再将他送到少林来?"

圆泰一呆:"那咱们怎么办?"

"付钱!"圆通苦笑道,"除此之外,还有何办法?"

"咱们哪有那么多钱?"圆泰急道,"就算把少林整个卖了,也凑不齐一百万两啊!"

"凑不齐也得凑!"圆通断然道,"卖庙产,卖田地,向武林同道求借,向善男信女募捐,变卖少林秘籍,让弟子外出化缘……总之要想尽一切办法,凑齐这笔银子!"见圆泰很不理解,圆通叹息道:"咱们若不全力筹集这笔银子,江湖上会说咱们少林爱庙产爱钱财,胜过爱祖师的圣舍利,以后少林还如何执武林牛耳,还如何让人尊崇,还如何在江湖立足?只要咱们尽了全力,就算凑不齐这笔银子,江湖同道对少林也会更加敬重。"

圆泰恍然大悟:"掌门师兄果然有理,师弟这就去办!"

少林被敲诈一百万两银子的消息,在江湖上掀起了更大的波澜。无数江湖豪杰、善男信女在痛骂劫匪无耻的同时,纷纷慷慨解囊,为少林捐款。各大门派、世家、帮会更是相互攀比地捐出巨资,助少林渡过难关。那些原本无人问津的少林秘籍抄本,立刻成了江湖上的抢手货。一部《易筋经》和十八颗舍利子,少林居然愿意用一百万两银子赎回,那些少林秘籍抄本卖五十两就一点不贵,不仅不贵,还便宜得就如同白捡一般。

一个月后,少林不仅凑够了一百万两银子,还保住了绝大部分庙产。它没有被这次变故打倒,反而声望日隆,为整个江湖敬仰,成为武林当之无愧的第一大名门正派。当少林迎回《易筋经》和达摩舍利子时，它的声望达到了前所未有的顶峰。

就在少林声望如日中天的时候，圆通方丈却突然宣布闭关修炼。人们闻讯不禁竖起拇指夸赞："这才是视荣华如粪土、视名利如过眼云烟的得道高僧！"

就在圆通方丈宣布闭关修炼的第二天深夜，一辆马车悄悄离开了少室山。马车来到一个岔路口，赶车的汉子回头悄然问："掌门方丈，咱们现在去哪里？"

话音刚落，他的头上就吃了一记爆栗，跟着车中传来一声斥骂："不长记性的东西，说过多少次，别再叫我方丈。"

"是，袁老板！小人记住了。"赶车的汉子连忙道。

车中，戴着假发的圆通完全一副商贾打扮。伸头看看方向，他往北一指："北京！"

"去北京干什么？"赶车的汉子有些惊讶。话音刚落又吃了一记爆栗，就听圆通斥道："只管干活，不许提问。"说完，圆通轻轻叹了口气自语道："有些事，无论如何得亲自跑一趟，说什么也不敢假手旁人。"

赶车的汉子听得一头雾水，却再不敢多问，一扬鞭，马车立刻向北驶去。

七天后的一个深夜，商贾打扮的圆通出现在北京城一座巍峨府第的侧门，轻轻敲敲门上铜环，一位老家人立刻探出头来问："什么人？"

圆通悄声答道："河南袁老板求见先生。"

老家人没有再多问，立刻开门将圆通放了进去。随着老家人穿过曲曲折折的长廊，圆通最后来到一间雅致的书房，房中有个儒雅的白衣老者正在案后夜读。圆通一见正要行礼，那老者抬手阻止道："大师方外之人，不必多礼，看座！"

待老家人上茶退下后，圆通从怀中掏出厚厚一叠银票，恭恭敬敬地递过去："这次多亏先生指点贫僧这招'请贼上门'，贫僧不过花了几万两银子，却赚了近一百万两！那些原本没多少人买的秘籍抄本，现在卖到一百两银子都有人抢。更没想到有那么多人为少林捐款，光这一笔就有数十万两之巨。不仅如此，少林百万赎回达摩圣物的壮举，更让少林声望如日中天，这全拜先生妙计所赐。这五十万两银票是贫僧一点孝敬，不成敬意，望先生笑纳。"

"搁下吧。"老者恍若无事地道，就像收下五两银子一般轻描淡写。圆通忙将银票搁到桌上，退回座位垂手而坐。

"这次那千门弟子是如何得手的？"老者随口问道。圆通忙将《易筋经》和舍利子失窃的经过详细说了一遍，最后笑道："这次柳公权突然出现在少林，让贫僧心中好不担心，尤其怕她将赃物藏在身上，让柳公权搜个人赃并获，所以贫僧就说自己能感应到舍利子的存在，无须搜身。谁知那女子竟然将舍利子用信鸽送出少林，将《易筋经》投入粪池，再买通挑粪的农夫正大光明地弄出去，完全出乎贫僧预料。先生手下有如此弟子，实乃千门后起之秀！"

老者眼中闪过一丝惊讶，微微颔首道："果然出人意料，深得千门随机应变的真传！尤其是根据两种东西的特性，分别用不同的途径运出，把握最大的信鸽运送舍利子，把握小些的粪担子就运《易筋经》，行事大胆而谨慎，果然精明过人！可惜，她不是我的弟子。"

圆通有些意外，见老者没有深谈，也不敢多问，转开话题小心翼翼地问道："朝廷册封少林一事，不知可有眉目？"

"这事我会放在心上，大师不必担心。"老者说着端起了茶杯，圆通见状连忙起身告辞。

待他出门，老者身侧的屏风后，悄然闪出一个衣衫锦绣的贵妇人，看上去虽已年过四旬，却依旧娇艳如花。她撒娇一般坐到老者腿上，环住他的脖子问道："无双，你干吗要管少林的闲事？难道就为了这点银子？"

老者不悦地瞪了她一眼："阿柔，我说过多少次了，别再叫我无双，靳无双这个人已经不存在了。"

"我不！"阿柔不悦地噘起小嘴，"我就要叫你无双，你永远是阿柔心目中的天下无双！"

老者无可奈何地叹了口气："怕了你了，记得在人前千万别这样叫。"

"我又不是三岁小孩子，心里有数。"阿柔说着扫了桌上的银票一眼，幽幽叹道，"我知道你不是为了这些钱，你是在找云师兄。已经过去了这么久，你依旧在找他。"

老者冷哼一声，面色陡然阴沉下来："云啸风生不见人，死不见尸，我怎能不找？何况他手中的《千门秘典》还下落不明。这世上能让我感到威胁的，就只有云啸风，也仅有云啸风！若不是因为你，我也未必能赢得了他。"

阿柔轻轻叹了口气："你们男人，为什么都喜欢争强斗胜，为什么就不能和睦相处？想当初咱们三人在师父门下学艺，那是何等逍遥快活。谁能想到，你和云师兄为了阿柔，竟然反目成仇，无法共存于世？"

老者突然哈哈大笑："你不懂，女人永远都不会懂。就算没有你，云啸风和我也无法共存。他和我一样，都是决不屈服、决不认输的男人，只有不断地战胜和征服，才能让我们感到生存的意义。所以，只要云啸风还活着，就一定会来找我。这一次他将比以前更谨慎，更隐蔽，更有耐心。我虽根深蒂固，实力雄厚，他却有敌明我暗的优势，鹿死谁手还真不一定。千雄从来就不能并存于世，而我和云啸风，偏偏就是当世两大千雄。"

阿柔眼中有些黯然，却还是决然道："阿柔虽然不懂，但永远都会站在你这一边，谁让你是阿柔心目中永远的天下无双呢？"

老者忍不住在她脸上轻轻一吻，哈哈笑道："云啸风最大的弱点，却刚好是我最大的优势,他这辈子注定是一个失败的角色,永远都别想翻身。"

二人缠绵片刻,阿柔突然有些惋惜地道:"这次少林之行,你那得意弟子若不是有伤在身,倒是个最好的人选。只可惜他伤在命根,就算康复也彻底废了。"

"我却不这么认为。"老者淡淡一笑,"我这弟子最大的弱点就是好色,现在这弱点没了,当他将全部精力投到千道上来时,必能成为千门不世出的绝顶高手。"说到这里他指指桌上的银票:"这些钱你收着吧,帮我把老五叫来,我找他还有点事。"

阿柔听话地收起银票,整整衣衫飘然出门。片刻后门外有人敲门,老者叫进,一个略显富态的青衫老者推门而入。此刻他已没有独闯少林时的嚣张,也没有说动舒亚男时的神秘,像温顺的恶犬般恭恭敬敬地来到书桌前,垂手问道:"主上,您找我?"

白衣老者敲着桌子道:"那个帮你盗出《易筋经》和舍利子的女子,现在在哪里?"

青衫老者忙道:"我已依约送她去'天工手'杜先生那里,请杜先生处理她脸上的疤痕,大概这两日就该完成了。"

"查过她的底吗?"

"查过,不过暂时还没有线索。我只是无意间在杭州雅风楼碰到她反千南宫豪,发觉是个不可多得的人才,所以才用她去少林走一趟。"

白衣老者想了想,道:"会不会是莫老二的弟子?"

"不会!"青衫老者连忙摇头,"我留意过她那些手法,完全是随心所欲,无迹可寻。莫老二教不出这样的弟子。"

白衣老者沉吟片刻,吩咐道:"你留心一下她,我对她很感兴趣。"

舒亚男这十多天来,脸颊已痛得有些麻木。连续十多天让人在脸颊上绣花，任谁都不堪忍受，但舒亚男一声不吭忍了下来。她不奢望文上的花纹能全部遮住疤痕，她只希望，这花纹能让自己脸上的疤痕看起来不那么狰狞恐怖。

"好了！"文身的老者终于上色完毕，收起工具转身就走。他刚出房门，一直在门外焦急等候的明珠就风一般闯了进来，一见舒亚男的模样，她不禁吃惊地瞪大双眼，张着的嘴好半天没合上。

舒亚男不敢问明珠的感觉，她怕自己最大的希望，换来的却是更大的失望。见明珠眼中渐渐噙满了泪水，她的心也在往下沉。勉强挤出一丝笑容，她摸摸光滑的脸颊调侃道："是不是吓坏了你？"

"姐姐快看！你快看啊！"明珠连忙将一面铜镜捧到她面前，激动得几乎不能自持。

舒亚男盯着镜中那张既熟悉又陌生的面孔，不由呆住了。那是一张俊朗秀美的面容，脸颊旁一朵盛开的水仙花，不仅无损于她的美貌，还为她的英武增添了一丝暖融融的柔美。娇艳的花瓣鲜艳欲滴，令人目醉神迷。那是一种不属于人间的妖异之美！

舒亚男转过脸，细细查看原来的疤痕，此刻蚯蚓般的凸起已被完全削平，疤痕的位置被巧妙地文成了花茎，与图案完全融合在一起，即使细看也看不出疤痕。

明珠喜极而泣，兴奋地将她拥入怀中，忍不住在那花瓣上轻轻一吻："姐姐，我要是男的，肯定被你迷死！"

泪水盈满了舒亚男的双眼，她不禁双手合十跪了下去，低下头在心中默默祈祷：苍天啊！你对我的仁慈我该如何报答？我犯下过那么多罪恶，你不仅没有施以惩罚，反而以最大的慈悲将美貌加倍地还给了我。我该怎样回报上苍？

那朵盛开在舒亚男脸上的鲜花，宛如来自天界的仙芭，散发着一种妖异、神秘的光芒，仿佛就是传说中的千门之花……

第三卷 千門之雄

一、比剑

十月十九，黄道吉日，宜婚嫁，宜远行，不宜动刀兵。

江南数一数二的武林世家，以"武善传家"闻名天下的金陵苏家，一大早就府门洞开，阖府内外张灯结彩，喜气洋洋。这日是苏家大公子苏鸣玉大婚的日子，得到消息的武林同道，即便未收到请柬，也纷纷从各地赶来祝贺。对于许多江湖豪杰来说，能和金陵苏家拉上关系，在人前说话都要硬气许多。

一大早，负责迎宾的苏小刚就在高声迎候着众多贺客。他虽不是苏家嫡传子弟，却因为人机灵、武功不弱而深受宗主苏敬轩信赖，加之他天生有副大嗓门，所以苏敬轩特意让他在门外迎宾，兼管大礼之日的安全警戒。这次大礼依新郎官苏鸣玉的意思，原是要低调举行的，除了金陵附近的亲朋好友，没有通知更多的人。但闻讯赶来祝贺的宾客还是远远超出了预计，负责迎宾的苏小刚没多久就嗓子冒烟，口干舌燥。不过为了坚守世家望族严苛的礼仪，他依旧声色不变地坚持着。

"中州大侠武耀祖携弟子来贺，里边请！金陵富商贾千万携夫人来贺，里边请！京城张公子携夫人来贺，里边请！"在恭迎张公子夫妇进门后，苏小刚立刻向一旁的府丁使了个眼色，那府丁心领神会地点点头，忙跟着这拨宾客进了府门。

苏小刚一眼就看出那个明眸皓齿、容貌秀美的"京城张公子"，明显就是女扮男妆，而她那个"夫人"更是白纱蒙面，完全看不见脸，令人生疑。虽然苏家不会干涉来宾的衣着打扮，却也要防着别有用心的人上门捣乱，所以他要府丁传信府中弟子，留意这对陌生的假夫妻。若她们仅仅是来看看热闹也就罢了，若她们稍有异动，就得在不惊动旁人的情况下，立刻将她们控制起来。苏家的威仪，可不能让混在宾客中的宵小损害。

不说苏小刚在府门外留意着进来的宾客，却说张公子携夫人进门后，一路上好奇地东张西望，神情就如同没见过世面的孩子，对旁人异样的目光也浑不在意。

二人在小厮带领下，随着旁人进了二门。此时尚未开席，不过庭院中却已排下数十张八仙桌，众宾客三三两两聚在一起，边吃着瓜子花生边高谈阔论。张公子找了张没人的桌子坐下后，俯身在夫人耳边悄声问："听说这苏家大公子是金陵有名的美男子，姐姐以前也来过金陵，不知见过没有？"

她那蒙面的"夫人"略一迟疑，方淡然道："你姐姐以前不过是个走镖的江湖女子，哪有机会见到这等高高在上的世家公子。"

"说得也是。"张公子理解地点点头，笑道，"不过咱们很快就能见到了，也算不虚此行。"

她那"夫人"突然一声轻笑，凑到她耳边悄声道："你一个大家闺秀，金枝玉叶，说起男人竟这样兴致勃勃，两眼放光，像个急色鬼一般，真是没羞。"

"姐姐讨厌，人家只是好奇嘛！"张公子顿时满脸通红，恼羞成怒似的举手要打，突然，她手扬上半空却停了下来，跟着慌忙放下，满脸惊喜地站起来。她的"夫人"忙顺着她的目光望去，就见一个青衫书生和一个彪壮汉子正缓步过来。那书生不等张公子开口，忙拱手一拜，轻声问候道："真是巧了，没想到明珠郡主也来了这里？"说着他转向那蒙面女子："这位想必就是舒姑娘了？咦，怎么将面目遮得严严实实，这可不像是你的作风啊！"

蒙面女子尚未回答，张公子已抢着说："上次多亏了云公子仗义送宝，我姐姐才得以重获新生，咱们还没好好谢你呢！"

"你们要想谢我，就千万别在这里搞事。"那云公子说着在桌旁坐下来，低声警告道，"这里可是金陵苏家，不比少林寺。"

"谁说咱们要在这里搞事了？"张公子顿时满脸委屈，噘起小嘴道，"难道云公子认为咱们是天生的骗子，每次相遇都在做坑蒙拐骗的勾当？"

"不是搞事？那你们来此作甚？"云公子有些意外。

"我们不过是来看看热闹罢了，你呢？"张公子笑问。

"我？"云公子一怔，仰天打了个哈哈，"跟你们一样，也来看看热闹。"

"是吗？"蒙面女子突然一声轻哼，意味深长地笑道，"大名鼎鼎的千门公子襄出现的地方，肯定会有不同寻常的热闹。"

不用说，这蒙面女子就是整容后的舒亚男，张公子就是明珠郡主，而那青衫书生和他身后的彪壮汉子，则是千门公子云襄和西北刀客金彪。上次舒亚男得云襄义赠《易筋经》和达摩舍利子，终于由"天工手"重整了容貌，但她一直不敢以新面目示人，所以才一直戴着面纱。离开"天工手"隐居处之后，她心中惦记着苏鸣玉大喜的日子，便算着时间赶来了。虽然苏鸣玉在她心中已是过眼云烟，但她还是希望能当面向他表示祝福。自从心中那种强烈的感情渐渐淡漠后，对他的恨意也就消失无踪，心底深处只剩下点点甜蜜的回忆。舒亚男希望能在自己深爱过的那个男子大喜的日子里，送上一份真诚的祝福，并感谢他在自己平凡的生命中，留下过如此一段绚烂的回忆。

明珠并不知道舒亚男心底的秘密，但听她说要去参加金陵苏家大公子的婚礼，便死活要跟着来看看那位金陵有名的美男子。舒亚男被她纠缠不过，只得想法甩开了那些跟踪保护她的王府侍卫，赶在大礼的日子混进了苏府，却没想到在这里竟与云襄和金彪巧遇。此时舒亚男已知道，眼前这貌似忠厚善良的文弱书生，并不是普通的小骗子，而是新近在江湖上风生水起、大名鼎鼎的千门公子襄，不过她始终无法将眼前这个看不透的文弱书生，和传说中那个臭名昭著的千门公子襄联系起来。

"云公子，你就是传说中的千门公子襄？"明珠一脸崇拜，眼中波光闪动凝望着云襄。虽然她早已知道这点，但还是想让云襄亲口证实。

云襄苦涩一笑，摇头道："我既没有传言中那般神奇，也没有传言中那般恶毒，所以我并不是传说中的千门公子襄。"

明珠刚开始有些失望，跟着就恍然大悟，连忙对舒亚男兴奋地道："我第一次见到云公子就说过，他若是骗子，也一定是天底下最高明的骗子！我当初的直觉竟分毫不差！"

舒亚男听明珠当着自己的面夸赞对手，心中有些酸溜溜的，不过上次自己完败在对方手里，却也无从辩驳，只得在心底暗暗道：公子襄，你别得意，我迟早要找回场子！

就在这时，周围响起了唢呐和鼓乐声，宾客们奔走相告："苏公子出来了！新郎官要出门去接新娘子了！"

喧嚣声中，只见苏家大公子苏鸣玉，在一帮鼓乐手和迎亲的随从簇拥下，由内院大步而出。他头插金羽，胸扎红花，身披彩袍，满身喜气，但脸上除了应景似的僵硬微笑，并无多少喜色。他一面与宾客们客气地拱手，一面大步来到二门外。早有小厮牵来披红挂绿的骏马，他接过缰绳翻身上马,率领乱哄哄的迎亲队伍出门而去。

众宾客发一声喊,也纷纷跟了出去。明珠远远望见苏鸣玉,依稀觉得有些面熟,跟着想起他就是在少林寺外见过的那个白衣公子,不禁惊讶地转向舒亚男:"咦,那新郎官不就是你在少林见过的老朋友吗?你怎么会说不认识?"

"我……"舒亚男顿时无言以对。

"噢!"明珠顿时明白了,正要揭舒亚男的老底,突听鼓乐声在府门外停了下来,宾客们的喧嚣吵闹也渐渐低了下去。几个人不由惊讶,明珠最是好奇,忙拉起舒亚男说:"走,咱们出去看看!"

四人随着宾客们来到大门外,就见正对苏府大门的大路中央,一个白衣男子如一柄出鞘的利剑,杀气凛然地笔挺而立。在他的面前,一柄出鞘长剑笔直地插在地面的青石板上,剑锋入石三寸,在正午的阳光照耀下,依旧寒气逼人。

那男子一言不发,身上散发的寒意,令吹鼓手不由地停止了吹奏,令宾客们停止了喧嚣,甚至苏鸣玉坐下的骏马,也踯躅不敢向前。

苏鸣玉拍拍坐骑,令它稍稍平静后,朗声问道:"不知阁下为何阻我去路?"

那白衣男子缓缓抬起头来,露出杂乱披发下那张白皙如玉的脸。那是一个不到三旬的年轻人,目光如剑锋般锐利,嘴唇如刀刃般凉薄,虽然面目英挺俊美,却冷得令人不敢亲近。他眯眼打量着苏鸣玉,冷冷问:"你就是苏鸣玉?"

"不错,不知阁下如何称呼?又为何阻我去路?"苏鸣玉也在仔细地打量对方。

"在下南宫珏!"那剑一般的男子话音刚落,宾客中立刻响起一阵窃窃私语:"是南宫世家二公子!难怪有如此气势!"

苏鸣玉脸上闪过一丝惊讶,抱拳道:"原来是南宫二公子,幸会。"

"听说金陵苏家年轻一辈中，你的刀法最好，我一直想要讨教，只是自觉剑法未至臻境，所以虽近在咫尺，却一直未能成行。"南宫珏顿了顿，叹息道，"听说你今日就要娶亲，我虽没有胜你的把握，却也不能再等，所以赶在你出门迎亲之前在此恭候，但愿苏公子不会令我失望。"

"你想上门挑战，以后有的是机会。今日是我大喜的日子，二公子远道而来，还请收起宝剑，进门喝杯喜酒如何？"苏鸣玉不亢不卑地道。

"不行，这万万不行！"南宫珏连连摇头，"你若娶亲生子，心中多了一份牵挂，刀法便要大打折扣，我那时再胜你还有什么意思呢？要是你不幸死在我剑下，留下孤儿寡母，我岂不是害人不浅？如今我赶在你成亲之前挑战，你就算死在我剑下，新娘子也还来得及改嫁他人，我觉得这样才是为你考虑周到了。"

话音未落，苏家弟子早已忍不住破口大骂，纷纷拔刀就要动手。负责今日安全的苏小刚更是气得脸色铁青，"噌"的一声拔出短刀正要上前，却听苏鸣玉一声轻喝："都住手！"

苏家众弟子虽群情激愤，却还是依言停手。苏鸣玉翻身下马，对身后的小厮吩咐道："去取我的兵刃来。"

今天是大喜的日子，所以苏鸣玉身上没有带任何兵刃。那小厮连忙答应着要回去取兵刃，就听门里传来一声冷喝："胡闹，也不看看是什么日子！"

众人循声望去，就见苏家宗主苏敬轩大步而出，他已得到弟子飞速禀报，立刻就匆匆赶来。不满地瞪了侄儿一眼，苏敬轩冷哼道："大喜的日子擅动刀兵，是为不祥。咱们苏家除了你，难道就没有旁人了吗？"

话音刚落，一旁的苏小刚立刻越众而出，对苏敬轩抱拳道："弟子愿代大公子出战，教训这个不知天高地厚的狂妄之徒！"见苏敬轩没有反对，他立刻挥刀指向了南宫珏。

就在他挥刀出手的同时，南宫珏也拔出了地上的长剑，迎着他的刀光信手一挥。苏小刚一刀砍空，正要返身再战，突感胸前一寒，低头便见胸前衣衫尽裂，一道剑痕从胸前一直贯通到小腹，只差几分就令自己开膛破肚。他顿时面如死灰，回想方才南宫珏那一剑，并无任何奇巧超绝之处，唯一的特点就是快，快得不可思议，令人根本来不及反应，更遑论抵挡了。

"我找的是苏鸣玉，旁人若再上前，莫怪我剑下无情！"南宫珏信手将剑插入地上的石板中，若无其事地道。

苏家众人见南宫珏一剑击败苏小刚，不由面面相觑。苏小刚的武功在苏家也算得上佼佼者，谁知一个照面就为南宫珏所败，众人自忖自己的武功不一定强过苏小刚，就算强上几分，面对南宫珏的快剑，心里也有些没底。

苏敬轩心中也暗自吃惊。以前只听说南宫二公子习剑成痴，却很少在江湖上露面，没想到今日一见，才发觉他的剑法已远超两个兄弟，其凌厉迅捷，实乃世间罕见。恐怕苏家年轻一辈中除了苏鸣玉，还真找不出谁是他的对手。但今日是苏鸣玉大喜的日子，妄动刀兵，无论胜负皆为不祥。如果自己亲自出手，一来自己以宗主之尊与一个晚辈动手，就算胜了也胜之不武；二来也并无必胜的把握，一旦失手，苏家的颜面就算丢到家了。想到这里，苏敬轩不禁有些左右为难。

"听说苏家迎亲的队伍让人堵在了门口，真是让人欺负到头上来了！"随着一声呵斥，一个神态飘逸的白衣老者由门内大步而出，老者须发皆白，看模样已年逾古稀，却依旧神清气爽，精神健旺。

"三叔，些许小事惊动了您老，敬轩实在该死。"苏敬轩连忙抢上一步，对老者恭敬一拜，苏家众弟子也纷纷礼拜，有的叫叔公，有的叫三爷爷。

听到这些称呼，众宾客立即明白了这老者的身份。他就是苏家上一代宗主苏慕贤，几年前将宗主之位传与侄儿苏敬轩后，就不再过问家中事务，今日听到苏家迎亲的队伍让人给堵在了门口，才出来看看。一见拦路者只是个年轻人，他有些不悦地问苏敬轩："我还以为有千军万马拦住去路，原来只是孤身一人。苏家难道就无人能应付吗？"

"三叔有所不知，"苏敬轩连忙低声解释道，"咱们与南宫家有点小矛盾，所以在鸣玉大喜的日子，这南宫二公子堵在门口，指名要向鸣玉挑战。南宫瑞几个儿子中，以这南宫珏剑法最强，咱们家这些后辈，除了鸣玉还真找不出谁是他的对手。但今日是鸣玉大喜的日子，妄动刀兵不祥，所以我才左右为难。"

苏慕贤听完原委，一时间手捋长须，沉吟不语。

云襄早已将苏家的难处看在眼里。他略一沉吟，拉过金彪悄声道："苏公子于我有恩，我要助他渡过眼前难关，我打算替他出战，你要帮我。"

金彪闻言面色大变："你疯了？我听说南宫世家三位公子，论交游广阔以大公子南宫豪为先；论精明能干以三公子南宫放为首；但要论到剑法武功，却是二公子南宫珏最强。方才他那信手一剑，就是我也难以抵挡，你去岂不是白白送死？"

"所以才要你帮忙。"

"怎么帮？"

云襄拉过金彪，在他耳边小声耳语片刻，金彪听完后脸上惊疑不定，连连摇头道："太冒险了，一旦被拆穿，你必死无疑。"

"你多虑了。"云襄笑道，"无论胜败，我都非常安全。"

见金彪依旧摇头，云襄只得耐心解释道："我不是苏家弟子，就算输了也无损苏家名声。我身无半点武功，以南宫珏的高傲自负，定不会对我这样的对手痛下杀手，你放心好了。"

金彪还在犹豫，一旁的明珠好奇地问："你们鬼鬼祟祟地嘀咕什么？"

"公子想替那苏鸣玉迎战南宫珏。"金彪道。

明珠瞪圆了双眼，跟着鼓掌欢呼道："好啊，好啊！公子出战，一定能胜！"

一旁的舒亚男闻言不由一声冷笑："若论阴谋诡计，他或许还有几分能耐，但要与人面对面动手，只怕是白白送死。"

金彪原本还有些犹豫，听到舒亚男这话，不禁狠狠地瞪了她一眼，转身对云襄道："好，我帮你，让那些有眼无珠之辈，看看公子如何击败南宫珏！"说完他拔刀割下一缕乱发，交到了云襄手中。

云襄将那缕头发藏于掌心，然后在众人惊讶的目光注视下，施施然来到南宫珏面前，嘻笑着拱手一拜："久闻南宫二公子习剑成痴，剑法超绝，在下早存讨教之心。今日恰逢其会，但愿二公子不会拒绝在下的挑战。"

南宫珏将云襄上下一打量，见他步法虚浮，身体羸弱，实在不像身负绝顶武功的模样，不由皱眉道："你是苏家弟子？"

"不是。"云襄笑道，"不过苏公子于我有救命之恩，今日是他大喜的日子，不宜妄动刀兵，所以在下愿替他出战。"

"就凭你？"南宫珏再次打量了一遍云襄，满腹狐疑。这小子怎么看也不会半点武功，却敢笑嘻嘻地站到自己面前，不是深藏不露的绝顶高手，就一定是个疯子。

"没错。"云襄笑着点点头，"我不仅要替苏公子出战，还要兵不血刃地赢下这一战，以免让苏公子的婚礼被血腥玷污，所以你今日走运了。"

南宫珏听明白了云襄的言下之意，怒极反笑，手扶剑柄傲然道："好，拔出你的剑。看看咱们今日谁能兵不血刃地赢下这一战！"话音未落，杀气已弥漫全场，激得众人浑身一个激灵。

云襄依旧笑嘻嘻地道："我剑在心中，拔不拔剑也没多大区别。"

南宫珏眼中闪过一丝惊讶，这是剑道至理，他也是最近才悟到其中奥妙。他实在不相信一个看起来不像有武功的人，能有这等心得和体会，不由收起几分轻视，试探道："你心中那是什么剑？"

"我心中的不是剑，而是剑意。"云襄笑道。

"剑意？"南宫珏一怔，眼中的疑惑渐渐变成了敬佩，连连点头道，"不错，意在剑先，剑为形，意为神。你能悟到这一层，果然不是泛泛之辈。"

这等剑道至理，云襄只是从前辈高人留下的典籍中读来的，完全是纸上谈兵，没想到竟能唬住南宫珏这等剑道高手。他心中暗自好笑，脸上却不动声色，笑问道："如此说来，我有资格与你一战了？"

南宫珏微微颔首道："你在剑法上有此领悟，在下哪敢轻视？不过你用什么剑，总不能以心中的剑意对敌吧？"

"有什么不可以？"云襄说着缓缓伸出一只手，将五个指头张开，笑道，"我的剑随心而发，由意化气，一旦使将出来，完全无声无息，却能杀人于无形。二公子出身武林世家，又习剑多年，对这剑法想必也有所耳闻吧？"

南宫珏皱起眉头，想不出有什么剑法是完全无声无息，却能杀人于无形的，只得耐着性子问道："那究竟是什么剑？"

"六脉神剑。"云襄悠然笑道。

"六……六脉神剑？"南宫珏顿时张口结舌。

"二公子不会连六脉神剑都没听说过吧？"云襄面露嘲笑。

南宫珏当然听说过六脉神剑，那是南宋年间大理国一个段姓皇族高手的独门绝技，据记载这剑法确实是随心而发，由意化气，完全无招无式，令人无从抵挡。只可惜那位绝世高手并未留下传人，所以六脉神剑早已绝迹江湖，成为武林一个永久的神话传说。现在听云襄自诩会使六脉神剑，南宫珏忍不住哈哈大笑："你若真会六脉神剑，我南宫珏死在这等传说中的神剑之下，也当死而无憾。"说着他拔剑在手，遥指云襄："就让我领教你那传说中的六脉神剑！"

"等等！"云襄连忙抬手阻止，"我这剑法传自南宋那位段姓高手，也传承了他的弱点，就是时灵时不灵，我得先试试这剑法现在好不好使。我除了六脉神剑，什么武功也不会，万一这剑法不好使，你可不能乘人之危。"

关于六脉神剑时灵时不灵的弱点，古籍中也有所记载，而那位南宋段姓高手，好像除了这套几近神话的六脉神剑，也没有其他武功传世。对这点南宫珏知之甚详，于是大度地点点头，脸上露出一丝调侃："你尽管试剑，我决不乘人之危。"

"那好，我先试剑了。"云襄说着竖起食指，嘴里喊声"商阳剑"，跟着一指划出。众人齐刷刷盯着云襄的手指，南宫珏更是全神戒备，谁知却不见任何异状。云襄一指划空，不好意思地笑笑："好像有些不灵，我再试。少冲剑！"跟着小指划出，却依旧不见任何动静。

云襄手舞足蹈一连划了七八指，却都没有任何动静，人群中已是一片窃窃私语，南宫珏更是面露嘲笑，看着他道："你打算再试几剑？"

"最后一剑，少阳剑！"云襄说着拇指一挥，南宫珏正待大笑，却听身后传来一声轻响，像是什么东西打了在身后的墙上。他忍不住回头望去，就见身后数丈外的墙上，多了一个指头大的小洞，就如同指头戳上去的一般。

"成了！"云襄如释重负地长舒了口气，竖起食指摆出个不伦不类的姿势，对南宫珏招招手，"来吧，让你尝尝本公子的六脉神剑！"

南宫珏望望身后那墙上的小洞，再望望对面的云襄，心中疑惑，怎么也想不通那小洞是如何戳上去的。回想方才的情形，并没有听到云襄手上有指风或剑气射出,难道这就是无声无息的六脉神剑?他不敢大意,连忙横剑在胸取了个守势,想先看清对方的出手再作打算。

"中冲剑!"云襄一声轻喝,中指突然划出。这种虚空乱划的指点,南宫珏原本不会放在心上,但方才那突然出现在墙上的小洞,令他不敢轻视,连忙往旁一闪。只听身后"噗"的一声轻响,南宫珏回头一看,墙上又多了个指头大的小坑。

这就是六脉神剑?这就是六脉神剑!南宫珏心中的震骇无以言表,额上冷汗涔涔而下,回想方才情形,对方的指剑完全无声无息,令人根本无从防范,却能在数丈外将墙戳个洞,这等剑法谁能抵挡?自己所练的有形之剑,与这等无形之剑比起来,实在不是一个层次,他不禁心如死灰,却不甘心就此认输,忙将长剑一抖,欲行抢攻。谁知身形方动,对方又是一声轻喝:"看剑!"

南宫珏见云襄的手指向自己遥遥划来,连忙倒地一滚避了开去,却见云襄十指乱划,双手连挥,只得左躲右闪,狼狈万分。虽然云襄的"六脉神剑"时灵时不灵,十剑倒有七八剑划空,只偶尔在墙上留下一两个戳痕,南宫珏却也不敢冒险。如此一来,他竟只有躲闪之功,全无还手之力,在云襄十指虚点之下,拼命闪避,一时间十分狼狈。

围观的宾客中响起了一阵哄笑,不少明眼人已看出端倪。原来在云襄挥舞"六脉神剑"的同时,另有一个面目粗豪的彪壮汉子,躲在人群中顺着云襄的手势弹射泥丸,泥丸打在墙上一碰即碎,仅在墙上留下了一个个小坑。那汉子所站的角度十分巧妙,南宫珏很难看到他出手,加上南宫珏全部注意力都在面对自己的云襄身上,竟没有发现这中间的古怪。

宾客大多是苏家的至亲好友,虽然看破却不揭穿,反而配合着云襄的表演,你一言我一语地出言挤对:

"你看南宫公子在这六脉神剑之下,有几成胜算?"

"他连还手之力都没有,还谈什么胜算!"

"六脉神剑,果然是天下第一的神奇剑法,令人叹为观止!"

"这南宫珏也算是名门之后,怎么在毫无还手之力的情况下,还能厚颜缠斗下去?"

……众人的讥讽调侃,像刀子一样刮在南宫珏脸上,令他脸上火辣辣的。他不禁一声厉啸,再不顾自身安危,奋力一剑刺向数丈外的云襄。这一剑义无反顾,迅若闪电,宾客中响起几声惊呼,但任何人都已来不及相救。

"哈哈哈!"云襄突然停手,仰天大笑。南宫珏的剑锋应声停在离云襄咽喉不及一寸之处。望着一脸坦然的云襄,南宫珏厉声喝问:"你笑什么?"

云襄满脸后悔似的连连摇头:"我不该太过自负,豪言要兵不血刃地将你击败。对你这种死不认输、死缠烂打之辈,我实在不该夸下这等海口。"

"你意思是,我已经败了?"南宫珏怒道。

云襄没有理会南宫珏的质问,却从容走到南宫珏方才站立之处,从地上捡起一缕头发,高举到南宫珏面前,叹息道:"我原以为削掉你一缕头发,以二公子的名望就该弃剑认输了,难道咱们能像那些三流剑手一般,非要拼个头破血流才分出高下?谁知……唉!"云襄说着,满是遗憾地连连摇头。

南宫珏闻言顿时面如死灰,回想方才的情形,自己确有几招"指剑"未能完全躲过,原本以为那几指恰好对方六脉神剑失灵,心中还暗自庆幸,却没想到原来对方是要不流血地将自己击败,这才只削掉了自己一缕头发。如果方才那几指中有任何一指刺实,自己就会血溅当场。苦练多年的剑法,在六脉神剑面前竟然毫无还手之力,南宫珏只感到万念俱灰,连死的心都有了。

宾客们趁机起哄:"南宫家怎么出了这样的子弟,别人明明已经手下留情,他却还好意思缠斗下去。今日要不是苏公子大喜的日子,他恐怕早已死在六脉神剑之下了。"

"呵呵,大名鼎鼎的南宫二公子,见面不如闻名,见面不如闻名啊!"

众宾客的话一句比一句难听,南宫珏满脸羞愧,突然将手中长剑一折两段,仰天长叹:"世间有此神剑,我就算再苦练一百年,也还是无法与之相抗,我练剑还有何用?"说着奋力将断剑扔出老远,然后转向云襄一拜:"不知公子尊姓大名,请不吝赐告。"

云襄原本对南宫世家所有人都心怀仇恨,今见南宫珏坦然认输,倒也是个性情中人,不忍胡乱编个名字骗他,便道:"我姓云,你知道这点就够了。"他知道一个老千最忌出名,能告诉仇家这点,已经算是破例。

南宫珏没有再追问,点头叹道:"云公子的六脉神剑,果然天下无双,我若不找到破解之法,不敢再向公子讨教!一旦有所突破,定要再试公子的神剑!"说完也不理会旁人的讥讽嘲笑,转身扬长而去。

直到南宫珏走远,明珠悬着的一颗心才终于落地,不由拉着舒亚男欢呼雀跃:"他赢了!他真的赢了南宫珏!我就知道他一定能赢!"

众宾客齐声欢呼,不约而同地围了上去。苏慕贤排开众人来到云襄面前,将他上下一打量,然后挽起他的手哈哈大笑:"老夫一生见过无数次名动天下的比武较技,却从未见过如此经典一战,这一战必将载入武林史册,成为无法重演的千古绝唱。你兵不血刃地为苏家退此强敌,苏家将视你为永远的朋友!"

苏鸣玉此时也认出了云襄就是在少室山下与自己共醉过的酒友,忙上前挽起他的手叹道:"公子真英雄也!鸣玉能识得公子,实乃三生有幸!今日你无论如何不能走,待鸣玉接回新娘,行完大礼,定要与你痛饮三天!"说完也不等云襄同意,便对随从高声吩咐:"快将恩公迎进内院，以最隆重的礼节待之。"

舒亚男望着被众宾客拥着进了内院的云襄，心中说不出是什么滋味。方才见他狂妄地要迎战南宫珏，舒亚男心中只盼着他当场丢人现眼，但当他真正面临危险时，却又十分担心害怕，暗自祈祷他能智胜。不过当他真正胜了之后，舒亚男心中又有些不好受。方才见苏鸣玉遇到难题，她也想帮一把，但仓促之间，却没想到任何可行的法子。如今云襄巧妙智胜，被苏家感激，为众人敬佩，她虽然心中有些忌妒，却也忍不住暗自喝彩。

苏鸣玉带着迎亲的队伍继续上路后，众人重新回到苏府，纷纷打听云襄的来历，却只知道他姓云，其余一概不知。明珠好几次都忍不住要向旁人炫耀她心中的英雄，就是江湖上大名鼎鼎的千门公子襄，却被舒亚男阻止。想起云襄的身份，明珠只得强忍冲动，将满腔的兴奋和激动强压在心底。

舒亚男见明珠不住朝内院方向张望，忍不住没好气地道："现在人家是苏府贵宾，要想再见，恐怕不是那么容易了。"

"姐姐说什么呢？"明珠脸上一红，立刻反讥道，"你才是巴巴地赶来见你那个老朋友，谁知跟人家连一句话都没说上，还将自己遮得严严实实，让人家根本就不知道你来过，这又是何苦？"

舒亚男一窒，顿时哑然无语。明珠见说中舒亚男心事，不禁有些后悔，忙揽住她小声道："你要有什么话不方便对那个老朋友说，我可以帮你转告。过了今日，你要再说可就迟了。"

舒亚男微微摇了摇头，轻抚着自己的脸幽幽叹道："除了祝福，我已经没有什么话可说。自从我亲手毁掉这容颜开始，过去那个舒亚男就已经死了，在她身上发生的一切，对我来说都只是一场遥远的梦。"

明珠似懂非懂地望着舒亚男，不知道该如何开解。二人各怀心事，相对默然。

也不知过了多久，突听门外鼓乐齐鸣，鞭炮阵阵，远远传来迎宾司仪的高呼："新人到！"众宾客齐声欢呼，争先恐后地围过去看新娘子，苏府上下一时间一片喧嚣嘈杂。就见苏鸣玉在前领路，浑身上下遮得严严实实的新娘子在两个丫鬟搀扶下，袅袅娜娜地缓步进了苏府大门。众人追着新娘子齐声起哄，一直将她送进大堂。

舒亚男目送着苏鸣玉将新人领进大堂后，转身对明珠悄声道："咱们该走了。"

明珠本待留下来喝喜酒看热闹，不过一想到舒亚男的感受，便懂事地挽起她道："没错，咱们是该走了，乱哄哄的也没什么看头。"

二人来到大门，此时众宾客已经跟着新人进了大堂观礼，门外就只剩下两个负责迎宾的苏家弟子。但是，他们脸上有种与喜庆不相称的冷厉，眼中更有一丝莫名的惶乱。见明珠二人出了大门，其中一个突然轻喝一声："站住！"

明珠与舒亚男回过头，就见那个负责迎宾的苏家弟子追上几步，拦住二人去路，对明珠拱手道："张公子不等大礼完了再走？"

明珠有些惊讶对方还记得自己的假名号，不由仔细打量了他一眼，认得他就是先前败在南宫珏剑下那个苏家弟子。见他眼神不善，明珠不满地一扬下颌："本公子想啥时走就啥时走，你管得着吗？"

不用说，这苏家弟子就是负责迎宾和警戒的苏小刚。此刻他冷冷地盯着明珠，道："张公子想什么时候走在下本管不着，就算你女扮男装隐瞒身份混入苏府，咱们也依旧待你们如上宾。不过现在府中出了点状况，所以还请张公子暂时留步。"

明珠见对方已看穿自己的装扮，倒也不好继续耍横，便问："什么状况？"

苏小刚抬手往身后一指，明珠抬头望去，就见苏府门楣之上，不知何时多了个猩红刺目的图案，远远望去，像是一团燃烧的火焰，火焰中央,隐约透出一个白森森的骷髅头像,即便在青天白日之下看去,也显得十分诡异恐怖。

明珠不由诧异道:"那是什么鬼东西?"

"我也正想请教二位。"苏小刚冷冷道。方才新娘子进门时,所有人都追着去看新娘子,大门外显得有些混乱,谁都有可能趁乱将那个诡异的图案拍在门楣上。苏小刚也是待众宾客进了大堂后,才发现门楣上不知何时多了这么个图案,不禁十分气恼。大公子大喜的日子,门上多了这图案,实在有些不吉利。正好见明珠和舒亚男要匆匆离去,他自然不会放过任何可疑的人,所以当即一面令人飞报宗主,一面将明珠二人拦住。

明珠见对方眼里满是敌意,立刻一扬脖子:"你负责看门都不知道,我哪能知道?你不会因为这个,就拦住咱们不让走吧?"

苏小刚冷冷道:"在事情没有水落石出之前,二位最好别走!"

明珠一听这话就要发火,却被舒亚男一把抓住了手。她仰望着门楣上那图案,涩声道:"我们不会走。"

明珠还想争辩,突然感觉舒亚男的手在微微发颤,从她手上的力道,可以想象到她心中的紧张。明珠连忙悄声问:"姐姐,你怎么了?是不是见过这图案?"

舒亚男微微摇了摇头:"我以前从没见过,只是听我爹爹说起过。"

明珠还想再问,就见苏家宗主苏敬轩,在一名弟子带领下由门内大步而出,尚未站定他就在问:"在哪里?"

苏小刚忙向门楣上一指。苏敬轩抬头看去,浑身不由一颤,半晌无语。苏小刚见宗主脸上显出从未有过的凝重,正待检讨自己的失职,只听苏敬轩一声长叹:"这图案已绝迹江湖十八年,难怪你们不识。这是拜火教,也就是俗称'魔门'的独门标志。它出现的地方,必伴随血雨腥风。"

二、赌酒

苏府门楣上出现魔门标志的消息，很快就在宾客中传开。虽然魔门已绝迹江湖十八年，但它所代表的血腥和恐怖，并没有因时间的流逝而减弱几分。不少宾客不等大礼举行就悄悄溜走，没过多久，就有一多半宾客不辞而别。

"没想到一幅魔门妖火图，就让苏家认清了谁是真朋友。"苏敬轩环视着略显冷清的苏府，不由喟然叹息。见众弟子都在望着自己，他神情如常地吩咐道："大礼照计划举行，大家该喝酒喝酒，该闹洞房闹洞房，就当什么事也没发生过。"

话音刚落，就听门外迎宾的弟子一声高唱："漕帮丛飞虎，携随从八人来贺。"

苏敬轩眉头微皱，心中暗忖：苏家与漕帮一向没有什么交情，丛飞虎突然携手下前来作甚？正思忖间，就见几个彪壮汉子龙行虎步，昂然而入。当先一人年逾四旬，生得浓眉大眼，虎背熊腰，即便身披旧氅，也掩不去他那天生的威仪。虽然以前从未见过，苏敬轩也猜到这汉子就是漕帮大当家丛飞虎。不过苏敬轩对这些黑道人物一向敬而远之,见他贸然登门,便不冷不热地拱手道:"在下对丛大当家虽仰慕已久,却从不敢高攀,苏家与漕帮也一向没什么往来,大当家突然登门,恐怕不是喝杯喜酒这么简单吧?"

丛飞虎呵呵一笑:"苏宗主说话倒也直接。不错,听闻苏家大公子大婚,丛某正好在金陵盘桓,原本打算差人送上一封贺贴也就罢了,谁知却听说苏府惊现魔门妖火图。丛某想到大家既然同为江南武林一脉,岂能容魔门猖獗,便率漕帮八大金刚赶来讨杯喜酒。苏宗主有用得着丛某的地方,请尽管吩咐。"

苏敬轩没想到在别人避之唯恐不及的时候,一向没什么交情的丛飞虎,竟率帮中高手前来助阵,倒是条古道热肠的汉子。他连忙收起戒备之心,拱手道:"大当家里面请!"说完转向随行弟子:"吩咐司仪举行大礼!"

在经过舒亚男和明珠身边时,丛飞虎好奇地望了二人几眼,直看得舒亚男一阵心惊肉跳,还好他似乎并未认出眼前的蒙面女子就是当初自毁容颜后不告而别的刚烈少女,这让舒亚男心下稍安。

在鼓乐鞭炮和宾客们的祝贺声中,婚宴照常举行。在新郎新娘拜堂入洞房后,天色已是黄昏,苏敬轩来到云襄和金彪面前举杯道:"云公子为苏家巧妙解围,本该留公子多盘桓几日,只是今日苏家可能会有点变故,所以喝完这杯酒公子就请回吧。以后有机会,鸣玉会亲自向公子致谢。"

苏府出现魔门妖火图的消息,云襄也已听说,见苏敬轩面色凝重,忙问:"宗主是否打算遣散众宾客,然后独力应付魔门?"

苏敬轩微微颔首道:"除了那对来历不明的京城张公子夫妇,这里留下来的,都是苏家至交好友,我实不忍将他们拖入这个旋涡。"

云襄淡淡一笑:"其实宗主实在不必如此多虑,据我推测,魔门并未大举侵入中原,门上那幅妖火图,不过是别有用心者的恶剧罢了。"

苏敬轩眉梢一跳："何以见得？"

云襄笑道："魔门若大举入侵中原，江湖上不可能没一点风声。魔门若要对付苏家，定会避实就虚，而不是选在宾客云集的时候公然挑战。我敢肯定，今日那幅妖火图，定是上次败在大公子刀下的魔门少主寇元杰所为。他无力报复大公子，就在公子大婚的日子故弄玄虚，只不过是恶作剧的心态罢了。所以我不仅要留下来，还要陪大公子好好喝上几天。宗主也别太将那幅妖火图当回事，让亲朋好友小看了苏家。"

苏鸣玉一刀击败魔门少主寇元杰的事，苏敬轩也听侄儿提起过，仔细一想不由哑然失笑，摇头道："我还真是杯弓蛇影，自己乱了分寸。云公子这一分析，令我宽心不少。你就留下来多盘桓几日，鸣玉性情孤僻，一向鲜有深交的朋友，我还是第一次见他如此看重一个朋友。"

云襄连忙答应下来。待苏敬轩离去后，金彪忍不住悄声问："公子，咱们跟苏家素无交情，你跟那苏鸣玉也不过是一面之交。你感激他上次救你，特意赶来喝杯喜酒，并冒险替他击退南宫珏也就罢了，还留下来作甚？"

云襄笑而不答，他还不敢告诉金彪，自己来江南的目的就是南宫世家。为了对付这股盘踞江南上百年的强大势力，结交一切可资利用的力量，是必不可少的准备工作。现在这一切进展得十分顺利，这可多亏了南宫珏和寇元杰帮忙。

"我现在做的每一件事，都有明确的目的。你信得过就留下来帮我；若信不过，咱们就此分手，下次见面，咱们还是朋友。"云襄凝视着金彪的眼睛，诚恳地道。

"你他娘的！"金彪忍不住给了云襄一拳，"你知道我最是好奇，心中容不得半点疑惑。知道你又有新的计划，我不留下来睁眼看明白，怎么能走？再说你小子手无缚鸡之力，没有我在身边照应，你那些计划要实现恐怕也很困难。何况咱们既是兄弟，又是师徒，想赶我走？门都没有！"

金彪随手一拳，打在身上可着实不轻，云襄痛得龇牙咧嘴，心里却暖融融的，十分感动。兄弟，这个被江湖中人说滥了的词，此刻从金彪嘴里说出来，却是那样亲切真挚。

初更时分，热闹了一整天的苏府渐渐安静下来，酒宴也终于结束。众宾客除了住在金陵本地的陆续回家外，余下的被安排在了苏府的客房。本来明珠与舒亚男应该住进专为女宾准备的客房，但负责安排住宿的苏小刚，恼她们假冒身份又拒不透底，便将她们安排在了普通客房。这里住了不少夫妻来宾，这样安排倒也合情合理。

明珠将领路的丫鬟打发走后，正要卸下装扮，突听门外传来了轻轻的叩门声。她一怔，跟着欢呼雀跃："一定是云大哥！"

"什么时候云公子突然就变成了云大哥啊？"舒亚男没好气地诘问。

明珠脸上一红，忙掩饰道："这里没人认得咱们，除了云……公子，还会有谁？"说着手忙脚乱地整理了一下衣衫，这才满怀希冀地过去开门。谁知门外站的却是一个陌生的粗豪汉子。明珠十分惊讶，正要动问，那汉子已不由分说闯了进来，对明珠命令道："你出去等会儿！"

"你……"明珠正要拒绝，却见舒亚男对自己微微颔首道，"你先出去，我来应付。"

明珠还在犹豫，那汉子已不由分说将她推了出去，然后仔细关上房门。他转向白纱蒙面的舒亚男，默然半晌方道："舒姑娘，请容我丛飞虎当面向你赔罪！"

舒亚男声色不动地道："对不起，你认错人了。"

丛飞虎勉强压下激动:"你虽藏起了受伤的面容,但我认得你那只手,就是那只手背上有个小疤的手,毅然划破了你的脸颊。这个画面无数次出现在我的梦中,我怎会认错?"

舒亚男不由得摸了摸手背上那道不起眼的疤痕,那还是她小时候跟男孩子打架留下的记号,没想到却被丛飞虎认了出来。她有些苦涩地想,丛飞虎能通过这个疤痕认出自己,鸣玉却没有认出来。虽然她蒙着脸来参加苏鸣玉的婚礼,心中却还是隐隐期待,自己能被他认出来。

"舒姑娘,你因我的冒犯而自毁容颜,丛某万死难辞其咎。"丛飞虎一脸愧疚,"你要打要杀,丛某决不皱一下眉头。但求舒姑娘原谅丛某的罪过,以求心安。"

原谅又如何,不原谅又如何?舒亚男心情复杂。一切都已发生,当初她对丛飞虎就谈不上仇恨,只有一种发自内心的恐惧,就像绵羊对恶虎的恐惧一样。但现在,当这只恶虎可怜巴巴要自己原谅的时候,她反而有些不知所措。半晌,她轻声道:"好吧,我原谅你。你可以走了。"

丛飞虎如释重负地舒了口气,走近一步道:"舒姑娘,丛某一生阅人无数,却从未见过你这样刚烈的女子。你决然划破自己脸颊的场景,震撼了丛某的心神。我从未如此敬佩过一个人,尤其是一个女人。所以我希望你给我一个机会,让我能用毕生的时间来弥补自己的过失。"

舒亚男有些意外地望向丛飞虎:"你什么意思?"

"我想娶你为妻!"丛飞虎定定地盯着舒亚男,"在你自毁容颜那一瞬,我就打定主意,只有如此高洁刚烈的女子,才配得上我丛飞虎。我不会因为你容貌有损而有丝毫轻视,反而会加倍地敬重你、爱护你。我是个粗人,不知道该如何表达,一句话,我会像爱护自己的亲娘一样爱护你。"

舒亚男本能地后退一步，望着丛飞虎那炽烈的眼神，不由冷笑道："你丛爷想要的东西，想来没什么不能到手。我要是不答应，你是不是又要用强？"

丛飞虎慌忙退开两步，低头道："我发过誓，除非你心甘情愿，我决不再碰你一个指头，更不敢令你有半点勉强，你尽可放心。"

"那好，我就实话告诉你。"舒亚男冷冷道，"我原谅你，并不表示我会喜欢你，更不代表我能忘掉对你的不愉快记忆。所以我希望你以后不要走近我身前三尺，更不要再提娶我的话，那只会勾起我的痛苦回忆。现在已是深夜，我要休息，你走吧。"

丛飞虎默然片刻，缓缓点头道："我不再走近你身前三尺，也不再提娶你的话。不过，我不会轻言放弃。"说完他猛然转身开门而出，将门外偷听的明珠吓了一跳。

"姐姐，你怎么会跟漕帮老大丛飞虎……"明珠目送丛飞虎离去后，满是好奇地问。不过感觉到舒亚男的不快，她忙把下面的话咽了回去。见舒亚男将脱下的披风又重新穿上，她不由问道："你这是要去哪里？"

"找个没人的地方，喝酒！"舒亚男几乎在吼。

离舒亚男和明珠所住客房没多远，就是云襄与金彪的房间。二人刚躺下没多久，就听门外传来轻轻的叩门声。云襄连忙点亮油灯，金彪开门一看，顿时十分惊讶。门外竟然是新郎官苏鸣玉，他一脸阴郁，对金彪视而不见，只对云襄道："云公子，可否陪鸣玉去喝上几杯？"

云襄笑道："今日是你的洞房花烛夜，春宵一刻值千金，还有心思喝酒？"

苏鸣玉没有理会云襄的调侃，只道："我心里很苦闷，想喝酒却找不到人陪，想来想去，竟只有云公子是唯一一起醉过的酒友。"

云襄想起少室山下与苏鸣玉那次大醉，嘴角不由泛起一丝会心的微笑："好，我陪你！不过明日嫂夫人若要问罪，你可千万不能出卖我！"

见二人就要出门，金彪正想跟着去，谁知苏鸣玉却道："对不起，我只请了云公子，你若想喝，我让下人给你送过来。"

金彪一瞪眼就要发火，云襄忙道："我去去就来，你不用担心。"

金彪倒不是馋酒，只是担心云襄安危，见云襄如此说，只得悻悻道："重酒轻友，哼！"

云襄没有理会金彪的抱怨，跟着苏鸣玉出了客房。此时已是深夜，苏府中除了更夫和值夜的弟子，丫鬟仆佣俱已休息。苏鸣玉也不惊动旁人，悄悄带着云襄来到厨房。厨房中美酒倒是有不少坛，菜却只有些残羹剩水。苏鸣玉生性讲究，自不会拿这些下人吃剩的菜肴下酒，四下一打量，对云襄道："你来生火，我炒两个鸡蛋下酒。"

"你会炒鸡蛋？"云襄十分惊讶，"堂堂苏家大公子，居然会炒鸡蛋？"

"不会可以学嘛，什么活儿还不都是人干的？"苏鸣玉说着从篮子里拿出几个鸡蛋，手忙脚乱地敲碎在碗中。云襄见他不是玩笑，只得帮忙生火。他出身贫寒，生火做饭驾轻就熟。炉火在他操持下，很快就熊熊燃了起来。

苏鸣玉神情专注地将鸡蛋倒入油锅中，片刻后用盘盛出，尚未端到云襄面前便抬手倒掉，说："糊了，重来。"

云襄笑着摇摇头，暗叹富贵人家的公子就是这样大手大脚，鸡蛋糊了点儿，也未尝不可入口。第二次鸡蛋倒是没糊，不过苏鸣玉尝了一口后，立刻又倒掉，说："忘了放盐。"

就这样炒了倒，倒了又炒，不知折腾了几回，苏鸣玉才终于端上了一盘色香味俱全的炒鸡蛋。他长舒了口气,对云襄笑道:"成了,总算勉强可以入口。"

云襄将信将疑地尝了一口,顿时大为惊讶,吃了一辈子炒鸡蛋,就只有苏鸣玉这盘炒鸡蛋堪称极品,实难想象它是出自一个从来没炒过鸡蛋的贵公子之手。回想苏鸣玉方才炒鸡蛋时那副全神贯注的模样,云襄不禁叹道:"难怪你能练成如此高明的刀法,有你这种干什么事都力求尽善尽美的专注,随便练什么,都必然能达到至高的境界。"

"以前我只知道吃,现在才知道,要做好一道菜竟是如此不易。"苏鸣玉说着打开两坛美酒,递给云襄一坛,二人就蹲在炉火边,就着炒鸡蛋喝起来,片刻间一坛酒就下去了一小半。云襄见苏鸣玉眼中始终有一丝挥之不去的忧悒,便笑问道:"深更半夜不在洞房陪新娘子,却拉我来喝酒,定是有什么心事。说吧,什么事?"

苏鸣玉定定地望着跳跃的炉火,突然没头没脑地说:"她没有来。"

"谁?谁没有来?"云襄好奇地问。

苏鸣玉没有回答,自顾自道:"我原本打定主意,只要再见到她,我就不再顾虑任何后果,不再做这个劳什子苏家大公子,跟她去浪迹天涯。但是,她没有来。"

见苏鸣玉眼中涌动着点点泪花,云襄不知道该如何开解,只得捧起酒坛与他一碰。二人同干一大口后,云襄叹道:"天意难测,这,或许就是天意吧。"说到天意,他不禁想起那枚失落的雨花石,心中不由一动。

"天意?"苏鸣玉苦涩一笑,"我看是命运。人这一辈子,遇到令自己心动的女孩子的机会,恐怕就只有那么一两次,一旦错过,就再也找不回来,这大概就叫造化弄人吧。"

云襄不由自主就想到了赵欣怡,心中一痛,捧着酒坛半晌无语。苏鸣玉见他神情黯然,忙转开话题,笑问道:"对了,我只知道你姓云,却不知道你的来历,不知云公子大名可否见告?"

云襄原本没打算告诉苏鸣玉自己的底细,但不知为何,在苏鸣玉面前他有一种一吐为快的冲动,就像压抑已久的内心,急需找到一个宣泄的出口。略一沉吟,他笑道:"我姓云,单名襄,江湖上也称公子襄。"

"公子襄?千门公子襄!"苏鸣玉十分惊讶,"你就是大名鼎鼎的千门公子襄?"

云襄笑着点点头:"大名鼎鼎谈不上,恶名昭著倒是不假。"

"公子襄确实是恶名昭著,不过我更相信自己的眼睛。难怪你能智退南宫珏,那时我就该想到你必非常人。"苏鸣玉说着忍不住哈哈大笑,"大名鼎鼎的千门公子襄,居然和我躲在厨房喝冷酒、吃炒鸡蛋,这要传了出去,肯定不会有人相信。"

"要说苏家大公子会亲自炒鸡蛋待客,肯定也不会有人相信。"云襄也忍不住大笑。

"来来来,就为这些谁也不会相信的事,干了!"苏鸣玉说着,捧起酒坛与云襄一碰,仰脖子一干而尽。

云襄见他已有七八分酒意,忍不住道:"说真的,这次我来苏府贺喜,倒不完全是意外。"

苏鸣玉斜眼望着云襄,调侃道:"你是不是盯上了咱们苏家,想千一把?"

"那倒不是。"云襄笑道,"不过我来苏府,确实是另有所图。说我盯上了你们苏家,也不算过分。"

见苏鸣玉露出饶有兴致的表情,云襄坦然道:"不瞒你说,我这次前来,原本就存了结交之心。说得不好听点,就是想利用你们苏家的势力,达到自己不可告人的目的。"他发觉在苏鸣玉这种坦坦荡荡的君子面前,还是做君子比较舒坦一点。

苏鸣玉盯着云襄的眼看了片刻，突然放声大笑："你的目的达到了，从今往后，但凡你有所求，尽可开口，只要我能做到，定不会推辞。"

云襄有些意外："你不问问我想做的是什么？"

"你都说了不可告人，难道你不将我当人？"苏鸣玉说着重新拍开两坛酒，递给云襄一坛道，"喝酒喝酒！这世上能陪我开怀畅饮的，唯有你公子襄一人。"

云襄虽已有几分醉意，但还是毫不犹豫地接过酒坛。望着开怀畅饮的苏鸣玉，他不禁在心中暗叹：在君子面前，要比君子更君子，师父的教导果然不差。在苏鸣玉面前，还有什么比坦诚相待更能打动对方呢？

不知喝了多久，二人终于喝得酩酊大醉。云襄看看窗外天色，估摸着已到四更，便拍拍昏昏欲睡的苏鸣玉道："天快亮了，咱们回去吧。从今天开始，你要忘了以前的感情，专心对待嫂夫人，做个好丈夫，也做好苏家大公子。"

苏鸣玉含含糊糊地应了一句，也不知听到没有。云襄见他醉得不轻，只得将他扶起，二人跌跌撞撞地出了厨房。云襄也不知新房在哪里，只得扶着苏鸣玉，糊里糊涂地往客房走，后来几个巡夜的弟子发现了他们，连忙围上来，见是大公子，赶紧上前搀扶。就在这时，突听不远处也传来喝问声，云襄循声望去，才发现是明珠扶着醉醺醺的舒亚男回来了。

"云大哥快来帮忙！"明珠看到云襄，连忙高声呼救。云襄见苏鸣玉已有苏家弟子照顾，正扶着送往新房，便丢下苏鸣玉来帮明珠。舒亚男醉得不轻，嘴里不住地胡言乱语，大呼小叫，云襄顾不得男女有别，忙帮着明珠将她扶回了客房。进门后，云襄才发现舒亚男脸上没了蒙面的白纱，脸颊上一朵水仙正俏生生怒放。他不由一愣，只当自己醉后眼花，正待细看，就听明珠在身后小声道："云大哥，多谢你！"

"没什么，举手之劳而已。"云襄回过头，突然发现明珠眼里波光闪烁，脸颊潮红，也不知因为喝了酒还是别的什么。那眼神令云襄有些心虚，正待告辞，就听门外传来金彪的呼叫："公子你可回来了，莫爷差人送信来了。"

云襄一惊，连忙告辞出来。明珠将他送出房门，突然红着脸小声道："云大哥，我们过两天打算去镇江玩，希望能再遇见你。"

云襄尚未回答，就见金彪匆匆过来，将他拉回客房，关上房门后对他道："公子，那个女人你以后千万不要再去招惹。"

云襄脑子里立刻都是盛开在舒亚男脸颊上那朵水仙花，他不敢相信自己的眼睛，只当是喝多了眼花的缘故。见金彪一脸担忧，他明白金彪误会自己整夜是与舒亚男在一起喝酒，也没有解释，只道："为什么？"

金彪小声道："客房另一边住着漕帮老大丛飞虎。先前舒姑娘出门时，我听他吩咐手下悄悄跟随保护。虽不知他与舒姑娘有何关系，但听他的口气，对舒姑娘着实紧张。丛飞虎是江南黑帮老大，咱们还是少招惹为好。"

"丛飞虎？他跟舒姑娘会有什么瓜葛？"云襄若有所思地道。见金彪一时没接话，他忙岔开话题道："你说莫爷有信送来，是什么信？"

金彪忙道："你与苏公子刚走没多会儿，就有人送了个口信到门房，要门房转告公子，让咱们速归。除了莫爷，也没人知道咱们来了金陵苏家。"

云襄略一沉吟，点头道："那好，咱们明日一早就走。"这次金陵一行的收获，已远超他的预期，他已有些迫不及待地要进行下一步的计划了。

第二天一早，云襄不顾苏家上下的挽留，匆匆赶到莫爷隐居的金陵南城，经通报后见到了双眼俱盲的莫爷。云襄留意到这老狐狸脸上隐约有一丝不悦，忙问道："莫爷急着找我们回来，不知有何差遣？"

"也没什么大事。"莫爷淡淡道，"昨日南宫豪来了金陵，为上次你替他捉千清场的事，专程来向老朽表示感激，并特意要宴请咱们，以表谢意。老朽一向不喜欢抛头露面，这事还得你俩出面应付。"

云襄猜到是南宫豪对自己的过分看重，已引起了莫爷的不快，忙道："这事已经过去，莫爷既然不愿出面，我也不想与他再打交道。要不就说我出了远门，就这样回了他？"

莫爷摇头道："不好，既然南宫豪专程前来致谢，咱们也不好怠慢。他今晚在祥云楼设宴，你就替老朽去应付应付。南宫世家乃江南豪门，咱们可不能得罪。"

"那好，我就替莫爷走一趟。"云襄连忙答应。见莫爷举起了茶杯，二人连忙起身告辞。

待他们走后，一旁的鬼算子突然对莫爷小声道："莫爷，听说昨日这小子在苏鸣玉婚礼上，替苏家巧妙击退了上门挑衅的南宫珏，而南宫豪又专程赶来金陵见他，显然存了结交之心。如今他在门中声望日隆，您老可得防着点。"

"年轻人都喜欢出风头，没什么大不了。"莫爷淡淡一笑，"你不用多虑，我心里有数。"

离开莫爷居所后，金彪有些担忧地问云襄："南宫豪突然来找公子，莫非是为昨日你戏耍了他兄弟的事，要找公子晦气，所以才摆下一桌鸿门宴？"

云襄沉吟道："应该不会。这里是苏家的地盘，以他的老道，不会像南宫珏那般不知深浅。再说他昨日就要见我，想必是另有要事。"

"公子还是小心些为好。"金彪劝道，"对这些喜怒难测的豪门公子，咱们还是少打交道。"

云襄笑而不答，他还不能告诉金彪自己的真实意图，以免胸无城府的金彪，会让人从表情上看出破绽。他隐隐预感到，南宫豪的酒宴，对自己来说可能是一个难得的机会。

黄昏时分，祥云楼最豪华的雅厅内，南宫豪摆下了一桌丰盛的酒宴，客人却只有云襄一个。金彪被南宫豪的手下拉到外间去喝酒，偌大的雅厅内，显得有些空荡荡的。南宫豪为上次云襄替他捉千清场的事，不住地表示感激，并殷勤敬酒。酒至半酣，他挥手斥退丫鬟，貌似随意地对云襄笑道："云公子既能捉千，想必赌技、千术也必定在行。"

云襄笑着摆摆手："不过略知皮毛罢了。"

"云公子太谦虚了，我可听说莫爷门下，除了鬼算子沈先生，就以云公子水平最高。"南宫豪舌头已有些不大灵光，也不知真醉还是假醉。云襄闻言心中微凛，立刻猜到莫爷门下应该是有南宫豪的耳目，他正待岔开话题，就听南宫豪笑道："我也好赌，有云公子这样的高手在前，自然见猎心喜，想与公子玩上两把。"

"公子喝多了。"云襄忙笑着推辞。谁知南宫豪已从怀中掏出一个匣子拍在桌上，却是一副牌九。他醉醺醺地笑道："咱们就来玩几把牌九，不赌钱，就赌酒，谁输了谁就喝一盅，谁先喝趴下算谁输。"

云襄还待推辞，南宫豪已推开酒菜空出地方，然后倒出牌九，手法熟练地码好，对云襄笑道："云老弟不会嫌老哥我水平太低，不愿出手吧？"

"哪里话，"云襄忙道，"在下恭敬不如从命，就陪大公子玩几把好了。"

"那好，老哥痴长几岁，就坐庄了。"南宫豪说着投开骰子，然后依点分牌，二人便玩笑般地玩了起来。刚开始双方互有输赢，但渐渐地云襄就输多赢少，连着喝了几大盅酒。南宫豪虽然口舌不清，但两眼犀利，手指稳健，哪里有半分醉酒的模样？

云襄原本只是游戏心态，并没有认真对待，连喝了几大盅后，才认真起来，用内行的眼光一看，立刻就发觉了南宫豪做的手脚。

原来南宫豪每次洗牌，都将天牌压在掌心，然后码到牌尾，在打完骰子拿牌的时候，他已经巧妙看到了自己的底牌，并根据手中牌的情况，在拿牌经过牌尾时，故意将牌扣在掌心，然后用最下面的次牌巧妙地将天牌顶出来换掉，使自己的牌面变得更大，赢面也就更大。他做得十分巧妙，整个动作完全是在掌心下一气呵成，旁人根本看不到有牌被换。不过他的手型落在云襄眼中，完全就暴露无遗。这招"偷梁换柱"，在牌九场上算是比较高明的手法，身上完全不带赃物，换牌的动作只有眨眼的一瞬，就算知道对方换牌，没有又快又准的身手也根本逮不到。

云襄看出原委，心中暗自好笑。虽然只是赌酒，他也不愿就这样不明不白地输下去。虽然以他的身手逮不到南宫豪换牌，赌酒玩耍也不好去揭穿对方的把戏，但他依旧有办法应付。他依旧若无其事地继续陪着南宫豪玩，甚至洗牌、码牌、打骰子也不插手，但南宫豪却觉得运气渐渐变坏，明明有换牌之利，赢面应该大了不少，谁知还是屡屡失手，输了不少酒。虽然他酒量甚豪，一连喝了十几盅后也有些受不了，只得推牌笑道："云老弟就像能看穿老哥的底牌一般，总能避实就虚，巧妙配牌，将老哥杀得毫无还手之力。再玩下去，老哥今晚就醉死当场了。"

云襄拿起一张骨牌笑道："这黑黢黢的骨牌，在旁人眼里背面都一样，但在高明的老千眼里，每张都有极其细微的差别。一个高明的老千，如果玩了十几把还不能认完这三十二张骨牌，那他不如一头撞死算了。"

南宫豪茅塞顿开，叹道："每一张牌你都认识，我再怎么偷梁换柱也是必败无疑。你这不是千术，而是极高明的赌技了！"

原来牌九赌法是每次取四张，两两自由配对，分为牌头和牌尾两副牌。双方比大小是牌头比牌头,牌尾比牌尾,一大一小为平,一大一平为胜,一小一平为负,两大或两小则为加倍胜或加倍负。如果事先认识每一张牌,就可根据对方所配的牌,来确定是压对方的牌头还是追对方的牌尾,即可立于不败之地。所以,云襄虽然拿的牌不如南宫豪换过的牌好,也依旧大占赢面。

南宫豪明白后不由推牌而起,对云襄拜道:"我这点手法,在云兄弟眼里真是贻笑大方,惭愧惭愧。幸好只是赌酒,不然老哥我早已输得倾家荡产。"

"南宫公子……"云襄刚一开口,就被南宫豪挥手打断,"云兄弟以后别再这么见外,你若看得起我,在没人的时候,咱们就以兄弟相称如何?"

云襄慌忙道:"在下不过一江湖混混,岂敢高攀?"

南宫豪面色一沉,不悦道:"云兄弟这是不给老哥面子了?"

云襄略一犹豫,无奈道:"既然如此,小弟见过南宫大哥!"

"这才对嘛!"南宫豪哈哈一笑,挽着云襄坐下道,"我与兄弟早已一见如故,对兄弟的赌技更是仰慕已久。今日老哥定要好好和兄弟喝几杯,以表敬意。"

在南宫豪的敬劝下,云襄连饮三盅,南宫豪这才笑问道:"兄弟这些赌技,不知敢不敢拿到正规场子上去玩?"

"有何不敢?"云襄似乎已经醉了,说话也豪气干云,"我出千从不带赃,被人抓住的可能几乎没有。只要我想,没什么场子不敢玩。"

"好,兄弟果然有气魄!"南宫豪击桌道,"有一个场子,老哥想请你去玩玩。"

"什么场子?"

"鸿运大赌坊!"

"鸿……鸿运大赌坊?"云襄醉态可掬的脸上满是迷惑,"那不是你的赌坊吗？你……让我去你的赌坊出千？"

"没错！"南宫豪笑眯眯地望着云襄，神情就像狐狸在打量着猎物。

云襄睁着醉眼愣了半晌，突然失笑道："你……你喝醉了，净说胡话！"

"老哥虽然有几分酒意，却还不至于到说胡话的地步。"

"那你给我一个理由。"

南宫豪迟疑了一下，然后道："自从上次有人在鸿运大赌坊出千，请来兄弟才抓住后，我就请来高手，将赌坊的防范水平又提高了不止一筹。现在我想检验赌坊的防范水平究竟能高到什么程度，所以想请兄弟去试试。"

他在说谎！云襄心中暗道，嘴上却说："这么一说，倒也有几分道理。"

"兄弟这是答应了？"南宫豪忙问。

"我有什么好处？"云襄反问道。

"从现在起半个月之内，你在我的赌坊无论弄到多少钱，都可以拿走。"南宫豪正色道，"不过你万一失手，老哥可就要照江湖规矩办。你可以化装，找帮手，或者在暗中指挥。总之一句话，无论你用什么办法，只要在鸿运赌坊弄到钱，且不被人当场逮住，就可以大摇大摆地拿走，老哥决不追究。"

云襄似乎清醒了一些，盯着南宫豪问道："你这是给我划下道了？"

南宫豪嘿嘿一笑："你要这样想也无不可，就不知兄弟敢不敢接？"

"有何不敢？"云襄似乎被酒意冲昏了头，立刻击桌而起，"我要不能从鸿运赌坊弄到钱，从此就不在江南混了。不过我有个条件。"

"什么条件？"南宫豪忙问。

"如果我失手，你不得为难我的帮手或同伙。"云襄慨然道，"所有处罚，都由我一人承担。如果你答应这条件，我就接下你的挑战。"

"好，我答应你！兄弟可敢与我击掌盟誓？"南宫豪说着举起了手，云襄毫不犹豫，立刻与他一击掌。南宫豪端起酒盅，对云襄道："喝完这盅酒，我就回去恭候兄弟大驾！咱们就以三万两银子为限，半个月之内，只要兄弟能在我的赌坊弄到三万两银子，老哥我就认输。"说完一饮而尽，跟着摔杯离去。

待南宫豪走后，金彪神色张皇地进来，对云襄叫道："公子你疯了吗？明明知道别人张好了网，你却偏偏要往里跳！"

"你都听到了？"云襄行若无事，整整衣衫，脸上醉意一扫而空。

"我哪有心思喝酒？"金彪急道，"我在外间一直竖着耳朵，听得一清二楚！这明明是南宫豪上次被人骗了十万两银子的巨款，没法向他老子交代，这才激你上门出千，他张网将你逮住后，便可将损失往你身上一推，好在他老子那里蒙混过关。别听他一口一个兄弟叫得亲热，逮住了不一样要照江湖规矩办？难道你忘了上次被逮住的那些老千的下场？"

云襄当然没忘记他们的下场，那还是他的缘故。不过他却另有打算："这次虽然有可能是圈套，但更有可能是一次机会。"

"机会？什么机会？"金彪追问道。

"你别问了，就算是圈套，我也要冒险跳一回。"云襄断然道。

看到云襄脸上那熟悉的神色，金彪就知道劝也是白劝，只得无奈地问道："你想怎么做？"

"咱们得先找些帮手。"云襄脸上泛起一丝浅浅的微笑。

金彪点点头："莫爷门下还有些人才，就不知莫爷会不会同意。"

"不能用莫爷的人。"云襄道。他还不知莫爷手下有谁是南宫豪的耳目，所以一个也不敢用。他心中已经想到两个最好的帮手，想起她们，他的眼神也渐渐温柔起来。

三、考验

镇江离金陵不远,有明珠留下的地址,云襄很容易就找到了她和舒亚男。见到两人后,云襄开门见山地对舒亚男道:"有一桩十拿九稳的买卖,我想请二位帮我一回。"

"什么买卖?"舒亚男语气中满是戒备,"为什么偏偏要咱们帮你?"

云襄笑道:"舒姑娘善于伪装,又精通千门之道,尤其善于随机应变,能应付各种突发情况,所以是最好的人选。至于是什么买卖,我暂时不能详告,不过可以告诉你们,是去赌坊出千。"

"你恐怕是找错了人,我对赌博并不擅长。"舒亚男连忙摇头。

"我就是看上你对赌博不擅长,不是赌桌上的老千,才来找你。"云襄意味深长地笑道。他知道,如果找赌桌上的专职老千做帮手,在鸿运赌坊众多暗灯的盯梢下,反而可能露出破绽,只有不擅赌博的新手,才不容易引人注意。

不过舒亚男对云襄的提议并不热心,只是笑着调侃道:"就不知云公子准备了多少银子给我们去输?"

云襄笑道:"咱们是去赌场弄钱,怎么会输?我不需要你们用任何手法去出千作假,你们只需照我的话去做,就能包赢不输。"

"哦,不知云公子有什么计划?"舒亚男总算有了一点兴趣。云襄笑着对她耳语半晌,舒亚男听完后对云襄的计划有些惊讶又有些佩服,但依旧有些犹豫。一旁的明珠见状连忙催促道:"云大哥的计划绝不会错,姐姐就帮他一回吧,就当是报答他上回赠宝之恩好了。"

上次云襄义赠《易筋经》和达摩舍利子,一直是舒亚男心中的一个结。她既感激,又有些不甘,总想找机会还对方一个人情,然后再漂漂亮亮地赢对方一回,以找回输掉的颜面。犹豫片刻后,她终于点头道:"公子果然不愧千门高手,竟能想到这等妙法,让我都不禁有些心动了。"

云襄笑道:"如此说来,舒姑娘是答应了?"

舒亚男欣然道:"有这等巧妙的法子,我当然愿意试试。"

"有舒姑娘和明珠郡主相助,咱们定能马到成功。"云襄高兴地一击掌,转头对金彪道,"这事还得请柯姑娘出手帮忙,你立刻去接柯姑娘去杭州,咱们到杭州再会合。"

虽然对云襄的计划还一无所知,不过在经历了无数次成功的考验后,金彪早已对云襄完全信服,毫不犹豫就动身去接柯梦兰。

三天后,金彪带着柯梦兰赶到了杭州,并住进了云襄指定的一间不起眼的客栈。分别多日,柯梦兰总算再次见到云襄,心中本有千言万语,却不知从何说起。金彪在客栈中没有见到舒亚男与明珠,忍不住问:"舒姑娘和明珠姑娘呢?"

云襄忙道:"这次行动,鸿运赌坊肯定有所防备。为了安全起见,从现在起咱们不再与舒姑娘和明珠见面。她们会按照我的计划行事,你们放心好了。"

柯梦兰在路上就听金彪说起过舒亚男及其与云襄的各种恩怨。凭着女人的直觉,她感觉那个不同寻常的女子,在云襄心中一定有着不一样的地位。她原本抱着复杂的心情，想见识一下那个与众不同的女子，谁知却未能如愿。如今见云襄将那女子的安全看得如此重要，连合作的同伙都不碰面，她心中有些恼恨，不由悻悻道："她们的安全重要，咱们的安全就不重要了？"

"柯姑娘多心了。"云襄忙解释道，"这次行动咱们只是摇旗呐喊的伴兵，她们才是主力。相比她们，咱们并没有任何危险。"

"为什么要她做主力，我却要做伴兵？"柯梦兰不满地质问。

云襄只得解释道："每个人都有不同的特质，我是根据这个来制订计划的。如果柯姑娘对我的计划心存疑虑，这次行动只好取消了。"

柯梦兰当然不想云襄的计划因自己而流产，心中虽有不满，却还是问道："需要我做什么？"

云襄笑道："你只需像普通人一样，拿钱去赌坊玩，输赢不论。不过你千万记着，不可作假，更不可用到任何出千手法，并尽量保持低调。我和阿彪也会去，不过我们要像陌生人一样，绝不可有任何语言或眼神上的交流。"

柯梦兰有些疑惑："我就是像普通人一样去赌坊赌钱？赌什么都可以？"

云襄点点头："你想玩什么都可以，我已去鸿运赌坊踩过盘，那里有市面上所有常见的赌法。你就在大堂内，选自己熟悉和擅长的桌子尽情地玩好了。"

柯梦兰虽然对云襄的计划一无所知，却还是点头道："好！我就照你的计划，去鸿运赌坊玩玩。"

鸿运赌坊坐落在西子湖边，是杭州城有名的奢华所在。自从南宫豪约了云襄上门后，就打起十二分精神，将赌坊布置得外松内紧。所有的暗灯明哨都得到指示，近日将有老千上门，谁若抓住，就可得到赌坊一日的利润。这对那些看场子的暗灯明哨来说，是极其丰厚的奖赏，超过他们干一辈子的报酬，所以所有人都精神起来，希望这幸运能让自己抓住。

南宫豪像往常一样，端坐在二楼的账房内，像猛虎一般俯瞰着整个大厅，俯瞰着那些吆五喝六、激战正酣的赌客。此刻他的心情有些复杂，虽然他将赌坊的警戒布置得前所未有的严密，心中却还是希望云襄能够出千成功。希望一个老千在自己的赌坊成功出千，这大概是任何一个赌坊老板都不会有的心态吧？南宫豪奇怪地想道。

在心中算算日子，离约定的期限所剩无多，南宫豪心中有些暗急，生怕赌坊严密的警戒让那个老千不敢上门。正患得患失间，就见楼下大堂内，一个青衫如水的书生与一个彪悍的随从信步而入，那书生衣衫朴素，举止从容，在众多衣着奢华的赌客中显得有些另类，不是云襄是谁？

南宫豪感觉十分意外。他设想过云襄上门的种种情形，却没想过对方会毫不掩饰身份，大摇大摆地公开上门。这简直就像是公开在对他说：我要上门出千了，你准备好没有？

虽然南宫豪心底希望云襄能成功，但对这般赤裸裸的挑衅还是暗自恼怒。正犹豫是不是该下去打个招呼，一旁的随从张敬之已怪叫道："咦，那不是云公子吗？他怎么也来咱们赌坊玩了？要不要请他上来？"

张敬之上次引得南宫豪上当，被人骗了十万两银子后，被南宫豪打了个半死。不过他就像忠心耿耿的狗一样，并没有因此就忌恨和背叛主人，伤稍微好些又回到南宫豪跟前来伺候。南宫豪正是看上了他这份忠心，所以并没有因为他的愚笨而将他赶走。在南宫豪心目中，手下的忠心比才能更重要。

见楼下那些伙计和暗灯都在争着跟云襄打招呼，南宫豪心中暗怒，却发作不得。他并没有告诉手下，云襄就是上门搞事的老千，难怪众手下误将云襄当成了上门帮忙的人。这也怪他，没有想到云襄会毫不掩饰身份光明正大地登门。

略一沉吟，南宫豪对张敬之吩咐道："你下去传我的话，盯着云公子，他的一举一动都要立刻向我汇报。就连他跟谁说过话，多望了谁一眼，甚至上过几次茅厕都不要漏掉。另外，凡是云公子去玩的赌桌，无论牌九、马吊，每十把就换一副新牌。"

张敬之再笨，也听懂了南宫豪的意思，不禁有些意外。不过他没敢多问，立刻飞奔下楼，将南宫豪的话悄悄传给了每个暗灯。众人立刻就明白了南宫豪的意思，齐齐将注意力集中到云襄身上，防备之弦立刻就绷紧。

只见云襄毫不介意地跟几个暗灯打过招呼后，就去柜台换了一千两银子的筹码，然后坐到一张推牌九的桌前玩了起来。众暗灯虎视眈眈地盯着他的双手，毫不掩饰他们的意图。反正赌坊内的暗灯对方基本都认识，全都成了明灯，也就没必要再掩饰。

不一会儿，张敬之就气喘吁吁地跑上楼来，对俯瞰着大堂的南宫豪禀报道："云公子换了一千两银子的筹码，在大堂中与一些散客推牌九。他的手气似乎并不好，没推几把就输了三百多两。"

"再探！"南宫豪依旧双目炯炯地盯着大堂。他对张敬之的禀报并没有感到意外，他已经猜到，云襄毫不掩饰地上门，其目的就是要吸引赌坊的注意力，并借着跟暗灯们打招呼的机会，巧妙地将暗灯指明给同伙，以便同伙规避。他只是佯攻的棋子，真正出千捞钱的，必定另有其人。

南宫豪身旁还有一个衣衫古旧的枯瘦老者，也在紧盯着楼下的大堂。他是南宫豪千里迢迢从京城富贵大赌坊请来的高手，他才是鸿运赌坊最大的暗灯。

"古老，不知你有什么看法？"南宫豪心中已有所想，却故意装出一副茫然的模样问那老者。老者名叫古戈，在京城富贵赌坊看了多年的场子，在圈内小有名气，所以被南宫豪尊为"古老"。此刻他轻捋着颔下几茎银须，怡然地道："兵法之道，不过正奇之变。云公子既然堂堂正正上门，必定在暗处伏有一支奇兵。"

南宫豪微微颔首："就不知谁是他的奇兵？"

老者盯着大堂道："这个奇兵应该在云公子视线之内，以便随时依照云公子的指令行动，可让人留意云公子的手势和目光停留之处。不过你既然说云公子十分高明，想必从他身上也看不出任何端倪，那就让人留意能看到云公子的赌客，注意谁对他的举动比较上心即可。"

老者的推断与南宫豪心中的想法暗合，他连连点头，对张敬之道："照古老的话吩咐下去，注意看哪些赌客在留意云公子。"

张敬之领令而去，没多久就又回来禀报："留意云公子的不下三十人，接下来该怎么做？"

南宫豪望向身旁的老者，只听老者沉吟道："先将这些人记下来。云公子故意坐在大堂中央，几乎所有赌客都能看到他，以他的打扮和举止，别人想不注意他都难。要想在这些人中间找出他的同伙，还真不太容易。幸好要从赌坊弄走三万两银子，不是一两天就能办到的，咱们还有时间。"

一个青衫书生出现在豪客聚集的高档赌坊，确实比较另类，被人注意也很正常，这增加了辨别他的同伙的难度。不过除此之外暂时也没有更好的办法，南宫豪对张敬之喝道："快照古老的话吩咐下去，还愣着干什么？"

张敬之下楼后没多久，就见云襄换了个桌子押骰子。不一会儿张敬之回来禀报道："云公子推牌九的手气似乎不太好，所以换成了押骰子。不过好像他依旧在走霉运，押骰子又输了大概有二百多两银子。"

"谁让你在意他的输赢？"南宫豪怒道，"叫人留意有哪些赌客在关注他才是正经事！"

张敬之似懂非懂地"哦"了一声，连忙下楼传令，片刻后回来禀报道："弟兄们观察到，大概还有十三个赌客在关注着云公子，大都是方才就关注着他的那些人。"

"再探！"南宫豪说完转向老者，只见老者拈须微笑道："只要他还在赌，要不了多久咱们就能找出他的同伙。"

楼下大堂内，一身红装的柯梦兰，比书生打扮的云襄更吸引旁人的目光。她打扮入时，模样秀美，这也罢了，难得的是她推牌九的手法，比绝大多数赌徒都要熟练迅速，完全不像一个天真烂漫的少女。在赌场中豪赌的女人本就不多，尤其是一位如此年轻漂亮且手法熟练的女赌徒，自然就吸引了不少人的目光，有不少赌徒先后聚到她身旁，在为她摇旗呐喊的同时，也跟着押上几两银子，以分享她的好运。

"九点，杀！"柯梦兰将手中牌九拍在桌上，目光有意无意地睃向右前方隔着三张桌子的云襄。她今晚的手气似乎不错，面前的筹码已堆成了小山。虽然照计划她不能出千，但凭着从小就在赌坊中浸淫的赌术，要她输钱还真不是件容易事。在不出千的情况下，运气虽然重要，但技术也不容忽视。

虽然柯梦兰不完全清楚云襄的计划，但还是希望能够凭高明的赌术，在鸿运赌坊光明正大地赢钱，最好能超过云襄请来的那个主角。柯梦兰真想知道，自己若能堂堂正正地赢上一大笔钱，超过云襄请来的那个女帮手，他脸上会是什么样的表情？所以在每一次大杀四方之后，她都忍不住要望向不远处玩骰子的云襄。谁知对方对她的得意全然无视，甚至都不往这边看上一眼，这让柯梦兰不禁恨得牙痒痒。

在云襄身后一桌押宝的赌桌前，舒亚男与明珠早已激战正酣。她们打扮成两个素不相识的赌客，明珠扮成个风度翩翩的贵公子，而舒亚男依旧白纱蒙面，只留双目在外。大户人家的夫人小姐偶尔也到鸿运赌坊来玩，为免抛头露面，她们常常用白纱蒙面，所以舒亚男的蒙面打扮，并没有引起旁人更多的关注。

玩了没多久，扮成贵公子的明珠似乎输得有些不耐烦，将一叠银票拍在桌上，对众赌客道："我要坐庄，你们谁也别跟我争！"

押宝通常有足够的本钱就可以要求坐庄，在鸿运赌坊是以四千两银子为限的。明珠将四千两银票交给负责看账的赌坊伙计后，就去了另外一个房间，那里有四张木牌和一个木匣子，四张木牌上分别刻着春、夏、秋、冬四字，外面赌桌上则画着春、夏、秋、冬四门。坐庄的人只需从四张木牌中任选一张装在密闭的木匣子里，交给赌坊的伙计送到外间的赌桌，众人就可以在春、夏、秋、冬四门上任意下注，押一门或两门，只要押中，庄家即按四倍赔付。由于庄家在赌桌上最少只留四千两银子的筹码，所以每门下注的最高上限定为一千两，以免出现闲家押中后庄家不够赔的情况。

按鸿运赌坊押宝的规则，庄家只有输光四千两本钱或赢到一万两才能选择是否下庄。如果庄家的筹码输到不够四千两，赌坊要负责补齐差额，并按输赢比例分账，这样既保证了赌坊的利益，也让游戏不至于因庄家赌本不够而中断。

舒亚男和明珠作为闲家已经玩了好一会儿，由于二人下注都比较谨慎，所以投入并不大。在云襄来到赌坊，与赌坊看场的暗灯一一招呼后，舒亚男总算认出了赌坊中所有看场的暗灯。她冲明珠使了个眼色，照原定计划，由云襄引开暗灯们的注意后，就该她和明珠出手了。

舒亚男所在的位置背对云襄，她也控制着自己决不看云襄一眼。坐庄的明珠离开后，她开始专注于每次开出的木牌，并时不时押上几笔大注，筹码渐渐在她面前堆成了小山，一切就如计划的那样，她终于开始赢大钱了。

"这位姑娘的手气真旺,不知可否带我一带?"一旁有个赌客突然对舒亚男笑道。那是一个三十多岁的精壮汉子,面目有几分粗犷俊朗,衣着打扮十分奢华,虽然他的汉语十分流利,却依旧掩不去明显的异族口音。

舒亚男比了个无所谓的手势,下大注时不再押满一千两的上限,这样就给别的赌客留下了一点余地,不至于总由她一个人痛杀庄家。

"姑娘真是好心人,在下朗多,不知姑娘如何称呼?"那豪客目光炯炯地盯着舒亚男,似要将她蒙面的面纱看穿。

舒亚男心中一凛,不由暗自警惕。虽然她相信云襄传授的千术,就算被人看穿也抓不住把柄,心中却还是有些心虚。略一迟疑,她小声道:"我姓舒。"

"原来是舒姑娘,幸会幸会!"那豪客连忙抱拳为礼。他已经输了不少筹码,大多通过庄家流到舒亚男面前,不过他却浑不在意,只盯着舒亚男笑道:"舒姑娘经常来这儿玩吗?"

"第一次。"舒亚男小心应付着朗多,并仔细留意着桌上的局势。见同桌的赌客在减少,她算算自己面前的筹码,已经赢了六千多两。照原定计划,赢到这个数就该收手了,以免引起赌坊的注意,何况一旁还有个不知深浅的家伙在留意自己。她收起筹码,对朗多歉然一笑,然后将筹码交给赌坊的伙计:"结账。"

伙计连忙点清她的筹码,扣除赌坊半成的抽头后,将筹码换成一叠银票交到她手中,并照惯例对舒亚男道:"姑娘带着这么大笔钱离开,是否需要咱们提供保护?"

保护赢了钱的赌客的人身安全,这是所有正规赌坊的义务。舒亚男也没有推辞,点头答应道:"好的,请将我送回客栈。"

那个自称朗多的汉子目送着舒亚男离去的背影,眼中闪烁着异样的微芒。他身后一个随从见状,忙俯身在他耳边悄声问道:"殿下,要不要小人将她弄来？"

"算了，这里不比漠北，可不能恣意妄为。"朗多依依不舍地收回目光，回头继续下注。不过他明显对输赢没多大兴趣，只是像孩子一样，在体验一种从未玩过的游戏。

舒亚男离去后不久，明珠也下庄出来。作为闲家她又玩了几把，这才不显山不露水地离开。待她和舒亚男离去后许久，云襄也将剩下那不多的筹码兑成了银票，与金彪大摇大摆地离去。

待二人走后，南宫豪忍不住转望身旁的老者，征询道："古老，你有什么看法？"

古戈拈须沉吟道："这姓云的果然不简单，毫不掩饰大摇大摆地登门，第一个照面就出人意表；借着与明灯打招呼，巧妙地将众暗灯向同伙点明。只此两点，即可见其高明。不过他还是留下了一些蛛丝马迹，那几个始终留意着他的赌客中，定有他的同伙！只要他们明日再来，咱们定能将其抓获！"

南宫豪满意地点点头，对身后的张敬之吩咐道："让人暗中跟踪云公子，若能查到赌坊中有哪些赌客与他在外面碰过面，即是大功一件！"

张敬之领令而去后，南宫豪俯瞰着依旧熙熙攘攘的大堂，在心中暗暗道：姓云的，你可千万别那么容易被我逮住啊！

第二日正午刚过，云襄依旧带着金彪大摇大摆地来到鸿运赌坊。众暗灯明哨已经得到南宫豪指示，不再与二人招呼，只全神贯注留意二人的一举一动，并满场寻找注意着他们的赌客。云襄照旧在柜台换了一千两银子，然后来到掷骰子的桌前，像旁人一样玩了起来。

南宫豪和古戈依旧在窗口俯瞰着整个大堂，一个如踞岗而卧的猛虎，一个如目光炯炯的苍鹰。看得多时，古戈突然道："让人留意云公子右前方那个推牌九的红衣女子，一个时辰之内，她已经偷看了姓云的七次！"

南宫豪的密令很快就悄悄传到楼下，赌坊中目光最犀利的几个暗灯扮成赌客，悄悄来到那红衣女子身后，全方位地监视着对方的一举一动。柯梦兰从小在赌坊长大，对赌坊的监视有天生的直觉，不过她心中无鬼，对众暗灯的监视浑不在意，反而意气风发地大杀四方。

虽然柯梦兰并没有出千，但她从小就苦练过赌技和千术，习惯成自然，她拿牌的手型、看牌的习惯，以及出手的方式，落在目光如炬的众暗灯眼中，立刻就让他们如临大敌。但众暗灯看来看去，却看不出半点破绽，更别提抓她现形，只好将这结果上报南宫豪。

听完张敬之的禀报，南宫豪连忙质问："你说那女子拿牌的手型有问题，也赢了不少钱，但所有人都抓不住把柄？"见张敬之无可奈何地点点头，南宫豪不禁怒道："我养你们这么些人，还真不如养几条狗！"

"南宫老板不用着急，老朽亲自下去看看。"古戈拈须悠然道。

南宫豪大喜，连忙道："有古老出手，什么老千不立刻现形？"话虽如此，南宫豪却在心中暗自祈祷：千万别让这老家伙坏了自己的大计！

古戈下去了小半个时辰，最后垂头丧气地回来禀报："咱们上当了。"

"此话怎讲？"南宫豪忙问。

古戈摇头道："那红衣女子虽然手法熟练、赌术精湛，却绝对没有出千。"

"怎么会这样？"南宫豪有些疑惑，"她既然与云公子是同伙，又赢了不少钱，她不是老千谁是老千？"

古戈叹道："她是云公子同伙不假，而且她也是开事的老手，但她没有出千。她赢钱除了因为赌术精湛，更是因为懂得挑对手。与她同桌的都是些不开事的凯子,她不赢钱谁赢钱?不过以她赢钱的速度,要想赢到三万两恐怕是做梦。所以老朽肯定,她只是吸引咱们注意的又一支佯兵,真正的老千咱们还没找到。"

南宫豪恍然地点点头:"如此说来,咱们还得从头再来?"

古戈摇头叹道:"要想在赌坊中找出云公子的同伙,恐怕得换一个思路。依老朽所见,咱们得留意所有赢了大钱的赌客,他们中必有云公子的同伙,尤其是那些一赢再赢的陌生赌客。"

南宫豪忙对张敬之道:"传令下去,严密监视所有赢了大钱的客人!凡是连赢两天以上者,一律记录在册!"

舒亚男点了点自己的筹码,已经赢了一万多两,完全超过了原定计划。她有些恋恋不舍地停手,对赌坊的伙计吩咐道:"结账!"

"舒姑娘的手气真是好得令人羡慕,不知在下可否请你喝上一杯,以便向舒姑娘请教赌博之道。"那个叫朗多的异族汉子笑问道。他似乎是赌坊的常客,今日再次与舒亚男巧遇,看模样又输了不少,不过他却满不在乎。

"多谢好意,不过素昧平生,冒昧相邀实属无礼,请见谅。"舒亚男冷冷道。她已看出对方只是对自己感兴趣,并非怀疑自己在靠非常手段赢钱,也就不再客气。

朗多对舒亚男的拒绝并不在意,依旧笑道:"你们汉人有句俗话,叫一回生二回熟,如此说来,咱们应该算熟人了吧?"

"抱歉,我以前好像没见过你。"舒亚男说着从伙计手中接过银票,正要离去,却听朗多急道:"我叫朗多,咱们昨日才在这里见过,难道舒姑娘忘了?"

舒亚男当然没忘这家伙昨日就在纠缠自己,说没见过他,原本是要告诉对方,他在自己心目中毫无印象,别再无端纠缠。谁知这家伙是个缺心眼，竟没有听懂自己的言下之意。舒亚男刚赢了大钱，心情舒畅，便笑着调侃道："哦，我想起来了，昨日这桌上好像也有种牛羊的膻味，那就是你吧？"说完不等对方有所反应，已笑着飘然而去。

北方一些少数民族因长年食用牛羊肉，身上总有股膻味，所以常被人取笑。朗多对舒亚男的调侃还没觉得什么，他身后的随从却勃然变色，俯身在他耳边道："殿下，这女子对你如此无礼，属下实在忍无可忍。"说着他已手扶刀柄，面露杀气。

"是吗？我倒觉得她记得我身上的味道，是种难得的缘分呢。"朗多目送着舒亚男的背影，眼神越发迷离。那随从僵在当场，一脸的悻悻和不甘。朗多见状信手给了他一巴掌，斥道："巴哲，别忘了你只是我养的一条狗，我让你咬谁你才能咬谁，别有事没事就龇牙咧嘴，小心我割了你的舌头！"

那随从体形彪悍，面目阴狠，浑身上下散发着一股狼一般的森冷之气，但在朗多面前，却如听话的恶犬。听到朗多呵斥，他连忙低下头，悄声道："属下遵命！"

朗多意兴阑珊地收起筹码，对那随从道："不玩了，咱们走。我有预感，咱们明日还能在这里见到那女子。"

在朗多带着随从走后，离他们不远的云襄收起筹码换了张桌子。他一直在暗中留意着舒亚男那一桌的动静，虽然并没有用目光正视，但舒亚男的一举一动都没逃过他眼角的余光。他趁换桌的当儿对金彪小声道："今晚你想法通知舒姑娘，她玩得太急了，这样下去会惊了场子。明天让她带四千两银子来坐庄，凭手气老老实实地赌，输光了就走人。"

金彪心领神会地点点头，他与舒亚男有秘密的联络方式，不怕被赌场的打手跟踪发现。

一连数天，南宫豪与古戈瞪大双眼，依旧没有找出云襄的同伙，更没有发现有人出千。眼看就要到约定的期限，古戈一向从容的脸上，也失去了往日的镇定。望着暗灯明哨收集到的各种杂乱的情报，他不禁喃喃道："这赌场必定有某个漏洞已被姓云的抓住，但咱们却全无头绪，实在令人颓丧。"

"我的赌场，绝对没有漏洞。"南宫豪忙道。

"只要是赌局，就有漏洞。"古戈不耐烦地摆摆手，"千术永无止境，今日还是无懈可击的赌局，明日说不定就已被人破解。能发现别人没有发现的漏洞，并准确地抓住，才是真正的千门高手。姓云的果然不愧是高手，他抓住了我们至今还没有发现的漏洞！"

"漏洞？"南宫豪心中一凛，突然想起上次请云襄帮忙捉千清场，他就说过押宝的赌局有一个漏洞，只是当时自己只想着抓住老千，并没有细问。现在看来，他很可能就是在利用这个漏洞！想到这里，南宫豪急忙对张敬之道："这几天押宝的桌上，有没有发现什么可疑的人，或者可疑的事？"

张敬之想了想道："所有人都在留意着云公子和那红衣女子，并没有特别留意押宝的桌子。"

古戈闻言目光一亮，忙道："快将押宝那桌的账本拿来！"

张敬之飞奔而去，很快就拿来一大本厚厚的账本，递给古戈道："这是押宝的桌子收到的抽头账本，最后那页就是这几天的账目。"

古戈急忙翻开账本，仔细一看，连连点头道："押宝的抽头在不断减少，甚至赌坊还在这桌上赔了不少钱，说明押宝那桌的客人在减少。这只有一种可能，就是很多客人在押宝的赌桌上不断输钱，所以对它渐渐失去了兴趣，这桌上一定有人在不动声色地连续赢钱！"

"我想起来了！"张敬之忙点点头，"那桌上有个蒙面女子，今天就赢了不少筹码，不过她好像也经常输，并不都是天天赢。"

"她输的时候输多少？赢的时候又赢多少？"南宫豪忙问，见张敬之摇头，他急道，"快将押宝那桌负责派码和看账的伙计叫上来！"

不一会儿两个伙计被张敬之带了上来，听到南宫豪的询问，两人回忆片刻，犹豫道："客人太多，记不太清了。不过那女子有一次赢了一万多两，这不太常见，所以小人还记得。输的时候通常就几千两吧。"

"一定是她！"南宫豪一跃而起，对随从吩咐道，"你们在这里等着，我亲自下去看看！"

来到楼下，南宫豪冷眼打量着那个蒙面女子，虽然并没有看出她有任何不妥，不过她那半隐半现藏在面纱下的面容，让南宫豪依稀有种熟悉的感觉。见她将赢得的筹码兑成了银票，正要在赌场武师的护送下离开，南宫豪再顾不得许多，忙闪身拦住她的去路，喝道："姑娘请留步！"

蒙面女子依言停步，惊讶地打量着南宫豪问："阁下有何指教？"

"姑娘很像我一位故人，不知可否让在下一睹芳容？"南宫豪并没有抓住对方出千的把柄，所以不能以此要求对方摘下面纱，只能另找借口。不过对方那隐约的面容，也确实给他一种熟悉的感觉。

"你恐怕是认错了人。"蒙面女子说着正要走，南宫豪一声轻哼："恐怕由不得你！"说着一爪悄然探出，在对方猝不及防之际，他已闪电般扯下了她的面纱。那女子浑身一颤，不由愣在当场。

四周响起无数赌客惊艳的叹息，就如一颗明珠突放光华，立刻吸引了所有人的目光。南宫豪呆呆地望着舒亚男脸颊上那朵绽放的水仙，不敢相信世上竟有如此非凡的美貌。就在众人呆若木鸡之际，突听有人一声断喝："放肆！什么人敢对舒姑娘无礼？"话音未落，已有一个衣着奢华的精壮汉子，闪身挡在了舒亚男身前。

南宫豪上次见到舒亚男时，她还是男装打扮，脸上还有一道丑陋的疤痕,所以他怎么也没想到,面前这美艳若仙的女子,就是上次那个骗了他十万两银子的"张公子"。他正为自己的冒失懊恼,见有人居然敢顶撞自己,不由将满腔怒火发泄到那人身上,伸手一掌推向那人胸膛,嘴里骂道:"滚开!哪来的蛮子?"

他的手尚未触到对方胸膛,眼前寒光一闪,跟着手腕触到一丝刺骨的冰凉,他心中一惊,本能地停手,就见一柄寒光闪闪的弯刀,已停在了自己的手腕之上。他望着那柄纹丝不动、凝而不发的弯刀,心中突然一阵后怕:方才自己若是没有收住手,这只手现在恐怕已与手腕分离了。

"巴哲,收刀!"对面那汉子一声呵斥,停在南宫豪手腕上的弯刀立刻应声收回。南宫豪此刻才看清,方才那天外飞来的一刀,乃是出自对面这汉子身后的随从之手。他惊疑地打量着对方:"你是何人?"

"你不配知道。"那汉子眼中闪过一丝傲气,冷冷道,"你只需知道,任何人只要对舒姑娘无礼,就别怪我刀下无情。"

话音刚落,四周就响起了此起彼伏的拔刀声。鸿运赌坊看场的众武师,不等南宫豪下令已将那汉子围了起来。那汉子凛然不惧,只冷冷盯着南宫豪的眼。对方那种天生的威仪和气度,令一向狂傲的南宫豪也隐隐生出畏惧之感,心知此事一旦闹大,影响赌坊的声誉是小,恐怕还会打乱自己苦心孤诣的计划。南宫豪突然哈哈一笑,对那汉子抱拳道:"方才在下误认那位姑娘是一位故人,多有冒犯,还请见谅。"说完连忙挥手示意手下让路。

那汉子对南宫豪不理不睬,护送着舒亚男扬长而去。南宫豪心中恨得牙痒痒,脸上却不露声色,对围观的赌客笑道:"没事没事,一场误会,大家继续玩。"

在离冲突现场不远的一张赌桌旁,云襄目送着舒亚男离去后,不禁回头问金彪:"我方才有没有看错,那是舒姑娘吗?"

"你没有看错,那就是舒姑娘。"金彪说着疑惑地挠挠头,"不过她怎么突然变得这般漂亮,我却不知。"

云襄微微叹道:"舒姑娘聪明绝顶,我原本以为她脸上的疤痕,是源自上天的忌妒。如今她美貌与智慧完美无缺,恐怕反而不是好事。"

金彪奇怪地望着云襄:"公子,你好像对舒姑娘有种特别的关心啊?"

云襄一怔,心中也有些迷茫。见金彪好奇地打量着自己,他忙转开话题道:"咱们的计划已顺利完成,该跟南宫豪摊牌了。"

二人信步走向南宫豪,南宫豪也连忙迎了上来,一见云襄的表情,就知道自己已经输了。不过他心中并无半分颓丧,反而有种心花怒放的兴奋,上前一把拉住云襄,呵呵笑道:"云公子真神人也,老哥我服了!你他娘的究竟在我赌坊弄走了多少钱,老哥可是一无所知!"

"不多不少,正好三万两。"云襄笑道。

"好小子,千人于不知不觉之中,真有你的!"南宫豪兴奋地拍了拍云襄的肩,挽起他的手就走,"来来来!快给老哥说说,你他娘是如何做到的?"

南宫豪拉着云襄上楼后,张敬之不禁长舒了口气。他原本还担心没有抓住老千,会受到老板的惩处,如今听南宫豪连说"他娘的",那是老板在异常高兴时才会蹦出的字眼,终于放下心来。不过他有些想不明白,为何老板输了钱反而更高兴了?

四、结义

鸿运赌坊大门外的长街边，舒亚男来到自己的马车前，回头对护送自己出来的朗多道："多谢壮士仗义出手，以后若有机会，在下定当厚报。"

朗多忙道："舒姑娘若要报答，何必等到以后？在下正有些馋酒，若舒姑娘请在下喝上一杯，就是最好的报答了。"

若是以前，舒亚男对这样的提议多半不会拒绝，不过在经历过丛飞虎的胁迫后，她对这些江湖豪客已怀有深深的戒心，何况现在还要与明珠在约定的地点碰面。再说，她对这来历不明的异族汉子，只有几分感激，并无多少好感，所以她歉然一笑道："我还有琐事要办，请壮士见谅。"

朗多眼中满是失望，转而问道："不知舒姑娘是哪个世家望族的大家闺秀？大名可否见告？咱们以后可还有相见之日？"

舒亚男原本不想透露自己的名字，不过想到对方方才为保护自己，不惜与南宫豪为敌，略一迟疑，还是说道："在下舒亚男，并不是什么大家闺秀。至于以后，一切随缘吧。"说完她登上马车，对车夫说了声"走",车夫立刻甩了个响鞭,驱马疾驰而去。

朗多怅然望向远去的马车,喃喃道:"舒亚男,她可真是来自瑶池的仙姬!"

"殿下,要不要属下将她弄来?"他的随从巴哲,连忙凑到他耳边问道。

朗多微微摇头,低声道:"她不是寻常女子,我不想对她有丝毫冒犯。你可尾随她的马车,暗中查探她的下落,但决不可暴露你的行踪。"

"属下明白!"巴哲答应一声,立刻像猎犬般蹿了出去,转眼便消失在茫茫暮色中。

鸿运赌坊一间隐秘的雅室中,南宫豪拉着云襄频频劝酒。这里是他运筹帷幄之所,就连亲信随从都不得进来,但现在,这里却摆下了一桌丰盛的酒宴,只款待云襄一人。

酒过三巡,南宫豪就憋不住问:"兄弟是如何从我这赌坊弄走钱的?快给老哥说说!"见云襄笑而不答,他不由拍拍额头道:"明白了明白了,我知道这是兄弟吃饭的本领,概不外泄。不过老哥还有个不情之请,望兄弟能答应。"

云襄笑道:"南宫兄有何指教,但讲无妨。"

南宫豪将酒杯捧到云襄面前,恳切地道:"我想与你歃血为盟,结为异姓兄弟,从此有福同享,有难同当,不求同年同月同日生,但求同年同月同日死。"

云襄慌忙道:"南宫兄乃煌煌南宫世家长公子,在下不过一江湖混混,岂敢高攀?"

南宫豪突然"扑通"一声跪倒在地,垂泪道:"什么南宫世家长公子,我现在大祸临头,若没有兄弟帮忙,必定死无葬身之地!"

"公子折杀云某！"云襄急忙跪倒，伸手搀扶，"公子快快请起，有什么话起来再说！"

南宫豪不为所动，坚持道："兄弟若答应与我结拜，我便立刻起来；若不答应，就请立刻离开，不用管老哥的死活。"

云襄迟疑半晌，终于慨然道："好！既然大公子如此看得起云某，敢不从命？"

南宫豪大喜过望，连忙拿出早已准备好的香案。二人序了年齿，然后歃血为盟，望空而拜。南宫豪满脸诚恳，朗声道："我南宫豪今与云彪结为异姓兄弟，从此有福同享，有难同当，若违此誓，天诛地灭！"

云襄在南宫豪面前，一直是用"云彪"这个假名，此刻他也学着南宫豪的样子望空拜道："我云彪今与南宫豪结为异姓兄弟，从此有福同享，有难同当，若违此誓，就让我身受千刀万剐，不得好死！"

南宫豪连忙将云襄扶起，欣然道："有兄弟帮我，从此我必能无往不利！"

二人重新落座，共饮三杯后，南宫豪笑问道："现在兄弟能告诉我如何在我的赌坊出千了吧？以后只要我有一口饭，就决少不了兄弟一碗汤，你不必再靠那赌博出千吃饭了。"

"兄长说笑了。"云襄连忙道，"其实说穿了一钱不值。我上次就说过，那押宝的赌局有个天然的漏洞，只要抓住漏洞抢占空门，就能将赌桌上的钱，通过庄家传到同伙手中。"

南宫豪疑惑地问道："上次那些老千是买通看账的伙计，现在恐怕没人再敢使这一招，兄弟是如何做到的呢？"

云襄笑道："押宝赌局最大的漏洞，就是只要知道了庄家所出的牌，就可以抢先占住空门，将别人的筹码赶到必输的另外三门，这就给庄家和某个闲家合谋勾结创造了条件。"

南宫豪依旧疑惑地问:"庄家在另一间屋子,若没有人帮他传递信息,他出什么牌同伙如何得知?"

云襄笑道:"他出的牌就是信息。比如他连出三个春,就表示下面五把或十把,他将按照事先约定的顺序出牌。外面的闲家同伙看到连续三个春,就知道下面几把庄家将如何出牌,于是抢先押满那一门,其他人若下注,就只有押在必输的另外三门。这样庄家就杀赌客,赔同伙,赌桌上的钱最终就都流到了闲家同伙手中。双方的约定可千变万化,每次不同,这样看场的暗灯就算盯着看上几天,也发现不了其中的门道。"

南宫豪恍然大悟,连连点头道:"再加上你伏下佯兵引开所有人注意,他们就更加安全了。其实就算没有佯兵,咱们也抓不到他们任何把柄,最多早点发现漏洞,使他们赢不了那么多钱。"

云襄点头笑道:"其实世上所有的千术,说穿了就一钱不值。只因人的智力终有穷尽,再严密的赌局也有漏洞和弱点,能否发现漏洞并加以利用,正是千术的精髓所在。"

南宫豪闻言两眼放光,盯着云襄道:"有一个赌场,老哥正想请兄弟一展身手。"

"哪里?"云襄问道。

"扬州牧马山庄!"南宫豪冷冷道。

云襄心中一凛,脸上顿时有些异样。

南宫豪见状忙问:"兄弟也知道牧马山庄?"

再熟悉不过!云襄心中暗叹。那里原本是骆家庄,当年被南宫三公子南宫放强占后,建成了集赛马、赌坊、酒楼和妓院为一体的牧马山庄,是扬州郊外有名的销金窟。他自从回到江南,就一直在关注着牧马山庄,也在关注着整个南宫世家。他就像躲在暗处隐忍不发的毒蛇,一直在等待着强敌露出破绽,等待着发出致命一击的时机。现在,他终于看到了一丝机会和希望。

云襄强压心底的激动,装着不明所以的样子问:"那不是你们南宫世家的产业吗?你怎么会……"

"准确地说,那是老三的产业!"南宫豪眼里射出骇人的寒芒,"在兄弟面前,我也不怕自曝家丑。想我南宫豪,乃南宫世家堂堂嫡长子,却被撵到这远离家族事务的杭州,守着鸿运赌坊这点可怜的产业聊以度日,这全拜我那嫡亲的三弟所赐!是他使计杀害官差嫁祸于我,使老爹夺去了我的嗣子之位。他为了谋夺家业,无所不用其极,就连我这个嫡亲大哥都不放过。他既不仁,我也就不义。如今我的赌场出现了十多万两银子的亏空,没法向老爹交账,只好铤而走险,到他的牧马山庄拿点来填补。兄弟你定要帮我,不然哥哥可就死定了!"

云襄迟疑道:"若只是为银子,兄弟手上还有些积蓄,大哥可先拿去应应急。虽然不够十万两,不过我想南宫宗主也不至于为了几万两银子,就责罚大哥吧?"

"兄弟的好意大哥心领了,不过我这不完全是为了银子。"南宫豪忙道,"我已在老头子面前失宠,本已没有希望夺回嗣子之位,不过现在却有个机会出现在眼前,我无论如何也要抓住,所以不能再有半点差池。"

"什么机会?"云襄忙问。

南宫豪突然失笑道:"老三聪明一世,谁知大意失荆州,让个女人一刀给阉了。真是老天开眼,又给了我这么个机会。如今他既已绝后,我若再将亏空转到他的牧马山庄,老爹恐怕得重新掂量掂量这嗣子之位,看看是不是该早一点送他进宫,让他去伺候皇上了。"说完,南宫豪忍不住哈哈大笑,很为自己的幽默得意。

云襄想了想,沉吟道:"就算我从牧马山庄弄到钱,想必三公子也有办法将账抹平吧?"

"这个你倒无须担心，"南宫豪连忙解释道，"无论牧马山庄还是我这鸿运赌坊，管账的都是老爹派下来的账房，所以账目谁也无权篡改。兄弟尽管放手去干，什么手段都可以使，什么办法都可以用。若能让牧马山庄的生意一落千丈，一蹶不振，就是帮了哥哥的大忙！"

云襄还在犹豫："我对牧马山庄并不熟悉，还不知道那里的戒备情况，恐怕……"

"兄弟放心，我会给你详细讲解牧马山庄的所有情况，以兄弟的本事，定能马到成功！"南宫豪决绝地道，"不论你要钱要人要情报，我都会全力相助。不过，你千万记住，这事万不能走漏半点风声！"

云襄忙道："兄弟心里有数，就算被人当场抓住，也决不会出卖大哥。"

"有兄弟这句话，哥哥完全放心。"南宫豪笑道，"你立刻就去着手准备，莫爷那里我会想法替你遮掩。我改日便将牧马山庄的所有情况详细写下来给你，它里面的所有情况我俱了然于胸，你有什么要求也尽可开口。不过行动的时候我不会插手，更不会与你再有任何瓜葛，一切全靠兄弟自己。你万一失手，我也不会承认此事与我有任何关系。"

"我明白。"云襄理解地点点头，"大哥放心就是。"

南宫豪点点头，满怀深意地笑道："以兄弟的才能，必定不甘久居人下。莫爷已经老了，他的基业该由更年轻、更有才能的人来继承。兄弟这次帮了我，他日但有用得着哥哥的地方，哥哥定会鼎力相助，决不推辞。"

"大哥说笑了，能为大哥效劳，是兄弟的荣幸。我这就回去着手准备，决不让大哥失望。"云襄连忙道。他还不知莫爷与南宫豪究竟有多深的渊源，所以对南宫豪的提议，决不敢有任何异样的表示，只能模棱两可地笑笑。

看看天色不早，南宫豪也就没有挽留。送云襄离开雅室后，他突然拍了拍手，一个影子般的黑衣人立刻从窗外悄然而出。南宫豪将一叠银票递给那人，低声道："方才那人就是你的目标，万一他失手，你决不能容他有机会吐露半个字。"

黑衣人点点头，只有死人才不会吐露任何秘密，任何杀手都懂得这个道理。

南宫豪目送黑衣人悄然离去后，才长舒了口气，暗暗为自己一箭双雕的计谋得意。若计划顺利，不仅可以补上自己十万两银子的亏空，还能借机打击老三，让老爹重新斟酌嗣子的人选；若计划失败，最多也就死一个刚结拜的异姓兄弟。

兄弟？南宫豪嘴角泛起一丝冷笑，这世上连亲兄弟都要自相残杀，何况还只是一个刚结识不久的异姓兄弟。

一辆马车顺着长街缓缓而行，离马车十多丈远的地方，巴哲像猎犬一般稳稳地跟踪着猎物。他从未见过朗多殿下对一个女人如此上心，所以不敢有丝毫大意。马车最后来到一家不起眼的小客栈，就见那个姓舒的蒙面女子下得马车，立刻被一个俊秀的年轻公子迎了进去，看二人的亲热模样，显然关系非比寻常。巴哲就像护主的恶犬，立刻心怀杀意地跟了过去，殿下虽然不让他暴露行踪，却没令他不能有所作为。他已将那女子视为殿下的女人，谁敢跟殿下争女人，谁就得死！

他心中主意一定，立刻像猿猴般攀上客栈的屋檐，跟踪二人进了客栈。此时天色已晚，有夜幕的掩护，倒也不怕有人发现他的行踪。

见二人进了楼上的客房，巴哲从屋檐上摸到窗口上方，正欲一个"倒挂金钩"窥探屋中情形，突感身后有一丝寒意隐隐袭来。那寒意来得如此突兀，瞬间近在咫尺，他浑身不由一颤，僵在当场。

"慢慢转过身来。"身后有人压着嗓子低喝。巴哲依言转过身，才看清眼前是个身形彪悍的蒙面汉子,正虎视眈眈盯着自己。对方的长刀引而不发,离自己的脖子不及一尺,这个距离要想完全避开,就连他也殊无把握。虽然对方是占了偷袭之利,但那份迅捷和轻灵,也是巴哲平生仅见,不由心中惊讶,这小小客栈中,怎会藏有如此高手?

"你是何人?报上名来!"蒙面汉子打量着巴哲,低声喝问。巴哲想起殿下的叮嘱,不敢暴露身份,只得孤注一掷,拼死一搏。他无视对方长刀的威胁,猛然拔刀在手,顺势挥向对方胸膛,不惜以两败俱伤之法,拼个鱼死网破。

蒙面汉子没想到对方竟如此悍勇,稍有迟疑,就见刀光已至胸前,连忙侧身避让,同时挥刀下斩,由于要避让对方的搏命一击,他的刀锋稍有偏斜,只从巴哲肩上划过。巴哲一声痛哼,就地一滚退出数丈,立刻捂着伤口飞奔而去,看来伤得不轻。

蒙面汉子没有追赶,低头看着自己前胸,只见胸前衣襟尽裂,胸膛上留下了一道浅浅的伤痕,虽只是皮外伤,却也令他骇然咋舌。要知道,以他的武功,已经很难遇到能伤他的对手了。他不禁在心中暗问:这家伙是谁,竟然如此悍勇!刀法如此决绝凶猛,绝非中原武功。

蒙面汉子遥望巴哲消失的方向,心中既惊且疑。他慢慢摘去面巾,露出了蔺东海那张冷厉刚毅的脸。看看四周再无异状,他轻盈地翻回客栈,就如来时一般悄无声息。

自从护送明珠郡主离开王府,算起来早已过了一个月,照计划他本该将明珠带回北京了,谁知突然接到王爷新的命令,要他继续在暗中保护郡主,不必干涉郡主的行动,并随时向王爷禀报郡主的行踪。他对王爷的命令虽百思不得其解,却也不敢违背,只得继续这苦差事。为了不被舒亚男和郡主发现,他将几个侍卫安排在远处,自己则亲自在暗处保护。原本只担心郡主从自己的视线逃脱,没想到今晚竟有如此高手欲对郡主不利,避过了外围侍卫的耳目,使他不得不亲自出手。

屋檐上的打斗，惊动了在客栈外监视的侍卫，几个侍卫连忙来到蔺东海房中，见他胸口受伤，俱十分吃惊，连忙请罪，并帮他更衣敷药。蔺东海心知以几个侍卫的武功，也拦不住那家伙，就没有责罚众人，只叮嘱道："将郡主的行踪密报王爷，大家打起精神，不能再有任何大意。"

屋檐上的动静没有逃过房中舒亚男的耳朵。她以前就独当一面走过镖，江湖阅历自然不是明珠郡主可比的。听到隔壁房中有动静，她连忙向明珠示意，明珠立刻惊觉，忙吹灭灯火，隐在门缝中往外瞧。正好一个侍卫从隔壁房中出来，明珠认得那是王府侍卫，忙对舒亚男悄声道："是蔺东海！"

舒亚男原以为已将蔺东海甩掉，谁知他却在暗处跟踪。若在往日，她倒乐得有蔺东海在暗中保护明珠，不过如今刚从赌坊弄了一大笔钱回来，自然草木皆兵，于是不假思索便对明珠道："咱们得趁乱离开。"

明珠自然没意见，二人立刻收拾行装，从窗口翻出客栈，借着夜色悄然而去。待侍卫发现房中无人，二人已走了多时。几个侍卫连忙向蔺东海告罪，他却若无其事地道："无妨，郡主甩不掉咱们的。"有过上次的教训，他已经在郡主衣衫上下了"千里香"，借着训练有素的猎犬，就算郡主逃出百里，也逃不过猎犬的追踪。

西湖边一家幽雅简朴的酒楼内，云襄摆下一桌酒宴，犒劳参与这次行动的所有人，并按人头将这次的收获分给了大家。虽然分到各人名下的钱并不多，但大家依旧欢呼雀跃。尤其明珠，更是满怀期待地道："云大哥，以后若再有行动，可记得再找咱们合作啊！"

云襄笑而不答，牧马山庄的行动不比鸿运赌坊，他并不想将明珠和舒亚男拖入险地，所以没打算让她们知道。谁知金彪却抢着道："咱们正好就有个计划，不知你们感不感兴趣？"

"什么计划？"明珠忙问。

金彪不等云襄阻拦，抢着道："是去牧马山庄出千。"

"好吧！"明珠顿时欢呼雀跃。她也听说过牧马山庄，名气地位绝非鸿运赌坊可比。其实以她的出身，钱财在她心中只是个抽象的数字，不过靠智谋在戒备森严的赌坊弄到钱，却令她很是兴奋。她就像找到一个新奇游戏的孩子，自然要继续玩下去。

云襄却不想她冒险，忙道："这次行动风险极大，所以我不想牵连你们。"

"我不怕！云大哥聪明绝顶，你的计划必定天衣无缝！"明珠急忙道。她对云襄早已崇拜得五体投地，哪里还怕什么危险？

云襄心知自己劝不住明珠，不由转望舒亚男，希望她出言相劝。谁知舒亚男却道："这次行动，我要参与。"

云襄有些意外，他发现舒亚男眼眸中有种异样的东西，却不知道那是什么。他略一沉吟，恳切地道："牧马山庄不比鸿运赌坊，以它的戒备森严，加上南宫三公子的精明强干，咱们一旦失手，恐怕就要全军覆没，谁也逃不出来。所以，我不希望你们参与。"

柯梦兰终于找到向情敌示威的机会，立刻似笑非笑地道："这次行动云大哥不想有外人参加，舒姑娘请见谅。"

舒亚男没有理会柯梦兰，只盯着云襄的眼眸冷冷道："这次行动你只有两个选择，要么让我参与，要么就取消，除此之外，别无他途。"

云襄皱起眉头："舒姑娘这是威胁？"

"你要这么理解，也无不可。"舒亚男看着他声音冰冷，"这次行动咱们不能成为盟友，就只有成为敌人。"

柯梦兰拍案怒道："你这女子好没廉耻，死乞白赖地缠着云大哥，是何居心？"

舒亚男不理会柯梦兰的讥讽，只盯着云襄道："是成为盟友还是成为敌人，请云公子给亚男一个答复。"

云襄心知舒亚男若要暗中使坏，甚至向南宫放告密，自己所有计划都得泡汤。他为这次机会已经等了许久，不想就此放弃，权衡半晌，只得道："你要参与，必须答应我一个条件。一切行动，必须依我的计划，不得自作主张。"

舒亚男立刻点头道："没问题，咱们击掌盟誓！"

明珠见云襄终于同意，心中一块石头落了地，不由高兴地连声欢呼。柯梦兰气得满脸铁青，却又发作不得，只得狠狠地瞪了金彪一眼，怪他将计划泄露出去，成了别人要挟云襄的把柄。金彪却是满脸无辜，他原本是担心牧马山庄戒备森严，想让云襄打消此虎口拔牙的疯狂计划，所以故意将行动告诉舒亚男，希望她帮忙劝服云襄。谁能想到舒亚男不仅不劝，反而要参与，结果弄巧成拙，成了骑虎难下之势。他只得对柯梦兰摊开双手，以示歉意。

大计已定，云襄端杯站起道："咱们共饮此杯，预祝这次行动马到成功！"

五人齐齐举杯，为各自的目的，结盟向牧马山庄宣战！

扬州郊外的牧马山庄，早已抹去了骆家庄的所有痕迹。它虽然远离市区，却依旧日日喧嚣，夜夜歌舞，其繁华热闹绝不亚于扬州城最有名的游乐场所。这里集赛马场、赌坊、酒馆、妓寨、旅店于一身，是南宫世家与四川唐门合伙共建的庞大产业，也是他们接待黑白两道各路人物的逍遥窟。

黄昏时分，南宫放像往常一样开始巡视他的疆域。虽然牧马山庄是与唐门合伙的产业，但南宫世家占了七成的股份，真正的管理者正是南宫放。自从他受伤之后，父亲为让他安心养伤，要他暂时不用再过问家族事务。这本是对他的关心，但在南宫放看来，却是自己在父亲心中地位的降低。他天生对权力有一种强烈的渴望，不甘心就此沦为废人，因此对牧马山庄这片他亲手创下的基业，更加看重和用心。牧马山庄也在他的精心打理下，生意蒸蒸日上，日进斗金。

一路上碰到的伙计，都在战战兢兢地向他请安。自从受伤之后，他就变得敏感多疑，喜怒无常。看到伙计们交头接耳，他就怀疑是在议论自己，甚至别人一句不经意的玩笑，都让他觉得是在取笑自己，为此有不少伙计无端受到严惩，所有人在他面前，都不得不小心翼翼。他已是废人的消息，早在家族中悄悄传开了，这让他不得不以严酷的手段，维持着自己最后的尊严。

天色尚早，赌坊尚未正式开场，不过已有不少赌客陆续登门。南宫放像往常一样在大堂中信步巡视，并与相熟的赌客点头打招呼。能到牧马山庄来玩的，不是豪门公子，就是家道殷实的江湖豪杰，南宫放对这些给自己带来财富和地位的肥羊，从不敢有丝毫怠慢。

一个衣着得体、举止从容的年轻书生，引起了南宫放的注意。看对方东张西望、一脸好奇的模样，就知道是第一次登门，但南宫放心中却依稀有种熟悉的感觉。他疑惑地打量着对方，却怎么也想不起在哪里见过。看模样那书生跟自己年纪相仿，不过眉宇间却有一种常人没有的沧桑，显得比同龄人更成熟一些。注意到与书生同来的是这里的常客，他忙迎上去，招呼道："文公子，今日带了朋友来玩？"

那位略显落拓的文公子，是个家道败落的纨绔子弟，一向靠为赌场拉些客人得点儿打赏过日子，从不被南宫放放在眼里。今日见南宫放亲自过来招呼，他登时受宠若惊，慌忙道："三公子来得正好，我来给你们介绍，这位是从京城远道而来的云公子，这位就是牧马山庄的大老板，南宫三公子。"

那云公子似有些吃惊，忙抱拳道："久仰三公子大名，今日一见，果然丰神俊秀，仪态非凡。"

南宫放对这样的恭维早习以为常,冷眼打量着对方,问道:"云公子是读书人吧,怎么有空来我这小地方玩耍?"

"三公子这里不欢迎读书人吗?"云公子嘻嘻一笑,突然俯到南宫放耳边悄声道,"我这打扮只是应付爹妈,比起读书,其实我更喜欢吃喝玩乐。"

"云公子说笑了,谁不喜欢吃喝玩乐?"南宫放会心一笑,"你们尽兴玩,我让柜上送两个筹码过来,当是见面之礼。"说完便拱手告辞,继续巡视。他已将那云公子当成了又一个纨绔,不想多作应酬,但心底那种有些熟悉的感觉,却始终挥之不去。他忍不住招来一个赌坊的暗灯,悄声叮嘱道:"那个新来的云公子,叫兄弟们留意着点儿,他的一举一动,都要向我汇报。"

暗灯领令而去后,南宫放却又不禁在心里暗问:我是不是越来越多疑了,看谁都不顺眼?

南宫放离去后,云襄心中暗松了口气。今日第一次到牧马山庄踩盘,没想到就遇到了日思夜想的南宫放。几年不见,他似乎比过去少了几分优雅,多了几分冷酷和阴沉,令人不寒而栗,直到他离开后,这种不舒服的感觉才渐渐消散。

"云公子真是幸运,竟然能让三公子另眼相看,第一次见面就让柜台送筹码。"文公子在一旁喋喋不休地说着。文公子是云襄刻意结交的引路桥,有这样的人引荐,一切就显得自然多了,不至于引起旁人注意。谁知越怕引人注意,却反而引起了南宫放的注意,这倒让云襄没有想到。他也曾想过改变面容伪装前来,却又担心任何伪装都可能留下破绽,所以干脆以本来面目示人。谢天谢地,之前的牢狱生活,已使他的模样和气质都发生了根本的改变。方才与南宫放面对面,南宫放已完全认不出面前这年轻书生就是当年那个倒霉的骆秀才。

虽然南宫豪已经将牧马山庄的所有情形都告诉了云襄,但他还是要实地来看看。环顾富丽堂皇的赌坊大厅,他仿佛又看到了骆家庄的影子,不禁在心中暗道:骆家庄,我终于又回来了!我一定要拿回这骆家的祖业!

一个女侍端着托盘来到云襄面前,款款道:"云公子,这是咱们老板送您的筹码,请公子笑纳。"

"谢谢!谢谢!"文公子不等云襄答应,已将两个筹码抢到手中,啧啧称奇道,"三公子真是大方,一出手就是二十两银子的筹码,云兄你好有面子。"

二十两银子足够寻常人家一年的开用,南宫放也确实够大方。不过那筹码是赌坊特制的赠码,只能在赌桌上输出去,并不能兑换成银子。云襄不禁暗赞南宫放发明赠码的头脑,让没有赌瘾的人也忍不住要赌几把,只要玩上几把,难保不会沉溺其中,成为源源不断向赌坊供奉血肉的肥羊。

见文公子舍不得将筹码交给自己,云襄便笑道:"文兄若是手痒,就先拿去玩吧,我随便转转,文兄不必管我。"

文公子一听这话,顿时大喜过望,立刻拿着筹码就去了。此时赌坊已陆续开赌,大厅中响起牌九、骰子等的清脆声响。云襄信步而行,好奇地四下张望,见赌牌九的桌子最热闹,就过去看了看,发现这儿的牌九每十把就换新,要靠记忆赢钱根本不太可能,看来南宫放在安全防范上,舍得下血本。

云襄最后来到赌骰子的那一排桌子,摇骰盅的荷官都是些妙龄少女,个个都很养眼。他选了个略显生涩的荷官,在她对面坐下来,掏出张百两银票,伙计立刻帮他换成了十个十两银子的筹码。

骰子有多种赌法,这一桌是将两枚骰子装在骰盅中,由荷官摇骰盅,然后赌客下注,既可赌大小,也可押点,根据不同情况有不同的赔率。荷官是个十七八岁的少女,圆嘟嘟的脸蛋像苹果一般可爱。见云襄坐下来,她连忙将骰盅推到云襄面前:"公子要不要验看?"

这是赌坊的规矩,凡是开赌前,都要将赌具交给客人验看,客人认可后才能开始。此时天色尚早,这一桌还没有别的赌客,云襄也就不客气地拿起骰盅,翻来覆去地看了看,然后还给荷官道:"没问题,可以开始了。"

荷官立刻摇动骰盅,然后扣到桌上,向云襄示意:"公子请下注。"

云襄押了一个筹码在六点的位置,开盅一看却是个九点,他懊恼地摇摇头,示意荷官继续。当骰盅停下后,他将两个筹码分别押在三点和十点的位置,谁知开出来还是个九点。

荷官见状好心地提醒道:"公子,押点虽然可得十倍赔付,但押中的可能极小。公子可选择押大小,这样押中的可能就大得多。"

"多谢姑娘指点。"云襄笑着将两个筹码放到"大"的位置,这次果然幸运,一把便押中。他立刻将一个筹码赏给了荷官:"是你给我带来了好运,理应给你吃红!"

"多谢公子!"荷官高兴地连连鞠躬。虽然荷官经常能收到客人的打赏,但一次就赏十两银子筹码的客人,却还是极其罕见的。她连忙收起筹码,对云襄越发殷勤。

二人边玩边聊,渐渐熟络起来。可惜好运没有一直站在云襄这边,他赌了不一会儿,就将一百两银子的筹码输了个干净。荷官很有些抱歉地对他道:"公子今日手气似乎不太好,可以改日再来翻本。"

云襄有些喜欢这个为客人着想的荷官了,便一语双关地调笑道:"那好,我就改日再来。不知姑娘如何称呼?下次再来,我还找你。"

荷官面色微红,低声道:"公子叫我小倩就可以了。"

"小倩,很美的名字。"云襄笑着点点头,似乎想起了什么,忙道,"对了,不知小倩姑娘可否将那两枚骰子,送给我做个纪念?"

荷官有些为难:"这不合规矩,让老板知道是要挨罚的。"

云襄满脸遗憾地摇摇头："我原本想将这骰子作为咱们第一次见面的纪念，既然姑娘为难，那就算了。"

荷官脸上有些发烫，不由望向一旁配码的伙计，那伙计也得了云襄不少打赏，便装作没看见。荷官悄悄将两枚骰子递给云襄，小声道："公子收好，可不能让管事的看见。"

云襄藏起骰子，起身离开了桌子。他从南宫豪那里知道，牧马山庄的赌坊十分干净，通常不会作假，毕竟对牧马山庄这等规模的豪华赌场来说，声誉比金子还重要。通过方才玩那一会儿，他也亲眼证实了这一点，所以这骰子也不会有假。不过他要骰子，却是另有目的。

出得赌坊，云襄又去山庄其他地方转了转。牧马山庄占地极广，赌坊只是其中一小部分，后面还有赛马场、斗鸡场，以及从巴蜀引过来的斗狗场和美女角斗场。仅赌博来说，这里囊括了市面上可以见到的一切游戏，甚至还有别处看不到的新奇玩法，其完善和齐全程度，超出了云襄的想象。

不过门类越多，出现漏洞的可能就越多，云襄坚信这一点。他已经不满足于仅从牧马山庄弄到十万两银子，以赢得南宫豪的信任，他要给牧马山庄致命一击，让它从此一蹶不振。

云襄回到扬州城临时租住的一处豪宅，就见金彪早已等得心急难耐。云襄草草说了方才踩盘的经过，写了张单子交给金彪道："你尽快去采购这些东西，这次行动可能要用到。"

金彪看看单子，见上面开列了牛骨、水银、猪油等许多奇怪的东西，甚至还有药方，开列了一些不常见的药，不禁好奇地问："你病了吗，为啥还要买药？"

云襄笑道："三言两语也说不清楚，你照着单子去买，到时候就知道了。"

"你小子，就他娘的喜欢卖关子。"金彪不满地嘟囔了一句，还是依言出门采购。没多久,他就买回了云襄想要的东西。

从那之后,云襄晚上将自己单独关在房中,白天则去牧马山庄随意玩耍,就像任何一个纨绔子弟一般,随意挥霍着祖上积下的财富。直到十天后,他才对金彪吩咐道:"你去通知舒姑娘她们,今晚可以照计划正式行动了。"

为了安全,舒亚男三人并没有与云襄和金彪同住,只由金彪负责联络她们三人。金彪领令而去后,云襄抬头仰望虚空,对着茫茫苍穹默默祈祷:苍天你若是有眼,就助我云襄用自己的智慧,找回那失去的公道!

祈祷完毕,云襄信心百倍地来到大门外,向长街尽头吹了声口哨,一辆马车应声来到他面前,车夫笑问道:"公子爷要去哪里?"

云襄登上马车,从齿缝间冷冷吐出几个字:"牧马山庄!"

五、交锋

牧马山庄的赌坊，午时过后就开始营业。南宫放像往常一样，早早用完午餐，即开始了他例行的巡视。此时已有赌客陆续上门，他又见到了和文公子一同前来的那个书生。他没有再搭理，赌坊的暗灯曾依照他的指令盯过对方几天，并没有发现那书生有任何异常，几天下来就输了好几千两银子，与任何一个沉溺赌场的纨绔没多大区别。南宫放不能这样不计成本地盯下去，所以在第七天，他下令撤了对那书生的特别盯梢。

现在刚过收获季节，扬州附近的地主乡绅正是既有闲钱又有时间的时候，各地商贾也赶在这时到扬州这通商口岸来做生意，因此现在也正是赌坊的旺季。各色赌客纷至沓来，操着天南海北的口音，将牧马山庄的生意，推向一年中的最高潮。

越是这个时候，南宫放越是不敢大意，仔细巡视了每一张赌台后，又仔细向几个管事叮嘱了几句，才去巡视牧马山庄的其他地方。

赌场另一边，云襄信步来到赌骰子的赌台，老远就见那个名叫"小倩"的荷官在对自己微笑。他来到小倩对面坐下，小倩立刻笑道："公子还是像往日一样，换一百两银子的筹码？"

"没错！"云襄掏出银票递过去，伙计立刻帮他换筹。这当儿小倩已将骰盅推到他面前，示意道："请公子验看。"

云襄拿起那两枚骰子，吹了口气，往骰盅中一扔，笑道："但愿今日我这一口仙气，可以给我带来好运。"

"我也祝公子好运。"小倩笑着收起骰盅，开始摇动起来。可惜好运似乎依旧没来，第一把就输了，云襄遗憾地道："看来我得转张桌子，换换手气。"

小倩理解地笑笑，也没有挽留。云襄换了张桌子继续玩，此时天色尚早，客人来得还不多，赌骰子的台子许多还没开张，云襄一张张换过去，没一会儿就换了四五张台子，结果依旧输得精光。不过他似乎还有些舍不得走，就立在人后看别人玩。

没多久客人陆续到来，赌坊中渐渐热闹起来。金彪和舒亚男等人混在众多赌客中，装作互不认识陆续进来，完全没有引起旁人的注意。他们已先后来赌坊玩过几次，对赌坊的情形不再陌生，不过以前只是随便玩玩，现在才是正式行动。

在云襄的暗示下，金彪坐到了小倩摇骰盅的那一桌；柯梦兰随后坐到了另外一桌；明珠女扮男装，与蒙面的舒亚男假扮成小夫妻，坐到了远离二人的一桌。赌坊中常有大户人家的夫人小姐来玩，为了不在人前抛头露面，只能蒙面而来，因此舒亚男的打扮在赌坊中并不算特别，也没有引起旁人更多的关注。她们所坐的台子，好巧不巧都是云襄先前玩过的台子。

此时赌客已多了起来，吆五喝六，十分热闹。云襄又看了一会儿，见一切正照自己的计划顺利进行，便没有再继续看下去，悄然离开了赌坊。赌坊里的暗灯他已经全部向金彪等人点明，大家自会防备，其实就算赌坊发现有人搞鬼，也决计联想不到金彪和舒亚男等人身上，更抓不住他们的把柄，所以云襄一点也不担心他们的安全。

牧马山庄后面就是赛马场，不定期举行赌马比赛。通常一场十二匹赛马，除了牧马山庄的赛马，也有大户人家养的马参赛。人们根据提前了解的参赛马匹的情况下注，由于下注者众，一场下来收到的赌金，少则几万，多则数十万，这是牧马山庄最有名的项目，也是赌注和利润最高的项目。

这时正有一场比赛即将开始，马场的伙计在吆喝大家下注。云襄拿出十两银子随意买了匹马，然后随着众人进入马场。此时马场内早已人头攒动，十分热闹，人们纷纷聊着各自的赛马经。马场用半人多高的栏杆将赛道和观众席隔开，下了大注的客人，可以在栏杆边近距离观赛。

终于等到开赛时刻，只听管事一声令下，十二匹赛马立刻全速奔驰，马蹄声声如战鼓，众人的情绪顿时被调动起来，声嘶力竭地吆喝着某匹赛马的名字，在赛马最后冲刺阶段，全场的气氛也达到了高潮。

云襄寻到了自己下注的赛马，也忍不住在心中为它加油，心脏也随着赛马的蹄音加速跳动，那种令人激动的感觉，实乃平生罕有。他不禁心中暗叹：难怪那么多人痴迷赌马，即便倾家荡产也在所不惜，原来这种风驰电掣的比赛，确有令人痴迷的魔力。

很不走运，这次买马云襄又输了，不过他很快就将遗憾抛诸脑后，开始仔细观察和思索赌马的漏洞。这里是牧马山庄的支柱和声名所在，要想给予牧马山庄致命的打击，不能不摧毁它这根主要支柱。

一个大胆而疯狂的想法，渐渐在云襄心中冒出来。他观察着马场的情形，权衡着实现的难度和可能性，嘴边渐渐泛起一丝若有若无的微笑，那是他想到绝妙好计时特有的表情。

看看天色不早，云襄独自回到租住的宅子，却见金彪早已回来。不等云襄问起，金彪就兴奋地道："一切顺利，我们照公子所说的法子押注，多少都有所斩获，加起来赢了三千多两。不过我不明白，你为什么不让咱们乘胜追击，非要咱们各人赢到快一千两时就收手？"

云襄笑道："只要赌坊在开，咱们就能一直赢下去，你着什么急？像牧马山庄这样的大场子，为防有人出千，会专门将赢了大钱的客人记录在册，一旦发现客人连续几天都在赢大钱，就要严查。我这十天都在观察和计算各个台子收到的赌注，并根据这计算赌坊可能注意的赢钱额度。就骰子来讲，只有每天不超过一千两的赢钱额度，才会完全被赌坊忽视，也才能真正地安全。"

"原来如此！"金彪顿时了然，想想又道，"咱们何不多找些人去赌坊，每人每天赢它个八九百两，加起来也不少，这样岂不快些？若每天只能赢三千两，赢够十万两咱们要干到什么时候？"

云襄摇头道："你有所不知，牧马山庄赌坊对每张台子的赌注都有单独地记账，一旦发现某张台子的赢利在持续减少，远低于平均数，定会特别留意。若发现许多骰子台都在亏钱，定会细查。再说人多嘴就杂，难保不会走漏风声。南宫放在安全防范上下足了本钱，牧马山庄的赌坊是我见过的防范最严密的，即便咱们像现在这般小心，以南宫放的精明，要不了多久也会发现其中的问题。"

"那怎么办？"金彪忙问，"短时间内咱们怎么可能赢到十万两？"

云襄成竹在胸地笑道："你不用担心，如果只有这一招，确实伤不了牧马山庄的元气。对付南宫放，我会用源源不断的招数，直到将他彻底击垮！"

发现云襄眼中闪烁着少有的冷厉，金彪好奇地问："公子，你对牧马山庄和南宫放，好像有种特别的仇恨？"

云襄一怔，忙笑道："没有的事，你别瞎猜。"说着他从怀中掏出几张图，交给金彪道："你立刻找最好的工匠，让他照图纸上的模样打造这些东西。记住，一定要找不同的工匠打造不同的部件，尺寸照图上标示，分毫不能有差。"

金彪接过图，仔细看了半晌，好奇地问："这似乎是某种从未见过的暗器，公子啥时候对暗器也有研究了？"

云襄笑道："这是我在魔门魍魉福地看到的图纸，当时觉得新奇，就记了下来，也不知管不管用。你照图打造好，我迟早会有用。"

金彪点点头："公子不会武功，有件暗器防身也是好的。我这就找人尽快打造好。"

金彪临出门时，云襄又叮嘱道："对了，你通知舒姑娘她们，明天再去赌坊赢一天，然后休息一日，隔日再照计划继续。咱们要尽量推迟被南宫放觉察的时间。"

南宫放是个精通各种千术的聪明人，他深知再严密的赌坊，都可能存在漏洞的道理，尤其像牧马山庄这样生意兴隆的场所，难保不会树大招风，引来各路千门高手。所以他采取了一整套防范措施，其中最为有效的，就是每张台子单独立账并坚持每日对账的严格制度。一旦发现某张台子一连三天偏离正常赢利，就要特别留意。无论遇到多高明的老千或内鬼，都能在账目上发现他们的蛛丝马迹。

就在云襄执行计划的第九天，专门负责骰子台看账的管事，立刻向南宫放报告了他的发现："所有骰子台的总赢利，已经连续数天低于平均数，这在现今这样火爆的旺季，实在有些异常。"

南宫放仔细看了看账本，确如管事所言，赢利少得并不是很多，三五天这样很正常，但一连八九天都这样，就有些异常了。虽然出现这种情况未必就能肯定有人出千，但小心总无大错。他略一沉吟："有没有发现骰子台近来有什么值得留意的客人？"

"暂时还没有任何发现。"那管事忙道，"小人已查过这段时间赢过一千两银子以上的客人，他们大多在接下来的几天又输了出去，应该不会有什么问题。"

南宫放想了想,吩咐道:"别只看赢过大钱的客人,增加人手,留意哪些人在一直不断地赢钱,或者赢多输少,尤其是最近这段时间才出现的新客。"

管事领令而去后,南宫放神情阴郁地来到窗前,俯瞰着楼下宽敞明亮的大厅。厅中各种赌台有数十之巨,熙熙攘攘像个热闹的市场。大多数人在这里赌运气,少数人是在这里赌技术,只有极少数人才是在这里赌他们的智慧。而这极少数人,却让所有赌坊都深恶痛绝。

骰子台周围突然增加的暗灯,立刻让云襄警觉起来。他知道南宫放开始有所发现,立刻从牌九桌转到从未去过的马吊桌。那是他与同伴们约定的暗号,无论什么时候只要看到他开始打马吊牌,大家就要陆续离开。

柯梦兰最先离开,然后是舒亚男和明珠,最后是金彪。待所有同伴都离去后,云襄才起身离开牌桌。在走出大门之前,他忍不住回头看了看二楼一个窗口,正好看到南宫放隐在窗帘后的身影。他不禁在心中暗暗对这个仇敌道:你果然比我预计的还要精明,这么快就发现了有人出手,可惜我已经变招,就不知你接下来会如何应付?

离开牧马山庄,云襄匆匆回到宅子,金彪很是不满地对他抱怨道:"我难得像现在这样赢钱,正杀得兴起,你怎么下令收兵了?咱们这几天一共才赢了两万多两银子,离十万的数目还差得很远呢!"

云襄笑道:"收兵是为了保存实力,以便更好地杀伤敌人。下一步让舒姑娘她们暂时避避,有些粗活,咱们可以另外雇人来干。"说着他与金彪耳语片刻,金彪点点头:"明白了,我这就去办。"

一个流言在牧马山庄的赌坊中悄悄传开,一连数天,在骰子台前玩的赌客突然间多起来。不过南宫放并没有因生意兴隆而高兴,反而气急败坏地翻看着最近几天的账本。账目显示，骰子台如此火爆，并没有给赌坊带来利润；相反，赌坊在这上面不断输钱，最近两天，更有越输越多的趋势。

"这是怎么回事？"南宫放气冲冲地将账本扔给负责骰子台的管事，"不给我个交代，你就立刻给我滚蛋！"

管事是个四十多岁的中年文士，在赌坊浸淫多年，还从未遇到过这样的情况。他嗫嚅道："一天两天，可以说是巧合，但一连数天，就肯定有人在出千。不过让人严密地盯着场子，却没发现任何人做了手脚。"

"赢钱的是些什么人？"南宫放大声道。

管事忙道："既有不常来的生客，也有经常来玩的常客，就连几个在赌坊中早已输得倾家荡产的破落户，这两天也在咱们赌坊赢了大钱。"

南宫放来到窗口，俯瞰着人头攒动的大厅，突然在人群中发现了一个熟悉的身影，也在骰子台前吆喝着下注，看模样也赢了不少钱。他向那人一指："去把那姓文的给我请上来。记住，客气点，别惊动旁人。"

管事领令而去，片刻后就将常在赌坊打秋风的文公子带了上来。他早已家道中落，却戒不掉赌瘾，就靠领些外地客人到赌坊玩讨两个赏钱混日子。南宫放记得，那个有些面熟的云公子就是这姓文的领来的。

"三公子日理万机，怎有闲暇接见在下？"文公子进门后，立刻对南宫放讨好地笑道。

他眼神中那一丝隐约的慌乱，立刻被南宫放捕捉到。南宫放堆起笑脸，盯着他的眼睛问道："文公子这两日手气似乎不错，赢了不少钱吧？"

文公子尴尬地笑了笑："托三公子的福，是赢了一点点。"

南宫放不阴不阳地笑道："文公子一赢再赢，恐怕不只是因为手气吧?"

文公子脸顿时有些发白,却还在强笑:"三公子说笑了,谁敢在你的牧马山庄搞鬼?"

"你当我南宫放是傻瓜?"南宫放一声冷笑,脸色陡然一沉,"你最好说出赢钱的窍门,我或许可以放你一马;你若不说,就别怪我南宫放心狠手辣!"

见文公子舔着干裂的嘴唇在犹豫,南宫放向管事招了招手,那管事立刻心领神会地送上一叠筹码。南宫放将筹码推到文公子面前,缓缓道:"这一千两银子的筹码,是我交你这个朋友的见面礼。就不知文公子当不当我南宫放是朋友?"

文公子一见那叠筹码,顿时两眼放光,犹豫片刻,终于开口道:"不瞒三公子说,我是听说赌坊的骰子有问题,若能发现其中的规律,就能大占赢面。"

"混账,咱们赌坊的骰子哪有什么问题?"一旁的管事忍不住怒道。

南宫放挥手制止了他,盯着文公子沉声追问:"你听谁说的?"

"大家都这么说,好多人都知道。"文公子声音有点颤抖。

南宫放见再问不出什么,便将筹码推给文公子,冷冷道:"你先在隔壁休息片刻,我立刻找人证实。"

文公子被伙计带走后,南宫放立刻对管事一挥手:"去取两枚台上的骰子来,别惊动旁人。"

少时管事将两枚骰子送上楼来,南宫放接过一看,这骰子跟自己赌坊特制的外观上没有任何区别,轻轻掂掂,重量也分毫不差。不过他入手后就知道,这绝非自己赌场的骰子,信手一掷,观察骰子的滚动和落点,更加证实了自己的判断。他神情专注地掏出小刀,用力切开骰子,就见这牛骨骰子并非完全是牛骨,它中间包着一层半凝固的猪油和一点亮晶晶的液体,显然是水银。

"这……这是什么？"那管事满脸惊讶。他不是不知道水银骰子，只是不知怎么会出现在自己打理的赌台上。

南宫放信手一掷，叹道："这猪油包水银的骰子，比普通水银骰子又高明了不止一筹。它不像普通水银骰子那样，几点朝上就掷出几点，它必须静止放上一会儿，让水银沉到底后，才有可能掷出朝上的点数。出现特殊点数的可能较大，但并不绝对，难怪摇骰盅的荷官也没有发现异常。只有知道其中奥秘的赌客，按照可能性最大的方向下注，长久赌下去，才能包赢不输。"

"它怎么会出现在咱们的台子上？"管事喃喃地道。

"说起来简单，但做起来却不简单！"南宫放说着拿起桌上那枚水银骰子，信手一掷，落下时却变成了两枚。见那管事的满脸疑惑，南宫放翻开手掌，露出掌心藏着的水银骰子道："高明的老千可以用掌心的肌肉夹住两枚骰子，当他拿起桌上的骰子张手一掷时，出去的却是掌心夹着的骰子，而拿起的骰子却藏回了掌心。这一手说起来简单，但没有极高的天赋和刻苦的训练，不可能做到自然而然，骗过场上所有人的眼睛。即便是我，也不敢说有十足的把握。"

"我明白了！"管事急道，"是有人借开赌前验看骰子的工夫，将咱们的骰子调了包！"

南宫放点点头："这猪油水银骰子做得如此精巧逼真，轻重、光泽与咱们的骰子完全没有两样，此人必是千门绝顶高手！"说到这他突然脸色煞白，急忙对管事道："快将所有骰子不动声色地换下，片刻也不能耽误！"

管事立刻就明白其中利害，赌坊居然在用有问题的骰子，一旦被人揭穿，可就跳进黄河也洗不清了，多年辛苦建立起来的信誉可就毁于一旦。他急忙道："我这就去办！"

赌坊中途换骰子，本是很正常的小事，谁知片刻后那管事却哭丧着脸回来禀报："所有客人都不同意换骰子，说他们手气正盛，赌坊不能坏了他们的赌运。"

南宫放已听到楼下传来七嘴八舌的吵闹，俱是那些赢上了瘾的赌客在抗议。看来这骰子的问题知道的人不是一个两个，他们好不容易逮到赌坊这漏洞，自然不愿就此收手。南宫放气得脸色发白，却发作不得，总不能公开承认骰子有问题，自砸招牌吧？与这些赌客可能赢走的钱比起来，赌坊的声誉显然更重要。南宫放权衡半响，只得铁青着脸道："让他们赢！钱输了还可以再找回来，声誉毁了可就很难再翻身。"

管事领令而去后，楼下的抗议总算平息，人们在兴高采烈地赢钱，越来越多的人聚集到骰子台前，分享这难得的机会。南宫放满脸阴沉地俯瞰着楼下的赌客，心中只盼着时间快点过去，今日能早点歇业。

突然，一个有些熟悉的身影引起了他的注意，那是曾让他留意过的云公子。刹那间，南宫放心中雪亮，他想起之前暗灯们所报那云公子的行为，与现在这局面一联系，心中立刻就有了结论。只可惜现在对方身上肯定已没有任何赃物，拿不到他任何把柄。南宫放恨得牙痒痒，片刻后，他脸上浮现出一丝阴笑，拿起桌上那枚猪油水银骰子，神色如常地开门下楼。

楼下众伙计看到南宫放亲自下楼巡视，纷纷上前请安。熟客也都认识南宫放，连忙殷勤招呼。南宫放一面微笑着与众人应酬，一面往前走，来到在一旁观战的云襄面前，他似乎是刚好看见了似的惊呼道："哟，这不是云公子吗？怎么不玩了？"

云襄遗憾地摇头笑道："我今日手气极霉，已经输光了。"

南宫放忙回头对管事盼咐道："给云公子送两个筹码过来，他是我的朋友，你们谁也不可怠慢。"说话的当儿，他隐在袖中的手曲指一弹，那枚猪油水银骰子，在他极其高明的暗器手法下，悄无声息地飞入了云襄衣襟，完全没有引起对方的注意。

客气地与云襄拱手道别后，南宫放立刻对身后的管事悄声吩咐："找借口搜那姓云的身，他身上有枚水银骰子！"

管事立刻招手让看场的暗灯跟过去。南宫放神色如常地继续巡视别的台子，却在暗中留意着骰子台那边的动静。只要从姓云的身上搜出那枚水银骰子，就可以当众揭穿他的阴谋，赌坊的这次信誉危机也就能安全化解。

南宫放嘴角泛起一丝得意的冷笑，姓云的虽然身上没赃，却没想到自己最善于栽赃。

云襄不知道南宫放为什么要送自己两枚筹码，见计划进行得如此顺利，南宫放明知骰子有问题，也只有看着众人赢下去，他就暂时忽略了那一丝怀疑。一想到南宫放此刻的心情，云襄心中就从未有过地畅快。他原本不必亲自到赌坊目睹今日这致命一击，但他自恃现在一身干净，南宫放抓不到什么把柄，怎会放过这场难得的好戏？

信手将两枚筹码扔上骰子台，他只想尽快将两枚筹码输掉，以便安心看戏。谁知几个看场的暗灯突然围了过来，喝道："这位公子，我们怀疑你在出千，请跟我们走一趟。"

云襄有些意外，不过却并不担心，笑笑道："你们是不是搞错了？"

管事立刻过来："有没有搞错，搜一下身就知道了。"

云襄皱起眉头："你们说搜身就搜身，这是什么道理？"

一旁有个正在豪赌的汉子也鼓噪起来："是啊，这赌坊也太仗势欺人了，说怀疑谁就要搜谁的身，还要带到一旁去单独搜。别人有没有出千，就全成了你们一面之词。"

骰子台的众荷官早已输得手软，趁这变故俱停了下来。众赌客本赢得兴起，却被这变故打断，也纷纷鼓噪起来。南宫放听到声响，立刻快步过来。他正是要在众人面前搜出云襄身上的骰子,以便将赌坊的骰子问题往云襄身上一推,然后正大光明地全部换掉,所以对众人的鼓噪也没有制止。

装模作样地听完管事的禀报,南宫放一脸为难地对云襄道:"云公子,为了表示清白,你是不是让我们搜上一搜?"

云襄尚未开口,一个眉心有疤的汉子已在一旁大声道:"你们说搜身就搜身,是不是太欺负人了?再说你们要是在搜身的时候栽赃陷害,别人岂不要冤死?"

南宫放扫了那汉子一眼,突然朗声道:"这位兄台说得不错,牧马山庄不是那些街边小赌档,可以随意搜查客人。再说,来牧马山庄玩的客人,大多有身份有地位,没有真凭实据,咱们决不敢动客人一根汗毛。至于这位兄弟担心赌坊栽赃,这也不是难题。咱们可以找双方都信得过的人来搜,相信这样大家就都无话可说。如果咱们在云公子身上搜不到任何赃物,照咱们赌坊的惯例,我将当众向云公子道歉,并奉上一万两银子为云公子赔罪压惊。"

此言一出,众人纷纷叫好。有人立刻高声道:"江南大侠吕正刚老先生正好在这里,他德高望重、急公好义,由他来搜定不会有问题。"

一个须发皆白的健硕老者被众人让到前方,他也不推辞,自负地对云襄拱拱手:"这位公子,不知是否信得过老夫?"

虽然从未见过,云襄也听说过这位大名鼎鼎的江南大侠。见南宫放如此甘冒欺压客人的恶名,坚持要搜自己的身,云襄就猜到这中间一定有缘由,但他自恃身上干净,而且如今已是骑虎难下之势,若拒绝搜身,定会犯了众怒,于是对吕正刚从容一笑:"云某对老先生仰慕已久,怎敢不信?由老先生来搜,在下自然无话可说。"

吕正刚点点头:"为示公平,老夫也不单独搜你。可另外请两个客人作为见证,总要给公子一个公道。"

话说到这份儿上,云襄再没有别的意见,点头答应。南宫放嘴角泛起一丝得意的阴笑,立刻挥手下令:"就在这里,搜身!"

云襄看到南宫放那自信的冷笑,心念电转,立刻就想到了问题的关键:栽赃!只能是栽赃!自己太大意了。但事到如今,任何脱身之计,都已经来不及施展……

"等等!"云襄感觉自己像掉入陷阱的困兽,犹要作最后的挣扎。他向金彪使了个眼色,一脸无辜地苦笑道:"大庭广众之下,就这样搜身,是不是太伤本公子的面子了?"

"是啊是啊!"金彪立刻附和,"看这位公子斯斯文文,跟南宫公子一样,都是矜贵之人,可受不得半点委屈。不如带他到青楼,让两个粉头来搜吧!这样一来,这位公子肯定会全力配合。"

人群中响起一阵暧昧的笑声,有好事之人调侃道:"没错没错!应该让两个红姑娘来搜,这样大伙儿只会羡慕这位公子的艳福,不会再为他感到不平了。"

南宫放一声长笑,刺得人耳鼓生痛,生生将众人的调侃声压了下去。他冷冷地环顾众人,见他们在自己的目光扫视下不敢再起哄,才对云襄假笑道:"云公子不用担心,咱们不会让你当众出丑,更不会让你在大庭广众之下做任何有辱斯文的举动。"

说完南宫放拍了拍手,几个赌坊的伙计飞速拿来屏风,将云襄原地围了起来。这是大赌坊的惯例,既可以保护客人的隐私,又不让有问题的客人有机会逃脱。

吕正刚与两个负责作证的客人进入屏风后,里面响起了窸窸窣窣的脱衣声,众人看不到屏风后的情形,都伸长脖子不住张望,静等结果。

足足有半个时辰,吕正刚和两个证人才神色庄重地出来,在众人的热切注视下,吕正刚高声宣布:"老夫亲自搜过云公子,愿意以脑袋担保,他身上没有任何赃物,这两位朋友也可以作证。"

那两个客人也齐齐点头道:"吕大侠说得没错,云公子清清白白,绝无任何赃物。"

"这怎么可能?"南宫放得意的笑容顿时僵在脸上,"我亲自……看到他在出千!"

吕正刚闻言拂然不悦:"三公子若信不过老夫,尽可另外找人再搜。若搜出云公子身上有赃物,老夫愿与之同罪!"

此言一出,众人哗然,那眉心有疤的汉子更是放声高叫:"三公子既然看到他在出千,何不当场抓个现行?如今既没有搜出任何赃物,又没有抓现行,难道出没出千,就凭三公子一面之词?今日咱们好不容易手气顺,赢了点钱,赌坊就搞这搞那中断这赌局,不知是何道理?"

众人纷纷跟着嚷嚷起来,这边的动静早已将所有客人都吸引过来,其中不乏江南有名有姓的人物,他们的影响力之大,绝非普通人可比。南宫放心知再闹下去,对赌坊越发不利,他也是心思敏捷之辈,略一权衡便知利害,立刻示意伙计撤去屏风,然后满脸堆笑地对云襄连连拱手致歉:"惭愧惭愧,看场的兄弟一时眼花误会了云公子,还请公子恕罪。"说着向管事一摆手:"快让账房送一万两银票过来,给云公子赔罪压惊!"

云襄脸色有些发白,劫后余生般难看,此刻勉强笑道:"只要能还我一个清白,赔罪倒也不必。"

"要的要的,这是牧马山庄的规矩。凡冒犯客人,必拿出银子为客人赔罪压惊。"南宫放脸上堆笑地拱拱手。少时银票送到,南宫放亲手交给云襄,然后转向围观的众人笑道:"没事了,没事了,一场误会,大家继续玩。"

众人正待散去,突听有人喝道:"等等,我怀疑赌坊的骰子有问题!"

南宫放转望那发话的汉子:"兄台何出此言?"

那汉子一把抢过骰盅,在众目睽睽之下用手指捏开,一点水银立刻滴落在桌上。众人不由发出一阵惊呼，不少客人并不知道骰子的秘密，突见骰子中流出水银，都十分意外。只听那汉子指着水银冷笑道："不知三公子对这怎么解释？"

南宫放脸上一阵惊慌："这绝非咱们赌场的骰子，定是被人调了包！"

那汉子一声冷笑："如果只是这两颗，或许是被人调包。就不知三公子敢不敢将所有的骰子都砸开，以示清白？"

南宫放闻言满脸煞白，突然明白这次别人来赌坊搞事，不仅仅是要弄点钱这么简单。如今不知有多少骰子被人调包，一旦砸开，那可就有口难辩了。正急思对策之时，一旁已有心急的赌客抢过骰子，不等赌坊打手阻拦猛地砸开，跟着就是一声惊呼："果然有水银！"

"这颗也有！""这里也有！"四周传来赌客们的惊呼。南宫放浑身如坠冰窟，头上冷汗涔涔而下，却不知该如何应对。有客人愤怒地高呼："好啊，原来牧马山庄也对客人出千，还自诩什么最公平的赌场？！""砸了它！砸了它！"四周响起赌客们愤怒的高呼，立刻有人应声动手，一把掀翻了赌桌。赌坊众伙计想要阻拦，却哪里拦得住愤怒的人群？有人趁机哄抢筹码，有人则大肆破坏，场面顿时有些失控。

事到如今，南宫放反而心如止水，对四周的混乱不管不顾，只打量着从容镇定的云襄，冷冷问："一直忘了请教云公子大名，不知可否见告？"

云襄淡淡一笑："小生单名襄。"

南宫放眉梢一跳："云襄？千门公子襄！"见云襄笑而不答，他长叹一声："公子襄若是想在我的赌坊弄点钱花，我完全可以理解，但你为何要用此绝户计，生生毁掉我赌坊的声誉？你我往日无冤，近日无仇，你为何要如此害我？"

云襄歉然笑道:"在下不过是受人之托,请三公子见谅。"

"受何人所托?"南宫放忙问。

云襄哈哈一笑:"三公子聪明绝顶,这还用得着问我?"说完拱手离去,只留下一个飘逸的背影。

南宫放闻言顿时心中雪亮,想想自己现在正为保住嗣子之位焦头烂额,如今牧马山庄发生这等事,定会让老爹对自己更加失望,得益的只有一人。他不禁在心中暗暗道:大哥,你终于忍不住出手了。你以为这样就能击败我,那可就小看了你三弟……

"三公子,场面已经失控,怎么办?"一个赌场的管事气急败坏地前来禀报。

南宫放平静地道:"让他们尽情砸,不用阻拦。"

那管事有些意外,却不敢多问。只见南宫放神色如常地穿过乱哄哄的大厅,缓步登上二楼,将自己关在房中。楼下的打砸吵闹声,似乎并没有影响他的思绪,他已在平静地寻思反击之策。

"干杯!"五只酒杯碰在了一起。一场酣畅淋漓的胜利,让金彪和舒亚男等人兴高采烈,齐齐举杯庆贺。扣去金彪从外地雇来的那些帮腔闲汉的佣金,众人还赚了三万多两银子。赚到的钱虽然不多,但给予牧马山庄赌坊的打击,却足以使它短时间内翻不了身,众人自然十分高兴。只有云襄一人笑得有些勉强。

酒至半酣,云襄起身去茅厕,金彪连忙追出来,问道:"我看你小子今晚好像脸上没什么喜色,实在不像大胜后的模样,有什么事吗?"

云襄迟疑了一下,轻叹道:"这次我得意忘形,差点失手,完全是莫名其妙地死里逃生。"

金彪顿时一激灵:"怎么回事?"

云襄道:"南宫放栽赃陷害,我却不知赃物藏在哪里。原以为死定了，谁知江南大侠吕正刚搜遍我浑身上下，却找不到任何赃物。现在想来，是有人在南宫放栽赃之后，巧妙盗去了我身上的赃物，使我逃过这一劫。"

金彪奇道："有这等事？这人是谁？"

云襄摇头道："我也不知。现在回想，南宫放与我打过招呼走开后，有人从身后撞了我一下，当时四周有些拥挤和混乱，我也就没留意。一定是那人，他从身后摸去了我身上的赃物，救了我一命。"

金彪闻言挠挠头，忽然道："是不是南宫豪请了高人在暗中相助？"

云襄道："应该不会。从我身上摸走赃物不算什么，能发现南宫放栽赃就绝不简单。如果南宫豪手下有这等高人，就没必要刻意结交我这个不明底细的外人了。"

金彪猜不出了："那会是什么人？"

云襄叹口气："不知道。不过有一点可以肯定，他定是一直在暗中盯着我和南宫放的较量，所以才能在关键时刻出手相救。我没这么高明的朋友，不过，他也未必就是南宫放的仇人。"

金彪有些不解："为什么不会是南宫放的仇人？"

云襄笑道："他若是南宫放的仇人，不必借我之手也能对付南宫放，所以没必要冒险救我。我至今还猜不到他救我的动机，也猜不到他究竟是友是敌，这真让人有些丧气。"

金彪若有所思地点点头，又问道："你下一步有什么打算？"

云襄摆摆手道："不管他，总不能因为这个神出鬼没的家伙就改变计划。咱们要照计划继续对牧马山庄施以打击，赌场并不是山庄的全部，它最大的支柱是赛马。这一回，咱们不能再出半点纰漏。不过这次你为了救我，已经引起了南宫放的注意，下面的行动，你最好在暗中接应，别再直接参与。"

"那怎么成？没有我的帮助，你还能靠谁？"金彪急道。

云襄一想也是，下面的计划，若找外人总有些不放心，金彪实在无人可以替代。他只得叮嘱道："那你千万要小心，别再与南宫放碰面。"

"以后我躲着南宫放就是，你尽可放心。"金彪笑道，"你要的东西已经做好，药也按方配制好。不过为安全起见，咱们是不是先暂时收手，待风头过后再进行下一步计划？"

云襄眼里闪过一丝厉芒："不，咱们要趁热打铁，给予牧马山庄致命一击。"

金彪有些奇怪地打量着云襄，道："公子，我发觉你每次提到牧马山庄和南宫放，就恨不得立刻将他们击垮，完全没有了往日的镇定和从容。你是和他们有仇？还有啊，我担心你这样失去冷静，犯下无可挽回的错误。"

云襄一怔，勉强笑道："没有的事，你多虑了。我心里有数，你不用担心。明天你去买几匹马，我很快就要用到。"

"买马？"金彪有些奇怪，"难道咱们要参加牧马山庄的赛马？"

云襄失笑道："咱们临时买来的马，怎么能和别人训练有素的赛马比试？我买马另有所用，不过你别问了，到时候自然就知道。"

金彪心知云襄的脾气，也就没有多问，觍着脸笑道："那你得教我做那种常人看不出破绽的水银骰子！这东西居然能瞒过赌坊的荷官和伙计，甚至外观和赌坊的骰子也完全没有两样。"

"这是精细活儿，你学来也没多大用处。"云襄笑道，"再说那种骰子若在真正的赌徒手里，只需掷上两把就要露馅。因为牧马山庄押骰子的荷官通常只摇骰盅，这才没发现异常。"

"我不管，反正你得教我，不然我跟你没完！"金彪说着挽起云襄就走。二人一路说笑，打打闹闹地回到酒席，却见席间气氛有些异样，舒亚男和柯梦兰俱冷着脸一言不发，明珠则看看这个又望望那个，一脸为难。

"怎么了？"云襄忙问。

明珠正要开口，柯梦兰已抢先笑道："没什么，我方才跟舒姑娘开了个玩笑，谁知就惹舒姑娘不高兴了。"

"什么玩笑？说来听听。"云襄道。

柯梦兰脸上一红，有些发窘地道："是女孩子的玩笑，公子就别问了。"

云襄不好再问，只得叮嘱二人："大家现在是一条船上的伙伴，千万不要有什么矛盾。"

"怎么会？"柯梦兰笑道，"你的朋友也就是我的朋友，我巴结还来不及呢。"

舒亚男见云襄望向自己，也笑笑："我跟柯姑娘没什么，你不用担心。下一步你有什么计划？"

云襄心知几个女人必有秘密，却猜不出是什么，只得看看众人，沉声道："下一步咱们将有更大的行动，喝完这杯酒大家就回去着手准备，没有特殊情况不再碰面。"

众人立刻喝光残酒，分头离开。回去的路上，明珠心有不甘地对舒亚男道："姐姐，那柯姑娘好没道理，居然说你在死乞白赖地缠着云公子，你怎么咽得下这口气？"

舒亚男淡淡一笑："为了对付牧马山庄和南宫放，我不会放过任何机会。"见明珠一脸好奇，似要追问，她忙道："你不用担心，她说得再难听，我都不会放在心上。"

六、失手

远离扬州城的荒郊野外,四周了无人迹,两匹健马踏破了荒野的寂静,前头的马上,是个青衫飘飘的年轻书生,落后那匹枣红马上,则是个身形彪悍的魁梧汉子。两人在旷野中勒住马,魁梧汉子忍不住问道:"公子,咱们来这里作甚?"

不用说,青衫书生正是云襄。他环顾周围环境,满意地点了点头,翻身下马道:"这里不错,就这里吧。"说着他从怀中取出两根半尺多长的竹筒,将榫口对齐连成一根,递给金彪道:"你来试试。"

金彪接过竹筒翻来覆去地看了半响,疑惑地问道:"这就是你让工匠定做的那个?它究竟是个什么东西?"

"这是我在魔门魍魉福地看到的,流传于南方蛮荒之地的吹箭。"云襄说着从怀中掏出一只小匣子,从匣中抽出一根尾端带绒毛的钢针,递给金彪道,"据魔门的典籍记载,这东西最远能将钢针送出近十丈,有效距离与吹管的长度成正比。生活在南方密林中的蛮族人,就靠这武器猎杀虎豹甚至大象。"

"我明白了!"金彪一拍大腿,"只要在钢针上涂上见血封喉的毒药，就能躲在暗处用它射杀赛场上的赛马，对牧马山庄施以打击。"

"不完全是这样。"云襄笑着摇摇头，将钢针递给金彪，解释道，"这钢针中空，里面确实装有我精炼的药物，不过并不是见血封喉的毒药。"

"不是毒药是什么？"

"就是我让你照方配制的特殊药物。"云襄道，"它原本是千门典籍中所记载，用以激发蟋蟀或斗鸡等好斗动物的斗志，使其发挥出最大潜能的药物。我配制它原本打算用在牧马山庄的斗鸡场或斗狗场上，只是斗鸡场或斗狗场无论赌注还是影响力都不大，实在有些大材小用。后来我想，既然这药对斗鸡有用，不知对马匹是否也有用，需要多大剂量才能达到最佳效果？所以要先试验试验。"

金彪想了想，不由兴奋地连连点头："没错没错！这药若是对马匹有用，咱们就可以用到赛马场上，在暗处用吹箭将药物送入赛马体内，届时这中了箭的赛马潜力爆发，一举夺魁，咱们事先在它身上下个大大的赌注，自然能赢得盆满钵满。这吹箭做得如此精巧，尤其这箭尾上的绒毛，与马的鬃毛完全没什么区别，射入马颈上的鬃毛里，一时半刻也不会被人发现。"他顿了顿又说："不过，咱们刚在赌场得手，若立刻对付马场，南宫放会不会有所防备？你不是说过，只要他的马场还开，咱们随时都能赢钱，何必急在一时？"

云襄眼里闪过一丝冷厉和阴狠，沉声道："赢钱只是小事，我要趁热打铁，一举击垮牧马山庄最大的信誉！据记载，这药物若分量过重，会让斗鸡亢奋到力竭而死。咱们事先散布流言，就说牧马山庄为了控制赛马的结果，在用药物催发和控制马匹的体能。届时若再有赛马狂性大发，在赛马场上活活跑死，这谣言就不容旁人不信。牧马山庄这最大的支柱，就会在谣言中轰然坍塌，南宫放也将尝到他最喜欢的阴谋诡计的滋味！"

"那咱们还等什么？就快些试验啊！"金彪一听，顿时有点兴奋。

云襄将匣子中的箭针都交给了他，笑道："这些箭还没装药，先给你练练准头。到时还需要你夜里潜入赛马场，潜伏在赛道附近暗中施箭，务求一击而中，千万不能失手。"

金彪心知要靠胸中之气将箭针吹得又远又准，还真得有相当高深的武功底子才行，忙接过箭匣笑道："没问题。我金彪从不暗箭伤人，不过暗箭伤马倒是可以试试。"

三天之后的深夜，金彪带上装满药物的吹箭，乘夜潜入了牧马山庄的赛马场，藏到赛马场边一棵茂密的大树上。这里既可俯瞰整个赛场，又不易被人发现，且离跑道仅有两丈多远，这个距离金彪有十足的把握，将吹箭准确射入奔驰而过的赛马的鬃毛之中。

前几日赌场的变故并没有影响到赛马场的生意，在众多喜好赌马的人心目中，赛马是相当公平的比赛，因为每次参赛的马匹并不都是牧马山庄的赛马，还有来自江南各地豪门望族的，骑师也由参赛者自己派出各自的人选，可以说，这已演变为江南豪门的赛马盛会。因此，牧马山庄并不能操纵比赛的结果。这与牧马山庄初建时，所有赛马俱由山庄派出的情况已完全不同。

按照云襄的计划，舒亚男和明珠、柯梦兰三人，将在今日开赛前，在一匹并不被人看好的赛马身上买下重注，而这匹马正好属于牧马山庄。金彪所要做的，就是在开赛之后，将装满药物的吹箭准确射到这匹赛马身上。由于所有赛马的实力相差并不悬殊，一旦这匹选定的赛马得到药物之助，肯定能一举胜出。这个结论，已经由无数次的试验得到证实。

前几日的变故并没有打乱赛马场的赛程，这日一大早，马场就开始为比赛作准备，所有参赛的马匹都被带到马场溜圈，以熟悉赛场环境，为即将开始的比赛做最后的热身。

正午过后，比赛正式开始，四周早已是人山人海，发令的爆竹一响，十二匹赛马立刻发蹄狂奔，争先恐后地奔向终点。金彪在选定的赛马经过树下那一瞬间，立刻将带有药物的吹箭，准确地射入了那匹赛马的脖子。片刻后，药物发作，那匹赛马明显亢奋起来，速度越来越快，渐渐将所有赛马甩在了身后。金彪见计划顺利，悄悄收起吹箭，开始耐心地等待比赛的结果。

正如计划的那样，那匹没多少人看好的赛马，在亢奋中第一个跑到了终点，观众的情绪也随之达到了高潮。赢了钱的欢呼雀跃，欣喜若狂；输了钱的则气急败坏，破口大骂。在观众的嘈杂声中，却见那匹意外胜出的冷门赛马，依旧在赛场上全速奔跑。骑手想要勒住马，谁知那匹马并不理会骑手的指令，反而暴怒地将骑手从马背上甩了下来，继续发足狂奔。此时所有赛马俱已跑到终点，唯有这匹早已胜出的赛马，还在赛场上亢奋地冲刺。

围观的众人不知发生了什么，纷纷向身边的人打听。一个关于牧马山庄利用药物刺激赛马以赢得比赛和赌注的小道消息，渐渐在人群中传扬开来。这消息最后被那匹力竭而死的赛马证实，没有使用特殊的药物，牧马山庄的赛马何至于在赛场上活活累死？

众多输了钱的赌客被这消息彻底激怒，纷纷相约去找牧马山庄的麻烦，要山庄退回所下的赌注。牧马山庄的管事眼看众怒难犯，不敢用强，只得耐心解释，小心安抚众人，不过退赔赌注这事，无论如何也不敢答应。谁都知道，一旦答应这要求，就等于承认山庄真在作假。

金彪知道众人这么一闹，牧马山庄无论退不退赌注，信誉都彻底毁了。看到观众都涌向马场管事处，附近已没有旁人，他悄悄从树上溜下来，正欲趁乱离开，陡听身后传来一声冷喝："站住！"

金彪一惊，应声回头，就见几丈外的小树林中，一个白色身影悄然而立，不是南宫放是谁？金彪连忙往旁一蹿，想要逃入树林中，南宫放身形一晃，已经拦住了他的去路。现在他若想逃入树林，避开马场那些打手的注意，就只有立刻闯过南宫放这一关。

金彪拔刀在手，径直冲向南宫放，人未至，刀锋已发出凌厉的呼啸，出手就是搏命的杀招。

自上次在赌坊中没有抓住云襄后，南宫放就知道此事绝不会就此了结。他猜到云襄下一个攻击目标，极有可能是赛马场，不过他却猜不到对方的攻击手段，只能每天亲自到马场来盯着。一连数天，赛马场并无异常，直到那匹发狂的赛马出现。在那匹赛马力竭而亡的同时，南宫放也终于猜到了对方的计划，在短短一瞬间，便判断出马场最有可能潜伏的地点，就是那棵靠近跑道的大树。他顾不得理会马场的混乱，飞速赶到那棵树后，果然截住了暗算赛马的家伙。只要能拿下这家伙，就能找出幕后主使，在父亲面前告发大哥，反败为胜。所以无论如何，他都不能让金彪逃脱。

刀剑相击，爆出了一串绚烂的火星。二人出手均是极快，转眼便相交数十招。金彪一心要走，无心恋战，所以刀法中少了那股凌厉无匹的杀气；南宫放想活捉金彪，只是一味游走缠斗，一时之间二人难分胜负。但是，打斗声惊动了马场的武师，众人纷纷赶了过来，四下守卫，堵住了金彪逃往树林的去路。

金彪心知一旦落到南宫放手中，自己暗算赛马、嫁祸牧马山庄的举动就会暴露于大庭广众之下，云襄苦心孤诣的计划也将彻底落空。想到这儿他再顾不得自身安危，拼着身受南宫放一剑，也要摆脱纠缠。他突然放弃躲闪抵抗，任由剑锋刺入自己胸膛，跟着就势抓住剑锋，一刀怒斩而出。

南宫放没想到金彪竟如此悍勇，居然以身体为武器夹住了自己的剑锋，收剑已然不及，只得放手就地一滚，狼狈地躲避金彪那搏命一刀。虽逃得及时,他的头巾依旧被刀锋划破,数缕发丝随风而起,飘飘荡荡飞上半空。

金彪一刀逼退南宫放,猛然怒吼着冲向拦路的武师。此时他浑身浴血,状若疯虎,直欲择人而噬。众武师没见过如此凶悍的对手,心中顿生怯意,稍作抵挡就慌忙让路。金彪终于突出重围,一头冲进树林。他知道就算是死,也要先逃离马场,只有不在马场被抓现形,云襄的计划才不会功亏一篑。

南宫放从地上狼狈跃起,看看满地的发丝,不禁吓得脸色发白。回想发才情形,若非他果断丢剑逃命,恐怕也躲不开金彪那一刀。他顾不得理会满头乱发,气急败坏地对众武师喝道:"还不快追!"

金彪一路洒下的血迹无疑是最好的路标,众人乱哄哄地追了上去,有人甚至牵来了追踪的猎犬。南宫放见状稍稍放下心来,他知道自己那一剑的杀伤力,虽不致命,却足以令任何硬汉很快就失血倒下,那人决计逃不了多远!

金彪高一脚低一脚地拼命奔逃,也不知逃出了多远。前方依旧是茂密的丛林,光线越发幽暗,身后传来猎犬的狂吠,距离越来越近。胸口的剑伤几乎将他刺了个对穿,为防失血过快,他也不敢拔剑,不过就算这样,极速的奔逃也令他血流如注,脚下渐渐虚飘飘如在云中。慌乱中,他突然失足摔倒,倒在地上只想就此躺下。

不能倒下!决计不能倒下!决不能让云襄的计划因自己而失败!金彪拼命在心中提醒自己,使劲咬破舌尖,疼痛之下稍稍清醒。他正要挣扎着爬起,突然发现面前多了一双青布厚底鞋。他心中一惊,正欲挥刀跳起,却见那只穿着青布厚底鞋的脚突然扬起,重重踏在自己后心致命处。这一脚是如此之狠,如此之重,金彪听到了自己脊骨断裂的脆响,他一把抓住面前那只鞋子,拼尽全力扬起头,却只看到一张蒙着黑巾的脸。

蒙面人使劲从金彪手中抽出那只被抓住的脚,又重重补了一击,直到金彪不再挣扎。他俯身探探金彪的鼻息,已然气绝,这才从金彪怀中掏出那只箭筒和那匣箭针收入自己怀中。听着犬吠声越来越近,他立刻如来时一般,悄然消失在密林深处。

蒙面人刚走不久,猎犬就追踪而来,围着浑身是血的金彪狂吠。一个武师小心翼翼地上前探探金彪的鼻息,骇然回头对追来的南宫放道:"死了!"

"怎么可能?"南宫放有些意外,为了留下活口,他方才出手极其小心,绝没有向对方致命处招呼,怎么可能失手?他有些不甘地翻看金彪的身体,才发现金彪的后心吃了致命一击,几乎将整个后心骨踏碎。他顿时一脸沮丧,狠狠地在金彪的身上又重重补了一脚。

"公子英明神武,一剑击杀了这暗算赛马的家伙,总算可以挽回咱们马场的声誉。"一个善于拍马屁的武师连忙讨好地笑道。谁知这次却拍在了马蹄上,他话音刚落,脸上就吃了重重一记耳光,只听南宫放气急败坏地道:"既没有抓到活口,又没有找到暗算赛马的赃物,就这一具来历不明的尸体,能说明什么?"

众武师从未见过南宫放如此失态,个个噤若寒蝉。南宫放一脸颓丧地仰望虚空,叹道:"公子襄啊公子襄,你果然不愧是千门绝顶高手,智计谋略也还罢了,就这份自己人都要杀之灭口的冷酷和决断,也值得我南宫放好好学习。这一次你大获全胜,不过,咱们这局才刚刚开始。"

"公子,这尸体如何处理?"一个武师小心翼翼地问。南宫放想了想,恨恨道:"挂在马场的旗杆上示众三日。虽然这不能挽回马场的声誉,但可以警告公子襄的同伙,让他们知道跟我南宫放作对,会有什么样的下场!"

黄昏时分，舒亚男、明珠和柯梦兰三人带着从马场赢来的钱满载而归。她们先后悄悄来到云襄的住处，只等着为这次的行动庆功。三人拿出各自赢得的银票，加在一起竟有二十万两之巨，远远超过了当初的计划。

看见她们，云襄脸上却殊无喜色，不住地向门外张望，忡心忧忧地道："阿彪还没有回来，照计划，他早该回来了。"

"云大哥不用担心，"柯梦兰忙安慰道，"阿彪武功高强，江湖经验丰富，遇到什么情况定能应付。他没回来，也许是怕被人跟踪，暂时不敢来见云大哥。"

云襄心事重重地摇摇头。为避免出现像上次那样的麻烦，他这次没到场，但心一直就没放下来，如今金彪没回来，他心里更加不安起来："我越接近南宫放，越觉得他不是普通的对手。我怕……"

"云大哥多虑了，"明珠笑道，"一切都在按你的计划顺利推进，定不会有任何问题。金彪大哥就算今晚没回，明日一早也肯定回来。若他得知咱们现在这模样，定会笑死了！"

舒亚男也劝道："金彪若有意外，咱们再担心也没用，反而会自乱阵脚。相信他吉人自有天相，定能逢凶化吉。"

云襄无奈地点点头，黯然道："金彪没回来，这酒我也喝不下。你们辛苦了一整天，先吃点东西填填肚子，我去门外等他。"说完也不顾三女阻拦，独自来到门外。此时已是深夜，四周除了呼呼的风声，听不到任何声息。云襄在门阶上坐下来，遥望苍穹默默祈祷。冬季的夜空无星无月，只有一片混沌朦胧。

身后传来"吧嗒吧嗒"的脚步声，在云襄身旁停了下来。云襄没有回头，只轻叹道："阿布，你是不是也在担心阿彪，所以陪我等他？"

那只在决斗中幸存下来的犬中杀手阿布，不知是因为寒冷还是因为别的，第一次偎到云襄身边，一声不吭地望着茫茫夜色。它原本由柯梦兰在喂养，这次柯梦兰来扬州参与行动，所以它也被带了来，并由金彪照顾，与金彪也十分亲近。云襄默默揽过阿布，心中稍感温暖。一人一犬，就这样在寒风中静坐到天明。

天刚蒙蒙亮，舒亚男开门出来，见云襄浑身已被夜霜染白，不禁吓了一跳，忙脱下披风给他披上："你怎么还没睡？在门外冻了一夜，当心冻出病来！"

"阿彪出事了，我要去看看！"云襄满腔的焦急、惊惶、后悔……似乎终于找到了出口，长身而起，往外便跑。舒亚男一见云襄的神色就知道劝不住，连忙道："我跟你一起去！"

二人把阿布推回门里，疾步赶向牧马山庄。此时天色尚早，街上看不到揽客的马车，他们就这样从扬州城，一直走到了郊外的牧马山庄。此时山庄的早市已开业，四处传来小贩们揽客的吆喝，标志着他们一日的忙碌已经开始。

二人默默来到山庄后方的马场，远远就见不少闲汉聚在马场门外，正对着上方指指点点，议论纷纷。云襄顺着他们指点的方向抬头望去，立刻就看到了高高的旗杆上挂的那具血肉模糊、随风飘荡的尸体。

云襄浑身一颤，定定地望着吊在半空中的金彪。他脑子一片混乱，张嘴想喊，咽喉却嘶哑得发不出半点声音。愣了不知多长时间，也许只是一瞬，他突然一步步走向金彪，完全无视周围的一切。

"你疯了？！"舒亚男连忙拉住他，谁知他那瘦弱的身体，此刻竟爆发出想象不到的力量，练过武的舒亚男竟也拉他不住。眼看马场外守卫的武师在向这边好奇地张望，舒亚男再顾不得许多，急忙一掌砍在云襄的后颈上。云襄身子一软，不由歪倒在舒亚男肩头。

舒亚男连忙扶起他就走，心知一个女人大清早扶着个男人走在大街上，实在有些惹眼，而她一个人也无法将云襄弄回扬州，便顾不得这里就是牧马山庄，连忙将他扶到最近的一家客栈，对诧异万分的伙计急道："我相公突发急病，快给我们开间清静的客房。"

伙计帮忙将云襄抬到客房，关切地问："夫人，要不要小的去请大夫？"

"是老毛病，我们自己有药。"舒亚男连忙道，说着就送伙计出门，突然她又想起了什么，"对了，麻烦小哥送几坛烈酒上来，我相公这药要靠酒送服。"

伙计连忙下楼抱了两坛酒上来，舒亚男收下后打发了他一两银子，并将好奇的伙计半推半撵地赶了出去，然后仔细关上房门。见云襄依旧昏迷不醒，舒亚男连忙使劲拍醒他。云襄浑身一激灵，终于缓缓睁开了双眼。

"你现在感觉怎么样？"舒亚男担心地盯着他那空洞的眼睛，柔声问道。

云襄茫然望着虚空，好半晌才失魂落魄地喃喃自语："阿彪还吊在那里，我要去救他！"说着他一跃而起，向房门冲去。

舒亚男连忙挡在门口，低声喝道："你疯了！咱们还在牧马山庄，你一出这个房门，就连自己都保不住了！"

"你别管我！阿彪是被我害死的，我要去放他下来！"云襄怒喝着，想要拉开舒亚男。舒亚男一扬手，重重一巴掌扇在他脸上，打得他一个趔趄怔在当场。舒亚男盯着失去理智的云襄喝道："你现在谁也救不了！你想死我不拦你，可你别把我们都陷进去！"

云襄浑身一颤，终于恢复了一点理智。泪水渐渐盈满了他的眼眶，他不断张合着嘴，却哭不出半点声音。舒亚男连忙拍开酒坛递给他："我陪你喝酒！"她知道，酒是最好的麻醉剂，人在最痛苦的时候，麻醉也许就是最好的解脱。

云襄一言不发接过酒坛，一仰脖子就是一阵鲸吞海饮，泪水和着酒水涌入口中，苦得人肝肠寸断。直到那一坛酒涓滴不剩，他才抱着酒坛慢慢跪倒在地，神情如痴地默默流泪，却哽咽着哭不出声来。舒亚男担心地俯下身，抚着他的头柔声道："想哭就哭吧，别憋在心里。"

"是我害了阿彪，是我的狂妄自大害死了阿彪！"云襄终于像孩子一般大哭起来，"这次行动之前，阿彪就告诫过我不要太心急，可我为了复仇，完全无视风险，完全低估了南宫放。我哪是什么千门高手，我根本就是个十足的笨蛋！……"

舒亚男轻轻叹了口气，将手中的酒坛递给他道："人的智慧终有无法企及的地方，这世上没有无所不能的圣人，谁都有意外失手的时候，你不要太过自责。"

云襄流着泪连连摇头，指着自己的心口哭道："你不知道我看到阿彪血肉模糊地吊在那里，心里是什么感受，我害怕，我恐惧得浑身发抖，我怕自己的狂妄大胆和骄傲自负，再害了身边的朋友。一直以来，我都以为阿彪只是自己利用的棋子，我对他不会有任何软弱的感情，但现在我才知道，阿彪是我的兄弟！连心连肺的兄弟！我永远也克服不了这种软弱的感情，也永远成不了心静如水、无情无义的千雄。成不了千雄，我又怎么能战胜精明过人、实力雄厚的南宫放？……"

云襄痛不欲生，除了拼命把自己灌醉，以逃避失败的责任，完全不再有往日的自信和从容。显然，他被这次打击完全击垮了信心。金彪的死固然令他痛不欲生，而意外失手，更令他对自己的能力产生了怀疑，不敢再面对南宫放。

舒亚男慢慢蹲到他面前，默默撩起鬓发，指着那朵在脸颊上怒放的水仙，沉声道："这里现在是朵花，原来却是个疤。你失去兄弟的痛苦，未必能超过我失去容貌的绝望，我都挺了过来，你别让我小看了你！"

云襄连连摇头："你应该小看我，我是个自以为聪明，其实愚蠢却又狂妄自大的笨蛋，是个害死兄弟的大笨蛋！……"

舒亚男捧起他的脸，直视着他的眼睛喝道："你是大名鼎鼎的千门公子襄！你是智计过人、无所不能的公子襄！你决不会被一两次失败击垮！"

"我不是！我不是！"云襄拼命躲避着舒亚男的目光，想要从她手中挣脱，谁知舒亚男抓得如此之牢，使他完全无法逃脱。

舒亚男眼中也噙满了泪水，望着他的眼睛道："你是无所不能的公子襄，从你走进我的生活那一刻起，就永远摆脱不了这个身份。你是我今生最敬佩的男子，我实在不想看到你现在这副模样。你伤心痛苦，可以尽情地放声大哭，但你不能怀疑你自己，更不能失去战胜一切的信心！"

云襄愣了愣，突然像委屈的孩子找到了亲人，不由自主地号啕大哭。舒亚男连忙将他揽入怀中，将他捂在自己胸前。刚开始她只是怕云襄的哭声惊动旁人，但渐渐地，这个像孩子般不断哭泣的男子，却让她胸中涌起一种从未有过的情愫。她打量着怀中这个曾让她既忌恨又佩服的男子，突然发觉他并不比一个孩子坚强多少。原来，在这坚强冷酷的外表下，是一颗如此善良、柔弱的心。

感觉到他的身体在簌簌发抖，舒亚男不由自主地将他搂紧，希望以自己的体温驱散他身上的寒意，分担他心底的痛苦和恐惧。在这个恶人横行、冰凉冷漠的世界，也只有两个人的微温靠在一起，才不再惧怕寒冷。

不知过了多久，云襄终于带着微微的抽泣，在她怀中沉沉睡去。舒亚男轻轻将他抱到床上，这才发现他满脸通红，额头滚烫。昨夜受了一夜寒霜，加上今日突然的打击，终于使他病倒了。

舒亚男连忙起身准备去请大夫，云襄却在迷迷糊糊中抓住她的手，喃喃道："别……别走，别丢下我！"

"我不走，我会一直陪着你。"舒亚男握住他的手，柔声道。轻轻为他盖好被子,舒亚男仔细打量着沉睡中的云襄,突然发现睡梦中的他,就如孩童一般纯真。轻轻为他抹去满头的汗珠,舒亚男默默自问:这就是江湖上那个人人谈之色变的千门公子襄吗?

在舒亚男的安抚下,云襄终于安静睡去。舒亚男悄悄抽出手,到外间叫来伙计,让他去抓一付治疗风寒的药,并将膳食送到房中来。没多久伙计就将熬好的汤药和热腾腾的食物一并送了上来,看来牧马山庄除了赛马和赌博,服务也堪称一流。

舒亚男亲自喂云襄服下药,心中稍安。折腾半日,她也有些饥饿,就在房中草草用了午餐。其间云襄一直沉睡不醒,也不知是因为醉酒还是因为生病。

舒亚男虽然很想将云襄的处境通知明珠和柯梦兰,但这里是牧马山庄,她不敢找旁人送信,更不敢丢下云襄独自回扬州城。直到黄昏时分,依旧不见云襄醒来,她有些慌了神,却又不敢去请大夫,担心南宫放在到处找云襄因此暴露,只得在心中默默祷告。

直到初更时分,云襄依旧不见醒来,不仅如此,他的身体更是时冷时热,不住颤抖。舒亚男看着他半响,最终脱去外衣,抱住了他冰凉的身子。黑暗中拥着云襄那单薄的身体,舒亚男才第一次发觉他是如此瘦弱,完全不是想象中那般刚强。他的背上更是疤痕累累,几乎没有一片完整的皮肤,实在难以想象他这瘦弱的身体曾经历过多大的磨难。

舒亚男每摸到他一道疤痕,心中的怜惜之情便增加一分,当她数完云襄身上那累累伤疤,早已是泪水涟涟。她原以为自己遭受过的磨难已是世间罕见,谁知与怀中这羸弱的男子比起来,实在不值一提。她忍不住流着泪抱紧云襄,恨不能分担他遭受过的所有痛苦。

黑暗中两人相拥而眠,彼此的拥抱让双方都感觉到一种从未有过的安宁。不知过了多久，舒亚男突然惊醒，睁眼一看，天色已是大亮，云襄正躺在咫尺之外凝望着自己。他的脸色依旧惨白无光，但眼眸已清朗有神，不再迷茫散乱。

舒亚男突然意识到自己仅着亵衣，肌肤都能清晰感觉到云襄的体温，心中不禁涌起女孩子本能的羞涩。不过她并没有逃开，反而抱紧云襄，盯着他的眼眸决然道："从现在开始，我要照顾你一辈子，你愿意也罢不愿也罢，都没得选择！"

舒亚男的蛮横并没有让云襄有丝毫不快，他心中反而涌起无尽的温暖，忍不住抱紧这个特别的女子，在她耳边喃喃道："谢谢，谢谢你！"

"你要再说一个谢字，我就扇你！"舒亚男说着狠狠在云襄脸上咬了一口。她从未有过接吻的经验，甚至也没见过和听过，只觉得用咬才能宣泄心中那激荡得不能自持的感情。

云襄热烈地回应着舒亚男那与众不同的热吻，并引导她用正确的方式来宣泄感情。当他们的感情燃烧到极致，世俗的一切束缚就荡然无存……

火山喷发般激烈的感情，慢慢变得像大海一般广博深沉。二人相拥凝望，舒亚男红着脸对云襄轻声道："你是最强的男人，你已经证明了这一点。"

云襄笑了，轻轻托起舒亚男颈下那枚雨花石，微微叹道："这都是天意。"

"什么天意？"舒亚男好奇地问。

云襄便给她讲起了这枚雨花石以及自己那不为人知的过去。舒亚男听得目瞪口呆。她没想到自己与云襄竟同在扬州生活了二十年，更没想到自己早就见过云襄，也不知道自己捡到的这枚雨花石，曾经是他的定情信物，也是害他发配边疆服苦役的引子。

云襄第一次向他人吐露自己的过往，心中的压抑减轻不少，脸上也恢复了特有的自信。他最后道："我从一个迂腐懦弱的无用书生，走到今天这个能与南宫放一较高下的地步，就是靠着儒家先圣那股一脉相承、百折不回的倔傲之气。我不会让你失望，更不会被任何挫折击倒！"说着他从床上一跃而起，谁知急病之后手足酸软，刚下地就身子一歪差点摔倒。

舒亚男连忙扶住他，嗔道："你现在大病未愈，得先养好身子，而不是现在就逞能。"

云襄黯然道："阿彪还在那里受苦，我哪有心思养病？"

"阿彪的事你交给我好了，让我来想办法。"舒亚男说着轻轻揽住云襄。

她的镇定给了云襄信心，他微微点了点头："你要当心！"

"你待在房中千万别出来，我先去看看，然后再想办法。"舒亚男仔细叮嘱完，才独自出门。出门前她细心地为云襄点了些容易消化的饭菜，并让伙计将饮食送到客房，托他照顾大病初愈的相公。

第一次像个小女人一般啰唆完后，舒亚男独自来到马场外，发现马场的戒备并没有加强，反而松懈了不少。原来南宫放只当金彪是被公子襄利用后灭口的棋子，绝没有想到会有同伴来为他收尸，并没有加强戒备。现在马场因上次的变故正一片混乱，而南宫放也因一件急事一大早就赶回了家中，并不在牧马山庄，所以下面的人谁也没有心思在意这等小事。

舒亚男从闲汉们的议论中，已知道了金彪出事的大致情况。在确认南宫放并没有设下圈套后，她去青楼找了个年老色衰的妓女，如此这般交代一番，并将一笔银子交给了她。那妓女便哭着去找马场的管事，说那吊着的男子是她的恩客，曾花大钱照顾过她，如今他不幸亡故，念着他的恩情，所以希望为他收尸。管事被纠缠不过，加上看在银子的面上，勉强将尸体交给了她。当天夜里，在郊外一座荒庙中，云襄终于见到了血肉模糊的金彪。

"阿彪！"云襄泪如雨下，默默检视着金彪身上的伤口，心痛如刀割。见金彪一只手紧紧攥着，他费尽力气才勉强掰开，金彪手里有一枚青布纽扣，这种样式的纽扣并不常见，通常是用在做工讲究的布鞋之上的。

云襄仔细打量着这枚纽扣，却想不起在哪里见过。他将那青布纽扣仔细收入怀中，垂泪道："阿彪，是我害了你。我要让杀害你的凶手，付出同样的代价，只有这样，才能稍稍减轻我的罪孽。"

舒亚男见云襄痛不欲生，连忙轻声劝道："让阿彪入土为安吧，这里离牧马山庄不远，得当心南宫放有所察觉，追踪而来。"

云襄流着泪默默点点头，仔细为金彪擦去脸上的血迹。在舒亚男的操持下，总算连夜让金彪入土为安了。

第二天下午，云襄与舒亚男回到住处，就见柯梦兰早已急得如热锅上的蚂蚁，却不见明珠的身影。见云襄安然回来，柯梦兰终于如释重负地长舒了口气："吓死我了！前日你们不告而别，可急坏了我和明珠，我们在扬州城找了一整天，最后找到牧马山庄，才知道了金彪的事。我们怕你和舒姑娘也出了意外，不知有多担心，可惜阿彪……"说到最后，她已哽咽得不能继续。

云襄红着眼柔声安慰道："阿彪已经入土为安，你不用担心。我不会放过杀害他的凶手，定会让他付出同样的代价！"

柯梦兰点点头："我想去看看阿彪。"

云襄黯然道："等过了风头，我带你去阿彪的坟上祭拜他。"

舒亚男一直不见明珠，心中有些担心，忍不住问道："明珠呢？"

柯梦兰指指内院："前天为了找你们，明珠一整天都没吃东西。当我们找到牧马山庄，看到阿彪那吊在半空、血肉模糊的身体时，明珠当场就吓坏了。她怕你们也遭了毒手,又是担心又是着急,回来后就病了,这会儿也不知醒来没有。"

舒亚男一听这话,连忙奔向内院,云襄也担心明珠的病情,忙跟了进去。三人来到明珠的卧房外,舒亚男立刻叫着明珠的名字推门而入,云襄不方便进去,便立在门外听着里面的动静。只听房中陡然传来一声欢呼,跟着就见明珠光着脚,仅着亵衣就从房中冲了出来。不等云襄开口,她已一跃而起,猛然蹦到云襄身上,抱着云襄就呜呜大哭,边哭边道:"你吓死我了!我好怕你也像阿彪那样,从此再不回来!要是再见不到你,我也不想活了!"

云襄没想到明珠对自己竟如此关心,心中有些感动,不由轻拍着明珠的后心,柔声安慰道:"没事了,我这不是好好的吗?"

"不行,你要发誓!"明珠不依不饶,"你一定要答应我,决不能比我先死!"

云襄感动地点点头:"好,我答应你!"

"你是堂堂千门公子襄,可不能说话不算数!"明珠依旧有些不放心,直到云襄再次保证后,才终于放开手。突然,她醒悟到自己的失态,连忙红着脸逃回房中,不敢再面对三人。

云襄歉然地望向舒亚男,却见她只是笑道:"我去看看这丫头,别又闹出病来。"说完她推门而入,片刻后房中就传出她与明珠的窃窃私语。

柯梦兰对明珠的失态并没有放在心上,天真烂漫的明珠,在所有人眼里就如不懂事的妹妹,她对这个妹妹无论如何也忌妒不起来。相反,倒是舒亚男令她十分警惕,从她与云襄偶尔相接的眼神中,柯梦兰本能地感觉到,他们已经不再是简单的合作伙伴了。

云襄与柯梦兰悄悄出了后院,刚要说话,就见临时雇来的老门房匆匆而入,将一张帖子递给云襄道:"公子,方才有人送来封信,也没说什么就走了。"

云襄展信一看，对柯梦兰道："是南宫豪，他要我立刻去见他。"

"我和你一起去！"柯梦兰忙道。

"我不想让你冒险。"云襄说着像往常那样转头高喊，"阿彪！"话刚出口，才意识到金彪已经不在，顿时默然无语。

柯梦兰见状忙道："还是我陪你去吧，多个人也有个照应。"

云襄勉强一笑："不用了，我一个人能应付。你待会儿转告舒姑娘和明珠，就说我去去就回，让她们不用担心。"

七、重逢

明珠逃回卧房之后，立刻蒙上被子，羞得不敢见人，直到憋得实在受不了，才不得不撩起被子一角，却见舒亚男正坐在床沿望着自己，也不知道在想什么。明珠心情稍稍平复，故作镇定地问道："你用这种眼光望着我干什么？"

舒亚男摸摸明珠的额头："好些没有？"

"谢谢姐姐关心，我没事了。"明珠吐吐舌头坐起来，"人家只是担心云大哥，见到他平安回来，什么病都好了。"

"你很喜欢云大哥？"舒亚男貌似随意地问，见明珠红着脸点了点头，她不禁追问道，"有多喜欢？"

"特别特别喜欢！"明珠歪着头想了想，"这么跟你说吧，只要我一静下来，就会不由自主地想云大哥，只要一天见不到他，就觉得时间特别漫长，生活了无情趣。他是我所有快乐的源泉，也是我所有烦恼的根本。"

舒亚男略一迟疑，又问："你不是就要嫁给那个什么镇西将军的公子了吗？他要知道你这么想着别的男人，恐怕会非常不高兴。"

"啐，我管他呢！我早就决定不嫁了！"明珠一脸不屑，跟着眼中闪出从未有过的坚决，"在没有遇到云大哥之前，我觉得嫁给谁都无所谓，只要他长相、家世、人品配得上我，父王让我嫁谁我就嫁谁。毕竟父王养了我这么大，又处处宠我疼我，我在终身大事上遵从他老人家的意愿也是应该的，相信父王也不会给我挑一个太差的夫君。但现在我的想法变了，我发觉自己已经无法再离开云大哥，他的快乐就是我的快乐，他的痛苦就是我的痛苦。没有他，世界就变得黯淡无光。原来喜欢一个人是这种感觉，任何人，就是亲如父王也无法替代。所以我不会为任何人包括父王，放弃这种感情，更不会为一个从没见过的未婚夫君，就强迫自己不再喜欢云大哥。"

舒亚男神情复杂地望着明珠，迟疑道："如果你的云大哥……已经有了别的女人，你怎么办？"

"那我就杀了她！"明珠恶狠狠地道，"谁也不能抢走我的云大哥！"

舒亚男心神巨震，咬着嘴唇犹豫半晌，终于还是忍不住问："如果这个女人……是你姐姐我……"

"姐姐开什么玩笑？"明珠惊讶地望着舒亚男，"你不是最瞧不起云大哥、最讨厌他吗？怎么会喜欢上他？"

"我是说如果……你怎么办？"舒亚男勉强笑道。

明珠迟疑片刻，黯然道："那我就只有去死。"

舒亚男从未在明珠脸上见过如此绝望的神色，心中不由一痛，忍不住将她揽入怀中，强笑道："看姐姐在乱说些什么，我怎么会喜欢上你的云大哥。他屡次羞辱我，我恨他还来不及呢！"

"姐姐别！"明珠慌忙道，"云大哥如果得罪了你，我替他向你赔不是，你怎么惩罚我都行，可千万别伤害他！"

"傻丫头，看把你紧张的。"舒亚男忍不住在明珠脸蛋上轻轻拧了一把，"你放心，我就算再恨你的云大哥，看在你的面上，我也不会向他报复。"

明珠放下心来，忙讨好地抱着舒亚男笑道："姐姐最疼我了，肯定不愿看到我不开心。只要你不伤害云大哥，怎么欺负我都成。"

"好了好了，快睡吧，你云大哥肯定不愿看到你现在这副憔悴模样。"舒亚男说着将明珠强行塞入被窝。望着她带着甜蜜的微笑渐渐沉入梦乡，神情是那样的恬静安详，舒亚男不由爱怜地抚着她的脸，在心中默默叹息：你真是个被宠坏的孩子，我该怎么向你解释？

马车载着云襄，顺着长街辚辚而行，最后来到城中一处不为人注意的普通宅子。云襄在门房引领下进得大门，就见南宫豪三步并作两步迎了上来，抓着云襄的手激动地道："兄弟果然没有令哥哥失望！你的战果完全超出了我的想象！"

云襄从怀中掏出一叠银票递过去，强笑道："幸好不负大哥所托，这些银票就是这次的战果，远超过大哥十万两的亏空，大哥请点点。"

"不用了！"南宫豪说着接过银票，分了几张塞给云襄，"这次幸亏有兄弟帮忙，我不会亏待兄弟。"见云襄神情憔悴，欲言又止，他连忙拍拍云襄的肩头叹道："我知道你损失了一个好兄弟，你的心情我能理解，但请兄弟节哀。"

"谢谢大哥关心，小弟心里有数。"云襄道。

南宫豪不由分说挽起云襄就走："我已为兄弟排下庆功宴，就等兄弟入席，今晚咱哥俩要好好喝上一杯！"

二人来到内院，就见这里早已摆下一桌丰盛的酒席。云襄落座后，南宫豪立刻举杯道："这次多亏了兄弟，不然我就根本没任何机会跟老三争，前日老爹让我赶回扬州，总算让我看到了希望。这全是兄弟的功劳，来，老哥敬你！"

云襄正要喝酒，突听不远处传来一声隐约的惨呼，他正要动问，却见南宫豪不以为意地摆手道："不好意思，扰了兄弟的酒兴。"说完转头对外面高喊一声: "让那老家伙给我闭嘴!"

云襄忙问: "怎么回事?"

南宫豪一声冷笑: "兄弟的行动让老三乱了阵脚,竟然不顾手足之情,找刺客来行刺于我。前日我刚赶回扬州,就差点被人行刺,幸亏我早有防备,反将刺客当场抓获。可惜这刺客是个硬骨头,不愿指认雇主,不然我可以反告老三,立刻就让他一败涂地!"说到这里他突然叹了口气,遗憾地道: "本以为牧马山庄一倒,老三就再难翻身,谁知现在又出了点意外。"

"什么意外?"云襄忙问。

"本以为老三已绝后,嗣子之位迟早是我的。谁知昨日他一个小妾为他生了个儿子。因为这事,老爹现在对嗣子人选,又有些犹豫起来。"南宫豪眼中闪过一丝戾色,望向云襄道, "如今他罔顾兄弟之情,买凶弑兄,我又何必再有所顾忌?我想请兄弟再帮我一个小忙。"

"什么忙?"云襄已隐隐猜到南宫豪所求,却又有点不太敢相信。只听南宫豪冷冷道: "我想请兄弟替我除掉这个孩子,绝了老三最后的希望!"

云襄心神大震,没想到为了争夺权力,人竟能做到如此地步!那孩子说起来还是南宫豪的亲侄子,就因为父辈间的争权夺利,刚来到人世就被卷入这杀戮的旋涡,生在豪门,不知是幸运还是不幸!

南宫豪见云襄沉吟不语,急忙道: "这事我不便出手,其他人我又信不过,所以只有麻烦兄弟。以兄弟的心机智谋,定能让这孩子死得像一次意外。如今我已被老爹召回家中,帮忙打理家族事务,可以方便留意那孩子的情况。有我给的消息,这事定不会太难。"

云襄沉吟半晌,终于缓缓点了点头。他原本不想答应,不过想起金彪的惨死,他对南宫放的仇恨就令他有股不择手段的冲动。他在心中对那从未见过的孩子默默道:谁让你生为南宫放的儿子,父债子还,也是天经地义！

南宫豪见云襄终于点头，大喜过望，连忙举杯道："有兄弟出手，此事定会马到成功！你先回去做好准备，一有机会我马上通知你。"

二人饮至中夜，云襄起身告辞，刚离开后院，又听到那刺客的惨呼。云襄忍不住道："大哥打算怎么处理那个刺客？"

南宫豪满不在乎地道："今夜他若再不开口，就将他处理了，总不能白养着他浪费粮食。"

云襄迟疑道："能不能让我去看看那刺客？"

南宫豪大喜："兄弟若能想法让他开口指认老三，自然再好不过。"

云襄在南宫豪的引领下，来到一间隐秘的地牢，就见一个老者被吊在半空，两个汉子正在严刑拷打。那老者浑身上下尽是血污，已看不出本来面目。南宫豪对云襄道："这老家伙真是凶悍，失手后竟毁了自己的面容，让人认不出他的本来面目，无从追查他的底细。"

云襄打量着那满脸血肉模糊的老者，见他虽然奄奄一息，但眼中依旧有强烈的求生欲望。听到有人进来，他勉力将目光转向来人，大约看出云襄比南宫豪心软，不由对云襄嘶声道："求公子给老夫一个痛快！"

"你肯指认雇主，自然不必再受苦，我甚至可以饶你一命。"南宫豪托起他的下巴，冷冷道。

老者凄然一笑："干咱们这一行，信誉比性命重要，你不必白费力气。"

南宫豪一声冷笑："是吗？我却不怎么相信。"说着他一招手，一个汉子立刻将烧红的烙铁烙在老者的胸上，老者一声惨叫，顿时晕了过去。

南宫豪见老者失去了知觉，恨恨道："这家伙一定是影杀堂的杀手，难怪这般死硬。"

云襄好奇地问："大哥为何这般肯定？"

南宫豪叹道："影杀堂招募杀手，必须让杀手用至亲之人为质。杀手只要不背叛影杀堂，就算在行动中失手殉命，影杀堂也会负责抚养他的亲人。杀手若背叛影杀堂的戒律出卖雇主，亲人就会死得很惨，所以只有影杀堂出来的杀手，才吃得住如此酷刑而不松口。"说完他对一个手下招招手："问不出来就算了，弄出去埋了吧。"

两个汉子立刻将老者解下来，像拖死狗一样往外就拖。云襄突然道："等等，大哥能否将这刺客交给我？"

南宫豪略一迟疑，笑道："兄弟若有办法让他开口，那是再好不过！"说完对两个手下吩咐道："就将他送到我兄弟的马车上吧。"

南宫豪将云襄送出门，目送着马车走远，然后轻轻拍了拍手，一个黑衣人应声出现在他身后。南宫豪望着马车头也不回地冷冷道："老规矩，他万一失手，就立刻灭口。"

黑衣人点点头，却没有立刻走，南宫豪回头问道："还有什么事？"

黑衣人忙道："有一件怪事，小人不知当讲不当讲。"

"讲！"南宫豪喝道。

黑衣人低声道："那日在赌场，云公子被三公子栽赃，眼看就要被抓现形，小人本已做好灭口的准备，谁知有个家伙却出手偷走了云公子身上的赃物。"

南宫豪眉梢一跳："那人什么模样？"

黑衣人遗憾地摇摇头："那人混在赌客中，出手极快，小人没有看清。"

南宫豪遥望夜空默然半晌，轻叹道："姓云的身边竟有如此高人，恐怕绝非寻常老千那么简单。你要仔细留意他的一切情况，有任何发现立刻向我禀报。"

黑衣人领令而去后，南宫豪才心事重重地转身回房，姓云的若非寻常老千,那会是什么来历?

马车行进在空旷的街头,显得异常孤寂。车厢中,云襄默默打量着昏迷不醒的老者,心情有些复杂。他曾经在斗狗场上救下奄奄一息的阿布,现在,这伤痕累累的老者,在他眼中就如当初的阿布。

回到住处,明珠与舒亚男迎了出来,突见车厢中还有个伤者,忙问:"这是谁?"

云襄来不及解释,只道:"快叫下人抬到客房,准备金创药!"

老者立刻被人抬到客房,明珠与舒亚男想要帮忙,却被云襄推了出去。将下人也打发走后,云襄褪去老者的衣衫,见他浑身伤痕累累,不知受了多少折磨,幸好都不是致命伤,想必南宫豪是想留着他的性命指认南宫放吧。

云襄以前救护过阿布,对敷药和包扎都不再陌生。仔细为老者上好药包扎好伤口,他才抹着汗悄悄退了出来。其间老者也醒过一次,不过因伤势太重,很快又晕了过去。

舒亚男和明珠一直在门外观望,见云襄出来,舒亚男忙问:"这人是谁?"

"一个遇到劫匪的江湖人。"云襄道。他不想吓着明珠和舒亚男,更不想二人因老者的身份,就对他另眼相看。

"什么劫匪这么恶毒?抢钱不说,还要伤人!"明珠顿时义愤填膺。

云襄不好解释,忙将二人劝回去休息。他怕老者伤势恶化,就在客房外守了一夜。

第二天云襄为老者换药的时候,老者的神智稍稍清醒了些,他对云襄的举动并无一丝感激,反而挣扎着不要云襄救助:"你别白费力气,硬的不行就来软的。无论你用什么法子,我都不会出卖雇主。"

云襄笑道:"你既然什么都不怕,又何必怕我的救治?难道是怕自己嘴不够牢？"

老者闻言不再挣扎，瞑目任由云襄施为。一连数天他都一言不发，甚至不再看云襄一眼，似乎打定主意与云襄耗下去。云襄除了为他疗伤换药，也从不开口说什么。十多天过去，老者的伤势有所好转，已能下床行走。见云襄依旧不问自己任何事情，甚至对他完全不加戒备，这让他反而不知云襄葫芦里卖的什么药了。

柯梦兰早已看出云襄与舒亚男的关系，只有明珠还蒙在鼓里。为了不刺激明珠，舒亚男自那日从牧马山庄回来后，就刻意躲着云襄，不再与他单独见面，更不再与他有任何亲昵的表示。不过舒亚男再怎么掩饰，也瞒不过柯梦兰的眼睛。心知自己与云襄不会再有结果，柯梦兰有些心灰意懒，这日趁着祭拜金彪的时候，她终于说出了酝酿已久的话。

"我想将金彪大哥的尸骨，送回他的老家落旗镇。"柯梦兰望着荒野中的孤坟幽幽道，"金彪大哥从小就在戈壁大漠长大，想必他现在也想回到那天高地阔的大西北吧？"

云襄有些意外："这里离落旗镇千山万水，恐怕……"

"云大哥不必担心，我会雇最好的镖师一同上路。"柯梦兰淡淡道，"再说我离家已经很久，也想回去看望爹爹。江湖我已来过，但我不能永远在江湖漂泊。"

云襄听明白了柯梦兰的意思，心知无法挽留，也不忍再让柯梦兰跟着自己冒险，于是轻声道："选个好日子，我送你和阿彪上路。以后有机会，我会去大西北看望你和阿彪。"

三日后，云襄与柯梦兰和金彪黯然作别，目送着他们消失在地平线尽头，他的泪水不禁夺眶而出。当年落旗镇一遇，经历了这么多风雨，如今终究要分别了，江湖便是如此吧……

明珠与柯梦兰相处日久，也喜欢上了这个言语不多的姐姐，今日见她独自护送金彪的灵柩回归故里，也不禁黯然神伤，泪水涟涟。舒亚男则想着柯梦兰临走时所说的那句话,不禁偷眼打量着云襄和明珠,在心中暗问:我又要在江湖中漂泊多久?

三人回到家中,发现那个养伤的老者已经不告而别。明珠有些不满地嘟囔起来:"哼!云大哥照顾了他那么久,他走的时候连个招呼都不打,真是!"

"算了吧,我救他本来也没想要什么回报。"云襄笑笑,"我只担心他的伤尚未好全,会留下后遗症。"

话音未落,就见那老者由外进来,径直来到云襄面前,默默地盯着云襄看了半晌,突然拜倒在地,拱手道:"在下原已不告而别,但想到云公子救了老朽一命,又照顾老朽这么久,就这么走了实在不仗义。今特来向公子拜别,望公子恕罪!"

云襄连忙去扶老者:"老伯快快请起,你这不是要折杀云某?"

老者俯身向云襄磕了三个头,然后站起道:"云公子大恩大德,老朽无以为报,唯有铭记在心。只可惜老朽格于这一行的规矩,不能告诉公子任何事情,甚至连个称呼、名字都不能透露,望公子见谅。"

"你什么都不用说。"云襄忙道,"我也根本不想从你口中知道什么。只是你伤势未愈,能否等好了再走?"既然老者的家人在影杀堂为质,他也不想老者坏了规矩失去亲人。

"多谢公子好意,但我必须要走了。"老者沉声道。

云襄心知他还得回去复命,也就没有再挽留。送老者离去后没多久,门房匆匆将一封拜帖送了进来,禀报道:"方才有人将这帖子送到门上就离开了,也没留下个话。"

云襄认出是与南宫豪约定的拜帖,连忙展开看,上面只有一个日期和寥寥几句旁人看不懂的话。看到这几句约定的暗语,他知道机会就要出现,自己该有所行动了。

回到家中这一个月来,南宫放就一直沉浸在莫大的幸福和激动之中。他没想到在他受伤之后，上天还给他留了一条后路，如今小妾十月怀胎诞下一个儿子，这让从不信鬼神的他，也不禁在心中暗暗感激上苍。有了这个儿子，谁也不能再说他绝后，家中那些长辈，也就不能再因为这个撺掇父亲另立嗣子。

南宫三兄弟中，二公子南宫珏痴迷于剑术，完全不问世事，武功虽高，人却有些傻，所以嗣子只能在南宫豪和南宫放之间选择。自那次意外后，南宫放的嗣子之位就岌岌可危，如今，这个儿子的诞生，为他保住和巩固嗣子之位增加了一个重要的筹码。

牧马山庄的变故虽然对他造成了极大的打击，但还不足以令父亲因此就改变主意另立嗣子，他还有机会反败为胜！现在，他要出手反击了。

一个弟子悄悄来到他身旁，低声禀报道："公子，你约的人已经到了羽仙楼。"

南宫放脸上闪过一丝阴笑，连忙交代丫鬟照顾爱妾和孩子，自己匆匆到外间，对下人吩咐道："备车，去羽仙楼！"

羽仙楼是扬州有名的茶楼，环境优雅，装修朴实无华。由于这里主要以品茶为主，平日没有多少俗客，显得十分清静，适合在这里招待一些与众不同的客人。

南宫放赶到羽仙楼，立刻被茶博士领到他预定的龙井阁。里面烟气缭绕，有个老者正坐在榻上盘膝抽旱烟，两个侍女则在榻旁皱眉摆弄着茶具，时而忍不住轻咳几声。那老者衣衫破旧，面容沧桑，模样就如寻常贩夫走卒，实在与羽仙楼的环境有些格格不入。

南宫放挥手令侍女退下，将信将疑地打量着老者："阁下就是柳爷？"

老者收起旱烟，扫了南宫放一眼反问道："不像吗？"

他那偶尔一闪的锐利目光，让南宫放心中一凛，忙抱拳笑道："哪里哪里！柳爷非常人物，我等凡夫俗子，有幸一睹尊容，实乃天大的幸事。"

"你比你老子会说话多了。"老者呵呵一笑,打量着四周环境,轻叹道,"如此雅而无痕、奢而不华之地,款待我柳公权实在有些糟蹋了。这里的一杯茶,大概就抵得上老朽一个月的薪俸了吧?"

"柳爷说笑了!"南宫放赔笑着坐下来,亲手斟满茶杯,推到柳公权面前道,"这里的龙井乃是真正产自西湖,水则来自虎跑泉,它与西湖龙井是绝配,柳爷请尝尝。"

柳公权没有理会南宫放的殷勤,淡淡道:"老夫对茶素无讲究,龙井和树叶子泡水,喝在嘴里都没啥区别。老夫也没闲工夫陪你品茶,大家开门见山才是正经。"

南宫放不以为忤地一笑:"那好,晚辈就开门见山。想必柳爷对千门公子襄的兴趣,应该在这西湖龙井之上吧?"

柳公权鼻孔里一声轻哼:"若非公子襄,你也请不动老夫。"

南宫放微微笑道:"柳爷乃天下第一神捕,捉贼查案从未失手,谁知却在少林让公子襄逃脱,这事知道的人虽然不多,却也对柳爷的声誉造成了很大影响。而我刚吃过公子襄的大亏,大家同病相怜,所以我才想到与柳爷合作,共同对付公子襄!"

"不知你拿什么与老夫合作?"柳公权冷冷问道。

南宫放阴沉一笑:"前日我牧马山庄遇到的那些变故,想必柳爷也有所耳闻。如果柳爷稍加查证,就知道那正是公子襄的手笔。公子襄如今在帮我大哥,他不彻底击垮我不会轻易罢手。如果以我作为诱饵,以柳爷之能,自然知道该怎么做了。"

柳公权第一次仔细打量起南宫放,微微颔首道:"早听说南宫三公子精明过人,今日一见果然不假。不知你有什么具体的计划?"

"多谢柳爷夸奖!"南宫放忙笑道,"公子襄帮我大哥,是为了我家的嗣子之位。我思来想去,如今我最大的弱点,就是我那刚出生不久的儿子。所以,我会故意给他一个机会,设好陷阱请君入瓮。这次我不仅要陷住公子襄，还要将我大哥也装进去，我希望与柳爷合作一举成功。"

"高明！"柳爷微微颔首，跟着意味深长地笑道，"你是怕由自己出面抓你大哥的把柄，在你老爹面前没有说服力，所以才要拉上我柳公权吧？"

南宫放哈哈一笑："柳爷明察秋毫，晚辈不敢否认。大家各取所需，定能合作愉快。"

柳公权沉吟片刻，点头道："你比你老爹精明多了，南宫世家若不由你来做宗主，实在是家族的损失。"说着他缓缓伸出手："老朽第一次与一个晚辈合作，不过你当得起这份荣耀。"

南宫放大喜，忙与柳公权一击掌："能与柳爷联手，无论是公子襄还是我大哥，都逃不出咱们的手心！"

南宫放的孩子满月大摆酒席的消息，很快就传遍了扬州。在摆完满月酒之后，南宫放将带着如夫人和儿子去郊外的观音庵向送子娘娘还愿的消息，却没多少人知道。不过，南宫豪却是知道这消息的少数几个人之一。他知道消息后的第二天，关于南宫放带夫人孩子敬香还愿的行程安排，也就送到了云襄手中。

收到情报后，云襄将自己关在屋子里，不吃不喝地冥思苦想。他知道这次行动的难点，是要设计一次看起来像是意外的事故，如果简单地找杀手来干，南宫豪也用不着来求自己了。

不知推翻了多少个设想，一个计划才渐渐在心中成熟起来。云襄在心中又设想了方方面面可能出现的意外，直到感觉有了九成的把握，这才开门而出。这时他方感觉腹中饥饿，正想叫下人做点吃的，却发现天色漆黑，四周鸦雀无声，原来已是深夜。

云襄不想麻烦旁人，便独自来到厨房，打算找点剩饭先填饱肚子。

突然，内院关着的阿布发出不安的低吼，跟着就听后院传来"咕咚"一声响，像是有人翻墙跳了进来。云襄自忖这里十分隐秘，除了南宫豪没人知道自己藏在这里，应该不会是仇家找上门来。

那声响也惊动了舒亚男和明珠，外面传来她们的喝问声。云襄怕她们有失，连忙出去查看，就见一个黑影毫不掩饰行踪，摇摇晃晃地走了过来，尚未走近就突然摔倒在地，半晌挣扎不起，似乎受了重伤。云襄忙用灯笼一照，认出是前不久离去那个影杀堂的杀手。此刻他浑身血污，已经结痂的伤口多处迸裂，竟不比原来伤得轻。

云襄连忙招呼下人将他抬入房中，只见老者一脸惨然，眼神空洞，半晌无语。云襄挥手令下人退下后，轻声问道："老伯为何去而复返，且伤势未愈，为何又跟人动手？"

那老者将空洞的眼眸转向云襄，泪水渐渐夺眶而出，突然他翻身向云襄拜倒，哽咽道："我一家老小，已被影杀堂处决，老朽如今孤独一身，已无处可去。"

云襄连忙将老者扶起："是怎么回事，老伯慢慢说。"

老者老泪纵横，声音嘶哑地泣道："前日老朽赶回堂中复命，因无法解释失手后如何逃脱，更没人相信我是被公子所救，所以被堂中当成了叛徒，一家老小皆被处决。老朽奋力杀了害死我家小的刑堂长老，拼命逃了出来。老朽原本不想再活，但念着公子的救命之恩尚未报答，所以特来投奔！我筱不离愿从此追随公子左右，望公子收留！"

原来他叫筱不离，云襄总算知道了他的名字，忙道："想不到筱老伯遭此大难，在下愿尽全力相助。只是报答之说，筱老伯休要再提，不过我这里你想来就来，想走就走。"

筱不离再次翻身跪倒，就要磕头，云襄连忙将他扶起，关切地问道："筱老伯遭此大难，必定对影杀堂恨之入骨，若有用得着在下的地方，尽可开口。"

"公子误会了。"筱不离连忙摇头,"老朽来投奔公子,并非想要公子替老朽复仇。老朽将那刑堂长老击杀之后,对影杀堂也就谈不上什么仇恨了。"

见云襄有些不解,筱不离解释道:"公子有所不知,影杀堂虽然江湖名声不好,但也绝非外人想象的那般邪恶。当初,影杀堂乃是由几个穷困潦倒、走投无路的武林高手共同设立的,他们不甘心一身武功却养不活全家老小,于是设影杀堂卖命换钱。他们将所有人的家小集中起来,立誓任何人行动失手,他的家小将由其他人共同抚养,并立下了'三不杀'的堂规。"

云襄好奇地问:"什么叫'三不杀'?"

"忠臣义士不杀,妇孺老幼不杀,大仁大善者不杀!"筱不离眼中闪出一丝自豪的微光,"他们分工合作,有人负责接活儿,有人负责行动,并在江湖上招募同样穷困潦倒、需要养家糊口的武人。后来他们陆续去世,但影杀堂的规模却越发壮大,堂中杀手如云,却始终没有一个堂主。权力由长老们共掌,并严格遵守前人留下的堂规。它是武林中最后的避难所,任何人只要武功足够高,就可以申请加入影杀堂,如果有决心永不背叛,可以将家眷也托付给它,只要不违反堂规,他的家眷影杀堂都会永远负责抚养。"

云襄皱眉问道:"它以杀手的家眷为人质,一旦背叛就杀别人全家,难道还不够邪恶?"

筱不离摇头道:"公子出身富贵,根本无法想象贫穷者的艰辛。凡加入影杀堂者,无不是被生存的压力逼得走投无路的武人。将家眷交给影杀堂为质,在他们看来是救了老婆孩子一命,而影杀堂以杀手的家眷为质,也是为了维护大家共同的利益。我虽全家被杀,却也只恨那糊涂的刑堂长老,并没有因此就仇恨影杀堂。"

云襄闻言心中大震,虽然他不是生于富贵人家,但也没怎么感受过生存的压力，无法想象一个武人为了生存下去，不惜将家眷交给影杀堂为质，并以杀人为业的无奈和艰辛。作为武人好歹还有一技之长可以出卖，如果是普通人，将如何应对生存的压力？

仔细为筱不离包好伤口，见他伤后十分疲惫，云襄安慰两句后悄悄退了出来。跟着出来的舒亚男悄声问："你相信他的话？"

云襄毫不犹豫地点了点头，见舒亚男欲言又止，他笑道："你不用担心，我会留个心眼。不过我相信，阿布都知道报恩，人应该比狗更有感情吧。"

扬州郊外的观音庵，虽算不上什么名胜古迹，却因这里修行的姑子大多出身江南的豪门望族，显得与众不同，也因此为富贵人家的女眷所喜爱。传说这里的送子娘娘特别灵，所以那些刚结婚或久婚不育的女子，都喜欢到这儿来许愿，在这里求得一男半女；在顺利生养后，则会到送子娘娘跟前还愿，以感谢娘娘的恩德。

这日一大早，一辆装饰华美的马车在一位骑着骏马、温文尔雅的富家公子护送下，缓缓来到庵堂外。随行的丫鬟仆佣立刻张罗着在马车旁搁下绣凳和地毯，然后搀扶着一个略显憔悴的少妇下车，少妇身后的乳母则抱着个裹得严严实实的婴儿。迎客的小尼姑认得马车上有南宫世家的标志，连忙恭敬地将那少妇一行迎进庵堂，护送她的富家公子正想跟进去，小尼姑合十阻拦道："公子，这里是庵堂，请公子在此留步。"

一个随从立刻喝道："我家三公子陪夫人来这儿还愿，难道就不能破例？"

小尼姑年纪虽小，却颇有大家气度，不卑不亢地道："只要是男人，就不能进入庵堂，这是天下所有庵堂的规矩。"

随从还想纠缠，那温文尔雅的富家公子已摆手道："你不用说了，咱们就在此等候，谁也不许妄入庵堂一步！"

却说那少妇和乳母在小尼的引领下，抱着婴儿来到后面的送子殿，少妇在送子娘娘跟前点上香火，然后跪下默默祈祷，以感谢送子娘娘的恩典。祈祷完毕，她示意随行的丫鬟奉上早已准备好的香火钱，女尼立刻笑道："请夫人去后堂看茶，让妙香师父为孩子批个命吧。"

"那可就多谢师父了！"那少妇忙道。刚随着小尼来到后堂坐定，一个蓄发修行的妙龄姑子就进来奉茶，那姑子似乎刚入空门，完全不像别人那般呆板拘谨，甚至依旧保持着少女的活泼和天真。看到乳母抱着的孩子，她不禁连声称赞："这孩子好可爱哦！多大了，叫什么名字，能不能给我抱抱？"

少妇脸上浮现出一丝笑意，示意乳母将孩子给她抱抱。那姑子抱着孩子一边逗弄，一边说道："好可爱的小不点儿，姐姐带你去看蝴蝶好不好？"说着就往外走，乳母一看，连忙跟了出去。

那姑子抱着孩子在庵堂中左穿右插，转眼就没了踪影。乳母以前随夫人来过这观音庵，知道在这儿修行的女尼或姑子都出身大户人家，完全可以信赖，所以也不怎么着急，只是独自四下寻找。不过这里殿堂重重，如迷宫一般，一时半会儿哪里找得到？

却说那姑子甩掉乳母，径直来到庵堂的后门，对等在门旁一个打杂的农妇低声道："姐姐，得手了！"

那农妇头也不回地低声道："快送回去。"

"为什么？"那姑子有些惊讶。只听那农妇急道："是云大哥的意思，立刻把孩子送回去！片刻也不要耽误！"

那姑子听说是云大哥的意思，虽不乐意，却还是抱着孩子就走，刚转过照壁就遇到找来的乳母，她立刻将孩子交给了乳母，然后回头去找那农妇。那农妇神情紧张地小声道："趁着还没暴露，立刻离开这里。外面有人接应，回扬州再说。"那姑子依言离去后，农妇才从另一个方向离开。

直到她们离去，在庵堂后的山坡上，扮成樵夫的云襄才暗自松了口气。他是在最后关头才发现蹊跷改变了主意，示意负责接应的舒亚男放弃，总算没有被当场抓住。

因为，南宫放不可能将他唯一的儿子，也是能保住他嗣子之位的宝贝儿子，置于毫无防备的境地，尤其是在与其兄争得你死我活的时候，他决不会如此大意！想起之前的交手，南宫放这么精明的对手，能让他们的计划如此顺利，那么这只能是他设的圈套，这孩子也绝非他的儿子。想明白这点，云襄不禁暗自庆幸，没有再次酿成大错。

听动静，此时南宫放应该已经带人冲入观音庵，大约发觉计划败露，想要对观音庵进行彻底搜查。挑起柴草不慌不忙地走向山下，云襄自信只要不与南宫放面面相对，就没人认得出自己。

在经过停在庵堂外的马车时，云襄突然愣在那里，他看到那个略显憔悴的少妇由丫鬟搀扶着，正好从庵堂中出来，明显还带着产后的虚弱。虽然她的模样改变了不少，但云襄还是一眼就认出，那是他曾经深爱过，现在却无比痛恨的赵欣怡！

他忘不掉是她送来雨花石，让他掉进了南宫放设下的圈套；他也忘不掉自己流徙千里服苦役的同时，她却嫁给了南宫放；他更忘不掉自己在苦役场为生存苦苦挣扎的时候，她却在豪门做少奶奶。尤其是现在，看到她再次与南宫放设下圈套来对付自己，他的仇恨就如火山般喷发，这一瞬间，他对她的恨意甚至超过了对南宫放。

赵欣怡也在盯着他，脸色蓦地变得惨白，一动不动地僵在当场。云襄虽然伪装得巧妙，可又怎么能瞒过她的眼睛？她曾无数次在梦中与面前这男子重逢，可真正重逢，她却觉得天旋地转，整个世界似在这一瞬间坍塌……

八、中伏

"怎么还不上车,愣着干什么?"耳边突然传来南宫放的呵斥,少妇浑身一颤,终于从失神中惊醒。她用复杂的眼神最后看了云襄一眼,才在丫鬟的搀扶下慢慢登上了马车。

云襄挑着担子继续前行,身后传来南宫放呵斥仆佣的声音,听得出心情极坏,这更加证实了他方才的预感。他不禁暗自心惊,同时告诫自己,在南宫放面前,万不可有半点大意。

失魂落魄地回到住处,云襄迎面就碰上了早一步回来的明珠。她很是不甘地追着他问道:"我已经得手,你为什么要突然下令放弃?"

云襄没有解释,回到自己的房间后,不顾明珠的不满和追问,一言不发地将她关在了门外。一动不动地躺在床上,他的眼前不由浮现出与怡儿在一起的点点滴滴,想起记忆深处那忘不掉的一颦一笑,他就心如刀割。过去爱得有多深,现在恨得就有多深。

迷迷糊糊躺了不知多久,云襄终于开门出来。舒亚男与明珠正一脸担忧地等在门外,他若无其事地对二人道:"你们不用担心,我只是想静一会儿,盘算如何对付南宫放。"

"想到办法了吗？"明珠忙问。

云襄点点头，眼中闪过一缕锐芒："我不会放过任何伤害过我的人，这次我要让他一败涂地！"

筱不离不知何时也来到门外，闻言恳切地道："公子若需要人手，老朽愿效犬马之劳。我别的本事没有，跑腿打杂没什么问题。"

云襄忙道："筱伯你伤势尚未痊愈，这事就不要操心了。"

"我这伤已无大碍，公子不用担心。"筱不离拱手道，"老朽这条命乃公子所赐，为公子效命自是天经地义。你若将老朽当外人，老朽只好就此拜别，再不敢骚扰公子。"

"筱伯快快请起，我怎会将你当外人？"云襄连忙扶起筱不离，"既然筱伯愿意帮忙，那再好不过。有您老相助，咱们定能马到成功。只是……"云襄有些为难地打量着他的脸，欲言又止。原来筱不离脸上的伤虽好了，却依旧疤痕累累，令人望而生畏，这样的容貌走到哪里都会引人注意，实在不利于隐藏行踪，更不利于云襄的行动。

筱不离也是个明白人，立刻就知道云襄的顾虑，连忙笑道："公子无须多虑，咱们做杀手的，总有些隐瞒身份的手段。"说着他从怀中掏出一张薄如蝉翼的人皮面具，仔细地覆在脸上，立刻就变成了个相貌平常的老人，即便走在大街上也不会有人多看一眼。虽然那面具使他的表情变得有些生硬呆板，不过也只有与他面面相对，才能看出那面具的痕迹。

"真是神奇！如此一来，恐怕再没有人能认出筱伯了！"云襄不由鼓掌赞叹。说话间就见门房匆匆而入，将一个玉佩递给云襄道："方才有人将这个送到门上，要小人转交给公子。"

"这是莫爷的信物！"云襄十分惊讶，连忙接过玉佩急问，"那人可留下什么话？"

"那人只说什么莫爷病危，要公子速归。"门房回忆道。

云襄一惊,连忙对舒亚男和明珠道:"我有急事,要暂时离开扬州几天。"

"那你的计划怎么办?又如何向南宫豪交代?"舒亚男问。

云襄沉吟道:"经过牧马山庄的事后,南宫放已变得十分警惕,咱们的计划若现在进行,风险实在太大,只好暂时放一放。南宫豪那里我会给他留书解释。比心计,南宫豪根本不是其弟的对手,所以他送来的消息咱们再不能轻信。为了防止南宫放从他身上追查到咱们的下落,以后咱们要尽量避免与他联系,就算联系也要由我们去联系他。正好现在莫爷病危,咱们干脆今晚就离开扬州避避风头。"

舒亚男一想也是,点头同意。几个人立刻收拾行装上路。从扬州到金陵并不太远,他们当天下午就赶到了金陵城南那间莫爷隐居的老茶馆附近。云襄不想让舒亚男和明珠介入莫爷的圈子,便让她们先找个地方等候,只让筱伯随自己去。舒亚男与莫爷有过不愉快的合作,也不想与那老狐狸碰面,所以对云襄的安排没有任何异议。

莫爷有多处隐居之地,这金陵城南的老茶馆便是其中最重要的一处。当云襄带着筱不离进门时,天色已近黄昏,云襄像往常一样依照暗号,让茶馆的伙计将自己带到茶馆后院,只见里面与原来没什么两样,显得十分平静。云襄低声问领路的伙计:"莫爷怎样了?"

"莫爷一直在等着你回来。"那伙计示意云襄进房,却将筱不离挡在门外道,"这位前辈眼生得很,似乎不是莫爷的门下。"

"他是我新雇的随从,难怪兄弟不识。"云襄连忙解释,见那伙计没有让路的意思,他只得向筱不离示意,"你就暂且在门外等候,待我禀明莫爷,再与你引荐。"说完推门进屋。

前厅无人,他转到里屋,屋内门窗紧闭,显得十分幽暗,榻上躺了一人。

"莫爷,弟子看您来了。"云襄小声说着走近床前,就见莫爷面色惨白,一动不动,若非有细微的呼吸,直与死人无异。云襄心中微惊,见房中竟无一人伺候,顿觉不对,不过事已至此,任何惊惶失措都于事无补,他举止泰然地来到莫爷榻前,握住莫爷那枯萎的手轻声问:"莫爷,感觉好些没有?"

莫爷睫毛微动,勉力睁开了白蒙蒙的眸子,嘴唇嗫嚅着,声音几不可闻。云襄连忙将耳朵凑到他唇边,总算听清了几个字:"有圈套,快走!"

云襄在短短一瞬间,心中已作了多种权衡,此时就算空手而逃,也逃不出这间屋子,不如大胆一搏!想到这儿他低声道:"弟子得罪了,要走咱们也要一起走!"然后他将莫爷背在背上转身就走,谁知刚打开房门,就见迎面一拳飞来,重重击在他的胸口,将他打得仰天后跌,与莫爷一起摔在地上。

一脸得色的鬼算子从门外负手而入,盯着地上的云襄嘿嘿冷笑道:"你自身尚且难保,还想救这死老鬼?"

鬼算子这一拳并不算重,不过打在毫无武功根底的云襄身上,他也是禁受不起。云襄呕出一口鲜血,既意外又惊讶地盯着鬼算子质问道:"沈先生,你……你竟敢背叛莫爷?"

"背叛?"鬼算子一声冷笑,"是这死老鬼先背叛了沈某!想沈某二十岁出道,追随这死老鬼多年,鞍前马后地小心伺候,他今日的基业至少有沈某一半的功劳。谁知他为了一块玉佩,竟任由老夫被一个丑女羞辱;不仅如此,他还罔顾老夫多年的功劳,居然要将基业传给你这不相干的外人!嘿嘿,他既不仁,就休怪我不义!唐门酥筋散的味道,想必还不错吧?"

最后这句,却是对莫爷说的。云襄此刻才知道,莫爷浑身瘫软,原来是中了唐门的酥筋散。他不顾伤后的虚弱嘶声道:"鬼算子,你若想要莫爷的基业，尽可拿去！念在莫爷往日待你不薄，他老人家又是风烛残年，还请你高抬贵手放过他，让他老人家回乡颐养天年。"

鬼算子一声轻嗤："你自身尚且难保，还替这死老鬼求情？难怪他要对你另眼相看。只可惜沈某出身千门，心中向来容不得半点怜悯，既然动了手，就必定要斩草除根。"说着他一拍手，几个手执兵刃的汉子立刻涌入，将莫爷和云襄围了起来。不过迫于莫爷往日的威望，几个人一时还不敢动手。

云襄忙从怀中掏出一支信炮，对准门外拉响。信炮的爆炸声将众人吓了一跳，鬼算子惊魂稍定，不禁冷笑道："你还想招呼同伙来救你？可惜你那姓金的跟班已死，不然我还真有几分顾忌。现如今我倒要看看，还有谁来救你？"

话音刚落，就听门外传来一两声短促的惨呼，跟着一个青衫老者挥刀冲杀进来，却是筱不离听到信炮孤身来救。趁众人猝不及防，他一路杀到云襄身旁，高呼："公子快走！"

云襄挣扎着爬起，却不忘去扶莫爷，谁知受伤之后，行动竟是十分吃力。筱不离一面抵挡着众人的围攻，一面高叫："快丢下这老家伙，不然咱们谁都走不了！"

"不行！莫爷待我恩重如山，我不能丢下他不管。"云襄说着将莫爷背在背上，随着筱不离往外冲去。就这片刻的耽误，鬼算子已指挥众人堵住了房门，将云襄三人堵在了屋中。虽然筱不离武功高强，但架不住对方人多势众，一时间竟冲不出去。加上他伤势尚未痊愈，刚一动手就伤口迸裂，血丝不断从他的衣衫中渗出，形势十分不利。

筱不离眼看冲不出去，只得据门而守。房门狭窄，众人也冲不进来，双方一时对峙，谁也奈何不了谁。鬼算子见状，立刻对手下喝道："准备火把，烧房！"

筱不离闻言大急，心知一旦火起，自己或可逃出，云襄和莫爷却必定逃不了。他连忙对云襄喝道："公子快丢下累赘随我往外冲，不然就迟了！"

莫爷双目虽盲，但耳目聪颖，也听出此时的形势。他在云襄耳边叹道："你已尽力，再做什么也于事无补。快放老朽下来，你速速逃命去吧！"

"莫爷见谅，恕弟子难以从命！只要弟子还有一口气在，就决不会丢下你先逃！"云襄决然道。说话间就见几个火把扔了进来，屋中家具见火就燃，转眼即成火海。

莫爷叹道："你真愿陪老朽葬身火海？"

云襄黯然道："弟子无能，无力救您老脱困，唯有以身相殉！"

莫爷突然一声长笑："你对老朽如此忠心，也不枉老朽这番心血。"笑声未落，云襄就感到身子突然腾空，穿过窗户落在屋外的院落中。云襄惊魂稍定，才发现莫爷双足落地，单手携着自己，哪里还有半分疲态？

"你……你……你不是中了我的酥筋散吗？"鬼算子如见鬼魅，惊得话都说不连贯了。

莫爷一声冷笑："你以为我老糊涂了，眼瞎心也瞎了？竟敢在老夫面前搞鬼！只可惜老夫眼不瞎，心更不瞎！"说话间他抬手在双眼上一抹，白蒙蒙的眼眸顿时变得清亮如新，哪里还像个盲眼老人？

这一下不光鬼算子，就是云襄也吃惊不小。

"想不到吧？我这个瞎眼老鬼，原来一点儿不瞎。"莫爷得意地竖起手中那两片薄如蝉翼的东西。云襄一见之下顿时明了：鱼鳞！薄如蝉翼的鱼鳞！以前他就听师父云啸风说过，可以用鱼鳞蒙住眼眸假扮瞎子，只要鱼鳞够薄，对视力并无多大影响，千门中不少人知道这诀窍，因此有人常用这法子扮瞎子行骗。不过像莫爷这样一扮几十年，却是绝无仅有。难怪鬼算子的伎俩完全落入了莫爷眼中，以致功亏一篑。

鬼算子见瞎子突然开眼，早已心胆俱寒，哪里还敢恋战？他一面高叫着令手下围攻莫爷，一面向后退去。陡听莫爷一声冷喝："谁与老朽拿下姓沈的叛贼，老朽就饶谁的性命！"

几个参与叛乱的汉子权衡双方形势，见鬼算子算计莫爷，却反被算计，此刻莫爷神色凛凛，积威之下，纷纷倒戈，将鬼算子围了起来。鬼算子见逃跑无望，慌忙跪倒在地，连连磕头哀告："莫爷饶命！小人是一时糊涂，念在小人追随您老多年，还望您大人大量，饶过小人贱命！"

"斩草除根，这可是你说的！"莫爷一声冷笑，挥手一指，"首恶必诛，胁从不问。"

众汉子一听这话，纷纷挥刀斩向鬼算子。在鬼算子惨呼绝命后，众人不约而同地冲莫爷跪倒伏地请罪，莫爷高声道："过去的事老夫不再追究，大家先救火。"

话音刚落，就听身旁"咕咚"一声，却是云襄摔倒在地。原来他先中了鬼算子一拳，伤得不轻，又强撑着背莫爷逃命，体力早已透支，如今见大局已定，心神顿时松懈，立刻不支软倒。莫爷摸摸他的脉搏，对扶起他的筱不离道："你快带他去疗伤，伤好后再来见我。"

筱不离连忙负起云襄就走，匆匆离开了这是非之地。他先与舒亚男和明珠会合，然后找了间僻静的客栈将云襄安顿下来。明珠见云襄身受重伤，自是又惶急又心疼，片刻不离地亲自照顾，舒亚男反而插不上手了。

云襄虽然身受重伤，心情却十分舒畅，回想先前的变故，不禁在心中暗叫侥幸。他见莫爷身边无人照应时，便知落入圈套，此时要走肯定迟了，无奈之下只得赌一把运气，就赌老奸巨猾的莫爷，不会这么轻易就栽在鬼算子手里，所以他拼死要救莫爷，以便与莫爷和忠于他的门下联手。这一赌还真是押对了宝，不仅赢得了莫爷的信任，还意外得知他没有眼瞎的秘密。

云襄推测,莫爷将计就计假装中了酥筋散,就是要看看门下有哪些是鬼算子同党,以便将来一一除掉。估计那些临阵倒戈的叛徒,最终都不会有好下场。

在明珠的精心照料下,云襄的伤好得很快,没几天就能起床下地。这期间他很想与舒亚男单独相处,却总是找不到机会,而舒亚男也似乎在刻意回避他,这让他很是不解。

不等伤势痊愈,云襄便去拜见莫爷。眼前的莫爷两眼虽不再迷蒙,人却像老了十岁,想必鬼算子的背叛,对他也是一个沉重的打击。

"你的伤怎样了?"莫爷一面问候云襄,一面捂着胸口不住咳嗽,人也越发佝偻。

"我的伤不碍事,倒是莫爷的身体……"云襄一脸担忧,欲言又止。

莫爷摆摆手,总算停止了那撕心裂肺的咳嗽,轻轻叹道:"老啰!这场大病,差点要了我这条老命,小沈又趁这个时候搞事,唉,他跟了我近三十年,没想到……若非老朽那天自暴双眼未盲的秘密,震慑了那些叛徒,鹿死谁手还真不一定呢。"

云襄闻言心中微动,突然明白了莫爷为何要故意暴露隐藏了几十年的秘密。看来这次他病得确实不轻,已经没有把握靠往日的威信压服叛徒,只有突然暴露这个秘密,先声夺人,才令几个叛徒临阵反水,度过了那场危机。

莫爷眼里满是伤感,打量着云襄道:"老朽一生识人无数,没想到却还是看走了眼。倚为心腹的门下竟然犯上作乱,倒是你这个拜在老朽门下不久的新人拼死相救,实在出乎老朽预料。"

云襄忙道:"莫爷待弟子恩重如山,为莫爷效命自是理所当然。"

莫爷笑着摆摆手:"你别说些不着边际的客套话,老朽对你不过是利用罢了，哪谈得上什么恩重如山？不过你在危急关头没有丢下老朽逃命，这在千门中也算个值得信赖的人了。"说到这里他幽幽叹了口气："我老了，尤其前日那场大病更是差点要了我的老命。想古稀之人，所活时日是以天来计算的，不定哪天就一命呜呼。老朽一生都在钩心斗角中度过，临到老却反而想过几天简单的日子，只是还有两件事不能放下，所以一直未能如愿。"

云襄偷偷扫了莫爷一眼，但见他眼里满是伤感，看不出是出自真心还是在考验自己，只得闭口不问。只听莫爷微微叹道："一件就是老朽门下这些弟子，皆追随老朽多年，除了随鬼算子背叛老夫那少数几个，大多还算忠心，老朽不能丢下他们不管；另一件则是本门传说中的最高秘典，老朽刚入门就听先师说过，却从来未曾见过。老朽一生苦研千门之道，却怎么也想象不出可谋天下的《千门秘典》记载了何等神奇的千术，实乃平生一大憾事。"他突然提高了声音道："现在，老朽想与你做一个交易。"

听莫爷提起《千门秘典》，云襄心中微凛，忙问："什么交易？"

莫爷从怀中取出一本册子，神色肃穆地放到云襄面前的桌上，缓缓道："第一，老朽门下这些弟子，自今日起老朽尽皆托付给你，希望你能善待他们；第二，在老朽有生之年，替我找到《千门秘典》一观，以解开我今生最大的疑惑！"

云襄心神一震，这名为交易，实则是以基业相授！不知莫爷是因为这次变故，终于动了退隐之念，还是出于别的原因。云襄正待推辞，莫爷又道："这些弟子追随老朽多年，我实不忍自己的离去使他们树倒猢狲散。老朽权衡再三，门下众多弟子中，也只有你有能力有手段收服所有人。你入门虽短，能力和名望却不在任何人之下，足以继承我千门提将之衣钵。至于找寻那《千门秘典》，老朽垂垂老矣，就只有依靠有能力的后辈了。"

云襄沉默片刻,从贴身的衣服里掏出那本古旧的羊皮册子,双手捧着递到莫爷面前,那册子上有四个古篆大字"千门秘典"。

莫爷没有去接那册子,却突然仰天长叹:"公子襄果然不愧是公子襄,有魄力!老朽这些门下能追随你左右,实在是他们的幸运。"说着他颤巍巍站起身来,拱手拜道:"千门提将莫仁轩,拜见门主公子襄!"

云襄连忙还拜道:"莫爷不必多礼,您老是前辈,理应晚辈先行问安。"

两人相视一笑,相携落座。两人皆是聪明人,许多事不必明言也已了然于胸。云襄从莫爷突然提起《千门秘典》就猜到,他已查出了自己的来历。想来公子襄的大名早已传遍江湖,莫爷不会不留意,既然他的眼睛没有瞎,就不会不注意到云襄与金彪,与传言中的公子襄及其随从有诸多相似之处,以莫爷的精明,稍加推测就能猜个八九不离十。不过他猜不到云襄隐瞒身份接近自己的目的,所以才利用鬼算子的叛乱相试,之后又提起《千门秘典》进行试探。若云襄继续隐瞒身份,肯定就是心怀叵测。如今云襄大大方方地拿出《千门秘典》表明身份,总算让莫爷彻底放下心来,这至少表明公子襄对自己并没有恶意。

仔细打量着云襄,莫爷捋须叹道:"云爷能教出公子这样的弟子,果然不愧为门主之尊。就不知他老人家现在在哪里?"

云襄不想让人知道恩师的死讯,以免别人对自己完全无所顾忌,便摇头道:"我也不知。"

莫爷没有再问,只将桌上的册子推到云襄面前:"这是老朽门下的名册,除了被诛的鬼算子和其同党,所有人的名字都在这里。老朽在归隐之前能将他们托付给公子,实在是他们的幸运。"

云襄接过册子,把桌上的《千门秘典》推到莫爷面前。莫爷忙摇手道："这秘典只能由门主保管研习，老朽万不敢看。"

云襄笑道："我既然是门主，自然有权决定是否给别人看。你都说了是交易，我当然不能占你的便宜。"

莫爷盯着云襄看了片刻，突然鼓掌道："好，果然不愧是公子襄！那老朽就不客气了。"说着捧起羊皮册子，抖着手小心翼翼地翻开。他脸上先是虔诚，继而惊讶，最后是一脸的疑惑，一页页将那册子仔细翻完后，他将册子还给云襄，摇头叹道："老朽看不懂。"

"我也看不懂。"云襄微微一笑。

"老朽虽然没看懂，但也了却了平生一大心愿。"莫爷笑道，"明日我就召集门下，将你介绍给所有人。"

云襄连忙道："我还不想让别人知道我的身份，莫爷见谅。"

"这好办，老朽就说你是我新收的弟子，替老朽统领所有门人。"莫爷笑道。云襄寻思莫爷与恩师同辈，假冒他的弟子不算吃亏，也就没有反对。莫爷见状拉起他的手笑道："明日老朽就开香堂，正式将门下弟子交给你！"

第二天一早，莫爷门下收到消息的弟子纷纷从各地赶来。他们大多为街头骗子，虽不是单独的一个门派，不过人数并不少。莫爷照着门中的规矩，在禹神神位前，将代表千门提将身份的橙玉扳指传给了云襄。

莫爷门下大多并没有多大的野心或抱负，只要能发财，奉谁为主都没问题。云襄赚钱的本领大家有目共睹，加上他在钱财上素来大方，对同门又一向照顾，更与金陵苏家等豪门望族交情匪浅，跟着他必能财源广进，众人自然尽皆拜服。

莫爷交代完这些，带着一辈子赚到的银子飘然隐退。临走前他给云襄留下了一个地址，希望云襄有空能去看看他。

云襄顺利地接收了莫爷一干门下，照着名册一点，竟有百人之众。

这些人虽然只是些街头小骗子，无论武功还是智谋皆不入流，忠诚度更是难以令人放心，但只要善加利用，也是一股不小的力量，尤其他们在江南一带混迹多年，是不折不扣的地头蛇，这对云襄来说，无疑会有极大的帮助。

处理完莫爷留下的杂务，云襄这才带着筱伯去与舒亚男和明珠会合。他听筱伯说这几天自己忙着收服莫爷那些门下的时候，舒亚男和明珠用上次在鸿运赌坊拿到的钱，帮他在金陵买了一处僻静的宅子，以方便他养伤。上次被鬼算子击伤后，他一直没完全好。

随着筱伯来到自己的新家，云襄暗赞舒亚男和明珠的眼光。这宅子虽不算大，但四周环境清静，风格雅而不俗，很对他的心思。明珠像个开心的孩子，兴奋地领着他四下参观，舒亚男却推说身子不舒服，独自回房歇息去了。

好不容易将明珠打发去准备晚餐，云襄独自来到舒亚男房中，见她一脸倦容地歪在榻上，忙关切地摸向她的额头："你怎么了？不舒服？"

"没什么，就是这几日忙着添置些家具，有点累。"舒亚男挡开云襄的手，起身来到桌边，背对着他轻声问，"你下一步有什么打算？"

云襄感觉自牧马山庄回来后，舒亚男就在刻意回避自己，甚至再没有跟他说过一句体己话，也没有任何亲热的举动，这令他直怀疑那一夜的激情，只是自己生病时出现的幻觉。他好几次都想问舒亚男，却又怕她尴尬，所以只好闷在心里。见她问起下一步的打算，云襄叹了口气："这几天我一直在想，自己为何会在南宫放面前屡屡受挫。除了南宫放本身聪明过人之外，最大的原因还是在我自己。"

舒亚男终于回过头："什么原因？"

"我一方面低估了南宫放，另一方面又太性急，过早暴露了自己的存在。"云襄叹道，"我失去了最大的优势，让南宫放有了防备。

如果再贸然出击，成功的机会微乎其微。"

舒亚男若有所思地点点头："有道理，现在南宫放对咱们正全神戒备，要想再算计他恐怕很难，但他总不能永远保持这种高度的戒备。"

"没错！"云襄脸上泛起遇到知音般的欣喜，"家大业大是他的优势，但同时也是弱点。他无法丢下家业像咱们这样四处躲藏，我们要找他容易，他要找我们，很难。"

"既然如此，咱们何不避开现在这风头，等他精神松懈时再回来呢？"舒亚男立即接口道。

"知我者，亚男也！"云襄欣然与舒亚男一击掌，"我正想离开江南这是非之地，趁着春暖花开去放松一下心情，让南宫放完全摸不着头脑。等他精神松懈露出破绽，再给他致命一击！"

"你想去哪里？"舒亚男笑问。

云襄想了想，突然暧昧一笑："我想去湖州看望莫爷，就咱们两人去。"

舒亚男连忙收起笑容："你还是和明珠去吧，我对莫爷没有好感。"

云襄还想再劝，就听身后传来明珠银铃般的声音："你们要去哪里？"

舒亚男忙道："你云大哥想去湖州游玩，正想请你陪他去呢。"

"好啊！"明珠一声欢呼，"我还从未去过湖州，云大哥一定要带上我！"

云襄正想找借口推辞，舒亚男已道："莫爷将一生基业拱手相送，你去看看他也是应该。再说你还不知他是否真正将基业都传给了你，小心伺候总不会错。"

云襄心知舒亚男是指莫爷很可能在心腹门人中留有遗命，在自己尚未真正收服这帮人前，莫爷随时可以将自己打回原形，只得无奈答应："好吧，明天我就去湖州，大家一起去。"

明珠一听这话，自然欢呼雀跃，舒亚男却摇头道："我就不去了。

过几日就是我父亲的忌日,我要回扬州祭拜。现在我要收拾行装,你们去忙吧。"

云襄不好再劝,只得与明珠告辞出来。待他们一走,舒亚男连忙关上房门,生怕他们看出自己心中的隐痛。默默抹去眼角的泪水,舒亚男在心中对自己说:明珠无论家世、外貌、性情,都比你舒亚男要强上百倍,有她照顾那个小骗子,你应该感到高兴才对,那个小骗子跟她在一起,也一定会非常幸福。你比明珠要坚强,没有那个小骗子一样能活下去!她可是没有小骗子就活得再没滋味了,而且她将你视为姐姐,你怎么好意思去抢她的心上人?忘掉他!一定要忘掉他!

猛地扑到床上,舒亚男咬着枕头,将痛哭声死死捂在了被子中……

湖州临近太湖,素为江南名城,其郊外的莫家庄,则是太湖边上一个风光秀丽的小村庄,虽不繁华,却透着江南水乡的清幽与雅致。当云襄带着明珠一路游山玩水找到这里时,也不禁暗赞莫爷会选地方。

据村民们说,不久前确实有个告老还乡的师爷,刚在村中置办了宅子和田产安顿下来,外貌正与莫爷相符。云襄问明方向后,立刻与明珠找了过去。

那宅子临湖而建,外观普普通通,甚至有些简陋。也许莫爷虽积攒下巨万钱财,却不敢露富,以免被人猜疑吧?云襄这样想着,整整衣衫上前敲门,大门无声而开,只见进门的天井中空无一人,既无门房迎客,也不见丫鬟仆佣忙碌。

此时天色已是黄昏,正是晚饭时间,实不该如此清静。云襄喊了两声,不见人应答,只得与明珠推门而入。二人刚进正面的堂屋,就听明珠一声惊叫,猛地扑到云襄怀中,簌簌发抖。云襄定睛一看,却是一个老者歪在太师椅上,双眼紧闭,脸色灰白,看模样,不是莫爷是谁?

云襄心知不妙，一边安慰着明珠，一边上前探了探莫爷的脉搏，触手冰凉，已死去多时。他连忙让明珠去门外等候，自己则仔细查看了整个宅子，才发现一个门房、两个仆妇也死在厢房中，三人都和莫爷一样，浑身上下没有任何伤痕。

云襄又搜查了整个宅子，没发现任何异常，既无打斗痕迹，也无盗匪抢劫的迹象。他最后来到莫爷的尸体面前，黯然自问：除了自己，还有谁知道莫爷隐居于此？又有谁会不留痕迹地杀害一个已经归隐的千门遗老，甚至连他的门房仆佣都不放过？

云襄只感到脑海中如有一团乱麻，完全理不出半点头绪。心知不宜在这是非之地久留，他对莫爷恭敬一拜，在心中暗暗道：莫爷你若在天有灵，就请助我查明真凶，我决不让你含恨九泉！

云襄拜毕，正要直起身来，突然发现莫爷脚下的地上有异。他小心地挪开莫爷的脚，发现地上写着个潦草模糊的字，看模样是莫爷用脚尖在地上草草写就，并用脚踏住，以免被凶手发现，若非自己这一拜，定不会注意到。

云襄仔细辨认半晌，才认出那是一个潦草的"雨"字。他百思不得其解，按说莫爷临死前，最有可能写下的应该是凶手的名字，但百家姓中好像并没有"雨"姓。如果这是凶手的绰号或别名，那这凶手应该不是云襄熟悉的人，他认识的人中，并没有姓名或绰号中带有"雨"字的人。

云襄还在揣摩推测，就听门外传来明珠小声的呼叫："云大哥，有人过来了！"

如果被人发现自己出现在凶案现场，那可就跳进黄河也洗不清了。云襄只得对莫爷一拜，然后匆匆离去。

此后云襄又在暗中查探了数日，只可惜凶手做得十分高明，他并没有找到更多的线索。而从湖州赶来查案的捕快，一样毫无头绪，云襄最后只得与明珠离开了莫家庄。莫爷的死让他背负了新的责任，使他的心情无论如何也轻松不起来。

半个多月后云襄与明珠赶回了金陵，留守的筱伯马上禀报说："扬州那边传来消息，南宫豪这几天一直在寻找公子。另外，舒姑娘回扬州后，一直还没回来。"

云襄闻言不禁有些担忧，不过想到舒亚男机敏多智，又稍稍放下心来。他当然也没忘南宫豪的事情，他离开扬州时曾给南宫豪留过信，说明自己要回金陵处理莫爷的事，相信南宫豪也从眼线那里知道了莫爷与鬼算子的内讧，以及自己最终继承了莫爷基业的事。现在急着找自己，多半是他与南宫放的明争暗斗已到了关键时刻，实在离不开自己这个帮手。云襄略一沉吟，对筱伯道："我写封书信约见南宫豪，你连夜给他送去，要亲自交到他手中。另外，你再打探一下舒姑娘的消息，若她遇到什么麻烦，速速飞报于我。"

筱伯连忙点头道："老朽连夜就去扬州！"

"等等！"云襄有些担忧地叮嘱道，"你现在这模样，虽然南宫豪肯定认不出来，不过你还是要当心，尤其要防着被人盯上。"

筱伯自信一笑："公子多虑了，咱们做杀手的，隐瞒身份、躲避跟踪都是起码的本事，公子不用担心。"

云襄点点头，很快就写了封信交给筱伯，并与明珠一道送他出门。明珠目送着筱伯离去的背影，满是担忧地喃喃自语："姐姐可千万别出什么意外啊！"

"你不用担心，舒姑娘聪明机智，即便遇到事情也定能应付。"云襄虽然也有些担心，但还是装作若无其事的样子安慰明珠。遥望扬州城方向，他不由在心中问道：亚男，你为何还不回来？

九、地契

扬州羽仙楼一间僻静的茶室内,南宫放一扫温文尔雅的模样,气急败坏地质问垂头抽着旱烟的柳公权:"观音庵中,你为何不出手拿人?别跟我说你没发现目标,有个姑子从乳母手中抱走了孩子,直到最后关头才突然收手。以你的老到,不可能看不出那姑子是假扮的!"

柳公权漠然地抽着他的旱烟,对南宫放的质问充耳不闻。

南宫放忍不住将声音提高了一倍:"你一直潜伏在庵堂中,就算没有发现公子襄的踪影,也该跟踪那个可疑的姑子,从她身上必定能找到公子襄的下落。可你为何一无所获?以你天下第一神捕的名头,不可能连个黄毛丫头都能跟丢!这到底是怎么回事?"

柳公权终于磕去烟灰,缓缓收起烟杆,冷冷地盯着南宫放道:"你有什么资格质疑老夫的办案能力?"

南宫放一窒,突然省悟要借助这老家伙的地方还很多,还不能就此翻脸,只得强忍怒火勉强挤出一丝笑意:"晚辈哪敢质疑您老的办案能力,只是心中有很多不解,所以想请您老指教。"

柳公权面对南宫放的质疑,心中是有苦说不出来。那日他隐在庵堂中一眼就看出那姑子有假，甚至认出那姑子就是明珠郡主假扮。他毫不犹豫就跟了上去，谁知刚出庵堂后门就被一个汉子拦住，当时的情形至今依旧历历在目。

"柳爷别来无恙啊？"拦路的是王府侍卫长蔺东海，柳公权并没有感觉太意外，如果堂堂郡主在江湖行走却没人暗中保护，才会让他感到意外。不过蔺东海恰巧挡住他的去路，却让他感到有些诧异。突然他想到若明珠郡主卷入这桩未遂的绑架案，多少有些不妥，连忙解释道："蔺老弟多心了，老夫跟踪明珠郡主，只是想从她身上追查那公子襄的下落。"

蔺东海客气地抱拳笑道："还请柳爷见谅，在下现在的职责，就是保证郡主做任何事，都不会受到别人的干涉和打搅。"

柳公权面色微变："你这是什么意思？"

"这不是在下的意思，而是王爷的意思。"蔺东海依旧十分客气。

柳公权面色再变："这是福王爷的意思？就算郡主作奸犯科，也不容别人干涉？"

蔺东海点点头："就算郡主杀人放火，也轮不到别人来管。"

柳公权虽然对势大权倾的福王爷有所顾忌，却还不至于怕了一个小小的王府侍卫长。他貌似随意地抬手推向蔺东海的手臂，嘴里说道："老夫决不会动郡主一根汗毛，蔺老弟不必多虑，我只是悄悄跟着她罢了。"

柳公权这一推，暗含了高深的擒拿手法。他眼见明珠郡主走远，已来不及解释，只得出手用强。却见蔺东海手臂一翻化解了柳公权的擒拿手，跟着轻描淡写地平推一掌："柳爷见谅，在下揣摩王爷的意思，恐怕是跟踪也不行。"

二人双掌相接，身子都不由一晃。蔺东海面不改色地笑道："上次在下还欠着柳爷一个人情，难得今日在此巧遇，就由在下做东，请柳爷喝上一杯如何?"

柳公权心中暗自吃惊,虽然早知道蔺东海武功高强,却没想到竟比自己还略胜一筹,看来今日只得放手。他心中气恼,面上却哈哈一笑:"既然蔺老弟相邀,老夫岂能拒绝?就不知王爷为何会下这样的命令,难道不怕郡主闯下大祸?"

"咱们做下人的,只知道严格依王爷的手谕行事,哪敢有半点质疑?"蔺东海说着挽起柳公权的手就走,"我知道前面不远有家酒肆,那里的米酒为本地一绝,咱们定要不醉不归!"

柳公权就这样被蔺东海半软半硬地拖走,席间他多方试探蔺东海,想知道福王爷纵容明珠的真实意图,却始终不得其解。如今被南宫放质疑,心知这等牵涉权贵的机密,万不能泄漏,他只得对南宫放道:"老夫这样做自然有老夫的道理,你不必再问。"

南宫放见柳公权神色淡漠,心知再问也不会有结果,只得叹了口气,道:"好吧,我决不再提这事。现在又有个机会,希望您老不会再失手了。"

"什么机会?"

南宫放微微一笑:"我一直在暗中监视我大哥,昨日有人给他送来一封信,今日他就动身去了金陵。如果我猜得不错,他多半是去见公子襄。可惜给他送信那家伙是个老江湖,我的人竟然没有盯住。"

柳公权有些惊讶地望向南宫放,微微点头叹道:"如此隐秘的事都能被你发现,你大哥身边一定有人已被你收买。南宫豪也算是有点能耐,只可惜偏偏有你这样一个诡计多端的兄弟,这实在是他的不幸。"

南宫放对柳公权的称赞坦然笑纳:"这事我实在不便自己出面,再说金陵也非我南宫家的地盘,所以要劳烦柳爷出马。我大哥的行踪对我来说已不是秘密,柳爷知道该怎么做了?"

柳公权一扫淡漠慵懒,眼中闪出兴奋的微光,如猎犬闻到猎物的味道般倏然跳起:"老夫这就去金陵,只要你大哥是去见公子襄,他就逃不出老夫的手掌心!"

南宫放欣然道:"有柳爷出马,这次必能手到擒来。不过为保万无一失,在下也会悄悄赶去金陵,在暗中接应柳爷。"

柳公权心知自从上次失手,南宫放对自己已有些不放心,也没表示异议,与南宫放一击掌,慨然道:"好!有三公子助我,公子襄不露面则罢,只要他一露面,就别想再脱身!"

金陵苏家后花园内,苏家大公子苏鸣玉像往常那样,又在凉亭中望着天空发呆。门房苏伯匆匆而入,对他道:"公子,门外有个京城来的富家公子自称是您的故交,想要求见公子。"

故交?苏鸣玉皱皱眉,一向深居简出的他,在金陵城都没什么朋友,何况远在千里外的京城。他正疑惑,又听苏伯补充道:"哦,对了,他还说他姓云。"

苏鸣玉如梦初醒,突然一扫往日的颓废兴冲冲就奔了出去。老门房有些惊讶地望着那个一晃而逝的背影,他还很少看到大公子如此失态。

苏鸣玉径直来到门外,一见门外等候的那人,立刻高兴地挽起他就走:"果然是你!我正想喝酒,却找不到一个陪客。你来得正好,定要陪我一醉!"

云襄脸上泛起发自内心的微笑:"小弟冒昧拜访,是有事相求,还望苏兄相助。"

"什么事先喝了酒再说!"苏鸣玉兴冲冲地将云襄拉进后院,高声对丫鬟吩咐,"快让厨下准备几个小菜,送到这凉亭中来,我要在这里赏花饮酒,款待贵客。"说完他又转向云襄:"你什么时候又成了京城来的贵公子了,还打扮得像模像样的?"

云襄笑道："这事三言两语也说不清楚，咱们边喝边聊。"

不多时丫鬟便送来酒菜，二人临风对饮，俱感畅快。少时酒过三巡，苏鸣玉终于忍不住问道："说吧，什么事我能效劳？"

云襄道："我想请公子为我引见南宫瑞。"

苏鸣玉有些意外："你见他做什么？"

"我想买他的牧马山庄。"云襄沉吟道，"我一介白丁，若没有公子引荐，连南宫瑞的面都见不到。"

苏鸣玉有些疑惑地望着云襄："牧马山庄不久前发生了重大变故，早已声名扫地，再没有人会去那里玩了，你买它作甚？"

"若不是它声名扫地，我也买不起。"云襄苦涩一笑，脸上泛起一丝伤感，"它对我有着非同寻常的意义，无论付出多大代价，我都要将它拿回来。"

苏鸣玉越发疑惑，迟疑道："你是说将它'拿回来'，这是怎么回事？"

云襄默默喝光杯中残酒，目光幽远地望向天边浮云，淡淡道："我本名骆文佳，牧马山庄原本叫骆家庄，我骆家祖祖辈辈都生活在那里，是南宫放勾结官府，巧取豪夺，从我叔公手中把它抢去了。拿不回骆家庄，我无颜去见骆家列祖列宗，无颜去见为此含恨去世的母亲。"

在苏鸣玉惊讶的目光中，云襄坦然说起自己的身世，以及与南宫放的恩怨。苏鸣玉听完后不禁拍案而起："我一定帮你拿回骆家庄，需要我做什么？"

"为我引见南宫瑞。"

"好，咱们现在就走！虽然我苏家跟南宫世家没什么交情，但我苏鸣玉亲自登门，他南宫瑞无论如何也要卖个面子。"

第二天下午，苏鸣玉便与云襄赶到了扬州南宫府。听闻苏家大公子登门求见，门房不敢怠慢，连忙飞速禀报宗主。片刻后他气喘吁吁地回来，对二人示意道："宗主在偏厅等候公子，二位请随老奴来。"

随着门房进入南宫府，云襄心中感慨万千，这是他第二次来到这里。当年他随铁掌震江南丁剑锋前来，是向南宫瑞求情，求南宫家高抬贵手放过骆家庄；现在他不再是当年的骆文佳，而是像伪装极好的毒蛇，在缓缓靠近他的猎物。

在南宫府的偏厅中，云襄再次见到了南宫世家的宗主南宫瑞。南宫瑞看起来比当年苍老了不少，精神也萎靡不振，犹如恹恹欲睡的病虎。见二人进来，他嘿嘿一声干笑："苏公子一向深居简出，怎么突然想起来看老夫了？"

苏鸣玉不亢不卑地抱拳道："晚辈无事不登三宝殿，今日冒昧登门，是向南宫宗主引见一个朋友。"

南宫瑞顺着苏鸣玉的手势望向云襄，眼中有些疑惑："这位公子是……"

"这是京城穆太师的外侄云公子，"苏鸣玉接过南宫瑞的话头，指着云襄示意道，"一向久仰南宫宗主的大名，所以特意求晚辈引见。"

"云公子客气了。"南宫瑞抱拳一礼，貌似随意地问道，"穆太师的头痛症好些没有？现在还经常痛得夜不能寐吗？"

"我姨父哪有头痛症？他老人家身体一向健朗，除了偶尔咳嗽，几乎没有任何病痛。"云襄惊讶道。

苏鸣玉正担心云襄要穿帮，谁知南宫瑞已一脸释然地呵呵一笑，拍拍自己的脑门满是歉意地道："你看我这记性，人老了就是糊涂，连这点小事也能记错。"

苏鸣玉听到这话才暗舒了口气。他哪知道云襄有明珠郡主的指点，对京中豪门几乎了如指掌。那穆太师乃三朝元老，在朝中颇有势力，云襄既然要扮其外侄，岂能不详细了解相关情况？

"云公子突然造访，定不会单单来看望我这老家伙吧？"南宫瑞呵呵笑道。经过方才的试探，加上苏鸣玉的介绍，他对云襄的身份已无怀疑。他怎么也不会想到，以苏鸣玉的名望，会给自己引见一个西贝货。

"南宫宗主多虑了，"云襄"唰"的一声甩开折扇，一脸轻佻，完全一副纨绔公子的派头，"我今日慕名而来，正是要结识宗主这等英雄，也顺带与宗主谈一桩小买卖。"

"什么买卖？"南宫瑞有些疑惑，怎么看这纨绔公子也不像做买卖的人。

只听云襄满脸委屈地抱怨道："我在京城时，姨父常常骂我除了吃喝玩乐，百无一用，要我找点正事干干。这次我回老家祭祖，姨父便托我帮他在江南购一处产业，作为将来养老之用。前日我听说南宫世家名下的牧马山庄出了点问题，现在已完全停业。牧马山庄我以前也去玩过，十分喜欢，就这么停了实在可惜，所以想从您老手中买下接着做，还望您老成全。"

南宫瑞脸现为难之色："牧马山庄是南宫世家与唐门共有的产业，又是我那老三多年的心血，只怕他们舍不得变卖。"

"我打听过，牧马山庄唐门只占三成，南宫世家有更大的决定权。只要您老点头，这买卖就没有任何问题。"云襄说着从怀中掏出一叠银票，"我也不敢乘人之危捡便宜，这里有二十万两银票，是姨父交给我的养老钱。我愿全部拿来购买牧马山庄，还望宗主成全。"

南宫瑞闻言怦然心动，牧马山庄在过去当然不止值这个数，不过自从信誉扫地后已大幅贬值，再想翻身实在千难万难，能卖到二十万两绝对是意外之喜。他略一沉吟，迟疑道："这事得问问唐先生和我那老三，毕竟山庄一直是由他们在打理的，怎么也得征求一下他们的意见。"说完他转向身后的随从："快去叫唐先生和三公子过来。"

随从应声而去，没多久就带着一个其貌不扬、个子矮小的老者进来，对南宫瑞禀报道："唐先生已请到，三公子却不知去了哪里。"

"这混蛋整天在家无所事事，真要找他却又不见，他没留下什么话？"南宫瑞问道。见随从无可奈何地摇头，他只得一脸歉意地对云襄道："老三不在家，你看这事是不是先缓一缓，等他回来后再决定？"

云襄脸上泛起一丝轻蔑的嘲笑："我不知道南宫世家原来是由三公子在拿主意，他不是受伤了吗？现在伤养好了？"

云襄脸上那种轻蔑和讥笑，刺中了南宫瑞心中最痛那根神经，但他发作不得。他心知一个绝后的废人被人歧视一点不奇怪，所以无论再怎么溺爱南宫放，也无法下决心让南宫放继承家业，令南宫一族受天下人嘲笑。不过他无论如何也要维护儿子的尊严，于是对云襄冷冷道："多谢云公子关心，犬子的伤已经完全好了，最近他还喜得贵子，关于他受伤绝后的流言可以休矣。"

"原来如此！"云襄点点头，但脸上那表情显然是根本不信。他潇洒地收起折扇，淡淡道："我三天后就要离开扬州，这桩买卖若不能成交，我只好回去告诉姨父：不是小侄不想干点正事，实在是我没本事做生意，连桩小买卖也谈不成。"说着他拱手一拜："我这两日暂住在豪门客栈，宗主若有意成交，可以差人到那里找我。我立刻就带银票上门与宗主交易，三天内收不到宗主的答复，我只好回去向姨父请罪。告辞！"

苏鸣玉也拱手道："宗主若有意成交，晚辈愿为双方做个中人。"

目送二人离去后，南宫瑞转向一旁那老者："唐先生，你怎么看？"

那老者是牧马山庄的二掌柜，也是唐门派驻牧马山庄的代表，是唐门宗主的远房族弟。他捋须沉吟道："牧马山庄自上次的变故后早已今非昔比，不仅无法赚钱，每日还要花去大笔的开销。宗主得到消息后，已令我尽早从牧马山庄抽身，就是不想越陷越深。这是一个好机会，对方给的价钱也还公道，我看可以成交。"

南宫瑞微微颔首："老夫也是这样想的，咱们也没必要为这点小事得罪穆太师。老夫还真想将这烫手的山芋扔给那狂妄无礼的小子，看他如何把他姨父的棺材本亏得精光！"说完他转向弟子吩咐道："快去找三公子，这混蛋真是气人，没事的时候整天在眼前晃，真有事找他，却不知去了哪里。"

却说云襄与苏鸣玉出了南宫府，苏鸣玉有些担忧地小声问："你为什么要等三天？若这三天南宫放回来，此事定生变故。谁都知道牧马山庄是南宫放一手创下的基业，他无论如何也不会答应变卖。"

云襄自信地一笑："你放心，三天之内，南宫放回不来！"

就在云襄离开金陵去扬州的第二天，南宫豪也依照云襄信中的指点赶到了金陵。在金陵一家偏僻的客栈与一位容貌秀美的年轻公子见过面后，他又马不停蹄地赶往杭州，全然不知柳公权与南宫放一直像两头猎犬一般悄悄地尾随着他。

"他去杭州干什么？"南宫放对大哥的举动有些疑惑。柳公权却满是兴奋地道："咱们跟着他就没错，他一定是去见公子襄！"

"柳爷为何这般肯定？"南宫放有些奇怪。柳公权不敢泄漏与南宫豪秘密见面的年轻公子，就是与公子襄关系暧昧的明珠郡主，只得敷衍道："直觉，凭我办案多年的直觉，公子襄一定是通过同伙约南宫豪到杭州碰面，拟订下一步的计划。他远离扬州，是为安全考虑。"

南宫放回望扬州方向，总觉得大哥的举动，实在有点调虎离山的味道。不过他在心中盘算半响，怎么也想不出公子襄有什么理由要将自己调离扬州，儿子在南宫府受到严密的保护，难道公子襄还想冲进府中抢人不成？南宫放没有头绪地摇摇头，感觉这想法实在是荒谬，只得对柳公权道："好，咱们跟上去，看看公子襄葫芦里到底卖的是什么药！"

三天时间匆匆而过，虽然一直没找到南宫放，但南宫瑞不想再耽搁下去，更不想为这点小事就得罪京中豪门。他立刻差人去请云襄和苏鸣玉，并找出了尘封多年的地契——骆家庄的地契。

当云襄用自己从牧马山庄和鸿运大赌坊弄到的钱，加上以前所有的积蓄，买回失去多年的地契时，心中自然激动万分。这激动多少表现在了脸上，让南宫瑞完全误会，他笑道："以云公子的精明能干，接手这牧马山庄后，定能让它起死回生！"

"多谢南宫宗主吉言，在下定不让这地契再次从我手中失去。"云襄说完立刻与苏鸣玉一起告辞，丢下一脸疑惑的南宫瑞，怎么也想不通他话中的深意。

南宫府占地极大，云襄与苏鸣玉在南宫府老家人的引领下穿过九曲长廊，正要经过大堂出门而去，突然一个青影一晃而至，突兀地挡住了二人的去路。云襄一见之下不由一惊："二公子！"

来人不是别人，正是南宫世家二公子南宫珏。他衣衫破旧，蓬头垢面，脸上神情痴痴呆呆，完全不复先前那冷厉潇洒的模样。只见他双眼迷蒙地遥望天边，对面前的二人视而不见，嘴里在喃喃念叨："破不了，怎么也破不了。"

话音未落，他突然拔剑刺出，剑光大盛，苏鸣玉忙将云襄挡在身后，拔刀挡住四下乱刺的长剑。二人刀剑相击，如雨打芭蕉般一阵急响，南宫珏终于收剑后退，惊讶地喝问："何人挡我惊神乱剑？"

苏鸣玉收刀戒备，心中暗自吃惊，没想到南宫珏看起来痴痴呆呆，剑法却快得不可思议，完全不亚于自己。他长舒了口气，抱拳道："二公子别来无恙？"

"是你！苏鸣玉！难怪有如此快刀。"南宫珏终于看清了对手，接着又认出了苏鸣玉身后的云襄，不由失声惊呼，"云公子！你……你怎么会在这里？"

"二公子，这是老爷的客人，你可不能冒犯！"领路的家人连忙道，"云公子和苏公子刚与老爷见过，老奴正要送他们出门。"

"云公子不能走！"南宫珏连忙道，"我一直想向你请教，如何将心中的剑意，化为手中的剑气？"

那老家人还想阻拦，南宫珏已将他推开，道："云公子现在是我的客人，你就当已经将他送出了府门，我现在又把他请回府中。你的职责已经完成，去忙别的吧。"

"那怎么行？"老家人还要阻拦，南宫珏长剑一抖，闪电般刺向老家人胸口。云襄见状不由一声轻呼，南宫珏却不以为意地道："你在这里歇息片刻，免得碍手碍脚。"

老家人浑身僵直立在当场，中剑处却并无伤痕。云襄觉得不可思议，苏鸣玉却是暗自咋舌。这手以剑封穴、气达经脉而不伤人的本事，苏鸣玉也能做到，但要像南宫珏这样使得轻描淡写，却是极有难度。

南宫珏收起长剑，对云襄恭恭敬敬一拜："云公子，在下自从上次败在公子的六脉神剑之下，对公子早已佩服得五体投地，一直想向公子请教以意化气、以气为剑的奥妙。今日难得巧遇，还请公子随在下去住所，以便向公子请教一些剑道上的疑惑。"

"云公子今日没空，改日再说吧。"苏鸣玉连忙阻拦，他知道云襄那六脉神剑是怎么回事，这一请教岂不穿帮？南宫珏若得知被云襄骗了这么久，那还了得？

"苏兄刀法高强，在下以前也有请教之心。不过在见过云公子的六脉神剑之后，才明白咱们所练都不过是有形之剑，与云公子比起来，完全是两种境界。"南宫珏摇头叹道，"今有云公子在前，我对苏兄的刀法已不感兴趣。我现在是在向云公子请教，你拼命阻拦，是何道理？"

"我都说了，云公子今日没空。"苏鸣玉冷冷道。

南宫珏面色一沉："我与云公子说话，苏兄为何屡屡打断？莫非自恃刀法高明，不将我南宫珏放在眼里？"

苏鸣玉暗忖被南宫珏纠缠不清，不将他击退恐怕难出南宫府，于是手按刀柄，淡淡道："二公子言重了，你要向云公子讨教，不如先向在下讨教。"

南宫珏一笑，手握剑柄道："那好，我就击败苏兄后，再向云公子请教。"

二人衣衫无风而鼓，场中杀气一触即发。云襄见状连忙拦在二人中间，对南宫珏拱手笑道："请二公子带路，我这就随你去你练功之所。"

南宫珏大喜，拉起云襄就走："太好了！云公子愿意指点，实在是我南宫珏天大的恩人！"

云襄对苏鸣玉使了个眼色，让他不用担心，苏鸣玉只得皱着眉头尾随而去。三人穿过九曲长廊来到后花园，一路上南宫珏都在不住询问剑道的精要，云襄只得用前人留下的一些剑道上的领悟敷衍。南宫珏因强留客人，不敢让人发现，一路上只拣偏僻处走，以避开家中奴仆。云襄随着南宫珏转过一座假山，就听花园中传来一个依稀熟悉的声音："吴妈，佳佳一生下来就体弱多病，看了不少大夫都不见好转。明日是药王神诞辰，我想带他去药王庙求个签，许个愿，你说好不好？"

"夫人，公子临走前交代，不能让佳佳离开南宫府一步，老爷恐怕也不会同意。"

"咱们悄悄带着佳佳去，药王庙就在城里，咱们快去快回，不会有人知道。"

"这……"

"吴妈，求你了。你也不愿看着佳佳一直病下去吧？"

"好吧，我让我家那口子做点准备。"

说话间云襄已经转过假山，看到了花园中那个抱着孩子散步的女人，他浑身一颤，想要回避已经迟了，不由愣在那里。那女人也看到了云襄，顿时满脸煞白地僵在当场。

二人无言对视，神情复杂，半晌也无法挪步。南宫珏奇怪地看看二人，开口问道："弟妹，你认识云公子？"

"不……不认识！"那女人慌忙低下头，抱着孩子匆匆就走。

南宫珏转望云襄："云公子认识老三的五姨太？"

云襄勉强一笑："有些面善，像我儿时一个青梅竹马的朋友。不过显然在下认错了，方才多有失礼，望恕罪！"

"没事没事，老三的老婆多了，我都有些认不过来。"南宫珏立刻将此事丢开，向前方一指，"那就是我的住所，一向僻静无人，不怕有人打搅。"

云襄神情恢复了平静，心中却是万般疑惑，想不通赵欣怡为何会说不认识自己。既然她多次与南宫放勾结算计自己，难道还会为自己掩饰？方才只要她一声喊，自己就别想再离开南宫府。云襄一路苦思，直到随南宫珏来到花园深处那座孤零零的小木屋。

木屋十分简陋，与南宫府的大气奢豪格格不入。随南宫珏进得小木屋，云襄打量着木屋中的陈设，不禁在心中暗叹，能在奢华府第中独居陋室，这南宫珏真是豪门中的另类，难怪能在剑法上有如此高的成就，心中不由对他多了几分好感。

木屋中简陋得有些过分，甚至没有一张桌椅板凳，除了一张床和满壁的书柜，就没有任何多余的家什。云襄与苏鸣玉学着南宫珏的样子，在地上盘膝坐下，苏鸣玉打量着木屋中的陈设，叹道："难怪二公子剑法快如闪电，只有极简，才能极快，也才最有效。二公子已将剑道上的领悟融入生活中，令在下由衷叹服。"

南宫珏摆摆手："我这点领悟在云公子面前，实在不值一哂。我始终想不通,云公子是如何将心中剑意化为无形剑气,杀人于无痕无迹之中的?"

"我不会。"云襄坦然道。

"不会?"南宫珏一怔,满脸疑惑地皱眉苦思,半晌后恍然大悟,"云公子的境界果然远超我辈凡夫俗子,将剑气练到无痕无迹,却还自觉尚未入门。也只有这等虚怀若谷的博大胸襟,才练得成六脉神剑这等天下无双的剑法!"

云襄忍不住哈哈大笑:"二公子误会了,我是真不会。不会什么六脉神剑,也没有什么无形剑气,我这辈子就没有练过任何剑法,连剑柄都没摸过。"

南宫珏呆呆地望着哈哈大笑的云襄,不解地问:"云公子这话是什么意思?恕在下愚鲁,实在领悟不了。"

"你领悟个屁!"云襄忍俊不禁,笑得捂住了肚子,"你都知道简洁至上,为何总要去揣测我言语背后的深意?何不照着最简单的途径去理解?就是我方才所说那两个字——不会!"

南宫珏好像有些明白了,却还是忍不住问:"那你当初为何能击败我?还于不知不觉间削断了我一缕头发?"

云襄笑得上气不接下气,边笑边喘道:"见过比你笨的,但没见过笨得像你这么可爱的。我骗你呐,还不明白?"见南宫珏依旧有些疑惑,云襄只好将当日的情形连比带画说了一遍,没有半点隐瞒。

南宫珏脸上一阵青一阵白,突然拔剑一跃而起,苏鸣玉方才就连连向云襄使眼色,谁知云襄毫不理会,他只得暗自戒备。见南宫珏身形方动,他已拔刀而起,谁知南宫珏实在太快,他已不及阻拦,只得将无影风抵上南宫珏后心。哪知南宫珏对无影风不管不顾,却将剑锋抵在云襄咽喉之上,厉声喝道:"你要我?原来你是在耍我?信不信我一剑宰了你?"

"没错！"云襄对南宫珏的威胁视而不见，依旧笑意盈盈，"你就算现在杀了我，那一场败仗也永远无法改变，我一想到那日的情形就忍不住想笑。你要杀我，也等我先笑个够吧！"

说完云襄捂着肚子哈哈大笑，笑得无所顾忌。南宫珏脸色由青转红，渐渐憋成了通红，终于也忍不住笑了，扔下剑大笑道："他娘的，本公子唯一一场败仗，竟然败得如此可笑。现在想起来，连我都忍不住要笑！"

云襄笑指南宫珏，学着他当日的语气道："云公子的六脉神剑，果然天下无双。我若不找到破解之法，不敢再向公子讨教！一旦有所突破，定要再试公子的神剑！哈哈……不知你找到破解之法没有？"

南宫珏忍不住轻踢了云襄一脚："你小子如此卑鄙，居然还敢笑我？"想起当日情形以及自己苦思破解那无形剑气的痴迷，他也不禁笑得跌坐于地。

苏鸣玉见一向冷厉如剑的南宫珏居然如此失态，也不由失笑。三人你看看我，我看看你，突然发觉原来一本正经的人，也有如此可笑的一面，皆忍不住放声大笑。笑声就像能传染，三人笑得越发畅快。

云襄冒险告诉南宫珏六脉神剑的实情，并不是一时冲动，而是在学过千门"识人之术"基础上赌一把。虽然他料到南宫珏能将剑法练至如此境界，其胸襟绝非常人可比，不会因受骗就愤然杀人，但没想到冷厉如剑的南宫珏，居然也能笑得如孩童般纯真。望着笑得酣畅淋漓的南宫二公子，他不禁在心中暗叹：没想到南宫世家，也有如此可爱之人。

云襄与苏鸣玉离开南宫府时，已喝得醉醺醺。虽然南宫珏以前从不喝酒，但今日为了陪云襄与苏鸣玉，竟然喝得酩酊大醉，他第一次发现在练剑之外，还有更令人兴奋的东西。

云襄与苏鸣玉到了熙熙攘攘的十字街头，云襄突然停步，回头对苏鸣玉道："苏兄，多谢你帮忙，我的事已告一段落，咱们就在此分手吧。"

苏鸣玉忙问："你不随我回金陵？"

云襄道："我在扬州还有些私事要办。"

"需不需要我帮忙？"苏鸣玉又问。

云襄微微摇头："苏兄是君子，我不想你过多地介入小人的勾当。"

"你骂我不是？"苏鸣玉忍不住给了云襄一拳。心知以云襄的为人，绝不会让朋友介入为难之事，他只得叮嘱道："那我就先回去，你自己千万要当心。若遇意外，南宫珏是可以信赖的朋友。"

云襄感动地点点头："你放心吧，我会照顾好自己。"

目送着苏鸣玉纵马离去的背影，云襄心中突然有些惭愧。他将苏鸣玉送走，并不完全是为了不让对方为难，而是知道自己接下来的勾当，以苏鸣玉的为人不仅不会帮忙，说不定还会阻拦。他只得在心中对苏鸣玉暗道一声对不起。

心事重重地回到客栈，云襄立刻对苦等消息的筱伯吩咐道："你马上调集可靠人手，去城西的药王庙埋伏，明日咱们要做一桩大买卖。"

莫爷的门下在扬州城也有不少，筱伯知道如何与他们联系，立刻答道："我这就去办，公子放心好了。"

待筱伯离去后，云襄独自来到郊外，在一座荒凉的孤坟前默默跪倒，含着泪对孤坟恭恭敬敬磕了三个头。他从怀中拿出骆家庄的地契，对着孤坟缓缓展开，在心中默默道：母亲，您看到了吗，孩儿已拿回骆家庄失去的地契，您泉下有知，也会感到欣慰吧？不过这还远远不够，孩儿不会让您永远含恨九泉！

黄昏时分云襄回到城中，拦了辆马车将自己送到穷人聚居的南城，来到一间破旧的老屋前。他将地契悄悄塞入门缝，听到门里有人询问，赶紧躲到一旁。柴门"吱呀"一声打开，一个满脸沧桑的中年汉子探头看了看门外，然后捡起地上的地契，满是疑惑地展开一看，立刻一声欢呼，举着地契就回了屋，屋里传来他激动万分的高呼："地契！咱们骆家庄的地契……"

云襄想象着族人收到地契后的惊喜和兴奋，心中感到十二万分的畅快。流离失所的骆氏一族，终于可以回到祖祖辈辈所居的骆家庄，这总算可以告慰叔公的在天之灵了。不过,仅仅拿回地契还远远不够！

杭州城中，南宫豪依照云襄信中的指点，每日里只去青楼妓寨流连，呼朋引伴地寻欢作乐。南宫放在暗处跟踪了他三天后，终于彻底醒悟,急忙对柳公权道："咱们上当了！中了公子襄的调虎离山之计！"

柳公权也有所醒悟，却又有些不解："他将咱们调离扬州，有何目的？"

南宫放气急败坏地道："不知道！不过我敢肯定，公子襄这样做定有他的阴谋！咱们得立刻赶回去！"

十、分手

城西的药王庙是一座僻静的小庙，供奉着遍尝百草的神农氏。虽然神农氏在神话传说中有着极高的地位，但他既不能保佑别人加官晋爵，又不能像观音菩萨那样普度众生，因此药王庙的香火一直寥寥。只有那些身患重病，看大夫拜观音都不见好转的人，才会想到来拜拜药王试试。还好今日是药王诞辰，一大早就有小贩在庙外招揽生意，甚至跑江湖卖大力丸的也来助兴，让小小的药王庙突然间热闹了许多。

日上三竿时，一辆华丽的马车缓缓停在了药王庙前，一个衣衫锦绣的少妇抱着孩子下得马车，顿时对庙外的热闹有些诧异。两个随行的家奴连忙赶开小贩让出条路，她这才与丫鬟、乳母进了庙门。

庙里也有不少香客，使小小的药王庙显得有些拥挤。两个家奴粗暴地推开旁人，总算将那少妇带到了药王殿中，并将闲杂人等赶了出去。

少妇将孩子交给乳母，然后上香、磕头、求签。当她将抽出的签交给解签的老和尚时，对方顿时皱起眉头，半响无语。她不禁担忧地问："大师，是不是这签有什么不妥？"

"这孩子是不是一生下来就体弱多病？"老和尚问。

"正是如此,所以妾身才带他来拜药王,希望他能健健康康地长大。"少妇忙道。

老和尚叹了口气,"这孩子的劫难,恐怕不是拜拜药王就能解的。"

少妇闻言大急:"我孩儿有何劫难?"

老和尚略一迟疑,压低声音道:"这孩子的父亲造下了不少孽债,原本是绝后之命,谁知这孩子命硬,偏偏意外降生。父辈造下的孽必将应在他身上,所以他注定一生多灾多难。"

这和尚寥寥数语,却说得分毫不差,少妇顿时双目含泪,急道:"求大师指点,如何才能化解我孩儿身上的灾难?"

老和尚沉吟片刻,叹道:"办法不是没有,就怕夫人舍不得。"

"什么办法?"少妇忙问。

老和尚正色道:"只有将这孩子送入空门修行三年,方可凭我佛的慈悲,化去他身上的孽债。"见少妇面色大变,老和尚又补充道:"不过现在孩子还小,想必你这做娘的也舍不得。老衲可以先为这孩子剃度,让他先有个佛门弟子的身份,有我佛庇佑,一切孽债皆可暂免。待他年满六岁,再送到庙中来修行吧。"

把孩子送入空门修行三五年,借佛门的功德使孩子免于被邪神小鬼侵扰,这在许多大户人家也不算稀奇。少妇松了口气,迟疑道:"是不是只要在佛门先挂个名就行了?"

老和尚点点头:"只要剃度,就是我佛门弟子,一切孽债皆可暂免。"

少妇略一迟疑,决然道:"就求大师为我孩儿剃度吧,妾身会为贵寺广捐功德,以报大恩!"说着她褪下手腕上的金镯子,双手捧到老和尚面前。

谁知老和尚面色一沉,正色道:"夫人请回吧,你的孩儿老衲不敢收。"

"这是为何?"少妇忙问。

老和尚沉声道:"老衲若收下你的孩儿,别人会以为老衲是贪图你的钱财。再说佛门弟子,收受金银是为自己造孽,夫人难道是要老衲万劫不复?"

少妇只得收起镯子,一脸惭愧地道:"大师恕罪,妾身怎样才能报答大师恩典?"

"只要夫人有颗向善之心,这就是最好的报答。"老和尚笑道。

少妇连忙磕了个头,向乳母示意:"就请大师为我孩儿剃度吧!"

那乳母原本以为这和尚是个骗子,说得如此凶险就为骗夫人的钱,谁知对方分文不收,倒让她有些意外,只得将孩子抱了过去。老和尚示意小沙弥接过孩子,然后对少妇道:"今日正是吉日,老衲这就到后堂为孩子剃度。"

少妇正想跟着进去,老和尚却道:"佛门收徒剃度,不能有俗人打搅,夫人在此暂候,老衲为贵公子剃度后,立刻就送出来。"

少妇也知道这是佛门规矩,只得留在殿中等候。谁知左等右等不见老和尚将孩子送出来,她猛然警醒,不顾小沙弥的阻拦就往后堂闯去。果然后堂空无一人,老和尚和孩子已不知去向。

少妇浑身一软,差点摔倒,忙对乳母、丫鬟喊道:"快叫阿福阿禄进来,那和尚拐去了我的孩子!"

阿福、阿禄是随来的两个家奴,身手不弱。二人连忙在后堂搜了一遍,没有找到那老和尚和孩子,却发现床下捆着两个从未见过的和尚,嘴里都塞着破布。二人扯掉两个和尚嘴里的布条,厉声喝问:"秃驴,将我家少爷藏到哪里去了?"

两个和尚一脸茫然,一个老成些的忙道:"昨夜我俩就被人打晕,什么事都不知道。"

少妇一听这话差点晕倒,不禁喃喃自语道:"是他!一定是他干的!"

"夫人，是谁干的？"阿福、阿禄忙问。少妇没有回答，却飞一般跑出庙门，目光四下搜寻，最后盯住了庙外一个卖零食的小贩。她提着裙子急奔过去，一把掀掉那小贩头上的草帽，露出了草帽下那张熟悉的脸，果然就是她永远忘不掉的那个人！

"还我孩子，快还我孩子！"少妇边哭边捶打着那小贩的胸膛，却又忍不住扑到他怀中号啕大哭，"你既然已经走了，为何还要回来？……"

不用说，这小贩就是乔装打扮、指挥众多老千骗走小孩的云襄。他怎么也没想到，自己居然会被"仇人"一眼认出来。他低估了女人的直觉，尤其低估了他在这女子心中的记忆。就算他藏起脸，躲在众多小贩中间，也无法逃过对方的眼睛。他任由对方抱着自己僵直的身子，神情复杂地冷冷道："你知道我为什么回来。"

那少妇猛然离开他的胸膛，却又拉着他的衣襟哀求道："我知道你要报仇，但你不能伤害我的孩子，把孩子还给我吧，求你了！"

云襄冷酷地摇了摇头，那少妇不禁嘶声质问："你为什么这么狠心？从小到大，你不是处处都让着我，疼着我，从不让我受半点委屈吗，为何现在却要抢走我的孩子？"

云襄冷冷道："因为你认识的那个蠢秀才，早已经死了！"

二人还在纠缠，阿福、阿禄已扑了过来，挥刀便向云襄斩去，嘴里喝道："夫人闪开，让我们将他拿下。"

二人刚一动手，一旁一个老者已闪身拦在云襄身前，空手挡住了阿福、阿禄，喝道："公子快走！"

云襄被少妇紧紧抓住，一时脱身不得，一旁有个乔装成小贩的老千见状，抽出扁担便向少妇后心劈去，嘴里喝道："放手！"

云襄想要喝止已迟了，连忙和身扑到少妇身上。那小贩收手不及，这一扁担结结实实劈在了云襄背上，痛得他浑身一软，更被那少妇抱了个结实。那小贩赶紧丢下扁担,想要分开二人,慌乱间却怎么也掰不开女人的手。

此时场中早已大乱,阿福、阿禄见这老者武功高强,连忙高喝:"夫人别怕,咱们去叫人帮忙!"说着二人丢下老者转身就逃。由于人群混杂,老者只追上一个将其放倒,另一个却混在人群中逃远了。

"公子快走,再不走就迟了!"老者连忙高喝。就在这时,突见几个捕快急奔而来,领头那捕快远远就在高喝:"什么人在此闹事?"

众老千从来就怕官,一见之下立即四下逃散。老者双掌一挫就要大开杀戒,云襄急忙喝道:"筱伯不可鲁莽,快退开!"

老者还在犹豫,就见云襄连使眼色,小声道:"你快走!"

筱伯连忙混入四周看热闹的闲汉中,几个捕快立刻就将云襄与少妇围了起来,领头那满面虬髯的捕快喝道:"怎么回事,还不快放手?大庭广众之下,你俩拉拉扯扯成何体统?"

少妇急道:"差官大哥,我孩子被这人拐走了,你们要给我做主!"

领头那捕快一听这话,立刻拿出铁链将云襄一锁,对少妇道:"夫人放心,本捕头这就将他带回府衙。"说着拉起云襄就走。

少妇只得放开云襄,紧跟在几个捕快身后,谁知几个捕快走得极快,三拐两拐就不见了踪影,少妇只得独自往府衙赶去。谁知等她赶到府衙一问,才知扬州府捕快今日根本就没出班。她不禁一跤跌倒在地,又急又累之下突然晕了过去。

却说云襄被那几个捕快带到僻静处,终于忍不住上前抓住那满面虬髯的捕头的手,激动地道:"亚男,真的是你?这段时间你去了哪里?我一直都在担心!想不到你扮捕快,比我还像。"

舒亚男甩开云襄的手,三两下解开他身上的镣铐,淡淡道:"你快走,南宫世家丢了孩子,很快就会封锁全城!"

"那你呢?不和我一起走?"云襄忙问。舒亚男躲开云襄的目光,不冷不热地道:"我有这些叔叔伯伯照顾,你不用担心。"

云襄只当她在熟人面前,不好意思公开与自己的关系,只得道:"那好,我与筱伯先回金陵,等你前来会合。"

望着云襄与筱伯远去的背影,舒亚男神情异常复杂。几个捕快三两下脱去官服,转眼就变成了几个寻常汉子,他们都是舒亚男的父亲舒振刚生前的生死兄弟,虽然平安镖局不在了,但他们依旧视舒亚男为镖局的主人。一个左手缺了四根手指的汉子小声道:"侄女,咱们也得尽快离开扬州,以防万一。"

舒亚男点点头,依依不舍地收回目光,草草脱去伪装就走。只是她走的方向,与云襄完全不同。

扬州城的风暴波及整个江南,甚至也波及了金陵。南宫世家发出的江湖告急帖,已将悬赏的花红提高到十万两,只求知情者提供孩子的线索。筱伯听到这消息,急匆匆来到后院,就见云襄正在与明珠逗孩子。由于新找了乳母,孩子在哭闹了几天后,也渐渐适应了新的环境和新的人。

"公子!"筱伯知道明珠心软,连忙将云襄拉到一旁,悄声道,"南宫世家已将悬赏提高到十万两,这样下去可不是办法。咱们要尽早绝了南宫瑞的念头。"

云襄懂得筱伯的意思,只有将孩子的尸体尽快给南宫放送回去,才能彻底断了他的想头,也才能彻底断了南宫放继承家业的希望,这也是南宫豪与他定下的计划。但是,当他第一次抱起这个孩子的时候,原来的念头立刻动摇。这是背叛了他的恋人、与害死母亲、夺去骆家庄的仇人的孩子,他原本应该痛恨。但望着孩子那粉嘟嘟的小脸,他无论如何也恨不起来。当孩子第一次对他露出笑脸时,他立刻就下定决心,不能让这条无辜的小生命,因父辈的仇恨受到伤害,假他人之手也不行。

筱伯见他半晌无语，急道："这次行动参与的人不少，万一有人见利忘义，咱们立刻就得玩完。十万两啊，可以让许多人将亲娘都卖了，公子千万不能有妇人之仁！"

云襄摇摇头，正色道："孩子是无辜的，我决不容他受到任何伤害。我已作了决定，你不必再多言。"

相处日久，筱伯已熟悉云襄的脾气，一旦决定的事就难以更改。他只得叹了口气，无奈道："既然如此，咱们得立刻换地方，知道这儿的人不少，万一泄漏，那可就危险了。"

云襄默然半晌，轻叹道："亚男还没回来，我很担心，她怎么还不来金陵与我会合？"

筱伯忙道："咱们可以留个下人在这里等舒姑娘，其他人暂时避一避。我已在郊外找到一处僻静的住所，今日就可以搬过去。"

云襄想了想，点头道："那好，咱们立刻就搬。"

暮色初临，一辆马车载着云襄等人悄然出城。为了安全，云襄与明珠只带了孩子和乳母，以及那条从不吠叫的阿布上路，筱伯亲自赶车。马车来到郊外的旷野，筱伯突然回头道："公子，我感觉咱们被跟踪了。"

云襄回头看看空无一人的旷野，疑惑道："后面一个人也看不到，哪儿有跟踪？"

筱伯正色道："公子要相信一个杀手的直觉。"

云襄略一沉吟："我赶车继续往前走，你悄悄藏到路边看看，千万不要打草惊蛇，咱们在前面的岔路口再会合。"

筱伯悄然溜下马车，藏到了路边的草丛中。云襄赶着马车继续前行，到数里外的岔路口停下。没多久筱伯追上来，气喘吁吁地道："咱们果然被跟踪了，不过不是人是条狗。"

"狗？"云襄有些惊讶。

筱伯点头道："没错，是条训练有素的猎犬，十分机敏。我本想做了它，谁知这畜生精得很，闻到人味就跑，我根本近不了它的身。"

云襄想了想，轻轻拍拍阿布的头，指指路旁的草丛，又指指远方那隐约的犬影："阿布，干掉它！"

阿布心领神会，立刻跳下马车藏入草丛。云襄赶着马车继续前行，没多久就听到身后传来一声狗的惨叫，不一会儿阿布追上来，嘴边沾满了狗毛和鲜血，将明珠吓了一跳。

在看不到马车的数里之外，蔺东海正带着几个侍卫驱马缓缓而行，猎狗的惨叫令他一惊，赶紧打马追上去，就见瓦剌人训练的名贵猎犬已倒在血泊中，喉咙完全被撕开，显然是被猛犬一口毙命。他暗叫一声不好，立刻打马狂追，很快就在路旁发现了马车，只是马车中早已没有一个人。

筱伯领着云襄等人，从树林中的小路来到山脚下一座村庄，村庄不大，只有数十户人家。筱伯指着山脚下一座竹楼道："那原本是村中一户人家的空房子，我自作主张替公子买了下来。这里交通闭塞，民风淳朴，与江湖上的人也没有任何来往，很适合在此隐居。"

云襄随着筱伯来到那竹楼，见里面虽然简陋，却不失雅致，心里十分满意。几个人安顿下来后，筱伯问："不知公子下一步有何打算？"

"等！"云襄从容道。

"等？等什么？"筱伯疑惑地道。

"没错，现在等就是最好的行动。"云襄解释道，"南宫放找不回孩子，他继承家业的希望就会完全破灭。以他从小就养成的骄纵性格，必不甘心就此失去大权，定会使出非常手段。咱们只需等南宫世家自生变乱，再去收拾残局。这期间咱们要割断与外界的一切联系，藏好自己就是最大的胜利！"说到这他顿了顿，微微叹道："现在我最担心的,是亚男。"

"公子不用担心,"筱伯连忙安慰道,"以舒姑娘的聪明机智,定不会有事。再说公子已经给看家的门房交代过,见到舒姑娘就让她去你们第一次相遇的地方会合,肯定不会错过。"

为了安全,云襄只给门房留了一个模糊的地址,让她到他们初次相遇的地方会合。相信除了舒亚男自己,没有人能猜到那是哪里。茫茫人海,他也只有用这个办法与舒亚男相约了。

云襄躲在山村静享悠闲的时候,南宫世家却发生了惊天动地的变化。南宫瑞在族中老人们的一再催促下,终于下了最后的决心。在一个星月晦暗的夜晚,他让人把南宫放找来,准备好好跟他谈谈。

看到南宫放因儿子被绑架而憔悴不堪,南宫瑞心中隐隐作痛。不过现在不是安慰儿子的时候,他狠下心准备开门见山。

"为父老了,最近更是体弱多病,常感精力不济,所以想早一点放手,享几年清福。"南宫瑞轻叹道。

"父亲可以将家族事务交给孩儿打理,"南宫放忙赔笑道,"为爹爹分忧,那是孩儿应尽的孝道。"

南宫瑞微微点头,跟着又摇头道:"放儿,你知道爹爹一直对你宠爱有加,甚至罔顾立长不立幼的祖训立你为南宫世家嗣子,即便你受伤之后,爹爹都在尽一切努力让你继承家业。但现在佳佳被掳走,估计凶多吉少,你再也无法延续南宫世家的香火,自然也就无法再继续做嗣子。为父虽然痛惜,却也不能不考虑族人的感受,希望你能理解。"

南宫放闻言大急:"我一定能找回佳佳,请爹爹给我时间!"

南宫瑞惋惜地道:"为父已经给了你不少时间,但南宫一族的未来,总不能寄托在一个生死不明的婴儿身上吧?"

南宫放面色煞白，默然半晌，方涩声问："爹爹已经决定了？"

南宫瑞微微颔首："为父打算明日就召集族人拜祭祖先，改立阿豪为嗣子。"

南宫放心底一凉差点软倒。他如今与大哥已成死敌，一旦大哥做了宗主，待父亲百年之后，他恐怕就要从天堂跌入地狱，受尽大哥的折磨。若父亲立二哥南宫珏为嗣子，他还可以勉强接受，若让大哥做了宗主，自己还有什么活路？这简直比杀了他还难受。想到这他再无顾忌，急道："大哥为夺嗣子之位，勾结千门公子襄对付孩儿，我牧马山庄的衰败，佳佳的失踪，都是大哥和公子襄所为，请爹爹明鉴！"

南宫瑞对儿子的指控并没有感到意外，只叹道："你两兄弟钩心斗角，争权夺利，为父岂会毫无所觉？你当年杀官差嫁祸你大哥，手段也未见得就比你大哥光明。你知道为父当年为何不揭穿你的把戏，为你大哥主持公道？"

南宫放摇头。只听父亲叹道："我认识的江湖，素来就是尔虞我诈、钩心斗角的世界，只有强者才能生存，所以南宫世家的继承人，必须要是强者。当年你大哥在与你的明争暗斗中败了，所以他不配做嗣子。但这一回，是你败了。虽然论心计、论武功，你大哥都不是你的对手，但你大哥却能让千门公子襄这等人才为他所用，这就是他比你高明的地方。虽然三个儿子中我最宠爱你，但为了南宫一族的未来，我必须将家业传给你大哥。"

南宫放面如死灰，他方才还想着如何揭露大哥的阴谋诡计，好让父亲回心转意，现在才知道，父亲根本不在乎大哥使了什么手段，只在乎谁才是最后的胜利者。自己费尽心机想找大哥与公子襄勾结对付自己的证据，原来全是白忙活。他连忙跪倒在地，痛哭乞怜道："爹爹啊，大哥的为人您又不是不知道，他若做了宗主，待您老百年之后，孩儿可就死无葬身之地了！"

南宫瑞双目垂泪,将儿子揽入怀中,泣道:"如果你做了宗主,你大哥也未必能得善终。放儿,江湖海阔天空,凭你的聪明才干,必能闯出一番天地,何必要在你大哥手下苟且偷生?"

南宫放一怔:"爹爹是要我走?"见父亲微微颔首,南宫放一跃而起:"我不走!我为什么要走?为这个家我尽职尽责、殚精竭虑、开疆拓土,大哥哪点儿比得上?为什么却要我走?"

见父亲默然不语,脸上的表情却十分坚决,南宫放渐渐冷静下来,心知父亲的决定已无可更改。他垂头而立,脸上表情变幻不定,片刻后终于一咬牙,来到书案旁,满满地斟了一杯茶,双手捧着跪倒在父亲面前。他哽咽道:"孩儿既然迟早要走,不如现在就走。容孩儿最后一次为爹爹奉茶,以后爹爹恐怕很难再喝到孩儿的茶了。"

南宫瑞含泪接过茶一饮而尽,然后轻轻放下茶杯,叹道:"身为世家子弟,兄弟不能和睦,父子不得团聚,真不知是幸运还是不幸!"

南宫放恭恭敬敬地磕了三个头,垂泪道:"爹爹在上,孩儿要走了。临走之前,孩儿想让爹爹再教我一次剑法,就像您第一次教我时一样。"

南宫瑞点点头,轻轻拔出墙上的宝剑,略一调息,便缓缓地舞动长剑,就像第一次教儿子这套剑法时一样。

七十二招剑法勘勘过半,南宫瑞脸上冷汗滚滚而下,出手越来越慢。一套剑法不及使完,他突然以剑拄地,喘着粗声问道:"你在茶中下了什么?"

南宫放后退两步,紧张地盯着父亲,颤声道:"酥筋散!"

南宫瑞浑身一软跌坐于地,仰天长叹:"没想到啊!我南宫瑞一生精明,却中了儿子的酥筋散!"

南宫放慌忙跪倒在地,连连磕头:"爹爹见谅,酥筋散并不致命,孩儿不敢伤害爹爹。"

"但它却可以令人永久失力瘫痪。"南宫瑞苦笑道,"你为了保住嗣子之位,竟不惜如此报答你爹爹。"

南宫放抬起头冷笑一声:"我从小锦衣玉食,前呼后拥,一呼百诺,早已是个享惯了荣华富贵的豪门公子。就因为受伤,您却要我去浪迹江湖,为大哥让路,我哪儿吃得了江湖之苦,只好放手一搏。爹爹放心,酥筋散最多让您瘫痪在床,不会致命。我会亲自照顾您的起居饮食,做个孝顺的儿子。只要您开不了口,就不能废我嗣子之位,我将代行宗主之职,直到坐稳这个位置为止。"

南宫瑞双目垂泪,却因药性发作而不能开言。南宫放将他抱到床上躺好,流着泪道:"爹爹,这是您逼我出此下策,我实在是迫不得已。我不想在大哥手中受尽屈辱,就只有如此!"

仔细为父亲盖上被子,然后将沾有酥筋散的茶杯擦拭干净,南宫放才悄悄退出房门,正待趁夜离开,突听窗外一声异动,他忙喝问道:"谁?滚出来!"

黑暗中现出了一个魁梧的身影,正是南宫豪!原来南宫豪从眼线那里听说父亲要单独见老三,不知会不会对自己不利,所以冒险藏在窗外,想探听究竟,却没想到竟目睹了南宫放下毒的整个过程。他原本想出手阻拦,不过转念一想,如果父亲被酥筋散弄到瘫痪,自己再出面揭露南宫放的恶行,那自己就不是嗣子而是宗主了。想到这点,对权力的渴望超过了对父亲的爱戴,他终于忍着没有动,直到南宫放做完一切要离开,他才鼻息稍沉,不小心暴露了自己。

不过现在他已稳操胜券,没必要再躲躲闪闪。南宫豪从藏身处出来,得意地冷笑道:"老三,若要人不知,除非己莫为,原来老天真的有眼。"

南宫放见恶行败露,突然"扑通"一声跪倒在地,哭拜道:"大哥,看在兄弟一场的分上,千万不要告发我,最多我不再跟你争这嗣子之位！"

　　第一次见南宫放拜倒在自己面前，南宫豪得意地哈哈大笑。笑声刚起，就见南宫放手腕一翻，一剑悄没声息地倏然刺出。南宫豪虽有防备，却不料南宫放的出剑远超他的估计，勉强躲过要害，却还是被刺中了小腹。他捂着中剑处连连后退，满脸愤怒和惊诧。

　　南宫放从地上一跃而起，冷笑道："你想不到我的剑法比你想象中快很多吧？若不是我平时藏着掖着，你怎么会轻易中剑？"

　　见南宫豪突然张嘴想呼叫，南宫放一剑直指其咽喉，却见南宫豪就地一滚躲开这一剑，放声高叫："来人！有刺客！"

　　南宫豪能避开这一剑，让南宫放有些意外，没想到大哥的身手比他估计的要高，看来大哥也不是愚鲁之辈。不过现在事已至此，他无论如何也要杀之灭口。

　　南宫放一剑快似一剑，追着南宫豪狂刺。南宫豪受伤在先，只有连滚带爬地躲闪，身上连连中剑，鲜血四下飞溅。不过他的叫声总算惊动了家人，几个南宫弟子过来查看，被眼前的情形完全惊呆了。几个人想要阻拦，只听南宫放疯狂地喝道："滚开！不要拦我！"

　　南宫豪身上连中数剑，终于无力跌倒。南宫放正待一剑毙之，突见一旁剑光一闪，将他这必杀的一剑挑开，跟着响起二哥南宫珏的喝声："三弟你疯了？！"

　　南宫放正不知如何向众人解释自己的行为，更不能当着众人的面继续追杀大哥，南宫珏的话突然提醒了他，他猛然举剑乱砍，嘴里嗬嗬大叫，状若疯虎，疯狂地砍向倒地不起的南宫豪。

　　"三弟住手！"南宫珏连忙挑开他的剑，但最终还是没能完全挡住，南宫豪又中两剑，终于发出垂死的惨呼："他要杀我灭口！"

　　南宫珏一剑刺中南宫放手腕，将他手中长剑打落，跟着以剑封住他的穴道。这时众人才有机会扶起南宫豪，却见他被刺中要害，再难开口。南宫珏忙问："大哥，这是怎么回事？"

南宫豪一声叹息，带着遗憾与悔恨，黯然而逝。南宫珏只得拍开南宫放的穴道，只见他又哭又笑，表情怪异。众人不由惊呼："三公子……三公子疯了！快去禀报宗主！"

就在南宫世家巨变之时，云襄却躲在山村享受难得的悠闲时光。山村中的日子枯燥而漫长，两个月后，云襄才让筱伯去扬州打探南宫世家的消息，同时也去打探舒亚男的去向。没多久筱伯回来，云襄一看他的神色，就知道他带回的是好消息。

"没想到公子隔岸观火，竟能洞察秋毫！"筱伯眼中闪烁着少见的兴奋之色，"那南宫放果然如公子预料的那样，在得知父亲要将宗主之位传与南宫豪后，竟然铤而走险，出手暗算了兄长。虽然他侥幸得手，却被家人抓个正着，按家法他本该为其兄抵命，谁知他受此打击，竟然疯了。南宫瑞连失二子，更是中风瘫痪，生不如死。如今南宫世家已乱成一团，族中长辈只得请出不问世事的二公子南宫珏，由他暂行宗主之责。"

对南宫世家的变故，云襄并没有感到太意外。南宫放被南宫瑞不问是非地过度溺爱，早已养成了唯我独尊的禀性，岂能接受大权旁落，由天堂跌到人间的失败？其实南宫瑞的放纵早已使儿子变成了一颗罪恶的种子，云襄所做的，不过是使这颗种子生根发芽，开花结果，最终连至亲之人也毫不留情地吞噬。

云襄闭目躺在摇椅上听着筱伯的汇报，当听到南宫放疯了时，蓦地睁开了双眼。筱伯话音刚落，他就迫不及待地追问："南宫放后来怎样了？"

筱伯想了想，摇头道："没有打听到他后来的消息，一个疯子，想来也没什么值得留意的。"

云襄神情微变，目视虚空愣了半晌，突然叹道："南宫放真不简单，竟能骗过所有人！"

筱伯疑惑道："公子的意思，南宫放没有疯？"

"他要真疯，就不是南宫放了！"云襄不由叹气，"可惜我做了这么多努力，最终还是让他逃脱了。只怕以后，他会更加精明可怕。"

筱伯连忙安慰道："公子不必担心，就算南宫放侥幸逃脱，他也不再是南宫世家三公子了。只要他在江湖上一露面，南宫世家首先就不会放过他！"

云襄忧心忡忡地摇摇头，又问："有亚男的消息吗？"

筱伯神色突然有些异样，迟疑道："听说她去了杭州，根本就没有来金陵找过公子。"

"杭州？"云襄一怔，"她去杭州干什么？"

见筱伯摇头，云襄沉吟片刻，吞吞吐吐地问："南宫放那个五姨太……后来怎样了？"

筱伯惋惜道："听说南宫放从两个家奴口中得知她认识公子后，用尽酷刑逼问公子的身份和下落，她却始终不说，最后受刑不过，吞金自杀了。我一直想不通，她怎么会舍命为公子掩饰？"

云襄脸色陡然变得煞白，身子一歪差点摔倒。筱伯连忙扶住他，就见他泪水盈满眼眶，嘴里不住地道："我误会她了，我完全误会她了……"说着他跌跌撞撞地来到内房，一下跪倒在床前。在明珠和乳母惊讶的目光中，他抖着手抱起床上的孩子，突然失声痛哭："是我害死了你母亲，是我害死了怡儿……"

孩子吓得哇哇大哭，明珠连忙从云襄怀中抢过孩子交给乳母，却又不知如何安慰是好。只见云襄回头冲入自己房中，将房门插上，对门外几个人的呼唤不作任何回应，房中只传出他捂在被子中压抑的哭声。

不知过了多久，云襄终于红着眼开门出来，神情中有说不出的凄楚。面对明珠与筱伯关切的目光，他平静地道："我要去扬州，在怡儿的坟前上炷香，也让她看看她的孩子。"

筱伯心知拦不住云襄，只得道："我这就去准备，咱们一早就走。"

第二天黄昏，在筱伯的带领下，云襄终于找到了扬州城郊那座孤坟。看到墓碑上"南宫赵氏"那几个字时，他眼中闪出莫名的愤怒，恨不得将墓碑砸烂，但他最终什么也没做。默默在坟头点上香烛，他将孩子抱到坟前，在心中暗暗道：怡儿，看到了吗，你的孩子平安无事。我不会让任何人伤害他，我会用全部心血将他培养成一个善良、正直、有用的人！

筱伯和明珠等在一旁，直到云襄祭拜完毕，筱伯才上前道："公子，天色不早了，回去吧。"

马车辚辚而行，来到岔路口时，云襄突然道："去杭州。"

筱伯没有多问，立刻掉头踏上去往杭州的路。他知道云襄的心思，不过他就担心，当云襄找到他想要找的人后，恐怕只会更加痛苦。

杭州西子湖畔的雅风楼，是江南屈指可数的名楼。它地处西子湖畔景色最美的地段，是达官贵人、豪绅巨贾最爱下榻的百年老店。云襄与明珠以前都在此处住过，再次回到这里都感到很亲切。

一行人刚住下不久，就有小二上来禀报："楼下有位姓舒的女子，要找明珠姑娘。"

明珠闻言一声欢呼，提着裙子就往楼下跑，刚到楼梯口，就见一个轻纱遮面的女子正登楼而上，不是舒亚男是谁？明珠惊喜地扑上去，毫无顾忌地抱着舒亚男就狠狠亲了一口，惊喜地连连追问："姐姐你可想死我了！这段时间你都去了哪里？为什么不到金陵来找我们？你怎么知道我们来了杭州？"

"姐姐也很想你，所以一听说你来了杭州，就特意赶来跟你道别。"

舒亚男笑道。

"道别？姐姐要去哪里？"明珠忙问。

舒亚男没有立刻回答，却拉起她的手："去你房里再慢慢说，你想让我一直站在这里不成？"

明珠吐吐舌头，忙将舒亚男领到自己住的房间。隔壁的云襄听到明珠的欢呼声，早已出来相见，只是被明珠拦在中间，没法上前问候。他目送着她俩进了房间，知道她们许久不见，定有不少体己话要说，只得在门外等候。听到房内两个女孩子时而窃窃私语，时而咯咯大笑，云襄心里感觉十分温暖。

足足等了一个时辰，两个女孩子才开门出来。云襄连忙上前问候："亚男，你……可好？"

"我很好！"舒亚男完全无视云襄眼中的柔情蜜意，略一抱拳便下楼而去。

云襄只得跟着下楼，惊讶地问道："你这是要去哪里？"

"多谢云公子关心，不过亚男不便相告。"舒亚男脚下不停，已来到楼下。

云襄一脸意外："你叫我云公子？什么叫不便相告？你不跟咱们回金陵？"

舒亚男终于停下脚步，回头道："云公子，每一个人都有自己的生活，还是不要相互打扰为好。虽然大家朋友一场，但总不能因为是朋友，就永远走在一起吧？"

云襄十分诧异，反诘道："我们只是朋友？你说过要照顾我一辈子，难道这就忘了？"

舒亚男嘴边泛起一丝调侃的笑意："我骗你的，不行吗？你以前不也骗过我？被我骗上一回就算扯平吧。大家都是老千，你骗我我骗你岂不正常得很！哎，你不会当真吧？"

"你在说谎！"云襄定定地盯着舒亚男的眼睛，似要将她看穿，"你为什么要说谎？"

舒亚男满不在乎地笑道："我以前是在说谎，现在可没有噢！"

"你撒谎！"云襄涨红了脸，"我们在牧马山庄发生的一切，难道全是假的？"

舒亚男嘻嘻笑道："没错，全是假的！如果你觉得是真的，那只能说明我骗人的本领比你高明一点点。"

"为什么？为什么要骗我？"云襄厉声质问。

舒亚男不以为然地耸耸肩："很简单，因为南宫放也是我的仇人。我要借你的手对付南宫放，所以不希望你倒下去。现在南宫放已经疯了，南宫世家也一蹶不振，我的仇报了，也就没必要再骗你了。"

"你……"云襄气得浑身发抖，再也说不出话来。

舒亚男却若无其事地道："对了，忘了向你介绍我的未婚夫君，其实你也见过，不用我介绍了吧？"

未婚夫君？云襄只感到一阵晕眩，整个世界突然变得异常荒唐。他顺着舒亚男所指的方向望去，就见街边一辆富丽堂皇的马车旁，一个彪悍如虎的中年汉子正负手等在那里。那汉子年逾四旬，生得浓眉大眼，不怒自威，眉心那三横一竖的抬头纹十分醒目，正是漕帮老大丛飞虎！云襄不禁恍然，难怪自己刚到杭州舒亚男就找来了，这里是漕帮的地盘，难怪她的消息这般灵通。

"丛飞虎？你的未婚夫君是丛飞虎？"云襄还是感到难以置信。

舒亚男坦然一笑："有什么奇怪的？哪个女人不会对丛飞虎这样的英雄动心？我能找到这样的夫君，作为朋友，你应该为我感到高兴才是。"

云襄神色凄苦地指着舒亚男的颈项，却说不出一句话来。舒亚男立刻明白了，笑道："你是说那颗雨花石？"她解开衣领露出光洁的脖子，上面什么都没有："它早已经不属于我了，拥有它的人才是你的真爱，你可要好好珍惜。"

说完舒亚男挥挥手转身就走，步履轻快地奔到马车前，丛飞虎忙牵着她的手钻入车厢，她最后从车窗中探出手挥了挥，马车终于扬长而去。

云襄遥望离去的马车，突感喉头一甜，仰天喷出一口鲜血，跟着往后便倒。感觉身子被人扶住，耳边传来隐隐的呼唤，他茫然地循声望去，就看到一脸羞赧的明珠，项下正戴着那颗独一无二的雨花石，他两眼一黑，彻底晕了过去。

马车已走出很远，舒亚男依旧从车帘缝隙中不住回望，泪水早已模糊了她的双眼，她却死死咬着嘴唇不让自己哭出声来，以至于咬破嘴唇而不自知。鲜血和着泪水从唇边涓涓滴下，很快就染红了她的衣襟。

丛飞虎尴尬地放开她的手，望着血泪交加的舒亚男，想要安慰，却又不知如何安慰才好。马车在城中不住绕着圈子，舒亚男则在车中无声痛哭。不知过了多久，她终于咬牙抹干了泪水，稍稍恢复了平静。丛飞虎见状黯然叹道："你既然放不下他，为何要离开他？还让我做恶人，将他伤得如此之深？"

"我只要他放下我。"舒亚男平静地道，"我将去一个再也见不到他的地方，所以不希望他再想着我。我要他彻底忘了我甚至恨我，才不会为我伤心和痛苦。"

丛飞虎好奇地问："你要去哪里？"

"北京。"舒亚男平静地道。

"我送你！"丛飞虎毫不犹豫地点头。

马车望北而行，一路穿州过府，日夜不停。舒亚男抱着双膝坐在车中，双眼木然望向虚空，就像完全失去了精气神。若非眼帘偶尔一眨，真会让人误以为是一具行尸走肉。

"请听我给你讲一个故事，千门之花的故事吧。"这句话就像是诅咒，一直在舒亚男耳边萦绕，她后悔去听这个故事，她怎么也没想到，这个故事竟然会夺去她所有的一切。

没人知道舒亚男回扬州祭拜父亲时发生了什么，但她自己却永远也忘不了。她本在为明珠对云襄的暗恋为难，所以有心成全明珠，让她陪云襄去湖州看望莫爷，而自己则借口回扬州避开云襄。谁知自己的命运就此发生改变，不过她也明白，就算自己不与云襄分开，那次会面也是命中注定。

"舒姑娘别来无恙啊？"还是那个神秘的青衫老者，在舒亚男祭拜完父亲后，突然出现在她面前。舒亚男与对方打过交道，一直对这神秘的老者心怀戒意，不过念在对方曾帮自己恢复容貌，是自己的大恩人，她不好回避，只得道："多谢先生挂念，我很好。您老怎会来这里？"

青衫老者和蔼地笑道："我家主上想见你，所以特命老夫前来相请。"

老者的本事她见识过，没想到竟是个奴仆，这让舒亚男十分惊讶，真不知他口中的"主上"是什么样的人物。她心中戒意更深，道："小女子不过一寻常江湖过客，不敢去见先生这样的世外高人。"

青衫老者诡秘一笑："舒姑娘的经历可不寻常啊。出身平安镖局，是舒振刚总镖头的掌上明珠。舒总镖头蒙难后，舒姑娘夜闯潇湘别院，因伤了南宫放而惹上官司，若非有金陵苏家暗中相助，恐怕早已被南宫世家生吞活剥。你被判服苦役三年，却私自逃逸，先被人骗卖青楼，后又遇丛飞虎逼迫，无奈自毁容貌，装疯卖傻潜回扬州，借南宫放的千门典籍自学成才，终成千门后起之秀……"

"够了！"舒亚男连忙喝止，老者寥寥数语，已让她暗自心惊。没想到如此隐秘之事，对方竟如亲眼所见，说得分毫不差，令人心生寒意。她怕自己与云襄在牧马山庄客栈那一幕也被对方得知,所以连忙打断,色厉内荏地喝道:"你究竟想怎样?"

青衫老者从容笑道:"老夫方才说了,我家主上想见你。"

"好!带路,我跟你走!"舒亚男毫不犹豫地答应下来,既然对方对自己了如指掌,她不能不去见见那个"主上",看看对方是何等人物。

青衫老者亲自赶车,马车走了数天才停下来,竟然是到了北京城!之后舒亚男被蒙上双眼,在城中转了好久才停下来,下车一看,却是一座不可多见的豪宅。在青衫老者引领下,她终于在一间幽静的书房中,见到了青衫老者口中的"主上"——一位温文尔雅的白衣老者。

"舒姑娘请坐!"白衣老者示意舒亚男坐下后,饶有兴致地将她上下打量片刻,目光在她脸颊的花朵上停留了许久,微微颔首道,"英武中不失柔美,娇艳中不乏个性,果然是人世间独一无二的仙葩!"

舒亚男脸上微红,冷冷道:"先生千里相邀,不是垂涎亚男的容貌吧?"

老者呵呵一笑:"舒姑娘没有寻常女子的扭捏和羞涩,真是难得!老夫非常欣赏。对了,你还不知老夫姓名吧?老夫靳无双,这个名字只有我信得过的人才知道。"

"非常荣幸!"舒亚男微微一哂,"不过亚男与靳先生素昧平生,先生何以如此相信?"

靳无双淡淡笑道:"舒姑娘以前不知老夫,老夫对舒姑娘可是了如指掌,也可以说是神交已久。"说着他从书桌上拿起一封信,推到舒亚男面前:"甚至知道你最想要的是什么。"

舒亚男好奇地拿起信,疑惑地打开,顿时面色大变。那是一张地契,平安镖局的地契!这果然是她梦寐以求想要拿回的东西!它本在南宫世家手中,现在却被靳无双轻描淡写地拿了出来,对方的能力可见一斑。她强忍着不让自己失态，平静地将地契放回桌上，淡淡问道："你要我做什么？"

靳无双肃然道："我要正式收你为入室弟子。"

舒亚男突然就想起了莫爷当初想收自己为徒时的情形，嘴角不禁泛起一丝讥笑，拿起桌上的地契道："礼下于人，必有所求。先生既然拿出如此重礼，就不必再以师徒之情来笼络。有什么事尽可开口，不必再拐弯抹角。"

"其实你早已是我千门弟子，有没有入门仪式都已无妨。"靳无双微微一笑，见舒亚男有些疑惑，他解释道，"你从南宫放那里盗去的那些书，本就是我千门典籍，其中有不少还是老夫亲手所著。你我虽无师徒之名，其实早已有师徒之实。就连你腮边这朵独一无二的仙葩，也是出自千门名宿之手，你现在还认为自己跟千门毫无关系吗？"

见舒亚男无言以对，靳无双又道："你认不认我为师都无所谓，你只要记住，你现在拥有的本领，都是来自历代千门前辈心血的结晶，记住自己永远都是我千门弟子，这就够了。"说着他将桌上的地契重新推到舒亚男面前："我还你这地契，并不要求你做任何事来交换，我收你为徒，也不要你做任何报答。我只要你听我讲一个故事，听完这个故事，你可以立刻就走，你我再无瓜葛。"

舒亚男好奇地问："什么故事？"

靳无双的脸上泛起一种由衷的敬仰，轻轻道："千门之花的故事！"

房中的肃穆和凝重感染了舒亚男，她连忙收勒心神，凝神静听。靳无双轻轻嘬了口茶，望着茶杯上那蒸腾翻滚的水汽轻声道："这故事你也听过，我要讲的，是不为人知的那部分。"

舒亚男凝望着靳无双，只见他目光落到虚空，似穿越了时光一般幽远，他那充满磁性的嗓音，很快就将她带到了那个百家争鸣、英雄辈出的年代。

"春秋时期，吴越两国世代为敌，战乱百年。会稽一战，越王勾践被吴王所俘，不惜为吴王牵马尝粪，受尽屈辱，方被赦归越国。勾践回国后卧薪尝胆，励精图治，并采纳大夫范蠡的美人计，向吴王献上绝代美人西施，最后终于得报大仇，灭掉了吴国。"说到这里靳无双顿了顿，轻轻叹道，"这是太史公笔下的历史，然而它却远不如千门秘传的典籍中记载得详细，甚至没有写清楚，谁才是这场战争的真正英雄。"

靳无双说着，从书架上抽出一本古旧的册子，翻开一页递给舒亚男道："这里记录了千门历代高手的一些事迹，你有兴趣可以拿去看看。"

舒亚男接过一看，越国大夫范蠡的名字赫然在列。只听靳无双道："范蠡乃千门嫡传弟子，为报越王勾践知遇之恩，出任越国上大夫。为了使越国免受吴国欺凌，他走遍越国，终于在溪水边物色到浣纱的美人西施。西施的美貌人所共知，西施的聪颖却很少有人提及，其实那才是范蠡将她收为弟子、授以千门绝技的真正原因。他将西施带回越都，并借越王之手将西施献给吴王。为了使西施能在吴王后宫众多美人中脱颖而出，范蠡亲自操刀，以千门秘传的文身之术，在西施原本就美艳如花的脸上，文了一朵巧夺天工的仙葩，成为世间独一无二的美人。西施最终凭借独特的美貌和高明的千术，颠覆了一个强大的国家，成为千门中人人敬仰、独一无二的千门之花！"

西施的故事舒亚男早已耳熟能详，却没想到故事后面还有如此精彩的隐秘。她不禁悠然神往，跟着心底又泛起了一丝寒意，隐隐猜到靳无双讲这个故事的深意，但她还不敢肯定，紧张地问道："你讲这个故事，究竟是什么意思？"

靳无双没有回答，却反问道："你是否还记得一位名叫朗多的男子？"

朗多？这名字依稀有些熟悉，但舒亚男一时想不起来。靳无双提醒道："他曾经在鸿运赌坊见过舒姑娘，不知你是否还有印象？"

舒亚男立刻就想起了那个身上有股膻味的异族男子，以及他为自己出头，不惜与南宫豪动手的英勇。她连忙点头："想起来了。靳先生认识他？"

靳无双点点头："朗多殿下是瓦剌四太子，这次出使我朝，是为缔结和约，与我国结盟的。和约条款俱已谈妥，他却临时提出，要帮他找一个脸上有花、名叫舒亚男的女子。"

舒亚男一声冷笑："于是你们就答应，将我作为和约的一部分，去换取所谓的和平？"

靳无双摇摇头："你误会了，这次和约我朝向瓦剌割让了数万里的土地，数十万户子民，金银财帛更是不计其数。你一个普通民女，还没有资格成为和约中的条款。"

"既然如此，你给我讲千门之花的故事是什么意思？"舒亚男问道。

靳无双坦然道："我是想将你主动献给朗多，去做今日的千门之花！"

舒亚男嘲讽道："朝廷无能，却要我一个普通民女去力挽狂澜，真是好笑。"

靳无双手指身后的地图，从容道："大明东有倭寇扰边，西有魔门蠢蠢欲动，北有强大的瓦剌虎视眈眈。朝廷欲先平倭寇海患，再驱魔门，最后集中力量消除北方的威胁，但现在魔门与瓦剌有勾结之势，欲共犯我中华，朝廷无力三面作战，只得暂时对瓦剌委曲求全。这不是怯弱，而是策略，是尽量少流血少牺牲，以最小的代价求得最大胜利的策略。"

舒亚男不以为然地撇撇嘴："机密国策，你为何知道得这般清楚？"

靳无双坦然道："因为我就是这一国策的策划者和执行者。"

舒亚男心神微震，简直不敢相信靳无双竟是如此人物，但对方那精明的头脑和雍容的气度，以及指点江山的从容和自信，却不容她不信。她还在回味对方所说，只听靳无双傲然道："千门开创至今数千年，一直就以国家民族的命运为己任，从来不会独善其身，更不会避世逍遥。老夫很骄傲能为自己的国家出谋划策，舒姑娘为千门罕有的后起之秀，聪明与美貌不亚于传说中的西施，难道就甘心永远与街头那些千门末流为伍，永远混迹于市井凡尘？西施能凭一己之力颠覆一个国家，以你的天赋和才智，难道不想在历史上写下浓墨重彩的一笔，成为千门又一朵名传千古的仙葩？"

舒亚男沉默下来。靳无双轻嘬了口茶，又道："瓦剌势力逐渐坐大，与我朝终有一战，届时必定伏尸百万，流血漂橹，无数百姓流离失所。舒姑娘曾随父亲走镖去过边关，对瓦剌人的凶残不会一无所知吧？如今天假其便，竟让瓦剌最有实力继承汗位的四殿下朗多迷上了舒姑娘，而你偏偏又是我千门弟子，这难道不是上天在助我大明？尤其你这朵无奈中文上去的仙葩，难道不是在昭示着冥冥中的天意，让你成为西施那样的千门之花？"

舒亚男心神大乱，瓦剌人的凶残她曾经见到过，她曾在一座被瓦剌人屠尽的村庄中泪流满面，她曾对着那些无辜惨死的百姓暗暗祈祷，若能让悲剧停止，她愿意献出自己所有的一切。如今，这样一个机会就摆在面前，她不禁抚着腮边的仙葩仰天暗问：苍天在上，难道你加倍还我这绝世的容颜，就是要我将所有一切都奉献给天下？难道我就是那命中注定的千门之花？

红烛在静静燃烧，烛芯偶尔爆出的一点微声，使房中更显幽静。二人无声对坐，不知过得多久，舒亚男终于缓缓站起身来，哑着嗓子道："你……让我好好想想。"

靳无双将地契塞入舒亚男手中，轻声道："无论你最终如何决定，老夫给你的东西都不会收回。""不过,"他的声音突然凝重起来,"我坚信你会成为国家的英雄,而不是民族的罪人。"

舒亚男神情恍惚地来到街头,茫然不知往哪里去,她不住在心中呼唤:阿襄,我该怎么办?你快告诉我?

三天后,她回到靳无双面前,对这个神秘的老者平静地道:"我还有些恩怨未了,待我了结恩怨,再告诉你我的决定。"

靳无双没有阻拦,亲自将舒亚男送出书房大门。待她离去后,守候在门外的青衫老者担心地问:"主上,她会答应去瓦剌吗?"

"她一定会!"靳无双自信地一笑,见青衫老者眼中有些不解,他意味深长地笑道,"因为,她并不是真正的千门传人。"

舒亚男回到扬州,将平安镖局的地契交给了父亲生前那些兄弟,并让他们帮忙做一件大事。她在暗处留意南宫放和云襄的交锋,当云襄遇到麻烦时她立刻挺身而出,假扮捕快将他从那女人手中救出,之后她悄悄尾随云襄来到金陵。在暗处看到明珠对云襄无微不至的照顾,她既心酸又安慰,云襄有明珠照顾,她终于可以下定决心了。

不过在走之前,她还要做最后一件事,所以她去杭州找到丛飞虎,让他帮忙演一出戏。戏演得很成功,把大名鼎鼎的千门公子襄也骗得口吐鲜血,他从此不会再放不下自己了。舒亚男心中既痛苦又欣慰,她突然有些后悔将雨花石送给了明珠,那是她关于云襄唯一的纪念。

马车一震,突然停了下来,北京城到了。舒亚男与丛飞虎挥手作别,她没想到这个曾经伤害过自己的男人,会成为千里相送的朋友,世事真是难料。

按照约定,舒亚男来到靳无双的隐居之处,对这个神秘的老者平静地道:"我愿拜你为师,学习颠覆敌国的千门之术,我愿成为千门之花!"

靳无双对舒亚男的决定没有感到意外，点点头。他轻轻拍了拍手，门外飘然进来一个雍容华贵的妇人，看模样已是年过四旬，却依旧美艳不可方物。靳无双指着那贵妇介绍道："她叫温柔，为千门上四将之脱将，她会教你一些女人应该掌握的本领，你先向她学习吧。"

贵妇仪态万方地浅浅一笑，对靳无双微微一福："你放心，阿柔一定将她教成迷死男人不偿命的闺中杀手。"

待温柔领着舒亚男离去后，青衫老者悄然进来，对靳无双禀报道："主上，南宫放求见。"

靳无双有些意外，不过还是微微颔首。

片刻后，青衫老者领着个蓬头垢面、浑身污秽的乞丐进来。那乞丐一进门，猛然跪倒在地，失声痛哭："师父，你要为弟子报仇啊！"

靳无双一声冷哼："闭嘴！从哪里跌倒，就要从哪里爬起来，若靠他人恩赐才能报仇，你就不是我的弟子！"

哭声戛然而止，乞丐抬起头来，乱发下正是南宫放那张惶然无依的脸。被靳无双这一喝，他脸上渐渐重现原有的冷厉，点头道："师父教训得是，弟子定要靠自己的力量，拿回失去的东西！"

靳无双面色稍霁："怎么回事？你细细道来，不可有任何遗漏。"

南宫放连忙将自己与公子襄相争的前后经过详细说了一遍，靳无双听完后面无表情，不置可否地敲敲桌子："为师知道了，你下去吧。"

南宫放离去后，青衫老者犹犹豫豫地问道："主上，小人有一事，不知当问不当问？"

"何事？"靳无双道。

青衫老者道："南宫放与公子襄的交锋，咱们也有所察觉，主上为何不帮他一把？南宫放可是主上的爱徒，又是掌握南宫世家这股江湖力量的钥匙，主上为何要坐视他失去嗣子之位？"

靳无双没有回答，却反问道："公子襄大名叫什么？"

"听说好像是叫云襄，"青衫老者说到这里突然一惊，"云啸风的儿子也叫云襄，不过早已死去多年，竟有这般巧合？"

"我从不相信什么巧合。"靳无双眼中寒芒微闪，"这是云啸风的棋子，他在用这个名字向我挑战。我不插手公子襄与南宫放的争斗，就是在等云啸风这个老对手，等着他露出蛛丝马迹。与云啸风对垒，谁敢有丝毫大意？一个南宫世家的得失实在无足轻重。"

青衫老者恍然点点头，又道："蔺东海那边的消息，明珠郡主跟丢了。另外，柳公权也在追查公子襄的下落。"

靳无双一声轻哼："警告这老家伙，让他别多管闲事。"

青衫老者苦笑着摇摇头："以柳公权的为人，恐怕不会那么听话。"

靳无双一声冷笑："柳公权不过是条能干的老狗，只是错认了主人。现在是该给他几鞭子让他认清主人的时候了。"

青衫老者忙点点头："小人这就去安排。"

二人正在密议，就听门外有人禀报，来人进门后带来了一个消息："天心居的素妙仙三天前已辞世。"

靳无双正待去端茶，听到这消息手不由一抖，不小心将桌上的茶杯碰翻。他对四下流淌的茶水视而不见，却盯着虚空忧心忡忡地自语道："这个天下，要乱了。"

青衫老者也是面色大变，点头叹道："魔门终于再无顾忌。"

千门云襄传

下

方白羽 著

目录

第四卷　千门之威

一、天心　　　　611
二、济生　　　　628
三、豪赌　　　　644
四、报仇　　　　660
五、倭患　　　　676
六、领军　　　　693
七、初战　　　　710
八、阉俘　　　　724
九、斩首　　　　740
十、情殇　　　　760
十一、拜师　　　776

第五卷　千门之心

一、示警　　　　793
二、宣战　　　　814
三、对弈　　　　833
四、连环劫　　　851
五、战书　　　　863

六、赌局　　　　882

七、布局　　　　899

八、武魂　　　　917

九、神迹　　　　933

十、拜火　　　　947

十一、结盟　　　962

十二、论佛　　　978

十三、用间　　　994

第六卷　千门之圣

一、反击　　　　1015

二、失魂　　　　1031

三、疗毒　　　　1045

四、备战　　　　1061

五、劫匪　　　　1075

六、交换　　　　1092

七、借兵　　　　1108

八、北伐　　　　1125

九、内乱　　　　1142

十、归国　　　　1162

十一、死神　　　1176

十二、谋反　　　1186

十三、尾声　　　1203

后　记

第四卷 千門之戲

一、天心

朝露如珠,晨鸟欢腾,旭日虽然仅在山巅露出一丝红霞,山林中却已充满了一日的生机。在云遮雾罩的山腰深处,在花木茂盛的林木丛中,一座青瓦红墙的古刹如天然生就,与周围的花草竹木完全融为一体,成为百鸟驻足嬉戏的乐土。

在通往古刹那曲折的羊肠小道上,一个黑衣老者和一个白衣公子,完全不顾惊世骇俗,一前一后,如同两只大鸟向山上飞驰。黑衣老者大袖飘飘,身形健硕,双眼炯炯如同虎眸,虽不怒不威,依旧令人不寒而栗;白衣公子年岁不大,英俊的面庞带有一丝阴鸷和冷厉,紧抿的双唇透着天生的孤傲。二人俱是风尘仆仆,汗透衣衫,看样子已奔行了不少日程。

二人一路疾驰,沿途惊起雀鸟无数。奔行中白衣公子突然开口道:"爹,咱们数日间奔行千里,赶到这荒山野岭作甚?"见黑衣老者毫不理会,他喘着气放慢脚步:"我快跑不动了,咱们在这里先歇歇吧?"

"闭嘴!"黑衣老者一声呵斥,不耐烦中透着掩饰不住的焦急,"再不快点,你会后悔一辈子!"

白衣公子从未见过父亲如此失态，更不明白这跟自己又有什么关系，正待动问，突听前方传来一声清脆的呵斥："站住！"

二人循声望去，就见前方山道中央，俏生生立着个一身白衣的少女，看起来只有十六七岁模样，清纯秀美中透着一丝稚嫩，令人心生好感。白衣公子知道父亲的脾气，这一路上凡遇阻拦，无论是武林中人还是寻常百姓，都是一掌立毙，根本没半句废话。他正为这小姑娘担心，却见父亲猛然刹住身形，对那少女抱拳道："姑娘是天心居弟子吧？在下寇焱，与你们居主渊源颇深，请姑娘速速替老夫通报一声。"

那少女背上插着柄样式独特的长剑，看起来比普通宝剑轻薄秀气，与她的气质颇为相合。面对黑衣老者的询问，她脆生生地答道："不错，我是天心居的弟子。你既然识得咱们居主，替你通报本无不可，不过这几日天心居有大事发生，大师姐说了，这几日概不见客，所以，老先生还是请回吧。"

白衣公子对这一本正经的少女有些好感，不想她惹恼父亲惨遭横死，连忙抢在父亲身前出手，嘴里喝道："快快滚开，别挡本公子的道！"说话的同时，一爪探向少女的咽喉，这是一式虚招，只等少女本能地仰头闪避，就变爪为指封住她肩井穴扔一边去。

谁知那少女对指向自己咽喉的一爪不管不顾，却挥掌斩向白衣公子的手腕。白衣公子心中有些吃惊，连忙翻掌还击。二人以小擒拿手见招拆招，转眼便你来我往十几个来回，白衣公子竟没有占到多大便宜。这激起了他天生的骄气，正欲使出绝招拿下这小姑娘，突听身后传来父亲的呵斥："住手，不得无礼！"

白衣公子只得收手退后，眼里满是惊讶地打量着这年岁比自己还小一些的少女。虽说自己一夜奔行，精疲力竭之际武功大打折扣，但让一个名不见经传的小姑娘给拦下来，却有些意想不到。

黑衣老者抬手推开拦在身前的儿子，拱手对那少女恳切地道："小姑娘请速速通报你们居主，就说魔门寇焱携儿子寇元杰求见，她一定会见！"

魔门寇焱，十八年前那是一个人人闻之丧胆的名字，但这少女面上却没有一丝异状，只无奈地叹了口气，黯然道："咱们居主从昨日起神志就已经不清，现在居中大小事务，俱由大师姐做主。大师姐已发下话来，这几日天心居绝不接待外客，请寇先生见谅。"

寇焱一听，脸上涌出莫名的焦急，不再多话，身形陡然拔起，从少女头顶凌空掠过。这一下事发突然，那少女来不及阻拦，只能目瞪口呆地望着寇焱的身影，如大鸟般向山腰处的古刹飞驰而去。

"喂，你叫什么名字？"白衣公子上下打量着少女，突然饶有兴致地笑问道。

那少女一怔，讷讷道："我叫柳青梅。"

"柳青梅？好名字！我最喜欢吃青梅了！"白衣公子脸上泛起暧昧的微笑，"你的武功像你的容貌一样出色，有机会咱们再切磋切磋，你输了可就得给我尝尝。"说完也不等少女反应过来，便追着父亲的背影飞驰而去。

那少女武功虽高，江湖经验却几乎没有，待她醒悟过来想要阻拦时，那白衣公子已去得远了。她心中大急，连忙掏出怀中的信炮对空一拉，信炮一飞冲天，在半空中砰地炸开，方圆数十里之内，都能清楚地看到。

却说寇焱一路飞驰，片刻间便赶到古刹前，就见两棵古木掩映的林荫深处，那古旧斑斓的门匾之上，"天心居"三个古篆大字赫然在目。他正待闯将进去，就见山门轰然而开，两个背负长剑的白衣女子并肩而出，齐声喝道："什么人不听劝阻，擅闯本居？"

寇焱强压心底的急迫，拱手沉声道："魔门寇焱，欲见妙仙居主最后一面，请两位姑娘行个方便！"

两人一听寇焱的名字，神情陡变，本能地拔剑在手，齐声喝道："魔门与天心居势不两立，你在这个时候突然赶来，是何居心？"

寇焱一声长叹："魔门与天心居真的势不两立吗？"

两人对望一眼，不知眼前这十八年前便名震天下的魔头，为何会问这么愚蠢的问题。左首那少女对寇焱喝道："听说当年你败在咱们妙仙居主之手后，曾发誓在咱们居主有生之年，决不踏足中原半步。如今咱们居主尚未过世，你便毁诺赶来，难道不怕天下人笑话？"

寇焱眼中闪过一丝隐痛，肃然道："就算背誓毁诺，我也要见妙仙最后一面。谁若阻拦，老夫见人杀人，遇佛灭佛！"

两人连忙后退半步，双剑交叉拦在寇焱身前，喝道："非常时期，任何人不得擅闯天心居，违者后果自负！"

寇焱冷笑一声："天地之间，这九州万里，老夫要来便来，要走便走，谁能拦我？"话音未落，他已径直往山门中闯去。两人无奈挥剑刺向他的腰肋，意图逼他后退，谁知他双手左右一分，竟以空手抓住刺来的剑刃，跟着翻腕一扭，两人顿时拿不住剑柄，只得放手后退。寇焱将两柄长剑信手扔开，从两人中间闯入山门。

门内是处宽阔的庭院，院中林木森森，清幽肃静。寇焱认明方向，正待往二门闯去，突听空中传来"铮"的一声弦响，如明珠落入玉盘，清脆欲裂，回声悠然。他一听之下，不由怔在当场。

琴声徐缓连绵，如古刹梵唱，又如空谷击磬，令人心旷神怡。寇焱呆呆听得片刻，突然一声长叹："这琴声虽得妙仙真传，但终究不是妙仙。"

琴声被寇焱这声叹息打乱了从容不迫的气度，却在节奏将乱未乱之际戛然而止。就听二门中传来一声空灵如仙的应答："寇先生六识过人，晚辈的琴音正是传自居主。"

"你是妙仙弟子？"寇焱追问道。

那清冷的声音款款答道:"晚辈楚青霞,正是居主入室弟子。"

寇焱微微颔首:"妙仙有徒如此,天心居后继有人。"

话音刚落,就听门里响起一声刺耳的呵斥:"师妹你跟他啰唆什么?他是害咱们师父卧床十八年不起的大仇人,跟这魔头还有什么话好讲?梵音阵伺候!"

随着这声呵斥,就见两列白衣少女飘然而出,在庭院中各依方位站定,手执长剑将寇焱围在中央。领头的是个二十五六岁的高挑女子,柳眉含煞,凤目带恨,盯着寇焱喝道:"你害我师父沉疴不起,咱们早就想找你报仇雪恨。今日你还敢前来捣乱,真以为自己是不死金身?"

寇焱皱眉问道:"你也是妙仙弟子?"

"不错,我就是居主大弟子阎青云,今日要率众师妹为师父报仇雪恨!"说完她目视二门方向,喝道,"师妹,还不发动梵音阵?"

门里传来一声无奈的叹息,就听方才那个空灵的声音款款道:"寇先生,你还是走吧。梵音阵乃我师父近年独创,一经发动,任何人除了束手就擒再无他途。以寇先生的为人自然不会投降,但你越是挣扎,梵音阵的反击力就越大,届时你要再想平安脱身,可就千难万难。"

这话本是好意,寇焱听来却十分刺耳。他哈哈一笑,傲然道:"这梵音阵想必乃妙仙特意为我所创,老夫若不领教,岂不辜负了她一番美意?楚姑娘动手吧!"

二门里一阵静默,就在门外众少女有些不耐之时,突听"铮"的一声轻响,和缓舒惬的琴音渐渐响起,众少女立刻随着琴声的节奏移动步伐,迈着碎步缓缓向寇焱逼来,梵音阵终于发动了。

寇焱心知破不掉梵音阵,今日就别想闯进二门。他只得收摄心神,冷眼观察着梵音阵的动静。就见众少女走着曲线向自己步步逼近,长剑一击便退,如潮水般前赴后继,不给自己片刻的喘息。随着琴声渐渐转急,少女们的攻势越发强大,攻击圈也渐渐开始缩小。

寇焱游斗了数十招,渐渐熟悉梵音阵的节奏和运转,立刻倾全力反击,谁知他刚一出手,突听乐声陡变,如黄钟大吕般振聋发聩,令人血脉也不禁为之澎湃。寇焱只感到心中杀气陡涨,直欲择人而噬,他双掌连挥,掌力怒涛般涌出,一连击退数名白衣少女。但众少女攻击连绵不绝,凛然不惧,寇焱只感到琴声如剑,入耳森寒刺骨,而身周长剑似风,更助长了琴声的凌厉。他空有一身惊世骇俗的武功,在梵音阵中,却有一种茫然无助的孤独和无力感,被困多时,竟不能破阵而出。他心中越发焦急,猛然咬破舌尖,将自己的潜能发挥到极致,跟着奋不顾身扑向二门。他知道琴声是梵音阵的关键,只要断掉琴弦,梵音阵即不攻而破。

衣衫被利刃划破,剑锋甚至破体入肉,他却不管不顾,一掌震开拦在门前的阎青云,强闯进二门。二门天井中,一个青衫少女垂目盘膝端坐,正全神贯注手抚琴弦,琴声急急如万马奔腾,凌厉之气惊天动地。寇焱正欲挥掌劈向那少女头顶,突然发觉她抚琴的神态,与十八年前的素妙仙依稀相似,他心中一软,挥向少女头顶的手掌在半空中变向,斩在了急颤的琴弦之上。琴弦"嗡"的一声震鸣,立刻应声而断。寇焱正待舒口长气,却见众少女追击而入,长剑凛冽如狂,剑阵丝毫不乱,反而比方才更盛了几分。

寇焱心中大骇,没想到琴音断后,剑阵的威力反而更盛。他一边抵挡着众少女的围攻,一边寻找剑阵的破绽,却见中央那抚琴的少女对场中的恶斗视而不见,只摸索着换上断掉的琴弦。琴声再响,剑阵立刻随着琴声的节奏而动,压力反而小了许多。

寇焱聪明绝顶,立刻明白了其中的关键,他不再一味强攻,反而缓下身手。琴声随着他出手的节奏渐渐平缓下来,时而如空谷鸟鸣,时而又如古刹磬音,令人心中生出一种天然的宁静和空灵。

琴声一缓，剑阵也平缓下来，寇焱心中的杀气渐渐平复，出手自然平和了许多，最后彻底停了下来。那盘膝而坐的少女嘴角泛起一丝浅浅的微笑，扬起头对寇焱轻声道："寇先生聪明绝顶，这梵音阵的奥秘已被你看破，这阵就再也困不住你。你可以去见妙仙居主，她就在后院第三间。"

寇焱惊讶地打量着眼前这空灵清秀的少女，发觉她两眼茫茫，虽朝着自己，却完全视而不见，竟然是个瞎子。他心中不禁生出一丝感慨，叹道："也只有像楚姑娘这样眼盲心明的弟子，才学得到妙仙冠绝天下的琴音，她果然没有收错弟子。"

楚青霞淡淡笑道："师父特为寇先生创下这梵音阵，希望寇先生能真正明白。"

寇焱连连点头："明白，老夫完全明白。她是要我记得，这世界就如同梵音阵，你越是使用暴力，受到的反击就会越大。琴声就如同天心居所尊崇的天心，虽然限制了老夫的暴力，但同时也节制着世界的暴力。方才老夫若是妄开杀戮，彻底灭了琴音，梵音阵失去节制，老夫反而会被困死在这梵音阵中，双方不死不休。"

楚青霞欣慰地点点头，起身让开去路，拱手示意："寇先生既然明白这个道理，梵音阵就算是破了。请吧！"

寇焱见儿子已经跟了进来，便向他一招手："跟我来！"

二人进入后院，照楚青霞的指点来到第三间。静立在门外，寇焱脸上的表情异常复杂，犹犹豫豫似乎不敢进门。他深吸了几口气，才轻轻推开了房门。

门里是间素雅洁净的云房，两个老姑子正守在床前，脸色凝重，又有些手足无措。寇焱轻手轻脚来到二人身旁，悄声问："妙仙居主现在怎样了？"

两个姑子黯然摇摇头,其中一个低声道:"妙仙居主已经昏迷了三天,恐怕……是不行了。"

寇焱挥挥手,两个姑子知趣地退了出去。寇焱打量着床上的病人,只见她面容枯槁,呼吸细微,但依旧掩不去曾经的风采。寇元杰跟在父亲身后,好奇地打量着父亲多次提过的对手,幸灾乐祸地笑道:"这就是害得爹爹十八年不能踏足中原半步的素妙仙?看模样她是挨不过今晚了,爹爹千里迢迢赶来为她送行,就是要她看看,你将来如何纵横天下吧?"

话音未落,寇焱突然一掌掼在儿子脸上,打得他直跌出去。寇元杰捂着肿起的脸,既委屈又惊讶地望着父亲,不知道自己说错了什么。只见寇焱双目隐含泪花,抖着手指着儿子,颤声道:"你过来!"

寇元杰畏畏缩缩地来到床前,就见父亲往地上一指:"跪下!"

从未见过父亲脸上的表情如此骇人,寇元杰不敢多问,乖乖地跪在床前。寇焱不再理会儿子,双掌运气贴在素妙仙胸前,在他内力的催动下,素妙仙一阵喘息,缓缓睁开了双目。突然看到面前的寇焱,她没有一丝意外,神情复杂地轻声道:"你……终于还是来了。"

寇焱脸上浮现出一丝怜惜,点了点头,突然指向跪在一旁的儿子:"你看我带谁来了,他叫寇元杰,今年刚满十八岁。"

"元杰?"素妙仙急忙转头望向寇元杰,眼中又惊又喜,她挣扎着抬起手臂,抖着手伸了过去。寇元杰本能地要转头避开,但对方眼中那种惊喜和慈爱,令他有些不忍,便任她的手抚上自己的脸颊。素妙仙眼中涌出激动的泪花,仔细打量着寇元杰,不住喃喃道:"元杰,你就是元杰……过来,过来让我抱抱。"

寇元杰终于忍无可忍,猛然站起身对父亲大声道:"爹,我实在受够了这疯女人,咱们为什么要千里迢迢赶来给她送终?"

寇焱望着儿子,一字一顿地道:"因为,她就是你的母亲,生身母亲!"

寇元杰心中如中巨杵,不由怔在当场。望望病入膏肓的素妙仙,又望望一脸肃然的父亲,他拼命摇头:"不会!我的母亲怎会是她?你不是告诉过我,我的母亲早死了吗?我的母亲怎么会是这可恶的女人?"

寇焱正想解释,素妙仙挣扎着坐起,对他吃力地道:"能不能……让我单独和元杰待一会儿?"

寇焱点点头,默默地退出了房门。素妙仙含泪打量着寇元杰,向他招手道:"元杰,你过来。"

寇元杰本待拒绝,但面前这女人眼中那满盈的慈爱和怜惜,像潮水一般包围着他,温暖着他,令他无力抗拒。不是生母,怎会有如此博大汹涌的挚爱?他犹豫片刻,终于一步步向她走去……

寇焱矗立在门外的台阶前,面无表情地两眼望天,犹如雕像般纹丝不动。在离他不远的后院门外,阎青云与楚青霞等天心居弟子也静静地等在那里。屋里已经很久没有动静,整个天心居,也完全静默无声。

"娘——"一声撕心裂肺的哭喊,像利剑一般划破了天地的宁静。这声音也像剑一般刺入了寇焱的耳朵,他感觉心窝突如针扎般疼痛,令他几乎浑身痉挛。压抑许久的泪水,终于突破强力的压制,毫无顾忌地夺眶而出。

"娘,您别走!您怎么能忍心丢下孩儿?我才刚刚……刚刚见您一面……"寇元杰撕心裂肺的哭喊,在寂静的天心居轰然回荡。天心居众弟子听到这哭喊,纷纷奔了过来,却在门外被寇焱冷厉的眼神拦住。众弟子从未想到这十八年前名震江湖的魔头,竟会当众流泪,甚至是为居主流泪,不由被他的眼神震慑,不敢近前一步。

屋里的哭声一直持续了许久,最后变成间歇的抽泣。寇焱面无表情地立在门外,像亘古不变的雕像,久久不曾移动。脸上的泪水早已被风吹干,但心中的隐痛,却永远封存在心灵最深处。

天色暗下来，又重新亮起，整整一天一夜，寇焱立在门外不曾挪动半步。天心居的弟子已陆续散去，只有双目皆盲的楚青霞，还怀抱瑶琴立在长廊尽头，静得让人几乎感觉不到她的存在。

云房的门应声而开，双目红肿、神色憔悴的寇元杰终于开门出来。仔细掩上房门，他步履蹒跚地来到父亲身边，默然良久，终于涩声问："爹，我娘是个什么样的人？"

寇焱眼中涌出复杂的情愫，叹道："你娘是天底下最美丽、最善良的女人，如果你无法想象她有多善良，就想想传说中救苦救难的观世音菩萨吧。"

见儿子眼中依旧茫然，寇焱扶着他在门前的台阶上坐了下来。他目视虚空静默良久，这才缓缓道："我就给你讲讲十八年前魔门的辉煌，以及我跟你娘那场惊天动地、名留四海的决斗吧。也正是因为那场决斗，为父十八年来不能踏足中原，你十八年来不知生母，更没享受到半分的母爱，也才造成了你偏激狠厉的性格。为父实在有些对不起你。"

寇元杰黯然摇摇头："我只想知道我母亲是个什么样的人，您跟她之间，有过怎样的恩怨情仇？"

寇焱沉默良久，缓缓道："十八年前，魔门在中原风生水起，在为父的苦心经营下，势力逐渐强大，隐然有与朝廷分庭抗礼之势，少林、武当等所谓名门正派，也尽数败在本门手中。朱氏王朝当年借助我拜火教的势力夺得江山后，对本教严厉镇压，是本教不共戴天的仇敌，所以为父当年欲趁势举事，与朱氏王朝再争天下。就在这时，天心居却突然给为父下了一封战书。"

说到这里寇焱叹了口气："天心居一向超然红尘俗世之上，从不过问江湖俗事，天心居弟子也很少在江湖行走，不过凡入世的弟子，武功皆到了超凡入圣的境地，所以，天心居被江湖中人视为俯瞰天下的仙家福地。面对天心居的挑战，为父当然不能退缩，我要一举击败中原武林精神上最后的寄托和偶像，使武林中人尽皆慑服于本门的威势。所以，我答应了天心居的挑战，并与之约定，败者退出江湖，在胜利者有生之年，决不踏足中原半步。"

寇元杰有些惊讶地望着敬若神明的父亲，不可思议问："你败给了我娘？"

寇焱点点头，跟着又摇摇头，爱怜地望着儿子淡然道："为父是败给了你。"

"败给我？"寇元杰一脸茫然，"此话怎讲？"

寇焱叹道："当年为父虽自认武功天下第一，但有关天心居的传说几近神话，所以为父一点不敢大意，一边勤修苦练，一边找高手磨砺自己的杀气。想当年那些浪得虚名的少林、武当等派高手，不知有多少成了我练功的拳靶，非死即伤，我寇焱所到之处，人人自危，许多高手甚至宁愿自杀也不敢与我动手。就在我踌躇满志、感慨无敌寂寞之际，遇到了一位令我终生难忘的女子。"

寇焱幽寒冷厉的眼中泛起无尽的温柔，遥望星空喃喃道："她像是来自天界的仙姬，又像是不食人间烟火的精灵，美得令人不敢直视。在奔涌不息的黄河岸边，她以妙绝天下的琴音，安抚了我躁乱的心。我第一次为一个女人动了真情，彻底拜倒在她面前，那是我生命中最快乐的时光。在黄河岸边，在咆哮的黄河和她妙绝天下的琴音伴和下，我日日闻鸡起舞，武功突飞猛进。我们琴瑟相和，世界在我眼里，第一次变得那么可爱，那么美好。"

寇焱眼中的欣喜渐渐黯淡下来："但一个月后她不见了，像出现时一样突然。我动用魔门的力量找遍黄河两岸，找遍三山五岳，依旧找不到有关她的任何消息，她就像来自天界的仙子，偷得片刻欢愉后，就被王母娘娘抓回了天界。我曾对天发誓，就算她来自天界，我也要大闹天宫找到她。但是，凡人终究是凡人，我最终还是没能找到她。半年后，与天心居约定的日子来临，我只得将这份感情深埋心底，去继续我争霸天下的梦想。"突然他苦涩一笑："我万万没想到，就在我已经彻底绝望的时候，她却突然出现在我眼前，又是以那样一种身份出现在我眼前！"

寇焱的眼中涌动着纷乱的情愫，遥望虚空默然无语，他的思绪又回到了过去，回到了这一生中唯一一败的战场……

高高的黄鹤楼上，空荡荡不见一个人影。正当壮年的寇焱端坐楼中，俯瞰着黄鹤楼外那浩浩长江，俯瞰着楼下蝼蚁般的江湖群雄，静等着天心居派出的代表。

楼下传来略显沉重的脚步声，听其步法滞重，不像是传说中以飘然轻灵著称的天心居高手。寇焱心中有些奇怪，不过也没有怀疑来人的身份。整个黄鹤楼都被魔门长老重重把守，除了身负天心剑的天心居传人，外人根本不可能在这个时候闯入黄鹤楼。

脚步声在身后停了下来，寇焱没有回头，只望着远方那奔流不息的江水淡淡道："你来迟了。"

"妾身身子略有不适，不敢急走，因此来迟，请寇先生见谅。"身后传来一个清冷柔美的声音。

听到这熟悉的声音，寇焱惊讶地回过头，只见那个让他这半年多来苦寻不得的梦中仙子，此刻就立在自己身后。她依旧像过去一样白衫如雪，清秀脱俗，只是，她比半年前丰盈了许多，尤其那微微凸起的肚子，使她看起来多了一种母性的容光。

寇焱望着她背后那柄独特的天心剑，惊得目瞪口呆："你……你是天心居传人？"

那女子盈盈一拜："天心居第十七代弟子素妙仙，见过魔门门主寇先生。"

寇焱只感到世界突然变得异常荒谬,自己一生中最重要的女人,竟然就是一生中最重要的对手!他打量着她凸起的肚子,诧异地问:"你怀孕了?"

素妙仙红着脸点了点头,抚着自己的小腹轻声道:"已经六个多月了。"

六个多月?那正是她与自己在黄河岸边琴瑟相和的时候。寇焱心中一颤,忍不住脱口惊呼:"是我的孩子?这是我寇焱的孩子?"

见素妙仙肯定地点了点头,寇焱喜得手舞足蹈,在心中不住地对自己说:我有孩子了!我有孩子了!

见她依旧站在那里,他连忙小心翼翼地扶她坐下来,不住嘴地叮嘱道:"怀孕后不能久站,快快坐下歇着。你想吃什么,我立刻让人送来!"

在扶她坐下的时候,寇焱的手无意间碰到了她背上的天心剑。他的手像被蝎子扎了一般缩了回去,喜悦也渐渐从脸上褪去。眼神复杂地望着面前的女子,他涩声问:"你今日突然在此出现,不仅仅是来告诉我你有了咱们的孩子这喜讯的吧?"

素妙仙脸上的幸福红晕渐渐退去,她坦然望着寇焱点了点头:"我是代表天心居出战的弟子,我将与你在此做生死一战。"

寇焱的脸色渐渐冷了下来,突然哈哈大笑:"你以为用腹中的孩子就可以要挟我,让我放弃整个天下?那你可就小看了我寇焱!这都是天心居的周密计划吧?你们在我面前没有必胜的把握,便让你故意接近我,勾引我,怀上我的孩子后再以此来要挟。一个别有用心的女人,加上个未出世的孩子,难道就要我放弃争霸天下?真是笑话!"

"你错了!"素妙仙突然涨红了脸,"我接近你虽然是别有用心,但也只是想窥探你武功的深浅和破绽,同时也是要阻止你继续找武林高手来练功。后来发生的一切,实在非我本意,只是……只是这一切发生时,我已是身不由己。"

寇焱见她楚楚可怜的模样,心中一软,连忙柔声道:"妙仙,既然如此,就跟我走吧。江湖中的事跟你一个弱女子半点关系也没有,咱们可以像半年前那样,夫唱妇随,琴瑟相和,做一对逍遥快活的同命鸳鸯。"

素妙仙扬起头凝望着寇焱,眼中满是期待:"如果你能放下胸中的杀心,我就跟你走。"

寇焱一怔,怒道:"我不能为了你和孩子,就放下本门先辈与朱氏王朝的深仇大恨,我更不能背叛本门千百万先辈和数十万教众!"

"既然如此,我便代表天心居,与寇先生做殊死决战。"素妙仙挣扎着站起身来,径直看着威震天下的魔门门主。

寇焱气得浑身乱颤,强压怒火耐心劝道:"妙仙,这一战对你真有那么重要?天心居的荣誉真有那么重要?在我面前,你能有多大胜算?你就算不为自己考虑,也该为腹中的孩子考虑吧,难道你忍心让他为天心居殉葬?"

素妙仙低头抚着自己凸起的小腹,黯然道:"若我没有怀孕,多少还有一点机会,但现在……"略顿了顿,她抬头对寇焱微微摇了摇头:"我不是为什么荣誉。我虽不忍心伤害未出世的孩子,但一想到魔门一旦举事,战端一起,天下不知有多少孩子会被战火吞没,我就不能不站出来,尽我所能去阻止。孩子腹中有知,也一定能明白为娘的苦心。"

寇焱望着一脸坦然的素妙仙,沉声问:"你决定了?"

素妙仙捋捋鬓发,平静地道:"我决定了。"

寇焱不再说什么,突然飞身扑下楼去,片刻后他手执长剑飞身而回。他已经有十年没用过兵刃了,现在突然拿起兵刃,显然是不忍心用自己的手杀死深爱的女人和未出世的孩子，用兵刃可以稍稍减轻他的不忍，他已动了杀心。抬剑遥指素妙仙，他厉声喝道："谁敢阻我争霸天下，我遇神杀神，见佛灭佛！就算是自己深爱的女人和孩子也不例外！你让不让？"

素妙仙抬头遥望茫茫苍穹，脸上焕发着神圣的容光。她对着苍穹喃喃道："天心不死，佛道不灭。弟子素妙仙，愿为天下人牺牲。"

面对一个身怀六甲的女人，寇焱第一次生出无能为力的感觉。他那睥睨天下的雄心和霸气，第一次感受到一种从未有过的威胁，面对这种威胁，除了彻底将其消灭，根本没有半点妥协的余地。他终于挥剑斩向了自己深爱的女人和孩子。

天心剑应声出鞘，挡住了刺来的利刃。天心居的武功是传说中的神话，即便由身怀六甲的素妙仙使将出来，寇焱也不敢有半点大意。前百招寇焱竟占不到半点便宜，但百招一过，素妙仙滞重的身体终于暴露出她最大的弱点，腾挪躲闪之际，她要比旁人付出更大的努力。

眼见素妙仙额上渗出了豆大的汗珠，一手仗剑，一手托着凸起的肚子，其狼狈之态实在令人不忍目睹，寇焱既心痛又恼怒，对着楼下群雄放声高呼："莽莽江湖，难道就没有一个勇士了吗，要让一个孕妇来送死？"

楼下群雄在寇焱的积威之下，噤若寒蝉。寇焱眼看激将不成，又放声高叫："看到了吧，这就是超然江湖之上、人人敬仰的天心居，居然以这种卑劣的手段来要挟寇某，难道不怕被天下人耻笑？"

素妙仙道："你不用白费力气了。我个人的名节，天心居的清誉，与天下人的安宁比起来，实在微不足道。无论你如何讥笑嘲讽，我都不会放弃。你要争霸天下，就必须从我和孩子的鲜血上踏过去。你无视别人的女人和孩子，就必须先杀了自己的女人和孩子。"

方才的激斗已动了胎气，素妙仙的脸色越发苍白，身子颤抖，摇摇欲倒，血迹从她衣裙下慢慢渗了出来，但她依旧以天心剑拄地，咬牙强忍。寇焱见状忙叫道："妙仙，你已做了自己能做的一切，认输吧。只要你弃剑认输，我保证不再滥杀无辜，我保证给天下人带来安宁。"

素妙仙已痛得说不出话来，却依旧坚定地摇了摇头。寇焱双眼赤红，嘶声高叫："既然如此，我成全你！"话音未落，必杀的一剑已闭眼挥出！

素妙仙已无力躲闪，只能勉强举剑一挡。强大的剑气势若迅雷，将她震得直飞出去，突然她丢开天心剑，抱着肚子凄声痛叫："孩子……我的孩子……"

婴儿软弱无力的啼哭，如蚊蚋一般细微，却像利刃劈开了寇焱坚硬的心脏。他双眼渗血，折剑大叫："你赢了！你终于赢了！我寇焱及魔门上下，在你素妙仙有生之年，决不踏足中原半步！"

抖着手抱起血泊中早产的孩子，寇焱对着奄奄一息的素妙仙厉声怒啸："你是天底下最狠毒的母亲，我恨你！你永远也别想再见到这个孩子！永远！"

将孩子裹入怀中，寇焱飞身跃下黄鹤楼，奔马般向西疾驰而去。几个来不及躲闪的汉子，被他撞得直飞出去，待落地时，浑身上下已软得像一团棉花，再找不到一块完好的骨头……

十八年前的往事，从父亲口中缓缓道来，依旧那么惊心动魄，依旧那么震撼人心。寇元杰呆呆地望着热泪盈眶的父亲，喃喃问道："我娘……竟是这样的人？她这样做，究竟是对还是不对？"

寇焱黯然摇头："不知道，为父也不知道。不过无论她做得对还是不对，我对她都只有由衷的敬仰。她的所作所为，绝不是凡人可以做到的。这，也许就是她所说的天心吧。"

缓缓站起身来，寇焱遥望浩渺苍穹，叹道："为父一生历经大小数百战，仅仅败过这一次，败给了你娘，败给了她的天心。"

父子二人并肩而立，仰望苍穹默然无语。

这时，立在长廊尽头的楚青霞，突然款款走了过来，摸索着推开了云房的门。寇元杰正要阻止，却被父亲拦住："让她跟你娘告别吧，她是你娘最喜爱的弟子。"

云房中响起低缓的琴音，如清风拂过大地，吹散了父子二人心头的沉重和哀伤。寇焱侧耳听得片刻，低声对儿子叹道："记住这女子，她将是魔门最危险的敌人，我从她身上，看到了你娘的影子。若不是看在你娘的面上，我现在就想毙了她。"

挽起儿子的手，寇焱大步走出天心居，遥望夜幕下苍茫的万里江山，昂然道："十八年了，为父终于再无约束羁绊，可以一展胸中抱负。听说今年河南大旱，饥民嗷嗷待哺，此乃天助我辈。我要立刻派人赶往河南，并让人联络瓦剌和倭人，共谋大事。大明江山，将在咱们父子手中彻底颠覆！"

寇元杰低着头没有回应，他第一次觉得，这些曾令他热血澎湃的雄心壮志，失去了令人兴奋和激动的魅力。

二、济生

烈日如火，大地如锅，将天地万物肆意烘烤煎熬，使曾经郁郁葱葱的苍山、良田，波光粼粼的湖泊、河流，生机勃勃的城镇、农庄，变成了一片片触目惊心的赤黄。就在这四野一色的赤黄中，一辆舒适华美的马车，带着江南的浓浓绿意，渐渐驶入了赤地千里的河南。

马车奔行在黄尘漫漫的官道中央，马车后，追着一群衣衫褴褛的男女老少，其中又以老弱妇孺为主，人人争相向马车伸出手，不住哀叫着："行行好！给点吃的吧！"

"走开走开！咱们也没有吃的了！"赶车的老者连连甩出几个响鞭，却根本无法吓退被饥饿折磨得奄奄一息的人们。马车无奈停了下来，老者望着围上来的饥民，有些束手无策。

"外面为何如此吵闹？"紧闭的马车车厢中，传出一个病恹恹的声音，完全软弱无力。

赶车的老者连忙答道："公子，是饥民拦路乞食。"

"那就将咱们的粮食，分些给他们吧。"

"可是，咱们的粮食也已告罄。"

马车中沉默良久，就听先前那病恹恹的声音道："明珠，扶我下去看看。"

车帘撩起，一个面色苍白、身形瘦弱的年轻书生，被一个明秀的少女小心翼翼地扶了下来。二人衣饰华美，容貌俊秀，在众多衣衫褴褛的饥民中，显得十分扎眼。

炽烈的阳光刺得人睁不开眼，书生眯起眼适应了片刻，才抬眼四下望去，立刻被眼前的情形震惊了。只见马车周围跪满了瘦骨嶙峋、衣不遮体的老弱妇孺，人人眼中充满了对食物的渴求和企盼；极目望去，四野完全看不到一丝绿色，除了黄土就是青石，天地间的绿色，似乎一夜之间就已经消失殆尽。

"这……这是怎么回事？"书生惊讶地问。

赶车的老者连忙解释道："公子有所不知，这里已是河南地界，今年入夏以来，河南遭受了百年不遇的大旱。虽说朝廷拨下了赈灾的粮款，但也只是杯水车薪，加上贪官污吏层层盘剥，真正能到百姓手中的，实在微不足道，所以河南便成了这副模样。"

饥民中突然传出一声撕心裂肺的哭号，一个婴儿在母亲干瘪的乳房前断了气。除了那可怜的母亲孤独的哭喊，旁人脸上尽皆木无表情，当死亡成为司空见惯的事后，谁都不会再为之动容。

书生不顾老者和少女的阻拦，抱起那个枯萎的小生命，一脸的愧疚和自责。他一扫先前的颓丧和漠然，转头对老者道："筱伯，快想办法救救他们。"

老者为难地叹了口气，"咱们的干粮早已分给了沿途的饥民，实在无能为力。"

"咱们总不能什么也不做吧？"书生说着将目光转向了拉车的两匹骏马，他心有不忍地捋捋马鬃，猛然背过身去，对筱伯沉声道，"杀马！好歹要让大家饱餐一顿。"

筱伯叹息道："就这两匹马，也救不了几个人。"

书生略一沉吟，毅然道："留下一匹马给这些灾民，咱们立刻赶回江南，尽可能多买些粮食运到受灾的地方，救得一人是一人。"

见书生匆匆登上马车，老者与少女交换了一个欣喜的眼神。他们从书生眼中看到了久违的生气和活力，那个聪颖机智、对生活充满热情的千门公子襄又回来了！

自舒亚男于杭州道别，抛下云襄独自离去后，云襄气得吐血晕倒。他怎么也不相信自己与舒亚男之间发生的一切，竟然只是她精心设的骗局。他恨她欺骗自己的感情，但更多的则是忘不掉那个特立独行、坚强刚毅、聪明绝顶的奇女子。

大仇已报，情人分手，云襄只感到生活一下子失去了目标和乐趣，甚至生命也变得了无意义。他整天如行尸走肉般茫然地活着，身体的伤病只是次因，更多则是因为心伤情灭。

明珠看在眼里，急在心上，但任她想尽一切办法，也无法让云襄恢复往日的神采。筱伯似乎对云襄更为了解，在万般无奈之下，他说服明珠作了个大胆的决定——带云襄去正在遭受旱灾的河南，让他去看看天下人的苦难。

马车载着三人，从舒适的江南赶到了地狱般的河南，当云襄看到这些挣扎在死亡线上的灾民时，他的善良本性被激活，暂时忘掉了个人的不幸和苦闷。看到他重新恢复生气，明珠自然欣喜若狂，恨不得与筱伯击掌相庆。

"还不快上车赶路，你俩在那里傻笑什么？"马车中传来云襄焦急的声音。明珠不好意思地冲筱伯吐吐舌头，连忙高声答应："来了来了，咱们立刻就走！"说着跳上马车，身形比方才轻快了许多。

筱伯兴冲冲地卸下一匹马交给灾民，然后掉转车头，挥鞭赶马。马车扬起漫天黄尘，向东方疾驰而去。

飘扬的旌旗渐渐从山坳外面升起,缓缓向山谷靠近,顺风飘来的除了隐约的马嘶,还有军中汉子粗鄙的玩笑。山谷深处,数十名黑衣汉子像蓄势待发的恶狼,静静地贴地而伏,人人纹丝不动,耐心地等待着猎物的靠近。

寇元杰置身于这些黑衣汉子中间,从乱石缝隙中望出去时,认出了旌旗上的字号。他转头问身旁的白发老者:"项长老,这好像是押运赈灾粮草的官兵,咱们是不是搞错了?"

白发老者咧嘴一笑:"没错,咱们伏击的就是他们。"见寇元杰有些不解,他耐心解释道:"少主有所不知,门主已下严令,绝不让一粒粮食进入河南。"

"这是为何?"寇元杰有些惊讶。

老者嘿嘿笑道:"河南大旱,灾情严重,门主已将其定为传教的首选之地。不过现在百姓的苦难还不够深重,对朝廷还抱有希望。咱们要想在这里立足,就必须加重百姓的苦难,只有让他们彻底陷入无望的绝境,本教才可以借着赈济灾民的义举,在百姓中开坛传教,吸引更多的人加入。人在吃饱喝足的时候,你给他山珍海味他都不稀罕;但在饿得奄奄一息的时候,就算给他一碗米汤他都会感恩戴德。这正是门主的高明之处。"

寇元杰恍然点头,正要拔剑,却被白发老者按住了剑柄。老者塞给他一根棍子,笑道:"不能用剑,少主请用这个。"

"这是为何?"寇元杰有些奇怪。

那老者笑道:"咱们还不能暴露,要让这些官兵看起来像是死在灾民手中的。"

寇元杰放眼望去,就见众汉子手中拿着的武器,都是些锄头、棍棒、石块什么的。这时那一小队官兵押着几辆马车已进入伏击圈,白发老者一声呼哨，率先一跃而出，如头狼般冲在最前方。数十名黑衣汉子齐声呐喊，从藏身处纷纷跃出，狼群般扑向陷入重围的猎物。

这一小队官兵毫无心理准备，遭此突袭立刻乱了阵脚，纷纷丢下马车返身而逃，却被埋伏在后方的黑衣汉子截住，彻底陷入包围。官兵们无心恋战，稍作抵抗就跪地投降，白发老者却向众手下示意——格杀勿论！

"你干什么？他们已经投降了！"寇元杰连忙阻止。

白发老者小声解释道："少主，咱们暂时还不能暴露身份，所以不能留任何活口。咱们要将劫案栽赃在灾民身上，这样才能让朝廷帮咱们逼灾民造反。"说着向手下一挥手，众人棍棒锄头齐出，片刻间便将数十名官兵尽皆打杀。

老者一边指挥众人将运粮的马车劫走，一边对寇元杰得意地笑道："这些粮草，将是咱们笼络人心的资本，可得好好收藏，善加利用。"

见寇元杰神色怔忪，面上殊无喜色，老者笑着恭维道："少主心地善良，见不惯这等血腥屠戮，属下完全理解。不过，争霸天下，就得从杀人开始，这可是门主的一贯思想。"

争霸天下，就得从杀人开始！寇元杰在心中默默念了一遍，突然觉得这理所当然的一句话，此刻却像铅一般沉重，压得人有些喘不过气来。

"收队！"随着老者一声吆喝，数十名黑衣汉子如来时一样，风一般消失在山谷深处。山谷中，只剩下一地的残尸和干涸的血迹，以及逐臭而来的乌鸦……

烈日之下，一队浩浩荡荡的马车蜿蜒在看不到尽头的官道上。队伍前方，骑在马上的云襄正手搭凉棚极目眺望。此时他依旧面带病容，但精神已恢复如初。

明珠白衣白马紧跟在云襄身旁，像初飞的小鸟一般兴奋。她虽然担心云襄劳累过度，不过看到他恢复了往日的精神，恢复了千门公子襄的神采，就不忍再阻他的兴头。只要他能重新振作，她就比任何人都要开心。

"公子，前方就要进入河南地界，咱们是不是歇歇再走？"筱伯纵马追了上来。他脸上戴着精致的人皮面具，这让他看起来就像个普通的老管家。

"救灾如救火，不能有片刻耽误，继续赶路。"云襄收回目光，挥手让车队加快了步伐。

在两山相夹的山谷中，在官道通过的大路两旁，上百名黑衣汉子如狼群静卧，寂静无声。

方才云襄虽极目眺望，但怎么能看到这山石后的埋伏？

"奇怪，这不像是官兵保护的赈灾粮草，谁会在这个时候运粮去河南？"项长老有些不解地嘀咕着。在他身旁，寇元杰也在百无聊赖地打量渐渐走近的猎物，走来的队伍中，保护粮草的只是些镖师打扮的汉子，人数也寥寥无几。突然，他发觉领头那人的身影竟然有些熟悉，凝目望去，立刻就认出那人正是曾经戏耍过自己的云襄。他眼中精光暴闪，右手不自觉地握住了腰间的剑柄。

他身旁的项长老见状心中暗喜，这几日的行动少主都意兴阑珊，完全不像在塞外时那般张狂，实在令人费解。今日难得见到少主有了杀人的欲望，他连忙讨好地笑道："我看少主难得有点兴致，今日就让少主打头阵，如何？"

寇元杰紧盯着渐渐走近的云襄，微微点了点头，沉声道："打头那个书生是我的，谁也别跟我抢！"

项长老连忙向身旁的随从吩咐："传话下去，打头那书生留给少主，违令者斩！"

命令口口相传，很快就人人知晓。寇元杰紧盯着越来越近的仇人，只感到胸中激荡着久违的杀气，他缓缓拔出宝剑，完全无视禁用刀剑的命令。

　　车队渐渐进入山谷，也进入了包围圈。不过这车队实在太过庞大，虽然前半部分已经进了山谷，但后方还有数十辆车拖在山谷外。项长老望望长长的车队，对寇元杰小声道："少主，这次的车马实在太多，咱们是不是暂缓动手，待调来更多兄弟后，再将它一口吞下？"话音刚落，寇元杰已一跃而起，挥剑高呼："动手！"众黑衣汉子应声跃出，狼群般向车队扑去。寇元杰提剑冲在最前方，径直奔向打头的云襄。他眼里只有云襄，他要将其生擒活捉，好生戏耍，以报昔日之仇。

　　突然面对狼群般扑来的敌人，云襄面上并无一丝惊慌。他从容地举起右手，身后的马车立刻撤去遮篷，露出一具具黑沉沉的强弓劲弩，齐刷刷指向扑来的人群。寇元杰见状大骇，连忙刹住身形，高叫"后退"，但魔门教众一时间哪能停得住？前面的刚停，又被后方涌上的同伴推挤着前进，毫无遮蔽地暴露在强弓劲弩之下。

　　云襄果断地将手向下一挥，一具具劲弩发出撼人心魄的震颤，一支支利箭带着死神的呼啸，雨点般飞向近在咫尺的魔门教众，箭镞入肉的短促声音、人体倒地的闷响，以及垂死前瘆人的惨呼，就像是来自地狱的诅咒，令人不寒而栗。

　　这是由机簧发射的诸葛连弩，一发十二支，每辆马车前后左右各装一具连弩，由藏在车中的两名弩手操作。一轮箭雨下来，魔门教众死伤过半，侥幸未死的，也被这突如其来的打击吓破了胆。

　　寇元杰仗着手中快剑，挑开了射来的箭雨，但身旁的教众已尽数倒下。他双目赤红地盯着数丈外的云襄，正欲奋不顾身继续冲锋，却被紧跟而来的项长老死死拉住。这魔门长老生怕他有闪失，急急叫道："少主快退！咱们中埋伏了！"

寇元杰挣开项长老的手,挺剑遥指云襄怒喝:"我不报今日之仇,誓不为人!"

云襄也认出了眼前的魔门少主,毫不畏惧地迎上对方几欲杀人的目光,冷冷道:"凡劫夺赈灾粮草者,杀无赦!"说着他再次举起了右手,马车上的弩手立刻开始装箭。

项长老见状大骇,连忙拉起寇元杰就走。寇元杰心有不甘地回头狠狠瞪了云襄一眼,才随项长老落荒而逃。

筱伯翻身下马,上前仔细查看了死在面前的黑衣汉子,回头对云襄忧心忡忡地道:"是魔门的人,看来他们已大举侵入中原了。"

云襄看到寇元杰时,就知道这段时间发生的众多劫粮血案,必是魔门所为。也正是那些血案令他心生警惕,才不惜花大价钱购买了这批诸葛连弩,并雇了数十名弩手埋伏在车中。这浩浩荡荡的车队,其首尾数十余辆马车皆是装有连弩的战车,只有中间的马车,才是真正的运粮车。为组织这支庞大的车队,云襄几乎倾家荡产,不过一想到河南的灾情,他就顾不得这些了。

"公子,咱们虽平安将粮草送到了河南地界,但如何放赈,却还是个难题。"筱伯纵马来到云襄身旁,担忧地道。这些粮草一旦送到灾民面前,必会引起哄抢,身强力壮的可能会抢到许多,就只苦了身单力薄的老弱妇孺。必须得有一个专门的机构负责,才能保证公平放赈。交给官府自然省事,但云襄又信不过官府。他沉吟片刻,决然道:"在受灾最重的州县,设济生堂分堂!在各地挑选德高望重的长者主持,咱们负责巡视,这样或许能保证这批粮食救活更多的百姓。"

筱伯不由提醒道:"这样做恐怕会引起朝廷猜忌,说公子在收买民心,意图不轨。闹不好,济生堂会被朝廷取缔。"

"顾不得这么多了,救人要紧。"云襄停了下,又道,"要不济生堂就别用我的名义,我与济生堂从此划清界限,除了在暗中资助,我与济生堂再无瓜葛。"

筱伯想了想，无奈道："也只有这样了，不过公子做下这么大的善事，却不求一点名声，让老朽也替公子有些不值。"

云襄不由笑道："静空大师当年立下济生堂的宏旨，也只是'老有所养，幼有所教，贫有所依，难有所助，鳏寡孤独病残者皆有所靠'，其中好像并没有求名一条。天下人不知我云襄没关系，只要我知道自己做过些什么，这就够了。"

"我也知道！"明珠用敬仰的目光望着精神焕发的云襄，喃喃道，"别人怎么看你我不管，你在我眼里，就是天底下最大的英雄！"

云襄感动地对明珠点点头，虽说他并无求名之心，但自己倾家荡产、排除万难赈济灾民的壮举，若无人得知，也多少有点遗憾。不过如今有明珠、有筱伯知道，也可知足了。要是亚男也知道……一想到舒亚男，云襄只感到心中一痛，原本喜悦的心情立刻烟消云散，脸上又泛起那种寂寥萧索的表情。

明珠察言观色，立刻察觉到云襄的异状，想问又不敢问，只得在心中暗自担忧。不过她也算聪颖，连忙转开话题道："咱们最好快点把这事办完，我都有些想念佳佳了。"

佳佳是赵欣怡和南宫放的儿子，自赵欣怡死后，云襄就将他留在了身边，当成自己的孩子一般抚养疼爱。这次因为河南是灾区，就没有把他带在身边，而是留在了江南那处隐居的山村，由奶娘照看。听明珠提起佳佳，云襄果然暂时忘却心中的痛楚，对明珠笑道："要不你就先回去，这事有我和筱伯就行了。"

"才不！"明珠噘起小嘴，"难道就许你行善，不让我积德？"说着挥鞭赶马赶紧逃开，生怕云襄看出自己心底真正的意图。

"我要杀了那混蛋，我一定要杀了那家伙！"逃到安全地带的寇元杰,对着车队离去的方向气急败坏地怒吼。他甩开紧抓着他的项长老,厉声道:"快调集教中兄弟,咱们要为死难的兄弟们报仇!"

项长老身为魔门七大长老之一,手下自然不只这些人,不过魔门初入中原,人手实在匮乏,虽然个个是精兵,可好钢得用到刀刃上,像这样一下子折损上百兄弟,实在没法向门主交代。他心中只想着如何减轻自己的责任,哪有心思再去冒险?见寇元杰不住催促,他只得耐心解释道:"少主有所不知,属下手中虽然还有人马,但咱们初入中原,人手极其宝贵,每一个兄弟都是极其宝贵的财富,不可随意浪费。护卫这车队的镖师人数虽少,但个个气定神闲,显然皆非庸手。咱们再去冒险,就算能赢损失也必定惨重。"

"你若人手不够,我可以向我爹爹要啊!"寇元杰不依不饶。

项长老苦笑着摇摇头:"门主目前最主要的心思,放在与瓦剌和倭人结盟上,不可能将有限的人马,过多投入一个无关大局的战场。今日之仇咱们当然要报,不过不能是现在这个时候。"

"那你说在什么时候?"寇元杰怒道。

项长老略一沉吟,胸有成竹地笑道:"避其锐气,击其惰归,此乃兵法要旨。咱们最好等他们将粮草送到目的地后,再让兄弟们假扮灾民,鼓动百姓哄抢,趁乱再出手除掉那个害死咱们众多兄弟的穷书生。这样就可以以较少的人手,达到咱们的目的。"

寇元杰想了想,微微颔首道:"此计甚妙,你立刻着手去办。不过你要记住,咱们的对手可不是什么穷书生,而是新近在江湖上声名鹊起的千门公子襄!"

听到这名字,项长老也不禁悚然动容。虽然他才入中原不久,但对千门公子襄的大名和事迹,早有所闻。能与这样的对手一较高下,这让他既期待又兴奋。

公子襄,我要踏着你的尸体名扬天下!项长老在心中暗暗立下了一个远大的目标。

就在河南大旱、赤地千里之际，京城却一如既往地繁华喧嚣，一桩大喜事也正在如期举行。瓦剌四王子朗多与朝廷修好并迎娶一位郡主的消息，在朝野传扬开来，朝野上下都在为这次外交上的重大胜利欢呼。逐渐坐大的瓦剌，若能成为大明的友邦甚至藩属，这当然是国家之大幸。

瓦剌迎亲归国的队伍即将开拔，在长街逶迤数里。队伍前方，粗犷俊朗的朗多王子意气风发，眉宇间掩不住发自内心的喜悦。在他身后，衣甲鲜明、斧钺林立的御林军，护送着一辆华美豪阔的辇车，缓缓踏上了西去的旅程。

辇车中，舒亚男透过车帘的缝隙，痴痴地望着长街上的一切：熙熙攘攘的百姓、庄严巍峨的宫墙、街边驻足的路人、南腔北调的吆喝……这些再熟悉不过的街景和声音，此刻显得那样亲切，令她的依依不舍之情越发炽烈。

"扬州……甜糕……"远处隐约传来一声吆喝，带着浓浓的扬州韵味。她再也顾不得许多，突然撩开车帘，提着厚重的裙摆跳下马车。重重的凤冠有些碍事，她干脆摘下来扔回车上，然后寻着吆喝声传来的方向，提着裙摆旁若无人地向那里跑去。

送亲的御林军顿时手忙脚乱，不知该如何应付这突发情况；路旁围观的百姓大哗，纷纷挤过来看和亲的郡主，却又自觉地为她让开一条路。舒亚男追着那吆喝声来到一条小巷，追上沿街叫卖的小贩，用纯正的扬州话说道："老板，给我一笼甜糕！"

那小贩正诧异舒亚男的打扮，又被追来的御林军吓了一跳。听到舒亚男的话，他赶紧将一笼甜糕递了过去。见舒亚男慌忙在身上找钱，他连连摆手道："不用找了，这笼甜糕我送给姑娘。"

浑身上下披金戴银，却找不到一个铜板，舒亚男拔下头上一支凤钗，不由分说塞入小贩手中，这才捧着甜糕转身往回走。

朗多也追了过来，见状连忙赔着小心埋怨道："郡主，你要买东西，只需吩咐一声，在下立刻就让人去办，何必亲自动手，让人误会？"

郡主？舒亚男心中突然有些想笑。为了给她一个相应的身份，以便与朗多王子相配，一个王爷收他为义女，朝廷也赏了她一个郡主的身份。不过她既没见过那位义父，也没拿过朝廷一分俸禄。千道，这一切都不过是千道，只不过由朝廷来做，就换了个称呼，叫"政治"。

面对朗多殷勤递来的手，她没有拒绝，扶着他的手跳上辇车，然后垂下重重幔帐，将自己与世隔绝。捧着热腾腾的甜糕，她垂涎欲滴地舔了一舔，熟悉的味道直透心脾。想到这应该是自己今生能吃到的最后一笼扬州甜糕了，她不禁潸然泪下，再舍不得吃上一口。她将甜糕仔细包起来，她要将这最后一笼扬州甜糕，留作对故土永久的纪念。

辇车又徐徐上路，出西门向塞北前进。舒亚男透过幔帐的缝隙极目南望，希望能看到一只南飞的大雁，希望它能将自己最后的思念，带给远方那个愧对的人。想到那个既羸弱又坚强的男子，她不自觉地摸向自己的脖子，才发觉那里空空如也。自从她将那颗"心"摘下来后，她就拒绝在脖子上戴任何饰物。

突然她心如刀割，一头倒在辇车中，咬着锦被闷声痛哭。她开始后悔将那件关于他的唯一纪念物，也送给了别人。

突然的一阵心悸，令云襄不由自主捂住了自己的心窝。自从上次被舒亚男气得吐血后，他就留下了一个心痛的病根，时不时毫无征兆就一阵刺痛，每次一痛，就不由自主地想起那个让他爱恨难分的人。

"公子，胸口又痛了吗？"筱伯关切地问。

云襄点点头，又摆摆手道："不碍事，已经过去了。事情进展得怎样？"

"照您的吩咐，济生堂已在受灾最重的州县新开了十八处分堂，已将粮食分发下去，设在开封府这处济生堂是其中最大的一间，每次赈济的灾民都在万人以上。"筱伯絮絮叨叨地说着，突然有些愤愤不平，"娘的，咱们做善事，还要给他娘的官府送礼，要不他们就要找麻烦，真是让人气愤。"

"算了，就当是合理损耗吧。没有官府提供的便利，这事也不会这般顺利。再说以后咱们仰仗官府的地方还多，不能把关系搞僵了。"云襄说到这里顿了顿，打量着前方济生堂新挂的牌匾，有些担忧地问，"我交代的那事，准备得怎样了？"

筱伯点点头："公子放心，已经办妥。"

排队领粮的队伍，突然起了一阵骚乱，有汉子在高呼："他娘的，济生堂有的是粮食，每日却只给咱们喝点稀粥，这纯粹是在博个乐善好施的名声，哪是真正在做善事？不如抢他娘的！"

这呼声一起，立刻引得不少人附和，人们纷纷向前涌去，一时间秩序大乱。混乱中有几名衣衫褴褛的汉子向云襄靠过来，眼中隐有精光闪烁。冲在最前方的，赫然是伪装成灾民的寇元杰和魔门项长老。

云襄对突然发生的变故似乎早有预料，他目视身旁的筱伯，筱伯立刻向不远处打了个隐蔽的手势。周围一些灾民突然纷纷亮出短兵刃，转眼之间就将十几个假扮灾民的魔门教徒制服，另外那些受蛊惑起哄的灾民，立刻失了气焰，再不敢妄动。

寇元杰与项长老被无数强弓劲弩围在中间，他心有不甘地盯着云襄喝问："为什么？为什么你会知道咱们的计划？"

云襄淡淡笑道："因为我救助过无数灾民，是不是灾民一眼就能看出来，无论你伪装得多么巧妙都没用。从你派人混入灾民中散布流言开始，我就猜到了你下一步的计划，所以早已联络开封守军，在此张网等待。"

一个彪壮的"灾民"大步来到石阶前,登高呼道:"我是开封守备钟大寿,现传开封知府口谕:任何人胆敢抢劫赈灾粮饷,以叛逆罪论!"说完一挥手,众手下立刻对寇元杰和项长老高呼:"跪地投降!"

寇元杰与项长老背靠背贴身而立,与官兵无声对峙。云襄见状来到钟大寿身边,小声耳语了几句,钟大寿面有难色,不过在云襄再三请求下,他终于挥手让手下退开,给寇元杰和项长老让出了一条路。

"为什么放我走?"寇元杰有些不解地望着云襄,实在不知这诡计多端的家伙,又在使什么花招。就听云襄沉声道:"你若只是针对我,想报往日之仇,我不会与你计较。但你若是想抢赈灾粮草,我会毫不犹豫地除掉你!"说着他抬手指向周围的灾民:"你睁眼看看他们,看看他们现在的模样,难道你忍心夺去他们最后一点活命的粮食?"

寇元杰缓缓垂下了头,他不敢去看那些瘦弱得几近骷髅的同类,怕那些仇恨的目光,会将他刺得千疮百孔。他第一次觉得,自己在云襄面前真正败了,败得是如此干脆,如此彻底,以致他完全失去了扳回来的信心。

"你走吧!"云襄轻轻叹了口气,不再看寇元杰一眼,"你若是要找我报仇,我非常乐意奉陪。你若想动赈灾的粮草,就请先想想眼前这些奄奄一息的同类,然后看看头顶的青天,再摸摸自己的心窝,想清楚后再动手不迟。"

寇元杰不知自己是如何离开,又是如何出城的。当他来到开封城黄尘漫漫的郊外后,终于忍不住抬头望天,只见青天朗朗,深邃幽远,令人心底不由自主生出一丝敬畏。他仰望苍穹,在心中暗问:娘,这就是你所说的天心吗?

华美的辇车因一路风尘早已变得肮脏不堪,舒亚男终于忍无可忍准备下车骑马时,辇车外突然传来朗多的欢呼:"舒姑娘,咱们到了!"

虽然她现在的身份是郡主,但朗多还是喜欢叫她舒姑娘,他更喜欢鸿运大赌坊中见到的江湖奇女子。他知道舒亚男这郡主的身份是怎么回事,不过他完全不在乎。郡主的头衔只是为了应付父汗,一个没有出身来历的女人,是没有资格成为王妃的。

经过近一个月的长途跋涉,舒亚男早已厌倦了旅途,听说终于到了目的地,她的心中还是有几分欣喜。撩开幔帐往外眺望,只见广袤无垠的大草原尽头,散落着无数圆圆的敖包,像一个个巨大的蘑菇,盛开在绿色的漠北草原上。

数十骑彪壮的汉子纵马迎了上来,烈风吹起他们的鬈发和骏马的鬃毛,使他们显得越发粗犷张扬。朗多和几个随从纵马迎了上去,众人像孩子一般兴奋地嗷嗷大叫。舒亚男有些欣赏地望着他们在草原上炫耀精湛的骑术,心中竟有几分好感,不过她立刻在心中警告自己:这是大明朝的敌人,我千里迢迢来到这里,就是为了颠覆这个国家的。

身上的盛装早已换成了便服,她轻盈地跳下辇车,落地时突然感到一阵恶心,一股酸水涌上咽喉,她赶紧避到一旁,顾不得两个仆妇诧异的目光,蹲在车后呕吐不止。朗多远远看见,立刻纵马过来,不等骏马站稳就翻身跳下,扶着舒亚男关切地问:"郡主,是不是旅途劳顿,病了?"

"我没事,歇歇就好!"舒亚男推开朗多的手,神情有些怔忪。

朗多连忙对几个迎出来的瓦剌女人高声吩咐:"快扶郡主到大帐歇息,不得有丝毫怠慢。"说完转向舒亚男,柔声道:"我先去见父汗,你现在脸色苍白,精神疲惫,先歇息一日,待恢复元气后,我再带你去见父汗,让父汗为咱们主持婚礼。"

舒亚男呆呆地一言不发,任由几个瓦剌女人将她送入大帐。进帐后她又是一阵恶心,怎么也忍不住呕吐。几个瓦剌女人露出暧昧的表情，吃吃偷笑不已。舒亚男一怒之下，将她们全部赶了出去。在空无一人的大帐中，她终于静下心来，掰着指头算了算自己月信的日子，心中突然一阵惊慌，跟着又是一阵狂喜：我有孩子了！我有云襄的孩子了！

小心翼翼地抚着平坦的小腹，她激动得泪如泉涌，不禁低下头对这突然出现的小生命喃喃道："小云襄！小云襄！我是你娘，你知道我吗？"

她激动地在大帐中来回踱步，不知道该如何来宣泄自己的兴奋和喜悦。这大帐对她来说太压抑了，她撩开帐帘正想出去，突然看到了帐外伺候的几个瓦剌女人，以及远处几个负责守卫的瓦剌汉子。她的心一下子如坠冰窟，迈出的脚又收了回去。

躲回空无一人的大帐，她不禁软倒在帐中，心中自怨自艾：小云襄啊小云襄，你早不来晚不来，偏偏在这个时候来，你让为娘如何是好啊？

一种从未有过的强烈感情，渐渐占据了她的整个身心。她突然一跃而起，如落入陷阱的困兽般在帐中来回徘徊，眼里闪烁着炽烈的光芒。

不行！我要走！我要带你离开这里！娘决不能让你受到半点委屈。她在心里对腹中的小生命暗暗发誓，什么江山社稷，什么家国天下，在娘的心目中都不及你来得重要，我要带你去找你的爹爹，你不能一生下来就没有父亲，更不能认贼作父！你爹爹是聪明绝顶、英雄盖世的千门公子襄，这世上没有谁能够代替！

主意一定，她立刻着手准备。见大帐中准备有各色衣裙，她仔细挑了一件不太惹眼的瓦剌女装匆匆换上，然后抄起帐中挂着的一柄小马刀。轻轻将帐后的牛皮割开一个尺长的小口，看看外面无人守卫，她立刻从这道小口中悄悄钻了出去。

三、豪赌

大帐外已是暮色四合，天光朦胧。舒亚男仔细辩明方位，避开零星的守卫，往帐篷稀少处疾行，刚走出没多远，突然与一个撩帘而出的瓦剌女人差点撞了个满怀。两人都吃了一惊。舒亚男正欲将这女人拿下，却听她用蒙语友好地问道："你是别的部落的吗，我以前好像没见过你？"

舒亚男这才醒悟自己穿着瓦剌女人的服饰，朦胧中对方还没认出自己的身份。她连忙用蒙语答道："是的，我是朗多王子从南方带回来的女人。许久不见朗多王子回来，所以出来随便走走。"

为了更好地完成颠覆敌国的重任，舒亚男在向靳无双学习千术的同时，也苦学了蒙语，虽然还不算熟练，但一般的交流已没多大问题。那女人也没怀疑，向不远处一指："四王子正在大帐中与大汗议事，你顺着这条路去吧。"

舒亚男连忙告辞，向不远处那座大帐走去，走得几步她正欲往旁躲，却发觉那女人在好心地目送着她，大概是怕她走错，还不住指明方向。她只得硬着头皮一步步走向大帐，直到那女人的身影被敖包挡住，她才闪身避到隐秘处，此时离大帐已只有几步距离。

看那女人还在原地张望，她只得从大帐后面绕过去，以便躲开她的目光。刚潜行到大帐后，帐内一个熟悉的声音立刻引起了她的注意，那是四王子朗多的声音。此刻他的声音异常激动，正大声道："父汗，咱们若与魔门结盟，那是对大明背信弃义。咱们刚与大明签订和约，立刻又与魔门联手对付大明，如此反复无常，定会让天下人笑话。"

帐中有人阴阳怪气地道："四弟，你是想娶那个漂亮的汉女，才坚持与大明结盟的吧？大明与咱们可是世仇，不说当年大明开国皇帝朱元璋将我族先辈赶出了中原，就是咱们退到漠北后，还遭到他儿子朱棣的数度征伐，死伤极其惨重。这等血海深仇，你不会就忘了吧？咱们就算与大明签订和约，也不过是一时的权宜之计，只要时机成熟，随时可以撕毁。如今魔门重入中原，正是咱们报仇雪恨的大好时机。想那魔门门主寇焱一代枭雄，有他做内应，咱们问鼎中原指日可待！"

"二王兄，魔门与大明，哪方实力更强？"朗多高声质问。

那二王兄立刻答道："这还用问？大明拥有千万子民，百万里江山，自然不是区区几万魔门教徒可比的。"

"既然如此，咱们不与强者结盟，却与弱者携手对抗强者，这岂不是自取灭亡？"朗多问道。

那二王兄有些气急败坏地道："四弟这是在长他人志气，灭自己威风！大明国土虽广，子民虽众，但权臣弄权，官吏贪腐，根子已烂，只需一点外力就能将其推倒，根本不是想象中那般强大。"

"你错了！"朗多沉声道，"这次我出使大明，特意游历了许多地方，对大明的国力多少有些直观的了解。大明虽有不少问题，但基础还在，实力实在不可小觑。咱们若与魔门结盟，失去的是一个富裕的盟友，却多出了一个实力强大的敌人。"

"大明本来就是咱们的敌人！"

"大明国土辽阔,富庶天下,不会觊觎咱们这漠北贫瘠之地,怎会是敌人?"

"就因为它富,咱们才要抢!"

……

"好了好了,你们都别争了!"一个沙哑苍老的声音打断了两人的争吵,只听他沉声道,"为父已拿定主意,与魔门结盟,共谋大明江山。你们退下吧。"

"父汗!"朗多似乎还想争辩,只听那苍老的声音不耐烦地喝道:"你想娶那汉人郡主为妃,为父已答应下来,难道你为了个女人,竟不顾整个瓦剌的利益?别再说了,给为父退下!"

帐中沉默片刻,才响起了退出的脚步声。几个人方才虽然说的是蒙语,舒亚男也听明白了十之八九。她从藏身处向外望去,就见朗多垂头丧气地从帐中出来,一脸沮丧。舒亚男无意间得闻如此大事,心中不禁犹豫起来,沉吟半晌,她抚着小腹对那小生命悄声道:小云襄,待为娘办完一件大事后再走,也算不辜负千门前辈的栽培和重托。

舒亚男悄悄从原路返回,依旧从帐后的缝隙钻入帐中,刚将那道划开的缝隙遮好,朗多已撩帘大步进来。他没有注意到舒亚男已换了身衣裙,只垂着头满脸沮丧。舒亚男面带微笑迎上去,柔声问:"怎么了,有什么不开心吗?"

这一路上朗多还从没见过舒亚男如此温柔,顿时受宠若惊,心中也就越发愧疚,不禁低头涩声道:"亚男,我对不起你!"

"干吗这样说?"舒亚男笑着问,见朗多欲言又止,她又道,"咱们即将成为夫妻,有什么话不能说?如果你信不过我,又何必要娶我?"

朗多犹豫片刻,终于愧然道:"父汗打算撕毁与大明的和约,转而与魔门结盟,共谋大明江山。此事我已无力阻止,实在愧对大明朝廷和你。"

舒亚男早已知道这一节,故意装出几分惊讶的样子,跟着又不以为意地笑道:"我还以为多大个事,原来是这样。殿下不必为此烦恼,就让他们与大明翻脸、与魔门结盟好了。"

朗多有些吃惊地抬头望向舒亚男:"你不为大明担心?"

"有什么好担心的?"舒亚男呵呵笑道,"大明的国力你又不是不知道。再说朝廷对瓦剌又不是没有防备,早就派精锐重兵驻守边关,若瓦剌有背约之举,立刻就要挥师北伐。那些主战的将领早就想凭军功往上爬,若不是朝廷约束,只怕已在北伐的路上。我不为大明担心,倒有些为瓦剌担心,和约一毁,瓦剌拿什么来抵挡大明精锐?"

朗多闻言汗如雨下,当年大明永乐皇帝数度挥师征讨瓦剌,将瓦剌人打得一路北逃,闻风丧胆,如今永乐帝虽死,但大明军队威风犹存,令瓦剌人不敢轻易冒犯。朗多不由急得连连搓手,不住自问道:"这可如何是好?这可如何是好?"

舒亚男叹了口气,语气沉重地道:"我如今嫁给殿下,就是瓦剌的人,也不想瓦剌遭此大难。你若有决心有魄力,与魔门的结盟倒也不难阻止。"

朗多忙问:"如何阻止?"

舒亚男眼中渐渐闪出逼人的寒芒,神色从容地道:"杀了魔门使者,与魔门的结盟自然烟消云散。"

朗多闻言僵在当场,脸色阴晴难辨。舒亚男见状冷笑道:"男子汉大丈夫,行事当不拘小节,当断不断,必受其乱。"

朗多迟疑良久,终于轻呼一声:"来人!"

一个猎豹般的人影从帐外闪身而入,却是舒亚男以前见过的巴哲。朗多对这个忠心耿耿的随从沉声道:"巴哲,我以前待你如何?"

巴哲忙道："殿下待小人恩重如山，小人这条命是殿下所救，殿下便是小人的再生父母。"

朗多满意地点点头，沉声道："现在有一桩冒险的差事，十分凶险，不知你敢不敢做？"

"有何不敢？"巴哲坦然道，"无论上刀山还是下火海，殿下只管吩咐！"

"不用上刀山，也不用下火海，"朗多看着他的眼睛道，"我只要你把魔门使者的人头提来见我。"

巴哲面色微变。他知道利害，杀魔门使者不难，难的是坏了可汗大事，可汗对朗多这个宠爱的儿子最多责打一顿，自己却难逃一死。他脸上现出一丝悲壮，平静地点点头："殿下就等着巴哲的好消息吧！"说完转身出帐，决绝而去。

朗多心神不宁地在帐中来回踱步，眼里满是焦急。也不知过得多久，一阵旋风突然刮起帐帘，巴哲手提利刃闪身而入，将手中一颗血肉模糊的人头扔到朗多面前，沉声道："照殿下吩咐，巴哲不辱使命。"

"太好了！"朗多击掌赞叹，心中一块石头落地。他听听帐外动静，然后对巴哲小声吩咐道："你先找地方隐蔽，待我拿这人头去见父汗！"说着提起人头，大步出帐而去。

待朗多与巴哲离去后，舒亚男长舒了口气，抚着小腹对腹中的孩子道：小云襄，咱们已对得起千门前辈的栽培和重托，现在，为娘要带你去找你的爹爹，咱们立刻就走！

从帐后的缝隙钻出大帐，外面已是星月朦胧。舒亚男凭着记忆，蹑手蹑脚地潜行到拴马桩前，悄悄地解下了一匹快马。这时大帐方向突然传来一阵骚乱，想必是朗多先斩后奏杀魔门使者的行动引起的。

见瓦剌守卫的注意力全被大帐那边传来的声音吸引过去，舒亚男立即将马牵出营地，来到外面的大草原后翻身上马，借着天上的北斗七星辨明方向，然后朝着东南方纵马绝尘而去。

天明时分，受过鞭笞的朗多被几个随从抬回了大帐，见帐中空无一人，牛皮大帐后却有一道一尺多长的缝隙，直通帐外，他立刻就明白了。正好巴哲悄悄进来探视，朗多双目赤红地摘下自己的佩刀扔给他，嘶声道："无论那女人逃到了哪里，你都要给我将她带回来！若不能带回她，就给我带回她的尸体！"

巴哲领令而去后，朗多突然伏倒在地，发出了狼一般压抑的哭嚎。

辚辚而行的马车突然停了下来，正在车中研读《吕氏商经》的云襄，从数千年前吕不韦精明的商道论著中豁然惊觉，连忙从车帘缝隙往外望去。外面街道上挤满了人，在围观着什么，他皱着眉问道："筱伯，外面是怎么回事？车怎么停了？"

赶车的筱伯答道："好像是有人贴出了招贤榜，引得百姓围观，将街道也给堵了，咱们暂时无法通过。"

云襄推开身旁堆着的各色书籍坐直了身子，这些书是他从各地搜罗到的各种野史怪谈或旁门经典，也是他枯燥旅程的良伴。看书能让他暂时忘掉人世间的烦恼，也暂时忘掉对那个爱恨难分的女人的思念。

云襄搁下手中的《吕氏商经》，好奇地撩起车帘向外望去，就见那招贤榜斜对着马车窗口，从车中可以清晰地看到榜单上的大字："齐家庄庄主齐乐天，告天下能人异士，今有独子齐小山顽劣好赌，屡教不改，令人无计可施，不得已张榜招贤，谁若能帮其戒除赌瘾，愿以五千两纹银酬谢！"

云襄正在细看，就听筱伯笑着嘀咕道："这败家子，不知输掉了多少家财，才逼得他老爹不得不下这么大的血本。"

以当时的银价，普通人家二三十两银子就够一年的开销，五千两确实是一笔罕见的巨款，难怪引得那么多人围观。不过却不见有人揭榜，只听人们在七嘴八舌地议论："齐老爷的赏银又提高了五倍，不知还会不会有人揭榜？"

"我看悬，那齐家公子好赌也就罢了，却偏偏还有一副好身手，上次揭榜去劝他戒赌的周捕头，都被他打了个半死扔出来。除了不明底细的外乡人，谁还敢去惹那个小霸王？"

从众人七嘴八舌的议论中，云襄渐渐明白了事情的原委。他望着招贤榜沉吟良久，突然对筱伯道："筱伯，去将那榜替我揭了。"

筱伯有些意外："公子，咱们管这闲事干吗？再说你精于赌道，却未必善于劝人戒赌啊！"

云襄叹了口气："这次河南之行，把咱们积攒多年的家底全掏空了，我要再不想法子挣点钱，咱们不都得喝西北风？再说现在济生堂的摊子铺得那么大，没有钱维持怎么行？这《吕氏商经》倒是以钱生钱、经商谋利的圣典，只不过也太慢了些，对本钱的要求也太高。难得今日遇到这事，咱们何不去试试？成了就大赚五千两，不成最多让那恶少痛揍一顿，划得来，划得来！用《吕氏商经》上的话来说，就是'利大险小，可以一搏'。"

筱伯还想劝阻，明珠已鼓掌欢呼起来："好啊好啊！这一路云大哥就知埋头看书，都快闷出病来了。难得有机会活动活动，就当舒展一下筋骨。千门公子出马，什么事不手到擒来？"

筱伯无奈，只得挤过去揭下榜单，在人们或惊诧或好奇的目光中，赶着马车绝尘而去。马车走得多时，人们犹在议论："又是个不知死活的外乡人，这下有好戏看了！"

有好事者幸灾乐祸地笑道："我这就去通知齐公子，大家等着看好戏吧！"

人头攒动的富贵赌坊中，齐小山大马金刀傲然而坐，他面前的筹码已堆成了小山，看起来手气正旺。此刻他正扣着牌九，紧张地用手指头细细品咂，英俊的脸上眉头紧锁，汗珠隐然渗出。就在这时，一个混混模样的汉子挤入人群，对齐小山笑道："齐少爷，今日又有人揭齐老爷的榜了！"

"通杀！"齐小山突然大吼一声，将手中牌九猛然翻开，脸上的笑容也粲然绽放。在几个对手沮丧的目光中，他边将赢得的筹码仔细码好，边斜视那混混问道："是哪个不开眼的混蛋？少爷难得今日手气旺，谁敢在我耳边聒噪，老子不打断他的腿！"说话的同时，扔了一个筹码给那送信的混混打赏。

那混混接过筹码，顿时满脸堆笑："是个路过此地的外乡人，那马车咱们以前也没见过。揭榜的是赶车的奴仆，正主儿倒没看到。"

"再去帮我打探，来了通知我一声。"齐小山说着大声招呼几个对手，"不管他，大家继续下注，少爷我今天要大杀四方！"

赌局在继续，齐小山一边推着牌九，一边等着那不知趣的家伙送上门来挨揍。可惜左等右等不见踪影，他很快就将这事忘得一干二净，全身心地投入方寸间的搏杀之中。

赌坊为了让赌客们废寝忘食，长久流连，一天十二个时辰都在营业。专为豪客设置的贵宾厅中，四周不设窗户，完全靠几盏大宫灯照明，也没有铜壶滴漏记录时辰，置身其中能让人完全忘记日夜的变换。渴了饿了有侍女随时供应酒水糕点，困了隔壁就有红绡帐软玉床，甚至还有美姬侍寝，总之一句话，只要你身上还有钱，赌坊会想尽一切办法，让你忘记时间的概念。

齐小山不知已玩了多久，只知道对手换了一批又一批，他面前的筹码已完全堆不下，让人换成银票后也塞满了衣兜。他以前从未赢过这么多钱，终于赢得都有些厌倦了，正欲收起筹码离开，就见一个衣衫锦绣的富贵公子，施施然坐到了他面前。

齐小山有些诧异，今日他手气太好了，已经没有人敢上来和他对赌。见这富贵公子是个生面孔，他心中有些警惕，提醒道："我今日已经赢得差不多了，公子既然坐了下来，我就再陪你赌三把。每把一百两，无论输赢，三把一过，咱们就改日再来。"

"没问题，发牌。"富贵公子倒也爽快，掏出张银票交给赌坊的伙计，换成了三个百两的筹码，然后将一个筹码扔到中央。齐小山麻利地码牌砌牌，然后打骰子分牌。今日他已赢够，所以对这一百两银子的输赢也没怎么放在心上。不过手气旺的时候谁都挡不住，没想到三把下来，他面前又多了三百两银子的筹码。

"哈哈，看来今日赌神菩萨在罩着我。可惜我已赢够，咱们改日再来。"齐小山说着收起筹码，让赌坊的伙计全换成银票塞入怀中，拱手与那富贵公子告辞。那富贵公子追将出来，涎着脸小声道："公子赌技精湛，令人佩服，不知可否交个朋友？"

"好说好说！"齐小山边敷衍，边来到赌坊门外，正准备叫辆马车回家，就听那富贵公子叹道："公子这赌技，放在富贵赌坊这样的小场子，实在有些大材小用了，也对不起公子这过人的身手。"

齐小山心中生出一丝警惕，扫了对方一眼，淡淡道："我不知道你说的是什么意思。"

富贵公子意味深长地笑了笑："能在赌桌上常胜不败，绝不是靠运气就能做到的。我虽看不出公子的手法，但我坚信公子必非常人。"见齐小山面色微变，他连忙笑道："公子别误会，我没别的意思，只是想请公子帮一个忙。"

"什么忙？"齐小山心中越发戒备。

富贵公子满脸诚恳地小声道："不瞒您说，我也好赌，不过通常只是参加一些私人的场子。最近我常在湖州一个大户家中玩，那里都是些南来北往的大商贾，个个富得流油，赌得也大，还都是些不开事的凯子。本来我是想去捞点零花钱，谁知技术不到家，玩了几日钱没赢着，倒输进去不少，所以才想着到赌坊找个高手帮忙。我见公子今日在赌坊的气派，便知遇到了高手，所以想请公子帮忙，去搞点小钱花花。"

湖州离这里不过百里之遥，却是巨商富贾云集的繁华所在，仅次于扬州、金陵等名城，对那里的私人场子齐小山也有所耳闻。不过他知道自己那点货色，完全是久赌成精自学成才，在这小县城骗骗土财主还行，要拿到大场子上去玩可就心中没底了。他连忙摆手道："这位公子误会了，我赌钱一向靠运气，再说我也不习惯去私人场合。"

富贵公子连忙道："公子何必自谦，就先去看看如何？如果觉得没有把握，我也不敢要公子出手。如果觉得事情可行，咱们再商量。我不敢让公子破费冒险，一切费用皆由我来出。输了算我的，赢了咱们一九分账，你看如何？"

齐小山听说不用出本钱就可以去赌，不禁有些心动，但他还有些顾虑，便迟疑道："去看看倒也无妨，不过万一咱们失手，会怎样？另外，私人场合，赢了钱拿不拿得走，那也是一个问题。"

"这个你不用担心。"富贵公子面露得色地笑道，"我不妨给你透个底，我姐夫就是湖州知府，看场的打手有些还是知府衙门的捕快，你说咱们赢了钱能不能拿走？那些玩家都是做大买卖的商贾，咱们就算失手，他们也不敢把咱们怎么样。"

齐小山想了想，沉吟道："那你等我先回一趟家，明日一早我跟你去看看再说。"他不是傻瓜，身上揣着几千两银子上路，不被人打劫才怪。他打算只带几十两银子去看看热闹，就当去湖州玩一趟，成不成再另说。

富贵公子连忙拱手道："那我明日一早就到这里来接公子。小弟姓林，在湖州也还算得上一号人物，公子以后在湖州有用得着的地方，尽可开口。"

"原来是林公子，在下齐小山，以后还要林公子多多关照。"齐小山打了个哈哈，这才拱手告辞。这事他并没怎么放在心上，只想着回去后怎样应付老爹的责骂和愤怒。

还好，家中显得比较平静。齐老爷对这个嗜赌如命的儿子似乎早已死心，只要他不偷家里的古玩去变卖筹赌资，也就懒得再过问。齐小山见状暗舒了口气，蹑手蹑脚地回到自己的房间。见新婚不久的妻子早已睡下，他也就没有惊动她，只悄悄将赢来的银票藏在隐秘处，然后在她旁边躺了下来。

其实齐小山还不到娶妻的年龄，不过齐老爷为了戒掉他的赌瘾，提前给他娶了媳妇，只希望有个老婆能管住儿子，不过现在看来，这个愿望也落空了。

齐小山做完这一切，总算定下心来，这才带着赢钱后的惬意和满足，蒙蒙眬眬地睡去。

湖州虽不及扬州、杭州、金陵等名城繁华，却也是江南有名的富庶之地，富商巨贾云集。当齐小山随林公子来到这里时，不禁为它的繁华倾倒。虽然他的家乡离湖州并不算远，但他还是第一次来玩。

林公子先在湖州最豪华的酒楼为他接风洗尘，之后便叫了一辆奢华的马车，将二人拉到郊外一座华丽的庄园。看庄园的恢宏气度，可以想见主人的财力。据林公子介绍，这庄园的主人是湖州大丝绸商周老板，因生意上往来的朋友很多，就在庄园中设局供大家玩耍，他本人倒不怎么参赌，只是象征性地抽点水钱，以维护庄园的日常开销。这里往来的都是江南实力雄厚的商贾，没熟人介绍，寻常人就算有钱也进不来。

随着林公子来到庄中，经简单的介绍和寒暄后，齐小山便随林公子来到后院的厢房。只见几个满脸红光的富商正在玩牌九，他们不像赌场中那些赌客一般紧张，尽皆悠然自得地边玩边聊。见林公子带齐小山进来，有人便操着巴蜀一带的口音笑道："林公子前几天输痛了，今天就带帮手来翻本了嗦？"

"哪里！我这表弟久仰几位大名，特意来开开眼界。"林公子说着向众人介绍齐小山，原来几个富商来自全国各地，今到湖州进丝绸，顺便到周老板这里来玩玩，解一下旅途的寂寞。齐小山仔细观察几位富商的神态，渐渐放下心来，几个人都不会武功，庄子里也没看到看场的武师或打手，看来不用担心赢了钱走不了。

按照事先的约定，齐小山装出木讷的模样，只在一旁侍候林公子玩。林公子掏出一叠银票，数也不数便递给一旁的伙计："帮我全换成筹码。"

片刻后伙计捧了一堆筹码过来，林公子便坐上了赌桌。几个人边推牌九边聊天打趣，说的都是商场上尔虞我诈、低买高卖的勾当，全不将赌桌上的输赢放在心上。齐小山看得半晌，渐渐放下心来，几个富商手法笨拙，赌技生疏，要放在外面，就是挨宰的羊牯。

齐小山看得多时，渐渐有些手痒，可惜身上只带了几十两散碎银子，大约是不够上场的。见林公子已输了不少，他便目视对方，这是他们约定的暗号，如果他觉得有把握，便示意林公子让他上场。

林公子心领神会，突然推牌道："不好意思，你们玩着，我去趟茅厕。"说着向齐小山示意："小山，你帮我推两把，我去去就来。"

齐小山连忙摆手推辞，但经不住几个富商的劝说，勉强坐了下来。坐庄的是个肥头大耳的巴蜀富商，边发牌边与齐小山开着玩笑，片刻间几个人已玩了十几把，互有胜负。由于是闲家，齐小山的本事一点儿使不上，只得老老实实靠赌技和观察力小赢了几把。

片刻后林公子回来，便立在齐小山身后观看，此时已是深夜，几个富商哈欠连天,意兴阑珊。众人相约明日再来,然后纷纷告辞。林公子出门时将筹码换成银票,信手点了点,庆幸道:"还好,今夜只输了六七千两。"

"六七千两?"齐小山吓了一跳,虽然他在家乡也算个豪赌客,可也没到随便就输赢六七千两的地步。他不禁问道:"你们是多少银子一把?"

林公子解释道:"最小的码是一百两,最大的码是五千两。"

齐小山又吓了一跳,家乡最豪华的富贵赌坊,最大的码才一百两银子,没想到这里最小的码都一百两。林公子见他满脸惊诧,眼中不由闪过一丝鄙夷,但还是耐着性子解释道:"这些大富商日进斗金,一晚上输赢几万两对他们来说根本不算什么。咱们若能小搞他几把,几天下来赢上七八万两都不显山露水。"

七八万两?齐小山不禁咽了口唾沫,两眼渐渐放光。林公子察言观色,悄声问:"你有没有把握?"

齐小山点点头:"应该没问题。不过我得坐庄,我不码牌砌牌打骰子,再高明的手法也是白瞎。"

"没问题!"林公子欣然道,"明天我拿一万两银子给你坐底。"

"一万两?"齐小山吓了一跳。

林公子不以为然地白了他一眼:"我出钱你担什么心?输了算我的,赢了咱们一九分账。"

是啊!我担什么心?齐小山扪心自问,想到输赢都不是自己的钱,心里渐渐平静了许多。

第二天白天,齐小山就在林公子的住处养精蓄锐,天一擦黑,依旧由林公子带到郊外的那座庄园。二人到后没多久,昨日那几个富商也陆续赶到,大家有一搭没一搭地闲聊了半晌,这才摆开战场继续搏杀。

"输了好几天,今日我要坐庄翻本。"林公子抢着将一万两银票扔在桌上,毫不客气抢占了庄家的位置。几个富商笑道:"林公子输急了,就让你一回好了。"

庄园的伙计立刻将众人的银票换成筹码,整整齐齐堆在各人面前。林公子也不客气,手法熟练地砌牌码牌,大家都是老老实实地赌,倒也没多大输赢。这里的规矩是庄家拿出一万两银子的筹码坐底,赢到两万两以上才可以将筹码换成银子,或继续坐庄或下庄。如果输到不够一万两银子的底,就必须再拿银子出来凑够一万两继续坐庄,或者直接下庄。而闲家无论什么时候,都可以叫庄家的底,也就是赌庄家桌上所有的钱,一把定输赢。

大家来来往往也不知玩了多久,林公子终于打着哈欠对一旁看牌的齐小山道:"你帮我玩几把,我歇歇手。"

齐小山早已等得不耐,稍作推辞便欣然上阵。刚开始他还有些紧张,不敢作假,见林公子故意与几个富商说笑,引开了众人注意,他在渐渐与众人熟悉后,便趁着砌牌的当儿将天牌藏在了牌尾。这是他拿牌时必须经过的路线,在拿牌的瞬间,他已经翘起牌角偷看了自己的牌,然后视情况再决定换不换牌尾的天牌。这是他从赌场老千那里学来的手法,每次拿牌的手扣着牌经过牌尾时,他都能巧妙地用掌心的牌将牌尾埋下的天牌换出,这一招他练得十分娴熟,电光石火间便已完成,不是内行根本看不出来。就算是内行,要想抓他的现形也是千难万难。

凭着这一招,他很快就扳回了气势,筹码渐渐在面前堆起老高。看看一万的坐底已变成了两万多的筹码,林公子向他使了个眼色,他依依不舍地搁下牌九,对林公子道:"表哥,还是你来吧,我憋不住了。"

林公子也不推辞,上去接替了他的位置,待他从茅厕回来,林公子已收起筹码,对几个富商笑道:"今天本公子手气不错,要不要多玩一会儿？"

"算了算了，今天你手气旺，咱们惹不起还躲不起吗？"那巴蜀富商率先推了牌九，有人退场，其他几个也意兴阑珊，纷纷推牌告辞。林公子将筹码换成银票，与众富商一同离去。在门外登上各自的马车后，林公子将几张银票塞给齐小山："干得不错，一共赢了一万二千两，除去抽头，这是你应得的分成。"

齐小山呆呆地接过一千多两银票，有些不敢相信自己的际遇。没想到自己分文不出，竟也有一千多两的报酬，简直就像在做梦。这些富商输赢上万两而面不改色，这才是真正的大富豪啊！

就这样，林公子日日带齐小山去山庄，齐小山偶尔坐庄替林公子玩几把，凭着他的手法，几天时间就为林公子赢了五万多两，而他也得到了五千多两的分成。如果就这样帮林公子赌下去，他可以包赢不输，但每日里与这些富豪大进大出后，他渐渐不满足于自己那点收入。与林公子比起来，自己所得实在太少了，而赢这些羊牯的钱实在太容易了，为啥不大胆一点呢？面对整日大进大出的银子，他终于下了决心。

"我要与你合伙搞！"当他终于鼓起勇气对林公子说出这话时，林公子有些吃惊，连忙提醒道："动辄上万两的输赢，不是一般人可以承受的，你要想清楚。万一失手，你拿什么来赔？"

林公子眼神中那种轻视，刺痛了齐小山的神经，他拿出这几日分得的五千两银票甩在桌上："咱们一人出五千两做本，赢了平分，不然本少爷就不干了！"

林公子见他态度坚决，只得无奈答应："那好，就依你。"

第一次拿自己的银子去赌，齐小山手都有些发抖，很久没有过这种刺激的感觉了，这让他十分兴奋。虽然那些富商中多了个新面孔，他也没怎么在意。一切都像往常那样顺利，眼看面前的筹码就要达到两万之数,那个新来的富商突然将面前的筹码全部推入场中,淡然道:"庄家的底我叫了。"

齐小山有些惊诧,虽然知道闲家可以一把赌庄家桌上所有的筹码,但前几天从来没遇到过这种情况,他都差不多忘了这规矩,只得硬着头皮码牌砌牌,同时目视林公子。林公子也有些诧异,大约没料到有人会孤注一掷。

齐小山心中虽然有些紧张,但手法并不受丝毫影响。洗牌时他将天牌压在掌下,然后码在牌尾。之后打骰子分牌,手法丝毫不乱。拿牌瞬间窥见手中牌面不大,他巧妙地将牌尾的天牌换了过来,这次牌面一下子大了许多,即便不是稳操胜券,也是十拿九稳了。

不过今晚的好运似乎一下子到头了,开牌一看,他杀了另外几个闲家,却偏偏输给了孤注一掷的那一门。眼看全部筹码转眼易手,他不禁愣在当场。

"还玩不玩?"林公子在征询他的意见。

他略一迟疑,猛然咬牙吐出一个字:"玩!"

林公子二话不说,将一叠银票甩在桌上,伙计立刻换成筹码推到齐小山面前。齐小山抹抹额上的冷汗,向众人一招手:"来,本少爷继续坐庄!"

四、报仇

赌局在继续，不过齐小山的好运似乎在前几天已经全部用光了。每次他桌上的坐底快赢到两万两时，都被那面无表情的富商一把叫走。他最后已记不清林公子前后拿出了多少两银子，总之他输得都有些手软，再不敢玩下去了。

赌局结束，富商们都走了，只有他依旧双目血红呆坐在那里。他知道那富商在搞鬼，但他怎么也想不通对方是如何搞鬼的。林公子也是满脸沮丧，对他小声抱怨："今晚你是怎么回事？咱们一共输了七万两。"

"七万两？"齐小山吓了一跳，这是他想都不敢想的数字。

林公子点点头："除去先前输的那一万两，我后面又拿出了六万两。照约定咱们得平摊，你欠我三万两。"

齐小山一脸茫然，他虽然是赌鬼，却极守信用，对这笔账倒也没有抵赖，只苦笑道："三万两，我哪有那么多钱来还啊？"

林公子叹了口气，同情地拍拍他的肩："有赌未必输，只要这个局还在，咱们总能再捞回来。这账我也不急，你先给我写张欠条就行，等咱们捞回来后再还我不迟，我对你有信心。"

是啊，除了从赌桌上翻本，他想不出从哪里去搞三万两银子来还账。他木然地点点头，慢慢写下欠条，然后失魂落魄地随林公子离开了山庄。

第二天赌局继续，昨天那个专门叫他底的富商没来，他心中暗松了口气。林公子又拿出一万两银子给他坐庄，他也不再推辞，毫不犹豫地坐了上去。

如今他藏牌偷牌的技术更加娴熟，杀这几个羊牯实在得心应手，一晚上下来，他不知不觉中就赢了三万两，与林公子一分还净得一万五千两，这让他信心倍增。看来三万两银子的债，也不难还清。

可惜第三天晚上又出了意外，几个富商虽是羊牯，却在齐小山即将赢够两万两下庄时，大胆叫他的底，那晚的牌也真是邪门，他们孤注一掷放手一搏，却每每成功，齐小山辛辛苦苦赢了半天，却总是被他们一把就掏干。

就这样，齐小山时赢时输，赢了第二天又做赌本继续赌，输了就由林公子垫上，然后给他打借条。七八天下来，他已记不清打下了多少欠条，也记不清自己到底输出去多少银子。刚开始他还有些担心，但输得越多感觉就越麻木，欠条也不过是一个个枯燥的数字，那几万十几万的数字，对他已构不成太大的刺激了。

算账的这一天终于来了，虽然他知道这天迟早会来，但没想到会来得这么快。这天他像往常一样，早早吃过晚饭等林公子带他去山庄，谁知林公子却带了几个人一起来。他大大咧咧地向齐小山介绍道："这位是我的账房周先生，那位是湖州知府衙门的宁捕头，这几位是道上相熟的朋友，都不是外人，大家亲近亲近。"

齐小山一一与众人见礼，隐隐觉着有些不妙。只见老学究模样的账房拿出算盘，"噼里啪啦"一阵拨拉，然后将算盘递到齐小山面前：

"齐公子先后已欠下咱们公子十八万五千两银子,请齐公子过目核对。"

齐小山呆呆地望着一脸漠然的林公子,讷讷道:"林公子这是什么意思?"

林公子淡淡道:"没什么意思。你输了我那么多银子,翻本看来是没什么希望了,我要中止与你的合作,所以咱们这账今天就算一算,亲兄弟明算账嘛。"

齐小山脸上冷汗滚滚而下,涩声道:"我……我哪有那么多银子还债?"

"没关系!你没有你爹有。"林公子勾勾手指,账房立刻递上一本账簿,他翻看着,头也不抬地说道:"我查过你齐家庄的产业,房产、田地、铺子杂七杂八加起来,也能值个十七八万两,零头我让你,差不多也够抵你欠下的债了。"

齐小山望着显得有些陌生的林公子,突然就什么都明白了,他猛地一跃而起,怒指林公子嘶声叫道:"你……你骗我!你根本不是要我帮你赢什么钱,你真真正正是想骗我跳进你设下的陷阱,让我输得倾家荡产!我……我要杀了你!"

齐小山身形方动,背后便吃了重重一击,顿时摔倒在地。他的武功原本不错,但没日没夜地沉溺于赌桌,武功已差不多荒废,转眼间就被几个黑道汉子打得毫无还手之力。看他已被制伏,林公子挥手阻止了众人的殴打,对血肉模糊的齐小山冷冷道:"你在我这里休养几天,我去齐家庄要债。你是你爹唯一的儿子,我想,他不会不管你吧?"

"混蛋,我跟你拼了!"齐小山嘶声叫着,拼命挣扎想扑向林公子,却被人从后一击,顿时晕了过去。

幽幽然不知过得多久,齐小山醒来时只感觉满眼金星,浑身酸痛,睁眼一看,才发觉自己躺在人来人往的大街上,浑身衣衫破烂不堪,身旁围着几个看热闹的小孩。见他醒来,几个孩子一哄而散。

此时已是日上三竿,阳光正烈,刺得人几乎睁不开眼。他挣扎着从地上爬起,顾不得身上的伤痛,向路人问明方向,立刻跌跌撞撞地往百里外的齐家庄赶去。

不吃不喝整整走了一天,天擦黑时他终于赶回了齐家庄。远远看见家还是老样子,他暗舒了口气,急忙上前拼命敲门:"齐伯,快开门!我是少爷,我回来了!"

门"吱呀"一声打开,出来的不是齐伯,而是一个陌生汉子。他满脸敌意地打量着齐小山,厉声呵斥道:"哪来的臭叫花子?半夜三更扰人清梦,找打!"

"你是谁?齐伯呢?"齐小山说着就想往里闯,却被那汉子一把推了出来,只听他骂道:"大爷是这儿的门房,要让你这臭叫花子闯了进去,还不让人给辞了?还不快滚?"

齐小山忙喝道:"我是齐家庄的少爷,还不快让我进去?"

"你是齐家庄的少爷?"那汉子吃惊地打量了他半晌,脸上的表情从吃惊渐渐变成了鄙视和嘲讽。他嘿嘿讥笑道:"原来你就是那个半个月不到就输掉整个齐家庄的齐少爷?幸会幸会!佩服佩服!不过现在这里已经不是齐家庄了,你自己输掉的东西都不记得?现在齐家庄早已换了主人,你再往里闯,小心我送你去见官,告你个擅闯民宅之罪!"

齐小山闻言大急,忙问:"我爹呢?我娘呢?还有我娘子呢?"

"谁知道?"那汉子耸耸肩,"去后山的山神庙看看吧,好像听说他们搬到那里了。"

后山的山神庙早已荒废许久,偏僻破败得已经没了香火,一到晚上就阴森森的,有些吓人。齐小山顾不得又饥又渴,急忙向那里赶去。远远就见破败的山神庙透出一点灯光,他暗舒了口气,急忙奔将过去。

从门缝中往里一看，他须发皆白的父亲躺在香案前，双目紧闭不知死活；母亲守在父亲身边，满脸泪痕；瘦弱的妻子正在篝火边煮着什么，从门缝中飘出的是浓烈的药味。

齐小山见此情形，心中一酸，泪水止不住扑簌簌掉了下来。他捂着嘴不敢让自己发出半点声音，他没脸见爹娘，更无颜面对过门没多久，没享几天清福就遭此大变的妻子。

"小山现在不知怎样了，"母亲突然絮絮叨叨地对父亲说道，"老头子你也不快些好起来，让我没法去湖州找小山。一天看不到他，我心里就七上八下不得消停。"

齐小山心如刀绞，再也控制不住自己，猛地冲进门去，"扑通"一声跪倒在父亲面前，失声哭道："爹！娘！孩儿不孝，孩儿对不起你们！"

"小山！"母亲又惊又喜，连忙对瞑目而卧的齐老爷叫道，"老爷你看谁回来了？"

齐老爷听到动静，在妻子的搀扶下，终于挣扎着慢慢坐起。他抄起身旁的拐杖，劈头盖脸向齐小山打去。齐小山低着头不躲不闪，他希望父亲打得狠一点，再狠一点，这样可以稍稍减轻他心中的愧疚。可惜父亲的拐杖落在身上完全软弱无力，看来年迈的父亲是被这次变故完全击垮了。

"老爷别打了！"齐夫人心疼儿子，连忙拉住了齐老爷的拐杖。齐老爷喘着粗气，抖手指着儿子喝道："我没你这个儿子，滚！给我滚！"

齐夫人一面示意齐小山暂且退下，一面扶齐老爷躺下。齐小山往前跪行两步，嘶声哭道："我不赌了，孩儿再也不赌了！"

齐老爷背转身去，不愿搭理儿子，齐夫人抹着泪欣然道："不赌就好！不赌就好！只要你能真正戒赌，家业败了还可以再挣。只要你学好，娘吃点苦也没啥。"

母亲越是宽容，齐小山就越发愧疚。见一旁香案上放着柄菜刀，他头脑一热便冲过去，抄起菜刀就要往手上斩，他要用鲜血来表明心迹！一旁的妻子见状大骇，猛然扑过去，死命抱住他的手哭道："相公不要！你若残废了，我怎么办？只要你能真正戒赌，我不会再怪你！我们都不会怪你！"

见妻子哭得泪人一般，他心中一软，扔下菜刀与她抱头痛哭。妻子见他愧疚懊悔之情发自肺腑，带泪的脸上露出了笑容，柔声问道："你还没吃饭吧？我马上给你做！"

捧着妻子端上的饭菜，齐小山泪水扑簌簌直往下掉。齐夫人见状安慰道："山儿，只要你戒赌发奋，咱们苦点累点也没什么。为娘这里还有些首饰，是嫁入齐家时带过来的嫁妆。你明日拿去当了，换点本钱做个小买卖。只要你下决心戒赌，再大的坎儿咱们也能迈过去。"

妻子也拿出自己陪嫁的首饰，全交给了他。捧着两个沉甸甸的首饰盒，齐小山垂泪道："娘，你们放心，我再不赌了，就算把刀架在我脖子上，我也坚决不赌了！"

齐夫人欣慰地点点头，含泪笑道："只要你改过自新，齐家定能重振雄风！"

这一夜齐小山睡得异常踏实，他已下定决心，再不碰任何赌具，也不参与任何赌博。第二天一早，他早早来到当铺，将母亲和妻子的首饰换成了一千两银票。这点钱与他输掉的钱比起来实在微不足道，但只要精打细算，也足够做点体面的买卖，维持一家大小的开销用度。

齐小山离开当铺正要往回走，就见街对面有个衣衫落拓的穷书生在向他招手，他疑惑地走过去，那书生拱手问道："齐少爷，你知道自己是如何输得倾家荡产的吗？"

齐小山心中一痛，不愿再提这事，转身要走，那书生急忙追上来："齐少爷别误会，我没有恶意。其实我跟你一样，都是被那帮老千骗得倾家荡产的笨蛋。你被那姓林的盯上后我就注意到你了,只可惜没机会给你提个醒。"

齐小山停下脚步,随口问:"你也被他们骗过?他们都是老千?"

"没错!"那书生肯定地点点头,"那林公子是湖州知府如夫人的亲兄弟不假,但那些富商却全是些老千假扮的,他们专帮林公子设局诱骗外乡人,已经有不少人上当。你与他们赌,他们几个人算计你一个,还不是手到擒来?"

齐小山恍然大悟,却又好奇起来:"他们如何出千作假?"

"你跟我来!"书生说着往前就走。齐小山犹豫片刻,心中的好奇超过了对这书生的警惕,便不由自主跟着对方往前走去。他在心中说服自己:我就去看看,决不去赌!

二人来到一间僻静的茶楼,书生仔细关上雅厅的房门,然后拿出副牌九,一边眼花缭乱地洗牌砌牌,一边问:"那林公子是不是说要你帮他赢钱,然后引诱你参赌,最后让你写下自己都记不清的欠条,半个月内就将你骗得倾家荡产?"

齐小山点点头:"我只想不通,他们是如何看穿我的牌,并每每在关键时候一把就叫走我的底的?"

"再简单不过了。"书生笑道,"林公子既然与你合赌,你配牌时肯定不会回避他吧?他用手势将你搭配的牌告诉同伙,同伙便用飞牌术相互换牌,最终配出一副比你的更大的牌,一把就将你杀得干干净净。"

"啥叫飞牌术?"齐小山没听明白。

书生神秘一笑:"你看清楚了。"说着拿起一副牌九,将牌扣在桌上曲指一弹,一张牌"嗖"一下就飞到了齐小山手中,其速度之快即使齐小山睁大了双眼也没看清。那书生又示范了两次,瞬间就把两张牌九送到了想送到的任何位置。齐小山看得眼花缭乱,这等赌技他连听都没有听过。难怪自己每到关键时刻必输,有林公子将自己的底牌透露给同伙,几个老千再以飞牌术相互换牌,自己运气再好,赌术再高,都是必输无疑!

齐小山心中一阵愤怒,忍不住拍案而起,就要去找那帮老千算账。但他转念一想,自己没有抓住对方任何把柄,就算包龙图再世也没法为自己主持公道,不禁颓然坐倒,心中懊悔与气愤实在无以复加。

那书生又随手玩了几手赌术,让齐小山看得目瞪口呆,完全不知他是如何令手中的牌说变就变,又是如何记下每一张牌九的位置,以及如何控制骰子点数的。这等神乎其技的赌术,齐小山做梦都不敢想象。最后书生收起牌九,对齐小山叹道:"不瞒你说,我当年也被这帮老千骗得倾家荡产,流落街头。幸好后来我遇到一个千门绝顶高手,蒙他不嫌弃,拜在他门下苦学赌技。如今我赌术已臻化境,所以想找这帮老千讨回当年的公道,只是尚缺一帮手。从你被姓林的骗入局开始,我就留意上你了,我发觉你就是我要找的帮手。"

齐小山心中一动,不过一想到母亲和妻子的叮嘱,他连忙摇头道:"你找错人了,我已发过誓,决不再参与任何赌局。"

书生有些惊讶地望着他:"难道你甘心白白被那帮老千骗得倾家荡产?"

齐小山当然不甘心,但想到自己立下的誓言,他毫不犹豫地站起身来:"多谢你的好意,只是我决不再赌,告辞。"

书生遗憾地掏出一张名帖递到他手中:"这是我的名帖,你要是改变主意,可随时来找我。"

齐小山看也不看信手将名帖塞入袖中,略一拱手便告辞离去。出得茶楼他长长地呼了口气,身心就像经历过一场恶战般疲惫。方才那书生神乎其技的手法对他的诱惑,简直比任何赌局的诱惑都要大,他非常庆幸自己抵住了那诱惑。

匆匆回到家中,他将银票交给母亲。齐夫人脸上露出欣慰的笑容,将银票还给他道:"如今你爹爹卧床不起,你就是家中的顶梁柱。你看看镇上有什么营生可做,这一千两银子就当本钱吧。"

齐小山攥着那一千两银票,突然感觉自己长大了,要担负起养活全家的重任。他使劲点点头:"娘你放心,我不会让你们饿肚子。"

在镇上闲逛了几天后,他发觉所有的生意都有人在做,利润也相当低,实在不值得去挤这热闹。不过为了维持一家老小的开销用度,他只得放下少爷的架子,盘了间铺子卖杂货,虽说利润微薄,却也足够维持家用。

每日里忙于蝇头小利,倒也过得忙碌而充实,齐小山渐渐忘了赌博的刺激,开始专注于杂货铺的营生,终于有所盈余。就在这时,一个他最不想再见的人,突然出现在他面前。

"咦,这不是齐少爷吗?怎么做上小买卖了?"鲜衣怒马、意气风发的林公子,突然出现在杂货铺门口。看样子他是打猎经过这里,正好看到齐小山在杂货铺中忙碌,不由勒马停了下来。他用马鞭翻看着铺子中的货物,不由啧啧称奇:"齐少爷是何等尊贵,怎么做上了这等营生,让人很是意外啊?"

齐小山双拳紧握,两眼几乎喷出火来。他盯着这个害他倾家荡产的仇人,强压怒火冷冷道:"林公子若不买东西,就不要妨碍我做生意。"

林公子用挑衅的目光望着他,调笑道:"呵呵,看来你很喜欢这种下等人的营生啊?好,我买,我要买下你这里所有的货。"说着他从袖中掏出张银票扔给齐小山:"五百两够不够?够了?这里的货都是我的了!"说完转向几个随从:"给我砸!"

几个随从立刻嘻嘻哈哈地将杂货铺的东西往大街上扔,齐小山看到自己精心打理的铺子被这些家伙搞得乱七八糟，心中又急又痛，连忙上前阻止："住手，你们干什么？"

"我砸我自己的东西，你着什么急？"林公子哈哈大笑，见齐小山气得满脸通红，挑衅道，"怎么，不服啊？有本事再跟咱们赌几把，是男人就别他娘的这么窝囊。"

齐小山牙齿咬得嘎嘣作响，拼命苦忍下来。林公子见货物砸得差不多了，这才带着几个随从扬长而去。

回到家中，齐小山的神情让母亲和妻子都吓了一跳。面对母亲和妻子的追问，他勉强挤出一丝笑容，安慰道："没事，就是遇到个不讲理的客人，在铺子里捣乱。"

将母亲和妻子打发出去后，齐小山疲惫地倒在床上，只想着将今日的不快尽快忘掉，但林公子那可恶的眼神和嘲笑，在眼前怎么也挥之不去。床上有什么东西硌着了他的后背，他懒懒地背过手将其掏出来。那是一张名帖，有一个陌生的名字和地址。突然他想起了那个书生神乎其技的手法，他的目光中渐渐泛起了一丝光芒。

云襄！齐小山第一次认真地看了看这个名字，并把它牢牢记在了心中。

名帖上的地址很好找，在镇上一家普通的客栈找到那书生时，齐小山开门见山就问："为什么是我？"

"什么？"书生对齐小山的到来不奇怪，对他的提问却有些奇怪。

齐小山直视着书生的眼睛："为什么说我才是你最好的帮手？"

书生迎着齐小山直透人心的目光，淡淡道："把你的手伸出来！"

齐小山依言伸出双手，书生翻来覆去地审视着他的手，叹道："十指修长瘦削，掌心肌肉灵活有力，这是一双天生的千手，只需稍加调教，就可跻身绝顶高手的行列。你这双手，连我都不禁有些忌妒。"说着书生伸出自己的手，齐小山一看，竟与自己的手十分相似。只听书生又道："除了手的原因,更主要的是,我们都有共同的仇人。"

齐小山定定地盯着书生道："我想向你学习千术,并用你教的千术向我们共同的仇人复仇,不过我不打算与你合作,因为在赌桌上,我不会再相信任何人!"

书生有些诧异,微微叹道："没有帮手,要想战胜那帮老千,会很难很难。"

"我不怕艰难。"齐小山紧盯着书生的眼睛,"你教我千术,我替你复仇,就算失手你也没什么损失,说不定你还可以从我的失败中,找到对方的破绽。"

书生犹豫片刻,终于微微点头道："好,我教你!"

齐小山拿起桌上的牌九,心中有种既熟悉又陌生的感觉。这次他并不是要赌,而是要复仇,所以他并不认为自己违背了誓言。

从这以后,齐小山白天打理杂货铺的生意,晚上就到姓云的书生那里,学习千门赌技。正如那书生说的,他的天赋果然出类拔萃,只用了不到一个月的时间,他就将牌九上的各种门道练得神乎其技,隐然已是青出于蓝。

书生见没有什么可再教齐小山,便对他道："凭你现在的牌技,面对姓林的那帮老千,绝不会再吃亏,不过却还没有十足的把握。你真不考虑与我联手?"

齐小山坚定地摇摇头："在赌桌上,我亲娘老子都不相信!"

书生无奈道："那好,我替你约战姓林的,赌资你不用担心,我可以替你准备。"

"免了!"齐小山冷冷道,"我已经将铺子押给了别人,加上这个月的利润,手上有一千五百两银子做赌本。这点赌本姓林的也许根本就看不上,不过我相信,你一定有办法让他接受我的挑战。"他顿了顿:"另外,这一战的地点要定在杭州鸿运大赌坊的大厅中,由那里的头牌档手监场,并欢迎赌坊中的赌客围观,除此之外的任何地点,我都不相信。"

杭州鸿运大赌坊原本是南宫世家的产业,由南宫大公子南宫豪经营,后来南宫豪死在南宫放剑下,赌坊无人打理,就卖给了漕帮。它在原有的信誉基础上,又加上了漕帮的声誉作担保,所以成为江南首屈一指的公正赌坊。

书生对齐小山的要求有些意外,不由沉吟起来。齐小山见状只是道:"我相信你有能力安排好这一切,这一战不只是我的战斗,也是你的。"

书生无奈地点点头:"好,我去安排!"

一个月后,齐小山假意去杭州进货,瞒着父母和妻子来到杭州城大名鼎鼎的鸿运大赌坊。这里早已是人山人海,拥挤不堪,看来他与林公子这一战,早已经传遍了杭州赌坛。

"你要不要再考虑考虑?"那个名叫云襄的书生凑过来,对齐小山轻声道,"如果咱们联手上阵,把握会更大一些。"

"多谢,不必了!"齐小山淡淡道。有过林公子的教训,他在赌桌上不会再相信任何人,哪怕是教会自己赌术的师父也不例外。

"请包下整个鸿运赌坊的几位客人入场!"随着鸿运赌坊头牌档手的一声吆喝,观众的目光齐齐转向通往赌坊后院的长廊。在众人瞩目之下,林公子与两个同伴趾高气扬,傲然而入。在他们之后,齐小山由鼻观心,目不斜视地缓步而出。就听那老档手沉声道,"今日之赌局是牌九,一注最少五百两起,上不封顶;牌九骰子每把一换;庄家最少两万坐庄,五万可下庄;闲家可随时叫庄家的底,赌庄家桌上所有的筹码;也可在拿到两张牌之后追加下注。几位都清楚了吗?"

档手是赌场的监场,负责监督赌局的公平进行。这要求档手有极高的千术修为和信誉,不仅要能看穿老千的手脚,还要保证不偏不倚。

鸿运赌坊的头牌档手，在业内信誉卓著，由他来监场，齐小山非常放心。他点头道："清楚。"

几个人在档手的示意下入座，林公子盯着齐小山冷笑道："齐少爷不知交了什么有能耐的朋友，居然在我的赌坊搞事，闹得我的生意一落千丈。我今日陪你赌，是看在你那朋友面上，你若输了，他得站出来与我一决生死！"

齐小山这才知道，原来那书生是以自己为筹码，才逼得林公子不得不跟他赌。不过他并不感激那书生，他知道，自己只是那书生试探对手虚实的棋子。

"齐少爷有没有兴趣坐庄？"林公子挑衅地望着齐小山，见他在闲家的位置上坐下来，不禁有些意外，"你不洗牌砌牌打骰子，如何跟我赌？"

齐小山坦然道："凭运气！"说着他拿出那张一千五百两的银票，交给赌坊的伙计换成了三个五百两的筹码。

"运气？"林公子一愣，见齐小山只有三个筹码，不禁哈哈大笑，"你拿三个筹码来碰运气，是不是上次输糊涂了？"

齐小山淡淡道："在鸿运赌坊头牌档手面前，谁敢作假？发牌！"

档手将一副崭新的牌九倒在桌上，向几人示意："请验牌！"

林公子淡淡笑道："不用验了，鸿运赌坊咱们信得过。"

另外两个富商模样的老千，也放弃了验牌，只有齐小山仔细将每一张牌都翻看一遍后，才对档手点头道："没问题。"

档手将牌推入桌中，向几个人示意："开始。"

林公子手法熟练地洗牌砌牌，然后示意闲家倒牌，见几个闲家都扔下一个筹码的赌注，他才开始掷骰子。骰子落定，他照点数分开牌九，几个人便从分开处各取两张牌在手。林公子笑问道："有没有人加注？"

齐小山看看自己手中的牌，再看看桌上剩下的牌，感觉赢面不大，便摇了摇头。另外两个闲家都加了一千两，然后林公子才继续分牌。齐小山看到手中的牌，便知自己输了。方才林公子洗牌砌牌时，他已记住了大部分牌的位置，只要骰子落定，他就提前知道林公子会拿到什么样的牌了。

结果正如他预料的那样分毫不差。他方才趁验牌之机，已记住了桌上牌九的各自花色和位置，林公子再怎么洗牌砌牌，都逃不过他的眼睛。在猜到对方底牌的情况下和人对赌，他不敢说十拿九稳，却也大占赢面。虽然在鸿运赌坊头牌档手面前，没人敢轻易出千，但靠赌术获胜，却是正大光明。

三个筹码仅剩下两个，齐小山在心中暗自祈祷，希望老天别对自己太过残忍，根本不给他一丝机会。像是听到了他的祈祷，第二把骰子落定，他就知道赢定了，立刻毫不犹豫地加注，扳回了一把。

一副新牌又倒在桌上，齐小山借验牌之机记住了大半。凭着过人的赌术，他输赢的次数虽然相差不大，但每当遇到有把握赢下的牌，他都加注追杀。没用多久，他面前的筹码就渐渐堆成了小山。

林公子先后拿出六万两银子坐庄，不过最后大多到了齐小山手中。他终于气急败坏推牌而起，对齐小山道："齐少爷手气真旺，不如由你来坐庄好了。"

齐小山也不客气，坦然坐上庄家的位置。一旦摸到牌九，他信心更足，由自己来洗牌码牌，他能记住的牌就更多了。不过几把一过，他就发现自己低估了对手。虽然现在他能记住更多的牌，却无法准确记住三个对手的牌，且是否加注主动权在三个闲家手中。而三个对手赌术也甚是精湛，也在靠眼光记他的牌。这赌局演变成双方拼眼光、斗记忆的博弈，而他要同时应付三个对手，难度可想而知。

方寸间的搏杀在继续，半天时间很快就过去，双方来来回回，齐小山面前的筹码一直不见增加。照约定，双方休战用膳，趁这机会，那书生来到齐小山身边，有些焦急地道："你以一敌三，实在太过艰难，要不要再考虑一下我的建议？"

齐小山摇摇头："我应付得来。"

那书生无奈叹了口气，只得叮嘱道："心无旁骛，专心致志。谁的注意力更集中、更持久，谁就是最后的胜利者。"

用过晚膳，赌局继续。齐小山牢记书生的叮嘱，不再考虑胜负输赢，只集中精神留意手中三十二张骨牌。见林公子也紧盯着自己手中的牌，他灵机一动，砌牌时故意放慢速度，让对方看清每张牌的位置，然后在将牌九推到场中的一瞬间，利用掌心的肌肉，将紧邻的两张牌巧妙地换了位置。这是一个小花招，却算不得出千，监场的档手虽然发现了这点，却也没有制止。

齐小山的手法骗不过鸿运赌坊的头牌档手，但骗过林公子他们却绰绰有余。林公子只当已记清了那几张牌，骰子落定，算算自己吃定了庄家，不禁对齐小山冷笑道："我叫你的底！"说着，将筹码尽数推出。

齐小山神态自若地分牌，然后将四张牌两两配对。档手将几个人的牌一一翻开，长声喊道："庄家至尊，通杀！"

"不对！他在出千！"林公子拍案而起，气急败坏地大叫。

档手扫了他一眼："林公子可有凭证？"

记得某张牌的位置，发到手中却变了模样，这显然不能作为凭证，林公子顿时哑然。档手见他无语，便道："我没有发现谁在出千，庄家通杀。"

筹码尽数堆到了齐小山面前，六万多两的筹码一下子变成了十三万两。齐小山慢慢将筹码仔细码好，然后用挑衅的目光望着林公子："我看林公子今天已经输光，还要不要继续？"

林公子双目赤红，猛然从怀中掏出几张纸扔到桌上："这是齐家庄的房契地契，当初作价是十八万两。我要与你决一死战！"

齐小山心中一阵激动，强压兴奋道："好！等我去趟茅厕。"

匆匆离开赌桌，齐小山躲到没人的地方强令自己镇定。当他自觉心平气和之后，才走向大厅。就在这时，突见家乡小镇上一闲汉由人群外挤了进来，抹着满头汗水对他小声道："齐少爷，齐老爷不行了，齐夫人让我给你送个信，让你立刻赶回去。"

齐小山心中略一犹豫，依旧大步走向赌桌。齐家庄的地契房契就在眼前，他不能为任何事分心。他要拿回失去的东西，没有什么事可以阻止！

气定神闲地坐到桌旁，齐小山立刻将所有杂念赶出脑海，平静地对档手道："可以开始！"

这一场豪赌从黄昏一直鏖战到第二天正午，当齐小山终于拿回失去的地契房契时，不禁泪如雨下。见林公子满脸灰败地瘫在座位上，齐小山心中复仇的快感达到了前所未有的顶峰！

"我赢了！"他喃喃自语着，有些不相信眼前的事实。仔细将房契地契收入怀中，来不及感谢教他赌技千术的书生，更无暇理会赌客们的欢呼，齐小山匆匆挤出人群，在街头拦了辆马车，立刻令车夫快马加鞭往家赶去。

五、倭患

齐小山终于赶回杂货铺后的租屋，只见家门紧闭，鸦雀无声。他推门一看，妻子正在房中啜泣，见他回来也不理他，背转身去哭泣不止。

"你看我拿回了什么？爹和娘呢？"齐小山兴奋地拿出赢回的房契地契，正想向妻子表功，陡然发现妻子穿着孝服，不由心中一凉，"你……你为啥穿着孝服？"

妻子猛然转回头，眼中泪如泉涌："爹听说你又去赌，一气之下旧病复发，几天前就已经去世。娘受此打击，也随爹去了。爹临死前说，他不想再看到你这个儿子，所以不用等你回来就要让他入土为安。"说着她抢过地契扔到齐小山脸上："你现在就算拿座金山回来，又有什么用？"

齐小山浑身一软，不由坐倒在地，心里空空落落不知东西。妻子拿出一张纸递给他，垂泪道："我还等在这里，就是想等你签了它。念在咱们夫妻一场，你签了它让我走吧！"

齐小山慢慢接过那张纸一看，原来是一封写好的休书，只有落款空缺，就等自己签字。休书上泪迹斑斑，可以想见妻子写下它时的痛苦。齐小山不禁又愧又悔，不敢再说挽留妻子的话，匆匆签上自己的名字，交给妻子后涩声问："爹娘的坟在哪里？"

妻子黯然道："公公婆婆不想再看到你，就算在九泉之下都不想再被你打搅，所以他们不让我告诉你他们的葬身之处。他们葬得很远很远，而且没有留下任何墓碑。"

不知道妻子是如何离开的，也不知道时光是如何流逝的，齐小山呆呆地坐在地上，眼望虚空，欲哭无泪。不知过了多久，他猛然一跃而起，号叫着发足狂奔，但任他找遍周围的山山水水，也没有发现一座新坟或墓碑。

最后他失魂落魄地回到空荡荡的齐家庄，望着这熟悉而陌生的家发呆。现在家中已经没有任何亲人，就算赢下整个世界又有什么意义？

"哟！齐少爷回来了？"庄门外，一个常在附近游荡的闲汉探头探脑地向内张望。见齐小山立在院中，他袖着手拐了进来，笑嘻嘻地道："听说你在杭州鸿运大赌坊赢了大钱，那一场豪赌早已名震江南，给咱仔细说说，让咱也开开眼。"

见齐小山神情木然，他从怀中掏出个瓷碗和几枚骰子，笑道："你不愿说就陪咱玩玩，咱们玩小点儿，一两银子一把如何？"

这闲汉以前常与齐小山玩骰子，也算是赌友，见齐小山木然不答，便将他拖到桌旁坐下："来来来，有啥想不开的？骰子一响，啥烦恼都没了。"说着将骰子往海碗里一扔："一三五六，十五点，该你了。"

见齐小山痴痴呆呆，那闲汉便将骰子强行塞入他手中。齐小山终于有所知觉，拿起骰子信手往海碗里一扔，眼光却望向虚空。经历过大输大赢，赌博对他已失去了任何刺激作用，他只是机械地将骰子扔下去，看都懒得看一眼。

"没劲，真没劲！不想玩就算了。"那闲汉发觉自己输了，不想赔这冤枉钱，收起海碗就走。齐小山自始至终都魂不守舍，如同行尸走肉一般。

一个熟悉的身影出现在庄门外,一袭青衫飘忽如初。是那个教会齐小山赌术的书生,他径直来到齐小山面前,问道:"你已经赢回了你想要的东西,还有什么不满足?"

听到这熟悉的声音,齐小山渐渐恢复了几分知觉。他定定地望着面前这个神秘莫测的书生,咬牙切齿地道:"魔鬼,你是魔鬼!如果一切可以重来,我决不与你做任何交易!"

书生浅浅一笑:"经历过大输大赢,大喜大悲,赌博对你来说,已经失去了它的意义。不过我想跟你最后再赌一把,赌注就是一个承诺,你对家人最后的承诺。"

见书生拿出了牌九,齐小山如见鬼魅,突然一跃而起,一把将牌九推开,对书生嘶声叫道:"我要杀了你这恶魔!"说着一把扣住了书生的咽喉。

就在这时,突听门里传来一声熟悉的呵斥:"住手!"

听到这苍劲有力的声音,齐小山不由僵在当场。他不敢回头,生怕惊飞了这最后的幻觉。

一个头发花白的老者拄着拐杖大步过来,重重一杖敲在齐小山背上,爱恨交加地骂道:"没长进的东西,还不快放开云公子?"

这一拐将齐小山彻底打醒,他连忙放开那书生转回头,望着面前既熟悉又有些陌生的父亲顿时愣了。这时又一杖结结实实打在他腿上,只听父亲骂道:"还不快谢谢云公子?为了让你戒赌,云公子费尽心机安排下这一局,让你经历了一个赌鬼所能经历的大输大赢、大喜大悲。你要再赌下去,你这些天的遭遇,迟早会真正发生!"

齐小山怔怔地望着死而复生的父亲,又看看跟在父亲身后笑吟吟的母亲和妻子,突然就什么都明白了。他心中一阵狂喜,跟着又一阵后怕,幸亏这只是一个骗局,幸亏自己遭遇的一切并没有真正发生!

他不禁冲安排下这个骗局的书生扑通跪倒，哽咽道："多谢云公子点化之恩，令在下终生难忘！"

云襄扶起他叹道："赌博的刺激怎比得上至爱亲情？有些东西你拥有的时候不觉得珍贵，一旦失去，就悔之晚矣！"

齐小山垂泪点头道："我不赌了，我再也不赌了！我会珍惜今天所拥有的一切。"经历过之前强烈的刺激后，赌博的输赢对他来说，也确实不会再有任何吸引力。

齐老爷捧着个红封来到云襄面前，恳切地道："多谢云公子为犬子所做的一切，这五千两谢礼，不成敬意。"

云襄没有推辞，坦然接过红封道："齐老爷，我替河南灾民谢谢你！"

登上门外等候的马车，云襄正要离去，齐小山突然气喘吁吁地追出来，兴奋地问道："云公子，你赌技超群，聪明绝顶，是不是就是那名传天下的千门公子襄？"

云襄微微一笑，反问道："公子襄很有名吗？"

马车绝尘而去，齐小山极目眺望，目光已从感激和敬仰变成了崇拜，心中更是热血沸腾：他就是公子襄，他就是闻名天下的千门公子襄！他竟然亲自为我设下了一个善意的骗局！老天，公子襄竟然亲手教过我赌术！如此说来，我也算是千门弟子了！

齐老爷突然给了发愣的儿子一个爆栗："还不快去把放假回家的仆佣们都叫回来，看看现在家里乱成了什么样？"

齐小山转头望向父亲，以从未有过的严肃说道："爹，我要去京城！"

"去京城干什么？"齐老爷有些惊讶。只听儿子兴冲冲地道："这次我去杭州，看到官府的公告，刑部正在招募年少有为的青年做捕快。孩儿学过武，想去试试。我要做个最好的捕快，成为像柳爷那样的天下第一神捕！"

齐老爷盯着儿子的眼睛，第一次从那里面看到了少年人特有的冲动和向往。他欣慰地点点头："去吧，好男儿志在四方！为父相信，总有一天你能光宗耀祖，名扬天下！"

缓缓而行的马车中，云襄将五千两银票仔细收好，正待舒服地躺下来，就听赶车的筱伯在外面笑道："公子，这回这五千两银子挣得可不轻松。咱们调动了多少千门弟子，甚至将杭州鸿运赌坊都包了下来，开销之大完全超出预期。为这区区五千两银子，或者说为那个不争气的纨绔子弟，值吗？"

"别总是想着挣钱。"云襄斥道，"那孩子本质不坏，既然遇上就帮人帮到底吧。"他顿了顿，若有所思地继续道："说到挣钱我突然有个想法。咱们能不能像这回这样，靠头脑和智谋，为他人解决一些棘手的难题，并收取相应的费用？如今济生堂开销甚大，不广开财路，如何能维持下去？"

筱伯想了想，连连点头："公子这主意不错，凭公子的聪明才智，任何难题都能解决。只是，具体咱们该如何操作呢？"

云襄沉吟道："你可以先在江湖上放出风声，就说千门公子襄公开为天下人排忧解难，任何人只要请求合理，又出得起价，公子襄都愿为他服务。"

筱伯笑道："此言一出，江湖上还不掀起轩然大波？想买公子智慧的人，恐怕会踏破门槛。"

云襄也笑道："那您老就替我把好关，咱们伤天害理的事不接，没有把握做到的事不接，报酬太低的事也不接。是为本公子三不接！"

"我这就去办！"筱伯甩出一个响鞭，马车立刻加快了速度。

一个消息像水珠落入滚烫的油锅，立刻在江湖上掀起了轩然大波。声名鹊起的千门公子襄，以智慧公开为天下人排忧解难，这消息像风一般很快就传遍了江南。有人怀疑,有人嘲讽,有人观望,但也有人冲着公子襄的名头,抱着试试看的心态,将自己的难题写成帖子,送到指定的望月楼。

半个月后,云襄与明珠在那座隐居的小楼中逗弄着孩子,也就是南宫放与赵欣怡的儿子。云襄记得孩子的小名叫佳佳,所以为其取名赵佳。他潜意识中一直拒绝承认这孩子跟南宫放有任何关系,所以就让孩子随了母亲的姓。

"佳佳到这儿来,到我这里来!"明珠将孩子放到地上,让他自己爬过来。看到孩子满地乱爬的可爱模样,云襄突然想到,怡儿给儿子取名佳佳,是不是在怀念那个蒙冤受屈、下落不明的秀才骆文佳?想到这里他心中突然一痛,差点落泪。

明珠见他望着孩子怔怔不语,不由柔声问:"公子又在想赵姐姐了?"

云襄勉强一笑:"没有,我只是在想,将来孩子大了,该怎样告诉他他父母的事情。"

在云襄眼中,明珠始终是个未经风雨的千金小姐,他不忍将自己的烦恼或痛苦告诉她。她在云襄眼里,始终是个需要关心、爱护的小妹妹,而不是共担生活重担的同伴。

门扉响动,风尘仆仆的筱伯背着个褡裢兴冲冲地进来,不及抹汗便对云襄道:"公子,自从你以智慧为天下人排忧解难的消息传出后,望月楼差点让人给挤破。写给你的帖子实在太多,老奴也来不及细看,全给你带了回来,都在这里了。"说着他放下褡裢,沉甸甸的,怕是有好几十斤。

"想不到我还这么有人望。"云襄笑着抽出几张帖子,脸上带着一丝好奇和兴奋,就像孩童在拆看着自己新奇的玩具。明珠看看那一叠一叠的帖子,夸张地叫道:"这么多?不会是张家丢了狗,李家掉了猫,也让堂堂千门公子襄帮他去找吧?"

云襄草草看了几张帖子,脸上的表情渐渐凝重起来。明珠见状,知趣地抱着孩子出门去晒太阳,她知道云大哥在这个时候,需要的是专注和安静。筱伯也悄悄带上门退了出去,与明珠在外间细说外面的风土人情。不知过了多久,就见云襄开门而出,铁青着脸对筱伯道:"筱伯,你给那些等候消息的人传个话,就说有关倭寇的帖子,我公子襄都接了。"

"倭寇?"筱伯吓了一跳,"公子你……你不是要对付倭寇吧?"

云襄郑重地点点头:"这是我公子襄公开承接的第一桩事,这里的帖子一多半都跟倭寇有关,我要不接如何对得起别人的信任和企盼,又如何对得起大家对公子襄的崇拜?"

筱伯不由瞠目结舌,道:"公子你既没一兵一卒,又无坚船利炮,如何对付啸聚而来、呼啸而去的倭寇?要知道朝廷每年靡费无数粮饷,折损无数兵将,也无法根除倭患啊!"

云襄沉声道:"事在人为!虽然我现在还不知如何才能对付倭患,但看到那些血泪写就的帖子,我云襄愿把自己这点微不足道的声名,乃至身家性命押上去,与倭寇一决生死。"

明珠痴痴地望着斗志昂扬的云襄,眼里闪烁着异样的光芒。她知道倭寇的狡诈和凶残,但她也知道,面前这个并不算高大强壮的男子,绝不会在任何暴行面前退缩。她唯有在心中默默祈祷,祈求上苍眷顾这真正的勇士!

千门公子襄接下所有与倭寇有关的帖子,以一己之智向倭寇宣战的消息,像平地惊雷,数日间便传遍大江南北,人们议论纷纷,尤其那些备受倭寇侵扰的江、浙、闽等沿海省份的百姓,更是奔走相告。有人怀疑,有人嘲笑,更有人揣测公子襄是在哗众取宠,欲扬名天下,只有深受倭寇之苦的沿海百姓,将公子襄视为最后的希望。

帖子是接下了，但如何对付在海上飘忽不定、来去无踪的倭寇，却让云襄一筹莫展。他一边隐姓埋名走访倭寇出没最频繁的沿海城镇，一边苦读古人留下的兵法韬略，直到此时他才发觉，师父教过自己无数的千门之道，却偏偏没有教过自己兵法。更难的是，自己手中既无一兵一卒，也无战舰粮饷，不说平息倭患，就是想与倭寇一战，都有些痴人说梦。

看来自己实在有些不知天高地厚，云襄在心中暗叹，遥望茫茫大海默然无语。明珠见他眉头深锁，知道他遇到了为难之事，不由柔声鼓励道："公子经历过多少艰难险阻，从未在任何困难面前退缩过，我相信，这次也不会例外！"

云襄不想让明珠担心，勉强笑着对她点点头："你放心，我不是那么容易放弃的人。"

默默回到车上，云襄顺手抽出一本书。为了旅途不至于寂寞，他的车厢中总是堆满了各种各样的杂书。这是一本《论语》，他几乎背得滚瓜烂熟，不过百无聊赖之下，他还是信手翻开，一句熟悉的话突然映入眼帘："君子善假于物。"

看着这句习以为常的圣人之言，他的嘴角渐渐泛起一丝若有若无的微笑。他知道该怎么做了。

刀光如雪，从带着露珠的花瓣上一掠而过，花瓣微微一颤，如被和风轻轻拂过。一只停在花瓣上的绿头苍蝇受到惊吓，"嗡"的一声飞起，却在半空中一裂两半，直直地落入草丛中。

江浙两省总兵俞重山缓缓用素巾擦去缅刀上的污秽，这才平心定气还刀入鞘。每日这个时辰他都要闻鸡起舞，练一回家传刀法，很难相信面目粗豪、身材魁伟的他，能将刀法使得这般细腻。

廊下站着贴身的副将张宇然，见他收刀忙躬身禀报："总兵大人，营门外有人求见。"

"什么人？"俞重山抹着头上的汗珠，国字脸上浮现出一丝不悦。身为督领浙江一省兵马的掌兵大员，那些削尖脑袋想跟他攀上关系的人实在多不胜数，像苍蝇一样讨厌，他早已不胜其烦。如果可以，他恨不得将这些人像苍蝇一样一劈两半。可惜人不是苍蝇，所以他只有严令部下，任何不相干的人一概不见，张宇然跟随他多年，不会不知道他的脾气。

"他自称公子襄。"张宇然忙道。

"公子襄？"俞重山一怔，"就是那个妄称要凭一己之力，平息倭患的千门公子襄？"

"正是！"张宇然笑道，"所以属下不敢自专，才冒昧向大人禀报。"

俞重山哑然失笑："这个小骗子，骗骗乡野愚民也就是了，居然敢送上门来？你还愣着干什么，直接绑了送杭州府，一顿板子下来，我看他还敢蛊惑人心，骗人钱财！"

张宇然有些迟疑，嗫嚅道："他让我给大人带句话，属下不知该不该说？"

"什么话？讲！婆婆妈妈的干什么？"俞重山乃世袭将领，从小受父辈熏陶，说话办事雷厉风行，最见不得迂腐书生和婆婆妈妈的部下。张宇然追随他多年，知道他的脾气，忙硬着头皮道："他说他是来向大人问罪的，大人若不见他，就是畏罪心虚！"

俞重山十七岁从军，从最低级的军官一步步升到统领两省兵马之总兵，自问这二十多年军旅生涯，一向坦荡做人，廉洁做官，军功卓著，这让他一直引以为傲。现在听到有人竟敢上门问罪，他哈哈一笑："那好，我就见他一见，他要说不出老子的罪状，老子要加问他一条诬陷之罪！"

张宇然如飞而去。俞重山大步来到中军帐,大马金刀地往案后一坐,就听门外步履声响,一个青衫书生被张宇然领了进来。他无视大帐两旁虎视眈眈的狼兵虎卫,对俞重山坦然一礼:"小生云襄,见过总兵大人!"

俞重山满面不屑地上下打量他片刻,冷笑道:"你就是那个什么千门公子襄?听说你在江湖上搞出不少事,骗过不少人,竟然还敢来见本官,不怕本官将你绑了送知府衙门问罪?"

云襄哈哈笑道:"江湖宵小,自有捕快缉拿,将军若以虎威捕鼠,只怕会被天下人耻笑为'拒狼无能,捕鼠有功'。"

俞重山嘿嘿冷笑道:"如此说来,你自认是江湖宵小了?既然如此,本官也不管你在江湖上做下的那些鸡鸣狗盗的勾当,只想问你,本官何罪之有?你要说不出个一二三,本官帐下的军棍,恐怕也不比知府衙门的板子轻松。"

云襄迎着俞重山虎视眈眈的眼神,坦然道:"将军抗倭不力,是罪一!"

"放屁!"俞重山大怒,愤然拍案道,"本官自任江浙总兵以来,多次击溃倭寇侵袭,毙敌数万,使倭寇不敢在我疆域骚扰,我俞家军更被百姓誉为虎军!你竟敢说我抗倭不力?"

云襄目光如电,与俞重山针锋相对:"请问将军,倭寇最大的一支东乡部,人数过万,在海上啸聚来去数载,屡屡骚扰我沿海城镇,将军可有歼敌之策?"

俞重山一窒,沉声道:"只要东乡平野郎敢骚扰我江浙疆域,本官定毙之!"

云襄哈哈一笑:"倭寇不除,骚扰不止,此理人人皆知。将军上任数载,仅守住治下疆域,也敢说抗倭有功?"说着他抬手往虚空一挥,似将数千里海防尽收袖中:"江浙两省富足天下,将军兵精粮足,据此优势却不思进取,一味驱狼伤邻,使倭寇数度深入闽、粤诸省腹地,此其罪二!"

俞重山急道:"各地驻军,皆各有司职,别人守不住疆域,与我何干?"

"请问将军,闽、粤诸省百姓,是不是我大明子民?你身为守边将领,对他们的安危有没有责任?"见俞重山一时语塞,云襄喟然叹道,"你作为江浙两省总兵,能保一方百姓平安,有功;你作为与倭寇作战多年的资深将领,只管自己门前无雪,不管邻里安危,有罪!"

俞重山瞪着书生默然良久,最后颓然叹道:"倭寇扰边,本官忧心如焚,但职责所在,有些事我即使想管,也无能为力。邻省有难还可出兵救援,路途太远也就鞭长莫及。不是本官心胸狭隘只看到江浙两省,实在是力有不逮。"

云襄叹道:"大明数千里海防线,即便再多几支俞家军这样的虎军,也守不住这万里海域。若都像将军这样固守一隅,倭患永难消除。"

俞重山微微颔首:"主动出击,以攻代守,固然是兵法要诀。然我水军方动,倭寇已远逃千里,窜入邻省疆域,本官空有虎狼之师,也有劲无处使啊!"

云襄点头道:"抵抗倭寇,不能各省分治,应该组成一支机动的铁军,作为主动出击的利剑。一旦发现倭寇踪迹,不拘地域统属,千里奔驰,一击必杀,甚至挥师直指倭寇巢穴,擒敌擒王。以将军抗倭的职责,应该立刻上书朝廷,请旨组成这样一支专司剿倭的精锐机动部队,是为剿倭营。"

"剿倭营?"俞重山若有所思地点点头,"公子所言甚是,不过即便有了剿倭营,要想预见倭寇侵袭的地点,予以迎头痛击,也是难如登天。"

云襄淡淡笑道:"将军只需训练精锐,上书朝廷请旨组建剿倭营。

至于如何聚歼倭寇，本公子自有妙计。"

俞重山打量着云襄，将信将疑地问道："公子不过是一个江湖老千，何以知兵？"

云襄笑道："兵者，诡道也，与千道不无共通。在我眼里，倭寇就如押宝的庄家，他将宝押在我大明数千里海防线，由咱们来猜。猜中了留下他们的人头，猜不中可就苦了百姓。如果老老实实地猜，猜中的可能实在微乎其微，不过如果出千，猜中的概率就大大增加。"

"有理有理！"俞重山连连点头，望向云襄的目光已与先前完全不同，"若朝廷同意组建剿倭营，我定举荐公子做个参军。"

俞重山本以为云襄定会感恩戴德，毕竟有才华的人，都渴望一个展示的舞台。谁知他却微微摇头道："我从不借他人之手来赌博，我要么不赌，要赌就要亲自上阵。"

"公子的意思是……"

"朝廷若答应组建剿倭营，俞将军是不二人选。我可以在将军帐前挂个参军的虚衔，不过将军若要用我，就要让我指挥全军。"

俞重山一怔，以为自己听错了，见云襄一脸正经，显然不是在开玩笑，他不禁仰天大笑："书生论战，不过纸上谈兵。你既无带兵经验，又无半点军功，甚至连战场都未上过吧？竟然要我将数千将士的性命、数十万百姓的安危交到你手中？荒谬，真是荒谬！公子襄，你实在太狂妄了！"

面对嘲笑，云襄面不改色，待俞重山渐渐止住了笑声，才昂然道："诸葛孔明也是一介书生，也无带兵打仗经验，却能一战成名，辅佐刘备三分天下；韩信由小卒一步登天，统帅汉王全军，最终也击败一代枭雄项羽。云襄不敢与前辈比肩，但指挥几千人马击败小小倭寇，还是有这点信心的。"

俞重山本来已收住笑声，闻言不禁爆出更大的狂笑，边笑边擦泪道:"公子襄啊公子襄,你以为你是谁,竟敢自比诸葛武侯和淮阴侯?这种从天而降的兵法大家,是几百年才出一个的旷世天才,你公子襄何德何能,竟敢与他们相提并论?"

云襄待俞重山笑够了,才淡淡道:"在下愿与将军比一比用兵之道。"

俞重山又是一阵大笑:"如何比?如果你要跟我比背兵书,我肯定背不过你。但带兵打仗,经验、韬略、威信缺一不可,你除了死记硬背下几本兵书,一样也没有,如何跟我比?"

云襄面不改色地道:"我知道俞家军每月都有实战演练,你我可各指挥一军一较高下。"

俞重山饶有兴致地打量着云襄,像看小孩子吹牛一般,脸上满是宽容的微笑:"俞家军是我一手训练出来的虎军,只听我的号令,你有何威信指挥他们?"

云襄沉声道:"诸葛亮初出茅庐,刘备即登坛拜将封其为军师,对全军有生杀大权;韩信也是由刘邦授帅印及尚方宝剑树立威信。在下不敢要将军如此隆重,只要将军借我一件可执行军法的信物,在下愿与将军在演习场上一较高低。"

俞重山大笑着点点头:"好!以前每次演习都是咱们自己关门练兵,这回我就陪你玩玩。"说着他将腰间的佩刀扔给云襄:"这是本官佩刀,见刀如见人。我给你一营兵将,你可以先去熟悉一下他们,十天后咱们演习场上见。"

俞重山这随手一扔,力道甚重,将云襄冲得一个趔趄,差点没有接稳。俞重山禁不住又张口失笑,转头对张宇然吩咐:"你带云公子去军营,我帐下各营由他随便挑选。告诉将士们,云公子有诸葛、韩信之才,要大家万不可有半点轻视。"说完自觉好笑,又忍不住一阵大笑。

张宇然也笑嘻嘻地对云襄示意道:"云公子请跟我来。"

云襄有些吃力地抱着缅刀,对俞重山一拱手,面不改色地随张宇然大步出帐。

二人来到外面的军营,张宇然笑道:"下次演习原本是轮到一营和七营,不过你也可以挑其他营,包括拱卫俞将军的虎贲营在内,你都可以随意挑选。"

"就一营吧!"云襄随口道。

张宇然见他对各营似乎不了解,好意提醒道:"一营虽是俞家军精锐,能征惯战,但也是一帮骄兵悍将,恐怕不好指挥。要不要换换?"

"不用,就一营!"云襄貌似柔弱,却说一不二。张宇然无奈,只得将他带到一营驻地,老远便高叫道:"牛将军,我给你带高人来了!"

一个满面虬髯、面如黑炭的魁梧汉子,赤裸着健硕如牛的上身钻出营帐,老远就和张宇然大声招呼:"好小子,知道老哥哥这里弄到点好酒,闻着味来了?"突然看到书生打扮的云襄,他不以为意地扫了一眼,指着云襄问张宇然:"来从军的?你知道我最烦书呆子了,还往我这儿带。老七是儒将,最喜欢文化人,你该送他那儿去。"

张宇然忙笑道:"来来来,我给你们介绍。这位是一营点检牛彪牛将军,这位是云襄云公子,你们多亲近亲近。"

"怎么,不是来从军的?"牛彪看出些端倪,忙问,"怎么回事?"

张宇然笑道:"云公子刚从俞将军处领了将令,从现在起到演习结束前,一营上下归他调度指挥,任何人不得抗命。"

牛彪有些惊讶:"我也归他指挥?"

张宇然肯定地点点头:"对!你也归他指挥。"

"为什么?是朝廷派下来的人?"牛彪满脸不善地打量着云襄,

一脸疑惑。

云襄不等张宇然开口，沉声道："一个合格的将领，只服从命令，从不问为什么。"

"你意思是我不合格？"牛彪挑衅地瞪了云襄一眼，转问张宇然，"这小子什么官衔，凭啥要我听他的？"

云襄举起手中缅刀，沉声道："一营点检牛彪听令！"

牛彪望望一本正经的云襄，再看看一旁的张宇然，一脸茫然。云襄见状突然哈哈大笑："这就是俞家军，原来这就是俞家军，俞重山的命令原来只是放屁！"

牛彪勃然大怒，双拳紧握直欲择人而噬："你小子敢辱及将军，老子撕了你！"

云襄坦然直视着牛彪血红的眼睛，将缅刀举到他面前："俞将军赐我佩刀，告诉我俞家军上下见刀如见人！可我遇到的第一个将领就无视他的佩刀，他的命令不是放屁是什么？"

二人瞠目对视各不相让，如果眼光可以化为利剑，此刻他们便是在作最激烈的拼斗。牛彪虎视半晌，见这貌似文弱的书生，眼中竟无半分退缩，不禁有些气馁，勉强拱手拜道："末将见过……"说到这突然忘了对方该如何称呼，只得将目光转向一旁的张宇然，张宇然忙小声提醒："云襄，云公子。"

牛彪草草拱拱手："见过云公子。"

云襄沉声道："立刻集合部队，我要阅军！"

"现在？"牛彪有些意外。也难怪他感到意外，此时兵卒们刚晨练结束，正在用早饭，现在阅军实在有些不合情理。张宇然也小声提醒道："云公子，此时兵将们正在用餐，是不是等……"

"倭寇来袭，会不会等兵将们先吃完？"云襄厉声打断张宇然的话，转头对牛彪道，"下次我不想再说第二回！立刻集合部队！"

牛彪不满地瞪了云襄一眼，高声大叫："司号手，吹号！"

沉闷的牛角号在军营回荡，带着肃杀和浓浓的战意。正在用餐的兵将们不知发生了什么事，纷纷丢下碗筷从四面八方赶来。云襄自号角响起，就开始曲指数息，待牛彪整队完毕方停止。

"请云公子阅军！"牛彪整队完毕，立刻向云襄示意。"公子"这称谓既非军衔又非官职，顿时引起兵将们的好奇，不过俞家军军纪严明，众兵将心中虽有疑惑，队列却依旧严整肃静。

云襄缓缓走上高台，俯瞰着台下三百多彪彪汉子，举起数息的手高声道："从号角响起到列队完毕，一营三百余人竟用了十八息，这就是号称俞家军精锐的一营？我看都是些衰兵疲将！"

见众兵将脸上满是气愤和不甘，云襄冷笑道："你们别不服气，知道当年纵横天下的蒙古铁骑一个万人队，列队要多少时间？十息！比你们快了差不多一倍！这就是蒙古铁骑能纵横天下、你们却连小小倭寇都对付不了的原因！"

众兵将脸上都有些惊讶，跟着有人高声喝问："请问这话有什么根据？"

云襄目视说话的汉子，见他站在前排，看军服是个百夫长。云襄没有回答他的问题，却转向牛彪问道："牛将军，队列中未经将令擅自说话，该受何罚？"

牛彪略一迟疑，道："轻则十军棍，重则五十！示众。"

云襄冷冷道："那你还不严明军纪？"

牛彪无奈，恨恨瞪了那不争气的部下一眼："来人，拖出去重责十军棍！"

两个兵卒勉强架起那百夫长就走，他却瞪着云襄吼道："姓云的，老子不怕受刑！你说蒙古万人队十息就能集合完毕，有何根据？你要说不出来，老子不服！不服！"

两个兵卒将那百夫长拖走,他却还在高声叫骂。云襄示意行刑的兵卒停步,然后对那百夫长从容道:"据《蒙古军纪》记载,万人队集合超过十息,迟到者鞭二十;超过十五息,主将加倍受罚;超过二十息,主将斩!你若不信,可查《蒙古军纪》或《元史》,若发现本公子有半句不实,我愿加倍受罚!"说到这他顿了顿,在众人惊讶的目光中断然挥手:"行刑!"

军棍击肉的沉闷声响,在操场上回荡,众兵将鸦雀无声,望向云襄的目光已有些不同。他们开始发觉,这貌似柔弱、身份不明的书生,并不像外表看起来那般善良可欺。

云襄环顾众兵将,沉声道:"从即日起,集合凡超过十息者,每息十军棍!牛将军!"

"末将在!"牛彪连忙躬身听令。

云襄淡淡道:"让把总以上军官到帐中议事,其余人等继续用餐。"

牛彪立刻解散部队,并让军官们到自己帐中听令。张宇然见云襄已控制大局,连忙告辞而回,匆匆去向俞重山复命。

听完张宇然连比带画的讲述,俞重山有些惊讶。他方才还在后悔中了公子襄的激将法,冒失地将一营的兵将交给一个从未带过兵的书生,不知道会闹出什么乱子。如今得知那书生已经在号令全营,他摸着颔下的短髯,若有所思地道:"这个公子襄,不像是没带过兵的人嘛。"

"这姓云的也太将自己当回事了,"张宇然很有些为同僚愤愤不平,"拿根鸡毛就当令箭,居然敢打将军的部下。"

"老子的佩刀是鸡毛?"俞重山顺手给了张宇然一巴掌,"令行禁止,此乃军人的基本素质,谁带兵不都一样?这一营也是我平日骄纵惯了,让人治治也好。"说到这里,他饶有兴致地抚着短髯笑起来:"这个公子襄,我还真是小看了他!"

六、领军

黄昏时分，云襄拖着疲惫的身体回到住处，明珠立刻心疼地迎上来，又是端茶又是送汤又是帮他揉肩。她知道，一个从未习过武的文弱书生要率军训练一天，其辛苦可想而知。

筱伯满是敬佩地对云襄竖起拇指："公子第一天带兵就能一举立威，令人叹服！"

云襄皱起眉头："你看见了？"

筱伯忙笑道："照公子吩咐，老奴原本是不能跟去的，不过明珠怕你有闪失，所以央求老奴暗中保护。"

明珠也道："这事不能怪筱伯，都是我的主意。那些军汉一个个都粗鄙不堪，万一一时冲动伤到公子，可就悔之晚矣！"

"你怎么能这样说那些兵将？"云襄沉下脸来，"大明江山全靠他们在守卫，百姓安宁也靠他们来保护，一有战事，最先牺牲的是他们，怎可对他们有丝毫不敬？"

明珠不好意思地吐吐舌头："行了行了，我说错话了，跟你道歉还不行吗？知道你第一天带兵，就已经爱兵如子了。"

筱伯笑道："不过在校场上，公子带兵可凶得很呢！老奴担心那些兵将会心生怨恨，训练时给你使绊还不算什么，就怕他们暗中出手报复，公子可就危险了。"

云襄叹了口气："顾不得这些了。我何尝不知带兵要刚柔并济、恩威皆施，但十天后就要和俞重山在演习中见高低，哪有时间慢慢调教？我只有以俞重山的威信和俞家军的军纪立威，而后先严后宽，使兵将们十日之内成为真正听我号令的部下。"

筱伯有些惊讶地望着云襄："公子以前从未带过兵，从哪里得知这些领兵要诀的？"

云襄笑道："熟读史书，可以学到很多东西。当年南宋名将虞允文，采石矶前仓促上阵，以文官之身第一次带兵，正是用到了先立威、后怀柔之术，短时间内便将一万多名江淮军将士收归麾下，这才有后来青史流芳的采石矶大捷。"

筱伯微微颔首："我总算知道诸葛、韩信、虞允文这些天才兵法大家是如何来的了。原来纸上谈兵，多数人会成为赵括，不过也有少数聪明绝顶的天才，能够一步登天！我看公子就是这样的天才。"

云襄笑着摆摆手："你别让我太过自负，那会害死我的。对了，明天我要搬到军营去住，只有跟将士们生活在一起，才能真正成为他们的统帅。"

明珠一听，立刻吵着要女扮男装做个随从，被云襄好说歹说总算劝住。不过作为妥协的条件，云襄只得答应将筱伯带去，一来负责保护自身安全，二来也负责为明珠传递云襄的近况和消息。

京城靳无双的书房内，江浙总兵俞重山最新的奏折就摆在桌上。靳无双若有所思地敲着桌子，皱眉自语道："这个俞重山，究竟想干什么？"

一旁侍立的青衫老者赔笑道:"他是想从沿海驻军中抽调精锐组成新军,作为对付倭寇的机动部队,不受统属、地域限制,一有倭寇踪迹就主动出击,以扭转对倭寇的被动局面。"

靳无双叹道:"我何尝不知一支独立的机动兵力,对平息倭患的重要性,但这样一支不受地域限制的精锐,就如一柄双刃剑,既可伤人,也可伤己。它一旦坐大,就要威胁地方乃至朝廷的安宁。这个俞重山,还真给我出了个难题。"

青衫老者沉吟道:"听说组建这支新军的主意,是来自公子襄的建议。"

"公子襄?"靳无双一怔,捻着手指上的赤玉扳指沉吟良久,"那就答应他,不过人数上要加以限制,最多不得超过六千人。"

"不超过六千人?"青衫老者有些意外,"光倭寇最大的一支东乡部就不止万人,六千人是不是太少了点?"

"一点不少!"靳无双笑道,"公子襄既然是云啸风的弟子,凭他的才能,以六千对一万已经绰绰有余。明日就请圣上下旨,答应俞重山的要求,组建新军剿倭营,人数限制在六千人,就以俞重山为主帅,依旧兼任江浙总兵。"

隆隆的战鼓在演武场上缓缓响起,使演习多了几分实战的气氛。俞家军一营和七营已集结完毕,就等主将做演习前的最后动员。

云襄纵马从三百多巍然屹立的彪彪男儿面前驰过,最后勒马停在队伍前方,对众兵将大声道:"我知道自己领兵这十天,你们吃了很多苦,受了很多罪,心里对我这书呆子有很多不服。有些人说不定还对我心怀仇恨,想找机会报复。我答应你们,只要你们能在今日的演习中,证明一营是俞家军精锐,证明我对你们的贬低和羞辱错了,我可以让你们痛揍一顿,让你们泄愤。不过现在,请先用行动来向我证明！"

说完云襄纵马回到指挥台上，遥听评判席那边的鼓声突然停止——那是演习开始的信号——即刻对一旁侍立的牛彪点点头："擂鼓！"

前进的鼓点隆隆响起，声声催人奋进，一营三百多将士迈着整齐的步伐，开始向对手缓缓逼近。他们手中的兵刃虽然已换成了演习专用的竹刀木枪，可依然透出森森杀气。

七营的队形在行进中突变，分成左右两军，呈钳形阵向一营两翼包抄过来。云襄见状，对牛彪打了个手势，牛彪令旗一挥，鼓声顿时一急，一营应声分为两队，迎向对手。眼看双方间已不足百步距离，七营队形再次突变，由钳形阵合为箭形阵，如一支利剑直切一营的心脏。与此同时，七营的兵将们已呐喊着发足狂奔，向对手发起了冲锋。

俯瞰战场的评判台上，俞重山看得连连点头，对身旁的将领讲解道："这七营点检赵文虎还真是个将才，短短三百步距离，七营两次变阵，队伍丝毫不乱，可见七营平日的战术素养。"

一个参军笑道："他这变来变去的，除了好看，有啥意思？"

"这意思可大了！"俞重山一说到兵法，顿时兴致勃勃，"他就像武林高手与人对敌，先出一招试探，看你如何应付，待看清对手的虚实和弱点，再寻隙出击。这说起来简单，但要将阵形随心所欲变来变去，平日不知要下多大的功夫。如果将阵形比作剑手的剑招，你出招变招比别人快一点，高下胜负立分。赵文虎先以钳形阵让一营兵力散开，再在最后关头变为箭形阵突击，这就像剑客发现对手的破绽后，突然一击必杀。这最后一击的时机掌握得恰到好处，现在一营要变阵已经迟了，我倒真想看看那姓云的如何来应付？"

俞重山虽然自重身份，不屑与一个名不见经传的书生比试，但对这一战还是极为看重的。他虽在评判台观战，但心中已将自己投入战场，想象着自己率领七营发起最后冲锋的情形。

一营的鼓声突然停了，突兀得令人诧异。七营的战鼓顿时气势更盛，七营兵将越发斗志昂扬，呐喊声铺天盖地，立刻将对手的气势完全压制。

鼓声一停，一营的呐喊突然停止，跟着队形立散，尚未与对手交锋，三百多兵将就纷纷四下逃散，不成队形，不战自溃！

"一营输了！"俞重山身旁的参军兴奋地叫起来，正要让传令兵中止演习，俞重山忙抬手阻止："等等！一营未损一兵一卒，怎么算输？再看看。"

只见一营兵将们远远避开七营的冲锋，不成队形地四下散开。七营气势如虹的突击和冲锋，一下子失去了攻击的目标，就如剑手必杀的一剑刺在了空处，其难受可想而知。七营那原本气势汹汹的战鼓，此时听起来只有滑稽，哪还有半分杀气？

七营的兵将不由停下脚步，停止呐喊，但依旧保持着完整的队形。只见一营的兵勇散在四方，对他们大声嘲笑叫骂，有人还对他们遥遥竖起中指："来打我啊，七营的傻瓜们！……"

七营的兵将气得两眼冒火，但格于战术纪律，不能散开阵形去追打一营那些王八蛋。如果保持阵形去追那些散兵，显然就像用拳头打蚊子，一点用没有。单兵的逃命速度，肯定比一支队伍的追击速度要快得多。

评判台上，众将你看我我看你，议论纷纷："怎么回事？一营在搞什么玄虚？"也有将领气愤地拍案大骂："胡闹，真是胡闹！好好一场演习，让那姓云的家伙给搅黄了。"

在群情激愤的众将中，只有俞重山神情严肃地望着演习场中的情形，心中渐渐生起一丝熟悉的寒意。见众将都将目光望向自己，显然是在等着自己中止这场闹剧，他艰难地摇摇头，涩声道："这是倭寇的战法,七营恐怕要糟。"

话音刚落,七营的鼓声突变,跟着就见七营散开队形,向一营的兵将追杀过去。显然七营主将已憋不住,下令兵将们自由出击。

就在这时,突听一营鼓声乍起,震得人热血沸腾。跟着就见那些原本游兵散勇般的一营兵将,以快得令人咋舌的速度,集合成数十支小队,将分散开来的七营兵将打得落荒而逃。七营主将看见场中情形,连忙擂鼓集合队伍,可集结速度比一营将士慢得太多,根本无法扭转战局。跟着又听一营鼓声突变,那数十支分散的小队,片刻间就集合成三支百人队,向七营的战场主将发起了反冲锋。七营队形已散,仅有中军一个百人队还保持着防御阵形,但怎敌得过三支百人队的强大冲击,转眼间便被冲乱阵形,指挥战场的将领虽然悍勇,却依旧被七营兵将生擒活捉。

一营将士们押着擒获的七营战场主将,也就是七营的副点检来到评判台前,那副点检对俞重山高声叫道:"一营违反演习规则,老子不服!"

此时七营的主将赵文虎也纵马来到评判台前,俞重山望着面前这剑眉朗目、儒雅沉静的爱将问道:"赵文虎,你服不服?"

赵文虎翻身下马,拱手拜道:"七营战场主将被擒,兵将损失惨重,输得心服口服。"

在一营兵将的欢呼声中,云襄捧着俞重山的佩刀来到评判台前,将佩刀交给俞重山的副将,对俞重山拱手道:"十日之期已到,小生交还俞将军佩刀。"

俞重山点点头,接过副将递来的佩刀,高声宣布:"今日之演习,一营大获全胜!"

一营将士爆发出震耳欲聋的欢呼,兴奋地向云襄奔去。筱伯想起云襄演习前的承诺,正要挺身保护,可三百多将士如潮水一般涌来,怎容得他阻拦？只见众兵将不由分说，七手八脚将云襄抓起来，高高抛向空中，又稳稳接住，跟着再抛，再接……人人脸上洋溢着发自内心的兴奋和喜悦。一场酣畅淋漓的胜利，化解了这十日来的愤懑和仇怨，他们现在对云襄的不满和仇恨早已烟消云散，只剩下由衷的敬服。

牛彪挤入人群，伸手将云襄接住，然后稳稳放下，跟着倒头便拜："云公子，我牛彪以前多有冒犯，请公子恕罪！"

云襄连忙扶起牛彪："牛将军请起，是你平日带出了一帮精兵强将，才有今日之大胜。"

牛彪连连摆手："咱们跟七营交手多次，通常都是难分胜负，像这回生擒对手战场主将的大胜，以前从未有过，可见云公子用兵，比我老牛高了不是一点半点。"

云襄正待谦虚，就见七营主将赵文虎挤了过来，仔细打量了云襄片刻，冷冷道："云公子用兵如神，有机会还想跟你再比高低。"

"老七，你恐怕没那个机会了！"牛彪哈哈大笑，"以云公子之才，指挥一个营实在是大材小用。俞将军知人善用，定不会再让云公子指挥区区一营兵将。"

说话间就见俞重山的副将张宇然纵马过来，对云襄抱拳道："云公子，俞将军有请！"

云襄忙随着张宇然来到中军大帐，就见俞重山独坐帐中。见云襄进来，俞重山立刻起身相迎，不等云襄见礼，已拱手拜道："云公子果有领兵之才，俞某先前多有轻慢，还请公子见谅。"

云襄连忙还拜道："俞将军不必客气。"

二人见礼毕，分宾主坐下。俞重山将案上一份奏折递给云襄，半喜半忧地叹道："俞某上奏朝廷的奏折已有回复，圣上已同意组建剿倭营，不过人数却限定在六千人。"

"六千人？"云襄皱起眉头，沉吟道，"六千人虽有些少，不过若兵精将猛,再善加使用,也差不多够用了。"

"够用?"俞重山苦笑着摇摇头,"倭寇皆是亡命悍勇之徒,单兵战斗力远在我大明兵勇之上。虽然我可以随意挑选沿海诸省精兵强将,组成精锐剿倭营,却也未必能在一对一的情况下战胜倭寇。而倭寇光东乡平野郎一支,就有万人之众,要想歼灭,谈何容易?"

云襄从容道:"倭寇虽有单兵之勇,但终究是海盗,战场上的纪律性以及战术素养,终究不如大明兵将。只要咱们抓住倭寇这个弱点,也未尝不可一战。"

俞重山微微颔首,目视云襄叹道:"公子深知用兵之道,确实是难得的人才。俞某既然受命组建剿倭营,公子当是我帐下第一高参。"

云襄淡淡一笑,起身拱手一拜:"多谢将军美意,只是云某无法领受,告辞!"

见云襄要走,俞重山连忙起身阻拦:"公子请留步!你若想亲自领兵,我可以举荐你做个千户,统帅三个营一千二百人,如何?"

云襄回头对俞重山冷笑道:"俞大人既已忘了当初的承诺,云襄还有何话说?唯有告辞!"

俞重山沉下脸来:"公子襄!你虽统领一营在演武场上大获全胜,但指挥一个营三百余人和指挥整个剿倭营六千人完全不同,我岂能轻率地将六千将士的性命都交给你?再说你也并未击败过本将军,我这也算不得违约。"

云襄哈哈一笑,望着俞重山坦然道:"只要将军能给云某一个机会,云某倒也有心试试。"

面对这样的挑衅,俞重山涵养再好也气得满脸通红,双目圆睁,直视着云襄沉声道:"好,我就给你这个机会!剿倭营一个月后组建完备,之后咱们各领一个水军营和两个步兵营,在海防线上一较高低。如果你能赢我,我就将剿倭营的指挥权让给你!"

"一言为定!"云襄伸出右手,与俞重山击掌盟誓。一个前所未有的约定,就这样在谈笑间敲定。

回到住处,筱伯听云襄将他与俞重山的约定说了一遍,顿时急得连连搓手:"指挥一个营和指挥三个营,方法完全不同,何况公子还从未见过海战,如何指挥水军?而俞重山身经百战,有勇有谋,更兼手下将士人人效命,公子如何能赢?"

云襄自信地道:"诸葛、韩信、孙膑等千门前辈,以前也从未领过兵打过仗,却出山就能领兵获胜,扭转战局,可见纸上谈兵、空口论战也未必就一无是处。我虽不敢与这些千门前辈相提并论,但总要试试才能甘心。不过我不敢拿兵将们的性命去试手,所以要激俞重山与我在演习中较技,这既是要在军中立威,也是对自己领兵能力的一次检验。如果我胜不了俞重山,就算俞重山将剿倭营交给我指挥,我也不敢拿将士们的性命去冒险。只有胜过俞重山,我才能真正树立指挥全军的信心。所以,这次演习对我来说是一次必不可少的考验。"

筱伯若有所思地点点头,对云襄的决定不再劝阻,只问道:"公子需要老奴做什么?"

云襄铺开笔墨纸砚,匆匆写下一些书名,然后将单子交给筱伯:"你速去将这些书都买回来,我要看看前人是如何训练和指挥水军的。从现在起到正式演习还有一个月时间,但愿还来得及。"

朔风如刀,刮在脸上生痛,也刮起了漫天尘土,令人双目难睁。不过舒亚男已顾不得这些,她不住地扬鞭催马,目标东南方向,一往无前!看她纵马疾驰的速度,完全不惜马力。逃离瓦剌大帐已经三天,大草原上已看不到瓦剌人的营帐,可她依旧不敢稍停,只想着快一点,再快一点!

在她身后的地平线尽头,有一孤骑一直远远地追着她。虽然看不清那骑手的模样甚至衣衫打扮，她也知道那人是谁。第一次见到朗多身边那个随从，她就觉得那是一只狼，不过又比狼多了几分狗性，所以对朗多这个主子忠心不二。

眼见坐骑已累得口吐白沫，舒亚男不得已勒马停下来。回头看看渐渐迫近的巴哲，她在心中对自己说：这样逃下去不是办法，得想法除掉这个讨厌的尾巴！

前方不远有一片树林，这在草原上比较少见。舒亚男驱马来到林中，打量着那郁郁葱葱的林木，嘴角泛起了一丝若有若无的笑意。

巴哲遥遥看到舒亚男进了树林，身影被林木完全遮蔽，不过他并不担心她能逃过自己的追踪，他天生有个好鼻子，虽不能与猎犬相比，却也不遑多让。他能靠着鼻子找到狐狸的洞穴，何况是个比狐狸笨得多的女人。

树林在望，空气中那一丝若有若无的幽香渐渐浓烈起来。巴哲放慢马速，使劲翕动着鼻翼，慢慢驱马进入林中。循着那一点微不可察的体香，他像猎犬般跟踪而至。进入树林深处，就见林木掩映的灌木丛中，露出了一角衣袍。巴哲脸上露出一丝得意的冷笑，从马鞍上一跃而起，向灌木丛中扑去。这世上能逃过他这一扑的猎物，实在少之又少。

一把抓牢衣袍，巴哲一声长笑："你给我出来吧！"同时手上用力，将衣袍一把扯了过来。几乎同时，身后有风声传来，速度极快，完全不亚于顶尖高手暗处致命的伏击。巴哲大惊，忙拔刀回身招架，就见一条儿臂粗的枝条从树干上弹了过来，巴哲来不及躲闪，只得硬着头皮举刀相迎。刀枝相碰，巴哲感到一股不可抗拒的大力从刀上传来，顿时将他击得飞了出去，手中的马刀也被这突如其来的一击震飞。

身子刚一落地，巴哲正待翻身而起，谁知地上的枯叶荒草中，突然弹起一个绳套，将他的双脚稳稳套住，跟着就感到一阵天旋地转，身子凭空飞起,他被倒吊在上不着天、下不着地的半空中。

"混蛋!臭女人!快放我下来!"巴哲破口大骂。

舒亚男从容不迫地从树后出来,对他冷冷道:"再跟着我,下次定不会就这样饶了你!"说着牵起巴哲的坐骑,慢慢出林而去。

"站住!别走!放我下来!"巴哲边大叫边挣扎,他没想到这个貌似柔弱的女人,竟有如此心机,会巧妙利用树枝的弹力做成陷阱;他更恨自己,竟然被一个简单的机关算计。

拔出靴子中的匕首,巴哲总算割断吊着自己的绳索落下地来。他顾不得理会身上的伤势,立刻循着舒亚男离去的方向追了出去。只见树林外,舒亚男骑着自己的马,牵着巴哲的战马,徐徐向东南方向驰去,此时要追上她的马,实在已经太迟,巴哲不禁对着她的背影气急败坏地大叫:"我一定要杀了你!我一定要你加倍付出代价!"

旭日初离海面,给翻滚不息的大海抹上了一层金黄。在海风猎猎的沙滩之上,两个步兵营、一个水军营约一千多名官兵肃穆而立,等待着演习前的最后训话。

云襄登上点将台,俯瞰着台下这一千多名俞家军兵将,纵声道:"相信大家都已知道,这次咱们的对手是俞将军。我知道俞将军在诸位心中的地位,但是,如果你们因此就心存畏惧或容让之心,那就是在侮辱俞将军。每一个真正的英雄,都希望在战场上用实力来证明自己,而不是靠对手施舍胜利。所以,如果你们尊重俞将军,就打起十二分的精神,拿出十二分的勇气,向他证明,你们无愧于他的教诲和训练。"云襄的目光徐徐扫过一千多人,最后落到前排一营点检牛彪身上,他突然放声高呼:"勇士安在?"

牛彪一愣,立刻领悟,高声答道:"我在!"

云襄再呼:"勇士安在?"

一营将士也已领悟，随着牛彪齐声高呼："我在！"

云襄目视全场，拔剑再问："勇士安在？"

"我在！"一千多名将士纷纷拔出兵刃，举刀齐呼。云襄举剑遥指海上俞重山的舰船，高声喝问："倭寇就在海上，可有勇士与我共击之？"

"有！"一千多名水步军将士齐声答应，声浪盖过了大海的波涛。云襄满意地点点头，举剑一挥："登船！"

海上波涛汹涌，战舰起伏不定。云襄立于舰首，遥望前方一字排开的战舰，默然无语。他身后立着水军营点检张龙和步兵营点检牛彪、赵文虎，三人都在等着他布置战术。虽然云襄已在陆战中证明了自己的用兵能力，但这次是在海上指挥十余艘战船及上千名水、步兵将联合作战，且对手又是身经百战、水陆皆能的俞重山，三将心中都有些七上八下，不敢想胜，只求别输得太难看，受俞将军责罚。

"大战在即，三位有什么高见？"云襄收回目光，回头问道。见三将面面相觑，无言以对，他不禁笑道："怎么，对手是俞重山，你们就束手无策了？"

三将沉吟片刻，白面无须的水军营点检张龙拱手道："俞将军这次排出了雁形阵，按兵法咱们或以雁形阵相抗，或以长蛇阵突击。不过俞将军用兵一向多变，暂时还看不出他有什么后续手段，所以末将不敢拿主意。"

云襄将目光转向牛彪，他立刻道："我最烦这变来变去的玩意儿，依我说咱们直接将船靠过去，用铁锚勾住敌船，像倭寇那样用绳索从桅杆荡到敌船上，抢船就是！"

云襄笑着点点头，将目光转向赵文虎。只见这面目儒雅的年轻点检沉吟良久，方缓缓道："以俞将军在军中的威信和战场指挥经验，正面对敌咱们必败无疑。"

云襄赞许地点点头，用目光鼓励赵文虎说下去。经过这一个月的训练，他不仅在军中立下威信，还摸清了手下几名将领的脾气禀性。水军营点检张龙虽谙熟海战，但一向没什么个人主意，只是个习惯于听令而行的营官；牛彪和他的一营，勇猛有余而智谋不足，是冲锋陷阵的好手，但不是运筹帷幄的战将；只有面前这沉默寡言的赵文虎，颇有心计谋略，所以云襄最想听听他的意见。

得到云襄的鼓励，赵文虎沉吟道："俞将军用兵，向来沉稳谨慎，几无破绽，所以末将也没有好的破敌方略。唯今之计，只有一个字——拖！"

"拖？"云襄深以为然地点点头，"拖到什么时候？"

赵文虎抬头看看天色："至少也要拖到日落之后。天色一晚，海上一片朦胧，而水军夜战训练不是很多，这样一来，可以抵消对手大部分优势。"

"老七，你这不是玩赖吗？"牛彪满脸不屑地嚷嚷起来，"咱们这次演习，就是要训练水军和步兵联合作战的能力，又不是真的打仗。你拖到天黑，所有海上战术都用不上，还训什么练？"

"不然！"云襄沉声道，"演习即实战，不能为演习而演习。倭寇最擅长夜战和偷袭，这回咱们就学学倭寇，先给他拖到天黑之后，再寻隙而动。"见三将不再有异议，他回头对传令兵道："号令船队，掉头向南，先后退二十里。"

传令兵立刻登上桅杆，用旗语向船队发令。片刻后，十几艘战船在风中缓缓掉头，向后退却。

十里外的战船上，负责瞭望的哨兵在桅杆上高声禀报："敌船掉头了！"

副将张宇然疑惑地嘟囔道："这个公子襄，不战即退，在搞什么鬼？"

俞重山笑道："这小子，将演习当实战了，又来倭寇那一套。"说着他看看风向，又看看天色，对传令兵道："传令船队停船，原地待命。另派小艇跟踪敌船，随时回报。"

张宇然有些不解地问："咱们为何不追？"

俞重山摇头道："现在风向不合适，就算要追也追不上。不过今晚风向要变，到时候我看那小子还怎么逃！嘿嘿，想跟我玩夜战，你小子还嫩了点。"

天色渐渐暗下来，在舱中蒙头大睡的云襄终于开门出来，不理会几个将领焦急的目光，径直来到船舷边一个老渔民身旁，问道："孟老伯，你看今晚的天气、风向，会有怎样的变化？"

孟老伯是云襄特意请上战船的老渔民，在海上讨了大半辈子生活，与他同时在海上讨生活的老伙伴，大多已葬身海底，只有他顽强地活了下来。这除了运气，更多是因他对海上的天气变化，有着旁人难以企及的经验和直觉。云襄虽然对海上气象知之甚少，但他深知知人善用的道理，所以特意以最隆重的礼节，将孟老伯这个海上活神仙给请上船来，作为自己预知海上气象变化的高参。

"公子请看，"孟老伯手搭凉棚，遥指海平线尽头，"海上除了低飞的海燕，再看不到任何海鸟，今夜海上必起风浪，时间大概在丑时。"

"风力和风向会怎样？"云襄忙问。

孟老伯看看天上乌云，沉吟道："风向由东及南，风力不好说，不过总要在海上掀起三人多高的大浪。"

云襄点点头，对焦急等在身后的几个将领招招手："都到中舱议事。"

巨大的海图铺在中舱桌上，云襄指着海图道："今夜有由东到南的大风，咱们的对手也在等着这股大风，好乘风追上咱们的船队，咱们就给他这个机会。"说着他指向海图上一处海湾："这个小海湾我曾去看过，在风浪袭来时，是一处避风的良港。咱们将船驶到那里，以俞重山用兵的谨慎，必定不敢轻易追入，定会守在港口先探虚实。这时咱们便在海湾中安心休整，以逸待劳，等他们吃不住海上风浪避入海湾时，咱们再发起反击。"

赵文虎看着海图沉吟良久，自语道："就算是这样，咱们也还是没有必胜的把握。"

云襄笑道："赵将军无须担心，除了以逸待劳，咱们还有最后一招，沉船！"

"沉船！"几个将领都是一惊。

云襄忙解释道："当然不是真沉。咱们只需将三艘大船用铁索相连，然后拦在海湾入口，用信号灯告诉俞重山这三艘船咱们主动沉掉，他的整个水军就被困在这海湾中了。我问过渔民，这海湾入口狭窄，三艘沉船足以堵死航道。"

水军点检张龙疑惑地挠挠头："这次演习，好像没有沉船这个战术。"

"要把演习当实战，实战中，任何战术都可以用到。"云襄话音刚落，赵文虎就点头道："不错，这是唯一困住俞将军的办法。不过就算是这样，咱们最多也只是打个平手啊。"

云襄莫测高深地微微一笑："如果咱们所有部队均困在海湾中，自然是平手，但如果咱们两个步兵营事先登岸，并在地势险要处埋伏下来，这一战就能分出胜负了。"

牛彪与张龙面面相觑，并未真正理解云襄的意思，只有赵文虎恍然大悟，击掌赞道："高明！在夜幕降临时，咱们先将两营步兵偷运到海湾埋伏，然后再将水军作为诱饵，引俞将军进入海湾，最后沉掉战船堵住海湾出口。此时我两营步兵已完全占据险要地形，俞将军的船队进退不得，自然就是输了。"

云襄摇头道："作为演习来说，咱们做到这一步，战术上算是成功了。但真正实战之时，对手可以弃船登岸，集中力量突击一点，咱们仅两个营的兵力，是困不死他们的。"

赵文虎笑道："公子过谦了，如果对手是倭寇，咱们做到这一点，就已经算是大获全胜。"

云襄见牛彪与张龙脸上闪过了悟的喜色，显然已明白了自己的意图，便道："众将听令！"

"末将在！"三人立刻垂手而立。云襄拿起令签，对张龙道："夜幕降临时，水军先将两个步兵营送到海湾埋伏，在风浪起时佯装迂回袭击敌军侧翼，在敌船队发现迎击时顺风后撤，将战船驶入海湾。待对手船队进入海湾避风时，再沉掉三艘大船，然后弃船登岸。做到这点，就是首功！"

张龙接过令签，拱手道："末将遵命！"

云襄再拿起令签对牛彪和张文虎道："你二人率军在地势险要处埋伏，并在阵地前点上篝火作为疑兵，若敌军弃船登岸，便全力出击。"

牛彪接过令签，有些疑惑地问："咱们若在地势险要处埋伏，就该在开阔处点上篝火作为疑兵啊。在自己的阵地前点上篝火，岂不暴露了咱们的埋伏？"

云襄解释道："海湾礁岸地势开阔，仅凭两个营的兵力实在无法兼顾，所以只能有所取舍。在地势险要的埋伏点燃起篝火，会显得开阔处越加黑暗。对手不知虚实，弃暗就明是人之常情，飞蛾扑火也正是这个道理。我研究过俞将军过去的战例，十之八九他会在燃起篝火的明亮处登陆。"

牛彪将信将疑地自语道："在自己埋伏的地点点起篝火，这埋伏岂不完全暴露在对手面前，如此一来这埋伏还有何隐蔽的意义？老牛真是不懂，不过云公子的用兵老牛早已佩服得五体投地，这回自然也会依令而行。"说着手执令签拱手出门,没有半点犹豫。

待三将离去后,舱中就剩下云襄与筱伯,一下子静得有些吓人。迟疑良久,筱伯小声问:"这一战,公子有把握吗?"

"没有。"云襄淡淡道,"我就像个老千,精心布下了一个局,我只能将这个局布得尽量完美,却不敢肯定别人会上当。不过我研究过俞重山的用兵习惯,以我对他的了解,他多半会上当。"

七、初战

红日早已沉入大海,还好月色甚明,照得海上一片银亮。蒙蒙月色下,海风凛冽,卷起浪花朵朵。俞重山将手探出窗外试试风向,喃喃自语道:"风向终于变了。"

"报!"传令兵突然在舱门外高呼,"侦察小艇上发回信号,敌军船队在二十里外聚集,正逆风向我侧翼移动。"

俞重山闻言哑然失笑:"书生毕竟是书生,再精通兵法,也还是纸上谈兵。千算万算,恐怕没算到今晚的风浪吧?逆风迂回袭击我侧翼,这不是找死?"

副将张宇然也笑道:"咱们只需以逸待劳,就能大获全胜。"

"不然!"俞重山微微摇头,"公子襄毕竟机智多谋、聪明绝顶,一旦发现失策,肯定会立刻改正。咱们不能给他任何改正的机会!"他陡然提高了声音:"传令下去,船队升起风帆,朝东南方向全速前进,直击敌军主将战船!"

呜呜的牛角号声在甲板上回荡,水兵们忙而不乱地升起了风帆。桅杆上的旗兵用灯笼向同伴发出信号,十几只战船立刻扬帆起航,向黑暗中的对手驶去。

"报！敌船掉头逃了！"瞭望的哨兵突然在桅杆上高呼。俞重山闻言一声轻哼："这个公子襄，反应倒快。现在敌船离咱们还有多远？"

"大约在三里开外！"哨兵答道。俞重山一声冷哼："追上去，这个距离，他已逃不脱咱们的追击！"

风浪渐大，卷得风帆猎猎作响。十几只战船如离弦之箭，直射海上的对手。海面上渐渐能看到对手船队那黑黢黢的影子，像十几只海上怪兽，在猎人的追击下张皇逃窜。

"报！敌船逃入了海湾！"哨兵禀报道。俞重山心中一动，连忙高声下令："减速！在海湾外抛锚停下！"

"怎么不追了？"副将张宇然疑惑地问。

俞重山沉声道："公子襄虽不是出身军旅，但领兵之能有目共睹，不应该这么容易就乱了阵脚。他既然逃入海湾绝地，咱们只需守住海湾入口，天亮后他所有的安排和计谋，就都一无所施。"

战船在海上停了下来，像十几只追猎的狼犬，静静地卧在猎物的洞穴外，等着天亮后再发出致命一击。海湾中，云襄也在静静地等待。看看东方渐渐泛起的一丝鱼肚白，筱伯小声问："如果俞重山不追进来，那会怎样？"

云襄苦笑道："如果天亮前俞重山还不追入这海湾，咱们就输定了。现在咱们只有祈求上苍，让海上的风浪大点，再大点，将他逼进来！"

一旁的渔民孟老伯笑着安慰道："云公子放心，依老朽多年海上讨生活的经验，今晚的风浪小不了！"

云襄心中稍安，欣然道："那可就要感谢上苍相助了！"

海湾里风平浪静，海湾外已是巨浪滔天。俞重山如孤岩般稳稳立在船首，木然看着水军在风浪中操持。一名水军将领跌跌撞撞地靠过来，高声请示道："将军！风浪太大，咱们是不是靠岸避一避？"

副将张宇然也道:"是啊!再等下去,说不定战船会受损。"

俞重山无奈地叹了口气,这是演习,不是实战,如果演习中战船受损,那就太不值得了。不过要他就这么放弃被逼入绝地的对手离开,却又心有不甘。他沉吟良久,终于决定冒一回险。

"令船队驶入海湾,与敌军决战。"俞重山一声令下,十几只战船犹如得到命令的猎犬,立刻向海湾中扑去。

"来了!"看到十几只战船全速驶入海湾,水军点检张龙也有些兴奋起来,一边用信号灯指示三艘大船插入海湾入口,一面命令水军向敌人发起进攻,以引开敌军注意。

海湾中风浪小了很多,但隆隆的战鼓令人精神不敢有丝毫松懈。俞重山一面令前锋迎敌,一面指挥后军保护好自己的退路,却见敌军三艘战船完全无视自身安危,从侧翼直扑海湾入口。俞重山有些不解地眺望着那三艘大船,自语道:"这个公子襄,白白牺牲三艘战船,想干什么?"

火炮声隆隆响起,火光如闪电般在海面上倏然明灭。虽然火炮都没装弹丸,但激烈程度跟真正的海战没有多大差别。有负责裁决的将领在远离战场的船上记录双方发射的炮火数量及发炮的距离和角度,以确定哪些战船应该算被击沉而退出演习。

俞重山正要下令先击沉插入自己船队后方那三艘敌船,突听桅杆上的哨兵高叫:"三艘敌船向我们发出信号,他们已凿船自沉。"

"凿船自沉?"俞重山一惊,立刻就明白了云襄的意图。一旁的副将却还在嚷嚷:"演习中哪有这个战术?不管它,继续向他们开炮。"

"停!"俞重山一声令下,火炮顿时停止发射,海湾中立刻静了下来,只见敌水军战船已大部靠岸。俞重山打量着三艘战船停泊的位置,黯然叹道:"这三艘船要沉在那里,就完全堵死了海湾入口,咱们也就全被困在这海湾中了。"

张宇然忙道："演习中哪有这种战术，不用管他。"

"演习中没有，实战中却有。"俞重山沉声道，"咱们要以实战的思想来演习，这样才能达到演习的效果。现在咱们退路被堵，不过兵员战船都没有多大损失，还算不得输。公子襄为了将咱们引入这绝地，把自己的水军赔了进去，也没有占到便宜。"

话音刚落，就见岸边礁石上飞来几支带着火焰的飞箭，落在甲板上立刻就被兵卒踏灭。俞重山面色顿时凝重起来，他知道这是公子襄在问他，如果遭到火箭袭击，他该怎样应付？实战中火箭肯定密如飞蝗，决不会轻易就扑灭。

"弃船！登岸！"俞重山无奈下令，他知道云襄的步兵已占据有利地形，但遭到火箭袭击，除了弃船登岸也没有更好的办法。

"从哪里上岸？"张宇然忙问。俞重山放眼望去，就见四周礁石都有篝火亮起，只有开阔的沙滩上黑黢黢不见任何光亮。他沉吟良久，最后下令："从火光最盛的礁石处登陆。"

十几艘战船先后靠岸，一千多兵卒纷纷弃船登岸。就在这时，只听一声号炮响起，埋伏在险要处的一营和七营步卒齐齐现出了身形，尽皆弯弓搭箭引而不发。俞重山见状一声长叹，转头对副将吩咐："中止演习，公子襄赢了。"

中止演习的信号灯在战船桅杆上渐渐升起，岸上埋伏的步卒齐声欢呼，从藏身处出来，只见云襄青衫飘飘走在最前方，对俞重山拱手遥拜。俞重山快步迎上前去，拱手拜道："公子知兵善兵，胸中韬略非俞某可比，在下输得心服口服。"

云襄忙拉过身后的赵文虎，笑道："俞将军过谦了。这一战我有熟悉将军用兵的干将相助，又精研将军过去的用兵习惯，才有针对性地做了这些布置，占了你明我暗的便宜。不过就算是这样，以将军之能，在误入重围之际要趁夜突围也不是难事，所以这一战只能算平手，在下不敢称胜。"

俞重山对赵文虎点点头，执起云襄的手叹道："公子不必自谦，你知人善任，第一次统领千余人的水陆联军作战，就能使出这等妙计，称为天才也不为过。我将委你剿倭营的全权指挥调度之权，我只负监督、训练、参谋之责。相信以公子之能，定不会令本将军失望。"

云襄连忙拜倒在地："多谢将军信任，在下将竭尽所能，平息倭患，保百姓平安。"

俞重山连忙扶起云襄，解释道："可惜朝廷制度，军权不能私相授受，所以公子的一切命令，将由本将军代为传达，请公子理解。"

云襄点头道："云襄唯有借将军之威信，才能号令全军，也只有倚仗将军完全的信任，才能无所掣肘地指挥剿倭营。能遇到将军这等知人善用、礼贤下士的伯乐，是云襄毕生之大幸！"

俞重山哈哈一笑，挽起云襄的手遥望茫茫大海，昂然道："公子天纵奇才，不逊那武侯与韩信。就让咱们文武联手，平息这百年倭患！"

一望无际的大草原上，巴哲犹如一只独狼，正循着舒亚男逃离的方向苦苦追踪。虽然没有坐骑，他依然没有放弃，就像一只忠实的猎犬，对主人的命令永远都不折不扣地执行。

前方出现了几个放牧的汉子，赶着马群在草原上嬉戏。有牧人看到徒步而来的巴哲，远远就在招呼："喂，兄弟！要不要帮忙？"

"你们可看到一个单身女人，从这里过去？"巴哲一边问，一边打量着马群中的骏马。

一个牧人往东南方向一指："有！往那个方向去了。"

另一个牧人笑道："看你风尘仆仆，想必已赶了不少的路，过来和咱们喝上一杯，来的都是客嘛。"

巴哲没有理会那牧人的邀请，却突然一把将一个牧人拽下了马鞍，抢过他的马向马群奔去。他已经发现了马群中的头马，那是一匹浑身漆黑的千里马，如果把它抢到手，追上那女人就没有多大问题。

马群受惊，开始向远处逃逸，万马奔腾的蹄音如隆隆雷声滚过大地。巴哲从马群侧面悄悄接近头马，在离头马还有数丈之遥时，突然从马鞍上凌空跃起，踏着几匹奔马的马背，如凌空虚渡一般追上头马，然后一个虎扑稳稳落在头马背上。头马拼命嘶叫跳跃，却怎么也甩不掉巴哲。而他则一手紧紧抓着马鬃，一手握拳狠击马背，一连数十拳，那马终于吃痛不住，渐渐老实下来。

几个牧人呆愣地看着，见他不仅制服了头马，还要将头马抢走，才纷纷叫骂着上前阻拦。巴哲刚被舒亚男暗算，正憋着一肚子火，见众人竟敢喝骂阻拦，也不多话，拔刀一路斩杀过去，几个牧人立刻身首异处，惨遭横死。他却带着一路血腥，向东南方疾驰而去。

有日行千里的骏马相助，巴哲第二天黄昏就追上了那个可恶的女人。这里已经是关内一处边境小镇，只有一条小街和几间简陋的铺子，以及几十户贫困潦倒的边民。当巴哲牵着马出现在那个女人面前时，她正在镇上唯一一家酒肆，狼吞虎咽地用当地一种坚硬如石的大饼填肚子。看到巴哲突然出现在面前，她惊得目瞪口呆，若非嘴里塞满了大饼，一定能塞下一个拳头。

巴哲很喜欢别人这种惊恐的表情，他嘴角泛起戏谑的微笑，在她的对面大马金刀地坐下来，对过来招呼的小二一声高喝："五斤好酒！"

小二赶紧抱来一大坛酒，殷勤地问："客官不要菜吗？"

"我已经有下酒菜，什么菜能比得上少女鲜美的嫩肉？"巴哲舔着干裂的嘴唇，笑眯眯地打量着对面的舒亚男，头也不抬地淡淡说道。小二一惊，不过凭直觉，他知道面前这个像狼一样的异族汉子不是善类，也不敢多问，立刻搁下酒坛躲一边去了。

舒亚男突然有种想吐的感觉，一种前所未有的寒意从肌肤直透骨髓。她见过各种各样令人不安的眼光：凶狠的、淫邪的、毒辣的、杀气腾腾的……所有这些眼光加起来，都不如巴哲的目光令她胆寒，那就像是饿狼在打量食物时发出的馋光！

"你知道我为什么会对朗多殿下忠心耿耿？"巴哲笑眯眯地抓住舒亚男的手，凑到鼻子边轻轻嗅着，"因为我有一个绰号叫'人狼'。十六岁那年，大雪封山，村里所有人都饿得奄奄一息，我也不例外。你没饿过肚子，至少没饿到用泥土充饥的地步，所以你根本想象不到饥饿日夜伴随着你的恐怖感觉。为了活下去，我吃过所有能吃或不能吃的东西——老鼠、毒蛇、虫豸甚至蛆虫，最后连草根树皮泥土都拿来充饥。当所有能吃或不能吃的都吃完后，我不得不用一种既能吃也不能吃的动物来充饥，你知道是什么吗？"

舒亚男突然感到浑身发软，腹中酸水不住上涌，发自灵魂深处的恐惧使她的双眼睁得溜圆。

巴哲笑着点点头："你猜对了，全村一百零三口，我是那次大饥荒唯一的幸存者。自从那之后，我发现天地间的美味莫过于此，所以我迷上了这道美味，忍不住四下掠食。附近的牧民视我为妖魔，给了我一个恐怖的称呼——人狼。"

巴哲摸摸手臂上的累累疤痕，微微叹道："无数牧民想将我除掉，设下过各种各样的陷阱，无数猎人将捕猎我这头人狼视为最大荣耀。这虽然给我造成了一些麻烦，但他们都失败了。我在与他们的周旋中变得越来越精明，越来越像头真正的野兽，直到遇到朗多殿下。"

巴哲目视虚空，眼里满是感激和敬仰："朗多殿下在牺牲数十名武士和上百条猎狗之后，终于将我捕获。在得知我的事情后，他没有杀我，而是把我留在了身边，并用最好的食物来喂养我，令我渐渐忘却了那种味道。他让我重新成为一个正常人，所以，我视他为再生父母。"说到这里巴哲的神情突然变得异常凶狠，盯着舒亚男喝道："这几天对你没日没夜、忍饥挨饿的追踪，令我再次想起了十六岁那年的饥饿，以及那种特殊的记忆。我恨你！让我再次升起对美味的无尽渴望，既然一切因你而始，那只有你，才能平息我遗忘多年的欲望。"

舒亚男吓得魂飞魄散，结结巴巴地道："我……我是朗多殿下的妃子，你……你不能……"

巴哲一声冷笑："朗多殿下早已被你伤透了心，所以临行前对我说，带不回活人，带个尸体回去也行。带尸体上路实在太麻烦，所以我打算只带你的头回去，剩下的部分嘛，嘿嘿！"巴哲说着舔了舔嘴唇，上下打量着舒亚男颈项以下的部位。

恐惧能让人爆发出最大的潜能，舒亚男不知哪来的力气，猛然从巴哲掌心中抽回手，一把掀翻桌子，跟着一脚踢向巴哲的咽喉。却见巴哲一低头一张口，竟一口咬住了舒亚男踢来的靴尖。这不是任何门派的武功招数，而是无数次生存搏杀养成的动物本能。

舒亚男心中恐惧，但手上不慢，拔刀便斩向巴哲颈项。巴哲抬手就抓住了刀锋，跟着一掌切在舒亚男颈项上，令她立时软倒。他也不顾被刀锋割伤的手掌，一手抱起酒坛，一手提起软倒的舒亚男就大步出门。此时天色已晚，酒肆中除了小二和掌柜，再无旁人。二人见巴哲行凶，正待张嘴叫人，却被巴哲一脚一个踢中要害，顿时双双栽倒，口中鲜血狂喷，立时毙命。

抱着舒亚男和一坛酒来到郊外的树林，巴哲将舒亚男扔到地上，拾了些枯枝升起篝火，然后对舒亚男嘿嘿笑道："人肉烤着吃最香最嫩，尤其是妙龄女子的鲜肉，我保证这是一般人从未尝过的美味。难得你长得这般俊美，我打算与你分享这世间第一美味。你放心，我下刀会非常谨慎，决不会让你失血早死。希望咱们吃完你四肢和背脊上的肉之后，你还有力气来称赞我的厨艺。"

巴哲说着拿出金疮药，然后拔出匕首，沿着舒亚男的胳膊剖开衣袖，然后慢慢割向那白皙丰腴的手臂……

最新的战报就摆在剿倭营中军大帐的书案上，帐中的气氛十分凝重压抑。俞重山据案而坐，将战报推给身旁的云襄道："东乡平野郎又侵扰闽省，掳掠数个州县而去。咱们剿倭营成立已近两个月，却尚未建一功，不知云公子可有良策？"

剿倭营的实际指挥权虽然已归云襄，但为了不给别有用心的人留下口实和把柄，每次议事依旧由俞重山端坐帅位，云襄的公开身份只是俞重山的幕僚。面对俞重山的询问，云襄从容道："有！不过就是有点委屈将军。"说着他将一封奏折推到俞重山面前："我已替将军拟好奏折，请将军尽快派人送到京师。"

俞重山展开奏折一看，顿时满面惊讶，垂头沉吟半晌，渐渐又有所领悟，最后展颜笑道："为了逮到东乡这条恶狼，我个人受点委屈又算得了什么。我连夜就让人以八百里加急快报将奏折送到京师，接下来就看你的了。"

二人相视一笑，都从对方眼中看到了一种默契。只有帐下诸将听得不明所以，不知俞重山与云公子在打什么哑谜。

七天之后，朝廷批复的圣旨下来了，与圣旨同时到来的还有数名锦衣卫武士。宣读圣旨时，众将大哗，谁也没想到忠心耿耿、抗倭有功的俞重山，竟被朝廷说成有通敌之嫌，要提往京师审讯问罪。若非俞重山竭力压服手下，俞家军差点便要酿成兵变。

俞重山离开杭州之时，江浙两省文武百官、数万百姓十里相送，场面颇为壮观。人们纷纷为俞重山奔走请命，一封封奏折火速送往京师，皆是为俞重山说情的。

就在俞重山离开杭州的当夜，剿倭营中军大帐中，云襄将一封书信递给帐下五名垂头丧气的剿倭营千户，淡淡道："这是俞将军的密令，诸位传看后烧毁。从现在起，我将替俞将军统领全营。"

剿倭营五位千户中，有四位来自俞家军，另外一位是俞重山特意从广东要来的水军骁将。五人传看着俞重山的密令，脸上的愤懑和颓丧渐渐变成了疑惑与惊讶，彼此交换着心有所悟的眼神。最后五人都将征询的目光转向云襄，云襄肯定地点了点头："诸位杀敌立功的时候到了，众将听令。"

五人一扫颓丧和疑惑，兴奋地拱手道："末将在！"

云襄环视众将，沉着地道："即刻照信中方略行事，不得走漏半点风声，违令者斩！"

五将齐声应诺，手执令箭昂然出帐，与先前进帐时已全然不同。

俞重山被停职拿问的消息，很快就传遍江浙两省，同时也传到了在海上游弋的东乡平野郎耳中。听到探子送来的谍报，他那阴沉沉的脸上泛起了久违的兴奋和笑意，不过他还不放心，又追问了一句："俞重山真的已经离开了杭州？"

"千真万确！"那探子连忙道，"小人离开杭州时，俞重山已被锦衣卫押着上路，这会儿恐怕已经快到京城了。"

"再探！"东乡平野郎挥手令探子退下，然后兴奋地连连搓手。虽然他早已垂涎杭州富庶天下的财富，但多年的海盗生涯使他懂得，谨慎是保命的唯一有效办法。这些年来，他在沿海诸省屡屡得手，却从来不去碰江浙两省，就是谨慎地避开俞家军，以免重蹈他人覆辙。现在沿海百姓恐于倭患，已退到远离大海的内陆，致使他登岸后不得不百里奔袭，所得却寥寥无几。如今俞重山这只看门狗终于被革职离杭，俞家军受此打击必定军心大乱，再不复往日之勇。他似乎看到江南最富庶的杭州城，正在向他隐隐招手。

船队趁着夜色悄悄逼近杭州湾，在离杭州湾还有数十里时，东乡平野郎突然下令停船。他还有些不放心，要等最后一道谍报再作决定。他行事一向谨慎，这无数次救过他的性命。

海上有灯火闪烁，一艘渔船渐渐靠了过来。东乡心急如焚地来到船首，亲自询问那送信的线民："俞重山真的离开了杭州？"得到肯定的回答后，他又问："俞家军现在谁在指挥？"

那线民答道："是俞重山的副将在暂领全军，不过俞家军如今已是群龙无首，军纪废弛，不少兵将深夜还在青楼流连买醉，甚至发生了几起扰民事件。"

东乡听到这消息，紧绷着的脸上终于露出了放松的微笑，拔出战刀往黑暗中的杭州方向一指，高声下令："前进！目标杭州城！"

众倭寇发出兴奋的欢呼，他们就像饥饿的恶狼，终于闻到了久违的血腥味。

巴哲的目光此刻也如狼眸，正馋涎欲滴地打量着舒亚男雪白的胳膊，用匕首比画着准备下刀。却听舒亚男突然喝道："等等！你不能吃我！"

"为什么？"巴哲眼里满是调侃，并没有打算停手。就听舒亚男从容道："因为我不仅是朗多殿下的妃子，更是他未出世的孩子的母亲。"

巴哲一愣，茫然问："你这话是什么意思？"

舒亚男脸上闪过一丝羞赧："因为……我已经怀上了他的孩子。"

"孩子？朗多殿下的孩子？"巴哲怔怔地望着舒亚男半晌，突然大笑起来，"这种骗小孩的鬼话你以为我会相信？你若是怀上了朗多殿下的孩子，怎么还要逃走？"

舒亚男愧然道："我害怕。"

巴哲冷笑："怕什么？"

舒亚男低头道："朗多殿下令你杀掉魔门使者，这是违背汗令、大逆不道的反叛之举，这在咱们中原是诛灭九族的重罪。我怕受到牵连，也是想为殿下保住这点骨血，所以才连夜逃走。"

巴哲见舒亚男说得楚楚可怜，心中开始有几分信了。朗多殿下令自己杀掉魔门使者，这确实是按律当斩的重罪，只是大汗对朗多殿下十分溺爱，殿下这才免于一死。他想了想，嘿嘿冷笑道："就算你所说属实，为何见我追来，你却要设下陷阱暗算于我？"

"我害怕啊！"舒亚男一副惊魂未定的模样，显得越发可怜，"我哪知道你有没有背叛朗多殿下，又是不是奉了汗令来追杀咱们母子的？"

"我会背叛朗多殿下？"巴哲勃然大怒，神情直欲择人而噬，"我就算背叛自己父母，也决不会背叛殿下！你若再羞辱于我，看我不将你碎尸万段！"

舒亚男连忙拜道："小女子不知勇士对殿下的忠心，先前多有误会，请巴哲勇士恕罪！"

巴哲面色稍霁，沉吟道："你的话我不能轻信。要知道你有没有说谎，只需看看你有没有怀孕便知道了。"说着将舒亚男一把拎起，不由分说便大步向镇上走去。

此时天色已晚，镇上已是家家灯火，户户闭门。巴哲沿着长街一路走去，终于在长街尽头看到一家医馆的标志。他也不管别人已经关门，上前狠狠敲开房门，对开门的那个睡眼惺忪、惊恐不安的老大夫说道："帮这女子号号脉！"

那大夫见他模样凶狠，不敢多问，只得燃起灯火，为舒亚男号脉。舒亚男心里七上八下，只在心里暗暗祈祷：但愿没有遇到庸医，但愿自己没有算错日子。

那大夫用三根手指搭在舒亚男腕上，眯着眼沉吟了半天，直到巴哲已有些不耐,他才不紧不慢地开口道:"这位姑娘除了有些疲倦,并无任何病患,脉象与常人无异。"

巴哲嘿嘿一声冷笑,目光阴森森地盯住了舒亚男。就听那大夫又道:"不过,她似乎已有两个多月的身孕,此时实在不该再奔波劳碌。"

巴哲一听这话,面色渐渐和蔼起来,起身对舒亚男拱手一拜,沉声道:"主母在上,先前小人多有冒犯,还请主母恕罪!"

舒亚男紧张的神经终于松弛下来,差点喜极而泣。她虽然早已坚信自己怀上了云襄的孩子,但第一次在大夫这里得到证实,意义又有所不同。她不禁轻抚小腹,在心中暗暗叹道:小云襄啊小云襄,你可救了为娘一命!

巴哲见她双目垂泪,只当她心中委屈,连忙赔笑道:"主母请放宽心,殿下是大汗爱子,大汗不会为魔门一个使者就重罚殿下,现在殿下已经没事了。小人这就去雇一辆马车,立刻载主母回去,决不让主母再受半点奔波劳碌之苦。"

舒亚男点点头:"那就辛苦你了。"

巴哲正要出门,想想又有些不放心,忙过来搀起舒亚男道:"咱们还是一同去雇车,这样可以快一点上路。"

舒亚男不满地瞪了巴哲一眼:"你既知我受不得劳累,还要我跟着你去到处找车行,莫非是信不过我?"

巴哲一愣,第一次见舒亚男端起主母的架子,倒也不好勉强,只得道:"那好,你就暂时在此等候,待我雇了车来接你。"说着便拱手出门。

来到长街,巴哲立刻闪到阴暗处监视,只要那女人还想逃跑,就说明她先前所说都是谎言,那就只好对她不客气了。等了半晌不见那女人逃走,巴哲放下心来,他自忖她若是逃走,也逃不过自己的追踪;若是向旁人求救,这小镇上也没人能奈何得了自己。想到这里他再无顾虑，立刻去找车行雇车。不过走遍全镇，他也没找到一家车行，只看到一辆华丽的马车停在镇上唯一的客栈门外。他上前牵起马车就走，正在车后擦洗马车的车夫连忙上前阻拦，他不由分说，拔刀便将车夫斩杀在路旁。

他匆匆赶着马车来到医馆，见舒亚男不仅没逃，还让大夫给她抓了一服草药。巴哲随口问那是什么药，就见舒亚男面上有些羞赧，只说是女人吃的药。巴哲也不好再问，匆匆道："主母，马车已经找到，咱们得连夜就走。"

舒亚男皱起眉头："咱们明日再走不行吗？"

巴哲坦然道："我在这镇上已杀了三人，明日走恐怕会有麻烦。请主母上车。"

舒亚男一听这话，只得随他出门登车。巴哲将舒亚男扶进车厢，道："主母稍等。"说着返身折回医馆。片刻后，他若无其事地擦着刀上的血迹从容而出，坐上车辕道："好了，现在不会再有人知道咱们的行踪了。"说着一扬鞭，马车立刻向西疾驰。

舒亚男见他谈笑间连杀数人，心中又是害怕又是愤怒。她摸着小腹暗自祈祷：小云襄，你一定要给娘力量，让咱们平安逃离这恶魔之手！

八、阉俘

子夜的天空星月朦胧，杭州城黑黢黢看不到任何灯火。因钱塘江口有拦江的铁索，东乡平野郎只得在杭州郊外的海滩抛锚停船，趁着夜色向杭州城摸去。

近万名海盗如狼群一般，潮水般悄然涌向杭州城，沿途只听草鞋踏在海滩上的沙沙声，以及偶尔一两声兵刃的碰击，数里奔驰竟没有惊动任何人。不到半个时辰众倭寇就已抵达杭州城近郊，如狼群出击前伏地不动，静等着头狼的号令。

东乡平野郎听听城中动静，然后向城门方向一指，十几名身着黑色紧身衣的倭寇立刻向城下摸去，他们皆是忍术高手，数丈高的城墙在他们眼里如同坦途。每次夜袭，东乡总是先让这些精通忍术的手下打头阵，摸入城中暗杀掉守门的军卒，然后再打开城门，这样可以极大地减少城上守军的威胁。

十几个忍术高手纷纷抛出绳钩，稳稳地搭上城墙，然后抓着绳索两手交替，壁虎般向城上爬去。十几个黑影很快就爬上城墙，但接下来的情形令东乡吃惊地睁大了双眼，只见十几个高手纷纷从城墙上栽了下来,这个过程就像他们登上城墙时一样,除了他们身体落地时的闷响,静悄悄毫无声息。

海盗中响起一点不安的躁动,隐隐约约如暴风雨来临前的海潮。东乡沉吟片刻,不甘心就此放弃,用手点点左右手下,然后向城上一指。又一批忍术高手向城下摸去。

这一次和上一次几乎没什么差别,十几个手下悄无声息地爬上城头,很快又摔下来。城头依旧漆黑一片,看不到任何光亮与灯火,也听不到任何声息。

"快退!咱们中埋伏了!"多年的冒险经验,立刻让东乡意识到危险,毫不犹豫下了撤退的命令。就在这时,突听身后传来一阵骚动,东乡回头望去,就见先前登陆的海湾处燃起了漫天大火,隐隐有呐喊声远远传来。

一个浑身浴血的倭寇跌跌撞撞地跑来,气急败坏地禀报道:"首领,咱们的船遭到明军水师的袭击,损失惨重!"

众倭寇顿时哗然,纷纷要赶回去救援。东乡看看近在咫尺的杭州城,再听听身后的动静,不由叹道:"现在赶回去救援,已经来不及了。"

"怎么办?"众倭寇焦急地问。东乡在心中略一权衡,挥刀向杭州城一指:"攻城!只要拿下杭州,咱们不仅能反败为胜,还能满载而归!"

众倭寇在东乡号令下,呐喊着扑向城下,他们已顾不得隐藏行踪。虽然在没有充足攻城器具的情况下攻城是兵法大忌,但自从他们横行沿海以来,很少遇到明军的有效抵抗,所以早已不将明军放在眼里。

城头上突然飞出漫天火箭,如流星般掠过数十丈距离,落在潮水般扑来的人群中,引燃了埋在城墙下的柴草,城门前的开阔地很快就燃成了一片火海。火光将开阔地照得如同白昼,众倭寇暴露在火光之下，成了城上守军的活靶子。

密集的箭雨从天而降，落在人群中几乎箭无虚发。倭寇成片成片地倒下，声嘶力竭的呐喊变成了垂死挣扎时的惨呼。

东乡终于意识到自己的错误，挥刀撩开几支流箭，放声高呼："退！快退！"

众倭寇随着他退到箭雨射程之外，尚未站稳脚跟，就听近处号炮响起，左右各有一彪人马从埋伏处杀出，人人手执长刀，坐跨快马，气势如虹，瞬息即至，其士气和战术素养绝非以前遇到的明军可比。东乡借着月光仔细一看，就见高高飘扬的旌旗上，有三个极尽张扬的大字——剿倭营！

两个千人快骑队在倭寇阵中纵横驰骋，将本就不成队形的倭寇冲击得更是七零八落，完全失去了统一的指挥调度，只能各自为战。东乡眼看败局已定，气急败坏地抓过身旁的向导，厉声喝问："你不是说俞重山已经被革职离杭了吗？这是谁在领兵？"

"我……我不知道。"向导结结巴巴地答道。

这时一个倭寇突然高声叫道："首领你看！"

东乡循声望去，就见右手一片高地之上，飘扬着剿倭营的中军大旗，借着朦胧月光，隐约可见旗下有个青衫书生跨坐骏马，居高临下地俯瞰着整个战场，他身旁紧随着两个明军高级将领，看二人对他的态度，这书生显然才是战场的总指挥。

东乡一把扳过向导的脑袋，指着高处的书生厉声喝道："那人是谁？"见向导茫然摇头，东乡一怒之下，挥刀斩下了他的脑袋，跟着举刀狂呼："跟我冲！"

数千名倭寇嗷嗷叫着跟在东乡身后，发足向剿倭营中军大旗所在的山坡冲去。东乡已发觉那里只有一个千人队，只要能夺下剿倭营中军大旗，甚至斩掉剿倭营主将，今晚这一战就还有一线胜机。

倭寇虽然损失惨重，但毕竟人数众多，东乡很快就纠集了三千多精兵，向剿倭营中军大旗所在发起了猛烈的反扑。

数百步距离转瞬即到，东乡所率三千余人，沿途并没有受到多少阻拦。眼看剿倭营中军大旗在望，他挥刀发出一声狼一般的嗥叫，全速向山坡上冲去。

山坡上果然只有一个千人骑队，见倭寇来势凶猛，立刻向后撤离。众倭寇见状军心大振，发出震耳欲聋的呐喊，疯狂向山坡上冲去。却见那千人骑队有条不紊地向后退却，将这处战场的制高点拱手相让。

东乡正在发足狂追，突然发觉前方出现了一道数丈宽的壕沟。明军战马轻易一跃而过，而自己的手下却只有望沟兴叹。他心中一惊，连忙挥刀令手下停步，此时身后传来阵阵呐喊声和马蹄声，他慌忙回头望去，就见明军三个千人骑队已从后方追击而至。前有壕沟阻拦，后有剿倭营精锐骑师追杀，这处高坡竟成了一处绝地！

"活捉东乡！"的呐喊声不绝于耳，令东乡胆寒。见坡下三千多骑兵围而不攻，东乡立刻就猜到了他们的意图。一旦天色大亮，自己最擅长的夜战就无从发挥，而杭州城中的守军也会赶来增援，届时要再想突围，恐怕就难如登天了。不过现在要正面突围，冲击严阵以待的三千精锐骑兵，实在是以卵击石。东乡在心中权衡再三，终于下了壮士断腕的决心。

"向壕沟方向突围！给我冲！"东乡挥刀高呼，三千多倭寇立刻嚎叫着向壕沟扑去。壕沟有两人多深，众倭寇在翻越壕沟时，立刻成为壕沟对面剿倭营骑兵的箭靶子，一个个被射杀在沟中，但众倭寇依旧前仆后继，毫不犹豫地跳进壕沟。尸体在壕沟中相于枕藉，东乡在牺牲了千余名手下之后，终于用自己人的尸体将壕沟填平。

"杀！"残余的倭寇如受伤的恶狼，凶狠地扑向壕沟对面的明军。剿倭营兵将即便身经百战，也没见过如此悍不畏死的顽匪，众兵将气势稍懈,终于让东乡带着一千多残部,借着黎明前的黑暗张皇逃脱。

东方渐渐泛白,黎明悄悄来临,云襄纵马来到昨夜匆匆挖就的壕沟旁,巡视着填平壕沟的倭寇残尸,眼里殊无喜色。中军副将张宇然兴冲冲地纵马过来禀报道:"从各营送来的战报看,这次战役歼敌、俘虏倭寇在五千人以上,东乡平野郎遭此重创,恐怕再不敢进犯我大明疆域了。"

云襄心事重重地摇摇头,叹道:"我还是低估了倭寇的勇武和凶残,竟以自己的身体填平壕沟,助同伙突围。东乡经此一役,定会更加小心谨慎,受过伤的恶狼,会变得更加狡猾凶残。这一战咱们虽有所斩获,却也谈不上大胜。"

"公子过谦了。"紧随他身旁的一名千户笑道,"这次咱们剿倭营在杭州守军的配合下,以六千人的兵力击溃倭寇近万人,斩杀俘获超过五千之数,而咱们自己的损失却不到五百。这是一次前所未有的大胜,公子理应高兴才对。"

云襄心知此时不应该扫大家的兴,便勉强笑道:"这一战幸亏诸君努力,众兵将英勇,方有此大胜。我要禀明俞将军,为诸位请功。"

那千户与张宇然皆满心欢喜,那千户连忙笑着恭维道:"若要论功,公子当居首功!你竟能说动朝廷与将军共同使诈,将咱们都骗了进去。若非见到将军的密令,咱们还都蒙在鼓里呢!"

张宇然也笑道:"看到将军上京候审的手谕时,我可吓了一大跳,怎么也想不明白,兵部怎么会下这样糊涂的谕令。公子襄就是公子襄,竟然能说动朝廷与将军,将狐狸一样狡猾的东乡平野郎引入圈套,末将真是佩服得五体投地!"

云襄摆摆手,沉声道:"立刻令剿倭营主力尾随追击,并传令各州县守军主动出击,清剿倭寇残部,绝不让东乡轻易脱身。若能活捉或斩杀东乡平野郎,就是首功!"

众将立刻领令而去。此时天色已大亮，朝霞为狼藉的战场又增添了几分血色。云襄纵马来到高坡，就见牛彪率一营兵勇正将俘虏集中起来，粗粗一看有三四百人，与这场大战的规模比起来实在有些少。想必倭寇大多宁死不降，所以只抓到这些受伤的俘虏。

云襄正在考虑如何处置这帮俘虏，就见牛彪已在指挥部下挥刀斩杀，转眼间就有数十名倭寇身首异处。云襄大惊，连忙纵马上前喝道："住手！统统给我住手！"

牛彪有些诧异地望着纵马而来的云襄，不解地问："公子有何吩咐？"

"你们为何杀俘？"云襄怒问。

牛彪不以为然地笑道："这些惯匪不杀干什么，留着空耗粮食？一直都是对倭寇杀无赦，这有什么问题？"

云襄闻言扼腕叹道："难怪倭寇如此悍勇，明知被俘必死无疑，所以昨夜身陷重围也拒不投降，都是让你们这杀无赦给逼出来的！"

牛彪挠头道："咱们俞家军一向的传统，就是对倭寇一律杀无赦。"

"现在你是剿倭营将领，过去的作风得改一改！"云襄怒道，"立刻将这些俘虏暂时收押，再妄杀一人我唯你是问！"

牛彪不满地瞪着云襄，争辩道："俞将军……"

"闭嘴！"云襄断然打断他的争辩，喝道，"现在是我在指挥战场，我的命令不想再重复第二遍！"

牛彪脸涨得通红，胸膛急剧起伏。张宇然见状忙上前打圆场："公子是读书人，见不惯这等血腥的场面，牛将军暂时将俘虏收押吧。"说着向牛彪使了个眼色，又对云襄赔笑道："我陪公子去那边走走，这些许小事不劳公子费心。"

云襄一眼就看穿了张宇然的鬼把戏，是要将自己支开免得碍事。他从怀中掏出俞重山留下的令箭，高高举在空中，环顾众兵将沉声道：

"俞将军令箭在此，我再重申一遍，谁再妄杀一名俘虏，军法从事！"

牛彪等兵将虽然心有不甘，但格于俞重山的令箭在前，只得悻悻地收起了屠刀。

剿倭营大获全胜，斩杀倭寇五千余人的消息传来，杭州城张灯结彩，欢庆剿倭营首战告捷。第二天一早，俞重山安然赶回杭州的消息传来，更是令人喜上加喜。虽然不少人已猜到俞重山这次上京候审，是一次完美的谋划，不过朝廷为了维护律法的尊严，对外宣称：有言官弹劾俞重山，所以兵部招其上京候审，经审查发觉弹劾不实，自然官复原职。

剿倭营的中军大帐里，风尘仆仆赶回杭州的俞重山，在祝贺云襄首战告捷之后，问道："听说公子将俘虏尽数收监了？"

云襄坦然点头："不错。"

俞重山皱了皱眉头："公子打算如何处置这些悍匪？"

云襄想了想，征询道："我想将他们都放了，将军以为如何？"

俞重山一怔，立刻拍案而起："不行！倭寇掳掠边海，杀害百姓，更有无数将士死于他们刀下，咱们岂能放虎归山？就算我答应，百姓也不会答应，将士们更不会答应！"

云襄叹道："战后杀俘，是为不仁，乃兵家大忌。"

"他们不是兵，是匪！"俞重山怒道，"收起你那套书生之仁，你这一套感化不了那帮畜生。你这边放掉他们，转眼他们又拿起刀掳掠边海，届时咱们又得花多大代价，才能再次除掉他们？"

"咱们当然不能就这么放了他们。"云襄耐心解释道，"我研究过倭人禀性，他们信奉武士道，悍不畏死。死亡对他们来说不是一种痛苦，而是一种解脱，甚至他们将死亡视为一种神圣而庄严的追求，渴望着在杀人和被杀中求得精神上的满足。既然死亡对他们毫无震慑作用，咱们为何一定要用死亡作为最终的解决手段呢？"

俞重山渐渐冷静下来，沉声问："不以死亡作为最终手段，那你想怎样解决他们？"

云襄淡淡道："刺字后放归。"

"刺字？"俞重山一愣，"连死亡都不能震慑倭寇，脸上刺几个字有什么用？"

云襄道："倭人最看重的是武士的尊严和荣誉，这比直接杀了他们还能打击倭寇士气。这几百伤残的倭寇，与更多尚未落网的倭寇比起来，实在微不足道。我要利用他们打击那些还在作恶的倭寇，他们既然不怕死，我们就要另想办法，剥夺他们的尊严和荣誉，可以在精神上打垮他们，对那些尚在作恶的倭寇，更有震慑作用。"

俞重山眼里露出深思的神色，沉吟半晌，微微颔首道："剥夺他们的尊严和荣誉，确实是在精神上打垮他们的好办法。不过如何剥夺他们的尊严和荣誉，我还有更好的主意。"

"什么主意？"云襄忙问。只见俞重山嘴角泛起一丝冷笑，淡淡道："阉！"

云襄一怔，这确实是比脸上刺字更有震慑作用，不过这办法也实在太过阴损，令他有些反感。

俞重山似乎看透了他的心思，笑着解释道："比起这些倭寇犯下的罪孽来，阉掉他们已是最轻的处罚。如果只是在他们脸上刺几个字就放归，百姓肯定不会答应，将士们更不会答应。为将者，不得不考虑部属们的感受啊！"

云襄心知俞重山所言不虚，在他的意识里，阉掉这些倭寇再放归，总比直接杀掉他们仁慈。所以他沉吟半晌后，还是勉强点了点头："好吧，就照你说的办。"

俞重山大喜，立刻叫来随从，让他立刻张贴布告，招民间专阉猪牛的刀儿匠前来听用。随从离去后，他得意地对云襄笑道："我要找最好的大夫为他们疗伤，决不能让他们轻易就死。我还要将他们送归扶桑，让那些该死的倭寇看看进犯我大明的下场！嘿嘿，就不知东乡平野郎还会不会再收留他这些部下，也不知扶桑有没有太监这个职业？"

与俞重山的兴奋和开心比起来，云襄显得郁郁寡欢。在他心目中，这是有违天道和仁心的，实在不值得高兴。不过战争中总是需要使出这样或那样的手段，以求得最后的胜利，这是无可奈何的选择，也是战争的无奈和悲哀。

三百多被俘的手下被放归，令东乡平野郎十分意外。打量着一个个垂头丧气的部下，他立刻就发觉他们走路的姿势有些特别，似乎胯下有伤，所以总是叉着腿走路。东乡平野郎不由分说，一把扯下一个手下的裤子，立刻发现了问题所在。他一把推开那满脸羞愧的手下，厉喝道："你已经不是我大和的武士，为什么不选择光荣地死去？"

那手下泪流满面，羞愧得不敢抬头。这批被阉的倭寇中，最刚烈的一批已经在途中就选择了跳海自尽，剩下这些对生命多少还有些留恋，所以才硬着头皮回来。

东乡又扯下几个幸存者的裤子，发现他们无一幸免，气得将牙咬得咯咯作响。他在其他手下眼中，看到了比面对死亡还要强烈的恐惧，同伴的遭遇对他们有种前所未有的震撼，他第一次在这些狼一样的大和武士眼里，看到了深深的恐惧。

"作为大和的武士，你们为何要带着耻辱活下去？"东乡怒视着这批被阉的手下，声嘶力竭地喝道，"你们应该以死来洗刷敌人强加给你们的耻辱，以死来挽回武士的尊严！"

三百多名倭寇陆续跪倒，人人泪流满面。东乡面无表情地对随从喝道："给他们刀，让他们用行动来证明自己不愧为大和的武士！"

一把把剖腹的短刀递到三百多幸存者手中，众人痛哭流涕。在敌人面前剖腹自尽，这对他们来说有一种英勇就义的光荣和骄傲，但现在，他们只有一种被抛弃的孤独和屈辱感。

东乡发现这些幸存者的软弱，对士气的打击堪称致命，不禁气急败坏地叫道："还愣着干什么，为什么还不动手？难道你们连男人的勇气也被阉掉了吗？"

三百多幸存者终于嚎叫着，痛哭着，先后将刀刺入自己小腹，这场面已没有任何庄严与悲壮，只有说不出的凄惨。有几个幸存者对生的留恋，超过了对武士尊严的向往，挣扎着扑到东乡面前，连连哭拜道："首领，我不想死！我还有老婆孩子，让我走吧！我今生今世都不想再拿起战刀，就让我做个普通农民吧。"

"混蛋！"东乡一声怒骂，武士刀应声出鞘，闪电般一掠而过，跟着又铿然入鞘。那袅袅回响的刀声尚未消散，七八个乞命的手下已经身首异处，缓缓栽倒。

东乡不再理会死于自己刀下的同伴，转身眺望大海尽头那看不见的对手，眼里闪着炽烈的怒火。明军这一招，比以往任何手段都要阴狠歹毒，他从部下眼中，看到了前所未有的恐惧，不禁面对东方嘶声道："剿倭营！我一定要除掉剿倭营！"

"报！"一个倭寇突然奔来，气喘吁吁地拜倒，"我们抓到了一艘靠近海岛的渔船，船上有两个汉人，说是特意来见首领的！"

东乡点点头："带上来！"

两个汉人被几个部下推推搡搡地带了过来，二人头上都蒙有头套，这是为了防止他们知道海岛的位置。这处海岛是东乡经营多年的藏身之处，还不想被人发现。不过现在这两人能找到这里，蒙不蒙面恐怕都已无所谓，所以东乡摆了摆手，两个随从立刻摘去了二人的头套。

二人乍见阳光，都不由自主地眯起了眼。东乡冷冷审视着两人：左首那人年近五旬，看打扮像个穷困潦倒的秀才，额上八字眉分两边，眉下三角眼滴溜乱转，唇上两撇鼠须随风颤动，模样说不出的猥琐；右首那人衣衫褴褛，头上乱发遮面，竟是个乞丐，看他眼缝中透出的冷光，似乎年纪不大。见东乡在打量着自己，那乞丐淡淡一笑，缓缓撩开乱发，乱发下的脸虽然污秽，却十分英俊，甚至有几分儒雅。

东乡一眼就看出，这年轻乞丐不是寻常之辈，便目视他冷冷问："你是如何找到这里的？"

乞丐淡淡一笑："只要有心，总能找到。"他的嗓音有些尖锐，听起来令人有些不舒服。

"你为何而来？"东乡又问。他手中有不少汉人线民，虽然他不得不借助这些耳目，但心里对这些出卖同胞的汉奸有种本能的蔑视。

不过这乞丐脸上并没有半点巴结和讨好，反而用居高临下的目光望着东乡，坦然答道："我是来救东乡君性命的。"

东乡一声怒骂，武士刀倏然停在了这乞丐的脖子上。他受不了对方那种戏谑的眼神，尤其是在刚吃过败仗之后。

那乞丐在寒光闪闪的武士刀面前，连眼睛都不曾眨一下，甚至咧嘴笑起来。

"你笑什么？"东乡厉喝。

那乞丐笑道："我笑东乡君死到临头，却还对救命恩人这般无礼。"

东乡双眼直欲喷火，怒道："我为何死到临头？"

乞丐笑道："因为你现在面对的不再是俞重山，而是公子襄。"

东乡一怔，神情渐渐冷静下来。他不是没听说过公子襄，以前就有线民告诉过他，有个江湖骗子自称要以一己之力灭掉海盗，以此来骗人钱财。当时他只是当成个笑话，听过后也就忘了。现在听这乞丐再次提到公子襄，他忍不住问："公子襄是什么人？"

乞丐眼眸蓦然一寒，缓缓道："他是一个高明的老千，也是一个可以改变战争局势的天才。这次就是他串通兵部调俞重山离杭，引东乡君上钩的。如果东乡君连败在谁手里都不知道，恐怕迟早会死无葬身之地。"

东乡立刻就想起了那个指挥战场、将他引入绝地的青衫书生，不由问："你知道他？"

"太了解了！"乞丐一声叹息，"因为我也曾败在他的手里，只怕没有人比我更了解他。"

东乡突然哈哈大笑，收刀道："你既然是他的手下败将，有什么资格助我？"

乞丐对东乡的轻蔑视而不见，依旧从容道："从败中学到的经验和教训，是用鲜血和生命所换，东乡君在哪里能买到？再说我还给你带来了一个更有用的人。"说着他指向身旁那个猥琐的穷秀才："请容在下向东乡君介绍，这位是魔门七大长老之一的施百川施长老，他给东乡君带来了魔门门主寇焱的亲笔书信。"

穷秀才整整衣衫，面上猥琐之态一扫而空，转眼间就像换了个人。从怀中缓缓掏出书信，他双手捧着递到东乡面前，神态从容镇定、不亢不卑。

东乡虽然啸聚海上，却也听说过寇焱大名，连忙接过书信，展信仔细一看，深锁的眉头渐渐舒展开来，最后仰天大笑："有魔门之助，我凭空多出一大内应，还有何事不成？就算那公子襄是孙武在世，信长重生，我也要将他生擒活捉，以雪今日之恨！"说完他转向那穷秀才："请施先生回复寇门主，就说我东乡平野郎愿与魔门结盟，共谋大事。"

挥手斥退剑拔弩张的手下，东乡示意二人去房中议事，途中他不住打量着那乞丐，若有所思地问道："阁下年纪虽轻，却是饱经沧桑，心智过人。若我猜得不错，阁下必非泛泛之辈。不知大名可否见告？"

乞丐微微一叹："我本想永远隐姓埋名，从此在江湖中销声匿迹，不过为了表示诚意,对东乡君不敢有任何隐瞒。在下复姓南宫,单名放。"

一辆华丽的马车缓缓行进在茫茫草原之上,车辕上坐着的巴哲一边赶着车,一边轻哼着不知名的小调。这次不仅为殿下带回了他最喜爱的妃子,还意外地带回一个未出世的小王子,他也忍不住替殿下感到高兴。

马车中,舒亚男频频回望,那座边关小镇越来越远,最后彻底消失在地平线尽头。与小镇一起消失的还有舒亚男的希望,自始至终都没有人追来,看来一切都只有靠自己了。

黄昏时分,马车在一处小树林中停了下来。巴哲一边升起篝火,一边张罗着晚餐。他似乎是个天生的猎狗,片刻工夫就带回了两只野兔和一只小黄羊。马车上有锅瓢碗盏等器皿,巴哲将野兔在溪水边洗剥干净,扔入锅中一煮,片刻后便香气四溢,令人垂涎三尺。

少时兔子煮熟,巴哲先盛了一碗兔子肉递给舒亚男。舒亚男接过后,从袖中拿出一个四四方方的大纸包,递给巴哲道:"请帮我煎一服药。"

"这是什么?"巴哲疑惑地接过纸包,立刻闻到一股浓烈的草药味,正是舒亚男先前在大夫那里抓的药。

舒亚男红着脸小声解释道:"这几天我奔波劳碌,腹中有些不适,所以先前趁你去找马车的当儿,我让大夫抓了付安神保胎的药。"

巴哲理解地点点头:"主母这两天确实劳顿,应该多注意身体。小人这就去给你煎药。"说完就去溪边又装了一锅水,然后将草药倒入锅中,第一次学着煎起药来。片刻后药香四溢,他小心舀了一碗,双手捧着端到舒亚男面前。

舒亚男接过药汤,浅浅尝了一口,立刻皱眉道:"这么苦,太难喝了!"

"药总是难喝的,请主母见谅。"巴哲忙解释道。

舒亚男盯着手中的药汤,皱着鼻子嘀咕道:"也不知那大夫医术如何,万一遇到个庸医开错了药,岂不害了我腹中的孩子?"

巴哲一听忙道:"那这药就别喝了,免得意外。"

舒亚男摸摸自己的小腹,叹了口气:"此时我腹中隐隐作痛,万一孩子有意外,殿下得知我有安胎的药不吃,不知会怎样想,我又该如何向他解释呢?"

"这……"巴哲为难起来。就听舒亚男遗憾地道:"当时真该将那大夫也带着上路,可以让他先为我试药,现在嘛……"说着她沉吟不语,以怪异的目光望着巴哲。

巴哲心里发毛,忙问:"主母看着小人干什么?"

舒亚男脸上泛起微笑:"不知巴哲勇士对朗多殿下有多忠心?"

巴哲忙道:"殿下是小人的再生父母,小人就算为他上刀山下火海也在所不惜。"

舒亚男感动地点点头,将手中的药汤递到巴哲面前:"那你是否愿意为他的孩子尝一回药呢?"

巴哲吓了一跳,急忙道:"这女人的药,我一个大男人怎么能吃?"

"有什么不能尝?"舒亚男嗔道,"安神保胎的药,男人吃了也不会坏肚子。"

"不行不行!"巴哲连连摆手,"别的事小人都能答应,这尝药之事,恕小人实难从命!"

舒亚男生气地将药一泼,怒道:"这乡野大夫抓的药,若没有人尝过,我怎么敢随便喝?吃坏了我不要紧,万一伤了孩子,你让我如何向殿下交代?你既然不愿尝,我只好不喝了!"说完别过头去,不再理会巴哲。

巴哲追随朗多王子多年,知道像殿下这样的王公贵族,喝药前都要由下人尝过，以免有人下毒，所以对舒亚男的举动倒也不觉得奇怪。只是这女人家的药，他无论如何是不能喝的。见舒亚男将药泼了，他也就不再相劝。

片刻后，舒亚男就捂着肚子弯下腰去，似在咬牙苦忍。朗多见状忙问："主母怎么了？"

"肚子痛。"舒亚男勉强说了句话，就弯腰倒在地上。朗多吓得手足无措，看看左右俱无人家，不由束手无策。就听舒亚男勉强说道："巴哲勇士放心，万一孩子没了，殿下若是问起，我不会向殿下透露你不愿为孩子尝药之事。"

巴哲愣了半晌，终于一咬牙："我尝！"

锅里还有小半锅药汤，巴哲盛了满满一碗，毫不犹豫一口而干，然后又舀了一碗，递给舒亚男道："药我已尝过，请主母快用！"

"不成，我得等等，看看你是否有什么不适。"舒亚男挣扎着坐起，紧张地盯着巴哲。

巴哲想想也对，便盘膝坐了下来，回味道："除了很苦，好像没什么不适。"

"这么快哪能看出来？"舒亚男盯着巴哲道，"你再等等，若感觉有什么异常，万不可运功排药，不然就看不出效果了。"

巴哲点点头："主母放心，我不运功抗药。嗯，好像头有点晕眩，手脚有些发软。"

"这就对了！"舒亚男高兴地拍手道，"那大夫告诉过我，这药有安神的功效，吃了就想睡觉，你现在是不是开始有这种感觉了？"

巴哲点头道："好像是的，这么说来这药没什么问题，主母快吃吧。"

舒亚男笑眯眯地摇摇头："我现在肚子好像不那么痛了，不用再吃。"

"那就好。"巴哲说着想站起身来,却感觉天旋地转,手脚像灌了铅一般沉重,人也不由自主摔倒在地。他睁着眼茫然问:"这药性有些过了,是不是剂量太大的缘故?"

舒亚男俯身望着他,笑眯眯地道:"这剂量确实不小,足够放倒二十个人。那小医馆连江湖中常用的蒙汗药都没有,大夫只好用草药现配制了一付给我,没想到还这么管用。"说着她拔出了巴哲靴筒中的匕首。

巴哲浑身僵直,口不能言,只能用哀求的目光望着舒亚男。匕首在巴哲的咽喉上比画了半晌,舒亚男最终还是下不了手。自从知道有了孩子后,她的心比以前软了很多。想想腹中的孩子,再想想巴哲先前的小心伺候,她终于收起匕首,装出恶狠狠的模样对巴哲道:"别再跟着我了,不然我真的会杀了你!"

说完她割下巴哲的衣袍,剖成一条条长绳,然后将巴哲捆了个结实,想想还不放心,又割下巴哲的靴子,用匕首剁成碎片。没有靴子,要想靠赤足在草原上长途跋涉,无疑是不可想象之事。

做完这一切,她带上巴哲的刀和匕首,解下拉车的健马,然后翻身上马,纵马向东南方疾驰而去。

九、斩首

阴暗、潮湿、简陋的木屋中，灯光摇曳昏黄，使屋中人的面目看起来有些模糊。东乡平野郎将南宫放和魔门长老施百川让入座后，立刻高叫手下设宴。

不一会儿，几个身着和服的倭女陆续送上酒菜，并在席前表演扶桑歌舞助兴。东乡平野郎举杯对施百川道："在下足迹虽然一向止于沿海，但对贵教和寇门主的大名可是久仰得很。如今能得贵教之助，在下无疑多了无数耳目和内应，实乃天助也！"说着他又关切地问："不知寇门主现在在哪里，对咱们的结盟又有什么具体的计划？"

施百川笑道："咱们门主胸怀天下，率本教在中原腹地站稳了脚跟后，立刻就让在下前来联络东乡君，同时还派人北上联络瓦剌人。不过现在一直不见瓦剌人回信，所以寇门主决定亲自去一趟瓦剌，与瓦剌结成同盟，共谋大明江山。届时东乡君在东南沿海，瓦剌在北，本教在中原腹地中心开花，大明江山，必将在咱们手中颠覆！"

"寇门主果然一代枭雄，胸襟非我辈可比！"东乡击掌赞叹。作为海盗，他对江山社稷不感兴趣，只是想着中原若有战乱，必从东南沿海调兵，大明海防必定空虚，届时这沿海诸省的财帛子女，可就任由自己予取予夺了。所以，他对与魔门的结盟，倒是真心拥护的。

"咱们门主对东乡君，也是仰慕得很呢！若非这次要亲赴瓦剌，咱们门主定会来见东乡君。"施百川连忙恭维道。

"寇门主真这样说？"东乡顿时两眼放光，见施百川连连点头，他不禁挺直胸膛，无形间似乎高大了许多。然后他又转向南宫放："南宫世家三公子，一向以精明强干、智计过人闻名江湖，且对江浙两省地理民情了如指掌。东乡能得南宫公子出谋划策，犹如贵国洪武皇帝得刘伯温之助，何惧那小小公子襄也？"

"不然！"南宫放眼里闪过一丝既仇恨又钦佩的微光，"公子襄诡计多端，心思缜密，更兼勤学好问，知人善用，无论兵法谋略，还是领兵之道，皆是一学就会，一会就精，实乃千门不世出的绝顶高手。你越是了解他，就越能感觉到他的可怕。"见东乡脸上微微变色，南宫放笃定地一笑："不过幸好他也有弱点，最大的弱点！"

东乡忙问："什么弱点？"

"心软！这是千门中人大忌，但他偏偏就克服不了。也唯其如此，他才永远到不了一代千雄的境界。"

东乡勃然怒道："他阉了我三百多被俘的手下，还叫心软？这一招对我们士气的打击，远远超过以往任何残酷的手段！"

南宫放摇头道："在公子襄的心目中，阉了俘虏总比直接杀了他们仁慈，再说，这一招也未必是出自他的本意。贵国武士与我国文人对仁慈和残酷的理解，是完全不同的。"

"南宫公子所言不假！"施百川也插话道，"咱们少主与项长老在河南开封曾被公子襄领兵围困，他却在最后关头放了咱们少主和项长老一马。据咱们后来分析，他是怕强行用武会误伤很多老百姓，所以才在稳操胜券的情况下，放了少主和项长老。公子襄行事，实不能以我辈心思测度。"

东乡见施百川也这么说，不由沉吟道："那咱们该如何利用他这个弱点？"

南宫放反问道："就不知东乡君是将复仇放在第一位，还是将女人和财富放在第一位？"

"此话怎讲？"东乡沉声问。

南宫放悠然一笑："如果东乡君是将女人和财富放在第一位，那就最好忘了与剿倭营和公子襄的仇恨。大明数千里海防线，剿倭营寥寥数千人，再怎么精悍勇猛也是守不过来的。只要你存心避开剿倭营，公子襄要想抓到你，实在是千难万难。"

东乡拍案怒道："杭州城外那一战，公子襄不仅杀了我五千多出生入死的兄弟，还阉了我三百多受伤被俘的手下，这简直是对我大和武士前所未有的侮辱！我不报此仇，何以面对死去的兄弟？如今所有在海上漂泊的大和武士，都在看着我东乡平野郎，如果我不能报此大仇，谁还会将我东乡平野郎放在眼里？"

南宫放理解地点点头："要想报仇不难，就不知东乡君舍不舍得下血本？"

东乡眉梢一跳："什么血本？请公子明言！"

南宫放淡淡道："我知道东乡君在海上纵横多年，必然积下了一笔不菲的财富，从沿海掳掠了不少女人。除将部分财富运回了扶桑，相信有不少财富和众多女人，还藏在海上某处苦心经营多年的荒岛上。要想钓到公子襄这条大鱼，东乡君就要舍得拿这些女人和财富做饵。"

东乡疑惑地问："怎么做？"

南宫放嘴角泛起一丝阴笑："相信东乡君抢去的那些女人，总有些并不甘心跟着你和你的手下，总有人想要逃走。你若不小心让她们逃走一个两个，她们肯定会找剿倭营解救她们的姐妹。以公子襄的为人，必定会立刻发兵远征。剿倭营就算倾巢而出，也不过区区六千人。东乡君目前部众虽然已不足六千，不过凭你在族人中的威望，再召集五六千人应该不成问题。届时你略作抵抗，让剿倭营攻上你苦心经营的温柔乡，面对众多财帛和女人，剿倭营必定军纪废弛，将令难行。到那时东乡君再率埋伏在海上的主力出击，剿倭营孤军身陷绝地，内无粮草外无援军，公子襄还不束手就擒？"

东乡端着酒杯沉吟良久，迟疑道："剿倭营若是身陷孤岛，既失骑兵之利，又无友军之助，确如虎落陷阱。不过若是俞家军发兵相助，咱们又如何应付？"

"东乡君多虑了！"施百川笑道，"大明军制，部队若要远离驻地行动，必经兵部首肯。俞重山若要将部队调离江浙两省，必须先向兵部呈报，就算是八百里加急，这一来一回最快也得半个月，到那时剿倭营恐怕早已全军覆没。再说咱们魔门会替东乡君监视包括俞家军在内的所有沿海驻军的调动情况，必要时会让兵部的谕令永远到不了俞重山手中！"

东乡在沿海掳掠多年，对大明军制了如指掌，知道大明朝廷为了防止武将擅自用兵，威胁地方和朝廷安危，甚至发生兵变，对各地驻军的行动限制十分严格，本省驻军若要出省行动，必须要有兵部的手谕。这也是大明沿海虽屯兵百万，自己依旧能来去自如的原因。大明所有沿海驻军中，只有新组建的剿倭营可以不经兵部自由调动，不受地域统属限制，所以才成为所有海盗的眼中钉。

东乡沉吟良久，终于缓缓点头道："只要施长老能保证俞家军无法出海支援剿倭营，我东乡手中的财富和女人，以及那处苦心经营多年的岛屿算得了什么？如今剿倭营已是我大和武士的公敌，只要公子襄敢率军出海远征，我可以召集一万余人在海岛四周埋伏，将剿倭营和公子襄困死孤岛！"

南宫放拍案而起,欣然道:"东乡君既然有此决心,舍得下这血本,何愁剿倭营不灭,公子襄不死?这次行动,我看可以称为'斩首'!"

"不错不错!"施百川也举杯而起,"剿倭营是沿海驻军之首,而公子襄又是剿倭营之首,除掉剿倭营和公子襄,就是斩掉整个大明海防的首级,从此大明海防对东乡君来说犹如虚设。南宫公子这一计,果然堪称'斩首行动'!"

东乡哈哈大笑,举杯站起身来,昂然点头道:"斩首行动!好!就让咱们为顺利斩掉剿倭营的首级,报我受辱之仇,干杯!"

三人举杯相碰,俱发出了会心的微笑。

杭州城在受到倭寇骚扰之后,反而更加繁荣。在人们心目中,有俞家军和剿倭营这两支虎军的守护,杭州安如磐石,所以南来北往的商贾,都喜欢将杭州作为自己的落脚之地,这也使得杭州城比以往任何时候都要繁华热闹。

在众声喧嚣、人流如织的长街上,明眸皓齿、天真烂漫的明珠在前方蹦蹦跳跳地东看看,西瞧瞧,显得十分兴奋,不时回头催促跟在她身后的云襄走快些。难得剿倭营大胜之后受到朝廷通令嘉奖,全营放假三天,她总算说动云襄来陪她逛街,自然是十分开心。

"哇,这镯子好漂亮!"明珠在一个地摊前停下来,拿起只玉镯看了又看,一副爱不释手的模样。其实以她的出身,什么镯子没见过,哪看得起这种地摊货?故意装出乡下女人的样子,其实只是出于小女孩那点不可告人的心思。

云襄凑过来看了看,点点头:"是不错,喜欢就买下来吧。"

"好啊!"明珠高兴地将镯子戴在腕上,边左瞧右看,边等着云襄付钱,谁知他却背着手走开了。明珠只得红着脸喊道:"喂,快付钱啊!"

云襄有些诧异地回过头："你买东西，干吗要我付钱？"

明珠被呛得两眼翻白，气冲冲地摘下镯子还给小贩，噘着嘴就往前走，懒得再理那书呆子。云襄却还傻呵呵地追上来问："为什么不买了？是不是价钱不合适？"

"是啊！太贵了，我买不起！"明珠头也不回地道。却听云襄在身后慢悠悠地道："我这里倒是有个不太贵的镯子，就不知你会不会喜欢。"

明珠忍不住回过头，就见云襄变戏法似的从怀中掏出个小锦盒，缓缓打开来。盒中是一只晶莹剔透的玉镯，虽然算不得稀世珍宝，却也比那地摊货高出不知多少倍。明珠转怒为喜，正待伸手去接，突然看到云襄眼中那种似乎洞悉天机的眼神，不由脸上一红。她故作矜持地看看那镯子，不屑地撇嘴道："色泽不够纯，也不够通透，实在一般得很。"

"不喜欢？"云襄说着收起镯子，"那我拿去退了，好几百两银子呢，我还真有些舍不得送人。"

"你敢！"明珠不由分说抢过镯子，仔细戴上，只见碧绿的镯子戴在纤秀的皓腕上，欺霜赛雪，翠色欲滴，格外相称。她左看右看，喜爱至极，正待向云襄致谢，突见对方正似笑非笑地望着自己，眼里满是怜爱，不由扬起小手就给了云襄一拳："小气鬼！几百两银子都舍不得，难怪我姐姐不要你了。"

话一出口明珠就后悔不迭，初时她并不知道云襄对舒亚男的感情，但是相处这么久，还有什么不明白的？今天一时嘴快，这句话脱口而出，可惜再想收回哪还来得及？她偷眼打量着云襄，只见他的笑容僵在脸上，眼里有种令人心悸的痛楚。她想道歉，张张嘴却又不知说什么才好。

沉默片刻，云襄终于勉强一笑："是啊！亚男仰慕的是顶天立地的英雄，怎会看上我这个只会坑蒙拐骗的穷书生？"

"不是这样的！我姐姐不是这样的人！"明珠急得满脸通红，却又不知如何解释，只得道，"不管别人怎么看你，你在明珠心中，就是顶天立地的大英雄！"

云襄感动地拍拍明珠的手："快别说了，让人听见了笑话。听说东街今日有集市，去晚了你要的胭脂水粉可就卖完了。"

明珠不好意思地看看左右，才发觉街上行人都在看着自己和云襄。还好人们并不认识他，更不知道面前这面目儒雅的布衣书生，就是率领剿倭营大胜倭寇的千门公子襄。

前方一阵锣鼓声响，将人们吸引了过去。明珠小孩心性，自然不会错过这眼前的热闹，拉起云襄的手就挤了过去。就见场中原来是两个卖艺的汉子，一个正当壮年，生得龙精虎猛；另一个头发虽已花白，看模样年近花甲，却依旧威猛如狮。那壮年汉子敲了一阵铜锣，将人们都吸引过来后，抱拳道："在下师徒二人，家里遭了大难，无奈北上投亲，谁知途经贵地盘缠用尽，只好沿街卖艺，筹借一点盘缠。听说杭州富甲江南，百姓乐善好施，还望诸位父老乡亲施以援手，助咱们师徒二人渡过难关。"

众人哄然道："既是卖艺，就先耍上几套把式，只要耍得好，咱们自然有赏钱。"

那汉子似乎并不是专门跑江湖卖艺的角色，手上除了一个铜锣，并无任何跑江湖卖艺常用的道具。在众人的起哄声中，他也不多话，搁下铜锣团团一拜："在下就先给大家耍一套拳，大家看得高兴就鼓个掌，随便打赏俩小钱，在下先行谢过。"说完就拉开架势，呼呼生风地打起拳来。

众人皆是门外汉，看不出这拳法有什么精彩之处，尽觉索然无味，明珠也满是不屑地对云襄道："这卖把式的也太不敬业，连头顶开砖、胸口碎大石都不会,实在没什么看头,咱们走吧。"

云襄点点头,正待与明珠离开。那汉子见众人要散,不由急道:"大家别走啊,待会儿我师父还要为大家献上一手绝活呢!"

"什么绝活?"众人纷纷问。

那汉子满脸虔诚地道:"神鞭绝技!"

"啐!"众人不屑一顾,纷纷散去,只有实在闲得无聊的寥寥几人勉强留了下来。云襄见他们确实不像卖艺之人,定是遇到意外才沦落至此,便掏出几块碎银递给那汉子,笑道:"我看你的拳法就不错,神鞭绝技就不用再看了。"

那汉子连忙道谢。云襄将银子塞入他手中,与明珠正要走开,却见那老者大步过来,夺过汉子手中的银子,一把扔回云襄脚边,然后抬手便给了那汉子一巴掌,一边骂道:"没出息的东西,咱们是卖艺,不是在乞讨!"

明珠见那老者面色颇为不善,竟把碎银子砸到了云襄脚边,不由高声斥道:"喂,咱们好意给你银子,你不要也就是了,为何还扔回来,砸到了我家公子定要你们好看!"

那老者冷笑道:"老夫虽然年迈,手上准头却还有。那几粒碎银离这位公子的贵足还有好几寸,离砸到他还差得远呢!"

云襄见这老者虽然落拓,但神态倨傲,更兼眼神犀利,对信手扔回的银子,落点看得十分准确,显然不是寻常跑江湖卖艺的千门同道。他连忙拱手道:"先生师徒沿街卖艺,在下依言打赏,不知有哪里得罪,竟惹先生如此不快?"

老者冷哼道:"咱们是卖艺不是乞讨,劣徒那点玩意儿,当不起公子那些赏银。"

云襄笑道:"在下赏银出手,自然不会再收回。先生若是觉得令高足的拳法值不了在下的赏银,不如露上一手让在下开开眼界。"

老者缓缓点点头,傲然道:"那公子请睁眼看好!"话音刚落,就见他一扬手,空中传来"啪"的一声轻响,他手中已多了根丈余长的细鞭,黑黢黢只有指头粗细,垂在地上蠢蠢欲动,犹如长蛇一般。

明珠见状鼓掌笑道:"原来你是耍鞭的好手,快露一手给咱们瞧瞧啊!"

老者一声冷哼:"老夫已经露了一手,你们没看到那是自己眼拙。想老夫这条鞭子,若非江湖沦落,寻常哪里能看到?"说着一抖手,长鞭犹如灵蛇入洞,倏然蹿回他的袖中,片刻间他又恢复了两手空空的模样。

明珠正在奇怪,却见云襄满脸惊讶地盯着地上。明珠循着他的目光望去,地上不知何时多了一只断成两段的马蜂,马蜂犹在微微挣扎,尚未死透。明珠正待询问究竟,陡然意识到地上这只马蜂,正是方才在自己头顶盘旋飞舞的那只,就在方才鞭响的同时,已被老者一鞭劈成了两段!

云襄见老者转身要走,忙拱手问道:"先生出鞭如神,实乃在下平生仅见,不知大名可否见告?"

老者略一迟疑,沉声道:"老夫风凌云。"

"原来是风老先生!"云襄追上两步,恳切地道,"小生云襄,不知可否请老先生喝上一杯?"

老者本已转身准备离去,听到云襄的名字,立刻转回头,惊讶地打量着他,诧然问道:"云襄?可是率剿倭营大败倭寇的公子襄?"

云襄尚未回答,明珠已故作神秘地小声道:"公子襄就是公子,千万别告诉别人!"

老者疑惑地将云襄上下一打量,拱手道:"既然是公子襄相邀,在下敢不从命!"

四人来到路旁一家僻静的酒馆雅厅,云襄将老者让到上座,拱手问道:"我见风老先生容貌峥嵘,气宇轩昂,必非泛泛之辈,何以沦落到街头卖艺的境地?"

"咳!别提了!"风凌云一声长叹,眼中隐有泪花闪烁,"老夫祖籍福建台州,少年时得高人传授,练得一手好鞭法,江湖上送了个大号叫'鞭神'。后来老夫年纪渐长,便退隐江湖回台州渔村隐居,收了个憨厚愚鲁的弟子张宝,平日里钓钓鱼喝喝酒,逗弄一下孙儿孙女,日子过得倒也逍遥快活。谁知前日倭寇血洗台州,老夫隐居的小渔村也未能幸免,老夫虽率乡民拼死抵抗,奈何寡不敌众,一家老小及众多村民皆死于倭寇之手。老夫发誓报此大仇,只是个人毕竟势单力薄,听说公子襄率剿倭营在杭州大败倭寇,所以便带弟子来投。谁知剿倭营嫌老夫年迈,拒不收留,老夫一怒之下只好愤然离去,正好盘缠用尽,只好与劣徒在街头学人卖艺求生,却不想与公子巧遇。"

云襄闻言大喜过望,忙道:"剿倭营正需要风老先生和令徒这样的武林高手,能得二位鼎力相助,是云襄之幸,也是沿海百姓之福!请容在下为剿倭营先前的有眼无珠,向二位赔个不是!"说完起身一拜,态度异常诚恳。

风凌云连忙将云襄扶起,执着他的手叹道:"先前这位姑娘说你就是公子襄,老夫还不怎么相信,现在却完全信了。也只有公子襄这等人物,才有信陵君礼贤下士的胸襟。老夫前来相投,看来是没找错人。"

二人再次见礼后重新入座,此时掌柜已将酒菜送上,便在席间举杯畅饮,共议抵抗倭寇的心得和体会。说到倭寇犯下的劣迹,二人都是满腔愤恨,恨不能立即平患,为百姓赢得一个太平世界。

酒未过三巡,就见长街上一马飞驰而来。马上骑手老远便看到临窗而坐的云襄,立刻在酒店外翻身下马,风一般冲进雅厅,对云襄拜道:"公子,俞将军请您即刻回剿倭营!"

"是不是有敌情?"云襄忙问。传令兵目视一旁的风凌云,欲言又止。云襄沉声道:"这里没有外人,你但讲无妨。"

传令兵忙道:"金华知府方才送来了几个女人,她们自称是被东乡平野郎抢去海岛,如今侥幸逃回的渔家民女。"

云襄闻言一惊,立刻长身而起:"快走,我要亲自见见她们!"

剿倭营的中军大帐里,俞重山正焦急地来回踱步。见云襄进来,他连忙迎上去,道:"我方才已盘问过那三个逃回来的女人,确实是被东乡平野郎掳掠去的渔家女子。我现在已让大夫为她们疗伤,并派人去她们的家乡查对她们的底细,明早就有消息送回。你有什么看法?"

云襄沉吟道:"我要亲自问问她们,如果她们确实是从东乡平野郎的巢穴逃回来的,一定能给我们带回一些有用的情报。"

"我这就命人将她们传来!"俞重山说着就要下令。云襄忙道:"还是我过去看望她们吧,她们已经备受磨难,疗伤要紧。"

随着传令兵来到后营医官的营帐,云襄见到了三名精疲力竭、伤痕累累的渔家少女。三人见兵将们对云襄的态度,便猜到他是军中管事的人,皆翻身跪倒,哽咽道:"公子,快去救救咱们的姐妹吧!"

云襄示意大夫将三人扶上床躺好,才问道:"怎么回事?慢慢说。"

从三人断断续续的讲述中云襄了解到,原来她们是同村的渔家女子,后被倭寇掳掠到远离大陆的海岛上,受尽了摧残和折磨。那岛上像她们这样的女子还有上千人,那海岛显然是倭寇一处重要的巢穴,而倭寇的首领正是东乡平野郎。

后来她们同村的几名渔女,在岛上囚禁日久,趁着倭寇看守疏忽的时候,偷了一艘小船逃离荒岛,却被倭寇的战船追击,小船在海上被倭寇的火炮击沉,除了她们三人侥幸未死,其余几名逃跑的姐妹都已葬身大海。三人在海上漂了一天一夜后,才被渔民救起,送到最近的州府，立刻又被地方官送到剿倭营。

一名渔女哭拜道："公子快发兵救救岛上那些姐妹吧，咱们还记得那海岛的位置，愿意为大军做向导！"

云襄点点头，又仔细问了海岛的方位、地形和倭寇的人数，最后道："你们尽可能详细地画出海岛的地形，我一定会想法救出咱们的姐妹。"

匆匆回到中军帐，云襄立刻对俞重山道："请将军即刻招回剿倭营将士，咱们要尽快准备发兵出海。"

俞重山捋须沉吟道："剿倭营只有六千人，抛弃擅长的马战劳师远征孤岛，一下子放弃天时、地利、人和，是不是太冒险了？我已派八百里加急快报向兵部请示，让俞家军与剿倭营一起远征。兵部的回复很快就能送到，再等等吧。"

"来不及了！"云襄叹道，"兵部令谕送到，最快也得半个月以后。半个月足够东乡平野郎将所有女人和财宝转移到他处，届时要想在茫茫大海上再找到他的巢穴，可就千难万难了。"

俞重山沉吟良久，还是连连摇头："就剿倭营六千将士出海远征，太冒险了。虽然东乡手下目前仅剩五千余人，但剿倭营是以海攻陆，既不熟悉地形又无援军之助，万一东乡再纠集另外几股倭寇在海上埋伏，剿倭营要吃大亏！"

云襄面色凝重地对俞重山拱手道："将军是否对云襄没有信心？"

俞重山见云襄说得慎重，忙摆手道："公子虽然不是军旅出身，但自从领兵以来，即表现出过人的天赋和韬略，堪称武侯再世。不过这次远征关系到剿倭营六千将士的性命，俞某不得不慎重再慎重。"

云襄直视着俞重山的眼睛，从容道："俞将军的顾虑我已有所考虑，如果将军对我还有信心，请即刻招回剿倭营将士，做好三天内出海远征的准备。"

云襄的从容镇定给了俞重山信心,他终于爽朗一笑:"好!我就再信你一次,不过这次远征,我要亲自领兵。"

"不可!"云襄忙道,"这次远征我虽有安排,但依旧不敢说有必胜的把握。我与东乡平野郎是在做孤注一掷的豪赌,将军关系到江浙两省的安危,实在不该冒此大险。您若相信我,请赐我佩刀和令箭,让我号令全军。我若不幸输了,有将军镇守杭州,倭寇依旧不敢猖狂!"

俞重山仔细审视着云襄,沉声问道:"你有信心独率剿倭营面对东乡平野郎?"

云襄点点头:"我有信心,虽不敢说有十足的把握,但对于这一仗,我有九成的胜算。对一个老千来说,这已是极高的赢面,可以一搏!"

俞重山沉吟良久,最终叹道:"我虽对你有十分的信任,但这一战在我看来,实在胜算不大。我想跟你在海图上做战术推演,我来扮演东乡,你率军来攻我。如果纸上谈兵你都不能将我说服,我不敢将整个剿倭营的命运交到你手中。"

云襄理解地点点头:"我愿与将军在海图上做方方面面的推演和计算,如果我不能令将军折服,也不敢拿剿倭营六千将士的性命去冒险。"

"请!"俞重山连忙将云襄让进中军大帐后方的小帐。那里有沙盘和海图,可以在其上做战术推演,以测度胜算和各种意外情况。剿倭营几个千户焦急地留在外面,等待着俞将军与公子襄最后的推演结果。这一推演足足持续了大半天,黄昏时分二人才从帐中出来。俞重山一扫先前的怀疑和犹豫,高声对副将张宇然吩咐道:"速速招回剿倭营兵将,做好三天后出海远征的准备。"

张宇然连忙答应着退下,云襄也拱手道:"这里的一切就拜托将军了,云襄暂且告退,三天后再率军远征。"

俞重山亲自将云襄送出中军大帐,在帐外握着他的手叹道:"这一战若是顺利，必能一举除掉东乡这最大一股倭寇，平息海患指日可待；若有任何差池和意外，剿倭营将全军覆没。剿倭营没了还可以再建，若公子有任何不测，俞某就失去了智囊和左膀右臂，大明军队也将失去一位有可能青史留名的军事天才。"说到最后，他的声音竟有些哽咽起来。

云襄淡然笑道："谋事在人，成事在天。只要咱们竭尽所能去做了，便可问心无愧，何必太在意胜败生死？"

"对对对！"俞重山释然地笑道，"公子出征在即，俞某实不该出此不祥之言。待公子凯旋之日，再给你摆酒赔罪。"

云襄拱手致谢，不再多言，即刻翻身上马，绝尘而去。俞重山在营门外目送着他远去的背影，久久不能收回目光。

江南在望，舒亚男心情越发忐忑不安，她不知道自己突然出现在云襄面前，会是怎样一种情形，又会给明珠造成怎样的伤害。她心中只有一个信念，就是要为腹中的孩子，找到他的父亲，他不能一生下来就没有父亲！

她知道那个像狼一样的家伙还在身后紧追不舍，虽然这一路上她想尽了一切办法，却都未能甩掉他的追踪。现在，在即将见到云襄之前，她必须尽快处理掉这个讨厌的尾巴。

无奈之下她想起了曾经见过的那个标志，那个火焰与骷髅的标志。她知道魔门眼线无处不在，三天前，她就在沿途留下了火焰与骷髅的图案。她相信这些图案总有一个会被魔门眼线发现，如果将魔门中人引来，届时再善加利用，巴哲就不那么容易脱身了。

就在她快要绝望的时候，终于看到了那个白衣飘飘、丰神俊秀的年轻人。他看起来只有二十出头，眼中却有一种洞悉一切的冷静和从容。当时他正在街边的酒肆中慢条斯理地吃着馒头，那白皙如玉的手指小心撕下馒头，缓缓送入唇红齿白的口中，动作说不出的优雅，舒亚男还是第一次见到有人吃馒头也吃得这般好看。

"这位姑娘一路风尘，何不下马歇息片刻？"就在舒亚男犹豫着是否在此打尖休息时，那年轻人突然冲她微微一笑，神情就像看到老朋友一般自然。舒亚男立刻翻身下马，对迎上来的小二吩咐道："一斤牛肉，十个馒头，要快！"她已经看到了对方衣襟内绣着的火焰图案，那是他故意露出来的。

年轻人整整衣衫，将图案重新隐回衣襟，然后盯着舒亚男淡淡问道："你是哪位长老门下？遇到什么紧急之事，要暴露自己的行踪？"

舒亚男坦然迎上他的目光，反问道："你又是谁？"

年轻人优雅一笑，轻轻吐出两个字："明月。"似乎这两个字，足以说明一切。

听名字好像是明珠的哥哥。舒亚男暗自嘀咕，脸上却不动声色，声音惶急地道："有个瓦剌人在追杀我！因为怕我泄漏了他杀害寇门主信使的秘密。"

明月眉头微皱："怎么回事？什么信使？"

舒亚男忙道："寇门主向瓦剌派出信使，欲与瓦剌结盟，谁知瓦剌内部意见有分歧，有人便派人杀了寇门主信使，以绝结盟之念。这事正好被我撞见，有人便要杀我灭口，所以我只有一路东逃，谁知杀手一直穷追不舍，我逃到这里也没能摆脱他的追踪。"

舒亚男这话半真半假，令对方一时之间难辨真伪。明月正待细问，舒亚男已惊慌地道："这里就你一个人吗？快多叫人手帮忙吧，那家伙凶得很！"

明月哑然失笑："有我一人就足够了，你大可不必担心。"话音未落，他就看到了那个蹑手蹑脚走来的异族男子，眼里闪烁着狼一样的凶光。

"是你杀了咱们魔门信使？"明月将舒亚男挡在身后，淡淡道。

巴哲一愣，瞪着明月道："不错！那又怎样？"

"那你就死定了！"明月说着起身向他走去，步法虽缓，身形却极快，转眼便来到巴哲面前，探手抓向巴哲衣襟。其身形之飘忽，出手之迅捷，完全出乎巴哲预料。巴哲一声轻喝，弯刀怒挥而出，不顾袭向自己的手掌，挥刀便斩向对方颈项。他要以两败俱伤之法，求得主动。

巴哲的悍勇似乎出乎明月的预料，他身形一晃轻盈飘开，跟着又从一侧逼近巴哲，他的身形因速度太快，成了一道虚实莫辨的白影，令人眼花缭乱。

巴哲发出狼嗥一般的怒吼，刀光如电闪雷鸣，神情如恶狼咆哮，却偏偏连明月的衣角也碰不到。只见明月的身影朦朦胧胧，在闪烁不定的刀光中自由来去，轻盈飘忽宛若蝶舞仙飞，令人目醉神迷。

舒亚男在二人动手之始，便准备悄然远逃，不想却被明月的身手吸引。她行走江湖多年，见过各种各样的武功，却从来没见过如此好看的武功，明月虚虚幻幻的身影，没有半点魔门中人的邪恶，只有隐世高人的飘逸出尘。

见巴哲刀光凛冽，寒意刺得人浑身发冷，舒亚男也不禁为明月担忧起来。不知是因为他的名字，还是因为他的风度，舒亚男心中对他已有几分好感，不希望他成为巴哲刀下的冤魂。不过看得片刻，她发现巴哲刀光虽烈，却连明月的衣角都碰不到，这才放下心来。眼看明月隐占上风，她不再停留，带上馒头牛肉，翻身上马，继续向东疾驰。

两个缠斗在一起的人影终于分开，明月依旧从容负手，面带微笑。巴哲惊疑地打量着对方，沉声问道："你这身手，在中原必定不是泛泛之辈，请留下姓名！"

明月浅浅一笑："末学后进，不敢言名。倒是阁下这凶悍的刀法，让我想起了瓦剌传说中的一个凶人。"

巴哲心知凭武功胜不了对方,而对方要杀自己也不容易,就不知对方是否还有同伙。想到这他恨恨地盯了对方一眼,立刻悄然后退。他就像狼一样,一旦发觉对手太强,便会毫不犹豫地撤离战场。

明月目送着巴哲的身影消失在路旁密林后,才转望舒亚男离去的方向,他那超然脱俗的眼眸中,隐约闪烁着一丝异样的光芒。

三天之后,剿倭营所有战船趁着夜色悄然出港,驶向茫茫不知所终的大海。在战船驶离海港不久,一只信鸽从海边一个密切监视着港口动静的黑衣人手中飞起,抢在剿倭营战船前头,飞向那座孤悬海外的无名荒岛。

朝阳渐渐从海平面上升起,将大海染成一片血红,为天地平添了一股肃杀之气。云襄负手伫立船头,回首极目眺望,杭州湾早已不见了踪影,而前方海天相接处,一轮巨大的红日正从海上冉冉升起。

云襄身旁除了筱伯,还多了一个威猛如狮的白发老者——鞭神风凌云。自杭州街头邂逅云襄后,他已为云襄的风采折服,甘愿追随云襄左右,为报毁家灭村之仇,向倭寇讨回血债。

三个渔家少女也被云襄请到了船头,她们凭着记忆为战船指明方向。三名少女从小就在海上漂泊,对常人来说茫茫无边的大海,在她们眼里却有着指引方向的路标。在她们的指点下,船队向着预定的目标不断前进。

七天之后,一个隐隐约约的海岛出现在海平面尽头。三个渔家少女兴奋地指向海岛方向高叫:"那里!就是那里!那就是倭寇的巢穴!"

云襄登上战船最高的甲板,俯瞰下方跃跃欲试的众将道:"倭寇的巢穴就在前方,我再最后一次重申军纪:不得妄取岛上一钱一物,不得侵犯岛上任何一个女人，违令者斩！"见众将哄然应诺，他挥手向前一指："战船分成左右两队，从两侧迂回包抄海岛，务必不让倭寇一人一船逃脱！"

旗兵立刻将云襄的命令传达到所有战船，在令旗的指挥下，数十艘战船渐渐分成左右两队，乘风破浪，向海上怪兽般的无名荒岛挺进。

两个时辰之后，所有战船皆抵达预定地点，将海岛团团包围。只见海湾中除了零星的小船，并没有见到倭寇的大批船队。众将虽然有些奇怪，但此时剿倭营已是箭在弦上，不得不发。云襄一声令下，数十艘战船立刻向岛上开炮，岛上倭寇构建的简陋工事很快就在炮火中灰飞烟灭。见倭寇的抵抗并不强烈，云襄立刻下了登陆的命令。

"牛彪率一营率先登陆，并向岛屿中央挺进！七营紧随其后！"副将在桅杆上瞭望战局，并不断将战场情况向云襄及时汇报。只听他语音中透出的兴奋和喜悦，便知战局进展得比预计中顺利。"一营占领了岛上的最高点,正向咱们发回信号———一切顺利,中军可以登陆。"

牛彪的一营和赵文虎的七营，当初是俞家军的精锐，俞重山奉令组建剿倭营时，特意将这两个精锐营划了过来。剿倭营对东乡平野郎的两次大战，一营和七营都立下了赫赫战功，果然没有辜负俞重山的厚望。见牛彪的一营率先占领了海岛制高点，云襄十分欣慰，立刻下令："中军登陆，对全岛进行彻底搜查，决不漏掉一个倭寇。水军将战船驶入海湾，原地待命。"

战船缓缓靠岸，云襄在中军护卫下登上了倭寇盘踞的这座无名海岛。负责指挥攻打海岛的剿倭营千户孟长远匆匆过来禀报道："云公子，咱们已经占领全岛，没有遇到倭寇多大的抵抗。似乎倭寇都已出海，岛上只有两三百老弱病残守卫，已被咱们尽数歼灭。"

空岛！众将脸上一片惊讶，心中隐隐有些不安。云襄面色也有些凝重，缓缓点头道："我知道了。中军立刻封存岛上所有财物，并将女人集中到安全地带看管,其余各营立刻伐木造寨,在水源充足的高地和险要处构筑防御营寨,务必在日落之前筑成最坚固的营寨!"

众将脸上都有些疑惑,孟长远忙问:"咱们还要在这岛上待多久?为啥要在这荒岛安营扎寨?将士们方经大战,是不是先休整一日再干?"

云襄不满地看一眼孟长远,沉声道:"我是说立刻!日落之前筑不好营寨,你提头来见!"

孟长远一怔,不敢再问,立刻拱手告退,去指挥兵卒伐木筑寨。

云襄顺着岛上的小路缓缓行来,就见那些简陋的土木建筑已大半被毁,不时能听到女人隐隐约约的惊叫哭号。正行间,突听一间木屋中传来女人的惊叫哭骂,云襄忙示意中军千户李寒光过去看看。

李寒光立刻带了两个兵勇踢门而入,片刻后便将一个半身赤裸的将领带了出来。那将领满面虬髯,浑身肌肉如牛牪一般健硕,见到云襄讪讪一笑,躬身拜道:"末将见过公子。"

云襄往屋里一瞧,就见一个女人正缩在被子中小声哭泣,顿时气得满脸通红,猛然一声高喝:"来人,将牛彪拿下!"

牛彪从未见过云襄如此暴怒,吓了一大跳,连忙结结巴巴地解释道:"公子,你……你误会了。我牛彪再胡闹,也还不敢伤害咱们的同胞姐妹。那是一个倭女,公子不必大惊小怪。"

一个兵卒将那女人拎了出来,果然是个和服半解的倭女。众将松了口气,纷纷对牛彪斥骂道:"真是不懂事的家伙,现在是什么时候,还有心思与倭女作战?还不快向云公子道个歉,穿好衣服滚蛋!"

牛彪悻悻地冲云襄拱拱手,正要转身离去,却见云襄冲中军千户李寒光一声大吼:"李千户!还不将牛彪拿下,莫非你要抗命?"

李寒光见云襄双眼圆睁,直欲杀人,只得挥手令兵卒将牛彪拿下。牛彪不满地对云襄吼道:"云公子,我老牛一向敬重你,将你视同俞将军一般，可今天这事你实在有些小题大做。想那倭寇奸淫掳掠了咱们多少姐妹，我老牛搞个倭女算多大个事？就算俞将军在这里，也只会睁一只眼闭一只眼，用得着你大惊小怪吗？"

云襄望着牛彪突然垂下泪来，痛心疾首地叹道："牛彪啊牛彪，登陆前我一再重申军纪：不得妄取岛上一钱一物，不得侵犯岛上任何一个女人，违令者斩！你为什么偏偏不放在心上呢？"说着他抬手往四下一指："这岛上遍地是金银财宝，到处是醇酒女人，一旦有人违纪不究，剿倭营立成一盘散沙。如今剿倭营孤悬海外，军纪就是生命，我若不杀你，就是害了全营六千名将士。"说到这里他一声高喝："来人！即刻将牛彪斩首示众！"

众将面面相觑，中军千户李寒光忙小声道："公子，牛彪是俞将军爱将，是不是……"

话音未落，就听场中响起一声剑吟，有人已拔剑从牛彪身后刺入了他的心窝。众人定睛望去，却是七营点检赵文虎，只见他面若冰霜地还剑入鞘，对众将拜道："云公子说得不错，如今军纪就是剿倭营的生命，若杀一个牛彪能严明军纪，末将愿做这恶人！"

"好！好！"云襄泪流满面，回身取过筱伯手中的缅刀，将俞重山的佩刀扔给赵文虎，"立刻将牛彪首级示众，并替我巡视全军，任何人违反军纪，杀无赦！"

十、情殇

牛彪的首级被高高挂在中军大帐外,这对剿倭营将士来说是一个不小的震动。牛彪是俞重山的爱将,又是剿倭营一员战功赫赫的虎将,就因奸淫倭女被公子襄所杀,众兵将在不满、愤恨之余,行止开始有所收敛,本已废弛的军纪,终于重新树立了它的威信。

赵文虎奉令巡视全军,又杀了两名私分财物的兵卒,终于止住了剿倭营混乱的势头,渐渐恢复了正常的秩序。黄昏时分,中军已将岛上财物封存,岛上一千多名女子也被集中到安全处看押,与此同时,两座新筑的营寨也渐渐完工,巍然耸立在小岛的最高处。

三天后,无数悬挂着骷髅标志的海船出现在海上,将小岛团团包围。东乡平野郎傲立在最前方的战船上,举目向岛上眺望。他被眼前的情形惊呆了,原来岛上并没有出现预计中的混乱和破败,反而在险要处凭空出现了几座坚不可摧的营寨,营寨外鹿角、壕沟、栅栏等工事犬牙交错,剿倭营竟在短短三天内,做好了应付恶战的准备。

"咱们还是小看了公子襄!"东乡左首的南宫放仰天叹息,"剿倭营竟然没有被金银财宝、醇酒女人打垮,反而在短短三天内就筑下了严密的防御阵地，公子襄真乃统兵天才也！"

东乡右首的施百川不以为然地捋须笑道："看剿倭营这架势，公子襄是在等俞家军支援，欲与俞家军联手，与咱们决一死战。可惜他千算万算，也算不到咱们魔门高手早已埋伏在往来京、杭的路上，兵部所有令谕都别想送到杭州。剿倭营孤军身陷荒岛，内无粮草外无援军，我看他能坚守到什么时候！"

南宫放微微笑道："待俞重山苦等兵部令谕不得，再派人上京请令，最快也得一个月以后了。这一个月内，足够咱们将剿倭营收拾得干干净净。"

"如果俞重山不等兵部谕令，擅自领兵出海，又会如何？"东乡沉声问道。

施百川见东乡平野郎眼中还有些狐疑和担忧，忙笑道："就算俞重山不顾朝廷禁令贸然出海，他水军一动，我魔门耳目立刻就会飞鸽传书，让咱们早做防备，东乡君无须担心。"

东乡微微颔首，他虽然惊诧于剿倭营的军纪，但环顾海上，只见风帆如林，战船如过江之鲫。这里不仅有他的五千多手下，还有另外几支前来支援的同伴，人数加起来足有一万五千余人。剿倭营是所有海盗的公敌，听说东乡将剿倭营引到了自己老巢，各路倭寇纷纷赶来支援，数百艘战船在海上铺散开来，浩浩荡荡，显得十分壮观。

看到己方占有绝对优势，东乡终于放下心来，抬手向岛上一指，高声下令："包围海岛，派人给公子襄送信，让他立刻率军投降，不然战火一起，剿倭营将被斩尽杀绝！"

众倭寇哄然应诺，正待派人上岛，突听南宫放道："东乡君，这封劝降书，就由在下替你给公子襄送去吧。"

东乡有些意外，忙劝道："公子乃我智囊，不可轻蹈险地。"

"无妨！"南宫放淡淡笑道，"凭我对公子襄的了解，他不会妄杀信使。"

东乡沉吟片刻，伸手从身旁一个倭寇腰间拔下短剑，将剑一折两段，然后交给南宫放道："剿倭营兵将大多是我的老对手，知道我这是什么意思。"

南宫放接过断剑，遥望海岛平静地道："立刻送我上岛！"

突然出现的倭寇战船，令剿倭营将士暗自心惊。看战船的数目，远远超过了东乡平野郎所部，几支在海上啸聚多年的倭寇，竟然联起手来，将剿倭营团团包围。直到这时众兵将才明白云襄杀人立威、整肃军纪的苦心。若非剿倭营以严明的军纪和超人的努力，在短短三天内筑下了固若金汤的营寨，在数倍于己的倭寇面前，只怕连一天都守不住。

不过就算是这样，众将心中依旧没底。剿倭营现在最匮乏的是粮食，没有粮食，铁打的汉子也坚持不了几天。

云襄立在小岛最高处，眺望着海上的倭寇战船，对几名将领的质疑并不回应。这时中军千户李寒光突然指向海上："看，有小船打着白旗划过来了，想必是来劝降的。"

"他娘的，老子让人将它打回去！"另一个千户孟长远一声怒骂，正待令人去将小船击沉，云襄已抬手阻拦道："不忙，让他上来。带他到中军大寨见我。"说完他又叫过李寒光，仔细耳语片刻，李寒光心领神会地点点头，立刻飞身而去。

南宫放自登上海岛那一刻起，就打起了十二分精神。他冒险前来劝降，除了想看看宿敌见到自己时那意外和吃惊的嘴脸，更想亲眼看看剿倭营内部的情况。剿倭营的表现实在太反常了，令他心中隐隐有些不安，他生怕自己在稳操胜券的情况下，又让公子襄侥幸反败为胜，只有亲自来看看现在的公子襄和剿倭营，才能彻底安心。

他安然让剿倭营兵卒将自己蒙上双眼，推推搡搡地带到中军大寨。当眼上的黑布去掉后，他立刻就看到了端坐在大寨中的宿敌。看到云襄眼中的惊诧和意外，他缓缓撩开鬓发，得意地笑道："没料到吧？我南宫放不仅没死，还活得很顽强。"

云襄脸上的惊诧一闪而没，望着南宫放不动声色地问道："你来作甚？"

他在故作镇定！南宫放立刻察觉到了对方的心虚。他将断剑扔到云襄面前："这是东乡平野郎托我送给你的东西，你或许不知道它的含义，不过你帐下的兵将可都心知肚明。"

帐前诸将果然悚然动容，这是东乡平野郎即将斩尽杀绝的劝降剑，作为东乡的老对手，众将完全清楚它的含义。南宫放见众将虽然还维持着表面的镇静，但眼中的凝重和畏惧却逃不过他敏锐的眼睛。

就在这时，一个千户打扮的将领突然闯了进来，匆匆对云襄道："公子，一营点捡牛彪被斩后，一营将士群情激愤，差点兵变，现在已被我控制起来。还有不少兵将想要乘船突围，请公子快拿主意……"

"闭嘴！没见我这里有客人吗？"云襄一声厉喝打断了来人的禀报，顿了下，他转向南宫放淡淡道，"请你回复东乡，就说剿倭营上下，将战至最后一人。"

南宫放不再多劝，他已看到了想看的一切。对云襄匆匆一拱手，他得意地笑道："公子襄果然非常人物，有整个剿倭营为你陪葬，你可以死得瞑目了。"说完转身出门，不再停留。

回到东乡的战船上，南宫放立刻对东乡道："公子襄已经穷途末路，剿倭营军心不稳，东乡君可以下令进攻了。"

东乡眼中闪出狼一般的嗜血寒光，虽然围困可以将粮草匮乏的剿倭营拖垮，但粮草对众多倭寇来说也是一个问题，所以他也希望速战速决。听南宫放如此回报，他立刻向桅杆上的旗兵高喝："进攻！天黑前拿下全岛！"

隆隆的火炮声惊天动地，在海岛上零星炸开，众倭寇开始向海岛发起了最后的进攻。无数战船驶入海湾，将剿倭营的船只尽数烧毁、击沉。船上的水军早已撤到岛上，所以东乡的战船没有遇到任何还击。

在东乡的指挥下，倭寇顺利登上海岛，向岛上几座营寨发起了猛烈的进攻。可惜那几座营寨建造得十分巧妙，互为掎角和支援，又矗立在火炮难以企及的地势险要处，万余名倭寇空有一身好武艺，却被营寨中射出的箭雨和鸟铳压制得抬不起头来，根本近不了身。

东乡气得哇哇大叫，早知剿倭营在醇酒女人、金银财宝面前不动心，他真不该等上三天再进攻。这三天时间剿倭营军纪不仅没有涣散，反而在岛上筑下了坚固的防御营寨，这实在出乎东乡的意料。

第一天的激战倭寇伤亡惨重，剿倭营倚仗坚固的营寨和防御工事，几乎没有任何伤亡。当夜幕降临时，东乡遥望着矗立在制高点的营寨，只感到一筹莫展。

南宫放对剿倭营的战斗力也有些意外，这完全不像是一支军心不稳、意图突围而逃的部队。他心中隐隐觉得不对劲，但算来算去，始终猜不透公子襄在此坚守有何意义。面对东乡的质询，他冷笑道："强攻不行，咱们可以全力围困。岛上没留一粒粮食，而剿倭营携带的粮食有限，如今又多了一千多个女人要吃饭，他们坚持不了几天。"

倭寇没有攻城器具，又不善强攻。东乡权衡半晌，只得恨恨地对高高矗立的营寨啐了一口，大骂着发誓若攻破营寨，必定将公子襄剥皮抽筋！

众倭寇在山下立了营帐，将剿倭营的营寨团团围困，看他们的模样，是在做长期围困的打算。小岛高处，几名剿倭营将领在查看了倭寇的布阵形势后，皆忧心忡忡地来见云襄，齐声问："公子，咱们还要在这里坚守多久？"

云襄此时正在中军寨中泼墨作画，面对众将的询问，他头也不抬地淡淡道："不知道。"

众将越发担忧，中军千户李寒光急道："咱们的粮食本来只够十日之需，如今再加上一千多个女人，恐怕只够坚持七八天时间，七八天后粮食告罄，公子作何打算？"

在众将焦虑的目光中，云襄从容不迫地将一幅水墨山水画完，才笑问众将："你们来看本公子这幅画，意境如何？"

几个将领正为剿倭营的前途担忧，哪有心思理会云襄笔下的意境？只有负责监察全营军纪的七营点检赵文虎，仔细端详着墨迹未干的画，微微颔首道："公子落笔从容，笔意不急不缓，显然胸中早有成竹，所以这幅画意境深远，令人莫测高深。"

云襄目视赵文虎，嘴角泛起会心的微笑："赵将军既然喜欢，这幅画就送给你吧。"

赵文虎连忙拜倒在地，拱手道："多谢公子墨宝！"说完也不客气，上前接过画，吩咐随从之后装裱起来悬于自己帐中。

云襄见众将依旧在焦急地望着自己，不由笑道："古人云，一鼓作气，再而衰，三而竭。七八天时间，足够让倭寇士气由衰而竭，到那时在下自有破敌妙计，诸位将军不必多虑。诸位只要守住这七八天时间，就是大功一件！"

众将见云襄说得轻描淡写，皆有些将信将疑，不过他们早已被云襄的领兵之能折服，心中虽有疑惑，却还是尽心去布置防御和守卫。

时间一天天过去，倭寇一万多人聚集小岛，却不得寸进。这期间东乡虽然也率人强攻过几次，但剿倭营据险扼守，居高临下。东乡付出上千人的代价，依旧没占到任何便宜。后来他又派出倭寇中的忍术高手，趁夜潜入剿倭营中军大寨，欲刺杀公子襄，但几名忍者的尸体第二天就被扔了出来，几个人颈项上都有细细的红痕，显然是被一种很细的鞭子绞杀。

七八天时间很快过去，眼看粮食即将告罄，云襄登上小岛最高处，遥见山下倭寇的营帐已是一片狼藉，再没有先前那恶焰汹汹的气势，他终于对等待已久的随从下令："点狼烟！"

狼烟滚滚，直冲天际，在辽阔的大海上传出很远。随着狼烟的燃起，林立的风帆渐渐从海平面上缓缓升起，从四面八方向海岛逼近。剿倭营营寨在小岛高处，剿倭营将士最先看到那些突然出现的风帆，人人奔走相告："援军！援军来了！"

风帆渐渐靠近，已能隐约看到风帆上的标志。众兵将渐渐开始失望，风帆上并不是熟悉的俞家军水军标志，这并不是他们期待的明军水师。不过很快他们就看清了风帆上五花八门的标志，有人很快就认出，旋风是金陵苏家的族徽，剑与盾是南宫世家的标志，背插双翅的猛虎是漕帮的船旗，鲨鱼是海鲨帮的帮徽……庞大的船队几乎囊括了江南沿海所有帮会和地方势力的人马，从四面八方向狼烟燃起的地方围逼过来。

"这是怎么回事？"东乡也看到了这些渐渐升起的风帆，并认出了前方南宫世家的船队。他气急败坏地一把抓过南宫放，指着海上的船队厉声喝问，"这些船是从哪里来的？为什么还有你南宫世家的人马？"

南宫放面色煞白，两眼直愣愣地望着海上，神情若痴。他千算万算，也没算到公子襄竟能调动几乎整个江南沿海的江湖势力，甚至连南宫世家也卷入其中。公子襄究竟有怎样的威望和魔力？南宫放百思不得其解。

剿倭营中军大寨中，云襄登上点将台，俯瞰着台下数千名神情激昂的剿倭营将士，突然放声喝问："勇士安在？"

"我在！"众将士齐声答应，气势如虹。

"勇士安在？"云襄再问。

"我在！"众人齐声怒吼，声震大海。

云襄"锵"的一声拔出长剑，遥指山下："倭寇就在眼前，可有勇士与我斩之？"

众将士纷纷拔出兵刃，数千柄寒光闪闪的锋刃直刺天宇，数千名彪彪男儿大声齐呼："我在！我在！我在！"

云襄环视全场，愤然举剑高呼："全歼倭寇，在此一役！出发！"

隆隆的鼓声在中军大寨响起，如春雷在天边回荡，剿倭营六千将士倾巢而出，向试图逃逸的一万多名倭寇发起了猛烈的反攻。

倭寇的营帐只为进攻而设，几无防御措施。数千剿倭营将士如狼似虎，轻易便突破倭寇防线，直插其后方停船的海湾。那里有数千倭寇正拼命争抢登船，意图乘船突围。在四周即将靠岸的战船威逼下，倭寇完全无心恋战，被剿倭营四下追杀，几无还击之力。

倭寇人数虽众，却各有统属，并非全归东乡指挥，危急之下或争先恐后地逃逸，或各自为战，战斗力大不如前。此时各派江湖好汉的船队先后靠岸，众人纷纷加入追杀倭寇的战斗中。这些汉子战斗力虽不能与剿倭营相比，但人数众多，对倭寇打击堪称致命。尤其是苏鸣玉、南宫珏和丛飞虎所率的数十名好手，武功远在寻常倭寇之上，在人群中纵横冲杀，所向披靡。战斗渐渐成为一边倒的屠杀，东乡见大势已去，只得率几名心腹杀出一条血路，抢了一条小船向海上逃逸。

云襄静立高处俯瞰整个战场，神色淡定，青衫飘飘，几欲出尘。见战局已定，他对传令兵吩咐道："传我号令，缴械不杀！"

少时，"缴械不杀"的呐喊在海岛上四处响起，众倭寇在逃跑无路、抵抗无效之下，纷纷举手投降。战事在血与火、智与勇的较量中渐渐平静下来。

云襄身后的筱伯满是钦佩地赞道:"没想到公子竟能调集整个江南武林共伐倭寇,真不知公子是如何做到这点的?"

云襄笑道:"很简单,对苏鸣玉这等重情重义的人,我动之以情;对南宫珏这等理智精明的人,我晓之以理;对漕帮丛飞虎这等黑道枭雄,我诱之以利。"

筱伯若有所思地微微颔首道:"公子高明!只要对苏鸣玉直说,有一千多名被倭寇掳掠的女子需要解救,苏公子定不会推辞;对南宫钰就说这是重振南宫世家威望的大好机会,他也一定不会错过;可是对丛飞虎这些黑道枭雄,公子以何利诱之?"

云襄指指中军大寨,笑道:"你忘了倭寇留下的那些金银财宝?"

筱伯闻言面色微变:"这些财物理应上缴国库,公子若是私相授受,恐怕朝廷追查下来,会有莫大麻烦。"

"是啊,所以这事我还得费点心思。"云襄叹道,"这些财物原是倭寇取之于民,我用它买通江南黑道助我消灭倭寇,也算是还之于民。若是都上交国库,只是便宜了皇帝老儿,于百姓何益?"

筱伯若有所悟地点头道:"公子替天行道,老朽无话可说,就怕旁人不知公子用心,会以小人之心度公子。"

云襄微微一笑:"只要问心无愧,何惧旁人闲话?"

山下战事已近尾声,苏鸣玉、南宫珏、丛飞虎等人联袂而来,南宫珏老远就在高叫:"云公子,以前你以六脉神剑胜我,我还只是觉得你是个有趣的人。没想到你竟能统领剿倭营铲除为患多年的倭寇,让我南宫珏佩服得五体投地!"

说话间三人已来到近前,苏鸣玉对云襄颔首笑道:"以前我便知你是非常人物,却也没想到你有如此之能,竟能毕其功于一役。今日我定要好好敬你几杯,咱们不醉不归!"

"一定一定!"云襄连忙与三人见礼。丛飞虎嘿嘿笑道:"我老丛是个粗人，也不懂什么客套。我手下这些刀口上讨生活的汉子，皆是相信公子襄口碑，冲着你的许诺而来，想必公子不会让老丛没法向手下人代吧？"

云襄正色道："丛帮主放心，我不会让你为难。"

丛飞虎呵呵一笑："有公子襄这句话，我老丛才能放心喝酒。"

"请几位先到中军大寨稍坐，待我处理完杂事，再摆酒向诸位致谢。"云襄说完令随从将苏鸣玉等人让进了中军大寨。

这时千户孟长远匆匆过来，躬身道："禀公子，倭寇一万五千余人除少数逃脱外，尽数被歼被俘。如今战事已定，各营正在救助受伤的同伴，搜捕残寇。如何处置俘虏，还请公子示下。"

云襄忙问："有没有找到东乡平野郎和南宫放？"见孟长远摇头，他眼中闪过一丝忧色，沉吟道："将俘虏和获救的女人全部带回杭州，交由俞将军处理。"

孟长远领令而去后，云襄招手叫过中军千户李寒光，对他悄声道："将缴获的财物分成三份，一份留给丛飞虎他们；一份让弟兄们分了，受伤和阵亡的兄弟多分一些；剩下一份给俞将军带回去，交给他去处理。还有，最后别忘了放一把火，把所有藏宝之处都烧毁，不要留下任何痕迹！"

李寒光点点头道："公子请放心，这事属下一定办得妥妥当当。"说完正待要走，却又被云襄叫住，只见云襄神情黯然地道："记得将牛彪的遗体带回去，对他的家人就说是战死疆场的，给他家人多分一份抚恤银两。"

"属下记下了！"李寒光说完拱手告退。云襄安排完一切，才放心地回到中军大寨，此时寨中已排下庆功酒宴，众人皆等着他入席。他也不推辞，径直来到席前，端起酒杯肃然道："这第一杯酒，请先敬阵亡将士，愿他们在天英灵早日安息！"说着将酒缓缓洒向大地。

众人纷纷举杯而起，洒洒祭奠阵亡的英灵……

三天后，剿倭营随各路人马班师回营，驶向杭州湾。虽然这一战剿倭营战船尽毁，不过与击毙的倭寇和击毁的敌船比起来，这点损失就不算什么了。

眉淡扫、腮红匀，唇上朱红艳若牡丹。舒亚男对着镜中的自己看了又看，她第一次如此认真地描眉点唇，对自己的容貌前所未有地在意。见胭脂水粉终于掩去了这一个多月来的疲惫和风尘，她终于停下手来，抚着小腹在心中暗问：小云襄，咱们就要去见你爹爹了，不知道娘现在这个样子，你爹爹会不会喜欢？

仔细换上新买的衣裙，舒亚男终于面目一新地开门而出。登上路边等候的马车，她对车夫轻轻说道："去剿倭营！"

马车在杭州城熙熙攘攘的大街上缓缓而行，突然，一个熟悉的身影吸引了舒亚男的目光，她连忙拍拍车厢："停车！"不等马车停稳，她已跳下马车，身不由己地迎了上去。

街头熙熙攘攘的人流中，云襄与明珠正说说笑笑并肩而行，虽然公子襄已是平息倭患、名传江南的大英雄，但真正认得他的人却没有几个。二人渐渐走近，云襄终于看到了人流中光彩夺目的舒亚男。

"亚男！"云襄突然感到一阵晕眩，周围的一切在他眼中突然消失，眼前只剩下这魂牵梦绕的女子。舒亚男打量着略显清瘦的云襄，千言万语竟不知从何说起，所有的艰辛和委屈皆涌上心头，使她哽咽得无法开口。

云襄最先平静下来，他突然牵起身旁明珠的手，对舒亚男笑道："舒姑娘来得正好，不然我还真不知去哪里找你呢。"说着他揽过明珠："我已决定去北京向明珠的父母提亲，如果顺利的话，下个月咱们就可以举行大礼。舒姑娘是咱们的媒人，到时候你一定得来，让咱们好好敬你一杯谢媒酒啊！"

舒亚男呆呆地望着笑语盈盈的云襄，再看看满面羞红的明珠，突然感到一阵天旋地转，心中就如高空失足一般难受。抱着最后一丝希望，她涩声问："阿襄，你……你不记得我们曾经发生过的一切了吗？"

"我记得，永远都不会忘记。"云襄的笑容依旧是那样熟悉，只是现在看来是如此冷酷，"谢谢舒姑娘教会了我很多东西，从那以后我就发誓，决不让同一个人骗我两次，更不会让同一个女人伤害我两次！"说着他不顾路人惊诧的目光，将明珠揽入怀中："明珠是天底下最善良的女孩，她永远都不会伤害我，所以我准备娶她。"

舒亚男呆呆地望着云襄和明珠，似乎听到了自己的心碎裂的声音，她扬起含泪的笑脸，对二人点点头，道："我……祝福你们。"说完赶紧转过身，生怕他们看到自己汹涌而出的泪水。

坚强！舒亚男你一定要坚强！她在心中拼命告诫自己，不顾路人惊诧和好奇的目光，她浑浑噩噩地大步而行。不知走了多久，也不知走到了哪里，时间和地点对她来说已没有任何意义。她在街口角落看到了一个熟悉的身影，是那个像狼一样从大漠一直追踪到江南的巴哲。她径直走到他面前，泪流满面地说道："你杀了我吧……"话音刚落，她就两眼一黑，突然栽倒在地。

北京城一座不起眼的四合小院前，柳公权像往常一样缓缓推门而入。每个月柳公权都要到这里来看看，不带任何随从，惹得手下捕快们总是在揣测，总捕头是不是在这里养了一房外室？

"柳爷爷！"门里传来一阵欢呼，几个七八岁大的孩子欢呼雀跃地围了过来。柳公权脸上泛起孩童般的微笑，将带来的糖果糕点分给了他们。几个孩子满心欢喜，缠着柳公权不愿放手，立刻引来几个闻声而出的女人一阵爱怜的斥骂。

这些都是柳公权因公殉职的弟子的遗孀和孩子,柳公权觉得自己有保护和养育他们的责任,所以便买下这处四合小院给她们居住。每个月他都会来看看孩子们,从孩子脸上,他能看到那些不幸殉难的弟子的影子,这让他心底有少许的安慰。

就在这时,一个青衫老者施施然走了进来,神情就像回自己的家一样坦然。柳公权打量着这其貌不扬的老者,沉声道:"先生,这里是民宅,请问你找谁?"

"我找柳爷!"老者直视着柳公权的眼睛,目光炯炯。

柳公权眉头一皱:"请问先生是……"

"周全。"老者坦然笑道。

柳公权略一回想,摇头道:"素不相识,周兄找我作甚?"

周全笑道:"小人一向在福王爷身边伺候,很少踏足江湖,难怪柳爷不识。小人今日是奉了福王之命,特意到此来请柳爷的。"

柳公权皱眉道:"我与福王素无交情,老朽也不敢高攀福王这等权贵,所以还请周兄回复福王,替老朽致歉。"

周全不以为忤地微微一笑,环顾四周道:"这处宅院闹中取静,实是居家过日子的好地方,没有大几千两银子恐怕是拿不下来,以柳爷的俸禄,大概还买不起吧?"

柳公权沉声道:"你这话是什么意思?"

周全没有理会柳公权的质问,自顾自道:"除此之外,柳爷以一己之力,承担了十几名殉职弟子家中的开销,这恐怕也是不菲的花费。难怪福王听到风声,说柳爷在收受一些黑道人物的买命钱,对一些落网的黑道匪徒,只要交一定的赎金,柳爷就会高抬贵手。"见柳公权面色微变,周全哈哈一笑:"不过王爷对这等无稽之谈,向来不会放在心上,不然也不会让小人前来相邀,以示对柳爷的信任。"

柳公权沉默良久,终于涩声道:"请带我去见福王爷。"

"姐姐！"在舒亚男转身离去的时候，明珠立刻就想追上去，却突然感到云襄的手在不由自主地颤抖。她惊讶地回过头，立刻就被云襄的样子吓坏了，云襄双目赤红、浑身发颤，身子摇摇欲倒。明珠连忙扶住他，惊慌失措地道："云大哥，你……你怎么了？"

　　云襄推开明珠的搀扶，强自镇定地道："我没事！就是身子有些不舒服，咱们回去吧。"

　　明珠连忙招来一辆马车，将云襄扶入车厢。躲入幽闭的车厢中，云襄才无力地瘫倒。此时他心中没有半点报复的快感，只有说不出的心痛和绝望。

　　回到住处，云襄总算恢复了正常。明珠将他搀入书房，突然红着脸问："云大哥，你说你要娶我，是真的吗？"

　　云襄一怔，勉强笑道："当然是真的，咱们明天就去北京，我要亲自登门向你父母提亲。"

　　"谢谢！"明珠突然泪流满面，含泪笑道，"虽然你是在骗我，可我还是非常开心。"

　　"我没有骗你！"云襄急忙解释，却被明珠捂住了嘴。她目中含泪，笑着凝望云襄，道："云大哥，你可以骗我，但你不能欺骗你自己。其实我早就发现了，你喜欢的是我姐姐，可我就是不愿正视。我就像个任性的孩子，用一个又一个渺茫的希望来欺骗自己，总是相信时间可以改变一切。但现在我终于明白，时间能改变很多东西，可有一种东西永远都不会改变，那就是你对我姐姐的感情。"

　　"明珠……"云襄心神巨震，欲言又止。

　　只听明珠道："我以前总以为，人世间最大的痛苦，是深爱一个人却永远也得不到，哪怕他就在你身边，你也永远走不进他的内心。但现在我才知道，这世上还有一种痛苦更甚于此，那就是相爱的人相互伤害,爱得越深,伤得也就越深。从我姐姐第一次离去,到今日突然出现,你心中的痛苦明珠感同身受,明珠代替不了姐姐,这世上也没有人可以代替姐姐。"

说着她缓缓摘下项上的雨花石,依依不舍地递到云襄手中,哽咽道:"虽然我很想留下它,虽然我真的不想放弃,但我更不想令你继续痛苦。你送给明珠的镯子明珠会永远珍藏,明珠今生今世也忘不掉深爱过的你,但你要尽快忘了明珠,你要快快去找你真正的爱人!"

明珠说着忍不住扑到云襄怀中,呜呜哭道:"抱抱我,最后一次再抱抱明珠。我不想走,我真的不想走!可我不得不走,你要快快忘了明珠,快快忘了我吧!"说着她在云襄脸上深深一吻,然后放开云襄,在他愧疚与怜惜交织的目光注视下,含泪而去。

刚从外面回来的筱伯在门口看见明珠满脸泪水地跑出去,不禁疑惑地进来问:"明珠怎么了?"

云襄含着泪一声叹息:"我对不起明珠。"

筱伯放下手中褡裢,取出一叠叠的帖子说道:"自从公子平息倭患以来,出高价求公子办事的人多不胜数,老奴也不好全部推拒,便选了些帖子给公子带来,公子要不要看看?"

云襄神情恍惚地摆摆手:"先搁那儿吧,我回头再看。"

筱伯搁下帖子,面有忧色地小声道:"听说公子私分倭寇财物的事,有小人告了上去,朝廷已派人下来彻查,俞将军正为此事头痛。"

云襄怔怔地默然半响,道:"剿倭营不能再待了,如今倭寇大半被除,剩下寥寥漏网之鱼已不足为患,咱们再待下去只会让俞将军为难。"

"公子想什么时候走?"筱伯忙问。

"给俞将军留封书信,咱们现在就走。"云襄淡淡道。

门外突然一阵喧闹,跟着传来一个粗犷的声音:"云公子,我丛飞虎三番五次派人来请,公子都不给面子,这回我老丛亲自登门相邀,公子总不好意思再拒人千里了吧？"

云襄无奈迎出门去，就见丛飞虎率漕帮八大金刚齐至。原来自上次凯旋后，丛飞虎就多次想宴请云襄，却都被云襄推拒，所以这次他便亲自登门来请，将云襄拦个正着。

云襄见这架势，知道推却不过，只得随丛飞虎登车，途中他突然想起一事，便随口问道："舒姑娘女中豪杰，上次剿倭怎么不见丛大当家带在身边？"

丛飞虎一怔，反问道："你不知道？"

云襄有些奇怪，"知道什么？"

丛飞虎忙道："上次舒姑娘与你道别后，立刻就去了北京。后来听说她以郡主身份，嫁给了瓦剌四王子朗多。丛某虽然对舒姑娘仰慕已久，但她跟丛某却半点关系没有。"

云襄呆呆地望着虚空，渐渐就什么都明白了。他突然跳下奔驰的马车，对车后的筱伯焦急地喊道："快让人去找亚男，她就在杭州！一定要找到她，快！"

"舒姑娘在杭州？"跟着跳下车的丛飞虎十分惊讶，见云襄满脸惶急，立刻对随从吩咐，"令漕帮上下放下手中所有事，立刻去找舒姑娘，谁能找到我重重有赏！"

见云襄急得连连搓手，丛飞虎忙安慰道："公子放心，只要舒姑娘还在杭州，咱们漕帮就一定能找到她。"

云襄点点头，他没耐心等别人的回报，抢过漕帮一名汉子的坐骑，纵马向先前与舒亚男分手的地方奔去。

黄昏时分，热闹了一整天的杭州城渐渐冷寂下来，街上行人寥寥。漕帮及剿倭营探子纷纷回报：没有找到舒姑娘。

云襄失魂落魄地立在与舒亚男分手的长街中央，仰望虚空黯然无语，他不断在心中问：亚男，你到底在哪里？

十一、拜师

　　锅里的水在不住翻滚，蒸腾的水汽白茫茫的，如烟如雾，使暮色四合的旷野看起来越发朦胧。巴哲又往篝火里添了两节枯枝，这才拔出匕首走向一动不动的猎物。

　　舒亚男两眼空茫地对着虚空，眼里几乎看不到半点生气。从她摔倒在巴哲面前那一刻起，她就一直是这副模样，任巴哲将她驮出杭州城，带到郊外这处荒僻无人的丛林中，也没有一句话和一分挣扎，她的魂魄好像早已离开了她那软绵绵的躯体。

　　多年与猎人周旋的经验，使巴哲本能地知道，哪里才是人迹罕至的隐秘之所，他知道在这片丛林中，一年半载也不会有人来，可以放心享用自己的大餐。

　　"我要吃了你！"巴哲怨毒地诅咒着，"不是我现在想吃人肉，而是你对我的欺骗和羞辱，使我只有吃了你才能暂消心头之恨。"说着他撕下舒亚男一片衣袖，边用匕首在那白生生的胳膊上比画，边恨恨地发誓："我不会让你立刻就死，我至少要吃上三天三夜，先吃完你的胳膊手脚，最后才吃你的五脏六腑！"

见舒亚男毫无反应，他有点意外和不解："你不害怕？"见舒亚男依旧两眼空茫，他不信有人能无视肉体的痛苦，手上微一用力，匕首的锋刃立刻割破了舒亚男胳膊上的肌肤。鲜血顺着雪一般白皙的胳膊流下来，显得异常鲜艳刺目。

舒亚男的胳膊微微一颤，她的目光终于缓缓转到自己的胳膊和巴哲的脸上，看看自己又看看两眼放光的巴哲，万念俱灰地懒懒说道："你杀了我吧。"

她眼中那种绝望与悲伤交织成的空虚，使巴哲也一阵心悸。他心中完全没了报复和虐杀的快感，只有一种想流泪的冲动。他突然收起匕首，嘿嘿笑道："我巴哲一向恩怨分明，当初你蒙倒我后本有机会杀我，却放了我一马，那我也放你一马。从现在起到天亮之前，我让你尽可能逃得远远的，待我再抓到你，再慢慢享用不迟。"

见舒亚男完全没有起身要逃的意思，巴哲有些奇怪："我已经给你机会了，你若不逃，天亮后我就只好煮了你下酒！"

巴哲话音刚落，突听身后传来一声淡淡的询问："到时可否分我一杯羹？"

巴哲吓了一跳，连忙拔刀跃起，回头望去，就见幽暗斑驳的丛林深处，立着个白衣飘飘的女子，朦胧中看不出年纪，也看不出相貌美丑。她的衣着打扮既不像尼姑道姑，也不像俗家女子，却给人一种飘然出尘之感。看她那风姿绰约的气度，本该让人感到像乍遇瑶池仙女一般的惊喜，巴哲却吓出了一身冷汗。

由于以前常常要躲避猎人的追杀，巴哲的六识和直觉练得比最狡猾的狐狸还要敏锐，可这女子乍然出现在他身后，巴哲却毫无所觉，这令他心中有种遇到山精鬼魅般的吃惊和恐惧。他将弯刀一扬，厉声喝问："什么人？"

那女子款款走来，步法如行云流水，虽徐徐而行，却给人一种不可阻挡的感觉。她的衣衫已有些灰败古旧，眉宇间也似风尘仆仆，却依旧给人一种纤尘不染的素净感。即便她两手空空，巴哲也本能地感觉到了一种无形的压力。

"站住！"巴哲气出丹田，一声厉喝，弯刀气势暴涨，那女子终于在巴哲面前站定。她看起来只有三旬出头，但清冷的眼眸中，却有一种历尽沧桑的超然和淡泊，不施脂粉的面容美而不艳，秀而不娇，令人不由自主生出一丝仰慕和自惭形秽之感。

巴哲虎视眈眈地打量她的同时，她也在打量着巴哲，微微叹道："十八年未回中原，想不到中原竟有这等杀孽深重的凶人，看来中原武林无人了啊！"

巴哲进入中原后，为了不引人瞩目，说话打扮已伪装得和普通汉人一样。听到这女子的话，他一声冷笑："好大的口气，巴哲长这么大，还没有一个女人敢在我面前这样说话。正好釜中水已沸，爷却还没有东西下酒，你来得还真是及时。"说着踏近一步，立刻将那女人笼罩在弯刀的威胁之下。

任何人面对这种威胁，身体都会生出本能的反应，这反应会影响到她身体周围的气场，通过感知她身体周围气场的些微变化。巴哲能判断出对方的武功高低，甚至探知对方心情的变化，是紧张还是恐惧，是从容还是戒备。但这一次他失败了，对方好像根本就不存在，他发出的强大气势，完全感觉不到对方的气场。

那女子面对巴哲的威胁，毫无所觉似的淡然一笑："我佛曾割肉喂鹰，舍身饲虎，我这身皮囊，本来喂了你也没什么。只是你并无鹰虎无肉可食的难处，却要以人为食，实在罪无可赦，不过念在你尚存最后一丝善念，我留你一命，滚吧！"

巴哲哈哈大笑，大笑声中他已倏然出刀，第一次利用笑声掩护偷袭对手。因为他心中已经生出了一丝恐惧，那是千百次死里逃生养成的本能。

白衣女子双袖像流水一般动了起来，左手卷起的衣袖如旋涡一般缠住了巴哲劈来的弯刀，右手拂出的衣袖如滔滔江水，连绵不绝地奔涌而出。巴哲只感到对方的衣袖像水一样无孔不入，任他双掌连挥带挡，也推不开、挡不住这连绵不绝的江水。十八招快得就像只有一招，在巴哲胸腹上一扫而过，那女子已收袖转身，望向了躺在地上的舒亚男。

巴哲依旧手执弯刀稳稳地站在当场，见那女子背向着自己，他缓缓举刀欲向她头顶砍落，谁知尚未发力，就感到刚才那十八招的绵绵阴劲在体内爆发。他浑身关节不由自主地嘎嘣作响，浑身劲道在一瞬间彻底消失，身体如倒空的麻袋一般栽倒。

白衣女子完全无视巴哲的存在，目光在地上的舒亚男脸上一扫，微微叹息一声："又是一个为情所伤的痴儿。情爱之苦，真如茫茫大海，无人可渡吗？"

舒亚男两眼空茫，充耳不闻。

巴哲挣扎着坐起，对那白衣女子嘶声道："这是什么功夫？"

白衣女子对他一笑："这是流云袖，想学吗？我可以教你。"

巴哲一愣，以为自己听错了。就听那白衣女子又道："我说过留你一命，自然不会伤你。不过你眼中充满了怨毒和仇恨，你若想报仇，这天底下恐怕没几个人帮得了你。你唯一的希望就是拜我为师，学我的武功来向我报复。虽然本门从不收男弟子，不过我早已反出门墙，收个男弟子也就不算什么了。"

巴哲感到浑身劲道又慢慢回到体内，方才那流云袖的阴劲只是震动了浑身关节，令自己短暂失力，却并没有击伤自己。这对他的震撼比方才被击倒还甚，他不解地打量着眼前这个神秘莫测的女子，嘶声问："为什么？为什么要收我为弟子？"

白衣女子淡淡笑道："因为我想试试，看看自己能否点化你这个十恶不赦的凶人。你也可以试试，看看能否趁我大意的时候出手报仇。你若想靠提高武功正大光明地向我挑战，这辈子是没什么希望了，这是你唯一的机会。"

巴哲瞪着那女子愣了半响，终于缓缓跪倒在地，咬牙切齿地道："巴哲愿拜你为师！"说着叩首一拜，说话的同时，毫不掩饰眼中的怨毒和仇恨。

那女子盘膝在篝火边坐下来，优雅地伸了个懒腰，头也不转地说道："去给为师打点野味来，为师饿了。"

巴哲一言不发，捡起弯刀起身就走。白衣女子看了看躺在地上一动不动的舒亚男，淡淡道："我想给你讲个故事，听完这个故事如果你依旧想死，我就让巴哲成全你，免得你留在世上受苦。"

故事！又是故事！舒亚男心中一阵酸楚，靳无双的故事令自己失去了生命中最珍爱的东西，不知这个故事又要让自己失去什么？不过现在自己也没什么好失去的了。

"有一天，张果老与吕洞宾赴王母蟠桃宴回府途中，突然听到下方传来一阵快乐的歌声。"白衣女子放下背上的小包袱，自顾自说道，"两仙拨开云层向下一看，原来是个乞丐正躺在街口晒太阳，大概是刚吃饱的缘故，他的歌声充满了孩童般的欢乐。两仙刚从蟠桃宴回来，心中都有点盛宴散尽后的空虚和失落，自然对别人的快乐有一丝忌妒。吕洞宾不屑地说，这一无所有的乞丐，真不知有什么可开心的。张果老笑着说，正因为他一无所有，所以才会快乐。吕洞宾不解地问，一无所有，反而会快乐？道兄的话真是莫测高深。张果老哈哈一笑说，道兄若是不信，咱们就打个赌。"

白衣女子说到这里，突然笑了："神仙都是些爱恶作剧的家伙，见不得比他们低贱的凡人，却比他们还要快乐。两仙按下云头，化作两个富贵员外来到乞丐面前,张果老在地上捡了块石头,用仙家法术变成一锭银子,当成赏银扔进了乞丐的破碗里。乞丐先是有些吃惊,捡起银子咬了又咬,跟着连扇了自己几巴掌,确信银子不假也不是做梦后,他立刻用衣衫包起银子起身就跑。"

说完这句,白衣女子问舒亚男:"你知道他去了哪里?"不等舒亚男回答,她已笑道:"他先是跑回自己住的破庙将银子藏起来,一连换了七八处地方才稍稍安心,然后他又为如何花这锭银子发愁。那些原来想也不敢想的美味佳肴、鲜衣怒马、粉头婊子在他头脑中来回打转,他盘算来盘算去,打算先买身像样的衣服将自己打扮起来,再去买一间小屋做新房,赎一个年老色衰的妓女做老婆。经过一夜的周密盘算,他已经安排好了下半辈子的生活。第二天天不亮,他就拿着银子去金银铺兑换,打算换成散碎银子去买计划中的东西,谁知却被铺子里的伙计给打了出来。原来一夜之后,仙家法术失效,银子又变成了石头。"

白衣女子对舒亚男意味深长地笑道:"你知道后来那乞丐怎样了?他疯了,逢人就说,我曾经得到过一大锭银子,就因为没来得及花,结果变成了石头。如果我当时就花掉,现在我已经有老婆孩子了!"她轻轻叹了口气:"从那以后,那乞丐就一直生活在懊恼和悔恨中,永远失去了快乐。其实自始至终,那乞丐也没有失去什么,可神仙的一个玩笑,就彻底改变了他的生活。你知道这是为什么?"

舒亚男先是有些迷茫,但冰雪聪明的她渐渐就明白了白衣女子这个故事的喻义。她遥望虚空喃喃道:"我就是那个乞丐,生活和我开了个玩笑。我本来一无所有,但心有所爱后,痛苦也就接踵而至。"

白衣女子击掌笑道:"你比我想象的要聪明,竟能立刻就悟到这一层,果然不负我的眼光。不错,你心中的那个人,就是乞丐得而复失的银子,你生活中原本就没有他,何必再为他烦恼?记住,心空则不痛，心痛则不空。"

"心空则不痛，心痛则不空！"舒亚男遥望虚空茫然问，"可是，如何才能心空？"

白衣女子微微一笑："忘记！忘记命运给你的那块本不属于你的银子。"

"忘记？"舒亚男一怔，眼里泪水突然汹涌而出，"可我这一生，怎么可能再忘记他？"

"拜我为师，"白衣女子面带浅浅微笑，就如拈花含笑的观世音菩萨，"我教你如何忘记。"

舒亚男定定地望着对方，白衣女子那清澈纯净的眼神，给了舒亚男一丝渺茫的希望，她终于翻身跪倒，涩声道："弟子舒亚男，愿拜您为师，学习如何忘记。"

白衣女子扶起舒亚男，微微笑道："入我门墙，就得忘情、忘性、忘生、忘死。虽然不是出家当尼姑，可也差不多，你要考虑清楚。"

舒亚男一咬牙："弟子会努力去忘记！"

白衣女子微微颔首道："要忘记就先从你这名字开始，再说女子姓名中带'男'字，实为不祥，为师就先给你改个名字吧。"

"请师父赐名。"

白衣女子略一沉吟："我是妙字辈，你应该是青字辈。你姓舒，我看就叫舒青虹，如何？"

"多谢师父赐名！"舒亚男缓缓抬起头来，在心中暗暗对自己说：从今往后，舒亚男就算是彻底死了，在她身上发生的一切，都跟你再没有任何关系。你叫舒青虹，你要努力忘记过去，忘记在你身上发生过的一切！忘记……他！

巴哲不愧是野外生存的高手，很快就拎回了两只洗剥干净的兔子和山鸡。白衣女子对他一招手,指着舒亚男道:"徒儿,快来拜见你师姐。"

巴哲惊讶地望望已经坐起的舒亚男,又望望面前这让他恨之入骨的师父,愤然质问:"我年纪比她大,入门比她早,干吗要叫她师姐?"

白衣女子嫣然笑道:"我的门派我做主,规矩与别人大不同。从今往后我收的弟子,个个都是你的师姐,记住了?"

巴哲被这怪规矩气得满脸通红,不过一想到自己拜这女人为师,也并不是真要加入她那狗屁门派,便咬牙强忍了下来。草草冲舒亚男拱拱手算是见了礼,他将野兔山鸡炖成一锅。不多时野兔山鸡汤炖好,巴哲先给白衣女子和舒亚男各盛了一碗,双手捧着递过去,还真如入室弟子对待师父、师姐般恭敬。

那女子虽然像个出家人,却不忌荤腥。少时三人用完晚餐,便在林中歇息。舒亚男靠近篝火取暖而眠,巴哲则躲到一旁的树下,靠着树干打盹。那女子却跃上树枝,躺在一条指头粗细的树枝上,身子浑无重量一般在树枝上微微荡漾,真不知她怎么能稳稳躺在上面。

半夜时分,巴哲像狼一样微微睁开眼,看看篝火旁的舒亚男已沉沉睡去,树枝上的白衣女子也呼吸细微深长,显然已进入了梦乡。他又听了片刻,才悄悄起身,手执弯刀蹑手蹑脚地来到树下,他一刻也忍受不了他这个师父,只想早点结果了她。

刀如闪电般挥出,巴哲自信在这个距离,没有人能避过自己必杀的一刀。谁知刀方出手,他却突然感到手肘一麻,弯刀脱手飞出,擦着那女子的鼻尖钉在了树干上。他低头一看,才发现手肘穴道方才被一根长长的树枝轻拂了一下,树枝一头就执在那女子手中。就见她睁眼从树枝上跳下来,挥动枝条劈头盖脸就向巴哲抽去。刚开始巴哲还拼命躲闪,待发现再怎么躲都是徒劳后,他干脆咬牙一言不发站在那里,任她将自己抽得体无完肤。

也不知抽得多久，白衣女子总算住了手，望着巴哲笑吟吟地问："知道师父为什么抽你？"

见巴哲茫然摇摇头，白衣女子痛心疾首地道："拜托，你要杀我好歹也动动脑子，让我多少感到点威胁。像你这样拿着刀直挺挺地走过来，我都恨不得让你一刀杀了算了，怎么会收下你这么笨的弟子？"说完白衣女子跃上树枝，头也不抬地吩咐："在没有想到绝妙手段前，千万别再来打搅为师休息。咱们明天还要赶路呢！"

巴哲呆呆地望着坦然入睡的"师父"，真不知道她是人还是妖。他曾经在大草原纵横多年，一向难觅敌手，现在却被这女子肆意玩弄于股掌，心中的挫败感前所未有地强烈。

雀鸟开始鸣唱，天色渐渐亮起，那女子伸了个优雅的懒腰，轻轻从树枝上跃下。在树下站了一夜的巴哲突然冲她跪倒，躬身拜道："师父，请教我武功！"

那女子淡然一笑："没问题，不过现在咱们要赶路。你先去找辆马车，待为师有时间，自然会传你武功。像你这基础和悟性，大约苦练个十年八年，或许可以让我感到点威胁。"

巴哲二话不说，立刻去城里找马车。少时他赶着一辆舒适华美的马车前来，白衣女子满意地点点头："嗯，看来你这弟子还是有点用处的。"

舒亚男随着白衣女子登上马车，白衣女子指了个方向，巴哲立刻甩动长鞭赶马上路。他先前一心想杀了那女子，待见过那女子神乎其技的武功后，却是真心想向她学武了。

马车穿州过府，十多天后来到一座远离尘世的山前，白衣女子弃车登山，巴哲与舒亚男紧随其后。半山腰有座青瓦红墙的古刹，掩映在林木深处，显得素净悠远，恍若仙家乐土。

三人沿着山路曲折而上，最后来到斑驳古旧的山门前，白衣女子打量着门楣上"天心居"三个大字,眼里涌动着一丝复杂的情愫。在门外静立良久,她才向巴哲示意:"替为师敲门。"

巴哲走上前去,"砰砰砰"敲响山门,声音打破了古刹的宁静,一个白衣少女开门问道:"什么人在此喧嚣?"

白衣女子上前一步,对那少女道:"我要见你们居主。"

少女一怔,忙道:"妙仙居主过世不久,目前居中大小事务,皆由大师姐负责。不知夫人如何称呼?我好替您向大师姐通报。"

"妙仙……过世了?"白衣女子身形一颤,一向淡泊从容的脸上,第一次闪过一丝惊诧和失落。她对少女后面的话完全充耳不闻,挥袖拂开山门就往里闯,那少女追在她身后想要阻拦,却哪里追得上她?

少女的呵斥声惊动了居中众女,面寒如霜的阎青云率众女从二门迎了出来,厉声喝问:"什么人敢擅闯天心居?"

白衣女子停步打量着面前这天心居的大师姐,迟疑道:"你是……青云?"

阎青云神情如见鬼魅,后退两步,满脸惊讶:"你……你是孙师伯?"

白衣女子一声叹息:"十八年了,想不到你还记得我。那时你才刚满十岁吧?差点认不出来了。"

阎青云神情复杂地点点头,突然咬牙道:"孙妙玉,你既已反出天心居门墙,青云不敢再以师伯相称,更不能再视你为尊长。天心居乃清净之地,一向不接待外客,你……请回吧!"

白衣女子幽幽一叹:"孙妙玉,这名字我差不多都忘了。"说着她对阎青云一声冷笑:"我就算已反出天心居门墙,但妙仙依旧是我师妹,我去看看她都不行吗?"

阎青云略一迟疑,摇头道:"你是本门的叛徒,咱们不为难你已经是仁至义尽,请不要让青云为难。"

孙妙玉哈哈一笑："我孙妙玉这十八年来为寻找天心的真义，足迹踏遍天竺、波斯、大食诸国，无论是天竺佛教、婆罗门教、耆那教，还是波斯拜火教、景教、伊斯兰教，对我孙妙玉都礼敬有加，没想到在这天心居，却反而受人刁难。难道天心在这里，已经死了吗？"

"住嘴！"阎青云勃然大怒，"你侮辱我可以，但不能侮辱整个天心居！"

孙妙玉嘿嘿冷笑道："天心的真义是什么？"

阎青云一怔，尚未开口，就听身后传来一个清丽婉转的回答："圣人云，天地不仁，以万物为刍狗。天心居创教祖师有感于天地苍穹的冷漠无情，欲以个人的慈悲，为天地立心，为天下苍生留一分企盼和希望。这就是'天地无心人有心，我以我行证天心'的真义！"

众女向两旁让开，现出了款款立在众人身后那个面容清秀的青衫少女。她虽然两眼迷茫，对周围的一切均视而不见，但那种宛若天成的飘然出尘之态，却令人心中油然而生仰慕之情。

孙妙玉打量她片刻，微微颔首道："既然天心即慈心，是悲怜天下的菩萨心。我千里迢迢赶来看望妙仙师妹，你们为何要强加阻拦？难道天心居连这点慈悲都没有了吗？"

青衫少女款款道："不是我们要阻拦，而是妙仙师父留下遗命，让咱们将她的骨灰撒在了后山的忘忧谷，不给活着的人留下任何凭吊和怀念的东西，以免徒增后人的烦恼和伤感。"

"妙仙真这样说？"孙妙玉浑身微颤。见青衫少女缓缓点了点头，她不禁仰天长叹："妙仙，你终究还是比我看得透。"话音刚落，她身形一晃，已飘然出门而去。

矗立在后山悬崖之巅，孙妙玉俯瞰着脚下深不可测的忘忧谷，突然怔怔地垂下泪来。她有些意外地看着滴落在手上的点点泪珠，幽幽叹道："心空则不痛,心痛则不空。十八年了,我以为已经忘了心痛的感觉,但现在我才发觉,要真正做到心空,实在是千难万难。"

凛冽山风,拂动着孙妙玉那头漆黑的披肩散发,也卷拂着她那身素净白衣,使她看起来似欲乘风而起。她任由玉颊上珠泪纵横,全然不顾身后不远的巴哲与舒青虹惊讶的目光,对着幽谷喃喃自语道："十八年前,所有人都以为我反出门墙,是不服师父将居主之位传给了你。这天上地下,有谁真正知道我孙妙玉的苦心?"

说着她缓缓从袖中拿出一支玉箫,轻轻抚摸擦拭着,眼里满是爱怜："我们从小一起长大,一起学艺,一起玩耍。在旁人眼里,我们处处竞争各不相让,但实际上,我们彼此欣赏、爱护甚于姐妹。那时你学琴,我学箫,琴箫相和如水乳交融,那是何等的逍遥自在。十八年前,本该是我代表天心居出战魔门寇焱,你为了阻止寇焱杀人练功和刺探他的武功弱点,不惜孤身犯险接近他,并与他发生了一段孽情。你知道我胜不了寇焱,竟要以有孕之躯替我出战。师父为天下考虑,竟也答应了你这荒唐的要求。我一恨师父冷血,拿你和孩子的性命去冒险;二恨你让一个臭男人,坏了自己多年的清修;三恨自己盲从师命,竟任你在决斗中早产。有此三恨,我只有反出门墙,远走天涯,去寻找真正的天心。"

孙妙玉衣袂随风而动,发丝在山风中飘飞,飘飘然恍若凌空仙子。她对着空谷幽幽一叹："十八年来,我走遍西域天竺,游历天下河山,才渐渐明白天心在哪里,也才渐渐理解了你十八年前的所作所为。天心即人心,人心若无情,何以证天心?"说着她缓缓将玉箫放到唇边,喃喃叹道："斯人已逝,曲已成空。妙仙,我将最后为你奏上一曲,从此不再吹箫。"

幽咽哀怨的箫声缓缓响起,充满了凄苦、伤感和怀念。就在这时,不远处缓缓响起珠玉落盘般的琴音,轻轻地柔声伴和,如梦如幻,亦步亦趋。孙妙玉浑身微颤，箫声陡然一振，渐渐变得平和淡泊，哀而不伤。

琴声伴着箫声，如两只小鸟在山谷中飞翔，充满了自由自在的欢乐，也充满了相伴而飞的关爱和依恋。少时曲终音散，余韵犹在山谷中袅袅回荡。

孙妙玉泪流满面，回头望向琴音传来的方向，只见那个双目俱盲的青衫少女，正自身后缓缓收琴而起。孙妙玉叹道："此曲虽非妙仙亲奏，却是出自她的真传，妙仙有徒如此，天心居后继有人了！"

青衫少女款款道："师父临终曾嘱咐青霞，若妙玉师伯来此，可与她合奏此曲，并谢她一直以来的关爱和照顾。另外，师父还希望妙玉师伯空明心境，以求证道。"

"空明心境，以求证道？"孙妙玉苦涩一笑，"心若无情，何以证天心？"说着她一声长叹："妙仙，你既已仙逝，从今往后，我将不再吹箫。"说着她将玉箫轻轻抛入忘忧谷，眼里满是惆怅和寂寥。

在崖边矗立良久，孙妙玉终于怅然回头，就见青衫少女静静地立在身后不远处，静得就像根本不存在。她缓缓走向少女，款款道："你是妙仙衣钵弟子，不知如何称呼？"

青衫少女微微一礼："回妙玉师伯话，弟子楚青霞。"

"楚青霞？"孙妙玉微微颔首，又轻轻摇头，"我既已反出门墙，就不再是天心居弟子，师伯之称愧不敢受。如今妙仙已逝，魔门入关，你可有应对之策？"

楚青霞淡淡笑道："既然天心即人心，人心齐，泰山移，天心居将团结一切心存善念的同道中人，共同为这天地立心！所以青霞还请妙玉师伯施以援手，做晚辈的主心骨。"

孙妙玉微微摇头道："我闲散惯了，也不敢担此重任。"她微微一顿："你心目中的同道都有哪些人？"

楚青霞沉吟道："既有少林、武当等名门正派，也有唐门、苏家、南宫等世家望族，还有像千门这样的隐秘门派，以及像千门公子襄这样的风云人物。"

"千门公子襄？"孙妙玉眉头微微一皱，"我一路东来，途中不止一次听江湖中人谈论过他，他很有名吗？"

楚青霞没有直接回答，却轻轻念起了几句似偈非偈、似诗非诗的话："千门有公子，奇巧玲珑心；翻手为云霭，覆手定乾坤；闲来倚碧黛，起而令千军；啸傲风云上，纵横天地间。这是江湖上最近流传开来的几句话，想必妙玉师伯也有所耳闻吧？"

"啸傲风云上，纵横天地间。"孙妙玉一声轻哼，全然没注意到新收的女弟子脸上已经悄然变色。她负手眺望地平线尽头，淡泊恬静的眼眸中，隐约闪烁着一丝异样的神采："好大的口气！令我也不禁生出争强好胜之心。"

夕阳已逝，天色渐晚，西天只剩下灿烂云霞最后的辉煌。孙妙玉终于往山下缓步而去。在她身后，紧跟着两个新收的弟子——狼一样的巴哲和失魂落魄的舒亚男，也就是现在的舒青虹。

第五卷 千门之心

一、示警

齐小山觉得自己就像是被人追猎的狼，虽然早已精疲力竭，还是得拼命地奔逃。这一路上他像狐狸一样设下了七八处迷魂阵，但追踪他的都是些顶尖的猎人，他们轻易就识破了齐小山的伎俩，逐渐逼近到离他不足半里之遥。这已经是一个无法逃脱的距离。

快了，快了！齐小山不断在心中鼓励自己，目的地已遥遥在望，只要坚持到那里把口信带给那个人，就算是死也可以瞑目了。

前方就是那幢三层高的望月楼，齐小山知道，每个月的这天下午，那人都会来望月楼三楼的牡丹阁接见那些苦候多时的顾客。只要能见到他，让他把那个警示带给公子襄，就算被身后这些追击者当场击杀，也死而无憾了！

望月楼渐渐近在眼前，齐小山甚至能看到三楼牡丹阁那洞开的窗户里绰绰约约的人影。他暗松了口气：禹神保佑，我总算可以把那警示带到！

突然，望月楼前方十字街口那端闪出了一个怀抱长剑的佝偻人影，像影子一样贴在墙根。远远地，他身周散发出的强烈的死亡气息，就给人以无形的压力。齐小山顿时感觉浑身冰凉，虽然初次见到此人，齐小山也立刻就猜到，只有杀人无算的影杀堂绝顶"影杀"才会自然而然散发出这种死神一般的阴冷气息！那人抱着剑好整以暇地盯着急奔而来的齐小山，刚好拦在了通往望月楼的路口，那是通往望月楼的必经之路。

齐小山刹住脚步，心知以自己目前的状况根本无法再跟人动手，何况对方是出手必中的"影杀"。他急切地环顾四周，企盼能找到其他通往望月楼的路，但他失败了，要接近望月楼必须冲过那个杀手的拦截。不仅如此，跟踪而来的追击者离他已不过数十丈之遥，现在连逃命的机会都没有了。

十字街口另外两侧也有人慢慢逼过来，他们的神态举止无可掩饰地暴露了他们那极高的专业素质。若不是顾忌这儿是闹市区，恐怕他们早已经动手。齐小山突然发觉自己成了落入陷阱的困兽，还是只受伤的困兽！他不甘心地望着不远处那扇窗口，离那儿已不足二十丈，这二十丈却成了不可逾越的天堑！禹神啊，快赐我力量！他在心中焦急地祈祷！

就像是回应了他的祈祷，一旁一扇乌沉沉的大门突然打开，一个形貌猥琐的老头被人从门里扔了出来，里面一个地痞模样的汉子拍拍手上本不存在的尘垢，骂道："输光了还要赌，你当咱们富贵坊是济生堂啊？"

门里除了那地痞的咒骂，还隐约传来吆五喝六的嘈杂人声，显然是一间半公开的地下赌坊。齐小山想也没想就拐了进去，那地痞刚伸手想拦，齐小山递过去的一块碎银立刻让他收回了手。

"客官请！"地痞殷勤地向里示意，看在银子的面子上，他装着没看见齐小山浑身的血污，只在心中寻思：伤得这般重还要来赌，看来又是个滥赌鬼！

赌坊中人头攒动，热闹非凡，齐小山捡了个赌客云集的桌硬挤进去，立刻引来两边赌客的不满。不过一看齐小山满身的血污和怀中的短刀，几个赌客赶紧把脏话咽了回去，还自觉往两旁挤了挤，给齐小山留出一块相对宽松点的位置。

"发牌！"齐小山把身上所有银子往桌上一拍，足有二十余两，令这小小赌坊中没见过世面的赌客们一阵骚动。只有庄家不动声色，依然手脚麻利地砌牌发牌。这桌是推牌九，片刻间两张黑黢黢的骨牌就推到齐小山面前，他把牌扣入掌中，眼光却扫向两侧。只见两个杀手已跟踪进来，混在众多赌客中盯着自己。齐小山不怕他们突施暗算，他很清楚除非万不得已，这些杀手不会在人群稠密处动手，他们总是很小心，不想让人认出来，成为六扇门通缉的逃犯。

"杀！"齐小山一声大吼，把所有人都吓了一跳，只见他"啪"的一声把骨牌拍在桌上，顺手夺过身旁一位赌客手中的茶杯，咕噜喝了一大口后又塞还给他。那赌客惊讶地发现，自己那满满一杯茶已经变成了半杯血水。

"我赢了！"齐小山等庄家一开牌，伸手就要去拿桌上的银子，却被庄家一把扣住了手腕。"慢着！这牌有问题！"庄家盯着齐小山面前那两张牌，对身旁的助手一摆头，"亮堂子！"

这是赌场术语，就是亮出所有的牌，以查是否被人偷换。助手熟练地掀起所有的骨牌，众人顿时一目了然。齐小山的牌明显是多出来的两张，仔细点甚至能发觉那两张牌的成色与其他牌有明显的区别。

"老大，逮着个换牌的老千！"庄家兴奋地冲赌坊内进一声高喊。里屋立刻传出一个粗豪的嗓音："照老规矩，左手出千剁左手，右手出千剁右手，双手出千就两只手都剁了！"

那老大话音未落，几个赌坊的打手立刻围了过来，有两个还掏出专门剁人手脚的斧头把玩着。众赌客赶紧往两边闪开，把齐小山一人留在中央。

"小子，出千也想点高招啊，居然用换牌这等拙劣的伎俩，"一个把玩着斧头的大汉用猫戏老鼠的眼神打量着齐小山，"别怪哥哥我心狠，出千最少要剁一只手，这是天底下所有赌坊的铁规，咱不能坏了规矩不是？"说着他就来抓齐小山的手，不想齐小山突然掀翻了赌桌，一把推开他就往门外跑去。周围那些打手已经小心提防了，可还是让齐小山一口气冲出人群跑到门外，一路撞倒了七八个赌客。众人呐喊着追了出去，场面一时混乱不堪。跟踪齐小山进赌坊的那两个杀手犹豫了一下，最终还是没在这人多的地方贸然动手。

齐小山冲出赌坊立刻向望月楼拔足飞奔，十几个赌坊的打手叫着追在他身后，立刻吸引了街头所有人的目光。

前方堵在通往望月楼路口的那个杀手立刻手扶剑柄做好了出手的准备。很明显，只要齐小山敢冲向望月楼，他就会毫不犹豫地出手，哪怕在闹市杀人也顾不得了。谁知齐小山跑到离他数丈远时突然折向左边那条街口，但那条街口也有人守候，齐小山跑到那路口，立刻又再折向左边，不过后面那条路也有追击者迎上来，他只得再往左边拐。片刻工夫齐小山已在十字街口跑了一大圈，却依然没找到逃脱包围的办法，他像落入陷阱的狼一样，在十字街口不停地来回奔跑。

十几个赌坊打手追在齐小山身后跟着跑了两圈后，有几个聪明的便改变策略绕到他前面去堵截，却被齐小山拼命挥舞的短刀逼开。不过这也延缓了齐小山奔逃的速度，后面追击的斧头、匕首终于招呼到齐小山后背上，鲜血喷涌而出，齐小山却不管不顾，依然拼尽全力在十字街口来回奔跑。

"这小子该不是被吓傻了吧？"追击的打手们陆续停了下来，奇怪地望着依然在来回奔跑的齐小山。只见他从东折向南，再由南折向西，由西折向北，最后由北折向东，来来回回沿着固定的路线在十字街口拼命地奔跑，鲜血因激烈的奔跑不断从他身上的伤口喷涌而出，洒在他奔行的路线上，留下一路斑驳醒目的血痕。

打手们不再阻拦追击，只看他流出的那一路鲜血，任谁都知道他已经坚持不了多久。众人抱着胳膊好奇地看着齐小山，寻思这小子要到什么时候才能不像落入陷阱的野兽那样徒劳地来回瞎跑。

力量在随着鲜血飞逝，齐小山感觉双脚就像踏在棉花上一样虚飘，神智也渐渐迷糊。他最后看了一眼远处望月楼三楼牡丹阁那扇窗户，隐约可见有人在窗口张望。齐小山不禁在心中大叫：你可一定要把这信息带给公子啊！公子，你可一定要读懂这信息啊！

不知跑了多少圈，齐小山终于无力地摔倒在地，几个赌坊的打手缓缓围上去查看，一个打手小心翼翼地探了探齐小山的鼻息，立刻一脸惊讶地缩回手："死了！"

话音刚落，却见一个面色阴沉的家伙挤入人群，众人只觉眼前有道寒光闪过，齐小山的脖子上立刻现出了一道小小的刀口，刚好破开颈项边那条大血管。但意外的是，刀口中几乎没有鲜血喷出，想来鲜血早已经流尽。众人抬头要寻找出剑之人，却见那人转瞬间已经走出老远，自始至终没一个人看清他的模样，只看到他那微微佝偻瘦削的背影，像一只在秋风中踽踽独行的老狗。

"死了！"一个赌坊的打手不甘心地摸摸齐小山的脉搏，立刻吓得一缩手，"这下麻烦了，官府非找咱们麻烦不可。"

"有啥麻烦？不过是个外乡人，弄去埋了就是，只要没人报官，官府才懒得管这等闲事呢。"一个打手不以为然地撇撇嘴。

就在富贵坊的打手们商量着如何处理齐小山尸体的时候，望月楼三楼的牡丹阁内，一个面色木讷的老者正遥遥望着十字街头这一幕，随意地问了句："下面是怎么回事？"

一直在牡丹阁中亲自侍候的望月楼熊掌柜赶紧吩咐一个伙计下去打听，眼前这老者是望月楼最尊贵的客人，他随便一句话熊掌柜都恨不得当成圣旨来执行。

不一会儿，下去打探的伙计就气喘吁吁地跑回来，垂手笑着对老者汇报道："是个在富贵坊出千的外乡人，居然敢用换牌这等拙劣的伎俩，被人逮了个正着。成老大本想剁他一只手就算了，谁知道他像是被吓傻了，竟在那十字街口没命地来回奔跑，弄得身上伤口迸裂，血流而尽死了，成老大已让人把他弄去葬了。"

"唉，真是丢人！"老者小声嘟囔了一句，最后看了一眼那个不知名的老千在十字街口留下的那一路殷红刺目的血迹。从这窗口看去，那血迹四四方方像个大大的殷红的"口"字，正好在十字街口的中央，远远望去有一种触目惊心的感觉。老者遗憾地摇摇头，在心中暗自叹息。

一旁的熊掌柜赔笑道："还从来没见过这么笨的家伙，居然连逃命都不会，只在那街头像头蠢驴一样来回跑圈，最后失血过多而亡，其实那应该算是笨死的。"

"客人来了没有？"老者无暇理会这等闲事，收回目光缓缓坐回主位。熊掌柜赶紧笑道："客人们已经等候多时，就等您老的吩咐。"

"让他们递上来吧，今日已有些晚了。"

熊掌柜赶紧退了下去，匆匆来到二楼一个隐秘的房间，亲自引着一个客人来到三楼的牡丹阁。那客人在熊掌柜示意下，一言不发地把一个信封搁到老者面前的书案上，然后拱拱手退了下去。

等他离开没多久，又一个客人被熊掌柜领进牡丹阁，来人也像先前那人一样，一言不发留下一个鼓鼓囊囊的信封就走。不一会儿工夫老者就接待了四五个客人，都是一言不发留下个口袋或信封就走。这样持续了一会儿，看看再没客人了，老者这才把那些信封和口袋用一个大袋子收起来，刚准备离开，熊掌柜却不好意思地搓着手赔笑道："还有一位客人，不过她的敬献有点特别，我不敢自作主张，还要您老拿主意才是。"

"特别？"老者有点意外，但更多的是怀疑，"让她来吧，我倒想看看，还有什么东西可以称得上'特别'？"

熊掌柜这次没有亲自去引领，而是冲楼下拍了拍手。不一会儿，一个素白的身影渐渐从楼梯口升起来，在熊掌柜示意下缓步来到牡丹阁内，冲老者盈盈拜倒。

虽然早已过了为女色心跳加速的年纪，老者还是眼光一亮，不由自主地深吸了口气。跪在面前的是一个只可能出现在梦中的女子，看模样虽只有十七八岁年纪，却给人一种惊艳的感觉。尤其那身素白的孝服，直让人怀疑是狐精艳鬼，或者落难的女仙。

"小女尹孤芳，拜见公子襄特使。"她是第一个对老者开口说话的客人。

"你知道我家公子？"老者没有怪她坏了规矩，反而饶有兴致地问道。

那女子抬起头来，没有直接回答老者的问题，却轻轻念起了那首江湖上广为流传的诗句："千门有公子，奇巧玲珑心；翻手为云霭，覆手定乾坤；闲来倚碧黛，起而令千军；啸傲风云上，纵横天地间。"

"你既知我家公子，就该知道他的规矩。"

"我知道，"那女子直视着老者的眼睛，"我有比钱财更宝贵的东西！"

不知从何时开始，云襄就喜欢上了登山。别人登山是为享受沿途那绚丽的风光和跨越艰难险阻的乐趣，他却只沉溺于登顶后一小天下的心旷神怡。在黄昏时分登上屋后那座无名小山，欣赏西天那艳丽的红霞渐渐变成朦胧模糊的墨雾，成了他每日的习惯。俯瞰山脚下那些玩偶般的房舍，蝼蚁般的人流，让人不由觉出天地之恢宏，个人之渺小。遥望着山脚小镇中那些忙忙碌碌的同类，云襄不禁为之叹息，人的一生难道就只为三餐一睡忙碌？在忙碌中走向坟墓？

当晚霞最后一丝余晖也彻底隐去后，云襄才翻过身来，以手枕头仰躺在山顶，浩瀚无垠的夜空中，月色苍茫，繁星似锦。他心里出奇地宁静，只有遥望深邃不可测度的天幕，他的心中才有这种赤子般的宁静，思绪也才不染任何尘埃。

远处传来"吧嗒吧嗒"的脚步声，像是某种四足动物在山林中奔驰。云襄慢慢坐直身子，转望声音传来的方向："阿布，是你吗？"

月色朦胧的山道上，渐渐现出一条硕大无朋的獒犬，乌黑的皮毛上尽是凌乱斑驳的旧疤痕，一道道令人触目惊心，不过这反而令它看起来更见威猛。见到主人，它不像别的狗那样围着主人摇尾乞怜或撒欢嬉戏，而是高傲地昂着头，在一丈外静静站定，用微微泛光的眼眸默默与云襄对视。那神态突然让云襄觉着它有些像自己，自傲、孤独、不屑与他人为伍，甚至连它那身触目惊心的伤疤也有几分像自己，大概当初收留这条奄奄一息的恶犬，就是觉出它与自己有几分相似吧？云襄这样想道。

"是筱伯回来了？"云襄懒懒问。阿布不可能回答主人的问题，只是吝啬地摇了一下尾巴，那神态似乎对主人摇摇尾巴都是一种难得的慷慨。

云襄见状不由笑了："阿布，你就不能多一点儿表示？好歹我每天都管你吃喝，可没亏待过你。"说着他站起来，遥望山腰喃喃道："咱们回去吧，希望筱伯这次能给我带回点值得期待的东西。"

半山腰有一幢朴素而精致的小竹楼，外观正如云襄的衣着一般，简约而不失温雅，于平平常常中隐隐透出一种大家气象。云襄回到竹楼后，立刻躺进竹制的逍遥椅中，似乎多站一会儿都是受罪。竹楼中，那个风尘仆仆的老者早已等在那里。

"公子，这次我给你带回了些好东西，请过目。"面容慈祥的筱伯说着把褡裢中的信封一件件拿出来摆在桌上，然后一一打开，从中抽出一叠叠银票摆在桌上。看那些银票的花纹式样，都是全国最大的钱庄通宝钱庄五百两以上的大额银票，一张就够寻常人家几年的开销，云襄却连眼都没有多眨一下，甚至没有正眼看那些银票一眼，只是意态萧索地揉着自己的太阳穴。筱伯对云襄的反应早已习以为常，也不在意，又从褡裢中拿出一只样式古朴的盒子笑道："金陵有家大户这次倒是下了功夫，除了银子，还弄来了失落多年的九龙杯，公子要不要看看？"

云襄接过盒子，盒内是一只小巧的金爵，筱伯立刻在爵中倒满清水，只见金爵内壁镂空刻有九条栩栩如生的小金龙，随着清水的荡漾，小金龙便如活过来一般在杯中游动。云襄见状淡淡道："不过是件奇巧的玩意儿罢了。"

筱伯见云襄没看在眼里，忙把那些信封中的帖子一一拿出来递给他。见他信手翻看着，脸上渐渐现出不耐烦的神色，筱伯便笑笑说："还有一样东西，不过老奴却没法拿出来。"

"是什么？"

筱伯脸上的表情有点古怪，犹犹豫豫地道："是……是一位姑娘的处子之身。"

云襄怔了一下，突然失笑道："筱伯你糊涂了？什么样的女子我没见过？"

筱伯忙道："我也是这么说，可那位姑娘不知得了谁的指点，打听到老奴的行踪，苦苦哀求多时，老奴被她缠不过，也是一时心软，只好勉强答应把她的帖子给公子带来。她还有一副肖像画也托我带来给公子过目。怕公子怪罪，老奴也不敢拿出来，公子若无意，我这就回了她。"

云襄没有回答，只静静地靠在椅背上闭目养神。筱伯以为他已睡着，不由小声嘀咕了一句："我还是回了她吧。唉，只可惜一个孤苦伶仃的弱女子，遭逢如此大难，还带着个年仅六岁的弟弟，以后的日子可怎么过哟……"

"筱伯你又在嘀咕什么？天下可怜人无数，咱们帮得过来吗？"云襄闭着眼叹了口气，最后还是睁开眼道，"把她的帖子拿来我看看吧。"

筱伯脸上闪过一丝喜色，忙从怀中取出一封信和一个小卷轴递了过去，小声解释道："这是她自画的一幅肖像和她的帖子，公子请过目。"

云襄接过信封和卷轴，看也不看便把那幅画着那女子肖像的卷轴凑到烛火上。望着卷轴无声地在云襄手中燃尽，筱伯心中奇怪，问道："公子既然对她有兴趣，何不先看看她的模样？若是没兴趣，又何必要看她的帖子？"

云襄眼中闪过一丝隐痛，默然半晌方道："你以为我今生还会看上别的女子吗？"

筱伯悄悄叹了口气，黯然摇摇头："公子还是忘不掉舒姑娘？可惜老奴派出无数眼线和风媒，也始终没能打探到舒姑娘的消息……"

云襄苦涩一笑，跟着一甩头，一扫满面颓唐，朗声道："这女子既然敢画像自荐，想来对自己的容貌有十分的自信，不看也罢。只要她的事有足够的挑战性，我倒也不妨帮她一回。"

筱伯疑惑地挠挠头，问道："以前也有人以美色献公子，公子从未放在眼里，这女子的模样公子还未见过，何以便接下她的帖子呢？"

"这不同，"云襄浅浅一笑，"以前那些俗客都是用别人的女儿献我，如今这女子是自献自身，显然她更需要帮助，与以前那些以美色贿赂我的家伙完全不同。"

说着云襄已撕开手中信封,展信草草看了一遍,他那白皙温雅的脸上渐渐布上了一层严霜,连连冷笑道:"有趣有趣,想不到这事还如此有趣。"

他最后看了看落款,轻轻念道:"尹孤芳,这名字有性格,我喜欢。"说着抬起头来,对筱伯点点头:"告诉她,这帖子我接了!"

"好的!"筱伯高兴地搓搓手,跟着又笑道,"说到有趣,我这次还真碰上了件有趣的事。"

见云襄看着自己,筱伯忙道:"我在望月楼见那些顾客时,一个在赌场出千的笨蛋让人撵得在十字街口来回跑,大概是给吓傻了,居然不知道往远处逃,生生累死在十字街口。"

云襄眼里露出探询的神情,筱伯忙把看到的情形仔细讲述了一遍,最后摇着头叹道:"真是有些奇怪,那家伙在十字街头来回奔跑不说,还沿着一条固定线路,一路上洒下的血多得吓人,就像一个大大的'口'字。"

"口?"云襄皱起眉头。

筱伯忙解释道:"是啊,还正好在十字街口中央,不偏不倚。"

云襄神情渐渐凝重起来,片刻后突然轻叹:"筱伯,你一定要查查这个人的来历,咱们差点错过了别人用性命带来的警示。"

"警示?"筱伯一脸疑惑。

云襄点点头,从茶杯中蘸了一点茶水,然后在桌上画着,说:"你说他一路洒下的血迹像个大大的'口'字,还刚好在十字长街中央,是这样吗?"

"没错!"筱伯望着他用茶水写下的那个"口"字,依然一脸疑惑。云襄蘸着茶水把"口"字的四条边一一延长,"口"字就变成了一个"井"。他点着那个字叹道:"十字街头中央的'口'不就是个

'井'？而他又像困兽般在这'井'中来回奔跑，你说他是要告诉我们什么？"

"陷阱？他是说自己落入了陷阱？"筱伯恍然大悟，跟着又连连摇头，"不对不对，你怎么肯定他是要向咱们传递信息，而不是向旁人？这一切也许根本就没任何意义，只不过是种巧合也说不定。"

"我能活到现在，就是从来不相信什么巧合。"云襄正色道。见筱伯露出深以为然的表情，他接着解释道："首先，只有你定期要到望月楼三楼的牡丹阁见顾客，这在江湖上已经不是秘密，他留下的血迹也只有从上方俯瞰才能让人联想到那是个'口'字；其次，他是先在赌坊中故意用低劣手段出千，让人揭穿遭到追砍，把事情闹大以吸引你的注意，同时也表明了他自己的身份；最后，也是最重要的一点，他不是说自己是落入陷阱的困兽，而是警告咱们小心陷阱，不然无法解释他为何会失血过多死在当场。他一定是被人所阻，无法把警示亲自带给你，才用自己的性命来向咱们示警啊！"

说着他抹去桌上那个"井"字的四条出头的边："你看，这个鲜血写成的'口'字若不把它当成一个字来看，像不像一口井？"

"没错！"筱伯顿时明白，"难怪他的举动如此古怪。可惜，他没告诉咱们谁在设陷阱，又在哪里给咱们设陷阱！"

云襄拿起桌上几张帖子若有所思地道："这陷阱一定就在这些帖子中间。"说着他把每张帖子都细细地翻看了一遍，然后把帖子递给筱伯："我想，这个陷阱一点不难猜。"

筱伯接过帖子也细细看了一遍，豁然开朗："没错，几乎所有的帖子都指向同一个地点——金陵！"

九月的金陵城依旧像个巨大的蒸笼，潮湿闷热得令人心烦意乱，四下里除了单调的蝉鸣，几乎听不到别的声音。正值烈日当空的正午，除了蝉，所有活物都自然而然地躲到树荫里避暑，这样的天气本不是请客的好时候。沈北雄却偏偏选择了在这个时候请客。

沈北雄喜欢请客，尤其是请那些即将成为自己口中食的猎物。在他眼里，宴席也是杀戮场，杯来盏往的酒桌也是江湖，甚至比刀光剑影的江湖更让人迷恋，更让人动心，更让人心甘情愿为之付出一生。

"主上，客人们都到齐了，候在门外呢，是不是请他们入席？"

听到外面随从的禀报，沈北雄凝定的眼眸中终于闪出一丝笑意。这完全在他意料之中。想想三个月前，自己作为初到金陵的外乡人，即便腰缠万金，那些奢华自大惯了的金陵商贾也没人真正看得起自己。不过在三个月后的今天，就算天上落着刀子、地上燃着烈火，接到自己请帖的这些商贾也必定会来，他们不敢不来！

"不忙，让他们等会儿。"沈北雄淡淡吩咐道。听随从悄悄退下后，他从冰盘环绕的太师椅上站起来，闲闲地来到窗边，透过竹编窗帘的缝隙瞅瞅外面。从这座金陵最富丽堂皇的天外天酒楼的三楼窗口望去，刚好可以看到酒楼的大门。门外不知什么时候已聚集了数十个衣着华丽的商贾，全然不顾天气的炎热，正在交头接耳议论着什么，远远可见众人神情都隐隐透着一层忧色。沈北雄不由微微一笑，一伸手，立刻有丫鬟递过一杯冰镇酸梅汤，他接过来一边细细品着，一边面带微笑欣赏着楼下这一幕。诚心请客却不让客人进门，沈北雄大概算是第一人。

直到一杯酸梅汤终于饮完，他才对门外吩咐道："让他们进来吧。"

酒店的大门终于打开，众人不及客气连忙冲进稍微凉爽点的酒楼。估摸着众人俱在二楼落座后，沈北雄才施施然从三楼下去。一进二楼的酒宴大厅，他便面带微笑团团一拱手："让诸位老板久等，北雄甚感惭愧。"

众人纷纷站起来还礼，一边细细打量来人。虽然"沈北雄"三个字在金陵如今已是炙手可热，但大家还是第一次认真地打量着这位短短三个月就征服了金陵商界的传奇人物。只见他面色紫黑，五官轮廓异常突出清晰，颌下有稀疏短髯，年过四旬，却有一双比年轻人还清亮幽寒的眼睛。那高大健硕的身材，全然没有寻常商贾的富态和臃肿，完全不像是个商人。众人正打量间，却见沈北雄皱起眉头，突然回头呵斥随从："如此炎热的天气，宴席间岂能没有冰盘？快着人送上来！"

随从立刻诺诺而去，不多时便有身披轻纱的少女鱼贯而入，人人手捧冰盘围着大厅摆了一大圈。众人由方才门外的烈日烘烤，转为现在的冰盘环绕，顿感凉爽异常，同时心中又是一阵讶异。大富大贵之家窖藏有冰块不稀奇，沈北雄不过是来金陵仅三月的外来客，却一下子拿出这么多冰块，在这等小事情上都不马虎，显然是有备而来。

"诸位老板，天气炎热，本不该在这种时候要大家前来赴宴，不过幸好在下还有冰镇的西域葡萄美酒和几味清淡小菜待客，倒也可以聊以赔罪。"沈北雄说着拍拍手，立刻有衣着清凉的美貌侍女捧着酒菜鱼贯而入，悄无声息地在桌上铺陈开来。

见到那些酒菜，众人又是一阵惊叹。这些见惯大场面的巨商富贾，只需闻闻酒味就知道那是窖藏了六十年以上的葡萄酒。这样的酒有一小坛已是稀奇，对方却一下子拿出了两大桶，只看那半人多高、合抱粗细的木桶模样，这一桶酒该在百十斤上下。再看那几味小菜，都是些叫不上名字的花花草草，或拌或炒或做汤羹，全都鲜嫩得像刚摘下来的一般。有人忍不住悄声询问身后侍立的婢女，才知道那是用天山雪莲、长白蕨菜、大理优昙花、辽西茵茵草等做成的清淡小菜。众人这下更加吃惊，这些东西单独一样倒也不稀奇，但放在一起做成宴席就很罕见了。尤其像大理优昙花、天山雪莲之类，花期既短又极难保鲜，离开故土则无法成活，所以即便见过大世面的这些金陵商贾，也从未见过它们新鲜时的模样。有人心存疑惑，便虚心请教主人："沈老板，不知这些花草是如何保鲜的呢？"

沈北雄笑着摊开手："我也不知，这等小事我从来都是交给下人去做，我只需告诉他们我的需要，他们自然会为我实现。"说着他转向身后的婢女："去把白总管叫来，让他给大家介绍一下这些花草是如何保鲜的，也让诸位老板可以依法炮制，以便随时享用这些清淡野味。"

不多时白总管来到厅中，那是一个精瘦干练的老者。他先给沈北雄见礼后才向众人解释道："天山雪莲是采即将开放的花蕾，连根挖出植于特制的冰车之中，一路快马加鞭，赶在冰车中的寒冰完全融化前火速送到目的地，藏于冰窖之内，要用时再以阳光照射，使花蕾开放后便可采用了。其他几种花草也大抵是用这等办法。"

众人啧啧称奇，这办法说来简单，但耗费的巨大人力物力财力，恐怕只有皇家才不在乎。众人对沈北雄有着皇室背景的传言又信了几分，心中的忧虑就更重了几分。

沈北雄见众人面色怔忪，不禁微微一笑，很为自己举重若轻震慑对手的手段得意。尤其选在炎热的正午宴请这些素不相识的商贾，就是要试试自己在他们心目中的地位。如今沈北雄已清楚了自己的分量，下面的事情就容易多了。谈笑间他若无其事地举杯招呼众人享用酒菜。众人心中有事，对着满桌难得一见的佳肴也是食不知味。酒过三巡，沈北雄这才开口问大家："诸位老板，今日冒昧请诸位前来，就是想听听大家对在下三个月前的提议有何答复？"

大厅中立时变得鸦雀无声，即便有冰盘环绕，众人依然汗如雨下。三个月前，众人也接到过这样一份请帖，地点也是在这天外天酒楼。不过当时大家从未听说过沈北雄这个北佬，自然也就不怎么放在心上，礼貌性出席宴席者不到今日的三分之一，那还是看在天外天酒楼的幕后老板金陵知府田得应的面子上。不想那晚赴宴者俱被宴席的奢华、主人出手的豪阔征服，更为他那吞天食地的气概震慑，对他在席间提出的狂妄要求，出席者竟只有两人当面拒绝，剩下的都只推托说要回去好好考虑一下。沈北雄当时也不要众人急着表态，只说三个月后再宴请大家，听大家的答复，于是才有了今日这宴席。

"诸位都是金陵商界的头面人物，"一片寂静中，沈北雄的声音显得尤为响亮，"沈某这次南来，正是想进军江南商界，想在这富甲天下的金陵城打出一片天地。要在金陵站住脚，当然首先就要置业，总得先买下几家铺子作为根基。我查看了整个金陵的商号后，发觉自己中意的铺子大多在诸位手中，因此想请诸位给个面子卖给在下，希望大家不会让沈某失望才是。至于价钱方面，当然不会让你们吃亏。"

三个月前，当出席沈北雄酒宴的几个富商听到这要求时都感到有些好笑，但同时又为主人的实力震慑。要知道沈北雄想买的可不是"几间铺子"，而是数十间大商铺，还全都在金陵城人气最旺的繁华街口，有些还是生意兴隆的百年老店。这些商号的老板大多是金陵商界的头面人物，个个财力雄厚，不说大家都不缺钱，就是缺钱，凭着自家店铺的字号，也能在任何钱庄筹到银子周转。所以，当时大家看在知府田大人的面子上没有当面拒绝，只搪塞说要回去考虑考虑。只有荣宝斋的张老板和金玉典当行的陈老板当场表示决不会出卖祖产，结果就在这三个月内，两间殷实的大商号就垮了，张老板上吊自杀，陈老板则成了疯子，他们的儿女也被卖身为奴抵债。直到那时大家才意识到，沈北雄不是在开玩笑，他不仅有那个实力，更有那个手段！江湖上甚至传言，沈北雄已悄悄吞下了百业堂十多家赌坊，他这条过江龙，居然压倒了江南第一大帮会百业堂这条地头蛇。

金陵为江南最繁华的城市，也是整个江南的商业中心。而全天下又以江南最富庶、最繁华，像古玩珠宝、棉麻绸缎等货物的买卖量俱是天下第一。因此对商人来说，可称得上：得金陵者得江南，得江南者得天下。也正因此，几乎每个金陵商贾都家道殷实，富得流油。一家老字号的珠宝行和典当行要在短时间内垮掉，除非是遇到天灾、战乱或劫匪，定会闹得满城风雨，但荣宝斋和金玉典当行偏偏不声不响就垮掉了，整个过程没听说有什么盗匪卷入，也没听说与沈北雄有什么关系。不过金陵商界都猜测是他干的，却偏偏不知他使了什么手段，这种雾里看花的感觉更让大家心生惧意。大家现在终于意识到，沈北雄胃口之大，财力之雄，手段之狠，已不是常人能测度的了。所以三个月后的今天，一接到沈北雄的请帖，众人不顾酷暑立刻就赶了来，无一遗漏。

窗外的蝉鸣一如既往地喧嚣，厅内却寂静异常，众人三缄其口，一方面是没人想卖掉自己的祖产，另一方面却又不想去做那出头的傻鸟，当面拒绝不知什么来头的沈北雄。

"你们的铺子我已找人估了一个价，请过目。若觉着还公道的话，在这契约上按个手印就可以成交，你们店里的底货我也可以全部吃下。"沈北雄话音刚落，那个精瘦干练的白总管立刻把一张张的契约递到众人手中。众人看看契约上的估价，倒也算公道。看来沈北雄是下了一番大功夫，今日正式向大伙儿摊牌了。

有人轻轻咳嗽了一声，小声问："买下咱们这几十家铺子，再加上所有的底货，那得多少银子啊？"

沈北雄望向发问者，呵呵笑道："你是怀疑我的实力？"说着他拍了拍手，立刻有数十个壮汉抬着一口口红木箱从楼上鱼贯而下，有条不紊地把箱子在厅中整齐地摆上，打开。大厅中立时为黄澄澄的光芒笼罩，刺得人睁不开眼。厅中之人俱是巨商富贾，什么场面没见过？但是，很少有人见过如此多的黄金，厅中顿时一片唏嘘。

沈北雄见状淡淡一笑："这里的黄金约值小一百万两银子，大概也够买下你们的铺子和底货了。若还不够，我以这个暂抵。"说着他摘下了左手无名指上一枚玉扳指,随意地放到桌边。一位须发皆白的老珠宝商远远看见那枚扳指,浑浊的眼中立时放出异样的光芒,指着扳指颤声问道:"老朽……能看看吗?"

沈万雄做了个"请便"的手势,老者立刻来到桌前,小心翼翼地捧起那枚翠绿如新柳的玉扳指,然后他的手和颔下那三绺白须同时颤动起来,不禁抖着嗓子喃喃道:"是龙纹玉,独一无二的龙纹玉!这……这可是无价之宝啊!"

他这话引得众人又是一阵骚动。即便是这些见过大世面的金陵富商,也只是听说过传说中的"龙纹玉",很少有人亲眼一见。如今见沈北雄随随便便就拿出一枚,众人不禁围上来一开眼界。只见翠绿幽寒如万古深潭的玉扳指中,天然生成一条爪、角、口、眼俱全的莹白小龙,栩栩如生到每一叶鳞片都清晰可辨,直让人疑为封于这翠玉中的上古精灵。

龙纹玉扳指在众人手中传递了一圈,最后又回到沈北雄手中。众人重新落座后,方才那认出龙纹玉的老者清清嗓子道:"我们不敢怀疑沈老板的实力,沈老板给的价钱也很公道。不过老朽的温玉阁是祖上的基业,不打算变卖,所以你有再多钱也跟老朽无干。老朽只想知道,咱们若不答应你的要求,沈老板会怎样对付咱们?"

沈北雄呵呵一笑,缓缓道:"对沈某来说,商场上只有两种人,一种是合作伙伴,一种是对手。咱们若不能成为伙伴,就只有做对手。对于对手,沈某向来是斩尽杀绝,不留后路。"他环视一圈:"相信总有人愿意合作,把铺子商号都卖给沈某,届时咱们就各凭实力,一较高低。"

显然他是要凭雄厚的实力打击敢于不买账的人,以非常手段挤垮对手。众人不由面面相觑,这根本不是一个利字当头的商人应该采取的手段,沈北雄也实在不像一个正经商人,这样的人,对于老老实实做生意的商人来说最为可怕。众人心知若联合起来,实力未必不如沈北雄,但要几十个利字当头的商人联合起来恐怕比登天还难,迟早会被沈北雄各个击破。商人最是重利,在利益将要受损时难免犹豫起来,有几人便存了屈服的心思,毕竟沈北雄给的价钱也算公道,不过不知旁人的打算,也就不好先开口。有人还心存侥幸地想道:这北佬显然不是正经生意人,以为钱多就可以为所欲为,若能把铺子高价卖给他,没准他将来怎么亏死的都还不知道呢。

众人各自打着小算盘,一时俱没有说话。就在这时,只听一人色厉内荏地质问道:"金陵乃江南重镇,关系着整个江浙一带的安宁,田大人岂能容你扰乱金陵商业?"

沈北雄没有看那个敢如此质问他的商贾,却缓步踱到窗边,指着对面一幢高楼淡淡对白总管吩咐道:"它挡了我的视线,给我拆了。"

白总管答应着奔下楼去,不一会儿,只见从四面八方涌出诸多工匠,飞速把那幢两层高的楼台包围起来。他们不顾天气炎热,立刻动手拆房,一时号子喧天,转眼之间那幢富丽堂皇的两层高楼就渐渐矮了下去,只剩断壁残垣,相信不到天黑它就会变成一片废墟。

酒楼中的众商人惊得目瞪口呆,不仅仅是为沈北雄显示出的巨大力量,更是因他那深不可测的背景。众人都知道对面那幢金陵有名的青楼和脚下这幢酒楼一样,都是金陵知府田大人私下里引以为傲的秘密产业,可沈北雄说拆就拆,就算是事前暗地里出高价从田大人手中购得,也显示了沈北雄全然不用顾忌田大人面子的自信,以及损失上万两银子也不放在心上的魄力。

"天色不早了,"就在众人呆愣的时候,只听沈北雄冷冷道,"愿意转让铺子的老板请留下来与白总管商谈转让细节,不愿卖的人请自便,恕沈某不送。"

众人不由迟疑,是走是留一时竟难以决断。就在这时,只见白总管手捧一封拜帖快步上楼，来到沈北雄身旁小声道："主上，金陵苏慕贤求见。"

沈北雄皱起眉头，满脸不悦："我不是说过，除了我请的客人，谁也不见吗？"

白总管俯下身来，在他耳边低声道："是金陵苏家的苏老爷子。"

沈北雄脸上第一次露出些异样的神色，来人竟是金陵苏家大名鼎鼎的苏老爷子。金陵苏家无论财力物力还是在武林中的地位，在江南都无人能及，而苏老爷子则是苏家声名赫赫的前一任宗主，如今虽不再料理族中事务，以沈北雄的自负也还不敢稍有轻慢。他向白总管点头示意："快请！"

白总管立刻冲楼下高喊："请苏老爷子！"

话音刚落，一个神态飘逸的白衣老者已大步上楼。众商贾忙抢着招呼见礼，白衣老者微微点头答应着，眼光却落在沈北雄身上。

不等白总管介绍，沈北雄已遥遥抱拳笑问道："是什么风把金陵苏家苏老爷子给吹来了？沈某初到贵地，自忖不过是一小小商贾，没资格拜见苏老爷子，所以不敢冒昧打搅，却没想到苏老爷子竟会亲移玉趾来见，令沈某惶恐万分啊！"

"沈老板不用客气，"白衣老者轻抚胡须，"老夫早已不理俗务，今日冒昧前来不过是受人之托，给沈老板送上一纸请柬罢了。"

沈北雄满脸诧异："是什么人居然能劳动苏老爷子，仅仅是送一封请柬？"

白衣老者呵呵一笑："若不是老夫，旁人要见你恐怕也不容易。请柬就在这里，你一看便知。"说着从怀中掏出一个信封，不等白总管上来接便一抖手向沈北雄平平递去。

信封晃晃悠悠飞过数丈距离，直到离沈北雄前胸不及一尺时他才伸两指信手拈住。白衣老者不由微微颔首赞道："好身手！"

沈北雄一笑，抬手示意："苏老爷子请上座，容在下给您老敬酒赔罪。"

"不敢打搅，请柬既已送到，老朽这就告辞！"白衣老者说着一拱手，转身就走。

直到他去得远了，沈北雄才缓缓拆开信封，展开里面的请柬，上面只有寥寥几行字："金陵城郊，望江亭内，已备下清茶一壶，雅曲一首，恭候沈老板登亭观云霞满江，长河落日。"

最后落款是两个字——云襄。

看到最后两个字，沈北雄拿帖子的手不禁一动，却没有说话。身旁的白总管见他面色有异，忙低声问道："主上，是何人的请柬？"

沈北雄慢慢把请柬递给白总管，望着窗外已被拆得差不多的那幢残楼喃喃道："你自己看吧。"

白总管接过请柬，只看了一眼便失声轻呼："是公子襄！千门公子襄！"

"备马！咱们立刻赶往城郊望江亭！"沈北雄说着看看天色，片刻间他的面色已冷静自如。

白总管扫了周围那些不明所以的商贾一眼，低声问："他们怎么办？"

沈北雄摆摆手："今日这买卖暂时搁下，让他们先回去候着。"

众商贾糊里糊涂被白总管送出天外天酒楼后，一路上都在议论，一些人不知这位公子襄究竟是何等人物，居然能让沈北雄如此失态。温玉阁的祁老板神情复杂地喃喃道："老朽听说过公子襄，不过却不知道他是凡人还是神仙，是圣人还是魔鬼……"

二、宣战

城郊望江亭，如孤鹰般耸立在江岸悬崖峭壁之上，直面着浩渺东去的一泓秋水，是历代文人墨客喜好的一个风雅去处。当沈北雄率十多个随从赶到亭外时，只见西边江面上，血红的夕阳将落未落，映照得江面殷红一片，也映照得亭内霞光漫漫。

就在这满亭霞光中，一个白衣公子负手临江孑然而立，孤傲而单薄的背影，在漫天晚霞映照下，有说不出的冷寂萧索。凉亭一旁的石几上，尚有一瞽目老者独自盘膝抚琴，徐缓幽咽的琴声，隐然与江水波涛遥相应和，直让人分不清何为琴音，何为水意。

沈北雄在亭外示意随从们四下戒备后，才遥遥冲白衣公子的背影抱拳高声道："沈北雄应邀前来，希望没有误了公子观日之约。"

白衣公子缓缓回过身来，沈北雄不禁惊诧于他的年轻，年纪不过二十七八，身材相貌并不特别出众，却有一种与生俱来的雍容气质，白皙温雅的脸上，有一种未经风霜的贵族子弟特有的容光，使他看起来实在不像曾经叱咤风云的公子襄。尤其那恹恹的眼神，像经历过太多磨难的风烛老人，似乎对身外的一切都已失去了兴趣，就是在打量沈北雄的时候,也只是一种例行公事的目光。

"敢问阁下就是公子襄?"沈北雄皱起眉头,心中隐然升起一种见面不如闻名的感觉。

白衣公子没有直接回答,却抬手示意道:"素昧平生,本不该冒昧相邀,不过幸好在下还有一壶清茶与满江晚霞待客,倒也可以聊以赔罪。"

沈北雄听到这话眉头皱得更深,对方这话居然就是方才自己宴请那些商贾时客气话的翻版,甚至连语气中那调侃的味道都有些相似。他心中不由暗惊,对方果然是有备而来。想到这里,他立刻恭恭敬敬地抱拳道:"公子客气了,接到千门公子襄的请柬,北雄岂敢不来?"

"坐!"白衣公子指了指亭中石桌旁的石凳,沈北雄忙依言坐下。只见对方执起桌上那壶茶徐徐斟上两杯,然后抬手向沈北雄示意。沈北雄小心翼翼地端起一杯,稍稍凑到鼻端一闻,眼里便闪出一丝惊异:"公子这壶清茶,下的功夫只怕不比在下那花草宴席少啊!"

白衣公子眼望西天,却不搭理沈北雄,只萧索地喃喃自语道:"骄阳终于要沉下去了,日落的时候,大概也是天地间最美的时候吧?"

沈北雄扫了一眼西方那只剩一半的红日,不以为意地淡淡道:"日出日落,原本再自然不过,也没什么稀奇。"

白衣公子无声一笑,转向沈北雄问道:"在色鬼眼里,女人最美;在酒徒眼里,烈酒最美;在赌棍眼里,骰子最美;在财迷眼里,银子最美。不知在沈老板眼里,什么最美?"

沈北雄一怔,沉吟了片刻,然后指着亭外那浩浩荡荡的江面,感慨道:"生命如流水,转瞬即逝,人这一生,不过是历史长河中短短的一瞬。就这短短人生,是如江水一般默默流逝,还是如流星一般留下万丈光芒,这是平常人与大英雄的区别。"他顿了顿,然后定定地望向公子襄:"在我眼里,流星最美。"

白衣公子一怔,微微颔首道:"你倒有几分像我。"说着他端起茶杯轻轻啜了一口,然后幽幽一叹:"收手吧,流星虽美,可也不是人人都能做得,更何况流星对旁人来说,还是一种巨大的灾难。"

沈北雄哈哈一笑,傲然道:"既然公子知道我跟你是同一类人,就不该劝我,更不该请我。不知道你这是托大还是失策?"

白衣公子微微皱了皱眉头:"这么说来,你是不给在下面子了?"

沈北雄深吸一口气,肃然道:"能做公子襄的对手,北雄深以为幸!"

"对手?"白衣公子哑然失笑,"这个世上即便有云襄的对手,也绝对不是你。"

沈北雄面色立时涨红了,却没有反驳。想起关于公子襄的种种神奇传说,沈北雄心知,对方完全有资格说这话。不过这不但没有吓倒他,反而激起了他心中天生的狂傲之气,不由暗暗发誓:公子襄,你迟早要为今天这话后悔!

就在沈北雄暗下决心的时候,亭外的瞽目老者已划弦收声,如泣如诉的琴声戛然而止。在这寥然而逝的琴音中,白衣公子已端起茶杯对他示意道:"你可以走了,从现在起,你要时时睁大双眼过日子,千万不要犯一丁点错误。"

沈北雄心中恼怒异常,自己在这个人面前居然自始至终都处于下风,而对方却并没有显露出过人的气势或财力物力人力,居然就凭他那名字也能令自己在气势上输了不止一筹。沈北雄心中陡然生出孤注一掷的念头,心有所想,内息便隐隐而动,衣衫顿时无风而鼓。就在这时,一旁陡然传来一声突兀的琴音,如银瓶乍破,又如锐箭穿空,更如夺魂惊雷,令沈北雄浑身不由一个激灵,本能地闪开一步,提掌护胸暗自戒备。

却见一旁那瞽目老者神色如常,正手抚琴弦引而不发。沈北雄警惕地打量着那瞽目老者,冷冷道:"想不到公子襄身边竟有如此深藏不露的内家高手,北雄差点看走了眼呢。"

瞽目老者神情漠然地道:"小老儿不过是为贵客助兴的卖艺人,公子出得起价钱,小老儿便为贵客献上一曲,仅此而已。"

卖艺人?沈北雄心中一惊,陡然想起一人,不由脱口惊呼道:"夺魂琴!影杀堂排名第二的顶级杀手!"

"惭愧!"瞽目老者摆摆手,"这次小老儿只为贵客助兴,只要沈老板心无恶念,小老儿手中这琴,就只是一具弹奏《高山流水》的乐器。"

沈北雄脸色阴晴不定,想起那些死在夺魂琴下的众多名震天下的人物,心中权衡再三,终于强压下争强斗狠的冲动,对白衣公子一拱手:"公子有夺魂琴护身,难怪敢孤身请客。今日感谢公子款待,他日北雄再还请公子。"

"随时奉陪!"白衣公子仪态萧索地点点头,对沈北雄言语中的威胁浑不在意。

沈北雄见状转身就走,出了望江亭便照原路而回,紧跟着他的白总管见主人面色阴沉,也不敢多问。直到走出一箭之地,沈北雄才对一个随从低声吩咐道:"英牧,你带人在望江亭四周布下眼线,如果能发现公子襄的行踪,那便是大功一件!"

那随从应诺而去,沈北雄脸上渐渐浮出一丝冷笑,转头对身后的白总管低声道:"你派人连夜传讯给柳爷,就说目标已出现,猎狐计划可以开始了。"

白总管脸上闪过一丝兴奋:"好!等了这么些年,总算到了对付他的时候,柳爷一定早已经等不及了。"

"你错了,"沈北雄眼神复杂地勒马回望望江亭的方向,"柳爷追踪了他几年,连他一根毫毛都没摸到过,却反而被他戏耍了无数次,柳爷的性子早就磨没了。这已经是柳爷今生最后一个心结,他一定不会着急,一定会非常耐心。"

"难怪这次柳爷下了这么大的本钱。"白总管恍然大悟。

"你又错了,柳爷可没这么雄厚的本钱。"沈北雄笑笑。见白总管眼里露出探询之色,他却别开头,一磕马腹加快步伐:"走吧,公子襄近年已经很少亲自出手了,这一次他既然来了金陵,咱们就得打起十二分精神,千万不能有丝毫大意。咱们的陷阱虽然天衣无缝,不过公子襄可是天底下最最狡猾的狐狸啊!"

一行人回到金陵没多久,负责监视公子襄行踪的英牧就匆匆带人回来,向沈北雄禀报道:"老大,公子襄真是狡猾如狐,我带兄弟们还傻呆呆地在望江亭四周设暗哨守望,他却沿着早已在悬崖边备下的绳索下到望江亭下的江面,那里有他备下的水手和小舟,我们只能眼睁睁看着他顺江而遁。"

沈北雄平静地"嗯"了一声,没有感到太意外,公子襄若轻易就让人盯上,那肯定就不是公子襄了。他正要安慰英牧两句,却见英牧咧嘴一笑说:"咱们虽然没盯住公子襄,不过却有点意外的发现。"

见沈北雄看向他,英牧忙道:"咱们的眼线发现,除了咱们,还有人在跟踪公子襄。"

"哦?"沈北雄顿时来了兴趣,"是谁?"

"暂时还不知道他的底细。"英牧脸上露出自得的神色,"不过我已让最擅长跟踪的兄弟盯住了他,只知道他是个落拓潦倒的书生,而且现在也在金陵城中。"

"按说公子襄要不是自己露面,从来就没有人能找到他,更不该被人盯上啊?"沈北雄皱起了眉头,想想又释然地点点头,"这次公子襄邀我赴约,先请江南苏老爷子递束,又是当着金陵那么些商贾的面,走漏风声倒也正常,就不知是谁也在留意他的行踪。"

"把那家伙抓来问问不就知道了？咱们虽盯不住公子襄，盯他可没问题。"英牧脸上露出残忍的微笑，拷问俘虏是他的嗜好，一说到这个他脸上便露出跃跃欲试的神色。

"不妥。"白总管插话道，"咱们不知道他是否还有同伙，他若不是孤身一人，咱们一动他就会惊动他的同伴。咱们最好只在暗中监视，先弄清他和公子襄的关系再说。"

沈北雄想了想，道："嗯，这样也好，公子襄仇家遍天下，有人留意他的行踪也很正常。咱们只需盯住那家伙，说不定就有意外收获。"

"朝醉夜复醒，对月长天歌。一弯银勾似酒壶，嫦娥何不共我酌？"

金陵的夜少了白日的热闹喧嚣，却多了些丝竹管弦和狂曲醉歌。一个书生模样的醉鬼倚在太白楼的窗棂上，对着窗外高挂夜空的明月高声吟哦，仪态颇为狂放。只可惜他衣着实在寒酸，面目也太过肮脏，不然还真有几分才子狂生的模样。

"走了走了，我们要打烊了！"太白楼的伙计终于不耐烦起来，现在只剩下这最后一个顾客，还是那种只喝劣酒不要下酒菜的酒鬼，他们当然想把他赶走好早一点关门睡觉。

"哦，打烊了。"醉鬼喃喃说着，手伸入怀中掏摸半晌，然后把几枚铜板拍在桌上，大度地对伙计摆摆手，"不用找了，算我请你们喝茶。"

他摇摇晃晃站起来要走，却被伙计一把抓住，那伙计把几枚铜钱摔到他脸上，骂道："你这半天时间，一共喝了三斤老白烧，这几个铜板连零头都不够！"

"我……我没钱了。"醉鬼挣扎着想摆脱伙计的掌控，却被那伙计抓得更紧。

"没钱？"那伙计一巴掌把他打翻在地，"也不打听打听，咱们太白楼是谁的产业,敢到咱们这儿来吃白食?"

"谁的产业?"醉鬼挣扎着要爬起来,却又被另一个伙计一脚踢翻。

"这儿可是百业堂的产业,杜啸山可是咱们的舵把子!"那伙计大声道,言语中颇有些狐假虎威的味道。

"杜啸山是谁?百业堂又是什么玩意儿?"那醉鬼一脸懵懂。

这话立刻招来几个伙计的老拳,有人大骂道:"在金陵城混,却连百业堂和咱们舵把子都不知道,你他娘的不想活了?"另一个伙计则劝同伴说:"算了算了,看他是真喝醉了,咱们搜搜他的身,若有值钱的东西就留下充作酒钱,若没有再按老规矩收拾他不迟。"

几个伙计七手八脚翻遍了他全身,也没有找到任何值钱的东西,众人只得照老规矩把他吃下的东西打得全呕了出来。那醉鬼对众人的殴打浑不在意,却对着满地吐出的酒水痛心疾首地连连哀叹:"我的酒啊,我的老白烧啊,全白喝了!"

"他娘的,没见过这样要酒不要命的滥酒鬼!"几个伙计无可奈何。开酒馆的最怕遇到这种不要命的滥酒鬼,这种人对自己的性命都不在乎,整天只泡在酒中,酒瘾一旦发作拿命去换酒都干。总不能真的把他往死里打吧?几个人最后只得把这酒鬼从太白楼扔了出去,然后打烊关门。

太白楼门口挑着的两个灯笼收起后,街上就变得朦胧起来,那酒鬼伏在地上轻轻呻吟半响,挣扎着要爬起来,却意外地看到自己面前有一双着粉底快靴的脚。酒鬼拼命抬起头顺着这双脚往上看去,才发觉有一个人蹲在自己面前,却是一个紫色面膛的黑衣大汉。

"啧啧,不过是白喝了一点劣酒,怎么就被打成了这模样?"大汉托起酒鬼的下巴,仔细审视着他的脸。他脸肿得如同猪头,一只眼角肿得老高,使那只眼睛也眯成了一条线,脸颊上像是挨了重重一脚,嘴角还挂着呕吐物和血沫。大汉也不嫌肮脏，掏出袖中的绢帕抹干净酒鬼的脸，这才发觉他年纪并不大，五官应该还算周正，只可惜脸上肿得完全变了形，很难看出他的本来面目。

"为一点酒弄成这样子，值吗？"大汉语气中满是同情。

谁知那酒鬼却不领情，一把推开大汉的手说："老子乐意！"酒鬼虽然说的是吴语，却带有明显的巴蜀口音。

大汉对酒鬼的无礼不以为忤，只笑道："如果我请你喝酒呢？"

"那敢情好！"酒鬼一听说喝酒顿时来了精神，挣扎着就要爬起来，却总是力有不逮，只嘴里连连说道，"你要请老子喝酒，就算让老子叫你干爹都没问题。"

酒鬼在那大汉的扶持下总算站了起来，那大汉架着酒鬼一只胳膊笑道："江湖何处无酒友？走！沈某请你喝一杯！"

昏黄的烛光，油腻腻的酒桌，两碟卤味和豆干，几大碗浑浊的老酒。即便在深夜，街头也少不了这种露天的小酒摊。看着酒鬼迫不及待地连下了三碗，那面目棱角分明的大汉才笑问道："今日能与老弟共饮也算有缘，还没请教老弟大名？"

酒鬼醉眼蒙眬，打着酒嗝嘟囔了一句："不过是喝酒，问那么多干什么？"

大汉微微一笑，抱拳道："在下沈北雄，最喜欢结交江湖上各种各样的朋友，听老弟口音像是巴蜀人士，不知与唐门可有渊源？"

酒鬼眼中闪过一丝警觉，敷衍道："落魄之人，怎攀得上那等世家望族？"

对方对自己名字的反应并没有让沈北雄太意外，"沈北雄"三个字虽然能令金陵商界为之动容，但在普通人面前还是一个很少听说过的陌生名字。不过对方那点并不引人注意的异常反应没逃过沈北雄的目光，他不动声色地望着自己的手，笑问道："公子襄呢？不知老弟与他又有什么渊源？"

"什么公子香公子臭，老子全不认识。"酒鬼说着站起来就要走，却被沈北雄按住了肩头，他只得咧着嘴乖乖坐下来，在沈北雄的掌控之下完全失去了挣扎的能力。

"别跟我说你跟公子襄没任何关系，不然你跟踪他干什么？"沈北雄笑眯眯地问道。

酒鬼的脸色顿时有些慌乱，不过依然故作镇定地道："我不知道你在说什么。"

"你真不知道吗？"沈北雄笑着放开了手，轻声道，"据我所知，几年前公子襄曾在巴中做过一件大案，弄得有巴中第一富豪之称的叶家倾家荡产。叶家跟蜀中唐门是世代姻亲，公子襄却在唐门眼皮底下把叶家弄得家破人亡，据说仅有一位叶二公子幸免于难，只是一直不知所踪。"

"是吗？这跟我有什么关系？"酒鬼又端起了酒碗，边喝边嘟囔道。

沈北雄呵呵一笑，也举起了酒碗："对，这跟咱们没任何关系。只是我沈北雄喜欢交朋友，尤其是吃过公子襄苦头的朋友。"

"我不喜欢交朋友，"酒鬼一口喝干碗中劣酒，然后舔着嘴唇道，"不过谁若给我酒喝又另当别论。"

"没问题！"沈北雄笑着拍了拍手，一个身影立刻从烛火照不到的黑暗处闪到他面前。沈北雄看也不看地吩咐道："去弄顶轿子过来，把这位公子请到舍下一叙。"

那黑影悄然离开后，另一个精悍的老者又闪到沈北雄面前，在他耳边低语道："咱们在城西遇到点麻烦，那是百业堂的地盘。"

沈北雄皱了皱眉头，叮嘱道："现在咱们的时间不多了，得抓紧。

我这就去见杜啸山，若没有他这条地头蛇的支持，咱们将一事无成。"说着他转头对身旁的酒鬼笑道："老弟先随我这兄弟去寒舍暂歇，明日老哥再陪你好好喝上一杯。"

冲黑暗中打了个响指，立刻有数名黑衣人围了过来，沈北雄指着依旧在喝酒的酒鬼对众人吩咐道："替我好好招待这位公子，千万莫怠慢了他。"说完他带上精悍的白总管，往城西大步而去。

百业堂的总坛在城西杜家巷，这里整条巷子的人家几乎都姓杜，杜家祖先几百年前就在这里定居，靠维护和经营屠、捐、赌、私、漕等百业为生，经上百年经营，渐渐发展成控制整个金陵城的第一大帮会。传到杜啸山手上，百业堂已经成为插足整个江南百业的最大帮会组织。

沈北雄带着白总管来到这里时已经是三更时分，杜家巷中早已看不到一点灯火。不过凭着"沈北雄"三个字，他还是没费多少周折就见到了百业堂现在的舵把子杜啸山。

"说吧，半夜把我叫起来究竟有什么事？"二人在大厅中分宾主坐定，百业堂堂主杜啸山不阴不阳地问道。从外表看他只是一个精瘦干练的矮小老头，留着稀疏的山羊胡，恹恹的三角眼给人一种似睡非睡的感觉，不过举手投足间却流露出一种高高在上的人才有的从容气度。就算他不是百业堂舵把子，光凭这气度也能让人猜到，他绝不是个普通人。

"深夜打搅杜堂主，实在是不好意思。"沈北雄恭敬地抱拳为礼，算是为自己的唐突赔了罪，"我刚得到手下兄弟的汇报，说咱们在城西一带的买卖遇到了点麻烦，不知是怎么回事？"

杜啸山捻着颌下稀疏的山羊胡，不辨喜怒地道："我听说沈老板在城中大肆购买商铺，心中总有许多好奇。虽然沈老板以高价买下了百业堂名下十多处产业,短期来看百业堂没有吃亏,但卖出经营多年的当铺赌坊,对我百业堂声誉有极大的影响,不明真相者还以为我杜啸山怕了沈老板。基于这个原因,百业堂不打算再与沈老板合作,除非我知道你真正的目的。"

沈北雄收起笑容,漠然道:"有些事杜堂主还是不知道为好。"

"既然如此,沈老板请回,恕杜某不送。"杜啸山说着端起了茶杯,听语气显然是动了真怒。

沈北雄对杜啸山的隐怒视而不见,只笑道:"百业堂名下的产业,沈某可以再多出两成价钱,若杜堂主能帮助沈某收下其他商铺,每间铺子还可以另外给百业堂一成的佣金。"

杜啸山闻言心中一动,暗自计算开来。光百业堂名下的产业,在本来就比市价高的基础上多出两成价钱,就是十多万两银子的出入,若再加上沈北雄意图收购的商铺付给百业堂的佣金,恐怕就是几十万两银子的好处,这足以抵得上百业堂数年的收入,这北佬究竟为何要出如此高价来收购金陵商铺?杜啸山百思不得其解。虽然在巨大的利益面前杜啸山也不禁怦然心动,不过多年的江湖经验告诉他,这世上没有天上掉馅饼的好事,对方既然敢出如此高价,肯定就有加倍赚回来的把握。况且在江湖上厮混,还有比银子更重要的东西,杜啸山容不得对方掌握全部主动权,而自己却毫不知情。因此,他只犹豫了片刻,便断然拒绝道:"除非我知道你收购商铺的原因,不然咱们无法合作。"

沈北雄一脸无奈地摊开双手:"没有商量的余地?"

杜啸山没有回答,只端起茶杯示意:"送客!"

沈北雄无可奈何地站起来,刚走出两步却又像想起了什么似的回过头来:"哦,对了!这次我来金陵,柳爷千叮万嘱要沈某一定来拜见杜堂主,并代他老人家向杜堂主问好!"

"柳爷！"杜啸山脸色顿时有些异样，"你是柳爷的人？"

沈北雄淡淡一笑："沈某不过是替柳爷打前哨的马前卒，柳爷随后就到，届时沈某若不能完成柳爷交代的任务，只好到柳爷面前领受责罚了。"

"柳公权也要来金陵？是他要收购金陵商铺？"杜啸山十分惊讶。

沈北雄神秘一笑，摇头道："杜堂主眼线遍天下，应该知道柳爷可没这么多银子买不动产。"

杜啸山脸色终于变了，沉吟半晌，突然下了决心似的一点头："好！百业堂与你合作，不过价钱上面你得再加一成。"

"你这是坐地起价！"

"谈生意本来就是要讨价还价！"

二人如猛虎般瞪视着，互不相让。片刻后沈北雄淡淡道："杜堂主想要讨价还价，总得让沈某看看你的本钱。"说着手腕一翻便向杜啸山胸口抓去。杜啸山看似年老体衰，手脚却十分灵活，沈北雄手脚刚动他便勾手还击，二人双手在咫尺之间上下翻飞，转瞬间便交手数十招，场中顿时响起噼噼啪啪的声音。片刻后二人总算停了下来，沈北雄扣住了杜啸山左手脉门，杜啸山右手扣住了沈北雄左肩胛。二人身形凝定，静静相持片刻，沈北雄突然呵呵一笑，缓缓放开杜啸山的手道："杜堂主果然高明。好，成交！"

杜啸山脸上露出一丝感激的微笑，也慢慢放开了沈北雄的肩胛，然后与对方击掌为约："从现在起，百业堂上下将全力协助沈老板收购金陵商铺，直到沈老板满意为止。"

离开百业堂后，紧随沈北雄出来的白总管不解地问道："主上，我不明白方才主上明明占了上风，为何最后却故意输了半招？"

沈北雄一笑："百业堂是本地地头蛇，咱们若没有杜啸山的全力协助，恐怕会事倍功半。我出手是要显示咱们的实力，警告他胃口别太大，要适可而止。让他半招是让他在自己手下面前挣足面子。对这一点杜啸山心知肚明，相信他以后不敢再坐地起价，今后杜啸山和百业堂，将是咱们在金陵最可信赖的盟友。"

白总管脸上露出叹服的神色，不由微微点头。沈北雄笑着拍拍他的肩头，踌躇满志地道："制服一个人有时候以力胜之并不是最好的办法，智者不为。好比棋道高手对弈，力战者等而下之，善战者以战谋利，真正的绝顶高手，总是胜人于不知不觉间。"

金陵城那场突如其来的躁动令所有人为之惊讶，很快就成为街头巷尾谈论的焦点。一个北佬大肆收购金陵商铺，手笔之大前所未有。虽然他出的价钱足以令人动心，但不少商贾还是不愿出让祖传产业，任牙行捐客说破了嘴也枉然。在僵持了近一个月之后，那些坚守祖业的小商贾渐渐感受到来自黑白两道的压力。先是百业堂帮众上门骚扰，以下三烂手段破坏商家声誉，然后恐吓顾客，破坏生意，令这些商铺门可罗雀。你若报官，不仅得不到官府的保护，甚至会引来黑白两道更为严厉的报复和打击。直到这时所有人才明白，沈北雄这条过江龙，不仅有黑道地头蛇百业堂支持，就连官府也已被他收买，普通生意人家除了卖掉铺子，根本无路可走。

也有路子通天的大富商不甘屈服，偷偷把沈北雄的霸道和金陵知府的不作为告到朝中关系密切的朝臣跟前，得到的回信却是："提高卖价，大赚一笔。"

这场商界的骚乱却跟小老百姓没多大关系，人们除了在茶余饭后谈论一下某老板倒霉进了牢房，或揣测一下沈北雄的背景和目的，依旧该干什么干什么，毕竟这些事都是富人之间的问题。

就在这样一个动荡不安的时期，在十月暮秋的一天黄昏，一顶简朴的小轿悄然从北门进了金陵城。八名风尘仆仆的汉子锦衣怒马护在小轿周围，人人面容冷峻，一脸肃然，虽然只有寥寥数人，却如一彪训练有素的军队，令人不敢正视，这排场与小轿的简朴不太相称。一行人进城后也不停留，径直往天外天大酒楼而去，无须通报便从侧门进了天外天酒楼的后院，直到进了二门，小轿才在庭院中停了下来。

沈北雄与白总管早已候在那里，不等小轿停稳，沈北雄已抢先一步上前掀起轿帘。轿中是个须发花白的青衫老者，看模样五十出头，满面的沧桑和粗糙的皮肤使他看起来不像是个养尊处优的主儿，尤其他那骨节粗壮的手，倒像是个劳作了一辈子的贩夫走卒。但富可敌国的沈北雄对他却异常恭敬，亲自为他撩起了轿帘。

老者弯腰钻出轿子，跨过轿杆时脚下突然一个踉跄差点摔倒，沈北雄赶紧伸手扶住，满是关切地道："柳爷这腿……"

"唉，今晚大概又要下雨了。"柳爷揉着自己的腿，眼里满是疲惫。一旁的白总管也赶紧扶住柳爷另一只胳膊，在二人的搀扶下，柳爷一步一瘸地进了一旁的厢房。

"这腿是越来越不中用了。"在床上盘膝坐定，柳爷边揉着自己的腿边感慨，然后示意立在床前的沈北雄和白总管，"你们都站着干什么，是不是显示你们都有一双好腿？"

"不敢！"二人笑着在床边的凳子上坐了下来。沈北雄赔笑道："我前日刚从一药商手中买下一具完整的虎骨，正琢磨着泡两坛虎骨酒孝敬柳爷呢。"

"别尽他娘的干些拍马屁的鸟事，"柳爷瞪了沈北雄一眼，并不领情，"我让你带着数十万两银子来金陵，可不是要你买什么虎骨的。"

心知柳爷迫切地想知道这段时间的成果，沈北雄忙示意随从退下。待房中只剩下三个人后，他才掏出几本账簿递给柳爷："柳爷请过目。"

柳爷细细翻看着账本，眼光烁烁，满面的疲惫一扫而光。沈北雄在一旁小声解释道："我带来的银子几乎全打光了，也仅拿下数百间商铺。有些铺子是金陵苏家名下的产业，照您吩咐我没碰他们，还有些铺子背景复杂，我也没有轻举妄动。下一步该怎么走还请柳爷示下。"

柳爷仔细地看完账本，很不满意地摇了摇头："你还是太过谨慎，缺乏吞天食地的大气势，许多繁华地段的铺子都无法拿下。下一步你要提高收购价，在现在这基础上再加三成，不信这些大的商铺不吐出来。"

"加三成？"沈北雄大惊，"目前金陵商铺因我们的大肆收购，价钱几乎上涨了一倍。再加三成，我们哪有那么多钱？"

"你守着那些没用的房契地契干什么，"柳爷教训道，"把它们抵押给通宝钱庄，自然又有几十万两银子到手，这样边买边押，几十万两银子能干成几百万两银子的大事。"

"这……风险是不是太大了？"沈北雄犹豫起来。

柳爷不悦地摆摆手："风险你不要管，照我的话做就是。"

"咳咳！"一直不曾说话的白总管突然清了清嗓子，小声插话道，"柳爷，咱们这次来金陵是为对付公子襄，属下实在不明白买这么多商铺和对付公子襄有什么关系。"

柳爷扫了白总管一眼，反问道："你俩也跟着我追查了公子襄两三年，可发现他有什么致命的弱点？"

沈、白二人对望一眼，立刻异口同声地道："贪财！"

"没错！"柳爷赞许地点点头，"我从多年前就在追查公子襄，发现他对钱财的贪婪简直到了丧心病狂的地步，从巴中首富叶家到扬州珠宝巨商汤家，无不是被他弄得倾家荡产，就连黑道漕帮他都敢去啃一口。人为财死，鸟为食亡啊！这样致命的弱点咱们若不加以利用，岂能逮到这只狡猾的狐狸？"

"属下……还是不太明白。"白总管依旧一脸疑惑。

柳爷诡秘地笑了笑："咱们这次既然把公子襄引到了金陵，若没有一个令他心动的饵，岂能让他上钩？再说公子襄富可敌国，若不能让他把那些不义之财吐出来，又岂能算成功？这次我就是要以他的方式赢他一回，让他也尝尝倾家荡产的滋味。"

沈北雄心领神会地点点头，白总管眼中却依然有些疑惑，正要再问，只听门外有人小声道："柳爷，金陵知府田大人求见。"

屋里三人都是一怔，柳爷小声嘀咕道："这家伙，消息倒是灵通。也罢，我既然来了金陵，总要见见本地父母官，让他进来吧。"

门外随从立刻应声而去，沈北雄与白总管也起身告辞，出门时正好看到一身便服的金陵知府田大人匆匆进来，也来不及与沈、白二人招呼，便匆忙进了厢房。

"哎呀，果然是柳爷到了，下官没能亲自迎接，恕罪恕罪！"田知府一进门便夸张地叫着，满脸的肥肉也跟着唇齿的张合抖动起来。

柳爷在床上欠了欠身："田大人在上，恕老朽腿脚不便，不能下床见礼。"

"不敢不敢！"田知府慌忙拱手道，"柳爷乃刑部红人，深得皇上器重，与福王爷更是过命的交情，下官能得柳爷接见，实乃三生之幸！"

"田大人这么说可是乱了尊卑。"柳爷不紧不慢地道，"老朽不过一行将告老的小捕头，论品级尚在大人之下，该我去拜见知府大人才是。"

"柳爷千万别这么说！"田知府肥白的脸上顿时露出诚惶诚恐的表情，"您老可是皇上亲封的天下第一名捕，全国数十万捕快的总捕头，手握御赐尚方宝剑，三品以下官吏无须请示便可直接缉拿。古往今来，有哪个捕头有这等威仪？柳爷堪称公门中千古第一人啊！"

柳爷对田知府的奉承一脸漠然，只问道："大人是如何得知老朽来了金陵的呢？"

田知府狡黠地眨了眨眼："下官在朝中还有几个朋友，对柳爷这次秘密来金陵多少还是有所耳闻的。知道柳爷不欲张扬，下官也不敢以知府身份公开拜见，所以才私下前来，望柳爷莫怪下官莽撞才是。今后柳爷有什么需要请尽管开口，下官一定全力配合。"

"难得你有这心，以后麻烦田大人的地方恐怕还真不少。"

二人有一搭没一搭地闲聊着，都是场面上的客套话。眼看柳爷渐渐露出不耐烦之色，田知府终于忍不住问道："近日听说杭州船舶司要搬迁，也不知是真是假？"

柳爷原本懒散疲倦的眼神蓦然一亮，声音却依旧平静如常："这等国家大事，老朽微末小吏，岂能得知？"

田知府紧盯着柳爷的眼睛，仿佛是在自语："难怪最近金陵商铺行情看涨，下官猜想这消息多半属实，柳爷以为呢？"

"也许吧，这等大事原不是我等能猜度的。"柳爷模棱两可地漫声应道。

田知府理解地点点头："嗯，若是船舶司迁到我金陵，届时东瀛、琉球、瓜洲等地的商船俱从金陵上岸，而江南乃至全国的货物也将从金陵出海，那金陵的商机将陡增数十倍，水涨船高，金陵的商铺也将成为令人眼红的稀世珍宝啊！"

"呵呵，那大人该买下几间留给儿孙才是。"柳爷一脸玩笑。

不过田知府却从这玩笑中听出了柳爷的话外之音，但他依然不敢肯定，便赔笑道："下官正有此意，只是这传闻尚未证实，所以还要柳爷指点迷津。"

"不敢不敢，田大人高瞻远瞩，何须老朽指点？"

二人相视而笑，眼里都有一种意味深长的笑意。田知府已知道了自己想要的答案，又闲坐了一会儿就赶紧告辞出来，步履比之方才轻快了许多。

待他走后，沈北雄与白总管再次来到柳爷床前，本想打听田知府此行的目的，却见柳爷神色怔忪，对二人轻声道："把商铺收购价提高五成，要快！"

沈、白二人相顾骇然，白总管忙提醒道："可是我们的银子几乎用尽，就算找钱庄借贷也需要时间，再说一般钱庄也没那么多银子周转啊。"

"我今晚就去见通宝钱庄的费掌柜，通宝钱庄乃皇家钱庄，有整个国库作为后盾，要多少银子都没问题。"突然柳爷似想起了什么，望向沈北雄，"公子襄有消息吗？"

"自从望江亭一别就再没有他的动静，也没探到他任何消息。"沈北雄忙把与公子襄望江亭一会的经过细说了一遍，见柳爷神情冷淡，他立刻又补充道，"虽然英牧没跟上公子襄，却发现另有人也在追踪他，是原巴中首富叶家的二公子。想当年叶家败在公子襄之手后，他便发誓要报此仇，是公子襄众多仇家中比较有头脑的一个，所以我把他请到了这里。"

"你不该让一个陌生人接近咱们。"柳爷皱了皱眉头，"再说对这种富家子弟也别抱太大希望，你查过他的底细吗？"

一旁的白总管忙道："我让两个兄弟这几天去了趟巴中，顺便去了唐门，从了解的情况看，各方面都相符，应该没问题。"

柳爷的眉头依旧没有舒展："即便是这样，咱们也不能掉以轻心，况且他也未必对咱们有用。"

"我当初对他也没抱多大希望，"沈北雄笑道，"不过后来才发觉，在某些方面他对公子襄的了解比咱们还要深，毕竟叶家是败在公子襄手上,他对公子襄的仇恨使他不惜一切代价和手段来追踪公子襄，比任何人都要执着。"

"我不信这世上还有谁比咱们更了解公子襄。"柳爷不以为然地道。

"我是说在某些方面,"沈北雄忙解释道,"比如我们以前就不知道公子襄崇信黄老之术,同时又极爱清静,不喜欢与俗人打交道,除了一些炼丹修真的道士,几乎没有任何朋友。"

"他有这种毛病?"柳爷不由抚须沉吟起来,"如果是这样,他这次来金陵,很有可能会选择偏僻的道观落脚,这样不仅可以时时向那些炼丹修真的道士请教,也可以避开城中捕快的追查。"

"我也是这样想,"沈北雄笑道,"所以派出十多个兄弟密查金陵城附近方圆数十里范围内的道观寺庙,因为人手不太够,我还让百业堂也帮我追查。不管有没有意外的收获,至少不会损失什么。"

柳爷点了点头:"你这一说,我对这位叶二公子倒有了些兴趣,现在就想见见他。"

"这会儿他多半是不在,"沈北雄笑道,"这位叶二公子生性好酒,又痴迷棋道,每日不是酒楼买醉就是去棋道馆厮混,若不是穷得没钱买酒他多半是不会回来的。我估计他是看在天外天酒楼可以白吃白喝的分上才在这儿待下去的。说来也怪,别看他每天醉醺醺的,好像难得清醒一回,但棋艺还真不赖,金陵几个棋道馆几乎没人是他的对手。柳爷若想见他,我这就让人上棋道馆找找。"

"还是算了吧,以后有的是机会。"柳爷遗憾地摇摇头,"今日我有些累了,待会儿还要去见通宝钱庄的费掌柜,改日再见这位叶二公子吧。"

见柳爷脸上露出疲惫的表情,沈、白二人忙告辞出来。待他们一走,柳爷即刻高声呼唤门外的随从:"去给通宝钱庄的费掌柜递名帖,就说柳公权有事要见他。"

三、对弈

金陵城那场商铺收购风潮，因柳公权的到来而渐渐酿成一场令人瞠目结舌的风暴。先是田知府这种消息灵通的官宦，悄悄与沈北雄一道争相高价收购商铺，继而本地世家望族也闻风而动，加入抢购商铺的队伍中来；与此同时，原在杭州的船舶司将迁到金陵的消息也渐渐在茶坊酒肆流传开来，金陵商铺闻风暴涨，连带普通民房也跟着日日看涨。有财大气粗的商家甚至整条街成片地高价买下民居，并雇工匠改造成商铺再以更高的价钱转卖，一两个月之间，金陵商铺的价格就令人咋舌地涨了数倍。

这种百年难遇的暴涨立刻吸引了众多商家，抢购风潮甚至蔓延到整个江南，几乎每天都有江南各地的乡绅富贾雇镖客把一车车的银子运到金陵，争购那日日看涨的商铺。经常可以看到不少买家拿着一叠叠的银票守在牙行外，一旦有人要卖铺子，往往是十多个买家同时竞价争抢，把价钱抬到一个令卖家也不敢相信的地步。这种从未有过的火爆买卖，使得专门撮合商铺房产交易的牙行捐客如雨后春笋般冒了出来，以至于民间流传着"金陵城牙行多过米铺，捐客多过工匠"的说法。

在这场抢购狂潮中,所有人都形成一种共识:不管花多少钱,只要把商铺抢到手,肯定能以更高的价钱卖出去,将来船舶司搬到金陵,商铺恐怕还会有更加惊人的涨幅。

不过就在人们追买的狂热中,也有人依然保持着理智和冷静,他们是这场风暴的始作俑者,自然不会为它所迷惑。

"柳爷,咱们借来的银子又快打完了。"沈北雄望着那厚厚几大摞房契,手心不由捏了把汗,就算是见过大世面的他,也要为这价值数百万两银子的商铺房契咋舌,要知道国库一年的收入也才几百万两银子而已。

"市面上的铺价如今是多少?"柳公权并不因银子枯竭而担心,依旧一副镇定自若的模样。

"一间好一点的铺子价钱差不多要一万两,"白总管忙道,"这已经是几个月前的三倍多了。"

"嗯,还不够,"柳公权淡淡道,"把抵给通宝钱庄的房契地契先赎一部分出来,然后把它们重新估价再抵押给钱庄,价钱既然已经涨了三倍,咱们自然可以借出更多的钱。"

"还要把铺子的价钱往上打?"沈北雄一脸惊讶。

"没错!"柳公权一脸平静,"不过这次你要集中银子把最繁华的内城一带的商铺价钱买高至少十倍,同时把咱们手中那些中城外城的铺子悄悄卖出去。有内城商铺暴涨的示范,中城外城的铺子也一定会随之暴涨,咱们手中这些铺子就能卖个好价钱。不过你可千万要有耐心,不能让人发觉有人在大量卖出,更不能把价钱打落下来。"

"我明白了!"沈北雄点点头,"我这就让人去找牙行捎客,一点点地把咱们手中的商铺悄悄放出去,决不让人察觉,更不会影响现在这涨势,我保证咱们手中的铺子至少能卖上三倍的价钱。"

"抓紧去办吧，别让我失望。"柳公权满意地摆摆手，示意沈、白二人照计划行事。不过一旁的白总管并没有在柳公权的示意下退出，反而满是疑惑地问道："柳爷，属下不明白咱们现在的行动和对付公子襄有什么关系。"

"当然大有关系，"柳公权笑道，"这次行动的银子可是福王爷资助的，我已夸下海口保证不会让福王爷亏本，甚至还要付他一笔不菲的利息，所以低买高卖是不得已而为之。公子襄富可敌国又十分贪婪，既然他来了金陵，我不信他在这一夜暴富的机会面前会一点儿不动心。只要他贪心一起，自然会落入咱们的圈套，在高价位上接下咱们手中的铺子。"

"可是，"白总管依然一脸疑惑，"杭州船舶司若迁到金陵，这些商铺也算物有所值，公子襄即便花高价买了下来，也不一定会亏啊。"

"呵呵，我既然有办法让这些商铺身价百倍，自然也有办法令它一落千丈，这也正是这个圈套的价值所在。"

白总管半信半疑地点点头，嘀咕道："就怕公子襄不上当，金陵和江南这些富商反而会落入这圈套，花高价买下咱们手中这些铺子。"

"那也不算坏啊！咱们这陷阱本是用来对付狐狸的，不过要是有野猪、麋鹿落进来，咱们也算是有所收获。这可不能怨老夫这陷阱，只能怨他们既愚蠢又贪婪。"说到这里柳公权自得地一笑，"当然，如果能找到公子襄的下落，并逼他把过去聚敛的钱财全吐出来，这才是老夫最希望看到的结果。"

"我懂了，"白总管点点头，"如果仅仅用严刑拷问等手段逼出公子襄手中的银子，恐怕全都得上交国库，不过要是能令他高价接下咱们手中的商铺，他手中的赃物自然就成了商铺而不是银子，这对咱们来说，当然是最好不过的结果。嘿嘿，还是柳爷高明。"

"我这就亲自带人去查金陵周围的道观，希望尽快找到公子襄的落脚之处。"沈北雄也明白了。

柳公权叮嘱道:"对于如何找到公子襄,你们该多请教一下那个叶二公子,他说不定能帮到咱们。我有点奇怪,公子襄至今尚无任何动静,这可不像是他的作风啊。"

三人正在密谈,门外有人高声禀报道:"柳爷,金陵知府田大人求见!"

"这家伙又来做什么?"柳公权皱起眉头,虽然心下很不想见他,不过对方毕竟是本地父母官,也不能不给他面子,只得道一声,"请!"

神情略显紧张的田知府应声而入,来不及与沈北雄和白总管寒暄,甚至也不及与柳公权客套,便直接问道:"柳爷,下官刚听坊间传言,说船舶司迁到金陵一事纯属谣传,不知这话是真是假?"

"田大人怎么突然问这个?"柳公权奇道。

田知府抓起丫鬟送上的茶水连灌了几大口,才喘着粗气道:"我也是刚听人说就赶紧过来问柳爷。这传言要是属实,那可就糟糕之极。我不仅把多年积蓄全买了商铺,还在钱庄借了不少银子周转,甚至借了百业堂的高利贷。要是铺价大跌,我可就只有上吊了!"

柳公权一脸平静,与田得应的惶惑形成鲜明的对比。他好整以暇地轻呷了一口清茶,才笑问道:"田大人在朝中也有官及一品的朋友,你是相信他的话呢,还是相信这没来由的市井流言?"

田知府一怔,神色渐渐平静下来,连连点头道:"不错不错,船舶司迁到金陵的消息我可是从工部尚书张大人那儿得来的,他老人家还托我帮他在金陵也买上几间铺子,这消息肯定不会错的。不过现如今已经是几个月过去了,一直不见朝中有正式的官函下来,这总让人无法放心。"

柳公权淡淡一笑:"朝中那些衙门办事的效率田大人又不是不知道,你还担心什么呢?"

"柳爷这么一说我就放心了，"田知府终于松了口气，"我就再等上几天，同时派人到京中打探，希望只是虚惊一场。"

把田知府送出房门后，柳公权的脸色渐渐凝重起来，转头对沈北雄低声吩咐道："你快着人到城中几大牙行去看看到底发生了什么事！"

沈、白二人离开后，柳公权望着窗外的天空发愣。足有顿饭工夫，他突然吩咐在附近侍候的一个部属："英牧，那位叶二公子现在在哪里？"

那个面目英俊的年轻人一怔，犹犹豫豫地回道："大概在附近的酒楼或棋道馆吧，我今日也没看到他。"

"快带人去找，找到他的下落后立刻回来向我汇报。"

"遵命！"

英牧匆匆离去后不久，沈北雄便从门外大步进来，一进门便对柳公权低声道："我带人去了附近几家牙行，原来不知谁造谣说船舶司迁到金陵的消息有假，闹得那些等着买铺子的财主人心惶惶，不敢再轻易下手。还有个大卖家在大量抛售，引得一些小商家也在跟着卖铺子，就连一直不曾出卖名下商号的苏家，现在也来凑热闹，放出了几间铺子，引得金陵一些商家也跟着抛售，把价钱打低了差不多一成。"

"公子襄终于有所动作了。"柳公权抚须轻叹。

沈北雄却不以为意地笑道："如果这是公子襄所为，他就是在帮咱们的忙。咱们正愁没法买到低价的商铺，现在正好利用这谣言大肆收购。"

柳公权没有理会沈北雄的提议，反而问道："如果咱们现在就把手中的铺子放出去，大概能赚多少？"

沈北雄一怔，犹豫道："虽然现在的市价是原来的三倍，但咱们当初既要打通官府，又要买通杜啸山这条地头蛇，所以成本也高。再加上现在谣言蜂起,一旦咱们把手中的铺子大量放出去,铺价肯定应声而落,恐怕到时不仅不赚钱,甚至会亏本。"

柳公权心事重重地在房中负手踱了几个来回,终于决然道:"把最近买到手的那些商铺的房契地契全部抵押给钱庄,借钱先把铺价稳住,在目前这个价位上,有多少人卖咱们就收多少。"

"我这就令人去通知各大牙行!"沈北雄忙道。话音刚落,就见白总管匆匆进来,对柳公权和沈北雄禀报道:"柳爷,百业堂杜老大托人捎来话,说他们的人在城郊隐仙观发现了形迹可疑的外乡人,听来人描述,很像公子襄。"

"太好了!"沈北雄兴奋得一跳而起,"总算有他的下落了!我这就亲自带人前去,只要能拿住公子襄,还怕他的人继续在金陵兴风作浪,跟咱们作对?"

柳公权本欲阻拦,不过沉吟片刻后,还是点头叮嘱道:"你要当心,不到万不得已不可鲁莽行事,若能把公子襄请到老夫面前自然最好不过;若不然,也一定要缠住他,老夫随后就到。至于找钱庄借银子周转的事,暂时交给白总管去办吧。"

沈、白二人刚走没多久,英牧就匆匆回来,对柳公权禀报道:"咱们果然在城西的雅风棋道馆找到了叶二公子,他正在与人对弈。柳爷若想见他,我这就让人把他带回来。"

"不用!"柳公权缓缓道,"让人备轿,老夫亲自去见见他!"

城西的雅风棋道馆一向清幽雅静,不仅是文人墨客烹茶手谈的所在,也是金陵城一处名声在外的茶楼,尤其它天井中央那一口千年古井,水质甘洌,寒暑不涸,以其烹茶茶香醇正。因此,不少文人雅士也多爱在这里品茗小息或以棋会友;相反,一些慕名而来的江湖豪客或巨商富贾来过一次后多半不会再来第二次,旁人若问起对这处金陵名馆的印象,这些俗客多半是四个字的评价——淡出鸟来。

正因如此,当八名鲜衣怒马的精壮汉子护着一顶小轿来到这里时,自然引得众人连连侧目。这八名汉子腰佩兵刃,人人精气内敛,在门外翻身下马时落地轻盈无声,就算一般人也能看出这些汉子身手绝不简单。而那个从他们护着的小轿中出来的老者倒显得有些平常,不那么引人注目。

"柳爷少待,容小人把老板叫出来迎接您老。"一个在门外守候的汉子忙上前奉承道。柳公权摆了摆手:"不用了,那位叶二公子在哪里?先带我去见他。"

一旁的英牧忙道:"叶二公子现在二楼,柳爷请随我来。"

一行人在英牧的带领下缓缓上了二楼,只见偌大的二楼上,只有寥寥几个茶客在静静地围观二人对弈。其中一人是位富态的锦衣老者,正拈着枚棋子举在空中,全神贯注地盯着棋盘,迟迟没有落子。他的对手则是位衣衫落拓的年轻书生,与他的紧张形成鲜明对比的是,那书生正半醉半醒地斜靠在座椅上,举着个葫芦独自饮酒。有沈北雄过去的描述,柳公权立刻就知道这书生就是叶二公子了,对他的狂放举止倒也没有太奇怪。但走近了看到他的对手,柳公权不由惊呼道:"费掌柜!"

那拈棋沉思的锦衣老者蓦地惊觉过来,一抬头见是柳公权,他也一脸惊讶,慌忙站起来要见礼,却被柳公权按住肩头问:"费掌柜怎么也在这里?"

那老者不好意思地笑了笑:"说来惭愧,老朽也喜手谈,对自己的棋艺还颇有几分自负,早就听说金陵城中来了位棋艺精湛的年轻人,所以慕名讨教。谁知半个多月来,老朽每弈必败,直到他让到四子老朽才稍有获胜的机会,真是天外有天,人外有人啊!"

柳公权一脸惊讶地望向一脸醉态的书生,他倒不是对书生的棋艺感到吃惊,而是对通宝钱庄的费掌柜与书生的相识感到奇怪。他心中突然升起一种不祥的感觉,隐隐觉得这恐怕不是巧合。

"叶二公子?"柳公权眼中厉芒闪动,紧紧盯着书生问道。那书生悠然抿了一口酒,用醉眼乜视着柳公权,醉态可掬地笑道:"早听说柳爷精于棋道,小生正琢磨什么时候才能与柳爷手谈一局呢!"

柳公权扫了桌上的棋盘一眼,只见书生的黑棋已占尽优势,费掌柜的白棋不过是在做困兽之斗。细看黑棋的布局,柳公权的脸色越发惊讶,黑棋处处照应,全盘面面俱到,几乎没有一颗闲子废棋,这等棋力实乃平生仅见。他的脸色不由凝重起来,对书生点头道:"择日不如撞日,老朽今日便与公子一弈。"

费掌柜赶紧推枰站起来,赔笑道:"我这一局已然败定,早听说柳爷棋艺精湛,今日正好一开眼界。"

柳公权也不客气,大马金刀地在费掌柜的座位上坐了下来,立刻有茶博士清理棋枰,同时给新来的柳公权泡上盏新茶,示意二人猜先。

柳公权不急着猜棋,却对茶博士道:"老朽与人对弈,向来不喜有人围观。"

茶博士一怔,脸上不禁露出为难之色,要把其他客人驱下楼清场,这在雅风棋道馆还从未有过先例。不过没等他拒绝,柳公权的八个随从就已经开始驱逐茶客,在这些身佩兵刃的武人面前,众人不敢违抗,只得乖乖地下楼去。茶博士刚想抗议,被柳公权冷眼一扫便也不由闭上了嘴,柳公权对他摆摆手:"你也下去吧,没有我的招呼不准上来。"

对方那种颐指气使的气派令茶博士不敢违抗,只得乖乖地下楼而去。不一会儿工夫,偌大的茶楼上就只剩下那半醉半醒的书生和柳公权二人。有那八名随从守在楼下,新来的茶客也无法上楼,整个茶楼顿时显得清幽异常。寂静中只听柳公权淡淡道:"老朽与人对弈,素来是让先,所以不必猜棋,你先请。"

醉书生呵呵一笑："小生与人对弈素来是让子,你要我让你几子？"

"如果是赌命,自然越多越好!"柳公权冷冷一笑道。

醉书生猛地把葫芦一扔,脸上醉态一扫而光,以清澈的眼眸迎着柳公权冷厉的目光笑道："小生命贱,不配与柳爷相赌。如果是赌钱,小生倒是可以奉陪。"

"怎么赌？"

"一子一万两,赌注既然由小生定,这先手就该让给柳爷才公平。"

"好!"柳公权也不客气,拈起一枚白棋子"啪"的一声砸在棋盘中央的"天元"上,慨然道,"老夫生平遇一对手不容易,希望你别输得太快!"

就在同一时间,城郊的隐仙观外,沈北雄带着十多名手下悄悄赶到,立刻有先行在此盯梢的两名部属迎上来。沈北雄顾不得抹去一脸汗渍,急急问道："怎样？"

一个部属忙禀报道："观中除了几个穷道士,还有一个白衣公子带着个随从在这儿隐居,远远看其模样,正是上次在望江亭见过的公子襄!"

"太好了!你们守在这道观周围,待我亲自去会会他!"沈北雄难以掩饰心中的兴奋,立刻分派人手把道观包围起来,自己则带着两个随行高手径往观中而去。自从上次在望江亭被影杀堂的夺魂琴所阻,沈北雄已不敢再托大,这次随他前来的,均是公门中顶尖的高手,相信即便有夺魂琴保护,公子襄也别想再安然脱身!

三人闯进道观,两个迎客的道童见沈北雄一行神色不善,吓得张口结舌不敢阻拦,还没来得及向观主通报,沈北雄三人就已经进了道观二门。

一行人径自来到道观后院,远远便见一白衣公子负手立于树下,正仰头遥看天边落日。只看那份萧然卓立的神态,不是公子襄是谁?第二次见面,沈北雄已经没有数月前的惶恐感,心中反而有一种莫名的兴奋。环顾四周,并无任何人影,沈北雄这才遥遥冲那背影一拱手,笑道:"公子襄,咱们总算又见面了!"

"你总算来了,没让我等太久。"对沈北雄的突然到来,对方似乎并没有太过惊讶,依然是那副落落寡欢的模样。从天边收回目光,他抬手向沈北雄示意:"坐!"

沈北雄进入这后院,就发觉院中并没有多余的人,也就没有必要太过戒备。见对方并不因自己的突然到来有丝毫慌乱,沈北雄反而有点吃不准他打的什么主意,满腹狐疑地在树下的石凳上坐下来,正要发问,却见一个书童模样的少年捧着一套茶具匆匆过来道:"公子,茶已烹好,是从福建送来的铁观音。"

"给沈老板上茶!"白衣公子抬手对童子示意,那少年立刻熟练地在小茶盅中斟好茶水,用托盘捧到沈北雄面前。沈北雄心知以公子襄的为人,倒也不怕他在茶水中使诈,便端起一杯一饮而尽。随着那一股醇香的热流滚落肚中,一种说不出的惬意慢慢从腹中弥漫开来,沈北雄不禁赞叹一声:"好茶!"

白衣公子淡淡一笑道:"这等好茶,原本是可遇不可求的稀罕物,沈老板好运气。"

沈北雄呵呵一笑:"沈某运气来了,公子襄的好运恐怕就到头了。"

"沈老板何出此言?"

沈北雄眼里闪出猫戏老鼠的神色,微微笑道:"我从进入这道观后就在留意,却没有发现你有任何保镖,不知这是你的疏忽还是托大?"

"有没有保镖又有什么区别?"

"现在已经没有区别!"沈北雄说着慢慢放下手中茶杯,跟着曲指成爪，以闪电般的速度一把扣住了公子襄的手腕。他的脸上露出胜利的微笑，扬扬自得地调侃道："就算你有帮手这个时候也已经迟了，柳爷早就想见你了，只是一直未曾如愿，今日他老人家总算可以一睹公子襄风采。"

"是啊，柳公权这个时候恐怕正在目睹公子襄风采呢。"白衣公子说着手腕蓦地一翻，沈北雄只感到对方手腕上传来一股柔和的力道，轻轻卸开自己的手指，跟着对方的手腕就如泥鳅般轻轻巧巧地滑出了自己的掌握。

沈北雄双眼蓦地瞪得溜圆，脸上的神情比白日里看见鬼怪还要惊讶。他呆呆地瞪着仪态萧索的白衣公子足足怔了半晌，才以不可思议的语气喃喃道："你……你不是公子襄！"

雅风楼的棋局激战正酣，枰中已落下了数十枚棋子。柳公权双眼紧紧盯着棋枰，边落子如飞边摇头叹息："没想到，真没想到！虽然从一开始我就猜到什么叶二公子多半有诈，我从来就不相信这种巧合，但我怎么也没有想到公子襄居然会孤身犯险，把自己投入险地，这简直可以用发疯来形容。"

对面的书生眉梢一挑，笑道："柳爷真是目光如炬，任谁在你面前都无法遁形。"

"什么目光如炬，我简直就是睁眼的瞎子！"柳公权连连摇头，"直到方才我都还不敢肯定你的身份，一直以为你不过是公子襄投在咱们身边的一枚棋子。待你落下这数十枚棋子后我才终于知道，你就是真正的公子襄！"

"何以见得？"

"千门中人长于算计，而棋道正是一门算计的学问，只这数十枚棋子就可看出公子胸中韬略，天底下只怕也仅有公子襄才有这等恢宏的布局、精准的算计，与众不同的谋略和出人意表的手筋！"说到这里柳公权抬起头来，第一次细细打量面前这位追踪了多年的对手。他的面容其实有些普通，就像任何一个眉目端正的穷书生一般，唯有那一双清澈明亮的眼眸中，闪烁着一种自信而孤傲的光芒，这种光芒令他平凡的脸上有了一种令人仰慕的魔力。

柳公权打量了他足有盏茶工夫，最后轻叹道："老夫阅人无数，自信只一眼就可看出一个人一生大致的经历，却不敢说能看透你。比如你皮肤并不细腻，甚至稍显粗糙，可见你并非如传言所说出身富贵；再比如，你发质柔细，稍显枯槁，头顶毛发甚至有些稀疏，一个人的头发记录了他的健康状况，由此可见你的健康状况并不理想；再联系你手上粗糙的皮肤和无数的疤痕，可见你曾经遭受过莫大的磨难，以致你的身体至今无法恢复，而你的手指骨骼并不粗壮，身架也显得单薄，说明你并不是从小就受磨难，你右手中指第一个关节有厚厚的老茧，那是长期握笔造成的，说明你苦练过书法，我想你多半是个出身贫寒的读书人。不知老夫说得可对？"

随着柳公权的侃侃而谈，云襄脸上神情越来越惊讶："都说柳爷眼光毒辣，今日一见果然名不虚传，云襄佩服！"

柳公权没有理会对方的恭维，只冷冷质问道："公子既然读过圣贤书，为何要投身千门，专做这等有违圣贤教诲的卑劣勾当？"

云襄轻蔑地撇撇嘴："圣贤在云襄心中早已经死了，何况柳爷这次在金陵的所作所为，恐怕也未见得就高尚吧？"

柳公权脸上微有些尴尬，忙转开话题问道："我实在想不通，你为何要孤身犯险接近咱们？只此一点就可看出，你是多么疯狂和不智。"

"诸葛一生唯谨慎，尚有空城一计险！"云襄淡淡一笑，"我碰巧知道有人在金陵设陷阱对付我，而我却毫无头绪，不知道会是一个什么样的局,这让我无法忍受,所以假意跟踪那个假的公子襄。只要有人对公子襄感兴趣,多半会自己主动来找我,那我就可以看出究竟是个什么样的陷阱,冒险接近沈北雄也是不得已的选择。"

"就凭你在天外天酒楼住了几天,就能知道咱们的内情?"柳公权显然不相信。

"你莫忘了我可是个设局的高手,什么样的骗局能瞒得过我?我不必知道内情,只需留意你们跟什么样的人来往,有什么样的举动,就能猜个八九不离十。"云襄笑道,"沈北雄用各种手段大肆购买金陵商铺,动用的资金达数十万两银子之巨,拼命拉拢官府、黑道和钱庄的力量,甚至借你过去抓住的把柄逼金陵商家就范。金玉堂和荣宝斋就是因为曾经买卖赃物被你抓住过,只好配合沈北雄演一出双簧,让旁人在不可预知的威胁面前,不得不把铺子卖给你。接着又传出杭州船舶司将迁到金陵的消息,引得江南富商蜂拥而来,疯狂追捧暴涨的商铺。我刚开始还以为柳爷是为对付我才不惜动用如此巨大的人力财力,不过现在看来我是太高看了自己,我云襄不过是这场弥天骗局中一枚比较重要的棋子罢了,柳爷志存高远,我云襄不过是你众多猎物中一个诱饵而已。"

"何以见得?"柳公权神色又恢复了从容冷静,缓缓拈起一枚棋子,轻轻点在棋枰上。

"船舶司从杭州迁到金陵,这显然有些荒唐,从常理看这根本不利于商业往来。"云襄也信手拈起一枚棋子点在棋枰上,"不过这消息是从朝中最高层那里传出来的,再加上朝廷经常办些糊涂事,所以很少有人会怀疑这消息的真伪;就算有所怀疑,在日日看涨的铺价面前,这点怀疑早晚也会打消。"

柳公权两眼盯着棋枰,淡淡道:"既然朝廷做事并不总是明智的,船舶司迁到金陵也就并非不可能。"

"本来是这样，"云襄抬眼盯着柳公权，"但这消息若是属实，就无法解释为何柳爷要借金陵富商把我引来金陵，难道要我也跟着这股东风发一笔横财？这更无法解释一个千门中人用性命传递给我的警示。只有这消息根本就是假造，想引我以高价接下你手中的商铺，甚至借助我的财力把铺价推上天去，才能在真相大白时把我置于死地，而柳爷也才能赚个盆满钵满。你引我来金陵，多半也是担心自己的财力尚不足以撬动庞大的金陵商铺市场，借我的财力帮你造势，在最后关头再把我置于死地，这大概是你最希望看到的结果。"

柳公权鼻孔里轻嗤了一声，淡淡道："金陵富商手眼通天，与朝中大员皆有往来，假消息岂能骗过他们？"

"这正是你这陷阱的高明之处！"云襄叹道，"以对付我云襄为理由，说动福王爷为你撒谎，连朝中重臣都被你骗过了。当今皇上年幼，朝中实际上是福王爷当政，在福王爷眼里，他不过放出一个假消息，朝廷没花一个铜板，所以不觉得有什么不妥。而你则巧妙地利用这个消息，在金陵布下了一个吞噬一切的陷阱，先用各种卑劣手段低价悄悄买入大量商铺，在消息传出后再把铺价推高数倍甚至十多倍卖出去，有我上当帮你推高价钱最好，就算我不上当，金陵乃至整个江南的财主富商也会上当，如今整个江南的财富正源源不断地涌入金陵，前仆后继地扑向你设下的这个陷阱，你是想洗掠整个江南的财富啊！"

说到这里云襄脸上也露出钦佩之色："本朝最大一桩劫案，悍匪薄云刀折损数十个兄弟，不过劫得十多万两银子。你这陷阱如今已吸引了江南千万两银子，一旦你的计谋得逞，整个江南的财富将被洗掠一空，起码有数百万财富要被你席卷，多少人积蓄数代的家业会被你这陷阱吞噬干净，又有多少人会在接下来的铺价暴跌中输得一干二净。"

柳公权神情漠然地在棋枰中投下一子，撇撇嘴道："千门公子不是向以财主富豪为猎物吗？没想到还这么富有同情心。不错，我当初引你来金陵，其实是想借你的财力把铺价推到一个没人敢想的高度，我早就知道，这陷阱骗得过别人却一定骗不过你，我以为你会借这千载难逢的机会大捞一笔。你的财力与我的权力联手，咱们完全可以做到双赢。"

云襄哈哈一笑："本来这主意是不错，不过我却不想成为替罪羊。你以我为理由说动福王爷，又把我引来金陵，早就准备好将来一旦有人追查这场骗局，你可以一股脑儿推到我头上，所有上当受骗的人都会相信是臭名昭著的公子襄骗了他们，谁会相信一向公正廉洁、有'天下第一名捕'之称的柳公权会设下这等弥天骗局？就连我都有些不明白，你廉洁一生，为何这次却如此贪婪？"

柳公权轻轻叹了口气，揉着自己的腿淡淡道："我老了，为朝廷奔劳一生，除了有个名捕的虚名，就剩下这一身的伤病。我自己可以不在乎，却不能不为儿孙还有那些追随我出生入死的老兄弟们考虑，尤其那些殉职的弟兄们丢下的孤儿寡母，大多还在为生存苦苦挣扎，我得在退职前为他们谋一份活命钱。碌碌一生，到现在我算是明白了，廉洁有什么用？饿的时候不能当饭果腹，病的时候不能当药救命。人到最艰难困苦的时候才会明白，还是只有银子才靠得住啊！"

"啪"的一声，柳公权把一枚棋子拍在棋枰上，斜视着云襄笑道："你就算看穿了我这步棋又如何？你已经无法阻止我捞到这块决定胜负的实地。"

"是吗？"云襄针锋相对地把棋子拍在枰上，"你以为我不能破掉你这片大空，在你的势力范围险中求活？"

"我不信！"柳公权立刻投子还击。

"我知道你半年前就在着手准备，"云襄边落子边笑道，"在沈北雄来金陵之前数月你就已经令人在悄悄收购商铺，这一点你连沈北雄都瞒过了。经过半年多的准备，你手中握有大量低成本的商铺，所以你才会如此自信，对吧？"

柳公权脸上终于露出一丝惊讶："这你也知道？"

"这要感谢一位坚强的奇女子，"云襄叹道，"半年多以前，有人想收买她父亲开的小客栈，结果未能如愿，后来客栈就开始闹鬼，生意一落千丈。那位姓尹的小老板不信这个邪，晚晚守夜要抓住这鬼，结果却被鬼惊吓，失足从二楼摔下来，不幸亡故。官府草草结案，那间客栈最后也落到一个不知名的外乡人手里。这位叫尹孤芳的女子历尽艰辛，总算把寻求帮助的帖子递到了我手中，我在对这件怪事的调查中发现，附近多家铺子都遇到过这样或那样的怪事，最后的结果都是铺子变卖，落到某个不知名的买家手里。联系后来沈北雄大张旗鼓高价收购商铺的举动，我才开始发觉你这个局。"

柳公权接口道："所以你让人假冒公子襄请客，自己则伪装成公子襄的仇家借机接近沈北雄。不过我还是有些奇怪，是谁假冒的公子襄，能骗过精明过人的沈北雄？"

云襄笑笑："他是谁其实并不重要，不过他肯定比我更像江湖传说中那位孤傲绝世的公子襄。"

"你不是公子襄！你是谁？"沈北雄吃惊地盯着白衣公子，瞠目质问道。公子襄不懂武功，这在江湖上早已不是秘密，而以方才震开沈北雄手指的那份功力，眼前这位白衣公子绝对是江湖上罕见的高手！

白衣公子哂然一笑："我是谁有什么关系呢？既然沈老板知道我不是你要找的公子襄，那就请回吧，别打搅了我的清静。"

沈北雄双眼似欲喷出火来，鼻孔里冷哼一声："就算你不是公子襄，那也是他的同党，既然我来了，你还想脱身？"说着对两个随从一招手:"给我拿下!"

两个公门高手一左一右抓向白衣公子胳膊,一出手便是北派的分筋错骨手,却见白衣公子双臂微动,巧妙脱出两名公门高手掌握,跟着大袖横扫,竟把两名公门好手逼退数步。沈北雄见状脸上不禁露出凝重之色,要说方才白衣公子脱出自己掌握还是偶然的话,这下他已再无怀疑,这白衣公子身手异常高明。要知道那两个公门好手乃是北派燕氏兄弟,是公门中的顶尖擒拿手,也是北派分筋错骨手的嫡传弟子,已不知有多少黑道强人在他们二人手中,轻易就被拧断了胳膊手腕。

"难怪敢戏弄沈某,原来身手如此了得,把沈某都骗过了。"沈北雄说着站起身来,慢慢拔出腰间软剑,迎风一抖,长剑顿如银蛇一般发出嗡嗡的声响。白衣公子眼里露出凝重之色,衣衫无风而动,暗自戒备。

"看剑!"沈北雄一声轻斥,软剑直点白衣公子眉心,白衣公子右手往上一撩,竟以胳膊来格挡软剑,沈北雄冷哼一声,手腕下压,意欲一剑卸掉他半只胳膊,却听"叮"一声轻响,软剑竟被对方的胳膊荡了开去,跟着就见对方手腕一翻,一点淡若无物的刀光从袖中脱出,恍若莹莹月光一般直泻而来。

"袖底无影风!"沈北雄大惊失色,软剑连换了十几个剑式才挡住那无孔不入的刀光,场中顿时爆出一阵"叮叮当当"的刀剑交击声。沈北雄应声退出数步,盯着对方掌中那柄形式奇特的短刀,眼里的惊诧已变成震骇:"你是金陵苏家弟子?"

白衣公子漠然收起短刀,冷冷道:"金陵乃苏家根基所在,不容外人撒野,即便你来自京中也不行。"

沈北雄心知苏家乃金陵除百业堂外的又一地头蛇,是江湖上屈指可数的武林世家,势力比百业堂更为庞大,不过苏家只做合法买卖,也很少卷入江湖纷争,所以不如百业堂出名。走黑道的百业堂对柳爷心存畏惧，但苏家却未必会买柳爷的账，所以柳爷一再叮嘱，能不招惹苏家就尽量不要招惹。方才一交手，沈北雄便知自己奈何不了对方袖中短刀，就算与燕氏兄弟联手勉强能胜，也将是惨胜，如此一来就要与金陵苏家正面开战了。想到这里沈北雄收起软剑，呵呵笑道："苏公子误会了，北雄此次来金陵不过是做点小买卖而已，来得匆忙，也没来得及跟苏宗主打个招呼，他日有机会定当亲自登门拜见苏宗主。"

说完沈北雄转身就走，刚走出两步却又回过头来，打量着白衣公子的模样，沉声道："苏家几位公子都是天下名人，不会做冒充公子襄的闲事，听说只有苏家大公子苏鸣玉一向深居简出，离群索居，刀法却是几位公子中最高的，今日一见果然名不虚传，以后有机会，北雄定要再次讨教。"

"好说。"白衣公子缓缓端起了茶杯，他眼中有一种世家公子不该有的厌世和萧索，这让沈北雄有些奇怪，也正是这种独特的忧悒气质，才让沈北雄把他当成了公子襄。

沈北雄领着燕氏兄弟从道观中出来，另两人心有不甘地问道："咱们就这样算了？"

沈北雄冷冷一笑："咱们这次的目标是公子襄，与苏家的恩怨只好暂且记下。"

说话间三人来到观外，几个在外埋伏的兄弟忙上前询问究竟。沈北雄来不及细说方才发生的一切，只对众人一挥手："快赶回金陵，咱们中了别人的调虎离山之计！"

四、连环劫

雅风棋道馆中的对弈开始进入了中盘激战，二人紧盯着棋枰，神情越发肃穆专注。不知从何时开始，隔壁有隐隐的琴声悠然响起，为二人的对弈又增添了一分雅意。

盘中局面渐渐明朗，望着渐渐陷入苦斗的黑棋，执白先行的柳公权脸上终于露出了一丝微笑，边落子边调侃道："公子襄啊公子襄，就算你聪明绝顶，完全猜到老夫的目的和手段，可惜在强大的实力面前，你依然无能为力。"

云襄神色如常，似乎并不因自己的黑棋陷入困境而担忧，甚至还有闲暇回应柳公权的调侃："是吗？你真以为自己已经稳操胜券？我既然能看穿你这谜局，自然有应对之法。"

柳公权眯起眼盯着云襄："我行动在前，手握大量低价商铺，你如果也加入抢购商铺的行列，自然会把价钱推得更高，帮我把手中商铺顺利地以高价卖出。如果你袖手旁观，光江南这些富商也能让我赚个对半，就算你对所有人说船舶司迁到金陵的消息有假，只要铺价还在上涨，谁又会相信你这个千门公子呢？"

"是啊,我阻止不了你,所以只好顺应大势,借你这东风分一杯羹。"云襄笑得耐人寻味。

"分一杯羹?"柳公权手拈棋子审视着对手,"这几个月以来,任何大量吃进商铺的买家我都让人探过底细,其中并没有可疑之人,不可能你抢购商铺而我却还不知情。你如何来分这一杯羹?"

云襄没有直接回答,却指着渐渐进入收官阶段的棋局道:"虽然从盘面看,白棋凭先行之利占了两三子的优势,但它有一处不为人注意的漏洞。"

柳公权仔细把全局细看了一遍,最后摇头道:"我从一开始就占了先机,到现在盘面只余几处官子,走到最后我会胜你两子。"

"是吗?我却不信!"云襄说着"啪"的一声落子入枰,"我先在此开劫!"

柳公权胸有成竹地投下一子:"这劫早已在我算计中,你翻不了天。"

云襄淡淡一笑,轻轻把棋子投到早已算计好的位置,这一子出乎柳公权预料,他莫名其妙地望了望棋枰,又狐疑地看看公子襄:"这一手你弃掉十余子,岂不是输得更惨?"

公子襄迎着柳公权的目光笑道:"你只关注金陵商铺的行情,却没留意到更加庞大的民宅市场,它也随着你那消息水涨船高。我既然不愿为你推高商铺,就只有悄悄收购大量民宅,以远低于商铺的成本,我已立于不败之地。"

"民宅?"柳公权不以为然地撇撇嘴,落子提掉了云襄十余子,头也不抬地嗤笑道,"它价钱虽低,但数量太过庞大,根本无法在短时间内把价钱推高,况且民宅买主稀少,转手很慢,就算它有所上涨,幅度也有限得很,根本无法与商铺的暴利相提并论。"

"如果我把成片的民宅改造成商铺呢?"云襄笑问道。柳公权一怔，脸上终于变色。云襄指着棋枰轻叹道："你只知道多吃多占，却忘了棋道中还有一种罕见情况，就算你盘面占尽优势，也依然赢不了！"说着，他缓缓把棋子点入早已算计好的位置："我再开一劫！"

"连环劫！"柳公权如梦初醒。围棋对弈中偶尔会出现这种罕见的情况，就是两个劫争同时出现，双方又都不能放弃，那这局棋就会一直走下去，永远不会分出胜负。一旦遇到这种情况，无论双方盘面优劣，最终也只能以和局论，这就是俗称的"连环劫"。云襄弃掉十多子，成功抓住了柳公权这个盲点。

见柳公权一脸懊恼，再无法落子，云襄终于投子而起，负手笑道："这局棋你苦心孤诣，在占尽优势的情况下却为一小小的连环劫所阻，无法胜出。正如你谋划良久的商铺暴涨神话，也因我手中握有大量可以改造成商铺的廉价民宅而行将破灭。已经有部分民宅改成的商铺投入市场，你大概也感受到了铺价最近几天的异动，是让它往上涨还是往下跌，只在我一念之间。"

柳公权望着云襄愣了半晌，然后揉着自己的腿轻叹道："千门公子果然名不虚传，不过你千算万算，却忘了自己最致命的罩门。老朽这双腿虽然半残，但要在这雅风楼上拿住你也不过是举手之劳。你说我要是生擒了你，咱们这一局的结果又会怎样呢？"

公子襄笑而不答，突然柳公权身后有人小声道："柳爷，您老的茶凉了，容小人给您老续上新水。"

这茶楼早已清过场，不该再有旁人！就算有人悄然躲过公门八杰的耳目摸上茶楼，也决计逃不过自己的耳目！但直到他开口说话，柳公权才第一次发觉他的存在，这是怎样可怕的一个人啊？柳公权只觉背脊冒起一股寒气，慢慢回头望向角落那说话之人，只见他一身茶博士打扮，满脸的皱褶让人看不出年纪。在柳公权目光的注视下，他赔笑着提了茶壶过来续水，神情自然得就像任何一个年老体衰的茶博士一样。

柳公权的神情却从未有过地凝重,眼光如锐芒盯着这茶博士,留意着他那稳如磐石的手,一字一顿地问道:"影杀堂鬼影子?"

"柳爷好眼光!"茶博士笑着为柳公权续上水,然后垂手侍立一旁。

"能躲开我八名手下的耳目上这楼来的人不多,有这等轻盈如狸猫般身手的人就更加罕见,能在老朽身后静立良久却不为老朽所觉,恐怕天下就只有影杀堂排名第三的鬼影子一人。"柳公权说着转望云襄,满脸惋惜地摇头叹道,"没想到你竟会买通杀手来对付老夫,我看错了你啊!"

"柳爷多心了!"鬼影子忙赔笑道,"公子只是请小人负责他的安全,没有要刺杀柳爷的意思。再说这天底下若还有谁是影杀堂也不敢动的人的话,那一定就是柳爷。"

"哦,想不到我还这么有威望?"柳公权冷冷问道。

"柳爷乃天下数十万捕快的总捕头,弟子门人遍及天下,影杀堂可不想被几十万只鹰犬撵得无处躲藏。"鬼影子一脸恭谦。

"那好,我出双倍的价钱,你替我拿下公子襄。"

"柳爷说笑了,不说这有违我影杀堂的规矩,单说公子襄,那也是我影杀堂不能动的人啊!"

"不能动?为何?"柳公权眉梢一挑。

鬼影子却没有作答,只赔笑道:"二位都是我影杀堂不敢动和不能动的人,只要你们相安无事,我鬼影子自然袖手旁观。不过万一柳爷想对公子不利,咱们影杀堂也只好冒险与数十万公门鹰犬周旋周旋。"

鬼影子这话无疑是表明了自己的立场,只要柳公权敢动手,他便不惜冒惹上数十万捕快的麻烦出手阻拦。柳公权心知要说动影杀堂杀手反戈相向根本不太可能,不由冷冷一笑:"你若方才悄然出手,恐怕我未必能躲得过。但此刻你我正面相对，你以为还能威胁我柳公权吗？"说着手腕一抖，三枚棋子脱手而出，先后飞射鬼影子面门。鬼影子身形迅若冥灵，在空中连连变换了数次身形才勉强躲开，落地后脸上已有些变色。

柳公权手拈棋子引而不发，却目视云襄调侃道："公子毕竟不是武林中人，根本不了解武功，所以就以为影杀堂杀手天下无双。若论暗杀手段他们倒是够专业，但要论到武功，恐怕他们根本排不上号。此刻这鬼影子自保尚有困难，公子以为他还能保护你吗？"

云襄泰然自若地笑道："我不懂厨艺，却能尝尽天下美味；我不擅丹青，却藏有大师名作；我不通音律，却能听到妙绝天下的琴音；我就算不会武功，却依然懂得要如何才能制服柳爷这样的绝顶高手。"

"是吗？"柳公权把玩着手中棋子，环顾空荡荡的棋室，冷笑道，"方才鬼影子躲我三枚棋子尚有些狼狈，此刻我这棋子若是射向你，他还能挡吗？"

云襄叹了口气，道："柳爷也是棋道绝顶高手，难道非要走至分出胜负那一步才肯认输吗？"他话音刚落，隔壁的琴声突然清晰起来，通透悠扬，那面板壁似乎对琴声毫无阻碍，根本不能影响琴声的传播。

"夺魂琴！"柳公权面色一凛，"居然请到影杀堂排名第二、第三的杀手，难怪你如此自信。不过，这一局我依然要走下去！"说着他手腕一抖，三枚白色棋子飞向鬼影子，一枚黑色棋子却悄无声息地射向云襄前胸大穴。

只听琴声陡然一变，似有锐风穿透了板壁，跟着是"啪"的一声脆响，射向云襄的黑棋在离他胸口不及一寸处碎为齑粉。另一旁鬼影子躲开三枚白棋，立刻向柳公权飞身扑来，人未至，手中短匕已指向他的咽喉。

柳公权一声冷哼，身形飘然后退，跟着曲指弹开了刺来的短匕。

待鬼影子身形一缓，柳公权立刻扑向一旁的云襄，只要能拿下云襄为质，就算在影杀堂两大杀手围攻下，也可安然无恙。

隔壁的琴音陡然一紧，从细碎的小调变成激昂的大板，声浪铺天盖地，似有千军万马汹涌而来。薄薄的板壁似纸一般在声浪震撼下簌簌发抖，不时被锐劲一穿而透，留下一道道透明裂缝和小窟窿。

柳公权在声浪和锐风中左冲右突，虽然足以自保，却无法接近云襄一步。一旁的鬼影子又凌空扑来，如附身鬼魅般死死缠在身后，只片刻工夫柳公权便气喘吁吁，浑身大汗淋漓。

"停！"柳公权一声厉喝，琴声渐渐变得低沉平缓起来，宛如蓄势待发的猛兽。鬼影子则拦在云襄身前，全神戒备地盯着柳公权。柳公权喘息稍定，自忖在夺魂琴和鬼影子联手阻拦之下，自己完全没有机会缉拿云襄，心中权衡再三，冷笑道："有夺魂琴和鬼影子保护你又如何，我八名部属就守在楼下，没人能把你带出这雅风楼。"

"我知道，公门八杰嘛，"云襄笑道，"听说他们是柳爷近几年从有志于献身公门的武林俊杰中精心挑选培养的好手，人人都可独当一面，在江湖上更是罕逢敌手。不过我没打算就这样离开，就算要走我也要柳爷亲自相送。"

柳公权轻哼一声没有说话，却见云襄缓缓踱到窗前，遥指窗外道："我今日若不能平安离开这里，明天一早，我手中的那些民宅、商铺就会蜂拥而出，船舶司不会迁到金陵的真相也将大白于天下。到那时，恐怕你的如意算盘就会尽数落空。"

"那也未必！"柳公权冷冷道，"民宅转手极慢，你手中就算有，数量也不会太多，在这短短几个月把它改造成商铺的就更少了，我要全部接下你手中的铺子大概也花不了多少钱。"

"但你并不知道我手中有多少已经改造好的商铺，"云襄笑道，"所以你不敢轻易冒险，尤其你现在资金已经耗尽，还负债累累。我从费掌柜那儿打听到，你以房契作为抵押，先后在通宝钱庄借了三百多万两银子，这些钱你又尽数投入商铺市场，你手中的银子已所剩无几，只要我集中抛出铺子就没有人能全部接下，铺价必然会被打下来。一旦铺价跌上两成，钱庄将把你的铺子强行抛出以收回本金，这将促成铺价暴跌，船舶司迁到金陵的谣言便不攻自破，那些追买铺子的财主一夜间就会消失。虽然现在铺价已涨了三倍，但你手中的商铺数量实在太庞大，根本不可能在短时间内找到如此多的买主，铺价一旦暴跌，你不仅赚不到一个子儿，还有可能把福王爷借给你的数十万两本金输个干净，你输得起吗？"

柳公权嘴角微微抽动了一下，有点心虚地喝道："我不信你能撬动整个金陵市场！"

云襄悠然一笑："凭我自己或许不能，不过如果再加上金陵苏家名下的铺子呢？"

"什么？"柳公权终于面色大变。金陵苏家名下数十间铺子一旦也集中低价抛出，虽然数量上不是特别大，但以苏家在本地的影响力，必定引得金陵商家跟着抛售，加上公子襄手中的商铺，这对追买的势头将是致命的打击。铺价上涨的势头一旦逆转，买主就会很快收手，自己那一千多间铺子就会砸在手中，若再被钱庄强行抛售抵债，那真有可能血本无归。虽然这仅是一种可能，但自己现在已经冒不起这个险。

柳公权头上汗水滚滚而下，但他依然不甘心地道："集中抛售打压铺价，这对你又有什么好处？铺价一旦暴跌，你也未必能全身而退，咱们只会两败俱伤。"

"你错了，伤的只会是你。"云襄笑道，"我手中商铺数量远远不如你多，又是用民宅改造，成本也比你低得多，所以我要脱身很容易，只有你才会陷入自己布下的危局。"

"你到底想怎样？你告诉我这些，说明你不会真的这么做，有什么条件你但讲无妨。"柳公权说着气恼地一把推翻棋桌。这一局虽是和棋，但对有先行之利的他来说，与败局没有区别。

"柳爷果然是聪明人，我确实不想这么做。"云襄点头道，"我答应过一个女子，要替她拿回被你夺去的客栈，这家客栈好像叫'悦来'，它原来的老板姓尹。"

柳公权脸上露出不可思议的神色："那是一家很小的客栈，就算是现在也值不了几两银子。你为了要回它竟然不惜动用如此庞大的财力物力人力来与我作对，甚至还联合了金陵苏家？"

"当然不仅仅是为这个，"云襄笑道，"我不喜欢被人算计，更不想被人利用，同时我又想借你这股东风发点小财，毕竟这是百年难遇的机会。所以，我不愿低价抛售手中的商铺，但我又没有耐心一点点地零卖，你如果不想看到铺价下跌引起市场恐慌，就该把我手中的铺子全部接下来。只要铺价不跌，你依然有可能赚大钱，只是时间稍微长一点而已。"

"什么？你是要我高价买下你手中的铺子，从我这儿大赚一笔？"柳公权只觉得肺都要气炸了。

云襄笑道："随便你啊，明天我就把手中的铺子全部抛出去，一次性大甩卖。如果你愿全部接下，我可以按现在的市面价算你九折，这样一来我也就不必经过牙行捐客抛售，也就不会引起市场的恐慌了。你考虑一下。"

柳公权脸上青筋暴起，紧咬牙关，实在不甘心受人摆布。他猛一拍桌子，怒道："你休想从我这儿捞到一两银子，大不了咱们一拍两散，我输钱，你输命，看咱们谁怕谁！"说着他突然高喊一声："来人！"

楼梯口有脚步声响起，不过应声上来的不是公门八杰，而是一位神态飘逸的白衣老者。柳公权一见这老者，眼光不由一寒，微微点头道:"原来是苏老爷子,想不到金陵苏家竟和千门公子联手了。"

"谁是千门公子?"苏慕贤眼里闪过一丝狡黠,故意问道,"千门公子是谁?"

柳公权心知没抓住任何把柄,自己无法指认苏家与公子襄勾结。有金陵苏家插手,仅靠公门八杰是奈何不了公子襄了,若是沈北雄和他那十几个公门高手在这里还可以与对方斗上一斗。想到这他突然省悟,沈北雄被百业堂传来的假消息引去城外,显然是中了公子襄的调虎离山之计,难怪公子襄敢在这儿等着自己找上门来。

柳公权心中权衡再三,知道稳住铺价才是当务之急,只要铺价不跌或缓跌,自己依然有希望赚上一大笔。他看了一眼云襄,无可奈何地问道:"你手中有多少铺子,总价是多少?"

"不多,大概也就值七八十万两银子而已,"云襄笑道,"不过我估计你现在手中也没那么多银子,你可以先付我五十万两通宝钱庄的银票,剩下的给我打张欠条,柳爷的欠条我信得过。至于银子,你把我这些房契地契押给钱庄,让费掌柜开五十万两银票出来周转自然没多大问题。"

"好,我今晚就把银票和欠条给你送去,你说多少就是多少。"既然已经输了几十万两,柳公权也就不在乎那点零头了,况且公子襄也不会占这种小便宜。

"别忘了还有那张悦来客栈的房契,还有被你手下意外吓死的尹老板的丧葬费,就算作一万两吧。"云襄说着已转身下楼,边走边头也不回地叮嘱道,"柳爷要记住,今晚我若收不到房契、银票和欠条,明天一早,我手中的铺子就会低价出现在金陵所有牙行捐客手中。"

"也包括苏家名下的商铺。"苏慕贤补充了一句,也大步下楼而去。

直到二人离开后,隔壁的琴音才渐渐消失,最后完全寂然无声。鬼影子呆呆地望着云襄远去的背影喃喃道:"乖乖,影杀堂最大一单买卖也才挣十万两银子，公子襄一不杀人二不卖命，几十万两银子就轻轻松松到手，还要别人乖乖给他送去，真应了孔圣人那句话：劳心者治人，劳力者治于人啊！"

一脸愤懑的柳公权突然一巴掌拍在那面已经千疮百孔的板壁上，板壁顿时像面纸墙一般现出了个大窟窿。隔壁已空无一人，只有板壁后那张桌案上，依旧可见湿漉漉的汗渍。

柳公权见夺魂琴已走，不由把愤怒的目光转向鬼影子。鬼影子吓了一跳，赶紧翻出窗逃之夭夭，不敢再招惹暴怒不已的柳公权。

数日后，当筱伯把悦来客栈的房契和一万两银子的银票交到那位献身求助的女子尹孤芳手中时，她并没有显得太兴奋，只略显羞怯地垂头小声问："老伯，不知小女子何时能晋见公子襄？"

"不必了，"筱伯笑道，"公子从不轻易见人。"

尹孤芳有些意外地抬起头来，满脸诧异地问道："小女子的容貌没有入公子法眼？"

"不是不是！"筱伯连连摇手道，"姑娘倾国倾城，相信任何人都不会视而不见。只可惜，公子压根就没看你的画像。"

"没看？"尹孤芳更加诧异，"那他为何……"

"公子行事，向来不能以常理测度，老朽经常也看不透呢。"

尹孤芳秀美的眼眸中，羞怯早已退去，渐渐泛起一种期待和向往。她遥望天边喃喃道："那我更要让他看看我，我也想亲眼看看这个传说中的奇男子，哪怕这想法实现起来比登天还难。"

"这个我可帮不了你。"筱伯慌忙摇头。

尹孤芳对筱伯的拒绝没有在意，只对着老人如发誓一般坚定地道："我一定要见到他，一定！"

数月后，还是那处雅致的小竹楼中，云襄半闭着双眼躺在逍遥椅上，身子随着逍遥椅的摇动而微微摇晃着。风尘仆仆的筱伯像往常一样把一叠帖子放到桌上，然后搓着手说："公子，上次那位尹姑娘想见见你，亲自向你道谢。"

"不必了。"云襄懒懒地应着，依然没有睁眼，"金陵有消息吗？"

"正如公子所料，船舶司迁到金陵的消息果然是假的，而柳公权手中的商铺本来就不少，再加上高价接下了咱们的铺子和民宅，吃得实在太多了。就算铺价最高涨到原来的四五倍，他依然未能全身而退，至少有一半的铺子砸在了手中，算起来不仅没赚钱，还小亏了一些。不过由于他用商铺作为抵押，从通宝钱庄借了几百万两银子又投入商铺，铺价一跌，费掌柜借给他的银子全变成了死账。而通宝钱庄乃皇家钱庄，国库收入一多半也存在那里，它一旦出现巨额亏损，必将动摇国家根基。因此，福王无奈，与众臣商议后，只得假戏真做，不合情理地在金陵新设一船舶副司，这才让柳公权从金陵商铺市场中全身而退。"

"荒唐！"云襄蓦地睁开眼，"有杭州船舶司在前，金陵船舶副司岂不是多余，白白养活一大帮闲人？"

"是啊，"筱伯叹道，"为了把通宝钱庄的巨额死账救活，以福王为首的权宦不惜把假话编到底，在金陵设船舶副司引江南那些不明就里的愚夫入彀，接下了柳公权手中的商铺，把通宝钱庄和柳公权的巨额亏损全转嫁到江南富商财主头上。只有少数人在这场风波中一夜暴富，大多数参与商铺买卖的商贾最后都输得一贫如洗，有不少人甚至为此背上了巨额债务，最后只得上吊自杀，弄得家破人亡，妻离子散。"

云襄的身子停止了晃动，他眼里闪过一丝不忍，遥望虚空黯然道："筱伯，你说咱们借柳公权之局巧取数十万两银子，是不是也算害别人家破人亡的帮凶？这是不是有违天理？"

"公子千万别这么想，"筱伯忙道，"旁人不理解公子，老奴却是知道，公子的所作所为正是在替天行道，您取的每一两银子，都替天下人花到了最该花的地方。"

"替天行道？"云襄苦涩一笑，"天若有道，何需我千门云襄？"

筱伯理解地点点头，又拿出一本厚厚的账簿递到他面前，安慰道："就算公子不取这数十万两银子，它也会落入柳公权之手。再说公子首创的这个组织，显然比柳公权和那些江南富户更需要这些银子。有了这几十万两银子，咱们不仅可以维持它运转数载，甚至还可以在全国各地再新开十几处分堂。"

云襄接过账簿，轻轻抚摸着，神情就像是在抚摸着自己的孩子，眼里满是欣慰和关爱。那册厚厚的簿子封面上，有珠圆玉润的三个大字——济生堂。

五、战书

北京，秋夜。

一骑快马踏破沉重的夜色，疾风般掠过幽暗的长街。躲在街角偷懒打盹的更夫，听到马蹄声抬头张望时，只看到眼前白影闪过，马鞍上隐约是个白衣如雪的袅娜背影，眨眼间便消失在长街尽头。更夫恼她惊醒了自己的好梦，狠狠啐了一口，小声嘀咕了一句："深更半夜，纵马疾驰，你他娘的奔丧啊？"

快马在长街尽头一座僻静的宅子前停下来，骑手看到宅门两旁挑出的惨白灯笼，以及灯笼上那个大大的"奠"字时，心中一痛，不等快马停稳就挥鞭击向门上兽环，放声高叫："开门！快开门！"

铜环被马鞭带动，击得门砰砰直响。门"吱呀"一声打开，一个家人模样的老者从门后探出头来，诧异地问道："姑娘找谁？"

骑手来不及答应，猛然勒缰鞭马，骏马嘶叫着人立而起，扬蹄踢开大门，在老家人的惊呼声中，直冲进去。

骏马冲过大门、二门，直到内堂前才喷着响鼻停了下来，骑手翩然下马。内堂中几个披麻戴孝的汉子听到有人闯进来，纷纷迎了出来，见对方只是个纤弱少女，不像上门找茬的主儿，忙抱拳问道："姑娘可是与先师有旧，前来祭拜的？"

少女也不与众人见礼，径直闯了进去。只见里面是一座灵堂，正中的灵位上骇然写着"先师柳公讳公权之灵位，弟子沈北雄率众同门敬立"。

少女呆呆地静立半晌，突然一声悲呼："爷爷！"跟着双腿一软倒在地上。

"原来是柳小姐！"灵堂中几个汉子慌忙上前搀扶。他们以前就听说柳爷有个孙女在天心居学艺，却从未见过，听那少女叫"爷爷"，才知她原来就是柳爷的孙女柳青梅。

此刻她双眼发直，凝望着虚空喃喃问："我爷爷是怎么死的？"半晌无人回答，她将目光转向众人，厉声喝问："我爷爷是怎么死的？"

见众人皆心虚地低下头，她的目光缓缓从众人脸上扫过，最后落在一个面目粗豪、身材伟岸的中年男子身上。虽然一别十余年，她还是一眼就认出了对方："沈叔叔，你告诉我，我爷爷是怎么死的？"

那汉子愧疚地低下头："小姐，柳爷明是死于痨疾，但实际上，另有原因。"

"什么原因？"少女急问。

"小姐可听说过千门公子？"那汉子问。见少女茫然摇头，那汉子便轻轻念道："千门有公子，玲珑奇巧心；翻手为云霭，覆手定乾坤；闲来倚碧黛，起而令千军；啸傲风云上，纵横天地间。"

少女微微颔首："这一路上，我也曾听到过这样几句话，只是不知究竟是什么意思。这跟我爷爷的死又有什么关系？"

那汉子轻叹道："小姐七岁开始就在天心居学艺，对江湖事自然一无所知。这几句话说的是江湖上一个前所未有的千门恶棍。他以各种卑劣手段聚敛钱财，巧取豪夺，做下了不少惊天动地的大案，其贪婪和疯狂世间罕见。柳爷为了抓住他，曾在金陵花大本钱设下陷阱，谁知不仅未能得手，反而被他骗去了数十万两官银。为此柳爷受到福王和朝廷责难，抑郁成疾，终至不治。"

"这人是谁？"

"他就是千门公子，名叫云襄！"

"千门公子，云襄！"少女秀目中闪出骇人的寒光，突然在灵前跪倒，切齿道，"不管他是谁，我都要替爷爷将他逮捕归案！沈叔叔，请你告诉我他的出身来历，以及武功特长。"

那汉子苦笑道："说来惭愧，我和柳爷虽然追踪他多年，却一直没有查到他的出身来历。只知道他是千门顶尖人物，不会武功。"

"不会武功？"少女一脸惊讶。

"是的，不会武功。"那汉子肯定地点点头，苦笑道，"说来真是有些难以想象，千门公子不会武功，这在江湖上是众所周知的秘密，但他偏偏将众多武林高手玩弄于股掌之间，实在令咱们武林中人感到羞愧。"

少女若有所思地点点头，对灵位跪拜道："我柳青梅在爷爷灵前发誓，不管他有什么邪术妖法，我都要替爷爷将其铲除，以告慰爷爷的在天之灵！"

那汉子还想说什么，柳青梅已霍然起身，回头道："沈叔叔，爷爷的丧事实在是辛苦你们了。现在你们去休息吧，我来为爷爷守灵。"

"小姐这是什么话？"那汉子急道，"我沈北雄乃柳爷一手提拔，我视柳爷如师如父。如今柳爷不幸亡故，我理当为柳爷披麻戴孝，守灵送葬。"

柳青梅点点头："沈叔叔对我爷爷的感情，青梅完全清楚。青梅只是想与爷爷单独待一会儿，沈叔叔千万不要多心。"

沈北雄见她态度坚决，只得点头："既然如此，咱们就先行告退。

如今更深夜长，天气寒冷，我让丫鬟过来伺候你，陪你守灵。"

柳青梅摇摇头："不用了，多谢沈叔叔关心。"

众人在沈北雄率领下悄悄退出了灵堂。柳公权子女早丧，只有孙女柳青梅这唯一的亲人，所以他的丧事全靠沈北雄一手操持，加上连续数夜为柳公权守灵，沈北雄也感到十分疲惫。如今柳青梅回来了，按说沈北雄该稍稍松口气，但他的神情却反而有些紧张。对几个在灵堂外值夜的兄弟仔细交代几句后，他才独自在一旁的客房中蒙眬睡去。

不知睡了多久，沈北雄突然被一阵敲门声吵醒。他正要张嘴骂娘，就听门外一个兄弟急急道："沈爷，柳小姐不见了！"

沈北雄听出是得力手下英牧的声音，忙翻身而起，开门问道："怎么回事？"

英牧道："今日一早，丫鬟给小姐送早点，才发觉灵堂中空无一人，青梅小姐已不知去向。她的马也不见了。"

"她什么时候离开的？"

"不知道！"

"不知道？"沈北雄勃然大怒，"守夜的兄弟是干什么吃的？"

英牧喃喃道："我整夜都未曾合眼，也没有看到小姐离开。"

沈北雄心中有些惊讶，他知英牧最擅盯梢警戒，没想到连他也没发觉小姐离开，不由暗忖：这天心居果然不愧是超然江湖之外、世间最为神秘的一个门派，一个年轻弟子竟也如此了得，轻易就避开了公门一流的耳目。

"小姐可有留下书信？"沈北雄又问。

英牧摇摇头："没有，她只带走了柳爷一件遗物。"

"什么遗物？"沈北雄忙问。

"就是御赐'天下第一神捕'的玉牌。"英牧道。

沈北雄不由遥望天边，抚着颌下短髯喃喃道："看来，这丫头是想凭一己之力，捉拿公子襄归案。"

英牧忙小声问："咱们要不要把她追回来？"

"不必了。"沈北雄一笑，望向虚空，"我倒是希望她去试试，也许，她就是公子襄的克星也说不定。"

鞭炮噼里啪啦地响起，北六省武林盟主齐傲松的脸上，终于露出了一丝难得的笑容。今日是他的五十寿诞，也是他准备金盆洗手、退隐江湖的日子。自十六岁出道以来，他已凭一柄霸王刀纵横江湖数十年，并在四十岁上赢得了"北六省第一刀"的美誉，雄霸北方整整十年。不过他早已感到累了、倦了、厌了。能在功成名就之后急流勇退，从此安享晚年，是无数江湖成名人物最大的梦想，可惜能坚持到这一天的人实在寥寥无几。齐傲松庆幸自己坚持到了这一天。

鞭炮声响过，宾客齐齐向主人贺喜。齐傲松客气地回应着众人的恭维，目光在宾客中不住搜寻，心中隐隐有一丝遗憾。

这时一个弟子在身后小声催促道："师父，该开席了。"

"唔，好的！"齐傲松心不在焉地答应着，目光最后在宾客中扫了一圈，轻声道，"让大家入席吧。"

那弟子连忙替师父招呼来自五湖四海的朋友入席，众人七嘴八舌一阵忙乱。混乱中突听门外司仪拖着嗓子高叫："沧州五虎断门刀掌门彭重云来贺！"

混乱的场面一下子安静下来，眨眼间从熙熙攘攘变成了鸦雀无声。众人的目光齐齐集中到齐傲松的脸上，只见他神色未变，淡淡道："请！"

随着司仪的高唱，一个年逾五旬的威猛老者大步而入，径直来到齐傲松身前站定。齐傲松如释重负地舒了口气，笑道："你终于还是来了。"

彭重云看着他的眼睛，问道："你也在等我？"

齐傲松微微颔首："在北六省，你是老夫唯一的对手。过去十年，彭掌门三度败在老夫刀下。老夫坚信，你一定会在老夫金盆洗手之前来再战一场，以雪前耻。"

彭重云苦涩一笑："齐盟主果然了解彭某。我原本是来向齐盟主挑战的，不过，现在却不是了。"

齐傲松眼中闪过一丝意外："不是？那彭掌门为何而来？"

彭重云涩声道："我是来向齐盟主下战书的。"

齐傲松更加疑惑："战书？什么战书？老夫早已令弟子擦亮霸王刀，恭候彭掌门多时，还何须什么战书？"

彭重云欣慰一笑："难得齐盟主如此看重，彭某当敬盟主一杯。"

"拿酒来！"齐傲松一声高喝，有弟子立刻捧上一碗酒。齐傲松亲手递到彭重云面前："彭掌门乃齐某最后的对手，当由齐某敬彭掌门一杯才对。"

彭重云也不客气，接过酒碗一饮而尽。当他搁下酒碗时，齐傲松突然发现，碗中竟留下了半碗血水，不由惊呼道："彭掌门你……"

彭重云惨然一笑："齐盟主错了，在下已不是你最后的对手，而是一封活的战书。"说着，他缓缓解开衣衫，袒露出肌肉虬结的胸膛。只见他心窝之上，骇然插着一截折断的刀刃，断口处正好与胸肌平齐。

齐傲松悚然变色，忙回头招呼弟子："来人！快取金创药！"

"不必了！"彭重云轻轻摇头，"这一刀已刺中了我的心脉，对方为了留我一口气给齐盟主下战书，在刺中我心窝后竟没有拔刀，而是以内力震断刀尖，留下一截刀刃在我体内，阻住了心血喷出。他要我转告齐盟主，一个月后的月圆之夜，他将登门向盟主挑战。"

"他是谁？为何要杀彭兄？"齐傲松骇然惊问。

彭重云摇头道："我不知道他是谁，只知道他是扶桑人，自称在扶桑已无对手,素来仰慕中华武术,所以不远万里,渡海挑战。"

此言一出,众人顿时激愤不已,纷纷摩拳擦掌,要与那不知天高地厚的东瀛武士一决高下。齐傲松抬手示意大家安静,然后望向彭重云:"你与他战了多少招?"

"一招。"彭重云愧然低下头。

"一招?"齐傲松脸色微变。

"实际上只有一刀。"彭重云思索着慢慢道,"他使一把似刀非刀、似剑非剑的兵刃,应该是刀吧,出手便幻化出七道刀影。我无法辨别虚实,几乎毫无抵挡便已中刀。"

众人面面相觑,脸上皆有惧色。彭重云的武功大家心中有数,即便不如齐傲松,也是相差不大,想不到他连对方一刀都挡不了。众人自问不比彭重云更强,恐怕真要与对方决斗,也定是一败涂地,不由收起争强好胜之心,齐齐把目光转向齐傲松。只见齐傲松也是一脸肃然,沉默不语。

一片寂静中,彭重云缓缓把手伸向胸口的断刃,齐傲松忙惊呼道:"彭兄你要干什么?"

彭重云惨然一笑:"我伤已致命,坚持来见盟主,除了送信,更是想要盟主仔细看清彭某伤口,希望盟主能从这伤痕上看出对方武功深浅,早作应对的准备。彭某死则死矣,只求盟主莫辜负彭某一番苦心。"

话音刚落,彭重云便在众人惊呼声中猛然拔出了断刃,鲜血顿如喷泉般疾射而出,他的身体也一下子软倒在地。

"彭兄!……"齐傲松慌忙上前搀扶,只见彭重云面白如纸,已然气绝。齐傲松黯然放下彭重云,对他的遗体恭恭敬敬一拜:"彭兄放心,齐某决不让你白死。"说完他转向弟子高喝道:"拿酒来!"

有弟子忙捧上酒坛酒碗,正要倒酒,齐傲松已不耐烦地一把夺过酒坛，对众人举起："诸位亲朋好友，今日突遇变故，齐某平生最大的对手和知己彭重云惨死，无心再做寿，请诸位喝完这杯酒便离开吧，他日齐某定一一登门赔罪！"

众人齐声道："齐盟主这是什么话，咱们岂能在你遇到麻烦时离开？"

齐傲松团团一拜："多谢大家的好意。齐某若是遭遇盗匪，一定欢迎诸位助拳。但这次对方是正大光明地挑战我中原武林，齐某忝为北六省盟主，自然要给他一次公平的决斗，无论胜败，俱不失我泱泱中华的气度。"

"盟主说得有理！"有人举臂高呼，"咱们不会倚多为胜，但总可以留下来为盟主呐喊助威啊！"

齐傲松还想劝阻，谁知堂中人多口杂，竟不知如何劝说才好。正在纷乱不堪之际，突听门外司仪颤着嗓子激动地高呼："千门公子襄，求见北六省武林盟主齐傲松！"

堂中一下子便静了下来，齐傲松一怔，忙道："有请！"

天色已暗，丫鬟在书房中点上灯火，幽暗的书房顿时明亮起来。齐傲松请对方落座后，才细细打量着眼前这位名震天下的千门公子，他年近三旬，面带一种病态的苍白，眉宇间若非有一种与年龄不相称的沧桑寂寥，倒也算得上温文儒雅。打眼一看，像个再普通不过的文弱书生，只是眼中那种超然物外的冷静与从容，让他隐隐有些与众不同。

待丫鬟上好茶退下后，齐傲松忍不住问道："不知名震江湖的公子襄突然造访，所为何事？"

云襄坦然迎上齐傲松探询的目光："盟主其实已猜到云襄的来意，何必明知故问？"

齐傲松面色微变："你果然是为今日之事而来！你知道些什么？"

云襄把玩着手中茶杯，淡淡道："云襄确实知道一些情况。"

齐傲松见对方闭口不言，突然醒悟，忙问："你有什么条件？但讲无妨。"

"很简单！"云襄抬头直视齐傲松，"你已经看过彭重云的伤口，想必已看出对方武功高低深浅。我只想知道，面对这样的对手，你有几分胜算？"

齐傲松迟疑了一下，突然失笑道："江湖传言，公子襄虽出身千门，却信誉卓著，有口皆碑，老夫就信你一次。不怕把实话告诉你，老夫看过彭重云的伤口后，就知自己连一分胜算都没有。岂止没有，面对如此精准迅捷的出手，我简直就是必死无疑。"

"与我估计的完全一样。"云襄微微点头，轻轻搁下了茶杯，"你的对手名叫藤原秀泽，年龄三十有二，东瀛伊贺流第十七代传人，曾以一柄关东武士剑，即东瀛武士专用的一种刀，挑遍东瀛十三派无敌手，以剑技在东瀛享有'武圣'之称。这次他随东瀛德川将军的使团出使我朝，意图挑战中原武林高手，磨砺自己的剑技，以期在武道上更上一层楼。日前他已经在京中击杀两名八极门和燕青门的名宿，所用招式和击杀彭重云的一样，都是'幻影七杀'。我知道的就这么多，告辞！"

"等等！"见云襄起身要走，齐傲松忙问，"你今日突然登门拜访，就是要告诉我这些？"

云襄微微摇头："我今日前来，是想对你们决斗的结果做出准确判断。我告诉你这些，只为交换我方才想知道的答案罢了。"

齐傲松疑惑地望着云襄："方才的答案？我必败无疑的答案？"

"正是。"

"这是为何？"

云襄一笑:"这已经与咱们心中默认的约定无关。不过既然齐盟主动问,云襄也不妨告诉你,我今日冒昧登门造访,是因为闻到了银子的味道。"

"银子的味道?"齐傲松不明所以,"公子说话莫测高深,齐某还要请公子明示。"

云襄笑道:"齐盟主有北六省第一刀之美誉,在江湖上的声望如日中天。今日东瀛武圣在你的寿宴上杀人挑战,你们的决斗必将轰动武林。如果有人借你们的决斗设局开赌,必定会引得天下赌徒闻风而动。我敢肯定,武林中人无论是出于民族感情还是出于对齐盟主武功的信赖,都会押盟主胜。"

齐傲松终于明白了:"而你则要押我败。你既知我必败,自然胜券在握,就等一个月后,一举赢得这场豪赌?"

云襄颔首笑道:"这可是千载难逢的机会,你也可以押自己输啊,就当为儿孙后辈挣下一大笔赡养费吧。"

"滚!你给我滚!"齐傲松勃然大怒,手指门外喝道,"立刻在老夫眼前消失,不然老夫恐怕控制不住自己的脾气!"

云襄摆手笑道:"齐盟主不必动怒,其实你也可以不败嘛。只要拒绝对方挑战,他难道还能逼你动手不成?"

齐傲松哈哈大笑,傲然道:"我齐傲松自出道以来,从未在别人的挑战面前退缩过,何况对方还杀了我平生最敬重的对手和知己。我齐傲松的为人,岂是你这江湖骗子所能理解的?可叹我以前还当你是个江湖异人,原来也不过是一俗物。快发你的昧心财去吧,别再让老夫看到你!"

云襄不由轻叹:"虚名累人啊!齐盟主在江湖打滚多年,难道还没有看透?"见齐傲松不为所动,云襄拱手道:"既然齐盟主下了逐客令,云襄只好告辞。"

"不送！"齐傲松一脸愤懑，连最起码的客套也免了。

云襄叹着气出得房门，在门外等候的筱伯满怀希冀地迎上来，小声问："怎样？"

云襄遗憾地摇摇头："出去再说。"

二人在众人的目送下登上马车，车夫甩出一个响鞭，马车立刻顺长街轧轧而行，一路向北而去。

直到马车不见了踪影，齐府的众宾客才恍若从梦境中回到现实，纷纷打听："他就是千门公子？他真是公子襄？"

马车在长街上急驰而过，后方突然有人高叫着追了上来："公子襄站住！我点苍派要为门下讨回公道！"

呼叫声中，几匹快马蹄声急乱地追近，渐渐向马车两侧包围过来。车中，云襄舒服地靠在绣枕上闭目养神，对车外的呼声充耳不闻。自亚男与明珠先后离去已经过了五年多，这五年多来，他眼中添了几分沧桑，也多了几分从容和冷静，除此之外，更增了无尽的寂寥和萧索。

他对面的筱伯则侧耳细听着外面的动静。就在几匹快马即将完成对马车的包围时，马车外突然响起长鞭的锐啸，以及鞭梢击中人身体的脆响，跟着就听到不断有人惊叫落马，以及落马后的痛呼惨叫。片刻后马车外安静下来，筱伯高声笑道："风兄的鞭法又见精进了，只是出手也忒狠了些。"

车外传来车夫爽朗的大笑："若连这些杂碎都不能干净利落地打发，风某岂有资格为公子执鞭？"

马车速度不减，继续顺着长街急速奔驰。车中，筱伯望着闭目养神的云襄，忍不住小声问："公子，莫非齐傲松明知是败，还要坚持应战？"

"你知道他的为人，"云襄遗憾地摇摇头，"我已经如此激他，甚至点明他这一战会受人利用,他却依然执迷不悟,实在令人惋惜。"

"咱们已经尽力,公子完全不必自责。"筱伯小声劝道,"也许在他心目中,这一战不仅关系着他个人的荣誉,甚至还有我泱泱天朝的尊严吧。"

云襄一声嗤笑:"真想不通我华夏千千万万人的尊严,跟他齐傲松一个人的胜败有什么关系?天朝若要尊严,还不如守好自己的海防线,将进犯的倭寇斩尽杀绝。"

筱伯点点头:"看来咱们是无力阻止这场阴谋了,公子有什么打算?"

云襄冷笑道:"对无力改变的事,我向来顺其自然。这次是个千载难逢的机会,相信谁都不愿错过。不过为了确保万无一失,咱们还应该去见见这次决斗的另一个主角——东瀛武圣藤原秀泽。"

筱伯担忧地望了云襄一眼:"公子,北京乃天子脚下,素来藏龙卧虎,更有六扇门一直在通缉公子。咱们这一去,会不会太冒险?"

云襄悠然笑道:"这就要问筱伯你了。"

筱伯犹豫片刻,迟疑道:"听说一直对公子穷追不舍的柳公权,自从上次栽在公子手中后,受到朝廷责罚,近日已忧愤而亡。六扇门中已没有真正的好手,公子只要不太张扬,老奴自然能保公子平安。"

"既然如此,到北京后再叫醒我。"云襄伸了个懒腰,在车中舒服地躺下来,喃喃道,"我真想早一点儿见到那个东瀛武圣,他可是咱们的财神爷啊!"

直到云襄的马车驶远后,点苍派几个汉子依旧躺在道旁呻吟不已。虽然方才那车夫的马鞭已手下留情,不过几个汉子从奔驰的快马上摔下来,仍然伤得不轻。几个人正骂骂咧咧挣扎着爬起身,突见一匹神俊无比的白马出现在官道尽头。随着马上骑手面目渐渐清晰,众人不由自主地停止了咒骂和呻吟,俱呆呆地望着来人,几乎忘却了身上的伤痛。

马背上是一个面目清秀的白衣少女，看模样不超过二十岁，却有一种与年龄不相称的淡定从容，尤其眼眸中似笼罩着一层薄薄的云雾，令人无法看透。少女长袖飘飘，白衣胜雪，在月色下徐徐纵马而来，给人一种飘然出尘之感。

"请问，公子襄的马车可是从这儿经过的？"少女款款问道，声音如新莺出谷。

"没错！"几个汉子抢着答道，"他刚过去，还打伤了我们好些弟兄。"

少女对几个汉子拱拱手，正要纵马追去，就听一个汉子突然问道："姑娘，你也跟公子襄有仇？"

少女凤眼中闪过一丝寒芒，淡淡吐出四个字："仇深似海！"说完一磕马腹，骏马立刻闪电般追了上去。

点苍派几个汉子遥望少女的背影，迟迟不愿收回目光。一个汉子喃喃道："这姑娘是谁？像不食人间烟火的瑶池仙子，根本不像江湖中人，却敢孤身追踪公子襄。"

"是天心居的嫡传弟子！"另一个汉子突然指着少女的背影惊呼，"我认得她那种剑，江湖上独一无二。"

炉上新水已沸，室内茶香弥漫。在经过长途跋涉之后，能喝上一杯新沏的好茶，无疑是最惬意的享受。不过云襄却任由壶中水沸，依旧瞑目端坐不动。一旁的筱伯一直搓着手在室内徘徊，不住往楼下看，眼中隐约有些焦急。

这里是北京城最负盛名的羽仙楼，也是三教九流聚集的大茶楼。从二楼雅厅的窗口可以看到楼下大厅，乱哄哄的，没有半点羽仙的雅意，只有江湖过客的喧嚣。

"公子，"徘徊了许久的筱伯终于停下来，"藤原真会来？"

"放心，他肯定会来！"云襄瞑目微笑。

"听说藤原在京中又击杀了两位武林名宿，朝廷竟然不管不问。"筱伯连连叹气，"不仅如此，朝廷还给他颁了免罪金牌，并昭告天下，任何人只要接受藤原挑战，在公平决斗中无论哪方被杀，胜者俱无罪。这不是鼓励民间私斗吗？哪像明君所为？"

云襄终于睁开眼："听说此事是福王一力促成。自上次咱们平倭一战后，沿海总算平静了几年，现在倭寇又有死灰复燃之势，朝廷欲借助东瀛幕府将军的力量打击倭寇，所以不得不对他的使团刻意笼络。"

筱伯还想说什么，却被楼下突起的骚动吸引了目光，只见一个梳着唐式发髻、身披奇怪服饰的异国男子，环抱双手缓步进了大厅。那男子年过三旬，面白无须，长相很平常，唯眸子中有一种令人不敢直视的冷厉。他身上袍袖宽大，脚下穿着一双木屐，走起来咯咯作响，十分怪异。他的身材并不见得高大健硕，却给人一种浑身是劲的奇异感觉，尤其腰间那一长一短两柄奇怪的兵器，刀身狭窄如剑，前端却又带有一点弧形，既不像刀，也不像剑，样式十分罕见。

"就是他！"筱伯虽然从未见过藤原，还是一眼就认出了对方。来人那种睥睨四方的气势，绝对不是寻常人能装出来的。筱伯正要下楼迎接，却见有人拦住了那倭人的去路。

"怎么回事？"楼下突然的寂静让云襄有些奇怪，坐在雅间深处，他看不到楼下的情形。

"有人拦住了藤原的去路。"筱伯在窗口紧盯着楼下的动静，"是自称武当俗家第一高手的萧乘风！他在向藤原挑战……藤原剑未出鞘就将他打倒在地！……又有人上前，他们将藤原围了起来！"筱伯不停地解说着楼下的情形。

"别让他们乱来！"云襄话音刚落，筱伯立刻从窗口跃了下去。

楼下，藤原正与茶楼中十几名江湖豪杰对峙，虽然他的武器尚未出鞘，但凛冽的杀气已弥漫整个大厅，令人不敢稍动。双方剑拔弩张，混战一触即发。

就在此时，一个人影轻盈落下，刚好挡在藤原与众人之间，顿时把迫在眉睫的杀气消弭于无形。藤原秀泽心中一凛，凝目望去，见是一个青衫白袜、作仆人打扮的平常老者。老者面容和蔼，举止谦恭，冲对峙的双方拱手笑道："不过是一点小误会，何必就要拔刀相向？萧大侠，藤原先生是我家主人的贵客，还望萧大侠高抬贵手！"

那领头的汉子萧乘风见这老者来得突兀，言谈举止颇有大家风范，心知京中藏龙卧虎，倒也不敢造次，忙问："你家主人是谁？"

"我家主人一向深居简出，从不愿在人前暴露身份，不过萧大侠一见这个，想必就能猜到。"老者说着掏出一件东西向萧乘风一扬。

萧乘风倏然变色，众人心中奇怪，正要细看，却见老者已收起那东西，转身对藤原秀泽抬手示意："藤原先生，我家主人已恭候多时，请！"

"你家主人是谁？"藤原秀泽冷冷问道。

"正是你想见之人。"

藤原秀泽没再再问，在老者示意下，跟着他缓缓登上了二楼。

几个江湖汉子忙转向萧乘风问道："萧大侠，那人到底是谁？"

"我不能说，"萧乘风神情凝重，"总之咱们都惹不起。"说着转身就走，不再停留。

几个江湖汉子见他面有惧色，心中都有些惊讶，这世上能令武当俗家第一高手萧乘风畏惧的人并不多。众人交换了一个眼神，悻悻地随他退了出去。有人不甘心地冲楼上恨恨啐了一口，低声骂道："管他是谁，我看多半是个汉奸。"

二楼雅厅的幽静与一楼的喧嚣形成了鲜明的对比。藤原秀泽刚进门，脸上就闪过一丝惊讶。只见雅间中竟铺设着榻榻米，榻榻米中央是一方古朴的紫檀木茶几，茶几上陈设着精美的茶具，一个书生打扮的男子跪坐茶几前，正专心致志地倾水泡茶。

藤原秀泽先四下打量了一下，确定雅间中再无第三人后，才对那书生一鞠躬："你不是我要找的人，他在哪里？"

书生淡淡一笑，没有回答，只是抬手示意："坐！"

面前这个相貌平常的书生眼中，有一种常人没有的淡泊和超然，令藤原秀泽心生好奇，不觉在书生对面跪坐下来。却见那书生以标准的茶道手法斟上一杯茶，对藤原秀泽示意道："虎跑泉的水与西湖龙井是绝配，在东瀛肯定尝不到。"

雅间中弥漫着一种令人心神宁静的茶香，藤原秀泽虽然对茶没有特别的讲究，却也忍不住捧起品茗杯轻轻一嗅，顿觉一股清香直冲脑门，令人精神为之一振，浅尝一口，更觉齿颊留香，回味悠长。他缓缓饮尽杯中香茗，搁杯轻叹道："真是好茶！"

"当然是好茶！"书生傲然一笑，"正如藤原先生的剑一样，都是人间极品。"

藤原秀泽眉梢一跳："你知道我，而我却不知道你，这是不是有点不公平？"

"小生云襄。"书生拱手笑道。

藤原秀泽对这个名字并没有太在意，他从怀中掏出一封拜帖，展开在书生面前，盯着他问道："云襄君用这幅画把我引来这里，恐怕不只是请我喝杯茶这么简单吧？"拜帖上是一幅简陋潦草的画，寥寥几笔勾勒出一人挥刀的姿势。

云襄点头道："我一个朋友听闻藤原先生乃东瀛武圣，便托我把这幅画带给你。他说藤原先生若有回信，可以托我转交，如果没有也无所谓，不过是一时游戏罢了。"

藤原秀泽这才注意到，桌上除了茶具，还备有笔墨，他立刻拿起狼毫，信手在拜帖上一画，然后合上拜帖，双手捧到云襄面前："请云襄君务必将它转交给你的朋友，拜托了！"

云襄收起拜帖道："藤原先生不必客气。"

藤原秀泽再次鞠躬："请云襄君转告你的朋友，在下殷切企盼与他相会。"

云襄点点头："我会转告。"

"多谢云襄君的茶，藤原告辞！"藤原秀泽说着站起身来，低头一鞠躬，转身便走。待走到门口时他又忍不住回过头，迟疑道："有一个问题，藤原不知当问不当问？"

"请讲！"

"在下刚开始以为云襄君只是一个信使，现在却觉得送信这等小事，绝对无法劳动云襄君。你送信是其次，要见我才是真，不知我这感觉对也不对？"

云襄微微一笑："不错，你的感觉很对。"

藤原秀泽眼中闪过一丝疑惑："云襄君不是武人，何以对在下如此感兴趣？"

云襄眼里闪过一丝欣赏："想不到藤原先生是个君子，对君子云襄当以诚待之。不知道藤原先生见过斗鸡没有？"

"斗鸡？"藤原秀泽摇摇头。

"就这北京城不少达官贵人家中，都养有一种好斗的雄鸡。这种鸡嗜斗成性，不惧生死。"云襄笑着解释道，"因此人们常让两鸡相斗为戏，甚至以此为赌，这就是斗鸡。"

"这跟我有什么关系？"藤原秀泽眼中的疑惑更甚。

"原本跟你没什么关系，但自从你杀了彭重云，向北六省武林盟主齐傲松挑战后,就跟你有关系了。"云襄笑道。

"此话怎讲?"藤原秀泽面色微变。

"人的好斗天性,其实远胜于鸡。"云襄叹息道,"既然你不惜用性命与人决斗,自然也不会在乎有人以你们的决斗为赌。我打算在你身上下重注,当然要亲眼看看你的模样气质,这样心里才会踏实。就像那些斗鸡的赌徒,没见过斗鸡,谁会闭着眼下注?"

"你把我当成了斗鸡?"藤原秀泽气得面色煞白,手不自觉地握紧了剑柄。

云襄却浑不在意地笑道:"不只我一个,自从你与齐傲松决斗的消息传开后,在京城富贵赌坊下注的赌徒已超过了万人,赌资累计达数十万两,相信到你们正式决斗的时候,这个数字还要翻番。"

藤原秀泽的脸色已由煞白变得铁青,眼中的寒芒夺人心魄,紧握剑柄的手也有些发白。但对方在他几欲杀人的目光逼视下,却似乎浑然不觉。半响,藤原秀泽脸上闪过一丝嘲笑:"你是齐傲松派来的吧?他知道在我剑下必死无疑,所以只能用这种卑劣手段来打击我的斗志,削弱我的杀气。可惜,你们永远不会懂得,在咱们大和民族眼里,武士的荣誉高于一切!"

"武士的荣誉高于一切?"云襄一声嗤笑,"大概斗鸡也是这么想的,所以才不在乎赢了多活几天,输了变成香酥鸡。"

"你们的卑鄙手段,对我来说根本没用。"藤原秀泽冷笑道,"你回去告诉齐傲松,除非在天下人面前弃刀认输,否则就省点力气准备好棺材吧。告辞!"

见藤原秀泽一脸傲气决然而去,云襄只有苦笑着连连摇头。

藤原秀泽刚一出门,在门外守候的筱伯就闪身而入。"公子,你已仁至义尽,奈何别人并不领情。"说着他从袖中掏出一面玉牌,递到云襄面前,"对了公子,虽然咱们伪造的这面玉牌可以唬住萧乘风之流的粗人，不过万一落到有心人眼里，恐怕会惹上不小的麻烦啊。"

云襄接过玉牌掂了掂，笑道："有时候看似危险的事，其实很安全。就拿这面玉牌来说，有几个人敢质疑它的真伪？咱们这次进京要尽量低调，能不动手尽量不要动手，用它唬唬那些粗人再适合不过。"

筱伯依旧一脸担忧："可是，伪造福王信物，这实在是有些冒险了。"

云襄笑着收起玉牌："筱伯不用担心，萧乘风不敢向他人透露今日之事。就算万一被人识破，福王如今有大事要办，恐怕也没心思理会这等小事。"

筱伯点点头，低声问："这次公子准备赌多大？"

云襄沉吟道："富贵赌坊开出的赔率是多少？"

筱伯想了想："赔率还没出来，不过初步估计是三赔一，大部分人都在买齐傲松胜。"

云襄闭上双眼躺在靠背上，笑道："既然如此，咱们就别让大家失望。十万两，买藤原秀泽胜！"

六、赌局

北六省武林盟主齐傲松与东瀛武圣藤原秀泽决斗的消息，在不到一个月的时间就沸沸扬扬传遍了江湖。在武林中人眼里，这场决斗早已超越了通常意义上的江湖争斗，它已经是一次关乎中原武林尊严与荣誉的挑战，甚至被视作中华武术与东瀛武技的最高对决。

随着决战日的临近，人们从四面八方赶往保定，赶往齐傲松府上去声援助威。齐府应接不暇之下，只得在府门外的长街两旁，搭起两排临时帐篷供众人暂住。

与此同时，京城富贵赌坊的赌局更是吸引了不少赌徒。富贵赌坊是天下第一大赌坊，信誉卓著，分店遍及天下，背景更是神秘。有传言称富贵赌坊有皇家背景，不过这个传言从未得到证实。人们只知道一件事，就是富贵赌坊是赌坛的一块金字招牌，它代表着公平、公正和安全。

人们从四面八方涌向京城，在京城的富贵赌坊买下重注后，再赶往离北京城不远的保定府，在齐傲松的府第外等待着最终的结果。

就在人们纷纷赶往保定府的同时，云襄像来时一样，悄然离开了北京城。不过目的地不是保定，而是千里之外的江南。

长途旅行是一件乏味透顶的事，所以云襄在马车中准备了上百本书。马车外下着淅淅沥沥的小雨，但严实的车中却很温暖。云襄很久没有像现在这样，听着窗外的雨声，坐在书堆中信手翻阅百家杂学，不为赶考，也不为查证经史典故，这种悠闲让他有种前所未有的惬意。不过这种惬意没有维持多久，他又感觉到一丝心神不宁，这感觉几天前就出现过，令人有些不舒服。

对面的筱伯见云襄终于放下书，揉着鼻梁斜靠在书堆上，不由小声问："公子，我不明白，咱们为何不去保定等着看结果？这次有数千江湖人赶往保定声援齐傲松，热闹得很呢。"

"去的人越多，齐傲松越不能退缩，这哪是声援，简直就是逼着他去送死嘛。"云襄轻轻叹息，"我虽与齐傲松没什么交情，却也不忍心见他血溅当场。"

筱伯笑道："公子还是心软，连下了十万两重注的豪赌都不看了。"

云襄摇摇头："我只关心自己所能把握的部分，在下注前认真权衡比较，至于结果，看不看又有什么关系呢？"

筱伯浑浊的眼眸中闪过一丝敬仰，轻叹道："话虽如此，但就算是养性练气大半辈子的高僧，恐怕也没有这等恬静淡泊的心境。公子这种与生俱来的自信，实在令人羡慕。"

"与生俱来？"云襄苦涩一笑，眼光落在虚空，迷离幽远，"只有享尽荣华富贵，才能真正看破红尘；只有经历过人间最大的挫折和失败，才能真正漠视胜败生死。"

筱伯同情地望着云襄，轻声问："公子从未向任何人说起自己的过去，难道往事竟如此不堪回首？"

云襄没有回答，闭上双眼斜靠身后的书堆，半响未动。筱伯只当他要休息，便起身轻轻为他盖上毡毯，直到这时才发觉，云襄虽然双目紧闭,但眼角处,却有两滴晶莹的泪珠。

马车在急行中微微摇晃,像摇篮一般催人入梦。筱伯见云襄鼻息低缓,已沉沉睡去,紧握的手掌也微微张开,手中那枚奇特的雨花石项坠摇摇欲坠,于是轻手轻脚想将它从云襄手中拿开。突然,云襄浑身一颤,从睡梦中惊醒过来,立刻紧紧握住了雨花石。

"公子又在想舒姑娘了?"筱伯小声问道。

云襄悄悄抹去眼角的泪痕,怔怔地望着虚空没有说话。筱伯像慈爱的长者怜惜地望着他,小声安慰道:"我已经调动一切力量去寻找舒姑娘的下落,只要她还活着,就一定能找到。"

云襄不置可否地唔了一声,仔细将雨花石项坠收入怀中。就在这时,急行的马车突然缓了下来,道旁隐隐传来女人的哭喊和男人的喝骂。云襄撩开车帘,就见蒙蒙细雨中,一个青衫少女正被三个黑衣大汉横抱着,往道旁的树林中拖去。云襄忙一声轻喝:"停!"

马车应声停了下来,一个黑衣汉子立刻对马车扬扬手中的鬼头刀,厉声喝道:"赶你的路,别他妈多管闲事!"

话音刚落,就听一声鞭响,那汉子立刻捂着脸哇哇大叫。另外两个黑衣汉子忙丢下那女子,挥刀向马车扑来,谁知还没接近马车,就被马鞭抽得连声惨叫,落荒而逃。

云襄遥见那女子倒在地上,在雨中不住挣扎,忙对筱伯道:"去看看。"

筱伯有些迟疑:"公子,咱们还有要事,既然那些家伙已经走了,咱们就别再多管闲事了。"

"咱们若就此离开,那些败类又回来了呢?"云襄不满地瞪了筱伯一眼,"这雨天荒野的,咱们是在救人还是在害人?快去看看,将她扶到车上来!"

片刻后,马车继续前行。那浑身湿透的少女捧着云襄递来的热茶,眼里依旧有着受惊小鹿般的胆怯和戒备。云襄打量着满面污秽的少女，脸上泛起温暖的笑意："不用再害怕，到了我这车上你就安全了。姑娘叫什么名字？"

"我……我叫青儿！"少女终于战战兢兢地说出了她的小名。

北六省正为盟主齐傲松与东瀛武圣的决斗闹得沸沸扬扬的时候，烟波缥缈的江南却显得十分平静。蒙蒙细雨笼罩的金陵苏家大宅，像寂寂无声的猛兽般，孤独地盘踞在金陵城郊。

苏府后花园中，苏家大公子苏鸣玉像往常一样，独自在凉亭中品茶。薄雾与细雨使他的身影显得尤其孤独，而他眼中，那抹永远挥之不去的寂寥和萧索似乎更浓了些。不过当他看到花园小径中，一个衣衫单薄的身影打着伞缓步而来时，眼中不由涌出了一丝难得的暖意。

"坐！"他眼中的暖意随着微笑在脸上弥漫开来，化去了满庭的孤寂。待来人在他对面坐下后，他缓缓斟上一杯茶，有些遗憾地向来人示意道："天冷，茶凉，幸亏你来，不然我又要喝酒。"

来人淡淡道："喝茶我陪你，喝酒就算了，不然你又要醉死。"

二人相视一笑，苏鸣玉摇头轻叹："江湖上谁要说千门公子襄与我是朋友，恐怕会让人笑掉大牙。"

"既然是朋友，我就奉劝你一句，千万别再玩这种游戏。"云襄从怀中掏出一封拜帖放到桌上。

"只不过是游戏而已。"苏鸣玉嘟囔着拿起拜帖，一边打开一边笑道，"我估摸着你也该回来了，麻烦大名鼎鼎的公子襄替我跑腿，实在有些不好意思。"

"这有什么，算是还你上次的人情。"云襄摆摆手。从外表看，他与苏鸣玉是完全不同的两类人，但二人坐在一起，却显得十分自然和谐。

苏鸣玉定定地盯着拜帖，面色渐渐变了。直到云襄小声提醒，他才浑身一颤，回过神来，仰天轻叹："齐傲松死定了。"

拜帖飘落于地，只见其上用寥寥数笔勾勒出一个挥刀的人影，在人影之上，有重重的一撇像小孩的涂鸦，打破了画面的和谐。云襄俯身捡起拜帖，不解地问："仅凭这信手一笔，你就能看出藤原秀泽的武功高低？"

"说实话，我看不出来。"苏鸣玉摇头轻叹，"没人能看出他的深浅，唯一可以肯定的是，这一剑齐傲松决计挡不了。"

云襄淡淡道："这样正好。我已经下重注买藤原秀泽胜。"

苏鸣玉脸上有些不快："你真以他们的决斗为赌？"

"不是我要赌，"云襄漠然道，"是福王，我只不过是借机赚点小钱罢了。"

苏鸣玉默然半响，突然失笑道："我知道你的意思，你放心，我才不想成为你们的斗鸡。"说着，顺手将手中拜帖撕得粉碎。

云襄深深盯着苏鸣玉的眼睛："你真这样想？"

苏鸣玉呵呵一笑："难道你还不了解我？"

云襄暗舒了口气，转望亭外景色。雨不知什么时候已经停了，夜幕悄然降临，淡淡月光静静地洒下来，整个花园笼罩在一片蒙蒙的银色中。

苏鸣玉遥望天边圆月，有些伤感地轻轻叹息："月圆了，今晚就是齐傲松与藤原秀泽决斗的日子吧？"

就在云襄与苏鸣玉月下对坐时，离江南千里之外的北京城，一处幽静的别院中，一个面目儒雅的老者也在望着天上明月发怔。老者年逾五旬，一身富贵员外袍，打扮得像个养尊处优的富家翁，不过气质却又像博学鸿儒，尤其他那半张半阖的眼眸深处，有一股旁人没有的威严和冷静。此刻他的神情却有些慵懒，像是午后在树荫下打盹的雄狮。

"王爷！"一个管事打扮的中年汉子悄然而来，在老者身边躬身道，"介川将军已经到了。"

"快请！"老者一扫满面慵懒，对中年汉子一摆手，"让厨下传宴！"

一名身穿和服的东瀛人，在几名东瀛武士的簇拥下大步而来。那东瀛人年约四旬，面目阴鸷，个子不高，却拼命挺胸腆肚昂首而行。老者见到来人，立刻笑着起身相迎。那东瀛人忙在数丈外站定，先是一鞠躬，然后拱手拜道："德川将军特使介川龙次郎，见过福王！蒙王爷赐宴，在下不甚惶恐。"

福王呵呵一笑，摆手道："介川将军乃是德川将军的特使，除了我大明天子，不必对任何人行礼。再说今日老夫只是以私人身份请将军小酌，将军不必太过拘谨。"

介川龙次郎拱手道："王爷不必谦虚。想当今大明皇帝年纪尚轻，对国家大事尚无主见，一切俱要倚靠王爷运筹。王爷虽无摄政王之名，却有摄政王之实。介川临行前，德川将军一再告诫，万不能怠慢了福王爷。"

福王挽起介川的手笑道："介川将军说笑了，这次本王还要仰仗德川将军的协助，以防治海上匪患，咱们应该多多亲近才是。"

二人又客气一会儿，才分宾主坐下。在丫鬟仆佣斟酒上菜的当儿，福王爷貌似随意地问道："今日就是贵国武士藤原秀泽，与我朝北六省武林盟主齐傲松决斗的日子吧？"

介川龙次郎抬头看看月色，傲然道："今日便是月圆之夜，如果不出意外，此刻正是藤原秀泽将剑刺入齐傲松心脏的时候。"

福王淡淡笑道："介川将军对藤原有十足的信心？"

"当然！"介川龙次郎脸上闪出莫名的骄傲，"藤原秀泽是咱们东瀛第一武士，在东瀛有武圣之称，六年前曾挑遍东瀛十三派无敌手。如果这世上真有什么不败的战神，那一定就是藤原武圣。"

"听介川将军这一说，本王就彻底放心了。"福王长长舒了口气。见介川一脸疑惑，他笑着解释道："这次藤原武圣与齐傲松的决斗早已传遍江湖，京中有赌坊暗中以这次决斗为赌，开出了一赔三的赔率。本王一时手痒，也在藤原武圣身上下了一注。若藤原武圣真如介川将军所说那般神勇，那本王就可以小赚一笔了。"

"哦，有这等事？"介川一脸惊讶，"不知王爷下了多少？"

福王摆手笑道："本王随便玩玩，只下了一千两银子。"

"只一千两？"介川一怔，"不知这次一共有多少赌资？"

"听说有数十万两之巨。"

"几十万两？"介川满脸惊讶，跟着连连扼腕叹息，"中华真是富庶天下，一场赌局竟有数十万两赌资！可惜王爷错过了发财的大好机会，若下它三五万两，一赔三，王爷便可赢它个十几万两啊！"

福王呵呵笑道："可惜当初本王并不清楚藤原武圣底细，若早得介川将军指点，本王也不至于错过这次机会。"

介川连连叹息："可惜我不知有这赌局，错过了这次千载难逢的机会。不过就算知道，在下财力有限，也是无可奈何。"

福王笑道："这等赌局大多是秘密开赌，必须有熟客引荐才可参与。可惜介川将军即将回国，不然本王还可与将军合作，共同发财。"

介川一怔，忙问："不知如何合作？"

福王笑道："大明帝国向以天朝自居，历来瞧不起四方蛮夷，尤以好勇斗狠的武人为甚。恕本王直言，东瀛在国人眼中，不过一蛮夷岛国，武林人士决无法容忍一东瀛武士挑战我天朝尊严。藤原若胜齐傲松，必定激起公愤，届时定会有武林高手向他挑战，这赌局将会越来越大。如此一来，介川将军就不必再为错过这次机会感到遗憾了。"

介川点点头，似有所悟，跟着又摇头苦笑道："可惜藤原秀泽并非家臣，他一向独来独往，就连德川将军也不放在眼里。他这次虽然与我同船前来，却并非我使团成员。以他的禀性，决不愿成为别人赌博的工具。"

"这个你无须担心，本王自有办法。"福王笑道，"只要介川将军与本王合作，本王出钱，将军出力，咱们定可大赚一笔。"

介川两眼放光，忙问："如何合作？"

福王笑着举起酒杯："干了这杯酒，咱们再慢慢聊。"

二人同饮一杯后，福王若有所思地望着天上明月，喃喃道："已经三更，这场决斗的结果也该传到京城了。"

话音刚落，就听门外有人急奔而入，一路高叫："报！"

"宣！"福王一声令下，一名浑身湿透的汉子匆匆而入，在廊下气喘吁吁地禀报："一个时辰前，齐傲松已死在藤原秀泽剑下。"

"当时是怎样的情形？"福王忙问。

那汉子喘息稍定，道："齐傲松挡住了藤原秀泽第一剑，却没能挡住对手旋风般的第二剑，被藤原秀泽由肩至腰斜劈成两半。"

"一定是旋风一斩！"介川兴奋地击桌叫起来，"藤原武圣除了幻影七杀，旋风一斩更是无人能挡！"

"想不到介川将军也精于剑技，"福王笑吟吟地向介川举起酒杯，"不知与藤原武圣相比如何？"

"在下哪敢与藤原武圣相提并论？"介川连忙摇手，跟着又面有得色地笑道，"不过这次东渡，承蒙藤原武圣指点，在下受益匪浅。这次随行的数十名武士中，除了在下，有资格得到藤原武圣指点的，也不过二三人而已。"

福王缓缓点头："如此说来，使团中除了藤原武圣与介川将军，至少还有两三个剑法高明的武士。这就好办了。"

"福王此话是什么意思?"介川有些疑惑。

福王微微一笑,俯身在介川耳边小声说了片刻,介川面色渐变。却听福王悠然道:"介川将军既然想与本王合作大赚一笔,多少也该出点赌本才是。这场豪赌一旦开始,本王估计,每局赌资绝不会低于百万之数。"

"百万之数!"介川眼中闪烁着贪婪的光芒,迟疑片刻,终于拍案而起,决然道,"好!在下就听从王爷的安排。"

福王立刻长身而起,举掌道:"既然如此,咱们就击掌为誓!"

二人迎空击掌,然后齐齐举杯:"合作愉快,干!"

斜阳,古道,天色如血,秋风萧瑟。一驾马车缓缓行驶在秋风里,马车有篷,窗门紧闭,在暮色渐至的官道上显得有些神秘。

马车中,藤原秀泽怀抱双剑盘膝而坐,如泥塑木雕般瞑目无语。三天前,当他得知自己与齐傲松的决斗成为别人的豪赌时,便感到自己的东渡失去了意义。他不想自己神圣的一战成为别人的赌局,所以在战胜齐傲松之后,便决定回国。为此他不得不躲在车中,以避开中原武人的耳目,悄然赶往杭州。倒不是害怕有人阻拦,而是不愿为不值得动手的对手拔剑。在杭州湾,介川龙次郎已经为他联系好渔船,他可以从那里悄然回国。

马车突然停了下来,藤原秀泽蓦地睁开双眼。他听到马车后方追来的急促马蹄声,还有那淡淡的血腥味,像针一般刺激着他的神经。

"藤原君!藤原君!"一骑快马在马车外嘶叫着停下来,有人在焦急地呼唤着,听声音依稀有些熟悉。藤原秀泽撩起车帘,立刻便认出来人是介川龙次郎跟前的武士大岛敬二,是介川使团中不多的几个剑道好手,在同船东渡的漫长旅途中,曾得到过自己的指点。

"大岛君，何事？"

大岛抹抹满脸的汗，匆匆道："藤原君，你刚离开北京，便有中原武士到使馆寻衅，要与你决斗，言语十分难听。仓镰君不愿堕了我大和武圣的威名，毅然替你出战，谁知仅一个照面就被来人所杀，来人让把这个交给你，说是他的挑战书。"说着，大岛递过来一个四方锦盒。

藤原秀泽脸上闪过一丝惊讶。仓镰不仅是介川龙次郎的家将，也是伊贺流屈指可数的高手，论辈分自己还要尊他一声"师叔"，他的剑法自己完全了解，谁能一个照面便杀了他？藤原将信将疑地接过锦盒，尚未打开便闻到一股浓烈的血腥味。皱眉缓缓打开锦盒，藤原定睛一看，顿时血脉偾张，一股怒火由丹田直冲脑门。锦盒中，竟是仓镰血肉模糊的人头。

"砰"的一声合上锦盒，藤原强压怒火冷冷问："他是谁？"

"那人黑巾蒙面，也没有留下姓名！"大岛道，"他只说三天之后，在杭州湾一艘楼船上等你，船上有龙卷风标志，你一见便知。"

藤原默默把锦盒还给大岛，遥望前方默然半晌，突然对车夫吩咐道："回头，我们不去杭州湾。"

车夫答应一声，立刻掉转马头。大岛忙问："藤原君这是要去哪里？"

藤原已放下了车帘，只听他淡漠的声音从车帘后传来："请大岛君转告介川将军，务必把仓镰的遗体带回故土厚葬。另外，多谢他的安排，不过我已不打算从杭州湾回国。"

大岛一愣，忙问："你要避而不战？"

"没错！"车中传来藤原坚定的声音。

大岛一听大急，忙问："你难道甘心仓镰君白白被杀？你难道不在乎自己武圣的威名？"

马车中没有应答,只是缓缓往来路而回。大岛见状忙纵马拦在车前,拉住车辕人声质问:"你要临阵脱逃?要知道,这次决斗已不是关乎你一个人胜败荣辱的事,而是关系到我大和民族的尊严。你难道要做大和民族的罪人?"

马车中闪出一道寒光,闪电般掠过大岛腰胁。大岛只觉腰间一松,腰带竟被无声割断。只听马车中传来藤原还剑入鞘的声响,以及他冷酷的声音:"你再敢拦路,我就杀了你。"

大岛呆呆地望着马车渐渐远去,突然破口大骂:"呸!什么武圣,你根本不配!你不敢应战,我大岛敬二会替你去!大和武士可以战死,却决不会临阵退缩!"

秋日的杭州湾码头,正是渔民收获的季节,从早到晚船来船往,显得异常热闹。不过这几日,杭州湾已被另一种热闹代替,无数江湖人正从水陆两路赶来此地。他们得到消息,江南第一武林世家宗主苏敬轩,已经向杀害了北六省武林盟主的东瀛武圣藤原秀泽发出了挑战。这消息像长了翅膀,短短几天就传遍了大江南北。人们从各地陆续赶来,除了要见证这场关系中原武林尊严的一战,更想一睹江南第一武林世家那柄名震天下的袖底无影风。

旭日东升,天边红霞万道,一艘楼船如在画中,从海上徐徐驶来。楼船桅杆之上,高高飘扬着一面奇怪的锦旗,那上面绣的不是常见的飞禽猛兽,也不是族徽姓氏,而是一股盘旋而上的龙卷风。岸上众人看到这面锦旗,顿时欢声雷动。人所共知,这面旋风旗,正是江南苏家独有的标志。

岸上的欢呼声传到楼船上的时候,在舱中静坐的苏敬轩心中并无一丝轻松;相反,他的心中感到一种无形的压力。虽然出身江南第一武林世家,但他并不是好勇斗狠之辈,苏家在江湖上也一向低调。但这次，他不得不成为江湖注目的焦点。这次决斗已不仅仅关乎苏氏一族的荣誉，在许多江湖豪杰心目中，它更关系到中华武术的尊严。

"宗主，船到杭州湾了。"一名苏氏弟子小声进来禀报。苏敬轩"唔"了一声，缓缓睁开眼吩咐道："就在这儿抛锚停船，然后让大家下船去吧。"

弟子答应着悄然退下，片刻后楼船上便静了下来。苏敬轩重新闭上双眼，平心定气缓缓调息，强压下各种杂念。面对击杀过齐傲松的藤原秀泽，他知道自己并没有多少胜算。不过这次，他已不得不战。

楼船在离码头数十丈之处抛锚停了下来，水手仆佣陆续坐小艇离开，看来它已不准备靠岸，这让岸上等候的众人多少有点遗憾。海湾中虽然游弋着不少船只，其中大部分为江湖中人所雇，不过却无一艘靠近楼船。人们自觉地避开楼船数十丈，以示对苏敬轩的敬意。

红日渐渐偏西，岸边等候的众人渐渐不耐烦起来，纷纷打听决斗的确切时间。就在这时，只见一艘小舢板越众而出，径直驶向楼船。众人放眼望去，遥见舢板之上，一个青衣汉子单手摇橹，舢板劈波斩浪，渐渐靠近了停泊的楼船。在离楼船数丈之处，那汉子飞身而起，抓住楼船悬梯纵身而上，稳稳落在船头甲板之上。

岸上众人骚动起来，不少人开始询问："那人是谁？"

有人立刻答道："这还用问？这个时候上船的当然是藤原秀泽，看来苏宗主是把决斗的地点定在了船上。"

甲板轻微的震动立刻为苏敬轩察觉，他缓缓睁开眼，就见一名年轻的东瀛武士腰系双剑，昂首大步而来。苏敬轩不由皱眉道："你不是藤原秀泽。"

那名东瀛武士在数丈外站定，冷眼打量着苏敬轩："你怎知我不是藤原秀泽？"

苏敬轩淡淡道："你落在甲板上时，脚下稍显虚浮。若你是藤原秀泽，岂能击败齐傲松？"

那东瀛武士脸上露出敬佩之色，忙拱手道："在下大岛敬二，今日是来替藤原武圣出战的。"

苏敬轩皱眉道："藤原为何不来？"

大岛敬二傲然道："对付你这样一个老家伙，何须藤原武圣亲自出马？"

苏敬轩重新闭上双眼，缓缓道："我等的是藤原，你走吧！"

"你觉得我不配做你的对手？"大岛愤然问道。见对方瞑目不答，显然已是默认，大岛一声怒吼，"锵"的一声拔出佩剑，双手握剑喝道，"拔出你的兵刃！"

苏敬轩浑身上下空无一物，身边也没有任何兵刃，大岛以为有机可乘，不等对方反应，已一声轻喝，挥剑斩向对方颈项。就在这时，一道淡淡的寒光悄然从苏敬轩袖中脱出，精准地拦在半空。这道寒光来得突然，寒气刺骨，大岛心知不妙，慌忙收住双臂之力，剑立刻停在中途，离苏敬轩颈项已不足一尺。但大岛已不敢再动，一柄样式奇特的短刀已挡在他手腕之上，只要他一动，就得把自己的双手送给对方。

大岛额上冷汗淋漓而下，见对方眼中并无杀意，他才稍稍安心。缓缓退后两步脱出对方威胁范围，他才看清那柄突如其来的短刀，长不及一尺，锋刃前掠，刀尖前弯，样式十分奇特。"这是什么刀？"

"无影风。"苏敬轩说着手腕一翻，刀已悄然隐回袖中，原来它的刀鞘藏于苏敬轩袖底，刚好与小臂一般长短，难怪先前察觉不到它的存在。

"无影风！袖底无影风！"大岛失声惊呼。中原与扶桑仅一海之隔，有不少神奇传说也通过海上渔民传到扶桑，而袖底无影风的故事，在扶桑已流传近百年。大岛没想到，自己今日竟见到了它的传人。

"回去告诉藤原,我恭候着他的到来!"苏敬轩依旧盘膝而坐,淡定如初。

大岛不甘心就此认输,把剑一横,傲然道:"我还没输!"说完一声大叫,再次挥剑而上,一剑直劈,气势如虹!

苏敬轩终于长身而起,侧身避开大岛迎面一斩。二人身形交错之际,苏敬轩袖中无影风再次出手,轻盈掠过大岛前胸。大岛的衣襟应声而裂,前胸现出一道淡淡的血痕,伤痕虽长,却并不致命。大岛低头看看胸前刀痕,顿时面如死灰,涩声问:"你武功远胜于我,为何不杀我?"

苏敬轩看着他缓缓道:"兵者,人间至恶,非万不得已,不应出鞘伤人。"

大岛收剑对苏敬轩一鞠躬,昂然道:"我是替大和武圣出战,既然战败,就无颜再活,你虽不杀我,我也无法原谅自己。"说着望东跪倒,突然拔出短剑刺入自己腹部,跟着横剑一划,白花花的肠子顿时流了一地。

事发突然,苏敬轩想要阻止,却还是迟了一步。望着痛得浑身哆嗦的大岛敬二,他不禁摇头叹息:"胜败乃兵家常事,你为何要如此决绝?"

"你不会懂!你们这些生性柔弱的汉人永远不会懂!"大岛敬二吃力地挣扎着道,"在咱们大和武士眼里,武士的荣誉……高于一切。"

苏敬轩惋惜地摇摇头,对大岛的举动感到完全不可理喻。见他伤已致命,无法再活,苏敬轩只得放弃救助的打算,负手转望舱外。此时,红日西沉,天色已近黄昏。

岸上传来人们的欢呼,在楼船边游弋的渔船上,有不少悄然靠近的江湖人,他们从打开的船窗中依稀看到了方才的情形,不由齐齐欢呼。在岸边等候的众人立刻就知道了决斗的结果,顿时欢声雷动。人们拿出早已准备好的烈酒,在海滩上开始了他们的庆祝和狂欢。

　　几名苏家子弟兴高采烈地登上楼船,却见苏敬轩脸上并无一丝喜色。几名弟子忙收起得色小声请示:"宗主,咱们是不是可以起锚回航了?"

　　苏敬轩指了指破腹而亡的大岛敬二,淡淡道:"把他的遗体送还东瀛使团,你们暂且退下吧,让我一个人再等等。"

　　几名弟子不明其意,不知苏敬轩还要等什么。不过几个人也不敢多问,只得抬起大岛的尸骸悄然退下,把苏敬轩一人留在了楼船中。

　　待众人离船后,苏敬轩重新在舱中盘膝坐了下来,缓缓闭目调息。他知道,藤原秀泽决不会令大岛这样一个武士代替他出战,所以自己还得等下去。

　　天色渐渐暗了下来,岸边的沙滩上燃起了堆堆篝火,远远传来人们的阵阵欢呼和粗鄙的玩笑,其热闹喧嚣与海上楼船的寂静形成了鲜明的对比。幽暗的楼船上,苏敬轩的身影已与黑暗融为一体,远处的景色也渐渐模糊,但几天前的情形,却在他的脑海中越发清晰起来……

　　几天前一个细雨蒙蒙的清晨,一辆乌篷马车悄然停在苏府门外,赶车的居然是个神情倨傲的东瀛武士。他送来了藤原秀泽的挑战书和一具陌生人的尸体。对挑战书苏敬轩一笑置之,但当他看到那具尸体的时候,脸色蓦地变了,一言不发转身就进了内堂。苏家子弟听说过藤原秀泽杀人传书的故事,以为是尸体上的剑痕令宗主不得不重视,不过他们却怎么也看不出那剑痕有多可怕。

　　苏家子弟中没人认得,那具尸体原本是他们从未谋面的兄弟,是宗主从未公开过的私生子。

　　每个人都有不可告人的秘密,苏敬轩也不例外。年轻时的荒唐使他过早地做了父亲,为了在长辈面前保持宗主继承人的完美形象,那时的他不敢认这个儿子，登上宗主之位后，又因儿子的母亲出身风尘而羞于相认。不过他并没有忘记这个儿子，除了在暗中资助，还托朋友将他送到京中学艺。虽然不能传他名震天下的苏家刀法，但苏敬轩还是希望儿子能有一技防身，甚至希望他也能在江湖上出人头地。

但现在一切希望和烦恼都没有了。当看到儿子的尸体时，苏敬轩突然感到，自己欠得实在太多太多。在把自己关进书房独自忏悔的时候，苏敬轩意识到，自己必须为儿子做点什么，才能稍稍减轻心中的愧疚和痛苦。所以第二天一早，他便按照挑战书的约定，悄然乘船赶往杭州湾。到达目的地后，他令水手和弟子们离开楼船，自己孤身在海上迎接东瀛武圣藤原秀泽的挑战。这件事即刻传遍江湖，在一片喧哗声中，苏敬轩的心却平静如初，在他来说，这一战与其说是为了中原武林，倒不如说，他有自己的坚持……

波涛中传来"泼剌"一声轻响，像有海鱼跃出水面，把苏敬轩的思绪拉回现实。他睁眼看看舱外天光，只见海上星光黯淡，岸上篝火只剩点点灰烬，远远望去像一堆堆莹莹鬼火。海滩上庆祝的人群大概是热闹够了，现在早已人迹稀疏，剩下的也大都烂醉如泥，在篝火边或躺或坐，寂然无声。天色昏黑，现在已是黎明前最黑暗的时刻。

一丝若有若无的杀气从窗外渐渐浸入船舱，令人遍体生凉。苏敬轩凝目望去，立刻便看到甲板上那个朦胧的黑影，如死物般纹丝不动，杀气便是从他那里弥漫开来的。苏敬轩暗舒了口气，淡淡道："藤原秀泽？"

"苏敬轩？"黑影反问。

苏敬轩长身而起，手握刀柄缓步来到船头甲板上，他已不需要答案。像藤原秀泽这样的高手，实在不容易遇到第二个。

黑影缓缓拔出了腰间佩剑，剑鞘摩擦声在寂静的黑夜中显得尤为刺耳。苏敬轩看不清对方的面目，不过对方的眼睛，在黑暗中依旧闪烁着逼人的寒芒。

"仓镰君，你可以安息了！"黑影小声嘀咕了一句，身形微动，手中寒光闪烁，长剑如电闪雷鸣，旋风般向苏敬轩袭来。苏敬轩在无影风脱袖而出的同时突然意识到，自己一向引以为傲的出刀速度，这次终于遇到了最强劲的对手。

楼船上传来的兵刃交击声，终于惊动了海滩上尚未散去的人们，不少人睡眼惺忪地循声望去，就见海中的楼船甲板上，不时闪过金铁相击溅出的火星。在星点微光中，隐约可见两道黑影迅若鬼魅，时分时合，激斗正酣。

"怎么回事？这是怎么回事？"众人忙互相打听，纷纷涌到海边向船上张望，可惜黎明前的黑夜月色黯淡，无人能完全看清船上的情形。众人正在焦急时，就听船上一声刀锋的锐啸，之后一切归于宁静，天地间就只剩下大海轻缓的波涛声。

"快！快去看看！"众人再顾不得许多，纷纷登上海边停泊的小船，驾舟往海中的楼船赶去。最先登上楼船的是苏家弟子，只听他们登上楼船后，就是一声惊呼和哭喊："宗主……"

七、布局

当苏敬轩的死讯传到京城时，大岛敬二的尸体也被运到了东瀛使馆。他的身份很快就被富贵赌坊确认，人们这才知道，夜里悄然摸上楼船与苏敬轩恶战，并在黑夜里击杀苏敬轩的神秘人，才是真正的东瀛武圣藤原秀泽。

王府书房中，当介川龙次郎看到福王推过来的一叠银票时，两眼顿时放光，不及客气便一把抢到手中，连连对福王拱手道谢。福王面带微笑，声音里带着某种诱惑："这五万两银票，只是你与本王合作的第一笔红利。"

"第一笔？"介川喜得手足无措，"莫非还有第二笔、第三笔？"

福王意味深长地点点头："只要这赌局继续下去，咱们自然还有第二笔、第三笔收入。"

介川为难地皱起眉头："这次藤原武圣的举动，显然是不想再被利用。如今他杳无音讯，说不定已经悄然回国了。"

福王胸有成竹地笑道："介川将军不必担心，本王已密令沿海各港口封航，他走不了。"

介川摇头道："就算他暂时回不了国,也不一定会照咱们的意图继续找人决斗啊!再说现在也不知他去了哪里。"

福王怡然一笑,俯身道："藤原在中原人地生疏,除了介川将军,无人可以信赖和依靠。如今他连杀我大明南北两大武林泰斗,已成武林公敌,除了介川将军,他还有谁可以投靠?只要他来找将军,本王自然有办法令这场赌局继续下去。"

介川声音里充满忧虑:"就只怕藤原武圣会遭到中原武林的追杀,无法顺利脱身。虽然他武技高超,可毕竟是孤身一人啊!"

福王拍拍介川的肩头安慰道:"本王除了派出王府卫士寻找藤原武圣的下落,还传令各地方官吏,一旦发现藤原武圣的踪迹,就立刻飞报本王,并派人全力保护,一路护送他来京。你放心,本王不会让藤原武圣受到任何损伤。"

介川终于松了口气,收起银票拱手道:"那在下就替藤原武圣多谢王爷了!"

福王呵呵一笑:"你我乃合作伙伴,不用这般客气。"

把介川送出府门,目送他们上马而去后,福王一扫满面的从容,脸色阴霾地望望天空,喃喃道:"月色晦暗有晕,明日恐怕又是个阴雨天。"

几个随从茫然不知所对,一个师爷模样的老者清清嗓子,上前一步小声道:"王爷,小人有一事不明,不知当问不当问?"

"魏师爷有何不明?"

"王爷,您花费莫大精力,安排下藤原秀泽与江南苏敬轩决斗,为何却仅下了几万两银子的小注,赢得的钱还大半给了介川将军?这与王爷的投入不符啊!"

福王淡淡一笑,反问道:"你认为藤原秀泽的剑术如何?是否能打遍中华无敌手?"

魏师爷一愣："藤原在东瀛有武圣之称，剑术自然是高明的，但要说打遍中华无敌手，恐怕就有些……不过小人不懂武功，对武林中人也不甚了了，不敢妄下断语。"

"是啊！文无第一，武无第二，武林中人谁甘心自居人下？可千百年来，又有谁能真正天下无敌？"福王说到这鼻孔里一声轻嗤，"也只有介川龙次郎这种夜郎岛国的井底之蛙，才会相信这种神话。"

魏师爷茅塞顿开："原来王爷对藤原秀泽与苏敬轩的决斗，并无十足的把握，所以不敢下重注。可王爷为何要花费如许心思安排他们决斗呢？"

福王诡秘一笑，道："根据经验判断胜负形势，然后再下注，这是赌徒的行径。本王不是赌徒，没有十足的把握，本王不会真正出手。"

魏师爷望着成竹在胸的福王，顿时明白了："原来王爷现在还只是在布局，真正的赌局还没开始呢！"

福王淡淡一笑，突然问："对了，这次各地赌坊开出的赔率是多少？"

魏师爷忙道："京城、洛阳、长安等地的赌坊开出的基本是一赔一，只有江南一带的赌坊开出的是二赔一。"

福王微微颔首："看来一旦牵涉到切身利益，人就会变得理智。虽然大家感情上都希望苏敬轩赢，但实际上看好藤原秀泽的人，差不多也占到一半了。"

魏师爷赔笑道："是啊！也只有在苏家所在的金陵一带，人们才会对苏敬轩更有信心，开出了二赔一的赔率。如果小人猜得不错，王爷正在针对人们的这种心理，布下一个天衣无缝的局。"

福王幽幽一叹："可惜这局瞒得过别人，一定瞒不过千门公子裘。如果不出意外，他恐怕已经闻到银子的味道，闻风而至了。"

魏师爷见福王面露忧色，忙安慰道："王爷事先就已经为他布下了一枚隐秘的棋子,这次除非是他不来,不然就一定会悔恨终身。"

福王忧心忡忡地摇摇头:"公子襄心思缜密,目光如炬,没有什么骗局能瞒得过他,他是本王唯一把握不住的变数。在没有抓到他以前,本王的计划就还有无法预见的风险,就不能说是万无一失啊!"

话音刚落,就见一名王府卫士匆匆而来,他的手中捧着一只雪白的信鸽。看到那信鸽,福王的眼中顿时闪出期待的光芒。

"王爷,信鸽终于飞回来了!"那卫士双手把信鸽捧到福王面前。福王接过信鸽,匆匆取下它腿上的竹筒,从中倒出一个纸卷。一个随从忙把灯笼凑过来,福王展开纸卷,匆匆看了一遍,然后神色不变地将纸条伸进灯笼中点燃。

"信上怎么说?"魏师爷小心地问道。

"猎犬已经发现了狐狸的行踪!"福王说着,抬头望望天色,突然自语道,"星无光,月有晕,明日必定是个好天气。"

两盏惨白的灯笼散发着蒙蒙白光,把空荡荡的灵堂映照得越发萧索。灵堂正中的牌位之上,赫然写着"先叔苏公讳敬轩之灵位",落款是"孝侄苏鸣玉敬立"。一点如豆的长明灯在灵案前无声地跳跃着,昏黄的灯火就如一个人脆弱的生命,似乎随时都可能随风逝去。

灵堂中只有一个白衣人在灵前长跪不起,如雕像般纹丝不动,直到听得身后传来轻微的脚步声,他依旧没有回头。

云襄在白衣人身边停下来,在灵前点上三炷香后,轻声道:"节哀!"

"叔父是因我而死!"苏鸣玉凝望着灵前的长明灯自语道,"若不是我一时好胜,让你替我送给藤原秀泽那幅画,他未必会向叔父挑战。"

云襄轻轻叹了口气:"你不必自责,这事跟你完全没有关系。"

苏鸣玉对云襄的安慰充耳不闻，对着苏敬轩的灵牌喃喃道："我已让人四下搜寻藤原秀泽的下落，只要发现他的踪迹，我就立刻去见他。叔父你放心，我会找回咱们苏家的尊严。"

云襄望着一脸决然的苏鸣玉，不由轻轻叹了口气。他知道，苏敬轩的死，使很少涉足江湖纷争的金陵苏家，以及一向与世无争的苏鸣玉，无可避免地卷入了这场赌局中。

杭州湾码头，这个数日前因藤原秀泽与苏敬轩的决斗而热闹非凡的海港，如今又恢复了它的宁静。在众多海上讨生活的渔民眼里，这场关系天朝尊严和荣誉的武林盛事，与他们的生计比起来实在是微不足道。待武林豪杰们一离开，这里又恢复成熙熙攘攘的海港渔市。

藤原秀泽置身于这个喧嚣的海港，却觉得自己异常孤独无助。虽然他已经换了一身汉服，还特意用斗笠遮住了自己的面容，但两柄与众不同的佩剑还是暴露了他的身份。他知道自己已经成为中原武林的公敌，所以想早点离开这是非之地，不是害怕中原武士的挑战，而是不愿自己视为最高修炼的神圣决斗，沦落为别人肮脏的赌局。

谁知一连问了七八个渔民，都没人愿意送他去远海，那里常有商船去往东瀛。最近海港禁航，码头上已经找不到去往东瀛的商船。

藤原秀泽失望地看着大海，一筹莫展。突然，身后两道轻如狸猫的声音在向他靠近，夹杂在渔民杂乱的脚步声中，十分隐蔽。藤原一声冷笑，轻轻握住了腰间剑柄。

脚步声在几丈外停住，不再向前逼近。藤原回头望去，就见两名中原武士正紧张地盯着自己。见自己回头，二人立刻喝问道："你是什么人？"

"一个浪人。"藤原淡淡道。虽然他精通汉语，但语气中还是带有明显的异族口音。

两名中原武士面色顿变，忙握刀喝问："你是东瀛人？可知道藤原秀泽？"

"正是在下。"藤原冷冷道。

话音刚落，两名武士面色大变，慌忙拔剑后退，如临大敌。一个武士虚张声势地喝道："江湖上正在四处找你，尤其金陵苏家，更是悬赏重金寻找你的下落。你只要跟我们走一趟，我们决不会为难你。"

藤原秀泽鼻孔里一声轻哼："如果你们想向我挑战，我接受。其他的事，我看就不必麻烦二位了。"

两名中原武士对望一眼，齐声道："这恐怕由不得你！"说着一人从怀中掏出一支信炮，猛地望空一拉，信炮立刻在高空炸开，颇为璀璨夺目。

藤原见状心知不妙，但事到如今也只有静观其变。信炮刚一响过，远处就有不少人开始向这边赶来，很快便把藤原围在中央。藤原见状暗暗叫苦，想要夺路而走已经迟了，只得手握剑柄暗自戒备。就见众人剑拔弩张，却并不动手。

"你就是藤原秀泽？"一个年轻人越众而出，对藤原拱手问道。见藤原点了点头，他朗声道："在下乃金陵苏家弟子。你杀害我家宗主，苏家上下决不会就此罢休！"

藤原秀泽环顾围上来的人群，轻蔑一笑："没想到中原尽是些无赖之辈，单打不胜就要群殴。"

那苏家弟子闻言面色顿时涨得通红，傲然道："你放心，咱们不会倚多为胜。我家大公子要向你挑战，咱们拦住你，是怕你胆怯而逃！"

藤原秀泽嘿嘿冷笑道："不是随便一个人就有资格向我挑战的。江南第一武林世家的宗主都已死在我剑下，整个江南还有谁胆敢向我挑战？"

此言一出，顿时激得众人哇哇大叫。人群中的苏家弟子只是少数，其他大多是江湖草莽，哪受得了这般侮辱？不知谁一声高喊："宰了这个狂妄的倭寇，为苏宗主报仇！"众人立刻响应，纷纷拔出兵刃，向藤原秀泽围过来。

藤原见激起了众怒，再不敢逗留，长剑出鞘，一抖手便幻出七道剑影，向人员稀疏的地方闯去。剑光闪过，立刻有鲜血飞溅而出，两名冲在前面的江湖汉子已倒在藤原剑下。众人刚开始只是看不惯藤原如此狂傲，想仗着人多势众令其屈服，谁知对方一出手就如此狠辣，顿时激起了众多江湖草莽的血性，不由嗷嗷叫着扑向藤原，出手再无顾忌。

藤原的长剑在人群中纵横捭阖，几乎无人能挡，不时有人受伤倒下，但众人异常彪悍，竟不退缩，反而争相扑向对手。藤原虽然还能勉强自保，却已陷入众人包围，无法再脱身。

眼看围上来的江湖汉子越来越多，藤原心知今日已无可幸免，不由仰天长啸，剑势如虹，打算痛痛快快一战而亡。就在这时，远处一队骑手风驰电掣而来，领头的骑士远远便在高叫："住手！统统住手！"

众人激战正酣，哪理会旁人呼唤？那骑手见状立刻纵马冲入人群，一柄长刀左挑右挡，闯出一条路，竟一直冲到了藤原面前。藤原此刻正杀得性起，见有战马迎面冲来，想也没想便横剑一扫，直劈战马颈项。那骑手长刀一撩，昂然迎上藤原长剑。刀剑相击，一声惊雷般的铿锵震得众人心神一颤，攻势不由一缓。却见那战马后腿一软，差点坐倒，后退了两步才勉强站稳。藤原虽然未退，却感到双臂发麻，手腕发软，心中更是惊骇莫名。来人竟在马背上挡住了自己的旋风一斩，就这一刀之威，当不在苏敬轩之下。

"来者何人？"藤原乍遇强手，反而激起了胸中熊熊战意，不由横剑高声喝问。

那骑手已收刀抱拳，不亢不卑地答道："卑职乃福王府卫队长蔺东海，受福王之命，特来保护藤原先生。"说完他转向周围众人："福王有令，藤原秀泽乃是朝廷贵宾，任何人不得伤害！"

"他杀害咱们中原武林多人，今日又伤我众多好汉，难道就这样算了不成？"有人高声质问。

"藤原先生乃东瀛武圣，这次渡海来朝是要与咱们切磋技艺，促进两国武技交流的。"蔺东海环顾众人，朗声道，"既然是切磋，难保不会有所死伤。福王有令，凡在公平决斗中死伤的，双方均不得追究，更不得纠众寻仇。谁要对藤原先生的武功不服，尽可公开向他挑战，决不能聚众群殴，自损我天朝上国的尊严！"

众人听到这话，心中虽有不甘，但蔺东海所率数十名王府卫士，此刻已把藤原秀泽团团保护起来，众人虽是江湖草莽，却也不敢公然和官府作对，只得高声鼓噪："这家伙杀了我们不少武林豪杰，如今却想偷偷溜回国，世上哪有这么便宜的事？"

"藤原先生是与东瀛使团一同来朝的，在介川特使离开前，藤原先生不会走！这期间任何人都可与藤原先生切磋武技。是这样吧，藤原先生？"蔺东海突然俯身询问藤原。

藤原一怔，这原不是他的本意，不过如果此刻他要说走的话，会让人以为是胆怯畏缩，再说此刻在众人围困下也走不了。天性的狂傲使他想也没想便傲然道："没错！只要有胆与我公平决斗，我藤原秀泽接受任何人的挑战！"

"既然如此，就请藤原先生随我回京，我蔺东海保证，今日之事不会再发生。"蔺东海说着转向众人，"藤原先生会在京城等待诸位的挑战，福王会保证交战双方的公平。"说完他一招手，一名王府卫士立刻翻身下马，把缰绳递到藤原面前。

藤原犹豫了一下，心知若没有官府的保护，自己根本无法安全离开。他只得接过缰绳翻身上马，在数十名王府卫士的簇拥下，与蔺东海一道纵马绝尘而去。

藤原秀泽在京中接受挑战的消息,在江湖上以讹传讹成了东瀛武圣要挑战整个中原武林,这消息像长了翅膀,没多久便传遍了江湖。人们从天南海北赶往京城,虽然绝大多数人不敢去挑战藤原秀泽,但他们还是希望亲眼看到有中原武林高手,击败那个狂妄的东瀛武圣。

但人们一次又一次地失望了,先后有七个名震天下的中原武林高手,尽数倒在了藤原秀泽剑下。更多的挑战者,甚至过不了福王府卫士这一关,他们连挑战资格都没有就败下阵来。不过相比那些成功过关者,他们反而是幸运的。败在王府卫士剑下不一定死,败在藤原秀泽剑下就一定会死,甚至死无全尸。

随着藤原秀泽的连战连胜,各地赌坊的赔率也随之水涨船高,甚至创下了一赔十的罕见纪录。不过赌徒是理智的,虽然感情上他们希望自己的同胞获胜,但在一次又一次的失望之后,他们渐渐站到了胜利者一边。公开场合大家都在痛骂藤原,为自己的同胞鼓劲,但在下注的时候,绝大多数人还是偷偷地买藤原秀泽胜,并在心中暗自祈祷,希望藤原为自己再次赢钱。

这场豪赌已不仅限于大城市大赌坊,甚至也波及了偏远小城甚至乡野小村,就连乡间小混混都在村头巷尾设摊开赌,接受乡野村夫一两个铜板的下注。这场豪赌涉及的金银已无法准确估算,它几乎成为全民参与的武林和赌坛盛会。

金陵富甲天下,各行各业都十分发达,赌坊更是多过米店。每到开赌那天,人们齐聚金陵最大的富贵赌坊金陵分号,望眼欲穿地等候从京城富贵赌坊传来的八百里加急快报,决斗结果就封装在信使背上那方小小的密匣中。快报一到金陵,富贵赌坊立刻就将其贴出,人们奔走相告,决斗结果立刻就传遍了金陵各个赌坊。

也有性急的赌客没耐心等候消息，便派人常驻京城，一旦决斗结束，立刻飞鸽传书。所以，他们往往比他人早几天知道结果。不过在人们心目中，只有富贵赌坊的加急快报才是真正的权威。

这日又是开赌的日子，当京城的决斗结果终于在金陵贴出时，各大赌坊门口自然又是一阵骚动。人们或咒骂或叹息，但更多的是窃喜，因为结果正如大多数人预料的那样，藤原秀泽再次胜出，没有辜负大多数赌徒的期待。

就在大多数人满心欢喜，涌到各大赌坊去兑赢得的银子时，一个模样打扮都不起眼的书生也混杂在熙熙攘攘的人群中，与周围兴高采烈的赌徒不同，他只是望着富贵赌坊门前排成长龙兑银子的人们发呆。

突然，一个老者被两名打手从赌坊大门扔了出来，刚好摔在书生脚边，跟着就听赌坊里传来一个打手的骂声："妈的，连孙女都输了，还想赌！你还拿什么来赌？"

老者摔得不轻，躺在地上半晌爬不起来。书生见状伸手将他扶起，只见老者发结散乱，颔下花白胡须乱如杂草，身形瘦弱，满面污秽，一副穷困潦倒的模样。见他还要挣扎着往赌坊爬去，书生忙劝道："老丈，小赌怡情，大赌倾家，适时收手吧。"

老者对书生的安慰充耳不闻，两眼发直地瞪着前方，恍若梦呓似的喃喃道："连续七次！连续七次我都加倍买藤原败，谁知他竟连胜了七次，让我输得倾家荡产。难道我泱泱中华，真的无人能胜他？赌了大半辈子，我还第一次见到这等邪乎事。不行！我还要买，这次我把自己压上，一定能赢！"说着他挣脱书生的手，挣扎着往赌坊中挤去，谁知刚到门口，又被看门的打手给踹了出来，摔得鼻青脸肿。他却百折不挠地继续往赌坊爬去。看他的模样，神智似乎已有些不太正常。

书生见状心有不忍，忙上前搀起他，小声道："老丈，你先跟我回去吧，我教你一个赢钱的法子。"

"真的？"老者两眼放光，跟着又将信将疑地摇头，"你不要骗我。"

"我不会骗你。"书生柔声道，"你家在哪里？我让人送你回去。"

"家？"老者敲着自己的头，一脸迷茫地喃喃自问，"对了，家在哪里？我的家在哪里？"

估计老者方才是摔坏了头，书生叹了口气："你先跟我回去，等想起来了，我再让人送你回家。"

"公子！"书生身后，一个青衣白袜的老家人忙凑过来，"这等滥赌鬼你理他作甚，就是把他那条贱命输掉也是活该！"

书生轻轻叹了口气："理虽如此，但真正遇到，谁能袖手旁观？再说孩子也是无辜的。"

老家人不满地重重哼了一声，但还是点头道："公子放心，我会让人把他孙女赎出来。"

书生点点头，向远处招了招手。不一会儿，一辆马车便停在他面前。书生把老者扶上车，对车夫吩咐道："风老，你先把他送到我那里，我随后就回来。"

车夫犹豫了一下，小声道："公子，还是一起走吧。"

书生摆摆手："我想随便走走，有筱伯跟着我，你不用担心。"

车夫不好再说什么，只得小声叮嘱两句，这才挥鞭而去。

漫步在熙熙攘攘的街头，书生眉头紧锁，负手缓步而行。那青衣白袜的老家人紧跟在他身后，一路上一言不发，似乎不敢打断他的思绪。

"筱伯，"书生突然停下来，"这世上真有天下无敌的剑术或武功吗？"

筱伯笑着摇摇头："哪有什么天下无敌的武功？除非是话本小说

里的。"

"那藤原秀泽为何能一胜再胜？"书生问道。

筱伯沉吟道："我查过死在藤原剑下的对手，除了当初的齐傲松与苏敬轩是真正的高手，后来败在他剑下的那些挑战者，名头虽大，但要论到真实功夫，没一个能超过齐傲松与苏敬轩。"

"是啊！真正达到武道至境的绝世高人，恐怕早已堪破世间名利浮华，哪会参与这等闹剧？"书生轻轻叹道，"只是我一直想不通，福王不是赌徒，为何要花这么大的心思，设下这等旷古未有的赌局？"

"听说富贵赌坊的幕后老板就是福王，这几场赌下来，富贵赌坊在各地的抽头，恐怕也不是小数吧。"筱伯道。

书生摇摇头："在别人眼里那是巨款，但与各大赌坊收到的赌资比起来，就实在微不足道了。以福王的为人，他会放过席卷天下财富的机会？"

"他总不能硬抢吧？"筱伯笑道，"只要是赌，肯定就有风险。福王不是赌徒，他不会拿自己的身家来冒险。"

"要发财快快下手！买大买小，买定离手！"街边传来的叫喊吸引了书生的目光，他转头望去，只见十几个闲汉围在街边一个简陋的赌档前，正赌得不亦乐乎。筱伯看了一眼，见是街头巷尾常见的骗人赌档，没什么稀奇，正要继续前行，却见书生已停下来，正聚精会神地望着赌博的众闲汉。看着看着，他的眼中渐渐闪出异样的光芒，喃喃自语道："明白了，我明白了！"

筱伯疑惑地看看赌档，正好看到庄家在以拙劣的手法出千，这实在没什么奇怪，像这样的街头赌档，出千很正常，不出千才奇怪。筱伯实在不明白书生从中看出了什么，不由问道："公子明白了什么？"

书生指了指赌档，轻笑道："天下赌局一个理，你看那庄家，像不像福王？"

筱伯一愣，顿时醒悟："你是说福王要出千？"

书生一声冷笑："利用东瀛武圣的挑战，激起武林公愤，再利用百姓对倭人的仇视，吸引天下人参与，所有这些，都只为最后一千！笨老千把把作假，高明的老千只骗你一把，一把就让你倾家荡产、永世不得翻身。好高明！好歹毒！"

筱伯半信半疑地问道："福王如何作假？"

书生悠悠一笑："这只是简单的技术问题，如果是我，至少也能想到三种办法。"

"那咱们现在该怎么办？"筱伯突然笑起来，"看公子的表情，我好像也闻到了银子的味道。"

"花钱买通京城、金陵、扬州、长安、洛阳等几个繁华城市最大几家赌坊的账房，利用他们监视各大赌坊的盘口变化，这钱一定不能省！"书生意气风发地大步而行，"我虽然知道福王要出千，却不知道他什么时候出千。所以，一旦发现各地赌坊都有大宗银子买藤原败，就要第一时间向我汇报。"

"藤原要败？"筱伯一脸惊讶。

"他一定会败！"书生自信地点点头，"现在的赔率已创纪录，藤原不败的神话也该结束了。只有他意外一败，福王才能以小博大，一把席卷天下。"

一只信鸽扑簌簌落到福王府后花园，一名苦候多时的王府卫士立刻将其捉住，迅速送到焦急等候的福王手中。福王接过信鸽，匆匆拆开它腿上的密信一看，脸上渐渐露出满意的笑容。

"王爷，有好消息？"一旁的魏师爷忙问。

福王把手中的纸条递给魏师爷，得意地笑道："本王布下的这枚棋子，总算发挥了它的奇效。等到这个消息，本王才终于可以放心收网了。"

魏师爷接过纸条一看,上面只有短短一句话——狐狸已在掌握之中。

魏师爷疑惑地抬起头:"这是什么意思?"

福王呵呵一笑:"本王以前就说过,这个局瞒不过公子襄。在没有把他掌握在本王手心时,本王还不敢收网,如今公子襄已不足为虑,这局总算是万无一失!"他突然提高声音:"来人,设宴请介川将军!"

介川龙次郎来到王府时,天色已是黄昏。王府后花园中早已排下酒宴,福王更是亲自出迎,令介川越发飘飘然。自从与福王联手,介川已赢得数十万两银子,心中对福王早已感激不尽。

酒过三巡,福王貌似随意地笑问道:"介川将军,听说你打算回国?"

"是啊!"介川忙道,"在下滞留多日,早已过了归期。若再不回国,恐怕德川将军会以为在下叛逃呢。"

福王呵呵笑道:"有几十万两银子的家底,就算叛逃又如何,到哪儿不是享乐不尽?"

介川面色微变,正要分辩,福王已举杯笑道:"玩笑,玩笑!谁不知介川将军乃德川将军心腹,对德川将军忠心耿耿,莫说几十万两银子,就算几百万两银子,恐怕也打动不了将军之忠心。"

介川面色稍霁,举杯笑道:"福王说笑了。"

二人共饮一杯后,福王像想起了什么,突然笑问道:"对了,贵国纵容海盗浪人勾结我国不法刁民,于海上啸聚成寇,在我沿海掳掠多年,不知一共抢到多少财富?"

介川面色大变,讪讪道:"王爷醉了。"

福王哈哈大笑,拍拍介川肩头:"介川将军不用紧张,这里不是朝廷,不必说官样话。咱们只是私下闲聊,百无禁忌。"

介川面色尴尬,不知说什么才好。却见福王似醉非醉地笑道:"有一笔巨大的财富,现在就摆在你我面前,它远远超过贵国海盗多年抢劫的总和。将军现在的身家跟它比起来,也不过是个零头。不知将军感不感兴趣?"

"什么财富?"介川一脸疑惑。

福王挥手屏退左右,待席中只剩下介川与自己后,才低声问:"你可知上次藤原武圣与武当清风道长的决斗,各地赌坊开出了多少赔率?"

介川顿时面露得色:"十赔一!藤原武圣是不败的神话,几乎无人敢买他的对手胜,不管他的对手是谁。"

福王点点头,悠然笑道:"你可知上次那一局,涉及多少银子输赢?"

介川茫然摇头。

福王淡淡道:"光京城富贵赌坊就收到百万两银子的赌金,其中九成是买藤原胜。如果加上金陵、扬州、开封、洛阳、长安、巴蜀等地的赌坊,你猜猜看,有多少银子在买藤原胜?"

介川摇头道:"我猜不出。"

"本王也猜不到。"福王笑道,"唯一可以肯定的是,远远超过我大明朝一年的国库收入。"

介川两眼放光,跟着又连连摇头叹道:"贵国真是富庶天下,只可惜,这钱咱们赚不到。"

福王把玩着酒杯,似笑非笑地道:"也不一定啊。如果下一场藤原武圣碰巧战败,而咱们又碰巧在各地赌坊下重注买藤原败,以一博十,你说咱们会赢多少?"

介川面色渐渐涨得通红,仁丹胡也不由哆嗦起来,跟着又遗憾地摇头:"藤原武圣不会败。在咱们大和民族眼里,武士的荣誉高于一切。当年藤原武圣尚未成名时,曾有对手用他的父母妻儿相要挟,要他弃剑认输,他亲眼看着父母妻儿一个个死在自己面前,也决不弃剑认输。从那以后,藤原武圣剑下再无活口,他的剑法已超越武道本身,成为杀戮和死亡的象征。别说在下,就算是德川将军,也不敢令他故意战败。"

"谁说要他故意战败?"福王幽幽道,"本王是要他败得彻彻底底,不能让人有半点怀疑!"

介川轻蔑地撇撇嘴:"能战胜藤原武圣的人,恐怕还没生出来。"

"是吗?我看不见得!"福王说着从怀中拿出一只小瓷瓶,轻轻搁到介川面前。

介川一脸疑惑地拿起瓷瓶:"这是什么?"

"一种特殊的药粉,化入水中无色无味。"福王淡淡道,"人一旦误服,一个时辰之后便手脚发软,反应迟钝,两个时辰之后必死无疑。"

介川像被烫了手一般扔下瓷瓶,猛地跳将起来,颤声惊呼:"你……你要我暗算藤原武圣?"

"如果你有更好的办法,也不一定要用到它。"福王泰然自若地把玩着酒杯。

"藤原武圣是我大和武士心中的楷模,我不能……"

"楷模如果能卖个好价钱,换一个就是了。"

"藤原武圣是我大和民族的骄傲……"

"所以才能卖个大价钱。"

"藤原武圣是我大和民族不败的战神!"

"不败的战神?"福王一声嗤笑,"你真以为藤原天下无敌?你知道他七战连胜的纪录是怎么来的?是本王用尽一切办法,拖住了可能对他构成威胁的绝顶高手,使他们无法向藤原挑战。凡经过我王府卫士这一关的挑战者，都是名头够响、武功不济的徒有虚名之辈。真要让那些绝顶高手出战，恐怕藤原未必能活到现在。"

"你不能侮辱藤原武圣！"介川愤怒地拔剑而起，剑刚出鞘，就见一旁陡然闪过一道寒光，重重击在剑身之上。介川只感到手臂一麻，长剑应声落地，跟着脖子一凉，一柄突如其来的长刀已横到自己脖子上。他转头望去，发现长刀握在一个面目冷峻的中年汉子手中。介川依稀记得，这人是王府卫队长蔺东海，不知什么时候竟悄然出现在自己身后。

"不得对介川将军无礼。"福王一挥手，蔺东海立刻收刀后退。

介川惊魂稍定，立刻色厉内荏地喝道："我不会出卖藤原武圣！决不！"

"本王不会逼你。"福王淡淡道，"就不知藤原如果得知是你告诉本王仓镰君与他的渊源，并让本王派人砍下仓镰的脑袋给他送去，以逼他与苏敬轩决斗，后又以大和民族的尊严为借口，鼓动他作为咱们的斗鸡吸引天下赌徒，会作何反应？"

介川一愣，想起藤原秀泽一贯的行事作风，浑身不由激灵灵打了个寒战，头上冷汗涔涔而下，半晌说不出话来。福王靠近了拍拍他的肩头，笑着安慰道："别担心，只要藤原一死，这些秘密对介川将军就再也构不成威胁。"

介川颓然坐倒，喃喃道："我不能。藤原与我同船前来，若不明不白死在这里，我没法向德川将军交代。"

福王一笑："本王揣测，德川将军恐怕也不喜欢在自己的威权之上，还有一个地位超然的武圣吧？如果介川将军再拿出一大笔巨款献给德川将军，这功劳恐怕远远超过失去武圣的过失。"

介川神色稍动，却还是默默无语。福王拿起桌上的瓷瓶塞入他手中："你可以回去好好想一想，若非藤原秀泽只信任自己的同胞，本王也不敢麻烦将军。"

把失魂落魄的介川送出府门后,紧随而出的魏师爷忧心忡忡地问:"他会照王爷所想行事吗?"

"以本王对人性的了解,他一定会!"福王自得地一笑,转头道,"本王已经为藤原安排好下一个对手。就算藤原不中毒,也未必能胜得了他。"

"此人是谁?"魏师爷忙问。

"金陵苏家大公子,苏鸣玉!"

"金陵苏家?"魏师爷一脸疑惑,"他们的宗主苏敬轩,不就是死在藤原剑下的吗?"

"是啊!"福王点头道,"但深居简出的苏鸣玉,才是苏家真正的高手。"

八、武魂

"听说你接到了藤原秀泽的挑战书?"

"不错!"

"你可知道这是福王设下的一个局?"

"那又如何?"

云襄轻轻叹了口气:"自从你与藤原决斗的消息传出后,各地赌坊突然出现了大宗赌注买你胜,数目惊人,你知道这是为什么?"

苏鸣玉神情木然:"我对赌博不感兴趣。"

云襄仰望天边白云:"福王花费如此心思,作了无数准备,就为这最后一局,藤原不败的神话即将破灭。你在江湖上一向低调,又与藤原不共戴天,所以成为打破神话的最佳人选。其实无论你武功高低,藤原这次都死定了。只有他死,福王才能以小博大,一把席卷天下。"

苏鸣玉冷冷问道:"你跟我说这些,究竟是什么意思?"

"我要你别受福王利用,成为他掠夺天下财富的帮凶!"云襄忙道,"你只要拒不出战,按富贵赌坊定下的规矩,就只能以和局论,我才有时间揭开福王的阴谋,使他苦心孤诣的计划彻底破灭。"

苏鸣玉用奇怪的目光盯着云襄:"你要我临战退缩?"

云襄也盯着他的眼睛:"我知道,这样做会令你声名狼藉,从此在江湖上抬不起头来。不过想想那些被福王蒙蔽的普通百姓,他们许多人将在这场骗局中倾家荡产,数百万甚至数千万财富将被福王一把收入囊中,你又于心何忍?"

苏鸣玉寒着脸对云襄一招手:"你跟我来!"

云襄随着苏鸣玉穿过苏府曲折的长廊,最后在后院的祠堂前停下来。苏鸣玉推开厚重的祠堂大门,神情肃穆地跨入祠堂中,默默在案前的香炉里插上了三炷香,然后跪了下来。

云襄打量着祠堂,这里供奉了无数苏氏祖先的灵牌,刚过世的苏敬轩的灵位也赫然在列。而祠堂正面案桌的刀架上,摆放着一把样式奇特的连鞘短刀。那刀弧形前弯,长不及一尺,正是金陵苏家独有的兵刃。

"你知道我苏家的标志是什么?"苏鸣玉说着双手捧起刀架上那把短刀,神情肃穆庄严,眼中闪烁着无尽的骄傲,"就是这柄无影风。当年先祖苏逸飞,得宋天璇与风开阳两位异人相助,打造出这柄绝世神兵之后,就没有辜负两位前辈的期许,以毕生之努力,终使它成为江湖正义和力量的化身。它对苏氏子孙来说,已经不是一件普通的兵刃,而是我苏氏一族的骄傲和精神象征。有多少苏家子弟为维护它的荣光,为之付出了鲜血和生命的代价!当着我刚过世的叔父,当着苏家列祖列宗的牌位,你告诉我,它值多少银子?我苏氏一族的尊严,又值多少银子?"

云襄肃然望向那些灵牌,以及祠堂匾额上"武善传家"几个大字,不由摇头叹息:"看来福王选择你,也是下了一番苦心的。当年第一名侠苏逸飞的后人,就算知道这是个骗局,为了家族的荣誉也无法退缩。福王真是苦心孤诣,算无遗策。"

苏鸣玉回过头来,冷冷道:"除开家叔的血债和苏氏一族的尊严,我中原武林乃至整个民族的尊严又值多少银子?难道你甘心看着一个蛮夷岛国的武士继续在我中华大地耀武扬威?"说着他猛地抽出无影风,向苏氏祖先的灵牌肃然一礼:"我以先祖苏逸飞传下的这柄无影风发誓,苏氏子孙可以战死,但决不会在任何挑战面前退缩!"

望着一脸决然的苏鸣玉,云襄沉默半晌,突然道:"你跟我来!"

马车载着云襄与苏鸣玉,穿过大半个金陵城,最后在一条偏僻破败的小巷前停了下来。苏鸣玉在云襄的示意下疑惑地跳下车,四下环顾,只见周围街道狭窄,房屋破败,几个衣衫褴褛的孩子像动物一样在垃圾中寻找着食物。苏鸣玉在金陵生活了近三十年,第一次看到富庶天下的金陵城,居然还有如此破败肮脏的地方。

在云襄的带领下,苏鸣玉顺着狭窄的街道缓缓而行。街道实在太窄,马车已不能通行,不过云襄对这一带的地形显然非常熟悉,领着苏鸣玉穿行在这片近乎废墟的城区中。

空气中散发着令人作呕的恶臭,沿途有不少面黄肌瘦的百姓,不住地用好奇的目光打量着显然不属于这里的两个年轻人。苏鸣玉看到这些被贫穷和饥饿折磨得不成人形的同类,只感到心神受到一种前所未有的冲击。

"像这样的街区金陵城中还有七处,"云襄边走边肃然道,"生活着十万余人,其他城市的情况也差不多,只是程度不同罢了。城市还算是好的,如果你去乡下,会发现大半佃农的生活还不如这里。他们起早贪黑,做牛做马,只求能勉强吃饱肚子。尊严对他们来说,实在是一种陌生的东西。遇到灾荒,女孩子为一顿饱饭就能出卖童贞,卖掉儿女还是善良的父母,易子而食也并非传闻。在他们的生活中,最常见的一个词是'活下去',最罕见的一个词就是'尊严'。"

"我对他们深表同情,不过这跟我的决斗有什么关系?"苏鸣玉不解地问道。

云襄停下脚步,回头望向苏鸣玉:"当这个国家还有一多半人为如何活下去而苦苦挣扎,连最起码的尊严都没有时,你不觉得自己的尊严实在有些奢侈?"

苏鸣玉哑然无语,眼里露出深思的神色。就在这时,街上突然传来一阵骚动,人们扶老携幼,兴高采烈地涌往一个方向,很快就在前方一个街口排起了长龙。苏鸣玉疑惑地随着人群缓步过去,就见一间稍微像样的房屋前,一字排开摆放着几大锅热腾腾的稀粥,几个汉子正为凑过来的一个个空碗添上粥。原来是有人在赈济饥民。

苏鸣玉心中的敬意油然而生,看了片刻,正想回头询问云襄,却见云襄目光中涌动着一种复杂的情愫,脸上焕发着一种圣洁的容光,正定定地望着前方的房屋。苏鸣玉顺着他的目光望去,那间房屋的门楣上有三个大字——济生堂!

"在你苏公子眼里,钱财是俗物,几百万几千万也只是一个虚幻的数字。它跟你的尊严、荣誉比起来,实在微不足道。但在我云襄眼里,它有着实实在在的含义!"云襄说着指向那些排成长队的饥民,"一两银子可以买六十斤大米,足够一个四口之家生活一个月,二十两银子就够这里的一家人幸福地生活一年。一两银子的米可以煮十大锅稀粥,有时候一口米汤就能救活一条人命。"

说到这里他猛然转回头:"这就是我对财富的理解,它比你的尊严甚至比我大明朝的尊严都重要!你可知道你为了自己的尊严,会使多少百姓倾家荡产,加入到这些饥民之中?"

苏鸣玉咬牙道:"没有人逼他们去赌,愚昧无知的人不值得同情!"

"愚昧?无知?"云襄突然戟指天空,怒视苏鸣玉道,"是高高在上的权贵,用贫困剥夺了百姓读书识字的机会,是他们的掠夺和愚弄，才造就了百姓今日的愚昧。谁要鄙视这种愚昧，谁就是在助纣为虐！"

望着神情骇人的云襄，苏鸣玉只感到心中翻江倒海，难以平静下来，在云襄面前，他第一次生出高山仰止的感觉。垂首木然半晌，他终于抬头缓缓道："多谢你让我看到了金陵城的另一面，我会认真考虑你的建议。"

望着低头缓步而去的苏鸣玉，云襄轻轻叹了口气，眉宇间依旧满是忧虑。紧跟在他身后的车夫走近两步，柔声道："公子，你已经做了自己能做的一切，其他就听天由命吧。"

云襄微微摇了摇头："这一战关系重大，我不能让福王的阴谋得逞。所以，无论如何我都要阻止苏鸣玉出战，哪怕与他翻脸。"他叹了口气："风老，你要留意苏鸣玉的动向，随时向我汇报。"

二人一前一后缓步而回。身材高大、肌肉虬结的车夫，在身材瘦弱的云襄面前就如雄狮一般威武。但此刻，这雄狮一般的老者，却蹑手蹑脚、小心翼翼地跟在云襄身后，用一种尊敬与怜悯交织的目光望着他那瘦弱的背影。

苏鸣玉背负双手，缓步回到熟悉的家中。这是苏府内的一个小院落，被翠竹和栀子花环抱，门前是小桥流水，空气中弥漫着醉人的花香，令人心旷神怡。苏鸣玉打量着熟悉的小院，第一次发觉它并不是那么完美。

"爹爹！"一双儿女蹦蹦跳跳地迎出来，猛地扑到他身上。苏鸣玉一手一个把他们紧紧抱在怀中。看到健康活泼的儿女，他不由自主地想起了方才看到的那些瘦骨嶙峋的孩子。

"相公回来了？"妻子笑着迎了出来，"我让厨下准备了你最爱吃的鲜竹笋和鳕鱼，还有绍兴刚送来的状元红，就等你回来开饭。"

"好，开饭！"苏鸣玉牵起一双儿女，大步进门。

一家四口团团围坐，望着吃得津津有味的孩子，苏鸣玉自己却有些食不知味。见妻子顾不得吃饭，只殷勤地为自己斟酒夹菜，苏鸣玉突然觉得有些愧疚，本想说句温情话，一张嘴却是："明天，我要出远门。"

妻子眼中闪过一丝黯然，却微笑道："我给你收拾行囊。"

"你不用管，让下人做就行了。"苏鸣玉忙按住她的手。

妻子温柔地望着苏鸣玉的眼睛，轻轻叮嘱："早些回来。"

用完饭，待一双儿女睡下后，苏鸣玉独自来到昏暗的祠堂中，默默拿起案上那柄无影风，在正中苏逸飞的灵牌前跪了下来。望着灵牌上那个曾经威震天下的名字，他在心中默默问道：先祖，如果你是我，将如何选择？

"公子，夜深了，早些歇息吧。"巡夜的老管家出现在祠堂门口，见苏鸣玉长跪不起，忍不住小声催促。

苏鸣玉把无影风隐入袖中，轻声吩咐道："苏伯，收拾行囊，明日一早我要出门远行。"

天色微明，报晓的雄鸡将云襄从睡梦中唤醒，刚披衣而起，就听门外响起一个少女银铃般的问候："公子这么早就醒了？青儿已经为公子准备好汤水，侍候公子梳洗。"

听到是青儿的声音，云襄脸上闪过一丝会心的微笑。上次在路途中将这个落难的少女救起后，才知道她父母双亡，无依无靠，在她不断哀求下只得将她暂时留在身边。青儿十分乖巧懂事，筱伯不在的时候，就主动负责了自己的饮食起居。虽然多次告诉她别把自己当丫鬟，可她总是不听。现在听到又是她在外面伺候，云襄忙问道："筱伯呢？他又在偷懒？"

"筱伯一大早就出门了。"青儿答道。

"出门了？为何？"云襄忙问。

青儿尚未回应，就听二门外传来一阵吵闹，隐约是一个老者在喊叫："我要回家！快送我回家！"

云襄听出是上次在富贵赌坊外救下的那个老赌鬼。那次他被赌坊打手踢倒，大概是摔坏了脑袋，一直吵吵闹闹不见好，云襄只得让人把他送到这处别院。这几日只想着如何说服苏鸣玉，竟把他给忘了。

云襄开门而出，正要令人送他回去，突见车夫风老急匆匆而来："公子，苏鸣玉今日天不亮就出门了，径直出北门而去！"

"他终究还是要去！"云襄顿足叹息。

风老忙安慰道："公子别担心，筱伯一大早就追了上去，定会想法拦住他。"

"他若执意要走，筱伯不一定能拦得住。"云襄急忙道，"快备马！咱们立刻追上去！"

"公子，你还没吃早点呢！"青儿见云襄说着就要走，忙在一旁提醒。

"来不及了，回头再吃！"云襄说着便与风老大步出门。二人刚出二门，就见那个老赌鬼拦住了风老："快送我回去，我要回家！"

"走开！等会儿我再送你这老赌鬼！"风老说着正要将那他推开，却浑身一颤定在当场，面色陡然变得十分难看。

云襄本已走出数步，见风老没有跟上来，忙回头问："风老，怎么了？"

风凌云胸膛急剧起伏，面色涨得通红，眼光如怒狮般骇人，却依旧一动不动。云襄忙快步走到他身边，正在疑惑间，就听一个声音冷笑道："他中了我的金针刺穴，若还能动，那一定是怪事。"

话音刚落，风凌云身后闪出一个老者，正是云襄在富贵赌坊门外救下的那个老赌鬼，此刻他脸上已没有半点猥琐，却有说不出的阴险。

他绕到风凌云面前，打量着怒目戟张的风凌云连连叹息："想不到一代鞭神风凌云，竟做了千门公子襄的走狗。"说完他转向云襄，得意地嘿嘿冷笑道："公子襄啊公子襄，老夫追踪你整整八年，无数次受你愚弄，没想到今日总算可以将你捉拿归案！"

"柳公权！"云襄瞬间明白了他到底是谁。

"正是老朽！"老者说着挺直胸膛，把遮住了大半个脸的乱发甩到脑后，顿时一扫满面谦卑，如猎犬般露出了本来面目。他指着自己的脸得意地笑道："意外吧？你可知为了改变模样接近你，老夫花了多大的心思，吃了多大的苦头？这可都是你教会我的。为了瞒过你身边这些老江湖，老夫不敢用任何易容膏，全凭节食把自己整整饿瘦了四十斤。为了躲过你的眼线，消除你的警惕，老夫更不惜装死瞒过所有人。福王算无遗策，知道你会嗅着财气而来，预先布下了老夫这枚暗棋，老夫岂能让你坏了福王的大事？"

云襄不由叹息一声："想不到一代名捕，竟堕落为权贵的走狗。"

"走狗？老夫大半辈子混迹公门，直到晚年才明白，做狗比做人要活得滋润自在很多。"柳公权说着一把扣住云襄的肩胛，嘿嘿冷笑道，"福王对你仰慕已久，一直想见你一面。你放心，见到福王后你未必会死，说不定你也可以成为福王身边一只爱犬。"

"放肆！"一直僵直不能动的风凌云突然一声大吼，猛地喷出一口鲜血，跟着一掌拍向柳公权胸膛。柳公权大惊，忙出掌相迎，只听轰然一声响，他已被突如其来的一掌震出数丈。

"公子快走！"风凌云闪身拦在云襄身前，状若怒狮。

柳公权惊魂稍定，不由嘿嘿冷笑道："想不到你竟不惜震断心脉来破我的刺穴金针，只是这等自残之法，我看能撑得多久？"说着扑将上来，双掌翻飞直拍风凌云。

风凌云边抵挡着对方鬼魅般的掌影，边嘶声大叫："公子快走！不然老夫死不瞑目！"

云襄心知自己帮不上任何忙，只得一咬牙转身便走。刚奔出数丈，就听身后传来风凌云一声惊雷般的咆哮，打斗声戛然而止。

"风老！"云襄忍不住回头，就见风凌云如衰老的雄狮轰然倒地，柳公权正背负双手一步步逼近，眼里闪烁着得意的光芒："公子襄啊公子襄，我看现在还有谁来救你？"

云襄黯然望向北方，心知自己这次终于败在一点不起眼的疏忽上，再无法阻止福王的阴谋，不由仰天长叹："苍天无眼，天道不公，我云襄人力终究有限，无力回天啊！"

柳公权哈哈大笑："现在这个时候，你也只有祈求上苍救你了。"说着一把扣向云襄咽喉。谁知他身形方动，就听身后有锐风袭来，他连忙回手一把将袭来的暗器抄在手中，却是一柄不起眼的银钗。

"什么人？"柳公权一声厉喝。就见一个青衣少女款款而出，慢慢来到了自己身前。少女的模样隐约有些熟悉，但柳公权却想不起在哪儿见过。

"青儿！"云襄十分惊讶，他在面前这纤弱少女身上，看到了一种全然不同于往日的特质，那是一种从容镇定、举止安详的高手风范。

少女凝望着满脸疑惑的柳公权，眼中渐渐盈满泪花。她没有回应柳公权，却从项上贴身拿出了一只小小的纯金长命锁。

"青梅！"柳公权一眼就认出了自己亲手为孙女打制的长命锁，也认出了眼前这十多年未见的孙女，意外和惊喜令他激动得须发皆颤，"你……你怎么会在这里？"

柳青梅用复杂的眼神凝望着这世上唯一的亲人："爷爷，我是在得知你被千门公子襄害死的消息后，动用我天心居的力量接近公子襄，一路跟随他到此的。"

"爷爷装死是出于福王的安排,想不到连你都瞒过了。"柳公权脸上有些尴尬,"不过你来得正好,今日你我祖孙二人联手,总算可以将臭名昭著的千门公子襄捉拿归案!"

柳青梅微微摇了摇头:"爷爷,你错了。我在公子襄身边多日,他的所作所为我都看在眼里。我现在不是要帮你捉拿他,而是要阻止你助纣为虐。"

柳公权面色大变:"青梅,你……你胳膊肘要向外拐?"

柳青梅再次摇头:"爷爷,你从小便将我送到天心居学艺,你可知何为天心?"

见柳公权一脸疑惑,柳青梅款款道:"天心即慈心,是悲悯天下的菩萨心。公子襄虽不是我道中人,却有着真正的菩萨心肠。我不会让你伤害他,我以天心居的名义发誓。"

柳公权勃然大怒:"你这不孝女!我送你去天心居学艺,没想到艺成之后,你竟然要跟爷爷作对!"

"爷爷,我在天心居学到的,首先是善,其次才是剑!天心指引我,做顺应天道之事。"柳青梅说着转向身后的云襄,"公子,去做你要做的事吧。记住,千万不要抱怨上苍,善善恶恶它都看在眼里,并在必要的时候以它那不可抗拒的神力,帮助值得帮助的人。"

"多谢柳姑娘,多谢上苍!"云襄对苍天恭恭敬敬一拜,直奔马厩,牵出自己的坐骑翻身上马,绝尘而去。

当云襄纵马奔出金陵北门时,就见筱伯正垂头丧气地打马而回。云襄忙勒马问道:"怎么回事,苏鸣玉呢?"

筱伯勒马答道:"苏公子为防有人阻拦,令人假扮自己把老奴引开,他已从另一条路赶往京城了。"

云襄一呆,不禁仰天长叹:"终究还是功亏一篑!"

筱伯又道:"他还让人托我转告公子,他不会令苏氏一族蒙羞,也不会让福王的阴谋得逞。"

云襄一怔,突然从马上一跤跌倒在地。筱伯慌忙翻身下马搀扶,却见云襄泪流满面,仰天大哭:"苏兄,是我害了你!"

藤原秀泽瞑目盘膝而坐,心如止水。这里是北京城郊一座七层高的玲珑石塔最顶层,从窗口可以望到远处满山的红叶,像鲜血一样红得灿烂。藤原一直把这里作为决斗的地点,除了不想让自己神圣的决斗被俗人围观,也是喜欢窗外那鲜血一样的颜色。

虽然知道自己的决斗已经成为天下的豪赌,但为了武士的荣誉和大和民族的尊严,藤原已不能退缩。幸好这已是最后一战,结束后就可以随介川的船队归国。虽然连战连胜,但藤原早已厌倦,恨不得早一天结束。唯有那个曾经托人传画给自己的对手至今也没有出现,让藤原一直引以为憾。

塔中传来从容不迫的脚步声,不疾不徐。应该是有对手通过了王府卫士的考验进入石塔,正拾级而上。藤原不知道对手是谁,也不关心,从脚步声他就能听出对手修为的深浅,至今还没有人值得他一问姓名。

脚步声终于在身前停下来,藤原突然想问问对手的名字,一睁眼,就见一个白衣如雪的男子立在自己面前,静若止水,目似幽潭。藤原心神一跳,竟生出一见如故的奇异感觉。他打量着眼前这从未见过的年轻人,霍然便认出了对方。

"是你?"

"是我!"

二人相视一笑,都从对方眼中确认自己已认出这神交已久的对手。藤原欣慰地点点头:"你总算来了,我终于不虚此行。可惜我还不知道你的名字。"

"苏鸣玉。"年轻人说着在藤原对面盘膝坐了下来。

"苏敬轩是你……"

"叔父。"

"难怪!"藤原恍然点点头,"他是我此行遇到的最厉害的对手。按说他的刀法不在我之下,只是他少了一种不胜即亡的气势。中原武士大多缺乏这种气势。"

"我中华武术追求的是生,而不是死。"苏鸣玉淡淡道。

"习武若不求死,如何能达到至高境界?"藤原傲然道,"长剑出鞘,不是敌死,就是我亡。若无这等斗志,剑术终不能大成。所以,我东瀛武技虽不及中华武术博大精深,但我东瀛武士,始终能胜出一头。"

苏鸣玉淡淡一笑,缓缓道:"习武之道,不在杀戮,不在死亡,更不在求死,而在于守护,守护亲人、朋友、家国、尊严、荣誉、生命……守护一切需要守护的东西。"

藤原秀泽心有所感,凝望着平静如常的对手,突然一鞠躬:"很好!就让在下以心中求死之剑,领教苏君守护之剑。"

苏鸣玉缓缓站起,拱手一礼:"请!"

藤原一跃而起,长剑应声出鞘,谁知刚一站起,脚下就是一个踉跄。藤原大惊失色,他终于感觉到浑身发软,头晕目眩,手中熟悉的长剑竟比平日重了许多。

"卑鄙!无耻!"藤原立刻明白问题所在,不由怒视对手,厉声斥骂,"想不到贵国不能在武技上胜我,就只能用这等无耻伎俩。"

"请不要侮辱我袖中无影风!"苏鸣玉冷冷道,"我很想与你公平一战,只是这一战关系到数百万甚至数千万财富的得失,我们的决斗已经不是你我可以左右的了。"

"愿闻其详!"藤原道。

"有人要借你我的决斗席卷天下财富,在树下你无敌神话的同时,再亲手打破这个神话。所以这一战无论对手是谁,你都要死。"苏鸣玉望着藤原,"不能与你公平一战,实在是我终身的遗憾。"

藤原长剑微微发颤,头上冷汗涔涔而下。他突然想起自己的饮食起居一向是由介川龙次郎安排的,而这次介川又一反常态爽快地答应回国,联想到这场豪赌涉及的巨大财富,他终于明白关键所在。

"介川!"藤原咬牙切齿吐出两个字,强忍腹中绞痛抬剑一指苏鸣玉,"趁我尚未倒下,拔出你的兵刃!"

苏鸣玉轻叹道:"你毒已攻心,何必苦苦强撑?"

藤原长剑一横:"我宁愿战死,也不愿就此倒下!望苏君成全!"

苏鸣玉眼中闪出尊敬之色,徐徐拔出袖中无影风,举刀一礼:"请赐教。"

藤原一声大叫,一剑直刺苏鸣玉胸膛。由于手脚发软,这一剑已经完全失去了力道,任何人都可以轻易磕飞。藤原眼见对手的刀徐徐迎了上来,不由挺直胸膛,准备以最骄傲的姿势,昂然迎接死亡的到来。谁知就在兵刃相接的一瞬间,无影风却不可理喻地往旁一让,他手中的长剑立刻毫无阻碍地刺入了对手的胸膛。

"怎么会这样?"藤原震惊地望着对手,只见苏鸣玉胸膛中剑,血迹慢慢在洁白如雪的轻衫上扩散开来,殷红刺目。他脸上却没有中剑的痛苦,反而露出了胜利的微笑。

"我说过,"苏鸣玉捂着胸口徐徐道,"这一战已不仅仅是比武决斗,而是关系到数千万财富的得失,我已无可选择。"

"你怎么能这样?"藤原突然愤怒地质问,"武士的荣誉高于一切!你怎么可以故意战败?你不仅侮辱了我,也侮辱了你手中的刀!"

"在我的生命中,还有一些东西比武士的荣誉更需要守护。"苏鸣玉说着缓缓望向窗外。高塔之下聚集着黑压压的人群,人们虽然看不到塔中的决斗，但依然从四面八方赶来，希望能在第一时间知道决斗的结果。苏鸣玉突然想到，除了福王，众人大都企盼着自己死在藤原的剑下吧？不过他一点也不后悔，他想起了云襄曾经说过的那句话：是高高在上的权贵，用贫困剥夺了百姓读书识字的机会，是他们的掠夺和愚弄，才造就了百姓今日的愚昧。谁要鄙视这种愚昧，谁就是在助纣为虐！

人群中有个熟悉的身影吸引了他的目光，虽然距离遥远，但两人的目光却越过人群和时空的距离交汇在一起，俱从彼此的目光中看到了对方的心底。苏鸣玉脸上洋溢着胜利的微笑，缓缓向他竖起拇指，他知道，对方一定能明白它的含义。

轻抚着手中那柄历经无数辉煌与荣耀的无影风，苏鸣玉在心中默默叹息：先祖，我没有辱没你留下的这柄战刀。如果你是我，也一定会作同样的选择吧？

望着神情安详、面带微笑的苏鸣玉，藤原渐渐明白了他的守护，也明白了守护之剑的真正含义。缓缓在他面前屈膝跪倒，藤原垂首拜道："苏君，你才是真正的武圣！"

夕阳已逝，天空如血。高塔周围的空地上，人们依旧在苦苦守候，等待着决斗的最终结果。从未亲临此地的福王，第一次在卫士的簇拥下出现在了这里，他的身旁，紧跟着神情紧张的东瀛特使介川龙次郎。

此刻，一向笃定自若的福王也不安地把玩着手中的玉如意，在萧瑟秋风中，他的脸上竟出了细细一层油汗。从不信鬼神的他，此刻竟喏喏着，无声祈祷起来。

高塔里终于走出了一个人影，跟跟跄跄脚步不稳。人们一见之下顿时欢声雷动，纷纷奔走相告："藤原赢了！藤原又赢了！"

信鸽漫天飞起，把消息传达四方，人们欢呼雀跃。在欢呼的人群中，只有福王和介川龙次郎面色惨白，呆若木鸡。没人注意到，一个人影趁混乱悄悄登上了石塔。

石塔之上，云襄泪流满面，轻轻抱起呼吸渐弱的苏鸣玉："苏兄，是我害了你！"

苏鸣玉苍白的脸上泛起最后一丝微笑："不，是你救了我……"

石塔之下，藤原跌跌撞撞径直走向介川，一言不发挺剑就刺。在他的积威之下，介川竟忘了抵挡，眼睁睁看着长剑刺入了自己的咽喉。

"败类，你根本不配死在我剑下！"藤原轻蔑地嘟囔了一句，横剑指向福王。突然一柄长刀从旁闪出，磕飞了藤原手中的长剑。福王在众卫士的簇拥下惊慌后退，场中只剩下手执长刀的蔺东海，以及两手空空的藤原秀泽。

"捡起你的剑，我给你一次机会。"蔺东海横刀逼视着藤原。

"你不配！"藤原轻蔑地撇撇嘴，转头望向东方，徐徐跪倒，嘴里喃喃低语，"扶桑，我回来了！西风，请载我魂归故土！"

说着，藤原秀泽拔出腰中短剑，双手紧握刺入了自己的小腹……

荒原之上，一座孤坟寂寂而立。坟前，一个身形瘦弱的书生带着两个孩子正在祭奠死者。萧瑟寒风中，隐隐传来春的气息。

一个孩子突然转过头，用稚嫩的声音问道："云叔叔，我爹爹是怎么死的？"

书生肃然道："是在与东瀛武圣藤原秀泽的决斗中战死的。"

"我爹爹败了？"

"不！他胜了。"

"胜了为何会死？"

书生犹豫了一下，轻声道："有时候，死，是求胜必须付出的代价。"

孩子似懂非懂地点点头，又道："从明天起，我就要开始习武了。我一定要练好爹爹留下的无影风，把所有坏人都杀光。"

书生轻抚着孩子的头，语重心长地道："孩子，你一定要记住，无影风不是用来杀人的。它是用来守护的，守护你生命中值得守护的东西。"

"守护？"孩子微微扬起头，"那我爹爹守护的是什么？"

书生没有回答，却抬头望向天空。半晌，他才喃喃道："是天心。"

"天心？"孩子也疑惑地望向天空，"天有心吗？"

"有！当然有！"书生牵起孩子的手，"每一个人，都有感受到天心的时候，你将来也会感受到。"

三人缓缓离去，背影在寒风中渐行渐远。天空中，一轮红日透过乌云的缝隙，静静投下万道霞光，使三人皆沐浴在冬日暖阳之中。

九、神迹

"师父，请用茶。"巴哲双手捧着新沏的普洱茶，恭恭敬敬递到孙妙玉面前。经过五年多的相处，他对这个师父的态度已经完全改变，现在他就像任何一个恭谨孝顺的弟子，时时对师父小心伺候，刻意巴结。

孙妙玉接过茶盏，浅浅抿了一口，微微颔首道："嗯，不错，比以前有进步，知道用毒药不算，还知道用普洱茶的味道掩盖断肠草的涩味。这一次离你上一次失手有多长时间了？"

巴哲赧然道："半年。"

"能忍上半年，耐心也有大幅提升。"孙妙玉赞许地点点头，若无其事地将杯中加了料的普洱茶一饮而尽，然后搁下茶杯，笑吟吟地望着弟子，一言不发。巴哲满脸颓丧地垂下头，默默去一旁拿过条拇指粗的竹鞭，双手捧着高举过头，屈膝跪倒在师父面前。孙妙玉优雅地抄起鞭子，笑问："这是你第几次失手了？"

"回师父话，第十八次。"巴哲满脸惭愧，就像没练好武功受到师父责罚一般。

"已经失手十八次，还是这般没长进，你说你该不该挨抽？"孙妙玉笑吟吟地问。见巴哲羞愧地点点头，她抬手就往他身上、脸上抽去。虽然她出手极其优雅，就如琴师抚琴、画师作画一般从容，但每一鞭都准确地落在巴哲的要害，没几下就打得他满身血痕。巴哲直挺挺地跪着，一动也不动。

"祖师奶奶又在打巴哲师叔了？"二人身后那座孤零零的木屋中，一个四五岁的小女孩听到鞭子声响，蹦蹦跳跳地跑出来，对孙妙玉连声央求，"祖师奶奶，让香香替您打吧，免得您老人家累着了。"

平心而论，孙妙玉看起来依旧非常年轻，绝不超过四十岁，这"奶奶"的称呼与她的外表实在有些不相称，不过她却并不在意，望向孩子的眼中泛起一丝难得的暖意。她扔下鞭子笑骂道："我还不知道你这古灵精怪的鬼丫头那点小心眼？你是心疼你师叔，每次都出面来保他这笨蛋！"

小女孩将巴哲扶起来，瞪着扑闪闪的大眼睛争辩道："师叔才不笨呢，他能帮我捉到最漂亮的小鸟，还教我怎么抓住毒蛇、蜈蚣，甚至还知道怎么才能逮到最狡猾的狐狸呢。"说着她转向巴哲柔声劝慰："师叔，你别再想着杀祖师奶奶了，你是杀不了她的。"

巴哲只是"唔"了一声，一脸悻悻。如果说以前他要杀孙妙玉还是出于仇恨，现在却完全是出于习惯。他早已被她那神乎其技的武功折服，心甘情愿奉其为师，现在还要杀她，只是想向这个师父证明，自己并不是个笨蛋弟子。不过至今为止，他都失败了。

孙妙玉对小女孩招招手："香香过来。"然后她又转向巴哲："上次为师教你的拳法练得怎样了？"

巴哲一言不发，拉开架式便独自演练起来。孙妙玉牵着孩子在一旁观看，就见巴哲一扫过去那种狼一般的恶毒和凶狠，拳法变得轻盈飘忽，身形灵动迅捷，宛如翩翩起舞的蝴蝶。练到急处，只见他的身形幻化成数十道人影,虚虚实实几乎无处不在,令人目不暇接。"好!"小女孩兴奋地鼓掌大叫,孙妙玉也微微颔首。少时巴哲收拳停住身形,浑身不见一滴汗珠,呼吸也依旧平缓如初。

"不错,你练武的悟性比你那笨脑子强多了!"孙妙玉的话也不知是赞是贬。一旁的小女孩看得手痒,兴冲冲地扬起小脸:"祖师奶奶,上次您教我的掌法我也练会了。"说着三两步来到场中,拉开架式,一本正经地演练起来。她年纪虽小,身形步法却迅若乳燕,掌法也使得有模有样,轻盈如风。

少时停身收掌,她不等站稳就兴冲冲拉着孙妙玉的手问:"祖师奶奶,我练得如何?"

孙妙玉爱怜地刮了下她的鼻子:"好好好,比你娘强多了!我一直都很奇怪,你娘那么聪明个人,练武咋就那么笨呢?"

"师父又在说青虹的不是?"身后传来一声半娇半嗔的质问,老少二人回头望去,就见白衣如雪的舒青虹正从木屋中开门出来。过了五年多时间,她比以前丰腴了些,腮边水仙依旧鲜艳如昔,只是眉宇间多了一丝恬静和淡泊,这使她看起来比以前成熟了许多。

"娘!"小女孩高兴地迎上去,立刻又回头向孙妙玉表功,"这套掌法我练三遍就全学会了,娘练了三十遍都还不会,比我笨多了。"

"就你聪明!"舒青虹佯装生气地瞪了女儿一眼,目光中却满是爱怜。

"青虹,你就是心眼儿太多了。"孙妙玉对女弟子叹道,"练武要有孩童般纯净无邪的心,才能完全做到忘我和投入,只有这样,才能真正领悟本门武功的精妙之处。"

舒青虹幽幽叹道:"师父教训得是,只是弟子禀性天成,恐怕要让师父失望了。还好香香悟性甚高,将来或许可以替弟子继承师父衣钵。"

孙妙玉盯着女弟子看了半晌，突然一声叹息："你还是没做到心境空明。"

舒青虹垂下头，柔声道："师父的心是否也真正空明呢？"

孙妙玉一窒，半晌无语。师徒二人脸上都有些萧索，那种寂寥和失落的表情竟有几分相似。山风凛冽，将孙妙玉的衣袂和长发吹得翩翩飞起，使她看起来有一种飘逸如仙的气质。

一骑疾驰而来的快马吸引了二人的目光，这令她们心中都有些奇怪。为了远离红尘俗世，孙妙玉特意选了这处僻静无人的山林，平日除了樵子农夫，很少看到外人。少时快马驰近，二人这才看清，马背上是个背负天心剑的天心居弟子。她纵马来到二人面前，不等快马停稳便翻身下马，从怀中掏出一封书信，对孙妙玉拱手拜道："孙师伯，居主有信送到。"

孙妙玉接过信，拆开草草一看，对她颔首道："知道了，请你回复你们居主，就说我届时一定会去。"

那少女舒了口气，立刻告辞而去。

舒青虹见师父面色凝重，忙问："信上说什么？"

孙妙玉道："魔门下个月将在嵩山之巅搞什么天降神火的仪式，邀请武林同道一起观礼。天心居也接到了邀请，所以青霞来信邀咱们同去。咱们在这里也隐居了五年多，香香都快五岁了，还从没见过外面的世界，这次咱们就一同去嵩山走走，也带孩子出去开开眼界。"说到这里她回过头，直视着弟子的眼眸："这期间肯定会碰到一些你想忘记的人，届时你如何应对？"

舒青虹嘴角泛起一丝苦笑："师父放心，弟子凡心已死，不会再为任何人心乱。"

"如果遇到故人纠缠，你如何应付？"孙妙玉又问。

就听舒青虹平静地道："弟子虽然习武的悟性不行，但应付这些许小事却还游刃有余,师父不必担心。"

"那好,明日咱们就动身去嵩山,看看魔门天降神火的玄虚。"孙妙玉说着回头招呼巴哲,"你速速去雇辆马车回来,明日一早咱们就出发。"

巴哲答应一声,立刻向山下奔去。他那迅疾飞驰的背影不再像孤独的恶狼,却越来越像一只轻松飞翔的鹰。

残阳落尽,天色昏黄,云襄白衣飘飘,负手矗立山巅,一动不动仰望着茫茫苍穹。他的身边立了个五六岁大的孩子。

"云叔叔,你在看什么?"孩子睁着漆黑的大眼睛,看看一脸寂寥的云襄,又看看极目无疆的天空,眼里满是好奇。

"天心。"云襄轻轻吐出两个字,神情肃穆。

孩子仔细看看天空,满是好奇地问:"天有心吗?"

"有,当然有!"云襄摸摸孩子的头,柔声道,"佳佳,你娘就住在那里,许许多多像她那样善良的人,都住在那里,在默默守护着我们。"

孩子"哦"了一声,凝目望向苍穹。他感到自己的目光似乎穿越云层,看到了最为思念的人。

身后传来"吧嗒吧嗒"的脚步声,云襄回头望去,就见阿布小跑过来,在三尺外站定,咨嚯地动了一下尾巴。云襄伸手牵起孩子:"筱伯回来了,去看看他给你带回了什么好东西。"

孩子一声欢呼,拉起云襄就往山下跑去。阿布跟在他们身后,不即不离。

来到山腰那间雅静的竹楼前,孩子已急不可耐地丢开云襄,蹦蹦跳跳地冲上竹楼,推门大叫:"筱伯,我要的陀螺买到了吗?"

屋里传来老少二人嘻嘻哈哈的笑闹声。云襄嘴边泛起一丝会心的微笑,缓缓登楼而上,尚未进门就见筱伯迎了出来,兴冲冲地道:"公子,你看谁来了?"

一个高挑健硕的少年从屋里出来,十七八岁模样,面目俊朗,举止从容,只是神色有些腼腆,带着少年人特有的羞涩和稚嫩。他一见云襄,眼里闪过莫名的惊喜,急忙拱手拜倒:"云大哥!"

云襄仔细打量片刻,终于认出了对方,不由一声欢叫:"你是阿毅?罗毅?"见少年笑着点了点头,云襄急忙将他扶起,连连感慨:"几年不见,长这么高了?静空师父在天有灵,一定会非常高兴。"

这少年不是别人,正是少林静空大师的俗家弟子罗毅。静空大师圆寂时,将他和济生堂都托付给了云襄。不过云襄自从在少室山下与其分手后,就再没见过他,只知道他在帮忙打理济生堂,没想到几年不见,他已经从一个半大的孩子,长成了一个略有些腼腆的大小伙子。

云襄将他拉至屋中入座,张宝连忙奉茶。张宝是风凌云的弟子,从几年前抗倭时就与师父一起跟随云襄,后来又随云襄一起离开了剿倭营。自风凌云死于柳公权之手后,他就像他师父一样留在了云襄身边,甘心为云襄奔波劳碌。

二人说起别后之情,自是感慨万千。云襄见罗毅眉宇间始终有一丝忧色,心中似压着什么心事,忍不住问道:"阿毅,是不是济生堂遇到什么事了?你从十三岁开始就在帮忙打理济生堂,也实在太难为你了。"

罗毅腼腆地笑笑:"济生堂不仅是我师父毕生的宏愿,也救过我一家人的命,我希望它能救助更多的人。"他微微一顿:"济生堂倒是没什么大事,就是魔门最近在河南活动频繁,自从那年大旱,魔门就假借赈济灾民的善举,在河南扎下根来,吸收了不少乡愚入教。近年来他们屡屡向济生堂示好,意图将济生堂收归门下,以笼络人心。下个月他们还要在嵩山之巅举行什么接引天火的仪式,以彰显所谓神迹，愚弄乡民。少林不敢出头揭穿其伪，真是令人叹息。"

"接引天火？"云襄有些疑惑，"那是什么？"

罗毅道："魔门每年都要举行这个仪式，以显示其天授神权的神迹，并吸纳新教徒入教。我不止一次混进去看过，说来也怪，一个所谓的神器琉璃塔，每次在阳光明媚的正午，就能无火点燃塔内的燃料，真像是天火降临人间一般。虽然我知道那不过是个骗人的小把戏，却怎么也想不通他们是如何做到的，其中奥秘又在哪里。"

云襄有些惊讶："无火自燃？真有那么神奇？"

罗毅点点头："我亲眼所见，每次魔门祭司将颂文投入琉璃塔中，然后众教徒齐声诵经，在正午阳光最炽烈的时候，塔内的颂文就会慢慢冒烟、起火，最后点燃塔中的油料。琉璃塔在火光中发出灿烂的光芒，这时仪式也就达到了高潮，众教徒一起拜倒，齐赞天赐神火，光大圣教。拜火教之名，大概也是由此而来。"

云襄抬头遥望虚空想了片刻，哑然失笑道："你这一说我还真有些好奇，这世上真有如此奇妙之事？我也想去看看。"

罗毅笑道："这次魔门的圣火节，还邀请了各大门派参加，大概是想就此正式向武林宣告，它回来了。公子若是想去旁观，倒是不用像我以前那样，装成教徒混进去了。"

云襄沉吟道："嵩山乃五岳之首，又在少林寺上方。魔门此举，显然是要在江湖立威，妄想君临天下的野心昭然若揭。就不知江湖上有什么反应？"

罗毅叹道："少林原本为武林翘楚，魔门就在嵩山之上搞事，少林不出头，别人又怎么会多管闲事？"

云襄沉吟良久，突然冷笑道："魔门势力一旦坐大，天下势必不得安宁。寇焱野心勃勃，一旦羽翼丰满，必定会将中原拖入战乱的深渊。如此看来，这事我还不得不去，虽然我未必能阻止魔门的行动，但至少要想法揭穿它愚弄乡民的手段。"

"太好了！"罗毅击掌道，"云大哥聪明绝顶，必能揭穿他们的把戏，令那些受愚弄的教徒幡然醒悟，迷途知返！"

一旁的筱伯有些担忧地插话道："公子，魔门行事狠辣，教中人才济济，七大长老各有绝技，四位光明使也是文武双全，更兼门主寇焱一代枭雄，无论武功智谋俱罕有对手。咱们贸然与之正面为敌，实在是……"筱伯说到这里突然住口，不过言下之意已是一目了然。

云襄微微叹道："我何尝不知魔门之势，仅凭咱们这些微之力，就如蚂蚁要扳倒大象，实在有些异想天开。不过魔门祸乱天下野心昭昭，我云襄若不站出来阻止，恐怕也很少有人站出来了。这世上有些事，知不可为，也要为之！"

罗毅满眼敬仰地望着云襄，拱手拜道："以前只知云大哥宅心仁厚，机智过人，现在才知云大哥的心胸，完全不逊古之侠者。有云大哥出谋划策，我罗毅愿联络少林寺有血性的武僧，为大哥冲锋陷阵！"

云襄感动地点点头，笑道："咱们又不是去打仗，用不着如此大动静。魔门这次只是向武林各派示威，咱们只需揭穿它天降神火的把戏，就能剥下它天授神权的画皮。一切打着神的旗号愚弄百姓的邪教，最大的弱点就是它超自然的神秘性。只要揭穿这点，它的本质也就暴露无遗。"说着他转向筱伯："我研读过魔门的经典，据称他们崇拜的光明神有四大美德，清净、光明、大力、智慧，不知四位光明使的称号是否正源于此？"

筱伯点头道："公子猜得不错，四位光明使的名字正是来自光明神的四大美德，分别是净风、明月、力宏、慧心。不过江湖上至今只闻其名号，并未见过真人。听说这次主持接引天火仪式的，就是这四大光明使。"

云襄眼里闪烁出一丝异样的神采，遥望窗外天空淡淡道："筱伯准备一下，咱们后天就动身去嵩山，会一会传说中智勇双全的魔门四大光明使。"

"太好了！"罗毅兴奋地一跃而起，对云襄拱手道，"我这就先一步回去联络少林武僧，为公子做接应！"

马车缓缓行进在曲折的官道上，车辕上坐着憨厚朴实的张宝，正挥鞭驱马而行。离魔门的圣火节还有的是时间，所以他倒也不急着赶路。他的鞭技虽不及其师风凌云，不过用来赶车却绰绰有余了。

车中，云襄悠闲地半躺半坐，懒懒翻看着手中的《吕氏商经》。这本书他早已倒背如流，并将其中的精髓化入经营中。这几年他已在金陵、扬州、闽南、山西等地，秘密开设了数十家钱庄和商铺，用出卖智慧赚到的银子做本钱，悄悄涉足商业经营，并聘请最有生意头脑的文人做掌柜，替他打理着各地的营生。他知道，济生堂庞大的开销必须要有源源不断的资金来支持，靠千术谋财毕竟不是长久之计。

在涉足商海的过程中，《吕氏商经》给了他极大的引导和帮助，加上他天生的聪颖和悟性，短短五年时间，他的商业王国已经初具规模。与江南黑道及南宫、苏家等江南豪门的良好关系，使他在江南的生意顺风顺水。现在，他正考虑将自己商业王国的边界，推广到中原腹地。于公于私，他都不得不面对魔门的威胁。

是时候与魔门决战中原了！云襄放下书本，眼里闪烁着点点微光。自舒亚男与明珠离开后，他就忘情地投入事业中，只有在没日没夜的筹划盘算、权衡审度和绞尽脑汁中，他才能暂时忘掉心中的痛楚。在他的运筹帷幄之下，他的商业王国以惊人的速度在江南发展壮大，并向四周不断延伸，成为不逊于任何帮会的秘密王国，甚至有不少帮会已被悄悄纳入他麾下，成为他商业王国的守护者。只是这些帮会的首领大多不知道，他们真正的老大就是几年前在江湖上风生水起、如今却渐渐销声匿迹的千门公子襄。

"人之行,利为先!"《吕氏商经》开宗明义的第一句话,揭示了社会的本质。人们在大多数时候都是以个人利益最大化来指导自己行动的,这导致了无数合作、结盟、争斗甚至杀戮,所有这些社会行为的背后,都离不开一个"利"字。《吕氏商经》一针见血地指出了这一点,而云襄极好地利用了这一点。他控制手下众多帮会的手段,不再像旁人那样用暴力或忠义,而是靠利益的结合,他深信只有共同的利益,才有长久的合作。

筱伯见他放下了书本,有些担忧地问:"公子,咱们要去揭开魔门天降神火的秘密,你不抓紧时间查阅古典密录,从古人的记载中寻找答案,为何还有心思读这差不多要翻烂的《吕氏商经》?"

云襄嘴角泛起一丝浅浅的微笑,那是他胸有成竹时的表情。面对筱伯疑惑的目光,他悠然道:"比起查阅古典密录,我还有更好的办法。"

"什么办法?"

"悬赏!"云襄笑道,"昭告天下,谁若能将天上的阳光引到地上,点燃任何东西,我出十万两银子的奖赏。"

见筱伯眼中满是疑惑,云襄笑着解释道:"我个人的智慧与全天下人比起来,实在微不足道。如果天下人在十万两银子的悬赏下,也找不到接引天火的诀窍,我云襄恐怕也无能为力。就算是翻阅古典密录,让天下人帮我翻阅查找,肯定也比我自己要有效得多。"

筱伯顿时明白了:"高,公子真是高明,难怪胸有成竹。只要魔门接引天火的把戏不是真正的神迹,就一定还有人知道其中的诀窍。以利诱之,说不定连魔门内部知道奥秘的教徒,都会为之动心。"

云襄微微叹道:"《吕氏商经》不光是一部经商谋利的圣典,更是一部洞悉社会奥秘的旷世之作。我这也是从它那里得到的启迪。你可知为商之道的最高境界是什么？"见筱伯摇头，云襄笑道："不是任何赚钱的奇思妙想，也不是发现机会的果敢和决断，而是用人。"

"用人？"筱伯两眼茫然。

"不错，用人！"云襄点点头，"让最能干的人为我赚钱，这是吕不韦在《吕氏商经》中讲到的商道之最高境界。其实这不仅是为商之道，也是为君之道啊！吕公在数千年前就有此眼光和认识，真乃神人也！"

筱伯点点头，用异样的目光打量着云襄，直到看得云襄都有些莫名其妙，他才叹道："老奴发现，公子考虑问题的方法和气度，与以前已大不相同，似乎境界比以前又高了许多。"说着他站起身来："我这就去发布悬赏令，让天下人一起来揭开魔门所谓神迹的外衣。"

"不用了。"云襄忙示意他坐下，"我已让张宝通过望月楼在江湖上秘密发布了悬赏令，等咱们赶到嵩山时，大概就能看到结果了。"

"为什么要让张宝去？公子信不过我？"筱伯老脸上有些不悦。

云襄忙赔笑道："筱伯你别多心，你年岁已高，这些跑腿的事迟早要交给别人。张宝跟了咱们多年，也还踏实可靠，这些小事以后筱伯就交给他做吧。"

"是啊，筱伯！"张宝在车厢外笑道，"俺张宝虽然笨点，但做些跑腿传话的活儿还是可以的，以后筱伯要多教教我。"说话的同时，他信手甩出一个响鞭。马车一震，稍稍加快了速度，一路向西而去。

北京城，一间幽暗静谧的书房中，靳无双边轻轻拨弄着手边的玉如意，边翻开着新送来的谍报。周全垂手立在一旁，静得让人几乎感觉不到他的存在。

"魔门要在嵩山之巅接引天火，并举行圣火节，你怎么看？"靳无双将谍报搁到一旁，头也不抬地问。

周全沉吟道："魔门此举，显然是要力压少林，在中原立威。朝廷就算不派兵镇压，也要派锦衣卫秘密参与其会，将首脑人物一网打尽！"

靳无双微微一笑，连连摇头。见周全眼中有些疑惑，他解释道："魔门野心勃勃，寇焱更是一代枭雄，若任他羽翼丰满，必为天下大患。不过他在我眼里，却还不及云啸风的威胁大，更不及《千门秘典》来得重要。"

周全若有所悟，忙问："主上的意思，是要暂时任他坐大？"

靳无双一声冷哼，眼里隐有寒芒闪烁："飞鸟尽，良弓藏；狡兔死，走狗烹。如今倭寇暂平，瓦剌蛰伏，朝廷那些言官就在圣上耳边进谗，说我大权独揽，把持朝政，要我分权。哼，我现在就要任由魔门坐大，不仅如此，我还要在暗中助它一臂之力，看看那些空谈误国的言官，有何应对之策！"他顿了顿，悠然问道："听说这次魔门入关后，表面上已改弦更张，欲与佛、道两门结盟修好，你说如果佛、道、魔三门冰释前嫌结成联盟，朝野会有什么样的震动？"

周全浑身一颤，变色道："若是如此，只怕朝野上下会哗然惊惧！不过，佛、道两门与魔门誓不两立，怎么可能修好结盟？"

靳无双手抚髯须笑道："寇焱这次重入中原，比以前成熟了许多。他曾多次向少林和武当示好，欲与他们修好结盟。只要老夫提醒一下少林方丈圆通，他顺水推舟与魔门结盟就再自然不过。至于武当，如今声望已大不如前，只要圆通稍加劝说，定不敢以一己之力独抗佛、魔两门，因此佛、道、魔修好结盟并不是不可能之事。届时朝中那些空谈误国之辈，除了倚仗老夫，还有谁可应付这等乱象？"

周全心领神会地连连点头："没错，这天下若没点乱子，怎能显得出主上的重要？天下人又怎知道主上比圣上更不可或缺？"他迟疑了一下，道："不过魔门的野心是整个天下，寇焱更是觊觎着江山社稷，若任由其坐大，闹不好会成燎原之势，到时局面可就不好控制了。"

靳无双胸有成竹地微微一笑，反问道："你可知千道的最高境界是什么？"

周全忙道："大象无形，大音希声，谋于无痕无迹之中。"

靳无双追问道："如何做到无痕无迹？"

周全想了想，茫然摇头。就听靳无双笑道："这就像练太极拳，要尽量藏起自己的力量，尽量借别人之力为我所用，巧妙维持各方力量的平衡，不到万不得已，不发雷霆一击。这在千道之中，叫借势。"

"小人明白了！"周全若有所悟地点点头，"主上是要借江湖上的力量来钳制魔门！"

靳无双笑着点点头："如今公子襄的势力已悄悄崛起，咱们却还没有查到云啸风和《千门秘典》的下落，既然如此，咱们何不让云啸风的这枚棋子与魔门斗个两败俱伤？看看云啸风是要弃子，还是要保他。只有等云啸风先行出手，咱们才能后发制人。找不到云啸风，咱们就算将公子襄和魔门全部铲除，也不算胜利。"

周全立刻点点头，笑道："小人这就去安排，定要让公子襄不能置身事外。"

"不必了，"靳无双笑道，"公子襄和天心居楚青霞，已经在赶往嵩山的途中。你要做的就是派人密切监视双方的动静，将看到的一切飞报于我。"

"遵命，小人这就去安排！"周全说着正要出门，突然想起一事，又道，"对了，镇西将军的大公子武胜文，昨日从大同府送来书信，说明珠郡主已平安产下了一位千金，求主上赐名。"

"知道了。"靳无双淡漠地点点头，信手在案上铺开宣纸，提笔略一沉吟，写下了三个龙飞凤舞、刚柔并济的大字——武天娇。

"好！一代天娇，此天娇又非彼天骄，果然好名字！"周全连声赞叹,双手接过宣纸,小心翼翼地卷起来,欣然道,"我这就让人给武家送去!"

周全刚出门,就见衣衫锦绣、雍容华贵的温柔推门进来,这一向笑语嫣然的贵妇,此刻脸上却有说不出的关切和焦急,不及见礼就对靳无双急急道:"无双,我想去看看明珠。"

靳无双面色一沉:"你堂堂王妃,岂能随便离京?"

温柔眼中泪水涟涟,急道:"明珠再怎么说也是我的女儿,她现在第一次做母亲,我这当娘的去看看她有什么不可以?"

靳无双眼中闪过一丝隐痛,淡然道:"但她并不是我的孩子。"

温柔浑身一颤,用异样的目光盯着靳无双:"你……你怎么能这样说?我……我这不都是听从了你的安排吗?"

靳无双眼中隐痛一闪而没,神色渐渐和缓下来,上前扶住温柔,笑道:"阿柔,忘掉你曾经有过这样一个女儿吧,她不过是一次意外。"

"忘掉?"温柔突然泪如泉涌,"亲生骨肉,我怎么能说忘就忘?"

靳无双无奈地叹了口气,柔声劝道:"要不过段时间,待明珠身子好些,我让武公子送她回北京省亲,让她带孩子来看看你。"

温柔只得含泪点了点头。靳无双见状,立刻拍手高叫:"来人,扶王妃下去休息。"

十、拜火

嵩山,既无泰山的伟岸雄奇,也无华山的险峻孤高,论幽静典雅不及衡山,说到婉约多姿又不及恒山。它在五岳之中最为普通,却以它那古朴和端庄的风姿,成为五岳中最平凡又最庄严的"中岳"。

嵩山之巅也一扫其他名山重岳的险峻,呈一片平缓的开阔地,似乎它天生就为傲啸山林的江湖中人聚会而生。魔门的圣火节举办地,也正好就选在了这里。

六月上旬,得到魔门邀请和听闻消息的江湖中人陆续赶来,他们大多抱着看热闹的心态,想看看拜火教如何在少林的家门口立威;也有人完全出于好奇,想看看魔门传说中天降神火的神迹;只有少数急公好义之辈,想在这次大会上揭穿魔门欲祸乱天下的阴谋,为天下的安宁尽一份绵薄之力。就在这样一个看似平和、实则暗流涌动的武林聚会中,各路江湖人物陆续赶来,让一向古朴清静的嵩山,渐渐热闹起来。

六月十三,拜火教圣火节。这个时节已是盛夏,不过嵩山之上依旧凉爽宜人。这日天色未明,嵩山之巅就汇集了数人之众,待天光大亮时，汇集到山巅的江湖人物，加上闻讯赶来看热闹的闲汉和做买卖的小贩，足有万人之众，将平坦开阔的嵩山之巅，也挤得满满当当。

在众多江湖人物和闲汉小贩中，近千名身披黑袍、纪律严谨的拜火教教徒，最为惹眼。他们不像寻常江湖中人那样自由散漫，大声喧哗，而是各依位置肃穆而立，静静护卫着山顶中央立着的那方圆木搭成的高台。高台分为两层：第一层是个宽四丈、长六丈的平台，铺着厚厚的红地毯，让人不由自主就联想到擂台；第二层是个一丈见方的小高台，上面有个一人多高的塔形物事，罩着纤尘不染的雪白绸缎，显得十分神秘。

卯时刚过，一个白衣男子在几个黑衣教徒的簇拥下，缓缓登上了高台。他举步来到台前，用冷峻的目光往台下一扫，乱哄哄的人群不由静了下来，跟着响起一阵窃窃私语："这人是谁？"

知道的人立刻小声回答："好像是近年在江湖上声名鹊起的魔门少主寇元杰！"

五年多过去，寇元杰比少年时少了些阴鸷和张狂，多了几分从容和冷静，也多了几分淡定和成熟。他俯瞰着台下群雄，缓缓拱手团团一拜，朗声道："欢迎各位不远千里，前来参加本教的圣火节，并观礼我教天降圣火的大典。因家父目前正在西疆，暂时赶不过来，所以只好由我寇元杰代表家父，在此感谢诸位的光临！"说着躬身一拜，十分诚恳。

人群中再次响起一声窃窃私语。许多年轻人是冲着魔门门主寇焱的大名而来的，都想见识一下这位二十多年前就纵横天下、几乎未逢敌手的绝世高人。年轻人都崇拜英雄，寇焱在二十多年前就隐然有武林第一人的气势和名望，无论是正是邪，他在现在的年轻人心目中，都是值得膜拜的英雄。听说他不来，人们纷纷起哄："寇门主不来，这次聚会还有什么意思？不如散了吧！"

寇元杰待大家起哄声稍弱，才淡淡道："这次大典，原本就来去自由，诸位随时可以走。不过若是选择留下观礼，就请尊重本教习俗。本教的拜火仪式，原本是不让外人参与的，不过考虑到江湖上对本教总有诸多误解，对咱们一些秘密仪式总是充满了无端的揣测和恐惧，所以家父决定将今年的拜火仪式向大家开放，以彰显本教的光明磊落。"他顿了顿，目光一寒，缓缓从场中扫过："若有人与本教有隙，或是对本教不满，尽可在观礼前后，上台向咱们挑战。本教避处西疆多年，与中原武林的交往中断多年，也想通过这次圣典，与中原武林互相切磋印证，使本教这次圣典，同时也能成为武林的圣典。"

　　寇元杰虽然说得轻描淡写，声音却清清楚楚传遍全场，显然修为比以前又高出许多。他话音刚落，场中顿时就炸开了锅，众人开始毫无顾忌地大声议论，显然在为魔门向中原武林挑战的嚣张感到气愤，不过一想到魔门过去的种种手段，众人虽然议论得多，却没有一个上台。武功低的不敢上台，武功高的自重身份，自然不愿第一个出头。

　　寇元杰待大家议论稍平，环顾全场道："今日凡是来观礼的嘉宾，都是本教的贵客，我们会礼敬有加。不过如果有人不尊重本教的习俗，妄自嘲笑起哄，就休怪本教将你视为敌人。"他顿了顿，陡然提高了声音："众护法听着，若发现有人捣乱，立刻给我拿下！"

　　高台四周那数百名教众立刻齐声答应，声势如虹。虽然这几百个教徒在上万人中就如沧海一粟，但他们那严肃、凝定的气势，比起乱哄哄的武林群雄来，自然要威武得多。

　　众人在魔门众教徒的气势压力下，同时也是在好奇心的驱使下，渐渐停止了喧嚣起哄，静等着一睹传说中拜火教接引天火的神秘仪式。

　　一个白袍祭司登上高台，对高台上那座塔形物事拜了几拜，然后对随行的两个白衣少年摆摆手。两个少年立刻跃上高台第二层，将蒙在那物事上的绸缎掀开。众人只觉得眼前一亮，终于看到了那件神秘的法器——魔门接引天火的五彩琉璃塔。

琉璃塔高九重，在阳光下发出绚烂的光芒，令人迷醉，夺人心智。只看那琉璃的纯度和大小，就算是一件寻常物事，也堪称稀世之宝，何况它还是用来接引光明神洒向人间的圣火的，是魔门一件至高无上的法器！

众教徒纷纷朝琉璃塔方向跪倒，齐齐匍匐在地。这时那个祭司开始朗诵经文，众教徒齐声附和，人人表情肃穆，让旁观的群雄也不由收敛了许多。少时经文朗诵完毕，那祭司将经文投入琉璃塔中，两个白衣少年揭开琉璃塔最上方的顶盖，众教徒在祭司带领下，小声吟诵着经文，静等天火的降临。

除了魔门教众，旁人对光明神天降圣火的传说好奇的多，相信的少。不过见众教徒如此认真庄严，众人也就耐着性子，静待奇迹的发生，场中一时间便静了下来，只听到魔门教众小声诵经的声音，给乱哄哄的聚会平添了几分神秘和诡异。

迎接天火的仪式一直持续到正午，这时日头渐渐移到头顶，阳光也渐渐从琉璃塔顶部，笔直地投射到琉璃塔底部，通过半透明的琉璃塔，可以看到阳光呈一条明亮的光柱，炽烈刺眼。

这时白袍祭司突然匍匐在地，高声叫道："至尊无上的光明神啊，请赐我光明之火，荡尽人世间的一切黑暗和罪恶吧！"话音刚落，就见方才投到塔中的祭文，渐渐冒起了白烟，最后"轰"的一声燃起，点燃了琉璃塔内部的油料，熊熊火焰在琉璃塔中燃烧。那摇曳的火焰经琉璃塔的折射，焕发出一种变幻莫测的七彩光芒，令人目醉神迷。

众教徒在白袍祭司的带领下齐声欢呼，人人声嘶力竭。许多人眼里饱含着泪花，他们在为自己有幸目睹光明神传播圣火的经过而激动，也有不少教徒不由自主地跳起了欢快的舞蹈，庆祝光明圣火降临人间。圣火节的狂热气氛，在此时也达到了顶点。

群雄虽然并不相信什么天降圣火的神话，但目睹这神奇过程后，也有些震惊和恐惧。难道魔门真有神灵庇佑？难道光明神真的驾临过拜火大典？不然琉璃塔内的油料，何以会无火自燃？众人此刻脸上的表情，再没有半分轻视和嘲笑，只有说不出的凝重。

寇元杰在教徒们的欢呼声中登上高台，对着燃烧的琉璃塔拜了两拜，转向台下众人。在他抬手示意下，众教徒停止了欢呼，静等着他的训示。

寇元杰的目光缓缓掠过全场，待众人的目光皆集中到自己脸上，才朗声道："多谢诸位不远千里赶来参加本教仪式，并亲眼见证光明神亲授本教圣火的整个过程。本教多年来未履足中原，以致天下人对本教总有不少误解，希望通过这次公开的仪式，本教能与中原武林各派消除误解，共襄大事！"

"不知魔门与咱们中原武林，有何大事需要共襄？"有人高声喝问。

寇元杰转往声音传来的方向，朗声道："中原武林向来一盘散沙，群龙无首。少林、武当虽执武林牛耳，但一向不理世间俗务，致使中原武林总是争斗不休，各门各派为一己私利，置天下公义于不顾，这是所有江湖争斗的根本原因！"他将声音提高了几分接着道："本教忝为中原武林一分子，欲改变这种状况，所以想将所有帮会、门派联合起来，组成一个大的联盟，大家在联盟内亲如一家，以和平的手段解决彼此的纷争。这样一来，中原武林将不再有流血冲突，不再有仇杀纷争，从而结束中原武林千百年来的无序状态，使天下得以太平！"

寇元杰话音刚落，立刻引来众人的质询。有人高声喝问："贵教此举，是要将中原武林全部收归麾下吗？"

也有人在小声议论："这话听起来好像不错，就不知如何才能让散沙一盘的武林各帮各派，心甘情愿地结成联盟？"

寇元杰似乎料到了众人的疑问，朗声道："请诸位不必多心，本门虽为中原屈指可数的大教门，却也不敢妄自尊大，自认是中原武林当然的领袖。少林、武当素来执武林牛耳，这等大事，自然是要以他们为首。"

"少林、武当皆出家人，要他们执掌武林，恐怕有些不妥。"有人嚷嚷道。

寇元杰淡淡一笑："方才诸位已亲眼见证了天降圣火的神迹，本教有光明神亲授圣火，自然要以天下为己任，勇挑重担。本教愿意与少林、武当这佛、道两派的最高代表一起，为维护武林的和平和安宁，贡献自己一份绵薄之力。"

群雄听到这句终于彻底明白了魔门的真正目的。少林、武当两派名宿皆是方外之人，自然不会过多参与俗家事务，若中原武林由少林、武当与魔门共掌，实际上也就成了魔门一方大权独揽的局面，魔门欲控制中原武林的野心，至此昭然若揭！

群雄中不少人深谙其中关键，立刻出言喝道："少林、武当都是些不管事的老家伙，这不成了魔门统领中原武林了吗？"

也有人在高声鼓噪："咱们一向自由自在惯了，凭啥要让别人来管束？江湖原本就是自由自在的地方，若都像朝廷那样，大家按武功高低、能力大小分成三六九等，让魔门来做咱们的皇帝，这江湖还有啥意思？若是那样，老子第一个退出江湖！"

那人话音刚落，立刻引来无数人齐声附和。寇元杰待众人声音稍停，才朗声道："咱们并不想勉强旁人，这武林联盟乃是自愿加入，凡加入此联盟者，本教会视之为朋友和兄弟。"言下之意，若不加入，魔门就会视之为敌人！

众人突然想起这次聚会的两个重要角色——少林和武当的代表，既然魔门口口声声尊少林、武当为中原武林领袖，只要少林、武当两派能坚持自己的原则,那魔门妄想控制中原武林的野心也就无法达成。众人不由纷纷打听:"少林有没有派人前来观礼?武当呢?"

在众人的嘈杂声中,突听寇元杰一声高喝:"请少林掌门圆通大师、武当掌教风阳真人!"

话音刚落,就听礼炮、号角齐鸣,山巅四周传来二十一声礼炮,以及阵阵牛角号浑厚悠扬的声音,将众人吓了一跳。礼炮、号角声中,一个满面红光、身披大红袈裟的和尚,与一个身材矮小瘦弱、道袍破旧肮脏的老道士,并肩从山下拾级而上,二人身后紧随着两列灰衣僧侣和青衫道士,人人肃穆庄严,步履沉稳。

人们对走在前面的圆通大师倒是不陌生,却不知他身边那相貌猥琐、睡眼惺忪的老道士是何等人物。若说他就是武当掌教风阳真人,那也实在太令人失望了,在众目睽睽之下,他居然边走边剔牙,皱纹纵横的脸上还带着酒后的红潮,那模样就像是刚吃饱喝足走出饭馆的酒鬼,哪有半分名门正派掌教的威仪?

一行人在众人惊诧的目光中登上中央的高台,寇元杰立刻迎上前,对二人拜道:"两位掌门能在百忙中亲自参与盛会,实乃中原武林之幸,令晚辈深感荣幸。"

"寇公子不必客气。"圆通连忙扶起寇元杰,"这等盛事,又在咱们少林家门口举行,少林岂有不来之理?"

老道士风阳子则含糊点头道:"该来!该来!"

寇元杰与二人见礼后,转向台下群雄道:"请允许我向大家介绍当今中原武林的两大名宿,也是佛、道两门的最高掌教,少林的圆通大师和武当的风阳真人!"说着将二人让到台前,示意他们对群雄讲话。

在台下群雄的窃窃私语中,圆通与风阳子谦让了一回,这才合十对台下群雄宣了声佛号,大声道:"今日之聚会,不仅是魔门拜火节,也是中原武林佛、道、魔三方之盛会，少林作为地主，当谢诸位前来观礼。"

圆通话音刚落，立刻引来武林群雄更大的骚动。有人立刻高声喝问："圆通方丈，少林不是一向自诩佛门正统，以除魔卫道作为佛家之本分吗？啥时候少林已与魔门沆瀣一气了？"

圆通淡淡一笑，沉声反问："何谓魔，何又谓佛？"

有人立刻答道："为善是佛，为恶是魔！"

圆通再问："何为善，何又为恶？"

更多人高呼："救人是善，杀人是恶！"

"说得好！"圆通这一声呼喝用上了佛门狮子吼，将场中乱哄哄的声音尽皆压了下去。他双目炯炯虎视全场，沉声道："几年前河南大旱，魔门放赈救民，请问此举是善是恶？"

众人尽皆哑然。几年前魔门重入中原，就在河南放赈救民，确实让天下人感到有些意外。不过也有人立刻呼道："魔门那是要收买人心，吸引灾民入教，它救人是假，吸收愚民入教是真！"

圆通一声叹息："如此说来，天下人行善积德，皆有收买人心、为自己积累功德的私心了？既然如此,我们又怎么有权指责魔门的私心呢？"

"圆通大师，从来佛魔不两立，你怎么在帮着魔门说话？"有人高声质问。

圆通朗声道："佛曰，放下屠刀，立地成佛。魔门就算过去做下过无数人神共愤的暴行，但经过十八年的反思悔过，五年前重入中原后，其行为气象与以前已大不相同。尤其这次主动与我佛、道两门修好，以维护中原武林的和平，这等胸襟和气度，难道不值得我辈效法？都说佛魔不两立，如果佛、道、魔都能化解千百年来的恩恩怨怨，那天下还有什么恩怨不能化解呢？难道我佛的胸襟，尚不及魔门教众吗？"

圆通的话虽然句句在理，听在群雄耳中却是十分别扭。佛魔不两立,这是江湖千百年来的惯例,如今这惯例居然在圆通这里被打破,众人皆有些迷茫。有人便高声质问风阳子:"风掌教,您老怎么不说话?"

风阳子被圆通让到前方,他略显紧张地清了清嗓子,讷讷道:"这个……这个化解恩怨,结盟维护江湖和平,总是……总是好事。咳咳,贫道……贫道当然是完全支持的。"

圆通接口道:"这世上何谓魔?人们对不了解的东西、不合常理的东西,都斥之为魔。比如拜火教的拜火大典,人们一向对天降圣火的传说充满了种种揣测和恐惧,总认为那是邪魔外道的罪恶仪式,如今咱们有幸亲眼见证这天降圣火的神迹,还会认为那是邪魔外道用来愚弄教徒的把戏和手段吗?"

众人不由静了下来。以前听说魔门拜火节天降圣火是难得一见的奇观,群雄大多以为那是魔门用来愚弄教众的障眼法,如今亲眼见过它的神奇后,心中不由生出一种对未知事物的莫名恐惧。今见少林、武当竟也支持与魔门结盟,群雄虽觉不妥,却也不知如何去反对。

终于,有人高声问道:"不知结盟之后,由谁来领导中原武林?"

圆通笑道:"自然是由咱们佛、道、魔三方共同来维护中原武林秩序。"

有人高呼道:"少林、武当素来为中原武林的泰山北斗,中原武功大多与其有千丝万缕的联系,由你们来领导中原武林,咱们自然没意见。不过魔门何德何能,凭啥领导中原武林?"

"问得好!"圆通尚未回答,寇元杰已越众而出,对众人大声道,"魔门居西疆多年,与中原武林多年未有交流,难免让人对咱们这天下第一大教门有些猜疑,不知是否还名副其实。正好本教光明四使在此,他们的武功皆由家父亲传,可以与中原武林来切磋印证,看看咱们魔门有没有资格与少林、武当一道,领导中原武林。"

面对寇元杰的挑战,台下群雄终于按捺不住,有人已一跃跳上台来，对寇元杰和圆通、风阳子拱手道："在下青城派张松，愿抛砖引玉领教魔门绝学。请两位大师作个见证！"

"原来是青城掌教的大弟子！"圆通点点头，笑道，"大家中原武林一脉，相互切磋印证是提高武功的正途，不过还望大家点到为止，切记切记！"说着便与寇元杰和风阳子向后退开，将擂台让了出来。

张松冷哼了一声，眼里满是杀气。青城派上一代掌门，二十多年前曾被寇焱选为拳靶，三招之内伤于掌下，这一直被青城派上下视为奇耻大辱，今日难得有此扳回颜面的机会，张松自然不会放过。他冷眼望向台后盘膝而坐的魔门教众，沉声问："魔门上下，难道就没人敢应战吗？"

话音刚落，就听身后传来幽幽一声叹息。张松一惊，急忙回头望去，就见身后不知何时多了个白衣飘飘的年轻人，看起来只有二十七八年纪，却有一种说不出的沉稳凝定，尤其他那白如美玉、俊朗如仙的面容，令张松油然而生一丝自惭。他盯着对方缥缥缈缈的眼光喝道："来者何人？"

"拜火教光明使明月。"年轻人款款道，凛冽山风吹拂着他的衣袂，使他看起来有一种飘飘欲仙的气质。面对张松充满恨意的目光，他无奈地叹了口气："当年贵派掌门败于咱们门主之手，难怪你会对本教如此仇恨。为了化解二十年前的恩怨，明月愿替门主受你三掌。"

当年青城派掌门被寇焱三掌击成重伤，不久即不治而亡，张松听对方愿代寇焱受自己三掌，不由点头道："好！只要你受我三掌，咱们二十年前的恩怨，便一笔勾销！"

明月面带微笑，做了个请的手势。张松也不客气，一个箭步冲到对方面前，一掌便拍向对方胸腹要害。这一掌用上了十成的功力，足以开碑裂石，就见明月的身子被击得凭空飞了出去，飘飘然落在数丈开外，面色不变地继续向张松示意。

群雄哄然叫好，为张松加油。张松脸上却青一阵白一阵，胸膛起伏不定。原来就在他方才那一掌尚未击实的瞬间，明月的身子突然顺着他的掌势飘了出去，使他这全力一掌像击在了空处，心中一阵难受。由于明月退得恰到好处，在旁人看来，就如被他这一掌击飞出去一般。

张松不敢说自己的掌势竟然追不上对方的身形，只得硬着头皮再上。这次他用了点心思，先以右手虚招虚击明月胸膛，跟着右掌后发先至，倏然击上对方小腹。不过这一掌依旧击在了空处，只见明月顺着掌势退开三步，面带微笑地道："还有最后一掌，阁下可要用上全部力量了。"

张松一声大吼，双掌连环击出，先后击中明月胸腹。只见明月身形再退数尺，浑若无事地对张松笑道："多谢阁下手下留情，三掌俱没有用全力，明月才能侥幸在你掌下逃生。看来阁下也是有心化解与本教的恩怨，这才大度留手，明月替门主多谢你的宽宏大量。"说着恭敬一拜，态度颇为诚恳。

张松自知武功与对方差得太远，见对方如此给自己留面子，也不好再说什么，满脸羞惭地拱手一拜，匆匆跳下高台夺路而去。

明月手捋鬓发环顾全场，微笑道："本门二十多年与武林各派的恩怨，希望在今日作一个了断。在下愿替门主身受诸位的拳脚，以化解往日的恩怨。过了今日，中原武林便亲如一家，再不该有这等冲突和仇杀，请少林和武当两派的掌教，为咱们作一个见证。"

群雄面面相觑，一时无语。一些人已看出明月方才所受三掌，俱是靠着极快的身形在掌力落实的瞬间倏然后退，如此迅捷的身形步法，以及进退瞬间机会的把握，足以令人咋舌，而他不过是魔门四位光明使之一，魔门之实力可见一斑。

不过很快又有人登台，要向明月挑战，明月根据拜火教往日与他们的恩怨，以身试群雄的拳掌，将其愤恨一一化解。群雄先后上去了四五人，却都像青城派张松一般，拼尽全力也未能真正击中明月一掌，尽皆羞愧下台。

众人在惊诧明月武功之际，不禁暗自心惊。就在这时，突听一个清冷如仙的声音款款问道："贵教寇门主当年曾伤我师妹，使我师妹沉疴病榻十八载。不知光明使可否受我一掌，以化解我与贵教的多年恩怨？"

这几句话说得轻描淡写，却清清楚楚传遍了全场。众人循声望去，就见一个白衣飘飘的女子越出人群大步行来，在众目睽睽之下身形微起，冉冉落在了高台之上。

明月连忙后退半步，紧张地盯着来人，沉声道："这是天心居的武功，你是天心居的人？"

"不是。"白衣女子淡淡道，"不过我师妹当年被寇焱伤得十八年卧床不起，光明使若是要化解这场恩怨，可否受我一掌？"

明月脸上的紧张一闪而没，很快就恢复了那种从容不迫的气度。他对来人淡淡一笑，道："若能化解本教与你的恩怨，明月就算受你一掌也没什么。不过前辈乃是与咱们门主齐名的神话般的人物，若是以此来欺负小辈，只怕会对前辈声誉有损，所以晚辈不敢陷前辈于不义，还请前辈见谅。"

不用说，这白衣女子就是反出了天心居的孙妙玉。她原本只是带着两个弟子来看看热闹，见明月如此嚣张，这才忍不住登台。谁知明月一眼就从身形步法上看出了自己的武功渊源，她倒也不好再逼，只道："我今日前来，原本是打算向寇门主请教的。如今寇门主不在此地，不知贵教谁可以让我不虚此行？"

明月浅浅一笑："以前辈的武功，恐怕除了门主，本教无人有资格做前辈的对手。不过若前辈实在想要印证咱们的武功，明月及另外三位光明使，倒是勉强可以奉陪。"

孙妙玉眉头一皱:"你是说贵教四位光明使齐上?"

明月谦卑地笑道:"咱们四人的武功皆由门主亲授,门主也常常以一敌四与咱们切磋。咱们四人齐上,就如门主出手一般。前辈乃世外高人,当不会介意咱们倚多为胜吧?"

孙妙玉嘿嘿冷笑道:"早听说寇焱在关外隐忍这十八年,特意从一批天赋异禀的少年中精心挑选和培养了四个武学天才,年纪轻轻就已达到绝高境界,比之魔门长老尚胜一筹,这就是你们光明四使吧?"见明月坦然点头,孙妙玉哈哈一笑:"好,我倒是有心见识一下寇焱精心培养的四朵魔门奇葩!"

明月微微颔首,然后轻轻拍了拍手。三个同样白衣如雪的年轻男女先后跃上高台,隐隐将孙妙玉围在了中央。

台下群雄一见孙妙玉的风采,纷纷相互打听:"这女子是谁啊,竟敢孤身一人挑战魔门光明四使?!"

有人隐隐猜到孙妙玉的身份,不由激动地道:"如果我没猜错,这是当年与素妙仙齐名的天心居大师姐,后来反出天心居门墙的孙妙玉!"

天心居弟子一向少有在江湖上走动,素妙仙也是因为二十年前与寇焱那一战,才名传天下,所以并没有多少人识得孙妙玉。不少人都有些为她担心,想要上前英雄救美,却又自觉力有不逮,只得大声鼓噪:"魔门以四对一,好不要脸!"

光明四使只是稳稳将孙妙玉困在中央,并不为众人的鼓噪所动。孙妙玉依次看去,只见明月右手边是个身高体健的年轻人,看起来只有二十五六岁模样,生得浓眉大眼,双目炯炯有如虎眸,即便身着宽大的白袍,似乎依旧显出他衣袍下虬结的肌肉。见孙妙玉在打量自己,他微一颔首:"晚辈力宏,见过孙前辈。"

孙妙玉点点头,目光转向明月的左方,那是个笑语嫣然的白衣少女，看起来二十岁左右，生得娇俏迷人，尤其天生一双媚眼，扑闪闪似有电光四射。孙妙玉虽为女子，却也感觉到了对方的媚惑之力，忙收勒心神冷眼一瞪，那女子忙避开孙妙玉的目光盈盈拜倒，笑吟吟地道："晚辈慧心，见过前辈。"

孙妙玉轻哼了一声，缓缓将目光转向自己身后那人。此人一直静静地立在身后，以孙妙玉之能，也得专心致志地用心感受，才能察觉她的存在，可见她的修为和耐心，又比另外三个同伴要高。待看到那人模样，孙妙玉也不禁在心中喝了一声彩。对方年纪不到三旬，却有一种不食人间烟火的空灵，这种空灵又与天心居修为深厚的女弟子有所不同，那是一种带有一丝邪气的超然脱俗，也只有修为如孙妙玉，才能勉强分清其中的差别。她深深盯了对方片刻，淡淡道："净风使？"

"晚辈净风，见过前辈。"那女子微微一拜，清冷平和的目光，竟与当年的素妙仙有几分神似。孙妙玉心中暗惊，看来寇焱选这四大光明使，可是下了一番苦心。只这净风使一人，就是罕有的劲敌！

在台下一个不为人注意的角落，云襄也在关注着台上发生的一切。孙妙玉的突然出现，令他不由留上了心。筱伯见状，在一旁小声解说道："看这女子的身形步法，莫不是传说中的天心居高手？"

"天心居？那是一个什么门派？"云襄皱眉问道。上次得天心居弟子柳青梅相助，才得以逃过柳公权的缉拿，不过他对天心居依旧一无所知。

筱伯叹道："世间万物，离不开阴阳两性，所以这世上也就少不了佛、魔两道。如果说拜火教是魔的化身，那天心居就是佛的代表，天生就为钳制魔的力量而生。天心居一向超然世外，很少履足红尘，若天心居弟子放弃清修大举入世，那说明这世上魔的力量，已经到了不得不遏制的地步。"

云襄皱起眉头："少林、峨眉等派，不也是佛门弟子吗，怎么会与魔门结盟？"

筱伯呵呵笑道："佛陀曾经说过，千百年后，魔会借他的法衣，冒他的名号，乱他的正法，我看他说的正是今日之少林。至于峨眉、白马寺等释教门派，或者是法力不够，或者是独善其身，忘了我佛普度天下人的慈悲，已经不能算是真正的佛陀正统了。"

云襄用异样的目光打量着筱伯，惊讶道："没想到筱伯对佛道的研究，竟如此之精深！"

筱伯一怔，忙笑道："老奴也是以前杀孽甚重，想以佛门慈悲化解心中血债，所以对佛教经典，倒是有所涉猎，让公子见笑了。"

说话间就听群雄哄然叫好，原来台上五人已经动起手来。云襄凝目望去，就见台上五道人影飘飘忽忽，快得分不清彼此。五人俱是白衣如雪，衣袂翩飞，在台上倏进倏退，有飘然如仙之风采。云襄虽不会武功，也看得心旷神怡，不由击掌赞叹："如此武技，简直堪比仙人舞姿，真令人大开眼界！"

筱伯却是满脸凝重之色，双目一瞬不瞬。片刻后台上五人身形骤停，依旧站在各自的位置，恍若舞毕归位一般。云襄看不出个所以然，忙问筱伯："谁赢了？"

筱伯一声轻叹："寇焱真是一代武学天才，竟教出完全不露一丝魔性的四个弟子。这光明四使的武功，竟然与天心居武功有几分神似，想必这是寇焱当年败在素妙仙之手后，从对手那里新领悟到的，所以才与魔门的武功大不相同。老奴看不出他们谁高谁低，只是隐约觉得，这光明四使的武功，是专为克制天心居而创，那四人联手又暗合一种阵法。如此看来，再斗下去那天心居的高手恐怕要吃亏。"

话音刚落，五人的身形再动，翩翩然宛若凌空飞舞，令人眼花缭乱。台下群雄一片叫好声，他们虽然天天离不开武技，却从来没见过如此绚烂夺目、翩然如仙的武功。

十一、结盟

云襄只看到台上五人打得好看,性命相搏也如舞蹈一般优雅从容,却看不出其中门道,只得将关切的目光转向筱伯。可惜筱伯脸上戴着人皮面具,始终木呆呆看不出喜怒哀乐,只听他微微叹息:"光明四使不过二三十岁年纪,武功修为就足以与任何武林名宿相抗,假以时日,必是武林大患!那天心居的高手不知是谁,竟能以一敌四,莫非她真是素妙仙的同门姐妹?不过她的武功似乎正好被光明四使克制,再斗下去,恐怕也占不到任何便宜。"

话音未落,就见台上形势立变,光明四使身形陡然凝定,各依方位,以一种怪异的姿势将孙妙玉困在中央。孙妙玉虽然依旧背负双手,泰然自若,但胸膛微微起伏,显然方才那一轮激斗,也给了她无穷的压力。

就在这时,突听场中传来"铮"一声弦响,宛若高山流水,又如明珠落盘,令人心神为之一荡。跟着弦音缓缓,如溪水从高空跌落深潭,空谷回响,余音袅袅不绝,令人心旷神怡。

众人循声望去,才发现远离擂台的一块孤岩之上,一个青衫如柳的少女,正侧着头全神贯注地手抚瑶琴。看她那一身素净和清秀脱俗的模样,就像是不染尘埃的山中仙子。群雄看到那抚琴的美貌女子尽皆痴了,似乎完全忘了台上的决斗。云襄所在的位置离那方孤岩较近,看得最为清楚,也不禁在心中暗赞一声。

台上的孙妙玉听到琴音,精神为之一振,立刻主动向光明四使出手。五人身形再动,倏然来去,迅若脱兔,琴声似乎对孙妙玉有一种无形的襄助,她的身形步法比先前更见轻灵飘忽,一时间竟隐占上风。小小的擂台似乎已限制不了她的身形,就见她双袖轻舞冉冉升起,直落向高台第二层的琉璃塔。净风、明月、慧心立刻紧随而上,从三个方向扑向对手;力宏则守在地面,从下方封住了孙妙玉落下的线路。

孙妙玉的足尖在琉璃塔上一点,正待继续向上拔起身形,突见琉璃塔轰然喷出几股烈火,像箭一般射向自己。这一下变故令她十分意外,慌乱中连忙折身避开火箭,却不得不受了追击而来的净风一击,几乎同时,她的流云袖也如水银泻地,击中了净风的身子。跟着明月与慧心先后出手,将孙妙玉从空中逼了下来,地上力宏早等在那里,双掌如天王举鼎轰然上击,与孙妙玉在空中对了一掌。孙妙玉被震得斜飞出数丈,踉跄落在擂台边沿,力宏则浑身脱力,不由自主软倒在地。净风此时也从空中落下,落地时双腿一软,摔倒在擂台之上。

孙妙玉双脚站定,脸上一阵青白不定,虽然她击伤了力宏与净风,自己却也受伤不轻,光明四使尚有明月、慧心两人未伤,这一战无疑是输了。

寇元杰适时越众而出,朗声笑道:"忘了告诉前辈一声,琉璃塔是本教神器,附有不可知的神力,谁若贸然接近,必定引来神力的反击。前辈虽是伤在本教光明四使之手,却是因为误触琉璃塔在先,这一战就算平手如何?"

孙妙玉冷哼一声,一言不发跃下台去。虽然再斗下去她也未必就输,不过身边有个一心要暗算自己的弟子,她不敢太过冒险。

寇元杰见孙妙玉败走,暗舒了口气,环顾全场笑道:"天心居素来与本教势不两立,不过经方才那一战,过去的恩怨也就此揭过。连天心居都能与本教和解,这世上还有什么仇恨不能化解呢?"

群雄见天心居高手都已败走,少林、武当已隐然与魔门结盟,自问自己人微言轻、势单力薄,哪能与魔门相抗?在魔门积威之下,众人已是无可奈何。寇元杰见状,朗声笑道:"既然大家都能放下过去的恩怨,那结盟之事自然是水到渠成了。"

"慢着!"台下突然传来一个慵懒的声音,在群雄噤若寒蝉之际方显得有些响亮。寇元杰循声望去,双眼立刻露出寒光。虽然已经多年未见,他还是一眼就认出了命中注定的克星和仇敌!

"公子!你要干什么?"筱伯连忙拉拉站出来的云襄,小声提醒,"这事由老奴跑腿就行,魔门行事向无顾忌,公子千万不要犯险!"

云襄淡淡笑道:"没关系,魔门现在正是笼络人心的时候,若是为我就撕下画皮,在众目睽睽之下杀人,好像有些不值得。他们这五年多的心血,与我比起来要重得多,我安全得很。"

"那老奴随你同去!"筱伯急道,"有我保护,公子总要安全一些。"

"不必了!魔门若要杀我,谁保护都没用。"云襄说着缓步走向高台,在众人惊诧的目光中拾级而上,从容来到寇元杰面前。

两人相互打量,都从对方身上看到了五年多的岁月留下的痕迹。寇元杰盯着面带微笑的云襄,勉强笑道:"你来作甚,莫非也是来挑战我教四位光明使的?"

云襄笑着摇摇头:"今日释、道、魔三教在此达成和解,欲为天下谋和平,实乃武林数千年来不遇的盛事,在下岂敢螳臂当车,阻止天下的安宁?在下不过是想借此机会,向寇少主表示一下祝贺,并献上一个小把戏，为今日之盛会助兴。"

"什么小把戏？"寇元杰眉头紧皱，不知这诡计多端的家伙在打什么鬼主意。以他对云襄的了解，知道绝不会是什么好事，所以他立刻道："今日是中原武林盛会，你有什么好玩的把戏，待盛会结束后再玩不迟。"

云襄淡淡一笑，转望台下群雄，朗声道："为祝贺今日之盛会，祝贺武林正邪结盟，从此天下太平，我欲献丑为大家表演一套神奇的把戏，寇少主却三番五次地阻止，大家说怎么办？"

群雄本来就不想参与什么结盟，只是慑于魔门的威势，加上少林、武当这两大门派皆与魔门联手，才不敢吭声。今见云襄出头打岔，众人自然求之不得，齐齐起哄："就让这位公子演上一演，当是为这次盛会助兴吧！"

寇元杰见台下附和者众，倒也不好坚决反对，悻悻地瞪了云襄一眼，语含威胁地叮嘱道："云公子最好快一点，若是耽误了今日的大事，恐怕天下英雄都不会放过你。"

云襄淡淡一笑，不再搭话，从怀中掏出一块巴掌大小的水晶镜，这水晶镜像一块圆饼，中间厚边沿薄，呈一种漂亮的凸圆形。云襄将水晶镜放到一个金属支架上，然后调整水晶镜的倾斜角度，使之正对阳光，最后在地上放了一段火绒，火绒的一头连着一挂鞭炮。做完这一切，他才袖手站了起来。

"你这是要干什么？"寇元杰皱着眉问。

云襄诡秘一笑："你马上就会知道。"说着他最后一次调整了水晶镜的倾斜角度，使之准确地对准炽烈的阳光，就见阳光经水晶镜折射后，将光线汇集成一个明亮的小点，正好落在那火绒之上。群雄看得不明所以，正待发问，就见火绒在那一点炽烈的阳光照射下，慢慢冒起了白烟，最后突然火焰一闪，凭空燃起。火绒一燃，立刻点燃了那挂鞭炮的引信，鞭炮立刻噼里啪啦地响起，给庄严肃穆的盛会，增添了几分说不出的热闹和怪异。

"你这是在干什么？"寇元杰怒道。

云襄悠然一笑，从容道："我不过是借光明神的天火，为我点燃鞭炮，作为这次盛会的庆祝罢了。"

众人恍然大悟，这不就和魔门接引天火一样？只不过，魔门凭天火点燃了琉璃塔中的油料，而云襄靠天火点燃了鞭炮。

"怎么回事？到底怎么回事？"众人纷纷议论，想不明白其中的道理。却不知云襄为了这片刻的惊奇，花了十万两银子的悬赏，才从一位终日加工水晶玉石的匠人那里，买到这神奇奥秘。

云襄拿起那块水晶镜，对台下众人朗声道："这种形状的水晶镜，有汇聚阳光的作用，将阳光集中于一点，可以点燃任何东西。这世上没有天火也没有神迹，只要有一块这样的水晶镜，人人都可以做到。诸位若是不信，可以亲自试试。"

人群顿时像炸开了锅。云襄又从怀中掏出几块同样的水晶镜，抛给台下伸手讨要的群雄，立刻有人照着云襄方才所做的那样，很快就点燃了地上的火绒或纸屑。

"是这样，原来魔门接引天火的秘密就是这个！"众人不由兴奋起来，掩口失笑，有人还对台上的寇元杰调侃道："寇少主，看来光明神对咱们也不错，咱们不用祈祷作法，也不用故弄玄虚，就可以用一片水晶镜，点燃任何可燃的东西！"

众人哄然大笑，一扫方才对天降神火的畏惧感和神秘印象。寇元杰在众人的调笑声中，脸色青白不定，双眼几欲杀人般盯着云襄，恨声道："你会后悔的，你定会为今日之事后悔！"

云襄耸耸肩，笑道："我知道你恨不得立刻就杀了我，不过魔门现在是改变过去暴虐形象、笼络人心干大事的时候，在众目睽睽之下杀人，这几年的努力可就付诸东流了。"

寇元杰将牙齿咬得咯咯作响，却拼命忍住了心中的杀机。他知道父亲在梵音阵中悟出了成大事的关键，那就是要给自己的野心披上一件伪善的外衣，只有这样才能赢得人心，而得人心者得天下，这是亘古不变的真理！想到这里他脸上勉强挤出一丝笑容，呵呵笑道："云公子果然聪明，竟然解开了本教天降圣火的奥秘。想本教传自波斯，这拜火仪式也是照着波斯总坛所传而行，对其中的奥秘也是一知半解，拜云公子指点，咱们今日才总算明白了其中之关键。"

云襄见寇元杰将自己打扮成受蒙蔽的无辜人士，坦承天降圣火的荒谬，倒有些意外。寇元杰已转向台下群雄，朗声道："古往今来，多少怪力乱神的东西，皆来自于对事物的不了解，一旦解开奥秘，其实也就再平常不过。不过本教的拜火仪式，乃是祭奠光明神给人间带来了火种。想想若是人间没有火，咱们的世界会是什么样子？"

群雄渐渐停止了哄闹，脸上皆露出深以为然的表情。想想佛、道两门崇拜的菩萨神仙，凡人也没见过，并不知其真伪，更不知他们是否真能给世界带来一定的影响；而魔教崇拜的火，对世界的贡献却是有目共睹的。没有菩萨神仙，世界可能依旧是原来的样子；若是没有火，那可就真有些不可想象。如此看来，魔门拜火，倒也没什么可指责的。

寇元杰停了停，又道："今日咱们佛、道、魔三方和解，并在此结盟，皆是在尊重并承认彼此信仰的基础上。本教不会强令别人信奉光明神，不过也希望大家尊重本教信奉的神灵，只有这样，才能达成真正的和解。"说着他转向云襄："云公子人中俊杰，当年曾替本教做过大事，希望咱们有机会再度合作，共谋大事。"说着拱手一拜，态度颇为诚恳。

云襄知道他是在说当年自己与魔门合作，在唐门眼皮底下千破巴蜀叶家的往事，也明白寇元杰突然提到这事的用意，显然是以此要挟，让自己别坏了他的大事，不然他就要揭破自己的身份，届时光唐门和叶家的朋友就够自己应付了。看了一眼寇元杰，云襄叹道："寇少主成熟多了，也聪明多了。"

寇元杰淡淡笑道："跟公子襄打交道，再笨的人也会慢慢聪明起来。"

云襄今日的目的，也只是想揭穿魔门天降神火的神圣外衣，至于佛、道、魔三方的结盟，他事先没想到，现在也不好阻止。今见目的达成，他也就不再纠缠。拱手对寇元杰一礼，笑道："佛、道、魔三方若能真正和解，倒是一件值得庆贺之事，希望寇少主莫让天下人失望。"

"一定一定！"寇元杰冷冷笑道，"与佛、道两门和解，还天下以太平，是家父多年的夙愿，云公子放心好了。"

云襄见罗毅与几个少林武僧紧张地守在台下，知道他们是在担心自己，便对寇元杰拱手一拜，转身下台，对迎上来的罗毅和筱伯小声道："魔门准备充分，今日之事已很难阻止，咱们回去再说。"

一行人回到山下静空大师所创之济生堂，罗毅将云襄等人让进屋中。云襄打量着草堂内的环境，堂中依旧高悬着静空大师手书的那幅中堂，屋内摆设一如既往，只是比以前更加洁净整齐，多了几分欣欣向荣的气象。

"老有所养，幼有所教，贫有所依，难有所助，鳏寡孤独病残者皆有所靠，是为济生堂宏旨！"

再次看到静空大师手书的这幅中堂，云襄心中感慨万千。他凝望着草堂中央静空的长生牌位，在心中默默道：大师，我没有辜负您老的重托，济生堂正在我和您的弟子手中发扬光大，正源源不断地救助着越来越多的人。

罗毅在静空大师的牌位前点上三炷香,恭恭敬敬地拜了三拜,含泪道:"师父,您看谁来看您了?如今济生堂在云大哥的打理下,规模越来越大,救助的人越来越多,您老天上有知,一定也会非常高兴吧?师父您放心,我和云大哥会将您的慈悲传递给更多的人,让更多人能感受到我佛的慈悲。一个人的慈悲是小慈悲,只有天下人的慈悲才是大慈悲。济生堂不光要救助贫困者和苦难者,还要将这种慈悲之心传遍天下!"

云襄原本不信神佛,不过在静空大师的牌位前,也忍不住虔诚地拜了三拜,在心中默默祈祷:大师天上有知,请助我破除魔障,为少林匡正佛法!

云襄与罗毅拜毕静空大师,相携来到后堂。罗毅终于忍不住叹道:"我没想到圆通方丈竟然会与魔门结盟,甚至竭力促成这种结盟,而武当风阳真人竟也跟着附和。难道他们以为佛、道、魔真能化解恩怨,亲如一家?"

云襄笑着摇摇头:"恩怨可以放下,但各自的本质却不易改变。魔门觊觎的是整个天下,为这个目的不惜使用任何手段,牺牲千百万人性命,这与佛、道两门的宗旨大相径庭。如果他们能达成和解并结盟,一定是某一方放弃了自己的宗旨和原则。"

罗毅眼里闪过深思的神色,沉吟道:"魔门决不会放弃自己的目标,难道是圆通方丈和风阳真人放弃了自己的原则?"

云襄叹道:"魔门要想说服少林、武当与自己结盟,进而号令中原武林,不外三招:一是骗,二是胁,三是利。"

"骗、胁、利?"罗毅思忖着点点头,"不知魔门如何运用这三招?"

云襄微微笑道:"以圆通大师与风阳真人的精明,魔门要想隐藏真实意图欺骗他们,恐怕难如登天,所以这一招对他们没用,那就只剩下胁和利。站在魔门的角度，要想使少林襄助自己，一是抓住圆通的把柄要挟，二是诱之以利。只要制服了少林，以武当现今的实力和影响力，也就只有随声附和才是明哲保身的良策。"

罗毅皱眉道："圆通大师乃方外之人，有什么把柄可抓？又怎会为利益动心？"

云襄笑道："你看少林今日之气象，圆通还算是方外之人吗？无欲则刚，有欲则伤。圆通一门心思经营少林，卖秘籍，办大典，置庙产，交官府，哪一桩是出家人所为？这中间留下什么把柄被魔门抓住，或是被魔门许下的利益所动，也不算什么稀奇事。所以这事还要你留心，才能匡正少林佛法。"

罗毅有些不解："我留心？"

云襄点点头："你是少林俗家弟子，与少林僧人素有来往，若能从他们那里找到圆通方丈与魔门结交的真正原因，咱们才能破解魔门阴谋，拯救少林。"

罗毅立刻明白了，欣然道："好，我会全力去打探。一有发现，立刻飞报云大哥。"

"不过这种事也不可强求。"云襄忙叮嘱道，"万不可暴露自己的意图，以免引来危险。"

二人正在后堂闲谈，突听外面传来一个银铃般的声音："巴哲师叔快来，这里果然有间济生堂！"

这处草堂处在嵩山后山，平时很少有外人找来，罗毅听到外间有人敲门，有些意外，忙对云襄道："云大哥请稍坐，我去看看。"说着丢下云襄，出门而去。

不说云襄与筱伯、张宝等人在里屋歇息，却说罗毅来到外间，就见一个红衣女孩已蹦蹦跳跳地推门进来。小女孩只有四五岁大，生得粉雕玉琢，齿白唇红，一双扑闪闪的大眼睛尤其招人喜爱。罗毅忙和颜悦色地问道："小妹妹，你找谁？"

"我不找谁，我找济生堂。"小女孩仰起小脸，像个小大人一样一本正经。

罗毅哑然失笑，跟着又有些奇怪，这里地势偏僻，知道的人寥寥无几，怎么会有小孩找上门来？他知道这么大的孩子，必定还离不开大人，便抬头往门外看去，就见一个身形彪悍、神情冷漠的中年汉子，像狼一样悄无声息地走了进来。罗毅眼神一凛，心中生出本能的警惕，这是修炼佛门正法对杀孽深重的凶人生出的本能反应。

那汉子扫了罗毅一眼，眼眸深处也隐有异光闪烁。罗毅迎上前去，不亢不卑地拱手道："这位兄台，此处非庙宇庵堂，从不接待外客，请留步。"

那汉子虽然看出面前这少年气定神闲，非泛泛之辈，却也没有放在眼里，见他拦住去路，抬手就推向他的肩头。罗毅立刻沉肩缩手，以小擒拿手反扭对方手腕。那汉子立刻变招，翻掌为靠，化解了罗毅的擒拿手。二人转瞬间连拆数招，双手翻飞快得惊人，最后罗毅不得不退开半步，脸上一阵青白不定，显然吃了暗亏。

那汉子还想趁势追击，小女孩已拦在他身前，连连嗔道："师叔你别惹事，小心祖师奶奶的鞭子。"

那汉子听到这话总算停手，对罗毅微微颔首："年纪轻轻就有此身手，难得！"

罗毅还想阻拦，突然注意到那汉子身后不知何时多了两个白衣女子，看模样像姐妹，看神情却又像是师徒。年轻的女子脸颊上有朵娇艳的水仙，这使她俊美的面容多了几分柔美；年长的女子端庄淡泊，隐有飘然出尘之态，赫然就是先前在嵩山之巅，以一敌四迎战魔门光明四使的天心居高手！罗毅顿时又惊又喜，连忙抱拳道："晚辈罗毅，见过天心居前辈！"

年长的女子对罗毅略一颔首，淡淡道："我不是天心居弟子。"说完她转向身后的弟子："青虹，你坚持要到这里来看看，是不是这里有什么值得你留念的东西？"

不用说，这四人就是孙妙玉师徒一行。舒青虹以前虽然没来过这里，却在牧马山庄那间客栈中，听云襄说起过这处济生堂的发祥之地，她坚持要来看看，看看他为之奋斗的事业，也看看他曾经来过的地方。

心情复杂地环顾着草堂中的一切，最后她的目光落到正前方的中堂之上，久久不能挪开目光。孙妙玉也在望着那幅中堂，微微颔首："这位静空大师，倒是我辈中人。"说着她转向身后有些紧张的罗毅："你是静空大师的弟子？"

罗毅忙道："晚辈是静空师父收的俗家弟子。"

孙妙玉从袖中掏出一锭银子，递到罗毅面前："这点银子虽然不多，却是我一点小小的心意，请收下。"见罗毅有些手足无措，她笑道："这不是给你的，而是给济生堂的。我也希望自己能为你们的善举，尽一点绵薄之力。你不会嫌少吧？"

罗毅慌忙接过银子，连连道："哪里哪里，我替那些需要帮助的人，谢谢前辈！"

孙妙玉点点头，转向神情复杂的舒青虹："走吧！忘掉本不属于你的银子，才能重新找回生活的快乐。"

舒青虹点点头，依依不舍地向女儿招手："香香，咱们走吧。"

小女孩答应一声，牵起巴哲的手蹦蹦跳跳地头前带路。在几个长辈中，只有巴哲师叔才会带她去打狼捉狐、玩蛇猎鹰，做一些既危险又刺激的游戏，不像祖师奶奶整天就知打坐练功，无趣之极；也不像娘那般瞻前顾后，怕这怕那。所以她跟巴哲师叔反而最亲。

云襄在里屋听到舒青虹招呼女儿的声音，心中突然一震。这带着扬州口音的声音依稀有些熟悉，令他心旌摇曳，正思虑着要不要出去看看，就见罗毅走了进来，他忙问："方才那女子是谁？"

罗毅叹道："是先前在嵩山之巅力敌魔门光明四使的世外高人，以及她的两个弟子。"

云襄故作镇定地问道："她那个女弟子……叫什么名字？"

罗毅想了想，道："我听她师父叫她青虹，名字却忘了细问。"

云襄心中一阵失落，不禁在心中暗叹：我也太过敏感了，听到扬州口音，就总以为是亚男。

"哦，对了！"罗毅突然想起什么，恍然道，"她的脸上文着一朵水仙花，十分好看！"

"啪"的一声，云襄手中的茶盏已失手落地。不等旁人回过神来，他已经一跃而起，风一般追了出去。

云襄刚出后堂，就见门外一人施施然迎了上来。见云襄匆匆跑出，他脸上泛起戏谑的微笑，故作惊讶地调侃道："咦，公子襄知道我来，特意出来迎接吗？你迎接就迎接吧，也不必如此匆忙失态吧？"

云襄定睛一看，心中不禁暗自叫苦。原来来的不是别人，正是魔门少主寇元杰，除他之外，尚有两名俊朗秀美各擅胜场的男女紧随其后，一个是明月使，一个是慧心使。另外两位光明使净风和力宏，或许是因为先前伤在了孙妙玉手下，所以没有跟来。在二人身后，还有十几个身裹黑袍的魔门教徒，隐隐将济生堂围了起来。

这时筱伯、张宝与罗毅也追了出来，一见魔门众人，三人立刻护在云襄左右，双方顿时剑拔弩张，暗自戒备。

云襄心知此时要去追亚男，肯定是不可能了，心中虽然万般痛惜，却不得不强令自己冷静下来。他不奇怪魔门能找到这里，不过他没想到寇元杰能放下手中大事，立刻就赶到这里，看来对方对自己的重视，超过了与佛、道两门及中原武林的结盟。

云襄心思一转，脸上顿时平静，恍若无事地微微一笑："你总算来了。"

寇元杰有些奇怪:"你知道我要来?"

云襄指指门楣:"这里是静空大师手创之济生堂,圆通方丈是静空的师侄,对这里自然是一清二楚。而你又知道济生堂与我的关系,一旦听说嵩山脚下有这样一处地方,岂不是要立刻赶来看看?"

寇元杰见云襄身陷重围,却依旧泰然自若,心中不由有些狐疑。不过看看四周动静,不像有埋伏的样子,他不禁嘿嘿冷笑道:"精明如诸葛孔明,也有唱空城计的时候,我不信你真能料事如神,算无遗策,知道我要来,事先就在这里埋下一支伏兵。"

云襄坦然笑道:"寇少主多虑了,这里确实没有伏兵。"

云襄越是说得轻描淡写,寇元杰越是不敢大意,一面暗示手下四处探查,一面对云襄嘿嘿笑道:"当年初遇公子,咱们虽然得知你是千门传人,却还是低估了你。家父为此深为懊悔,多次叮嘱在下,若再遇公子,定要以最隆重的礼节请回本教总坛,以贵宾之礼待之。"

云襄遗憾地摊开手:"道不同不相为谋,恐怕在下要让寇少主失望了。"

寇元杰一声冷笑:"对于真正的人才,家父历来以三国时的刘皇叔为榜样,就算十顾茅庐都没问题。不过,若人才不能为我所用,咱们也不惜效法曹孟德。与其留给敌人,不如现在就除之。"他突然看到了茅屋正中的那幅中堂,在心中默念了一遍后,微微颔首道:"济生堂的宗旨与本教的追求其实也不无共通,你若想实现这上面的目标,何不与咱们联手,一起除旧立新?"

云襄不由失笑,摇头叹道:"看一个人不光要听其言,还要观其行。无论你现在说得多么动听,魔门的行事已经让我看穿了它的本质。其实历史上那些杀戮深重的枭雄,哪一个不是打着替天行道的幌子?可他们就算夺取了江山社稷又如何?能真正给天下人带来安宁吗?再说，破旧于你来说只是轻描淡写的一句话，但于天下人来说，则意味着有多少人要成为你宏图霸业的牺牲品？这种牺牲换来的世界，也未必就比现在这个更好。为了你心中那个未知的目标，就要将天下人拖入战乱、暴虐和杀戮的旋涡，我不仅做不到，同时也要尽我所能，阻止有人这样去做！"

寇元杰嗤笑一声，一指云襄身旁的筱伯、张宝和罗毅："就凭你和这寥寥数人？"

云襄亢声道："不仅仅是我，一切心存善念的人，都会阻止你这样做！"

云襄的坦然和从容，令寇元杰心神微动，不由自主就想到了母亲所说的天心，难道父亲的追求真的错了？

这个念头在他脑中一闪而过，他立刻就将其否定。他不允许自己怀疑神明一般的父亲，更不允许自己对拜火教的事业有丝毫动摇。

"我倒要看看你如何来阻止！"他恨恨地对云襄点点头，向身后的明月使和慧心使一招手，二人立刻身形飘动，向云襄逼了过去。

罗毅立刻拦住左边逼来的慧心使，只见对方娇俏一笑，满眼风情地调侃道："这位弟弟好俊俏，不知怎么称呼？"

罗毅虽然身高体健，与成人无异，但心智还只是个少年，平日里不是在打理济生堂，就是去少林寺跟武僧们练武，哪里见过如此风情万种的少女？他顿时涨红了脸，目光躲闪。慧心使却不依不饶，嫣然笑道："莫非是看姐姐不美，所以不想搭理人家？"

罗毅不敢看对方的眼睛，讷讷道："不……不是，在下名叫罗毅。"

"罗毅？"慧心使微微点头，"好响亮的名字！姐姐慧心，想向你讨教一下少林功夫，你可要手下留情哦！"

罗毅连忙抱拳一礼："请！"

筱伯一看罗毅不知所措的模样，未战已输，正想上前替下他，一旁的明月使已然笑道："老先生手痒,有晚辈陪您练练,何必去打搅年轻人的好事?"说着,一掌已轻飘飘拍出。筱伯知道魔门光明四使个个都不是泛泛之辈,不敢大意,只得丢下罗毅,挫掌迎了上去。

寇元杰见明月使与慧心使缠住了筱伯与罗毅,立刻飞身向云襄扑去,云襄身旁的张宝忙上前阻拦。若论真实功夫,寇元杰在魔门三人之中武功最低,但对付张宝绰绰有余,数招一过就将张宝逼得手忙脚乱,险象环生。

筱伯被明月使缠住,不得脱身,只得高叫："公子快走!"

罗毅在慧心使纠缠下,也无法分身助张宝,只得高呼道："云大哥快进内堂,从后门走!"

云襄虽置身战场,却始终从容镇定,缓缓退到墙边,正待避入后堂,寇元杰已逼退张宝飞身追来,人未至,手中长剑已遥指云襄胸膛。就在这时,突听内堂铮然一声弦响,如银瓶乍破,又如利箭穿空。随着这声弦响,一道音波穿破薄薄的板壁,击中寇元杰手中长剑,百炼精钢的长剑立刻应声而断。

"什么人?"寇元杰一声厉喝,扔下断剑就向内堂扑去,谁知身形方动,就听弦音猝然暴起,如万马奔腾,又如万箭齐发,倏然扑面而来,琴声中充满了说不出的肃杀和锐啸。寇元杰只感到身子似被万箭穿透,浑身一颤连退数步,脸上青白不定,显然受了内伤。

明月使与慧心使见状,连忙丢下对手拦在寇元杰身前,全神戒备着后堂的动静。只听后堂内琴声忽高忽低,时缓时急,犹如待机而动的恶狼,又如隐忍不发的毒蛇,似要寻隙出击。

寇元杰听得片刻,高声问道："里面可是影杀堂排名第二的夺魂琴前辈?"

琴声颤颤似在回答,又如人在桀桀怪笑,令人浑身不自在。寇元杰不甘心就此罢手,立刻目示身旁的明月使。明月使心领神会,身形一晃便向后堂扑去，谁知尚未进门，就听琴声如箭，点点锐啸扑面袭来。明月使连换了几种身形，却没能尽数避开，只得一个倒翻退回原地，此时他的衣襟已被琴声刺破，脸上更是骇然变色。

寇元杰再无怀疑，不知影杀堂尚有多少杀手在后堂埋伏，难怪公子襄始终从容镇定。他心中略一权衡，立刻沉声道："既然有影杀堂夺魂琴在此，寇某暂且回避。他日若再相逢，定要好好请教。"说完脚下一个踉跄，缓缓向后退走，竟似受伤不轻。明月使与慧心使连忙从左右扶住他，缓缓后退，片刻间门外传来二人的呼啸，十几个魔门教徒在二人的招呼下，护着少主匆匆离去。

十二、论佛

寇元杰一走，筱伯、罗毅、张宝三人俱松了口气，皆把钦佩的目光转向云襄，三人都以为云襄事先在此设下了夺魂琴这支伏兵，从而顺利击退了寇元杰等人。谁知云襄一脸疑惑，似乎并不知情。

影杀堂夺魂琴，曾经也与云襄有些交情。当初云襄在金陵揭破柳公权席卷江南财富的阴谋时，曾雇他作为自己的保镖，不过双方的雇佣关系早已结束，夺魂琴没理由在此出现，更没理由为保护云襄，贸然跟魔门结仇。

云襄心中疑惑，隔着板壁朗声道："不知屋里，可是夺魂琴前辈？"

屋里飘出几个活泼的音符，像是少女银铃般的笑声，充满了恶作剧后的调皮和欢愉，与先前的肃杀阴鸷全然不同。云襄先是有些奇怪，细听片刻后终于听出这琴声俨然就是先前在嵩山之巅，助孙妙玉力敌魔门光明四使的琴声。他立刻就想起了那个清秀脱俗的青衣少女，连忙问道："屋里可是先前在嵩山之巅抚琴的那位姑娘？"

琴声缓缓，似在款款作答。云襄看看板壁上被琴音刺出的缝隙，心中暗自骇然，没想到那看起来柔弱纤秀的少女，竟能将琴音化作武器，其凌厉毒辣完全不亚于名满江湖的杀手夺魂琴，甚至令寇元杰也误认为她就是夺魂琴。如此看来，她在琴上的修为，只怕不在夺魂琴之下。

屋里的少女似乎猜到了云襄的心思，琴声渐变，似在将自己的来历娓娓道来。云襄立在门外侧耳细听，脸上时而惊讶，时而欣慰，片刻后琴声渺渺逝去，余音尤绕梁不绝。

直到琴声消失，云襄才迈步走进后堂，却见后堂空无一人，只余下点点微香。云襄索然四顾，怅然若失。紧随而来的筱伯看看洞开的后窗，小声嘀咕道："先前这屋里抚琴的真是位姑娘，不是夺魂琴？"

云襄点头道："不错，她就是先前在嵩山之巅，以琴声助天心居前辈力敌魔门四使的那位姑娘。她是尾随寇元杰来此，正好碰上寇元杰要对付咱们，便以琴声假冒夺魂琴，惊走魔门教众，帮了咱们一回。"

筱伯有些惊讶："公子怎么知道这些？"

云襄叹道："我是从琴声中听出来的。这位姑娘琴技超绝，用琴声模拟各种场景堪称惟妙惟肖，令人有身临其境之感。她还约我今晚去一处能听到松涛和溪水飞溅的凉亭相见。"说着他转向罗毅："不知这附近有没有这样一处地方？"

罗毅想了想，点头道："那一定是听松亭了，就在这后山山腰。那里不仅能听到山下的松涛声，一旁还有飞溅而下的瀑布，十分幽雅僻静。"

筱伯闻言忙道："公子别去！这女子来历神秘，突然约公子去如此僻静的地方，该不会有什么不可告人的阴谋吧？公子千万大意不得。"

云襄微微摇头道："琴为心声，这位姑娘的琴声纯净清澈，就算在模仿夺魂琴时，也只具其形，未具其神，况且她还救过咱们一回。再说方才亚男是跟那天心居前辈一路，而这位姑娘显然与天心居也有渊源，从她那里，或许可以打听到亚男的下落也说不定。"

筱伯忙道："我立刻派人去打探舒姑娘的下落，只要她还在附近，就肯定能找到！"

云襄微微颔首，神情如常。五年多的思恋已深沉如大海，单从表情很难再看出心底那汹涌的波涛。

月上中天，银光满地，空中飘荡着淡淡的花香，四野虫鸣如唱。云襄依约来到后山的听松亭，只见月色下一个青衣少女独坐于亭中，神情恬淡静默，似不食人间烟火的林中仙子。

听到云襄的脚步声，她款款站起身来，对云襄施了一礼："云公子果然是知音，能听懂我琴声中的邀请，孤身前来赴约。"

虽然与这少女不过是第二次见面，云襄对她却完全信任，所以刚刚说服了筱伯和罗毅等人，让他独自前来赴约。见少女虽然面对着自己，两眼却定定的，一片空茫，他不禁问道："姑娘的眼睛……"

少女不以为意地笑笑："我这双眼睛天生失明，对人视而不见，请公子见谅。"

云襄见这少女生得秀美无双，却偏偏眼睛盲了，心中不禁有些惋惜。少女似猜到他的心思，叹道："名满天下的千门公子襄就在眼前，我却无缘一睹他的风采，真是人生一大憾事。"

云襄笑道："你知道我的名字，我却还不知你的身份来历，不知可否见告？"

少女微微一礼，坦然道："天心居楚青霞，见过公子襄。"

"原来是天心居楚姑娘！"云襄心中一喜，见凉亭中没有旁人，他不禁有些奇怪，"楚姑娘是一个人来的？"

楚青霞微微笑道："我虽然双目失明，却能用心去看，所以要去哪里并不需要他人帮忙。"

"用心去看？"云襄有些不解，"用心能看到什么？"

楚青霞道："能看到许多常人用眼睛看不到的东西，比如，我能看到三丈外一个树洞中，有只小鸟在孵蛋；我还能看到身后的草丛中，有只蟋蟀在产卵；我甚至能看到你心中，埋藏着一种深深的思恋和忧伤。"

云襄心神微震，脸上微微变色。他心中所思所想，就是每日在身边侍候的筱伯也未必能看出来，没想到却被一个盲人看穿。

楚青霞似乎看到了他的震动，在亭中款款坐下，手抚瑶琴淡淡笑道："云公子，请容青霞献上一曲，希望能化去公子胸中的抑郁和忧伤。"

随着少女十指的跳跃，一个个音符如流水般从弦上汩汩而出，在亭中弥漫开来，将人浸透和包围。云襄在亭中坐下，侧耳聆听着和缓如风的琴声，刚开始听在耳中还只是悦耳的音符，渐渐就觉得身心被琴声完全浸漫，心中就如遨游九天一般畅快，人世间的万事万物，都如过眼云烟般在身边飘过，令人既有些惋惜，又有放下千钧重担般的释然。

少时琴声徐徐散去，云襄如释重负地舒了口长气。自舒亚男离去后郁结于心的苦思和懊恼，经琴声的开解和抚慰，已得到极大的舒缓。他心中感觉从未有过的轻松，不禁叹道："楚姑娘琴技妙绝天下，既能直透人心，又能像夺魂琴那样以琴为兵，实在令人佩服。"

楚青霞浅浅笑道："夺魂琴前辈曾与我以琴论交，我曾见识过他的琴剑，所以能勉强模仿其皮毛，不过也只有糊弄一下不通音律的俗人，肯定是骗不过公子耳目的。"

"楚姑娘过谦了。"云襄微微一顿，迟疑道，"楚姑娘深夜邀我来此，大概不只是要我听琴吧？"

楚青霞嫣然笑道："今日公子当众揭穿魔门天降神火的奥秘，实在令人钦佩。不知公子对魔门与释、道两门的和解结盟,有什么看法？"

云襄沉吟道："魔门包藏祸心,天下皆知。我只是不明白,少林、武当为何会冒天下之大不韪,与魔门结盟。"

楚青霞道："武当式微,只能唯少林马首是瞻。而少林圆通方丈胸怀高远,一直就将少林当成实业来经营,才造就了少林今日之盛,在这过程中,难保不会有把柄落到魔门手中,这才不得不与魔门结盟。"

云襄心中一动,问道："把柄？少林会有什么把柄？"

楚青霞道："几年前,少林《易筋经》与达摩舍利子失窃,被人敲诈了一百万两银子。任何名门大派受此打击,都会一蹶不振,少林却因为这次变故,因祸得福,声望如日中天,少林武功更因此而驰名天下。各地州县陆续开设了不少少林武馆,借着传授少林武功广收门徒,少林虽只是一禅院,但门下弟子如今已遍及大江南北,人数不亚于任何帮会教门。少林是因那次失窃而意外崛起,这其中必有蹊跷,我想借公子之手揭开其中的奥秘,还佛门清静。"

云襄立刻就想起与舒亚男那次明争暗斗,虽然自己最后夺得了《易筋经》和舍利子,却又将两件宝物送给了舒亚男,就不知它们最终落到了谁的手里,又是谁在用它们敲诈少林。现在想来,自己和亚男费尽心机,冒着被柳公权当场抓获的危险盗得两宝,但最大的受益者却是被盗的少林。若说这是巧合,也实在太巧了些。

云襄沉吟良久,微微点头道："好,我答应你,找出少林与魔门结盟的真正原因。不过我也想请楚姑娘为我做两件事。"

楚青霞微微笑道："这是交换条件吗？"

云襄脸上泛起玩世不恭的微笑："我是千门中人,千门中人向来唯利是图,如果没有好处,我为何要费这心思？"

楚青霞点点头："好,你说！"

云襄面色一正："第一件事,就是帮我去找一位女子,她跟天心居那位前辈高手颇有渊源,她的名字叫舒亚男。"

楚青霞脸上泛起一丝颇具意味的笑容:"她是否就是你心情抑郁的原因?"

"这个你别管,找到她后请在第一时间通知我!"云襄停了停,声色有些喑哑,"这第二件事,我想请楚姑娘派人去青海,帮我查一桩旧事。"

"青海?"楚青霞有些意外,"这么远?"

云襄点头道:"这事我不便出手,所以只有请楚姑娘帮忙。这件事要尽量保密,知道的人越少越好。回头我会将详情写给你,希望楚姑娘一定要帮忙!"

楚青霞沉吟道:"听你的口气,这事对你来说十分重要,咱们只是初次见面,你为何能将如此大事贸然相托?"

云襄淡淡一笑:"有的人就算相识一生,也不敢以大事相托;有的人即便只是初交,也可以以性命相托。在我眼里,楚姑娘就是后一种人。"

楚青霞淡泊恬静的脸上,浮现出一丝难言的感动,垂首道:"这么说来,你已将我当成值得信赖的朋友了?"

云襄哈哈一笑:"岂止值得信赖!以楚姑娘的超凡脱俗和天心居的煌煌名望,我只有仰慕崇敬的份儿,岂敢以朋友论交?"

楚青霞脸上略有些失落,默然良久,突然道:"云公子,我……可不可以摸摸你的脸?"话刚出口,神色竟有些扭捏起来。

这话令云襄有些意外,不过一想对方是盲人,这要求也不算过分,他坦然一笑:"有何不可?"说着来到她面前,轻声道:"楚姑娘,我在这里。"

楚青霞略一犹豫,缓缓伸手抚上云襄的脸颊。她的十指如抚琴一般,小心翼翼地在云襄脸上慢慢滑过,神情异常专注,似要将面前这张脸彻底"看"清。

第一次让一个少女如此仔细地抚摸自己的脸,云襄心中有些难言的紧张,不过看着对方那超然脱俗的面容,以及认真专注的神态,他就不禁在心中暗暗对自己道:云襄啊云襄,楚姑娘世外高人,岂能以凡夫俗子之心测度?你若心存杂念,可就亵渎了这仙子一般的人物。

仔细地从额头一直摸到下颌,楚青霞终于缓缓收回手,怔怔地对着云襄愣了半晌,突然幽幽叹道:"我第一次觉得,没有一双明亮的眼睛,会是多么的痛苦。"

云襄见她脸上满是失落,心中怜悯之情油然而生,本想开口相劝,却又不知如何开解才好。

楚青霞似看透了他的心思,粲然一笑道:"其实上苍已经给了我很多东西,我实在不该再贪心,让公子见笑了。"说着她抱着瑶琴站起身来,款款一拜,"公子所托之事,青霞会全力去办,公子请放心。"

二人交换了联络方式和联络地点,楚青霞这才告辞离去。云襄目送着她远去的背影,见她一手携琴,一手拄杖,在山中摸索前行,心中不禁满是怜惜。

宽大的袍袖凌空飞起,卷住了树上的喜鹊,将其裹胁入怀,跟着袍袖散开,喜鹊立刻飞速逃开,谁知刚飞出不到一丈,一道灰影即跟踪过来,袍袖一挥,再将它们裹在袖中。就见七八只喜鹊被两条飞舞的长袖时卷时舒,却怎么也逃不出长袖的范围。

圆通方丈像往常一样,早课之后就在后院练功,他一双流云袖使得出神入化,七八只喜鹊在他身前飞来绕去,却总是在逃离之前被兜回来,乍一看,就如喜鹊在围着他飞舞鸣叫,伴着他练功一般。

廊下的弟子看得满脸艳羡,只见圆通脸上泛起宝相庄严的微笑,突然双袖一卷,将七八只喜鹊尽数收入怀中,跟着徐徐收势而立,这些喜鹊才惊叫着飞速逃开，从他胸前直飞天际。

圆通待心气平复后，目视廊下的弟子道："什么事？"

那弟子恍然惊觉，忙合十道："有人要见掌门方丈，弟子不敢自专，所以特来请示。"

圆通眉头一皱，脸上有些不悦："我不是早说过，除非是两河巡抚或七大门派掌门求见才可通报，其余人等一律给我打发了吗？"

那弟子忙解释道："是罗师叔领来的客人，咱们也不好怠慢，所以才来请示方丈。"

圆通知道，弟子口中的"罗师叔"就是静空大师的俗家弟子罗毅，他年纪虽然不大，在寺中辈分却不低。少林是佛门禁地，没有世俗的官位等级，所以靠论资排辈来维系僧众的等级尊卑，罗毅与方丈同辈，难怪弟子们不敢怠慢。

圆通随口问道："是什么客人？"

那弟子垂手道："他自称是千门公子襄。"

圆通心中一凛，脸上微微变色。如今公子襄虽然在江湖上渐渐低调，但圆通完全清楚他的力量，比几年前如日中天时更为壮大。以他的实力和影响，恐怕早已不在七大门派掌门之下，这样的人物突然登门求见，圆通无论如何也不能拒绝。

"请他去我的禅房暂候，我随后就到。"圆通挥手令弟子退下，然后仔细想着公子襄来见自己的原因，并在心中做好应对之策后，才缓步走向禅房。

禅房离后院不远，圆通来到禅房门外，立刻就看到一个瘦削单薄的书生负手背对自己，正在观赏禅房中的字画。听到圆通的脚步声，他回过头来，脸上带着懒懒的微笑，对圆通拱手道："晚辈云襄，见过圆通方丈。"

圆通示意他入座，待小沙弥奉茶退下后，他仔细打量着对方，不冷不热地问道："公子襄名满江湖，结交的都是世家名门，怎么突然想起来见我这方外之人？"

云襄淡淡笑道："以少林如今的实力和声望，只怕不亚于任何世家名门，以圆通方丈的名望，只怕也不在任何帮派首领之下。云某既然身在江湖，岂有不来拜见之理？"

圆通听出对方故意将少林与黑道帮会相提并论，将自己这掌门也视为黑道大佬一类的人物，心中有些不悦，不由反问道："听公子襄言下之意，是到我少林拜山来了？可惜少林乃佛门清净之地，不是江湖帮会藏污纳垢之所，恐怕要让公子失望了。"说着端起茶杯，示意送客。

"少林真是佛门清净之地吗？"云襄逼视着圆通冷笑道，"请容我细数少林七宗罪！"

圆通面露调侃之色，搁下茶杯淡淡道："施主乃千门骗枭，竟也来指责少林。好，我就听你说说少林的七宗罪！"

云襄曲指细数道："第一，贿神。贿赂佛祖，被少林说成是功德，说供养佛祖和他的弟子，能为今生或来世攒下功德。少林借佛的名义，用烧高香、积功德等手段，大肆向信徒索贿，这与贪官污吏向百姓索贿有什么区别？"

见圆通默然无语，云襄继续曲指数道："第二，禅定。将自己装扮成冷血动物，心中不容任何感情，这被少林高僧说成是般若智慧。这种人若身在佛门就被当成得道高僧，若不在佛门那就成了天良丧尽。第三，因果报应。贫穷困苦被少林高僧说成业报，每个人都必须安于自己贫穷困苦的命运，这是维护权贵利益、歧视贫穷百姓的歪理！第四，出家。为求个人成佛成正果，舍家弃父母事佛，被你们说成是无上功德。这在人世间是不负责任、不思报恩的自私行为。第五，功德。佛要功德，也要四大皆空，简单来说就是，对己有利是功德，对己无利皆虚妄。这是典型的口是心非。第六，不杀生。这是佛门最高戒律，但人活着就不得不杀生。比如行路杀蚁、洗菜杀虫。佛门弟子视洗菜杀虫为清洁蔬菜，不算杀生，又或者打着除魔卫道的旗号杀人如麻。这不知是不杀生的戒律太过迂腐，还是佛门弟子视戒律为儿戏？第七，佛要金装。佛庙大多金碧辉煌、穷奢极侈，少林更是其中佼佼者，佛穿金戴银却被你们说成是'殊胜'。看看四周百姓的房舍，哪一处茅屋比得上佛堂的辉煌，这里的每一分光彩，都是信徒的脂膏血汗！我虽为千门中人，也不得不佩服贵寺之手段，远胜我辈中人。"

说到这里，云襄不禁摇头叹道："也许这佛门七宗罪，不仅仅是你少林才有，但是以少林为最！"

圆通突然哈哈大笑，边笑边叹道："公子襄啊公子襄，本以为你是个真正的智者，谁知今日一见，原来还是一个俗人。"

云襄哂道："何以见得？"

圆通收住笑声，捋髯傲然道："你所历数的少林七宗罪，在我看来，其实也正是佛门的七大功德。比如你所说的第一宗罪——贿神，你以为有几个信徒真正相信，在寺庙烧高香做功德，能消除他们犯下的罪孽，能买到将来的福报？没有！一个也没有！可为何有那么多信徒要慷慨解囊呢？其实他们是在买一个希望，一个消除罪孽的希望，或者升官发财的希望，又或是来生福报的希望。再艰难困苦的人生，只要还有希望，就有了活下去的理由。而少林在我眼里，就是一个商业体，它卖的就是希望。这难道不是它的功德？"

见云襄没有接话，圆通笑道："听闻公子襄不仅是千门高手，也是商界奇才，暗中掌控的商业王国已雄霸江南。可惜再高明的商界名流，在我教眼里，都是不值一哂的无知之徒，与我教的业绩比起来，永远是萤火之比日月。"

他负手站起身来，居高临下俯视着云襄，傲然道："佛教在千年前就开始用商业手段壮大自己,这些手段足以使一切商界名流瞠乎其后。它知道大堂的重要性,故主殿必金碧辉煌,令人仰视膜拜;它知道宣传的重要性,故舌吐莲花,对信徒许之以他希望的美妙前景;它知道经营场地的重要性,故所择者皆为天下天然之名山,使信徒勇往直前而无厌倦;它也知道联合经营的重要性,故普天之下皆办寺院以便同气连枝,积众寺之力以逐道教、景教;它还知道官商勾连的重要性,故高僧大德必出入宫禁,参与军国大政。因此,不管巴蜀叶家、江南苏家有多么雄厚的实力,多么丰富的经验,在本教面前都不值一提。那部传说中的圣典《吕氏商经》在佛经面前,就是一部简陋得无以名状的破纸。本教永远是伟大的商业体,它的理念、它的境界、它的经营方式永远居泰山而小天下。伟哉,佛教!大哉,佛教!王朝可以更替,沧海可以变桑田,唯有我佛门的伟业,才能千秋万代,永世不灭!"

圆通的脸上洋溢着兴奋的红晕,抬手端起茶杯,这次他不是要送客,而是因兴奋感到干渴。一口喝干茶水,他搁下茶杯叹道:"许多尘世俗人在指摘我圆通,说我将少林当成商业来经营是胡闹,这是多么荒唐的指责和冤枉!"说到这里,他抬手环指四方:"是我圆通让少林的声望达到了前所未有的高度,门人信徒遍及天下!试问有哪位高僧大德能做到我今日的辉煌?我是一位真正的圣徒,为了我教的兴盛,担当了人世间的一切恶名和污蔑,我必将入高僧传,我的功德足可西往灵鹫峰,得到如来的接引!"

云襄瞠目结舌地望着面前这不可一世的佛门高僧,只感到自己以前对佛教的理解还是太过肤浅。沉吟良久,他涩声问:"为了你心中的佛门伟业,你不惜与魔门结盟不说,还利用少林圣物《易筋经》和舍利子,进行你所谓的经营,以达到提升少林名望的目的吗?"

圆通身体微颤,眼中射出骇人的厉芒。几年前那次成功的"请贼上门",闻风而至的就有面前这千门公子。圆通不知道对方知道多少,这是他最不愿让人知道的隐秘。这秘密若是大白于天下,少林和他的声望,必将毁于一旦!

圆通的神情变化没有逃过云襄的眼睛,他"敲山震虎"的一招已经达到目的。坦然迎上圆通寒芒暴闪的目光,他从容笑道:"大师熟知佛门历史,想必也知道贵教在中原数度盛极而衰,你知道是为什么?"

圆通眉梢一跳,沉声道:"正要请教!"

云襄淡淡笑道:"如你所说,佛教确实是成功经营的典范,令我也不得不佩服。能够击败佛教的只有它自己,它最大的弱点在于贪婪,为求永世之福结缘皇室,而终至无所餍足,贪求皇家之尊贵而至数度灭佛,望大师引以为戒!"

圆通心中一凛,突然就想到朝廷册封少林一事旨意迟迟未下,已拖延数载。难道公子襄知道少林与朝廷的关系?他心中虽有些吃惊,面上却不动声色:"多谢公子提醒,圆通希望能交公子这样的朋友。"

云襄呵呵一笑,起身道:"我对佛旨与你有完全不同的理解,少林的辉煌让我想起了佛陀涅槃离世时所预言的末法时期。不过幸亏有六祖慧能发明顿悟,说成佛只在刹那,还说'佛向心中求,心外无佛'。既然心外无佛,那么泥塑的菩萨还留着做什么呢?慧能的禅宗已经唱响了你所宣扬的佛教的挽歌。"

云襄说完哈哈大笑,在圆通闪烁的目光中扬长而去,边走边叹道:"这次我来见方丈,原本还想要少林与魔门划清界限,现在看来是不必白费力气了。如今的少林已达到了佛即是魔、魔即是佛、佛魔合一的绝高境界,与魔门结盟倒是自然而然之事。"

圆通目送着云襄远去的背影,眼中阴晴不定,直到他去得远了,才突然拍手高叫:"来人!"

一个小沙弥应声而入，圆通目视虚空淡淡道："叫你觉能师兄前来见我。"

片刻后，一个方面大耳、质朴憨厚的汉子在小沙弥引领下走了进来。那汉子虽然穿着僧衣，蓄着头发，却又不是带发修行的头陀。他进门后便对圆通恭敬一拜："觉能见过掌门方丈。"

寺院通常都有这种蓄发的修行者。大寺院也是一大经济实体，与其他人总有些经济往来，这通常不方便由和尚来做，所以大寺院总要养几个带发修行的居士。他们穿上僧衣就是修行者，脱下僧衣就是普通人，主要是为了与他人生意往来的方便。这种修行者修行在其次，他们的主要职责是维持寺院的经济正常运转。

圆通抬手示意小沙弥退下后，用复杂的眼神打量着一脸憨笑的觉能。这是他最信赖的弟子，不过现在，却成了他最大的心病。他打量良久，突然问："你有多久没回过家了？"

觉能一怔，连忙道："出家人以寺为家，既然出了家，弟子除了少林寺，就再没有家了。"

圆通摆摆手，微微叹道："你在为师面前，不必如此拘谨。至爱亲情，岂能说放下就放下？你去收拾一下，明日一早就回去看看父母吧。"

觉能闻言几乎不敢相信自己的耳朵，见圆通不是开玩笑，不禁大喜过望，"扑通"一声拜倒在地，连连叩首道："多谢掌门方丈！多谢师父！"说完满面兴奋，如飞而去。

待觉能走后，圆通脸上慈祥的笑容立刻隐去，神情渐渐变得冷漠。他轻轻拍拍手，对应声进来的小沙弥道："你替为师传话下去，就说这几天我要闭关修炼，任何人不得打搅。寺中一切事务，暂时由圆泰师弟掌管。"

小沙弥退下后，圆通立刻去了寺后的静室。那里是他专用的闭关修炼之所，在他闭关修炼期间，任何人都不能去打搅。

小沙弥刚离开方丈的禅房，就听有人跟自己打招呼："永善，你急匆匆的，这是要去哪里？"

小沙弥认得对方是少林俗家弟子罗毅。罗毅在少林辈分虽高，不过一向与众僧亲善，所以小沙弥常常忘了他师叔的身份。见他动问，小沙弥脚步不停地匆匆答道："掌门方丈又要闭关修炼了，我得赶紧去通知圆泰师叔，让他暂时接替方丈管理少林。"

罗毅目送着小沙弥远去的背影，眼里露出思虑的神色。一套罗汉拳尚未练完，他便收势停手，与几个一同练功的武僧道了个别，匆匆离寺而去。

却说圆通进了闭关的静室后，立刻脱去袈裟，然后从隐秘处拿出一个包裹。里面是夜行衣、假发等杂物，他仔细穿戴起来，片刻后就成了一个黑巾蒙面的夜行人。盘膝在静室中坐下，他静等着天黑。

听到外面传来掌灯的钟声，圆通撬开静室内一块青石砖，露出个黑幽幽的深洞。静室依山而建，有暗道直通后山。圆通每有隐秘行动，总是以闭关为名从这里悄悄潜到后山。他闭关期间静室外有护法弟子守卫，所以没人能够闯入静室。

没过多久，一身夜行服的圆通就从后山一岩洞中悄然闪出。他记得觉能的家离嵩山不远，天亮前必定能赶到。觉能是他的心腹弟子，也是几年前在他闭关期间，将他送到北京的弟子。因为这个，他不得不将其灭口，甚至不敢假手旁人。若是几年前那桩事被人查出根由，少林的声誉毁于一旦是小，暴露了朝中那位权贵与自己的关系，只怕自己就真是死无葬身之地了。

天刚蒙蒙亮时，圆通便赶到了觉能父母所在的小山村。村前有一片桑树林，是通往山村的必经之路。这里地势僻静，林木密集，光线幽暗，是一处理想的伏击之地。圆通选了棵大树飞身而上，在枝叶浓密处藏好身形，静等觉能的到来。

直到黄昏，天色已有些朦胧，才看到一个灰衣布袍的身影匆匆奔过来，看那衣袍的样式和披肩乱发，自然是觉能无疑。圆通再次检查了一下夜行衣和蒙面的黑巾，相信即便面对面，觉能也认不出自己，这才轻轻拔出了腰中的短剑。为了掩饰身份，他特意选了一柄剑作为凶器。

眼看觉能的身影经过树下，圆通在心中叹息一声：实在是对不起，你知道了不该知道的东西。你死后，我会善待你的家人。他从树上一跃而下，剑如蛇信，直指树下经过那颗乱发披散的脑袋。这个距离，他自信觉能一定避不过去。

眼看剑锋就要插入乱发中，却见对方一个懒驴打滚避了开去，其身手之灵活、行事之警觉，大出圆通预料。不过他想也没想又是连环三剑，对方连滚带爬慌忙闪避，躲得虽然狼狈，却还是避开了。此时圆通才发觉，对方不是觉能！虽然他也是蓄发居士打扮，却不是觉能。圆通仔细辨认半晌，才发觉来人竟是少林俗家弟子罗毅，不知为何穿上了僧袍、披散了头发，所以朦胧中他才将对方认成了觉能。

见罗毅步步后退，圆通压着嗓子沉声问道："觉能在哪里？"

罗毅没有回答，却突然放声呼啸，同时向后飞退。圆通正待追击，突听脚步声匆匆逼近，竟似有七八个武功不弱的好手，呈半圆形向这边围逼过来。他心念电转，联系前因后果，立刻明白自己中了公子襄的圈套。趁着身份尚未暴露，他立刻飞身后退，转眼便消失在密林深处。

直到蒙面杀手去得远了，罗毅才长长地松了口气。这时尾随他的几个武僧先后围过来，七嘴八舌地问罗毅："小师叔，刺客呢？哪里去了？"

罗毅苦笑着摇摇头。虽然云大哥猜到圆通经他"敲山震虎"后，必定会有所行动，所以在得知圆通让觉能回家探亲后，才将他悄然拦下，而自己假扮成觉能的模样一路急行，引杀手上钩。但罗毅没料到圆通会亲自出手，方才那三剑差点要了自己的命，现在就算加上这七八个平日交厚的少林武僧，恐怕也拦不住圆通的全力出手。若此时揭破圆通的身份，这几个武僧会不会帮自己，还真不敢肯定。见几人动问，他只得敷衍道："刺客太狡猾，已经逃走了。"

"奇怪，谁会在这里伏击觉能？"一个武僧疑惑地挠着光头。他是少林十八罗汉之一，脑子虽然不够聪明，武功却是不弱。

"是啊！小师叔，觉能师弟平日皆在方丈身边伺候，很少在江湖上行走，怎么会与人结仇？"另一个武僧也疑惑地问。

罗毅摊开手道："这个我哪里知道？大家一起去问问觉能好了。"

几个和尚随罗毅往回走，一个武僧打量着罗毅的模样，笑着调侃道："小师叔穿上僧衣还真像个和尚，不如跟咱们一起出家吧！"

罗毅尚未回答，另一个武僧已抢着道："小师叔英俊潇洒，风华正茂，还想着娶妻生子呢，哪能像咱们这样就出家当和尚？"

几个年轻人一路嘻嘻哈哈地说笑打闹，全然没有在寺庙时的拘谨和正经。

十三、用间

觉能有些拘谨地盘膝而坐，像入定的老僧一般一言不发，却又时不时偷眼打量对面那个神秘的青衫书生。从小师叔罗毅对他的恭敬态度，就知道这书生必非常人，何况他还有一双似乎能看透人心的眼睛，这双眼睛令他有些惴惴不安。

觉能是在离开少林回家探亲途中，被小师叔"请"到这处僻静农家的。从方才小师叔和几个少林武僧口中，他已得知假扮成自己的小师叔遭到了刺客的伏击，以小师叔的武功也差点丧命，这让觉能大为惊讶。

"知道为什么有人要暗算你吗？"书生问。见觉能茫然摇头，他继续道："灭口！你知道了一些不该知道的事，所以有人想让你永远开不了口。知道是谁主使的吗？"

觉能还是摇头，书生笑道："你知道的秘密主要跟谁有关？再想想是谁让你回去探望父母的？"

觉能就算再笨，也立刻就想到了掌门方丈。他不禁一跃而起，急道："圆通方丈是我恩师，他决不会……"话刚出口他就霍然惊觉，可惜已经说漏了嘴，再无法挽回。

书生笑眯眯地望着觉能，也没有追问，只是笑道："你先想清楚再决定说不说。如果你不愿告诉我什么，我不会为难你，我会让阿毅将你送回少林；如果你愿意说，我会尽我所能保护你的安全。我给你半天时间考虑，想清楚后再决定。"说完，书生带上门悄然离去。

这是一处寻常的农家小院，觉能所在的里屋与外面的堂屋只有一壁之隔。从里屋能清楚地听到外间的动静，外间有一老一少两个家人守卫，觉能见识过他们的武功，仅凭自己完全无法从他们面前逃走。

觉能不像别的和尚那般整日在寺里念经，他的身份使他经常要与寺外的俗人打交道，因此比那些真正的和尚多了几分俗人的狡猾。他心中已隐隐猜到刺客是谁，又是为了什么要将自己灭口，不过他并不打算因此就出卖师父，他希望自己的忠心能让师父改变主意。

不知过了多久，外间有人急奔而入，接着传来小师叔罗毅焦急的声音："云大哥，寺中有消息传来，说少林至宝《易筋经》失窃，同时失踪的还有圆通的弟子觉能。如今少林戒律堂武僧已倾巢而出，要捉拿盗窃《易筋经》的窃贼觉能！"

"圆通这一招好歹毒！"外间传来那书生的叹息，"先将觉能诬陷成窃贼，他再要说什么不利于掌门的话，别人都不会再相信了！"

"现在已有少林武僧赶去觉能的家乡，咱们怎么办？"罗毅问。

那书生沉吟片刻，下令道："咱们立刻赶过去，要抢在少林和尚之前将觉能的父母救出来，万不能让他们落到圆通的手中。"

外间在一阵嘈杂之后，渐渐安静下来。觉能细听半响，发觉只有一个名叫张宝的木讷汉子在看守自己。他心中挂念父母安危，再不愿听天由命。见屋角有杆吊秤，于是取下秤砣挂于门框之上，将秤砣的绳索绕过门上的隼头握于手中，然后敲打柴门高叫："快放我出来，我愿与你们合作！"

"真的？"那汉子大喜过望，立刻打开柴门，谁知刚跨进门，就被门框上落下的秤砣打晕在地。觉能念了声"阿弥陀佛"，立刻夺门而出，匆匆往家赶去。

不多时觉能赶到家中，就见门户洞开，里面乱成一团，地上除了两摊血迹，早已空无一人。他心下大急，却不知如何才好。正彷徨不定间，就见那青衫书生与小师叔罗毅匆匆赶到，他"扑通"一声跪倒在二人面前，嘶声道："求你们救救我父母，只要我父母平安，我愿把知道的一切都说出来！"

那书生扶起觉能，愧然道："我们来迟了一步，令尊令堂已被一帮蒙面人抢先一步绑了去。现在能救你父母性命的，就只有你自己。"见觉能眼中有些茫然，那书生解释道："你父母被绑架，是因为你知道了一些不该知道的秘密，有人想以你父母为要挟，使你不敢泄露秘密。不过，如果这些秘密不再是秘密，我想你父母反而会安全。"

觉能一怔，立刻就明白了其中的关键。他低头沉吟良久，最后抬头问道："我如果说出所有知道的秘密，你们能保证我父母的安全？"

书生从容笑道："我以千门公子襄的名誉发誓！"

觉能心神巨震，虽然他是出家人，却常在江湖上走动，所以对千门公子襄的名头早有耳闻，没想到这名满江湖的神秘人物，此刻就在自己面前。不过他还不放心，又将目光转向一旁的罗毅，就见这少年师叔笑道："我以我师父的名义保证，你面前站着的就是千门公子襄，他的保证我愿用性命来担保！"

罗毅年纪虽轻，但少林上下皆知，他是言出必践的诚实君子。觉能再无顾虑，开口道："我只知道一个秘密，就是圆通方丈常常借口闭关修炼悄悄外出，我每次都为他驾车。"

云襄与罗毅惊讶地对望一眼，云襄沉声道："他常常去哪里？"

觉能道："这可不一定，有时师父就在附近转转，有时候却赶往千里之外。"

云襄想了想,又问:"你还记不记得几年前少林被敲诈一百万两银子的事?在这前后圆通大师去过哪里?"

觉能沉思片刻道:"我记得师父先后两次悄悄去过北京,好像就在那次事件前后。"

"北京?"云襄心中一动,忙问,"你还记不记得是北京什么地方?圆通大师去北京后又见过什么人?"

觉能回忆道:"具体地址我不记得了,不过大概位置还有印象,我可以把马车经过的路线和停留的地点画出来,希望这对公子会有所帮助。"

"太好了!"云襄大喜,忙让人送上笔墨纸砚。觉能捉笔沉吟良久,然后凭记忆慢慢画下了当年马车在北京城经过的道路和停留的地点。云襄接过草图,对罗毅欣然道:"咱们将这幅草图与北京城的地图稍作比较,立刻就能查到圆通去过哪些地方,从中咱们或许就能猜到圆通闭关的真正目的了。"

"我这就去查!"罗毅接过草图高兴地退下。

觉能见状大急,忙拉着云襄催促道:"你快去救我父母啊,你答应过我的!"

云襄笑道:"你不用担心,你的父母现在都在安全的地方。我这就让人送你与他们团聚。"见觉能满脸迷茫,云襄道:"请原谅我让你担心了,为了让你尽快说出知道的秘密,我使了点小小的手段,让你误以为两位老人家被人绑架,其实他们这会儿正在一个安全的所在等着你呢。"

"原来你在骗我!"觉能气得满脸通红。不过一听说父母安全,他心中一块石头落了地,也无心计较对方的欺诈,忙问:"我父母现在在哪里?"

云襄拍拍手，罗毅应声而入，对觉能笑道："师伯请跟我来，我这就带你去。"

罗毅与觉能出门后，筱伯面色凝重地进来，将手中的草图递给云襄："老奴在北京城待过几年，对那里的大街小巷也还算熟悉。从觉能所画的地图来看，虽然圆通两次下车的地点都不相同，却是在同一座府第的后门和侧门附近，那一带也只有这处府第最值得留意。"

"是谁的府第？"云襄忙问。

"福王府！"筱伯肃然答道。

"福王府？"云襄满脸惊讶，继而皱眉沉思，喃喃自语道，"难道圆通与福王有着不同寻常的关系？圆通在少林被敲诈一百万两银子、因祸得福名满天下之际，突然借闭关悄悄赶到千里之外的北京面见福王，难道福王跟这事有着极其重要的关系？"他只感到脑中如有一团乱麻，完全理不清其中的因果关系。

筱伯点头道："从圆通亲自伏击觉能欲将其灭口来看，他极有可能是想掩饰与福王的关系。"

"他为什么要拼命掩饰与福王的关系？"云襄双眉紧皱，在房中来回踱步，"旁人若是与朝中权贵有这种关系，炫耀还来不及呢。他圆通可不是什么清静淡泊之辈，为什么在这事上却如此低调？"

筱伯沉吟道："恐怕他与福王当时在做什么见不得人的勾当，直到现在也不敢让人知道。"

云襄思虑片刻，微微颔首："莫非当年少林请贼上门，是出自福王的授意？可少林今日为何又要与魔门结盟？这岂不是站到了福王和朝廷的敌对面？圆通若与福王关系匪浅，为何要这样做？"

筱伯笑道："这世上没有永远的朋友，也没有永远的敌人，只有永恒的利益。在利益面前，有时候敌人可以成为朋友，朋友也可以成为敌人。"

云襄点头道："没错，人之行，利为先，这是《吕氏商经》开宗名义的一句话。不过，要说圆通会不顾与福王的关系，公开与魔门结盟，这实在违背了'利为先'的法则。除非……"说到这里云襄心中一震，顿觉眼前一亮："除非这是出自福王的授意！可是，福王为何要授意圆通与魔门结盟，助长魔门声势？……"他又陷入了新的迷惑。

筱伯沉吟道："听说福王在朝中大权独揽，招致满朝文武忌恨防备，已有言官上书朝廷，要福王分权。若在此时，魔门势力突然壮大，天下动乱纷纷，朝廷恐怕就只有仰仗福王平息动乱。如此一来，福王的地位将稳如泰山。"筱伯一顿，叹道："令少林与魔门结盟的主意若是出自幕僚，那福王身边必有高人；若这主意是出自福王，那福王之心机和智谋，足以令天下人胆寒！公子若要与福王为敌，可得三思而后行！"

云襄哈哈一笑："多谢筱伯提醒，不过无论谁视天下人为刍狗为鱼肉，我都要替天下人奋起抗争，无论他是福王还是朝廷。"他一扫先前的迷惑，沉声道："与福王的关系，看来是圆通最怕让新盟友知道的，难怪连杀人灭口这种粗活，圆通也不敢假他人之手。如果魔门得知圆通与其结盟是出自福王授意，恐怕就得掂量掂量这个盟友的可靠程度，以魔门和寇焱的一贯作风……"

筱伯神情一怔，诧异地问道："公子的意思，是要将圆通与福王的关系暗中通知魔门？"

云襄微微颔首笑道："在魔门眼里，福王就代表着朝廷。若魔门得知少林积极与自己结盟，乃是出自福王授意，咱们再令少林做出些让他们误会的举动，你想他们会有什么反应？"

筱伯沉吟道："他们自然认定圆通有阴谋，以魔门的作风，定会先下手为强！"

"如此一来，少林与魔门的结盟就会烟消云散，"云襄慨然道，

"释、道、魔三教的结盟也会土崩瓦解，魔门势力会受到削弱，福王妄图助长魔门声势以稳固自己地位的阴谋也会落空！"

筱伯望着意气昂扬的云襄，满怀忧虑地提醒道："我不怀疑公子有把控三方势力的智谋，不过如此一来，恐怕公子会成为少林、魔门及福王的公敌。这其中任何一方的力量，都足以使天下人战栗，公子还请三思而后行。"

云襄嘴角泛起一丝冷厉的微笑，从容道："以天下人为敌者，天下人当共击之！我云襄既为天下人中一分子，自然不能袖手旁观。"

筱伯一看云襄的表情，便知他主意已定，问道："公子想怎么做？"

云襄负手遥望虚空，如老僧入定般静寂了足有半个时辰，才对筱伯缓缓道："你立刻去将阿毅找来，这事必须要仰仗他的应变能力才行。"

筱伯没有多问，立刻去找罗毅，没多久就将他带了回来。听他说已将觉能一家送到了安全地点，云襄放下心来，这才将自己与筱伯的分析以及拟订的计划详细对他说了一遍，最后执着他的手叹道："阿毅，静空大师从小就教你做个诚实君子，而现在我却屡屡教你去骗人，这实在是难为了你。"

罗毅笑道："云大哥不必多虑，我分得清是非曲直。如果诚实善良不能为少林拨乱反正，我不妨试试云大哥的方法。"

云襄欣慰地拍拍笑了，神色复杂地道："你一向淳朴善良，但这次要面对的，是以毒辣狡诈著称的魔门少主和光明使，而且你与他们还照过面，稍有闪失就可能丢掉性命，我实在不忍让你去冒这个险。但是，有些事情我们不得不去争取，事态紧急，我找不到比你更合适、更值得信任的人了。"

"云大哥不必多虑，"罗毅笑道，"我从小就随静空师父苦练过禅定功夫，在任何人面前都不会惊慌失措。你若要找反间者，我就是最好的人选。"

云襄望着这从容淡定的少年,心下稍宽,终于拍拍他的肩头道:"去吧,我对你有信心!"

罗毅走后,云襄立刻让筱伯传令下去,他从江南悄悄带来的人马,将依照计划在暗中接应罗毅。现在万事俱备,就看罗毅最后的表现了。

少林寺暮鼓响彻嵩山,宣告暮色降临大地。天边晚霞如血,为嵩山平添了几分肃杀。就在嵩山山腰隐秘处,有几座严整的营帐静静而立,帐外有黑衣汉子守卫,帐后的旗杆上,公然飘扬着魔门的烈焰骷髅图。自释、道、魔三门结盟以来,魔门已无须再掩饰其行踪了。

营帐之内,明月使缓缓从寇元杰后心收回手,小声问:"少主,感觉好些了吗?"

寇元杰长长舒了口气,点头道:"嗯,好多了!"那日在济生堂被夺魂琴音剑所伤,直到现在他才感觉伤势基本复原,而被孙妙玉所伤的净风和力宏,至今却还卧病在榻,天心居的武功果然不同凡响。

自与少林结盟后,圆通曾力邀魔门教众在少林寺客房落脚,却被寇元杰婉言谢绝。这次少林对释、道、魔三教结盟表现得太过热心,令寇元杰不得不多个心眼。因此,他坚持在这处易守难攻的山坳中落脚,择吉日再与少林、武当共商结盟的具体事宜。

活动了一下手脚,寇元杰精神一振,缓缓步出帐外。外面天色朦胧,四野无光,夜色已降临嵩山。他一声轻啸,拔剑迎风而舞,随他出来的明月使立刻赞道:"看少主的剑势,果然伤势已痊愈,属下这就放心了。"

"明月,你我年岁相仿,你尚长我几岁,以后在我面前,你不必如此拘谨。"寇元杰收剑道。

明月忙拱手道:"少主在上,圣教尊卑有别,长幼有序,明月不敢有违。"

寇元杰叹了口气，心知光明四使从小就受到父亲严苛的训练，在自己面前早已养成了这种奴才一样的禀性，用父亲的话来说，就是要将他们训练成爪牙俱利却又忠心耿耿的狗。从目前来看，父亲的目的达到了，但寇元杰一点也不开心。虽然他身边有无数忠心耿耿的教众，却没有一个可以说说心事的朋友，这让他备感孤独。

缓缓收起长剑，寇元杰正待回帐，突听不远处传来衣袂飘忽的声响和跌跌撞撞的脚步声，当即目视明月："去看看！"

明月身形一晃，如大鸟般没入黑夜，片刻后拎着一个僧袍破烂、乱发披散的男子过来，随手扔在地上，对寇元杰道："是个带发修行的居士，方才还有两个少林僧人在紧追不舍，被属下使了点小手段引开了。"

寇元杰看看那居士的模样，满脸血污，看不清本来面目。他用脚拨了拨那人，问道："怎么回事？"

那人惊慌地叫道："施主救命，掌门方丈要杀我！"

寇元杰一怔，忙问："圆通大师为何要杀你？你是谁？"

那人喘息道："在下……在下觉能。"

"觉能？"明月有些惊讶，"就是那个盗了《易筋经》，正被少林戒律堂追缉的觉能？"

那人点点头，跟着又连连摇头："我……我没有盗经！"

少林戒律堂在追缉一个盗经的弟子，寇元杰早已从眼线那里得到了密报，当时并没有放在心上。现在见对方说得奇怪，他饶有兴致地问道："你没有盗经，戒律堂为何要捉拿你？"

觉能突然一副说错了话的样子，不再回应。寇元杰见状，对明月吩咐道："既然他不愿说，还是将他送回少林吧。"

觉能吓了一跳，急忙道："千万不要！我要是被送回少林，那就死定了！"

寇元杰柔声道："那你告诉我，圆通大师为何要杀你？只要你说出来，说不定我可以帮你。"

"真的？"觉能将信将疑地问。

明月立刻斥道："咱们少主的话你也敢怀疑？"

"你……你是魔门少主？"觉能又吃了一惊。见寇元杰肯定地点了点头，他一咬牙，嘶声道："我不会说，我什么都不会说！就算方丈不相信我，我也决不会出卖方丈！"

觉能越是这样说，寇元杰越是好奇。他对明月使了个眼色，明月立刻心领神会，一掌按在对方前胸膻中穴上，内力微微一吐，觉能立刻发出瘆人的惨叫，叫声刚起，却又被明月闭住了穴道，叫声再发不出来。

"把你知道的都说出来，不然我让你想死都死不了。"寇元杰盯着憋得两眼通红的觉能，幽幽笑道。他知道明月最擅长刑讯逼供，铁打的汉子也禁不起他的阴毒内力。

果然，在之后明月解开觉能的穴道后，觉能终于颤声道："我……我说，快松手……"

明月稍稍收回内力，觉能方喘息着道："掌门方丈常常……借闭关的机会，悄悄离开少林……每次都是由我赶车。"

寇元杰闻言哑然失笑："圆通大师耐不住寂寞，偷偷离开少林去风流快活，这也不算什么大事，犯得着杀你灭口吗？"

觉能迟疑了一下，慢慢道："他是……怕我泄露他与朝中权贵有往来……就在这次三教结盟大会之前，他才从北京悄悄赶回少林。"

寇元杰面色微变，忙问："圆通与朝中权贵有瓜葛？是谁？"

觉能摇头道："我不知道是谁，我只记得每次停车的地点都是青龙巷。"

寇元杰脸色再次变了。他和父亲曾研究过大明朝局，对北京城粗略了解，别的地方不敢说，但青龙巷附近就只有一处权贵的府第，即权倾朝野的福王官邸。若是圆通与福王有勾结，那他与魔门的结盟……寇元杰额上沁出了冷汗。

示意明月将觉能带到帐中，寇元杰又细细盘问了一回觉能，这才得知圆通与福王，早在几年前就关系匪浅。那年少林被敲诈一百万两银子，却因祸得福名满江湖，圆通立刻就赶到京城面见福王，这其中的奥秘令人深思。如今圆通在见过福王后，又主动与魔门修好，这其中必有阴谋！之前他还有些奇怪圆通对结盟为何如此热心，如果这是出自福王的授意，那一切就说得通了……寇元杰很庆幸上天将觉能送到了自己面前。

就在这时，突听帐外传来守卫的惊呼，跟着一个黑影闪入帐中，明月一见之下连忙拜伏于地。寇元杰不由大喜，忙迎上前拜道："爹，您……您老怎么赶来了？"

原来闯入的黑衣老者，正是魔门门主寇焱，尾随他到来的除了长老施百川，还有一个面如白纸的年轻乞丐和一个神情冷厉的倭人。就听寇焱一声冷哼："你飞鸽传书说有人公开揭穿了本教天降神火的奥秘，更有天心居高手伤了净风和力宏。天心居固然不可小觑，而亵渎天火的神圣、动摇教徒的信念，这对本教的打击堪称致命，为父不赶来行吗？"

"这都是公子襄所为！"寇元杰忙将这几日发生的事仔细说了一遍，最后指着一旁的觉能，"幸亏光明神将这人送到孩儿面前，不然咱们还不知圆通与咱们结盟，原来是包藏祸心。"

寇焱一声轻嗤："无利不起早，你以为圆通与咱们结盟，真是存了冰释前嫌的心思？只是他竟与福王有秘密往来，倒是出乎为父预料。"说着他转向觉能，眼中闪烁着妖异的光芒，盯着觉能的眼睛问道："圆通多次进京面见福王，此事属实？"

觉能的眼神渐渐迷离起来，魂不守舍地答道："掌门方丈多次借闭关悄悄进京，但他去见了谁我不知道，觉能只是每次都将他送到青龙巷。"

寇焱眼中光芒更盛："这次他可是从京城回来之后，才决定与本教结盟的？"

见觉能茫然点头，寇焱再无怀疑，在他的摄魂术之下，很少有人能说假话。他挥手令明月将觉能带下去，然后转向儿子道："看来圆通是在朝廷的示意下才与咱们结盟的，此事必有阴谋，咱们得先下手为强。"

"咱们该怎么做？"寇元杰忙问。

寇焱沉吟道："连夜派人送信给圆通，就说盗窃《易筋经》的家伙已被你抓获，让他明日到此来领人。"见儿子满脸疑惑，寇焱解释道："如今四大光明使已伤其二，圆通以为吃定了你，必定亲自带人连夜来提觉能。若觉能已泄露他的秘密，他也不怕与你翻脸；若觉能尚未开口，他定会赶在第一时间灭口。可惜他不知我已赶到嵩山，还带来了几个得力帮手，届时咱们设伏将圆通拿下，用为父新炼成的失魂丹夺其心智，届时少林与咱们的结盟，就会假戏真做。"

"父亲已炼成失魂丹？"寇元杰大喜过望，"有失魂丹之助，何愁大事不成？"说着他看向父亲身后的年轻乞丐和倭人："这两位是……"

寇焱指着两人介绍道："这是当年大名鼎鼎的南宫世家三公子南宫放，这位是东瀛浪人东乡平野郎。他们是被公子襄平倭一战弄得走投无路，才前来投奔为父的，他们都是不可多得的人才！"

寇元杰连忙与二人见礼。原来南宫放和东乡平野郎逃离荒岛后，被魔门长老施百川引荐给了寇焱，后随寇焱在西疆隐伏多年，这次随寇焱赶来中原，是因为寇焱有重大计划要仰仗二人之助。

几个人见礼毕，寇焱虎视众人，沉声道："这次西疆之行，我终于说动瓦剌可汗忽毕勒出兵中原。瓦剌十万大军正在集结，三个月后即可发兵。为配合瓦剌大军的行动，南宫公子将作为瓦剌内应，领瓦剌先锋偷袭大同守军，全歼大明镇西军，打开通往北京和中原腹地的大门；东乡君则要尽快赶回东海，纠集失散的同僚，重振往日声势，袭扰沿海诸省，使大明海防驻军不敢驰援西疆；而咱们则要借这次释、道、魔三教结盟的声望，三个月后于中原腹地举兵起事，与瓦剌大军遥相呼应，一举摧毁大明！所以，这次能否制服并控制圆通，进而控制少林，并通过少林控制中原武林，是计划之关键！"

几个人脸上皆闪过兴奋之色，齐声道："请门主下令，咱们定依计行事！"

寇焱大步来到帐案后坐定，对儿子道："你即刻差人去见圆通，就说盗窃《易筋经》的窃贼已被你抓获，让他明早来这里提人。待圆通连夜赶来后，你率明月使和慧心使在帐外迎接，为父与施长老、南宫公子和东乡君在帐后埋伏。就算是少林通、泰、安、祥四大高手齐至，也逃不出咱们的手心！"

寇元杰点头道："我这就去安排！"

魔门教众的驻地离少林并不算远，不到一个时辰，圆通已率十几名武僧匆匆赶到。寇元杰迎上去一看，见圆通竟率了少林十八罗汉齐至。十八罗汉一套罗汉阵天下驰名，用来应付明月使和慧心使及魔门数十教众已绰绰有余，难怪圆通有恃无恐了。

寇元杰在帐外拱手笑道："不过是一个盗经的小贼，值得圆通大师亲自跑一趟吗？还率十八罗汉齐至，好像信不过咱们似的。"

圆通见寇元杰神情坦然，帐外的守卫也寥寥无几，倒显得自己有些小题大做了。他尴尬地笑笑，合十道："寇少主多心了，实在是《易筋经》对少林太过重要，贫僧不敢再有任何闪失。"

寇元杰理解地点点头，抬手示意道："觉能就在帐中，大师里边请！"

圆通见明月使及慧心使俱在帐外，便对十八罗汉吩咐道："你们在此守候，我随寇少主去提人！"十八名武僧心领神会，立刻守在帐外，隐隐监视着明月和慧心。

圆通随寇元杰进入帐中，就见幽暗的大帐中伏着一人，身着血迹斑斑的僧衣，披头散发看不清面目。圆通缓步走上前，挥袖卷向那人的头发，将他从地上拎了起来。就在这时，突见那人怀中寒光一闪，一道剑光如毒蛇吐信般突袭而至。这一剑无论方位还是速度都极其精妙，圆通只得后退躲闪，几乎同时，就听头顶有刀风倏然而至，其毒辣凶悍尤在那一剑之上，封住了他后方的退路，而左方又有掌风汹涌而出，功力竟不输于光明四使。

前有毒剑后有利刃，左方又有掌风袭来，匆忙间圆通只得往右闪避，于电光石火的瞬间避开了刀剑和掌风。谁知看似安全的右方，竟是最隐秘的陷阱，只见一只大手从帐外倏然探入，牛皮帐在这一抓之下如纸一般碎裂。圆通猝不及防，被这一抓死死扣住了咽喉。跟着就见一个黑衣老者从帐外生生挤了进来，眼里满是猫戏老鼠般的调侃。

圆通眼里闪出恐惧之色，他虽然从未见过寇焱，但方才这一抓之势，让他立刻就想到了那个绝迹江湖二十年的一代魔头。

伪装成觉能的南宫放，以及埋伏在帐顶的东乡平野郎和左方书案后的施百川俱现出身形，脸上带着得意的微笑。三人武功皆达一流境界，再加上二十多年前就天下无敌的寇焱，擒下圆通不算太难，难的是不惊动帐外的十八武僧，所以，四人才安排下这联手一击，总算在圆通出声呼救前将他制服。

寇焱随手封住圆通的穴道，然后缓缓放开手。圆通得以喘息，正待呼救，只听寇焱冷冷道："你就算出声呼救，也没人救得了你，还会白白搭上十八个秃驴的性命。"

圆通张张嘴，最终却没有发出半点声音。有寇焱在此，再加上方才出手偷袭的几个绝顶高手，就算叫十八罗汉进来，一时间恐怕也救不出自己。他也是心思敏捷之辈，立刻换上副笑脸拱手拜道："贫僧不知寇门主在此，多有冒犯，还望恕罪。"

"贫僧？你很穷吗？"寇焱眼里泛起一丝讥笑，"少林富可敌国，你这掌门方丈都在叫穷，那这世上恐怕就没几个富人了。"

圆通尴尬地笑笑，忙道："少林确有一点余财，如今咱们既与魔门结盟，自然就是一家人。少林的财产就是魔门的财产，只要寇门主开口，三五十万两咱们也还拿得出来。"

"你将老夫当成绑票敲诈的绑匪吗？"寇焱一声冷笑，"三五十万两，亏你拿得出手。"

圆通见寇焱眼里满是嘲讽，略一迟疑，咬牙道："我愿拿出一百万两银子孝敬门主，这是少林的全部家当了，望门主高抬贵手。"

寇焱眼中的讥色越发浓烈，盯着圆通淡淡道："我要的是整个少林，你一百万两银子就想将我打发了？"

圆通面色微变，却毫不迟疑地道："少林既与魔门结盟，就已决心追随门主。圆通不才，愿率少林上下，为门主效犬马之劳。"

寇焱一声冷哼："你对福王，是不是也是这样表忠心的？"

圆通面色大变，再说不出话来。只听寇焱冷冷问："少林与我教结盟，是否出自福王授意？"

圆通不清楚寇焱知道多少隐秘，不敢隐瞒，无奈点头道："没错。"

"福王为何要你这样做？"寇焱追问道。

圆通摇摇头："贫……在下只是依福王令谕行事，至于原因实在不知。"

寇焱点点头："你知道朝廷与本教不共戴天，现在少林何去何从，就在你一念之间。"

圆通忙道："在下愿率少林上下追随门主，共谋大事。"

"很好！"寇焱冷冰冰地道，"你告诉帐外的武僧，就说你与元杰有要事商议，让他们先回去，三天后再来接你。"

圆通犹豫片刻，终于对帐外的武僧照寇焱的话大声吩咐了一遍。众武僧虽然觉得奇怪，却也不敢违逆，只得先行回寺。

待他们走后，寇焱从怀中掏出一只瓷瓶，倒出一颗洁白如银的丹丸，递给圆通道："你既然愿意效忠本门，就该拿出点诚意。这里有一颗丹丸，你只有吃了它，老夫才会完全相信你。"

圆通盯着寇焱掌心那颗白得刺眼的丹丸，颤声问："这是什么？"

"失魂丹。"寇焱淡淡道，"你放心，它不是毒药，相反，它是珍贵无比的仙家圣药。你吃了它，就能感受到佛经里所描述的西方极乐世界的快乐。"

圆通还想拒绝，寇焱突然出手在他颔下一点，他不由自主地张开嘴，那颗丹丸立刻飞入他口中，在寇焱内力催逼下，丹丸瞬间便落入了他肚中。圆通拼命咳嗽，却再吐不出来。

寇焱拍拍圆通的肩，不阴不阳地笑道："你要知道，失魂丹珍贵无比，一亩地的罂粟仅能炼成十几颗，不是随便哪个人都能吃到的。相信不出三天，你会求着老夫给你失魂丹。"

寇焱的话听在圆通耳中已有些缥缈，四周的景物也如梦境般不真实。他穴道受制，无法用内力压住药性，所以发作极快，片刻工夫就感觉头眼晕沉，脚下飘飘然如在云端，四肢百骸说不出地舒服，身心更是前所未有地愉悦，眼前闪烁着七彩的光芒。这种欣悦的感觉是如此强烈，相信传说中的西方极乐世界，也不过如此吧。

见圆通一扫有道高僧的模样，失魂落魄地倒在地上，发出令人不堪的微微呻吟，脸上洋溢着发自内心的微笑，几个人除了寇焱，俱心惊不已。南宫放不禁问道:"这是什么药,药性竟然如此诡异?"

寇焱笑道:"这是从罂粟果中提炼出的精华,有令人身心愉悦的功效。这种愉悦比男欢女爱还来得强烈,南宫公子要不要尝尝?"

南宫放吓了一跳,连忙摆手:"这丹药如此珍贵,门主就不要浪费在小人身上了吧。"

"说得也是。"寇焱笑着将瓷瓶收好,叹道,"我在昆仑山中隐居十八年,历尽千辛万苦,也才炼成这百十颗失魂丹。就算现在依法炼制,每颗丹丸的造价也不是常人可以想象的。所以,不是如圆通这样的一派至尊,还真没资格享用老夫的失魂丹呢。"

南宫放松了口气,笑问道:"这失魂丹除了让人失魂落魄外,不知还有什么功效?"

寇焱诡秘一笑:"这失魂丹最厉害的地方,就是常人一旦服食上瘾,就再也放不下,每三五天必服食一次,不然就百爪挠心、万蚁噬髓,比天底下任何酷刑都要厉害。"

南宫放恍然大悟,连连点头:"如此一来,圆通就只有乖乖听门主号令,少林一派从此也就唯门主之命是从了。"

寇焱哈哈一笑,对寇元杰吩咐道:"让人看紧圆通,这失魂丹只需连服三天,他就再逃不出这药物的控制,从此成为咱们手中的傀儡。"

寇元杰立刻叫来明月,让他将圆通带下去严密看管。随后,寇焱对东乡平野郎道:"东乡君,这里大事已定,你立刻与施长老赶回东海,那里有我的人接应,他们将助你在三个月内重振海上雄风。"

东乡平野郎大喜,忙鞠躬道:"多谢寇门主鼎力相助,东乡将永远追随门主,共谋大明天下!"说完拱手告退,与施百川如飞而去。

寇焱将目光转向南宫放,满含期待地沉声道:"驻守大同府的镇西军,是大明精锐,而镇西将军武延彪,更是与江浙总兵俞重山齐名的虎将。你要在三个月内摸清镇西军的驻防虚实,届时引瓦剌先锋朗多一举将其全歼,打开通往中原和北京城的大门。"

南宫放忙拜道:"门主放心,在下不会让门主失望。"

寇焱拍拍南宫放的肩:"事成之后,我助你夺回宗主之位,并替你除掉大仇公子襄!从今往后,你将是我魔门和瓦剌永远的朋友!"

南宫放激动地点点头:"既然如此,在下立刻就赶去大同,早作准备。"

寇焱亲自将南宫放送出大帐,一直目送着他的背影消失在夜幕之中,然后对尾随而出的儿子淡淡道:"三天之后,圆通必对为父唯命是从,届时令他出面,请武当掌门风阳子去少林一晤,为父将照今晚的办法收服风阳子,以实现释、道、魔三教真正的结盟。到那时三教弟子可组成一支圣战大军,以'清君侧,正纲常'的旗号举事,与瓦剌大军遥相呼应,直取北京!"他顿了顿,叹道:"从清除释、道两教异己到组成圣战大军仅有三个月,上天留给咱们的时间,已经不多了。"

如此惊天大事,从父亲口中徐徐道来,却显得波澜不惊,寇元杰心神大震,迟疑半晌,忧心忡忡地道:"瓦剌大军乃虎狼之师,一旦突入中原,恐怕……"

寇焱叹道:"为父何尝不知瓦剌人的野心,但若不借瓦剌之力动摇大明根基,咱们岂能于乱中取利?若天下不乱,咱们连一点机会都没有。"

寇元杰神情复杂地抬头遥望星空,突然就想到了母亲所说的天心,突然觉得这些曾令他热血沸腾的宏图霸业,与母亲"为天地立心"的胸怀比起来,似乎微不足道。他不禁黯然道:"战乱一起,不知有多少妇孺将在战火中殉命。母亲天上有知,一定会为之悲恸吧?"

"你千万不能有这种想法!"寇焱一把抓过儿子,紧盯着他的眼睛喝道,"我虽然敬重你母亲,却决不容你被她的妇人之仁迷惑。古来成大事者,可以无知可以愚蠢可以懦弱可以失败,却决不能有半点妇人之仁！你若再有这种想法，我就当没有你这个儿子！"说到最后，已是声色俱厉。

从未在父亲眼中看到如此可怕的神色，寇元杰心中一寒，忙道："爹爹教训得是，孩儿知错了。"

寇焱神色稍霁，冷冷道："你不能再有这种想法，更不能在旁人面前流露这种思想。一旦动摇了教众的信念，我将以教规论处！"见儿子愧然低下头，他缓缓放开儿子："现在是本教举事的关键时刻，你不能再有任何杂念。快去布置人手，为三日后收服少林、武当做最后的准备。"

就在寇焱父子送南宫放出帐后不久，假扮成觉能的罗毅挣扎着悄悄从帐后闪出，狸猫般摸向帐后的密林。本来以他的修为，瞒不过寇焱的耳目，只是他从小随静空修炼禅定功夫，能一动不动地坐上一整天，气息也比旁人细微绵长得多，这才得以蒙混过关。乍闻魔门如此隐秘的计划，他不敢有任何耽搁，立刻向后山飞奔而去。他成功伪装成武功平常又身负重伤的觉能，加上觉能只是个小人物，因此魔门教众对他看管并不严密，使他侥幸从魔门驻地悄然逃脱。

没多久，他赶回住地与云襄等人会合，立刻将听到的秘密一字不漏地告诉了大家。云襄听得惊心动魄，没想到魔门不仅要一举征服释、道两教泰山北斗，更要集三教之力祸乱天下，并引倭寇与瓦剌侵扰中原，天下安宁已危如累卵。

罗毅顾不得洗去满脸的血污，紧张地盯着来回踱步的云襄急切地道："云大哥，你快想想办法，一定要阻止魔门吞并少林的野心！"

云襄在踱了七八个来回之后，终于停下脚步，对紧盯着自己的罗毅等人道："咱们立刻赶去见武当掌教风阳子，只有说动他挺身而出，才能阻止寇焱吞并少林、武当的计划！"

第六卷 千门之圣

一、反击

晨曦如梦，静谧地投入空空的大帐，令朦胧幽暗的大帐渐渐明亮清晰起来。倒在地上的少林方丈圆通，缓缓睁开了双眼，疑惑地打量着四周。一点清澈的神光随着记忆，慢慢在他那浑浊的眼眸中亮起，他很快就明白了自己的处境，连忙从地上一跃而起。晃晃依旧有些沉重的头，他正待从帐后悄然而逃，就听身后有人调侃道："大师总算醒了，你的修为比老夫估计的要差很多啊！"

圆通一惊，慌忙回头望去，就见黑衣如墨的魔门门主寇焱，正在自己身后负手而笑。圆通舔舔干裂的嘴唇，哑着嗓子问道："你……你想怎样？"

"大师为何这般惊恐？咱们可是刚结盟的盟友。"寇焱笑着伸出手，像长辈勉励小辈般欲拍圆通的肩头。

圆通沉肩一缩，本能地躲开了寇焱的手掌，嘶声问："你……你昨日给贫僧吃了什么？"

"你是说这个？"寇焱笑着从怀中拿出个小瓷瓶，倒出一颗白得刺眼的丹丸，递到圆通面前，"这叫失魂丹，乃是老夫花了十多年时间才研制成的东西,珍贵无比,能让你感受到西方极乐世界的快乐。你已经感受过它的好处,要不要再来一颗?"

圆通浑身一颤,不由自主连退数步。他忘不掉昨夜那奇异的感觉,那种感觉是如此奇特,如此令人愉悦,完全不亚于佛门传说中的西方极乐世界。这令圆通心生警惧,他知道这失魂丹必定不是什么好东西,但心底深处,又隐隐渴望着它给自己带来的那种神奇感觉。

"怎么,你不想要?"寇焱冷冷问。

圆通勉强挤出一丝笑容,赔笑道:"门主但有所令,贫僧无不从命,这失魂丹既然如此珍贵,还是留给需要的人吧。"

寇焱喜怒难测地盯着圆通的眼睛,收起失魂丹淡淡道:"你不吃也可以,老夫十八年未履足中原,不知你少林的武功有无精进,想和你切磋几招,请不要推拒。"说着也不等圆通拒绝,已飘飘然一掌拍向圆通胸膛。

圆通大惊失色,突然想起寇焱二十多年前以天下高手为拳靶的往事,顿时胆战心惊,连忙双掌暴推而出,全力抵挡。谁知寇焱这一掌只是虚招,被圆通一挡立刻变向,换了个方向拍向圆通肩胛。圆通不敢大意,连忙沉肩变招,以少林擒龙手还击。二人出手俱迅若闪电,顷刻间已交手数招,就见寇焱大袖飘飘绕着圆通一味佯攻,圆通则以少林绝技严密防守,一时间但听风声飒然,却没有拳脚交击的闷响。

斗得数十招,圆通便发觉寇焱并未出全力,只是用佯攻来引自己出手,不知打的什么主意。他待对方出手稍缓的瞬间,连忙退出战团躬身拜道:"寇门主神功盖世,贫僧甘拜下风,还请寇门主高抬贵手。"

"好!"寇焱也应声停手,饶有兴致地打量着圆通道,"方丈虽然为俗务奔波劳碌,功夫却没有完全搁下,也算难得。"

"寇门主过誉了。"圆通勉强一笑,见寇焱并没有将自己当成拳靶练功,心中略松了口气,却又疑惑对方到底有什么用意。他心中惴惴不安，正想找借口离开这险地，突然感觉骨髓深处似有万千虫蚁蠢蠢欲动，令人十分不舒服。他心中暗惊，连忙运功暗查，却又没有受伤或中毒的症状，令人疑惑不解。

"方丈是不是感觉身子有些不舒服？骨髓深处似痒非痒，似痛非痛？"寇焱打量着圆通，似笑非笑地问道。他方才引圆通出手，就是要加快对方气血运行，引失魂丹的药性提前发作，见圆通咬牙强忍的模样，他的目的显然是达到了。

经过方才的激战，圆通只感到潜藏在自己骨髓深处的万千虫蚁，被寇焱内力一激，似乎已从沉睡中惊醒，开始啃噬起自己的骨髓和神经。浑身上下三百六十五个穴位，十二条经络，无一处不痒，无一处不痛，而心底深处渐渐升起一种从未有过的强烈欲望。他大惊失色，不由失声道："这……这是怎么回事？"

"这就是失魂丹的功效。"寇焱说着重新拿出一颗失魂丹，笑眯眯地递到圆通面前，"吃了它，你立刻就能享受到极乐世界的无上快乐，不然就会坠入十八层地狱，身受油煎火烤、刀锯斧砍却不死之苦。"

圆通张皇后退，色厉内荏地叫道："妖孽，我有阿罗汉的定力，不会受你邪魔外道引诱！"说完盘膝于地，运功与体内的药瘾相抗。

"很好！就让我看看你阿罗汉的定力，三天之内，你若不求着我要这失魂丹，我就让你平安离开这里。"寇焱冷笑着在圆通面前坐下。虽然失魂丹已经在很多人身上实验过，不过用在圆通这种身负佛门精深内功的绝顶高手身上，却还是第一次，寇焱心中也没多少把握。所以，他想仔细观察圆通的反应，以验证失魂丹在内家高手身上的功效。

圆通光秃秃的脑门上沁出了一层油汗，头顶渐渐蒸腾起白蒙蒙的水雾。他原本红光满面的脸上，此刻已是一片灰败，脸颊上的肥肉在不由自主地哆嗦着，显然在运功与灵魂深处的本能和欲望勉力相抗。

半天时间过去，圆通依旧在咬牙苦忍，但浑身已开始不由自主地颤抖，脸上的表情更是痛苦不堪。寇焱观察着圆通的反应，嘴角渐渐泛起一丝冷笑，他捏碎一颗失魂丹，然后以内力催逼烘烤，让失魂丹的味道渐渐在空气中弥漫开来，并随着他的内力催逼，飘向圆通鼻端。

这一丝熟悉的药味，使圆通强压下的欲望如猛兽般终于破栅而出，渐渐将他的理性淹没，骨髓深处似有万千虫蚁开始疯狂啃噬他的神经，令他忍不住用手抓挠全身，可惜就算将皮肤抓得血肉模糊，也如隔靴搔痒般越挠越痒。在肉体的痛苦和意识深处的强烈欲望驱使下，圆通完全失去了自我，突然一声怪叫扑向寇焱，欲抢他手中的失魂丹。寇焱侧身一让，圆通立刻失足扑倒在地。他勉力挣扎着向寇焱伸手哀求："给我……快给我……"

寇焱俯身望着他笑道："我早说过，你会求着我要失魂丹。不过现在你想要失魂丹，得先替我办一件事。"

"什……什么事？"圆通嘶声问。

寇焱从袖中取出一张纸条，递到圆通面前："你照着这个给武当掌教风阳子写一封信，邀他到少林一晤。"

圆通双手哆嗦着接过纸条匆匆一看，立刻就明白了寇焱的用心。此时他一息理智尚存，但想起刚才撕心裂肺的痛苦，反抗的意志早已被失魂丹摧毁了，毫不犹豫地点头道："我写！我马上就写！"

寇焱拍拍手，一名教徒应声而入，为圆通送上笔墨纸砚，并扶他到书案后坐好。见圆通浑身战栗捏笔不稳，寇焱伸掌按在他后心灵堂穴上，用内力助他压住药瘾。圆通稍事喘息，立刻照着寇焱给他的纸条，匆匆写下了一封书信。

寇焱收回手掌，拿过书信看了看，满意地点点头，仔细封后好交给那名教徒："立刻送去少林寺，让少林和尚给风阳子送去。"

圆通挣扎着扑到寇焱面前，涕泪横流，拉着寇焱的衣袖嘶声哀求："给我……给我失魂丹！"

寇焱脸上泛起满意的微笑，连精通佛门内功的圆通都屈服于失魂丹的药瘾，天下还有谁能抵御失魂丹之毒？他将一颗失魂丹一分为二，递给圆通半颗道："为了让你保持清醒，我先给你半颗，等咱们拿下凤阳子后，我再给你剩下这半颗。"

圆通已来不及计较，一把抢过半颗失魂丹便吞了下去。药性慢慢在体内发作，压住了令人疯狂的药瘾，他如释重负地舒了口气，目光灼灼地盯着寇焱手中剩下的半颗失魂丹。他心底最强烈的欲望还没得到满足，如果面前不是寇焱，他会毫不犹豫地出手抢夺。

寇焱收起失魂丹，掸掸圆通后背上的尘土笑道："你先休息一日，仔细洗去脸上身上的污垢，堂堂少林方丈，可不能有半点失态。明日老夫陪你回少林，只要你照老夫的吩咐去做，老夫会源源不断地供给你失魂丹。"

圆通失魂落魄地点点头，现在在他心目中，凤阳子的生死、少林的事业和荣耀，甚至自己的权势地位，都不及失魂丹来得重要了。

少室山另一边的山坳，是武当众道士露宿的营地所在。虽然少林作为地主，曾力邀武当众道士去寺内客房歇息，不过都被武当掌教凤阳子以"僧不入观，道不宿寺"的祖训为由推拒。当下释、道、魔三方虽然结盟，但门人弟子并无多少往来，哪怕是同为名门正派的少林和武当，相互间也有所提防。

此刻，武当掌教凤阳子正盘膝于地，眯着浑浊的老眼打量着对面的云襄和罗毅，想从二人的表情上判断他们所说的真伪。圆通方丈受魔门门主寇焱药物控制已投靠魔门，设下圈套欲引自己入彀，想通过自己控制武当上下，并欲挟释、道、魔三教弟子起事造反，这些消息任何一条都让人惊心动魄，令人难以置信。不过千门公子襄说的话，加上静空大师俗家弟子罗毅作证，却又教人不敢轻易忽视。

风阳子正沉吟间，突听远处有弟子禀报："掌教真人，少林有信送到！"

"递上来！"风阳子沉声道。虽然武当已没有往日的声势名望，但起码的架子还是要的。即便只带来十几名弟子，风阳子也令他们分散在四周守卫，不容任何人随意喧哗，打搅自己清静。

那弟子应声而去，片刻后便将信送到风阳子手中。风阳子拆开一看，是少林方丈圆通的亲笔书信，邀他三日后到少林一晤，有机密要事相商。风阳子将信递给云襄，这封信与之前的信息吻合，让他再无怀疑。他盯着云襄问道："如果你所说不假，贫道该怎么做？"

云襄将信仔细看了一遍，迎上风阳子的目光笑道："掌教现在只有两条路可走。"

风阳子拱手道："还请公子指点。"

云襄笑道："一条路就是连夜逃离少室山，再不蹚这潭浑水，这是眼下最安全的办法，不过如果将来魔门得势，恐怕未必会放过武当；另一条路就是大胆去见圆通，届时将计就计奋起反击，粉碎魔门吞并释、道两教的阴谋！"

"反击？如何反击？你难道是要咱们武当独力去对抗魔门和少林？"风阳子尚在沉吟，他身后的风清子已在大声质问。风清子乃风阳子的师弟，与风阳子、风松子、风明子合称"武当四子"，生得身材魁伟，一部紫髯，颇具威势，一看就是个火爆脾气。

云襄从容道："道长放心，如果没有万全之策，我也不敢要武当一派去冒险。"

风阳子的另一个师弟风松子冷笑道："你不过是一巧舌如簧的老千，有何万全之策？你该不是想让咱们武当为你个人的功业打头阵吧？"

云襄淡淡笑道："武当四子什么时候变得这般小肚鸡肠、谨小慎微？难怪武当一派的声望已远远不及少林。"

风清子与风松子勃然变色，正待发火，却被风阳子挥手打断。就见这相貌猥琐的武当掌教，捋着颔下稀疏的花白胡须沉吟道："不知云公子有何妙策，不妨说来听听。"

云襄点头道："寇焱虽然控制了圆通，欲借会晤之机制服掌教，但他并未控制整个少林，所以他们的计划不敢让更多人知道，寇焱与圆通只能在与掌教单独见面时突然出手偷袭。而我已说服少林达摩堂首座圆安、戒律堂首座圆祥，为少林的前途命运与魔门决裂。届时他们会率少林十八罗汉在外布阵埋伏，只要掌教躲过寇焱一击，十八罗汉立刻就会一拥而入，将寇焱和圆通方丈困在罗汉阵中。就算寇焱武功再高，要想从罗汉阵中平安脱身，恐怕也是千难万难。"

罗毅听云襄信口开河，不由连使眼色，云襄却装作没看见，继续道："道长韬光养晦至今，不就是在等一个机会，一个令武当重振往日辉煌的机会？现下这个机会就在眼前，就看道长能不能大胆抓住了。"

风阳子眉梢一跳，眼中隐有神光闪烁。在少林与魔门两大势力的压制下，他一直韬光养晦，武当上下也低调隐忍，静待重振声威的机会。这是他心底潜藏已久的秘密，没想到却被云襄看穿，他对云襄的估量又重了几分。捋须沉吟良久，他微微颔首道："若是能得少林圆安、圆祥两位大师及十八罗汉相助，贫道便率武当上下冒一回险，与魔门周旋。不过若没有圆安、圆祥两位大师的亲口承诺，贫道也不敢轻举妄动。"

云襄沉声道："只要道长给我一件信物，我便连夜请两位大师前来与你相会，商议联手对付魔门的细节。"

风阳子略一沉吟，从腰间解下一条系着丝绦的玉佩，递给云襄道："这是贫道随身携带之物，两位大师一见便知。请公子连夜去请圆安、圆祥两位大师，贫道在此等候公子的消息。"

云襄接过玉佩仔细收入怀中,对风阳子拱手一拜:"请道长在此相候,我去去就来。"

离开武当驻地后,罗毅忍不住小声提醒道:"云大哥,虽然圆安师兄和圆祥师兄一向看不惯圆通方丈的所作所为,但你也不可能三言两语就说服他们背叛掌门师兄啊!"

云襄微微一笑,从怀中拿出风阳子的玉佩道:"若是仅凭你我空口说白话,确实很难说动圆安、圆祥,不过现在有了武当掌教风阳真人的信物,我就有把握说动他们了。"

罗毅若有所悟,点点头道:"原来云大哥早有打算,难怪坚持要风阳子的信物。"

云襄笑道:"利用各方势力信息的闭塞和滞后,巧妙借用一方势力的名号说服另一方势力,这在千门中叫借势。春秋战国时的千门前辈苏秦是此道高手,我不过是向他学习罢了。"说着他遥望少林方向:"咱们要立刻去见圆安、圆祥,只要他们对少林的忠诚,超过对掌门师兄的愚忠,我就有把握说服他们。"

少林寺达摩堂还像几年前一般破败古旧,静谧幽暗。当云襄被知客僧领到这里时,不禁想起了与舒亚男在此相遇的情形,一时间百感交集,怔怔失神,以至于有人来到身后尚不知觉。

"云大哥,圆安师兄与圆祥师兄到了。"罗毅小声提醒道。云襄连忙收起杂念回头望去,就见一胖一瘦两位老僧已并肩立在自己身后。罗毅忙进行介绍,右边那圆脸方额、始终面带微笑的胖和尚,便是达摩堂首座圆安;而左边那瘦骨嶙峋、满脸冷厉的黑脸和尚,则是江湖上默默无闻、少林上下却人人惧怕的戒律堂首座圆祥。

双方见礼毕,圆安笑问道:"听罗毅小师弟说,公子襄有要事必须见咱们,不知是何事?"

云襄沉声道:"是关系少林生死存亡的大事,所以在下才连夜求见两位大师。"

圆祥鼻孔里一声轻嗤:"危言耸听是千门中人惯用的招数吧?"

"没错!"云襄笑着迎上戒律堂首座那冷厉的目光,"圆通方丈去见魔门少主至今未回,难道还不够危言耸听吗?"

圆祥面色微变:"你怎么知道?"

云襄没有回答,只目示身旁的罗毅。罗毅立刻将昨晚看到的一切仔细说了一遍。圆安、圆祥听后满脸惊诧,面面相觑,这实在太难让人相信了。但罗毅的为人二人都清楚,况且听回来的十八罗汉的禀报,以及方丈令人给武当掌教送信的举动,又与罗毅的话不谋而合,令人不得不信。

圆安不由急道:"我带十八罗汉去魔门驻地,若方丈师兄真落入了魔门之手,咱们定要将他救出来!"

"怎么救?"云襄毫不留情地质问,"不说在魔门手中抢人有多大把握,就算你们见到圆通方丈,他让不让你们救还是个问题。从他给武当掌教写信这事来看,他已经完全屈服于寇焱,如果你们贸然前去相救,他以方丈身份命令你们放下武器束手就擒,你们怎么办?"

圆安、圆祥互看一眼,哑然无语。圆祥沉吟片刻,只得对云襄拱手请教:"公子有何办法?还请不吝赐教!"

云襄负手从容道:"要想救下圆通方丈,粉碎魔门吞并少林、武当的阴谋,首先就要无视圆通方丈的身份。"见二人有些不解,云襄解释道:"既然圆通方丈已为失魂丹控制,他的言行已不能代表他的本意,若再将他的命令当成方丈的法旨,岂不是上了魔门的当?"

圆祥想了想,微微颔首道:"公子言之有理。圆通师兄既然要协助寇焱袭击武当掌教,就已经犯了少林戒律,戒律堂有权暂时免去他方丈的职责。我会通知门下弟子,暂时无视方丈的指示。"

"不可!"云襄忙道,"此事一旦传开,少林上下必定人心惶惶,大家恐怕难以在圆通方丈面前保持镇静，定会被他看出破绽，咱们也就无法将计就计，对魔门实施反击了。"

圆安急道："公子有何妙策化解少林的危机？请快快道来，别再卖关子了。"

云襄沉吟道："圆通欲与寇焱在少林伏击武当掌教，咱们就将计就计在少林反击寇焱，所以，咱们的计划知道的人越少越好，我看除了你们两位，只需再让十八罗汉知道就够了。"

圆祥沉声问："连圆泰师兄都要瞒过？"

云襄点点头："圆泰与圆通关系最为密切，一旦得知咱们的计划，未必会支持。两位是少林难得的开明高僧，相信你们对少林的忠诚超过对圆通方丈个人的情义，所以我才冒昧前来献策，希望能借你们的力量粉碎魔门阴谋，助少林度过这次危机。"

圆安、圆祥交换了一个眼神，俱沉吟不语，显然还在犹豫。云襄拿出凤阳子的丝绦玉佩，对二人道："凤阳子掌教在得知魔门阴谋后，立刻表示愿率武当上下冒死一搏，决不容魔门的阴谋得逞。他甚至不顾自身安危，愿以己为饵，引寇焱上钩。难道少林上下竟无一人有凤阳子掌教的气魄？"

二人一见凤阳子的信物，脸上俱有几分羞惭。云襄见状趁热打铁："寇焱要想在少林伏击凤阳子掌教，必定不会多带人手。为了在不为人知的情况下将凤阳子制服，他只能选在圆通方丈的禅房中动手。十八罗汉只要事先埋伏在禅房四周，待凤阳子将寇焱从藏身处引出，让寇焱立刻陷入罗汉阵和少林、武当众多高手的重围之中，那时要想脱身可就千难万难了。"

圆祥沉吟片刻，终于慨然道："既然武当掌教敢以身犯险，我少林岂能退缩。请云公子带我去见凤阳子掌教，当面商议反击寇焱的细节；圆安师兄与罗毅小师弟立刻去联络十八罗汉，待咱们订下详细计划后，便依计行事，定要将寇焱一举拿下！"

云襄心知此事冒险，圆祥在没有得到风阳子的亲口承诺之前，绝不敢轻易答应，正好风阳子也想见过两位少林高僧后再作决定，他立刻欣然道："好！咱们这就去见风阳子掌教。"

圆安虽不是罗汉堂首座，但十八罗汉的武功大多出自他的传授，而罗毅与十八罗汉最为交厚，由他们二人出面再合适不过。四人击掌盟誓后，立刻分头行事。

风阳子与圆祥见面后，立刻便下定了决心，有少林四大高僧中的两位和十八罗汉相助，面对寇焱他也不必再胆怯。若少林、武当两派顶尖高手联手都对付不了寇焱，那这释、道两门的泰山北斗除了投降魔门，恐怕就只有灭亡的命运了。这是两派生死攸关的一战，二人都不敢大意，在云襄的指点下，谋算好行动的所有细节，这才各自回去准备。

将圆祥送出武当的临时驻地后，云襄对圆祥道："大师先回少林照计划去准备，我还要去联络另外一位盟友，若得她之助，咱们的计划才能万无一失。"

圆祥听云襄说得慎重，似乎对这位盟友的看重还在风阳子之上，不禁问道："不知这位盟友是谁？"

云襄抱歉地摇摇头："我不敢肯定能在短时间内找到她，更不敢肯定她一定会帮忙，所以暂时不便透露她的名字，请大师见谅。"

听云襄如此说，圆祥只得满腹疑惑地告辞回寺。云襄目送他的背影消失于黑夜后，不禁抬头仰望苍穹，脑海中浮现出楚青霞那清朗如月的面容。若能得她和天心居弟子相助，魔门的计划定会彻底失败！

在离开少林三天后，圆通终于回到了寺中，他的脸色看起来十分苍白，眼神也有些迷离，就像是大病初愈的模样。这有些让人奇怪，不过却没人敢问方丈究竟发生了何事。

陆续有弟子前来请安，圆通将他们打发走后，只留下了最信任的圆泰。望着面前这身材魁梧结实的罗汉堂首座，圆通捋须问道："这几日寺中可有状况？"

"一切正常。"圆泰忙道，想了想他又提醒道，"师兄邀风阳子掌教前来谈禅论道，他已答应今日午时前来，咱们要不要以佛门最高礼节迎接？"

"不必了！"圆通摆摆手，"风阳师兄不喜欢这些繁文缛节，直接将他领到我禅房即可。另外严令僧众，不得走近我禅房半步，以免打搅了风阳师兄与我谈禅论道的兴致。"

圆泰领令退下后，圆通不由抬头望向禅房的屋顶，看到一片青瓦已挪开一道细缝，那里有一双眼睛正监视着禅房中的一切。方才回寺时，圆通支开了禅房四周的警戒武僧，寇焱立刻照计划潜入寺中，埋伏于禅房屋顶，就等风阳子进门后，一招将其制服。虽然仅凭寇焱一人，要做到不惊动旁人制服风阳子，多少还是有些困难，但若再加上圆通协助，一招制住风阳子就十拿九稳了。

就在圆通志忑不安默念《清心经》，勉力克制心底那蠢蠢欲动的心魔时，禅房外突然响起知客僧的小声禀报："武当掌教风阳真人，率门人求见方丈！"

"快快有请！"圆通连忙起身相迎。半颗失魂丹只能解除肉体的痛苦，却不能满足心底那令人发狂的欲望，他只想早点将风阳子卖给寇焱，以换取另外半颗失魂丹，就算为虎作伥也顾不得了。

随着一阵装腔作势的咳嗽，睡眼惺忪、神情木讷的风阳子被知客僧领到了禅房，随同他前来的还有风松子、风明子、风清子和几个武当弟子。圆通与风阳子见礼后，示意知客僧领风松子等人去一旁的偏殿歇息，然后才将风阳子让进房中，待奉茶的小沙弥退下后，他貌似随意地笑问道："不知风阳师兄对这次释、道、魔三教结盟，有何看法？"

风阳子讷讷道："少林乃中原武林领袖，贫道及武当上下，一切唯圆通师兄马首是瞻。"

"难道就没有一点自己的想法？"圆通追问。

风阳子迟疑道："三教结盟，结束百年争斗，这无疑是武林一大幸事，贫道自然衷心拥护，全力赞成！"

圆通面色一肃，压着嗓子沉声问："魔门包藏祸心，欲借三教之力举兵起事，叛逆谋反，难道风阳师兄也支持？"

风阳子缩缩脖子，连连摇手："这等大逆不道的言语，师兄千万不要乱说！小心传到朝廷耳中，给咱们惹来灭顶之灾！"

"如果魔门有此计划，风阳师兄有何打算？"圆通俯身过来，紧盯着风阳子的眼睛追问。

风阳子躲开他的目光，胆怯地低下头："那咱们武当，只好……只好退出联盟，远离这是非之地。"

圆通目光炯炯地盯着风阳子，缓缓伸出手，沉声道："既然风阳师兄不愿与魔门一起造反，何不与我少林结盟共抗魔门？"

风阳子抬起头，在圆通的目光逼视下，犹犹豫豫伸出手，似乎要与圆通击掌。说时迟那时快，圆通手腕一翻，突然扣向风阳子脉门，几乎同时，风阳子身后的窗户突然无声而开，一个黑影鬼魅般倏然扑入，一抓扣向风阳子后心灵台穴。

这几下兔起鹘落，常人根本不及反应，风阳子却像早有预料，抢在圆通的手扣住他脉门之前，手腕一转如灵蛇般滑出圆通掌握，跟着和身扑向圆通。圆通十拿九稳的一招突然落空，连忙飞袖直击风阳子面门。风阳子倒地一滚，虽避得狼狈，却躲过了圆通的流云飞袖，不仅如此，还借圆通的流云飞袖挡了身后偷袭的一爪。

这几下快如闪电，待寇焱发觉自己低估了风阳子时，这瘦弱猥琐的老道，已撞破木门滚出了禅房。寇焱正待追击，突听禅房四周响起轻而不乱的脚步声，转眼便将禅房包围。只听这脚步声，寇焱便知自己陷入了少林十八罗汉的重围，跟着禅房外传来此起彼伏的拔剑声响，寇焱立刻猜到，随同风阳子前来的风清子、风明子和风松子等人也围了过来。转眼之间，这禅房已成为一个猎虎擒龙的陷阱。

"这是怎么回事？"寇焱盯着圆通质问，见对方眼中有些慌乱，他不由分说，一把便扣住了圆通的咽喉。就在这时，禅房外响起一声佛号，接着就听一个冷厉的声音高喊："寇门主，欢迎到少林寺来做客！"

寇焱听这声佛号中气十足，气息绵长，显然对方不是泛泛之辈。他也是心思敏捷、刚愎自负之人，毫不在意地嘿嘿一笑，朗声道："外面是少林四大高僧中的哪位？"

"贫僧圆祥！"门外的声音越发冷厉，跟着就听四周响起此起彼伏的回应："贫僧圆安！""贫道风清子！""贫道风明子！""贫道风松子"……片刻之间，这座禅房已被少林、武当两派高手围困，在他们之前，还有严阵以待的十八个武僧。

寇焱面色微变，冷眼望向圆通。圆通连忙道："贫僧也不知是怎么回事，待贫僧将他们都支开。"

寇焱将掌心贴在圆通后心，示意他去窗口。圆通对窗外的圆安、圆祥喝道："二位师弟，我与寇门主在此商议释、道、魔三教结盟的细节，谁让你们带人来打搅？还不快退下？"

圆安、圆祥不答，却望向一旁的风阳子。因是有备而来，所以方才风阳子勉强逃过了寇焱与圆通联手一击，此刻他面有得色地嘿嘿冷笑道："圆通师兄，你与寇门主倒是对三教结盟热心得很啊，方才贫道若不是见机快，定落入寇门主之手，然后被喂下失魂丹，像傀儡一样受人摆布，到那时，三教结盟还真就顺理成章了。就不知失魂丹的滋味如何，圆通师兄可否透露一二？"

圆通面色微变，大声喝道："我不知道你在说什么，少林弟子听着，立刻将出言不逊、心怀叵测的武当门人，尽数给我拿下！"

"大家不要妄动！"圆祥对十八名武僧沉声道，"掌门方丈中了失魂丹之毒，此刻心智已不受自己控制，大家对他的话不要理睬。先拿下寇焱，夺得失魂丹的解药解救掌门方丈要紧！"

圆祥为戒律堂首座，在寺中威望仅次于掌门。十八武僧早经过圆安和罗毅的策反，此刻听圆通方丈竟下令拿下武当门人，对他中失魂丹之毒、心智已失的话不再怀疑。圆祥一声令下，众武僧立刻答应，依着九宫八卦的方位，向禅房中的寇焱逼了过去。

寇焱见十八个武僧步法沉稳，行进有序，虽仅有十八人，却给人一种千军万马蓄势待发的压力，少林罗汉阵果然不是浪得虚名。在罗汉阵之外，还有武当四子及圆安、圆祥掠阵，要想突破重围实非易事。不过寇焱并不惊慌，他笑着拍拍圆通肩头："这罗汉阵是你少林镇寺之宝，你是少林掌门，对它一定再熟悉不过。你若助我破了这罗汉阵，我就将失魂丹的配方送给你。"

圆通内心正受着药瘾的煎熬，一听这话顿时有了精神。若能得到失魂丹的配方，从此便不必再受寇焱的控制和摆布，这对他来说无疑比失魂丹还有吸引力。他立刻对寇焱点头道："请寇门主记住你的承诺。"

寇焱傲然道："寇某言出必行，天下皆知，难道你还不信？"

当年寇焱黄鹤楼一败，魔门依约退出中原，坚守诺言十八年有余，这早已被中原武林传为佳话。武林中人虽敌视魔门，视寇焱为武林最大魔头，不过对他信守诺言的品德还是颇多赞誉的。圆通听寇焱这一说，不再怀疑，转身来到禅房外，对十八罗汉喝道："掌门方丈在此，你们难道要造反不成？"

十八罗汉都是圆通后辈，在他的积威之下，顿时有些心虚气馁。圆祥见状忙喝道："掌门方丈已被魔门药物控制，大家不必理会他的言语，先将他拿下，所有罪责我圆祥一力承担！"

圆通连服三日失魂丹，神态已与以前有些不同，加之他竟与寇焱联手对付武当掌教风阳子，这实在不像是个正常人的行径。十八罗汉再不犹豫，立刻发动阵势，向圆通围逼过去。圆通见状，只得出手抢攻。

二、失魂

　　圆通既为少林方丈，年轻时也是十八罗汉之一，对这套罗汉阵再熟悉不过。他一出手，立刻击在罗汉阵的弱点上，而十八武僧顾忌他的身份，不敢真下重手，这一来顿时陷入被动。众武僧真正的目标是寇焱，一大半武僧注意力都在禅房中的寇焱身上，这一来罗汉阵威力不及平时一半，被熟知其弱点的圆通一阵猛攻，差点被冲得七零八落，阵不成阵。

　　寇焱以禅房作为掩护，一边窥探着罗汉阵的奥秘，一边等待出手的时机。他乃武学天才，不多时便看出罗汉阵的弱点及阵眼所在，见罗汉阵在圆通的打击下已有些运转不灵，他突然一声长啸，从禅房中飞身扑出，人未至，凌空一掌已将指挥罗汉阵的武僧击得飞了出去。这一击乃寇焱蓄势而发，正好击中罗汉阵的阵眼，剩下的武僧顿时乱了阵脚，片刻间便被寇焱和圆通击倒数人，阵势大乱。

　　在罗汉阵外掠阵的圆安、圆祥及武当四子，即刻各持兵刃加入战团。圆安、圆祥联手截住圆通，武当四子则仗剑围住寇焱，其余武僧立刻扶着受伤的同伴退后，并在后方为众人掠阵助威。

圆安、圆祥乃圆通师弟，武功虽比师兄稍弱，但以二敌一占了优势，圆通经失魂丹的折磨，功力尚未完全恢复，顿时被二人逼得手忙脚乱。武当四子四柄长剑则如电光闪烁，在寇焱周围交织成网，不过他们虽将寇焱围困其中，一时半会儿却也奈何寇焱不得。

打斗声惊动了在前殿值守的圆泰，他循声过来一看，顿时惊得目瞪口呆。见圆安、圆祥联手围攻方丈，他不由一声呵斥："两位师弟快住手，不得对掌门师兄无礼！"

"师兄来得正好！"圆安忙道，"掌门师兄被魔门药物控制，已迷失心智，师兄快助我将他暂时擒下。"

"放屁！"圆通破口大骂，本想指责二人犯上作乱，奈何在二人暴风骤雨般的攻势下，竟不得开口。圆泰平日对圆通就唯命是从，见他吃紧，连忙挥掌架住圆安，高喝道："两位师弟快住手！再不住手为兄不客气了。"

圆安、圆祥心知今日这一战，关系少林生死存亡，哪里能停手？圆泰见状只得加入战团，为掌门师兄挡下大半攻势。少林通、泰、安、祥四大高僧，功力本在伯仲之间，四人这一混战，一时间竟难分胜负。圆泰见状忙对闻讯赶来的众武僧高喝："还不快帮掌门方丈拿下圆安、圆祥？"

少林四大高僧在寺中地位尊崇，一向为众僧敬仰，今见四人捉对拼斗，众武僧一时半刻不知道该帮谁才好。有几个武僧正待出手帮掌门，突听有人在身后喝道："掌门方丈被魔门药物控制，已是身不由己，大家千万不要上当！"

众人回头望去，发现是小师叔罗毅。罗毅年纪虽小，却一向忠厚诚实，深得众僧信赖。大家听他这么说，便都停了手，静观事态发展。

圆通恶战半晌，渐渐引发药瘾，却不敢在众僧面前暴露，只得咬牙苦忍，这一来功力大打折扣，在圆祥一招紧过一招的攻势下，已是左支右绌，险象环生。另一旁寇焱独战武当四子，虽游刃有余不落下风，要想脱身却也不易。见圆通已支撑不了多久，寇焱只得一掌逼开风阳子，然后从怀中掏出信炮望空发射。这是无可奈何地通知在寺外接应的教众，一旦魔门教众与释、道两门正面冲突，结盟之事就再难挽回，他的一番谋划从此便付诸东流。不过此时此刻，也顾不得这些了。

寺外响起几声应答的号炮，却不见魔门教众冲入寺中接应。寇焱挥掌逼退武当四子的纠缠，突然跃上禅房屋顶，举目望去，隐约可见少林寺后方的树林中，身着黑衣的魔门教众已被十几个白衣女子截住，看那些白衣女子飘忽轻盈的身形步法，显然是天心居弟子无疑。

寇焱心中暗惊，想不通自己的计划如何走漏了风声，又是何人联络了少林、武当及天心居众高手，竟在此设下陷阱等自己来跳。就在这时，他突然发现了一个模样有些熟悉的少年，正里外奔跑替一个青衫如柳的书生传令。寇焱一眼便认出，那少年正是三天前的"觉能"，而那负手指挥寺内寺外两个战场的青衫书生，正是几年前狠千了自己一回的千门传人云襄！

看到云襄与罗毅，寇焱就什么都明白了。此时武当四子已追上屋顶，四柄长剑将他死死缠住，寇焱一声厉啸，挥掌逼退挡在正面的风阳子和风松子，飞身跃下屋檐，正待向数十丈外的云襄扑去，突听空中传来"铮"一声弦响，一道劲风随音而至，打在他身前的青石板上，在青石上留下了一道深深的裂痕。寇焱心中一凛，循声望去，就见数丈外一个青衣少女手抚瑶琴盘膝端坐，双手按弦引而不发，正是天心居素妙仙的衣钵弟子楚青霞！

寇焱一声冷哼，怒道："黄毛丫头也敢挡我？"

楚青霞肃然道："寇门主，你已落入重围，若想平安脱身，请答应晚辈一个条件。"

寇焱蓄势待发，镇定地问道："什么条件？"

楚青霞款款道："这条件其实也是咱们妙仙居主的遗命，只要寇门主改弦更张，放下心中的杀戮欲望和宏图霸业，天心居愿为魔门化解与中原武林的仇怨。"

寇焱冷笑道："如果我不愿放下呢？"

楚青霞叹道："晚辈只好秉承先师遗命，为天下人除此祸患。"

寇焱哈哈大笑，傲然道："黄毛丫头竟敢口出狂言，若非看在妙仙面上，我早已将你毙于掌下，还轮到你在这里大言不惭？"

话音刚落，他已向楚青霞扑去。他身形方动，就听弦声迸发，如万箭穿空，又如惊涛骇浪，铺天盖地向自己扑来，琴声凛冽，竟似无处不在。几乎同时，武当四子的四柄长剑也倏然而至，如藏在风浪中的毒蛇，噬向自己的要害。

寇焱一声长啸，毫无惧色地迎上楚青霞的梵音剑和武当四子的八卦剑阵。武当四子在剑上修为已达臻境，四人竟凭着身形之快守住了八个方位，使出了威力不逊罗汉阵的八卦剑阵；而梵音剑以弦音为载体，几乎无孔不入，无处不在，比之武当四子的有形之剑更难应付。寇焱在五人围攻之下顿感吃力，再难前进一步。不过他心思敏捷过人，见圆通左支右绌就要落败，突然飞身后退扑向圆通，与圆通对敌的圆安只防着寇焱袭击自己，见他扑来连忙后退，谁知寇焱却突然袭向圆通，将少林方丈一把扣在了手中。

这一下事发突然，不说圆通毫无防备，就连圆安、圆祥也不及相救。就见寇焱扣住圆通咽喉要害，对众僧高喝道："住手！统统给我住手！不然老夫就杀了你们掌门！"

众僧相顾愕然，圆安、圆祥也只好停手。他们可以说方丈受魔门药物控制，却不能令众僧不顾方丈安危，从寇焱手中冒险抢人。圆泰对圆通最为忠心，见他落入寇焱手中，急忙道："寇门主有话好商量，千万别伤了咱们方丈。"

寇焱对圆泰喝道:"去将武当那几个牛鼻子赶出少林,不然老夫就宰了你们方丈!"

圆泰无奈,只得对武当四子拱手道:"请四位道兄暂且离开少林吧,待过了今日,圆泰再到武当山向几位道兄赔罪。"

风阳子冷喝道:"咱们好不容易困住这魔头,岂能让他安然脱身?"说着便向三个师弟使了个眼色,三人心领神会,立刻向寇焱缓缓逼近。四人隐隐将寇焱围在中央,长剑遥指其要害,蓄势待发。

圆泰见状面色一沉:"风阳道兄是要置我圆通师兄的安危于不顾?那就莫怪少林翻脸。"说着挥手示意众武僧,将武当四子围在了中央。这一来武当四子围住了寇焱和圆通,众武僧则围住了武当四子,双方剑拔弩张,俱不敢妄动。

寇焱心知拖延下去,对自己越发不利,他目光四下一扫,立刻发现了一个绝好的机会,顿时将圆通当成暗器,向人群外的楚青霞掷去,跟着身形凌空跃起,追在圆通之后扑向楚青霞。他知道相比少林和武当,天心居才是最大的威胁。

楚青霞陡听有人向自己凌空扑来,不慌不忙以长袖卷住圆通身体,正欲往旁带开,寇焱已飞身扑到,楚青霞长袖被圆通限制,不敢触其锋芒,本能地往旁一让。寇焱已然突破她的阻拦,扑向她身后的云襄。

待楚青霞发现寇焱的目标是云襄而不是自己时,已经太迟了,她慌忙丢开圆通,以流云飞袖击向寇焱后心,同时另一只手拨弦发劲,以梵音剑射向寇焱。几乎同时,云襄身旁的罗毅挺身而出,双掌平推击向扑来的寇焱,只盼能阻他一阻。

寇焱一声长笑,一掌居高临下,如泰山压顶般击向罗毅。二人双掌相击,就听半空中一声闷响,罗毅被震得直飞出数丈远,口中鲜血狂喷,半晌不能站起。寇焱被罗毅这一阻,身形也不由缓了一缓,后心立刻连吃了楚青霞一记流云飞袖和梵音剑,脚下一软差点没有站稳,腹中更是气血翻滚，一股腥甜涌上喉头，却被他强行咽下。他一把抄起云襄就走，只留下一声长笑："谁敢追来，老夫就宰了这小子！"

少林众僧想去救方丈，根本无心追赶，武当四子被少林众武僧围困，无法追赶；罗毅被寇焱一击重伤，无力起身，楚青霞看不出寇焱受伤深浅，又担心云襄安危，一时不敢妄动，眼睁睁看着寇焱挟持云襄，几个起伏便出了寺墙，消失在寺门外的荒山野岭之中。

寇焱的长笑传到少林寺后门，正率明月、慧心及数十名教众欲冲入少林接应父亲的寇元杰总算放下心来。虽然他已竭尽全力，不过在以阎青云和柳青梅为首的天心居弟子阻拦下，魔门教众竟不能踏入少林寺半步。寇元杰不禁对率领天心居弟子的柳青梅赞许地点点头，脸上泛起一丝坏笑："几年不见，你可成熟多了，有机会咱们单独切磋切磋，让我尝尝你这颗青梅有没有熟透！"

柳青梅早认出面前这魔门少主，就是几年前硬闯天心居的白衣公子，尤其他脸上那一丝坏笑，跟几年前别无二致。她不禁啐了一口，脸上泛起一丝潮红，正想仗剑教训这口舌轻薄的家伙，寇元杰已一声长笑，率魔门教众潮水般退去，转眼便消失在寺庙后方的密林深处。柳青梅恨他屡屡对自己出言轻薄，竟不顾"遇林莫入"的古训，孤身追了上去。阎青云怕众弟子有失，忙喝令大家在密林外止步，再高声呼唤柳青梅时，却哪里还有她的踪影？

从少林挟持云襄逃脱后，寇焱为防众人追踪，一连翻过三道山梁，才在一处僻静无人的山谷中停下脚步。将云襄重重扔到地上，他得意地打量着强自镇定的云襄，嘿嘿冷笑道："公子襄，你也有今天？"话音未落，就感到喉头一甜，忍不住呕出那口强压下去的鲜血。方才为活捉云襄，他强挨了楚青霞一记流云飞袖和梵音剑，先前还不觉得怎样，适才一阵急奔之后，顿感胸中气血翻滚，竟是伤得不轻。

"寇门主伤势如何？"云襄虽落入敌手，尤在出言调侃。

寇焱一声冷哼："老夫有二十年没受过伤了，没想到竟伤在一个小丫头之手。不过说起来老夫还是为了你才受伤的，这世上能令老夫不顾自身安危也要生擒活捉的，你公子襄是第一人！"

"晚辈真是受宠若惊！"云襄忙笑着致谢。

"你知道老夫为何对你这般看重，宁愿受伤也要将你生擒活捉？"寇焱俯下身来，笑眯眯地盯着云襄，就像雄狮在打量着可怜的羔羊，"你多次与本门为敌，坏我大事，甚至敢利用老夫的势力反千老夫，害得投奔于我的唐功奇死于其兄之手，害我儿差点失陷巴蜀。这任何一桩在老夫眼里都是死罪，老夫不将你立毙掌下，你知道这是为什么？"

"我想不外这三个原因。"云襄坦然道，"第一，寇门主以江山社稷为大，对能帮助自己争霸天下的人才，不惜一切代价都要笼络。云某多次破坏门主好事，寇门主不以为仇，反而更加赏识云某，这才是不以愤怒杀人的一代枭雄！第二，云某在江湖打拼多年，多少也积攒下一些势力和财富，若能借机吞并，魔门的实力无疑会大幅提升。第三，济生堂在百姓中声望日隆，门主早已垂涎三尺，若能将济生堂收归麾下，魔门定能赢得天下人之心，这可比任何财富都来得宝贵。云某既为济生堂主要创办者和资助者，在寇门主心目中，自然是收服济生堂的最好人选。"

寇焱眼中的调侃已变成钦佩，连连颔首叹息："知我者，公子襄也！老夫一生中只遇到两个知己，一个是二十多年前的素妙仙，另一个就是你公子襄！你几次坏老夫大事，老夫现在反而更加赏识你。想那刘备得一诸葛，即可三分天下，刘邦得韩信、张良，即打下汉家数百年江山，可见得智者，得天下！公子在老夫眼中，就是当世屈指可数的智者，若能得公子之助，老夫不仅可以将过去的恩怨一笔勾销，还可答应你一切条件，只要老夫能做到。"

云襄眼中闪过一丝调侃:"我只有一个条件,跟天心居的妙仙居主一样。"

寇焱脸色一寒,沉声道:"公子襄,老夫的耐心是有限的。你是聪明人,应该知道任何成大事者,对人才的态度都一样:若不能为我所用,就决不能留给敌人!"

云襄哈哈笑道:"寇门主将我引为知己,却不知我云襄。你但凡对我有一点了解,就不会提这样的要求。"

寇焱冷着脸木然半响,最后叹道:"是啊,老夫实在理解不了你这样的人,你和妙仙是一样的人。老夫对你不再抱任何笼络之心,我现在只要两样东西,你的势力和济生堂,只要你交出来,老夫放你平安离开。"

云襄摇头轻叹:"门主还是不了解云某。"

寇焱一声冷哼:"老夫不信一个千门中人,竟然会将身外之物看得比自己的性命还重。信不信我现在就毙了你?"说着一掌抵上云襄心窝,劲力微吐。云襄顿时脸涨得通红,只能咬牙苦忍那钻心的痛楚,虽然浑身痛得直哆嗦,眼中却有一股视死如归的从容。

二人相持片刻,寇焱突然收回手掌,眼中闪过一丝戏谑:"没想到你果然不怕死,不过,老夫还有比死更有趣的游戏。"说着他从怀中掏出一只瓷瓶,从中倒出一颗白得刺眼的丹丸,笑眯眯地递到云襄面前:"你既然连死都不怕,想必也不怕服下老夫这失魂丹吧?"

云襄面色微变,怔在当场。

寇焱不由揶揄道:"怎么,你怕了?要不要老夫帮你?"

云襄哈哈一笑,坦然接过丹丸,一扬脖子吞入口中,对寇焱笑道:"不劳门主动手,这等毒药还吓不倒我。"

寇焱赞许地点点头:"很好!三天之后你还说这话,老夫才真的服了你!"

寇焱的声音听在云襄耳中已有些缥缈恍惚，四周的景物也迷离扭曲起来。云襄虽知失魂丹的厉害，却没想到竟厉害到如此地步，只能使劲咬自己的舌尖，拼命掐自己的腿，想用肉体的痛苦来保持头脑的清醒。可惜失魂丹之毒不是人力可以抗拒的，不过片刻他就软倒在地，茫然地望着虚空，脸上焕发出一种幸福至极的容光。

他似乎做回了过去那个简单纯良的骆文佳，看到怡儿在对他羞怯地微笑，仿佛就是在骆家庄，不过她很快又变成了天真活泼的明珠，嚷嚷着要自己带她去逛街，但很快明珠又变成一袭红衣的柯梦兰，正用幽怨的目光凝望着自己……最后所有的幻象都汇聚成那个令他苦寻不得的女子，正缓缓向他走来，跟第一次看到她时一模一样，她用那独有的口吻在说："从现在开始，我要照顾你一辈子，你愿意也罢不愿也罢，都没得选择！"

"亚男！"云襄两眼空茫，喃喃低语，"你在哪儿？"

寇焱紧盯着倒在地上的云襄，从云襄那时而幸福、时而欣慰的表情上，他知道失魂丹的药性已开始发作，这让他完全放下心来。失魂丹已经在很多人身上试验过，从未有人能抗过它的药性，就连精通佛门内功的少林方丈圆通，都无法抵御它的魔力，更何况不会武功的文弱书生，哪怕是大名鼎鼎的千门公子襄也一样。

心知失魂丹药性一旦发作，一时半会儿人不会清醒，寇焱将云襄拎到一个隐秘的山洞，然后在洞中升起篝火，并顺手猎杀了几只野兔、山鸡。他一边用篝火烤着野味，一边盘膝打坐，独自运功疗伤。

几个时辰过去，寇焱缓缓收功，就见云襄也从失魂丹造成的虚幻中渐渐恢复了神志。虽然药性已过，但他依旧两眼空茫地望着虚空，神情比先前萎靡了许多，再没有了一贯的从容淡定。

寇焱将烤好的兔子递给他："尝尝老夫的手艺，你是除了我儿元杰之外，第一个让老夫侍候的人。"

云襄没有接,却望着虚空怔怔地道:"请再给我一颗失魂丹!"

"没问题!"寇焱拿出怀中的瓷瓶摇了摇,失魂丹在瓷瓶中发出清脆的声音,"将你的势力和济生堂都交给老夫,这一瓶失魂丹就都是你的。"

云襄紧闭嘴唇不再说话。寇焱收起瓷瓶,将烤兔扔到他面前,笑道:"你现在不想说没关系,咱们有的是时间。"说着他拿起一只烤鸡,自顾自啃起来。

云襄静静地躺了半响,终于拿起面前的烤兔一言不发地慢慢吃起来,像完全变了个人,失魂落魄,两眼茫然,再没有千门公子襄往日的神采。寇焱见状心中暗自惋惜,他见到的所有中了失魂丹之毒的人都是精神尽毁,至今从无例外。寇焱惋惜一代千门传人就要在自己手中毁去,不过这点恻隐之心还不足以令他改变计划。人才不能为己所用,就要将其彻底毁去,这是寇焱一贯坚守的信条,现在云襄在他眼里的价值,就只剩下所掌握的势力和济生堂了。

天色渐渐暗下来,寇焱看看外面的动静,天心居和少林、武当的人并没有追来。他担心儿子和教众的安危,随手闭住云襄穴道挟在腋下,向约定会合的地点疾驰而去。

子夜时分,寇焱带着云襄赶到了一处隐秘的山谷,一座黑黢黢的帐篷藏在山谷深处,不走近根本不能发现。寇焱挟着云襄径直走向大帐,老远就听有人在暗处喝问:"什么人?站住!"

寇焱脚步不停,沉声应道:"是我!"

帐篷外亮起了两盏灯笼,就见几个黑衣教徒和明月迎了出来。寇焱来到帐中,将云襄扔到地上,对跟进来的明月道:"元杰呢?不在帐中主持大局,跑哪里去了?"

明月连忙跪倒在地,颤声道:"门主恕罪,少主……少主失踪了。"

"失踪?"寇焱一怔,"怎么回事?"

明月战战兢兢地禀报道："今日少主率咱们撤离少林时，一个天心居弟子却不依不饶地追了上来，少主似乎与她相识，不要咱们帮忙，自己独自与她周旋游斗。那女子武功不在少主之下，只是临敌经验不及少主，被少主引上了一处地势险要的悬崖峭壁，相斗中少主一时大意，踩在了一块松动的山石上，突然失足跌下悬崖，那女子竟奋不顾身扑下去相救，结果二人俱跌了下去。属下及慧心使立刻带人去崖下寻找，却始终没有找到少主和那女子。慧心使至今还在那附近搜寻，属下则赶回来等候门主，愿领受门主责罚。"说完匍匐于地，再不敢抬头。

寇焱脸色铁青地盯着明月，沉声道："你继续带人去寻找，元杰若有个三长两短，老夫就拿你和慧心陪葬！"

"属下遵命！"明月连忙叩首，说完立刻起身出帐，带人如飞而去。

寇焱盘膝在帐中坐了下来，遥望帐外的夜空木然无语。从不信神灵的他，第一次对着茫茫苍穹在心中默默祈祷：妙仙，你若天上有知，定要保佑咱们的孩儿，万不能让他受到任何伤害。这世上若真有什么报应，就让我寇焱独自承受吧！

天色渐渐亮了，黎明悄悄来临，山谷中传来雀鸟清脆的鸣唱，令人精神为之一振。寇焱心事重重地负手遥望帐外，至今未见明月回报，他心里七上八下，始终难以平静。

"给我……给我失魂丹！"身后传来一个虚弱不堪的声音，是穴道自解的云襄正挣扎着爬过来。看来他体内的失魂丹之毒开始发作，他没有武功，比旁人快了些，寇焱并没有感到奇怪，况且不同的人对失魂丹的反应各有不同，这也正常得很。

"给我！快给我！"云襄一扫过往的从容，竟像狗一样爬到寇焱面前，伸手就来抢寇焱怀中的瓷瓶。寇焱知道失魂丹之毒发作时，根本不知惧怕，药瘾发作时这种反应再自然不过，正待挥手将云襄甩开，突感丹田下的气海穴传来一丝刺痛，想要闪避已经迟了。他吃惊地低头看去，只见一枚银针已悄无声息地刺入了自己的气海穴。

"混蛋！"寇焱一声怒喝，想抬脚将云襄踢飞出去，但此刻浑身劲道竟消失无踪，丹田中的真气如决堤的黄河，向四肢百骸飞速散去。寇焱大惊失色，这是散功的征兆，他惊恐地想要拔去插在气海穴上的银针，但浑身软绵绵的，竟使不出半分力气，就连抬起手臂都千难万难。

"你……你……"寇焱无力地跌坐于地，惊讶地盯着缓缓站起的云襄。就见对方一扫先前失魂丹发作时的丑态，正用复杂的眼神冷冷地望着自己。寇焱不由喃喃道："你……你怎么能抗拒失魂丹之毒？"

"我不能。"云襄淡淡道，"只是失魂丹之毒现在还没有真正发作。"

寇焱恍然大悟："你……你方才是假装毒性发作？"

云襄点头："只有这样，你才能毫无防备地让我靠近，我也才能趁你大意，将银针刺入你的气海穴。"

是啊，谁会防备一个被失魂丹迷失心智又不谙武功的文弱书生？寇焱不敢相信地连连摇头："不可能！你不可能在服食过失魂丹之后还可以抗拒它的魔力！连精通佛门内功的圆通都不能，你如何能做到？"

云襄指指自己的心窝："因为我比圆通有着更强的信念，为天下人灭魔除恶的决心和信念！"

"就算如此，你又如何知道我气海穴的命门？"寇焱还是难以相信。

云襄叹道："是素妙仙前辈，她对你的武功了如指掌，知道刺破你的气海穴，就能散去你一身内功。她去世前给弟子留下遗命，若无力阻止魔门为祸天下，就以金针破穴之法，废去你一身内功。只可惜天心居没人能近得了你的身,所以我只好冒险一试。"

"妙仙!"寇焱浑身一颤,面色凄苦,遥望虚空喃喃道,"难道你对我竟没有半点夫妻之情,竟留下如此歹毒的遗命!"

云襄微微叹道:"妙仙居主虽然借我之手废去了你一身内功,却也给你留下了一套固本保命的心法,只要你潜心修炼,不仅能长命百岁,还能化去心中那纠结不去的戾气。"说着他从怀中掏出一本册子,双手捧着递了过去。

寇焱没有去接册子,却面色惨然地盯着云襄质问道:"原来这一切都是你的圈套,从你被我所擒到服下失魂丹,再假装失魂丹药性发作,借机接近、暗算老夫。公子襄,你果然够阴够狠!"

云襄坦然迎上寇焱怨毒的目光,咬着嘴唇没有回答。其实他原计划是要冒险刺杀寇焱,他知道武当四子和楚青霞等人困不住寇焱,所以故意现身让寇焱活捉。他猜测,寇焱想要吞并济生堂和千门的势力,就一定会用新研制成的失魂丹来对付他,这样他就可以假装药性发作接近寇焱,寻机刺杀这个祸乱九州又天下无敌的魔头,只有这样,才能将战乱消弭于无形。

不过楚青霞在得知云襄的计划后竭力反对,她知道寇焱的厉害,就算云襄能接近毫无戒备的寇焱,但一个从未练过武的文弱书生,要想一击刺杀这魔头,成功的机会微乎其微。但在云襄的一再坚持下,楚青霞只好说出寇焱最大的弱点,那是素妙仙留给她的遗命:以金针刺破寇焱气海穴,能散去其一身内功。只要寇焱武功被废,他手下那些桀骜不驯、狠毒阴险的魔门众高手,恐怕就不会再屈服于他的淫威,魔门定会分崩离析。

寇焱虽然不知云襄与楚青霞定下的计划,但也猜了个八九不离十。他一把推开云襄递来的册子,跟着一拳击在云襄胸口,将他打得直跌出去。虽然寇焱内功散尽,但体力还在,对付云襄依旧绰绰有余。

云襄刚要挣扎着站起身，寇焱已扑了上来，双手卡住他的脖子，声嘶力竭地叫道："我要杀了你！"

云襄望着暴怒的寇焱，勉强说道："寇门主虽散去一身内功，也依旧是一代枭雄，相信不会因愤怒而杀人。"

寇焱越发恼怒，恨恨地点点头："不错！老夫不会因愤怒而杀你，老夫还有更有趣的东西！"说着他一手捏开云襄的嘴，一手拿出怀中的瓷瓶，将剩下的夺魂丹全部灌入云襄口中。然后他放开云襄，满脸怨毒地冷笑道："老夫不杀你，老夫要让你求生不得，求死不能！"

云襄虽然拼命挣扎抗拒，依旧吞下了不少失魂丹，他勉强从贴身处掏出一管信炮，抢在寇焱出手抢夺前拉响，一朵明亮的烟火应声飞出帐外，瞬间升上半空，十分耀眼。这是他与楚青霞等人约定的信号，看到这信号，众人自会赶来接应。

"混蛋！"寇焱破口大骂，恨恨地连踢了云襄几脚，可惜散功之后内力全无，不然随便一脚都足以要了云襄的性命。不过就算是这样，这几脚也踢得云襄口鼻流血，狼狈不堪，只是失魂丹的药性已经发作，他完全感受不到痛苦，只倒在地上口吐白沫，如死过去一般。

帐外传来留守教徒的呵斥，有人已找到了这里，并与守卫的教徒动上了手。寇焱功力已失，不敢与敌人碰面，急忙从帐后逃走，临走前他略一犹豫，还是带走了素妙仙留给他的心法册子。

最先找到这里的是楚青霞和几个天心居弟子，众人打败守卫的魔门教众闯入大帐后，就见云襄面无人色地倒在地上，浑身不住抽搐，已完全失去了知觉。他的身边还散落着十几颗失魂丹，浑圆洁白，如散落在地的粒粒玉珠。

三、疗毒

十几颗失魂丹摆在瓷盘中，像珠子一般耀眼，不过楚青霞却完全看不见，只能用手去触摸、感受这邪恶至极的毒药。一个年逾古稀的大夫在一旁喋喋不休地道："经老朽分析，这失魂丹乃是由罂粟果提纯炼制而成，有强烈的致幻作用，其毒性十分奇特，完全无药可解。当药瘾发作时，只有用它本身的毒性才能化解，因此人一旦中其毒，就只能不断服食，以毒解毒，饮鸩止渴。"

"最后会怎样？"楚青霞忙问。

老大夫略一迟疑，摇头叹道："当这毒药在体内积累到一定程度，服食者自然是死路一条。"

楚青霞神情微变，不禁把脸转向窗口方向，一阵痛苦的嚎叫隐隐传来，就像是来自地狱的呼唤。老大夫侧耳听了听，歉然道："姑娘，老朽已尽全力，虽然已令他呕出了腹中大部分药丸，但他中毒实在太深，老朽完全无能为力。"

"真的就没办法了吗？"楚青霞惶然道。

老大夫遗憾地摇摇头："失魂丹之毒在他体内每日都会发作，若不让他以毒解毒,他将受到地狱一般的痛苦折磨,这种折磨足以让任何人发疯发狂,常人很难熬过这种折磨;不过若给他服用失魂丹,那他迟早会死于毒性的累积。"

楚青霞怔怔地说不出话来,老大夫见状迟疑道:"也许……当他药瘾发作时,用他最感兴趣的东西分散他的注意力,可以稍稍减轻他的痛苦。除此之外老朽实在不知还有什么办法,唯有愧然告辞。"

老大夫告辞离去后,楚青霞抱起瑶琴,摸索着来到嚎叫声传出的后院。在一间门窗紧闭的小屋里,云襄正倒在地上不住翻滚狂叫,不时将头重重磕在地上,直撞得血流满面也不自知。为了替他解毒,楚青霞将他从嵩山带回了天心居,但以天心居的医术,对失魂丹之毒也完全无能为力,如今从北京城请来的名医,对此也是束手无策。

云襄那痛苦至极的嚎叫令人心悸,楚青霞对守卫的少女吩咐道:"快将门打开。"

"师姐!"那少女忙道,"他药性发作时就像疯狗一样,谁也拦不住。"

楚青霞从容道:"你放心,我心里有数。"

那少女只得小心翼翼地打开房门,待楚青霞进门后又赶紧关上,就像是怕里面的恶鬼猛兽闯出来一般。

屋里的云襄尚未完全失去知觉,听到房门响动,他挣扎着站起身来,摇摇晃晃地走向楚青霞,声嘶力竭地叫道:"给我!快给我失魂丹!"

楚青霞微微摇摇头:"没有!没有失魂丹。不过我可以为你弹奏一曲清心曲,它也许对你有所帮助。"

云襄一把将瑶琴摔出老远,双目赤红地瞪着楚青霞喝道:"失魂丹,我只要失魂丹!"

楚青霞没有回答,摸索着过去捡起瑶琴,盘膝于地调试琴弦。云襄突然扑上去,从后方卡住她的脖子,嘶声叫道:"失魂丹!快给我失魂丹！"

楚青霞强忍咽喉的压迫，轻轻拨动琴弦，梵钟古磬之音幽幽响起。就在这时，云襄突然张口咬住少女的肩胛，并从胸腔中发出狼一般的嚎叫。

肩胛的剧痛令楚青霞不由伸直脖颈，血迹从素衫中渗出，慢慢在肩胛上濡散开来，殷红刺目。楚青霞本可以轻易甩开云襄，但她只是全神贯注地弹奏瑶琴。琴声从她指间徐徐流出，像平和淡泊的江流，又像是三月那暖融融的春风，在小屋中缓缓回荡。

听到这琴声，云襄稍稍恢复了一点神智，慢慢放开楚青霞，然后倒在地上不住翻滚，用梦呓般的声音不住呼唤："亚男……救我……"

在如梦如幻的琴声安抚下，辗转反侧足有一个时辰的云襄终于安静下来，鼻息沉重地进入了梦乡，不过就算在睡梦中，他的手足依旧在微微抽搐。琴声徐徐低了下去，楚青霞终于停止弹奏。她探探云襄鼻息，又摸摸肩胛上血迹已干的伤口，脸上突然泛起一丝红晕，怔怔地对着云襄愣了半响，也不知在想什么。

"师姐！"门外传来守门少女小声的呼唤，将楚青霞从迷离中惊醒。她恍然应道："什么事？"

"寻找舒姑娘的姐妹回来了，原来她就是孙师伯的弟子，听说云公子中了失魂丹之毒，她已随孙师伯赶到了天心居。"那少女小声禀报道。

当初云襄曾托楚青霞帮忙寻找舒亚男，没想到这么快就有了消息。楚青霞意外地"啊"了一声，脸上既有些惊喜，又有些失落，然后她开门而出："快带我去见见这位令云公子也念念不忘的奇女子！"

恍恍惚惚之中，云襄感觉到有人向自己轻轻走来，随之而来的，还有那一丝熟悉的体香。他拼尽全力抬起沉重的眼帘，那朝思暮想的面容渐渐映入眼中，朦朦胧胧，有些不真实，只是她脸颊上那朵盛开的水仙,依旧那样娇艳如新。

"亚男!"云襄拼命想抬起胳膊,浑身却软绵绵的,使不出半分力道。就见对方轻轻捧起自己的手,放在嘴边亲吻着,眼里涌动着难抑的泪花,她用梦呓般的声音轻轻道:"阿襄!对不起!"

"亚男!"万千思念化作这一声温柔的呼唤,云襄怔怔地泪流满面,正想告诉对方自己的思念,但体内似有万千蜷蚁在骨髓中啃噬,又痒又痛令人几欲发狂。他忍不住蜷起身子,扯着自己的头发嘶声叫道:"亚男,我好难受,快帮帮我!"

恍惚中,亚男捧起了他的脸,看着他的眼睛喝道:"阿襄!你是堂堂千门公子襄,世间独一无二的奇男子!你一定能熬过去,你一定不会令我失望!"

"我不能!"云襄痛苦地摇着头,"我宁愿立刻就死,也不想再受这种折磨。"

"阿襄你看着我!"云襄感觉舒亚男紧紧捧着自己的脸,让自己无法逃开,耳边回荡着她恍若传自天际的呼唤,"阿襄你听着,你不能丢下我独自去死,更不能丢下济生堂。你若不能克服失魂丹之毒,就再也见不到亚男……和咱们的女儿。"

云襄失神地望着面前的女子,好半晌才明白她的话。他茫然问:"女儿?"

"对!咱们的女儿!"女子肯定地点点头,脸上泛起一丝幸福的红晕,使她脸颊上的水仙越发娇艳,"她小名叫香香,已经五岁了,你这爹爹还没给她取名呢!"

云襄恍恍惚惚地喃喃问:"香香?我女儿?我……我不是在做梦?"

"当然不是!"女子怔怔地垂下泪来,"你不知道我生她时有多想你,所以才给她取名香香。喊着她的小名,就像是在喊着你!"

云襄心中剧痛,这种痛楚甚至超过了失魂丹带来的痛楚。他抖着手勉强抹去舒亚男脸上的泪珠,望着她的眼睛喃喃道:"那咱们就叫她云梦香吧,为了你和香香,我一定要坚持下去,我一定要战胜失魂丹之毒!"

"你一定行!我会一直和你在一起!"舒亚男紧紧抱住云襄,恨不能分担他的痛苦。

天色渐亮,难熬的黑夜总算过去,云襄从沉睡中午然惊醒,晃晃依旧有些昏沉的头。他睁眼看看四周,见自己独自躺在床上,房中空无一人,不由心中一惊,挣扎着翻身而起,张口呼唤:"亚男,亚男……"

房门应声而开,一个天心居弟子端着脸盆进来,对云襄笑道:"云公子你醒了,感觉好些没有?"

云襄无心理会对方的话,焦急地问:"亚男在哪里?快告诉我亚男在哪里?"

那女弟子对云襄嫣然一笑,反问道:"亚男是谁?昨夜你一直在喊这个名字。"

云襄一把抓住那少女的胳膊,吼道:"告诉我亚男在哪里?就是昨夜陪着我的那位女子!"

那女弟子茫然摇摇头:"昨夜这房门一直都锁着,门口还有人守卫,哪有人进来?你……你快放手!"

云襄这才意识到自己正抓着别人的胳膊,赶忙松开手,不好意思地道:"对不起。"

那女弟子哼了一声,出门而去。云襄回想昨夜情形,恍似在梦中。不过那梦也实在太真实,远不像以前梦见亚男那般缥缈虚幻,尤其她还告诉自己他有女儿了,自己还为她取名"梦香",这在以前的梦中还从未有过!

天心!这一定就是天心!云襄开门而出,虔诚地遥望茫茫苍穹,在心中默默对自己说,这一定是上天用它那神奇的力量,在向我传达亚男和香香的思念，我一定不能让她们失望。

有了这种信念，云襄感觉精神从未有过地振奋。他径直去见楚青霞，对这位天心居新的居主从容道："楚姑娘，请让人将我绑起来。"

楚青霞有些意外："这是为何？"

云襄坦然道："只要我一日去不掉失魂丹之毒，就决不要放开我。"

楚青霞略一沉吟，赞许地点点头，回头对身后的天心居弟子吩咐："来人，将云公子绑起来，直到他体内失魂丹之毒再不会发作为止！"

黄昏时分，在云襄体内毒性发作之时，整个天心居都能听到他拼命压抑的嚎叫，由于被铁链锁在后院的密室，楚青霞也不怕他弄伤自己。她在密室外再次弹起清心曲，希望这倾注了佛门梵音的琴声，能助他战胜心魔。

云襄的叫声也传到了天心居高墙之外，在离开天心居的山路之上，舒亚男依依不舍地频频回望，泪光涟涟。走在前面的孙妙玉不得不停下脚步，回头招呼："青虹，难道你忘记为师的教导了吗？"

舒亚男浑身一颤，欲言又止。孙妙玉见状，痛心疾首地道："青虹，记住你现在是叫舒青虹，过去的一切都跟你再没有关系。你答应过师父，要忘情、忘性、忘生、忘死，要将这余生，都用在寻找天心的真义和普度众生的伟业之中。那个男人是你的魔障，你已经为他伤过、痛过甚至死过，难道你还要在情天恨海中沉沦一生？"

"可是师父……"舒亚男想要分辩，却被孙妙玉挥手打断。她满是怜悯地望着彷徨无依的弟子，喟然叹道："为师真不该答应让你来见他最后一面。当年妙仙师妹被一个臭男人坏了多年的清修，为师真不希望你重蹈她的覆辙。"说到这里她面色一沉："如果你实在忘不掉他，为师可以替你除去这个魔障。"

"师父！"舒亚男叫道，她从孙妙玉清冷的眼眸中，看到了一种从未见过的寒光，这令她心底不由生出一丝寒意。她急忙道："弟子知错了，从今往后，弟子不会再见他一面。"

孙妙玉面色稍霁，缓缓点头道："青虹，不是为师心狠，不容你心有半点漪念。实在是为师漂泊大半辈子，就只收下你和巴哲两个传人，这其中只有你能继承为师衣钵，所以为师恨不得助你早日堪破情关，得我真传。"她长长叹了口气："当年为师反出天心居时曾发誓要另起炉灶，超越天心居，但飘荡半生竟是一事无成。当年为师在天心居，事事不输同门师姐妹，但现在妙仙的弟子已独掌天心居，我却还在为你的红尘俗念烦恼。青虹，你不会让为师失望吧？"

见孙妙玉清秀脱俗的脸上，竟有一丝难言的失落，舒亚男心中有些愧疚，忙道："师父放心，弟子虽然愚鲁，但也要竭尽所能，不让师父失望。"

"那就好！"孙妙玉舒了口气，转头望向山下，"快走吧，巴哲和香香该等急了。"

每日黄昏时分，云襄体内的失魂丹之毒都会发作，令人如置身地狱般痛苦，这种痛苦任何药物都无法减轻半分，只能靠意志苦苦支撑。不过这药性一天天在减弱，发作的时间越来越短，在云襄用铁链锁住自己疗毒近一个月后，失魂丹之毒终于不再发作。直到此时，他才让人将自己放开。

洗去近一个月的污垢，云襄剪去凌乱的须发，换了身衣服。虽然这一个月瘦了许多，过去的衣服穿在身上已有些空空荡荡，但他一扫中毒后的萎靡，恢复了过往的从容和泰然。

"云公子，现在你感觉怎样？"在天心居待客的偏殿中，楚青霞关切地问。她好几次忍不住想要去摸肩胛上那个伤疤，不过还是拼命忍住了。她知道云襄药性发作时，根本不知道自己做过什么，更不记得他在自己这肩胛上留下的齿印。

"多谢楚姑娘挂念，我已经没事了。"云襄道，"多亏了天心居和楚姑娘，云某才熬过这次大劫。大恩不言谢，今后楚姑娘但有所命，云某赴汤蹈火，在所不辞！"

不知为何，听到云襄这种感谢的话，楚青霞心中隐约有些难过。她勉强笑道："公子是为完成先师遗命才中此邪毒的，天心居自然要竭尽所能，助公子疗毒。还好公子终于无恙，不然青霞可就罪孽深重了。"

云襄连忙摆手："魔门是天下公敌，我不过是尽我所能罢了。如今寇焱虽然内力散尽，但魔门的计划已在紧锣密鼓地执行，时间紧迫，我得尽快赶去杭州，给守卫海防的俞将军报个信，让他提防东乡平野郎死灰复燃。"

楚青霞有些失落地点点头，突然想起一事，忙道："对了，上次公子托我查探的事有结果了。前日派去青海的弟子传书回来，信中说公子要查的那个苦役场已经被朝廷撤销，现在那里被一个神秘的帮会控制，不容外人靠近。天心居弟子潜入那里后，照公子所画的地图，果然找到了一具老者的尸体。"

"尸体有什么特征？"云襄略显紧张地问。

楚青霞皱眉道："尸体已经腐烂，看不出本来面目，只是在右手腕骨上，有一道明显的疤痕。"

云襄如释重负地舒了口气，似放下了一桩心事。他记得那个疤痕，他在骆家庄就见过。

楚青霞虽看不见，却能感觉出云襄对此事的看重。她关心地问："不知那埋尸荒野的老人家是谁，竟让公子如此紧张？"

云襄黯然道："那是我的恩师。还请楚姑娘传信给天心居弟子，请将我恩师的遗骨送到江南，我要在江南厚葬。"

"没问题。"楚青霞连忙答应，接着又想起一事，不由迟疑道，"对了，我师妹柳青梅，上次在嵩山追击魔门少主寇元杰时，与其他姐妹失散，之后就杳无音信。公子在江湖上交游广阔，千门弟子更是遍及天下，若有柳师妹的下落，请尽快通知青霞。"

柳青梅乃神捕柳公权的孙女，曾经从爷爷手中救过云襄，听说她失踪，云襄自然一口答应帮忙寻找。接着他又问起同中失魂丹之毒的圆通，以及被寇焱击伤的罗毅。从楚青霞口中，他才知道罗毅虽伤得重，恢复得也很快，早已脱离危险。倒是圆通始终无法摆脱失魂丹之毒，药性一旦发作就要发狂，所以经少林众长老合议后，免去了圆通方丈之职，方丈之位暂时虚悬，日常事务则由圆泰、圆安、圆祥三人共理。后来圆通实在受不了失魂丹的折磨，在一个月黑风高的夜晚逃离了少林，至今不知所踪。

云襄听完后不胜唏嘘，最后他忍不住问起心中最关心的问题："上次我曾托楚姑娘寻找一位名叫舒亚男的女子，不知……可有消息？"

楚青霞一窒，顿时想起孙妙玉的叮嘱。她迟疑半响，最后还是照孙妙玉的吩咐道："咱们孙师伯知道一些情况，但是她行踪无定，咱们也没有她的消息，请公子见谅。"

云襄见楚青霞满脸愧疚，令人不忍再问。与楚青霞约定师父遗骸送达的地址后，他立刻起身告辞。他的心已飞到杭州，飞到抗击倭寇的最前线。

筱伯与张宝一直在离天心居不远的一户农家等候云襄，见他在天心居救助下，终于解了失魂丹之毒，二人悬着的一颗心才总算落地。云襄来不及细说疗毒的经过，立刻让张宝驱车赶去杭州。得知东乡平野郎在魔门长老帮助下，要再次骚扰海防，他无论如何也不能坐视。

三天后云襄就赶到了杭州，连夜便去总兵府见俞重山。听说云襄求见，俞重山不及穿衣便由内堂奔出，待见到他时，立刻一把抓住他的双手，惊喜交加地骂道："好个不识抬举的家伙！上次平倭一战后，我本向朝廷举荐了你，谁知你却不告而别，害为兄没法向朝廷交代。

这一回你可别想再跑了！"

云襄歉然道："小弟无心仕途，辜负了将军好意，还望恕罪。"

"恕罪个屁！"俞重山骂道，"为兄知道你的心胸，非我辈俗人可比，所以这官你当不当都没关系。只要你每日陪为兄饮酒谈兵，推演兵法，或帮我训练兵勇，余愿足矣！"

云襄感动地点点头，正色道："我这次来，是因为东乡平野郎已潜回东海，并要在魔门的帮助下东山再起。我想借将军之力，除掉这个倭寇匪首！"

俞重山又惊又喜，连连点头："东乡野心不死，就让咱们再次联手，一举歼灭这为患我海防数十年的匪首。走，咱们边喝边谈！"

二人相挽进府，边走边说，云襄匆匆将魔门协助东乡东山再起骚扰边海，以呼应魔门和瓦剌的计划草草说了一遍，俞重山听得惊心动魄，急忙问道："这么说来，东乡只是魔门举事的一支偏军？"

云襄点点头："所以咱们不能在他身上花费太多的时间和精力，必须在最短的时间内，用最快最简单的办法将他解决。"

俞重山摸摸颔下短髯，疑惑地问道："咱们连东乡的下落及行动计划都还一无所知，如何在最短的时间内将他解决？"

云襄嘴边泛起一丝成竹在胸的微笑，对俞重山道："请将军将剿倭营借我几天。"

看到云襄脸上那熟悉的微笑，俞重山舒了口气，哈哈笑道："没问题！你想借多久都没问题。为兄从你眼中，已看到东乡平野郎死期不远了！"

二人相视一笑，都从彼此眼中看到了对方的信任和默契。

夜幕笼罩的荒岛，如洪荒怪兽般静卧海上，在荒岛中央一处僻静的海湾，十几艘战船悄无声息地靠岸，一群群黑衣汉子如幽灵般登上岸来。走在最前方的东乡平野郎双唇紧抿，双眸时不时闪出令人胆寒的锐光。因在中原混迹多年，他的外表已经和汉人没有两样，若非身着宽袍大袖的倭服，根本看不出他是倭人。

这处荒岛是东乡补充淡水、会见眼线的秘密所在，远离大明海岸线。自上次被剿倭营大败之后，他变得更加小心谨慎，即便来这里补充淡水和与眼线接头，也只选在夜晚。

在一处背风的礁石丛中，他见到了送来消息的眼线。那是一个魔门教徒，多次为东乡送来沿海驻军的调动和布防情报，使他避开了明军的几次围剿和追击。

自那次败于剿倭营，几乎全军覆没之后，他在族人中的威望一落千丈，再也无法像当年那样登高一呼，应者云集。尤其近年来新出道的武士，早已将他当成明日黄花般的老朽前辈，根本不将他放在眼里。不过在魔门的帮助下，他以霹雳手段连斩几名无视自己权威的武士后，才勉强树立了自己的威信。如今他又招募了数千武士，现在就缺一场大胜来证明自己，不然难以在族人中重登霸主地位。

"东乡君，剿倭营这两日有异动，气象与往日有所不同。"那魔门探子禀报道，"他们来了个新的统帅，连俞重山对他都非常推崇。"

"是谁？"东乡平野郎冷冷问。

"剿倭营上下都称他云公子，是个外表有些儒雅的文弱书生。"探子忙道。

东乡平野郎眼里蓦地闪出逼人的寒光。他忘不掉那个手上沾满无数大和武士鲜血的仇人，更忘不掉正是这家伙，阉掉了自己几百手下，使自己在族人面前抬不起头来。他的手不由抓紧了刀柄。

一旁的魔教长老施百川察言观色，怕东乡被仇恨冲昏头脑，忙提醒道："如今咱们的实力，还不足以与剿倭营硬碰，咱们还是避其锋芒，暂时躲着剿倭营为上。"

"咱们要躲到什么时候？"东乡怒道，"如今所有族人都在看着我东乡，若我不能为被阉的大和武士报仇，谁还会跟着我？"他目光灼灼地转向那探子："调动所有眼线，监视剿倭营尤其是那个云公子的一举一动，随时向我汇报！"

探子领令而去后，东乡手握刀柄遥望西方，眼中似燃烧着熊熊烈火。大和武士恩怨分明，有仇必报，这仇恨已在他心中埋藏太久，令他无法再等待下去。

三天后，探子带了有关剿倭营新的情报。原来公子襄得知东乡重返东海，所以赶来杭州面见俞重山，并在俞重山支持下重掌剿倭营，这几日正抓紧训练水军，欲将东乡歼灭于海上。

东乡听罢面无表情，喜怒难测，沉吟良久后问："这公子襄住在哪里？平日都有什么爱好或行止？"

探子想了想，禀报道："公子襄平日住在剿倭营，不过每三天会回杭州去见俞重山，向他汇报水军训练情况，除此之外，他几乎都在剿倭营训练兵卒。"

东乡追问道："他每次回杭州，都有多少兵将护卫？"

探子想了想道："公子襄不是朝廷命官，不敢太过招摇，因此每次回杭州只有一个车夫及老家人随行。"

东乡眼中蓦地一亮，拍手喝道："地图！"

两名倭寇立刻将一幅地图在他面前铺开，另有两名倭寇举起灯笼照亮。就着灯笼那昏暗的火光，东乡很快就在地图上找到了剿倭营驻地，它在离杭州百里外的远郊，从那里到杭州要经过一大片空旷无人的海滩。

施百川见东乡目光炽热地盯着地图，手指随着地图上的线路慢慢滑行，最后停在一个点上，不禁担忧地问："东乡君莫非是想在途中伏击公子襄？"

东乡冷笑道："咱们现在的实力无法和剿倭营硬碰，但要我就这样避开公子襄却又有些不甘心。若我不报往日之仇，族人会说我东乡已被公子襄吓破了胆，一听他来了杭州，就只有远避海外。"说着他往地图上重重一指："这里离大海很近，是去杭州的必经之路。我要带人趁夜潜上岸，在这里刺杀公子襄！"

施百川看看地图，迟疑道："这……会不会太冒险了？"

东乡哈哈笑道："你们中国人有句老话，不入虎穴，焉得虎子？这是以最小的代价重振我声势的最快办法。只要公子襄死在我手中，谁还敢对我东乡不服？"

施百川还是有些担心："万一失手……"

东乡挥手打断施百川的话，自信满满地道："就算万一失手，我也可以潜入附近丛林，凭我现在的样子，谁能认出我是东瀛人？"

经过这几年在中原的流浪，东乡不仅学得一口流利的汉语，还学会了汉人的礼仪和习惯，外表上跟汉人已没有任何区别。见施百川还有些犹豫，他笑道："施长老放心，没有绝对的把握我不会出手，无论是否得手我都会远走高飞，决不恋战。"

施百川心知要东乡就这么避开公子襄，东乡无论如何不会甘心，相比与剿倭营直接对抗，行刺把握相对要大一些。他只得对探子叮嘱道："严密监视公子襄，一旦发现他离开剿倭营去杭州，立刻飞鸽传书于我！"

探子领令而去后，施百川对东乡平野郎拱手道："在下预祝东乡君马到成功！"

东乡傲然点头，见手下已补足淡水，他大步登上战船，向黑黢黢的大海一指："出发！"十几艘战船悄然起航，像怪兽般缓缓驶向西方……

海浪涌卷，延绵不绝，撞到岸边林立的礁石上，顿时乱涛飞溅，轰然作响，令人心惊胆裂。东乡平野郎像狼一般伏在乱礁之中，紧盯着离海不远的官道。他已得到探子的飞鸽传书，公子襄一大早离开剿倭营赶去杭州，而这里是必经之路。在这里伏击，进可攻，退可守，万一遇到危险，还可退入大海。在离岸不远的近海上，还有几艘伪装成渔船的快船负责接应。东乡相信自己的计划堪称万无一失。

一辆马车终于出现在官道上，缓缓向东乡埋伏的地点驶近。车辕两边分别坐着一个面相憨厚的车夫和一个花甲老者，二人边赶车边小声闲聊着，一脸轻松。那老者青衣白袜作家人打扮，东乡认得，正是公子襄身边伺候的那个老奴。

东乡仔细察看，由于这里地势偏僻，官道两头不见半个人影，四野也看不到任何人。他立刻挥手向埋伏在乱礁中的几个手下示意——动手！

几名身着紧身夜行服的倭寇像影子般扑向马车，从不同方位围攻过来。赶车的汉子立刻挥动马鞭反击，车辕上的老者也跳了下来，大声喝骂抵挡。二人武功虽然不弱，但在几名倭寇的围攻下，却也脱身不得。就听那老者对车夫高呼道："张宝，你快护送公子离开，老朽替你殿后！"

"那您老怎么办？"车夫问。

老者喝道："只要公子平安，老朽这条贱命不足挂齿，好歹还能拼几个垫背！"

那车夫一听这话，不再犹豫，立刻驱车而逃，那老者却奋力拦住围攻的倭寇。东乡见那老者武功不弱，有些扎手，车夫却不足为虑，便冲手下吹了声口哨，众倭寇放过马车，却缠住那老者，使他不得脱身。

马车疾驰而来，渐渐驶到东乡藏身之处，东乡突然一跃而出，手扶剑柄拦在官道中央。拉车的健马收不住蹄，径直向东乡冲来，东乡突然一跃而起，长剑应声出鞘，一剑割断了马颈，几乎同时，他的足尖在马头上一点，身子离地七尺，挺剑刺向车夫。这一剑挟凌空下击之威，声势骇人。那车夫吓得面如土色，翻身滚下车辕，狼狈闪避。东乡也不收剑，径直刺向车帘紧闭的马车中，狞笑道："公子襄，你死定了！"

东乡的长剑刺入车厢，剑上并未受力，显然是刺在了空处。几乎同时，一道寒光从车厢中倏然刺出，速度快到极致，角度妙至巅毫。东乡大惊失色，百忙中仅避开了心窝要害，就见那道寒光带着逼人的杀气，径直突入了他的胸腔。

东乡捂胸跌落在地，惊恐地瞪着紧闭的车帘，方才那一剑无论速度、力道还是角度都为平生仅见，就算正面对敌，东乡自忖也难以应付，他想不出公子襄手下怎么会有如此高手？

车帘缓缓撩起，就见一个面目冷俊、衣衫一尘不染的披发男子端坐车中，他用剑挑着车帘，目视东乡淡淡道："我南宫珏本不屑暗剑伤人，不过你为祸边海多年，手段残忍，行事乖张，无论妇孺老幼，你都从不放过，所以，我早已不将你当人。"

话音刚落，东乡就感到方才那一剑的剑劲在体内爆发，如万千利刃从体内透出，将他的身体刺得千疮百孔，鲜血如喷泉从无数裂口中喷出，使他看起来就像个喷血的血人。东乡惊恐地一声大叫，一头栽倒在地。

东乡一死，几个围攻老者的倭寇顿时心胆俱裂，争先恐后想要夺路而逃。南宫珏一人一剑如天外飞来，准确地拦住几个倭寇的去路，不等他们反应过来，他的长剑已发出死神般的锐啸，接着铿然入鞘。就在几个倭寇东倒西歪尚未跌倒时，他已负手离开了战场。

张宝与筱伯看得目瞪口呆，张宝望着那些陆续倒下的倭寇，喃喃道："二公子这剑……二公子这剑……才真是杀人的剑法啊！"

南宫珏不以为意地笑道："这几日一直躲在暗处替姓云的坐车，

差点憋死我了，要是东乡不上当，我非找他算账不可。"

筱伯忙赔笑道："我家公子算无遗策，知道东乡最想杀的人就是他，所以才请南宫公子出马。南宫公子果然不愧江南第一快剑，我家公子没有看错人。"

"狗屁的第一快剑！"南宫珏笑骂道，"我这第一快剑，还不是败在公子襄的六脉神剑之下？杀东乡这等扬名天下的大功，真该留给他的六脉神剑。"说完忍俊不禁，纵声大笑。

筱伯知道云襄以六脉神剑大败南宫珏的往事，闻言也不禁莞尔，只有张宝不知这典故，傻傻地问："公子会武功？我怎么从来没听说过？"

筱伯笑着摆摆手，对南宫珏拱手道："我家公子已在杭州盛云楼备下酒宴，为二公子庆功！"

"好，咱们走！我虽从不喝酒，不过跟公子襄却是唯一的例外。"说完南宫珏率先而行。筱伯与张宝将东乡的尸体抬到车上，由张宝赶车而行。东乡平野郎是为祸沿海多年的匪首，将他的尸体悬挂示众，不仅能解百姓之恨，对倭寇也是个不小的打击。

三人带着东乡的尸体赶到盛云楼，就见俞重山带着几个剿倭营将领迎了出来。南宫珏忙与这威震边海的名将见礼，见云襄不在楼上，不由问道："姓云的呢？他不在这儿酒就免了。"

俞重山知道南宫珏习剑成痴，不通人情世故，倒不是恃才傲物，忙道："云公子本在恭候南宫公子凯旋，不过才才收到一封书信后，就匆匆告辞离去。他让俞某替他向公子赔罪，说改日再亲自到府上请罪。"

南宫珏奇道："是什么事如此重要，竟不给我和俞将军面子？"

俞重山摇摇头："我也不知，不过我从未见过他神情如此紧张。"

南宫珏身后的筱伯和张宝一听这话，都有些惊讶，连忙告辞。俞重山与南宫珏知道他们担心云襄，也就没有挽留。这庆功宴因云襄的意外缺席，最后不欢而散。

四、备战

筱伯与张宝匆匆赶回云襄在杭州城的别院,刚进门就见厅中停着一具棺木,漆黑阴森,令人不寒而栗,云襄则独自跪坐在棺木前方,神情木然,目光呆滞。

二人俱是大吃一惊,筱伯问道:"公子,这是……"

云襄恍然惊觉,回头黯然道:"你们不用惊慌,这是我去世多年的师父。"

筱伯和张宝连忙将云襄从地上扶起,张宝有些恐惧地打量着棺木问道:"公子的师父?以前怎么从未听公子说起过?"

云襄神情复杂地望着棺木,手抚棺盖缓缓道:"当年我在扬州蒙冤下狱,被发配边关服苦役,在苦役场遇到了令我脱胎换骨的恩师云爷,是他传我千门之道,教会我以智胜力的道理。可惜后来他死于仇家之手,我当时还是个苦役犯,无力厚葬师父,只得将他草草葬在了一处废弃的矿井中。不久前我托天心居替我寻找师父遗骸,没想到一个多月时间,她们已经将我恩师的遗骸,从青海送到了这里。"

筱伯迟疑道:"这……真是公子恩师的遗骸?"

云襄点点头："我掩埋时曾做过记号，天心居弟子是照着我画下的地图和记号找到的遗骸。恩师的遗骸虽然已经腐烂，不过他臂骨上的疤痕我还认得。"

筱伯舒了口气，忙道："既是如此，我这就去请和尚道士做法事和道场，超度亡灵，让他老人家早日安息。"

云襄摆摆手："不必了。恩师的仇敌还逍遥世上，手眼通天，我不想让他们知道恩师的死讯。再说现在魔门蠢蠢欲动，瓦剌虎视边关，我已经没有时间为师父做法事。你即刻在附近寻一风水宝地，替我将恩师遗骸秘密厚葬。待我替师父报仇之后，再到坟上告慰他老人家在天之灵。"

筱伯连忙答应，立刻出门去办。张宝见云襄神情落寞，郁郁寡欢，忙劝道："待此间事了，公子去看看佳佳吧，咱们都好久没有去看他了。"

听张宝提起赵佳，云襄嘴边不由泛起一丝温暖的笑意。赵佳已经到了读书的年纪，所以云襄将他寄养在金陵一户老实厚道的人家，让他们送他去学堂，并按月给他送去寄养费，这样一来，与他见面的时间就更少了。这次为对付魔门，已经有几个月没有去看望他了。

"好！"云襄望向棺木，点头道，"待咱们安顿好我恩师，就去看佳佳。"

筱伯办事利落，第二天就在城郊寻到了一处风水宝地，云襄当天便将恩师的遗骸安葬。垂泪拜别亡师后，他立刻去总兵府向俞重山拜别。俞重山早已从他口中得知了魔门的计划，知道他要赶往边关，协助镇西军抵御瓦剌入侵，不由拉着他的手道："云兄弟，镇西军统帅武延彪乃一代名将，驻守边关多年，战功赫赫，愚兄也佩服得紧，不过他一向眼高于顶，尤其看不起迂腐儒生，你这一去，说不定连他的面也见不着。还好愚兄早年曾与他共过事，还算有几分交情，待我写一封举荐信给他，他自会对你另眼相看。"

云襄拱手道："多谢俞兄,不过我这次来,可不光是要一封举荐信。"

俞重山奇道："那你还想要什么?"

云襄不怀好意地笑道："我还想向兄长借两个人。"

俞重山心中一亮,立刻懂了云襄的心思,连忙摇头："这可不行,朝廷兵将,怎可私自出借,再说他们本人也未必同意。"见云襄似笑非笑地望着自己,知道这官样话糊弄不了对方,俞重山无奈叹道:"我知道你想要的人一个是赵文虎,还有一个是谁?"

云襄笑道："李寒光。"

赵文虎和李寒光当初在剿倭营助云襄破倭寇,给云襄留下了极深的印象。他们一个是难得的将才,另一个是干练的中军总管,能将纷繁复杂的中军事务,打理得井井有条。俞重山叹道："你眼光可真够毒的,看上的全是为兄的心肝宝贝。"

云襄拱手道："我知道兄长舍不得多年培养的人才,不过如今东乡伏诛,海患暂平,这等人才就如杀敌利剑,该将他们用在杀敌立功的最前线,而不是束之高阁。望兄长以天下为重,让人才用在最需要他们的地方。"

俞重山忍不住给了云襄一拳,笑骂道:"你这小子,我若不答应你,倒似个自私小人一般。罢罢罢,我叫他们来问问,若他们愿意追随你,为兄决不阻拦。"说着他拍手叫来随从,让人立刻去传赵文虎和李寒光。

不多时两个身着戎装的年轻将领匆匆赶到,一个英姿勃发,一个沉稳凝定,举手投足间莫不透着一股虎虎生气。云襄见赵文虎已升为千户,李寒光也升为游击将军,不由拱手笑道:"几年不见,两位将军就已高升,真是可喜可贺。"

赵文虎与李寒光乍见云襄,俱大喜过望,忙拜道:"我们也是当初追随公子剿灭倭寇立下了些微功劳,加上公子的推荐和俞将军的栽培,才有今日。"

云襄扶起二人道:"现在又有一个杀敌立功的机会,不知你们是否还愿意追随在下?"

二人眼中都有些惊疑。赵文虎略一沉吟,问道:"公子是说北边?"见云襄笑着点点头,他立刻拜道:"在下愿追随公子,杀敌立功!"

从二人的一问一答中,李寒光多少也猜到点端倪,不过他并没有立刻答应,而是转望俞重山,拜道:"属下乃俞家军将领,一切唯俞将军之命是从!"

俞重山叹道:"行了,你也别装模作样了,身为军人,谁不想在战场上证明自己的价值?你们虽是俞家军的人,但也是朝廷的将领,当胸怀天下,视天下安宁为己任。我虽舍不得放你们走,不过你们若能杀敌立功,保边关平安,就不负我一贯的栽培和提拔了。你们随云兄弟去吧,所有的手续我会随后办妥。"

二人虽有些不舍,但还是依言拜别。俞重山写了一封推荐信交给云襄,执着他的手道:"愿兄弟助镇西军大破瓦剌,早日凯旋!"

云襄收起推荐信,与赵文虎和李寒光拜别而出。在府外,云襄让二人先回去准备,隔日再赶到金陵与自己会合,然后一齐动身赶往大同。

交代完这一切,云襄便与筱伯、张宝连夜赶回金陵,一来是去看望赵佳,二来也是盘点账目,并从近年的商业收益中拿出一笔款项作为助军之饷。

翌日午后,云襄的马车已停靠在金陵一家名为汇通的钱庄大门外。这里是他的产业,也是他在金陵会见下属、盘点账目、运筹帷幄的所在。虽然他的秘密产业已像个王国一般庞大,但他并不当自己是个帝王,如果可能,他宁愿在扬州郊外的小竹楼中,享受与世隔绝的清闲和孤独。

在汇通钱庄大掌柜钱忠的引领下，云襄来到二楼那间他专用的雅室。刚坐定，钱掌柜便禀报道："听说公子回来，几个掌柜一早就等候在这里，只等公子召见。"

云襄点点头："让他们进来吧。"

钱忠拍拍手，几个精明强干的商贾鱼贯而入。他们是金陵商界的后起之秀，在金陵乃至整个江南已经有举足轻重的地位，有的甚至主宰着金陵城的房产、钱庄、米行、丝绸、客栈等行业，是金陵城顶尖的巨商富贾。不过他们在见到云襄后，脸上都泛起臣子觐见帝王一般的恭敬，因为他们能有今天的一切，都来自云襄的栽培和提拔。几年前他们还都是生意场上的失败者，或者科举无望的穷书生，甚至一文不名的穷光蛋，是云襄慧眼识珠，让他们的才能找到了发挥的舞台。他们在展现自己价值的同时，也为他们的伯乐和东家创造了惊人的财富。

在接受众人的拜见后，云襄望向钱忠问道："人都到齐了吗？"

钱忠忙道："除了外出未归的田掌柜和穆掌柜，都到齐了。"

云襄点点头，淡淡道："大家把今年的账目报一报吧。"

几个掌柜立刻拿出账本，将自己经营的项目依次向云襄报了一遍。听完众人的汇报，云襄满意地点点头，目光从几个人脸上一一扫过，欣然道："这次我突然召集大家，是有重大决定要宣布。近日瓦刺虎视边关，即将入侵中原，镇西军虽然英勇，但缺乏精良装备和军饷，恐怕难以抵挡瓦刺铁骑。我想从咱们今年的收益中拿出一部分银子，作为支边的军饷，大家算一算，看各自能拿出多少银子。"

云襄话音刚落，几个掌柜不由互相看看，十分意外。虽然云襄才是东家，他们只不过是为云襄管理产业的掌柜，但像这样白白将银子送人，他们还是替云襄感到肉疼。一个年仅三旬的年轻掌柜越众而出，对云襄拜道："公子，您的钱想怎么花小人本不该过问，但我蒋文奂不光当公子是东家，还当公子是朋友，是朋友我就得提醒公子，这银子咱们赚得不容易，这样花是净投入，无产出，实在有些不值。"

云襄转望说话的年轻掌柜，不由想起几年前初次在街头遇见他的情形。

那时云襄刚涉足商业不久，随着经营范围的不断扩大，靠他自己已不能处处兼顾，所以他开始为物色人才而头疼。那时眼前这蒋文奂还只是个乞丐，不过却是一个非常成功的乞丐。

"公子行行好，赏点吧！"几年前，云襄在街头第一次遇到蒋文奂时，他就是这样出现在了云襄面前。本来云襄对这种年轻力壮却不愿靠劳动挣钱的乞丐有些反感，但不知为何，眼前这年轻的乞丐眼里有种特别的东西，令他最终没有拒绝，反而慷慨地赏了对方一块碎银，并与其攀谈起来。

乞丐在云襄面前很从容，没有一丝卑怯或自惭，而是像跟老朋友一样侃侃而谈："我第一眼看到公子，就知道公子是舍得施舍的主儿，哪怕您穿得很朴素，身边也没个下人侍候。"

"何以见得？"云襄笑问。当时筱伯去一边办事，只有他自己在繁华的街头闲逛。

"做乞丐，如果连这点眼光都没有，迟早得饿死。"乞丐狡黠一笑，"不要以为乞丐都是靠运气和别人怜悯讨生活的，其实这里面有很多诀窍，乞讨也要讲方法。"

"什么方法？"云襄饶有兴致地问。

那乞丐笑道："如果是同行这样问我，我是坚决不说的，难得公子赏了我不少银子，我不妨给您透露透露。"说着乞丐指指自己浑身上下："公子看我与别的乞丐有什么不同？"

云襄第一次仔细打量对方，就见他头发很乱，衣服很破，脸很瘦，但浑身上下非常干净，眼里还洋溢着别的乞丐所没有的自信和乐观。不等云襄开口，他笑道："人们对乞丐都很反感，但公子并没有反感我，这除了因为公子心地善良，更因为我的外表没有给人任何一丝肮脏、猥琐和危险的印象，这就是我最大的优势。"

云襄深以为然地点点头，他确实感觉这乞丐不像别的乞丐那般或令人生厌，或令人恐惧。

"做乞丐也要注意自己的仪表，可惜我很多同行都不明白这一点。"那乞丐遗憾地耸耸肩，"除此之外，还要懂得分析和方法。要比较优势、劣势、机会、威胁等因素。"

云襄惊讶地长大嘴，他还是第一次听说做乞讨也有这么高深的学问。那乞丐没有理会云襄的惊讶，侃侃而谈："我做过精确的计算，这里每天的人流量过万，从理论上讲，如果每人施舍我一个铜板，我每天的收入能令钱庄掌柜都忌妒。不过不是每个人都会给我钱，我也没时间没精力向那么多人乞讨，所以我得分析，哪些是目标施主，哪些是潜在施主。在这一片，我的目标施主占总人流量的两成，乞讨成功率七成，潜在施主占总人流量的三成，成功率五成。另外那些人我选择放弃，因为我没有足够的时间在他们身上碰运气。"

"那你如何才能确定谁可能成为你的施主呢？"云襄追问。

乞丐笑道："首先，是像您这样的年轻公子，外貌打扮虽然朴素，说话行事也不张扬，但从眼神，我就知道一个人是否有足够的财富和实力；其次，那些带着漂亮女伴来这里购物的富家子弟，也是我潜在的施主，他们通常都不会在女伴面前吝啬；另外，那些没有男子陪伴的年轻女子，也是我潜在的施主，她们都怕陌生男子纠缠，所以多数会掏钱打发我。而那些年纪偏大、外表木讷猥琐的男女，我通常会躲着他们，因为他们已经没有年轻人花钱的冲动，而且生活的重压使他们早忘了施舍的乐趣，只会斤斤计较花出去的每一个铜板是不是买到了实实在在的东西。"

"那你每天能讨多少钱？"云襄忍不住问。

"至少三百个铜板吧。"那乞丐道。

"这么多?"云襄有些惊讶。三百个铜板相当于三钱银子,这样算下来,他一个月能讨到近十两银子,这比许多饭店的掌柜工钱还高。

"公子是不是觉得,做乞丐都有这么高的收入,实在有些不可思议?"那乞丐笑道,"不过,公子千万别以为每个乞丐都能有这个收入。这一带的乞丐不下百人,有的天生残疾,有的拖儿带女,条件都比我好,可是只有我的收入能达到这个数。他们许多人一个月加起来,有时候还不如我一天讨得多。"

见云襄有些怀疑,他指着不远处一个追着别人乞讨的乞丐笑道:"你看我那个同行,追着别人走了半条街,将有限的时间浪费在没有希望的人身上,就算最后讨到一两个铜板,也得不偿失。不知道将有限的时间用在潜在的施主身上,这样的乞丐不饿死就已经不错了。"

云襄点点头,就听他又道:"有人说做乞丐靠运气,其实不然。举个例子,您看,对面丝绸庄门口那几个人,向哪个人乞讨把握最大?"

云襄顺着他所指望去,就见街对面是个丝绸庄,门口有一对正在等马车的小夫妻、一个单身少女和一个衣着极其考究的富家公子。云襄想了想,迟疑道:"应该是那富家公子吧?"

乞丐笑着摇摇头,分析道:"那对小夫妻正板着脸,多半是刚吵了嘴,这时候去找他们乞讨,肯定会自讨没趣;那富家子衣衫锦绣,身份显赫,这种人身上一般没小钱,出手必定豪阔,但若直接找他乞讨,多半会被斥骂。"说到这里他诡秘一笑:"相比而言,那位天真善良的少女,才是最有把握施舍的主儿,所以应该先找她乞讨,成功后再找那富家子。像他那样自傲自负的显赫公子,在任何方面都不愿意被人比下去,所以见那少女施舍之后,他必定会慷慨出手。"

见云襄有些不信,乞丐笑道:"公子稍等,待我先做了这桩买卖。"说完他径直走过马路,到那少女面前伸手乞讨,那少女果然掏出一枚铜板打发了他。乞丐又转向那富家子，对方迟疑了一下，随手从袖中掏出一块银子扔给了他，看样子不少于五钱银子。

乞丐宠辱不惊地收起银子，道声谢后又折了回来，得意地掂掂刚讨到的银子，对云襄笑道："托公子洪福，今日收入颇丰，公子若不嫌弃，在下愿请公子喝酒。"

"你请我喝酒？"云襄有些意外。

那乞丐笑道："没错。愿意施舍乞丐的人多不胜数，但愿意跟一个乞丐在街边聊天的却是寥若晨星。公子对我这个乞丐没有半点鄙视或冷漠，这种待遇我已经很久没有得到过了，所以想请公子喝上一杯，以示感谢。"

云襄见对方眼中满是殷切，不忍拒绝，便随他来到一家街边酒肆。二人坐定后，云襄不禁叹道："没想到做乞丐也可以这么成功，真是令人感慨。"

那乞丐指指自己的脑袋笑道："做什么事都要讲方法、用头脑，除此之外还要善于学习。学习可以使人变得聪明，聪明人不断学习就能成为某一方面的专才，任何行业，都只有专才才能更好地生存。另外，还得有个积极乐观的态度。别的乞丐都以为我是因为收入丰厚才快乐，其实他们都错了，我是因为先有积极、快乐的心态，才能讨到更多的钱。乞讨是我的职业，既然干上了这一行，我就要用最大的热情，去做一个快乐而成功的乞丐，因为我知道，我的态度将决定我能达到的高度。"

云襄细细体会着对方的话，心中不由一动。一个人如果做乞丐都能保持这么大的热情，并获得如此丰厚的回报，那他做别的难道会差吗？云襄第一次对这乞丐拱手问道："蒙你做东请我喝酒，却还不知先生大名，不知可否见告？"

那乞丐脸上泛起一丝兴奋的红晕，连忙道："难得公子肯陪我喝酒,那是给了我天大的面子。在下蒋文奂,不敢请教公子名号?"

云襄从袖中拿出一张名帖递到他面前,蒋文奂接过一看,不由一声惊呼:"云襄?可是大名鼎鼎的千门公子襄?"

云襄笑着点点头:"不知蒋先生除了做乞丐,有没有兴趣尝试一下别的职业?"

蒋文奂忙问:"什么职业?"

云襄笑道:"我在金陵新开了一家绸缎庄,现在正缺伙计,不知蒋先生有没有兴趣?"不等蒋文奂回答,他补充道:"不过工钱会比你做乞丐低很多。"

蒋文奂呵呵笑道:"若是别人让我放弃报酬优厚、自由自在的职业去做个小伙计,我一定不会答应;不过,公子襄的提议我会毫不犹豫地答应,因为跟着一个潜力无限的东家,成功就已经不远了!"

云襄笑道:"多谢蒋先生屈就,明日你就拿我的名帖去金陵锦绣坊找周老板,他会安排你的工作。"

就这样,蒋文奂成了云襄新开的绸缎庄的一名小伙计。云襄没有看错,短短几年时间,当初那个成功的乞丐,就已经从一个小伙计成长为替云襄管理绸缎庄、客栈、饭店和贸易行的大掌柜,甚至完全接管了筱伯在生意场上的重任,成为云襄商业王国最重要的管理者之一。现在,当他听说云襄要将大家辛苦赚来的银子,投入到没有任何回报的战争中时,自然第一个站出来反对。

云襄望着一脸严肃的蒋文奂,笑问:"蒋先生,你认为咱们的银子该怎样花才有价值?"

蒋文奂沉声道:"当然是要投入到回报最丰厚的地方,比如现在瓦剌即将南侵,战事一起,各地物价必定飞涨。咱们现在应该大量囤积粮食、布匹、油盐,甚至马匹、铁器、草料等战略物资,待战事最紧张激烈的时候抛出,定能大赚一笔。"

"然后呢？"云襄淡淡问。

蒋文奂想了想，沉吟道："战乱一起，各地商铺、房屋、街道等不动产，通常会身价大跌，咱们若将囤积货物赚到的钱，再大量收购各地商铺、房屋等不动产，待将来战事平息，各地商业恢复正常，这些不动产起码能获翻倍之利。"

"蒋先生果然眼光独到！"云襄笑道，"不过你漏算了一件事。"

"什么事？还请公子指点！"蒋文奂忙道。

云襄叹道："如果战事能像你预料的那样发展，你的计划当然无懈可击。可惜你忘了，瓦剌人并不听咱们指挥。若他们侵入中原，天下大乱，咱们就算赚到再多财富，又如何能在乱世中保存？"

蒋文奂沉吟道："边关驻有重兵，京师还有精锐的三大营，瓦剌就算入侵，也未必能打到北京，更不可能打到江南，公子多虑了。"

"如果人人都抱着蒋先生这种心思，瓦剌铁骑打到江南，恐怕就不奇怪了。"云襄叹道，"就算瓦剌人不能打到江南，但天下大乱，江南岂能平安？若各地商贾囤积居奇，致使物价飞涨，民不聊生，就会逼民为寇，到那时人人自危，性命不保，就算赚得万千财富，恐怕也买不到自己的安全啊！"

见几个掌柜眼中俱露出深思的神色，云襄慨然道："覆巢之下，焉有完卵？若天下大乱，遭殃的不光是百姓，也包括我们自己。再说咱们赚钱是为什么？如果财富不是给我们带来快乐，反而给我们带来危险和骂名，这样的财富囤积得越多，我们的罪恶也就越大，迟早会受到上天的惩罚。"说着云襄长身而起，望向众人道："虽然我是你们的东家，但我的财富都是你们赚来的，所以我想听听你们的意见，咱们将银子花在维护天下安宁之上，究竟值不值？"

几个掌柜交换着眼神，最后齐声道："公子的决定是为天下人着想，也是为咱们自己考虑，咱们自然没意见。"

蒋文凫沉吟道:"公子心胸,非我辈可比。我虽对公子的决定有看法,不过既然公子已下定决心,我自会全力支持。"

"那好,这事就这么定了。"云襄沉声道,"三天后我将出发去边关,你们先将今年的赢利拿出一半做军饷,购置粮草、装备和战马,在一个月之内送到大同。时间紧迫,大家立刻回去准备吧。"

众人纷纷答应,齐齐拜别东家离去。云襄将蒋文凫留了下来,执着他的手叮嘱道:"我此去边关,身边尚缺一个管事的人才,还望蒋先生亲自押运粮饷,到边关助我。"

蒋文凫点头道:"蒋某能有今天,完全源于公子的知遇之恩,我不会辜负公子的期望,请公子放心。"他顿了顿,迟疑道:"另外,我还想向公子推荐个人。"

云襄有些意外,蒋文凫跟了他这么久,还从来没向他推荐过什么人,他不由问道:"什么人?"

"一个眼光独到、嗅觉敏锐的商界奇才。"蒋文凫眼中泛起敬佩之色,"她叫尹孤芳,原本是一家小客栈的女老板,几年前将客栈抵押给咱们钱庄,借了一千两银子做贸易,短短四五年时间,她的芳字商号就已经成为金陵发展最快的商号,并成为咱们的竞争对手。我多次想将她的商号收购,并入咱们旗下,都被她拒绝。她给我放过话,除非是我的东家,也就是公子您出面,否则任何合作的建议都免谈。"

尹孤芳?云襄感觉这名字似乎有些熟悉,不过一时却想不起来。他有些怀疑地问道:"一个女流之辈,真值得我去见她?"

"绝对值得!"蒋文凫肯定地点点头,"她虽然很年轻,又是一介女流,但头脑和眼光令我都不得不佩服。她似乎知道咱们商号真正的东家是公子,并且对公子充满了好奇和敬仰。公子若能将她收归旗下,绝对会如虎添翼。"

云襄想了想,失笑道:"你跟了我这么久,还是第一次向我推荐人才，就冲这个我也要见见她。不过现在我没时间，待我从边关回来后再说吧。"

蒋文奂眼里隐约有些遗憾，不过也没有再说什么便拱手告辞。他刚走没多久，张宝领着个六七岁大的孩子进来，一进门就开始笑着表功："公子，你看我把谁带来啦？"

"小佳！"云襄嘴边泛起一丝欣喜的笑意。就见那孩子来到自己面前，恭恭敬敬地一鞠躬："云叔叔好！"

云襄笑着拍拍他的肩头，爱怜地赞道："刚读了几天书，果然就不一样了！不过在云叔叔面前，你完全不必如此多礼。"

孩子松了口气，脸上洋溢着久别重逢后的欢畅。自从送他到别人那里寄养后，云襄就很少再见到他，如今又要远赴边关，说不定还会遇到他的亲生父亲。想到这里，云襄的神色不禁有些复杂。望着孩子清澈的眼眸，他迟疑道："小佳，如果有一天云叔叔……做了什么伤害你的事，你会不会原谅叔叔？"

孩子脸上泛起天真的笑容："云叔叔怎么会伤害我？"

云襄勉强一笑："我是说如果。"

孩子想了想，笑道："我从小父母双亡，是云叔叔收养了我，待我如亲生儿子一般。我相信你决不会伤害我，就算不小心伤害了我，那也一定是无心之过，我当然会原谅。"

云襄舒了口气，以前总觉得佳佳还小，不应该过早接触成人世界的阴谋和罪恶，所以一直没有告诉他亲生父亲的情况。不过这孩子非常懂事，也非常聪明，所以云襄一直在琢磨，该怎样向他说起他的父亲。

"过两天我就要出远门，以后很长一段时间你可能都见不到我。"云襄有些愧疚地望着孩子，"不能在你身边照顾你，是我的无奈，也是我的遗憾。所以你要听养父母和老师的话，好好读书，做一个善良、正直的好孩子。"

孩子懂事地点点头，迟疑道："云叔叔要去哪里？我……我能不能跟你一起去？"

见孩子眼中满是殷切之色，云襄也有些动心。不过一想到此去边关不知会遇到什么凶险，还有可能与孩子的亲生父亲正面对敌，他只得狠下心摇摇头："你要读书，哪里都不能去。等你再长大些，我会将你带在身边，亲自教你功课。"

孩子"喔"了一声，眼里满是失落。云襄又问了他一些功课情况，发现他对答如流，年纪虽小，已展露出极高的学习天赋，心中既有些安慰，又有些担心，十分矛盾。毕竟这孩子不仅仅是欣怡的儿子，同时也是南宫放的儿子，他将来会不会因为父亲的关系走上邪路，谁也不敢保证。云襄只能在心中暗暗发誓，一定要他像他母亲那样善良，而不是像他父亲那样奸诈恶毒。

看看天色已晚，云襄时间紧迫，还有许多事要亲自去办，只得让张宝将孩子又送了回去。

第二天一早，云襄召见了手下的千门弟子，以及归附于他的众多帮会头目，仔细安排了自己离开后各人的任务和职责。最后他来到济生堂在金陵的分堂，看到它在筱伯和张宝等人的精心打理下蒸蒸日上，救助着越来越多的鳏寡孤独病残者，心中十分欣慰，生活中的一切不快，在这里都会烟消云散。

交代完所有的事务，云襄便带着筱伯和张宝来到约定的地点，就见一身戎装的赵文虎与李寒光早已经从杭州赶到。二人眼里俱闪烁着一丝压抑不住的兴奋，就如即将出猎的猛虎眼里那种逼人的寒光。云襄庆幸自己没有看错，他们都是对战争充满渴望和向往的天生的军人，定能成为自己的左膀右臂。

云襄与二人相互颔首示意，几个人也没有多余的寒暄问候，立刻翻身上马，往西北方向疾驰而去。

五、劫匪

秋高气爽，万里无云，正午的阳光普照大地，使山峦峰岳、旷野古道，皆染上了一层淡淡的金黄。

在人迹稀疏的官道上，一小队衣甲鲜明的骑手拱卫着一辆窗门紧闭的马车，正顺着官道徐徐向东而行。行进中的马车翠绿的窗帘突然撩起，露出一张秀美丰腴的少妇面庞，有如明珠乍现般光彩夺目。她探头望向马车旁那名年轻英俊的将领，声音中透着几许无奈："夫君，千里相送，终有一别，就送到这里吧。"

那将领勒住马，一抬手，十几匹战马立刻停下脚步，整齐如一。那将领看起来只有二十五六岁，身材魁梧，将牛皮软甲撑得紧绷绷有如铁甲，一身孤傲和骄横。由于坐骑是高大的大宛骏马，所以他的目光总给人一种居高临下的感觉，只有在望向妻子的时候，他那亮若晨星的眼眸中，才泛起一丝难得的温柔。

"明珠！"他稍稍俯下身来，望着妻子略显愧疚地小声道，"这里已远离大同府，我只能送你到这里了。待边关平静，我再回北京接你们母女。"

少妇理解地点点头,从乳母怀中抱过女儿,握着仅有三个多月大的孩子的小手,向丈夫挥手道:"娇娇,快给爹爹道别,让爹爹早点来北京接咱们。"

这对年轻的夫妇正是明珠郡主和镇西将军的公子武胜文。明珠自从明白云襄对舒亚男的感情后,无望地离开云襄回到北京,在拖延两三年后,还是遵从父王安排,嫁给了镇西将军的儿子,婚后第二年便诞下一女,并由父王亲自赐名武天娇。因为王妃想念女儿,加上最近有线报称,瓦剌大军正蠢蠢欲动,而大同守军却还粮饷不足,所以镇西将军武延彪决定,送明珠郡主回京探望父王母后,并叮嘱明珠趁机向父王催讨粮饷。

武胜文原本是要随明珠回京的,但瓦剌大军既有异动,身为虎贲营将领的他就不能擅离职守,因此他只能将妻女送到这大同府远郊。看看前面已是坦途,他高喝一声:"武忠!"

一个二十出头的年轻将领纵马来到武胜文跟前,拱手应道:"属下在!"

武胜文沉声吩咐:"夫人就交给你了,一路上小心伺候,不得有任何差池!"

"武忠明白!大哥放心好了!"那年轻将领连忙拱手答应。他原是关外的孤儿,父母皆死于瓦剌人之手,后为镇西将军武延彪收养,改名武忠,与武胜文情同手足。

武胜文看看天色不早,又对众将士叮嘱两句,这才与妻女挥手道别,目送众人继续望东而去。直到看不见车马,他才掉转马头,与两名随从飞速赶回大同府。

马车继续向东而行,黄昏时分已进入河北地界,来到一处名为十里坡的小镇打尖。小镇只有一条小街,街道两旁稀稀落落住着十几户人家,街尾有一座两层楼的小客栈兼酒肆,这是镇上唯一的客栈和酒肆了。

武忠带着十几名兵卒来到客栈，立刻就将楼下的大堂挤得满满当当。小二和掌柜连忙殷勤伺候，一边安排明珠和乳母去二楼客房歇息，一边让厨下为众军爷准备酒菜。

十几个人散坐开来，立刻占满了大堂中那不多的几张桌子。这酒肆的生意看来并不太好，除了一个在角落伏桌酣睡的流浪汉，竟没有更多的客人。几个兵卒见桌椅不够，便来到那流浪汉的桌前，拍着桌子叫道："起来起来！这间客栈已被咱们包了！"

那流浪汉从睡梦中惊醒，懵懂地抬起头来，对众军汉赔笑道："我就在边上喝点寡酒，不打搅众位军爷。"说着端起酒壶蹲到角落，知趣地让出了桌子。

"走走走！天快黑了还不滚回家去，小心醉死在这里！"一个兵卒不耐烦地撵道。

"小人江湖浪荡，哪里有家可回？"流浪汉苦涩一笑，眼中满是黯然和萧索。武忠见他虽然落拓潦倒，骨子里依然有一丝世家子弟才有的优雅和从容，想必是家道中落的破落户，不由心生同情，对几个兵卒吩咐道："既然相遇，就是有缘。赏他一壶好酒，今晚他要没地方可去，就留在这里吧。"

"多谢将军！"那流浪汉连忙拱手道谢。他嘴里谢得诚恳，不过眼中并没有一丝感恩戴德的激动。

"不必客气。"武忠摆摆手，正要问问对方姓名，小二已端上酒菜。众兵卒立刻给他倒酒敬酒，一阵忙乱下来，他早将那流浪汉丢一边去了。

应景式地喝了两杯酒，武忠推杯而起，对众人道："明日还要赶路，大家少喝点儿，早早休息吧。"

"将军是不是太小心了？"一个满脸络腮胡的老兵笑道，"这里到京城皆是一马平川的坦途,将军还怕有强人出没不成?"

武忠沉声道:"责任重大,大家小心为上。待平安将夫人小姐送到京城后,我再请众兄弟好好喝上一顿。"说着他拍拍手:"掌柜的,将酒都撤下,今日就喝到这里了。"

满脸沧桑的掌柜慢吞吞地过来,对武忠皮笑肉不笑地道:"将军就让弟兄们放开肚子喝吧,没准儿这是他们最后一次喝酒了。"

武忠听他说得奇怪,正待呵斥,陡然发现掌柜的眼中满是嘲笑,不由心中一惊。他连忙一跃而起,只觉得头重脚轻,差点摔倒,顿时大惊失色,高呼道:"酒里有古怪,兄弟们快抄家伙!"

几个兵卒应声抄起兵刃,谁知尚未站起就摔倒在地,客栈中顿时响起此起彼伏的倒地声,片刻后就只剩下武忠还勉强站在那里。

这时方才那流浪汉施施然站起身来,掌柜连忙上前表功:"公子算无遗策,一点蒙汗药就足够对付这些笨蛋了。"

流浪汉一笑,负手道:"去将郡主请下来吧,记住,千万不可对郡主失礼。"

那掌柜点点头,立刻带着小二和厨子登上二楼。武忠见状一声怒吼,挥刀便砍向那流浪汉,谁知刀方出手,那流浪汉已远远避开,身形步法飘逸迅捷,远非武忠可及。武忠自忖自己就算没有中蒙汗药,只怕也碰不到对方一片衣角,不禁怒喝道:"谁敢动夫人和小姐,咱们镇西军上下决不会放过他!"

流浪汉一声嗤笑:"别拿镇西军来吓我,迟早我要将它连根铲除。"

说话间小二与厨子已押着明珠和奶娘下楼,明珠原本还神情泰然,但下楼见到那流浪汉后顿时面色煞白,失声呼道:"是你!"

"正是不才!"流浪汉对她得意一笑,抬手做了个请的手势,"郡主旅途劳顿,我已在门外备下舒适马车,恭请郡主到不才那里歇息几天再走。"

明珠盯着流浪汉恨恨道:"你别得意,我夫君一定会来救我!"

"是吗?我倒是希望会有另一个人来救你。"流浪汉意味深长地一笑,眼里满是调侃。明珠脸上一红,一言不发抱着孩子便随小二和厨子出门,坦然登上了门外停着的那辆马车。这当儿掌柜已来到流浪汉面前,打量着倒在地上的兵卒和武忠,阴恻恻地道:"公子,剩下的粗活交给小人来处理吧。"

流浪汉深深地望了武忠一眼,笑道:"难得这位小将军赐我一壶好酒,还容我在此过夜,就不要难为他们了,咱们走。"

老掌柜悻悻地瞪了武忠一眼,随着流浪汉转身便走。武忠头脑虽然清醒,但手脚酸软,想要追赶是万万不能。眼看明珠和奶娘被押上了马车,他急忙冲流浪汉的背影高声喝问:"阁下是哪条道上的朋友,可否留下个名号,让小人回去也好向武将军有个交代!"

流浪汉本已走到门口,闻言回过头来,对武忠幽幽笑道:"将军听说过千门公子吗?"见武忠茫然摇头,他有些遗憾地摇摇头:"将军真有点孤陋寡闻,也难怪,千门公子啸傲江湖时,将军大概还未成年吧。"他顿了顿,傲然道:"千门公子襄,正是区区不才。"

大同镇西将军府内,武延彪翻来覆去看着手中的信函,那是俞重山写给他的推荐信。在信中,俞重山对公子襄推崇备至,并详细叙述了对方率剿倭营大胜倭寇的事迹。武延彪知道俞重山不会轻易推崇一个人,不过他依旧不相信自己面前这其貌不扬的文弱书生,会有什么过人之处。

"嗯,既然俞将军如此推崇阁下,你就留在我帐前听用吧。"武延彪放下信函,眼里满是漫不经心的冷漠。他看起来跟俞重山是完全不同的一种人,饱经沧桑的脸上,像是戴了张面具般木无表情,喜怒完全不形于色。

冷眼打量着面前三人,武延彪显然对一身戎装的赵文虎和李寒光更感兴趣,凭着领兵多年的直觉,他敏锐地感觉到面前这两名年轻军官,定是俞家军的骨干和精锐。俞重山在信中对他们却没有半句夸赞之词,只说他俩是自愿追随公子襄前来投奔的将领,是公子襄在剿倭营时的左膀右臂,他们的调令兵部随后就会送到。

武延彪审视的目光最后落到面前这文弱书生的脸上,见他并没有寻常书生的畏缩和胆怯,也没有文人惯常的恃才傲物和狂放不羁,只是不亢不卑地站在那里,其从容镇定令人不容忽视。武延彪不禁在心中暗想:这小子究竟有什么过人之处,竟能得俞重山推崇和两名虎将的追随?

对武延彪的冷漠云襄没有感到意外,他上前一步拿起桌上的推荐信,三两把撕碎,然后对武延彪笑道:"这封推荐信,只是在下求见武帅的敲门砖,如今它已完成使命,武帅不必再将它放在心上,更不必因为这封信,就对在下另眼相看。"

武延彪点点头道:"话虽如此,本帅怎么能不给俞将军面子?"他捋着颌下胡须略一沉吟:"嗯,本帅帐前正好缺一名书记官,公子就暂且委屈一下吧。"

书记官通常只负责记录一下会议纪要,或替主帅撰写官函和奏折,完全没有过问军事的权力。武延彪话音刚落,赵文虎与李寒光就忍不住要替云襄出头争辩,却被云襄抬手拦住。他若无其事地对武延彪笑道:"在下并非是要到武帅帐前谋一个差事糊口,所以武帅给我个什么名分都不重要。我七日之内从江南奔驰数千里来见武帅,只为一件事。"

"什么事?"武延彪冷淡地问。

云襄沉声道:"我得知瓦剌将以四王子朗多为前锋,以南宫放为内应,在一个月内进犯大同,而大同守军似乎并未做好充分的应战准备。"

"大胆！"武延彪浓眉一挑，拍案质问，"瓦剌乃天朝盟友，你口出挑拨之词，难道不怕本帅治罪？"

云襄坦然迎上武延彪炯炯的目光，反问道："瓦剌真是盟友？"

武延彪发现对方的目光中，并没有一丝面对位高权重者的自卑和退缩，这令他有些惊讶，同时也让他意识到，在这貌似柔弱的书生面前，任何官威或官话都不起作用。他只得收起官样话，道："不错，瓦剌虽与咱们签有和约，但并不是咱们真正的盟友。不过你妄言他们将在一个月内进犯大同，有什么根据？"

云襄答道："武帅驻守边关，想必对瓦剌大军的异动已有所觉，当知我所言决非凭空揣测，并且这一月之期只会提前不会拖后。时间紧迫，武帅当立刻着手准备应对即将到来的大战，现在已不是探究我消息来源的时候。"

云襄身后的李寒光也帮腔道："是啊，武帅，就算您信不过云公子，也该相信俞将军。云公子在江湖上交游广阔，事先得到瓦剌人进犯的消息也不奇怪。"

武延彪微微一笑："镇西军驻守大同多年，如何抵御瓦剌人，难道还要外人来指挥不成？"抬手阻止了云襄的分辩，他又道："云公子似乎对书记官一职并不满意，可惜你并非朝廷命官，本帅也不能罔顾国法让你领兵。正好镇西军有一支刚招募的新军在郊外训练，云公子与两位将军暂时去那里委屈一下吧。俞家军练兵之法天下驰名，赵、李两位将军是俞家军干将，当可助我早日练成精兵。至于云公子，就作为新军营监察官，替我监察整个新军训练情况吧，如何？"

监察官是个可大可小的闲职，虽比书记官地位高一点，却也没什么实权，更不能指挥调度军队。赵文虎见武延彪大敌当前却大材小用，正待为云襄力争，却被云襄抬手阻止。他对武延彪拱手一拜："多谢武帅重用，云襄与赵、李两位将军这就去新军营报到。"

三人退出房门，赵文虎便忍不住质问道："武延彪有眼无珠，如此轻视公子，你为何不据理力争，反而答应他做什么监察官？"

"是啊！"李寒光也连声抱怨，"想当初公子第一次见到俞将军，胸中似有百万雄兵，三言两语便激得俞将军与你打赌，演习场上稍显身手，更是令俞将军心服口服，将剿倭营指挥权拱手相让。这次为何不在武帅面前也露上一手，让他对你另眼相看？"

云襄摇头道："当初我为了让俞将军许我兵权，事先可是下足了功夫。我对俞将军的脾气、爱好、禀性，以及俞家军的情况皆调查得清清楚楚，才能一步步照计划达成自己的目的。这世上像俞将军这样襟怀宽广、大公无私的将领毕竟少之又少。咱们这次来得匆忙，对武帅的性格、为人几乎一无所知，若想靠炫技耀能引人注目，恐怕结果会适得其反。"

三人只顾沿着长廊边走边说话，没有留意到迎面过来的一个年轻将领脸上已然变色。待三人走近，才发现那将领拦在长廊中央，虎视三人冷冷问："三位眼生得很，不知是哪位将军的部下？"

赵文虎见对方服饰跟自己一样，也是个千户，却用这种居高临下的口气质问自己，便没好气地道："你管不着！"

那将领面色一沉，冷冷道："你们属鸡属狗，在下原本管不着，不过三位既然在背后诽议武帅，在下身为虎贲营统领，自然要问上一问。"

赵文虎没想到这年轻的千户竟是武延彪亲卫虎贲营的统领，正好又听到三人方才的只言片语，难怪要小题大做了。不过他自忖三人并没有说任何冒犯武延彪的话，便理直气壮地反问道："你说咱们诽议武帅，不知是指哪一句？"

那将领一声冷笑："你说武帅有眼无珠，就凭这，我就可以将你交军法处治罪！"

赵文虎原本是个寡言稳重的儒将，不过在得到俞重山提拔重用后，难免也滋长了一些骄气，何况方才武延彪对云襄的轻视，在他心目中也当得起"有眼无珠"的评价。见这将领在这等小事上纠缠不休，他不顾云襄和李寒光的阻拦，哈哈笑道："不错，我确实说过武帅有眼无珠，这在镇西军中不知是什么罪？该不是泄密罪吧？泄漏了镇西军最大的机密？"

"混蛋！"那将领一声斥骂，左手一把扣住赵文虎肩胛，右手抓住他手腕就往后扭，欲以小擒拿手将他拿下。谁知赵文虎一个反身摆拳，反手击向对方太阳穴。那将领不得已放开赵文虎手腕，连退两步躲过赵文虎凶狠的反击。

不远处几个守卫见二人动手，不约而同围了过来，那将领抬手阻止众人帮忙，盯着赵文虎恨恨道："大家退后，我若不亲手将这目中无人的家伙拿下，就枉为虎贲营统领！"

众兵卒依言后退，将赵文虎三人围在中央。赵文虎见状心中有些懊悔，没想到刚到镇西军报到，就犯了众怒得罪虎贲营，实在有些不智，自己受点惩处倒没什么，就可惜坏了云公子大事。他不禁对云襄愧然道："公子，末将连累你了。"

云襄一笑："赵将军言重了，换了是我，也不会束手就擒。"

得到云襄的肯定，赵文虎信心倍增，甩掉肩上的披风，对那将领傲然道："好，就让我领教一下虎贲营统领的武艺！"

那将领一声冷哼，挥拳便扑了上来，赵文虎见对方出拳凶狠，招招不离要害，不敢大意，连忙以小巧功夫应对。二人转眼便斗得数十招，一时间难分胜负。赵文虎越打越是佩服，看来对方这虎贲营统领的位置，是靠本事上去的。

二人激斗正酣，突然一名副将由二门内急奔而出，远远便在高呼："住手！武帅有令，将斗殴者拿下，带到武帅面前治罪！"

二人依言停手，赵文虎对那副将坦然道："此事是我一己之责，与云公子和李将军无关。"

云襄对他笑道："此事因我而起，怎能说与我无关？"说完他转向那副将："在下愿到武帅面前领罪，请将军带路。"

几个人被带回内堂，武延彪一见之下十分意外，不由目视那年轻的虎贲营将领："阿文，你不是在训练新军吗？这是怎么回事？"

听到武延彪的称呼，加上二人眉宇间那几分相似的神韵，云襄等人才知道，这年轻的虎贲营将领，竟然就是武延彪的公子，在镇西军中颇有名望的武胜文。

"爹爹在上！"武胜文拜道，"昨日我送明珠离去后，回来时天色已晚，所以今日才来向爹爹复命。谁知方才刚好遇到这几个人对爹爹出言不逊，所以孩儿忍不住……"

"这么说来是你先动的手了？"武延彪打断了儿子的话。

"是。"

武延彪一声冷哼："你身为虎贲营将领，可知对自己人动手该当何罪？"

武胜文一怔，在父亲冷厉的目光下，低头道："轻则十军棍，重则降职甚至革职。"

武延彪望着儿子道："那你还不快去军法处自领十军棍？"

"可是他们在背后诽议爹爹……"武胜文还想争辩，却被父亲挥手打断："够了！为将者宁肯让属下议于口，也决不能让属下骂于腹。只要坐得正，行得直，还怕人议论？若连这点自信都没有，何以领兵？"

在父亲凛然的目光下，武胜文愧然垂下头，躬身一拜："爹爹教训得是，孩儿知错了。"说完转身欲走，这时云襄突然越众而出，抬手阻拦道："等等！"

武胜文恨恨地瞪着云襄，眼里满是敌意。云襄却淡淡一笑，对武延彪道："武帅，方才小武将军和赵将军不过是惺惺相惜，以武会友，算不得斗殴。若因此就要处罚武将军,是不是有点不妥?"

赵文虎心领神会,连忙附和道:"是啊!方才末将是欣赏武将军的身手,才忍不住与之切磋,若只处罚武将军而不处罚末将,末将会非常不安的。"

武延彪点点头,对儿子道:"既然云公子与赵将军都为你求情,这十军棍就暂且给你记下。还不快谢谢云公子和赵将军?"

武胜文悻悻地冲云襄和赵文虎拱拱手,正待开口道歉,突听门外传来一阵杂乱的脚步声,跟着就见一个满头大汗、气喘如牛的年轻将领跌跌撞撞地急奔而入,刚进门就"扑通"一声跪倒在地,对武家父子连连叩头,嘴里直道:"属下该死!小人该死!请武帅治罪!"

"武忠!"武胜文一眼就认出了来人,急忙喝道,"我不是让你护送明珠去北京吗,你怎么独自回来了?"

"大哥,小弟该死!"武忠满脸自责,连连磕头。在武家父子追问下,他断断续续将明珠郡主和女儿在十里坡被劫持的经过说了一遍,最后道:"小弟已问过那劫匪来历,他自称是千门公子襄。"

众人一听都是面色大变,齐齐将目光转向了云襄。只有武胜文还不知云襄来历,跺脚追问武忠:"他们没留下什么线索?"

武忠摇头道:"小弟在药性消失后,带人搜遍了十里坡周围数十里,没有发现任何蛛丝马迹,只好将弟兄们留在那里继续搜查,自己独自回来给大哥报信。"

"混账!"武胜文一脚踢开武忠,转身便走。

武延彪忙喝道:"你要去哪里?"

"十里坡!"武胜文头也不回地答道,"我要亲自将明珠和娇娇找回来,将劫走她们的千门公子襄碎尸万段!"

"站住!"武延彪拍案而起,"如今瓦剌已在长城外虎视眈眈,你岂能随便离开?再说你去了又能起什么作用?你要找公子襄,却还不知公子襄就在你面前，真是糊涂！"

"他在哪里？"武胜文急忙问。见众人的目光都落到云襄身上，他不由盯着云襄一字一顿地问道："你，就是公子襄？"云襄微微点了点头，他一把便扣向了云襄肩胛，一旁的赵文虎急忙出招格开。

陡听武延彪拍案高喝道："住手！"

武胜文转头望向父亲："既然这家伙就是公子襄，为何不将他拿下？"

武延彪怒道："云公子是俞将军的朋友，今日才到大同府，岂会是劫持郡主的劫匪？"

李寒光也解释道："是啊！咱们随公子从江南千里奔驰赶来大同，途中不敢有半点耽搁，哪有时间去什么十里坡？"

武胜文见父亲和李寒光皆这样说，云襄又是一脸坦然，便将目光转向武忠。武忠忙摇头道："劫走夫人和小姐的劫匪虽然与这位公子年岁相仿，却并不是同一个人。"

武胜文闻言收回手，瞪着云襄悻悻道："就算那劫匪不是你，你也脱不了干系！"

"放肆，还不快向云公子道歉！"武延彪急忙喝道。

云襄摆手道："武公子说得没错，在下刚到大同，就有人假冒在下名号做出这等大案，在下当然不能袖手，请允许在下帮忙寻找明珠郡主母女吧。"

武延彪捋须沉吟道："听闻千门公子襄专门替人解决各种疑难问题，千门弟子更是遍及江湖，这事有你帮忙，那自然是求之不得。你需要多少兵将？找回我儿媳和孙女，你要多少报酬尽可开口，本帅从来不欠别人的人情，尤其是千门中人的人情。"

云襄看看跪地不起的武忠，沉吟道："找人的事，人越少越好。若带大军前去，匪徒早已闻风而逃，反而坏事。我只要这位将军和他的部下就够了。"他顿了顿，本没想要什么报酬，不过武延彪的话提醒了他，他灵机一动："至于报酬，我要镇西军一个大营三个月的指挥权，不受任何人节制的指挥权。"

武延彪一怔，断然道："这不可能！一个大营满员有上万人，如此庞大的一支部队的指挥权，谁也不敢私相授受。"

云襄紧盯着武延彪的眼睛，看出对方的拒绝并不像他的语气那般坚决，嘴角不由泛起一丝微笑："俞将军能将剿倭营的指挥权委托给在下，武帅手下兵马比俞将军多出数倍，难道一个大营的兵马都拿不出来？我只是暂借三个月，又不是真要武帅私自授我兵权。"

将上万部队的指挥权借给一个布衣书生三个月，这在整个大明军队中恐怕都没有先例，完全违背朝廷律法。直接将兵权交给云襄肯定不行，不过稍加变通也不是无法可想，武延彪不禁在心中踌躇起来。武胜文也听说过公子襄的大名，见他愿意帮忙寻找妻女，不由对父亲急道："爹，明珠和娇娇在您心目中，难道还不如一万兵将三个月的指挥权重要？"

郡主显然很重要，这不是因为她是自己的儿媳，而是因为她是福王的千金，不管兵权用什么办法交出去，眼下必须要尽快救出郡主。武延彪终于下了决心，抬头盯着云襄沉声道："这世上没有只赚不赔的生意，如果你找不回我儿媳和孙女，该当如何？"

云襄一怔，突然意识到方才武延彪让他提出报酬，原来是个圈套，就是要逼他尽全力去寻找明珠，不要报酬帮忙寻找与开下报酬有偿寻找，肩负的责任完全不同。只是武延彪不知道明珠在云襄心中的分量，就算没有报酬，他也会拼尽全力去找。所以云襄明知是圈套，也断然道："如果找不回明珠郡主和她的女儿，在下愿以性命相赔。"

"好，我答应你！"武延彪展颜一笑，向云襄伸出手，"咱们击掌盟誓，从现在开始，如果我儿媳和孙女出了任何意外，公子襄，你可就得为她们陪葬!"

云襄不顾李寒光和赵文虎的眼色,伸手与武延彪一击掌,慨然道:"成交!"

走出内堂后,李寒光忍不住连声抱怨:"公子,你怎么能将自己的性命与一对失踪的母女绑在一起?万一她们有什么三长两短,岂不……"说着不禁连连摇头。

云襄从容道:"劫走明珠母女的不是一般盗匪,他们敢在官兵手中冒险劫人,可见是冲着明珠郡主的特殊身份去的。而她们只有活着才有利用价值,所以她们很安全。"另一个理由他没有说出来,从听到明珠母女失踪那一刻起,他就恨不得立刻动用一切力量去寻找。他一直觉得欠明珠一份最真挚的感情,如果可能,他愿意用除了感情之外的一切去偿还,甚至包括自己的生命。

说话间几人已来到将军府外,云襄看看暮色四合的天空,停步对赵文虎和李寒光道:"咱们就在这里分手吧。你们去新军营报到,我连夜赶去十里坡。"

"那怎么成?"李寒光急道,"这事我们也有份儿,怎么能将担子扔给你一个人?"

云襄拍拍李寒光的肩头:"这是我的私事,你们是吃朝廷俸禄的军人,岂能将时间浪费在我的私事上。你们不用担心,我不是一个人,你们替我通知筱伯和张宝,让他们连夜赶到十里坡和我会合。"

说着云襄翻身上马,对领路的武忠道:"咱们走!"武忠立刻扬鞭催马,两人两骑转眼便消失在夜幕渐临的长街尽头。

奔马过街,卷起片片枯叶,随着马蹄声飘然而起,转眼就被秋风吹到不可知的角落,秋风中隐隐带着山雨欲来的萧瑟和肃杀。

十里坡小镇因为明珠的遇劫,早已被众军士闹翻了天,当云襄与武忠赶到时，那些军士已将全镇百姓集中到镇上唯一那家客栈外，盘查劫匪的线索和下落。数十名百姓不分男女老幼，已被十几个军士拘押了一整天，人人疲惫不堪，眼里充满了怨恨和不满。

见云襄与武忠赶到，那领头的军士立刻领着当地的里长过来禀报："咱们已将镇上所有人拘押起来，他们中间，一定有人知道劫匪的来历和下落。如果找不到线索，就唯他们是问！"

"胡闹！"云襄愤然道，他转向武忠质问道，"你们镇西军，平日就是这样罔顾国法、欺压百姓的吗？"

武忠连忙解释："公子误会了，平日咱们也不是这样子的。只是这次郡主在咱们手上被劫走，兄弟们自感责任重大，所以才出此下策。"

云襄一声冷哼："这样若能找到线索，那一定是老天瞎了眼。快将百姓们都放了！"

那军士见云襄是个布衣书生，却有一种天生的统帅气度，虽不知他的身份来历，也不敢顶撞，只得将目光转向武忠。武忠面色一沉，不满地喝道："还不快照云公子的命令，将百姓都放了！"

虽然来之前武延彪并没有让武忠听令于云襄，但云襄的冷静和从容，以及在剿倭营时养成的气度，令武忠不知不觉已将他视为首领，所以对他的命令没有任何怠慢。那军士见状只得招呼同伴，撤去围着众百姓的岗哨。

岗哨虽然撤除，但众百姓还不明原委，都留在原地，并用好奇的目光打量着新来的那个奇怪书生。就见那书生登上高处，对众人团团抱拳，诚恳地道："乡亲们，武将军的部下因为武夫人被劫，一时乱了分寸将大家拘押，实在多有冒犯。我代武将军向大家赔个不是，请大家看在武将军的面上，原谅兄弟们先前的无礼和过失。"

官兵不仅要放了所有人，还请求大家原谅，这在十里坡百姓看来，实在有些不可思议，所以众人只是茫然地望着云襄，不知道他葫芦里卖的什么药。云襄见状,突然跪倒在地,对众百姓拜道:"在下虽只是一介布衣,却是代表镇西将军武延彪前来处理这里一切事务的,兄弟们的错就是在下的错,乡亲们若不原谅,小生只好长跪不起。"

这一下不光众百姓,就连众军士也悚然动容。场中响起一阵窃窃私语,终于有德高望众的长者开口道:"公子折杀咱们了,快快请起。武将军家眷既然在咱们十里坡遇劫,咱们多少也有点干系,配合军爷们调查也是应该的。咱们不敢有任何抱怨,只求调查快些结束,好让大家早点回家。"

云襄忙道:"这是自然,大家现在就可回去。若想起有关劫匪的任何线索,请立刻到这客栈向我或武忠将军汇报。若有人能提供有关劫匪的任何线索,我愿以百两纹银酬谢;若有人能提供武夫人的下落,我愿以千两纹银酬谢;要是有人能带咱们找到武夫人和她的千金,我愿以万两纹银酬谢!"

见众人眼中皆是将信将疑的神色,云襄忙从怀中掏出几张银票,交给方才开口说话那老者道:"老人家,这里有二百两银票,你拿去给大家分了,当是在下为兄弟们无故拘押大家的赔偿吧。"

老者将信将疑地接过银票,翻来覆去地看了半晌,愣愣地追问道:"你放咱们走,还赔咱们二百两银子?"见云襄坦然点头,老者松了口气,展颜笑道:"公子真是个好人,老朽若是推辞,反而辜负了公子一番美意。这银票老朽就替乡亲们收下了。"

有云襄的道歉和二百两银子的赔偿,百姓们先前的愤懑和不快早已烟消云散,纷纷过来与云襄道别,不一会儿便散得干干净净。

武忠凑到云襄身边,将信将疑地问:"公子许下重赏,会有效吗?"

"不知道,咱们现在只能回客栈去等。"云襄说着往客栈走去,边走边道,"不过我认为,靠人地生疏的咱们去寻找匪徒的线索,肯定不如发动本地人去找。说不定这些百姓中间,就有劫匪的同党或线人，重赏对他们肯定有不小的诱惑。"

武忠渐渐明白过来，连连点头称赞："公子果然不愧是大名鼎鼎的千门公子，办法比咱们高了不是一点半点。"

云襄对武忠的赞赏充耳不闻，只是忧心忡忡地道："劫匪不是一般人，咱们就算找到他的下落，要想救回明珠郡主，恐怕也非易事。"

丢下疑惑不解的武忠，云襄来到二楼一间客房，将自己紧紧关在房中。之前一路疾驰数百里，他早已精疲力竭，需要好好睡上一觉，才能保持头脑的冷静和敏锐，哪怕心里再怎么焦急担忧，也不能有丝毫的冲动和失误。因为从种种迹象和武忠对劫匪外貌的描述来看，他知道劫走明珠母女的，就是自己一生的宿敌南宫放！这将是一场异常艰难的营救和对决。

六、交换

蒙蒙眬眬不知过了多久，云襄被一阵轻轻的敲门声惊醒，他含含糊糊地应了一声，门外立刻传来武忠的小声禀报："公子，你的办法起作用了！有百姓向咱们提供劫匪的下落！"

云襄立刻从迷糊混沌中彻底清醒，开门便问："人在哪里？"

"公子先别着急，待老奴伺候公子梳洗后再见客人吧。"一旁传来一个熟悉的声音。云襄转头望去，脸上泛起温暖的笑意："筱伯，你们终于赶来了。"

筱伯笑道："不只我们，你看老奴还给你带谁来了？"

老家人身后闪出一个朴实憨厚的少年，笑着对云襄抱拳道："云大哥好！"

云襄一见之下惊喜万分，不由拍拍少年的胸膛："你怎么也来了，寺里几位师兄知道吗？伤好了吗？"

原来这少年正是上次为救云襄伤在寇焱掌下的罗毅。见云襄问起，他挺起胸膛笑道："伤全好了！寺里几位师兄听说云大哥要去边关协助镇西军抵御瓦剌人，都支持我来边关帮助云大哥。上次圆通方丈与魔门勾结,幸亏云大哥揭破魔门阴谋,才使少林这千年古刹免堕魔道,所以几位师兄不光支持我来,还让我率十八罗汉一起赶来,协助云大哥抗击鞑虏。"说着向楼下一指,楼下十八个彪悍的武僧,齐齐向云襄合十为礼。

少林十八罗汉曾与云襄并肩作战,参与围困过寇焱,所以都不陌生。云襄连忙下楼与众僧见礼,向众人抱拳道:"诸位师父能为国出力,抗击鞑虏,这才是我佛莫大的慈悲,云襄替天下百姓谢谢你们!"说完长长一揖。

众僧纷纷还礼道:"公子过誉了,除魔卫道,原也是咱们的本分。"

云襄与众人见礼后,招呼武忠安排众僧住下来,然后将罗毅、筱伯带到自己房间,问起别后情形,才知罗毅被寇焱击伤后,在寺中养了一个多月才好。罗毅痊愈后立刻禀明寺中长老,请命去边关协助云襄,圆安、圆祥便差十八罗汉追随罗毅前来。罗毅赶到大同后先遇到了筱伯,这才随筱伯一起赶来十里坡。

筱伯知道明珠在云襄心中的分量,忍不住问道:"公子,劫走明珠郡主的匪徒,你心里有底吗?"

云襄微微颔首道:"劫走明珠,既可阻止明珠回京为镇西军催讨粮饷,又可扰乱武帅心神,必要时还可作为人质要挟镇西军。这是南宫放在为瓦剌的入侵作准备,他假冒我之名行事,就是要将我引来十里坡,以免我协助武帅改进边关的防卫布置。"他苦涩一笑:"他却不知,我在武帅面前,根本就是个闲人。"

"那咱们现在怎么办?"筱伯忙问。

云襄道:"咱们先见见送来劫匪线索的百姓,在救回明珠之前,我也没心思干别的事。"

一个容貌猥琐的老者被武忠带了进来,云襄和颜悦色地问道:"老人家怎么称呼?"

老者舔舔干裂的嘴唇，惴惴道："小老儿姓何，排行老九，所以别人都叫我何老九。"

"原来是何老伯。"云襄点点头，"听说你有那些劫匪的消息？"

何老九嘿嘿一笑："小老儿原是这家客栈老板的亲戚，生意忙的时候也到这里来帮忙。五天前这里来了几个人，给了周老板几十两银子买下这家客栈。周老板走后，镇上的人还以为他们买下了周老板的客栈接手做生意，哪想到他们是要在这里干上一大票。那个掌柜小老儿几年前正好见过，他可是这一带鼎鼎大名的人物！"

"他是谁？"云襄忙问。见何老九笑而不答，云襄忙让筱伯拿出一张百两银票递过去。何老九接过银票看了又看，然后仔细收入怀中，这才道："他原是黑风寨的二当家，人称'朱屠户'的朱彪。"

"黑风寨在哪里？你又怎么会见过他们的二当家？"云襄皱眉问道。

"黑风寨就在离这里不远的小五台山上。"何老九说到这里突然有些尴尬，讪讪笑道，"小老儿有个远房侄子，前些年得罪了人被黑风寨的人掳上山去，小老儿曾上山去向马老大求过情。马老大没见着，倒是见过二当家朱彪。"

武忠接口道："黑风寨的老大叫马温，原是走南闯北的马帮老大，后来在小五台山上落了草，手下有百十号弟兄，靠着贩点私盐、抢点镖货或偶尔绑个肉票为生。官府也曾派兵剿过，只是那里山势连绵，山连着山，大军尚未上山，那些匪徒就逃得没了影儿，大军一走，他们又像老鼠一样钻回来，官府剿了几次都无功而返，所以也就睁一只眼闭一只眼，任他自生自灭。这次马温竟敢劫走夫人和小姐，我看是活得不耐烦了。我这就回大同向武帅请令，让我带兵踏平黑风寨！"

云襄摇头道："兵贵神速，回大同请兵恐怕来不及。再说，人马太多目标就大，匪徒只要往深山里一藏，咱们就束手无策。"说着他转向何老九："不知何老伯能否立刻带我们去小五台山黑风寨？若能找回夫人小姐，在下愿以千两银子酬谢。"见何老九有些犹豫，云襄让筱伯拿出一张千两银票，他将银票一撕两半，递给何老九半张："这是定金，只要找到劫匪，我就给你剩下那半张。"

何老九仔细看看银票，"咕咚"一声咽了口唾沫："好！小老儿这就带你们去黑风寨。"

云襄转向武忠示意道："你带何老伯去准备一下，一炷香后咱们就出发，务必在天亮前赶到小五台山。"

武忠领何老九退下后，云襄拉过罗毅，对他耳语片刻，罗毅点点头："云大哥放心，我知道该怎么做了。"

黑风寨就处在接近小五台山山顶的一处高坡上，要不是何老九说明，云襄还以为那不过是一处山间的村寨。

"云公子，从这条小路绕过去，就是黑风寨后门了。那里直通后山，是山匪们特意留下的逃命线路。小老儿年老体衰，爬不了那么高的山，就领公子到这里吧。"虽然离黑风寨还很远，何老九也还是本能地压着嗓子。此时月色正明，将山坡上那简陋的山寨照得一清二楚，就像一群静卧的怪兽。

云襄看看山势地形，发现小路十分险要，大部队要上去不太可能，不过小股人马上去还有希望，尤其有筱伯这样的轻功好手领路。他对何老九点点头："多谢老伯，待咱们救出夫人小姐，自会付你赏金。"说着他向武忠打了个手势："咱们从小路绕到后门，趁夜冲进山寨。"

武忠看看自己身后的兵卒，连同筱伯、张宝也不过二十多人，他有些迟疑："公子想凭咱们这些人偷袭黑风寨？"

云襄点点头："咱们人数虽少，但匪徒不过是些乌合之众，加上黑夜不明底细，一旦遇袭，第一反应就是往深山逃命。咱们并不是没有机会,就看你敢不敢冒险。"

武忠看看山势,一咬牙:"夫人是在我手上被劫的,就算赴汤蹈火,末将也决不会皱一下眉头。"

"那好,咱们走!"云襄一挥手,众人立刻跟在筱伯身后,向黑风寨后方摸去。

有筱伯在前方探路,半个时辰后,众人总算摸到山寨后门附近。从近处看,山寨显得越发简陋,甚至还有被捣毁的痕迹。想必山匪们知道这儿无险可守,官兵一来就得弃寨而逃,所以不愿在寨子建设方面下太多功夫。

云襄待众人稍事休息后对筱伯和张宝点头示意,二人一前一后向山寨摸去,片刻工夫就如狸猫般翻过山寨的栅栏,消失在栅栏后。不一会儿山寨后门缓缓打开,二人已在门里向众人招手。以他们的武功要摸进山寨打开后门,自然不是太难。

云襄见他们得手,立刻向武忠示意。武忠向众兵卒一挥手:"随我来!"

众人尾随着云襄与武忠悄然摸进寨中,正待四下放火制造混乱,突然四周火光亮起,数十支火把将山寨照得如同白昼,无数衣衫褴褛的山匪从黑暗中现出身形,将云襄等人围了个水泄不通。

"不好,咱们中埋伏了!"武忠正待率众突围,就听一阵弓弦声响,一排长箭带着刺耳的呼啸钉在众人脚下,将二十多人逼得挤成一团,令他们不敢再有任何妄动。

黑暗中响起一声长笑,一个身影越众而出,连声叹道:"公子襄啊公子襄,你也有今天!"说话间他已来到众人面前,衣衫虽破旧肮脏,但举手投足之间那份优雅与从容一如往昔,正是当年以风流潇洒闻名江南的南宫世家三公子,如今却流落江湖几近乞丐的南宫放。

"果然是你!"云襄也是一声叹息。二人四目相对,眼中俱闪烁着异样的光芒，那已经不是刻骨铭心的仇恨那么简单。

"确实是我！"南宫放得意一笑，"我原本没想到能将你引来，所以只在十里坡留下了一名线人。谁知堂堂千门公子襄，居然被一个不入流的老千给骗了来，看来明珠郡主在你心目中，确实有着不同寻常的地位。"

"夫人和孩子在哪里？"云襄冷冷问道。

"她们在安全的地方，这个你倒不用太担心。"南宫放一笑，"抛开咱们之间的恩怨不谈，有一件事我始终想不明白，希望你能为我解惑。"

"请讲！"

"你已经有了富甲天下的财富，也曾有过如日中天的名望，还东奔西跑四处管什么闲事？"南宫放痛心疾首地追问，"你已经拥有别人梦寐以求的一切，为什么还要四处冒险？破倭寇，抗魔门，现在又来坏我大事。我知道以你的孤高自傲，大明皇帝你也未必放在眼里，何况是去做他的官。你不为名，不为利，不为官，究竟是什么让你拿身家性命去冒险都不在乎？"

云襄嘴角泛起一丝微笑，抬头仰望星空："你不会懂，永远都不会懂。像你这样为了自己的权势地位，可以出卖国家民族的人，怎么可能理解我的向往和追求？"

"我走到今天这一步，都是被你逼的！"南宫放一扫先前的优雅，目光灼灼地瞪着云襄吼道，"我本是锦衣玉食的世家公子，有着不可限量的前途。是你夺去了我拥有的一切，逼得我不得不隐姓埋名浪迹江湖，像狗一样东奔西逃。如果不是已经一无所有，谁会投靠魔门？谁又会帮瓦剌人做事？"

似乎意识到自己的失言，南宫放左右扫了一眼，稍稍平静了一下情绪，对云襄笑道："是，我无法理解你的所作所为，不过以你的聪明才智，想必能用最简短的语言让我明白。"

望着眼前这样的南宫放，云襄不由想起被他逼死的赵欣怡。他本该觉得满腔仇恨，但此刻心中却平静下来，甚至升起了一丝同情和怜悯，他突然说了一句令南宫放莫名其妙的话："我理解你所做的一切，所以我对你已没有任何仇恨，只剩下同情和怜悯，因为，你并不真正知道自己在干什么。"

"我不知道自己在干什么？"南宫放不由反问，"我都不知道，你反而知道？"

云襄点点头，自顾自地道："每个人来到这世上，刚开始都只知为自己，无论是吃奶、啼哭还是争夺玩具，这是动物的天性和本能。不过，在渐渐长大的过程中，他不断感受到一种来自他人的关心和爱护，比如父母之爱、兄弟之情等等。在这种爱的感染下，他开始学着去关心他人，爱护他人，在这个过程中，他不断感受到一种超越自私天性和本能的快乐，渐渐生出一种有别于动物本能的特性，那就是'为他'。每一个人身上，都同时拥有为己和为他两种矛盾的特性，而你和我的所作所为，不过是两种特性在你我身上的不同反应罢了。"

见南宫放似乎有点茫然，云襄继续道："一个人如果在成长过程中，很少感受到来自他人的关心和爱护，他也就很难学会去关爱他人，那么，他就永远停留在初生婴儿'为己'的阶段。这种人是可怜的，因为他们永远体会不到帮助他人的快乐。"他顿了顿，用同情的目光望着南宫放："从你的所作所为中，我能想象你的童年缺乏关爱，是童年的不幸造就了你的自私和恶毒，所以我理解你所做过的一切。"

南宫放一怔，跟着哈哈大笑："不是吧，堂堂千门公子竟然跟我谈为他？竟然跟我说要去爱护他人？你还是我千门中人吗？"他虽然用大笑掩饰了心中的震惊，但掩饰不了心底的慌乱。虽然生于世家望族，他的童年却充满了艰辛，那时父亲还没有成为宗主，为了能成为嗣子继承家业，父亲用尽了一切卑鄙的手段，将竞争者一个个击败。从那时起他就知道，世家子弟若不能争得家业继承权，将来的命运就比普通人还不如。所以，从小他就生活在恐惧和竞争之中，为了不被同族兄弟压下去，他不得不用手段和头脑去争取自己更大的权力，根本不知友爱为何物。他很惊讶，云襄竟能猜到他童年的艰辛。

云襄突然叹了口气："你是个聪明人，也许不止一次追问过自己，像这样费尽心机追逐权势地位，究竟何日才是尽头？你越是追问，就越是迷茫，因为你无法找到心灵的平静和生命的意义。这是每一个为己者共同的疑惑和悲哀。"

"哈哈，我疑惑？我悲哀？"南宫放再次大笑，不过云襄的话已像利箭击中了他心底最隐秘的角落，他不敢再听对方胡扯下去，冷笑道，"我只知道，现在该担心的人是你！"说着他向后招招手，几个山匪渐渐逼近。

云襄望着南宫放身后那个魁伟汉子，以及他身后那些面目模糊的山匪，从容问道："这位想必就是马温马大当家吧？方才南宫放的话你也听到了，你们都听到了！他让你们挟持武夫人，并不是为了钱财绑票，而是在为瓦剌人的南侵作准备。诸位虽然身在绿林，但依旧是响当当的汉子，岂可为他们做事？瓦剌人一旦入关，你们留在山下的妻儿老小、亲朋好友，恐怕也难逃厄运吧？"

山匪中响起一阵窃窃私语，他们许多人并不知道绑架明珠与瓦剌入侵之间的关系，听云襄这一说，顿时疑惑起来。南宫放怕节外生枝，连忙目视身旁的二当家朱彪，对方领会了他的意思，立刻向四方高喝道："别听这家伙挑拨，诬蔑南宫公子。快拿下千门公子襄，逼他吐出聚敛的钱财，咱们下半辈子就不用再辛苦做山匪了，放箭！"

话音刚落，就听四周传来一阵骚乱和惊叫，跟着就见周围埋伏的箭手从四处飞了起来，先后落到场中，像麻袋一样叠成四个大人堆，一动不动,不知死活。跟着就听四周传来佛号声和招呼声,有人在暗处向云襄禀报:"云大哥,咱们已照计划将整个黑风寨包围,就等大哥下令拿人。"

除了数十个箭手,山匪中还有许多人没有被擒,一听这话暗自惊惧,慌忙四下张望,周围黑黢黢的,看不出有多少人马。云襄见状会心一笑,他知道罗毅已率十八罗汉,在暗中控制了黑风寨四周的制高点。

南宫放经验老到,听出四周并没有多少人,急忙喝道:"大家别怕,他们没几个人。大伙儿并肩子上,先擒下公子襄,他们就不敢再妄动!"

云襄见众山匪有的犹豫不决,有的跃跃欲试,立即盯着南宫放身后的马温道:"马大当家,如果你继续为南宫放做事,他日瓦剌入侵,你就是千古罪人!"

见马温还在迟疑,武忠也喝道:"马温,我已差人给武帅送信,他已派大军星夜赶来。你若再执迷不悟,大军一到,你就算逃进深山,咱们掘地三尺,也要将你挖出来!"

马温沉吟片刻,终于沉声道:"公子襄,我马温虽然是匪,却也知道卖国的事做不得。挟持武夫人之事,是朱彪与南宫放勾结做的,其他弟兄并不知情。"说着他指向场中那些生死不明的箭手,"不知公子可否放过我这些弟兄?"

云襄点点头:"只要你不再助纣为虐,黑风寨的所有弟兄,我都不会追究。"

马温盯着云襄看了片刻,道:"我相信你!"说着他向四下挥挥手:"兄弟们收起兵刃,从此南宫公子与咱们再不相干!"

"大哥!"一旁的二当家朱彪大急,正待反对,却被马温一巴掌打得一个趔趄。跟着马温一声厉喝:"来人,将勾结外人绑架武夫人的奸贼给我拿下!"

两个山匪正待上前拿下朱彪，朱彪却突然拔刀将二人砍翻在地，跟着向寨外逃去。谁知刚奔出数步，一条黑黝黝的鞭子突然悄无声息地飞来，灵蛇般缠住了他的脖子。马温手握鞭柄，一扬手便将朱彪偌大的身子凌空扯回，落地时就见朱彪两眼翻白，已被活活勒毙。

马温目光四下一扫，喝道："谁若再敢违令，朱彪就是榜样！"

众山匪连忙后退，撤去包围，将南宫放一个人留在了云襄等人的面前。南宫放并不慌张，只是点头叹道："公子襄不愧是公子襄，三言两语便让我孤立无援，佩服佩服！"

云襄道："做汉奸总是很孤立的，有什么奇怪？"

南宫放笑笑："我很奇怪，你怎么会看穿我的圈套？"

云襄道："我太了解你了，如果你会留下如此明显的线索让我追查，那就肯定是故意的。你虽然算到我会在最短的时间内赶来，却没有算到我身边多了一支武功高强的伏兵。"

南宫放看看四周，点头道："是少林武僧？听脚步声的轻重和方位，应该是达摩堂十八罗汉吧？我确实没想到你身边会突然多出这一支强兵，天意啊！"

云襄沉声道："在罗汉阵中，肯定没人能逃出去。将明珠母女交出来，我让你走。"

南宫放突然哈哈大笑："公子襄，我就算不交人，你也得让我走。"说着他从怀中掏出一枚信炮，对云襄扬了扬："知道这是什么？江湖上最常见的信炮，三十个铜板一枚，价廉物美，火焰明亮。我只需对着天空这么一拉，方圆百里都能看见。这信炮一旦升起，你猜会有什么后果？"

云襄顿时哑然，他身后的筱伯悄悄踏近一步，正想出手抢夺，南宫放突然抬手将信炮扔给了他，笑道："别抢！我给你就是！"说着他又从怀中拿出一枚，得意一笑："可惜我这里还有，你还要不要？"

见筱伯颓然止步，南宫放哈哈大笑："你就算抢走我身上所有信炮也没用，天亮前只要我没回去，有人就要香消玉殒了。"

云襄神色惨然，涩声问："你究竟要怎样才肯放了明珠母女？"

南宫放嘿嘿一笑："我没打算放她们，不过如果你肯跪下来求我，说不定我可以考虑考虑。"见云襄僵在当场，南宫放哈哈大笑，转身便走。身后有两名武僧拦住他的去路，他毫不在乎地径直往二人身上撞去，两个武僧见他有恃无恐，只得让路。

"等等！"身后传来云襄决然的声音。

南宫放回头笑道："怎么，你愿意跪下来求我了？"

云襄没有说话，缓缓从怀中掏出一本羊皮册子，将封面向南宫放展开。南宫放一见之下面色大变，轻呼道："《千门秘典》！"

云襄沉声道："我愿用它交换明珠母女，只要你放了她们，它就归你了。"

南宫放舔舔干裂的嘴唇，两眼放光地盯着云襄手中的册子，他早就听说过这本千门圣典，但亲眼看见还是第一次。在最初一刻的激动过后，他沉声问："我怎么才知道它的真假？"

云襄道："这封面的羊皮是经年古物，这里面的纸张也是用一种罕见的蚕丝制成的，谁人仿造得了？何况我也不可能预料到今晚的一切变故，预先伪造一本秘典带在身上。"

南宫放想想确有道理，点头道："好！你把它给我，我这就回去放了郡主！"

云襄摇摇头："你先放了郡主，我再给你秘典，并让你平安离开。"

见南宫放还在犹豫，云襄缓缓举起左手，亮出拇指上戴着的玉扳指，肃然道，"当着黑风寨众多好汉，以及少林寺众僧的面，我以千门门主的身份向禹神发誓：在明珠母女平安归来后，若不给你这册《千门秘典》，并让你带着它平安离开，我就永堕地狱，永世不得超生！"

南宫放第一次知道云襄千门门主的身份，心中震惊莫名，这也更加证实了《千门秘典》的真伪。知道公子襄的信誉在江湖上有口皆碑，何况是向禹神发过誓，他在心中权衡片刻，终于点头答应："好，你等着，我这就将郡主带来。"说完如飞而去。

大约半个时辰后，一顶小轿来到黑风寨外，抬轿的明显是两个瓦剌人，看其步履之矫健，显然身手不弱。领路的南宫放撩起轿帘，远远便喊道："公子襄，人我已带来，该你履行诺言了。"

轿子刚一停稳，就见明珠抱着孩子跨出小轿，目光立刻落在迎上来的云襄身上。她激动得眼含泪花，正待向前走去，却被南宫放抬手拦住："郡主稍等，我与公子襄还有点事情没办完。"

云襄见明珠安然无恙，便将羊皮册子交给身旁的筱伯，并向他点头示意。筱伯双手捧着来到南宫放面前，南宫放一把抢过册子看了看，赶紧收入怀中，然后对云襄嘿嘿一笑："没想到堂堂千门公子，居然是个多情之人，为了一个有夫之妇，竟然连《千门秘典》都可以放弃。佩服佩服！告辞告辞！"说完闪身后退，带着两个瓦剌人匆匆而去。

武忠连忙迎上前，躬身拜道："夫人，小人该死，害您落入匪徒之手。幸亏得公子襄之助救回夫人和小姐，真是不幸中的万幸！"

明珠对武忠的问候充耳不闻，只快步走向云襄，眼中激动的泪珠滚滚落下，如一颗颗断线的珍珠。云襄却突然后退一步，拱手拜道："草民向武夫人请安！"

这声"武夫人"提醒了明珠，她连忙站住，神情复杂地打量着云襄，半晌后方道："免礼！"

云襄避开明珠的目光，转头对武忠道："武将军，请带夫人去一旁歇息，咱们休息半个时辰就下山。"

武忠连忙答应，招呼手下抬过小轿，向明珠示意道："夫人，请上轿。"

明珠见云襄正与那些山匪说着分手时的场面话,只得躬身钻入小轿。她知道云襄不与自己相认,是不想让那段终生难忘的江湖经历成为让人猜忌的过去。她理解云襄的好意,但心里一点也不感激,甚至有些隐隐的怨恨:难道……难道我在他心中,已形如路人?

直到明珠的小轿去背风处停下后,云襄才暗暗舒了口气。看到明珠母女平安回来,他心中一块石头落了地。他不想让人知道金枝玉叶的明珠郡主,曾经有自己这样一个江湖朋友,更不想因为自己的出现,影响到她现在的幸福。

"公子,你就这样将自己视同性命的《千门秘典》,白白给了南宫放?"筱伯凑过来,小声请示,"要不要老奴追上去,伺机再夺回来?"

云襄摇摇头:"算了,《千门秘典》虽是先师遗物,但能换回明珠母女,也算是物超所值。再说我对禹神发过誓,要让南宫放带着秘典平安离开,我不能违背誓言。"

"对南宫放这等奸贼,哪用守什么信?"筱伯满脸不以为然。

"筱伯此言差矣!"云襄正色道,"信守诺言是一种无形的财富,哪怕是对仇人。南宫放能放心将明珠带来,就是我一贯的为人让他放心。虽然他处处算计于我,我依然愿意以诚待之。"说到这里云襄突然住口,两眼发怔。

筱伯忙问:"公子怎么了?"

"算计!算计!"云襄遥望虚空喃喃道,"南宫放处处算计于我,岂会不知道黑风寨那帮山匪根本难不倒我?但他偏偏要将我引来这里,难道仅仅是为了报复?"

罗毅和筱伯、张宝皆莫名地望着云襄,不知道他在说些什么。云襄负手在原地踱了几个来回,突然停步道:"与瓦剌的入侵比起来,我与他之间的仇恨根本就微不足道,南宫放不会如此不知轻重!他用明珠将我引到这里,一定另有目的!"

"什么目的？"筱伯忙问。

"他是要将我调离大同！"云襄恍然大悟，"这几天瓦剌必定有所行动，他是怕我看穿瓦剌人的意图，所以才用明珠引开我！拖住我！"

不等众人明白，云襄已急急道："快下山！咱们要尽快赶回大同！"

"云大哥，"罗毅指指不远处的十八武僧，"他们还在为那些山匪解穴，由于人数太多，恐怕得等一会儿。"

"是啊！"武忠也凑过来附和，"兄弟们连夜赶路，几乎有两天没合眼。现在夫人和小姐总算安然无恙，大家心神一松，倒地就睡。咱们是不是等他们多睡一会儿再走？"

云襄看看横七竖八倒在小轿周围酣睡的军士，心知此刻要他们起来赶路，也实在太不近情理。就是他自己，连夜赶路也早感到疲惫不堪。他看看东方，启明星已经升起，离天亮已不到一个时辰，只好无奈地道："好，大家原地歇息，天一亮咱们就走！"

在下山的小路上，南宫放一路狂奔。虽然云襄答应过让他平安离开，但他还是不敢在此久留。摸摸怀中那册传说中的《千门秘典》，南宫放只感到自己的心怦怦直跳，似要从嗓子眼儿蹦出来。

《千门秘典》，得之可谋天下！千门中故老相传的这句话，一直在南宫放耳边回荡。他竟然在无意间得到了这册可谋天下的奇书，一路上都忍不住在心中问自己：这难道就是天意？

看看天色将明，前方就是山脚下的官道，一路疾驰的南宫放终于停下脚步，在路边略作休息。身后传来粗重的喘息和脚步声，南宫放不用回头也知道，两个瓦剌随从总算勉强跟了上来。这二人是朗多四王子的随从，受命跟随南宫放潜入关内，协助南宫放完成他的使命。

看看喘着气追上来的两个瓦剌武士，南宫放渐渐冷静下来，正待开口向二人解释，就听一个瓦剌武士用还算流利的汉语骂道："混账！

你拼命跑什么？难道是想独吞那本书？"

南宫放面色一寒，勉强笑道："两位多心了，在下岂敢独吞。两位若是不信，不如就让你们替大汗收着吧。"说着他掏出羊皮册子，递了过去。

两个瓦剌武士精通汉语，常常潜入关内为瓦剌人探听消息，也听说过有关《千门秘典》的传言。见南宫放主动献上，二人大喜，争着伸手来接。南宫放手腕一翻，手中已多了柄寒光闪闪的匕首，借着羊皮册子的掩护，悄无声息地刺入了二人心窝。

"你……你……"两个瓦剌武士捂着心窝连连后退，眼里满是惊讶。他们怎么也没想到，南宫放竟然会出手暗算他们。二人僵立片刻，先后软倒在地。

南宫放满不在乎地踢踢二人的尸体，嘴边泛起一丝冷笑。若让他们活着回到关外，瓦剌人岂会放过《千门秘典》？所以他们不得不死。至于瓦剌人那里，南宫放早已想好了解释之词。只需将他们的死栽在公子襄身上，自然就万事大吉了。

抬脚将他们的尸体踢下山崖，南宫放正待收起羊皮册子，但对《千门秘典》的好奇心使他等不到天亮，就借着黎明前朦胧的天光翻看起来。看到第一页上那句话，他满意地点点头。那是每一个千门中人都耳熟能详的一句话，据传是出自千门始祖之口，看来果然不假。

"咦！"当南宫放翻到第二页时，不禁惊讶地一声怪叫，心中十分意外。草草翻过数页，他的意外已变成了疑惑和不解。仔细翻完整本册子，他不禁抬头望向虚空，思索其中缘故。

就在这时，前方山道中央，突然出现了一道黑影，有如鬼魅一般静静地立在那里，以南宫放之能，竟不知他是何时出现在自己面前的。

"什么人？"南宫放连忙将秘典收入怀中，手扶剑柄喝道。就见那黑影缓缓转过身来，露出了他脸上那张白森森的骷髅面具。南宫放一见之下满脸惊恐，盯着骷髅眼窝中那寒光烁烁的眼眸，颤声问："你……你是死神？"

见那骷髅头微微颔首，南宫放心底一寒，差点软倒。"死神"是影杀堂排名第一的杀手，江湖上没人见过他的真面目，只知道他每一次出现，都戴着一张鬼气森森的骷髅面具。"死神"这名号也由此而来，再加上他至今从未失过手，因此在江湖人心目中，是当之无愧的死神。

南宫放咽了口唾沫，哑着嗓子问："谁雇你来的？他给了你多少钱？我加倍付给你，只求你放我一马。"见那骷髅头微微摇了摇，南宫放绝望地叫道："那你就告诉我雇主是谁，让我死个明白？"

见骷髅头依然在摇，南宫放面如死灰，突然"扑通"一声跪倒在地，从怀中掏出《千门秘典》，哭拜道："这就是江湖传言得之可谋天下的《千门秘典》！小人愿将它献给阁下，只求阁下高抬贵手！"

见骷髅头没有再摇，南宫放膝行到他面前，将《千门秘典》高举过头："请阁下收下秘典，饶小人一条贱命！"

"死神"沉吟须臾，终于伸手来接《千门秘典》。就在他刚拿起羊皮册子的一瞬间，南宫放突然出手了。他左手护住自己头顶要害，右手闪电般扣向"死神"的下阴。由于是匍匐在对方面前，双手高举献书，他的手离对方下阴不到一尺距离。这个距离猝然发难，天下无人能躲过。南宫放凭着天生的机灵和大胆，终于为自己争取到一线胜机。

"死神"正在接羊皮册子，对南宫放苦心孤诣的一击似乎来不及反应，下阴竟被他抓了个正着。一瞬间南宫放心中狂喜，但立刻又如高空失足般心中一空。他这不留退路的搏命一击，竟然像打在了空处，他终于知道自己上当了。

虽然准确地抓中了"死神"的下阴，但入手竟空空如也！几乎同时，"死神"闪电般飞起一脚踢中了南宫放的胸膛，将他踢得直飞向山崖。南宫放听到了自己胸骨碎裂的声音，这是他落地前最后的感觉……

七、借兵

朝霞将山野染成一片绚烂,在清晨温煦的和风中,得到片刻休息的兵卒们神采奕奕,护送着明珠的小轿往山下疾行。在他们身后,紧跟着十几个精悍彪猛的武僧,以及心急如焚的云襄等人。

一行人即将下得小五台山,踏上山脚下的官道。突然,走在最前面的武忠停下脚步,指着山崖下惊呼:"看!那是什么?"

众人循声望去,立刻看到倒在血泊中的两个瓦剌人,心中惊疑,脚步不由停了下来。云襄对身后的罗毅示意:"快下去看看!"

山崖不高,罗毅三两个起伏便来到两个瓦剌人身边,探探二人脉搏,再看看伤口,回头对云襄道:"正是昨夜跟随南宫放那两个瓦剌武士,被人面对面用匕首刺中了心窝。"话音刚落他又是一声惊呼:"南宫放!"

只见南宫放浑身浴血,蜷缩在一块岩石遮蔽的角落,所以从上边无法看到。罗毅小心翼翼地来到他身旁,他脚下有一道带血的爬痕,想必是受伤落崖后挣扎着爬到了这隐秘的角落。他衣襟上呕出的血已经干涸,两眼紧闭,面如死灰,胸膛更是塌陷了一大块,令人不忍直视。罗毅探探他的鼻息，不由叫道："他还活着！"

云襄一听，立刻抓着山崖上的藤蔓滑到崖底，快步来到南宫放面前。

罗毅遗憾地摇摇头："他不行了，肋骨被人踢断三根，折断的肋骨刺入心肺，造成体内大出血，他现在还没死，真是个奇迹。"

云襄在他身边蹲下来，神情复杂地望着这一生中最大的仇敌，心里竟没有半点仇恨，只有说不出的同情甚至怜悯。他回头对张宝示意："水！"

张宝连忙将水囊递过去，云襄接过水囊拔开木塞，将清水小心翼翼地灌入南宫放口中。清水入喉，南宫放突然开始剧烈地咳嗽，将水和着鲜血一同喷了出来。

咳嗽声稍稍平息后，南宫放终于缓缓睁开了双眼，渐渐看清了面前的云襄。他一惊，本能地想要逃开，谁知稍一挣扎，便痛得大汗淋漓，浑身抽搐，连抬起手臂都不可能。

"你别乱动！"云襄柔声道，"没有人会伤害你。"

云襄柔和的目光令南宫放渐渐安静下来，他恨恨地盯着云襄，嘶声问："你还不快动手杀了我……为你的母亲、你青梅竹马的心上人，还有你自己报仇？你从我父亲手中……骗去骆家庄的地契，我就已经知道你是谁了，骆秀才！"

云襄眼中闪过一丝隐痛，默默望着奄奄一息的南宫放，心中竟只剩下怜悯。他微微摇摇头，道："我已经不再恨你，如果你还有什么未了的心愿，我可以帮你完成。"

"为什么？你为什么不恨我？是我夺去了你的心上人，是我害死了你老娘……是我害你蒙冤入狱，将你流徙千里服苦役……你为什么不恨我？你他妈还是人吗？"南宫放勃然大怒，不停地质问咒骂。见云襄默然不答,他顿时了然:"我知道你为什么不动手了,你是想知道是谁伤了我,抢去了你那本《千门秘典》……老子偏不告诉你,让你永远也找不回那本千门圣典!哈哈……"

南宫放刚张口狂笑,胸中淤积的鲜血便涌上喉头,使他边笑边发出一阵撕心裂肺的咳嗽,每咳一声,嘴里便喷出一口鲜血。云襄见状忍不住轻抚他的胸口,希望能减轻他的痛苦,同时柔声安慰道:"你别再说了,你的时间已经不多了,想想还有什么未了的心愿,或者还有什么遗言留给亲人或朋友?我都可以帮你。"

"心愿?朋友?"南宫放停止咳嗽,两眼迷茫怔怔望着虚空,"我没有亲人也没有朋友,未了的心愿却有不少……我想继承家业做南宫世家的宗主,我还想成为江湖上人人敬仰的大人物……我更想成为呼风唤雨、雄霸天下的一代千雄。"他突然泪流满面:"可惜这些心愿我再没有机会去实现了,我一生都在命运的旋涡里不断挣扎,不断奋斗,不断抗争……我费尽心机、使尽手段去争取,却连自己本来拥有的一切都被命运剥夺!到今天我不仅一事无成,还失去了所有的亲人和朋友……命运为何对我南宫放如此寡薄?"

面对痛心疾首、懊恼不堪的南宫放,云襄心中涌起一种冲动,他突然对南宫放沉声道:"你错了,你至少还有一个亲人。"

"谁?"南宫放茫然望向云襄。只见对方肯定地点点头:"你还有个儿子,就是你和欣怡生的那个儿子。"

"儿子?"南宫放迷茫的目光渐渐凝聚起来,爆发出一股炽烈的光芒,竟抬起手抓住了云襄的胳膊,"……他还活着?他在哪里?你……你不要骗我!"

云襄握住他颤抖的手,对他肯定地点点头:"他一直都跟我在一起,我将他视同己出。你放心,我会将他抚养成人,并教他做个善良、正直的人。"云襄顿了顿:"以前我一直都叫他赵佳,不过现在我却觉得，只有你这个父亲，才有资格给他一个名字。"

南宫放望着云襄，眼里满是疑惑。从"赵佳"这个名字，可以想见云襄对"南宫"这个姓氏的痛恨。不过现在他却让南宫放为儿子重新取名，也许，他对南宫放的仇恨，真的已经烟消云散。

"我……真的可以给他取名？"南宫放怔怔问道，见云襄肯定地点了点头，他迟疑道，"我想为他取名南宫杰，这是我早就为他想好的名字。不知可不可以？"

云襄展颜笑道："当然可以。南宫杰，生当作人杰，好名字！"

"真的很好？"南宫放紧张地盯着云襄，见云襄肯定地点了点头，他终于长舒了口气，心中大事一了，浑身感觉渐渐麻痹，生命也在缓缓离去。

云襄轻声问道："你还有什么话要对他说吗？"

南宫放指指自己胸前，云襄轻轻摸索着从他胸口掏出一块玉佩。只听南宫放吃力地道："这是我南宫家嫡传子弟才有的玉佩，请你转交给我儿子，并转告他……就说我对不起他们母子，从今往后，他将成为无父无母的孤儿……这都是我的错，都是爹爹没用……"说到最后，已是泪流满面，哽咽难言。

云襄将玉佩收入怀中，握住南宫放的手轻声道："你放心，我会将他当成自己的孩子。"

南宫放脸上略显宽慰，缓缓闭上眼，喃喃问："骆秀才，我曾经如此害你……你为何反而这般待我？"

云襄轻叹道："我也曾如此痛恨你，恨不能将你食肉寝皮。不过现在我却觉得，宽恕比仇恨，更能让人得到真正的安宁和解脱。"

南宫放神情复杂地望着云襄，突然用只有云襄能听到的声音小声说道："你可知是谁从我手中夺去了《千门秘典》……是死神，影杀堂排名第一的杀手。"他一声长叹："他果然不愧是死神。"

云襄点了点头,却没有多问。虽然《千门秘典》是先师的遗物,隐藏有谋取天下的秘密,但此刻在他心中,已经没有当初的神圣。听到它的去向,他心中甚至没有一丝找回来的冲动。

南宫放突然诡异一笑,悄声道:"告诉你一个秘密,死神……不是男人!"

云襄一怔,正待细问,就见南宫放缓缓闭上了双眼,呼吸也渐渐微弱,就在云襄以为他已平静而逝时,他突然浑身战栗,牙关打战:"冷……好冷……"

他死灰色的脸上那种无助和惊恐,令云襄忍不住伸手抱住了他,希望能稍稍减轻他临死前的恐惧和寒意。南宫放突然抓紧了云襄的手,就像溺水者抓住了最后一根救命的稻草,嘶声叫道:"我不想死!我不想去那边……我爹爹、我大哥,还有欣怡和许多死在我手里的人……都在那边等着我……我……我不敢去见他们……"

云襄柔声道:"每一个来到这世上的婴儿,都是一张白纸,是成长的环境和经历决定了他的善恶,因此,他长大后犯下的罪恶,并不只是他个人的罪恶,也是我们所有人的罪恶。所以,你爹爹和哥哥会原谅你的,欣怡那么善良,也肯定会原谅你。"

"真的……他们真的会原谅我?"南宫放挣扎着,他越来越虚弱,说每一句话都得拼尽全力。

"当然,就像我原谅你一样。"云襄轻声道。

南宫放放下心来,突然嗫嚅着想要说什么,却虚弱得再说不出一个字。云襄忙将耳朵凑到他的嘴边,勉强听到几个断断续续的词:"瓦剌人要……镇西军……"

南宫放终于平静而逝,十八个武僧闭目为他念起了往生咒。罗毅虽不是出家人,也不禁双手合十,为他默默祈祷。在死亡面前,每一个人,无论好人还是坏人,英雄还是恶棍,都一律平等。这是我佛的慈悲，也是出家人的本分。

云襄轻轻放开南宫放，起身对张宝和筱伯黯然道："将他葬了吧，但愿他能往升天国。"

第二天黄昏，当云襄赶回大同时，就见城里的气氛迥异往常，街上不断有兵将疾驰而过，匆忙中透露出大战来临前的肃杀和紧张。

由于明珠坚持要回大同，所以武忠只得将她护送回将军府。云襄也立刻赶去面见武延彪，南宫放用明珠将他调离大同的举动，加上南宫放临终留下的只言片语，令云襄十分担心。他知道南宫放必定为瓦剌人留下了一整套入侵计划，这计划一旦施展开来，镇西军必定危险万分。

明珠郡主的安然归来，竟不能冲淡将军府内的紧张气氛。众人在内堂见到武延彪时，他一身戎装，腰悬佩剑，竟是一副出征前的打扮。见明珠母女安然无恙，他草草安慰两句，便让儿子将她们带了下去，然后对云襄道："多谢公子救回郡主，我会禀明王爷，并为公子请功。"

云襄摆摆手，开门见山地问："武帅，我见城内大军调动频繁，不知有何行动？"

武延彪略一迟疑，道："瓦剌十万大军从张家口以西三十里突破长城防线，进逼北京。镇西军将连夜启程，驰援北京！"

云襄面色大变："这是怎么回事？"

武延彪沉声道："就在明珠遇劫的第二天，瓦剌游骑出现在大同前方的丰镇，并向丰镇守军下了战书。就在咱们严阵以待准备迎敌的时候，瓦剌大军却声东击西，一夜间从张家口以西三十里突破长城防线。那里是镇西军与京师守军驻防的接合点，是整个长城防线最薄弱的环节。瓦剌人能准确地抓住这个点，我方一定有内奸！"

云襄嘴角泛起一丝苦笑，虽然内奸已死，但他留下的计谋却祸害不浅。突然,云襄心中一动,问:"地图在哪里?"

武延彪指指案上的地图:"公子请看!"

云襄凑过去仔细一看,顿时心中雪亮——瓦剌人要伏击镇西军!他终于明白了南宫放临终前留下的只言片语,不禁对武延彪急道:"武帅,镇西军不能妄动!"

"为什么?"武延彪皱眉问道。

云襄指向地图:"如果瓦剌人以一支偏兵骚扰北京,却将精锐主力埋伏在大同到北京的必经之路,以逸待劳伏击镇西军,请问武帅如何应对?"

武延彪面色微变,哑然无语。

云襄又道:"镇西军若离开城高墙厚的大同府,与瓦剌逐于旷野,瓦剌铁骑的神速和战力绝非镇西军可比。这是以己之短,迎敌之长,加上镇西军连夜赶路,人困马乏,一旦遇伏,必败无疑!"

武延彪微微颔首:"公子所言不无道理,但倘若瓦剌人真的攻打北京城,本帅坐视不救,岂不成为千古罪人?"

"武帅多虑了!"云襄指着地图道,"北京有京师三大营三十万人马,加上北京城高墙厚,瓦剌十万人马要想攻陷北京,无疑是极大的冒险,若是被镇西军从后方夹击,恐怕就有全军覆没的危险。再说瓦剌人攻打北京,是放弃骑兵速度之利,与京城守军拼消耗,这无疑是等而下之的战术,不到万不得已,瓦剌必定不会出此下策。"

武延彪点点头,跟着又摇头叹道:"就算瓦剌人攻打北京的可能只有万分之一,我也不能冒险。镇西军可以败,但北京城万不能有丝毫闪失,不然朝廷震动,天下必乱。再说兵部已有令谕送到,我若不立刻驰援北京,就是抗命。"

"武帅三思啊!"云襄嘶声道,"镇西军若在旷野遇伏,京师三大营就算近在咫尺也绝不会救援。各地驰援的兵马都要争着赶去京城向朝廷表功，就算有人想帮武帅，但格于兵部令谕也不敢擅自行动，镇西军将陷入孤军作战，定遭灭顶之灾！镇西军一败，大同将陷入瓦剌两面夹击，再难守住。大同一失，中原门户大开，瓦剌铁骑既可长驱南下，与魔门会师于中原，又可突袭京城，天下大势，便危如累卵！"

武延彪苦涩一笑，捋须叹道："你的顾虑从军事上讲完全正确，但领兵打仗却不完全是军事，还得有方方面面的考虑。大明军制，一向为文官领兵，且兵无常兵，将无常将，所有兵马的指挥权均归兵部，整个大明朝数百万大军中，只有我武家军和江浙的俞家军，是完全归武将统领和指挥的部队，战斗力明显比其他部队高出几个档次，就算是这样，也为朝中那些文官诟病，你知道是为什么？"

云襄点点头："太祖当年诛杀功臣，就是要将兵权牢牢控制在朝廷手中，以防有将领拥兵自重，甚至举兵谋反。从那以后，兵权俱归文官掌握，领兵将领随时调换，将不知兵，兵不知将，战斗力一落千丈。武家军和俞家军因为处在战争最前线，为了保证其战斗力，才没有调换过主将，也没有让文官插手指挥。"

武延彪眼中闪过一丝惊讶："没想到你一介书生，竟对大明军队的弊端看得如此透彻。我一向痛恨夸夸其谈却又毫无领兵才能的文官，所以先前对公子多有轻慢，看来我是小看了你。"他微微一顿，叹息道："没错，俞家军和武家军是仅存的两支以主将命名的部队，所以被兵部和言官们盯得很紧。我这次若不遵兵部令谕驰援北京，定会落下拥兵自重、抗命不遵的口实，朝中又会掀起将镇西军指挥权收归兵部的诽议，届时我就算保存下镇西军的实力，又有什么意义？"

说到这里武延彪望向默然无语的云襄，淡淡笑道："领兵不光要考虑军事，还得考虑军事之外的政治。就算明知前方有埋伏，本帅也要率军冲进去，与瓦剌决一死战。但愿天佑大明，助我于逆境中取胜！"

望着武延彪从容淡定的目光，云襄终于明白了这位边关名将的苦衷。他默然半晌，突然问："武帅可还记得我们之间的约定？"

武延彪一怔，跟着恍然醒悟，点头道："不错，你救回了明珠郡主母女，我应该借你一个大营三个月的指挥权。只是镇西军所有精锐俱已集结，做好了出发的准备，而留下守城的两万人马又各有职守，不能借给你。现在，我只有最后这一支部队可以暂借给你了。"

"是哪个营？"云襄忙问。

武延彪从案上拿起一支令符，递到云襄面前："新军营。"

"新军营！"云襄大失所望。他知道新军营只是负责训练新兵的临时部队，甚至根本不算大明军队的正规编制，在兵部都没有正式的记录。营中除了负责训练新兵的军官，士兵根本就没有上过战场，而没有上过战场的士兵就算数量再多、训练得再好，也只是一群没见过血腥的绵羊，这样的部队战斗力可想而知。

"我没有想到你能这么快救回郡主，"武延彪惭愧地一笑，"所以也就没有准备好把部队借给你。如果你觉得新军营不堪大用，我收回。"

云襄一把夺过令符："新军营就新军营。不过除了新军营，我还想向武帅借一个人。"

"谁？"

"就是贵公子武胜文。"

武延彪眉头微皱，然后点头道："没问题，我立刻让他去新军营报到。"

朝阳初升，镇西军除了留守大同的两万人马和一万尚在训练的新军，其余十二万人马连夜启程，火速驰援北京。偌大的大同府，顿时显得说不出的萧条和冷清。

一大早，云襄在筱伯、张宝、罗毅及少林十八罗汉的陪同下，早早便来到驻扎在郊外的新军营。偌大的军营完全没有往日闻鸡起舞的喧嚣，只有巡逻岗哨三三两两聚在一起小声议论，看来昨夜大军的突然调动，已经给新军营造成了不良影响。如今军中谣言四起，严重影响了新军营的士气。

云襄纵马来到军营大门外，对守卫的兵卒亮出武延彪的令符："让你们统领出来见我！"

卫兵立刻进去通报，片刻后他独自出来，对云襄拜道："我们统领已在中军帐中恭候公子，请公子随我来。"

没想到这个统领这么大的架子，见了武延彪的令符也不出来。云襄心中奇怪，对众人一挥手："咱们进去。"

众人随着卫兵来到中军帐，就见一名身材魁梧的年轻将领据案而坐，满脸愠怒。见到云襄进来，他立刻起身质问："姓云的，我哪里得罪了你，竟在镇西军驰援北京、好男儿建功立业的关键时刻将我留下来，你安的什么心？"

原来新军营的统领，竟然就是武胜文。云襄将他留下来确实是有自己的私心，不过这个私心有些说不出口。所以他对武胜文的质问避而不答，只皱眉道："原来你就是新军营统领？"

"不错！昨夜父帅刚刚授命！"武胜文悻悻道，"父帅让我协助公子指挥新军营，公子但有所命，我会无条件遵从。"

云襄点点头："那好！你先让全营恢复操练，然后清点粮草、马匹、兵器，做好随时出战的准备。早操结束后，让千户以上将领到中军帐议事。"

武胜文不满地瞪了云襄一眼，似乎在怪他煞有介事、小题大做，不过他没有再说什么，转头对身后的武忠吩咐："吹响号角，恢复操练。"

早操结束后，几名千户及参将陆续来到中军帐。新军营统领以下有八名千户，每名千户指挥三个营约一千二百人，加上后勤和中军，整个新军营大约有一万人，这是大明军队一个大营的标准编制，大营的统领通常由副将以上的将领担任。像武胜文这样以千户出任统领，一是因为他的特殊身份，二是因为新军营是非作战的临时部队，因此它的统领任免不像作战部队那般严格。

众将佐来到中军帐后，武胜文指着正伏案看图沉思的云襄向大家介绍："这位云公子，已由武帅亲自授命指挥新军营，众位将军快来拜见。"

其时大明军队中，常有文官甚至太监由兵部或皇帝直接任命，以经略或监军的身份指挥部队，所以众将对这种情况也没感到太奇怪，纷纷上前参拜。云襄一直埋首望着案上的地图，此刻才从地图上抬起头来，他的眼中布满血丝，神情异常凝重。

目光在众将佐脸上缓缓扫过，云襄在其中看到了两张熟悉的面孔——千户赵文虎和游击将军李寒光，他的脸上终于露出一丝欣慰的笑意，冲二人微微颔首。然后他对众将道："大家先将粮草、马匹、兵器的盘点情况，详细汇报一下。"

众千户先后将自己手中掌握的物资情况汇报了一遍，云襄听后脸色越发凝重。原来新军营不仅存粮不多，马匹稀少，就连兵器都残缺不全，甚至兵卒们的衣甲都不齐备。面对这样一支没上过战场、装备不整的残军，就算云襄做过最坏的打算，也没想到问题会这样严重。

见众将都在望着自己，云襄指向面前的地图："武帅连夜驰援北京，途中必遭瓦剌十万精锐伏击，瓦剌人最擅野战，又是以逸待劳，这一战镇西军前途堪忧。若瓦剌击败镇西军，必定会回师围攻防守空虚的大同，以打开通往中原的门户。咱们新军营如何协助大同守军守住这道门户，我想听听众位将领的意见。"

云襄话音刚落，一旁的武胜文就高声质问："咱们镇西军乃军中精锐，身经百战，我父帅更是战功卓著，天下闻名，怎么会败？你不要在此危言耸听！"

云襄沉声道："善水者溺于水，善战者殁于杀，战场上什么情况都可能发生。我虽然希望武帅能逢凶化吉，反败为胜，不过咱们也要做好最坏的打算。"

众将议论纷纷，对云襄大胆的预测均感到难以置信。一名千户道："若真如云公子所言，瓦剌人击败镇西军后回师围攻大同，只怕新军营也起不了多大作用。"

"是啊！"另一名千户附和道，"新军营兵卒都是没上过战场的新兵，若没有老兵带着，就算训练得再好，一旦在战场上见到血光，要么吓得不知所措，要么就落荒而逃，这反而会影响其他部队的士气。"

赵文虎也道："没错，新军营不是作战部队，平日只负责训练新兵，然后将训练过的新兵分散送到其他作战部队，由老兵带着上战场。没上过战场的新兵就是绵羊，必须经过老兵的言传身教，并在战场上经过鲜血的洗礼，才能由绵羊变成豺狼。"

"再说新军营装备简陋，粮草马匹均十分匮乏，朝廷还欠着咱们大半年的军饷，兵将们早已人心惶惶，如何能战？"另一名千户也愤愤质问。

云襄抬手示意大家安静，然后环视众将道："如果我补齐新军营所需的粮草、军饷、马匹和衣甲，众位将军是否能齐心协力，让新军营变成一支可战的部队？"

众将都有些将信将疑，一名千户冷笑道："新军营所缺的粮饷，武帅向兵部讨要了半年都没要来。公子莫非是兵部尚书的老子，一句话就能让兵部拨下粮饷？"

"这个你们倒不必小看云公子。"武胜文似笑非笑地调侃道，"诸位有所不知，云公子乃是江湖上大名鼎鼎的千门公子襄。众所周知，千门公子富可敌国，只要他舍得拔自己一根汗毛，就够新军营几年的开用了。"

"真的？""他真是千门公子？"众将既意外又惊讶。见云襄坦然默认，众将望向他的目光顿时有些不同，十几双眼睛齐齐放光，就像看到了传说中的财神。无须任何人提示，众将纷纷上前向云襄保证："只要公子能补齐咱们所需的粮草、军饷、马匹、衣甲，我们保证新军营成为一支精锐之师。"

云襄心知众将这是伸手要钱时说的大话，也不揭破，对他们摆摆手："你们下去抓紧准备，尽快将新军营训练成一支可战部队。粮饷你们不用担心，我会尽快弄到。"他在心中算过日子，蒋文奂也该将粮草、马匹、衣甲送到了。他转头对身后的筱伯小声耳语了两句，筱伯立刻领令出帐，出城去迎接蒋文奂押运的粮饷。

让众将回去准备后，云襄将赵文虎和李寒光留了下来。三人来到大同当天就分开，现在才再次相聚，自然十分欣喜。李、赵二人是云襄在新军营最信任的心腹，也是他在新军营最坚强的依靠，所以他对二人自然与对旁人不同。

"李将军，镇西军的军械处你熟不熟？"云襄问道。

李寒光摇摇头："我来的时日太短，军械处在哪儿都不知道。"

云襄拍拍他的肩头："你得想法从军械处搞出一批兵器，装备整个新军营。我虽然可以弄到粮草、马匹、衣甲，但兵器是禁品，只有从军械处弄。我知道你有办法，无论花多大代价都要弄到！"自从上次在剿倭营与李寒光有过合作，云襄便知道他虽不是将才，但绝对是个军中老油子，有他在身边，可以帮忙解决许多麻烦。

"公子放心，我尽快想办法。"李寒光说着讪讪一笑，不好意思地捻捻手指，"不过末将在这里人地生疏，恐怕得出点血才能打通军械处的关系。"

云襄知道这家伙又在趁机打秋风，也不揭破，掏出早已准备好的银票递给他："这里有五千两银子，你先拿去，不够再跟我说。"

"够了够了！"李寒光忙不迭地接过银票，嘴里连连保证，"公子放心，三天之内，我若不给新军营配齐兵刃，公子就立马撤我的职。"

"你想得倒美！"云襄笑着给了他一拳，"大战来临，你这个中军总管岂能逃避？"

"多谢公子栽培！"虽然早猜到云襄会让自己主管中军，不过现在由他亲口说出来，李寒光还是十分惊喜，连忙拜谢。

云襄转向赵文虎，脸上的轻松顿时消散。望着这位儒雅的虎将，他问："如果武帅失利，瓦剌大军围攻大同，不知赵将军有何良策守住大同？"

赵文虎摇摇头："公子肯定知道，大同是守不住的。"

云襄怔怔望着地图，自语道："难道现在就只剩下这唯一一招险棋了？"

赵文虎点头道："恐怕只有这一着险棋，方可解大同之围，望公子早下决心。"

云襄黯然摇头，欲言又止："若是如此，整个新军营一万将士，恐怕……"

"丢卒保帅，这也是无可奈何之事，战争往往就是这样残酷。"赵文虎漠然道。

"你让我再想想，再想想。"云襄痛苦地摇摇头，"也许武帅能给瓦剌人以重创，使其无力再攻大同；又或者京师三大营主动出击，与武帅夹击瓦剌人。战场上什么事都可能发生，不到最后关头，咱们不用出此下策。"

赵文虎叹道："但愿天佑武帅吧。"

"你俩在打什么机锋？"李寒光看看二人，一脸的疑惑，"我怎么一句都听不懂？"

"不懂就不懂吧，但愿新军营不用走到那一步。"云襄说着将二人送出中军大帐。待他们离去后，他转头遥望东方，耳中似乎响起了千军万马的冲锋和呐喊声，他的眼里泛起无尽的忧色，幽幽叹道："这一战，就快见分晓了吧？"

三天后，就在筱伯迎回蒋文免押运的粮草、马匹、衣甲的同时，十二万镇西军驰援北京途中遇伏、主帅武延彪英勇战死的噩耗也传到了大同。紧接着，瓦剌十万铁骑在四王子朗多率领下，挟击败镇西军主力之余威，火速向防卫空虚的边关重镇大同府逼近。消息传来，大同府的天空，顿时笼罩在一片愁云惨雾之中。

新军营的中军大帐里，千户以上的众将佐人人默不作声。他们从云襄的眼神和帐中凝重的气氛中感觉到，这位貌似柔弱的书生，将做出一个惊人的决定。

"各营的装备、武器、马匹、粮饷都齐备了？"云襄平静地问，见众将皆点点头，他又问，"安家费也都发到每个将士的手上了？"

新授中军总管的李寒光忙答道："幸亏有蒋先生送来的银两，咱们不仅补齐了新军营所欠的半年饷银，还每人另发了二十两银子做安家费，都发到每名士兵的手上，公子放心好了。"

云襄满意地点点头，他的目光从众将脸上一一扫过，肃然道："现在，瓦剌大军离大同不足三日路程，新军营是做出选择的时候了！"

众将鸦雀无声，齐齐将目光聚到云襄脸上。云襄示意张宝和罗毅竖起地图，然后他的手指从地图上标注的大同府一路往北，越过长城指向茫茫大漠："新军营将沿着瓦剌大军入侵的路线，一路往北，直插瓦剌心脏！"

此言一出，众将顿时哗然。一名千户急道："咱们对漠北的地形完全不熟，后勤补给也无法跟上，新军营孤军深入瓦剌腹地，内无粮草外无援军，这是拿全营将士的性命去冒险。"

另一名千户也附和道："没错，这完全是将新军营置于死地！"

云襄待众人议论声平静后，才徐徐道："新军营都是些没上过战场的新兵，一旦在大同与瓦剌接战，难保不会四下溃散逃命，影响友军的士气。再说大同府现在兵微将寡，加上新军营也很难守住。所以，我要率新军营北上突袭瓦剌，在那里新兵们逃无可逃，必能爆发出惊人的凝聚力和战斗力，正所谓置之死地而后生！"

就在众将疑惑犹豫的时刻，赵文虎立刻附和道："我看此计可行！瓦剌尽起精锐入侵大明，国中定然空虚。咱们沿着瓦剌大军南下入侵的路线一路北上，定能打他们个措手不及。只要咱们行动迅速，打得够准够狠，瓦剌大军必定会回师救国，大同之围可解。这正是围魏救赵的好计！"

"可是，咱们孤军深入瓦剌腹地，后勤如何保障？"一名千户疑惑地问。

"向瓦剌人学习。"赵文虎指向地图，"北上的途中有不少瓦剌牧民的定居点，在那里可以补充粮草，以战养战。"

众将望着地图默然无语，半晌，终于有人嗫嚅道："瓦剌大军若是回师救国，新军营……恐怕会全军覆没，彻底埋葬在茫茫漠北荒原。"

众将齐齐把目光转向云襄，只见云襄沉重地点点头："新军营一旦突入瓦剌腹地，便成为一支内无粮草、外无援兵的孤军，将遭到瓦剌数十万大军的围追堵截，要想再返回关内，恐怕是难如登天。"他望着地图一声长叹："不过，这是解大同危局的唯一一招险棋。如果咱们不以身犯险，扭转乾坤，大同一旦失守，中原门户大开，不知有多少黎民将受战争之荼毒，不知又有多少无辜百姓，将倒在瓦剌人的屠刀之下。"

说到这里云襄转望众将:"这是九死一生的冒险,所以我不勉强你们。如果有人想要退出,我会让他留下,协助友军守卫大同。我只要真正的勇士,追随我进行这次可载入史册的北伐!"

话音刚落,就听赵文虎沉声道:"想当年永乐大帝六征漠北,打得瓦剌人闻风丧胆,落荒而逃,那是何等快意!难得今日公子有此雄心,再度北伐,末将愿誓死追随!好男儿就当战死疆场,马革裹尸,青史留名!"

众将心知即便留在大同,一旦城破,也难保不死,在一阵权衡迟疑之后,纷纷道:"末将愿追随公子,北伐瓦剌!"

"好!立刻集合部队,我将最后一次阅军!"云襄话音刚落,就见帐帘撩起,一个披麻戴孝的将领不顾卫兵阻拦,径直闯了进来,瞪着云襄质问:"姓云的,新军营要北伐瓦剌,为何偏偏将我这统领留在大同?"

面对沉浸在丧父悲痛中的武胜文,云襄无言以对。上次将他从虎贲营调到新军营和这次将他留在大同,其实都只有一个理由,他是明珠的丈夫。因为明珠的关系,云襄不希望他有任何意外,只是这点私心,云襄无论如何也说不出口。

"武将军息怒,"云襄字斟句酌道,"守卫大同,责任同样重大。如今武帅殉国,大同守军士气低落,而将军在镇西军中威望甚著,所以我希望将军能留下来守城。"

武胜文拍案道:"我父帅惨死敌手,我恨不能率军踏平瓦剌,你却让我龟缩在大同任人羞辱?我是新军营统领,新军营有任何行动,都不能撇开我。你若将我留下,我就令新军营取消这次行动。"

云襄虽然有武延彪的令符,但身份只相当于监军,与领兵主将的地位相当,没有指挥主将的权力。面对武胜文的坚持,他沉吟良久,最后只得点头答应:"那好,就请武将军集合全营将士,誓师北伐!"

八、北伐

夕阳将落未落,将满天晚霞染成了一片血红。猎猎秋风中,新军营一万多名彪壮汉子,如泥塑木雕般肃穆而立,他们手中林立的兵刃,在夕阳下发出惨淡的寒光。

云襄控马从队伍前徐徐走过,最后纵马登上队伍前方的点将台。面对一万多双焦虑、茫然、担忧交织的眼睛,他不疾不徐地朗声道:"相信大家都已经听说,三天前武帅在驰援北京的途中,被瓦剌人伏击,已英勇殉国,镇西军主力被击溃,瓦剌十万大军正向大同气势汹汹地扑来。大同两万守军加上咱们新军营,实在难以抵挡瓦剌精锐的进攻。大同一旦失守,中原门户大开,更多的瓦剌铁骑将如洪流般滚滚南下,届时咱们的父老乡亲、娇妻弱子,都将暴露在瓦剌人的铁蹄和屠刀之下,任由瓦剌人屠戮宰割。作为守卫边关的铮铮汉子,能让这样的惨剧发生吗?"

"不能!"一万人齐声怒吼,声势惊人。

云襄举起马鞭往北一指:"要想大同不失,唯今之计只有以攻代守,北伐瓦剌,以围魏救赵之策,解大同之危。"他语气一转:"只是咱们新军营孤军北上，深入敌国腹地，前途凶险难测。也许今日在这里的勇士，有许多将会永远埋骨异乡，再不能回归故土；也许我们会在敌国的土地上，流尽最后一滴血，战至最后一个人。但是，青山可以为我们作证，苍天可以为我们作证，我们不怕用自己的鲜血和生命，去捍卫我们的家园，去保卫我们的亲人！犯我家国者，虽远必诛！屠我亲人者，虽强必杀！"

一万多名汉子齐齐举刀高呼："犯我家国者，虽远必诛；屠我亲人者，虽强必杀！"

云襄徐徐拔出腰间佩剑，举剑望空起誓："苍天作证，不破鞑虏誓不还！"

"苍天作证！"上万兵将齐声呐喊，林立的刀剑刺破血红的天幕，上万人的声音汇成同一句誓言，"不破鞑虏誓不还！"

云襄眼含热泪从众兵将脸上缓缓扫过，从他们无所畏惧、视死如归的目光中，看到了信心和希望。他毅然举剑北指，放声高喝："出发！"

一万多名从未上过战场的新兵，在夜幕的掩护下，从大同西门出城，绕过逼近大同的瓦剌大军，越过巍巍长城，胸怀有去无回的必死之志，踏上了陌生而凶险的敌国国土，以瓦剌南侵大军留下的痕迹为指引，一路往北，直插瓦剌心脏……

一座座帐篷在火光中燃烧，给夜幕笼罩的草原带来了血与火的洗礼。火光中传来无数妇孺的悲泣和哭喊，偶尔夹杂着一两声临死前的惨叫，使平静祥和的大草原，几乎变成了人间地狱。

这是新军营北伐途中遇到的第一个瓦剌部落，只有数十座帐篷和百十号牧民，以及数千头牛羊马匹，它不幸成了新军营第一战的牺牲品。

由于瓦剌南征抽走了大部分青壮男子，面对新军营的进攻，瓦剌人几乎没有任何抵抗之力。上万名新军营将士包围了整个部落，不等云襄下令，几名将领就率领手下的新兵冲向无力抵抗的牧民。他们要用这些无辜百姓的鲜血和生命，对手下的新兵进行残酷的洗礼。

"住手！他们要干什么？"虽然云襄早已预料到这种情形，还是忍不住高声喝止。指挥包围这个部落的是武胜文，面对云襄的质询，他坦然道："咱们冒死北伐，就是要尽最大的可能给予瓦剌人最血腥最残酷的打击，以彼之道，还施彼身。只有让血腥和恐惧笼罩整个大草原，才能将入侵中原的瓦剌大军引回来，为大明守军赢得布防的时间。如果你心怀仁慈放过这些牧民，难道要新军营去进攻瓦剌军队？这些没见过血没杀过人的新兵，面对瓦剌军队岂不是白白送死？"

"可是，那些妇孺何辜？"云襄双目赤红，愤然质问。

武胜文恨恨道："我大明百姓又何辜？我父亲又何辜？瓦剌人要战争，我就让他们尝尝战争的滋味！我要用十万瓦剌人的性命，祭奠我父亲和十万镇西军将士！"

赵文虎也平静地对云襄道："公子，你别看这些孩子还小，要不了二十年又是侵犯我大明的狼兵虎将；至于那些女人，杀掉她们可以有效降低瓦剌人的出生率，极大地削弱瓦剌的实力，同时也就减少了对我大明朝的潜在威胁。战争就是这样残酷，不是敌死，就是我亡，来不得半点仁慈。"

"是啊！"中军总管李寒光也附和道，"不杀掉这些人，就会泄露咱们的行踪和实力，咱们一旦被瓦剌大军追上，恐怕死的就是咱们了。"

新兵们在各自的将官带领下，第一次用手中的兵刃刺向了活生生的人。他们有的被鲜血吓得目瞪口呆，有的被垂死的惨叫惊得手足无措，几乎每个人在第一次杀人后都忍不住跪地呕吐。在摇曳的昏黄火光中，整个部落完全成了一座人间地狱，无论对瓦剌人还是对这些新兵来说。

云襄别开头不忍再看，跟在他身后的罗毅和十八个武僧也不禁低头念起了往生咒。虽然知道武胜文和李寒光说得不无道理，但新军营的暴行还是令云襄有一种深深的负罪感和痛苦，仁义之心受到了前所未有的折磨。

战争，这就是战争！云襄只觉得心在滴血。如果可以选择，他宁愿不要建功立业，不要青史留名，也不愿面对眼前的战争。

妇孺的哭喊和惨叫渐渐低落直至消失，一名浑身浴血的千户纵马过来禀报道："云公子，武统领，所有瓦剌人都已解决，现在就剩下几千头牲口，怎么处理？"

武胜文冷酷地一挥手："能带走的都带走，带不走的统统杀掉喂秃鹫，就是不能留给瓦剌人！"

新军营将士继续挥舞起屠刀，云襄心有不忍地避到一旁，对随行的张宝道："快给我弄点酒来！"他只想用烈酒来麻痹自己，使自己忘掉这一生中最残忍的一幕。

黎明时分，新军营将士终于杀光了所有人畜，稍事休息后即准备继续上路，却发现云襄不知去向。最后赵文虎在一个草甸中找到了泪流满面、醉眼蒙眬的云襄。他不由分说，夺过一名兵卒手中的水囊，将一囊清水从云襄头上淋了下去。云襄受此一激，总算清醒过来。

赵文虎指着身后的兵将，对云襄沉声道："公子请看看这些将士，他们都是追随你才冒死北伐的，现在他们还等着你带领他们去完成征伐瓦剌的壮举，并将他们平安带回故土！如果你放弃了他们，也许他们明天就会葬身在这片异国的土地。"

在众将士殷切的目光注视下，云襄涣散的眼神渐渐凝聚，他的目光从众人脸上缓缓扫过。面对这些追随自己的勇士，他在心中暗暗道：如果新军营的暴行能解大同之围，就请将这罪恶记到我云襄的头上，为了使中原百姓免受战争的荼毒，我云襄甘愿接受上天最严厉的惩罚！

一旦下定决心，云襄便一扫颓废和彷徨，从地上缓缓站起，对李寒光一招手："地图！"李寒光连忙与另一个将领将地图展开在云襄面前。他面对地图略一沉吟，手指毫不犹豫地指向地图上又一个目标："出发！天黑前赶到这里。"

新军营立刻启程，火速扑向下一个瓦剌人的聚居点。

正在围困大同的瓦剌大军，在即将攻陷大同的时候，突然于一个月黑风高的夜晚，连夜撤回关外。他们走得如此匆忙，以至于来不及带走掳掠的百姓和财物，令大同守军十分意外。直到瓦剌大军撤走半个多月后，朝廷才派兵赶到大同，重新充实了大同的防卫。

对瓦剌大军的突然撤兵，朝野上下充满了各种揣测和议论。有人说是武帅离开大同时留下了一支奇兵，趁着瓦剌国内空虚，在它的腹地搅得天翻地覆；也有人说瓦剌国内突然出现了一支异常凶残、暴虐的兽兵，专门袭击没有多少自卫能力的牧民和妇孺，在瓦剌造成了极大的恐慌；更有人说那是英勇殉国的武帅，带领战死的镇西军将士组成的鬼兵，向瓦剌人展开了残酷的报复……各种传说都说得有鼻子有眼，令人难辨真伪，使真相越发扑朔迷离，不过有一点可以肯定，那就是瓦剌人确实遭到了极大的打击，以致他们连即将攻克的大同也毅然放弃，匆忙回师救国。

瓦剌大军一走，北京城又恢复了往日的平静，各路赶来勤王的兵马也陆续班师。这场战争渐渐淡出了人们的视线，人们甚至不知道有一支军队曾孤军北伐，只有少数掌握绝密线报的权贵，才知道它的存在。

"新军营有消息吗？"靳无双像往常一样，每隔几天就要问起从瓦剌传回的线报。

周全趋近一步答道:"新军营在拉木仑河畔遭遇瓦剌大军的围攻,死伤惨重,虽然勉强突围,但现在咱们也失去了他们的踪迹。"

靳无双怔怔地看着地图,半晌无语。

周全迟疑道:"主上,咱们就这样放弃了新军营?"

靳无双漠然道:"不放弃还能怎么着?虽然我也希望新军营能平安归国,但如今魔门已在中原竖起反旗,咱们国库空虚,无法两面作战。我很感激新军营孤军北伐解大同之围的壮举,不过通盘考虑,咱们不能因小失大啊。"

周全点点头,又道:"听说新军营真正的指挥是千门公子襄,他此举究竟有何深意?"

靳无双脸上第一次现出一丝茫然,微微摇摇头叹道:"说实话,我第一次发觉自己看不透对手了。公子襄的所作所为,完全不像我千门中人,他率孤军北伐的疯狂举动,实在有违我千门宗旨。云啸风竟然教出了这样的弟子,真让人意外。"

说话间就听外面传来一阵吵闹声,跟着就见有些憔悴的明珠抱着孩子闯了进来,虽然她已为人母,依然不失王府千金的刁蛮和泼辣。两个侍卫紧跟在她身后,想拦又不敢拦,一副手足无措的可怜模样。

靳无双挥挥手令两个侍卫退下,有些不悦地问道:"怎么回事?"

"父王,救救新军营,救救我夫君吧!您就算不看在女儿的面上,也要看在阿娇的面上啊!您难道忍心看着您外孙女在襁褓中就失去父亲,成为没有父亲的孤儿?"明珠潸然泪下,拜倒在地。自瓦剌撤军后她就第一时间从大同赶回北京,苦求父王出兵救援新兵营,那里不光有她的丈夫,还有她心里最神圣最隐秘的角落,一直珍藏着的那个人。

"为父会向朝廷和圣上进言,求兵部尽快发兵救援新军营,你放心好了。"靳无双示意周全扶起女儿。

明珠将信将疑地问："真的？"

"父王什么时候骗过你？"靳无双勉强一笑，"父王现在正考虑如何向圣上进言呢，你先下去吧，有消息父王会立刻通知你。"

待侍女将明珠母女扶下去后，周全将信将疑地问："主上，咱们真要救援新军营？"

"哄孩子的话你也信？"靳无双一声轻嗤，指着案上的地图淡淡道，"咱们现在的战略重点在中原，对北方的瓦剌依旧是以和为主，新军营只好放弃了。"他微微一顿："魔门竟敢公然举事，咱们必须尽快将其剿灭。如今我重掌大权，定要让朝野上下看看我如何治国如烹小鲜。"

周全点头道："魔门一向行踪诡秘，这次趁着朝廷忙于抵御瓦剌大军、各地兵马纷纷北上勤王之际，在中原腹地公然竖起反旗，占领了许昌和周边几座县城。如果不尽快将其剿灭，还真有可能成为心腹大患。"

靳无双凝望着地图沉吟良久，然后指着地图沉声道："令各路勤王兵马兵分四路向许昌进发，务必在寇焱逃离许昌前将其围困。在瓦剌人解决新军营之前，必须将这股反贼剿灭。"

"小人这就去办。"周全点点头，跟着又迟疑道，"主上，这次瓦剌入侵，为调各地兵马进京勤王，国库已被掏空。虽然圣上同意加征特别税赋，不过至少也要半年后才能收上来。如今朝廷还欠着各路兵马不少粮饷……"

"知道了，我正在想办法。"靳无双不耐烦地摆摆手。周全见他面色不悦，不敢再说下去，连忙拱手告退，并轻轻带上房门，将靳无双留在房中苦苦思索。

千里之外的中原腹地，魔门为呼应瓦剌大军的入侵，早早就竖起了反旗，并趁机一举占领了七八座城池。不过魔门教众仅有数万人，这多亏云襄当初揭开了魔门天降神火的奥秘，也就揭穿了它天授神权的谎言，使许多人免受它的欺骗，进而使得魔门在中原的发展受到了莫大的遏制。

只是中原腹地空虚，魔门仅数万教众就足以掀起惊涛骇浪。他们在兵不血刃拿下中原重镇许昌后，就竖起了"清君侧，正朝纲"的大旗。

许昌的知府和守备，在魔门举事之初就匆匆逃离了许昌，如今许昌知府衙门已成为魔门举事的指挥中枢。这日正午刚过，就听府衙门外的鸣冤鼓震耳欲聋，一个彪悍如狼的汉子双手执锤，轮番摇鼓。在他身后，几名想要阻拦他的魔门教兵横七竖八地倒在地上，不知生死。另外十几个教兵将他团团包围，却不敢再上前。

"什么人在此放肆？"紧闭的知府衙门轰然而开，一个白衫如雪、面容俊美的年轻人大步出来，衣袂飘飘，身形利落，颇有几分潇洒和自负。几个教兵连忙拜倒在地，齐道："属下拜见光明使！"

"怎么回事？"年轻人说着，目光自然落到那摇鼓的汉子身上，此时那汉子也停鼓回过头，二人目光相接，同时意外地呼道："是你！"

二人相互都不陌生，他们几年前曾交过手，那还是在舒亚男从漠北逃回江南的途中。他们一个是魔门光明使明月，一个是已成为舒亚男同门师弟的巴哲。

"阁下有何贵干？"明月虽然认出了对方，神态依旧从容。就见巴哲搁下鼓锤，从怀中掏出一封拜帖递过来："在下是替师父送一封挑战书给寇门主，谁知却被贵教教徒百般阻挠，所以只好擂响鸣冤鼓。"

明月疑惑地接过挑战书："尊师是……"

"家师名讳不便相告。"巴哲一笑，"不过你也见过家师，就在贵教圣火节上，家师曾力敌包括你在内的魔门光明四使。"

明月悚然动容:"是那位天心居前辈孙妙玉?你是她的弟子?"

巴哲傲然点头:"家师二十年前就想与寇门主一战,可惜未能如愿,如今寇门主再出江湖,家师想了却二十年前这桩心愿。地点就定在嵩山之巅,请少林众位高僧作为见证,时间则由寇门主来定,如何?"

明月从容道:"我会转告门主,尽快给你个回音。"

巴哲拱拱手:"我就在对面的茶楼等候你的消息,告辞!"说完转身便走。

就在巴哲与明月对话时,府衙对面的一间茶楼中,两个飘然出尘的白衣女子,也在远远望着二人。在年轻点儿的女子身旁,一个粉雕玉琢的小女孩不住摆弄着自己的小辫,一双大大的眼睛不住张望着街上的行人,脸上满是兴奋之色,对一切都显得十分好奇。

由于许昌府衙直接被魔门拿下,为数不多的守城兵将早就弃城而逃,魔门在此地已有足够的基础,所以几乎是兵不血刃就控制了全城。如今虽然街头冷冷清清,茶馆中更看不到几个茶客,不过也看不到任何战乱的痕迹。

"师父,寇焱会应战吗?"年轻的白衣女子突然问。她的右脸颊上有一朵盛开的水仙,为她平添了几分神秘和美丽,她的五官与身旁的小女孩有几分神似,显然二人是一对母女。

年长的白衣女子淡淡道:"听青霞说寇焱被刺破气海,武功尽废。如果此事属实,他一定不会断然拒绝我的挑战,也不会立刻应允。他唯一的可能就是拖,将决斗的时间定在半年甚至一年之后,待魔门在中原站稳脚跟,再想法子应付我的挑战。"

不用说这两名白衣女子就是孙妙玉和舒青虹师徒。魔门如今在中原竖起反旗,令人十分意外,孙妙玉等人原本以为寇焱武功被废后,再无力统御魔门部众,魔门定会一蹶不振。谁知魔门并未出现内乱,反而趁机一举占领了许昌、淮阳等城。这令天心居众人对寇焱武功被废的说法产生了怀疑，所以孙妙玉才特意来向寇焱下战书，以试其反应。

说话间就见方才去送挑战书的巴哲走上茶楼，对孙妙玉拱手道："师父，我已将挑战书送到，现在就等魔门的回应了。"

孙妙玉点点头："很好！你在此等候回信，我和青虹带香香四下转转。香香难得进一回城，也该让她开开眼界。"

"好吧！"小女孩一声欢呼，兴奋地拉起孙妙玉与舒青虹就走，嘴里不住地道，"我要吃糖葫芦，买新衣服，还要去赶庙会！"在她眼里，战争还只是个陌生的概念，远不如糖葫芦和新衣服来得直接和实在。

茶馆对面的府衙门外，明月收起帖子，对几名守卫的教兵交代几句后，返身折回府衙。府衙内的衙役早已换成了两列黑衣黑裤的教兵，人人面无表情，鸦雀无声，使阴郁沉闷的府衙显得越发阴森。

明月绕过大堂的照壁跨进二门，就见一个清丽的女子迎了出来，小声问："阿月，方才是谁擂鼓？"

明月看到这女子，眼里顿时泛起一丝温柔，忙将手中的拜帖递过去："禀师姐，就是上次与咱们交过手，伤了你和力宏的天心居高手孙妙玉，她要向门主挑战。"

原来这女子是魔门光明四使之首的净风使。她接过拜帖看了看，眼中顿时闪过一丝忧色："如今本门上下无人是其对手，这可如何是好？"

明月沉着一笑："师姐放心，小弟自有妙策！"

"你有何妙策？"净风有些惊讶。

明月走近一步，抿嘴一笑："如今本门上下，唯有那七个老家伙敢于无视咱们的权威，咱们便令他们去跟孙妙玉死磕。他们能干掉孙妙玉那自然再好不过，如果他们被孙妙玉所杀，对咱们也是天大的喜讯。"

净风望着一脸沉着的明月，幽幽叹道："阿月，难道咱们非要出此下策？"

明月点点头，悄声道："师姐，咱们既然走到了这一步，就只有一直走下去。不然就算咱们逃到天涯海角，魔门上下也绝不会放过咱们。本门教规之严酷，你又不是不知道？"

净风激灵灵打了个冷战，低头不再言语。二人穿过幽深曲折的长廊，来到后院一间静室前，明月上前轻轻敲了敲门，门扉微开，守在门里的力宏见是他们二人，才谨慎地将门轻轻打开。

二人穿过前厅来到里屋，屋里虽然优雅清静，却透着一股说不出的压抑沉闷。两个丫鬟正服侍着病榻上的寇焱吃粥，娇俏迷人的慧心使则在一旁垂手侍立，见到明月进来，她眼中立刻泛起一丝异样的神采。

"弟子明月，见过门主。"明月对病榻上的寇焱拱手一拜。他脸上神情貌似恭敬，但目光中已完全没有半点敬畏。

原来寇焱被云襄刺破气海废掉武功后，依旧野心不死，想倚仗四个最信任的弟子控制魔门，并趁着瓦剌入侵的机会在中原举事。谁知刚占领许昌，四个弟子就联手反叛，将他秘密囚禁起来。如今见明月如此嚣张，他抬手推开服侍的丫鬟，盯着几个弟子叹道："你们原本都是孤儿，我寇焱从小将你们抚养成人，并传你们高深武功，没想到今日你们竟如此待我，难道不怕本门的教规和天理报应吗？"

明月挥手令丫鬟退下，对寇焱笑道："想不到师父竟然跟我们谈天理报应！不错，我们都是孤儿，是你一手养大并亲自传授武功的。不过我记得小时候跟我们一起习武的孤儿有近百人，除了我们四个幸存者，我很想知道其他人都去哪里了？"

净风和慧心的脸上，都闪过一丝悲戚和愤懑，房中回荡着明月平静到冷酷的声音:"虽然你百般隐瞒,但我们都知道,那些同伴是因为有这样或那样的缺陷被淘汰了,被你像对待没用的物品一样处理了。从小到大,我们每日都生活在恐惧之中,为了不被淘汰,我们拼命练武,努力学好你教给我们的任何东西。不错,是你亲手教了我们最高深的武功,不过你那些训练的手段,为何不用在自己儿子身上,让他也成为像我们这样的绝顶高手?"

寇焱盯着明月冷酷的眼眸,涩声问:"你们……你们把元杰怎样了?"

明月阴沉沉地笑道:"这点你倒不用担心,虽然我们从小就恨透了那个将我们当成狗一样使唤的少主,不过只要有你在,我们永远不敢动他一根汗毛。这次他坠崖失踪,完全是咎由自取,你却将这怪罪在我们的头上,对我们又打又骂,还说要找不回少主,就要拿我们四个陪葬!可惜老天开眼,让你这个魔君被人废去武功,才结束了咱们被你奴役的命运。可叹你武功尽失,竟然还想借咱们之手控制整个魔门,实在太不自量力了。"

"不错!老夫怎么也没想到,自己亲手养大的四条狗,竟然会联合起来背叛老夫!"寇焱怨毒的目光从净风、慧心和明月脸上缓缓扫过,"只是我不明白,你们从小就像狼一样相互厮杀争斗,为了不被淘汰,对同伴一直冷酷无情,为何今日会联合起来对付老夫?"

明月幽幽一笑:"因为我们是人,不是狗。虽然你将我们当成狗来培养,但我们依旧是人,知道谁才是我们最大的敌人。再说我们从小一起长大,一起接受你残酷的训练,历尽磨难幸存下来,我们之间的信任和感情,远远不是你能想象的。也许你在训练我们的时候,根本就没想到我们今日会背叛,要说报应,这才是最大的报应!"

寇焱色厉内荏地喝道:"你们难道不怕本门教规?要知道众长老和教众若见不到我,定会看出端倪,到那时你们必受最严厉的惩罚!"

明月得意地扬了扬手中拜帖："你放心,我已有办法应付。这是天心居高手孙妙玉的挑战书,你现在这个样子是没法应战了。为了不堕你一世的威名,我想让你令七大长老伏击孙妙玉。我已经差人去跟踪孙妙玉,现在只需你一纸令谕,即可调动七位长老行动。我想他们即便能得手,也必定死伤惨重,对我们再构不成威胁。"

"你休想!"寇焱怒道,"老夫决不会任由你摆布!"

明月缓缓从怀中拿出个瓷瓶,轻轻摇摇瓷瓶,笑道:"这是师父精心炼制的失魂丹,它的滋味师父已经尝过,如果师父不愿合作,我只好将这些失魂丹拿去喂狗。"

寇焱神情大变,面如死灰。原来他被明月制住后,就被搜去了最后这一瓶失魂丹,并被强逼着服食了几天,如今他已对失魂丹产生了强烈的依赖,就像当初被他用失魂丹控制的少林方丈圆通一样。

明月从瓶中倒出一颗丹丸,用掌心的热力将药味送到寇焱的鼻端。被这药味一激,寇焱立刻感到骨髓深处又痒又痛,似有万千蝼蚁在啃噬自己的神经。他勉力坚持片刻,却完全无法克制对失魂丹的渴望,最后只得颓然道:"快拿笔墨来!"

慧心立刻在他面前铺好笔墨纸砚,在锥心蚀骨的失魂丹折磨下,寇焱只得照明月的吩咐匆匆写下一纸令谕,然后抢过明月手中的失魂丹,毫不犹豫地吞了下去。

明月接过令谕看了看,满意地笑道:"只要师父肯合作,弟子会满足你的一切需求。你可以继续做魔门门主,弟子愿为你分担所有的重担。"说着他收起令谕,笑道:"弟子这就将令谕送到七位长老手中,只要孙妙玉还在这附近,就必定逃不过七位长老的截杀。请师父静等好消息吧。"

黄昏的街头行人稀少,虽然许昌城已经恢复了往日的秩序,但街道两旁的店铺在这兵荒马乱的时期，大多已经关门歇业，只有必须每日早出晚归讨生活的小贩，在冒险操持他们的营生。还好拜火教不是土匪，只要这些小贩或商贾入教后，就可以继续他们的生意，拜火教将保护他们的利益不受任何影响。对生意人来说，只要能赚钱，信什么都不是问题，因此，他们纷纷在自己的店铺或摊点挂上一面圣火旗，表明自己已是拜火教教徒，这样一来，就不会再受到骚扰了。

在城里逛了大半天的孙妙玉一行，就在这样一个路边小摊用着晚餐。晚餐很简单，只是些馒头、牛肉、豆干之类的平常物，不过孙妙玉已经非常满意了，毕竟现在是非常时期，在天色将晚时还能在街头找到吃的，这已经出乎她的意料。

兴奋了一整天的小女孩已有些倦了，歪在母亲怀中似睡非睡，巴哲在细细咀嚼最后一个馒头，脸上隐隐泛起一丝陶醉的表情。追随孙妙玉日久，他已渐渐学会从最平常的食物中，去感受生活的美妙。这时孙妙玉突然问："寇焱说三日后在嵩山之巅接受我的挑战？"

巴哲点点头："那个阴阳怪气的明月使是这么对我说的。"

孙妙玉秀眉微颦。一旁的舒青虹忙小声提醒道："师父，如果寇焱武功已失，却答应三天后应战，这恐怕不是什么好事。他会不会在决斗之前，对您使出卑鄙手段？"

孙妙玉皱眉道："寇焱虽为一代魔头，却能为一句承诺十八年不踏足中原半步，这等人物岂能以小人之心测度？我与他虽是死敌，但从不怀疑他的胸襟和气度。"

舒青虹急道："寇焱虽然极其自负，但如果他武功尽失，会不会性情大变谁也不敢保证。这许昌城如今是他的地盘，他若要对师父不利，恐怕轻而易举就能办到。咱们用完晚餐就赶紧出城吧，先离开这是非之地再说。"

孙妙玉点了点头，跟着又摇头叹道："我错看了寇焱，咱们现在要走,恐怕已有些迟了。"

朦胧幽暗的街头巷尾,渐渐现出几个黑幽幽的身影,将小食摊隐隐包围起来。虽然只有寥寥数人,但占据的方位十分巧妙,竟给人一种水泄不通的感觉。

孙妙玉扫了那几人一眼,淡淡道:"如果我猜得不错,几位便是魔门七大长老吧?"

正前方一个银髯老者道:"不错,老夫项飞云,见过孙居士。"

孙妙玉点点头,目光从几人脸上缓缓扫过,淡淡笑道:"虽然素未谋面,不过几位长老的大名在下还是久有耳闻。项长老左边这位獐头鼠目的老秀才,想必就是以诡计多端著称的施百川施长老吧?项长老右首这位面如寒霜的老夫人,定是以心狠手辣著称的袁摧花吧?"说着她的目光转向街道另一头的三人:"中间这位气宇轩昂的老者,大概就是以一双铁掌名震天下的魏东海魏长老,左边那位胖厨子,想必就是人称'杀人名厨'的屠十方屠长老,右边这位阴鸷瘦削的小老头,自然就是人称'杀人不说话,说话不杀人'的冷无情冷长老了?"

孙妙玉说到这儿顿了顿,目光慢慢望向街道上方的屋檐,自语道:"街道两头只有这六位长老,最后那位轻功妙绝天下的风长老,多半是藏在屋檐之上了。"

屋檐上传来"咯咯"一声娇笑,一个身材袅娜、风情万种的中年美妇从屋檐上现出身形,对孙妙玉遥遥一拜:"孙居士目光如炬,小妹这点微末道行岂敢在您老面前卖弄?风渺渺见过孙居士!"

孙妙玉微微颔首:"多谢诸位如此看得起妙玉,七大长老竟然联袂出动。没想到寇焱武功一失,连目空一切的豪情壮志也失了,竟会派你们几位出手,以维持自己无敌于天下的名声,真是令人唏嘘。"

项飞云等人脸上皆闪过一丝惊疑,施百川忙喝道:"孙居士,咱们门主求贤若渴,与天心居更是渊源颇深。当年因赌一时之气误伤令师妹，门主已懊悔了大半辈子。为了悲剧不再重演，也看在令师妹的面上，门主特设副门主之职虚位以待，只要你答应加入本教，就立为一人之下、万人之上的副门主。"

听施百川提起素妙仙，孙妙玉胸中一股怒气直冲脑门。她强压怒火一声冷哼："如果我不答应呢？"

施百川遗憾地摊开手："那咱们只好将你生擒回去，交由门主发落。"

孙妙玉哑然失笑："寇焱真是越老越没品，不敢应战也就罢了，还使出如此卑鄙的伎俩。我倒要看看，你们如何擒我回去。"

项飞云等人缓缓逼近，场中压力顿生。孙妙玉心知今日之事无法善了，连忙示意巴哲和舒青虹："你们护着香香先走，待为师打发了这几个蠡贼，再去嵩山与你们会合。"

巴哲虽然在关外长大，却也知道魔门七大长老个个身怀绝技，名满江湖二十余年，可不是一般的蠡贼。见孙妙玉要独自留下来，他不由急道："师父，弟子不走！"

孙妙玉一声冷哼："你不走，难道要看着香香落入敌手吗？"

巴哲顿时哑然。舒青虹虽然跟随孙妙玉多年，不过在武功上的进步有限，面对魔门长老，自保尚且有些勉强，更何况要保护女儿。如果她们有危险，肯定会令孙妙玉分心。巴哲只得点头道："师父放心，弟子这就和师姐带香香去嵩山等你。"说着他抱起香香负在背上，对舒青虹点头示意："师姐，我们走！"

"想走？可没那么容易！"项飞云闪身拦住了巴哲的去路。

孙妙玉见状不由喝道："项长老，你们要对付的是我，请不要为难我的弟子。"

项飞云嘿嘿冷笑道："孙居士乃是与天心居素妙仙齐名的绝顶高手，咱们实在没有十足的把握将你留下，所以只好将你的弟子先留下来。孙居士若是在乎自己弟子的性命，还是束手就擒为好。"

孙妙玉一声叹息："我实在低估了贵教和寇焱的无耻。"

说话间就见施百川等人已将孙妙玉围在中央，项飞云也拦住了巴哲的去路，屋檐上方则有风渺渺在掠阵，隐隐将孙妙玉四人困在了长街中央。

巴哲心知若不尽早脱困，孙妙玉定然无法放开手脚突围，于是一言不发拔刀在手，率先扑向拦路的项飞云。人未至，刀先到，项飞云连忙拔剑招架，刀剑相击，一串火星在幽暗的长街一闪而没，二人俱不由自主后退半步，虎视眈眈地紧盯着对方，只一招二人便试出，自己遇到了平生难得一见的劲敌。

九、内乱

另一边施百川、袁摧花、魏东海、屠十方、冷无情五人,步步逼近端坐不动的孙妙玉,五人强大的气场相互激荡,使包围圈中凭空刮起了一阵狂风,将孙妙玉的长发衣袂,激荡得顺风飞舞,让她看起来飘飘然似要乘风而起。

虽身处旋涡中央,孙妙玉依旧淡定如常。面对魔门五大高手的步步紧逼,她好整以暇地理理鬓边乱发,突然莞尔一笑:"好大的风,连我的头发都给吹乱了。大名鼎鼎的魔门长老,难道就这点本事吗?"

魔门长老很少联手对敌,更从未受过如此奚落。就听袁摧花一声暴喝,迎头一杖便砸向孙妙玉头顶。她的脾气一向暴躁,最见不得有人在自己面前托大,所以一出手就是杀招。龙头杖重重砸在孙妙玉面前的木桌上,将木桌砸得木屑纷飞、支离破碎,可惜在龙头杖落下前,早已不见了孙妙玉的身影。

原来孙妙玉趁着五人的包围尚未完全合拢,先用言语激袁摧花动手。袁摧花这一杖,顿时破坏了五人天衣无缝的联合。趁着龙头杖尚未落下的一瞬,孙妙玉已如一道虚影直扑身后的魏东海,人未至,飘飘衣袖已如流水般源源不断地倾泻而出。魏东海厉声怒吼，势大力沉的开碑手连连拍出。谁知柔弱至极的流云袖，正好是刚猛无匹的开碑手的克星，魏东海一连拍出十余掌，皆如击在了空处，令他胸闷难忍，差点脱力。而流云袖的绵绵阴劲却不断侵入体内，震得他身不由己连连后退。眼看就要伤在无孔不入的流云袖下，他身旁的屠十方与冷无情连忙出手相救，替他挡下了大半突袭。

孙妙玉暗叹一声可惜，身形一转扑向另一边的施百川。只见施百川一柄蘸满毒汁的判官笔上下翻飞，这位以诡计多端著称的魔门长老，判官笔上的修为竟也不弱。

孙妙玉正待痛下杀手，只听耳边风声倏然而至，一把无柄菜刀打着旋飞了过来，直飞向自己咽喉。孙妙玉低头让过菜刀，那菜刀立刻又倒飞了回去，停在了屠十方手中。孙妙玉这才看清，那菜刀原来带着一条细长的铁链，铁链一头就系在屠十方的手腕上。

被屠十方这一阻，孙妙玉想尽快打倒施百川的计划又告落空。这时冷无情的长剑如毒蛇吐信，悄无声息地刺向了孙妙玉身后的空处。这一剑看起来刺偏了一尺有余，孙妙玉却面色微变。原来正面的袁摧花龙头杖再度袭来，她若照习惯后退躲闪，正好就要撞到冷无情的剑上，无奈之下，她只得用长袖硬接了袁摧花一杖。直到这时她才知道，交过手的五名魔门长老中，以沉默寡言的冷无情最为阴险，武功也最高，果然是不叫的狗最会咬人。

这边孙妙玉在五名魔门长老的围困下陷入苦战，那边巴哲与舒青虹却将项飞云逼得连连后退。屋檐上掠阵的风渺渺见项飞云吃紧，一声长笑凌空掠下，替他挡下了舒青虹。巴哲背负着云梦香与项飞云对战，虽然他的刀比对方的剑更快，但身形步法却不及对方灵活，如此一来只能勉强自保，暂时不落下风。

十人分作三处在长街中斗了起来，孙妙玉武功虽高，但要在短时间内突破魔门五个长老的围攻，一时间还力有不逮；巴哲虽身负云梦香，尚能与项飞云战个旗鼓相当；只有舒青虹武功最弱，在轻功超绝的风渺渺不断进逼下，只能边战边退，显得十分狼狈。

孙妙玉心知缠斗下去，对己方越发不利，只得兵行险着。拼着身受魏东海开碑手一击，她的衣袖如长蛇飞舞，卷住了袁摧花的龙头拐，随着来势往右方一带，刚好迎上屠十方的飞菜刀。趁着二人兵刃相击一愣神的当儿，她已从二人中间穿了过去，同时流云袖随手后击，屠十方与袁摧花后心同时中招，身不由己向前冲出数步，最后失力扑倒在地。

孙妙玉虽然重伤屠十方与袁摧花，但后心吃了魏东海一掌，胸中也是一阵气血翻滚，差点当场吐血。她将已经冲到嗓子眼儿的热血强咽下肚，立刻扑向风渺渺。风渺渺不敢抵挡，忙丢下舒青虹逃了开去。孙妙玉一声轻喝："跟我走！"

舒青虹忙紧随孙妙玉向外冲去，巴哲立刻挥刀断后，三人边打边走，眼看就要冲出长街，前方开路的孙妙玉突然停了下来。正前方的街口，上百名黑衣教徒手执强弓劲弩指向长街中央，黑黢黢的箭镞在暮色中闪烁着幽幽寒光。原来在七大长老之外，还有另一重包围。

虽然这些弩弓伤不了孙妙玉，却能威胁到舒青虹母女的安全，孙妙玉自忖在这些强弓劲弩之下，自己实在无力保护弟子周全，不禁回头对追上来的魔门长老叹道："想不到你们竟然能无耻到如此地步。"

项飞云脸上有几分尴尬，施百川却浑若无事地嘿嘿笑道："孙居士武功盖世，曾以一敌四力战本教四大光明使，咱们实在没有把握将孙居士留下，所以只好出此下策。只要你束手就擒，随咱们去面见门主，咱们自会让你的两个弟子平安离开。"

孙妙玉正在为难，就听舒青虹从容道："师父，您和巴哲带香香先走，不用管青虹。从魔门今日的行事来看，寇焱武功已失，魔门中无人再是您老的对手。只要您平安突围,他们顾忌您的报复,绝不敢为难弟子。"

孙妙玉略一沉吟,暗赞舒青虹心思敏捷。她眼含煞气从魔门七大长老脸上缓缓扫过,对七人一字字道:"我现在就将青虹托付给你们七人,如果她受到任何伤害,我将用你们七人给她陪葬,除非你们永不落单,不然就要好好照顾我的弟子。"说完她转向巴哲:"咱们走!"

舒青虹亲了亲巴哲背上的女儿,叮嘱道:"香香听话,跟巴哲师叔和祖师奶奶先走,你要是想救娘,就跟祖师奶奶先学好武功。"

小女孩懂事地点点头,目光从魔门七长老脸上一一扫过,恨恨道:"我记下他们的模样了,他们要是敢欺负我娘,香香一定会为她报仇!"

孙妙玉身形如飘飘白鹭飞向街口,呼啸而来的箭雨在她长袖挥舞下,纷纷向两边散开,巴哲手舞弯刀紧跟在孙妙玉身后,转眼便冲到了弓箭手中间,在此起彼伏的惨呼声中,魔门教众纷纷向两旁让开。孙妙玉和巴哲如两道闪电,突破魔门教众的包围,转眼便消失在茫茫暮色之中。

魔门几个长老面面相觑,没想到精心布置的包围圈竟然困不住孙妙玉,反而让她重伤了袁摧花与屠十方。几个人脸色十分凝重,心中都在奇怪门主为何不敢应战。

舒青虹目送着女儿平安离开后,回头对魔门众长老道:"几位长老,虽然你们没能留下我师父,不过能将我留下,你们也勉强可以交差。就请带青虹去面见寇门主吧。"

袁摧花与屠十方均伤在孙妙玉手中,心中对舒青虹自然十分气恼,袁摧花抬手一杖便砸向舒青虹肩胛,嘴里喝道:"我先断你一只手,再带你去见门主。"

舒青虹连忙侧身闪开龙头杖,不想袁摧花不依不饶,一杖横扫跟踪而至。这时突见一旁有剑光斜斜飞出,挑开了刚猛无匹的龙头杖。

袁摧花定睛一看，却是沉默寡言的冷无情，不由怒喝："死矮子，为何阻拦本夫人？难道你真怕了孙妙玉？"

冷无情身材不高，最忌讳别人说他矮，一听这话脸上黑气一闪而没，冷冷地盯住了袁摧花。施百川见状忙拦在他身前，左右一揖，赔笑道："大家都是教中兄弟，万不可因为些许小事就伤了和气。今日咱们没能留下孙妙玉，还是想想回去怎么向寇门主请罪吧。"

袁摧花龙头杖一顿，对施百川质问道："咱们若人人尽力，那孙妙玉也不会轻易就脱身。老身想知道，你们几个为何不尽全力，故意让孙妙玉轻易逃逸？"

施百川一窒，一时无言以对。

这时舒青虹款款笑道："我知道是为什么。"

袁摧花诧异道："你知道什么？"

舒青虹笑道："因为避而不战，这不是寇门主一贯的为人和禀性，所以施长老心中已有所怀疑。再说他们若拼尽全力，就算能留下我师父，只怕魔门七大长老也没有几个能活下来。施长老、冷长老、项长老都是老奸巨猾之辈，自然不会与我师父拼个两败俱伤。"

袁摧花只是脾气暴躁，人却不笨，被舒青虹这一提醒，立刻就猜到了同伴的心思。她转头望向施百川："施长老，是不是这个原因？"

施百川尴尬地咳嗽了一下，没有回答。一旁的项飞云压着嗓子小声道："不错！袁长老想想，咱们自从举事后，有多久没见过门主了？这次又突然令咱们伏击向他挑战的孙妙玉，难道你不觉得奇怪？"

几个长老交换了一下眼神，彼此眼中都有同样的狐疑。

舒青虹见状笑道："几位长老还是带我去面见寇门主吧，虽然你们没能留下我师父，拿我也可勉强交差，又可趁机面见门主，以解心头之惑。"

施百川见众人并无异议，对舒青虹笑道："那咱们就委屈姑娘了，只要你乖乖听话，咱们也不会为难你。"说着对几个同僚点头示意。众人立刻押着舒青虹，匆匆回府衙复命。

此时天色已黑，府衙早已掌灯。由于魔门七大长老在教中地位崇高，因此无须通报便带着舒亚男进了府衙。几个人来到大堂，就见明月从内堂匆匆而出，看到众人押着舒亚男进来，他不禁诧异万分。见几人不像是经过生死恶战，他皱眉问道："几位长老可是让孙妙玉跑了？"

项飞云拱手道："咱们正是回来向门主请罪的，咱们虽然没有留下孙妙玉，却抓住了她的弟子。从她身上也许可以查到孙妙玉的下落，请明月使替咱们通报门主。"

明月道："门主早已歇息，几位长老就不要拿这点小事来惊动他老人家了。"说着他转望舒青虹，立刻就认出是自己以前曾经救过的女子。他微微一笑："这位姑娘你们就交给我好了，门主那里我自会替你们解释。"

项飞云与施百川等人交换了一个眼神，沉声道："咱们未能完成门主交代的使命，当在第一时间当面向门主请罪，请明月使替咱们通报。"

明月笑着点点头："好！你们稍等，我替你们通报。"说完转身便进了内堂。几个长老静静地等在大堂中，心中忐忑不安。寂静中突听舒青虹小声道："你们肯定见不到寇门主，这明月使心中有鬼！"

施百川面色微变，轻声道："姑娘这么说，可有什么根据？"

舒青虹几年前就见过明月，那时他的眸子中正，看人的时候坦荡无畏。方才她已发现对方目光闪烁，竟不敢正视自己，这在千门典籍中有过详细分析，所以她才有此判断。见几个长老都在望着自己，她微微一笑："我最近听到一则谣言，说寇门主被千门公子襄废去了武功，如果谣言属实，他自然不会让你们见到寇门主，说不定还会借寇门主的名义，让你们继续追杀我师父。"

众人十分惊讶，正待细问，就听内堂步履声响，明月已缓步出来，对众人歉然笑道："门主正在静心练功，不想被俗事打搅，只令属下给几位长老传令，三天之内务必将孙妙玉擒来见他，若无法生擒，击毙也可。"

众长老若没有舒青虹先前的提醒，对明月所传的口令也不会怀疑，现在却尽皆变色。众人交换了一个眼神，最后还是由最得寇焱宠信的项飞云开口问道："如此大事，咱们得当面向寇门主请示，请明月使再通报！"

明月面色一沉："你们这是信不过我？"

"不敢！"项飞云沉声道，"明月使乃门主亲传弟子，咱们岂敢冒犯？不过最近坊间有谣言称，门主被千门公子襄所伤，武功尽失。虽然这谣言荒诞不经，想那公子襄完全不会武功，岂能伤到门主？不过作为追随门主出生入死多年的老兄弟，听到这谣言难免会对门主的健康感到担心，所以还请明月使让我们见见门主，以安大家之心。"

明月面色微变，冷冷道："你们这是在逼迫晚辈了？如果一则谣言就能令你们罔顾上下尊卑，擅闯禁地骚扰门主静修，那明月只好舍身阻拦。"说完衣衫无风而鼓，竟是做好了动手的准备。

几个长老狐疑不定，一时难以决断。虽然众人已怀疑明月所说的一切，但万一他所说属实，众人若强闯进去，岂不是冒犯了门主？而寇焱对冒犯他尊严的部属处罚最为严苛，几个长老谁都不敢担这责任。

正在众人踌躇难决时，突听身后有人高声道："我要立刻见门主，这该无须通报吧？"

众人回头看去，就见一个衣衫落拓的年轻人由外大步进来，虽然脸上满是风尘，依旧掩不去天生的自负和狂傲之色。众人大喜，纷纷上前见礼。来人竟是失踪多日的魔门少主寇元杰，此刻他的脸上少了几许轻狂，多了几分睿智和成熟。

面对众人的询问，寇元杰一声叹息："一言难尽，以后有机会我再向诸位长老禀报。"

明月在片刻的惊诧之后，也忙上前拜道："属下参见少主，上次是属下保护少主不力，致使少主坠崖失踪，属下罪该万死！幸亏少主平安回来，不然属下会永远愧疚于心！"

"与你无干，不用自责！"寇元杰抬手示意明月起来，淡淡道，"我失踪多日，心中挂念父亲，想立刻就见到他老人家，这不用通报吧？"

"那是自然！"明月立刻笑道，"少主快请！门主见到你平安归来，不知会有多高兴呢！"

几个长老正想跟进去，却被明月抬手拦住："几位长老请留步，门主父子团聚，肯定不希望有外人打搅，还请几位长老见谅！"

寇元杰也回头对众长老道："众位长老，方才我在外面已听到你们的对话，待元杰见过父亲，自会与你们通报，请在此稍候。"

几个长老听寇元杰如此说，只得在门外停步，目送着他随明月进了内堂。

内堂幽暗寂静，几乎看不到灯火。寇元杰在明月的带领下，走过弯弯曲曲的长廊，最后来到一间静室前。明月抢先一步高声禀报："门主，少主回来了！"

静室门开，慧心使推门而出。寇元杰立刻推开房门闯了进去，就见父亲萎靡不振地半坐在榻上，脸上满是惊诧。寇元杰忙拜倒在地，哽咽道："爹，孩儿不孝，让您老担心了！"

寇焱神情复杂地打量着儿子，哆嗦着嘴唇半晌无语。寇元杰见房里还有净风和力宏二人，立刻对他们一挥手："你们先退下，没有命令不准进来！"

净风与力宏对望一眼，迟疑着没有挪步。寇元杰正要出言呵斥，寇焱忙摆手道："他们不是外人，不用回避。这几天为父小恙，少不了要他们伺候。"

寇元杰虽然感觉父亲的话有些奇怪,但对他的健康更为关心,忙问:"爹爹哪里不舒服?"

寇焱摆摆手:"不是什么大病,就是因为担心你,练功岔了气而已,过两天就没事了。现在你既然平安回来,为父也就放心了。如今天色已晚,有什么话明天再说吧。"

寇元杰见父亲神情疲惫,只好将千言万语压在心头。想起几个长老的嘱托,他又道:"外面七位长老正要当面向父亲请罪,他们没有留下孙妙玉,只抓到了她的女弟子,正想请示爹爹如何处置。"

寇焱想了想,懒懒道:"这事就交给你来处置吧,为父累了,要早点休息。"

寇元杰见父亲精神困顿,只当是练功岔气后精神不济,叮嘱两句后便告辞离开。待他被明月送出去后,守在门外的慧心和留在房内监视的净风、力宏才长舒了口气,不过三人很快又为更大的麻烦焦虑起来。寇焱害怕四人铤而走险对儿子不利,所以匆匆将儿子打发走,但这事能瞒多久,三人心中都没有底。

片刻后明月回来,就见寇焱已被点了昏睡穴。净风担忧地对他道:"咱们还是尽快离开此地吧!如今朝廷四路大军直逼许昌,咱们留在这里,就算能瞒过一时,迟早也会玉石俱焚。"

"是啊!"慧心也道,"如今那几个老家伙已有所怀疑,咱们总不能让他们永远不见门主。况且少主又突然回来,咱们没法再隐瞒下去。阿月,快拿主意吧!"

四人中以明月心思最为缜密,因此最得同伴信任。明月原本是想用失魂丹彻底控制寇焱,待除掉教中异己后再让他禅位于自己,成为魔门新的主宰。但寇元杰的突然回来打乱了他的计划,他在房中缓缓踱了两个来回,一个新的想法又浮上心头。他停在寇焱面前,突然展颜笑道："咱们手中有朝廷最想除掉的反贼和枭雄，为什么要轻易放手？如果咱们将他献给朝廷，你们说咱们能否就此改换门庭，从此一步登天？"

净风、力宏、慧心三人面面相觑，一脸惊讶。三人从小在魔门长大，受其影响，潜意识中早已将朝廷当成妖魔鬼怪，即便做下这等犯上作乱的大事，也从没想过要投靠朝廷。听到明月这话，三人一时间还转不过弯来。

明月见三人满是惊诧和疑惑，便耐心解释道："咱们既然背叛了魔门，就算逃到天涯海角，恐怕也逃不过魔门阴魂不散的追杀。这天底下也只有朝廷有实力保护咱们不受魔门威胁。咱们既然背叛了寇焱，就只有找一个比魔门更有实力的东家，才能真正安全。"

三人交换了一个眼神。慧心迟疑道："咱们就算将寇焱献给朝廷，可朝廷会放过咱们吗？咱们可是从小就在魔门长大，又是教中地位尊崇的四大光明使，朝廷对魔门教徒一向是斩尽杀绝的，我怕……"净风、力宏脸上也闪过同样的担忧。

明月笑道："咱们从小受寇焱蒙蔽，一直视朝廷为妖魔鬼怪。不过这些年来，咱们也算是在江湖上有了些阅历，其实朝廷跟江湖上的帮会门派没什么两样，都是些利欲熏心的家伙组成的组织，一切行动准则皆以维护自身的利益和统治为首要。咱们若将寇焱献给朝廷，为了给后人做个榜样，朝廷不仅不会杀咱们，还会给咱们高官厚禄。再说，咱们对魔门知根知底，就算是为了对付魔门余孽，朝廷也会对咱们委以重任。如今寇元杰已经回来，事情肯定瞒不了多久，就算是赌，咱们也要赌一把命运。"

三人沉默无语，半响后净风道："你想怎么做？"

明月眼中闪过一丝厉色："咱们既然决定卖身投靠，就要找一个好主子。如今朝堂上福王势力最大，且又礼贤下士，英名远播，咱们若能投到他门下，定然前途无量。"

力宏迟疑道："可是，福王远在京城，咱们怎么才能投到他门下？"

明月从容道："咱们既然决定反出魔门，就干脆把事做绝。明日一早待寇元杰来给他老子问安时，趁机将他也拿下。然后咱们立刻出城，你们将寇焱父子藏到隐秘所在，我立刻赶去京城面见福王，跟他谈妥条件后再传书给你们，你们再将寇焱父子押来京城。魔门一下子失去主心骨，自然分崩离析，几个老家伙对咱们也就构不成威胁了。"

听到明月如此疯狂的计划，几个人心中都十分震撼。净风沉吟良久，迟疑道："福王地位尊崇，你如何能见到？又如何让他相信咱们的诚意？"

明月泰然一笑："这个你们无须担心，我自有办法。咱们现在要做的就是下定决心，明日便做这一生中最重要的一搏！不成功，便成仁！"说着他缓缓伸出手，环视着三个同伴。净风三人迟疑片刻，终于还是缓缓伸出手，与明月的手紧紧握在了一起。

府衙大堂之上，寇元杰对等候消息的几个长老道："爹爹只是小恙，诸位长老不必担心。如今爹爹已歇息，大家先回去吧。"

众长老听寇元杰已见过门主，自然不敢再强见寇焱，纷纷告辞准备离去。项飞云指着舒青虹问："她怎么处理？"

寇元杰沉吟道："交给我好了，让我来处理。"

寇元杰在教中虽无职位，却是寇焱的独子，所以被教众理所当然地奉为少主。众长老正愁舒青虹是个烫手山芋，杀之不敢，放之不甘，不知如何处置才好，见寇元杰主动揽过重担，自然求之不得，立刻将舒青虹交给他，告辞离去。

寇元杰示意两个教兵将舒青虹押到府衙后的牢房，牢房中原本有许多犯人，不过在魔门占领府衙后全部被放了，如今牢房中空无一人，显得尤其阴森。两个教兵点亮牢房中的灯笼，才稍稍驱散了牢房中的森森寒意。

寇元杰留下一个教兵在牢房外看守，然后打量着舒青虹脸颊上的水仙花，突然道："几年前有个女老千在江南一带神出鬼没，与千门公子襄一起做下过不少大事，那就是舒姑娘吧？"

舒青虹心中一颤，脸上顿时变色。不是因为寇元杰认出了自己，而是因为她拼命想忘记的过去，像伤疤一样突然被人揭开，让她痛得毫无防备。木然半晌，她涩声道："不错，那时候我叫舒亚男。"

寇元杰凑近一步，仔细打量着舒青虹的眼睛，从那里他看到了想看的东西。突然他无声一笑："如果我没猜错，舒姑娘最终也是让公子襄给骗了，从你的眼眸中我能看到你灵魂深处的痛苦。"

舒青虹嘴角一颤，紧抿双唇没有说话。这本能的反应没有逃过寇元杰的眼睛，他莞尔笑道："如此说来，我们应该有许多共同语言。不瞒你说，公子襄也是我的仇人，所以我才会派人打探与他有关的一切消息，也才知道他曾与一个脸颊上有花的女老千往来密切。你与公子襄相处日久，可否告诉我他是个什么样的人？"

舒青虹神情稍稍平静，冷淡地道："寇公子既然视公子襄为平生最大的仇人，难道还不知他是个什么样的人？"

寇元杰遗憾地摇摇头："说来惭愧，虽然我与公子襄有过多次交锋，但我始终无法看透他的心思。比如前不久他率一万没上过战场的新兵，孤军北伐瓦剌，完全是自寻死路的疯狂之举。如今新军营很久没有任何音讯，多半已是全军覆没。他死就死吧，却给我留下了一个天大的疑团。舒姑娘对他知根知底，能否告诉我他是个什么样的人？为什么要做如此疯狂之事？"

舒青虹闻言面色大变，身形一软差点摔倒，赶紧扶住栅栏才勉强站稳。云襄率新军营北伐瓦剌的消息，目前只有极少数人才知道，她这是第一次听闻。本以为已经忘记，但此刻她的心却痛得阵阵抽搐。见寇元杰正奇怪地盯着自己，她强忍泪水颤声道："其实，他是个可怜人。"

"可怜人？"寇元杰以为自己听错了，无论财富、权势还是名声都一样不缺的千门公子襄，居然是个可怜人，这岂不是天底下最大的笑话？不过舒青虹脸上那种万念俱灰的表情，又表明这不是笑话。寇元杰忍不住问："为什么说堂堂千门公子襄是可怜人？"

"因为，他背负了他根本无法承受的重担！"舒青虹神色恍惚地道，"他总是将自己当成无所不能的救世主，总是想帮助更多的人。可惜，就算是神也无法背负天底下所有的苦难，所以，他注定要被这重担压垮。"

寇元杰若有所思地回味着舒青虹的话，突然有些明白了。他脸上的疑惑渐渐变成发自灵魂深处的震撼，仰望虚空喃喃自语道："原来……他果然是为了解大同之围而率孤军自蹈死地，为了什么天下百姓，完全不顾自身安危。他……他竟然是跟我母亲一样的人！"

想到母亲，他心中没来由地一痛，只感到以前坚守的信念在动摇。见舒青虹神色凄楚，强忍泪水，他心中竟生出一丝同情，连忙道："你别担心，新军营只是暂时没有消息，还没有全军覆没。我的仇尚未得报，公子襄没那么容易就死。"

听到这话，舒青虹心情稍感安慰，见寇元杰眉头紧锁，不由问道："少主有心事？"

寇元杰道："这次我侥幸活着回来，本来是要带一个人来见爹爹的，谁知他不等我开口就匆匆将我赶了出来，真让人奇怪。"说这话的时候，他的目光望向牢门外，望向守在外面那个身材瘦小、面容白皙的教兵身上。

舒青虹顺着他的目光望去，就见那教兵心虚地避开了自己的目光。

她仔细打量那教兵的身材模样，渐渐认出那是个女扮男装的妙龄少女，心中顿时明白了。联想到与寇元杰同时失踪的天心居弟子，她立刻就猜到了这少女的身份，忍不住试探道："你是……柳姑娘？"

那教兵脸上一红，低头拜道："青梅见过师姐。"

原来这女扮男装的教兵，正是与寇元杰一起掉下山崖的天心居弟子柳青梅！舒亚男惊讶地打量着二人，心中既有些明白，又有些不解，迟疑道："你们……"

寇元杰上前握住柳青梅的手，对舒青虹坦然道："舒姑娘既然跟天心居也有渊源，我也不妨告诉你，我喜欢柳姑娘，才不管她是什么身份。那次我在少室山弄假成真摔下山崖，在她奋不顾身跳崖救我的那一瞬间，我终于相信冥冥中自有天意，也才终于知道人世间还有比权势地位甚至千古伟业更重要的东西。我们避开慧心他们的搜寻隐居深山，度过了最快乐的时光。为了她，我不想再做什么魔门少主，她也愿意为我放弃天心居的清修。我这次带她来见爹爹，就是想向爹爹表明心迹，谁知还没来得及开口，就被爹爹赶了出来。"

舒青虹见二人脸上洋溢着同样的幸福，心中竟生出几分羡慕，对面前这魔门少主的反感在一瞬间竟淡了许多。听寇元杰说得奇怪，她不由问道："你失踪多日突然回来，你爹爹应该与你有说不完的话，怎么会匆匆将你赶出来？"

"我也觉得奇怪。"寇元杰皱眉将方才去见父亲的经过仔细说了一遍。舒青虹听完面色顿变："种种迹象表明，你爹爹定是被人控制，已处在身不由己的危险之中，所以才匆匆将你赶走。这多半是为了保全你的性命，你爹爹是怕你看出破绽，会逼得控制你爹爹的人冒险动手。"

经舒青虹这一提醒，寇元杰也立刻醒悟，回想方才去见父亲的情形，不由脱口道："是光明四使！难怪他们寸步不离守在我爹爹房中，难怪他们要阻止几位长老去见我爹爹！"

寇元杰说着便往外走，柳青梅忙拦住他："你想干什么？"

"我要杀了那几个叛徒！"寇元杰一脸愤懑。

柳青梅面色一沉："你说过从今往回再不轻易杀人。再说，这附近的教徒大多是他们的心腹，一旦动起手来，你有把握救出你爹爹吗？"

被柳青梅这一问，寇元杰渐渐冷静下来，心知自己的武功其实不及四位光明使中任何一人，就算联合七位长老，也未必就有十足把握，况且七位长老是否会齐心协力帮助自己，还是个未知数。想到这儿，他不禁踌躇难决。

正为难间，就听舒青虹款款道："我师父就在许昌城中，寇少主何不联合我师父，共同对付光明四使？"

寇元杰断然摇头："我爹爹一生骄傲，岂会接受他人恩惠？再说他已经败给天心居一次，若再让天心居的人救命，岂不是比杀了他还令他难受？"他猛一咬牙："现在我只有趁几位长老尚未走远，立刻请他们出手相救。这是咱们魔门的内务，请你们不要插手。"他又转向柳青梅："你送舒姑娘先走，我办完这件大事，再去老地方与你会合。"

柳青梅心知他是不想让自己去冒险，更不想让自己父亲因接受天心居的恩惠而难堪，只得叮嘱道："那你自己千万小心，无论成败，都要活着来找我！"

"你放心，我不会让你久等。"寇元杰说着亲自送二人出门。直到二人消失在长街尽头，他才高喝一声："来人！"

府衙外守卫的教兵忙应道："少主有何吩咐？"

寇元杰眼中闪过一丝狠厉："你们立刻去追七位长老，让他们回这里听令！"

三更时分，许昌城那占地极广的府衙突然燃起了熊熊大火，隐约传来的呐喊声和厮杀声几乎惊动了全城的百姓，大家都以为是官兵偷袭破城，但仔细听听却又不像，因为许昌城四门反而静悄悄的，毫无声息。

在离府衙不远的一处高楼上，孙妙玉背负双手，远远眺望着府衙的骚乱，她的身后静立着舒青虹和柳青梅，二人离开府衙时正好被隐在暗处打探虚实的巴哲发现，所以立刻就被引来见师父。孙妙玉原本是想夜探府衙去救女弟子，听她禀过魔门发生的变故后，也就乐得在此坐山观虎斗了。

远处的骚乱声渐渐平静下来，耳边只听到房屋燃烧倒塌的声音。舒青虹对魔门的内乱根本没放在心上，只担心留在楼下客栈中睡觉的女儿醒来后见不到大人会不会害怕，巴哲则在一旁把玩着自己的马刀，一副漠不关心的模样。只有柳青梅担心寇元杰的安危，心里七上八下，听骚乱声已渐渐平息，再顾不得旁人的惊诧，跳出窗户便往府衙方向飞奔。

孙妙玉一来关心柳青梅安危，二来也想看看天心居老对手寇焱的下场，立刻跟着飞出窗户，越过重重屋檐朝府衙方向飘然而去；巴哲也应声追了上去。舒青虹要照看女儿，只得目送着三人的身影转眼消失在夜幕之中。

府衙内除了零星的房屋还在燃烧，火势已大半被扑灭，骚乱也渐渐平息。孙妙玉尾随柳青梅落到府衙后院的围墙上，就见后花园空旷处，十几名魔门教徒散乱地围成一圈，魔门七大长老也混杂其中，人群中央，寇元杰盘膝而坐，双掌贴在双目紧闭的寇焱后心，正为父亲运功疗伤。

柳青梅见寇元杰平安无事，心中稍安，不敢打搅他替父亲疗伤，便在围墙上静观。片刻后就见寇焱睁眼呼出一口长气，慢慢醒了过来。

寇元杰忙收掌问道:"爹爹感觉好些没有?"

寇焱点点头:"好多了。那四个叛徒呢?"

寇元杰道:"让他们给逃走了!幸亏爹爹没事,不然孩儿会含恨终身。"

几名长老也纷纷请罪,自责没能合力拿下四个叛徒。寇焱没有理会众人,目光却直直地望向前方。众人顺着他的目光望去,立刻就看到俏生生立在后院围墙之上的孙妙玉和柳青梅。众教徒已是惊弓之鸟,立刻拔出兵刃就要迎敌,却被寇元杰高声喝止。

柳青梅见寇元杰在向自己招手,便红着脸迎了过去。寇元杰也不理会众教徒惊诧的目光,拉起柳青梅的手来到父亲面前,朗声道:"爹爹,孩儿失踪这段时间,就是跟柳姑娘在一起。她给了我一生中最快乐的时光,所以我想永远跟她在一起,希望爹爹成全。"

寇焱皱眉盯着柳青梅背上的天心剑,问道:"她是天心居弟子?"

寇元杰点点头:"不错!她是我娘的弟子。"

寇焱一声长叹:"难道这真是天意?难道天心居就是我魔门最大的克星?"

"你错了,应该说天心才是魔门最大的克星。"随着一声清冷的回答,孙妙玉已缓步过来,望着自己一生中最大的仇敌和对手。她眼里闪烁着令人胆寒的厉芒:"寇焱,你也有今天啊!如果你还是条汉子,就把胸膛挺起让我一掌毙了,以告慰我妙仙师妹在天之灵!"

四周传来此起彼伏的兵刃出鞘声,魔门教众剑拔弩张地围在孙妙玉四周。谁知尚未动手,就见孙妙玉身后扑出一个彪悍如狼的汉子,刀光闪烁中已撕开了众人的包围。众人只见眼前白影一晃,孙妙玉已越过十几名教徒的阻拦立在寇焱面前。魔门七大长老在先前的内讧中都已受伤,面对巴哲和孙妙玉这等劲敌,只能暗自叫苦。

寇元杰闪身拦在了父亲身前,挡住了孙妙玉的去路。孙妙玉打量着他那依稀有几分熟悉的面庞,沉声道:"看在你娘面上我不杀你,滚开!"

寇元杰摇摇头:"我不会让你伤害我爹爹。"

孙妙玉一声冷哼,长袖倏然卷出,将寇元杰荡开了一步。她正待擒下寇焱,突听身后风声倏然,却是冷无情的剑蛇信般刺到,只得丢下寇焱回身迎敌,与几名魔门长老激战在一起。

寇元杰正想趁混乱将父亲带离险地,却见父亲满脸通红,眼泪鼻涕滚滚而下,浑身颤抖不已,似在苦忍什么。他忙问道:"爹爹你怎么了?"

"失魂丹!快给我失魂丹!"寇焱抓住儿子的手,声嘶力竭地叫道。寇元杰面色大变,他知道失魂丹之毒,却没想到父亲也中了此毒。

浑身骨髓痛痒难忍,寇焱不禁发出声嘶力竭的嚎叫。这叫声是如此瘆人,以致正在恶斗的孙妙玉与魔门长老也不由停下手。就见寇焱在地上翻滚哀号,不住地以头撞地,想要减轻体内的痛苦。原来明月为了尽快控制他,这几天一直在给他服食远超正常用量的失魂丹,所以他的药性发作得更频更急,所遭受的痛苦也更大。

明月逃走时带走了失魂丹,众人皆束手无策,寇元杰只能无助地抱着父亲,拼命给他输送内力,缓解他的痛苦。

孙妙玉见状哈哈大笑:"寇焱,你精心培养出四个恶毒无情的弟子,辛苦炼制失魂丹这种人间至毒,没想到最终却栽在他们手里,身中失魂丹之毒。这真是天日昭昭,报应不爽!谁说天地无心?这不正是上苍在昭示它那不可抗拒的神力吗?"

寇焱栽在自己精心培养的弟子手中,身受自己辛苦炼制的失魂丹之毒,这巧合令魔门众人十分惊诧,心中不由萌生惧意。这时寇焱在寇元杰的内力救治下,身上的痛苦大为减弱,神智也稍稍恢复。只听孙妙玉冷笑道:"寇焱,你也算一代枭雄,没想到枭雄末路竟是如此不堪，要靠别人的怜悯才能苟延残喘。让你这样活着，简直比杀了你还令我开心，妙仙在天有灵，也当含笑九泉了！"说完纵声大笑，扬长而去。

寇焱一生骄傲，何曾受过这等羞辱，急火攻心，不禁一口鲜血狂喷而出，染红了整个衣襟。寇元杰大惊，连忙用内力替他压住胸中翻滚的血气，却被寇焱一把推开。寇焱挣扎着站起，仰天长叹："想不到寇某英雄一世，今日却被自己的弟子所伤，受自己炼制的毒药所害，被天下人嘲笑，还有何面目苟活在世上？罢罢罢，不能以烈焰荡尽世间黑暗，就以烈焰还自己以光明吧！"

说着寇焱环顾四方，转身走向身后燃烧的房屋。寇元杰大惊，连忙拦住父亲的去路，跪拜道："爹爹万不可轻生！"

魔门视火为神，众教徒听寇焱的言语，便知他已萌死志，要将自己的身体祭献给光明神，不由纷纷跪倒，齐道："门主不可冲动！圣教上下，还需门主领导！"

寇焱惨然一笑，目光从众教徒脸上一一扫过，最后停在寇元杰脸上，黯然道："我武功尽失，如今又身中失魂丹之毒，中毒之深早已无可救药，难道你们要我身受地狱般的折磨后再死吗？"说着他从怀中掏出一本册子，轻轻抚摸着叹道："其实我在武功被废后，就该听从妙仙的遗言，放下争霸天下之心。但我实在不甘心，才有今日的结局啊！我不是死在别人手里，而是死在了自己手里，所以，你不要将我的死怪在任何人头上，更不要想着为我报仇。"

寇元杰垂泪道："爹爹不可灰心，魔门上下齐心协力，总能找到失魂丹的解药。"

寇焱摇头苦笑："失魂丹是为父精心研制，对它的药性再熟悉不过，如果还有一分希望，为父难道会轻易放弃？"他长叹一声，环顾众教徒道："你们都是追随我多年的老兄弟，如果还当我是你们的门主，就不要再阻拦，让我保留最后一点尊严吧。我死之后，诸位兄弟暂且隐姓埋名，潜藏江湖，等待时机再求复兴。可惜魔门自我以下，尚无一人有统领全局的才能和威信，所以门主之责，只好由七位长老公担了。"他顿了顿，目光转向寇元杰和一旁的柳青梅："你既然另有追求，为父也不勉强，从今往后魔门跟你再无关系，你也不再是魔门少主！"

说完寇焱对众教徒拱手一拜，大步走向身后的烈焰。寇元杰还要阻拦，就听父亲厉声喝道："你若还当我是你父亲，就不要拦我！"

寇焱虽然武功尽失又身中奇毒，但虎威依旧不倒。寇元杰不敢再拦，哭拜在地，众教徒也齐齐跪倒，低声念经相送。就见寇焱坦然走入烈焰，身影很快就被火焰吞没。

天色渐明，一夜大火过后，巍峨的府衙只剩下断壁残垣，寇元杰呆呆地望着大火过后的废墟，像木偶一样失了神。项飞云与寇元杰最为相厚，过来小声劝道："少主节哀，门主是在烈火中得到了大光明，咱们应该为他感到高兴才是。"

寇元杰失魂落魄地点点头，缓缓抬头仰望天空，似乎想要寻找光明神的痕迹。这时一个教兵气喘吁吁地过来禀报："朝廷四路大军兵逼许昌，离这里已不足十里了！"

众人脸色皆变，不由把目光投向寇元杰。寇元杰苦涩一笑："我已不是你们的少主，有什么事你们要找七位长老拿主意。不过我建议大家还是遵从我爹爹的遗命，从此隐于江湖吧。我也要走了，魔门的宏图霸业，从此跟我再无关系。"

众人目送着寇元杰与柳青梅远去的背影，眼里竟有一丝羡慕。七位长老交换了一个复杂的眼神，几乎同时说出一句话："看来，咱们也该散了。"

十、归国

> 天苍苍兮野茫茫,
> 雁南归兮望故乡。
> 妻儿老小今何在,
> 一缕忠魂瞻家邦!

> 风萧萧兮云飞扬,
> 娘唤儿兮愁断肠。
> 男儿为何徒征战,
> 马革裹尸还故乡!

苍凉悲切的吟唱,在寒风萧瑟的大草原上回荡,三千来名幸存的新军营将士,遥望夜空中的朗朗明月,不由自主地唱起了思乡的歌谣。几堆熊熊燃烧的篝火,慢慢吞噬了十几具重伤不治的将士尸骨,幸存的将士遥望那袅袅升起的轻烟,祈祷着同伴的忠魂能随风回到故乡。

武胜文忧心忡忡地环顾着席地而坐的新军营将士,显得一筹莫展。在遭遇了数十倍于己的瓦剌铁骑的围追堵截后,新军营损失惨重,士气低落到极点，再这样下去，恐怕迟早会不战自溃。就在这时，他突然听到附近有人击剑狂歌，歌声豪情万丈，与先前的悲凉完全不同。武胜文循声望去，就见青衫如柳的云襄正在独自击剑而歌。这歌声感染了武胜文，他也不禁拔出佩剑拍打胸甲，应和着云襄的歌声放声高唱：

狼烟滚滚边关急，
我带吴钩别爹娘。
纵马踏破贺兰山，
只为亲人永安康！
……

他们的歌声渐渐感染了沮丧绝望的众将士，越来越多的将士开始和着他们的歌声吟唱，并用这苍劲有力的歌声，为死难的将士送行。

东方渐渐发白，黎明即将来临，众将士不约而同地聚集到云襄周围，疲惫的眼中充满了期待和希望。云襄翻身上马，目光从众人脸上缓缓扫过，声色平静地道："相信大家已明白咱们目前的处境，在咱们身后紧追不舍的，不再是寻常的乌合之众，而是瓦剌四王子朗多和他的精锐骑兵。拉木仑河畔那场遭遇战，差点令咱们全军覆灭。"他声音陡然提高："不过，咱们以一万疲惫之师对十万瓦剌精锐，不仅给予瓦剌人重创，还成功突出重围，虽败犹荣。我为你们感到自豪，你们是大明军人的骄傲！"

云襄的目光扫过全场，将士们眼中的坚毅令他感到欣慰。他接着道："咱们在瓦剌腹地纵横驰骋数千里，多次击溃数倍于己的对手，斩杀敌首数万，打得瓦剌可汗不得不令朗多回师自救，咱们这次北伐的战略目的已经达到，大家这些天来的流血牺牲没有白费，咱们已成功将瓦剌大军引回大草原，大同之围也已解除！"

众将士脸上闪过一丝欣慰,不过想起死难的弟兄和吉凶难测的前途,那些喜悦立刻一闪而没。云襄似看透了众将士的心思,沉声道:"现在,咱们最大的愿望是安然回国,不过要想完成这个愿望,恐怕不是那么容易。"

一名满脸虬髯的千户高声道:"公子有什么命令尽管吩咐,咱们听你的。能活着回去固然好,若是不幸葬身这千里大草原,咱们也认了。"

"没错!"众将士纷纷附和,"咱们在这么多瓦剌人的围追堵截下能活到现在,已经是个奇迹,公子的智计谋略咱们心诚悦服,相信你会继续率领我们创造更大的奇迹。"

将士们的信任令云襄十分感动,他扬鞭指向南方,朗声道:"咱们要想回国,向南走大同自然是最近,不过相信朗多也知道这一点,因此必定会在咱们南归的路上设下重重伏兵,就等咱们自投罗网。"说着他扬鞭往西方一指:"所以咱们要出其不意,一路向西越过黄河,或从甘陕,或从辽阔的西域迂回归国。"

众将士虽然对云襄无比信任,但听到这个计划都不禁满脸疑惑,普通兵卒也罢了,像武胜文、赵文虎等熟知地理的将领,皆露出诧异之色。武胜文率先质问道:"此去西域千山万水,前路尽是戈壁荒漠,咱们这么些人的吃喝怎么解决?"

"是啊!"赵文虎也道,"就算途中有零星部落,可贫瘠的戈壁荒漠养不活太多的牛羊,根本不够咱们这么多人的给养。再说咱们已是疲惫之师,要迂回数千余里,恐怕不等瓦剌人动手,咱们也已经渴死、饿死、累死在路上了。"

云襄目视二人,不悦地道:"你们是不相信我的计划?"

赵文虎忙道:"末将不敢,不过这计划实在太过疯狂,末将难免心有疑虑。"

云襄冷笑道:"咱们这次北伐,本身就十分疯狂,再疯狂一次又如何？"说着他抬鞭往四方一指："咱们无论往南还是往东，都有瓦刺重兵严防死守，一旦被他们拖住，咱们就会被身后紧追不舍的朗多追上，陷入瓦刺精锐的重围，重蹈拉木仑河畔的覆辙。而黄河以西是荒凉贫瘠的戈壁荒漠，不会有瓦刺人拦路，朗多决不会想到咱们会冒险走向死地，他也不敢率大军追入戈壁荒漠，咱们只有置之死地而后求生。"

武胜文沉吟良久，最后还是摇头叹道："死地倒是死地，不过是否能求生恐怕就难说了。这个计划成功的机会实在渺茫，我不能让你将幸存的弟兄带入如此绝境。"

在北伐的连番恶战中，云襄已经凭着他过人的谋略和智慧，赢得了以武胜文为首的众将士的信任和尊重，但向西迁回的计划实在太过疯狂，所以武胜文也第一次站出来反对云襄这个计划。

面对他的质疑和反对，云襄反问道："统领是否有更好的计划？如果没有就不要妄加阻挠。如今朗多率大军就在咱们身后穷追不舍，咱们已没有时间争论权衡。既然武帅生前将新军营交给我，我就要对它负责到底。你若还尊重你父亲生前的遗令，就请服从我的指挥。"

见云襄抬出父亲的遗令来压自己，武胜文顿时满脸涨得通红，怒视云襄。云襄神色坦然，目光与武胜文针锋相对，毫不妥协退让。武胜文与云襄对视良久，最终对父亲遗令的尊重，以及对云襄模模糊糊的迷信还是占了上风，他无奈地点头道："好！我服从你的命令，希望这一次你能继续创造奇迹。"

身为统领的武胜文既已服从，其余将士也就不再有异议，不过不少将领眼中依旧有着无法掩饰的疑虑。

云襄从容道："你们不用担心，我已让筱伯和张宝去探西去的路，虽有艰险，却没有瓦刺大军的堵截。"

"可是，没有粮草，咱们如何能穿越戈壁荒漠？"李寒光身为中军总管，自然最关心粮草问题。

云襄点头道："所以在向西迂回之前，咱们要最后一次补充给养。"

"如何补充？"赵文虎迟疑道，"如今瓦剌部落对咱们早已闻风丧胆，只要咱们一出现，方圆百里内的牧人都赶着牛羊逃得干干净净，咱们现在越来越难弄到给养了。"

李寒光也深有同感地叹道："是啊，咱们在这里滞留一夜，相信这方圆百里之内，再找不到一头牛羊、一粒粮食。"

"是吗？我看不见得。"云襄嘴边泛起一丝浅浅的笑意，"我敢肯定在离这里不足五十里的地方，就有咱们急需的给养甚至马匹。"

众将士脸上皆露出怀疑之色。就见云襄扬鞭往北一指："你们忘了在咱们身后紧追不舍的朗多殿下？"

武胜文先是有些疑惑，继而恍然大悟，失声道："你……你是说从瓦剌追兵手中抢粮？"见云襄点头，他不禁连连摇头："疯了！这简直是疯了！咱们三千疲惫之师，竟然要从瓦剌十万大军手中抢粮？"

"没有十万！"云襄纠正道，"照常理来说，只需一至三万精兵就足以对付咱们这三千多残军，因此朗多没有必要浪费兵力率十万大军追击。他最多只率三万轻骑紧追不舍，其余兵力则部署在咱们南归的路上，以防咱们逃回国。"

"就算是这样，三万人也不是咱们能对付的啊！"武胜文还是连连摇头。

云襄道："若以三千击三万，无疑是以卵击石，不过若以三千击一千还不能胜，那咱们就都该葬身这大草原了。"

"三千击一千？"武胜文与几名千户一样，脸上满是狐疑，只有赵文虎若有所思地打量着四周的地形，嘴角渐渐露出一丝会意的微笑。他点头道："原来公子坚持要在这里歇息一夜，并火葬伤重而亡的兄弟，就是要用火光将追兵引过来。"

云襄击掌叹道:"赵将军深知我心,如果你来指挥,当如何用兵?"

赵文虎仔细观察着四周的地形,此刻众将士置身于一个缓坡之上,坡底是一条几十丈宽的小河,蜿蜒在绿茵茵的大草原上。他颔首道:"昨夜咱们渡河之时派人探过水深,这上下游数里之内,就只有这处浅滩可渡。咱们三千余人,竟用了差不多一个时辰才全部过河。瓦剌人如果循着昨夜的火光追来,也只能从这里渡河。若等他们渡过一两千人之时,咱们以逸待劳,突然从坡上俯冲而下,定能击溃刚渡过河的一两千疲兵。朗多就算有再多人马,也只能在对岸干着急。"

云襄赞许地点点头:"昨夜渡河时我就留意到,前几日的大雨使河水暴涨,这里的河水最浅处已有齐腰深,附近又没有树木可以搭建浮桥,要过河还真不容易。若是往日,朗多未必会冒险过河,但现在他以为咱们已是惊弓之鸟,只求逃命,不敢反击,所以咱们就要在这里给他点颜色看看。"

武胜文也明白了,兴奋地击掌道:"好!出其不意,攻其不备,让瓦剌人知道咱们新军营不是好欺的!"

说话间就见对岸一人一骑疾驰而来,骑手勒马在河边站定,众人隐约认出是少林俗家弟子罗毅。

云襄隔河遥问:"追兵还有多远?"

罗毅遥遥答道:"离这里已不足四十里!"

"再探!"云襄话音刚落,罗毅立刻纵马飞奔而去。

赵文虎见状恍然道:"难怪昨夜不见了罗毅和他那几个光头师侄,原来公子早已有心在此打一次草围。"

"打草围"原本是牧人秋季围猎的统称,后被瓦剌人引申为入关抢劫。新军营深入敌国后,也靠向瓦剌部落"打草围"解决给养,不过将瓦剌追兵作为"打草围"的目标,却还是第一次。

云襄笑着点点头,挥手下令:"大家退到草甸中准备,听我号令出击。"

经过战火洗礼的新军营,早已是一支令行禁止的铁军,立刻退到坡下的草甸中,人马伏低,静等号令。三千多兵马,不闻半点喧嚣。

云襄伏在坡顶的草丛中,没多久就见罗毅与几名武僧纵马而回,从河滩浅水处涉水而过,在云襄的招手示意下来到他跟前。罗毅翻身下马,将马缰绳交给身后的武僧,抹着满脸汗珠伏到云襄身旁,匆匆道:"瓦剌人离这里还有十余里之遥,人数大约两万五,全是轻装骑兵。"

云襄点点头,他已经看到地平线尽头涌动的骑手如滚滚洪流般蔓延而来,耳边似乎已能听到那隆隆的蹄声,如战鼓般击在荒凉寂静的大草原上。

"来了?"武胜文爬到云襄身旁,悄然问。他的眼中闪烁着仇恨的火焰,似乎又想起了镇西军的溃败和父亲的惨死。

云襄点点头没有说话,三人静静地看着两万多名瓦剌骑兵来到小河对岸,在一阵混乱之后,瓦剌人发现只有一处浅滩有新军营渡河留下的痕迹,几名游骑分别往上下游寻找可渡河的地方,其余人开始陆续从齐腰深的急流中渡河。由于水流湍急,骑兵渡河的速度十分缓慢,照这速度,两万多人恐怕得花上大半天时间。

瓦剌人似乎没耐心等下去,分出两队各五千人分别往上下游寻找新的渡河地点。剩下的兵将在主帅催促下,纷纷加快了渡河的速度。经过长途跋涉后再勉强渡河,瓦剌骑兵过河后都是精疲力竭,纷纷脱下湿衣晾在地上,等着后续人马陆续过河。

见过河的兵马已过千,武胜文忍不住小声催促道:"差不多可以动手了吧?"

云襄神情不变,嘴里叼着一根草茎悠然道:"再等等,不着急。好不容易遇到这处福地,这次打草围定要满载而归。"

过河的瓦剌人越来越多，眼看差不多有三千人马时，云襄终于举起了手中的长剑，数百名弓箭手立刻匍匐来到坡顶，张弓指向了草坡下衣甲不整的瓦剌人。云襄长剑一指，数百支箭镞带着刺耳的锐啸，蝗虫般飞向毫无戒备的瓦剌人。

聚成一堆的人群中响起刺耳的惨呼，数百支箭镞几乎箭无虚发，弓箭手从容搭箭再射，七八轮箭雨过后，瓦剌三千兵马已大半倒地，剩下的纷纷四下逃开，往远处躲避突然飞来的箭镞，只有少数瓦剌人勉强张弓还击，三千兵马未经接战就已溃不成军，河对岸的瓦剌人见状不敢再渡河，因为一旦下水，就会成为箭手的活靶子。

云襄见瓦剌人队形已乱，勇气尽失，立刻一跃而起，翻身骑上伏地而卧的战马，一提马缰，战马嘶叫着站起身来，云襄举剑高叫："跟我冲！"说着纵马率先冲下草坡。武胜文与罗毅怕他有失，连忙纵马追到他身旁，三人并驾齐驱，挥兵冲向四下逃散的瓦剌人。

三千来名蓄势待发的新军营将士，紧跟在三人身后从草坡上纵马呼啸而下，高声呐喊着扑向一团混乱的瓦剌人。根本没料到新军营以三千残兵竟敢回师反击，瓦剌人完全没有准备，稍作抵挡就已溃不成军，四下逃窜，战斗很快成为一边倒的屠杀。河对岸的瓦剌人急得哇哇大叫，却根本帮不上忙，无奈之下朗多只得令箭手乱箭齐射，不再理会自己人的死活。

从河对岸射来的箭镞虽然没有多大准头，但对新军营将士依旧是个不小的威胁，有不少将士中箭落马，云襄见状连忙挥剑示意骑兵暂退，而草坡上的箭手则手执盾牌开始打扫战场，瓦剌人随身携带的干粮、烈酒、肉干，以及失去主人的战马，都成了新军营的战利品。

"瓦剌人从上游过河了！"远处突然传来一名游骑的高呼，那是负责监视上游瓦剌人的少林武僧，云襄见状即刻令新军营后撤，以免被瓦剌追兵缠上。当黄昏来临时，小河边只剩下淋漓的鲜血和杂乱的残尸，以及伤者无助的惨呼和呻吟……

在新军营将士脱离战场甩开瓦剌人后，云襄终于勒住奔马，举目四顾，只见众将士马鞍上挂满了缴获的干粮、烈酒和肉干，有的马鞍后还拴着缴获的战马。他转头对李寒光道："快清点一下收获和损失。"

李寒光立刻带人对全军草草做了清点，然后向云襄禀报道："收获的干粮和肉干，大概够全军十日之需，另外还缴获了七百多匹战马。不过咱们也损失了四百六十八名弟兄。"

云襄点点头，取下马鞍上的酒囊，举起酒囊对众将士沉声道："这第一口酒，为咱们死难的兄弟送行！"说着拔下木塞，将酒倾入草地。

众将士纷纷举起酒囊，神情肃穆地将酒倾倒在草地上。云襄再度举起酒囊，对众人朗声道："这第二口酒，庆祝咱们今日的大捷，喝！"

众将士兴奋地齐声高呼，仰天而饮。武胜文狠狠喝了一大口烈酒，顾不得抹去嘴角的残酒，纵马来到云襄身旁，举起酒囊与云襄一碰，高呼："这第三口酒，预祝咱们在云公子率领下，平安归国！"经过方才的大胜，他对云襄完全心悦诚服，再不怀疑云襄千里迂回的归国计划。

众将士齐声欢呼："预祝云公子率咱们平安归国！"

众人的信任令云襄十分感动，他对武胜文和众将士点点头，豪情万丈地举起酒囊，朗声道："那好！这最后一口酒，就祝咱们平安归国！干了！"

众将士纷纷仰天长饮，直到涓滴不剩，然后将空酒囊抛向空中，紧跟在云襄与武胜文身后，纵马向西疾驰。

数日后，浩浩汤汤的黄河已遥遥在望，就见岸边有两人两骑匆匆迎了上来，却是云襄派出往黄河以西探路的筱伯和张宝。二人纵马来到云襄跟前，筱伯对云襄点头道："老奴幸不辱命，已照公子的吩咐办妥，渡船也已准备停当。"

云襄纵马来到黄河岸边，就见岸边停泊着十几只渡船，他回头对武胜文道："派几名熟悉水性的兄弟将船划到对岸烧掉，只留一艘船渡河回来。"

"烧掉？"武胜文有些意外，"咱们不过河了？"

云襄点点头，遥望黄河上游从容道："大军从浅滩逆流而上，在二十里外再上岸，然后向南走偏头关或宁武关。"

"走偏头、宁武关？"武胜文有些意外，"咱们不向西迁回了？"

云襄点头笑道："那是引开追兵的计谋，请原谅我先前没有向你讲明。"

武胜文茫然地望着云襄，怔怔问道："引开追兵的计谋？如何引开？"

云襄叹道："数日前那场伏击，咱们有不少弟兄受伤落入朗多之手，我先前故意向全军讲明咱们要过黄河向西迁回的战略意图，其实就是要借受伤被俘的将士之口，将这个战略意图转告朗多。我不怀疑失手被俘的将士都是铮铮铁骨，决不会出卖咱们的行踪，但朗多不是笨蛋，被俘的将士越是掩饰咱们西去的意图，朗多越容易猜到我的计划。为了让这个计划看起来更真更像，我事前对任何人都没有透露。"

武胜文似乎有些明白了，微微颔首道："咱们涉水逆流而上，可以隐藏行踪，而烧毁的渡船可以将朗多引到对岸，不过他过河后若没有发现大队人马留下的痕迹，岂不会起疑？"

"武将军不用担心。"一旁的筱伯笑道，"老奴这几日秘密西去，已经花大价钱买通了一个游牧部落，让他们从黄河对岸一直往西走，他们留下的踪迹会让朗多误认为是咱们留下的。等朗多率兵追上他们，发现上当再回军追赶咱们时，恐怕至少要在七日之后了。"

云襄接口道："而这七日宝贵的时间，咱们可以不用顾忌追兵，向南冲击拦在偏头、宁武、雁门三关前的瓦剌防线,争取从偏头、宁武或雁门关回国。"

武胜文颔首叹道:"原来早在咱们伏击追兵之前,你就已经在盘算朝偏头、宁武、雁门三关方向突围归国,咱们伏击朗多,借被俘兄弟之口泄漏战略意图,并做出要越过黄河向西迁回的姿态,就是为了争取这七日的时间,突击瓦剌设在三关前的防线。公子的计谋之深,真是令人叹服!"

云襄点头道:"兵法之道,诡秘莫测,虚虚实实,真真假假,与千道不无相通。"说着他转头遥望南方,眼里满是担忧:"就算咱们争取到七日时间,不必再担心陷入前有堵截后有追兵的绝境,但要想突破瓦剌人的防线,恐怕还要经历一场生死恶战。"

武胜文宽慰道:"这个你倒不用太担心,咱们若袭击瓦剌人的营寨,关上的守军定会出兵支援,有他们的帮助,突破瓦剌防线应该不算太难。"

"但愿如此吧。"云襄遥望南方,依旧忧心忡忡。

说话间就见十几名精通水性的兵卒已驾着船渡过黄河,在对岸烧了渡船,然后合乘一只小舟渡河而回。武胜文一声令下,两千多名将士立刻从浅滩逆流而上,河水立刻冲走了大军留下的痕迹。

一个时辰后,众兵将重新上岸,这时留在后方的少林武僧送来了最新的敌情:朗多率军搭建浮桥,开始作过河的准备。听到这消息,云襄脸上不由露出喜悦的微笑,他就像一个真正的老千,不断从自己布下的骗局中享受着成功的快乐。

直等到朗多率大军全部渡过黄河,继续向西追击后,云襄才率军绕过兵微将寡的偏头关,直奔三关总兵驻守的宁武关。两千多名将士归心似箭,兴奋地踏上了向南的归途。

偏头、宁武、雁门三关俗称"外三关",扼守着中原北大门,历来是抗击北方游牧部落侵扰的坚强防线,其中宁武关扼守三关要冲,是连接三关防线的枢纽,为三关总兵亲自驻守。这日午夜刚过,在关上巡夜的兵卒看到远处瓦剌的营寨后方突然冒起了冲天火光,天边隐隐传来厮杀呐喊声,巡夜的兵卒一面加强戒备,一面令人火速飞报守将。

没过多久,值夜的守将匆匆登上城楼,遥望火光冲天的瓦剌营寨,此时就见一匹快马如入无人之境,从瓦剌人的营寨中冲杀而出,马上骑手手舞长棍,指东打西,挡者无不披靡。片刻后那骑手纵马冲到关前,他身后的瓦剌追兵刚要接近,却被城楼上的守军乱箭射回。值夜的守将借火光打量冲到关前的骑手,来人年纪甚轻,身着瓦剌牧人的皮袍,手中兵刃却是条丈余长的木棍。

守将高声喝问:"什么人?"

那骑手在关前勒马,仰头高声答道:"在下少林罗毅,替公子襄和武胜文将军送来口信,请求宁武关守军立刻出兵接应新军营。"

听到新军营的名号,城上守军中响起了一阵骚动,新军营孤军北伐、勇解大同之围的壮举,早已在边关守军中传颂,边关守军早已对其充满敬仰。不过那值夜守将却喝道:"新军营早已在瓦剌全军覆没,哪还有幸存者?"

自称罗毅的骑手取下马鞍上的长弓,将一支箭射上城楼旗杆,解释道:"这是武将军的信物,请守军尽快出兵!"

守将将信将疑地拔下旗杆上插着的羽箭,就见箭杆上缚着一支令符,像是新军营的令符。守将迟疑道:"就算这令符不假,却也保不定是被瓦剌人缴获的,作为赚开我关门的工具。就算你们真是新军营残部,没有兵部的令谕,咱们也不能妄自开关出兵。"

"你……"罗毅气得满脸通红,急道,"新军营将士千里血战,已经冲到宁武关前,望将军快快发兵救援,不然就迟了!"

那守将不论罗毅如何哀求,只是推说没有兵部令谕,不能妄自出兵。罗毅无奈,只得含泪纵马杀回瓦剌营帐,孤身去救新军营。明军积重难返的指挥弊端,以及守将的懦弱无能,使关上守军只能袖手旁观。

黎明时分,一小队衣衫杂乱的将士终于冲破瓦剌大军的重重阻拦,纵马冲到宁武关前。他们人数不足五百,人人浑身浴血,身上带着各种恐怖的伤痕。他们的衣着杂乱无章,既有瓦剌人的皮袍,又有明军残破的战甲,既不像大明军队,也不像瓦剌骑兵,反而像一支四处流窜的土匪。宁武关上众兵将齐齐拉开弓箭,指向这一队来历不明的人马,一个守将高声喝道:"站住!什么人?"

几百名汉子在关前停了下来,一个身披瓦剌皮甲、浑身浴血的彪壮汉子纵马来到关前,将手中一杆大旗高高举起,大旗残破不堪,沾满了干涸的血污和火焰烧燎过的残迹,但旗上那个迎风招展的"新"字,依旧清晰可辨。

"新军营!果然是新军营!"宁武关上众兵将在最初的惊诧之后,不由发出一阵惊叹。他们早已听说新军营孤军北伐瓦剌的壮举,今日再见新军营的战旗,以及这几百名幸存归国的将士,城上的守军无须将领下令,齐齐举起手中的兵刃,向远征瓦剌、勇解边关之围,如今又奋勇突围归国的勇士致敬。

守将连忙令人打开关门,在新军营将士鱼贯入城后不久,一只信鸽从宁武关总兵府冲天而起,直飞向北京。

北京城福王府内,靳无双据案端坐,和蔼地望着跪在案前的两男两女。跪着的四人却是惴惴不安,垂着头不敢看他一眼。他身后侍立着神态冷厉的蔺东海,以及始终面带微笑的周全。

"这次朝廷能一举扑灭魔门的叛乱,你们也有功劳。"靳无双款款道，"虽然你们曾是魔门光明四使，但既然重伤魔门首恶寇焱，令他最终自焚身亡，也算有心投诚，本王自然不会亏待你们。以后剿灭魔门余孽，还要仰仗四位多多出力呢。"

明月连忙磕头道："小人愿誓死效忠王爷！"

靳无双满意地点点头，挥手让蔺东海将四人带了下去。

四人一走，周全忍不住小声问："主上相信他们？"

靳无双轻蔑地撇撇嘴："他们能背叛寇焱，他日难保不会背叛本王。不过现在是咱们用人之际，只要还有一分利用价值，就不能浪费。"

周全心领神会地点头。这时突见一名侍卫捧着一只信鸽匆匆奔入，气喘吁吁地禀报道："宁武关有最新的消息送到！"

靳无双接过信鸽，取下它脚上的竹筒倒出纸条，缓缓展开一看，脸上顿时闪过莫名的惊喜。周全见状忙问："新军营有消息了？"

靳无双点点头，按捺不住内心的喜悦欣然道："新军营残部三百九十八人已回到宁武关，领兵的是公子襄和武胜文，他们都没死！"

兴奋地长身而起，靳无双在房中踱了几个来回，突然停在周全面前，眼里闪烁着一丝意味深长的笑意："立刻通知宁武关总兵范世忠，让他一定留住公子襄，我要恳请圣上，为孤军征伐瓦剌、勇解边关之围的新军营将士，举行一次盛大的凯旋庆典和阅军仪式，以彰扬他们前无古人的丰功伟业！"

周全从靳无双的眼中，看到了一种前所未有的兴奋和决断，他迟疑道："主上此举似乎另有深意？"

靳无双脸上闪过一丝异样的神采，遥望虚空幽幽一叹："我等这样一个机会已等得太久，不想再等了。"

十一、死神

宁武关总兵府内，一连几天都在举行盛大的酒宴，以款待新军营幸存的勇士。自总兵范世忠以下，各级将领轮番宴请公子襄和武胜文等新军营兵将，以表达对新军营的敬意，以及未能出关救援的内疚和歉意。虽然新军营的行动刚开始军中并不知情，但他们的事迹最后还是传遍了边关。驻守边关的将士最敬重真正的勇士，能在数十倍瓦剌虎狼之师的围追堵截下生还，新军营每一个幸存者，在他们眼里都是了不起的勇士和英雄。

酒宴之上，几乎每一个人都会问起新军营的战绩和经历，但自公子襄以下，所有人在这个问题面前都沉默不语。他们的眼中蕴含着一种说不出的沉重，让经历过最残酷战斗的边关将士，都无法忍受这种沉重。联想到新军营从一万人锐减到不足四百人的惨烈，他们不忍再问，只能默默地举起酒杯，用烈酒表达自己的敬意。

酒已半酣，人也半醉，突听门外嘈杂，有人高呼"圣旨到"。众人一阵忙乱，由范世忠领头接旨，原来却是宣总兵范世忠率兵护送新军营将士进京，朝廷将举行盛大的庆典，庆祝新军营凯旋，其间圣上还将亲自检阅新军营将士,并为所有将士论功行赏。圣旨中特意提到率领新军营孤军北伐的千门公子襄,并特宣其进京面圣。

听到这意外的宣召,云襄嘴边泛起一丝苦笑。以前刻苦读书,就是盼着有朝一日能登上金銮殿,位列公卿,一展胸中抱负;但是现在,他只想远远逃开。

总兵范世忠接过圣旨,脸上泛起莫名的兴奋和羡慕。拜别传旨的公公后,他不禁对云襄和武胜文兴奋地道:"朝廷特意为新军营举行凯旋庆典和阅军仪式,这自本朝开国以来还从未有过!你们的功绩将彪炳史册,让末将都跟着沾光,末将当敬你们二位一杯!"

半年多的漠北朔风和征战杀伐,使云襄的脸如新军营将士一样,像戴上了一层粗糙的硬壳,即使已喝得半醉,喜怒哀乐依旧难形于色。面对范世忠的恭维和奉承,他的眼中泛起一种深沉的悲哀。

"彪炳史册?"云襄醉意蒙眬地举起酒杯,眼里满是痛苦,"赫赫战功之下,是多少将士埋骨荒野?是多少无辜者淋漓的鲜血?是多少妇孺的冤魂?我有功么?我率万人出关,如今只有不足四百人归国,有九千多名生死兄弟埋骨异乡,在如此惨重的损失面前,谁人敢自诩有功?"说到最后,他已是泪流满面,哽咽无语。

范世忠一愣,不知如何应对。武胜文见状连忙对一名随从示意:"公子醉了,扶他下去歇息吧。"

两名随从将云襄扶到后面的厢房,将他扶到床上躺好。二人刚走,筱伯便捧着茶水毛巾进来伺候,小声问:"公子醉了?"

"我没事。"云襄从床上坐起,接过毛巾擦了擦脸,醉态一扫而空。

筱伯不由问道:"听说有圣旨宣公子进京面圣,公子作何打算?"

云襄摇摇头:"我不会去。今日我装醉离开酒宴,就是想立刻脱身。筱伯你收拾一下,叫上张宝、罗毅还有觉空他们,咱们连夜就走。"

觉空是少林十八罗汉之一,随新军营北伐后,十八罗汉也折损大半，如今仅剩下六人。筱伯见云襄这就要走，急忙道："这是一次难得的机会，公子为何轻易放弃？"

"机会？此话怎讲？"云襄皱起眉头。

筱伯款款道："圣上既然特意下旨宣召公子，即表示已有意赦免公子过去的所有罪名。就算公子无心仕途，也该趁此机会进京面圣，为自己取得一个清白的身份，免得再受柳公权之流骚扰。再说济生堂渐渐庞大，难保不会引起朝廷猜忌，如果公子能趁这次机会向圣上禀明济生堂的实质和宗旨，争取得到朝廷的承认，这对济生堂将来的发展也大为有益啊。"

见云襄沉吟不语，筱伯不禁趋近一步，恳切地道："如果这次公子抗旨而逃，将永远失去与朝廷和解的希望，失去为自己正名的大好机会，将永远成为见不得阳光的边缘人。公子三思啊！"

"你让我好好想想。"云襄一脸踌躇，缓缓踱到窗前。似乎感觉到窗外的寒意，他轻轻关上窗户，房中顿时一片幽暗。他顺手点燃桌上的油灯，在蒙蒙昏黄中，脸上闪过一丝决断。

缓缓坐到桌旁的太师椅上，他直视着筱伯平静地道："我可以奉旨进京，不过，我需要一道护身符。"

"护身符？"筱伯有些疑惑，"什么护身符？"

"《千门秘典》。"云襄紧盯着筱伯的眼睛。

筱伯眼中闪过一丝惊诧，然后又坦然笑道："《千门秘典》下落不明，一时半会儿恐怕很难找到，它怎么会是公子的护身符？"

"是吗？"云襄目光炯炯地盯着神色如常的筱伯，嘴角泛起一丝调侃，"我只知道是影杀堂第一杀手，从南宫放手中夺去了《千门秘典》，那不是你吗？死神。"

筱伯眼中陡然闪过一丝锐芒，跟着哈哈一笑："公子怎么会认为老奴是影杀堂死神？"

云襄道:"第一,你本来就是影杀堂杀手,你当初反出影杀堂投靠我时说的那些话,不过是你的一面之词。第二,当年我在金陵揭穿柳公权的阴谋,是你出面雇了影杀堂夺魂琴和鬼影子帮我,过程顺利得令人惊讶。当时鬼影子还曾对柳公权说过一句话,说我是影杀堂不能动的人。那时我就在奇怪,影杀堂怎么会对我如此看重?现在终于清楚了,原来他们是得到过你的特别叮嘱。"

筱伯无辜地苦笑道:"公子仅凭这两点,就断定我是死神?"

"当然不止!"云襄缓缓道,"在小五台山黑风寨,南宫放用明珠要挟我时,我是临时决定用《千门秘典》换回明珠,事先并无周密计划,死神却好巧不巧地出现在那里,杀人夺书。如果他是受雇杀南宫放,怎么会连南宫放的死活都不顾就走?所以我肯定他是为了秘典,而且来去非常匆忙。知道南宫放手上有秘典的,就只有目睹我用秘典交换明珠的这些人。而这些人中间,有足够的能力杀掉南宫放的,就只有你,筱伯!"

筱伯无奈地道:"如此说来,老奴不是死神都不行了?"

云襄点点头:"当然是你!小五台山说大不大,说小也不小,要想准确地追上南宫放,抢回秘典,还真不能靠运气。最简单的办法是在《千门秘典》上下点千里香,然后循香追击。而《千门秘典》除我之外,就只经过了你的手。你为了避开我们去追南宫放,用药物使武忠那些兵士昏昏欲睡,使我们不得不留在山上歇息,而你则趁我休息之时点了我的昏睡穴,然后循香追上南宫放,杀人夺书!可惜你的时间太紧迫了,都来不及去山崖下看看南宫放的死活,更巧的是我也选择了和南宫放相同的下山线路。也许,这就是上苍在以它那不可抗拒的神力,向我昭示凶手的真正面目吧!"

筱伯怔了半响,终于仰天一声叹息:"公子果然心思缜密,目光如炬,令在下佩服得五体投地!"说着他从贴身处掏出一本古旧的羊皮册子，双手捧到云襄面前："不错！在下就是影杀堂第一杀手死神，为了替公子追回《千门秘典》，不惜杀了公子的仇人南宫放。现在，在下将它完璧归赵。"

云襄宠辱不惊地接过《千门秘典》，信手放在桌上，望着面前这最神秘的杀手问道："为什么这么做？"

筱伯不亢不卑地笑道："在下只是个杀手，只要有人出得起价钱，在下愿意为他做任何事。有人花大价钱雇在下保护公子和这本《千门秘典》，在下自然要竭尽所能。在下不仅帮你杀了南宫放，抢回《千门秘典》，还在牧马山庄救过你一回。"

云襄立刻就想起了从自己身上偷走赃物的那个神秘人，若不是他，那次自己就已经栽在南宫放手上了。不过此刻云襄心中并无一丝感激，他木然道："如此说来，金彪也是你杀的了？你为了防止南宫放从金彪身上追查到我，不惜杀了金彪，然后假扮成刺杀南宫豪失手的影杀堂刺客，博得我的同情接近我，从此对我贴身保护？"

筱伯有些尴尬，讪讪笑道："公子这也知道？"

云襄从怀中掏出一个古旧的布扣，黯然搁到桌上："金彪死后，手中一直紧紧攥着这枚布扣，我在南宫豪那里第一次见到你时，你穿的青布鞋上，就少了这样一枚布扣。"

筱伯脸上的尴尬顿时变成了惊讶："公子那时就已经知道是我杀了金彪，所以将计就计将我留在身边？这么些年过去，公子居然都能不动声色，这份隐忍功夫简直令人恐惧！不过，公子今日为何突然要跟我摊牌？"

云襄波澜不惊地道："以前我要去北京，你总是百般劝阻，就算那次我坚持去北京面见藤原秀泽，你都十分小心谨慎。但今天，你却竭力鼓动我去北京，显然形势已经发生了利于你或者说是利于你的雇主的变化，所以你们已决定将我这个棋子抛出去，做致命一击。我这个棋子就算是死,也该让我死个明白。告诉我,你们的计划是什么?是不是你们已经找到对付靳无双的办法?"

筱伯遗憾地抱拳道:"我只是个受人雇佣的杀手,就算知道雇主的身份和计划,也决不会出卖他。如今公子既然已识破我的身份,我只好遗憾告辞,以后公子自己要多多保重。"说完拱手一拜,转身便要离开。

云襄眼神复杂地望着筱伯的背影,突然问:"你真的只是个杀手?"

筱伯一怔,回头道:"公子这话是什么意思?"

云襄冷冷道:"如果你是一个我从未见过的杀手,有必要自毁容貌来接近我吗?你在我身边改头换面隐匿多年,一个杀手恐怕没有如此坚忍的意志。我还从南宫放口中得知,死神不是男人!师父,难道真要弟子剥下你最后一条裤衩?"

筱伯浑身一颤,慢慢回过身来,眼里满是惊诧。就听云襄冷漠地道:"记得师父曾经告诉过我,你这一生最大的弱点就是过不了'情'字这一关,小师妹阿柔是你一生的弱点。但自从我得知你并未去世后,就知道你必定已经克服了这个男人都有的弱点,真不愧为与靳无双不分伯仲的一代千雄!我记得你小师妹阿柔伤你的功夫叫'销魂蚀骨',我在魔门魍魉福地特意查过这门功夫,那是一种专门对付男人的媚惑之术。你要想不受其害,引刀自宫是最简单、最有效的办法。既然你能在阿柔的'销魂蚀骨'之下安然无恙,还能借她之手骗我诈死,那时候你就已经不是男人了吧?"

筱伯用异样的目光打量着云襄,足有半晌才一声长叹,缓缓挺起胸膛,气质顿时一变,哪里还有半分奴仆的恭谨和杀手的冷厉?他坦然坐到云襄对面,眼里满是欣赏和赞许:"看来我的眼光真的不错,也没有白教你,你已经青出于蓝了!"他顿了顿:"只是我不明白,你是从什么时候得知我没死的?"

云襄回忆道："虽然我第一眼看到影杀堂杀手筱不离，就知道他是杀害金彪的凶手，却怎么也没想过他就是我已死的恩师。你对我的性格真是了如指掌，知道我不会看着你死在南宫豪手中，所以才用常人根本想象不到的办法来接近我。其实这一切皆在你的掌握之中，你有同伙在暗处保护你的安全，就算我不救你，你在南宫豪手中也不会有半点危险。虽然我当时就奇怪你的毁容之举，也只是隐隐猜到你是在掩饰本来的面目和身份，却怎么也没想到，这毁容的杀手就是自己熟悉的恩师。"

筱伯点点头："没办法，你刚出道时还颇为生涩，我不得不贴身保护，可惜一般的易容只能骗过笨人的眼睛，所以我不得不毁容接近你。只是没想到你早已发现是我杀了金彪，却还能不动声色地隐忍这么多年。"

云襄道："我那时不知道你的目的，也不知道你还有什么同党，所以只好将计就计，静观其变。后来又发生了一些事，让我渐渐怀疑你跟云啸风有关系。"

筱伯皱眉问道："是因为莫老二的死？"

"不仅仅是莫爷。"云襄道，"莫爷的死是因为他看了《千门秘典》，除了我之外，看过《千门秘典》的三个人，寇焱你是杀不了的，莫爷和南宫放就因为这都死在了你手中。我想这绝不是你在维护千门的门规，而是有着更深的用意。可惜你没有想到，莫爷临死前用脚在地上写下了凶手的名字，虽然只写了个'云'的字头，也足以为我指明方向了。"

云啸风眼中闪过一丝赞赏："你明知我未死，还故意将我埋在青海的假尸骸托天心居弟子运回江南安葬，以安我心，真是深得为师真传啊！"

云襄眼里闪过一丝狡黠："虽然我知道用龟息之术诈死，可以轻易骗过不会武功的我，虽然我怀疑莫爷临终前留下的'雨'，很可能是未写完的'云'（雲），但我还不敢就此肯定师父真的在诈死利用我。想到师父行事一向谨慎，如果诈死必然会做得天衣无缝，所以我故意给了天心居楚姑娘一张似是而非的地图，若照着那张地图，根本找不到我埋葬师父的地点，当然也就找不到什么尸骸。不过师父既然没死，又在我身边监视我的一举一动，自然会让同党暗中帮天心居那些弟子一把，找回你当初埋下的尸骸。师父自作聪明的举动，恰恰证实了我心中的揣测，从那时起，我就知道筱伯真正的身份了。"

云啸风眼里满是惊讶，继而仰天叹息："你果然已经青出于蓝，为师真是以你为荣啊！你还知道多少，都一并告诉为师吧。"

云襄拿起桌上的《千门秘典》，淡淡一笑："我已经堪破了《千门秘典》的奥秘！这本千门中人奉为圣典的经书，除了第一页上那句千门中人人皆知的古训，根本就是本无字天书。它的奥秘不在书里，而是在书外，它是千门门主维护自己权威的精神象征。所以，历代门主在从上一代门主手中继承这本圣典后，要么不明白，要么明白了也不说，只有这样，才能保持自己在门人心目中的神圣地位。寇焱一代枭雄，一眼就看穿了它的奥秘，所以毫不犹豫就还给了我。可笑靳无双聪明绝顶，竟被师父以这本秘典为饵，引得为之大动干戈，若他知道真相，定会气得吐血。"

云啸风笑道："这不是靳无双不够聪明，而是他对这本千门故老相传的圣典，充满了极度的好奇和渴望。在没有找到我和这本秘典之前，他谋夺天下的计划就总觉得还有缺憾。而他为人行事又务求尽善尽美，容不得自己的计划有半点瑕疵，所以才会调动一切力量寻找我和这本秘典。他的好奇和贪婪成了他唯一的弱点。"

"难怪师父要杀掉莫爷和南宫放！"云襄一声叹息，"《千门秘典》的奥秘一旦曝光，这千门中最大的骗局就会大白于天下，靳无双就再没有任何弱点了。"

云啸风点点头,用温暖的目光望着云襄,柔声道:"阿襄,虽然为师一开始只是将你当成吸引靳无双注意的棋子,但看到你今日的成就,为师真为你感到骄傲。虽然为师做过一些让你伤心的事,但看在为师是为了保护你的分上,请你理解为师的苦衷。但愿咱们师徒从今往后能冰释前嫌,联手除掉奸贼靳无双,为朝廷整肃朝纲!"

云襄眼中闪过一丝隐痛,声音依旧平静地道:"师父,是你给了我第二次生命,让我从命运长河中微不足道的一叶浮萍,成长为驾驭风浪、把握自己命运的强者。就算你的本来目的是利用我,将我当成棋子,我依旧对你心存感激。但你不该妄杀我的恩人莫爷,更不该杀害我唯一的兄弟,我对着他们的尸骸发过誓,无论凶手是谁,我都要为他们报仇。"

云啸风轻哼一声:"难道为师对你的恩情,比不上莫老二和金彪?要知道我救你的次数,远远比你知道的要多得多。"

"让我算算,我不知道的还有哪些。" 云襄回忆道,"在青海苦役场,除了你,还有义兄王志也向我伸出过援助之手,尤其在除掉疤痢头的行动中,起了决定性的作用。以前我总以为是自己足够聪明,现在回想起来,才知道自己当初的浅薄和莽撞。若不是义兄王志帮忙,我决不会如此顺利就通过你的考验。他一定还在为你做事,被严骆望杀害的狱友中,肯定没有他。"

云啸风坦然道:"不错!他是千门火将,一直对我忠心耿耿。"

云襄对这个消息没有感到太意外,继续道:"在我对付巴蜀叶家的过程中,千门摇将碧姬,出现得也实在太巧,就像是上天赐给我的帮手一样。我几乎是借用她的计划,就让巴蜀叶家一败涂地,这也是师父为让我在江湖上尽快崛起而暗中提供的帮忙吧?"

云啸风点头道:"摇将碧姬,也是忠于我的属下。那时你刚出道，为师对你还不太放心，所以安排碧姬帮你，现在想来，恐怕是有些多余。"

云襄点点头，沉吟道："还有一个人，恐怕在千门中地位也不低，就是苦役场司狱官严骆望！"

云啸风眼中闪过异样的惊讶，失声问："这你也知道？"

云襄从容道："我请楚姑娘派人去青海时，发现当初我服役的苦役场已经撤销，那座金矿现在被一个神秘的帮派控制。联想到师父当年曾说过，你在帮严骆望盗窃国家的财产，又联想当初苦役场发生的那些塌方，我基本可以猜到你们合谋盗窃的方法。你们在发现金沙丰富的矿脉后，故意制造塌方将矿脉封闭，使苦役场的产金量越来越少，令朝廷以为这座金矿已经被采尽，不得不撤销这处矿场，然后你们的人再进驻，将国家的金矿据为己有。"

云啸风笑了："你猜得八九不离十。不过你凭什么说严骆望就是千门中人？"

云襄道："我虽然身在江湖，却也关心着朝中大事。前不久我发现有个由知府内调进京的朝臣平步青云，已经做到兵部侍郎，他刚好就叫严骆望。我派人一查，原来他还做过青海某苦役场的司狱官。我想这不是偶然，他应该是你安插在朝中的棋子。你与他有如此深的渊源，很容易让人联想到他也是千门八将之一。不过我猜你对他的信任有限，所以他当初并不知道我是你精心培养的棋子，才想雇杀手除掉我，我也才结识了一生的兄弟金彪。"

云啸风道："不错！他就是千门反将。你知道的远远超出了我的预料。"

十二、谋反

云襄喟然叹道："师父的实力真是惊人啊，经济上有一座金矿作为后盾，江湖上有影杀堂为你所用，千门中有摇将碧姬、火将王志、反将严骆望向你效忠，朝中还有重臣暗中支持。再加上我这个放在明处的棋子，以及我掌控的江湖势力，难怪你决定要向靳无双发起正面进攻了。"

"不够，远远不够！"云啸风叹息道，"我的实力与靳无双比起来，还是差得太远。你不知道靳无双的真正身份，所以才以为我会向他正面进攻。"

云襄眼中闪过一丝惊讶："难道靳无双就是福王？他本姓朱？"

云啸风叹道："可以说是，也可以说不是，为师也是最近才查清他的真正身份。"

云襄眼中有些疑惑："靳无双既是福王，又不是福王，此话怎讲？"

"这个说来话可就长了。"云啸风轻捋自己面具上的假须，遥望虚空回忆道，"这得从我的师父，上一代千门门主靳九公说起。他当初效法秦相吕不韦，将自己已怀孕的女人献给了当时的太子，想用这手段谋夺朱家天下。"

云襄皱眉道:"已经怀孕的女人,怎么可能骗过太子?"

云啸风笑道:"使妇人假扮室女,甚至延长孕期,这对千门中人来说都不是难题。所以师父的女人顺利成了太子妃,他也成了太子的心腹幕僚。可惜人算不如天算,太子妃十月怀胎,在诞下一对双胞胎的同时竟难产身亡。而双胞胎将来是没有资格继承帝位的,所以我师父干脆偷走了其中一个儿子,并为他取名靳无双。

"后来朝中发生了那件众所周知的宫廷政变,太子被废,被赶出京城成了个落难的王爷。太子承受不了命运的打击,很快就一命呜呼。他的儿子,也就是我师父留下的那个私生子,顺理成章地继承了他的爵位,这就是福王。"

云啸风叹了口气:"我师父苦心孤诣的计划,最终却坏在了不可捉摸的命运上,心灰意懒之下,他把希望寄托在了下一代身上,收了我和温柔两个弟子,将我们和靳无双一起精心培养。靳无双长大后,渐渐显露出过人的才智和本领,令我师父十分欣慰。当靳无双得知自己还有个做王爷的孪生兄弟时,便开始大胆实施一个新的计划。"

云啸风眼里闪过一丝隐痛,恨声道:"他说服师妹阿柔接近福王,为他的计划铺路。师妹精擅媚惑之术,轻易就成了福王最宠爱的妃子。然后靳无双雇刺客假意刺杀福王,给福王施加无形的压力,师妹趁机向福王进言,要福王找一个容貌相似的替身以防不测。就这样,靳无双以替身的身份进了福王府,堂而皇之地以福王的身份示人。他游刃有余地替福王应付一切俗务,渐渐为福王赢得了贤良名声,而福王陷入温柔陷阱不能自拔,乐得将所有事务都交给靳无双处理。靳无双不动声色地将福王身边的人逐一铲除,最后,将整个福王府的人都换成了他的心腹。"

云啸风眼里满是钦佩,喃喃道:"靳无双真不愧是一代千雄,能日日目睹自己的女人与别人双宿双飞而不动声色。他以福王的身份多次向先皇上书,以敏锐的眼光指出朝廷的弊端,以过人的才智为朝廷化解危机,同时不忘以巧妙的手段奉承先皇。他的才能得到了先皇的赏识,所以先皇在驾崩之前,不顾'王不留京'的祖训,特意召福王进京辅佐太子。靳无双怕福王这个草包兄弟进京后就露馅,干脆一不做二不休让其彻底消失,此时福王府全是靳无双的心腹,他便堂而皇之地以福王的身份进京面圣,这就是今日之福王。可惜我以前只知道他进了福王府,却怎么也没想到福王是他的孪生兄弟,他已经冒名顶替做了福王。后来你与福王数度交手,我才渐渐想到这点,也才查出师父还有个儿子一直留在王府。只可惜到现在为止,我也没有任何证据揭穿靳无双的真面目。"

云襄听得目瞪口呆,忍不住问道:"既然靳无双是你师父靳九公的亲生儿子,你师父怎么会将千门门主之位和《千门秘典》传给你,而不是传给自己的儿子?"

云啸风叹道:"虽然真正的福王是个贪恋女色的草包,但怎么说也是我师父的亲骨肉,靳无双夺兄弟爵位的心计和擅杀兄弟的冷血,使我师父意识到,若将代表江湖力量的千门门主之位传给靳无双,恐怕就再也控制不了这个儿子。师父最擅权谋之术,所以便将门主之位和《千门秘典》传给了我,以牵制靳无双。只要靳无双对我这个师兄还有顾忌,我师父谋夺天下的计划就还有实现的希望。"说到这里云啸风一声叹息:"可惜师父低估了靳无双的冷酷和无情,他为了得到《千门秘典》和门主之位,竟派人刺杀了生身之父,并一路追杀为师,为师在骆家庄第一次见到你时,正是被靳无双派人追杀的时候。"

云襄冷冷望着云啸风,沉声道:"也许靳九公不愿将门主之位传给儿子不假,只是你继承门主之位的过程恐怕也有些不实。不过我对千门上一代的钩心斗角不感兴趣,我只想知道,是什么促使你下定决心，要与靳无双决战京师的？"

见云啸风迟疑着没有立刻回答，云襄又道："这次圣上要见的是我，所以我应该是你手中不可替代的棋子。告诉我你的详细计划，或许我可以考虑替你完成。如果师父不愿坦诚相待，我决不会去京师，也不会再做你的棋子。"

云啸风盯着云襄平静的眼睛，从中看到了熟悉的信心和决断。他无奈开口道："朝中有我的人，他发现福王竭力鼓动圣上为新军营举行一次盛大的凯旋庆典，以彰扬新军营舍身卫国的壮举。福王甚至将公子的事迹添油加醋告诉了圣上，以圣上年轻人的心性，早已急着召见你这位江湖上的传奇人物。我虽然不知靳无双的具体计划是什么，但凭我对他的了解，已猜到他会借此机会发动政变，然后将罪名嫁祸于你。也只有用名动天下的千门公子襄做替罪羊，才能蒙蔽天下人的眼睛。而为师要做的，就是揭穿他的阴谋和真面目，将他彻底击败，以告慰先师在天之灵。"

云襄紧盯着云啸风的眼睛，冷笑道："恐怕师父的计划不是这么简单吧？师父既然是一代千雄，怎么会放过这次谋夺天下的大好机会？我要是你，定会将计就计，待靳无双除掉圣上后，再出面揭穿他的阴谋，以你现在的实力，完全可以在京师与靳无双一决高下。一旦成功，你就是拯救江山社稷的大英雄，然后效法奸雄曹操另立新君，挟天子以令天下，这难道不是一个千雄的最高理想和追求吗？"

云啸风怔怔地望着平静如常的云襄，突然长叹一声："你已经把为师完全看透，难道咱们师徒真的只有反目成仇？"

云襄缓缓站起身来，以结束的姿态从容道："师父，我可以为你打败靳无双，但仅此而已。我不会容忍你和靳无双将江山社稷变成你们的决斗场，更不会眼看着天下百姓，陷入东汉末年那样的战乱之中。我不会再做你的棋子，相反，我要你做我的棋子，将你掌控的秘密势力为我所用。"

云啸风看看平静而自信的云襄，涩声道："我没算到你早已识破我的身份，所以就大意了。其实在新军营南归之战中，你让我准备渡船，买通一个游牧部落冒充新军营往西引开追兵，我就该想到你已经知道我是谁了。因为这些事，绝不是一个寻常杀手可以完成的。"

云襄坦然道："我知道师父不是一个人，这些事只有你和你的手下能完成，这次南归之战，你又救了我一回。"

云啸风目光转向面前油灯中那闪烁不定的火焰，赞许地点点头："我想这灯油中大概含有唐门的化功散吧？难怪你要先关上窗户，让药力得到最大限度的发挥。"

云襄点头道："从我将筱伯留在身边那一刻起，就暗中准备了好几种防身的东西，化功散只是其中之一。方才我点燃油灯之前，已将化功散混入灯油，它无色无味，常人吸了没有任何影响，练武之人吸了则内力尽失，身手与常人无异。"

云啸风叹息道："想必张宝、罗毅就守在门外，看来我是输定了。就算是这样，我为什么要帮你这个背叛师父的忤逆弟子？你给我一个理由！"

云襄低头紧盯着云啸风的眼睛，声音坚定地道："你当初收我为徒就包藏祸心，是为了利用我而不是为了救我或教我，是你不义在先，我这是觉醒而不是背叛。靳无双是你一生的仇敌，还夺去了你深爱的女人，逼得你不得不用自宫来忘却这份感情。如果你不帮我，靳无双将再无敌手，这江山社稷迟早将成为他的囊中之物，你难道甘愿看着靳无双达到这千门的最高成就，而自己却在某个阴暗的角落苟延残喘，或在江湖上继续东躲西逃？"

二人四目相对，一瞬不瞬。在云襄凛然的目光逼视下，云啸风缓缓收回目光，低头叹道："你赢了，为师甘愿做你的棋子，帮你击败靳无双！"

云襄向云啸风伸出手："那就让咱们师徒精诚合作，共除奸王！"

云啸风带着几分无奈与失落，缓缓抬起胳膊，师徒二人的手，终于紧紧握在了一起。

三更的梆子已经敲过，黑夜像厚重的幕布，笼罩着整个北京城，也笼罩着魏峨广大的福王府。后院一座偏僻寂静的佛堂中，靳无双纹丝不动地跪在佛像前，从不信鬼神的他，竟对着泥塑木雕的佛像喃喃祈祷。

"夜深了，早些歇息吧！"温柔披着一件狐皮大氅，睡眼惺忪地出现在门外。她是半夜醒来不见了枕边人，心中担忧，连忙出来寻找，总算在这偏僻的佛堂找到了他。

靳无双站起身来，轻声问："新军营快到北京了吧？"

温柔揉着眼，心不在焉地应道："明日就该到北京郊外了。"

"公子襄也在？"靳无双似乎还有些不放心。

温柔打着呵欠道："宁武关总兵范世忠亲率五千兵将，明是护送，实是押送新军营三百九十八人来京，公子襄就算想不来都不成。"

靳无双轻舒了口长气，缓缓来到佛堂外，遥望晦暗天空怔忡不定地问："云啸风真的已经死了？《千门秘典》是在公子襄手上？"

温柔略显不耐地道："你不是已经查到天心居曾从青海运回一具尸骸交给公子襄，而公子襄则秘密将它厚葬在了江南。你还特意让人盗出那具尸骸送到京城，虽然尸骸已经腐烂，但它身上的衣衫我还认得，正是我最后一次见到云啸风时他穿的那件。而且尸骸的身高、头发、随身的饰品，都证明那就是云师兄。"

靳无双心事重重地点点头，喃喃道："也许，是我太在意云啸风了。在没有确定他已经毙命之前，我始终不敢轻举妄动。"

温柔轻轻地揽住靳无双的腰,柔声道:"你放心,云师兄早已经死在我的'销魂蚀骨'之下。已经有人见过《千门秘典》就在公子襄手中。云师兄若是未死,怎舍得将这本本门门主世代相传的秘典交给他人?要知道他当初连我都不给看一眼。明日待公子襄一到,你就可以见到这本向往已久的圣典了。"

靳无双眼中忧色渐退,拍拍温柔:"去叫老五过来,我有话问他。"

"都这么晚了!"温柔有些不满地皱起眉头,不过在靳无双的温柔眼神注视下,还是乖乖地去叫周全。不一会儿就见周全匆匆赶到,垂手问道:"主上有何吩咐?"

靳无双小声问:"明日的行动准备得怎样了?"

周全肃然道:"已经遵照主上的计划做了周密部署,只等公子襄和新军营一到,主上就将达到谋江山社稷于无痕无迹之中的千门最高境界,成为与千门始祖交相辉映的不世千圣!"

靳无双眼里闪过一丝异样的兴奋,白皙冷漠的脸上,第一次露出了一丝热切的向往。不过这兴奋一闪即逝,转瞬间他已平静如常。像是自言自语一般,他轻声道:"明日见不到《千门秘典》,所有行动皆取消!"

北京城遥遥在望,五千兵将齐声欢呼,纷纷加快了步伐,谁知在离城十余里处,却被一道圣旨截住,令他们原地安营扎寨。

营帐很快就立了起来,范世忠的五千兵马,众星拱月般将新军营三百多人的营帐围在中央。黄昏时分,就见一骑快马疾驰而入,马上骑手手捧令谕一路高呼:"福王亲自率军迎接新军营,宣公子襄与新军营统领武胜文觐见!"

来了!云襄心中一凛,与罗毅等人交换了一个眼神,罗毅微微颔首,二人眼中闪过同样的默契。

翻身跨上战马，云襄与武胜文尾随传令兵并驾而驰。武胜文身材魁梧，甲胄紧实，云襄青衫飘飘，背影隽秀，走在一起对比颇为鲜明。

二人尾随传令兵来到一座狼兵虎卫林立的大帐前，立刻有侍从为二人牵马执鞭。云襄与武胜文翻身下马，突然看清了两名侍从的模样，不由吃了一惊，失声道："是你！"

那名面如美玉的侍从立刻单膝跪地，恭敬地拜道："明月向公子襄请安！当年小人在嵩山有幸见过公子，公子的音容笑貌一直让我挂念。今日再见，没想到公子依旧光彩照人。"

原来这两名侍从，竟然是魔门光明使明月与力宏。云襄怎么也没想到他们会出现在这里，心中惊疑莫名。不过他没有多问，只对二人微一颔首，便随武胜文进了大帐。

大帐中响起一声喜极而泣的欢呼，云襄一听不由僵在当场。就见一个红衣少妇飞身扑入武胜文怀中，伏在他肩上嘤嘤而泣。武胜文眼含热泪，紧紧拥着她不愿松开。一旁传来婴儿的啼哭，少妇放开武胜文，拉着他的手兴冲冲地来到丫鬟面前，抱过孩子递给武胜文，喜滋滋地对孩子道："娇娇快看，你爹爹回来了！"

武胜文小心翼翼地接过孩子，脸上满是幸福之色。这时那少妇突然看到一旁的云襄，不由轻"啊"了一声，正待惊喜地迎上来，就见云襄拱手一拜："见过武夫人！"

这红衣少妇正是嫁给了武胜文的明珠郡主。陡然看到生命中最重要的两个男人同时出现在眼前，又是在这样一种情形下，明珠不禁有些尴尬。幸好有人笑着给她解了围："贤婿，明珠听说你今日回京，早就已经等不及，所以本王只好将她也带来，让你们夫妻早一点团聚。"

武胜文赶紧将孩子递还妻子，单膝跪地一拜："小婿见过父王！"

"起来，起来！"福王脸上满是慈祥的微笑，伸手扶起武胜文，"你是为国出征的英雄，本王应该谢你才是。对了，大名鼎鼎的千门公子襄呢?"

云襄一直静静站在一旁,仔细观察着与云啸风并列当世的一代千雄,想从他的言谈举止中找到些与众不同的东西。但云襄失败了,福王看起来就像一个正在享受天伦之乐的平凡老人,除了身上的锦袍,跟普通人没什么两样。

这就是大智若愚吧?云襄在心中暗叹。见福王问起自己,他连忙躬身一拜:"草民云襄,拜见福王爷!"

"平身!"福王抬手示意,同时饶有兴致地打量着不亢不卑的云襄。二人目光相接,均报以会心的一笑,两个交锋多次的对手,终于第一次面对面。

"来人,送郡主下去休息!"福王一声轻喝,就见两名秀美不可方物的女子款款而入,扶着明珠母女走向后帐。云襄再次惊诧不已,这两名女子竟然就是魔门光明使净风与慧心!

武胜文不想跟妻女分开,可又不能撇下福王而去,正左右为难,就听福王笑道:"你陪明珠去吧,你们夫妻多日未见,肯定有说不完的话。本王早就想见见公子襄,你不在一旁打搅更好。"

武胜文如蒙大赦,连忙告退,随明珠去了后帐。在出帐时,明珠忍不住回头望向云襄,眼里涌动着一丝复杂的情愫。

明珠离去后,帐中顿时静了下来。福王挥挥手,侍从兵卒鱼贯退下,帐中便只剩下他与云襄,一时间静得落针可闻。

福王踱到案后坐定,仔细打量云襄半晌,轻叹道:"公子襄,我们终于见面了,本王对你可是久仰得很啊!"

云襄笑道:"小人对王爷也是仰慕已久。"

福王微微颔首,饶有兴致地问:"听说千门中有本奇书,得之可谋天下。本王还听说这本书就在你手中,本王与你也算是神交已久,可否借我一观?"

云襄脸现为难之色："其实这只是一本再平常不过的书，什么得之可谋天下的谣言，不过是以讹传讹罢了，王爷万不可轻信。"

福王淡淡道："就算是谣言，公子若私藏不露，恐怕也有谋反的嫌疑啊！"

云襄苦笑着从贴身处拿出《千门秘典》，双手捧着递到福王面前，无奈地道："小人不敢藏私，请福王过目。"

福王没想到《千门秘典》来得这般容易，完全没有准备。看这册子的封面，跟自己以前见过的一样，当是不假。他强压心中激动，缓缓接过羊皮册子，眼看这一生最大的谜团就要解开，心脏有种蹦出嗓子眼的感觉。

稍稍平息了一下情绪，福王双手捧着秘典，带着三分虔诚、七分好奇，缓缓翻开羊皮册子。看到第一页上那句千门中人人皆知的话，他微微颔首；再翻第二页，他的脸上顿时有些意外；再翻第三页，他的眼里满是惊诧；翻到第四页时，他的惊诧已经变成了疑惑和不解……匆匆将羊皮册子全部翻完，他呆呆地怔在当场，脸上说不出是疑惑还是茫然。

愣了半晌，他迟疑道："这……就是《千门秘典》？"

云襄点点头："我从师父手中接过它时就是这样。这是不是千门前辈给后辈开的一个玩笑？"

"本王明白了！"福王一声叹息，信手将秘典扔到一旁，如释重负，"这不是玩笑，而是试金石，以考量门人的忠心。可叹天下人以讹传讹，竟将它当成了谋取天下的圣典。"

一生中最大的疑团得解，福王心中有说不出的轻松，那种"天下尽在我手"的自负又重新回到他心中。他用那似乎能洞悉天机的目光凝视着云襄，不急不缓地道："公子襄，我们虽然是第一次见面，却神交已久，相信本王对你的了解，不亚于你对本王的了解。你是聪明人，在聪明人面前，一切拐弯抹角的说辞或花言巧语的欺骗，都没有任何作用，所以，本王打算开诚布公地跟你谈谈。"

云襄坦然迎上福王的目光："请福王示下。"

福王手捻颌下短髯，缓缓道："咱们过去的恩怨，今日在这里就一笔勾销，本王希望能跟你交个朋友。"

云襄笑道："做朋友通常是要有所付出的，不知福王愿为我付出什么？"

"我想荣华富贵或高官厚禄，你都不会放在眼里。"福王悠然道，"不过济生堂呢？"

见云襄面色微变，福王正色道："本王可以给济生堂一个合法的身份，甚至朝廷可以从税收中拿出一部分，对济生堂进行经济上的扶持。除此之外，本王还将广开言路，听从像你这样的有识之士的建议，革除朝廷弊端，为我朝开创一个人人安居乐业的中兴盛世。"

若非早已知道福王的企图，云襄恐怕会为其所动，不过现在他只是淡淡一笑："王爷的抱负真是远大，只是如此远大的抱负，恐怕不是一个王爷能做到的。"

"所以本王才需要公子的帮助。"福王坦然道，"本王的身份地位，限制了本王实现自己的抱负，所以本王希望公子帮我达到能实现这个抱负的地位。"

如此大逆不道的话从福王口中徐徐道来，竟没有半点心虚或遮掩。云襄眉梢一扬，盯着福王道："王爷要我做什么？"

"本王要你什么都不做。"福王平静如常地盯着云襄，"明日圣上将在朝阳门检阅新军营，按惯例会先对受检者验明正身。不过整个新军营也只有你和武胜文需要验证，公子虽然不是朝廷命官，但刑部还是有不少人认识你的，而新军营其他人却不需要验证。本王只要你明天只当自己双眼俱盲，率新军营接受圣上检阅即可。"

云襄心中一亮，失声道："你要用三百多死士假扮新军营将士，趁检阅时刺杀圣上，谋逆造反？"

福王摇摇头："你错了，先父原本是太子，只因为几十年前那桩人所共知的政变，才被剥夺了太子之位，本王也才失去了继承大统的机会。如今圣上无子，若不幸遇难，无论是血缘远近还是政德名声，本王都是继承大统的不二人选。本王这不是谋逆，而是拿回原本就属于自己的东西。"他叹了口气："如今朝廷积弊难改，吏治腐败，皆因圣上年少贪玩，无心朝政。如果能以最小代价取而代之，我当竭尽所能，中兴大明，为天下人谋利。事成之后，不仅济生堂将得到朝廷扶持，本王还将拜公子为相，助我共创一个开明盛世。"

如果不是早已知道福王的底细和为人，云襄说不定会为之怦然心动。入阁拜相，这是所有读书人的梦想，云襄也不例外，并不是因为可以享受荣华富贵，而是可以实现安邦定国、造福天下的理想。何况随着济生堂的发展，它也越来越需要官府的认可。

云襄沉吟良久，突然问："福王将计划坦诚相告，难道不怕我告密吗？"

福王笑道："疑人不用，用人不疑。本王既然要用你，就只能完全相信你。不过如果你明日临阵倒戈，本王也只能哀叹时运不济。只是苦了明珠母女，以及与你出生入死的武胜文。如此谋逆大罪，他们必受株连。还有新军营幸存的三百多将士，他们也将为你的决定付出代价。他们现在已被交由本王的人看管，直到检阅结束前，他们都不得自由。"

云襄这才知道，方才为什么明珠母女会在这里，她们已被净风、慧心暗中软禁。福王不仅是要用明珠母女，还要用新军营幸存下来的三百多生死兄弟作为人质，胁迫自己就范。难怪他如此胸有成竹，自信满满。

"这计划已是箭在弦上,不得不发。"福王沉声道,"现在第一步,就是解除新军营武装。为了减少不必要的伤亡,公子先回新军营,让所有人放下武器。"说着福王拍拍手,就见明月、力宏应声而入,福王对二人微一颔首,明月立刻微笑着对云襄抬手示意:"公子,请!"

随着明月、力宏返回新军营的路上,云襄不禁在心中暗叹靳无双的狠辣。让自己出面解除新军营武装,实际上就是由自己亲手将新军营三百多出生入死的兄弟,送入他手中做人质。如果自己反抗,在大军重重围困之下,新军营无人能幸免。若自己罔顾新军营兄弟的性命,在第二天的检阅中揭穿福王的阴谋,恐怕也拿不出任何证据指认福王谋反;再说,真要指证了福王,明珠一家三口恐怕也难逃一死。何去何从,实在让人难以决断。

想起明珠过去对自己的一往情深,想起武胜文与自己在内无粮草、外无援军的绝境中出生入死、并肩作战的情形,云襄就不能也不敢指控福王谋反,他不能眼看着他们为福王殉葬!

新军营已经交由福王的人马接待,明是接待,实为看管。新军营将士置身于重重包围之中,已感觉出气氛的异样,这些从瓦剌人重重围剿中冲杀出来的战士,已经不再是当年的绵羊。只是他们怎么也没想到,在这里会被自己效忠的军队监禁。

当云襄带着一小队人马来到新军营驻地时,三百多名将士无声地围了过来。他们眼里有疑惑,有愤懑,但当他们看到云襄时,又都放下心来,他们对云襄有着无条件的信任。

云襄纵马来到场中,对赵文虎道:"集合部队!"

无须赵文虎下令,三百多名汉子自觉地列队,虽然他们依旧穿着残破的衣甲,虽然新军营的战旗破损肮脏得几乎难以辨认,然而一万将士的忠魂浓缩成这最后的精华,反而透出屹立不倒的凛凛气势。

云襄控马从队伍前方缓缓走过,最后一次检阅这支英雄的部队。

终于，他来到队伍正前方，涩声道："所有将士……放下武器！"

三百多名将士脸上满是惊诧，以为自己听错了。就算在瓦剌人的重重围困之下，云襄也从未下过这样的命令。众将士疑惑地望着云襄，就见他凝重的目光缓缓掠过全场，艰涩的声音清晰传到众将士耳中："我再说一遍，所有将士，放下武器！"

三百多名将士虽然满腹疑问，但对云襄的信任和崇敬，使他们陆续松开手，兵刃落地，发出一阵叮叮当当的声音。明月带来的那一小队王府侍卫，立刻收走了地上的兵刃。一名侍卫来到队伍前方的军旗跟前，抓住旗杆就想拔起，谁知旗杆纹丝不动，仔细一看，才发现是那个满面虬髯的旗手，紧紧握住旗杆不放。

云襄目视旗手，沉声下令："交出军旗！"

旗手满脸不甘。这面战旗在瓦剌人围追堵截下，已经换过无数旗手，却始终屹立不倒。这是新军营所有将士的骄傲，也是新军营的精神象征。就这么交出去，他不甘心。

那侍卫夺了几下没有得手，突然拔刀置于旗手手腕，脸上冷笑，手上慢慢用力。刀锋入骨，鲜血顺着刀锋涓涓而下，那旗手依旧紧握旗杆没有松手。

云襄眼含泪花，厉声喝道："交出军旗！"

那旗手在云襄的逼视下，终于缓缓放开了旗杆，脸上热泪滚滚而下，眼里满是委屈、愤懑和不甘。

云襄一言不发，目光从三百多名将士脸上一一扫过。众将士渐渐平静下来，出生入死的默契使他们读懂了云襄目光中的承诺：无论在什么情况下，他都不会放弃他们，就像在瓦剌人数十万大军围追堵截时一样！

云襄的目光最后停在几个不属于新军营的人脸上，那是筱伯、罗毅、张宝和几个少林武僧。就见筱伯微微颔首，显然已从云襄的举动看穿了靳无双的计划,并用目光让他放心。

"公子,咱们该回去复命了。"明月在一旁小声催促。

云襄最后扫了一眼全场,对赵文虎点点头:"解散部队。"

随明月和力宏回到福王大帐,福王眼里闪过一丝轻松,对云襄笑道:"今日公子就留在本王帐中歇息,有什么事就吩咐明月和力宏。明日一早公子便率新军营进城,接受圣上检阅。"

明月、力宏一左一右往云襄跟前一站,明月赔笑道:"从现在起,公子就算是去茅厕,咱们二人都会贴身伺候。"

福王脸上泛起自信的微笑,负手踱出了大帐。他已不需要再说什么,也不需要得到云襄口头的效忠或承诺,他知道云襄已没有任何选择的余地。

朝霞如血,香山红透,红日从山巅透出一弯轮廓,殷红如染血的弯刀。云襄翻身上马,回头看看身后三百多名新军营将士,没有一张是熟悉的面孔,只有那杆残破的大旗,还飘扬着昔日的荣光。

武胜文双目赤红地过来,神情异常委顿,看来他也经历了一个不眠之夜,福王要说服他不会像说服云襄这样耐心。他不敢看身后的新军营将士,低头翻身上马,正要纵马出发,突听身旁的云襄轻声道:"跟着我!"

武胜文回过头,就见云襄嘴角泛起一丝熟悉的微笑,眼里满是从容。这是胜券在握时的表情,武胜文再熟悉不过,他不由微微颔首。出生入死、并肩作战的经历,使他与云襄产生了一种微妙的默契,只需一个眼神,他就知道云襄的心思。

新军营在云襄与武胜文率领下,缓缓由西直门进了北京城。沿途百姓夹道欢迎,用鲜花和掌声迎接归国的英雄。

在御林军的护卫下,新军营来到朝阳门前的广场,就见几名刑部捕快纵马过来，却是柳公权、沈北雄和英牧等人，他们是按惯例来验明觐见者正身的，主要是验明公子襄的身份，因为只有他们以前才见过公子襄。

柳公权来到云襄跟前，脸上有些悻悻之色。这次觐见之后，圣上肯定会赦免公子襄之前的一切罪名，使他再没有机会报仇雪恨。不过他也是圆滑之辈，心知公子襄很有可能因这次面圣而得到朝廷重用，于是收起仇恨的目光，不动声色地对云襄抱拳笑道："许久不见公子，想不到风采更胜从前，令老朽也心生仰慕啊！"

云襄点点头算是招呼，柳公权只得尴尬地带着手下回去复命。片刻后就听朝阳门内传来一声高呼："圣上驾到！"

在浑厚悠长的号角声中，一骑雪白如银的骏马，驮着个身披金黄龙袍的年轻人缓步而出，他身后紧随着十几位文武大臣和带刀侍卫。一行人纵马缓缓走向肃立的新军营将士，而福王靳无双，也在随行的文武大臣之中。

"万岁！"两侧林立的御林军发出震天的欢呼。新军营将士也跟着高呼万岁。呼声过后，云襄缓缓拔出佩剑望空一举，新军营将士立刻收兵肃立，等候圣上的检阅。

年轻的皇帝带着文武重臣纵马缓缓走来，五十步、四十步、三十步……云襄感觉到了身后三百九十八名死士凛冽的杀气，他突然转头目视身旁的武胜文，轻喝一声："跟我冲！"

话音刚落，他立刻挥剑拍马，径直冲向三十步开外的皇帝。武胜文一愣，出生入死的默契使他毫不犹豫就追着云襄的背影冲了出去，两人两骑几乎并驾齐驱，风驰电掣地冲向皇帝。这一下变故突然，不仅文武大臣失去了反应，就连假冒新军营将士的三百九十八名死士也愣在当场，这跟原定计划大相径庭，原计划是要等皇帝进入十步之内再动手。

"有刺客！保护皇上！"几名带刀侍卫最先醒悟，立刻将皇帝紧紧围在中央。三百多名死士此时已是箭在弦上，不得不发，纷纷呐喊着冲向皇帝，可惜他们是徒步，三十步的距离足够御林军做出反应。

云襄最先冲到皇帝一行跟前，却绕过侍卫保护的皇帝，径直冲向一旁的福王。经过北伐瓦剌的连番恶战，他的身手已不亚于一名合格的战士。

由于是陪同皇帝出行，福王身旁没有一名护卫者。从来没想过会是这种局面，他有一瞬间的呆滞。他千算万算，却怎么也没有算到云襄会抢在众死士之前行刺自己，更没算到经过战争洗礼的云襄，已经不再是原来那个手无缚鸡之力的文弱书生。

有侍卫挥刀想拦住云襄，却被紧跟着云襄的武胜文挡开。就见云襄长剑划出一道绚烂的白虹，从福王靳无双项下一掠而过，福王的脑袋带着不可思议的惊诧表情，高高地飞上了半空。

勒住急驰的战马，云襄突然回身出剑，刺向了尾随自己的武胜文。这一剑完全出乎武胜文预料，他呆呆地望着云襄的剑深深刺入了自己的肩胛。四目相对，云襄盯着他的眼睛轻声道："为了明珠，你什么都不能说！"

将武胜文刺于马下后，云襄举剑四顾，就见皇帝已被侍卫们簇拥着退入了城门，三百多名死士在御林军围攻下死伤大半，剩下的只是在做垂死挣扎。他抛下手中长剑，从容翻身下马，面对朗朗青天，高举双手缓缓跪倒。

御林军蜂拥而上，有将领高呼："生擒首恶，追查同党！"

十三、尾声

刑部大牢壁垒森严，黑暗阴森，一盏昏黄的灯笼，让整个大牢显得越发幽暗。柳公权隔着重重栅栏，神情复杂地打量着栅栏内盘膝而坐的云襄，低声道："公子襄，你弑君叛乱的行为有颇多疑点，刑部也有意为你开脱罪状，你只要开口说出真相，老夫愿意帮你这一回。"

云襄淡淡道："真相就是我率死士叛逆谋反，误杀福王，柳爷可以死心了。"

柳公权叹了口气，走近一步低声道："老夫好心提醒你，叛逆谋反，将受凌迟之刑。"

见云襄不为所动地闭上了双眼，柳公权叹着气转身出牢，对狱卒小声叮嘱道："替老夫好生照顾云公子，若有怠慢老夫拿你们是问！"

狱卒唯唯诺诺地将柳公权送出大牢。来到外面的明亮处，柳公权神情怔忪地呆立不语。按说公子襄屡屡从他手中逃脱，还多次戏弄于他，应该是他做捕快以来最可恶的对手，但此刻他心中对这对手却没有半点仇恨，只有说不出的惋惜和失落。想起孙女的苦苦哀求，柳公权只能黯然苦笑，他不用去查也能大概猜到真相，但公子襄不开口，他也无能为力。况且要是查出真相，难保自己不受牵连。

牢门外又有人来看望公子襄，柳公权认得是明珠郡主主仆与夫君武胜文。听狱卒在外有意刁难，柳公权出门对狱卒摆了摆手，狱卒这才放三人进去。

武胜文在那天叛乱中的行为令人起疑，又与叛乱者一路，但他家世清白，在军中威望甚著，堪称一门忠烈。况且被误杀的福王又是他岳父，最后他又伤在公子襄剑下，所以朝中大臣皆认为他是发现了公子襄有叛乱企图，这才一路追赶阻拦，最后伤在公子襄剑下的。由此他很快就洗脱嫌疑，成为保护皇帝的功臣。

在狱卒的引领下来到死牢，明珠打量着神情尴尬的云襄，泪水不禁滚滚而下。她隔着栅栏嘶声质问："为什么？为什么要刺杀我父王？为什么要伤我夫君？无论你有什么苦衷，告诉我，请你告诉我！"

云襄紧抿双唇沉默不语。他很想告诉明珠，其实福王不是她的亲生父亲，福王甚至用她们母女来要挟自己，但这一切已经无从证实，所以他只能保持沉默。

"为什么？这是为什么啊？你为什么不说话？"明珠伤心欲绝，既伤心父王惨死，又为云襄的处境心痛不已。

武胜文见她哭得死去活来，含泪示意丫鬟将她扶了出去。他默默拿出食盒中的酒水菜肴，隔着牢门递给云襄，然后盘膝在牢门外坐了下来。

云襄接过酒壶，会心一笑："咱们有多久没在一起喝酒了？"

武胜文想了想，涩声道："从瓦剌归国后，就没痛快喝过。"

"是啊！那些庆功宴，只能说是应酬，怎及在瓦剌杀敌之后，谈笑痛饮。"云襄叹息一声，举起手中酒壶，"来，今日咱们就痛饮一场，当是为我送行！"

武胜文一言不发拿起酒壶，一仰头就是一阵鲸吞海饮。一壶烈酒转瞬即干，他突然捂着嘴发出无声的啜泣，翻身在牢门外跪倒，以头撞地，哭拜道："我没用！眼睁睁看着你替福王顶罪，却不敢说出真相！我他娘的真不是人，你为什么不骂我？为什么还要跟我喝酒？"

云襄隔着栅栏扶起武胜文，平静地道："想想明珠母女，你一定要撑下去，有时候活比死还要艰难。咱们在瓦剌都没将生死放在心上，难道现在反而放不下了吗？来，陪我喝酒！"

武胜文重新拿起一壶烈酒，与云襄重重一碰，二人一言不发，仰头喝干。两壶烈酒下肚，武胜文酒意上涌，不禁敲着空酒壶，轻轻哼起了那首新军营将士人人传唱的歌谣："天苍苍兮野茫茫，雁南归兮望故乡。妻儿老小今何在，一缕忠魂瞻家邦！"

云襄也不禁轻声相和："风萧萧兮云飞扬，娘唤儿兮愁断肠。男儿为何徒征战，马革裹尸还故乡！"

二人击节速度陡然加快，齐声同吟："狼烟滚滚边关急，我带吴钩别爹娘。跃马踏破贺兰山，只为亲人永安康……"

时而苍凉悲切时而豪情万丈的歌声，在寂静幽暗的牢房中徐徐回荡，经久不绝。

千门公子襄叛逆谋反、率众弑君的消息，很快就传遍了江湖。无论塞北江南，还是巴蜀西域，都在议论着这件惊天大案。人们一夜之间就改变了对公子襄所有的良好印象，他过去那些善举，在人们心目中就如同王莽的贤德都是为谋夺江山社稷的假仁假义。所以人们对凌迟处决的判决，充满了由衷的欣慰和拥护。

夜色如晦，月淡星稀，舒青虹借着窗外的天光，含泪打量着睡梦中的女儿，忍不住在女儿脸上亲了又亲。仔细为女儿掖好被子，她悄悄来到孙妙玉床前，对盘膝打坐的孙妙玉默默跪了下去。

孙妙玉轻轻叹了口气："青虹，你还是忘不掉他？"

舒青虹默默点点头,哽咽道:"师父,您曾告诉弟子,心空则不痛,但现在弟子宁愿伤心、宁愿心痛,也不愿忘掉他!弟子辜负了您老的期望,不敢求师父原谅,但求师父忘了曾经有过我这个不肖弟子。从今往后,我叫舒亚男,不叫舒青虹!"

看到舒亚男脸上平静而决绝的神色,孙妙玉便知已无法阻拦,不由叹息道:"冤孽!情天恨海,果真无人可渡吗?你为了他,竟连女儿都不顾了?"

舒亚男心如刀割,泪如泉涌,伏地哽咽道:"梦香就拜托师父了,求师父大慈大悲,抚养她长大成人。"

孙妙玉一声长叹:"罢罢罢,要走的留也留不住,不走的赶也赶不走。从今往后,你不再是我孙妙玉的弟子,滚吧!"

舒亚男重重磕了三个头,从容起身而去。出门时就见巴哲静静立在阴暗角落,像影子一样无声,舒亚男本想说两句告别的话,张张嘴却不知说什么才好,就听巴哲轻声道:"我要做梦香的干爹。"

舒亚男感激地点点头,盈盈一拜:"谢谢!"她毅然翻身上马,遥望北方,纵马疾驰而去。

轻轻抚摸那枚"心"字雨花石,云襄怔怔地望着虚空。判决已经下来,他的时日不多了,越是临近最后的期限,他越是期望能再看她一眼。

牢门响动,又有人来看望自己。云襄满怀希望地望去,却是罗毅领着一个孩子和一对年轻男女进来。云襄连忙招呼道:"阿毅,蒋兄,佳佳,这位是……"

那女子盈盈拜倒在地,眼神复杂地打量着云襄,款款道:"小女尹孤芳,拜见恩公。"

云襄只觉得这女子名字似乎有些熟悉,模样却十分陌生。蒋文矣连忙解释道："公子，这就是我给你说过的尹姑娘，金陵有名的女富商。"

云襄顿时明白，却又疑惑这素未谋面的女子为何会来看望自己。就听尹孤芳垂泪道："公子，你帮过的人多不胜数，不记得小女很正常，但小女却已将公子的大恩铭刻在心。可惜小女无能，不能救公子脱狱，只能尽我所能上下打点，希望公子在牢中能少受点苦。"

云襄感激地点点头，转头望向赵佳，就见他哭着叫了声"云叔叔"，便再也说不出话来。云襄突然想起一事，忙从怀中掏出一块玉佩。幸亏柳公权的照应，他的私人物品总算没有被搜走。他把玉佩慎重地递到赵佳手中，轻声道："孩子，这是你父亲留给你的玉佩，他是南宫世家三公子南宫放，你应该叫南宫杰，这是他给你取的名字。"

赵佳一脸茫然和惶恐，有些不知所措。云襄便给他讲起了他父亲的过去，没有刻意隐瞒其恶，也没有忘记他偶尔的善，以及对儿子的思念。最后他对赵佳正色道："阿杰，你已经不小了，应该知道自己父母的过去，是非善恶也该有自己的判断。不过你要记住，父母虽然无法选择，但你自己的道路却可以选择。云叔叔不能再照顾你了，我会让蒋叔叔将你送回南宫世家，你还有个伯父叫南宫珏，他会照顾你的。"

赵佳怔怔半晌，突然一声大吼："我爹爹不会是这样的人，你骗我！……"说完转身就跑。尹孤芳连忙追了出去，蒋文免略一迟疑，也跟着追了出去。

牢房中顿时安静下来，云襄望向一直没有开口的罗毅，轻声问："新军营将士都没事吧？"

罗毅点点头："福王一死，他手下的人便不敢再囚禁新军营将士。我让云啸风令手下疏通关节，刑部很快就还了新军营清白。赵将军、李将军他们多次向朝廷请愿，力证公子清白，可惜他们没有证据，而公子又不愿翻供，所以……"

"我师父怎样？还有严骆望呢？"云襄打断了罗毅的话。

"云啸风现在正被觉醒他们看管着。至于严骆望，我照公子的吩咐，将他盗窃朝廷金矿的事捅给了柳公权。现在刑部正在彻查，已经将他下狱。"罗毅顿了顿，迟疑道，"对于云啸风，公子打算如何处置？"

云襄望着虚空，轻轻叹道："我不知道，如果是你，会如何处置？"

罗毅道："这次幸亏云啸风约束他的手下没有轻举妄动，这场叛乱才没有酿成更大的混乱。如今云啸风惨败在公子手中，早已经心灰意懒。佛曰放下屠刀，立地成佛。我看不如就……"

"那就由你自己拿主意吧。"云襄停了停，神情凝重地望着罗毅，"以后济生堂，可就全靠你了。"

罗毅红着眼眶点点头："公子放心，我不会辜负你的重托。"略顿了顿，他迟疑道，"公子，要不要重新考虑一下你的决定？万一……"

云襄摇摇头："我主意已决，你不用再劝。"

罗毅失望地叹了口气，眼里满是忧色，怔怔地不知说什么才好。这时就听狱卒过来道："又有人来看望公子，让他们进来吗？"

由于有各路人物招呼打点，狱卒对云襄不敢有丝毫怠慢。罗毅见状只得先一步告辞。片刻后就见一对年轻男女被狱卒领了进来，男的英俊冷厉，女的清丽秀美。云襄一见之下十分诧异，怎么也没想到他会来看望自己。

"我很想知道，你怎么会做下如此疯狂之事？比我爹爹还要疯狂！"寇元杰开门见山地问，这是他一贯的作风。

云襄无奈地一笑："我不能说。"

寇元杰却点点头："我相信你绝不是为了你自己。"他握着柳青梅的手走近一步，压着嗓子道："我已联络魔门旧部，青梅也联络了部分天心居弟子，我们将在行刑的时候劫法场，将你救走。"

云襄十分惊讶："为什么救我？"

寇元杰正色道："因为，我现在已相信，这世上真有天心。"

云襄若有所思，片刻后失笑道："如果你相信有天心，将来就多帮帮济生堂吧，救我就不必了。"

寇元杰面色一沉："你不相信魔门和天心居的实力？"

云襄摇摇头："跟实力没关系。我也不是不想走，而是不能走。"

寇元杰诧异道："为什么？"

云襄指指四周："你们难道没发现，这天牢的守卫其实很松懈，对我的监禁也十分宽松，无论谁来看我，只要给狱卒塞点银子，基本不会受到刁难。这难道像是囚禁名震天下的千门公子襄的牢房吗？"

寇元杰原本没留意到这一点，经云襄这一提醒，立刻醒悟，惊讶道："是啊，为什么？"

云襄叹道："因为我已经跟朝廷达成了一个秘密协定，我安心受刑，朝廷给济生堂一个合法地位；我若越狱，朝廷将在全国取缔济生堂。你知道济生堂对我的重要性，所以我已经不能走了。"

寇元杰涩声问："为了济生堂，你甘愿身受凌迟极刑？"

"不只是济生堂，"云襄道，"千门公子襄的名头实在太大了，大到几乎一呼百诺，大到令朝廷不安，令圣上都有些忌妒。其实朝廷知道我的清白，知道我是在平叛而不是在谋反，可如果向天下人公布真相，不说其他考虑，千门公子襄的名声和威望，岂不是令圣上都黯然无光？所以公子襄必须以叛逆罪被处以极刑，至于他是不是罪有应得，已经不重要了。"

寇元杰满脸震惊地望着平静如常的云襄，怔怔地不知说什么才好。突然他戟指天空厉声质问："你为这样一个朝廷卖命，最终却为它所害,值吗?"

"我不是为朝廷卖命,而是为千千万万像我这样的普通人,同时也是为我心中的天心。"云襄抬头仰望虚空,白皙的脸上焕发着虔诚的容光,"如果每个人都相信天心,那天心就一定会存在!"

望着泰然自若的云襄,寇元杰只觉得心神受到了一种前所未有的冲击。他怔立半晌,突然躬身一拜,颤声道:"多谢!你让我看到了真正的天心!"说完含泪大步离去,不再回头。

校场口搭起了行刑的高台,引得全城百姓蜂拥而至,人们从四面八方赶来,欣赏神话般的千门公子襄如何被凌迟处决。

刑台正中的立柱上,云襄浑身赤裸,从头到脚被罩在一张渔网中。时辰尚未到,全场都在焦急地等待着,云襄的目光也在人群中焦急地搜寻,希望看到那个刻骨铭心的身影。但他失望了,人头攒动的校场上,没有她任何踪迹。

一阵徐缓和煦的琴音,突如春风拂过大地,盖过了校场上乱哄哄的嘈杂。云襄循声望去,就见一个青衫如柳的女子,正在对面的高楼之上盘膝抚琴,熟悉的琴声充满了淡泊宁静,化解了刑场的肃杀阴冷之气。

云襄不禁露出一丝微笑,他从琴声中感受到了一种温暖和怜惜,以及那博大的慈悲,这大大减轻了他面对死亡的恐惧。他感动地眺望着远处那个熟悉的身影,只见她神情专注,所有的精气神都凝聚在了那具焦尾琴上。

日头渐渐移到中天,在人们焦急的等待中,终于听到令官拖着干涩的嗓子高喊:"时——辰——到——"

等待已久的百姓爆发出热烈的掌声,欢呼刽子手的出场。那刽子手浑身罩在一袭从头到脚的黑袍中,只留两只眼睛在外。凌迟之刑实在太过惨烈,惨烈到刽子手都不敢坦然面对受刑者,生怕他变为厉鬼向自己索命,所以要将自己浑身上下蒙个严严实实。

"行刑!"监刑官一声高喊,将令签扔下刑场。两名兵卒收紧了罩在云襄身上的渔网,绷紧的渔网将他全身肌肤勒得一块块凸了出来,以方便刽子手行刑。

在众人兴奋的欢呼声中,刽子手提着一只小木箱缓步走上刑台,就见他从容不迫地打开木箱,亮出了数十把形状各异、精致小巧的刀具,在阳光下仍散发着森森的寒气。他挑了一把窄而尖锐的小刀,仔细用素巾抹净刀刃,然后缓缓走向立柱上紧缚的云襄。

在咫尺距离静静地审视着受刑者足有盏茶工夫,他才轻轻抬起手中的小刀,用刀尖挑开了云襄嘴上蒙着的渔网,接着他突然扑入云襄怀中,与受刑者紧紧抱在了一起。

"我说过要照顾你一辈子,无论天上地下,地狱人间,你都别想再丢下我。"她在云襄耳边呢喃着,缓缓扯去黑头套,露出了她那俊美无双的面容,脸颊上盛开的水仙比任何时候都要娇艳。

在众人惊诧的目光中,她脱去身上的黑袍,露出了黑袍下那身大红的婚服。割开云襄身上的渔网和绑缚的绳索,她的脸上泛起一丝羞涩的微笑:"今天,我要做你的新娘,就让这皇天后土、烈日和风,以及这刑场上所有的看客,作为咱们婚礼的见证。"说着,她在云襄唇上深情一吻,然后抬起手中尖刀,对准云襄赤裸的胸膛,深深地刺了进去。

云襄面带微笑,轻轻地将她拥入怀中,在她耳边温柔低语:"从今往后,我决不再让你离开,直到海枯石烂,天崩地裂!"

鲜血从云襄胸膛如喷泉般汹涌而出,溅在她大红的婚服上,使婚服越发红艳。二人默默对视,脸上焕发出同样幸福的容光。紧紧抱住云襄摇摇欲倒的身体,她倒转刀锋,对准自己胸口慢慢刺了进去……

这一下变故突然，监刑官完全失去了反应，待他明白过来，二人已相拥倒在血泊之中。一名仵作战战兢兢地上前摸了摸二人的脉搏，颤声禀报道："案犯与刽子手已双双毙命！"

全场百姓大哗，纷纷涌上前想要查看究竟，监刑官怕引起混乱，连忙高叫收尸。几名仵作匆忙将尸体装入密闭的刑车，护卫的兵卒立刻驱车火速回刑部复命。

就在围观百姓议论纷纷的嘈杂声中，突听那宛若来自天际的琴声陡然一乱，刺得人心神一跳，原来是那抚琴的女子抬手划断了所有琴弦。她抬头遥望天空，空茫的眼眸中涌出两行无法抑制的清泪，黯然哽咽道："知音已逝，天心迸裂，青霞从此再不抚琴！"

朝阳映照在无尽流淌的大运河上，粼粼波光闪烁着刺眼的金黄，随着清晨的来临，大运河也开始繁忙起来。在众多往来如梭的货船中，一艘不起眼的乌篷小船挂着漕帮的船旗，顺着大运河悠悠荡漾，船舱中隐约传出柔情蜜意的对话：

"还疼吗？"

"有点！"

"早知道我就刺浅一些了。"

"浅了可就穿帮了。幸亏你读懂了我的眼神，不然神仙都救不活。"

"你干吗要用如此凶险的办法？万一我没看懂你的眼神，又或者中间出现任何差错，你不就死定了？"

"我也是无奈啊！那次我伤透了你的心，你绝望离去后，天大地大，你让我上哪儿去找你？你要成心躲着我，就你那性格和头脑，恐怕这辈子我都别想再见到你，所以我只好用这不得已的办法。如果你还没忘掉我，无论天涯海角你都会赶来见我最后一面，以你的聪明，定能领会我布下的这个生死局。"

"要是我没来呢?"

"那我活着也没什么意思,就跟公子襄一起死好了。"

"你不做公子襄了?"

"公子襄名头太大,不死朝廷不会安心。如今公子襄虽死,骆文佳却活过来了。"

"咱们的女儿是不是也得改姓骆?"

"不用,就当纪念一位逝去的故人吧。"

"唉,我就想到买通刽子手,与你共赴黄泉。真不知道你怎么能买通刑场上的所有人,从监刑官到仵作,从守卫的兵卒到围在刑台四周的那帮鼓噪的闲汉,都在帮你完成这惊天一局。"

"几十万两银子可不是白花的。从上到下,从朝廷到地方,从高官到百姓,腐败无处不在,连凌迟处决极刑重犯的钱都敢收。照这样下去,谁也救不了这个朝廷。"

"你也救不了?"

"我只是穷书生骆文佳,无所不能的千门公子襄已经死了,被朝廷凌迟处决了。从今往后我只为你和女儿活,承担起丈夫和父亲的重担。这重担在我眼里,比整个天下还重要。"

对话中断,舱中传出令人脸红心跳的声响。摇船的艄公露出会心的微笑,稍稍加快了摇橹,乌篷小船摇摇荡荡,缓缓驶向江南……

(全书完)

后 记

《千门》系列脱胎于武侠，但又不同于传统的武侠。应该是2003年的时候，大陆新武侠刚刚兴起，我同时为两家武侠杂志写稿，一家是《今古传奇·武侠版》，一家是《武侠故事》。在此要特别感谢这两家杂志社，为初学写作的我提供了最好的平台，我的成长离不开几位责编的潜心帮扶，他们是作者身后的无名英雄。请允许我在此记下他们的名字：熊嵩、陈渐、李辉、倪尧、李逾求。

在创作过程中，感觉自己无论怎么写都很难达到前人的高度，金庸、古龙珠玉在前，后人很难超越。当时写武侠的大陆作家有很多，都在寻求一种写出自己特色的新武侠。《千门》系列算是其中一部探索之作。它改变了传统武侠把主人公塑造成武功高强的大侠的固有模式，转而塑造了一个从头到尾不会武功，而通过自己的智慧在江湖立足，写下自己传奇的全新形象；此外，他的对手也不是以武功见长，而是以智计谋略来与主人公对抗的。

写智谋、写智慧、写人类真正的力量，是《千门》系列的初衷。主人公从一个眼高手低的文弱书生，成长为江湖上人人称羡的"智侠"，这算是我在写武侠之外的一种探索。我希望能写出不同于前人的新武侠作品，成不成功就留给读者评判了。

为了故事的需要，书中也写到了很多赌术千术之类的。说实话，我自己并没有出千的经历，也不是个赌徒，其实我对赌并不擅长。书中涉及的所有关于赌的内容，都是来自二手资料，通过查书、查资料和自己的想象。所以，希望大家在读作品时，对这一部分正确对待。

首先，你从这里面学不到真正的赌术千术，里面这些都是纸上谈兵；其次，因为我自己并不是赌徒，涉及相关的内容一定有错漏之处，如果有了解这方面情况的读者，请一笑置之。

这部作品里还涉及了人性复杂的一面，阴谋、欺骗和背叛……但是，我希望读者客观看待这个问题。在读这本书时，能够像主人公一样，无论身处什么样的环境，遭遇任何坎坷和不幸，始终保持善良的初心和本性，在个人成长的过程中，永远秉持一份慈悲之心。要相信，每一份善良，最终都会获得命运之神的回馈。

在《千门》之后，我又创作了同类型的前传故事《智枭》（又名《千门·司马传》，是讲述千门世家、司马懿后人的故事），发表于《今古传奇·武侠版》。真心希望这部作品也能以新的面貌呈现在更多的读者面前。

近日，由《千门》改编的电视剧《云襄传》即将上映，希望它也能得到观众的喜爱和肯定，借此机会感谢爱奇艺、完美世界、青春你好等影视公司和视频平台，在影视改编过程中付出的心血，也感谢梁振华老师对故事的改编，以及陈晓、毛晓彤等演职人员对角色的成功塑造和演绎，同时也感谢重庆出版社对这部作品的重新修订和刊印，希望新修订的版本以更加完善的面貌与新老读者见面。最后，要感谢老读者的一贯支持，读者的认可和喜爱，才是创作者最大的精神动力。

新版《千门》系列改名《千门·云襄传》，是想将自己的智侠江湖，都统一到"千门"世界观之下，并在这个世界观中演绎出更多的故事。

方白羽

2022 年 8 月 24 日于德阳